SCHERZ

PETER
PRANGE

Unsere wunderbaren Jahre

Ein deutsches Märchen

ROMAN

S. FISCHER | SCHERZ

MIX
Papier aus verantwortungsvollen Quellen
FSC® C083411

Erschienen bei FISCHER Scherz
5. Auflage Dezember 2016

Satz: Dörlemann Satz, Lemförde
Druck und Bindung: CPI books GmbH, Leck
Printed in Germany
ISBN 978-3-651-02503-5

Dem Andenken meiner Eltern gewidmet,
Ernst und Christel Prange

Für die bucklige Verwandtschaft –
und die alten Altenaer Kumpel

Und, last not least,
für Prof. Dr. Arnulf Baring,
der keine Ahnung hat,
wie viel ich ihm verdanke.
Er hat mich zum Schreiben ermutigt,
als mir selbst jeder Mut dazu fehlte.

Es war ein reicher Mann, der ließ zehn seiner Knechte zu sich rufen, verteilte unter ihnen sein Vermögen, welches zehn Talente betrug, und sprach: Handelt damit, bis ich wiederkomme … Und siehe, als er wiederkam, hieß er dieselben Knechte, welchen er sein Geld anvertraut hatte, abermals zu sich rufen. Auf dass ein jeglicher von ihnen Rechenschaft ablegte, was er mit seinen Talenten erhandelt hätte …

Lukasevangelium, Kapitel 19, Vers 12–15

VORBEMERKUNG

Die nachfolgende Geschichte ist, obwohl in der Heimatstadt des Autors angesiedelt, frei erfunden. Rückschlüsse auf noch lebende oder bereits verstorbene Personen sollen in keiner Weise nahegelegt oder ermöglicht werden. Die Handlungsstränge der Geschichte sind ebenso wie die Lebenswege der Protagonisten Erfindungen des Autors. Dies gilt insbesondere für die Verstrickungen einiger Handlungsträger in der Nazizeit und die Schilderung ihrer Privatsphäre. Alle intimen Szenen sowie die Dialoge und die Darstellung der Gefühlswelt des gesamten Romanpersonals sind reine Fiktion. Dies gilt auch für die Figur des Autors, die unter dem Namen »Peter Prange« in einer Nebenrolle erscheint.

PROLOG

Zwischen den Zeiten

Zahlungsunfähig

18./19. Juni 1948

1

Ulla wusste, sobald die Partitur den Einsatz der Bratsche verlangte, würde ihre Schwester aus dem Takt geraten. Weil es die Bratsche in ihrem Quartett nicht mehr gab und Gundel jedes Mal, wenn die Stelle kam, kurz stutzte und dann patzte.

Das Cello zwischen den Knien, lauerte Ulla auf das Malheur ihrer Schwester, das so sicher kommen würde wie das Amen in der Kirche. Wie immer, wenn Gundel sich anstrengte, liefen ihre Wangen dunkelrot an – so heftig bearbeitete sie ihre Geige mit dem Bogen, dass sich schon die ersten Strähnen aus ihren Affenschaukeln lösten, zu denen sie ihr glattes braunes Haar gebunden hatte. Trotzdem schaffte sie es kaum, ihrem Vater zu folgen, der im Duett der beiden Violinen das Thema in einem solchen Höllentempo kontrapunktierte, dass einem schwindlig davon wurde, und dabei trotzdem noch Zeit fand, hin und wieder einen Blick mit seiner Frau zu tauschen, die, mit einer Tasse Tee in der Hand und einem verträumten Lächeln in dem schon etwas müden Gesicht, der Hausmusik lauschte, als würde die Zeit stillstehen und es nichts anderes auf der Welt geben als diese Musik in ihrem dämmrigen Salon voller Samt und Plüsch und exotischen Zierpflanzen.

»Wo bleibt dein Einsatz, Ulla?« Verärgert klopfte Eduard ab. »Vor der Bratsche übernimmt das Cello! Kannst du plötzlich keine Noten mehr lesen?«

Ulla war sich ihres Fehlers bewusst. Doch bevor sie ihn zugeben würde, biss sie sich lieber die Zunge ab.

»Was müssen wir auch immer das alte Zeug spielen?«, sagte sie.

»Das ist kein altes Zeug.« Den Bogen in der Hand, rückte ihr Vater seine Fliege zurecht. »Das ist Joseph Haydn, Kaiserquartett.«

»G – E – F – D – C«, sagte Gundel, wie immer die Musterschülerin, die nicht nur die richtige Antwort wusste, sondern das auch demonstrierte. »Die ersten fünf Töne des Kopfsatzes. *Gott erhalte Franz den Caiser.*«

»Das haben die Nazis aber ganz anders übersetzt«, erwiderte Ulla. »*Deutschland, Deutschland über alles* … Ich denke, das haben wir in den letzten tausend Jahren genug gehört!«

»Was kann eine unschuldige Melodie dafür, wenn man sie so schändlich missbraucht?«, fragte ihr Vater. »Das Kaiserquartett ist eines der wunderbarsten Streichquartette der gesamten Hausmusik-Literatur. Das lasse ich mir von dem braunen Pack nicht kaputtmachen!«

»Aber mitgesungen hast du damals auch. Nicht nur G – E – F – D – C.«

»Jetzt tut mir die Liebe und streitet euch nicht!«, sagte Christel. »Es war gerade so schön. Außerdem wird sonst mein Tee kalt.«

Um ihren Worten Nachdruck zu verleihen, nippte sie an ihrer Tasse aus durchschimmerndem China Bone. Obwohl Eduard offenbar noch eine Replik auf der Zunge lag, schluckte er sie herunter, und auch Ulla verkniff sich jeden weiteren Kommentar. Wenn ihre Mutter damit drohte, dass ihr Tee kalt würde, wurde es ernst in der Villa Wolf, die Eduards Vater vor einem halben Jahrhundert auf dem Gelände der familieneigenen Drahtzieherei errichtet hatte. Und die Hausmusik, zu der man sich einmal im Monat versammelte, seit die drei Schwestern Ulla, Gundel und Ruth einen Bogen führen konnten, war Christel heilig – fast so heilig wie der Gummibaum, den sie einst als junges Mädchen zur Konfirmation bekommen hatte und der auf seiner schwarz gelackten Konsole alles überwuchernd inzwischen bis hinauf zur Zimmerdecke reichte, als bezögen seine Wurzeln ihre Kraft immer noch aus den Regenwäldern des Amazonas, von wo er angeblich stammte. »Zwei Weltkriege hat Deutschland hinter sich«, sagte sie manchmal, wenn sie die Blätter der Pflanze abstaubte und mit Bohnerwachs zum Glänzen brachte, »aber mein Ficus wächst und gedeiht. Solange er das tut, kann uns nichts und niemand etwas anhaben.«

Gundel bändigte die losen Strähnen wieder in ihrem Pferdeschwanz. »Ich finde, Ruth sollte wieder bei uns wohnen«, sagte sie.

»Nicht mit diesem Mann!«, erwiderte ihr Vater.

»Aber warum denn nicht? Wir haben doch mehr Platz als genug.«

»Du weißt, wie ich darüber denke.« Energisch strich er sich, um das Gespräch zu beenden, über sein sorgfältig gepflegtes Menjou-Bärtchen, das so weiß war wie sein Haupthaar.

Ulla sah, wie ihre Schwester mit sich kämpfte. Im Gegensatz zu ihr fiel es Gundel entsetzlich schwer, ihre Meinung zu behaupten, und die wenigen Widerworte, die sie ihren Eltern in den achtzehn Jahren ihres Lebens gegeben hatte, konnte man an einer Hand abzählen. Andererseits litt sie unter Ruths Verbannung mehr als jeder sonst in der Familie.

»Dann lass sie wenigstens zum Musizieren ins Haus«, sagte sie schließlich. »Ich meine, wie soll man denn zu dritt ein Quartett spielen?«

»Papperlapapp!« Statt eines weiteren Worts klemmte Eduard sich die Geige unters Kinn. »Noch mal von vorne! Und diesmal aufgepasst, Ulla, damit du nicht wieder den Einsatz verpasst. Das gilt übrigens auch für dich«, fügte er, an Gundel gewandt, hinzu. »Nicht vergessen – in der dritten Variation übernehme ich anstelle der Bratsche.«

Er hob den Bogen über die Saiten seines Instruments und warf den Kopf in den Nacken. Als er mit energischem Nicken den Einsatz gab, fielen seine Töchter in das Thema ein, Ulla mit dem Cello, Gundel mit der zweiten Geige, und in feierlich getragenem Jubel wand die Hymne ihre unsichtbaren Kränze um die Möbel und Pflanzen des Salons.

G – E – F – D – C

Die Teetasse in der Hand, schloss Christel die Augen, um im Geist die Melodie mitzusummen, während über ihrem in zweiundfünfzig Jahren ergrauten Lockenkopf die Blätter ihres Ficus leise zitterten, ganz und gar vertieft in die Musik, so dass sie nicht einmal hörte, dass draußen in der Diele das Telefon klingelte.

2

Ruth spürte, wie sich das Kind in ihr bewegte. Doch die leichte Übelkeit, die sie dabei empfand, hatte nichts damit zu tun. Seit sie in dieser Mansardenwohnung hauste, war ihr fast immer ein bisschen übel, und der Grund dafür war nicht ihre Schwangerschaft, sondern der Geruch. Obwohl der Kolonialwarenladen ihrer Vermieterin sich im Erdgeschoss des Hauses befand, drangen die Ausdünstungen des Lebensmittellagers bis hinauf unters Dach, und sie konnte die zwei Zimmer, in denen sie mit ihrem Mann und ihrem Sohn lebte, so oft lüften, wie sie wollte, der käsige Geruch hing in allen Gardinen und Kleidern und Vorhängen und war nicht fortzukriegen.

Im Treppenhaus wurden Schritte laut.

»Vati!«, rief Winfried. »Vati kommt nach Hause!«

Ruth schaute von ihrer Näharbeit auf. »Dann kannst du ihm ja zeigen, was du geübt hast.«

Aufgeregt lief ihr Sohn zur Tür. Er hatte stundenlang darum gebettelt, für seine kleine Vorführung den grauen Janker und die kurze Lederhose anziehen zu dürfen, die seine Großmutter ihm zusammen mit den Haferlschuhen hinter dem Rücken ihres Mannes zum fünften Geburtstag geschenkt hatte. Obwohl das seine einzigen Sonntagskleider waren, hatte Ruth schließlich nachgegeben. Jetzt platzte er fast vor Stolz, dass er sie an einem gewöhnlichen Freitagabend tragen durfte.

Als die Tür aufging, schlug Winfried die Hacken zusammen und stand stramm wie ein Soldat, die rechte Hand an die kahlrasierte Schläfe gelegt, auf die das schwarze, wie mit einem Lineal gescheitelte Haar in schrägen Strähnen herabfiel. Doch sein Vater achtete nicht auf ihn. Mit grauem, leerem Gesicht ging er an ihm vorbei zum Küchenschrank, um sich ein Bier zu holen.

»Wie war das Treffen mit den Kameraden?«, fragte Ruth, als sie seine Miene sah.

»Du weißt doch, dass ich darüber nicht sprechen darf.« Während Fritz die Flasche öffnete, wies er mit dem Kinn auf die Bratsche, die außer einem gerahmten Foto von ihm in Uniform als einziger Schmuck an der Wand der kleinen Wohnküche hing. »Wann willst du den Staubfänger endlich zu Geld machen?«

»Ich weiß nicht«, sagte Ruth zögernd. »Vielleicht bekomme ich ja irgendwann doch wieder Lust zu spielen.«

»Typisch höhere Tochter«, brummte ihr Mann. »Kohldampf schieben bis unter die Achseln, aber zu stolz, um eine nutzlose Geige zu verscheuern.« Er setzte sich an den Tisch und trank einen winzigen Schluck, kaum so viel, wie nötig war, um die Lippen zu benetzen. Die Flasche musste den ganzen Abend reichen, bis Zeit zum Schlafengehen war.

»Das ist keine Geige, sondern eine Bratsche«, sagte Ruth. »Aber schau doch mal, dein Sohn möchte dir die ganze Zeit schon etwas zeigen.«

Mit vor Aufregung rotem Gesicht stand Winfried immer noch stramm und salutierte. »Ist das so richtig, Vati?«

Fritz drehte sich um. Als er seinen Sohn endlich ansah, flackerte in seinen müden, tiefliegenden Augen für einen Moment so etwas wie Stolz auf, und um seinen Mund, der wie ein Strich die ausgemergelten Wangen verband, spielte ein Lächeln.

»Brav, Kamerad.«

Er hob seinen gesunden linken Arm, um Winfrieds Wange zu tätscheln. Dabei verstärkte sich das Schütteln seines rechten Arms so sehr, dass Ruth kaum hinschauen konnte. Was für ein schneidiger Kerl war Fritz Nippert gewesen, als sie sich in ihn verliebt hatte … Gegen den Willen ihrer Eltern hatte sie das Lyzeum abgebrochen, ein Jahr vor dem Abitur, um sich als Krankenschwester an die Front zu melden. Fritz, ein blutjunger Rottenführer, hatte sie im belgischen Niemandsland aufgelesen, nachdem der Zug irgendwo auf freiem Feld angehalten hatte, und sie mit seinem Motorrad zum Lazarett gebracht. Die Entschlossenheit, mit der er den Sanitätern Befehle gab, hatte sie noch mehr beeindruckt als seine Uniform. Fritz war ein Mann, ein *richtiger* Mann! Als sie ein paar Wochen später schwanger war, hatten sie in einer kleinen Dorfkirche geheiratet, gerade noch rechtzeitig, bevor Fritz im dritten Kriegsjahr nach Russland abkommandiert worden war. Als er von dort zurückkam, hatte sie ihn nicht wiedererkannt. Nach mehreren schweren Verwundungen, drei Malariaanfällen und zwei Jahren in einem sibirischen Bergwerk war er nur noch ein Wrack, abgemagert bis auf die Knochen und mit dieser Schüttelhand, die nicht mal im Schlaf Ruhe fand. Selbst sein Haar, das früher so voll und schwarz gewesen war wie jetzt das seines Sohnes, war ihm ausgefallen, mit der Glatze und dem eingefallenen Gesicht sah sein Kopf wie ein Totenschädel aus. Manchmal, wenn sie ihn mit seinem Bild an der Wand verglich, konnte sie kaum glauben, dass dies ein und derselbe Mann sein sollte.

»Wegtreten!«, sagte Fritz mit leiser, schwacher Stimme.

Doch Winfried rührte sich nicht vom Fleck. Wie gebannt schaute er auf den rastlosen Unterarm seines Vaters.

»Warum macht die Hand das immer?«

»Das hab ich dir doch schon hundertmal gesagt – das kommt von der Gefangenschaft.«

»Bei den bösen Russen?«

»Ja, bei den bösen Russen«, antwortete Ruth für ihren Mann. Sie biss den Nähfaden ab und reichte Fritz die Arbeitsjacke, an der sie einen losen Knopf befestigt hatte.

Mit finsterem Blick schaute er auf den schäbigen, mehrmals geflickten Halbkittel. »Dass es mal so weit mit uns kommen würde …« Statt den Satz zu Ende zu sprechen, schüttelte er nur den Kopf.

Für einen Moment ließ Ruth sich von seiner Stimmung anstecken.

Er hatte ja recht – auch sie trug Kleider, für die sie sich früher zu Tode geschämt hätte, zu essen gab es kaum etwas anderes als Margarinebrote und Pellkartoffeln, im Winter froren sie und badeten in einer Zinkwanne alle drei der Reihe nach im selben Wasser, weil Holz und Kohle zu teuer waren, um für jeden extra zu heizen, und die Wohnküche, in der sich ihr gesamtes Familienleben abspielte, war kleiner als das Bügelzimmer ihrer Mutter.

»Warte nur ab, es kommen auch wieder andere Zeiten«, sagte sie. Um die düsteren Gedanken abzuschütteln, stand sie auf und stellte den Volksempfänger an – der einzige Luxus in ihrer Wohnung. Fritz hatte ihr den Apparat zu Weihnachten geschenkt, einer seiner Kameraden hatte ihn unter der Hand aus irgendwelchen alten Beständen in Berlin organisiert.

Zuerst nur ein grünlicher Schimmer, glühte die Röhre allmählich auf, und leise anschwellend drang die Musik aus dem Lautsprecher.

Komm, wir machen eine kleine Reise, in ein Land so wunderschön … Denn die Welt dreht weiter sich im Kreise, und du musst mit ihr dich drehn …

3

Stell Dir vor, wir zögen in die Ferne, unser Traumland anzuseh'n … Über uns der Mond und tausend Sterne, unser Glück wär' traumhaft schön …

Laut scheppernd tönte der Schlager, der seit Wochen auf allen UKW-Stationen gespielt wurde, als gäbe es keine anderen Lieder mehr in Deutschland, aus den übergroßen Lautsprechern des Ballsaals Lennestein, in dem zwei Dutzend Sauerländer Jungbauern sowie fünf Dutzend junger Mädchen und weniger junger Damen unter Anleitung von Tommy Weidner mit unterschiedlichem Erfolg ihre ersten Tanzschritte übten. Der Lennestein war der einzige Ballsaal in der kleinen, zwischen Ruhrgebiet und Sauerland gelegenen Industriestadt Altena, deren zahllose, zum Teil jahrhundertealte Fabriken in den drei engen Tälern von Lenne, Rahmede und Nette früher einmal zwei Drittel des großdeutschen Drahtbedarfs produziert hatten, wie jedem der rund zwanzigtausend Einwohner schon als I-Männchen eingebläut worden war. In dem stuckverzierten, auch während des Sommers stets irgendwie kalten Saal hatten zu Friedenszeiten die großen Feste der Altenaer Bürgerschaft stattgefunden, der Königinnenball der Friedrich-Wilhelms-Schützengesellschaft, der Winterball des Reit- und Fahrvereins, der Stiftungsball der Gesellschaft »Erholung«, und auch im Krieg hatte der Saalbau als Veranstaltungsort für Parteiversammlungen sowie als Sammelstelle des Winterhilfswerks sowie schließlich, nachdem Altena im April 45 zur Lazarettstadt für das zerstörte Ruhrgebiet erklärt worden war, als Erweiterung des St.-Vinzenz-Krankenhauses wertvolle Dienste geleistet. Seit dem Zusammenbruch aber stand der Bau die meiste Zeit ungenutzt leer – bis auf Freitagabend, wenn Tommy Weidner Tanzkurs hielt. Dann kam wieder Leben in die kalte Pracht.

Da Tommy bei den Herren, im Unterschied zu den Damen, nur Zahlungen in Naturalien akzeptierte, weil das Besatzungsgeld der Alliierten genauso wenig wert war wie die alte Reichsmark, rekrutierten sich die männlichen Teilnehmer seines Kurses fast ausschließlich aus den umliegenden Dörfern. Aus Dahle und Evingsen, aus Einsal und Mühlenrahmede, vom Hegenscheid und vom Wixberg kamen die heiratswilligen Bauernsöhne in die Stadt, wo Rahmede und Nette zu Füßen einer mittelalterlichen Burg in die von abgelassenen Fabriksäuren ockerfarben eingefärbte Lenne flossen – die Ärmeren zu Fuß, die Wohlhabenderen mit dem Fahrrad oder auf dem Rücken eines Ackergauls, die Reichen mit einem Auto oder Motorrad, doch alle mit Kartoffeln oder Eiern, Gemüse, Obst oder Speck, um die Kursgebühr zu bezahlen und die Herzen der Bürofräuleins und Fabrikarbeiterinnen und Kriegerwitwen zu erobern, unter denen sie, weil in deutlicher Unterzahl, die Qual der Wahl hatten und auch die weniger Ansehnlichen oder gar Versehrten sich noch die hübschesten aussuchen konnten.

Leben, ist es denn nicht schön zu leben? Sieh, ich will mein Herz dir geben … Und was dann noch fehlt zum Glücklichsein, sind Träumerei'n …

Als der Refrain einsetzte, schaute Tommy auf seine Füße. War das wirklich ein Foxtrott? Oder vielleicht doch eher ein Slowfox? Da er Slowfox nicht konnte, hatte er sich für Foxtrott entschieden. Wenn er hin und wieder aus dem Takt kam, war das also nicht allein die Schuld seiner begriffsstutzigen Tanzschülerin Annegret, die, wohlgenährt und rotbackig, ihn mit ihren Kuhaugen fortwährend anhimmelte, als wäre er Jopi Heesters, während er ebenso verzweifelt wie erfolglos versuchte, ihr den Grundschritt beizubringen. Obwohl er seit der Entlassung aus der britischen Gefangenschaft sein Leben damit bestritt, anderen Foxtrott, Tango und vor allem seinen Lieblingstanz Jive beizubringen, hatte er selbst nie wirklich tanzen gelernt, und wenn man ihn nach dem präzisen schritttechnischen Unterschied zwischen langsamem und Wiener Walzer gefragt hätte, wäre er in Verlegenheit geraten. Aber dieses Defizit machte er mit seinem Rhythmusgefühl mehr als wett. Improvisieren lag ihm im Blut – seit er vor gut fünfundzwanzig Jahren geboren worden war, musste er improvisieren, sein Leben lang. Der Grund dafür war die einzige Sünde im Leben seiner Mutter, ein Mensch namens Heinz-Ewald, seines Zeichens Handelsvertreter, auf den sie sich vor knapp sechsundzwanzig Jahren eingelassen hatte, als er auf Durchreise in Altena war: ein »Hallodri«, wie sie immer gesagt hatte, aber von »blendendem Aussehen« und »vornehmen Manieren«, der sie mit seinen »herrlichen Witzen« und seinem »lausbübischen Lächeln«, vor allem aber mit den »wundervollsten Komplimenten, die eine Frau sich nur wünschen kann«, an einem einzigen Abend um den Finger gewickelt hatte und dem Tommy angeblich auf erschreckende Weise nachgeraten sei – »sogar sein Lachen hast du von dem Hallodri geerbt, genauso wie die braunen Augen und die braunen Locken«. Heinz-Ewald hatte sich nie wieder bei ihr gemeldet, und da sie nicht mal seinen Nachnamen gekannt hatte, geschweige denn seinen Wohnort oder die Firma, die er vertrat, hatte sie Tommy allein großgezogen, als Putzfrau im Rathaus, mit einem Lohn von fünfundfünfzig Pfennigen pro Stunde. Bis zum Notabitur und seiner Einberufung als Soldat hatte Tommy nie gewusst, ob er auf seine Mutter stolz sein durfte oder ob er sich für sie schämen musste. Schließlich war er auf dem Gymnasium, dessen Besuch der Direktor der Volksschule ihm mit Unterstützung des Ortsgruppenleiters ermöglicht hatte, der einzige Junge ohne einen Vater gewesen, ein »Bastard«, und wenn er im Kreis seiner Mitschüler, die fast allesamt Söhne von Fabrikbesitzern und Kaufleuten und höheren Beamten waren, überhaupt hatte bestehen können, dann vor allem wegen seiner großen Klappe sowie der Tatsache, dass die Rädchen in seinem Gehirnkasten offenbar etwas schneller arbeiteten als bei anderen – Heinz-Ewalds Erbe sei Dank. Erst als ihn im März 1945 ein Feldpostbrief mit der Nachricht erreicht hatte, dass seine Mutter bei einem der wenigen Bombenangriffe, die es in Altena gegeben hatte, ums Leben gekommen sei, bei einem Fliegerbeschuss der Kleinbahn zwischen Mühlenramede und Altroggenrahmede, die sie benutzt hatte, um sich mit Putzen in den Büros der Schraubenfabrik Forkert ein paar Pfennige dazuzuverdienen, damit sie ihrem Sohn ab und zu ein paar Zigaretten an die Front schicken konnte, hatte er begriffen, wie sehr sie seinen Stolz verdiente.

»Ich könnte stundenlang so mit dir tanzen«, sagte Annegret mit einem innigen Augenaufschlag.

»Pssst«, erwiderte Tommy. »Sonst kommen wir aus dem Takt. Lang, lang, kurz-kurz, lang …«

Doch zu spät! Annegret hatte sich schon so sehr verstolpert, dass sie gegen ihn taumelte. Warm und weich spürte er ihren mächtigen Busen auf seiner Brust. War das wirklich nur Unvermögen – oder vielleicht Absicht? Ihr Vater, Hermann Lüsebrink aus Wiblingwerde, hatte in einem einzigen Kriegsjahr alle seine drei Söhne verloren und suchte händeringend nach einem Mann für seine Tochter und einen Jungbauern für seinen Hof. Als Tommy das Gesicht seiner Tänzerin sah, wusste er Bescheid. Nein, er hatte sich nicht geirrt: Annegret war reine, sehnsuchtsvolle Hingabe.

Um ihren Blick nicht erwidern zu müssen, drehte er sich nach Bernd und Benno um, seinen zwei Freunden, die sich für ein paar in Aussicht gestellte Fressalien bereit erklärt hatten, den Frauenüberschuss im Kurs ein wenig auszugleichen. Bernd, der im selben Infanterieregiment, in dem Tommy Leutnant gewesen war, als Obergefreiter gedient hatte, war vollkommen unmusikalisch und hatte alle Mühe, seine Tanzpartnerin, die ihm kaum bis an die breiten Schultern reichte, mit seinen Maurerhänden über das Parkett zu führen, so dass er, die Zungenspitze angestrengt zwischen den Lippen, weder nach links noch nach rechts schaute, während Benno, der gerade elegant einen ihm in die Quere kommenden einarmigen Tänzer samt Partnerin umkurvte, mit unverhohlener Schadenfreude zu ihm herübergrinste.

»Kopf hoch und an den Führer denken!«, raunte er, als sie aneinander vorbeischoben.

»Du hast gut reden«, raunte Tommy zurück. Obwohl Benno mit seinen achtzehn Jahren noch nicht mal einen richtigen Bart hatte, tanzte er schon den ganzen Abend mit dem hübschesten Mädchen im Saal. Dank seiner offenen und stets freundlichen Art, vor allem aber dank seiner grundanständigen Ausstrahlung hatte er Schlag bei Frauen, insbesondere bei denen, die einen Bogen um Tommy Weidner machten, weil sie sich nicht die Finger verbrennen wollten. Dabei wusste die ganze Stadt, dass Benno Krasemann so gut wie verlobt war – mit Gundel Wolf, der jüngsten Tochter der alteingesessenen Firma Wolf, einer der größten Altenaer Drahtfabriken, in der Benno, nachdem auch er die letzten zwei Kriegswochen noch in Tommys und Bernds Regiment als Soldat gekämpft hatte und dann zusammen mit ihnen für drei Monate in britische Gefangenschaft geraten war, eine Lehre zum Industriekaufmann absolvierte, also im Büro seines künftigen Schwiegervaters, wenn alles nach Plan verlief.

Aber was verlief schon nach Plan? Wenn alles nach Plan verlaufen wäre, wäre Tommy schon mit Gundels Schwester Ulla verheiratet – der einzigen Frau, von der er sich hatte vorstellen können, ihr für immer die Treue zu halten.

»Siehst du«, raunte Benno, als er wieder an ihm vorübertanzte, »da kommt schon die Belohnung.«

Tatsächlich – Bauer Lüsebrink kam in den Saal marschiert, einen überbordenden Fresskorb vor sich hertragend wie einen Siegerpokal. Kaum hatte Tommy ihn erblickt, ließ er Annegret stehen und klatschte in die Hände.

»Danke, meine Damen und Herren! Schluss für heute!«

Ein enttäuschtes Ooooh ertönte, man hätte zu gerne weitergetanzt, doch niemand wagte zu protestieren. Während die Herren die Damen zu ihren Plätzen führten, wie Tommy es ihnen beigebracht hatte, marschierte Hermann Lüsebrink mit seinem Korb direkt auf ihn zu. Tommy konnte sich nicht beherrschen, vorsichtig nach dem Inhalt zu schielen. Ob wohl wieder ein Kringel von der selbstgemachten Leberwurst dabei war?

»So können Sie immer leben, Herr Weidner, alle Tage«, sagte der Bauer voller Wohlwollen und drückte ihm den Korb in die Hand. »Sie brauchen nur ja zu sagen.«

Tommy warf einen Blick auf den Korb, dann auf Annegret, die über beide Backen strahlte, dann wieder auf den Korb, in dem er nicht nur einen, sondern sogar zwei Kringel Leberwurst entdeckte. Doch ein erneuter Blick auf Annegret, die schon zu glucksen begann, reichte, um ihn von der Versuchung zu kurieren.

»RUHE!«, rief plötzlich Bernd in den Saal. »Der Tag X ist da!«

Wie auf ein Zauberwort flogen alle Köpfe zu ihm herum. Jeder wusste, was mit »Tag X« gemeint war – seit Wochen war von nichts anderem mehr die Rede. Auch Tommy spürte, wie ihm vor Aufregung der Mund austrocknete. Während es mucksmäuschenstill im Lennestein wurde, drehte Bernd das Radio lauter.

»Wie wir soeben erfuhren«, verkündete ein unsichtbarer Sprecher, »haben die Militärregierungen der drei Westzonen den Stichtag der

Währungsreform auf kommenden Sonntag, den 20. Juni 1948, festgelegt …«

Kaum waren die Worte gesprochen, brach im Saal so lauter Jubel aus, dass alle weiteren Erklärungen darin untergingen. Auf diese Meldung hatte ganz Deutschland gewartet! Während die Tanzpaare sich lachend in die Arme fielen, schoss Tommy ein einziger, wunderbarer Gedanke durch den Kopf.

Jetzt fing sein Leben erst wirklich an!

4

Mit angehaltenem Atem, um ja kein Wort zu verpassen, verfolgte Ruth in ihrer Wohnküche die Ankündigung am Lautsprecher ihres Volksempfängers. Auch Fritz lauschte mit großen, leeren Augen.

»Die D-Mark löst mit sofortiger Wirkung die Reichsmark ab. Ab Montag, den 21. Juni, wird die neue Währung das alleinige Zahlungsmittel in den drei alliierten Westzonen sein. Die Bevölkerung ist aufgerufen, die entsprechenden Aushänge an den öffentlichen Gebäuden zu beachten, mit denen die Militärregierung über die Einzelheiten der Umstellung informiert …«

»Was sagt der Onkel?«, fragte Wilfried.

»Pssst!«, machten Ruth und Fritz wie aus einem Mund.

»… Die örtlichen Umtauschstellen sind von neun Uhr morgens an geöffnet. Jeder Bürger der drei Westzonen bekommt bei Vorlage seines Ausweises für vierzig Reichsmark vierzig neue D-Mark ausgezahlt, zum Wechselkurs eins zu eins …«

Ruth biss sich vor Freude auf die Lippe. »Habe ich nicht gesagt, es kommen auch wieder andere Zeiten?«

Fritz zuckte die Achseln. »Das glaube ich erst, wenn es so weit ist.«

»Aber wenn sie es doch im Radio sagen! Übermorgen ist es so weit! Vierzig Mark für jeden! Das sind achtzig Mark für uns beide! Und vielleicht gibt's ja noch mal vierzig Mark für Winfried. Das wären insgesamt einhundertzwanzig neue D-Mark. *Einhundertzwanzig*«, wiederholte sie voller Andacht, weil sie die Zahl kaum fassen konnte. »Nur für uns drei!« Voller Hoffnung blickte sie ihren Mann an. »Was meinst du, was werden wir damit machen?«

Fritz nahm einen tiefen Schluck aus seiner Flasche. Dann wischte er sich mit dem Handrücken den Schaum vom Mund. »Darüber muss ich sehr gründlich nachdenken.«

5

Die holzgetäfelten Wände im Schwarzen Raben waren vom Tabakqualm all der Zigarren, Pfeifen und Zigaretten, die Generationen von Fabrikarbeitern, Handwerkern und kleinen Ladeninhabern hier geraucht hatten, fast schwarz, und obwohl sich in diesen Zeiten kaum noch jemand echten Tabak leisten konnte und die meisten Besucher der dunklen, engen Kneipe, in der sich seit Menschengedenken die halbe Freiheitstraße zum Feierabend traf, getrocknete Kastanienblätter rauchte, war die Luft zum Schneiden. Die Jungfrau Annemarie, wie die Wirtin trotz ihrer siebzig Jahre aus Respekt vor ihrem Ledigenstand immer noch hieß, thronte mit ihrer gewaltigen Leibesfülle von zweieinhalb Zentnern auf einem erhöhten Schemel hinter dem Tresen, umrankt von Weinreben, die irgendwann ein unbekannter Künstler auf die gekachelte Wand in ihrem Rücken gepinselt hatte, zapfte Bier und kassierte von ihren Gästen die Bezugsmarken, die zusätzlich zum Geld zur Bezahlung nötig waren und ohne die es weder Speisen noch Getränke gab. Dabei spähte sie immer wieder neugierig zu Tommy und seinen Freunden herüber, die sich in die hinterste Ecke der bier- und schnapsgedünsteten Höhle verkrochen hatten, um die Ausbeute des Abends miteinander zu teilen.

Auf dem Tisch vor ihnen türmten sich Berge von Kartoffeln, Äpfeln und Zwiebeln, bekrönt von einer Speckschwarte, einem Töpfchen Schmalz und zwei Kringeln Leberwurst. So großzügig, wie er es vor seinem Gewissen verantworten konnte, schob Tommy, eine John Player zwischen den Lippen, seinen zwei Eintänzern den Lohn für ihren aufopferungsvollen Einsatz im Lennestein zu.

»Ein Kringel für euch, ein Kringel für mich.«

Bernd zog ein Klappmesser aus der Tasche, nahm mit Hilfe seines Daumens Maß und zerschnitt seine und Bennos Wurst in zwei exakt gleiche Hälften. »Ich an deiner Stelle würde mir das Angebot nicht zweimal überlegen«, sagte er.

»Du meinst – Annegret Lüsebrink?«, fragte Tommy. »Um Gottes willen!«

»Sei kein Idiot!«, sagte Bernd und leckte die Leberwurstspuren von der Klinge. »Als ihr Mann hättest du immer satt zu essen.« Er klappte das Messer zusammen und steckte es zurück in die Jackentasche.

»Und eine Familie hättest du dann auch«, fügte Benno hinzu. »Ich meine, du hast doch sonst niemanden.«

Tommy schaute seinen Freund an. War das eine Anspielung darauf, dass Ulla ihm den Laufpass gegeben hatte? Doch Benno erwiderte so arglos seinen Blick, dass Tommy den Verdacht beiseiteschob. Nein, die Anspielung hatte nur seiner Mutter gegolten, und dem verschollenen Heinz-Ewald.

»Seid ihr vom Affen gebissen?«, schnaubte er. »Könnt ihr euch mich als Bauer vorstellen? In einem Kaff wie Wiblingwerde?«

»Aber die Fressalien!«, gab Bernd zu bedenken.

Tommy schüttelte den Kopf. »Wenn die D-Mark kommt, sind Hermann Lüsebrinks Schätze nicht mal mehr ein Zehntel so viel wert wie heute.«

»Blödsinn«, erwiderte Bernd. »Fressen müssen die Leute immer. Ob mit oder ohne D-Mark.«

»Das hat mit Fressen nichts zu tun.«

»Alles hat mit Fressen zu tun.«

»Ja, aber nicht nur. Es gibt auch noch andere Dinge, die zählen.«

»Außer Fressen? Da bin ich aber gespannt.«

Tommy fragte sich manchmal, ob es in dem Maurerschädel seines Freundes auch noch etwas anderes gab als Bratkartoffeln, Eier und Speck. Bernd war stark wie ein Bär, er konnte zwei Sack Zement auf seinem breiten Buckel schleppen, dabei war er eine Seele von Mensch – aber das Einmaleins hatte er so wenig erfunden wie das Abc.

»Also gut, ich will es dir erklären«, seufzte Tommy und überlegte, wie er es anstellen sollte. »Bis jetzt waren Fressalien außer Zigaretten die einzige Währung, die jeder akzeptierte – das alte Geld war ja nur noch Papier. Darum waren sie viel teurer, als sie in Wirklichkeit wert sind, und du konntest dir auf dem Schwarzmarkt dafür fast alles kaufen. Aber wenn es ab Sonntag wieder richtiges Geld gibt, Geld, an dessen Wert die Leute glauben, ist es damit vorbei. Mit der neuen D-Mark verändert sich alles. Dann sind Fressalien und Zigaretten nur noch irgendwelche Dinge wie andere auch, und du kannst dir nichts mehr dafür auf dem Schwarzmarkt kaufen. Weil es dann gar keinen Schwarzmarkt mehr gibt.«

»Keinen Schwarzmarkt mehr?«, staunte Bernd. »Unmöglich!«

»Und trotzdem wird es so sein, verlass dich drauf! Wenn du was brauchst, gehst du einfach in ein Geschäft. Hier die Ware, da das Geld.«

»Du meinst – wie in Friedenszeiten vor dem Krieg?«

»Genau, nur besser. Weil jetzt statt der Nazis die Amis und Engländer und Franzosen das Sagen haben.«

Bernd fuhr sich mit seiner Pranke über das kurzgeschorene, aschblonde Haar. »Und was ist mit der Ostzone? Da sind doch die Russen. Kriegen die auch das neue Geld?«

»Natürlich nicht! Die behalten das alte.«

»Aber wie soll das denn gehen – zwei verschiedene Währungen in ein und demselben Land?«

So schwer von Kapee Bernd im Allgemeinen war, stellte er manchmal Fragen, die klüger waren als er selbst. Während Tommy überlegte, was er seinem Freund zur Antwort geben sollte, ohne dass die anderen merkten, dass er genauso ahnungslos war, ging die Tür auf, und herein kam ein britischer Sergeant.

»Ach du dicke Scheiße!«, zischte Benno.

Wie auf Kommando ließen die drei ihre Beute unter dem Tisch verschwinden.

»Good evening«, sagte der Brite.

»Guten Tach sagt man hier«, erwiderte die Jungfrau Annemarie auf ihrem Thron.

»I'm looking for Mr Weidner. Can you please help me?«

»Sprich Deutsch, Jüngsken, wenn du was von mir willst. Oder halt die Klappe.«

Zum Glück schien der Soldat kein Deutsch zu verstehen. Während er sich suchend in der Kneipe umschaute, verstummten die Gespräche. Schweigend stierten die Gäste in ihre Gläser. »Ah, there he is!«

Mit breitem Lächeln näherte der Sergeant sich dem Tisch. Tommy wünschte, er wäre unsichtbar. Zwar wussten die Briten, womit er sein Leben bestritt, und ließen ihn für gewöhnlich in Ruhe – schließlich brachte er auch den Besatzungsoffizieren das Tanzen bei und besorgte für ihren Kurs die hübschesten Mädchen der Stadt. Doch die stillschweigende Duldung seiner Schwarzmarktgeschäfte galt nur, solange man ihn nicht bei ihrer Ausübung erwischte.

»Don't worry«, sagte der Brite und hob die Speckschwarte, die im Eifer des Gefechts zu Boden gefallen war, wieder auf und drückte sie Tommy in die Hand. »Ick habe nix gesähän. I'm here in Auftrag von Commander Jones. Er will wissen, whether you can teach us *Schuhplattler*?«

»Schuhplattler?«, wiederholte Tommy verblüfft.

»Yes«, bestätigte der Soldat. »The most crazy deutsche Volkstanz!«
»Ach so.« Tommy atmete auf. »Na klar – *sure* I can!«

6

Das Hauskonzert in der Villa Wolf war beendet, längst schwiegen Geigen und Cello im Dämmerlicht des Salons. Trotzdem hielt Ulla immer noch mit vor Anspannung feuchten Händen ihr Instrument zwischen den Knien, während sie zusammen mit ihrer Schwester und ihren Eltern den Erläuterungen zur Durchführung der Währungsreform lauschte, die aus dem Lautsprecher der schweren, hochglanzpolierten Radiotruhe unter dem Gummibaum drangen.

Würden vierzig neue D-Mark reichen, damit ihr großer Traum in Erfüllung ging? Ulla spürte, wie ihr Herz höher schlug. Wenn ihre Mutter im Salon der Villa Wolf eine Radiosendung mit politischen Nachrichten duldete und darüber sogar ihren Tee kalt werden ließ, war nichts mehr unmöglich.

Ulla konnte sich noch gut daran erinnern, wie vehement ihre Mutter sich dagegen gewehrt hatte, dass die »Hitlerei« in Gestalt dieses Mahagoni-Ungetüms in ihrem Heiligtum Einzug hielt, und wenn aus den gelbmaschigen Lautsprechern das Geschrei des Führers oder dessen Reichsministers für Volksaufklärung und Propaganda zu hören gewesen war, hatte niemand es gewagt, den Apparat in ihrer Gegenwart einzuschalten – nur Konzertübertragungen waren erlaubt, vorzugsweise Operetten. Doch heute hatte Christel eine Ausnahme gemacht und das Radio selbst eingeschaltet, nachdem Benno Krasemann, der Lehrling der Firma und Freund ihrer jüngsten Tochter, aus dem Schwarzen Raben in der Villa angerufen hatte, um sie von der Sondermeldung in Kenntnis zu setzen. Jetzt wusste auch sie sich kaum zu halten vor Glück über die Nachrichten, die der Sprecher verkündete, daran ließ der verräterisch feuchte Glanz in ihren blauen Augen keinen Zweifel.

»Was meint ihr, ob es bei Café Dunkel wohl wieder die herrliche Buttercremetorte geben wird?«, fragte sie. »Mit echter deutscher Markenbutter?«

Ulla schüttelte lächelnd den Kopf. »Du und deine Buttercremetorte …«

»Auf jeden Fall gibt es ab Montag in den Geschäften wieder was zu kaufen«, meinte Gundel. »Es heißt, die Einzelhändler haben Berge von Waren gehortet.«

»Auch wenn wir selbst noch so sehr darunter gelitten haben«, erwiderte ihre Mutter, »ich kann es den braven Leuten nicht verübeln. Die Reichsmarkscheine bestanden ja nur noch aus Nullen. Dafür die guten Sachen hergeben? Seien wir ehrlich, das hätten wir doch auch nicht getan.« Mit einem Stirnrunzeln schaute sie Ulla an. »Aber sag mal, Kind, hast du deine Perlenkette immer noch nicht wiedergefunden?«

Unwillkürlich fasste Ulla sich an den Hals. Früher hatte sie die Kette, die Tommy ihr nach dem ersten Kuss geschenkt hatte, nahezu täglich getragen – ganz gleich, ob sie zu ihrer Kleidung gepasst hatte oder nicht. Doch vor einem halben Jahr war ihr nichts anderes übrig geblieben, als sie zu versetzen, sie hätte sonst nicht gewusst, woher sie das Geld hätte nehmen sollen, das sie so dringend gebraucht hatte und um das sie ihre Eltern unmöglich hätte bitten können. Um das Verschwinden des Schmuckstücks zu erklären, hatte sie behauptet, sie hätte es verlegt.

Zum Glück ersparte ihr Vater ihr die Antwort. »Wir haben jetzt Wichtigeres zu besprechen«, sagte er. Er drehte das Radio ab und wandte sich mit ernster Miene an seine Töchter. »Wenn ihr am Sonntag das neue Geld bekommt – was gedenkt ihr damit zu tun?«

7

Über der Ehrensäule des Kriegerdenkmals lachte schon die Sonne vom Himmel, als Christel die Thoméestraße hinunter zur Freiheit lief. Um möglichst wenigen Bekannten zu begegnen, hatte sie von der Nette aus, wo die Firma Wolf ihren Sitz hatte, den Weg über die Burg gewählt, weil in den Einkaufsstraßen entlang der Lenne am Samstagmorgen für gewöhnlich Hochbetrieb herrschte. Wie ein Dieb in der Nacht hatte sie sich nach dem Frühstück aus der Villa gestohlen, mit einer Tasche voller Kartoffeln, Zwiebeln und Äpfel sowie einem halben Kringel Leberwurst und einem halben Töpfchen Schmalz, die sie sorgsam unter ihrem Sommermantel verborgen hielt, aus Angst vor ihrem Mann. Mit den Lebensmitteln wollte sie Ruth beglücken, ihre älteste Tochter, die für sich und ihre kleine Familie jede Unterstützung dringend brauchte, was Eduard jedoch strikt verboten hatte.

Als sie am Totschlag die Freiheit erreichte, sah sie zu ihrer Verwunderung, dass ihre Vorsicht vollkommen überflüssig gewesen war. An diesem Samstagmorgen war die Stadt wie ausgestorben, fast alle Geschäfte hatten geschlossen – wegen »Umbau« oder »Erkrankung«, wie die Schilder an den Ladentüren behaupteten. Doch in den Schaufenstern, in denen bis gestern Abend noch gähnende Leere geherrscht hatte, hatte sich buchstäblich über Nacht eine wundersame Wandlung vollzogen. Bei Mode Vielhaber, ehemals Rosen, bei Betten-Prange, bei Metzger Schmale, Drogerie Pinkert und »Schnuckel« Prein – überall hatten sich die Auslagen wie von Geisterhand gefüllt. Angebote, auf die man seit Jahren vergeblich gewartet hatte, Anzüge und Kleider, Würste und Schokoladen, Matratzen und Zudecken, Bohnerwachs und Käse, Hemden und Blusen, auf einmal war alles wieder da, verschämt garniert mit dem Hinweis »keine gehorteten Waren«. Café Dunkel kündigte sogar an, dass es ab Montag wieder Buttercremetorte geben würde – »mit echter deutscher Markenbutter«.

Christel blieb vor dem Schaufester stehen und schloss die Augen, um sich für einen kurzen, seligen Moment den so lange vermissten Genuss in Erinnerung zu rufen. Fast glaubte sie die köstliche Creme auf der Zunge zu schmecken. Das Geheimnis war, so hatte der Konditor ihr einmal verraten, eine Spur Vanille und Zimt – »aber wirklich nur eine Spur!« Ob es dazu auch wieder echten Bohnenkaffee gab? Mit Dosensahne von Glücksklee?

Als sie die Augen öffnete, schrak sie zusammen. Auf der anderen Straßenseite, kaum einen Steinwurf entfernt, sah sie ihren Schwiegersohn, Fritz Nippert. In einer abgetragenen, mehrmals geflickten Jacke kehrte er mit einem Reisigbesen die Straße. Trotz der Schirmmütze, die seine Glatze verbarg, sah er so alt aus wie ein Greis. Für eine Sekunde begegneten sich ihre Blicke. Die Begegnung war mehr, als Christel ertragen konnte. Die Tatsache, dass Ruths Ehemann bei der städtischen Straßenreinigung arbeitete, war das eine, ihn bei der Ausübung dieser Tätigkeit aber zu sehen, womöglich unter den Blicken irgendwelcher Bekannter, die gerade in diesem Moment hinter der Gardine eines Fensters standen und sie beobachteten – nein, das war zu viel!

Ohne einen Gruß, die Augen fest zu Boden gerichtet, beschleunigte Christel ihre Schritte. Als sie Fritz passierte, spürte sie seinen Blick auf sich gerichtet, diesen finsteren Blick aus den tiefen Höhlen seiner Augen, der ihr immer solche Angst machte, und sie glaubte sogar, aus den Augenwinkeln das entsetzliche Schütteln seiner Hand zu sehen. Tapfer hielt sie aus. Immerhin hatte sie so die Gewissheit, Ruth allein in der Wohnung anzutreffen.

Trotzdem schien es ihr eine Ewigkeit, bis sie das Haus endlich erreichte, in dem ihre Tochter lebte. Der Kolonialwarenladen von Lotti Mürmann im Erdgeschoss war wie die meisten anderen Geschäfte geschlossen, »wegen Inventur«, doch die Haustür, die zu den Wohnungen führte, stand offen.

Auf dem Treppenabsatz im Dachgeschoss holte Christel einmal tief Luft. Dann drehte sie an der Schellschraube der Etagentür.

Winfried, ihr Enkel, machte auf.

»Omi! Die Omi ist da!«, rief er.

Als wolle sie der ganzen Welt demonstrieren, dass sie die Frau eines Straßenkehrers war, kam Ruth in einer ärmellosen Kittelschürze an die Tür. Unter dem billigen, mit Blümchen bedruckten Stoff trat ihr runder Bauch deutlich hervor.

»Hier, das ist für euch«, sagte Christel.

Voller Misstrauen blickte Ruth auf die Tasche mit den Lebensmitteln. »Weiß Papa davon?«

»Nein«, sagte Christel. »Die Sachen sind von Gundels Verehrer. Er hat sie gestern Abend gebracht. Ich weiß auch nicht, wo der die immer auftreibt.«

Ruth schüttelte den Kopf. »Wenn Papa nichts davon weiß, will ich nichts davon haben.«

Christel holte ein zweites Mal Luft. Ruth war schon immer die störrischste ihrer drei Töchter gewesen. Ob das wohl daran lag, dass sie als Einzige Locken und ihr braunes Haar, wie ihr eigenes in der Jugend, einen Einschuss ins Rötliche hatte? Im Gegensatz zu Ulla, der Zweitgeborenen und hübschesten, die zwar auch ihren eigenen Kopf hatte, vielleicht sogar noch mehr als ihre ältere Schwester, diesen aber stets so durchzusetzen wusste, dass sie selber nicht zu Schaden kam, vor allem aber im Gegensatz zu Nesthäkchen Gundel, die mit ihren vom Vater geerbten sanften braunen Augen selbst nur glücklich sein konnte, wenn sie andere glücklich machte, musste Ruth immer mit dem Kopf durch die Wand, egal, wie groß der Schaden war, den sie damit anrichtete. So war sie in ihrer Begeisterung für die Schreihälse im Radio und den angeblichen Endsieg als junges Mädchen an die Front durchgebrannt, um mit einem Kind nach Altena zurückzukehren – und im Schlepptau diesen Mann, für den sich nun die ganze Familie in Grund und Boden schämen musste.

»Jetzt stell dich nicht so an!« Obwohl Ruth sich sträubte, drückte Christel ihr die Tasche in die Hand. »Wenn du sie nicht willst – denk an deinen Sohn. Außerdem bist du schwanger. Da musst du für zwei essen.« Sie bückte sich zu ihrem Enkel und fasste ihn bei den Schultern. »Du darfst niemandem verraten, dass ich hier war! Versprochen? Das ist unser Geheimnis.«

Winfried kannte das schon und zog sein Verschwörergesicht. »Ja, Omimi. Versprochen. Heiliges Ehrenwort.«

Als Christel das ernste Gesichtchen sah, mit dem er die Hand zum Schwur hob, schossen ihr Tränen in die Augen.

»Du armer kleiner Wurm!«

Sie wuschelte einmal sein glattes, schwarzes Haar, dann gab sie ihm einen Kuss und verschwand.

8

Mit bösen Augen starrte Fritz auf die Leberwurst und das Töpfchen Schmalz, die Ruth ihm zum Abendbrot aufgetischt hatte.

»Von wem ist das? Wieder von deiner Mutter?«

»Nein, von Gundels Verehrer.«

»Also von deiner Familie.« Mit beiden Händen schob er die Sachen von sich.

Nur mit Mühe konnte Ruth ihre Enttäuschung verbergen. Fritz war nach der Arbeit lange ausgeblieben, wieder hatte er den Abend mit seinen Kameraden zusammengehockt, so dass sie Winfried schon vor seiner Rückkehr ins Bett gebracht hatte. Trotzdem hatte sie sich die ganze Zeit darauf gefreut, ihrem Mann die Wurst und das Schmalz vorzusetzen – er brauchte doch jedes Gramm Fett, um wieder zu Kräften zu kommen und wenigstens ein bisschen so wie früher zu werden.

Und jetzt dieses Gesicht.

»Mir wirfst du vor, ich wäre zu stolz«, sagte sie. »Dabei bist du viel stolzer als ich. Das können wir uns nicht leisten.«

Wortlos räumte sie die Sachen auf ein Tablett, um sie zurück in den Küchenschrank zu stellen. Wenn Fritz sie nicht essen wollte, würde sie Winfried damit zum Frühstück überraschen. Der Junge würde sich ein Loch in den Bauch freuen. Leberwurstbrote waren seine Lieblingsbrote, und die bekam er selten genug.

»Und ob wir uns das leisten können!«, sagte Fritz, während sie die Schranktür öffnete.

Verwundert drehte Ruth sich um. Als sie seinen Blick sah, wunderte sie sich noch mehr. Ein Lächeln huschte über sein graues, abgemagertes Gesicht, ein Lächeln, das sie schon für immer verloren geglaubt hatte.

Das Lächeln des Mannes, in den sie sich vor einer Ewigkeit verliebt hatte.

»Soll das heißen, du hast neue Arbeit gefunden?« Sie traute sich kaum, an so viel Glück zu glauben.

Tatsächlich schüttelte Fritz den Kopf. Doch schon wieder spielte das Lächeln um seinen Mund. »Besser«, sagte er. »*Viel* besser sogar!«

»Besser als Arbeit?« Sie stellte das Tablett auf dem Schrankbrett ab. »Was soll das sein?«

Jetzt grinste Fritz über das ganze Gesicht. »Darauf kommst du nie!«

»Willst du mich auf die Folter spannen?«

Immer noch grinsend, zuckte er die Schultern. Auch wenn sie vor Neugier fast platzte – es war eine solche Wohltat, ihn endlich mal wieder gutgelaunt zu sehen.

Brachen jetzt wirklich bessere Zeiten an?

»Bitte, Fritz! Mach doch den Mund auf!«

Offenbar genoss er ihre Neugier so sehr, dass er sie noch ein wenig zappeln ließ. Umständlich öffnete er die Flasche Bier, die sie ihm auf den Tisch gestellt hatte, und nahm einen Schluck. Während er trank, schien sich sogar seine Schüttelhand ein wenig zu beruhigen.

»Ich weiß jetzt, was wir mit dem Geld machen werden«, erklärte er schließlich.

»Mit unseren achtzig D-Mark?«

»Hundertzwanzig«, verbesserte er. »Ich habe mich erkundigt, Winfried zählt auch, genauso wie ein Erwachsener. Und wenn du dich beeilst und wir rechtzeitig zu viert sind«, er deutete mit dem Kinn auf ihren Bauch, »kommen vielleicht noch mal vierzig Mark dazu.«

Die vage, unbestimmte Hoffnung auf ein Wunder, die Ruth für einen Moment verspürt hatte, erlosch so schnell, wie sie gekommen war. Sie wusste selbst nicht, worauf sie gehofft hatte. Aber es war nichts gewesen, was mit Geld zu tun hatte.

»Und?«, fragte sie. »Was hast du dir überlegt?«

Fritz streckte seine gesunde Hand nach ihr aus. Zögernd reichte sie ihm ihre Rechte.

»Wir wandern aus«, sagte er. »Nach Argentinien.«

»Bist du verrückt geworden? Mit den paar Mark kommen wir ja nicht mal bis Hamburg.«

Sie wollte ihre Hand zurückziehen, doch er hielt sie fest.

»Weiter brauchen wir auch nicht zu kommen«, sagte er. »Zumindest nicht mit unserem eigenen Geld. Ich kenne jemand, der hat in Argentinien eine Rinderfarm. Die alten Kameraden strecken uns die Überfahrt vor. Den Vorschuss kann ich später abarbeiten, in unserer neuen Heimat.«

»In unserer neuen Heimat?«, wiederholte sie. Was er sagte, war so verrückt, dass sie nicht wusste, ob er es ernst meinte oder sich über sie lustig machte. »Aber dein Herz«, erwiderte sie unsicher. »Der Arzt sagt, du darfst nur leichte Arbeiten verrichten. Wie willst du das schaffen, auf einer Farm?«

Fritz schnaubte nur einmal verächtlich durch die Nase. »Ich habe schon ganz andere Dinge im Leben geschafft.« Plötzlich nahm seine Miene wieder jenen entschlossenen Ausdruck an, den sie früher so sehr an ihm bewundert hatte, im Krieg, an der Front, wenn er irgendwelche Befehle gab. Es war derselbe Ausdruck wie auf dem Foto von ihm an der Wand.

»Dann … dann meinst du das also wirklich im Ernst?«

Er drückte ihre Hand. »Ja, Ruth. Wir fangen noch mal von vorne an. Ein neues Leben.«

Die wenigen Worte lösten ein solches Durcheinander in ihr aus, dass es ihr die Sprache verschlug. Tausend Gedanken schossen ihr gleichzeitig durch den Kopf. Doch einer war stärker als alle anderen.

Ein neues Leben, hatte er gesagt. *Ein neues Leben …*

»Weißt du eigentlich, wie sehr ich dich liebe?«, flüsterte sie.

Statt ihr zu antworten, sah er sie nur mit seinen großen, schwarzen Augen an, so eindringlich und lange, dass ihr ganz flau im Magen wurde. Dann zog er sie zu sich und gab ihr einen Kuss, wie er ihr keinen mehr gegeben hatte, seit er aus Russland zurück war.

9

In der Villa Wolf war der Tee kalt geworden, und die dunkelgrün glänzenden Blätter des Ficus zitterten bedrohlich. Nach einem Tag Bedenkzeit, die Eduard seinen Töchtern verordnet hatte, war die Familie am Samstagabend im Salon zusammengekommen, damit Ulla und Gundel ihren Eltern erklärten, was sie mit den vierzig neuen D-Mark zu tun beabsichtigten, die ihnen am Sonntagmorgen ausgezahlt würden.

»Studieren wollt ihr also?«, rief ihr Vater, den es vor Erregung nicht mehr auf seinem Platz hielt, und begann zwischen den Pflanzen auf und ab zu laufen. »Tja, das hätte ich auch gern getan, das könnt ihr mir glauben. Literatur! Philosophie! Mein Leben hätte ich dafür gegeben!«

»So hoch wollen die zwei ja gar nicht hinaus!«, erwiderte seine Frau. »Gundel möchte doch nur Volkschullehrerin werden, und Ulla …«

»Ich weiß, was die Damen wollen, sie haben es mir ja gerade selbst gesagt. Aber was wird aus der Firma?«

Er drehte sich um und warf seinen Töchtern einen so strengen Blick zu, dass Gundel die Augen niederschlug.

»Als Ärztin kann ich dafür sorgen, dass du die Firma noch viele Jahre selber führst«, sagte Ulla.

»Werd ja nicht frech!«, fuhr er ihr über den Mund, »Herrgott, ich verstehe ja euren Wunsch, zu studieren, und wenn euer Bruder noch am Leben wäre …«

»Was verlangst du von uns? Sollen wir dafür büßen, dass Richard gefallen ist?«

Während Gundel immer noch zu Boden starrte, als gäbe es nichts Interessanteres als das blaurote Rautenmuster des Persers zu ihren Füßen, erwiderte Ulla voller Empörung den Blick ihres Vaters. Die Vorstellung, in der Firma arbeiten zu müssen, war für sie ein Gräuel. Sollte sie mit einer Drahtzieherei ihr Leben vergeuden, anstatt wirklich wichtige Dinge zu tun? Die vierzig Mark gehörten ihr, ihr ganz allein, und sie brauchte sie für ihr Studium. Seit ihrer Kindheit wollte sie Ärztin werden – ihr ganzes Leben hatte sie diesem Traum untergeordnet, ihr ganzes Leben und noch mehr. Und jetzt wollte ihr Vater sie daran hindern, dass sie sich diesen Traum erfüllte? Obwohl sie selbst die Mittel dafür hatte?

»Ich appelliere nur an euer Pflichtgefühl!«, sagte er. »So wie mein Vater es damals bei mir getan hat!«

»Jetzt lass den Mädchen doch ihren Willen«, sprang Christel ihren Töchtern bei. »Es ist doch nun mal ihr Leben, und sie haben nur dieses eine.«

»Unsinn!«, schnitt Eduard ihr das Wort ab. »Die Firma ist unser Leben! Das war so, das ist so, das wird immer so bleiben!

10

Ruth hatte sich schon lange nicht mehr so voller Zuversicht gefühlt wie in dieser Nacht. Seit sie schwanger war, hatte Fritz zum ersten Mal wieder mit ihr geschlafen, mit solcher Leidenschaft, dass sie sich fast schon Sorgen um sein Herz gemacht hatte. Jetzt schnarchte er an ihrer Seite, und auch Winfried schlummerte so friedlich auf seiner kleinen Liege am Fußende des Ehebetts, als könne keine Sorge dieser Welt ihn je erreichen.

Statt sich zum Schlafen herumzudrehen, hatte Ruth sich im Bett aufgesetzt, um das wohlige Gefühl noch etwas länger zu genießen. Am liebsten wäre sie nackt geblieben, aber für den Fall, dass Winfried aufwachte, hatte sie sich vorsichtshalber doch das Nachthemd übergestreift. Während unter dem Fenster draußen ab und zu ein Auto die Freiheitstraße entlangfuhr und dabei die Scheinwerfer die Schlafkammer kurz erleuchteten, indem das Licht einmal an der Zimmerdecke von einer Ecke zur anderen wanderte, dachte sie über das Gespräch mit ihrem Mann nach. In den letzten Wochen und Monaten hatte sie ihren Eigensinn manches Mal bereut, vor allem ihre Entscheidung, sich freiwillig an die Front zu melden, und in vielen schlaflosen Nächten hatte sie sich gefragt, wie alles wohl gekommen wäre, wenn sie Fritz nicht geheiratet hätte. Alles war so ernst und eng und dürftig in ihrem Leben, dass sie sich fast körperlich nach jener leichtsinnigen, verschwenderischen Unbekümmertheit zurücksehnte, die ihr früheres Leben ausgemacht hatte. Auch vermisste sie die Geborgenheit in ihrem Elternhaus, den selbstverständlichen Wohlstand und das Gefühl von Sicherheit, litt unter der Armut, in der sie mit Fritz lebte. Jeden Wunsch musste sie sich verkneifen, nicht nur für sich selbst, auch für ihren Sohn, kaum konnte sie ihm mal ein Tütchen Brausepulver spendieren, so knapp war das Geld. Und ja, sie schämte sich für ihren Mann, wenn er in seiner geflickten Jacke aus dem Haus ging, den Henkelmann in seiner Schüttelhand und den Reisigbesen über der Schulter – auch wenn sie das niemals irgendeinem anderen Menschen gegenüber zugeben würde.

Sollte es damit jetzt ein Ende haben?

Argentinien. Zu Hause hätte sie jetzt im Großen Brockhaus nachgeschaut, wie das Leben dort war. Aber in ihrer Mansardenwohnung gab es natürlich kein Konversationslexikon, so dass sie auf ihre Phantasie angewiesen war. Als sie die Augen schloss, sah sie vor sich eine weite, sanft gewellte Graslandschaft, auf der eine riesige Herde von Kühen weidete, bis zum Horizont. Das Wort *Pampa* fiel ihr ein – mehr wusste sie nicht über das ferne, fremde Land. Aber das reichte. Im Geiste sog sie die klare, reine Luft ein, die über die Wiesen und Felder strich, ließ sie tief in ihre Lungen einströmen, genoss die kühle Frische. Nie wieder würde der käsige Gestank, der wie ein unsichtbarer Schleier in ihrer Wohnung hing, ihr Übelkeit bereiten.

Das Kind in ihrem Bauch strampelte. Ruth schlug die Augen auf und sah im Lichtschein eines vorüberfahrenden Autos ihren Mann. Sein abgemagerter Kopf sah aus wie ein Totenschädel, doch auf seinen Lippen lag ein Lächeln. Ob er wohl auch von der Pampa träumte? Sogar im Schlaf wischte seine Hand ruhelos über die Bettdecke hin und her.

Zärtlich strich Ruth mit den Fingerspitzen über ihren Rücken.

Vielleicht würde sie in Argentinien ja endlich zur Ruhe kommen.

TEIL EINS

ERSTES BUCH

Der große Anfang

Neues Geld, neues Glück

1948/1949

1

Noch nie seit Kriegsende waren die Altenaer Kirchen an einem Sonntagmorgen so leer gewesen wie an diesem 20. Juni des Jahres 1948. Ob in der katholischen Pfarrkirche St. Matthäus, in der evangelischen Lutherkirche oder in den Tempeln der Calvinisten, freikirchlichen Gemeinden und Zeugen Jehovas: Nur ein paar wenige Gläubige verloren sich in den Bänken der Gotteshäuser zur Messe oder Andacht, die die Priester in ungewohnter Eile hinter sich zu bringen suchten, weil auch sie an diesem Tag noch etwas Besseres vorhatten. Denn wie überall in den drei Westzonen Deutschlands warteten an diesem Morgen auch die Bürger Altenas voller Ungeduld auf die Öffnung der Umtauschstellen, um ihre vierzig frisch gedruckten D-Mark in Empfang zu nehmen.

Vor der Sparkasse in der Freiheit stauten sich die Menschen in zwei Schlangen bis zur Kleinen Brücke hinunter und in der anderen Richtung bis zum Totschlag hinauf. Obwohl Ulla und Gundel schon seit sieben Uhr anstanden, würden sie auch nach Öffnung der Bank noch reichlich Geduld brauchen, bis sie an die Reihe kamen, denn zwischen ihnen und dem Eingang drängten sich mehrere Dutzend Wartende, die noch früher gekommen waren als sie. Eine aufgeregte Erwartung lag in der Luft, man bestaunte die Angebote in den übervollen Schaufenstern und rechnete aus, was man sich von all den Herrlichkeiten wohl leisten könnte. Endlich durfte man wieder träumen und sich auf etwas freuen! Wenn am Montag die Geschäfte aufmachten, würde die Hölle los sein.

»Ich würde zu gerne wissen, wie du das schaffst, dass sie bei dir immer nachgeben«, sagte Gundel.

»Ich habe keine Ahnung, wovon du redest«, erwiderte Ulla, obwohl sie ganz genau wusste, was ihre Schwester meinte.

»Du darfst studieren, ich nicht«, erklärte Gundel. »Statt mit Kindern werde ich mein Leben mit Steno und Schreibmaschine verbringen.«

»Tröste dich«, sagte Ulla. »Dafür erbst du später mal die Firma.«

»Ich wäre aber hundertmal lieber Lehrerin geworden«, sagte Gundel. »Außerdem wird Papa mir die Firma sowieso nicht anvertrauen, wenn es irgendwann wirklich so weit ist. Er braucht jetzt nur eine Sekretärin, auf die er sich blind verlassen kann.«

Während sie sprach, ging plötzlich ein Leuchten durch ihr Gesicht, und sie wurde rot wie eine Tomate.

Dafür konnte es nur einen Grund geben.

Ulla hatte sich nicht getäuscht. Als sie sich umdrehte, sah sie auf der anderen Straßenseite Benno Krasemann, seines Zeichens kaufmännischer Lehrling der Firma Wolf und aller Wahrscheinlichkeit nach der zukünftige Ehemann ihrer Schwester. Mit dem Rücken zu ihnen und halb verdeckt von seinem Freund Bernd Wilke stand er vor dem Schaufenster von Mode Vielhaber, ehemals Rosen, und begutachtete die Auslagen.

So plötzlich, wie Gundels Stimmung sich gehoben hatte, so schlagartig senkte sich Ullas. Denn Benno und Bernd waren nicht allein, bei ihnen stand noch jemand – der Mensch, dem Ulla in ganz Altena am wenigsten begegnen wollte.

Thomas Weidner, von jedermann Tommy genannt.

2

Ruth wusste, dass sie verschlafen hatte. Obwohl sie die Augen noch nicht geöffnet hatte, schimmerte milchig weiß das Tageslicht durch die Lider, und von der Straße drangen Stimmen und Motorengeräusche in die Kammer herauf. Eigentlich hatte sie an diesem Morgen so früh wie möglich aus dem Haus gehen wollen, um sich zusammen mit Fritz gleich um neun Uhr das neue Geld auszahlen zu lassen. Jetzt gab es sicher schon lange Schlangen vor den Banken. Trotzdem stand sie nicht auf, sie wollte noch zwei Minuten einfach so daliegen, mit geschlossenen Augen, und weiter ihren Träumen nachhängen, von Argentinien und der klaren, reinen Luft und ihrem neuen Leben dort. Das Geld konnten sie auch noch später holen, am Radio hatten sie gesagt, dass die Umtauschstellen den ganzen Tag geöffnet hätten, bis achtzehn Uhr, und die frisch gedruckten Scheine für jeden Anspruchsberechtigten in ausreichenden Mengen bereithielten.

Zu ihren Füßen raschelte es leise, und gleich darauf hörte sie kleine, tippelnde Schritte. Winfried war aufgewacht. Ruth unterdrückte das

Lächeln, das ihr schon auf den Lippen lag, und stellte sich weiter schlafend. Winfried machte es einen Riesenspaß, sie morgens zu wecken, mit einem Kuss auf die Wange, so wie Ruth ihn abends immer mit einem Gutenachtkuss auf die Wange in den Schlaf verabschiedete, bevor sie das Licht in der Kammer löschte. Er glaubte, es sei derselbe Kuss, den er seiner Mutter auf diese Weise am Morgen zurückgab, ein tägliches Spiel zwischen ihnen beiden, und die kleine Freude wollte sie ihm nicht nehmen.

Doch statt sie zu küssen, zerrte Winfried am Ärmel ihres Nachthemds.

»Guck mal, Mama!«, rief er. »Papas Hand hat aufgehört!«

Ruth öffnete die Augen. Aufgeregt zeigte Winfried auf die Hand seines Vaters.

Aufgestützt auf ihre Ellbogen, konnte sie das Wunder kaum glauben. Vollkommen reglos lag Fritz' Hand auf der Bettdecke, ohne das geringste Schütteln oder Zittern.

»Ist Papa jetzt wieder gesund?«, fragte Winfried.

»Pssst«, machte Ruth. »Wir wollen ihn noch ein bisschen schlafen lassen.«

»Pssst«, machte auch ihr Sohn, und während er sich den Zeigefinger vor das gespitzte Mündchen hielt, zwinkerte er ihr verschwörerisch zu.

Vorsichtig, um Fritz nicht aufzuwecken, schlug Ruth die Decke zurück und schwang die Beine aus dem Bett.

Konnte es sein, dass die Wirklichkeit noch schöner war als ihre Träume?

3 *Neue Währung – neue Preise!*

Nicht in altmodisch steifem Sütterlin, sondern in hochmoderner, wie von Hand dahingeworfener Schreibschrift prangte der Schriftzug auf dem Schaufensterplakat, mit dem Mode Vielhaber seine ausgestellten Waren anpries. Nur der Querstrich über den drei Us erinnerte noch an die alte Art zu schreiben, aber seltsam, ausgerechnet dadurch wirkte der Schriftzug umso flotter.

»Ist der nicht schick?«, fragte Benno und zeigte auf einen dunkelgrauen, doppelreihigen Kreidestreifenanzug, dessen Preis ein kleines Schildchen am Revers in derselben flotten Dekorateursschrift mit *DM 38,90* bezifferte.

»*Tod*schick«, sagte Tommy. Ihm war der Anzug auch ins Auge gesprungen – wer so einen Anzug trug, gehörte dazu. Trotzdem wollte er so schnell wie möglich fort von hier. Erstens konnte er sich den Anzug nicht leisten, weil er seine vierzig Mark für andere Dinge brauchte, und zweitens hatte er Ulla in der Warteschlange vor der Sparkasse gesehen. »Was meint ihr, sollen wir es nicht lieber bei der Commerzbank versuchen? Vielleicht stehen da ja weniger Leute an als hier.«

Er wandte sich zum Gehen, doch seine Freunde rührten sich nicht vom Fleck. Benno drückte sich immer noch die Nase an der Schaufensterscheibe platt.

»Den hole ich mir morgen«, sagte er voller Andacht.

»Einen Anzug?«, fragte Bernd. »Dafür willst du dein Geld ausgeben?«

»Eine lohnende Investition«, erwiderte Benno. »Und zwar nicht nur vom kaufmännischen Standpunkt aus.« Über die Schulter warf er seinen Freunden einen vielsagenden Blick zu.

»Dann ist es also so weit?«, fragte Tommy. »Ihr wollt euch verloben?« Die Vorstellung versetzte ihm einen Stich.

Obwohl Benno versuchte, ein möglichst gleichgültiges Gesicht zu ziehen, quoll ihm das Glück aus allen Poren. »Nicht weitersagen – noch ist nichts offiziell! Und ihr?«, fragte er, während er sich wieder in den Anblick seines Traumanzugs versenkte. »Was macht ihr mit eurem Geld?«

Bernd brauchte für die Antwort keine Sekunde nachzudenken. »Ich hoffe, dass ich irgendwo eine gebrauchte Betonmischmaschine auftreiben kann.«

»Für vierzig Mark?«, fragte Benno.

»Mein Vater legt seine vierzig Mark obendrauf.«

Tommy pfiff durch die Zähne. »Bernd Wilke geht unter die Baulöwen …«

Verlegen zuckte sein Freund die breiten Schultern. »Beim Wiederaufbau werden auch Aufträge für kleine Flickmaurer abfallen. Wenn nicht in Altena, dann in Hagen oder Dortmund. Im Ruhrgebiet liegt ja alles in Schutt und Asche. – Aber seht nur«, unterbrach er sich plötzlich, »die Wolf-Schwestern!«

»Wo?«, fragte Benno und fuhr herum.

Tommy biss sich auf die Lippen.

»Hast du Tomaten auf den Augen? Da drüben!« Mit dem Finger

zeigte Bernd auf die andere Straßenseite, wo die zwei Schwestern vor dem Eingang der Sparkasse anstanden. Gundel hatte sie bereits gesehen und winkte zu ihnen herüber. Nervös kramte Tommy sein Zigarettenpäckchen hervor und steckte sich eine John Player an. Zur Commerzbank konnte er sich jetzt nicht mehr verdrücken, dann würden die anderen den Braten riechen.

»Wir stellen uns zu ihnen in die Reihe«, schlug Benno vor. »Dann kommen wir früher dran.«

Tommy schüttelte den Kopf. »Wir stellen uns hinten an, wie alle anderen auch. Vordrängeln ist unfair.«

»Das sagst ausgerechnet du?«, staunte Bernd.

»Was soll das heißen – ausgerechnet ich?«

»Hör schon auf, du Feigling!«, sagte Benno. »Du kneifst ja nur wegen Ulla.«

Statt einer Antwort blies Tommy ihm den Rauch ins Gesicht. Doch Benno ließ sich nicht beirren.

»Ich weiß zwar nicht, weshalb Ulla dich abserviert hat«, sagte er, »aber Kneifen ist keine Lösung. Ihr könnt euch schließlich nicht bis ans Ende eurer Tage aus dem Weg gehen. Dafür ist Altena zu klein. Also sei verdammt nochmal kein Frosch!«

4

Das hatte Ulla gerade noch gefehlt! Nicht genug, dass sie sich wegen Tommy und seiner Freunde zusammen mit ihrer Schwester noch mal am Ende der Schlange hatte anstellen müssen, weil die anderen sich die Vordrängelei nicht gefallen lassen wollten, turtelten Gundel und Benno jetzt händchenhaltend direkt vor ihrer Nase herum und bekräftigten jeden zweiten Satz mit einem Küsschen, wie um zu beweisen, dass sie das verliebteste Pärchen von ganz Altena waren.

»Einen Sekretärinnenkurs?«, fragte Benno und küsste Gundel auf die Nasenspitze. »Aber warum denn kein Lehrerinnenseminar, Schatz?«

Ulla sah, wie ihre Schwester ihr Erwachsenengesicht aufsetzte. »Ich kann die Firma nicht im Stich lassen«, erklärte sie, »und meinen Vater auch nicht. Er braucht eine Sekretärin, der er blindlings vertrauen kann.«

Benno schien die Antwort nicht zu überzeugen. »Aber deine Schwester hat wie immer ihren Kopf durchgesetzt und darf studieren.«

»Was dagegen?«, fragte Ulla.

»Nein, natürlich nicht. Ich meine nur, vom Standpunkt der Gerechtigkeit aus …«

»Gundel ist alt genug, um zu wissen, was sie will«, fiel Ulla ihm ins Wort. »Und erst recht ist sie alt genug, um ihre Entscheidungen auch ohne dich zu treffen.«

»Ist ja schon gut.« Wie immer, wenn es kritisch wurde, wechselte Benno das Thema. »Weißt du schon, wo du studieren wirst?«, fragte er.

Auch Ulla war froh, dass die Klippe umschifft war. »Ja, in Tübingen.«

»Ach du grüne Neune!«, rief er ein bisschen übertrieben. »Das ist ja am anderen Ende der Welt! Ist Altena denn so schlimm?«

»Kommt darauf an«, rutschte es ihr heraus. Mist – wieder einmal war ihre Zunge schneller gewesen als ihr Verstand. Jetzt hatte sie selber ein Thema angeschnitten, das noch viel heikler war als das erste.

Darauf reagierte sogar Bernd, der die ganze Zeit den Eingang der Sparkasse im Auge behielt, ohne sich bislang an dem Gespräch zu beteiligen. »Dann pass auf, dass Altena dich nicht einholt«, sagte er. »Tommy will nämlich auch Medizin studieren.«

»Wirklich?« Gegen ihren Willen drehte Ulla sich zu Tommy herum. »Das ist ja das Allerneueste!«

»Was dagegen?«, äffte er sie nach.

Sie maß ihn mit einem Blick, von dem sie hoffte, dass er möglichst spöttisch aussah. »Darf man nach den Gründen fragen? Hippokratischer Idealismus?«

Tommy würdigte sie keiner Antwort. Stattdessen machte er sein altes Kunststück, klopfte eine Zigarette aus der Packung und ließ sie von seinem Handrücken direkt zwischen die Lippen springen, indem er sich mit der Rechten auf den linken Unterarm schlug. Beim Anblick der vertrauten Geste tat ihr ihre Bemerkung schon wieder leid. Warum wurde sie immer zu einer solchen Kratzbürste, wenn Tommy und sie einander über den Weg liefen?

»Keine Angst«, sagte er und inhalierte den Rauch, »in Tübingen werde ich ganz sicher nicht studieren.«

»Dann hab ich ja noch mal Glück gehabt!«

»Tübingen geht ja auch gar nicht«, erklärte Benno. »Tommy hat sich für das Altena-Stipendium beworben. Wenn er es kriegt, muss er an einer nordrhein-westfälischen Uni studieren …« Er stockte, offenbar hatte er eine Idee. Mit einem weiteren Kuss wandte er sich an Gundel.

»Wie wär's, wenn du bei eurem Vater ein gutes Wort für ihn einlegen würdest?«

»Ich? Für Tommy?« Gundel schien von der Idee wenig begeistert.

»Warum nicht? Ein bisschen Vitamin B kann nicht schaden.«

»Ich weiß nicht«, sagte sie mit unsicherem Blick auf Ulla.

Die war froh, dass ein lautes Ahhhh in der Schlange ihr die Antwort ersparte.

»Es geht los!«, rief Bernd. »Sie haben aufgemacht!«

Ein Ruck ging durch die Reihe, und die Wartenden stürmten in die Bank, als wollten sie die Schalter plündern, so dass die zwei Schutzmänner, die sich vor dem Eingang postiert hatten, vorsichtshalber ihre Knüppel zückten.

5

»Kohlsuppe am Sonntag?«, fragte das rotwangige Hausmädchen Betty und rückte sich das frisch gestärkte Häubchen auf ihrem blonden Lockenkopf zurecht. »Da werden die Mädchen aber lange Gesichter ziehen.«

Die Vorstellung bereitete Christel klammheimliches Vergnügen. »Wie in der Bibel«, sagte sie. »Erst die mageren, dann die fetten Jahre. Oder war das umgekehrt? Egal. Hauptsache, dass wir morgen, wenn die Geschäfte aufmachen, so richtig spüren, wie gut es uns wieder geht.«

Seit nun fast zwanzig Jahren schon arbeitete Betty als Hausmädchen in der Villa Wolf, und wie jeden Morgen besprach Christel mit ihr in der großen Küche mit dem blitzblank gescheuerten Herd, über dem die kupfernen Pfannen und Töpfe an der weißblau gekachelten Wand hingen, den Speisezettel des Tages. An diesem Ritual hatten weder der Zusammenbruch des Großdeutschen Reiches noch die darauffolgende Inflation etwas ändern können, so wenig wie an Bettys gestärktem Häubchen und ihrer weißen Schürze über dem schwarzen Kleid, auch wenn es angesichts der leeren Vorratskammer oft kaum etwas zu besprechen gab. Das war Christel sich und ihrer Vorstellung von der Führung eines gutbürgerlichen Haushalts schuldig.

»Aber was wird Ihr Mann dazu sagen?«, erwiderte Betty, die eigentlich Bertha hieß, doch von Christel bei ihrer Einstellung kurzerhand auf einen passenderen Namen umgetauft worden war. »Er hat erst vorgestern gesagt, dass er Kohlsuppe nicht mehr sehen kann.«

»Ich weiß. Aber für eine kleine Erziehungsmaßnahme an seinen Töchtern wird er sie gern noch einmal in Kauf nehmen.«

Während Christel sprach, läutete es an der Tür.

»Soll ich aufmachen?«, fragte Betty.

Christel hielt sie am Arm zurück und wandte sich zur Diele. »Danke, meine Gute, aber ich gehe selbst. Das werden die Mädchen sein. Ich bin ja so gespannt, wie das neue Geld aussieht.«

Am liebsten wäre auch sie schon in aller Herrgottsfrühe zur Umtauschstelle gegangen, aber da Eduard sogar an diesem Tag darauf bestanden hatte, erst den Sonntagsgottesdienst in der Lutherkirche zu besuchen, bevor sie sich ihr »Kopfgeld« holten, wie die Leute sagten, hatte sie sich den Wunsch verkniffen. Was hätten die Leute schließlich denken sollen, wenn sie sich ohne ihren Mann die vierzig D-Mark auszahlen ließ – die würden ja am Ende noch glauben, sie wolle mit dem Geld durchbrennen!

In der Halle stolperte sie über ein Paar Schuhe, die Ulla hatte stehenlassen. Dieses kleine gerissene Biest – unglaublich, wie sie ihren Vater wieder rumgekriegt hatte! Für die Erlaubnis, Medizin zu studieren, hatte Eduard von ihr eine schriftliche Erklärung verlangt, mit der sie auf alle Ansprüche an der Firma Wolf zugunsten ihrer Schwester verzichtete. Doch Ulla kannte ihren Vater, schon als Kleinkind hatte sie ihn um den Finger gewickelt, und ohne mit der Wimper zu zucken, hatte sie ihn gebeten, ihr gleich an Ort und Stelle eine solche Erklärung zu diktieren, damit sie sie unterschreiben könne, und ihn dabei so unschuldig mit ihren grünen Augen angeschaut, dass er mit einem Seufzer kapituliert und ihr auch so seinen Segen gegeben hatte … Arme Gundel, sie würde die Firma trotzdem nicht erben. Um ein Unternehmen zu führen, hatte Eduard gesagt, fehle es ihr an Durchsetzungsvermögen.

Ob Ulla mit ihrem Dickkopf später im Leben wohl ebenso anecken würde wie ihre Schwester Ruth?

Als Christel die Tür aufmachte, stutzte sie. Draußen warteten nicht ihre Töchter mit dem neuen Geld, vor ihr stand vielmehr Frau Goecke, die Frau des langjährigen Hausarztes der Familie.

»Wie gut, dass ich Sie antreffe, Frau Wolf«, sagte sie. »Ihr Enkel Wilfried hat bei uns Sturm geschellt. Ruth hat ihn geschickt.«

»Um Himmels willen«, sagte Christel, »Ist es schon so weit?« Sie wandte sich zur Garderobe und griff nach ihrem Mantel. »Ruth ist doch erst im siebten Monat!«

6

In der Sparkasse herrschte solches Gedränge, dass Ulla fast schon Platzangst bekam, und nur den zwei Schutzmännern, die mit gezücktem Knüppel vor den Schaltern für Ordnung sorgten, war es zu verdanken, dass sie mit ihren vierzig D-Mark zurück auf die Straße gelangte, ohne von den außer Rand und Band geratenen Leuten zerquetscht zu werden. Doch was spielte das an einem solchen Tag für eine Rolle?

Tommy sprach aus, was alle dachten.

»Was für ein Segen, dass wir bei den Briten gelandet sind«, sagte er und küsste jeden einzelnen seiner druckfrischen Scheine. »Wenn ich mir vorstelle, wir wären in der Ostzone bei den Russen …«

»Die armen Schweine müssen wahrscheinlich bis ans Ende ihrer Tage mit Bezugsmarken einkaufen«, sagte Bernd.

»Was sind sie auch so dämlich, sich von den Russen besetzen zu lassen«, sagte Tommy, ohne den Blick von dem neuen Geld zu lassen. »Aber kann mir mal jemand erklären, warum die nur Frauen auf die Scheine gedruckt haben?«

Ulla schaute auf die Banknoten in ihrer Hand. Tatsächlich – lauter Frauen, sowohl auf dem blauen Zehner wie auf dem grünen Zwanziger.

»Die auf dem Fünfer ist ja sogar nackt!«, rief Benno und verdrehte die Augen. »Herrliche Zeiten brechen an!«

»Wehe!« Gundel drohte ihm mit dem Zeigefinger, und ihrem Gesicht nach war die Drohung nicht nur gespielt. »Außerdem ist das keine wirkliche Frau. Das ist Europa.«

»Europa?«

»Hast du in Geschichte gepennt?«

»Ach so, *die* Europa meinst du. Und woher willst du wissen, dass die das ist?«

»Das erkennt man an dem Stier, auf dem sie reitet.«

»Und ich dachte, das ist Annegret Lüsebrink auf einer Kuh in Wiblingwerde«, sagte Tommy.

Während die anderen über seinen Witz lachten, beschlich Ulla ein seltsames Gefühl. Plötzlich war ihr, als würden diese fremden, unbekannten Frauen auf den neuen Scheinen von jetzt an ihr Leben bestimmen.

»Weiß jemand, wer die sind?«, fragte sie. »Ich meine, außer Europa?«

Ihre Freunde zuckten die Achseln, niemand schien die Frage zu interessieren. Neugierig hielten sie die Scheine gegen das Licht, um das Wasserzeichen zu prüfen und nach dem Silberfaden zu schauen. Zur allgemeinen Zufriedenheit hatte auch der Eine-D-Mark-Schein beides aufzuweisen, ja sogar der Schein für eine halbe Mark. *Bank deutscher Länder*, stand am unteren Rand geschrieben, *Frankfurt am Main*, dazu eine Unterschrift.

Gutes, solides, richtiges Geld. Mit allem Drum und Dran.

»Und du«, wandte Gundel sich an Tommy. »Du hast als Einziger noch nicht verraten, was du mit deinen vierzig Mark anfangen wirst. Brauchst du sie auch für das Studium?«

»Nicht, wenn ich das Stipendium bekomme.«

»Was hast du dann damit vor?«

Wie immer, wenn Tommy im Mittelpunkt stand, genoss er die Aufmerksamkeit, die ihm zuteilwurde. »Das werdet ihr noch früh genug erfahren«, sagte er geheimnisvoll.

»Jetzt rück schon raus mit der Sprache«, drängte Benno.

»Ich weiß gar nicht, warum ihr so neugierig seid«, erwiderte Tommy mit gespielter Verwunderung. »Aber ich mache euch einen Vorschlag. Gehen wir zu mir und verfeiern in meiner Bude die letzten Fressalien. Auf dem Schwarzmarkt bekomme ich sowieso nichts mehr dafür.«

»Wir sind dabei!«, sagte Gundel. »Nicht wahr, Benno?«

Der nickte.

»Ich auch!«, erklärte Bernd.

»Und du?«, fragte Tommy Ulla. »Kommst du auch mit?«

Als er sie so plötzlich mit seinen braunen Augen ansah, musste sie schlucken. Sie kannte seine Wohnung, besser als jeder andere, eine winzige Wohnküche und ein noch winzigeres Schlafzimmer. Die Wohnung war am Breitenhagen, »Klein-Rom«, wie Tommy das nach dem Krieg aus dem Boden gestampfte Viertel beim katholischen Friedhof nannte, weil dort nicht nur die Toten, sondern auch die rings um den Friedhof angesiedelten Vertriebenen katholisch waren. Ulla hatte Tommy dort viele Male besucht, hinter dem Rücken ihrer Eltern und auch ihrer Schwester. Manchmal wünschte sie, jemand hätte sie rechtzeitig erwischt. Dann wäre sie vielleicht noch mit ihm zusammen.

»Wenn du mitkommst«, sagte er, »verrate ich auch, was ich mit meinem Geld mache.«

Zum Glück setzte er dabei sein Charming-Boy-Lächeln auf, um ihr die Einladung schmackhaft zu machen. Das hatte sie schon immer gehasst.

»Soooo interessant ist das auch wieder nicht«, sagte sie abschätzig.

Gundel zog sie am Arm beiseite. »Jetzt sei doch keine Spielverderberin!«, zischte sie leise, damit die anderen sie nicht hören konnten.

»Ich hab aber keine Lust«, zischte Ulla zurück.

»Warum denn nicht?«, fragte Gundel. »Es ist noch kein halbes Jahr her, da warst du über beide Ohren in ihn verliebt.«

Ulla zuckte die Achseln. »Irren ist menschlich.«

Gundel schüttelte den Kopf. »Willst du wissen, was ich glaube?«

»Nein.«

»Ich sag dir's trotzdem: Du bist immer noch in ihn verliebt!«

»Hast du einen Vogel?«

»Nein, nur Augen im Kopf.«

»Frechheit! Was bildest du dir ein?«

»Gib dir keine Mühe, große Schwester – ich weiß, was ich weiß. Was ich nur nicht begreife, ist, dass du partout nicht wahrhaben willst, was doch jeder sieht, der zwei Augen hat. Statt ihn einfach zu lieben, legst du es aus irgendeinem Grund regelrecht darauf an, dass er dich nicht mag. Was soll das? Alle anderen Mädchen in Altena würden sich die Finger nach ihm ablecken.«

»Wenn du ihn haben willst«, erwiderte Ulla, »bitte sehr, ich überlasse ihn dir gerne.«

Zu ihrer Überraschung sah sie, dass ihre Schwester rot wurde.

»Sieh mal einer an«, sagte Ulla. »Mein unschuldiges kleines Schwesterlein. Also, wenn ich nicht wüsste, dass du mit Benno so gut wie verlobt bist …!«

Mitten im Satz verstummte sie. Der Grund dafür war Ruth, die mit ihrem dicken Bauch und dem kleinen Winfried an der Hand den Totschlag herunterkam. Alle schauten plötzlich in die Luft oder zu Boden, sogar Tommy schien verlegen. Ohne einen von ihnen zu grüßen, eilte Ruth an ihnen vorbei, um sich vor der Sparkasse in die Warteschlange einzureihen.

Bernd war der Erste, der den Mund aufbekam. »Redet ihr immer noch nicht wieder mit ihr?«, fragte er.

Weder Ulla noch Gundel gaben ihm eine Antwort.

»Ihr habt sie doch nicht alle!«, schnaubte er und eilte Ruth nach.

7

Bernd folgte Ruth einfach aus dem Gefühl heraus, dass es das einzig Richtige war, was jetzt getan werden musste, und es war ihm auch egal, wie blöd die anderen wahrscheinlich hinter ihm herglotzten. Er konnte einfach nicht verstehen, wie man jemanden so gnadenlos schneiden konnte, wie die Familie Wolf das mit Ruth tat. Was hatte sie verbrochen, dass ihre Eltern und ihre Schwestern sie wie eine Aussätzige behandelten?

Im zweiten Lehrjahr hatte Bernd mit seinem Vater im Hof der Villa Wolf eine Garage für den Firmen-Maybach gebaut. Dabei hatte er sich in die älteste der drei Töchter verliebt. Während Gundel und Christel die zwei Bauarbeiter in ihren staubigen Cordhosen gar nicht wahrgenommen hatten, hatte Ruth Bernd jeden Mittag gefragt, ob sie für ihn und seinen Vater den mitgebrachten Henkelmann aufwärmen sollte. Einmal hatte sie ihn sogar mit in die Küche genommen und ihm eine Brause gegeben, weil es so heiß gewesen war, und für seinen Vater hatte sie eine eiskalte Flasche Bier aus dem Kühlschrank geholt. Sie war so schön. Bernd hätte sein Leben dafür gegeben, um über ihr welliges, kastanienbraunes Haar zu streichen. Ihre graugrünen Augen schienen immer ein bisschen traurig, sogar wenn sie lachte. Sobald sie ihn ansah, klopfte ihm das Herz bis zum Hals, und wenn sie bei der Übergabe des Henkelmanns seine Hand berührte, schlief er abends mit der ungewaschenen Hand an der Wange in seinem Bett ein. Aber er hatte sich nie getraut, ihr zu sagen, was er für sie empfand. Ruth war nicht nur drei Jahre älter als er, sie stammte auch aus einer reichen und angesehenen Fabrikantenfamilie, und er war nur ein Maurerlehrling und Sohn eines Poliers. Als dann plötzlich das Gerücht die Runde gemacht hatte, Ruth habe irgendwo an der Front geheiratet, hatte es ihn fast um den Verstand gebracht. Hätte er vielleicht doch eine Chance gehabt? Der Mann, mit dem Ruth vor den Altar getreten war, Fritz Nippert, war nichts Besseres als er, ein Bauernsohn aus der Uckermark, der jetzt als Straßenfeger arbeitete, weil er mit seiner Schüttelhand zu nichts anderem mehr zu gebrauchen war. Doch im Unterschied zu Bernd hatte Fritz Nippert den Mut gehabt, Ruth seine Liebe zu gestehen. Jetzt war es zu spät. Jetzt war Ruth eine verheiratete Frau, und Bernd konnte ihr seine Zuneigung nur noch beweisen, indem er mit ihr sprach, statt wie die anderen so zu tun, als wäre sie Luft.

Als er sie einholte, wusste er nicht, was er sagen sollte.

»Guten Tag, Ruth.« Mehr brachte er nicht zustande.

»Guten Tag, Bernd«, erwiderte sie und blieb stehen.

»Bist du auch gekommen, um dir deine vierzig Mark zu holen?« Kaum hatte er die Frage gestellt, hätte er sie am liebsten wieder heruntergeschluckt. Etwas Dümmeres konnte man kaum fragen. Schließlich ließ sich ganz Altena heute das Kopfgeld auszahlen.

Zum Glück lachte Ruth ihn nicht aus. »Ja«, sagte sie ernst. »Natürlich.«

»Und – weißt du schon, was du mit dem Geld machst?«

»Ich brauche es für meinen Mann.«

»Warum? Bekommt Fritz denn keine vierzig Mark?« Schon wieder so eine blöde Frage, für die er sich hätte ohrfeigen können.

Doch Ruth schüttelte nur den Kopf. »Nein«, sagte sie. »Fritz bekommt nichts mehr, von niemandem. Er … er ist tot.«

»Um Gottes willen – was sagst du da?«

In ihren Augen schimmerten Tränen. »Er ist letzte Nacht gestorben. In unserem Ehebett. Während ich neben ihm schlief.«

8

Fassungslos blickte Christel auf ihren Schwiegersohn, der, bereits im Anzug und mit einem Paradekissen unter dem Kopf, in Ruths Schlafkammer aufgebahrt war, die großen, knochigen Hände wie im Gebet vor der Brust gefaltet. Schon zu Lebzeiten hatte Fritz Nippert mit seinem kahlen Schädel und den hohlen Wangen ausgesehen wie ein Toter, doch jetzt, da er mit diesem reglosen, wächsernen Gesicht vor ihr lag, die Augen in den tiefen Höhlen für immer geschlossen, sah er aus wie der Tod selbst.

»Ich kann das alles nicht verstehen«, sagte sie, während sie zusammen mit ihrer Tochter und ihrem Enkel am Fußende des Bettes stand. »Dein Mann stirbt, und du rennst mit dem Jungen zur Sparkasse.«

»Wie sollte ich sonst die Rechnungen bezahlen?«, erwiderte Ruth.

»Welche Rechnungen?«

»Dr. Goecke. Die Beerdigung. Das Grab.«

Ihre Stimme klang so teilnahmslos, als zähle sie die Posten eines Einkaufszettels auf. Woher nahm sie nur diese Beherrschung? Ruths Miene war wie aus Stein. Das musste der Schock sein, anders war das nicht zu erklären.

»Hättest du nur einen Ton gesagt, wir hätten dir doch geholfen.«

Während sie sprach, legte Winfried die Hand an die Stirn, um ein letztes Mal vor seinem Vater zu salutieren. Stumm, ohne eine Träne. Der Anblick zerriss Christel das Herz.

»So ein tapferer kleiner Soldat«, sagte sie und strich ihrem Enkel über den schwarzen, glatten Scheitel. »Ich bin sicher, wenn dein Vater dich jetzt vom Himmel aus sieht, ist er furchtbar stolz auf dich.«

Der Kloß in ihrem Hals ließ sie stocken.

»Mein Gott«, fuhr sie zu ihrer Tochter herum, »wenn Frau Dr. Goecke uns nicht Bescheid gesagt hätte, ich glaube wahrhaftig, du hättest deinen Mann begraben, ohne uns ein Wort zu sagen. Wann soll die Beerdigung sein?«

»Wozu willst du das wissen?«, erwiderte Ruth mit derselben tonlosen Stimme.

»Du kannst vielleicht fragen! Meinst du nicht, dass es jetzt an der Zeit ist, einander zu vergeben?«

Endlich regte sich etwas in Ruths Gesicht, eine Augenbraue ging in die Höhe. »Weil Fritz jetzt tot ist?«, fragte sie. Ohne die Antwort abzuwarten, schüttelte sie den Kopf. Dann wurde ihre Miene wieder zu Stein. »Ich verbiete, dass Papa an der Beerdigung teilnimmt. Wenn er trotzdem kommt, stoße ich ihn mit ins Grab.«

9

Während Christel mit ihrer Tochter und ihrem Enkel die Totenwache hielt, saß die übrige Familie in der Villa beim Abendbrot. Betty hatte im Esszimmer gedeckt, es gab Schnittchen mit Mettwurst und dazu eine Kanne Hagebuttentee. Doch niemand rührte etwas an.

»Warum sitzen wir hier rum, statt Ruth zur Seite zu stehen?«, fragte Gundel.

»Es reicht, wenn eure Mutter sich um sie kümmert«, erwiderte ihr Vater. »Mehr kann sie nicht erwarten, nach allem, was sie der Familie angetan hat.« Um klarzumachen, dass damit für ihn die Diskussion beendet war, strich er sich mit dem Zeigefinger über sein weißes Menjou-Bärtchen.

»Bist du auch dieser Meinung?«, wandte Gundel sich an ihre Schwester. »Ruth gehört doch schließlich zur Familie.«

Um dem verzweifelten Blick auszuweichen, nippte Ulla an ihrem kalten Tee. Schon als Ruth und sie noch Backfische waren, hatten sie sich nicht verstanden. Während Ulla heimlich die Predigten von Pastor

Niemöller las, die am Lyzeum kursierten, war Ruth eine begeisterte BDM-Führerin gewesen. Ulla hatte sich darum nicht gewundert, als ihre Schwester die Schule geschmissen hatte, um an der Front verwundete deutsche Helden für den Endsieg zu pflegen. Doch dass sie dann auch noch einen Rottenführer der Waffen-SS geheiratet hatte, um mit dem Kerl nach Altena zurückzukehren, damit hatte sie das Maß des Erträglichen überschritten! Familie hin oder her.

»Sie ist die ganze Zeit eine glühende Nazisse gewesen.«

»Willst du sie deshalb für immer verdammen?«, erwiderte Gundel. »Sie war doch noch keine zwanzig!«

»Hast du vergessen, wie sehr sie für *die Sache* schwärmte? Ganz verzückt hat sie am Radio gelauscht, wenn Hitler und Goebbels ihre Hetzreden hielten und unsere Soldaten in den Tod jagten mit ihrem Geschrei.«

»›Wer von euch ohne Sünde ist, der werfe den ersten Stein‹«, zitierte Gundel die Bibel.

»Das Schlimme ist, sie hat nicht dazugelernt!«, fiel ihr Vater ihr ins Wort. »Sonst hätte sie sich von diesem Nazi, den sie zu ihrem Mann erkoren hat, nach dem Krieg getrennt und sich scheiden lassen. Das hat sie aber nicht, und das ist un-ver-zeih-lich!«

Die letzten Silben begleitete er mit so heftigen Schlägen auf den Tisch, dass das Geschirr bedrohlich hüpfte. Irritiert schauten die Schwestern sich an. So erregt hatten sie ihren Vater selten gesehen. Sein Gesicht war ganz bleich, und seine Hand zitterte.

»Ruth hat sich für diesen Mann entschieden«, sagte er, »und damit gegen alles, was unserer Familie heilig ist. Was blieb uns da anderes übrig, als uns von ihr zu distanzieren?«

Während in seinen Augen Tränen schimmerten, entstand eine Stille, in der nur das Pendel der Standuhr zu hören war.

»Aber müssen wir das jetzt darum immer noch tun?«, fragte Gundel leise. »Jetzt ist ihr Mann doch tot. Sollten wir da nicht einen neuen Anfang versuchen?«

Obwohl Ulla es sich selbst nur schwer eingestehen konnte, bewunderte sie die Beharrlichkeit, mit der Gundel ihre Schwester verteidigte.

»Ich wollte, das könnten wir«, sagte Eduard. »Aber noch letzte Woche hat Fritz Nippert sich mit seinen Kameraden von der SS getroffen, das weiß ich aus sicherer Quelle. Bürgermeister Vielhaber hat es mir persönlich berichtet. Und Ruth hat das toleriert …«

Die Haustürklingel unterbrach ihn. Überrascht zog er seine Taschenuhr aus der Weste und ließ den Deckel aufspringen. »Schon so spät?«

Er hatte die Uhr noch in der Hand, da streckte Betty ihren blonden Lockenkopf durch die Tür.

»Ich soll Ihnen sagen«, sagte sie mit einem Knicks, wie Christel es ihr beigebracht hatte, »die Herren wären jetzt da. Sie warten in der Bibliothek.«

10

Alles war wie immer. Während von der Straße die Stimmen der Nachtschwärmer heraufdrangen, wanderten die Scheinwerfer vorüberfahrender Autos an der Zimmerdecke entlang, um für ein paar Sekunden die dunkle Schlafkammer zu erhellen. Ruhig und gleichmäßig ging Winfrieds Atem, irgendwann hatte er es nicht mehr geschafft, die Augen aufzuhalten, und war auf seiner Liege eingeschlafen. Nur Fritz' Schlafgeräusche fehlten, das leise Stöhnen, wenn er einen bösen Traum hatte, und sein Schnarchen.

Ruth saß auf der Bettkante und streichelte immer wieder seine Hand, die endlich Ruhe gefunden hatte.

Warum konnte sie nicht weinen?

Ihr war nicht entgangen, wie irritiert ihre Mutter sie bei der Totenwache beäugt hatte, auch wenn sie sich alle Mühe gegeben hatte, ihre Neugier zu verbergen. *Dein Mann stirbt, und du rennst mit dem Jungen zur Sparkasse …* Wie sollte ihre Mutter das auch verstehen? Sie verstand sich ja selber nicht. Wie unter einem Zwang war sie zur Bank gelaufen, kaum dass Dr. Goecke den Totenschein ausgestellt hatte, als hinge ihr Leben davon ab, noch heute ihre vierzig Mark umzutauschen. Dabei hatten sie im Radio ja gesagt, dass jeder sein Geld bekommen würde, sogar noch am nächsten Tag.

Nein, es war nicht die Angst um das Geld gewesen, die sie aus der Wohnung getrieben hatte. Es war die Angst vor der Wahrheit, die stärker war als sie. Der Wahrheit, dass es Fritz nicht mehr gab. Solange sie aus dem Haus und auf der Straße war und irgendetwas tat, was getan werden musste, war Fritz noch nicht tot.

Winfried murmelte leise im Schlaf. Ruth beugte sich vor, um nach ihm zu schauen. Sie hatte ihm in der Küche ein Lager herrichten wollen, doch er hatte darauf bestanden, in der Kammer zu schlafen, wie sonst auch, am Fußende des Ehebetts, bei seinem toten Vater.

Der Junge vergötterte Fritz so sehr, wie sollte er den Verlust je bewältigen?

Unten fuhr ein Auto vorbei. Als der Lichtkegel ins Zimmer schien, blinkte etwas an Winfrieds Brust. Ruth konnte zuerst nicht erkennen, was es war, doch dann sah sie das Eiserne Kreuz, das Fritz für einen besonders gefährlichen Fronteinsatz bekommen hatte – er hatte bei einem Sturmangriff einen Russen aus dem feindlichen Schützengraben gezerrt, um aus ihm Informationen über geplante Truppenbewegungen herauszuprügeln. Obwohl Winfried die Geschichte schon tausendmal gehört hatte, hatte er immer wieder vor dem Schlafengehen gebettelt, dass sein Vater sie ihm noch einmal erzählte. Fritz hatte den Orden in einem Zigarrenkästchen aufbewahrt, zusammen mit seiner Schießkordel. Der Junge musste ihn herausgenommen und sich an den Schlafanzug geheftet haben.

Ruth schloss die Augen und sah, wie Winfried vor seinem toten Vater salutiert hatte, hier an diesem Bett, tapfer und ohne eine Träne. Und endlich, endlich brach es aus ihr heraus, ihre Angst und ihre Trauer. Sie schlug die Hände vors Gesicht, und während ihr ganzer Oberkörper unter den Schluchzern bebte, weinte sie um ihren toten Mann.

Irgendwann, als sie keine Tränen mehr hatte, beugte sie sich über ihn, um in der Dunkelheit ein letztes Mal sein kaltes, erstarrtes Gesicht zu küssen.

11

Die Herren, die in der Bibliothek warteten, waren Walter Böcker, ein schwergewichtiger Enddreißiger mit rotem, pockennarbigem Bulldoggengesicht, einstmals hochdekorierter Luftwaffenmajor und Abteilungsleiter im Reichsministerium für Bewaffnung und Kriegsproduktion, jetzt nur noch Hauptmann der Friedrich-Wilhelms-Schützengesellschaft und Drahtfabrikant, sowie Arno Vielhaber, der zweiundvierzigjährige Bürgermeister und Inhaber von Mode Vielhaber, der mit seinem hübschen, kleinen Gesicht, dem pomadisierten Haar und den eleganten Anzügen immer ein bisschen zu geleckt wirkte, vor allem aber Howard Jones, der britische Stadtkommandant, ein typischer Engländer unbestimmten Alters mit schütterem, rötlichem Haar und stets einer Pfeife zwischen den schmalen Lippen.

Bevor Eduard den Raum betrat, rückte er seine Fliege zurecht. Die Sache, um die es an diesem Abend ging, war ihm nicht nur eine persönliche Herzensangelegenheit, sondern auch von nicht zu unterschätzender Bedeutung für die ganze Stadt. *Brot und Spiele* – die Altenaer Bevölkerung brauchte nicht nur was zu essen, die Menschen mussten auch wieder feiern dürfen, um endlich die dunkle Vergangenheit hinter sich zu lassen und an ihre Zukunft zu glauben.

»Worum geht's, Gentlemen?«, fragte Commander Jones, nachdem man einander die Hände geschüttelt und in den braunen Lederfauteuils Platz genommen hatte. Obwohl der Major im Zivilberuf Deutsch an einem Gymnasium in Manchester unterrichtete und geradezu einen Spleen für besonders komplizierte deutsche Wörter hatte, sprach er mit starkem Akzent und vermischte gern beide Sprachen miteinander.

Walter Böcker strich sich über das graumelierte, nach hinten gewellte Haar, dann stützte er sich mit beiden Händen auf seine massigen Oberschenkel und sagte: »Ich will nicht lange drum rumreden. Wir wollen Sie im Namen der Friedrich-Wilhelms-Gesellschaft um die Erlaubnis bitten, in diesem Sommer wieder das Schützenfest feiern zu dürfen.«

»Das größte und bedeutendste Ereignis in Altena«, fügte Arno Vielhaber beflissen hinzu. »Eine seit Jahrhunderten gepflegte Tradition.«

»Ich weiß, was ein *Schützenfest* ist«, sagte Jones. »Ich habe als Student sogar schon mal an einem teilgenommen.« Eine Weile sog er stumm an seiner Pfeife. Dann schüttelte er den Kopf. »Ich fürchte, da muss ich Sie enttäuschen.«

»Aber warum?«, fragte Arno Vielhaber. »Die Bevölkerung würde es Ihnen ewig danken.«

»Let's talk *Tacheles*«, erwiderte der Kommandant. »Dafür ist die Zeit noch nicht reif. Ein Schützenfest könnte als Wiederbelebung des deutschen Militarismus verstanden werden, und dem sind im Krieg Millionen von Menschen zum Opfer gefallen.« Er machte Anstalten, sich aus seinem Sessel zu erheben. »War es das, Gentlemen?«

Eduard schaute seine Mitstreiter an. Niemand im Vorstand der Friedrich-Wilhelms-Gesellschaft hatte geglaubt, dass die Engländer ohne weiteres ihren Segen zu dem Fest geben würden, doch mit einer so barschen Abfuhr hatte keiner gerechnet – Jones war schließlich nicht nur bekannt für seine Vorliebe für deutsche Wörter, sondern auch für deutsche Bräuche. Entsprechend ratlos erwiderten die anderen seinen Blick. Selbst Walter Böcker, der sonst nie um einen Einfall verlegen war, zuckte nur stumm die Achseln, und Arno Vielhaber zupfte unsicher an seinem frischgebügelten Einstecktuch.

»Nicht ganz.« Einer plötzlichen Eingebung folgend, stand Eduard auf und eilte zur Tür. »Die Getränke, Betty!«, rief er in die Diele. »Ich kann Sie doch nicht gehen lassen, ohne Sie zu bewirten«, fügte er, sich wieder an den Kommandanten wendend, entschuldigend hinzu.

Noch während er sprach, kam das Hausmädchen mit einem Tablett herein. Die Getränke hatte er vorbereiten lassen, um auf die Erlaubnis des Majors anzustoßen, die sie durch geschicktes Verhandeln zu erzielen gehofft hatten. Jetzt waren sie die letzte Chance, das Blatt vielleicht doch noch zu wenden.

Die Reaktion des Majors erstickte jede Hoffnung im Keim.

»What the hell ist das?«, fragte Jones und schaute voller Entsetzen auf den gelbbraunen, dickflüssigen Inhalt der Gläser.

»Knickebein!«, erklärte Walter Böcker.

»Das Traditionsgetränk der Altenaer Schützen!«, ergänzte der Bürgermeister.

»Und woraus besteht – *'nickebein*?«, wollte Jones wissen und erhob sich aus seinem Sessel, um die Gläser näher in Augenschein zu nehmen.

»Rohes Eigelb mit Cognac«, sagte Walter Böcker, der gleichfalls aufgestanden war.

Der Major schüttelte sich. Eduard spürte, wie ihm der Schweiß auf die Stirn trat.

»Wenn Sie vielleicht trotzdem probieren wollen?«, fragte er. Er wusste, es war ein Risiko, bei nicht wenigen Menschen löste Knickebein spontanen Brechreiz aus, doch darauf kam es jetzt auch nicht mehr an. »Bitte, Betty.«

Das Mädchen präsentierte das Tablett. Mit angeekelter Miene nahm Jones ein Glas. »Aber nur, um Ihnen heute kein zweites Mal einen Korb zu geben.« Er steckte seine Pfeife in die Brusttasche der Uniform und kippte voller Todesverachtung das Glas hinunter.

Im selben Moment vollzog sich eine wundersame Wandlung in seinem Gesicht. Der Ekel darin verschwand, um freudiger Überraschung zu weichen.

»Heavens! Das schmeckt ja wie – *Plumpudding*!«

Eduard atmete auf. »Es freut mich, dass unser Knickebein Ihnen mundet«, sagte er und tupfte sich mit seinem Taschentuch den Schweiß von der Stirn.

Der Major lachte. »Das Zeug sieht zum Fürchten aus, aber verdammt – es schmeckt!« Wie um es zu beweisen, leckte er den dickflüssigen Rest aus seinem Glas.

»Ja, oft trügt der Schein«, sagte Eduard. »Schein und Sein, ein altes philosophisches Problem.«

»Oh – Sie sind Philosoph?«

»Leider nur als Privatmann.«

»Dann sind wir ja Kollegen.« Jones schenkte ihm einen anerkennenden Blick. »Ich habe Philosophie in Heidelberg studiert. Deutscher Idealismus. Kant, Schelling, Hegel!«

Eduard nickte. »›Bei-sich-sein im Anders-sein.‹« Dabei ignorierte er die irritierten Blicke, mit denen Walter Böcker und Arno Vielhaber ihn musterten, als wäre er ein armer Irrer. »Aber um noch einmal auf unser Schützenfest zu sprechen zu kommen – vielleicht verhält es sich damit ja ganz ähnlich wie mit dem Knickebein.«

Der Major runzelte die Stirn. »Was wollen Sie damit sagen?«

»Schein und Sein«, wiederholte Eduard. »Auch hier erweist sich der Schein einmal mehr als trügerisch. Das Schützenfest ist nämlich keineswegs eine militaristische Veranstaltung – im Gegenteil. Die Friedrich-Wilhelms-Gesellschaft ist eine friedliche Bürgerwehr, die im Jahre 1429 gegründet wurde, um die Stadt gegen Feuersbrünste und Hochwasser zu schützen. Schon 1547 gab es eine erste schriftliche Satzung. Daraus geht hervor, dass die Gesellschaft seit ihren Anfängen eine zutiefst demokratische Institution ist, in der jedes Mitglied, unabhängig von seinem Stand und seinem Geld, gleich viel zählt. Deshalb haben die Nazis auch immer wieder versucht, unser schönes Fest zu verbieten.«

Der Kommandant horchte auf. »Die Nazis wollten Ihnen das Schützenfest verbieten? Ausgerechnet die Nazis?«

»Allerdings«, bestätigte Eduard. »Sie wollten keine Organisation in der Stadt, die größeren Rückhalt in der Bevölkerung genoss als die Partei. Doch sie haben es nicht geschafft, sie haben sich am Widerstand der Bürgerinnen und Bürger die Zähne ausgebissen. Für ihr Schützenfest wären die braven Altenaer sonst in den Generalstreik getreten.«

Major Jones blickte nachdenklich in sein leeres Glas. Dann wandte er sich an Betty, die immer noch mit ihrem Tablett im Raum stand. »Wenn ich vielleicht noch ein Schlückchen haben könnte?«

»Aber gewiss.« Eduard reichte ihm persönlich ein neues Glas und nahm ihm das alte ab.

»Ich *liebe* deutsche Bräuche!« Wieder leerte Jones das Glas in einem Zug. »Also gut«, sagte er dann. »Das Schützenfest darf stattfinden. Allerdings mit einer Einschränkung«, fügte er hinzu und hob die Hand, um zu hohe Erwartungen von vornherein zu dämpfen. »Es darf nicht mit Bleikugeln geschossen werden, die Schützen müssen den König mit dem Luftgewehr ausmachen.«

Eduard sah, dass Walter Böcker protestieren wollte, doch zum Glück kam Arno Vielhaber ihm zuvor.

»Wir wissen gar nicht, wie wir Ihnen danken sollen, Commander«, sagte der Bürgermeister und schlug die Absätze zusammen, dass es nur so knallte.

»Danken Sie nicht mir, sondern Mister Wolf«, erwiderte der Major. Dann wandte er sich an Eduard. »Well done, old chap. Deutschland braucht Männer wie Sie, um in der Welt wieder Achtung zu finden.« Er nahm seine Pfeife aus der Brusttasche und klemmte sie sich zwischen die Lippen. »Gentlemen!«

Er nickte einmal Eduard, dann dem Bürgermeister und Walter Böcker zu und verließ den Raum.

Wortlos warteten die anderen ab, bis er in der Diele verschwunden war.

»Ich danke Ihnen im Namen der Stadt Altena«, sagte Arno Vielhaber mit der ihm eigenen Feierlichkeit, wenn er den Bürgermeister mimte, und drückte Eduard die Hand, als draußen die Haustür ging.

Doch Walter Böcker verzog missmutig das Gesicht. »Luftgewehr«, schnaubte er. »So ein Scheiß! Da können wir ja gleich Topfschlagen spielen!«

12

Im Laufschritt eilte Tommy das Huckegässchen zur Burg hinauf. Der Schuhplattlerkurs sollte um acht Uhr im Rittersaal stattfinden, und von der Lutherkirche schlug es schon Viertel vor. Es war ein ziemliches Kunststück gewesen, in nur drei Tagen eine Schallplatte mit geeigneter Musik aufzutreiben. Doch mit seinen alten Schwarzmarktverbindungen hatte er es Gott sei Dank geschafft – bei den

Tanzschritten würde er sich irgendwie durchmogeln, da konnte er sich auf sein Improvisationstalent verlassen, aber mit der Musik ging das nicht, die hatte sogar ein Engländer im Ohr. Ein Schieber, der sich auf den An- und Verkauf von Musikinstrumenten spezialisiert hatte, hatte ihm schließlich einen Musikalienhändler in Iserlohn empfohlen, bei dem er fündig geworden war. Eine Schelllackscheibe fast ohne Kratzer: *Original Bayerische Blasmusik, vorgetragen von der Feuerwehrkapelle Bad Wiessee* … Die Busfahrkarte hatte er zum Glück in Reichsmark zahlen können, da es noch keine Pfennig-Münzen gab, galt noch das alte Kleingeld, zum Kurs eins zu zehn, und für die Schallplatte selbst hatte er eine alte Flasche Cognac Napoléon VSOP geopfert. Doch das war die Sache wert. Commander Jones hatte ihm einen Wunsch frei gegeben für den Fall, dass er und seine Jungs mit Tommys Hilfe den »most crazy deutsche Volkstanz« lernen würden. Wenn das gelang und der Kommandant Wort hielt, würde Tommy dafür sorgen, dass der Schützenkönig nicht durch Topfschlagen ermittelt würde, wie Walter Böcker überall in der Stadt herumspottete, sondern am Schießstand, nach Altväter Sitte. Und dann würde er, Tommy Weidner, der vaterlose Bastard und ewige Paria, Zutritt bei den besten Familien Altenas haben. Weil er sich dann nämlich selbst den Adler holen würde.

Aber dachten die Engländer überhaupt noch an seinen Kurs? Es gab gerade verflucht wichtigere Dinge als Schuhplattler, und er würde sich nicht wundern, wenn sie den Kurs einfach abgeblasen hätten und niemand im Rittersaal auf ihn wartete.

Denn gestern, nur zwei Tage nach der Währungsreform, hatte es eine bedrohliche, ganz und gar unerwartete Quittung für die Einführung der D-Mark gegeben, die nicht nur ganz Deutschland in Angst und Schrecken versetzt hatte, sondern auch die Militärregierungen der westlichen Besatzungszonen. Von einer Sekunde zur anderen waren in Westberlin buchstäblich die Lichter ausgegangen. Als Reaktion auf die mit ihm nicht abgestimmte Initiative der Westalliierten hatten die Russen die von Ostberlin aus gespeiste Stromversorgung gekappt. Gleichzeitig hatten sie alle Zufahrtswege zum Westteil der ehemaligen Reichshauptstadt gesperrt. Seitdem berieten die amerikanischen, englischen und französischen Militärregierungen zusammen mit führenden westdeutschen Politikern, wie sie auf den Erpressungsversuch der Sowjets reagieren sollten. Im Radio und im Altenaer Kreisblatt war von nichts anderem die Rede, und nicht wenige fürchteten schon, dass wegen Berlin der Krieg wieder von vorn anfangen würde.

Doch zum Glück war Berlin weit. Als Tommy die Burg um fünf vor acht erreichte, erwarteten ihn im Rittersaal drei Dutzend tanzwütiger Engländer. Commander Jones trug sogar eine bayrische Lederhose.

»Here we are!«, rief er Tommy entgegen. Mit einem Jauchzer sprang er in die Luft und schlug sich dabei mit der flachen Hand auf den ledernen Hosenboden, dass es nur so klatschte. »Holderadihi!«

13

Als würde im Rittersaal eine sturzbetrunkene Kompanie exerzieren, dröhnte durch den Bretterboden ein seltsames Stampfen und Trampeln in die darunterliegende Burgschänke, wo Eduard Wolf und Walter Böcker bei einem Glas Wein beziehungsweise Bier zusammensaßen. Eduard hatte sich gerade zum Abendbrot an den Familientisch gesetzt, als Böcker völlig überraschend angerufen hatte. Außerhalb der Friedrich-Wilhelms-Gesellschaft pflegten die beiden keinen privaten Umgang, sie siezten einander sogar, was unter Altenaer Unternehmern eher unüblich war, vor allem, wenn man sich so lange kannte wie sie. Das hatte nichts damit zu tun, dass sie Konkurrenten waren – mit anderen Drahtfabrikanten stand Eduard durchaus in regem, freundschaftlichem Kontakt. Der Grund war einfach, dass sie einander nicht mochten, zu unterschiedlich waren sie in ihrer Wesensart. Obwohl Böcker aus einer der reichsten Altenaer Familien stammte, war er in Eduards Augen ein unkultivierter Prolet – unmöglich, sich ihn bei einem Hauskonzert vorzustellen. Umgekehrt war Eduard sich bewusst, dass Böcker ihn für einen feinen Pinkel hielt und sich über seine geistigen Interessen öffentlich lustig machte, weil die sich für einen »Drahtzieher«, als der er sich selber gern bezeichnete, nicht gehörten.

Warum dann also der Anruf und die dringende Aufforderung, sich unbedingt heute noch zu treffen?

»Ich komme gerade aus Rhöndorf«, eröffnete Böcker das Gespräch. »Von Konrad Adenauer.«

»Dem ehemaligen Kölner Oberbürgermeister?«

»Dem kommenden Mann der CDU.«

»Aber der muss doch schon weit über siebzig sein!«

»Der Alte hat alle Zügel fest in der Hand.« Böcker schob seine auf der Tischplatte ruhenden Unterarme samt Oberkörper in Richtung Eduard, und nachdem er sich links und rechts vergewissert hatte, dass niemand sie belauschte, fügte er mit gedämpftem Bass hinzu: »Zwei Dutzend hochkarätige Wirtschaftsleute waren in der Bude versammelt. Der Alte wollte Vorschläge hören, wie Berlin versorgt werden kann, wenn die Russen wirklich Ernst machen und die Blockade aufrechterhalten. Die Amis denken angeblich über eine Luftbrücke in die Reichshauptstadt nach – Hunderte von Bombern, die rund um die Uhr von westdeutschen Flughäfen aus starten und Lebensmittel und Kohle und weiß der Teufel was über Berlin abwerfen, alles, was die Leute in der Stadt brauchen, um am Kacken zu bleiben.« Walter beugte sich noch ein bisschen weiter vor. »Eine Aktion wie die Befreiung von Mussolini. Dafür brauchen die Amis natürlich unsere Unterstützung.«

Eduard roch die Bierfahne und rückte ein wenig zur Seite. Er sympathisierte selbst auch mit der CDU, mehr noch sogar als mit der FDP – von der SPD zu schweigen. Obwohl er nicht nur getaufter, sondern auch überzeugter Protestant war, hatte er früher stets das katholische Zentrum gewählt, solange man in Deutschland noch hatte wählen dürfen. Die christlichen Werte hatten den Ausschlag gegeben. Die CDU war darum für ihn wie geschaffen: eine Partei mit christlicher Orientierung, doch ohne einseitige konfessionelle Bindung. Umso mehr irritierte ihn, dass ein Mann wie Böcker, dem die Botschaft des Evangeliums so fremd war wie Mozarts Kleine Nachtmusik, von dieser Partei zu Rate gezogen wurde. Dafür konnte es nur eine Erklärung geben: Wenn tatsächlich eine Luftbrücke zur Versorgung Berlins eingerichtet würde, erwartete Adenauer von Böcker, der als Vorstandsmitglied des nordrhein-westfälischen Arbeitgeberverbands, vor allem aber als ehemaliger Abteilungsleiter im Reichsministerium für Bewaffnung und Kriegsproduktion Kontakte zu allen Kreisen der Wirtschaft unterhielt, wichtige Hilfe.

»Und was habe ich damit zu tun?«

Böcker senkte abermals die Stimme. »Dafür, dass ich mich bereit erklärt habe, die Amis bei der Abwehr der kommunistischen Provokation zu unterstützen, hat der Alte mir einen Tipp gegeben. Für ein Geschäft!«

»Ein Geschäft?« Eduard horchte auf. So unangenehm Böcker ihm grundsätzlich war – Geld verdienen musste jeder.

»Ein *Riesen*geschäft!«, bestätigte der. »So riesig, dass ich einen Kompagnon brauche. Und nachdem ich erlebt habe, wie Sie Commander Jones belatschert haben, scheinen Sie dafür genau der Richtige zu sein.«

Obwohl Eduard es sich selbst kaum eingestehen mochte, schmeichelte ihm das Kompliment. Eine so unumwundene Würdigung seines Einsatzes für Altena und das Schützenfest hätte er von dem Bullerkopp nicht erwartet.

»Das neue Münzgeld«, flüsterte Böcker so leise, dass er kaum noch zu verstehen war. »Im Gegensatz zu den D-Mark-Scheinen, die noch in den USA gedruckt wurden, soll es hier bei uns produziert werden. Für die Prägung richten sie in Frankfurt eine neue staatliche Münze ein, die Rohlinge aber sollen private Firmen liefern. Abermillionen Pfennige und Groschen und D-Mark – damit lässt sich ein Vermögen verdienen!«

Seine Augen blitzten, als würde er schon jetzt die blanken Taler klingeln hören. Doch Eduard war skeptisch.

»Woher sollen wir die nötigen Maschinen nehmen? Mit unseren Ziehsteinen können wir kaum Münzrohlinge produzieren.«

Böcker wischte den Einwand mit einer Handbewegung fort. »Wozu sind wir ›Drahtzieher‹?«, lachte er. »So was lässt sich alles organisieren!«

Damit hatte er natürlich recht, und Eduard schämte sich beinahe für seinen kleinmütigen Einwand. Die Alliierten hatten die Währungsumstellung schließlich so gestaltet, dass Firmen wie die seine so gut wie keinen Schaden erlitten. Während die Ersparnisse von Privatpersonen nach der Umstellung der Guthaben in D-Mark auf weniger als ein Zehntel ihres früheren Wertes schrumpften, blieb das Betriebsvermögen der Unternehmen, das zum größten Teil ja aus Immobilien und Maschinen bestand, von solchen Verlusten praktisch unberührt.

Nein, wirkliche Sorge machte ihm etwas ganz anderes.

»Und was ist, wenn jemand die alten Sachen wieder hochkocht?«, fragte er. »Ich selber habe ja ein reines Gewissen, aber«, er machte eine Pause, um seiner Frage größeren Nachdruck zu verleihen, »gilt das auch für jeden anderen Fabrikanten in der Stadt?«

Prüfend schaute er sein Gegenüber an. Er hatte die Frage bewusst so abstrakt gestellt, schließlich konnte er einen potentiellen Kompagnon nicht ins Blaue hinein mit einer so schwerwiegenden Anschuldigung konfrontieren. Trotzdem hatte er sie stellen müssen. Böckers Vergangenheit war alles andere als koscher, darüber gab es in Altena keinen Zweifel, auch wenn niemand wirklich wusste, was genau er im Reichsministerium früher getrieben hatte. Es gab sogar Gerüchte, dass man ihn in Nürnberg vor Gericht hatte stellen wollen, doch Professor Carl Schlitt, ein in der Nazizeit gefeierter Jurist aus dem Sauerland, der sich nach Kriegsende in seiner Heimatstadt Plettenberg verkrochen hatte und seitdem dort in einer Art Asyl lebte, weil er an keiner Universität mehr unterrichten durfte, hatte ihn angeblich nach kurzer Untersuchungshaft in Nürnberg rausgepaukt, bevor es auch nur zu einer Anklage gekommen war.

Ob das vielleicht sogar der Grund war, warum er Eduard das Geschäft anbot? Weil er jemanden mit weißer Weste brauchte?

»Keine Angst«, sagte Böcker. »Statt uns mit den ollen Kamellen aufzuhalten, sollten wir lieber nach vorne blicken und uns auf die Chancen der neuen Zeit konzentrieren. Deutschland kann es sich gar nicht leisten, auf seine tüchtigsten Männer zu verzichten, wenn es wieder aufwärtsgehen soll. Das hat heute auch der Alte in Rhöndorf gesagt, als jemand fragte, ob Leute, die sich im Reich exponiert haben, wie zum Beispiel dieser Globke mit seinen Rassegesetzen …«

Mitten im Satz hielt er inne. Der Grund dafür war Tommy Weidner, Ullas ehemaliger Freund, der unaufgefordert zu ihnen an den Tisch trat.

»Darf ich die Herren einen Moment stören?«

Böcker warf ihm einen unfreundlichen Blick zu. »Was gibt's denn?«

Erst jetzt fiel Eduard auf, dass das Stampfen und Trampeln über ihren Köpfen aufgehört hatte.

Tommy Weidner blies sich eine Locke aus der Stirn. »Gute Nachrichten«, sagte er und grinste übers ganze Gesicht. »Auf dem Schützenfest darf scharf geschossen werden!«

14

Sechs Kollegen von der städtischen Straßenreinigung trugen den Sarg, in dem Fritz Nippert beigesetzt wurde. Fremdelnd in ihrer geliehenen Würde, die ihnen so schlecht saß wie die schwarzen Anzüge, mit denen Bestatter Draheim sie ausstaffiert hatte, nahmen sie ein wenig linkisch die schwarzen Zylinder von den Köpfen, nachdem sie den Sarg an den Seilen ins Grab hinabgelassen hatten. Doch die weißen Handschuhe behielten sie an. Sie in die Gruft zu werfen, wie der Brauch es eigentlich verlangte, konnte man sich in diesen Zeiten nicht leisten.

Mit Winfried an der Hand trat Ruth an das Grab ihres Mannes. Schweigend blickte sie auf den schäbigen Birkenholzsarg, das billigste Modell, das Draheim im Angebot hatte, für eine würdevollere Ausführung hatte das Geld nicht gereicht. Nur eine Handvoll Menschen hatten sich an diesem wunderbar blauen Sommertag auf dem evangelischen Friedhof im Mühlendorf eingefunden, um Fritz Nippert die letzte Ehre zu erweisen. Außer ihrer Mutter und ihren Schwestern hatte nur noch Bernd Wilke an der Trauerfeier von Pastor Michel teilgenommen. Jetzt drückten sich außerdem ein paar Männer, die Ruth nicht kannte, am Grab herum – wahrscheinlich alte Kameraden. Ihr Vater war nicht gekommen. Obwohl sie ihm ausdrücklich verboten hatte, auf dem Friedhof zu erscheinen, hatte sie insgeheim gehofft, dass er sich darüber hinwegsetzen würde.

»Möchte vielleicht jemand eine Trauerrede halten?«, fragte Pastor Michel.

Ruth schüttelte stumm den Kopf. Der Pastor, der in seiner Gemeinde geliebt wurde für seinen samtenen Tenor, stimmte ein Lied an.

Wenn ich einmal soll scheiden, dann scheide nicht von mir …

Nachdem die letzte Zeile verklungen war, sprach er den Segen. Ruth bückte sich und nahm eine Handvoll Erde von dem kleinen, neben dem Grab aufgeworfenen Hügel. Mit hohlem Rappeln traf die Krume auf den Sarg. Dann machte sie Platz für ihre Mutter und ihre Schwestern. Als auch die mit einem stummen Gruß Abschied genommen hatten, traten die fremden Männer an das Grab und salutierten. Einer streckte den rechten Arm zum Hitlergruß aus. Winfried wollte es ihm nachmachen, doch seine Großmutter zerrte ihn fort.

»Können Sie sich vielleicht einen Moment um den Jungen kümmern?«, fragte sie Bernd Wilke, der ein wenig abseits stand, und gab ihm Winfried an die Hand.

Während die beiden den Weg hinunter zum Friedhofstor gingen, drehte Christel sich zu Ruth herum. »Verstehst du jetzt, was dein Vater meint?«, flüsterte sie und deutete mit dem Kopf auf die fremden Männer, die in entgegengesetzter Richtung das Grab verließen.

»Ich habe mit denen nichts zu tun«, erwiderte Ruth. »Ich kenne sie nicht mal.«

Ihre Mutter schüttelte den Kopf. »Wenn du dich von der widerlichen Hitlerei dieser Leute lossagst und Papa um Verzeihung bittest, wird er dich bestimmt wieder aufnehmen. Wie soll das denn sonst werden, wenn erst dein zweites Kind da ist? Das Leben muss doch weitergehen, irgendwie.«

»Bitte«, pflichtete Gundel ihr bei, »wir vermissen dich, alle. Auch Papa, obwohl er das nie zugeben würde. Was ist denn das für ein Quartett ohne Bratsche?«

Bei der Erinnerung an die Hausmusik spürte Ruth, wie ihr die Tränen kamen. Ulla sah, dass sie schluckte, und fasste nach ihrem Arm. »Willst du nicht endlich über deinen Schatten springen?«

Statt einer Antwort wischte Ruth sich über die Augen. Wie einfach würde alles sein, wenn sie in die Villa zurückkehrte, zu ihren Eltern und ihren Schwestern. Sie müsste keine Angst mehr haben, keine Angst vor der Einsamkeit und keine Sorge um das tägliche Brot, und Winfried hätte ein richtiges Zuhause. Anstelle einer Wohnküche, in der es nach kaltem Käse roch.

»Sieh es doch ein«, drängte Ulla weiter, »deine Ehe war eine einzige Katastrophe. Früher oder später wäre sie sowieso in die Brüche gegangen.«

»Was willst du damit sagen?« Wie entgeistert starrte Ruth ihre Schwester an. »Soll … soll ich mich vielleicht darüber freuen, dass mein Mann gestorben ist? Ist es das, was du meinst?«

»Unsinn, das hat niemand gesagt. Aber du weißt so gut wie wir, dass Fritz ein unbelehrbarer Nazi war. Daran ändert auch sein Tod nichts. Du hast doch seine Kameraden eben gesehen. Hitlergruß am Grab. Pfui Teufel!«

Ruth konnte nicht glauben, was sie doch mit eigenen Ohren hörte. Solche scheußlichen Dinge warf Ulla ihr ins Gesicht, kaum dass Fritz unter der Erde war? Während sie um Fassung rang, musterte ihre Mutter mit hochgezogenen Brauen Fritz' Kollegen, die immer noch in ihren schlechtsitzenden schwarzen Anzügen am Grab standen und die geliehenen Zylinderhüte in ihren weiß behandschuhten Händen drehten.

Plötzlich wusste Ruth, das war der Preis, den die anderen von ihr verlangten, als Voraussetzung dafür, dass sie sich mit ihr aussöhnten und sie wieder im Schoß der Familie und in der Villa aufnahmen. Sie sollte ihren Mann verraten, für ihre Eltern und Schwestern, dieselben Menschen, die Fritz so schändlich behandelt, ja ihn mit ihrer kalten Ablehnung vielleicht sogar erst zu dem gemacht hatten, was er am Ende geworden war.

Mit dieser Erkenntnis war der kurze Augenblick der Schwäche überwunden.

»Nein«, sagte Ruth. »Ob Nazi oder nicht – Fritz war mein Mann, und ich habe ihn geliebt.«

15

Auf dem Heimweg vom Friedhof über den Iserlohner Berg hinunter in die Stadt sprach Ulla bis in die Nette kein einziges Wort. In Gedanken versunken trottete sie hinter ihrer Mutter und ihrer Schwester her, die einander untergehakt vorausliefen. Obwohl sie wusste, dass sie tausendmal im Recht war, war sie doch voller Zweifel. Natürlich war Fritz ein entsetzlicher Nazi gewesen, kein Mensch konnte das bestreiten, und Ruth wusste das, besser als jeder andere. Trotzdem war sie bereit, für ihn auf alles zu verzichten. Noch über den Tod hinaus.

War das die wahre Liebe?

Wenn ja, dankte Ulla Gott, dass sie ihr erspart geblieben war. Und beneidete gleichzeitig ihre Schwester, dass sie zu einer solchen Liebe offenbar fähig war. Der Gedanke beschäftigte sie so sehr, dass sie anfing, ihre Schritte zu zählen, um sich abzulenken, bevor sie ins Grübeln geriet. Denn Grübeln wollte sie nicht. Wer grübelt, vergräbt sich, hatte Tommy mal gesagt, und diese Maxime hatte sie sich zu eigen gemacht, weil sie ihrer innersten Überzeugung entsprach. Es hatte keinen Sinn, über solche Dinge wie die Liebe nachzudenken, dann wurden sie nur noch komplizierter, als sie ohnehin schon waren, bis sie einem am Ende über den Kopf wuchsen.

Als sie in die Villa zurückkehrten, empfing ihr Vater sie zusammen mit dem britischen Stadtkommandanten in der Bibliothek.

»Bitte entschuldigen Sie die Störung, gnädige Frau«, sagte Howard Jones und küsste Christel die Hand. »Ich wollte mir nur ein paar Bücher von Ihrem Mann ausleihen. Er hat ja die beste Sammlung deutscher Klassiker in der ganzen Stadt.«

»Aber wie kommen Sie nur darauf, dass Sie stören, lieber Herr Major? Ich freue mich, Ihnen auch persönlich meinen Dank auszusprechen. Sie ahnen ja nicht, welche Freude Sie uns allen mit Ihrer großzügigen Erlaubnis bereitet haben, endlich wieder unser geliebtes

Schützenfest feiern zu dürfen. Sogar mit einem richtigen Königsschießen, wie es sich gehört.«

»Prince Charming hat mich überzeugt«, erwiderte der Kommandant.

»Prince Charming?«, rutschte es Ulla heraus.

»Ja, Tommy Weidner«, bestätigte Major Jones. »A real *Teufelskerl*! Er hat uns beigebracht, wie man Schuhplattler tanzt«, fügte er lachend hinzu.

Eduard warf seiner Tochter einen vielsagenden Blick zu. Obwohl Tommy nichts »an den Füßen« hatte, wie die Leute sagten, wenn jemand kein Vermögen mit in die Ehe brachte, hatte er Ulla gegenüber mehrmals durchblicken lassen, dass er ihn gern zum Schwiegersohn gehabt hätte.

»Ich glaube, Betty braucht in der Küche meine Hilfe«, sagte sie. Ohne sich zu verabschieden, machte sie auf dem Absatz kehrt und rauschte hinaus.

In der Halle blieb sie stehen. Sie wartete kurz ab, ob jemand folgte, dann schlich sie auf Zehenspitzen zurück an die Tür und lugte durch den Spalt.

»Prince Charming hatte einen Wunsch bei mir frei«, erklärte der Kommandant. »Aber dafür allein hätte ich meine Erlaubnis natürlich nicht gegeben.«

»Was hat Sie dann bewegt?«, wollte Eduard wissen.

»Ein ebenso einfaches wie kluges Argument dieses erstaunlichen jungen Mannes.«

»Ja, Tommy Weidner ist ein blitzgescheiter Bursche. Verraten Sie uns, was er gesagt hat?«

»Why not?« Das Gesicht des Majors wurde ernst. »Tommy meinte, nachdem die Kommunisten in Berlin ihr wahres Gesicht gezeigt hätten, müsse der Westen seine Wehrhaftigkeit unter Beweis stellen. Und kein Symbol eigne sich dazu besser als die Wiederaufrüstung der demokratischen Bürgerwehren. Brilliant idea, isn't it?«

Eduard war sichtlich beeindruckt. »Ich kann Ihnen gar nicht sagen, wie sehr ich Ihr Verständnis für unsere Situation hier in Deutschland bewundere.«

»Mein Mann hat ja so recht«, pflichtete Christel ihm bei. »Was können wir tun, Commander, um Ihnen eine kleine Freude zu bereiten?«

Major Jones brauchte für die Antwort keine Sekunde. »Wie wär's mit einem *'nickebein*?«

16

Von der Lutherkirche schlug es zur vollen Stunde, als Tommy die Mittlere Brücke hinunterlief, die wie vor dem Krieg wieder in hochgeschwungenem Bogen die Lüdenscheider Straße mit der tiefer gelegenen Stadtmitte über die Lenne hinweg verband. Die Mittlere Brücke war die kleinste der drei Hauptbrücken, die die Wehrmacht im April 45 vor den anrückenden Truppen der Alliierten in die Luft gesprengt hatte, genauso wie die zwei Brücken am Pragpaul, und darum als Erste wiederhergestellt. Nur die Eisenbahnbrücke vom Bahnhof zum Linscheid hatten die Nazis beim Zusammenbruch stehen gelassen. Offenbar hatte es auch damals noch jemanden in der Heeresleitung gegeben, der an den Endsieg geglaubt hatte. Monsignore Schmidt, der Pfarrer von St. Matthäus, der sich den Amerikanern wenige Tage später vor die Füße geworfen und damit die Beschießung der Stadt verhindert hatte, hatte sie unversehrt übergeben, so dass wenigstens der Zugverkehr ohne größere Ausfälle hatte fortgesetzt werden können.

Tommy war mal wieder spät dran. Er kam gerade vom Rathaus, wo er an der Pforte seine Bewerbung für das Altena-Stipendium eingeworfen hatte. In einer so wichtigen Angelegenheit wollte er sich nicht auf die Post verlassen. Die Konkurrenz war groß, zur Teilnahme waren alle Abiturienten berechtigt, die zwischen 1939 und 1948 am Städtischen Gymnasium die Reifeprüfung abgelegt hatten. Sein größter Rivale war ohne Zweifel Jürgen Rühling, der zwar alles andere als eine Leuchte war, dafür aber auf die mehrheitliche Unterstützung des Stadtrats hoffen konnte. Jürgens Familie betrieb seit Generationen die Alte Apotheke in der Lennestraße und kurierte mit ihren nach eigener Rezeptur hergestellten und besonders wohlschmeckenden Brustbonbons ganz Altena von Husten, Schnupfen, Heiserkeit.

Aber Tommy war keineswegs chancenlos. Der erste Schritt zu seinem Aufstieg in die Altenaer Gesellschaft war getan! Da Major Jones davon überzeugt war, dank Tommy mit seiner britischen Schuhplattlertruppe auf jeder bayrischen Kirchweih bestehen zu können, hatte er Wort gehalten – auch wenn dafür noch einige zusätzliche Überzeugungsarbeit nötig gewesen war. Das Königsschießen würde mit richtigen Gewehren ausgetragen, und das hatte die Friedrich-Wilhelms-Gesellschaft niemand anderem als Herrn Thomas Weidner zu verdanken – selbst Bürgermeister Vielhaber würde das wissen. Jetzt kam alles auf Bernd an. Wenn sein Freund ihm half, würde sein großer Plan vollends aufgehen. Bernd war mit seiner ruhigen Hand der beste Schütze in Tommys Einheit gewesen, jeder Schuss ein Treffer.

Tommy beschleunigte seinen Schritt. Er wollte seinen Freund nicht warten lassen – Bernd war ein so pünktlicher Mensch, dass man die Uhr nach ihm stellen konnte, und hasste es, wenn man zu spät kam. Um Miete zu sparen, wohnte er noch bei seinen Eltern im Muckebeutel zwischen Lennestraße und Burg. Da man in dem windschiefen, winzig kleinen Häuschen aber kein Gespräch unter vier Augen führen konnte, ohne dass Bernds Mutter, ein stadtbekanntes Klatschweib, lange Ohren bekam, hatte Tommy vorgeschlagen, dass sie sich im Schwarzen Raben trafen.

Als er die Kneipe betrat, saß Bernd zum Glück nicht am Tresen, sondern an einem ruhigen Tisch in einer Ecke, wo man ungestört reden konnte.

Sein Freund empfing ihn mit einem demonstrativen Blick auf die Uhr.

»Ich will Schützenkönig werden«, sagte Tommy, nachdem er sich für seine Verspätung entschuldigt und Platz genommen hatte.

»Schützenkönig?«, wiederholte Bernd. »Wie kommst du denn auf diese Schnapsidee?«

»Ich will nicht länger der verdammte Bastard sein, der ich in Altena immer war.«

»Versündige dich nicht an deiner Mutter. Das war eine hochanständige Frau.«

»Ja, aber eine Putzfrau«, erwiderte Tommy. »Und ohne einen Vater für ihren Sohn. Das haftet mir für immer an. Darum will ich die Königskette.«

Bernd runzelte die Stirn. »Das ist mir zu hoch. Ich verstehe nur Bahnhof.«

»Bist du wirklich so schwer von Kapee?« Tommy senkte die Stimme, denn die Jungfrau Annemarie schielte schon vom Tresen aus zu ihnen herüber. »Der Schützenkönig kommt in Altena gleich hinter dem lieben Gott. Wer die Kette einmal getragen hat, den guckt keiner mehr über die Schulter an – nie wieder! Der gehört für immer dazu.«

»Aber wie soll ausgerechnet ich dir dabei helfen?«, fragte Bernd. »Ich bin doch nur ein einfacher Maurergeselle. Auf so einen hören die von der Friedrich-Wilhelms-Gesellschaft doch nicht, wenn sie den König auskungeln.«

»Das erwartet auch niemand.« Tommy machte eine Pause, um zu überlegen, wie er Bernd die Sache am besten verklickern konnte. »Wie du selber gerade gesagt hast, steht schon lange vor dem Königsschießen fest, wer den Adler von der Stange holt. Und was meinst du, warum hat das immer so schön geklappt? Warum fällt der Adler immer genau dann, wenn er fallen soll?«

Bernd zuckte die Achseln. »Das weiß doch jeder. Weil, wenn der an die Reihe kommt, den sie vorher ausgekungelt haben, dann gleichzeitig aus einem Versteck heraus ein Scharfschütze auf den Adler schießt …« Er hatte den Satz noch nicht zu Ende gesprochen, da veränderte sich plötzlich sein Gesicht. »Jetzt begreife ich!«

»Na endlich!« Tommy war erleichtert.

Bernd verschränkte die Arme vor der Brust und schüttelte den Kopf. »Nein, Tommy, das kannst du nicht von mir verlangen. Du weißt, dass ich geschworen habe, nie wieder ein Gewehr in die Hand zu nehmen!«

Allerdings wusste Tommy das und hatte darum diese Reaktion befürchtet. »Immer noch wegen der alten Geschichte?«, fragte er so einfühlsam wie möglich.

Bernd trank einen Schluck Bier und wischte sich den Schaum von den Lippen. Wenn er geraucht hätte, hätte Tommy ihm jetzt eine Zigarette angeboten. Aber Bernd hatte nie geraucht, nicht mal im Krieg, er machte sich einfach nichts daraus. Also zündete Tommy sich nur selber eine an.

»Ach Bernd, wie oft soll ich es dir denn noch sagen?« In kleinen, sich kräuselnden Wölkchen quoll der blaue Dunst aus seinem Mund beim Sprechen hervor. »Du hast niemanden umgebracht, du hattest damals nur eine Platzpatrone im Lauf. Ich muss es schließlich wissen – ich hatte ja das Kommando und habe selber dafür gesorgt, dass du es nicht sein würdest, der ihn erschießt. Nur die anderen hatten scharfe Munition.«

»Das sagst du doch nur, um mein Gewissen zu beruhigen.«

»Willst du behaupten, dass ich dich belüge?«

Tommy versuchte den Blick seines Freundes einzufangen, doch der schaute stur in sein Bierglas.

»Damals habe ich mir geschworen«, sagte Bernd in sein Glas hinein, »wenn ich je heil aus diesem Scheißkrieg herauskomme, will ich ein Spießer sein, ein kleiner, gottverdammter Spießer, dem niemand was tut und der selber auch niemandem was tut und der nichts anderes will als seine Ruhe und ab und zu ein Glas Bier. Und glaub mir, wenn ich einen Schwur im Leben halte, dann den.« Er hob den Kopf und erwiderte Tommys Blick. »Schlag dir das also aus dem Schädel. Oder such dir einen anderen.«

Tommy zog an seiner John Player. »Dein letztes Wort?«

Bernd nickte.

Tommy wusste, jetzt hatte er nur noch eine Chance. Obwohl er die Zigarette nicht mal zur Hälfte aufgeraucht hatte, drückte er sie im Aschenbecher aus. Dann griff er in die Tasche seines Jacketts und holte seine druckfrischen D-Mark-Scheine hervor. Um sie trotz seiner Ausgaben für die Bewerbung um das Stipendium in diesem Moment präsentieren zu können, hatte er die letzten Fressalien von Bauer Lüsebrink für einen Spottpreis an Feinkost Kahle verkauft.

»Und wie ist es damit?«

Mit flackernden Augen schaute Bernd auf die grünen Scheine. »Deshalb also hast du so ein Geheimnis daraus gemacht und niemandem verraten, was du mit deinem Kopfgeld vorhast«, sagte er mit rauer Stimme.

Tommy hielt ihm die Scheine direkt unter die Nase und ließ sie verführerisch rascheln. »Sei kein Dummkopf, Bernd. Vierzig Mark für einen einzigen Schuss, auf ein totes Stück Holz. Baumaschinen sind teuer, und auch Spießer müssen von irgendwas leben …«

Bernd zögerte, einen endlos langen Moment. Dann griff er nach dem Geld.

»Und wovon willst du das viele Freibier bezahlen, das der König den Schützen ausgeben muss?«, fragte er, während er die Scheine in seiner großen Maurerhand verschwinden ließ.

»Darum mach dir mal keine Sorgen«, lachte Tommy. »Sorg du nur dafür, dass der Vogel im richtigen Augenblick von der Stange fällt. Dann kommt der Rest ganz von allein.«

17

Schon am dritten Juliwochenende fand das Schützenfest statt, zum ersten Mal seit der Kapitulation. Wie vor dem Krieg wurde das Königsschießen am Freitagmorgen entschieden. Während Feuerwehrmänner letzte Sicherheitsvorkehrungen an der Pontonbrücke vornahmen, die eigens für die drei Festtage über die Lenne hinüber zum Langen Kamp geschlagen worden war, weil nur dort, auf der anderen Seite des Flusses, das Ufer in dem engen Tal breit genug war, um Platz zu bieten für ein Zelt mit fünftausend Menschen, marschierten die Kompanien, angeführt von ihren Spielmannszügen, durch die grünweiß geschmückte Stadt zum Schießstand am Lennestein. Über den Straßen flatterten Fähnchengirlanden in der Sonne, und überall raschelte im lauen Wind des Sommermorgens frisches Birkenlaub, das die Schützen am Breitenhagen und im Kesselbrink geschnitten und an allen Masten und Pfosten entlang der Straßen befestigt hatten.

Um von niemandem gesehen zu werden, hatte Bernd bereits im Morgengrauen auf dem Flachdach der Metzgerei Hohage mit seinem Gewehr Posten bezogen. Von hier aus hatte er sowohl freie Sicht auf den angrenzenden Schießstand wie auch auf den Königsadler, der sich, von Schreinermeister Menke kunstvoll gedrechselt, in seiner gold und schwarz lackierten Pracht auf der Böschung am anderen Ufer der Lenne erhob, fernab aller Straßen und Häuser, damit kein noch so betrunkener Schütze mit einem Fehlschuss Schaden anrichten konnte.

Seitdem sah Bernd zu, wie unter der Aufsicht britischer Soldaten der Adler immer mehr zusammengeschossen wurde. Trotz der vielen Treffer fiel er nicht von der Stange. Das würde erst geschehen, wenn ein Scharfschütze ins linke Auge des Vogels traf, ein markstückgroßer Fleck auf hundert Meter Entfernung, nur dann würde die Arretierung sich lösen. Über vier Stunden ging das Geballere nun schon, und je länger es dauerte, umso mehr bereute Bernd, dass er sich von Tommy hatte breitschlagen lassen. Waren die vierzig Mark das wirklich wert? Er wusste nicht, wie lange er es noch schaffen würde, die Bilder, die ihn so oft in seinen Albträumen quälten, zu unterdrücken. Am liebsten wäre er davongelaufen. Aber dafür war es zu spät. Er hatte die Betonmischmaschine schon gekauft und bei seiner alten Firma gekündigt, wie auch sein Vater, mit dem zusammen er sich selbständig machen wollte, weil er einen Polier für die Firmengründung brauchte, er selbst war ja nur Geselle. Sie hatten sogar schon einen ersten Auftrag – einen Toilettenanbau am Bahnhof, für die vielen Vertriebenen, die immer noch aus dem Osten kamen und in Altena zwischen Sauerland und Ruhrgebiet hin- und herrangiert wurden.

Wieder näherte sich aus der Ferne ein Spielmannszug. Bernd lugte hinunter von seinem Dach. War es so weit? Noch konnte er nicht erkennen, welche Kompanie die Lindenstraße heranmarschiert kam. Die

Reihenfolge der einzelnen Züge beim Schießen wurde stets erst am Vorabend zwischen den Kompaniechefs ausgelost, und wenn Bernd Pech hatte, kam Tommys Zug erst am Nachmittag an die Reihe, so dass er den ganzen Tag auf dem Dach der Metzgerei mit Warten verbringen musste. Plötzlich kam ihm ein Gedanke ... Pech? Vielleicht war die Warterei ja sein Glück! Entscheidend für Tommys Plan war, dass er selber vor demjenigen Schützen, den die Friedrich-Wilhelms-Gesellschaft zum neuen König ausgekungelt hatte, zum Schuss kam. In der Stadt gingen Gerüchte, dass dieses Jahr entweder Bürgermeister Vielhaber oder Eduard Wolf wegen seiner Verdienste um das Fest König werden sollte. Wenn das stimmte und die Kompanie Freiheit beziehungsweise Nette vor der Kompanie Rahmede schoss, in deren Reihen Tommy marschierte, würde der Vogel schon gefallen sein, bevor Bernd überhaupt anlegen musste. Dann würde der Kelch an ihm vorübergehen.

Plötzlich verstummte die Musik, Befehle wurden gebrüllt.

»Kompanie stillgestanden!

»Augen geradeaus!«

»Im Gleichschritt marsch!«

Während die Kompanie Mühlendorf mit wiedereinsetzendem Spiel abrückte, spähte Bernd hinunter auf die Straße. Bitte, lieber Gott, mach, dass jetzt die Nette kommt ... Doch sein Gebet wurde nicht erhört. Nur einen Moment später sah er einen baumlangen Schützen, der ein Schild mit der Aufschrift *Kompanie Rahmede* seinem Zug vorantrug, und gleich in der ersten Reihe marschierte Tommy.

Bernd blickte in den Himmel und dachte an die Betonmischmaschine ...

Als er wieder hinunter auf die Straße schaute, betrat Tommy gerade mit ein paar anderen Schützen den Schießstand. Es war so weit. Bernd nahm sein Gewehr, legte sich bäuchlings auf das Dach und entsicherte das Schloss. Wo hatte Tommy die Waffe wohl aufgetrieben? Bernd hatte ihn nicht danach gefragt, er wollte es auch gar nicht wissen. Offenbar war der Schwarzmarkt doch noch nicht ganz passé.

Von seinem Anschlag aus sah er, dass Tommy als Dritter an die Reihe kam. Die Schützen vor ihm waren schon ziemlich betrunken und schossen Fahrkarten. Lachend verließen sie den Stand. Als Tommy vortrat, vergewisserte er sich mit einem kurzen Blick hinauf zum Dach, dass Bernd auf dem Posten war.

Der nickte ihm zu.

Gleichzeitig legten sie an. Der Adler war inzwischen schon ziemlich zerschossen, das Zepter hatte ein Zugführer aus dem Mühlendorf, die beiden Flügel zwei einfache Schützen aus der Freiheit heruntergeholt. Nur der Rumpf mit dem Kopf saß immer noch fest auf der Stange.

Als Bernd mit dem Finger nach dem Druckpunkt des Abzugs suchte, passierte es. Plötzlich war alles wieder da: Der Franzose mit den verbundenen Augen ... Tommys Befehl ... Die Salve aus gleichzeitig fünf Gewehren ... Der in sich zusammensackende Körper ... Die blutüberströmte Leiche am Boden ...

Zum Glück dauerte es nur eine Sekunde.

Voller Sorge blickte Bernd auf seine Hand. Doch so erregt er selber auch war, seine Hand war vollkommen ruhig. Genauso wie früher.

So langsam und gleichmäßig wie möglich atmete er. Ein Blick hinunter zu Tommy, wieder ein Nicken, dann nahm er sein Ziel ins Visier.

Als er abdrückte, schloss er die Augen.

Q'est-ce que c'est? Moi ne pas ...

Mit leisem, scharfem Knall löste sich der Schuss.

»Es lebe der König!«

Bernd öffnete die Augen. Wie ein gerupftes Huhn hing der Adler von seinem Gestell herab, mit dem Kopf nach unten, die Füße immer noch fest um die Stange gekrallt, schaukelte er hin und her.

»Ein dreifaches Hoch auf den König!«

Gott sei Dank, es war geschafft ... Bernd legte das Gewehr ab. Wenn es eines in seinem Leben gab, worauf er sich immer hatte verlassen können, dann war das seine ruhige Hand.

Auf der Straße rissen die Schützen sich ihre grünen Mützen von den Köpfen und riefen donnernd den Schlachtruf der Friedrich-Wilhelms-Gesellschaft, um den neuen König hochleben zu lassen.

»Pott Jost! Pott Jost! Pott Jost!«

18

Als der Adler von der Stange fiel, brach im Vorstand der Friedrich-Wilhelms-Gesellschaft, der zusammen mit den britischen Besatzern am Schießstand die Aufsicht führte, das blanke Entsetzen aus.

»Wie kann eine solche Schweinerei passieren?«, fluchte Walter Böcker.

»Das … das kann nur Manipulation gewesen sein«, erklärte Bürgermeister Vielhaber, der designierte König, den der Vorstand ausgekungelt hatte. Ganz blass im Gesicht rückte er sich immer wieder die Schützenmütze auf dem pomadisierten Haar zurecht.

Walter Böcker riss Tommy das Gewehr aus der Hand. »Raus mit der Sprache, Bürschchen, wie hast du das gedreht?«

Tommy starrte auf die ordensbewehrte, mit allen Ehrenzeichen der Friedrich-Wilhelms-Gesellschaft dekorierte Brust des Hauptmanns, sah in das dunkelrote, pockennarbige Bulldoggengesicht, die gelblichen, blutunterlaufenen Augen … Plötzlich erstarb der Jubel in seiner Kehle, und sein Magen revoltierte gegen den Schnaps, den er vor dem Schießen getrunken hatte, während die Hochrufe der Schützen auf den neuen König wie aus einer anderen Welt an seine Ohren drangen. Hatte er die Sache verbockt, die Chance seines Lebens vertan? Er hatte geglaubt, es käme nur darauf an, dass der Adler fiel, um sein Schicksal zu wenden, ohne an die Folgen zu denken, die ein solcher Skandal auslösen würde. Was für ein Idiot war er gewesen …

Der Bürgermeister hatte sich inzwischen wieder gefasst. Mit amtlicher Miene trat er auf ihn zu. »Wenn Sie auch nur einen Funken Anstand im Leib haben, ziehen Sie Ihre Bewerbung zurück.«

»Ich … ich verstehe nicht, was Sie meinen …«, stammelte Tommy.

»Das Stipendium natürlich. Was denken Sie denn, Sie Betrüger? Und jetzt sehen Sie zu, dass Sie hier verschwinden!«

Der Bürgermeister machte Anstalten, Tommy davonzujagen. Doch Eduard Wolf trat dazwischen.

»Moooment!«

Alle Köpfe drehten sich zu ihm herum.

»Ich gebe zu, ich bin genauso überrascht wie alle anderen und habe keine Erklärung, was hier passiert ist«, sagte er und strich sich über sein Bärtchen. »Aber – ist es nicht ein wenig seltsam, meine Herren, beziehungsweise unredlich, von Betrug und Manipulation zu sprechen, wenn doch die ganze Stadt weiß, wie wir seit Jahr und Tag unseren König ermitteln?«

»Das ist nicht Betrug«, dröhnte Walter Böcker mit seinem tiefen Bass, »das ist Tradition!«

»Richtig«, bestätigte Arno Vielhaber. »Sie selber, verehrter Herr Wolf, waren ja so freundlich, die Ihnen angetragene Würde an mich abzutreten. Da sollten wir uns hüten, durch so einen hergelaufenen

Menschen wie den da«, er warf einen angewiderten Blick auf Tommy, »Unordnung in das bewährte Verfahren zu bringen. Sonst bricht Chaos aus.«

»Und was sagen wir unseren Schützen?« Mit feinem Lächeln zupfte Eduard Wolf an seiner Fliege. »Oder wollen Sie vielleicht den Vogel erst wieder aufrichten lassen, bevor Sie ihn dann selber von der Stange schießen? Hören Sie nur, die Leute lassen den König bereits hochleben.«

Abermals ertönte rings um den Stand ein dreifach donnerndes *Post Jost*!

»Verdammt!«, knurrte Walter Böcker, »das wäre in der Tat eine Riesenblamage.« Er nahm einen Schnaps von dem Tablett, mit dem jedem Schützen vor dem Schuss das Zielwasser gereicht wurde, und kippte ihn in einem Zug herunter. »Ob es uns passt oder nicht – der Vogel ist gefallen, also steht der König fest.«

»Aber wie soll dieser Mann denn den damit verbundenen Anforderungen und Pflichten gerecht werden?«, fragte Arno Vielhaber. »Er ist nichts, und er hat nichts. Ein Tanzlehrer! Der König schuldet seinem Volk tausend Liter Freibier!«

Verflucht – das Freibier! Tommy konnte nicht fassen, dass er daran nicht mehr gedacht hatte, obwohl sogar Bernd in seiner Einfalt danach gefragt hatte. Jetzt konnte er nur noch auf sein Glück hoffen.

Es ließ ihn nicht im Stich.

»Keine Angst«, erwiderte Eduard Wolf, »niemand soll bei diesem Schützenfest verdursten.« Er drehte sich zu Tommy herum. »Wären Sie bereit, meine Tochter Ulla zu Ihrer Königin zu küren?«

Tommy war so überrascht, dass es ihm für einen Moment die Sprache verschlug. Aber nur für einen Moment! Dann spürte er nur noch Erleichterung, wahre Zentnerlasten fielen von ihm herab.

»Es … es würde mir eine Ehre sein!«, beteuerte er. Um seine Worte zu bekräftigen, tat er etwas, was er seit der Kapitulation des Deutschen Reichs nicht mehr getan hatte: Er legte die Hand an die Mütze und salutierte. »Eine Ehre und ein Vergnügen!«

19

An diesem Freitag hatten alle Schulen, Banken und öffentlichen Ämter sowie die meisten Geschäfte und Fabriken in der Stadt geschlossen. Nur Benno Krasemann saß einsam und allein am Schreibtisch im Büro der Firma Wolf, um eingehende telefonische Anfragen von auswärtigen Kunden oder Lieferanten entgegenzunehmen, die vom Altenaer Schützenfest nichts wussten und darum glaubten, dass heute in dieser Stadt gearbeitet würde. Er hatte die Stallwache freiwillig übernommen. Erstens konnte es nie schaden, sich bei seinem Chef, der hoffentlich bald sein künftiger Schwiegervater sein würde, ins rechte Licht zu setzen. Zweitens war zu befürchten, dass er sich, wenn er schon am Vormittag Alkohol trank, von dem allgemeinen Leichtsinn, der während des Schützenfestes ganz Altena erfasste, anstecken lassen könnte und mehr Geld für Biermarken und Kirmesfahrten ausgab, als seine Mittel es erlaubten. Zwar hätte auch er lieber am Königsschießen teilgenommen, als im Büro zu hocken, doch da er Ziele im Leben hatte, war er bereit, sich auch mal einen Spaß zu verkneifen, wenn die Vernunft es verlangte. Und in dieser Phase seines Lebens war nun einmal Sparen das oberste Gebot. Er besaß ja noch nicht mal eine passende Krawatte zu dem schicken Verlobungsanzug, den er bei Mode Vielhaber gekauft hatte, so wenig wie passende Schuhe. Um sich beides leisten zu können, wenn es so weit war, hatte er sogar mit dem Rauchen aufgehört, obwohl er Zigaretten früher regelrecht gefressen hatte.

Aber was tat man nicht alles für die Liebe?

Dass Gundel Wolf sich in ihn verliebt hatte, war der Glücksfall seines Lebens – und das keineswegs nur, weil sie Gundel Wolf war. Sie hatten sich im Lennestein kennengelernt, gleich beim ersten Tanzkurs, für den Tommy ihn als Eintänzer eingespannt hatte. Benno hatte damals den Eindruck gehabt, dass Gundel wie alle Altenaer Mädchen heimlich für den gutaussehenden und vor allem immer witzigen Tanzlehrer schwärmte, und sich darum nicht getraut, sie aufzufordern. Außerdem war er Lehrling in der Firma ihrer Eltern, und er wollte nicht riskieren, dass sie einen falschen Eindruck von ihm bekam. Aber der Herrenmangel in dem Kurs war so groß gewesen, dass Gundel selbst ihn aufgefordert hatte – sie hätte sonst mit einem Bauernsohn aus Dahle tanzen müssen, dessen linkes Bein am Knie amputiert war und der darum mit Hilfe einer Krücke tanzte wie ein Pirat. Seit dem ersten Wiener Walzer, den sie zusammen bewältigt hatten, wussten sie, dass sie füreinander geschaffen waren. Sie mochten beide dieselben Schlager, dieselben Tänze, dieselben Witze. Gundel war die Frau, die der liebe Gott für ihn ausgesucht hatte, daran hatte Benno nicht den geringsten Zweifel. Mit ihr wollte er Kinder zeugen und eine Familie gründen, seine Arbeit und sein Leben teilen. Dafür hatte er sogar auf eine Karriere in Düsseldorf verzichtet, mit der sein Großonkel Herward, der auf der Königsallee ein hochelegantes Schuhgeschäft betrieb, ihn in die Landeshauptstadt hatte locken wollen.

Er notierte gerade eine Kommission über eine halbe Tonne Baustahlgitter, die telefonisch aus dem zerstörten Gelsenkirchen eingegangen war, als plötzlich die Tür aufflog und Tommy in das Büro gestürmt kam.

»Ich brauche deinen Anzug!«, rief er ohne jede Begrüßung.

Irritiert sah Benno von seinem Auftragsbuch auf. »Hast du den Verstand verloren?«

»Ich bin Schützenkönig!«

»Tatsächlich – du *hast* den Verstand verloren!«

»Nein, Bernd hat den Adler für mich geschossen.«

»Bernd?«, fragte Benno. »Jetzt verstehe ich gar nichts mehr. Der wollte doch nie wieder ein Gewehr …«

»Ich erkläre dir alles später«, fiel Tommy ihm ins Wort. »Aber jetzt brauche ich deinen Anzug, und zwar sofort!« Er machte eine Pause, dann fügte er hinzu: »Bitte – du musst mir helfen! Ulla soll meine Königin sein!«

Als Benno den flehentlichen Blick sah, wusste er, dass dies keiner von Tommys Späßen war. Was sollte er tun? Der Anzug war sein ganzer Stolz. Jeden Abend, wenn er aus der Firma kam, holte er ihn aus dem Schrank, um ihn anzuschauen und jedes Stäubchen zu entfernen, das er auf dem edlen Tuch entdeckte. Dabei hatte er ihn noch kein einziges Mal getragen, erst bei der Verlobung wollte er ihn einweihen. Die Vorstellung, dass Tommy ihn vor ihm tragen würde, und das auch noch drei Tage lang auf dem Schützenfest, wo das Bier nur so spritzte, war ihm eine fast physische Qual. Doch andererseits – ein Freund war ein Freund. Wie konnte er ihn da im Stich lassen?

»Also gut.« Er kramte seinen Wohnungsschlüssel aus der Hosentasche und warf ihn Tommy zu. »Der Anzug hängt im Kleiderschrank, du erkennst ihn an der Schutzhülle. Aber wehe, du versaust mir das gute Stück!«

20

Angetan mit Bennos Anzug sowie der silbernen Königskette und einem Wald von Birkenlaub um den Hals, wurde Tommy von den Schützen seiner Kompanie auf den Schultern durch die grünweiß geschmückte Stadt zur Villa Wolf getragen, wo er Ulla auf Wunsch ihres Vaters bitten sollte, für drei Tage mit ihm als seine Königin das Altenaer Schützenvolk zu regieren! Das war mehr, als er in seinen kühnsten Träumen zu hoffen gewagt hatte, viel mehr als nur das Stipendium und die ersehnte Anerkennung als Bürger dieser Stadt …

Sollte er bei Ulla eine zweite Chance bekommen?

Nach dem Schießen hatte Eduard Wolf ihn kurz beiseitegenommen und ihn gefragt, wie er den Königstreffer bewerkstelligt habe. Ohne zu zögern, hatte Tommy ihm die Wahrheit verraten. Die Augen des vornehmen Fabrikanten hatten vor Vergnügen Funken gesprüht. Einen »Teufelskerl« wie ihn, hatte er gesagt, könne er sich auch als seinen Schwiegersohn vorstellen – er habe übrigens nie verstanden, warum Ulla damals so plötzlich Schluss gemacht habe. Und was das Stipendium angehe, solle Tommy sich keine Sorgen machen – er werde mit Walter Böcker und dem Bürgermeister sprechen. Es sei doch eine Schande, wenn so ein blitzgescheiter junger Mann nicht studieren könne, nur weil es ihm an den nötigen Mitteln fehle.

Leben, ist es denn nicht schön zu leben …

Vom vornehmen Mann nicht zu unterscheiden, betrat Tommy in Bennos Anzug die Villa Wolf, wo der Vorstand der Schützengesellschaft vollständig versammelt war. Man empfing ihn mit lautem Hallo und einem Knickebein. Sobald die Gläser geleert waren, wurde Ulla gerufen.

In einem weißgrün gestreiften, ärmellosen Kleid kam sie die Treppe heruntergeschwebt. Tommy musste schlucken. Nie war sie ihm schöner erschienen als in diesem Augenblick. Das lange dunkelblonde Haar hatte sie im Nacken hochgesteckt, und auf Wangen und Lippen trug sie einen Hauch von Rouge. Offenbar hatte sie sich schon für die Feier am Abend im Zelt umgezogen. Gegen seinen Willen schaute er auf ihren Ausschnitt, der wie ihr Gesicht und ihre nackten Oberarme von der Sonne gebräunt und voller Sommersprossen war.

Nein, die Perlenkette, die er ihr geschenkt hatte, trug sie nicht.

»Oh, welcher Glanz in unserer Hütte!«, sagte sie spöttisch. »Der König persönlich gibt sich die Ehre.«

»Du weißt also Bescheid?«, erwiderte Tommy unsicher.

»Wie sollte ich nicht? Die Spatzen pfeifen es ja von den Dächern, dass endlich mal ein richtiger Altenaer Junge den Vogel abgeschossen hat, jemand aus der Hefe des Volkes.«

Mit dem Birkenlaub und der Silberkette um den Hals kam Tommy sich plötzlich wie ein Pfingstochse vor. Hilfesuchend schaute er sich um. Während die anderen voller Erwartung seinen Blick erwiderten, nickte Eduard Wolf ihm aufmunternd zu. Er spürte, wie seine Handflächen feucht wurden. Wie zum Teufel sollte er sie fragen?

In seiner Not beschloss er, es mit Goethe zu versuchen. Goethe passte immer, vor allem in der Villa Wolf.

»›Schönes Fräulein, darf ich's wagen, Arm und Geleit ihr anzutragen?‹«

Mit einer angedeuteten Verbeugung trat er auf sie zu. Für einen Moment leuchteten ihre grünen Augen auf, genauso wie früher, wenn er seinen Charme hatte spielen lassen, und ein Lächeln zupfte an ihrem Mund.

»Wenn ich bitten darf?«, sagte er und reichte ihr den Arm.

Doch statt sich unterzuhaken, verfinsterte sich ihre Miene.

»›Bin kein Fräulein nicht noch schön. Kann ohn' Geleit nach Hause geh'n.‹«

Ohne ihn eines weiteren Blicks zu würdigen, machte sie auf dem Absatz kehrt und eilte die Treppe wieder hinauf.

Die Ohrfeige saß. Auch das war Goethe!

Während Tommy ihr mit offenem Mund hinterherschaute, lachte Walter Böcker laut auf, und Arno Vielhaber kicherte in sein vorgehaltenes Strunztuch.

»Ulla!«, rief ihr Vater ihr nach.

Auf halber Treppe blieb sie stehen und drehte sich um. »Ja, Papa?«

»Ich glaube, du hast nicht verstanden, worum es geht. Tommy will dich zu seiner Königin machen!«

Ulla hob die Brauen. »Ich habe durchaus verstanden, Papa«, erwiderte sie, scheinbar vollkommen ruhig. Dann verengten sich ihre Augen, und mit einem Blick voller Wut und Verachtung zischte sie: »Seid ihr eigentlich von allen guten Geistern verlassen? Es ist aus! Habt ihr das nicht begriffen? Aus und vorbei!«

Damit rauschte sie die letzten Stufen hinauf und verschwand im Obergeschoss.

Gleich darauf knallte eine Tür.

Tommy schloss die Augen. *Bin kein Fräulein nicht* … Das Zitat, mit dem sie ihm seinen Goethe um die Ohren gehauen hatte, hatte sie mit Bedacht gewählt, und er wusste, warum.

Nein, sie war kein Fräulein mehr, sondern eine Frau, und in seinen Armen war sie dazu geworden.

»Und was jetzt?«, fragte Arno Vielhaber in die plötzliche Stille hinein.

»Jetzt brauchen wir Ersatz«, erklärte Walter Böcker. »Sonst sind wir bis auf die Knochen blamiert!«

21

Ratlos stand Gundel vor ihrem Kleiderschrank. Wenn sie sich doch auch nur so schnell entscheiden könnte wie ihre Schwester! Ulla hatte für ihre gesamte Garderobe keine Viertelstunde gebraucht, einschließlich Schuhen und Schminken. Sie hingegen wusste noch nicht mal, ob sie für den Abend im Zelt ein Kleid oder lieber Rock und Bluse anziehen sollte, obwohl sie seit dem Frühstück mit kaum etwas anderem beschäftigt war.

Sie zog zwei weitere Teile aus dem Schrank und legte sie zum Vergleich aufs Bett, das unter den vielen Sachen, die sie schon anprobiert hatte, bereits verschwand. Was würde Benno wohl besser gefallen? Die rosa Bluse oder das dunkelblaue Kleid? Wenn Benno seinen neuen Anzug tragen würde, wüsste sie, was sie anziehen sollte – das silberfarbene Seidenkleid mit dem gerüschten Ausschnitt, das sie zur mittleren Reife von ihren Eltern bekommen hatte, aus einem Geschäft auf der Düsseldorfer Königsallee, für die Zeugnisübergabe bei der Abschlussfeier in der Realschule. Seitdem hatte sie nie wieder Gelegenheit gehabt, es zu tragen – eine Schande bei einem so teuren Stück! Aber wenn Benno seine ollen Klamotten trug, weil er seinen neuen Anzug bis zur Verlobung schonen wollte, war das Kleid viel zu elegant. Sie wollte nicht, dass sie von ihm abstach und er eine schlechte Figur neben ihr machte. Lieber nahm sie in Kauf, dass sie das Mauerblümchen an seiner Seite war.

Sie nahm die Bluse vom Bügel und hielt sie sich vor die Brust. Nein, Rosa stand ihr nicht, Rosa biss sich mit ihrem Teint. Sie hängte die Bluse zurück in den Schrank – die kam nicht in Frage.

Als sie sich umdrehte, sah sie im Spiegel ihr Gesicht. Wie immer, wenn sie sich überfordert fühlte, glühten ihre Wangen.

»Wir brauchen deine Hilfe.«

Erschrocken fuhr sie herum. Sie hatte gar nicht gemerkt, dass ihr Vater das Zimmer betreten hatte.

Als sie seine ernste Miene sah, runzelte sie die Stirn. »Ist etwas Schlimmes passiert?«

Ihr Vater schüttelte den Kopf. »Nein«, sagte er, »das heißt – ja. Tommy Weidner wollte Ulla zur Königin machen, aber die will nicht.«

Die Nachricht versetzte Gundel einen Stich. Natürlich, wenn es um eine Krone ging, wurde Ulla gefragt, das war schon in ihrer Kindheit so gewesen, wenn die Prinzessin beim Kinderkarneval gekürt worden war. Aber es tat nur eine Sekunde weh. Gundel wusste ja selbst, dass es besser so war, auch für sie selbst. Die große Bühne war nichts für sie, sie fühlte sich im Hintergrund wohler.

»Bist du extra hochgekommen, um mir das zu erzählen?«, fragte sie überrascht. »Erwartest du etwa, dass ich Ulla überrede?«

»Ich fürchte, da ist nichts mehr zu machen.«

»Aber wenn sie partout nicht will – was willst du dann von mir?«

Ihr Vater erwiderte mit ernster Miene ihren Blick. »Muss ich dir das wirklich erklären?«

Gundel sah ihn mit großen Augen an. »Du meinst, ich soll für sie einspringen?«, fragte sie. »Aber … aber – wie soll das gehen? Ich bin mit Benno so gut wie verlobt!«

»Das hat doch nichts miteinander zu tun.« Wieder schüttelte ihr Vater den Kopf. »Es geht doch nur darum, Tommy aus der Patsche zu helfen. Er hat den Adler geschossen, aber kein Geld. Eine Notsituation! Draußen wartet außerdem die Ehrengarde, sie haben sogar schon eine Krone über der Haustür aufgehängt – *Hoch lebe die Königin!*«

Obwohl ihr Vater sich alle Mühe gab, ein freundliches Gesicht zu ziehen, hörte Gundel den vorwurfsvollen Unterton in seiner Stimme. Wie hasste sie solche Situationen! Benno würde es ganz bestimmt nicht gefallen, wenn sie das Schützenfest mit Tommy statt mit ihm feiern würde, als Königin würde sie ja die ganze Zeit auf dem Thron im Zelt festkleben, und wenn sie mal einen Gang über die Kirmes machen wollte, dann nur zusammen mit dem König, so war es Brauch. Die Vorstellung gefiel ihr ganz und gar nicht.

Doch dann sah sie wieder ihren Vater. Offenbar war sie seine letzte Hoffnung.

»Also gut«, sagte sie. »Wenn ich der Familie damit einen Gefallen tue …«

22

Winfried hatte sich einen Stuhl ans Fenster der Wohnküche gerückt und war mit seinen kurzen strammen Beinen daraufgeklettert, um besser hinunter auf die Straße sehen zu können. Schon seit über einer Stunde stand er da und drückte sich die Nase an der Scheibe platt, um nur ja keinen Zug zu verpassen, der durch die Freiheit marschierte. Vor allem die Spielmannszüge hatten es ihm angetan. Wenn die Tambourmajore ihre Stäbe in die Luft wirbelten und mit nur einer Hand wieder auffingen, jubelte er vor Begeisterung.

»Konnte Vati das auch?«

»Mag sein, ich weiß nicht«, sagte Ruth zerstreut. Als sie von ihrem Haushaltsbuch aufblickte und das enttäuschte Gesicht ihres Sohnes sah, verbesserte sie sich. »Natürlich konnte Vati das, er war ja Rottenführer.«

»Ist das was Hohes – Rottenführer? So wie General?«

»So ungefähr. Wenn er seinen Männern einen Befehl gab …«

»… mussten die ihm alle gehorchen!«, ergänzte Winfried und strahlte. »Oh, da kommen schon wieder welche!«

Aufgeregt schaute er auf die Straße, wo der Lärm immer lauter wurde. Ruth konnte die Marschmusik allmählich nicht mehr hören. Seit dem Mittagessen, das wieder nur aus ein paar Pellkartoffeln mit Spiegelei und Kopfsalat bestanden hatte, brütete sie über dem Haushaltsbuch, aber wie sie die Zahlen auch drehte und wendete, es langte hinten und vorne nicht. Zweiundsechzig Mark und dreizehn Pfennige, so hatte man ihr auf dem Rathaus beschieden, betrug ihre monatliche Witwenrente. Davon gingen fünfunddreißig Mark fünfzig allein für die Miete ab. Wie sollte sie damit über die Runden kommen, vor allem, wenn bald auch noch ihr zweites Kind da war? Die sechs Jahre Kriegsdienst, die Fritz geleistet hatte, vom Polenfeldzug bis zum bitteren Ende in Berlin, zählten nicht, so wenig wie seine Verwundungen oder die Gefangenschaft in Sibirien. Für die Berechnung ihrer Ansprüche zählte nur sein letztes Einkommen, der erbärmliche Hungerlohn, den er als ungelernter Arbeiter der städtischen Straßenreinigung bekommen hatte.

Und dann hatte sie am Morgen diesen Brief im Postkasten gefunden. Mit der Aufforderung, sich nächsten Mittwochabend um acht Uhr im Lennekeller einzufinden, einem Lokal in der Hauptgeschäftsstraße. Um das Geld in Empfang zu nehmen, das ihr nach dem Tod ihres Mannes zustehe. Unterschrieben von »Fritz' alten Kameraden« …

Was für Geld sollte das sein?

Ruth wusste es nicht und hatte den Brief in den Abfall geworfen. Sie wollte mit diesen Männern, die sie nur einmal bei der Beerdigung gesehen hatte, nichts zu tun haben – sie waren ihr unheimlich. Nur gut, dass Dr. Goecke ihr wegen der Schwangerschaft verboten hatte zu rauchen. Zwar wusste niemand, ob Rauchen einem ungeborenen Kind wirklich schadete, aber die Vorstellung, dass es so sein könnte, half ihr, auf die Zigaretten zu verzichten, die sie sich sowieso nicht hätte leisten können, jetzt aber dringend gebraucht hätte.

An der Wohnungstür ratschte die Schellschraube. Bei dem grässlichen Geräusch zuckte Ruth zusammen. War das womöglich einer von ihnen? Sie klappte ihr Haushaltsbuch zu und ging zur Tür.

»Du?«, staunte sie, nachdem sie aufgemacht hatte.

Auf dem Treppenabsatz stand Bernd Wilke. Er trug ein kurzärmeliges weißes Hemd über einer schwarzen Hose, in der Hand hielt er eine grüne Schützenmütze.

»Ich … ich wollte nur fragen, ob du vielleicht Lust hast, eine Runde mit mir über den Platz zu machen.« Verlegen fuhr er sich mit der freien Hand über den Kopf und kratzte sich das kurze Stoppelhaar. »Ich meine, damit du mal auf andere Gedanken kommst.«

Ruth spürte, wie ihr Herz klopfte. Und ob sie Lust hatte! Vor dem Krieg, als junger Backfisch, hatte es nichts Schöneres für sie gegeben als die Schützenfest-Kirmes. Kein einziges Karussell hatte sie ausgelassen, auch nicht die Schiffschaukel, die sich so hoch in den Himmel schwang, dass man glaubte, noch über die Burg hinaus in die Lüfte zu fliegen, und in die sich darum außer ihr nur die Jungs getraut hatten. Und die vielen Lebkuchenherzen, die sie bekommen hatte … *Schützenliesel*, hatte in weißer Zuckerschrift darauf gestanden, oder *Mein Herzblatt* … Mit einem von den Jungs hatte sie sich hinter der Losbude geküsst, einem hübschen Schwarzhaarigen aus Nachrodt, sie hatte nicht mal seinen Namen gekannt, so verliebt war sie gewesen. Der erste richtige Kuss ihres Lebens.

»Ich weiß nicht«, sagte sie. »Die Leute werden sich das Maul zerreißen, wenn ich als Witwe …« Sie sprach den Satz nicht zu Ende.

»Ich weiß, was du meinst«, nickte er. »Aber glaubst du nicht, dass Winfried sich freuen würde, wenn er mal Karussell fahren darf?«

Sie warf einen Blick auf ihren Sohn, der sich immer noch die Nase am Fenster plattdrückte, ohne sich um den Besuch zu kümmern.

»Komm schon, Ruth, gib dir einen Ruck.«

Sie war gerührt, welche Mühe Bernd sich gab. So schüchtern, wie er war, hatte es ihn bestimmt seinen ganzen Mut gekostet, um bei ihr zu schellen.

Hatte er sich vielleicht früher schon für sie interessiert? Sie erinnerte sich, wie sie ihm vor Jahren mal eine Limonade zur Erfrischung in der Küche gegeben hatte, sein Vater und er hatten damals im Hof eine Garage für den Firmen-Maybach gebaut. Bernd hatte sie angeschaut, als hätte sie ein Wunder gewirkt. Danach war er ihr stets aus dem Weg gegangen, hatte sie nur von ferne mit seinem schüchternen Lächeln gegrüßt. Erst jetzt begriff sie, warum.

Sanft legte sie die Hand auf seinen Arm. »Du bist schon immer ein netter Kerl gewesen«, sagte sie. »Aber nein, ich will nicht auf ein Fest, wo sich alle anderen amüsieren, vor allem meine Familie. Geh lieber allein. Ich würde dir nur die gute Laune verderben.«

23

Im Schützenzelt war die Hölle los. Als wäre erst jetzt der Krieg endgültig aus und vorbei, entlud sich in dem drangvollen Brodeln die während der schweren Zeit allzu lange angestaute Lebenslust. Wie von den Toten auferstanden, feierte Altena seine Wiedergeburt: Tausende tanzende Schützen mit ihren Damen – ein einziges, wogendes Menschenmeer in Grünweiß. Fünf Kapellen heizten den Tänzern an fünf verschiedenen Tanzböden gleichzeitig ein. Slowfox war passé, jetzt wurden Samba und Quickstep und Jive getanzt. Statt vom fernen Glück zu träumen, war man wirklich und wahrhaftig glücklich – hier und jetzt!

Seit es das neue Geld gab, gab es auch neue Schlager, und alle, alle sangen mit: *Skandal im Harem*, *Maria aus Bahía* und immer wieder *Nach Regen scheint Sonne*, der neue Schlager der Saison von den Drei Travellers. Sobald das erste *Dubidu* ertönte, wackelte das ganze Zelt, und der Bretterboden drohte unter dem Stampfen der glücklich grölenden Menge einzustürzen.

Nach Regen scheint Sonne,
Nach Weinen wird gelacht.
Duubi, duubi, dubidu,
So wird das gemacht …

Während die Schützen tanzten, dass ihnen in dem überhitzten Zelt ihr eigener Schweiß von der Deckenplane auf die Köpfe tropfte, überlegte Tommy, wie viele kleine Altenaer in dieser Nacht wohl gezeugt würden. Er selber hatte nur ein einziges Mal getanzt – den Eröffnungswalzer mit der Königin. Seitdem saß er wie festgenagelt neben Gundel auf dem Thron, der es sichtlich unangenehm war, so im Zentrum der Aufmerksamkeit von jedermann angegafft zu werden.

Nach einem traurigen Gesicht
Wird ein freundliches gemacht.
Duuubi, duuubi, dubidu,
Das wär' ja wohl gelacht …

Wie um ihn zu provozieren, tanzte Ulla schon den ganzen Abend mit Jürgen Rühling, dem Sohn des Apothekers. Doch Tommy ließ sich nicht provozieren. Sollte sie doch tanzen, mit wem sie wollte, ihm war das egal! Er war der Schützenkönig, der König von Altena, und die ganze Stadt lag ihm zu Füßen! Ohne sie auch nur eines Blickes zu würdigen, empfing er all die Kompaniechefs und Zugführer und Scheffen, die vor ihm aufkreuzten, um ihm zu huldigen, und bedankte sich für ihre Honneurs mit Freibiermarken, mit denen Gundels Vater ihn zum Glück so großzügig versorgt hatte, dass er sich nicht lumpen lassen musste. Sogar Commander Jones hatte »'nickebein« mit ihm getrunken.

Man vergisst all das Schwere,
Denn das wird ja so gemacht. …
Duubi, duuubi, dubidu,
Wer hätte das gedacht …

Als Ulla direkt vor seiner Nase mit Jürgen an ihm vorübertanzte – Pro-me-na-de hin, Pro-me-na-de her – und Jürgen bei der Drehung ihm auch noch einen höhnischen Blick zuwarf, kam Tommy ein entsetzlicher Gedanke. Ob Ulla in dieser Nacht wohl auch mit Jürgen …? Die Vorstellung tat so unerträglich weh, dass er sie mit Gewalt unterdrückte. Ulla war zwar nicht die erste Frau gewesen, mit der er in seinem Leben geschlafen hatte – wie denn auch, nach drei Jahren an der Front? Aber erst durch sie hatte er erfahren, dass die »körperliche

Liebe«, wie die Leute oft abschätzig sagten, in Wahrheit die Krönung der Liebe war.

Obwohl sein Freund Benno, der als Gundels Zukünftiger natürlich zum Hofstaat gehörte, wie auch der gesamte Vorstand der Friedrich-Wilhelms-Gesellschaft bei ihnen auf dem Thronpodest saß, nahm er Gundels Hand und führte sie an die Lippen.

»Ich habe dir noch gar kein Kompliment für dein Kleid gemacht«, sagte er. »Du siehst darin einfach zauberhaft aus. Und erst die Frisur!«

Das Blut schoss ihr ins Gesicht, verlegen zupfte sie an den kunstvoll eingedrehten Schillerlöckchen, die links und rechts an ihren Schläfen herunterrieselten, um den Schmelz ihrer braunen Augen noch mehr zu betonen. Mit den rosa Wangen, die wunderbar mit ihrem silbernen Seidenfummel harmonierten, sah sie jetzt tatsächlich fast so zauberhaft aus, wie er behauptet hatte.

»Das Kleid ist aus Düsseldorf«, antwortete sie, als müsse sie sich dafür entschuldigen. »Meine Eltern haben es mir geschenkt, zur Mittleren Reife. Und die Haare habe ich bei Lau machen lassen.«

»Bei Treppenschneider Laumann? Ich wusste gar nicht, dass der so was kann.« Hans Lau war ein Friseur in der Freiheitstraße, der trotz fehlendem Meisterbrief einen eigenen Salon führen durfte, weil er im Krieg ein Bein verloren hatte, und der eigentlich nur Stufenschnitt konnte.

»Würdest du vielleicht die Hand meiner Braut loslassen?«, schnaubte Benno.

»Kein Grund zur Eifersucht«, sagte Eduard Wolf. »Der König darf das. Aber nur auf dem Schützenfest!«, fügte er hinzu und drohte Tommy scherzhaft mit dem Finger.

Der wurde sich erst jetzt bewusst, dass er immer noch die Hand der Königin hielt. »Keine Sorge, Benno«, sagte er schuldbewusst. »Gundel weiß, was sie an dir hat.«

Wusste sie das wirklich? Als Tommy spürte, wie sie seine Hand noch einmal kurz drückte, bevor er sie losließ, und dabei noch röter wurde und vor lauter Verlegenheit gar nicht mehr aufhören konnte, an ihren Haaren zu zupfen, kamen ihm Zweifel.

Was hatte er da schon wieder für einen Unsinn angestellt?

»Kommt«, forderte er die beiden auf, um seinen Fehler wiedergutzumachen. »Drehen wir zusammen eine Runde über die Kirmes.«

»Dafür ist es noch zu früh«, erklärte Walter Böcker. »Und zu dritt kommt erst recht nicht in die Tüte! Der Bummel des Königspaares über den Festplatz findet Punkt Mitternacht statt, und zwar ohne Begleitung Dritter. So will es der Brauch!«

24

Kaum war Mitternacht herum, verließ Gundel an Tommys Arm das Zelt. Der Hofstaat begleitete sie nur bis zum Ausgang, wie der Brauch es wollte, dann ließ man König und Königin allein. Gundel hatte gerade noch Zeit, sich von Benno mit einem Kuss zu verabschieden.

»Nur ein halbes Stündchen, Schatz.«

»Höchstens«, fügte Tommy hinzu.

Als sie ins Freie traten, spürte Gundel ein Frösteln. Seltsam, die Nachtluft war doch wunderbar mild und warm. Irritiert zog sie sich den Schal, den die Mutter ihr mitgegeben hatte, über die nackten Schultern. Das war ihr überhaupt nicht recht, jetzt allein mit Tommy über den Platz zu laufen. Vor allem nicht nach den Blicken, mit denen er sie auf dem Thron gemustert hatte, während er ihre Hand in der seinen hielt. Ach, hätte sie doch nur die rosa Bluse angezogen, die ihr so schlecht stand!

Commander Jones kreuzte ihren Weg. Sie hoffte, dass er stehen bleiben würde, um mit dem Königspaar ein paar Worte zu wechseln. Doch er war beschäftigt mit einem Mädchen in seinem Arm und sah sie nicht einmal. Gundel wunderte sich. Es hieß doch, der Commander sei verheiratet und habe in England Frau und Kinder.

»Soll ich dir eine Rose schießen?«, fragte Tommy. »Oder möchtest du vielleicht ein Lebkuchenherz?«

Sie schüttelte den Kopf. »Ich würde lieber Karussell fahren.«

»Du hast recht, Benno könnte das sonst vielleicht in den falschen Hals kriegen.« Tommy blieb stehen und ließ seinen Blick über den hellerleuchteten Rummel schweifen. »Wir haben vier Möglichkeiten – Riesenrad, Schiffschaukel, Kettenkarussell oder Raupe. Du hast die Wahl.«

»Raupe«, sagte sie. »In den anderen Karussells bekomme ich Angst.«

An den Fahrgeschäften herrschte immer noch Hochbetrieb, genauso wie an den Buden, als könnte man das neue Geld gar nicht schnell genug unter die Leute bringen. Gundel war froh, dass sie auf dem Kirmesplatz viel weniger auffiel als im Zelt, kaum jemand starrte sie hier draußen an. Hier ging es nicht mehr ums Schützenfest und seine vielen festgefügten Rituale, wo man selbst Bier und Knickebein nur streng nach Vorschrift trinken durfte – hier ging es nur noch ums reine Vergnügen. Überall torkelten Betrunkene herum, die sich gegenseitig stützten oder von kichernden Mädchen gehalten wurden. Zwischen dem Schießstand und der Losbude klammerte sich ein Schütze an den Hau-den-Lukas, um sich vornübergebeugt, die Mütze im Nacken, im hohen Bogen zu übergeben. Dahinter, im Gebüsch an der Lenne, entleerten ein paar Dutzend Männer ihre Blasen in den Fluss.

Vor der Raupe wäre Gundel fast über eine Schnapsleiche gestolpert.

»Das macht Spaß! Das macht Laune!«, rief der Mann an der Kasse durch sein Megaphon.

»Warte«, sagte Tommy, »ich hol uns nur schnell die Karten.«

Als Gundel die wenigen Stufen hinaufging, die zur Plattform des Karussells führten, bereute sie plötzlich ihre Wahl. Sie hatte ganz vergessen, dass das Ding ja ein Verdeck hatte, das sich gegen Ende der Fahrt über den Passagieren schloss. Ob sie vielleicht besser ihre Angst überwand und ein anderes Karussell vorschlug?

Doch dazu war es zu spät, Tommy kam schon mit den Fahrkarten zurück.

»Oh, da ist ja deine Schwester!«, sagte er.

Gundel schaute in die Richtung, in die er zeigte. Richtig, in einem Wagen des Karussells entdeckte sie Ulla, bei dem Höllentempo, mit dem die Berg-und-Talbahn im Kreis fuhr, erkannte sie zuerst nur das grünweiße Kleid. Ihre Schwester saß Seite an Seite mit Jürgen Rühling – die zwei hatten einen Wagen ganz für sich allein. In dem schneller und schneller dahinrasenden Karussell presste die Fliehkraft sie immer weiter an den äußeren Rand, die Leiber aneinandergequetscht, hielten sie sich lachend und kreischend an der Sicherheitsstange fest.

Was für eine Geschmacklosigkeit! Den ganzen Abend schon hatte Gundel beobachtet, wie ihre Schwester mit diesem blöden Apothekersöhnchen versucht hatte Tommy eifersüchtig zu machen. Der arme Kerl – offenbar liebte er Ulla immer noch, er hatte all die Stunden fürchterlich gelitten, das war ihr nicht entgangen. Hatte er vielleicht nur deshalb mir ihr geschäkert? Unauffällig schielte sie zu ihm hinüber, wie er auf das Karussell starrte. In Bennos Anzug sah er einfach hinreißend aus, alle Mädchen des Hofstaats hatten ihm schöne Augen gemacht. Doch er hatte auf keine reagiert, hatte immer nur Ulla und Jürgen beim Tanzen zugeschaut, während er mit den Kompaniechefs plauderte und Biermarken verteilte.

Wie konnte Ulla nur so dämlich sein …

»Das macht Spaß! Das macht Laune!«, rief der Mann an der Kasse wieder in sein Megaphon.

Eine Sirene kündigte den Höhepunkt der Fahrt an. Im selben Moment schloss sich das Verdeck über den Wagen. Wie durch eine verwischte Scheibe sah Gundel, wie ihre Schwester und Jürgen Rühling darunter verschwanden.

Plötzlich riss Tommy sie an sich, und ehe Gundel begriff, was geschah, küsste er sie.

»Das macht Spaß! Das macht Laune! Das muss man erlebt haben!«

Erst als die Sirene ein zweites Mal ertönte, zum Zeichen, dass die Fahrt zu Ende war, ließ Tommy sie los.

Während die Wagen ausrollten und das Verdeck sich wieder öffnete, schaute Gundel ihn an. Sie wusste, sie musste ihm jetzt eine Ohrfeige geben, und seinem Gesicht nach erwartete auch er das von ihr.

Doch sie tat es nicht.

»Und jetzt?«, fragte sie nur.

»Komm«, sagte er und nahm ihre Hand. »Gehen wir fort von hier.«

25

Das Schützenfest war vorbei, der grünweiße Schmuck aus den Straßen verschwunden. Doch während überall in Altena wieder geschäftiger Alltag einkehrte, fragte Benno sich mit zunehmender Sorge, was nur mit seiner Braut los war. In der Firma verschanzte Gundel sich hinter ihrer Arbeit und sprach kaum ein Wort mehr als nötig mit ihm, nach Feierabend wollte sie nicht von ihm nach Hause gebracht werden, abends hatte sie keine Lust, mit ihm spazieren zu gehen, und wenn er sie unangekündigt in der Villa besuchte, wurde er von ihren Eltern weitaus freudiger empfangen als von seiner zukünftigen Ehefrau. In Gegenwart Dritter verhielt sie sich so reserviert, als wäre er ein fremder Gast, und wenn es ihm mal gelang, allein mit ihr zu sein, wirkte sie wie abwesend und entzog sich seinen Umarmungen. Fast hatte er das Gefühl, dass sie seine Berührungen scheute und darum ganz bewusst mied.

Als Tommy ihm am Donnerstag den frischgereinigten Anzug in die

Firma brachte und Gundel, kaum dass sein Freund wieder zur Tür hinaus war, ohne erkennbaren Grund in Tränen ausbrach, hielt Benno die Ungewissheit nicht länger aus.

»Was ist zwischen euch vorgefallen?«, fragte er, als er sie in der Mittagspause vor der Firmentoilette abfing.

»Nichts«, behauptete Gundel. Doch ihr Gesicht bewies das Gegenteil.

Benno packte sie am Arm. »Was heißt das – nichts?«

Wieder schlug sie die Hände vors Gesicht. »Ich … ich kann darüber nicht reden«, stieß sie, von Schluchzern geschüttelt, hervor. »Es … es …«

Benno wurde es ganz flau im Magen. Am liebsten hätte er sie einfach in den Arm genommen und geküsst und getröstet und an sich gedrückt, damit alles wieder gut war. Doch das konnte er nicht. Obwohl er vor der Wahrheit entsetzliche Angst hatte, musste er sie wissen. »Jemand aus dem Hofstaat hat behauptet, du wärst in der Nacht mit Tommy in ein Taxi gestiegen. Ist das wahr?«

Schluchzend nickte sie in ihre Hände.

»Dann stimmt es also.« Benno spürte, wie es ihm die Kehle zuschnürte. Obwohl seine Angst immer größer wurde, kam ihm die nächste Frage ganz von selbst über die Lippen. »Wohin seid ihr gefahren?«

Gundel sagte es nicht.

»Wohin – will ich wissen! Bitte, du musst es mir sagen!«

»Ich … ich kann nicht …«

Benno räusperte sich, um weitersprechen zu können, so fest steckte die Angst in seiner Kehle. »Seid ihr … seid ihr zum Breitenhagen gefahren?«

Mit nassen Augen erwiderte sie seinen Blick, aus dem nichts als Verzweiflung sprach.

Er packte sie bei den Schultern und schüttelte sie. Zwei Arbeiterinnen kamen aus der Toilette. Erschrocken senkten sie die Köpfe und huschten an ihnen vorbei, als würden sie nichts sehen. Benno kümmerte sich nicht um sie. Die Wahrheit musste heraus, jetzt gleich, egal, wie schlimm sie war. Sonst würde er an der Ungewissheit verrecken.

»Was habt ihr in Tommys Wohnung gemacht?«, fragte er. »Los, mach endlich den Mund auf!«

Die Verzweiflung in Gundels Augen wurde noch größer. »Bitte,

Benno«, flüsterte sie, »begreif doch – ich … ich *kann* darüber nicht reden!«

Eine lange Weile schauten sie sich an.

Plötzlich, ohne dass er einen Entschluss gefasst hatte, stieß er sie von sich.

»Nicht nötig«, sagte er. »Ich hab auch so begriffen.«

26

Obwohl die Post für gewöhnlich nur zweimal am Tag kam, schaute Tommy jeden Tag mindestens dreimal im Briefkasten nach. Eduard Wolf hatte ihm zugesichert, dass er noch diese Woche mit einem positiven Bescheid vom Rathaus rechnen könne, doch morgen war schon Freitag, und er hing immer noch in der Luft.

Allmählich wurde er nervös. Nicht, weil er an der Zusage zweifelte – noch beim Schlussappell der Schützen auf dem Bungernplatz hatte sich der gesamte Vorstand der Friedrich-Wilhelms-Gesellschaft bei ihm bedankt, Walter Böcker hatte ihm auf die Schulter geklopft und gesagt, er habe einen »famosen König« abgegeben, und Bürgermeister Vielhaber hatte ihm sogar persönlich die Hand gedrückt.

Nein, Sorge bereitete ihm etwas anderes. Ohne schriftliche Bestätigung des Stipendiums konnte er sich nicht immatrikulieren, weder in Münster noch in Köln oder Bonn. Und die Zeit, die ihm blieb, zerrann schneller als in einer Sanduhr. An allen drei Universitäten hatte er sich telefonisch erkundigt, und jedes Mal hatte es geheißen, dass die Einschreibungsfrist für das Wintersemester im Fach Medizin bereits mit Ablauf des Monats Juli ende, weil der Andrang so groß sei, dass man die Aufnahme neuer Studenten leider begrenzen müsse. In anderen Fächern sehe die Lage besser aus – falls er zum Beispiel Germanistik oder Philosophie studieren wolle, könne er sich getrost bis Oktober Zeit nehmen, die Professoren würden sich über jeden Studenten freuen.

Germanistik oder Philosophie – was ließ sich damit schon anfangen? Sollte er etwa Lehrer werden? Dafür hatte er nicht alles auf eine Karte gesetzt und Bernd sein ganzes Kopfgeld vermacht. Medizin war das Fach, das er studieren wollte, studieren *musste*! Ärzte wurden gebraucht. Ärzte waren anerkannt. Ärzte verdienten Geld. Wer es schaffte, Arzt zu werden, der schaffte alles. Für den gab es keine Grenzen.

Ob die Verzögerung vielleicht doch mit Gundel zu tun hatte? Abgesehen von dem idiotischen Kuss, zu dem er sich vor der Raupe hatte hinreißen lassen, hatte er sich nichts vorzuwerfen. Gundel war kein Kind mehr und wusste, was sie tat. Und ein Kuss auf dem Schützenfest war dem König erlaubt – ihr eigener Vater würde das bestätigen. Außerdem war der Kuss Notwehr gewesen. Gegen Ullas Attacke mit Jürgen.

Er schloss den Briefkasten auf und tastete in das Dunkel hinein. Auf dem Rückweg vom Bergfeld, wo er seine letzten Stangen John Player verschachert hatte, weil sich zu den Bauern dort oben auf ihrem Berg noch nicht rumgesprochen hatte, dass Zigaretten unten in der Stadt inzwischen viel billiger waren, hatte er sich extra beeilt, um so früh wie möglich nachzuschauen. Doch wieder war der Kasten leer. Enttäuscht klappte er den Deckel zu.

»Du verdammtes Arschloch!«

Als er die Stimme hörte, fuhr er herum.

»Benno? Was ist denn in dich gefahren?«

Statt einer Antwort bekam er eine Faust ins Gesicht. Dann ein zweiter Schlag und ein Tritt zwischen die Beine – und Tommy Weidner lag am Boden.

27

Der Radiosprecher kündigte eine Übertagung des Nordwestdeutschen Rundfunks aus dem Schauspielhaus Köln an. *Land des Lächelns*, eine Operette in drei Akten, von Franz Lehár.

»Wo ist Gundel?«, rief Eduard, der ohne Anklopfen in den Salon kam, wo Christel es sich gerade mit einer Tasse Tee in ihrem Lieblingssessel gemütlich gemacht hatte.

Die Fliege ihres Mannes zitterte.

»Aber mein Lieber – du bist ja ganz echauffiert!«

»Wo Gundel ist, will ich wissen!«

»Ich dachte, sie ist in der Firma«, erwiderte Christel. »Stimmt etwas nicht?«

»Benno hat gekündigt!«

»Benno Krasemann? Machst du Witze?«

»Nach Witzen ist mir nicht im Geringsten zumute. Unser künftiger Schwiegersohn hat heute die Brocken hingeschmissen, einfach so, ohne Erklärung! Und als ich Gundel fragen wollte, was los ist, war sie wie vom Erdboden verschwunden. Kein Mensch in der Firma weiß, wo sie steckt.«

»Aber das ist ja fürchterlich!«

Christel stellte ihre Tasse ab. Sie hatte schon so manchen Sturm in diesem Haus erlebt, vor allem, als die Mädchen in der Pubertät waren, doch sie hatte gehofft, damit wäre es endlich vorbei.

Im Radio erklang die Ouvertüre.

»Meinst du, dass an den Gerüchten vielleicht doch etwas dran ist?«, fragte sie.

Ihr Mann schaute sie verständnislos an. »Welchen Gerüchten?«

»Gundel. Und dein Liebling Tommy Weidner.«

Irritiert schüttelte Eduard den Kopf. »Ich weiß nicht, wovon du redest. Würdest du so freundlich sein, dich ein wenig näher zu erklären?«

Christel zögerte. Sie hatte sich lange überlegt, ob sie die gehässigen Dinge, die ihr zu Ohren gekommen waren, ihrem Mann überhaupt sagen sollte. Schließlich war sie zu dem Ergebnis gekommen, es lieber zu lassen. Eduard nahm sich solche Sachen immer viel mehr zu Herzen, als es ihm guttat – er war nun mal im Grunde seiner Seele eine sensible Künstlernatur und ertrug die Wirklichkeit nur in homöopathischen Dosen. Doch allem Anschein nach durfte sie jetzt nicht länger schweigen.

»Betty hat eine Freundin, Else«, setzte sie an, so behutsam wie möglich.

»Ich weiß, die Praxishelferin von Dr. Goecke. Was hat die damit zu tun?«

»Also, Else will angeblich gesehen haben, wie Gundel und Tommy beim Schützenfest in ein Taxi gestiegen sind.«

Eduard hob alarmiert die Brauen. »Wann?«

»In der Nacht von Freitag auf Samstag. Nach dem Kirmesbummel des Königspaars.«

»Um Got-tes will-len!« Er schürzte die Lippen und sog zischend die Luft ein. »Hast du in der Nacht noch mal nach Gundel gesehen? Ich meine, hier bei uns zu Hause? Ob sie in ihrem Zimmer war und schlief?«

»Ich bitte dich, Eduard – unsere Tochter ist eine erwachsene Frau!«

Mit einem Seufzer stieß er die Luft wieder aus. »Ich fürchte, genau das ist unser Problem«, sagte er. »Thomas Weidner … Nach allem, was wir für ihn getan haben …« Er dachte einen Moment nach. Dann drehte er sich zu der Musiktruhe herum. »Du erlaubst, dass ich den verdammten Kasten ausmache?«

»Aber gewiss doch, mein Lieber«, erwiderte Christel, die sich über die Wortwahl ihres Gatten ein klein wenig wunderte. »Wenn die Musik dich stört, stell sie nur ab. Was hast du vor?«

Mit untypischer Heftigkeit drückte Eduard auf die Taste. »Ich muss einen Anruf erledigen. Ich hoffe, ich erreiche den Bürgermeister noch.«

28

Ruth hatte den Mittwochabend verstreichen lassen, ohne den Lennekeller aufzusuchen. Doch schon am darauffolgenden Morgen hatte sie erneut Post bekommen, mit derselben Aufforderung zu einem Treffen in demselben Lokal, zur selben Zeit, nur eine Woche später, und wieder mit derselben Begründung: Geld, das ihr nach dem Tod ihres Mannes zustehe – von »Fritz' alten Kameraden …«

Diesmal warf sie den Brief nicht in den Abfall. Wer zweimal schrieb, der schrieb auch dreimal und würde vermutlich keine Ruhe geben, bis sie der Aufforderung nachkam. Die Vorstellung war ihr so unheimlich wie die Absender der Briefe. Was wollten diese Männer von ihr? Und was meinten sie mit dem Geld, das ihr angeblich zustand?

Es gab nur eine Möglichkeit, das herauszufinden.

Als der nächste Mittwochabend da war, brachte sie Winfried frühzeitig ins Bett und bat Lotti Mürmann, ihre Vermieterin, hin und wieder nach ihrem Sohn zu schauen. Dann machte sie sich auf den Weg. In einer Stunde, so hatte sie gesagt, werde sie wieder zurück sein. Obwohl sie wusste, dass Winfried in bester Obhut war, wollte sie die Sache so schnell wie möglich hinter sich bringen.

Der *Lennekeller* genoss keinen besonders guten Ruf. Vor dem Krieg hatte er als gutbürgerliches Lokal gegolten, doch inzwischen war er zu einer Kneipe heruntergekommen, in der man höchstens noch eine Frikadelle oder ein Bockwürstchen zum Bier bestellen konnte und wo es manchmal sogar zu Schlägereien kam. Mit entsprechend gemischten Gefühlen stieg Ruth die Kellertreppe hinunter, der das Lokal seinen Namen verdankte.

Umso größer war ihre Verwunderung, als sie am unteren Ende der Stufen die Tür aufmachte und unter den fremden Gesichtern Walter Böcker entdeckte, den reichen Fabrikanten und neuen Kompagnon ihres Vaters.

Was hatte der hier verloren?

Während sie sich nach den Kameraden ihres Mannes umschaute, erhob Walter Böcker sich von seinem Stuhl.

»Sie sind mit mir verabredet, Frau Nippert«, begrüßte er sie.

»Mit Ihnen?«, fragte Ruth.

»Ich verstehe Ihre Verwunderung«, erwiderte er. »Doch bitte nehmen Sie Platz. Ich werde Ihnen alles erklären.«

29

Während die Kellnerin die Bestellungen brachte, beobachtete Walter aus den Augenwinkeln sein Gegenüber. Er kannte Ruth, seit sie ein Kind war, doch er hatte in ihr immer nur die Tochter des feinen Pinkels Eduard Wolf gesehen. Heute sah er sie zum ersten Mal anders. Ruth war eine Frau geworden, und eine ziemlich hübsche dazu. Mit ihrem schmalen Gesicht, dem braungewellten Haar und dem irgendwie verlorenen Blick sah sie aus wie Leni Riefenstahl.

Damit hatte er nicht gerechnet. Fast bereute er, dass er den schäbigen Lennekeller für das Treffen ausgesucht hatte, um den alten Kameraden zu unterstützen, der das Lokal betrieb. Das Jedermann's Eck im Märkischen Hof, wo man inzwischen wieder ganz ordentlich essen konnte, wäre passender gewesen.

»Ich will mich kurz fassen«, sagte er, als die Getränke vor ihnen standen und die Kellnerin fort war. »Einige Kameraden Ihres Mannes haben mich beauftragt, Ihnen diesen Umschlag zu überreichen.«

Er zog das vorbereitete Kuvert aus der Innentasche seines Jacketts und legte es auf den Tisch.

»Was ist das?« Misstrauisch blickte sie auf den Umschlag, doch ohne danach zu greifen.

»Geld«, erwiderte er. »Geld, das Ihnen zusteht.«

»Das muss ein Irrtum sein. Ich weiß von keinem Geld, das mir zustehen würde.«

Walter musste lächeln. »Genau wie Fritz – genauso stolz. Ich hatte ihm eine Stelle angeboten, in meiner Firma, aber er hat lieber die Straße gefegt, als Hilfe anzunehmen.« Als er ihr verständnisloses Gesicht sah, beugte er sich ein Stück zu ihr vor. »Wissen Sie, welcher Wahlspruch auf dem Koppelschloss von Fritz' Uniform stand?«, fragte er leise.

Ruth schüttelte den Kopf.

»Derselbe wie bei vielen unserer Kameraden«, sagte er. »*Meine Ehre heißt Treue!* Das sind keine leeren Worte, hier ist der Beweis.« Er schob den Umschlag in ihre Richtung. »Zweitausendfünfhundert D-Mark. Für Sie.«

»Aber das ist doch Unsinn! Wie komme ich dazu?«

»Von wegen Unsinn.« Er legte seine Rechte auf ihre Hand. »Wir hatten das Geld für Fritz gesammelt, um ihm und seiner Familie die Überfahrt nach Argentinien zu ermöglichen. Jetzt, nach seinem Tod, haben wir beschlossen, dass Sie es haben sollen.«

»Das … das kann ich nicht annehmen«, sagte sie und zog ihre Hand fort.

»Aber natürlich können Sie das! Wir wissen, wie treu Sie unserem Fritz zur Seite standen. Obwohl Ihre Familie Sie dafür verstoßen hat und Sie deshalb in Armut leben mussten. Noch an seinem Grab haben Sie diese Treue bewiesen. Ein paar von den Kameraden waren dabei und haben es bezeugt.«

Ruth blickte immer noch auf das Kuvert, doch ihr Gesichtsausdruck hatte sich verändert, das anfängliche Misstrauen darin war unschlüssigem Zweifel gewichen. Kein Wunder, Walter konnte sich lebhaft vorstellen, welchen Zwiespalt sein Angebot in ihr auslösen musste, und war gespannt, wie sie sich entscheiden würde. Als schwangere Witwe würde sie das Geld mit Sicherheit brauchen, dringend sogar, doch als höhere Tochter, für die Geld nie eine Rolle gespielt hatte, solange sie wohlbehütet im Haus ihrer Eltern lebte, musste es eine entsetzliche Demütigung sein, eine solche Summe anzunehmen. Vor allem von einem Mann, den ihre Familie so sehr verachtete wie ihn.

Bei dem Gedanken verspürte er plötzlich eine Erregung wie sonst nur beim Anblick von zehn nackten Weibern im Puff.

»Jetzt hören Sie endlich auf, sich zu zieren«, sagte er und fasste wieder nach ihrer Hand. »Ich weiß, in welcher Situation Sie sich befinden. Also seien Sie nicht dumm.«

»Ich weiß Ihre Hilfsbereitschaft zu schätzen, Herr Böcker – aber nein.« Sie machte sich von ihm los und stand auf. »Ich kann Ihr Geld nicht annehmen.«

Sie warf einen Blick auf den Umschlag, als enthielte er Gift, dann wandte sie sich zum Gehen. Doch ehe sie den ersten Schritt tun konnte, sprang Walter von seinem Stuhl auf und stellte sich ihr in den Weg.

Ihr Gesicht war so nah, dass er die Einsprengsel in ihren graugrünen Augen sah.

»Ihr Stolz in Ehren, Frau Nippert«, sagte er, während er einen Mordsständer bekam, »aber können Sie sich den wirklich leisten?«

30

Endlich – endlich hielt Tommy die langersehnte Antwort in Händen! Willy Schwanebeck, ein tuberkulosekranker Kriegsheimkehrer, der als Rathauspedell und Bote des Bürgermeisters stadtbekannt war, hatte sie ihm vor fünf Minuten gebracht. Schweißüberströmt hatte er vor der Tür gestanden, der steile Ziegenberg den Breitenhagen hinauf war zu viel für seine Matschlunge gewesen.

Eine lange Weile starrte Tommy den Umschlag an, als könne er mit seinem Blick den Inhalt zu seinen Gunsten beschwören, dann hielt er es nicht mehr aus und öffnete das Kuvert. Nachdem er die ersten Zeilen gelesen hatte, zitterte seine Hand so sehr, dass er die Buchstaben kaum noch entziffern konnte. Bürgermeister Vielhaber bedauerte zutiefst – seine Bewerbung war abgelehnt. Das erstmals nach dem Krieg ausgelobte, von Altenas Drahtfabrikanten gestiftete Stipendium war, so stand in dem mit dem Siegel der Stadt versehenen Schreiben, Jürgen Rühling zugesprochen worden. So habe der Rat entschieden. Eine Einspruchsmöglichkeit bestehe leider nicht.

Waren die verrückt geworden?

Tommy zerknüllte den Brief und warf ihn zu Boden. Enttäuscht und wütend zugleich trat er einen Schemel beiseite, riss den Küchenschrank auf und holte die Flasche Selbstgebrannten hervor, die er von Bauer Eick für die Stange John Player bekommen hatte. Er musste sich besaufen! Mit fliegenden Händen entkorkte er die Flasche und trank in großen, tiefen Schlucken. War damit der Traum vom Studium geplatzt? Aus und vorbei – bevor er auch nur einen Hörsaal betreten hatte? … Drei Tage lang war er Schützenkönig gewesen, drei Tage lang hatte die ganze Stadt ihm zu Füßen gelegen, drei Tage lang hatten ihm alle auf die Schulter geklopft, die angesehensten und reichsten und wichtigsten Männer der Stadt, und hatten ausnahmslos so getan, als wäre er einer von ihnen. Doch jetzt war das Schützenfest vorbei, und er war wieder der, der er gehofft hatte nie wieder zu sein: der vaterlose Bastard und Paria, auf den in Altena jeder verächtlich herabschauen durfte, weil er nicht dazugehörte.

Während der Schnaps ihm bis in die Finger- und Fußspitzen drang, klingelte es an der Tür. Eine aberwitzige Hoffnung erfasste ihn. Vielleicht hatten sie den Irrtum ja bemerkt und schickten ihm jetzt den richtigen Brief!

Er versteckte die Flasche im Schrank und eilte zur Tür.

Als er aufmachte, stand Ulla vor ihm.

»Was … was willst du denn hier?«

»Gundel ist verschwunden.«

»Und deshalb kommst du zu mir?«

»Tu nicht so unschuldig! Man hat euch gesehen. Wie ihr zusammen ins Taxi gestiegen seid, mitten in der Nacht!« Sie schob ihn beiseite und lief an ihm vorbei in die Wohnung. »Gundel?«, rief sie in der Küche. Dann stieß sie die Tür zur Schlafkammer auf. »Verdammt nochmal, wo steckst du?«

»Spinnst du?« Tommy eilte ihr nach. »Was bildest du dir ein? Das ist meine Wohnung!«

Wie von der Tarantel gestochen, fuhr Ulla herum. »Was hast du mit meiner Schwester gemacht?«

So gleichgültig wie möglich zuckte er die Achseln. »Nichts.«

Gott sei Dank, der Alkohol fing an zu wirken.

»Mir kannst du nichts vormachen«, erwiderte sie. »Ich … ich kenne dich und weiß Bescheid. Du hast sie mit hierher geschleppt.«

Tommy lehnte sich an den Türpfosten und schaute sie genüsslich an. »Bist du etwa eifersüchtig?«

Ihre Augen sprühten Funken, und ihre Nasenspitze war ganz blass. Und ob sie eifersüchtig war! Ihr Anblick wirkte noch besser als der zuvor genossene Schnaps.

Plötzlich veränderte sich Ullas Miene. »Bitte, Tommy. Meine Eltern sterben gerade tausend Tode vor Angst. Sag endlich, was los ist.« Die Funken in ihren Augen erloschen, aus ihrem Blick sprach nur noch verzweifeltes Flehen.

Als er dieses Gesicht sah, schmeckte der Genuss, den ihre Eifersucht ihm gerade noch bereitet hatte, mit einem Mal schal. Ja, Bürgermeister Vielhaber hatte ihm das Stipendium verweigert – aber würde sich daran etwas ändern, wenn er sich jetzt an Ulla rächte? An Ulla und ihrer Familie?

Nein, Eduard Wolf war der einzige Mensch in der Stadt gewesen, der ihm je eine Chance gegeben hatte. Das hatte er nicht verdient.

Tommy steckte sich eine Zigarette an. »Also gut«, sagte er und blies den Rauch in die Luft. »Deine Schwester war hier. Aber du kannst deinen Eltern sagen, dass sie sich keine Sorge machen müssen. Gundel und ich, wir haben nur …«

»Was habt ihr nur?«, fiel Ulla ihm ins Wort. »Lass dir doch nicht jedes Wort einzeln aus der Nase ziehen!«

War es der Alkohol, dass er statt Ulla auf einmal ihre Schwester vor sich sah? Gundel war so hübsch gewesen in jener Nacht, so hübsch und so verliebt, ihre Wangen waren vor Erregung ganz gerötet gewesen. Er hatte schon ihren Atem in seinem Gesicht gespürt, sie hatte die Lippen zum Kuss geöffnet, während sie an den Rüschen ihres Kleides ebenso unsicher wie ungeschickt nach dem Reißverschluss suchte. Und dann …

Mit einem Schlag war Tommy wieder nüchtern. Fast hätte er sich verplappert, aber zum Glück hatte er seinen Fehler noch früh genug bemerkt.

»Nein«, sagte er. »Das geht niemanden was an.«

»Was sagst du da?«

Er schüttelte den Kopf. »Tut mir leid, Ulla. Ich kann darüber nicht sprechen. Und ich will es auch nicht.«

»Dann sag mir wenigstens, wo sie ist!«

»Das weiß ich nicht. Ich habe sie seit dem Schützenfest nicht mehr gesehen.«

»Du weißt nicht, wo sie ist? Obwohl du sie mit in deine Wohnung geschleppt hast, um mit ihr …«

»Nein, so war es nicht!«

Ulla hörte gar nicht hin. »Du hast meine Schwester verführt, die Freundin deines besten Freundes, der dir sogar seinen Anzug geliehen hat, für seine Verlobung mit ihr, und du …«

Sie war so außer sich, dass sie mitten im Satz verstummte. Tommy wusste, er brauchte nur zu sagen, wie es tatsächlich gewesen war, und er wäre aus dem Schneider. Aber wenn er das tat, war Gundel bis auf die Knochen blamiert. Nicht nur in ihrer Familie, sondern in der ganzen Stadt. Denn solche Sachen blieben nie unter der Decke, sondern sprachen sich unweigerlich herum, wenn sie irgendjemand erst einmal ausgesprochen hatte. Immer.

»Mehr hast du dazu nicht zu sagen?«, fragte Ulla.

Er schüttelte den Kopf.

Fassungslos starrte sie ihn an, und während sie nach Worten suchte, die sie ihm um die Ohren hauen konnte, füllte ihre Miene sich mit so abgrundtiefer Verachtung, wie noch nie ein Mensch sie ihm gegenüber zum Ausdruck gebracht hatte.

»Du bist das letzte Stück Dreck, Tommy Weidner«, sagte sie mit kalter, schneidender Stimme. »Ich hoffe, dass ich nie wieder im Leben etwas mit dir zu tun haben muss!«

31

Mit der Unschuld, die nur Kindern vergönnt ist, schlummerte Winfried auf seiner kleinen Liege. Gleichmäßig ging sein Atem, nur ab und zu zuckte er ein wenig im Schlaf. Ach, wie beneidete Gundel ihren Neffen um diese unschuldige Seligkeit! In einer Aufwallung strich sie ihm übers Haar und küsste ihn auf die Wange. Ob er wohl von seinem Papa träumte?

»Komm«, flüsterte Ruth, »lassen wir ihn schlafen.«

Nur mit Mühe konnte Gundel sich abwenden, um ihr in die Wohnküche zu folgen. Leise zog sie die Tür hinter sich zu, damit Winfried nicht aufwachte.

Ihre Schwester hatte gesagt, sie könne bei ihr übernachten, in dem freien Bett ihres Mannes, in dem seit Fritz' Tod eigentlich Winfried schlief. Der Junge hatte darauf gedrängt, er wollte den Platz seines Vaters einnehmen, und Ruth hatte es ihm erlaubt, weil sie sich mit ihm an der Seite nicht ganz so einsam fühlte. Gundel war ihr so dankbar, dass sie sie trotzdem bei sich aufgenommen hatte. Nachdem Benno die Verlobung aufgekündigt hatte, hatte sie nicht gewusst, wohin sonst mit sich und ihrem Elend. Sie hatte gesündigt – ob in Gedanken, Worten oder Werken war am Ende egal. Sie war mit Tommy Weidner vor aller Welt in ein Taxi gestiegen, mitten in der Nacht, um mit ihm nach Hause zu fahren. Mehr war nicht nötig gewesen, um ihren Ruf zu ruinieren. In ihrer Verzweiflung hatte sie bei ihrer Schwester Zuflucht gesucht. Ruth war der einzige Mensch, der sie verstehen konnte. Beide hatten sie ihrer Familie Schande gemacht. Das vereinte sie.

Wie hatte sie nur so die Beherrschung verlieren können? Um Dinge zu tun, die ihr zutiefst zuwider waren? Und das Heiligste zu verraten, was es in ihrem Leben gab?

Wenn sie an jene Nacht dachte, liefen ihr immer noch Schauer über den Rücken – Augenblicke, die sie nie für möglich gehalten hätte. Wie

Tommy sie auf der Kirmes plötzlich geküsst hatte … Die Fahrt im Taxi, hinauf zum Breitenhagen, sein Bein an ihrem Schenkel, dazwischen nur der hauchdünne, knisternde Seidenstoff ihres Königinnenkleides … Die Umarmung in seiner Wohnung, die fürchterlichen, ganz und gar unanständigen Worte, die sie ihm ins Ohr geflüstert hatte … Obwohl sie gewusst hatte, dass es nicht sein durfte, und sie sich mit ihrer ganzen Willenskraft dagegen gewehrt hatte, hatte sie sich in ihn verliebt. Ausgerechnet in Tommy Weidner, den schlimmsten Schürzenjäger der Stadt, der schon ihre Schwester auf dem Gewissen hatte … Doch es nützte alles nichts, ob sie es wollte oder nicht, es war geschehen. Weil es stärker gewesen war als sie.

Ja, sie hatte sich in ihn verliebt. Aber liebte sie ihn darum auch?

Zwei Tage hatte das Schützenfest nach dieser Nacht noch gedauert, zwei Tage Seite an Seite mit Tommy, in aller Öffentlichkeit, das zu ewigem Strahlen und Lächeln verdammte Königspaar. Gundel hatte den Albtraum nur überstanden, weil sie und Tommy beide rund um die Uhr von den Wichtigtuern der Friedrich-Wilhelms-Gesellschaft in Anspruch genommen worden waren und irgendwelche Pflichten und Rituale erfüllen mussten, so dass keine Zeit zum Denken blieb. Der Schlussappell der Schützen am Sonntag im Bungern war ihr deshalb wie eine Erlösung erschienen. Doch in Wirklichkeit hatte ihre Hölle damit erst richtig begonnen. Mit sich und ihren Gedanken allein, war sie in eine solche Verwirrung gestürzt, dass sie nicht mehr aus noch ein gewusst hatte. Liebte sie Tommy? Liebte sie Benno? Liebte sie alle beide? Tommy hatte sich seit dem Schützenfest weder blicken noch von sich hören lassen, es war, als hätte er sich in Luft aufgelöst. Nur Benno war da, von morgens bis abends. Wenn sie mit ihm im Büro saß, sehnte sie sich danach, dass er sie in den Arm nahm und festhielt. Und gleichzeitig hatte sie vor nichts größere Angst, als dass er sie berührte.

»Kommt Zeit, kommt Rat«, sagte ihre Mutter immer, und oft hatte Gundel sie dafür verspottet, genauso wie Ulla. Doch wirklich, je länger Gundels Verzweiflung dauerte, umso mehr wurde ihr klar, dass das, was sie für Tommy empfand, keine wirkliche Liebe war. Liebe empfand sie für Benno, das wurde ihr erst in dieser Zeit des Leidens richtig bewusst. Das mit Tommy war ein wunderbares Kitzeln und Prickeln gewesen, ein seliger Rausch, wie wenn man auf Silvester ein Glas Champagner zu viel getrunken hat. Benno war weder Silvester noch Champagner, Benno war Alltag, guter, solider Alltag, und die Gewissheit, dass es jemanden gab, der zu einem hielt, gleichgültig, was geschah. Das Gefühl, das sie stets an seiner Seite empfunden hatte, auf ihren Spaziergängen um die Burg oder im Kesselbrink oder zur Kluse hinauf, wenn sie stundenlang von ihrer Zukunft geträumt hatten, von der gemeinsamen Arbeit in der Firma, von dem Haus, das sie bauen wollten, von ihren Kindern, die sie zusammen großziehen würden, drei Jungen und zwei Mädchen, wenn Gott ihre Gebete erhörte, hatte sie nie in einen Rausch versetzt, und doch war es tausendmal mehr wert als jedes Kitzeln und Prickeln, das Tommy Weidner ihr verschafft hatte. Mit Benno war es ein Gefühl, als schwimme man in einem ruhigen, stetigen Fluss, der einen bis ans Ende des Lebens tragen würde.

Wie schön war das gewesen – wie unwiederbringlich schön!

Doch jetzt war es zu spät, jetzt wollte Benno sie nicht mehr.

»Am liebsten würde ich für immer hier bei dir bleiben«, sagte sie, als sie mit Ruth in der Wohnküche den restlichen Tee trank, der noch vom Abendbrot in der Kanne war. »Ich könnte dir helfen, wenn dein zweites Kind da ist.«

»Ach, was wäre das schön«, sagte Ruth. »Die zwei schwarzen Schafe der Familie. Aber wovon sollen wir leben? Meine Rente reicht nicht mal für die Kinder und mich.«

Gundel griff über den Tisch nach ihrer Hand. »Ich weiß, es ist noch zu früh, um darüber zu reden – aber ich bin sicher, es wird irgendwann wieder einen Mann geben, der sich freut, wenn er für dich sorgen darf.«

Noch während sie sprach, sah sie, dass ihre Schwester rot wurde. Gundel konnte es kaum glauben.

»Soll das heißen – es gibt schon jemanden?«

Ruth schüttelte so energisch den Kopf, dass sie damit den Verdacht nur bestätigte.

»Lass mich raten! Bernd Wilke?«

»Jetzt hör doch mit dem Unsinn auf!« Ein wenig umständlich erhob sie sich mit ihrem runden Bauch vom Tisch und brachte das Geschirr zum Spülstein. »Walter Böcker hat mir Unterstützung angeboten«, sagte sie, während sie Wasser einlaufen ließ. »Geld, das Fritz' Kameraden gesammelt haben.«

»Walter Böcker?« Gundel war entsetzt. »Um Gottes willen!«

»Du kannst dich beruhigen«, erwiderte Ruth. »Ich habe das Geld ja nicht angenommen.«

»Also, wenn du mich fragst, Bernd Wilke würde zehnmal besser zu dir passen«, sagte Gundel. »Hast du damals nicht ein bisschen mit ihm geschäkert, als er und sein Vater die Garage im Hof bauten?« Es tat so gut, sich mit den Sorgen ihrer Schwester zu beschäftigen. So konnte sie ihre eigenen ein bisschen vergessen.

Mit einer Tasse in der Hand drehte Ruth sich zu ihr herum. »Du hast leicht reden«, sagte sie. »Du wirst dich eines Tages mit deinem Benno wieder versöhnen, und alles ist gut. Oder, wenn das nicht klappt, suchst du dir einfach einen andern, der dir gefällt. Aber ich? Ich kann mich nicht einfach in irgendjemanden verlieben, ich muss doch an die Kinder denken. Ich brauche einen Mann, der imstande ist, uns zu ernähren …«

Die Schelle unterbrach sie mit lautem, scharfem Ratschen.

Ruth ging zur Tür, um zu öffnen.

Gundel wusste auch so, wer geläutet hatte. Die kurze Atempause war vorbei.

»Hier steckst du also!«

Noch bevor sie ihre Mutter sah, hörte sie ihre Stimme.

»Gott sei Dank, dass wir dich endlich gefunden haben!«

Christel war nicht allein, Ulla war bei ihr, zusammen kamen sie in die Küche. Gundel hätte sich am liebsten unter dem Tisch verkrochen.

»Leugnen ist zwecklos«, sagte ihre Schwester, »Papa weiß, was passiert ist. Dr. Goeckes Praxishelferin hat gesehen, wie du und Tommy ins Taxi gestiegen seid.«

»Und?«, fragte Gundel. Sie konnte kaum sprechen vor Angst. Wenn sie als Kind einen Fehler gemacht hatte, hatten ihre Eltern sie nie ausgeschimpft oder gar geschlagen. Sie hatten sie nur mit dem Entzug ihrer Liebe gestraft. Aber das war für sie schlimmer gewesen als jede andere Strafe.

»Er will, dass du nach Hause kommst«, sagte ihre Mutter. »Genauso wie wir.«

»Aber das kann ich nicht! Nach allem, was ich euch angetan habe …«

Ulla musste laut lachen. »Ist das deine größte Sorge?«

»Ach Kindchen«, sagte ihre Mutter und strich ihr über den Kopf. »Wir machen doch alle mal Fehler. Wichtig ist nur, dass man seine Fehler einsieht und versucht, sie wiedergutzumachen. Das Leben muss doch weitergehen, irgendwie.«

»Aber wie soll ich das je wiedergutmachen? Das … das geht doch gar nicht!«

»Natürlich geht das«, widersprach Christel so energisch, wie sie nur sein konnte, wenn es wirklich darauf ankam. »Benno ist der richtige Mann für dich, und du bist die richtige Frau für ihn. Das weiß er so gut wie du.«

Gundel spürte, wie ihr vor Erleichterung die Tränen kamen. Der dämliche Schützenfestschlager fiel ihr ein. *Nach Regen scheint Sonne, nach Weinen wird gelacht. Duuubi, duuubi, dubidu. Wer hätte das gedacht …*

»Meinst du wirklich?«, fragte sie.

»Ganz bestimmt«, sagte ihre Mutter. »Er wird dir schon verzeihen. Er müsste ja auch ein Esel sein, wenn er das nicht täte. Schließlich erbst du mal die Firma.«

Nach einem traurigen Gesicht, wird ein freundliches gemacht. Duuubi, duuubi, dubidu. Das wär' ja wohl gelacht …

Gundel versuchte, den Kloß in ihrem Hals herunterzuschlucken. Fragend blickte sie ihre Schwestern an. »Glaubt ihr das auch?«

»Benno ist ein anständiger Kerl«, sagte Ulla nur.

»Und du, Ruth?«

Die zuckte die Achseln. »Ich kenne ihn ja kaum«, sagte sie. »Aber ich weiß, wie es ist, keinen Mann zu haben und allein zu sein. Ich an deiner Stelle würde es zumindest versuchen. Statt auf alles zu verzichten.«

»Noch dazu für jemanden wie Tommy Weidner«, fügte Ulla hinzu.

»Jetzt gib dir schon einen Ruck!« Ihre Mutter reichte ihr die Hand. »Mach dich nicht selbst unglücklich und komm mit uns nach Hause!«

Unsicher schaute Gundel auf die ausgestreckte Hand, dann auf das Wachstuch auf dem Tisch, auf dem noch die Krümel vom Abendbrot lagen, sah die schäbige, abgewetzte Samtcouch, das Foto von Fritz Nippert an der Wand zwischen Küchenschrank und Spüle, Ruth in ihrer geblümten Kittelschürze, roch den abgestandenen Geruch von kalten Lebensmitteln, der durch das Treppenhaus in die Mansarde drang.

Nein, ein schwarzes Schaf in der Familie war genug.

»Danke, Mama«, flüsterte sie. Mit einem Seufzer nahm sie die Hand und stand auf.

Als Ruth sie an der Tür verabschiedete, nahm Gundel sie stumm in den Arm und drückte sie an sich.

Mit schlechtem Gewissen folgte sie ihrer Mutter und Ulla die Treppe hinunter auf die Straße. Hatte sie Ruth im Stich gelassen? Auf dem Heimweg stellte Gundel sich vor, wie ihre Schwester jetzt allein in ihrer geblümten Kittelschürze auf der abgewetzten Couch an dem Tisch mit der Wachstuchdecke voller Krümel saß, ohne einen Mann an ihrer Seite, mit dem zweiten Kind in ihrem Bauch, während der kleine Winfried nebenan in der Kammer schlief. Doch als sie die Burg hinter sich hatten und vor ihnen in der Abenddämmerung die Nette lag, wo gerade die ersten Laternen angingen, verdrängte die neuerlich in ihr aufsteigende Angst das schlechte Gewissen. Und wenn ihre Mutter sich irrte? Es geschah zwar nur selten, dass ihr Vater wirklich böse wurde, aber wenn es um den guten Ruf der Familie und die Firma ging …

Die Firma ist unser Leben. Das war so, das ist so, das wird immer so bleiben …

Doch zum Glück war ihre Sorge umsonst. Ihr Vater empfing sie in der Villa wie der gute Hirte das verlorene Schaf. Er wartete schon in der Diele auf sie, und kaum war sie durch die Tür, nahm er sie in den Arm.

»Kopf hoch!«, sagte er. »Das kriegen wir schon wieder hin. Ich werde alles tun, dass Benno uns treu bleibt.«

Als er ihr über den Kopf strich, genau so, wie sie selber ihrem Neffen übers Haar gestrichen hatte, schrillte das Telefon.

»Nanu?«, wunderte sich ihre Mutter. »Um diese Zeit?«

32

In der Burgschänke waren nur wenige Tische besetzt, als Eduard den holzgetäfelten Schankraum betrat. Nur das leise Klappern von Besteck war außer ein paar gedämpften Stimmen zu hören. Zum Glück waren keine Bekannten da, die Eduard hätte begrüßen müssen. Nur Commander Jones saß an einem Ecktisch, doch da er in Begleitung eines blonden deutschen Fräuleins war, gab er sich sichtlich alle Mühe, Eduard nicht zu sehen.

»Sie werden schon erwartet, Herr Wolf!« Gustav Beißfänger, der Pächter und Koch des Lokals, lugte durch die Durchreiche neben dem Tresen und wies mit dem Kinn auf die Schiebetür, die den Hauptsaal von der sogenannten Veranda trennte.

»Ich hoffe, ich habe Sie nicht bei der Hausmusik gestört«, sagte Walter Böcker mit spöttischem Lächeln. Er empfing Eduard an einem Fenstertisch in dem sonst menschenleeren Nebenraum, einem luftigen, direkt über dem Berghang gelegenen Vorbau, durch dessen verbleite Glasfront man einen herrlichen Blick über die im Mondschein liegende Stadt und die sich durch das enge Tal schlängelnde Lenne hatte, auf deren linkem Ufer noch das erst zur Hälfte abgebaute Schützenzelt zu sehen war. Auch die Pontonbrücke schwamm noch im Fluss. Die Große Brücke flussabwärts lag nach wie vor in Trümmern.

Eduard überhörte die Bemerkung. »Was gibt es so Dringendes, dass Sie mich heute noch sprechen wollten?« Während der Kellner Robert, der in seiner schwarzweißen Livree fast so alt und würdig war wie die Burg selbst, ihm den Hut abnahm, bestellte er ein Viertel Bordeaux und setzte sich an den Tisch.

»Deutscher Rotwein ist wohl nicht mehr gut genug?«, lachte Böcker, der bereits ein Herrengedeck, bestehend aus Pils und Korn, vor sich hatte. »Aber Sie haben recht, Wolf, das saure Zeug von der Ahr macht nur Sodbrennen und außerdem einen dicken Kopf. Es ist Zeit, sich mal wieder was zu gönnen nach all den beschissenen Jahren.« Er kippte seinen Schnaps hinunter und schüttelte sich. »Damit sind wir sozusagen auch schon beim Thema. Ich war nämlich heute beim Alten.«

Eduard horchte auf. »In Rhöndorf?«

»Nein, in Frankfurt, beim Parlamentarischen Rat. Adenauer hat dort den Fahrplan für die Einführung des Münzgelds bekanntgegeben.« Obwohl sonst niemand im Raum war, senkte Böcker die Stimme. »Die neuen Pfennige gelangen im Januar 49 in den Verkehr, die Groschen im Mai, die Fünfzig-Pfennig-Stücke ein gutes halbes Jahr später im Februar und die Markstücke danach im Dezember 50. Für die Pfennige, hat mir ein Sekretär des dicken Erhard gegen eine Kiste Havannas gesteckt, ist der Zug wohl schon abgefahren, aber die anderen Aufträge sind noch nicht vergeben. Verstehen Sie, was das für uns heißt?«

Eduard zog scharf die Luft ein. Während Robert mit durchgedrücktem Rücken und einem Tablett an ihren Tisch trat, um den Bordeaux zu servieren, ratterte unten im Tal ein Güterzug den Fluss entlang Richtung Hagen, wo das Ruhrgebiet begann, die Waggons über und über beladen mit Bauholz aus dem Sauerland. Der Dampf der Lokomotive wehte wie eine Fahne in der Nacht und breitete sich über die Stadt aus.

»Warum machen Sie das Geschäft eigentlich nicht allein?«, fragte Eduard, nachdem Robert wieder verschwunden war, und nahm einen Schluck Wein. »Ich meine, niemand hat was zu verschenken. Wenn Sie bereit sind, den Profit mit mir zu teilen, muss es dafür einen Grund geben.«

»Ich wusste doch, dass Sie der richtige Mann sind!«, sagte Böcker. »Natürlich würde ich lieber den ganzen Gewinn allein einsacken, als einen meiner schärfsten Konkurrenten mit der Hälfte zu beglücken – darauf können Sie einen lassen!« Dann wurde er wieder ernst. »Aber leider kann ich mir das in meiner Position nicht leisten, ich sitze im Vorstand des nordrhein-westfälischen Arbeitgeberverbands, das würde gefährlich nach Selbstbegünstigung schmecken.« Er zog einen gefalteten Bogen aus der Innentasche seines Jacketts und schob ihn über den Tisch. »Ich habe schon mal notiert, wie eine solche Geschäftsbeziehung aussehen könnte.«

Eduard faltete den Bogen auseinander und setzte sich seine Hornbrille auf, die er nur bei der Prüfung von besonders wichtigen Schriftstücken benutzte, ansonsten reichte noch seine eigene Sehkraft. In dem Papier schlug Böcker die Gründung einer gemeinsamen Firma vor, er hatte sich sogar schon einen Namen ausgedacht: VAM – Vereinigte Altenaer Metallwerke. Damit würden sie sich bei der Bank Deutscher Länder in Frankfurt für die Aufträge zur Produktion von Münzrohlingen bewerben. Nach einer Schätzung der möglichen Gewinne, die Eduard nicht aus der Luft gegriffen schien, obwohl sie die der Firma Wolf um ein Mehrfaches übertrafen, kam allerdings ein Punkt, der ihn stutzig machte. Laut Geschäftsplan sollte er die Firma als nominell einziger Geschäftsführer nach außen vertreten, während Böcker nur als stiller Teilhaber im Verborgenen fungieren würde.

»Wozu die Geheimniskrämerei?«, fragte er, als er zu Ende gelesen hatte und die Brille wieder in ihre Schachtel steckte. »Weshalb wollen Sie nicht selber in Erscheinung treten?« Er zögerte einen Moment, dann fügte er hinzu: »Haben Sie irgendetwas zu verbergen? Bei einem Geschäft von solch historischer Bedeutung wird man bei der Auftragsvergabe die Bewerber sehr gründlich unter die Lupe nehmen.«

Auch wenn es ihm schwergefallen war, seine frühere Zurückhaltung aufzugeben, hatte er die Frage stellen müssen. Wenn etwas im Busche war, musste die Wahrheit jetzt auf den Tisch, auch wenn er mit seiner Frage womöglich einen Affront riskierte. Doch Böcker schien nicht im Geringsten beeindruckt oder gar verärgert. Seelenruhig zündete er sich eine Zigarre an und machte paffend ein paar Züge.

»Wenn Sie mich damit fragen wollen, ob ich vielleicht irgendwelche

Leichen im Keller habe, so kann ich Sie beruhigen. Die Amis haben mich nicht ohne Grund in Nürnberg laufenlassen.«

»Dann stimmen also die Gerüchte?«, fragte Eduard, überrascht über so viel Offenheit.

»Sie meinen, dass ich in Nürnberg überprüft worden bin?«, fragte Böcker zurück. »Natürlich, jeder, der im Reichsministerium für Bewaffnung gearbeitet hatte, wurde damals unter die Lupe genommen. Reine Routine. Aber ich wurde als unbedenklich eingestuft, den Persilschein habe ich mir einrahmen lassen, wenn Sie ihn sehen möchten, lade ich Sie gerne ein.« Er spuckte ein Blättchen Tabak aus und schaute Eduard an. »Es heißt, dass Sie ein guter Geiger sind. Dann muss ich Ihnen wohl nicht erklären, dass man, wenn man bei der Musik dabei sein will, nicht den Einsatz verpassen darf. Sie haben keine Zeit, lange zu fackeln, Sie müssen sich entscheiden, hier und jetzt. Oder ich frage jemand anders, es gibt genug Kollegen in Altena, die sich nach einem solchen Geschäft die Lippen lecken würden. Ich brauche nur einmal mit dem Finger zu schnippen.« Er legte seine Zigarre in den Aschenbecher. »Wie lautet Ihre Antwort? Sind Sie dabei?«

Die Hand, die er Eduard reichte, war keine Hand, sondern eine Pranke – groß und fleischig und brutal wie der ganze Kerl. Doch sollte Eduard das Angebot deshalb ausschlagen? Er wusste, eine solche Gelegenheit gab es nur einmal im Leben. Statt länger zu zögern, schlug er ein.

»Also gut, ich bin dabei!«

33

Das Schützenfest lag inzwischen drei Wochen zurück, und obwohl erst Mitte August war, kündigten bereits ein paar gelbe Blätter im Laub der Kastanien den Herbst an, als Ulla sich mit Jürgen Rühling an diesem Sonntagnachmittag am Kriegerdenkmal traf, von wo aus man die herrlichsten Spaziergänge machen konnte, entweder den Klusenberg hinauf zur Ruine, in der vor Urzeiten ein Einsiedler gelebt hatte, oder geradeaus in den Kesselbrink, zum Steinsbörnchen, einer Quelle, die angeblich durch ein Wunder auf halber Bergeshöhe in dem Felsgestein entsprungen war, als der Eremit im Alter nicht mehr genügend Kraft gehabt hatte, den Weg hinunter ins Tal zu steigen, um in der Lenne Wasser zu schöpfen.

Nachdem es in der vorletzten Nacht plötzlich so kalt geworden war, dass am Samstagmorgen die höher gelegenen Wälder im Rauhreif geglänzt hatten, schien die Sonne jetzt wieder warm und strahlend von einem dunkelblauen Sommerhimmel herab, in den sich, am Ende der Kastanienallee, die Ehrensäule des Kriegerdenkmals mit dem Bronzeadler an der Spitze erhob, der seine mächtigen Schwingen ausgebreitet hatte, als setze er gerade zur Landung an.

»Willst du meine Frau werden?«, fragte Jürgen.

Die Frage kam so unverhofft, dass Ulla sich zu der Gedenkstätte herumdrehte. Eine junge Witwe in schwarzen Kleidern legte gerade einen Strauß Nelken zu Füßen der mannshohen Marmorplatte nieder, auf der die Namen der Altenaer Gefallenen aus den beiden Weltkriegen standen. Die aus dem zweiten Krieg traten noch ganz hell und frisch aus dem dunklen Stein hervor – Ulla kannte die meisten von ihnen, mit manchen der Namensträger, die, wie es auf der Tafel hieß, »ihr Blut für Volk und Vaterland« gegeben hatten, hatte sie als Kind gespielt, und mit einigen war sie sogar verwandt.

»Ich weiß«, hörte sie Jürgen in ihrem Rücken sagen, »das Studium wird uns auf eine harte Probe stellen – du in Tübingen, ich in Münster oder Köln oder Bonn. Aber ich bin fest überzeugt, dass wir es schaffen. Wir müssen nur immer daran denken, welcher Lohn uns am Ende winkt. Stell dir nur vor, eine Ärztin und ein Apotheker – perfekter geht es doch gar nicht!«

Die Vorstellung war so perfekt, dass sie Ulla Angst machte. War es das, was sie im Leben wollte? Als Ärztin die Frau eines Apothekers sein, womöglich mit einer Praxis in ein und demselben Haus, in dem ihr Mann seine Apotheke betrieb? Sicher hatte Jürgen schon mit seinem Vater gesprochen, damit er ihr eine Etage über der Alten Apotheke reservierte, sobald etwas frei würde … Während ihr künftiges Leben ihr auf fast überdeutliche Weise vor Augen trat, musste sie an Tommy denken, an das verständnislose Entsetzen in seinem Gesicht, als sie ihm den Laufpass gegeben hatte. Ach, wie hätte er auch verstehen sollen, was sie zu ihrer Entscheidung getrieben hatte? Sie hatte ja noch nicht mal Andeutungen gemacht. Die Erinnerung an den Schmerz, den sie ihm zugefügt hatte, schmerzte mit jedem Tag mehr, der seitdem vergangen war … Sie war sicher, mit Tommy hätte sie es geschafft, egal, wie weit sie voneinander getrennt gewesen wären. Aber sie wusste auch, wenn sie sich für ihn entschieden hätte, wäre sie niemals Ärztin geworden und hätte ihren großen Lebenstraum für immer begraben müssen. Jetzt hatte sie die Chance, ihren Traum wahr zu machen. Was also hielt sie also noch zurück, ja zu sagen?

Liebe?

»Ich will dich nicht drängen«, sagte Jürgen. »Ich kann mir ja denken, dass das ziemlich überraschend für dich kommt, und wenn du noch ein bisschen Zeit brauchst – ich kann warten. Aber glaub mir, ich habe lange über uns beide nachgedacht und bin mir ganz sicher. Du und ich, wir wären ein gutes Paar.«

Ulla kannte die Witwe nicht, die gerade ein stummes Gebet vor dem Denkmal sprach. Wahrscheinlich war dies der einzige Ort auf der Welt, an dem sie an ihren Mann denken konnte, vielleicht wusste sie nicht mal, wo er begraben lag, und sein Name auf der Tafel war womöglich das Einzige, was es noch von ihm gab. Ob die zwei wohl ein »gutes Paar« gewesen waren, wie Jürgen sich ausdrückte? Oder eines geworden wären? Die Frau war noch so jung, dass sie aller Wahrscheinlichkeit nach nie mit dem Soldaten, der ihr Mann gewesen war, zusammengelebt hatte. Vielleicht hatten sie sogar per Fernhochzeit geheiratet wie so viele Paare im Krieg – sie in der Heimat, er an der Front, auf dem Standesamt vertreten durch ein Bild.

»Nun?«, fragte Jürgen. »Fällt die Antwort so schwer?«

Offenbar war die Frau katholisch, denn sie beendete ihr Gebet mit einem Kreuzzeichen. Ein ganz und gar idiotischer Spruch fiel Ulla ein. *Jung gefreit, nie gereut* … Was für ein Zynismus! Wie viele Frauen, die Hals über Kopf im Krieg geheiratet hatten, waren jetzt Witwen wie diese Frau hier vor dem Denkmal. Aber was war die Alternative? Warten, bis man alt und weise und grau war? Überall in Altena wurde geheiratet, was das Zeug hielt, fast alle, ob Männer oder Frauen, die mit dem Leben davongekommen und noch ledig waren, rannten zum Rathaus, als hätten sie Angst, das Standesamt könnte plötzlich seine Dienste einstellen. Schließlich wusste niemand, was morgen sein würde, und bevor man allein war, wenn wieder ein Krieg ausbrach, zum Beispiel wegen der Berlin-Blockade, die die Russen trotz der Proteste der Westalliierten immer noch aufrechthielten … Ulla hatte gehört, Ernst Prange, der junge Inhaber von Betten-Prange, habe sich kürzlich verlobt, obwohl er seine Braut, eine Försterstochter, noch keine drei Monate kannte. Recht hatte er! Was passieren konnte, wenn man mit der Entscheidung zu lange wartete, dafür war Gundel ein wahrlich abschreckendes Beispiel.

Was sollte sie Jürgen antworten?

Während die Witwe mit gesenktem Kopf das Ehrenmal verließ, drehte Ulla sich zu ihm herum. Doch statt etwas zu sagen, gab sie ihm einen Kuss.

»Und ich hatte solche Angst«, flüsterte er, »dass du immer noch in diesen blöden Tommy Weidner verliebt bist.« Überglücklich nahm er sie in den Arm und erwiderte ihren Kuss. »Danke, mein Schatz. Ich werde dich nie enttäuschen.«

34

Nach seinem jähen Sturz vom Thron des Schützenkönigs wusste Tommy, dass in Altena für ihn kein Platz war. Doch bevor er seine Sachen packen konnte, hatte er noch eine Menge Dinge zu erledigen. Er musste nicht nur seine Wohnung auflösen und die Möbel verkaufen, die er zu Schwarzmarktzeiten angeschafft hatte, vor allem musste er sich um seine Zukunft kümmern. Wo sollte er leben, wenn nicht hier? Verwandte hatte er nicht, seinen Vater zu suchen hatte keinen Sinn, er kannte ja nur seinen Vornamen, Heinz-Ewald, und die paar Kriegskameraden, zu denen Tommy noch Kontakt hatte, konnten oder wollten ihm nicht helfen, das hatte er nach ein paar wenigen Briefen und Telefonaten begriffen. Aber vielleicht war das sogar besser so. Wenn ein Neuanfang unumgänglich war, dann ein richtiger! Ein Anfang, so radikal wie nur möglich, ohne Vergangenheit und ohne Brücken – auch nicht zu alten Freunden! Nach gründlichem Nachdenken hatte er einen Ort gefunden, an dem ein solcher Neuanfang möglich war. Dort würde ihn niemand suchen, und erst recht würde ihn dort niemand finden!

Am Bahnhof wimmelte es wie immer von Vertriebenen – Nachschub für »Klein-Rom«. Mit ihren Pappkartons und schreienden Kindern auf den Armen drängten sie sich in der Schalterhalle vor der großen Tafel mit den Ankunfts- und Abfahrtzeiten und verrenkten sich die Hälse nach irgendwelchen Anschlusszügen, ins Ruhrgebiet oder ins Sauerland, je nachdem, welcher Ort ihnen als neue Heimat zugewiesen worden war oder wo sie auf Hilfe irgendwelcher Angehöriger hofften. Ob wohl jemand von ihnen bald in seiner alten Wohnung leben würde? Am liebsten hätte Tommy sie alle aufgefordert, kehrtzumachen und ihm zu folgen – hier würden sie sowieso keine Chance bekommen!

Aber das war nur ein Gedanke, er musste selber zusehen, wie er aus dieser verfluchten Stadt rauskam. Mit seinem sperrigen Koffer hatte er in dem Gedränge Mühe, zum Schalter vorzudringen, wo man dem einzigen Beamten weit und breit auf Schlesisch und Ostpreußisch zu Leibe rückte. Tommy schaute auf die Normaluhr über dem Ausgang Richtung Gleise. Der Zug nach Hagen, wo er das erste Mal umsteigen musste, ging um zehn nach zwei, und es war schon fünf vor.

Er beschloss gerade, seine Fahrkarte gegen Aufpreis beim Schaffner im Zug zu lösen, da packte ihn jemand am Arm.

Vor ihm stand Bernd, in weißer Maurermontur. Wo kam der denn her? Ach ja, das Bahnhofsklo, sein erster Auftrag.

»Was hast du vor?«, fragte sein Freund und blickte auf den Koffer. »Willst du verreisen?«

»Ja, und zwar für immer«, erwiderte Tommy.

Bernd schaute ihn an, als hätte er Chinesisch gesprochen. »Für immer? Wo willst du denn hin?«

»Keine Ahnung«, log er. »Hauptsache, weg von Altena!«

»Aber … aber, was ist mit Ulla?«

»Lass mich nur mit der in Ruhe!« Tommy deutete auf Bernds Vater, der gerade am anderen Ende der Halle, wo die neuen Toiletten entstanden, einen Sack Zement in die Betonmischmaschine füllte. »Du und die anderen – ihr alle habt jemanden hier, der zu euch gehört. Ich nicht, ich bin allein, ohne irgendeinen Menschen, ich werde es deshalb hier nie schaffen, egal, was ich tue. Oder soll ich mich bis ans Ende meiner Tage als Eintänzer zum Affen machen?«

»Aber das brauchst du doch gar nicht!« Bernd dachte kurz nach, dann sagte er: »Wenn du willst, kannst du bei mir anfangen.«

»Als Maurer?« Tommy musste lachen.

»Natürlich nicht.« Bernd schüttelte den Kopf. »Du könntest das Kaufmännische erledigen. Der Papierkram liegt mir nicht, genauso wenig wie das Verhandeln. Aber du, mit deiner Intelligenz und deiner Art, die Leute um den Finger zu wickeln?«

»Ich danke dir, Bernd, ehrlich – aber nein, das ist nichts für mich.« Tommy schaute seinen Freund an. Die Vorstellung, dass er dieses grundehrliche Gesicht vielleicht nie wieder sehen würde, schmerzte ihn mehr, als er sich eingestehen wollte. »Wenn du mir einen Gefallen tun möchtest – sorg dafür, dass Benno und Gundel sich wieder versöhnen. Die beiden gehören zusammen.«

»Aber …«

»Kein Aber …«

Er drückte seinen Freund einmal fest an sich, dann ließ er ihn stehen und lief zum Ausgang, ohne sich noch einmal umzudrehen.

»Melde dich, wenn du was gefunden hast«, rief Bernd ihm nach.

Ohne zu antworten, verschwand Tommy in der Unterführung. In der dunklen Röhre roch es scharf nach Urin. Er hielt die Luft an und beschleunigte seinen Schritt. Höchste Zeit, dass Bernd mit den Toiletten fertig würde – der Gestank war ja nicht zum Aushalten!

Als er auf der anderen Seite wieder ins Freie trat, zuckte er zusammen. Direkt gegenüber, auf der anderen Seite des Bahnsteigs, von wo aus man die Züge in die Gegenrichtung bestieg, stand Ulla am Gleis. Auch sie hatte einen Koffer in der Hand – offenbar hatte es mit dem Medizinstudium geklappt, und sie fuhr nun nach Tübingen, um sich an der Universität einzuschreiben. Doch im Gegensatz zu ihm war sie nicht allein. Bei ihr standen ihre Mutter und Jürgen Rühling, die beide gleichzeitig auf sie einsprachen.

Als ihre Blicke sich trafen, nickten sie einander kurz zu. Im selben Moment gellte der Pfiff des Stationsvorstehers. Auf beiden Seiten des Bahnsteigs traten die Wartenden von den Gleisen zurück, dann schob sich fauchend die Lokomotive zwischen sie und kam mit dampfenden Rädern und ohrenbetäubendem Kreischen der Bremsen zum Stehen.

»Alles einsteigen bitte!«

35

Mit lautem Knall löste der Korken sich aus der Flasche, und rauchend floss der Sekt in die Gläser.

»Von wegen Sekt«, korrigierte Walter Böcker, als er sein Glas erhob, »das ist echt französischer Schampus! Fuffzig Mark die Pulle! Aber das haben wir uns verdient!«

Eduard nahm sein Glas, um mit ihm anzustoßen. Seit seiner Zeit als Student in Marburg, wo er vor dem Eintritt in die Firma zwei Semester Germanistik und Philosophie hatte studieren dürfen, war es das erste Mal, dass er am Tresen einer »Bar« saß. Das schummerige Lokal, in dem bedenklich leicht bekleidete Mädchen vorwiegend ältere Herren bedienten, befand sich schräg gegenüber vom Frankfurter Hauptbahnhof – Böcker hatte ihn hierhergeschleppt, nachdem die Bank Deutscher Länder ihnen nach stundenlangen Verhandlungen den Auftrag zur Produktion der Rohlinge für die neuen D-Mark-Stücke erteilt hatte.

»Zum Wohlsein!«, sagte Eduard.

Ein wenig überhastet setzte er das Glas an die Lippen und trank, bevor Böcker auf die Idee kam, ihm zur Feier des Tages auch noch das Du anzubieten. Sein neuer Kompagnon war zwar über zwanzig Jahre jünger als er, aber einem solchen Proleten war alles zuzutrauen.

»Gratulation zu Ihrem Auftritt, Wolf. Große Klasse!« Als tränken sie Iserlohner Pilsener statt Champagner, leerte Böcker seine Sektflöte in einem einzigen Zug, und am Ende schüttelte er sich sogar, wie nach einem Schnaps, knallte das Glas auf den Tresen und stieß einen Rülpser aus. »›Am Golde hängt, zum Golde drängt doch alles – ach, wir Armen …‹ Eine Glanzidee, den Armleuchtern mit Goethe zu kommen!«

Mit einer schwungvollen Bewegung seines Daumens forderte er den Kellner hinter dem Tresen auf, nachzuschenken. Nachdem er erneut getrunken hatte, rechnete er vor, was die Vereinigten Altenaer Metallwerke bei dem Geschäft verdienen würden. Da die Bank Deutscher Länder die Menge des Münzgeldes, die sie Schritt für Schritt in Umlauf bringen wollte, noch einmal deutlich erhöht hatte, übertraf die Schätzung bei weitem die Zahlen, die er in seinem ursprünglichen Geschäftsplan angesetzt hatte.

»Wir werden uns dumm und dämlich verdienen!« Wieder hob er sein Glas. »Was meinen Sie, Wolf, wäre es nicht, wo wir so gut miteinander können, das Klügste, wir würden auch – wie soll ich mich ausdrücken? – auf privater Ebene fusionieren?«

»Ich fürchte, ich verstehe nicht ganz«, erwiderte Eduard, obwohl er fürchtete, sehr wohl zu verstehen.

»Keine Angst«, sagte Böcker, als er sein Gesicht sah, und lachte, »ich habe nicht vor, Ihnen das Du anzubieten, ich weiß doch, was sich gehört.« Erneut stießen sie an, und wie um seine Worte zu beglaubigen, trank er diesmal wie ein zivilisierter Mensch nur einen einzigen Schluck. »Nein, ich spreche von Ruth. Ich habe an Ihrer Ältesten schon immer einen Narren gefressen. Ja, ja ich weiß«, sagte er und hob die Hand, als Eduard etwas einwenden wollte, »aber meinen Sie nicht, dass es langsam Zeit ist, die ollen Kamellen auf sich beruhen zu lassen und einen Schlussstrich zu ziehen? Ruth hat nicht nur das Herz auf dem rechten Fleck, sondern auch ein gebärfreudiges Becken, das hat sie bereits bewiesen, und die paar Jährchen Altersunterschied zwischen ihr und mir stören mich nicht im Geringsten. – Na, was wünschen die Damen?«, unterbrach er sich, als eine vollbusige Brünette, die mit ihrer üppigen Figur fast aus ihrer Korsage platzte, mit einer blonden Kollegin zu ihnen an die Theke trat.

»Wie ich sehe«, sagte die Brünette, »haben die Herren was zu feiern?«

»Darauf kannst du einen lassen, Süße!«, erwiderte Böcker und klatschte ihr auf den Hintern. »Was möchten die Damen trinken?«

»Wir schließen uns den Herren an!«, antwortete die Blonde. Eduard hielt den Atem an. Beim Sprechen hatte sie ihre Hand auf seinen Oberschenkel gelegt und warf ihm einen so eindringlichen Blick zu, dass er schlucken musste.

»Zweimal Schampus für die Damen!«, rief Böcker.

»Was meinen die Herren«, gurrte die Brünette, während der Kellner die Gläser füllte, »wollen wir die kleine Feier nicht lieber woanders fortsetzen?« Sie schaute zur Decke hinauf, an der ein Spiegel so raffiniert angebracht war, dass man ihr und ihrer Begleiterin fast bis in den siebten Himmel schauen konnte. »Da oben gibt es ein hübsches Zimmer. Da wären wir ganz *entre nous* …«

»*Entre nous* ist gut«, lachte Walter Böcker. »Kannst du auch sonst noch Französisch?«

»Ich weiß gar nicht, was du damit meinst«, sagte die Brünette und steckte sich, ganz Unschuld vom Lande, einen Finger in den Mund.

»Du bist richtig!« Begeistert stieg Böcker von seinem Hocker und nahm ihre Hand. »Ich bin dabei! Sie auch, Wolf?«

Eduard blickte auf die Hand mit den knallrot lackierten Nägeln, die immer noch auf seinem Schenkel lag, und plötzlich schoss ihm ein solches Begehren in die Glieder, wie er es mit seinen einundsechzig Jahren schon sehr, sehr lange nicht mehr verspürt hatte.

Tapfer schüttelte er den Kopf.

»Nein. Ich habe meiner Frau versprochen, noch anzurufen. Ich will sie nicht warten lassen.«

»Das ist aber schade«, sagte die Blonde. »Gefalle ich dir denn gar nicht?«

»Bitte tun Sie mir die Liebe und nehmen Sie die Hand von meinem Schenkel!«

»Ich wollte doch nur nett sein.« Schmollend kam sie seiner Aufforderung nach.

Eduard wartete, bis seine Hose wieder halbwegs korrekt saß, dann stand er auf und wandte sich an den Kellner. »Bitte die Rechnung!«

»Spielverderber«, sagte Böcker, während die Brünette ihn bereits zu der Treppe fortzog, die dunkel und verheißungsvoll ins Obergeschoss führte. Mit einer rudernden Armbewegung forderte er die Blonde auf, sich ihnen anzuschließen.

»Zum Skat gehören drei!«

»Dann wollen wir mal sehen, wer das beste Blatt hat.«

Lachend entschwand das Trio die Stufen hinauf. Eduard bebte vor Zorn. Er wusste genau, warum Böcker sich diese unglaubliche Dreistigkeit herausnahm. Er wollte ihn demütigen, ihm beweisen, dass er sich einfach *alles* herausnehmen konnte.

Und das Schlimme war, er konnte es tatsächlich.

Beide Mädchen im Arm, drehte Böcker sich auf dem Treppenabsatz noch einmal herum. »Ach ja, Wolf, wenn Sie mit Ihrer Frau Gemahlin telefonieren, vergessen Sie bitte nicht, ihr meine Grüße auszurichten und zu fragen, was sie von meinem Vorschlag hält!«

36

Seit seine Eltern zusammen mit seinen jüngeren Geschwistern nach Essen gezogen waren, wo sein Vater eine Stelle als Kraftfahrer bei Krupp gefunden hatte, wohnte Benno allein zur Untermiete bei einer Lehrerwitwe im Nalshof, einer kleinen, engen Gasse, die die Bruchsteinkirche der Reformierten mit der weiß gekalkten Lutherkirche verband.

»Da haben Sie aber Glück gehabt, dass Sie Ihren Freund noch antreffen«, sagte die Zimmerwirtin, als Bernd am Abend an der Tür des Fachwerkhauses klingelte. »Herr Krasemann hat nämlich gekündigt. Morgen früh zieht er aus.«

Tatsächlich, als Bernd das Zimmer seines Freundes betrat, packte der schon die Sachen. Der gesamte Inhalt seines Schranks lag vor ihm auf dem Bett verteilt und wanderte Stapel für Stapel in einen offenen Koffer. Seit dem Schützenfest hatten die zwei sich nicht mehr gesehen. Bernd hatte ein schlechtes Gewissen, er gab sich die Schuld daran, seine erste Baustelle nahm ihn rund um die Uhr in Anspruch. Jetzt war er heilfroh, dass Tommy ihn gedrängt hatte, sich um ihren Freund zu kümmern.

»Warum ich verschwinde?«, fragte Benno, ohne sich nach ihm umzudrehen. »Dreimal darfst du raten!«

Für die richtige Antwort brauchte auch Bernd nur einen Versuch. Er wünschte, Tommy wäre noch da. Jemand musste Benno ins Gebet nehmen, damit er nicht auch noch abhaute, und er selbst war keiner, der gut im Wortemachen war. Aber da Tommy nicht mehr da war, musste er es selber versuchen.

»Warum wolltest du Gundel heiraten?«, fragte er schließlich. »Aus Liebe – oder wegen der Aussicht, eines Tages Chef der Firma Wolf zu werden?«

»Aus Liebe natürlich«, knurrte Benno. »Was soll die blöde Frage?«

»Dann musst du ihr verzeihen«, sagte Bernd. »Oder ist dir dein Stolz wichtiger?«

»Verzeihen?« Benno ließ den Stapel Hemden, den er gerade in den Koffer legen wollte, aus der Hand fallen und fuhr herum. »Gundel hat mir Hörner aufgesetzt, mit meinem besten Freund, in aller Öffentlichkeit! Die ganze Stadt weiß, dass die zwei zusammen eine Nacht in seiner Wohnung verbracht haben.«

»Ja und?«, erwiderte Bernd. »Du liebst sie trotzdem.«

»Wie kannst du einen solchen Scheiß behaupten?«

»Wenn du sie nicht mehr lieben würdest, wärst du nicht so wütend.«

»Blödsinn!«, rief Benno. »Gundel kann mir gestohlen bleiben! Ein für alle Mal! Soll ich dir's beweisen?« Er ging an das Nachttischchen, riss die Schublade auf und holte einen Packen Briefe hervor. »Die hat mir ihr Vater geschickt. Er will, dass wir uns aussprechen, und bietet mir für den Fall einer Aussöhnung die Teilhaberschaft an – mit dem Tag der Hochzeit wäre ich sein Kompagnon.« Er warf die Briefe zurück in die Schublade. »Ich habe ihm nicht mal geantwortet.«

»Ich finde es ziemlich leichtfertig, ein solches Angebot auszuschlagen«, sagte Bernd.

»Was erwartest du von mir?« Benno schaute ihn verständnislos an. »Ich … ich bin doch kein Gigolo!«

Bernd kratzte sich am Kopf. Obwohl er nicht genau wusste, was ein Gigolo war, begriff er doch, dass er gegen diese Wut nicht ankam und erst recht nicht gegen den verletzten Stolz, der aus Bennos Worten sprach. Aber war das ein Wunder? Vielleicht war die Beziehung ja wirklich nicht mehr zu retten, nach allem, was geschehen war. So wenig, wie man eine Mauer retten kann, wenn sie einmal Feuchtigkeit gezogen hat und vom Schimmel befallen ist. Dann hilft nur noch der Abriss.

»Was hast du jetzt vor?«, fragte er.

»Ich werde mein Glück in Düsseldorf probieren«, sagte Benno. »Ein Großonkel von mir hat auf der Königsallee ein Schuhgeschäft. Wenn er mich nimmt, werde ich es den Wolfs zeigen! Meine Sorge ist nur, dass ich nicht elegant genug bin für so einen piekfeinen Laden.« Er nahm seinen Anzug, der in seiner Schutzhülle über einem Stuhl hing, und faltete ihn in den Koffer. »Und du? Immer noch das alte Lebensziel?«

Bernd wusste, was sein Freund meinte, und grinste. »Klar, Spießer werden – was meinst du denn, warum ich als Einziger von uns dreien in Altena bleibe?« Dann wurde er wieder ernst. »Eins musst du mir versprechen, Benno.«

»Nämlich?«

»Dass wir beide Freunde bleiben. Wenigstens wir zwei.«

Benno klappte den Koffer zu und drehte sich zu ihm um. »Versprochen«, sagte er und umarmte ihn.

37

Es dauerte nur wenige Tage, bis Gundel erfuhr, dass Benno Altena verlassen hatte. Betty brachte die Neuigkeit in die Villa Wolf, das Dienstmädchen hatte sie auf dem Wochenmarkt aufgeschnappt, der jeden Donnerstag auf dem Bungernplatz abgehalten wurde. Bernds Mutter, Emmy Wilke, hatte am Obst- und Gemüsestand von Lotti Mürmann vor großem Publikum berichtet, dass der arme Benno Krasemann nach seiner Schmach wohl ins Rheinland geflohen sei, nach Köln oder Düsseldorf, zu einem Verwandten, der dort angeblich ein Textilgeschäft betreibe, das, nach allem, was man höre, noch vornehmer sei als Mode Vielhaber – offenbar war Altena ihm nicht mehr gut genug.

Gundel schloss sich in ihr Zimmer ein und weinte bittere Tränen. Bis zuletzt hatte sie gehofft, dass Benno ihr verzeihen würde, ihr Vater hatte ja versprochen, die Sache wieder einzurenken, aber jetzt war alle Hoffnung dahin. Auch Benno wandte sich von ihr ab, kehrte ihr den Rücken zu, nahm vor ihr Reißaus, wie alle anderen, als hätte sie die Pest am Leib. Doch das hatte sie verdient – tausend und abertausend Mal! Jeder Mensch war seines Glückes Schmied, aber sie, der doch alles Glück in den Schoß gefallen war, das eine junge Frau sich nur wünschen konnte, Liebe, Treue, einen Mann fürs Leben – sie hatte ihr

Glück mit Füßen getreten … Noch immer spukten die fürchterlichen Worte durch ihren Kopf, die sie Tommy in jener Nacht ins Ohr geflüstert und mit denen sie sich selbst um ihr ganzes Glück gebracht hatte. *Ich bin dein … Mach mich zu deiner Frau … Tu mit mir, was du willst* … Sie hatte es gewollt, wirklich gewollt, jedes einzelne Wort, wenn auch nur in diesem Augenblick. Wie hatte sie Benno so verraten können? Wie hatte sie sich selber so verraten können? Sie grub die Zähne ins Kissen, um an ihrer eigenen Schuld zu ersticken, warf sich schluchzend auf der Matratze hin und her, schlug mit den Fäusten auf die Bettdecke ein, doch es half alles nichts – nichts, was sie tat, konnte ihren Schmerz lindern, weil nichts auf der Welt ungeschehen machen konnte, was nun mal geschehen war.

Sie war eine gefallene Frau. Vor den Augen der Welt und vor ihrem eigenen Gewissen …

Den ganzen Tag klopfte ihre Mutter an der Tür, immer wieder bat sie um Einlass, doch erst am Abend, als alle Tränen vergossen waren, die sie in sich hatte, ließ Gundel sie in ihr Zimmer. Das Essen, das ihre Mutter ihr brachte, Rührei mit Toast, dasselbe Essen, das sie ihr schon als junges Mädchen gebracht hatte, wenn sie krank gewesen war, rührte sie nicht an, auch nicht den Baldriantee, den sie zur Beruhigung trinken sollte. Doch die tröstenden Worte, die ihre Mutter, nachdem sie sich zu ihr aufs Bett gesetzt hatte, mit leiser Stimme zu ihr sprach und ihr dabei den Rücken streichelte, taten ihr gut, auch wenn sie ihr wenig helfen konnten in ihrer Verzweiflung. Sie war ihren Eltern so dankbar, so unendlich dankbar, dass sie sie nicht verstoßen hatten, obwohl sie es verdiente, tausend und abertausend Mal!

»Ach Kindchen«, sagte die Mutter. »Düsseldorf ist doch nicht aus der Welt. Noch ist nicht aller Tage Abend.«

»Das sagst du ja nur«, erwiderte Gundel in ihr Kissen, »um mich zu trösten.«

»Nein, das sage ich, weil das Leben weitergeht, das tut es immer, egal, was passiert. Kommt Zeit, kommt Rat. Nichts wird so heiß gegessen, wie es gekocht wird.« Gundel spürte, wie die wohltuende Mutterhand auf ihrem Rücken erst zögerte und dann ganz innehielt. »Was mir viel mehr Sorgen macht, ist, dass wir nicht wissen, wo Tommy Weidner steckt.«

»Tommy?« Gundel drehte sich herum. »Warum fragst du nach ihm?«

Ihre Mutter strich ihr das Haar aus dem tränennassen Gesicht. »Nun ja«, sagte sie, »ich will den Teufel ja nicht an die Wand malen – aber womöglich brauchen wir den Hallodri noch, um einen Skandal zu vermeiden …«

»Skandal? Haben wir nicht schon Skandal genug?«

»Du warst eine Nacht in seiner Wohnung. So was bleibt nicht immer ohne Folgen.«

Gundel begriff zuerst nicht, was ihre Mutter meinte. Als der Groschen endlich fiel, stützte sie sich auf ihre Ellbogen. »Ach Mama, was redest du denn da? Es ist doch gar nichts passiert!«

»Nichts passiert? Das … das verstehe ich nicht.« Die Mutter schaute sie prüfend an. »Soll das heißen, er hat sich – wie ein *Ehrenmann* benommen?« Ihr Gesicht drückte vorsichtige Erleichterung aus.

»Ehrenmann?«, wiederholte Gundel.

»Konntest du ihn dir vom Leib halten?«, präzisierte die Mutter.

Gundel schüttelte den Kopf. »Es war doch alles ganz anders, als du denkst, ganz, ganz anders!« Sie schlug die Augen nieder, weil sie den prüfenden Blick nicht länger ertrug. »*Er* war es, der nicht wollte«, flüsterte sie. »Tommy. Er hat mich wieder ins Taxi gesetzt und nach Hause geschickt.«

Abermals brach sie in Tränen aus und warf sich zurück in die Kissen. Während sie nur noch den einen Wunsch hatte, nicht mehr auf dieser Welt zu sein, läutete es unten in der Diele. Kurz darauf folgten eilige Schritte im Treppenhaus, und im nächsten Moment ging die Tür auf.

»Winfried«, hörte Gundel durch die Kissen Bettys Stimme, »er sagt, Ruth ist im Krankenhaus. Es ist so weit!«

38

Während Ruth im St.-Vinzenz-Hospital in Altena von ihrem zweiten Kind entbunden wurde, betrat Benno das Schuhgeschäft seines Großonkels auf der Düsseldorfer Königsallee.

Die vornehme Eleganz des Ladens, den er als Kind zum letzten Mal gesehen hatte, schüchterte ihn fürchterlich ein. Überall Marmor, Messing und Spiegel. In den Glasvitrinen, die frei im Raum standen, wurden einzelne Schuhmodelle wie Kunstwerke ausgestellt. Verkäufer, die aussahen wie Bankiers, schwebten lautlos über flauschige Teppiche und knieten an ihren Schemeln mit geöffneten Kartons vor perfekt geschminkten Damen mit gewagten Hüten und strahlenden Augen nieder, als wollten sie ihnen nicht Schuhe anprobieren, sondern die Welt zu Füßen legen.

Benno holte tief Luft. Hier sollte er arbeiten? Obwohl er seinen neuen Anzug trug und sich vor Betreten des Ladens in einer Schaufensterscheibe davon überzeugt hatte, dass Anzug, Hemd und Schlips richtig saßen, kam er sich wie der letzte Hinterwäldler vor.

»Sie wünschen?«

Ein Verkäufer, nur wenige Jahre älter als er selbst, doch der mit seinem gepflegten Oberlippenbart, dem nach hinten gewellten Blondhaar und der blaugold gestreiften Krawatte zum dunkelblauen Anzug noch vornehmer wirkte als seine übrigen Kollegen, trat auf ihn zu und musterte ihn mit einem kalten, abschätzigen Blick. Offenbar hatte er sogleich erkannt, dass er keinen Kunden vor sich hatte.

»Krasemann, mein Name«, brachte Benno mit Mühe hervor. »Ich bin angemeldet. Bei meinem Onkel«, fügte er eilig hinzu, als der andere irritiert die Stirn runzelte.

Schlagartig veränderte sich dessen Gesicht. »Ah, der Großneffe!« Mit einem Lächeln, das Benno ein wenig an seinen ehemaligen Freund Tommy Weidner erinnerte, deutete sein Gegenüber eine Verbeugung an. »Karl Weiß«, stellte er sich vor, »erster Verkäufer und rechte Hand von Herrn Krasemann. Aber alle nennen mich nur Charly. Bitte folgen Sie mir. Der Chef erwartet Sie.«

Der Onkel empfing sie in einem Büro, das an Decke und Wänden mit dunkel glänzendem Holz getäfelt war. Sahen seine Angestellten aus wie Bankiers, wirkte er selbst wie ein Bankdirektor. Obwohl Herward Krasemann schon in den Siebzigern war, hatte er nichts von seiner respekteinflößenden Erscheinung eingebüßt, mit der er Benno schon als Kind imponiert hatte – der reiche Onkel aus dem reichen Düsseldorf, zu dem die ganze Verwandtschaft aufgeschaut hatte. Aufrecht und gerade saß er hinter seinem Mahagonischreibtisch, auf dem sämtliche Stifte und Papiere in paralleler Ordnung lagen. Jede Strähne seines graumelierten Haars, das ein braungebranntes, scharf geschnittenes Gesicht einrahmte, schien genau zu wissen, wo sie zu sitzen hatte. Mit seiner Rechten, an der er einen goldgefassten Siegelring mit blauem Stein trug, forderte er Benno auf, Platz zu nehmen.

»Schön, dass du da bist, mein Junge«, sagte er mit einer Stimme, die noch genauso warm und angenehm klang, wie Benno sie in Erinnerung hatte. »Dann wollen wir mal sehen, ob wir etwas für dich tun können.«

Eingehend erkundigte er sich nach Verwandten und Bekannten, die er in Altena zurückgelassen hatte, nach Bennos Eltern und Geschwistern in Essen, dem Schuhhaus Schulze in der Lennestraße, wo er vor einem halben Jahrhundert, also noch vor dem ersten Krieg, als Stift am Schemel gehockt hatte, bevor er in die Welt hinausgezogen war – sogar nach der Jungfrau Annemarie fragte er, der Wirtin des Schwarzen Raben, die ihn, so erzählte er, manches Mal am Monatsende, wenn ihm das Geld ausgegangen war, habe anschreiben lassen, damit er zum Feierabend ein Bier trinken konnte.

Dann aber veränderte sich plötzlich der Plauderton seiner Stimme, und seine Miene wurde ernst.

»Warum hast du damals mein Angebot ausgeschlagen?«, wollte er wissen. »Dein Vater hatte mich gebeten, dich einzustellen, aber du wolltest nicht.«

Benno hatte die Frage befürchtet. Trotzdem fiel ihm die Antwort schwer.

»Ich … ich hatte damals gerade eine Stelle als kaufmännischer Lehrling angefangen«, sagte er. »Bei der Firma Wolf.«

»Der Drahtzieherei in der Nette?«

Benno nickte. »Und außerdem«, fuhr er fort, um sein peinliches Geständnis so schnell wie möglich hinter sich zu bringen, »war ich mit der jüngsten Tochter befreundet – das heißt, wie waren so gut wie verlobt.«

»Und jetzt hat das Fräulein dich sitzenlassen«, ergänzte sein Onkel, »und die schönen Träume sind geplatzt.«

»So ungefähr«, murmelte Benno.

Statt weiter in der Wunde zu bohren, lehnte der Onkel sich in seinem Sessel zurück und stellte die Fingerspitzen gegeneinander. Offenbar wollte er gar nicht mehr wissen. Eine lange Weile, während der Benno nicht wusste, wohin er schauen sollte, dachte er nach. Dann räusperte er sich.

»Um ehrlich zu sein«, sagte er schließlich, »wollte ich deinen Brief zuerst gar nicht beantworten. Normalerweise gebe ich keinem dieselbe Chance ein zweites Mal. Aber angesichts der besonderen Umstände will ich eine Ausnahme machen. Außerdem gefällt mir dein Anzug. Ist der von Rosen?«

»Von Vielhaber«, verbesserte Benno, dem ein Stein vom Herzen fiel.

»Ach ja, natürlich, Rosen gibt's ja nicht mehr.«

»Ich … ich habe ihn von meinem ersten Geld gekauft. Achtunddreißig Mark neunzig.«

»Tipptopp«, sagte der Onkel anerkennend. »Für die Verlobung, nehme ich an? Nun, vielleicht war er ja doch keine Fehlinvestition.« Er warf einen Blick auf seinen ersten Verkäufer, der, neben Bennos Stuhl stehend, das Gespräch aufmerksam verfolgt hatte. »Was meinen Sie, Charly? Sollen wir es mit dem jungen Mann versuchen?«

Der Gefragte wippte auf den Fußballen. »Ganz wie Sie wünschen, Herr Krasemann!«

»Dann schlage ich vor, für den Anfang erst mal drei Monate Keller«, entschied der Onkel.

»Keller?«, wiederholte Benno irritiert.

»Sozusagen auf Bewährung. Damit wir sehen, aus welchem Holz du geschnitzt bist. Den Anzug kannst du solange schonen.«

39 Taufe – Taufe in der Freiheit!

Die Geburt von Ruths zweitem Sohn hatte ein kleines Wunder bewirkt, um das Christel den lieben Gott kaum zu bitten gewagt hätte. Obwohl Ruth beschlossen hatte, das unschuldige Kind nach ihrem verstorbenen Mann Fritz zu nennen, hatte Eduard zu ihrer großen Überraschung und Freude erklärt, er werde an der Tauffeier des armen Wurms teilnehmen. Er wolle das Fest zur Aussöhnung mit seiner ältesten Tochter nutzen, hatte er gesagt, und werde darum Christel und Gundel in die Lutherkirche begleiten. Ganz so freiwillig, wie er tat, war seine Entscheidung allerdings nicht gewesen – das hatte Christel erfahren, als sie am Abend vor der Taufe im Bett nach den Beweggründen für seinen Sinneswandel geforscht hatte. Eduard hatte ihr von Walter Böckers befremdlichem Ansinnen berichtet, mit der Firma Wolf auch privat zu »fusionieren«. Christel begriff: Nicht die Sorge um Ruth, sondern die Vorstellung, dass dieser Mensch, den Eduard wie kaum einen anderen verachtete, um die Hand seiner Tochter anhalten könne, hatte ihren Mann so nachsichtig gestimmt.

Aber kam es darauf an? Hauptsache, in der Familie herrschte wieder Friede.

»Bitte hilf meiner Erinnerung auf die Sprünge«, sagte Eduard auf dem Weg zur Kirche, »hatte Ruth nicht früher mal ein Krösken mit Bernd Wilke?«

»Da kann ich dir leider auch nicht weiterhelfen«, erwiderte Christel.

»Vielleicht fragen wir Gundel?« Er drehte sich zu ihrer Jüngsten herum, die, ganz in Schwarz gekleidet wie eine Witwe, stumm und in sich gekehrt ihnen in einigem Abstand folgte. »Schwestern reden doch über solche Sachen.«

»In diesem Fall wohl kaum«, sagte Christel. »Gundel hat noch mit Puppen gespielt, als Ruth sich zum Roten Kreuz meldete. Aber warum willst du das überhaupt wissen?«

Mit gespielter Gleichgültigkeit zuckte er die Achseln. »Ich komme nur darauf, weil ihr gesagt habt, Bernd Wilke sei auf der Beerdigung von Ruths Mann gewesen.«

»Ist das der einzige Grund?« Christel kannte ihren Mann zu gut, um ihn nicht zu durchschauen. »Oder schmiedest du vielleicht Pläne, von denen ich nichts weiß?«

Eduard strich sich über sein Menjou-Bärtchen. »Ich muss sagen, der junge Mann imponiert mir. Er ist zwar von einfacher Herkunft, aber von erstaunlicher Tüchtigkeit. Wie ich höre, hat er sich von seinem ersten Geld eine Betonmischmaschine gekauft, um sich als Bauunternehmer selbständig zu machen. Was meinst du, sollten wir ihn nicht mal zum Kaffee einladen, wenn Ruth wieder bei uns wohnt?«

Er hatte noch nicht ausgesprochen, da kam der junge Mann, von dem gerade die Rede war, die Treppe vom Kirchplatz heruntergelaufen, direkt auf sie zu. »Wenn man vom Teufel spricht …« Eduard blieb stehen und lüftete den Hut, auch Christel nickte ihm zu, doch ohne den Gruß zu erwidern, stolperte Bernd an ihnen vorbei, als wäre der Leibhaftige hinter ihm her.

Verwundert schaute Christel ihm nach. »Was ist denn in den gefahren?«

Den Grund für sein seltsames Verhalten erfuhren sie eine Minute später in der Kirche. Pastor Michel stand schon mit Ruth und Winfried am Taufbecken, als sie das uralte Gotteshaus betraten. Den kreischenden Täufling aber hielt niemand anderer auf dem Arm als – Walter Böcker.

War er etwa der Pate?

»Dieser verfluchte Mistkerl …«, zischte Eduard.

»Nicht hier«, zischte Christel zurück.

»Am liebsten würde ich auf der Stelle wieder nach Hause gehen.«

»Kommt gar nicht in Frage!« Energisch drückte Christel die Hand ihres Mannes. »Glaubst du, ich verzichte wegen diesem Menschen auf die schöne Buttercremetorte, auf die ich mich seit Tagen freue? Das wäre ja noch schöner!«

40

Auf Christels Wunsch sollte die Feier im Café Dunkel stattfinden. Doch bevor Eduard die Einladung aussprechen konnte, war Walter Böcker schon zur Stelle.

»Café Dunkel ist eins a. Aber die Rechnung übernehme ich!«

Eduard war nur zähneknirschend der kleinen Gesellschaft gefolgt, Christel hatte ihm keine andere Wahl gelassen. Er kannte seine Frau und wusste, welche Strategie sie verfolgte. Sie hatte beschlossen, Böcker mit ihrer Buttercremetorte Paroli zu bieten. Damit er sich nicht einbildete, ihre Pläne zu durchkreuzen oder sie gar um ihr Vergnügen zu bringen.

Er sollte sich in seiner Frau nicht täuschen. Kaum hatten sie die Konditorei betreten, hatte Christel eine doppelte Portion in Auftrag gegeben. Jetzt saßen sie alle zusammen an einem Tisch und verzehrten ihre Bestellungen. Winfried hatte von der Kellnerin Papier und Buntstifte bekommen und malte ein Bild von der Taufe seines kleinen Bruders. Böcker hatte sich zwischen Ruth und Winfried gepflanzt, als wäre er nicht nur der Pate des Neugeborenen, sondern hege tatsächlich jene weitaus höheren Ambitionen, die er in Frankfurt angedeutet hatte. Gott sei Dank hatte Pfarrer Michel sich von der Aussicht auf ein Tässchen Bohnenkaffee verführen lassen und war mit in das Café gekommen – ohne geistlichen Beistand hätte Eduard den Anblick seiner Tochter an der Seite dieses fürchterlichen Menschen nicht ertragen und sich zu Unhöflichkeiten hinreißen lassen, die an diesem Tag fehl am Platze waren. Den schlafenden Fritz auf dem Arm, konnte der Pastor, der die angespannte Atmosphäre offenbar spürte, sich kaum lassen vor Freude über das neue Schäfchen in seiner Herde. Christel hingegen war keine Hilfe, sie war ganz und gar mit ihrer Buttercremetorte beschäftigt, und Gundel war noch in ihrem Liebeskummer versunken.

Je beklommener die Stimmung am Tisch wurde, desto lauter redete Böcker. Er habe aus erster Hand erfahren, dass nach der gelungenen Währungsreform bald eine Bundesrepublik Deutschland aus der Taufe gehoben würde, im Zusammenschluss der drei Westzonen.

»Scheiß auf die Russen und ihre Berlin-Blockade! Dann ist es mit der Besatzung vorbei! Dann sind wir endlich wieder ein freies Volk!«

Von dem lauten Bass im Schlaf gestört, wachte der Täufling auf und fing so heftig an zu schreien, dass sein Gesichtchen puterrot anlief und der Pastor das Kind eilig der neben ihm sitzenden Tante auf den Arm gab. Während Gundel versuchte, den Kleinen zu beruhigen, drängte Ruth zum Aufbruch. Die Kellnerin kam, um zu kassieren. Böcker zückte sein Portemonnaie, blätterte ein paar Scheine auf den Tisch und rundete die Rechnung so großzügig nach oben ab, dass es geradezu peinlich war.

»Dann wollen wir mal«, sagte Eduard und erhob sich von seinem Platz.

»Aber vergiss nicht«, flüsterte Christel ihm ins Ohr, als er ihr in den Mantel half, »was du dir vorgenommen hast.«

Als ob sie ihn daran erinnern müsste!

Auf der Straße trat Eduard auf seine Tochter zu, und ohne länger zu zögern, nahm er sie in den Arm – zum allerersten Mal, seit sie von zu Hause durchgebrannt war. Er hatte Angst vor diesem Moment gehabt, Angst vor ihrer Zurückweisung, doch Ruth war von der unerwarteten Umarmung offenbar so überrascht, dass sie ihn gewähren ließ. Eduard drückte sie an sich. Wie hatte er das vermisst! Während sie einander in den Armen hielten, fiel der Panzer von ihm ab, der ihm in den Jahren der Trennung gewachsen war, um sich gegen den Schmerz zu wappnen, und endlich durfte er wieder spüren, wie sehr er seine Älteste liebte, ohne sich seine Gefühle zu verbieten. Sie war doch immer sein Liebling gewesen, keine andere seiner Töchter hätte ihn so verletzen können wie sie.

In einer Aufwallung schmiegte er sein Gesicht an ihre Wange und schloss die Augen. Es brauchte niemand zu sehen, dass ihm die Tränen kamen.

»Deine Mutter und ich möchten dich fragen, ob du nicht wieder bei uns wohnen möchtest.« Ganz von allein waren ihm die Worte über die Lippen gekommen.

»Du meinst, in der Villa?«

»Ja, natürlich. Wozu haben wir das große Haus?«

»Und jetzt, mit dem zweiten Kind«, kam Christel ihm zu Hilfe, »kannst du doch nicht länger in dieser Mansarde hausen! Allein dieser unangenehme Geruch.«

»Von der Enge ganz zu schweigen!«

»Bitte, Kind, tu uns die Liebe!«

Bei Christels letzten Worten spürte Eduard, wie Ruth ganz steif wurde. Abrupt löste sie sich aus seinen Armen und trat einen Schritt zurück

Mit bösen Augen schaute sie ihre Eltern an.

»Den Teufel werde ich tun! Als ich euch brauchte, habt ihr mich im Stich gelassen. Jetzt brauche ich eure Hilfe nicht mehr.«

Sie drehte sich zu Böcker herum und legte ihre Hand auf seinen Arm.

»Bitte bring uns nach Hause, Walter.«

Während sie ihr Kind von Gundels Arm nahm, hob Böcker entschuldigend die Hände in Eduards Richtung. »Dienst ist Dienst, Schnaps ist Schnaps«, brummte er. Dann folgte er Ruth den Totschlag hinauf, zusammen mit Winfried, der es gerade noch geschafft hatte, seiner Großmutter einen Kuss zu geben.

Am Abend gab es in der Villa Hausmusik. Doch es wurde ein trauriges Konzert. Von dem einstigen Quartett war nur noch ein Duo übrig geblieben.

41

Leise, um die Patienten nicht aus dem Schlaf zu wecken, zog Ulla die Tür des Krankensaals hinter sich zu und kehrte über den schwach erleuchteten Gang zurück ins Schwesternzimmer. Alles war ruhig auf Station 2b der Nervenklinik, die in einem schlossähnlichen Gebäude auf halber Höhe des Schnarrenbergs untergebracht war. Von dem Dienstzimmer aus sah man über das ganze nächtliche Tübingen, doch Ulla setzte sich mit dem Rücken zum Fenster an den kleinen Tisch, an dem die Wärter, Assistenzärzte und Krankenschwestern ihr »Veschper« aßen, wie man hier das Pausenbrot nannte, mit Blick auf die Warnleuchten über der Tür, die rot aufblinkten, sobald ein Patient Hilfe brauchte.

Es war das erste Mal, dass Ulla allein auf der Station Nachtwache hielt. Zwar waren sowohl ein Arzt als auch ein Wärter und zwei Krankenschwestern in Rufbereitschaft, doch die hatten sich bereits schlafen gelegt, so dass in einem Notfall die Erstverantwortung bei ihr liegen würde. Um nicht einzuschlafen, hatte sie sich zu essen und zu lesen mitgebracht. Auch hoffte sie, dass beides gegen die Nervosität helfen würde, die sie in der lautlosen Einsamkeit beschlich. Sie öffnete die obersten Knöpfe ihres Kittels und nahm aus ihrer Mappe einen Apfel und das Buch, das sie am Nachmittag mit ihrem nagelneuen Studentenausweis in der Universitätsbibliothek ausgeliehen hatte. *Einführung in die Nervenheilkunde*, von Prof. Dr. Autenrieth, dem Direktor der Klinik, einem hinter seiner dicken Brille ernst blickenden Mann mit auffallenden Geheimratsecken und einer Vorliebe für Querbinder wie Ullas Vater, den sie aber nur von dem gerahmten Foto kannte, das gegenüber der Pforte am Eingang hing. Angeblich hatte ein Vorfahre des Klinikchefs schon den berühmten Dichter Hölderlin behandelt, der, berauscht von Genie oder Wahnsinn, die letzten dreißig Jahre seines Lebens in einem Turmzimmer über dem Neckar damit verbracht hatte, hinunter auf die Fluten zu starren.

Ulla hatte das teure Lehrbuch, das bei Osiander in der Wilhelmstraße für zwölf Mark achtzig im Schaufenster lag, nicht für ihr Studium ausgeliehen – in den ersten vier Semestern musste sie erst mal Naturwissenschaften pauken, um das Physikum zu bestehen, bevor der klinische Teil der Ausbildung begann –, nein, sie hoffte durch die Lektüre eine Vorstellung davon zu bekommen, was in der Klinik geschah, in der sie seit nunmehr drei Wochen arbeitete, um den monatlichen Wechsel aus Altena aufzubessern. Ihr Ehrgeiz war es, mit so wenig Unterstützung wie möglich von zu Hause auszukommen – das war sie ihrem Dickkopf schuldig.

Voller Respekt blätterte Ulla in dem gelehrten Werk in ihrem Schoß, überflog das Inhaltsverzeichnis und betrachtete die Gesichter der auf den Fotos abgebildeten Geisteskranken, doch zu wirklicher Lektüre fehlte ihr die Konzentration. Ihr Leben war so aufregend, seit sie vor anderthalb Monaten in Tübingen angekommen war! Fast fünfhundert Jahre gab es die Universität schon, eine der ältesten Hochschulen in ganz Deutschland, und sie, Ulla Wolf aus Altena im Sauerland, gehörte zu den Auserwählten, die an dieser ehrwürdigen Alma Mater studieren durften … Mit dem Schloss und der Stiftskirche über der Stadt, den imposanten, von Weinbergen umgebenen Universitäts- und Klinikgebäuden an den Hängen, vor allem aber mit dem romantischen Neckar, an dessen Ufer die Äste der Trauerweiden bis in den Fluss hinabhingen, dem verwunschenen Hölderlinturm, der Burse, in der einst Melanchthon lehrte, der Alten Aula gegenüber vom Cotta-Haus, wo Goethe seinen Verleger besucht und sogar einmal übernachtet hatte, dem bunt bemalten Renaissance-Rathaus mit der astronomischen Uhr und dem Glockenspiel sowie den uralten, verwinkelten Fachwerkhäusern der Gôgen in der Unterstadt, wo kein einziges Gebäude im Krieg zerstört worden war, war Tübingen ein Ort, wie es ihn eigentlich nur in Bilderbüchern gab – vor allem im Vergleich zu Altena mit seinen ewig qualmenden Fabrikschloten und den hässlichen, rußgeschwärzten Arbeitersiedlungen in den drei allzu engen Tälern.

Wenn nur das fürchterliche Schwäbisch nicht gewesen wäre! Ulla konnte die Verkäuferinnen in den Geschäften so wenig verstehen wie die Bäuerinnen auf dem Wochenmarkt, und wenn sie jemanden nach dem Weg fragte, ging sie oft nur deshalb in die Irre, weil die Leute einfach kein Deutsch sprachen. Vor allem die Verniedlichungen waren ihr ein Graus: Mädle, Schätzle, Häusle, Pferdle, Autole – sogar, wenn man sich verabschiedete, sagte man »adele« statt ade. Manchmal stellte Ulla sich vor, wie die Schwaben wegen dem Adolfle sei G'schreile mit Gewehrle und Panzerle ins Kriegle gezogen waren.

Trotzdem würde ihr nichts anderes übrigbleiben, als dieses Idiom so schnell wie möglich zu erlernen. Da die meisten Studienanfänger erst im Oktober nach Tübingen kamen, war es ihr gelungen, eines der wenigen begehrten Zimmer bei »Tante Emilie« zu ergattern, die in der Hirschgasse eine Weinstube betrieb, die in der ganzen Stadt als das »Tübinger Wohnzimmer« bekannt war. Tante Emilie galt als die Mutter aller Studenten, und nicht wenige verzweifelte Examenskandidaten hatten es angeblich ihrem Trost und Zuspruch zu verdanken, dass sie ihre Prüfungen geschafft hatten und Ärzte, Richter oder Lehrer geworden waren. Doch als Metzgerstochter aus dem Remstal sprach auch Tante Emilie kein einziges Wort Hochdeutsch, und wenn man etwas von ihr wollte, blieb einem nichts anderes übrig, als es auf Schwäbisch zu versuchen.

Ulla klappte die *Einführung in die Nervenheilkunde* wieder zu und steckte das Buch zurück in ihre Mappe. Sie könnte sich auch damit wach halten, Jürgen zu schreiben, bestimmt wartete er schon ungeduldig auf ihre Antwort. Ihr Verlobter schickte ihr alle zwei Tage seitenlange Briefe, in denen er haarklein berichtete, was gerade in Altena passierte und wie dermaleinst ihre gemeinsame Zukunft »in der Heimat« aussehen würde. Was sein eigenes Studium anging, so hatte er sich inzwischen für Münster entschieden – Köln sei ihm zu groß und Bonn zu weit von Altena entfernt. Doch mit dem Umzug würde er bis zum Semesterbeginn warten. So lange wollte er noch seinem Vater in der Alten Apotheke helfen.

Ulla holte gerade ihr Schreibzeug hervor, als über der Tür eine Notrufleuchte blinkte. Krankensaal sieben. Sie legte Füllfederhalter und Papier beiseite und eilte hinaus. Während sie sich im Laufschritt den Kittel zuknöpfte, kam ihr auf dem Flur schon der Patient in seinem Schlafanzug entgegen. Ulla kannte ihn. Klaus Böckle war sein Name, ein ehemaliger Unteroffizier, der bei der Verteidigung Berlins im April 45 verschüttet worden war. Drei Tage und zwei Nächte hatte er unter den Trümmern des zerbombten Kriegsministeriums gelegen, bevor man ihn gefunden hatte. Um zu überleben, hatte er an seinem Lederkoppel genagt und den eigenen Urin getrunken. Seitdem bekam er jede Nacht solche Angstzustände, dass er oft nur mit Spritzen beruhigt werden konnte. Besuch hatte er nie, offenbar war er weder verheiratet, noch hatte er irgendwelche Angehörige.

Mit weit aufgerissenen Augen starrte er sie an. »Wo bin ich?«

»Aber das wissen Sie doch, Herr Böckle – im Krankenhaus. Sie brauchen keine Angst zu haben.«

»Im Krankenhaus?« Die Angst in seinen Augen wurde noch größer. Wie ein Ertrinkender, der sich am Ufer festhalten will, während eine Stromschnelle ihn schon an Leib und Beinen fortreißt, streckte er die Hände in die Höhe. Doch er griff ins Leere.

Ulla beschloss, den Arzt zu wecken.

»Bitte lassen Sie mich nicht allein«, sagte er, als sie sich anschickte zu gehen.

»Aber ich kann Ihnen doch nicht helfen«, sagte sie, »ich bin weder Ärztin noch Schwester, ich bin noch nicht mal Studentin.«

»Bitte«, wiederholte er, »keine Spritzen. Die machen mich nur dumm.«

Er sprach ganz leise, doch seine Verzweiflung war so groß, dass Ulla es nicht über sich brachte, ihn allein hier zurückzulassen.

»Aber … aber was kann ich denn tun?«

Sein Blick flackerte. »Würden Sie … würden Sie mich vielleicht – einmal in den Arm nehmen?«

Ulla schaute ihn an. Unfassbar, dass dieser Schatten von einem Menschen einmal ein Soldat gewesen war, ein Soldat im Krieg, der die Aufgabe hatte, andere Soldaten zu erschießen, Menschenschatten wie ihn.

»Bitte!«

Er tat ihr so leid, dass sie nicht länger zögerte. Obwohl dem Pflegepersonal körperlicher Kontakt mit den Patienten strikt verboten war, trat sie auf ihn zu und erfüllte ihm seinen unschuldigen Wunsch. Der ganze Mensch war nur Haut und Knochen, wie ein Vögelchen fühlte er sich in seinem Schlafanzug an. Und doch spürte Ulla, wie gut die Umarmung ihm tat.

Eine lange Weile standen sie so da, ohne ein einziges Wort zu reden.

»Danke«, sagte er irgendwann und ließ sie los. »Jetzt will ich versuchen, wieder zu schlafen. Darf ich dabei an Sie denken?«

Ulla musste schlucken. »Ja sicher, natürlich dürfen Sie das.«

Sie fasste ihn am Arm und führte ihn zu seinem Krankensaal zurück.

»Gute Nacht, Herr Böckle.« Zum Abschied drückte sie ihm die Hand. »Schlafen Sie schön.«

»Sie auch, Schwester.« Ein schüchternes Lächeln huschte über sein Gesicht. »Ich … ich werde auch niemandem verraten, dass Sie einem Patienten erlaubt haben, Sie zu umarmen.«

Gerührt von seinem hilflosen Versuch, einen Witz zu machen, schloss sie hinter ihm die Tür.

Ob er jetzt wohl schlafen würde?

Als sie sich umdrehte, zuckte sie zusammen. Am Ende des Ganges, vor der Flügeltür zu Station 2a, stand ein Mann mit auffallenden Geheimratsecken. Beide Hände in den Taschen seines weißen Kittels vergraben, schaute er sie durch die dicken Gläser seiner Brille an. Statt einer Krawatte trug er eine Fliege – Professor Dr. Autenrieth persönlich. Offenbar hatte er sie die ganze Zeit beobachtet.

Jetzt konnte sie sich auf was gefasst machen!

Doch statt sie zu tadeln, lobte der Professor sie. »Gut gemacht, Mädle«, sagte er, in bestem Honoratiorenschwäbisch, und kam lächelnd auf sie zu. Er warf einen Blick auf den Kragen ihres Kittels, doch als er dort kein Schild fand, fügte er hinzu: »Haben Sie vielleicht auch einen Namen?«

»Ulla – Ursula Wolf«, antwortete sie.

»Der Name sagt mir nichts«, erwiderte er. »Und in meiner Vorlesung habe ich Sie auch noch nicht gesehen. Im wievielten Semester sind Sie?«

»Ich fange erst im Herbst mit dem Studium an.«

»Und da lässt man Sie schon auf meine Patienten los?« Mit gespielter Entrüstung schüttelte er den Kopf.

»Ich dachte, es kann nicht schaden, wenn ich vor dem Physikum erste praktische Erfahrung sammle. Außerdem möchte ich meinen Eltern so wenig wie möglich auf der Tasche liegen.«

Professor Autenrieth hob die Brauen. »Dann meinen Sie es also ernst mit dem Studium?«

Was für eine Frage! Der Tag, an dem sie sich in der Neuen Aula immatrikuliert hatte, war der wichtigste Tag in ihrem Leben gewesen. Beim Betreten der heiligen Hallen hatte sie eine Ehrfurcht empfunden, die sie in keiner Kirche je verspürt hatte – nicht mal an Heiligabend in der Lutherkirche, wenn Pastor Michel mit seinem samtenen Tenor das *Oh, du fröhliche!* anstimmte.

Der Professor nickte. »Erfreulich, ausnahmsweise mal eine junge Frau, die Medizin nicht zu dem Zweck studiert, sich einen Doktor zu angeln.«

»Keine Angst«, erwiderte Ulla schneller, als sie ihre Zunge im Zaum halten konnte. »Für den Titel habe ich schon einen Apotheker am Haken.«

Professor Autenrieth lachte. »Aber Spaß beiseite«, sagte er dann, »warum haben Sie ein so anspruchsvolles Fach gewählt? Bis zum Ende der Ausbildung dauert es zehn Jahre. Wenn es die Aussicht auf Geld ist, derentwegen Sie diese Anstrengung auf sich nehmen, muss ich Sie enttäuschen. Die Leute glauben zwar, dass wir Ärzte uns eine goldene Nase verdienen, doch die Wirklichkeit sieht leider anders aus. In den Wartezimmern der meisten Praxen herrscht gähnende Leere, vor allem bei den niedergelassenen Nervenärzten. Das wird sich erst ändern, wenn es wieder eine funktionierende Krankenversicherung gibt. Und wann das der Fall sein wird, das wissen die Götter.«

»Wenn es mir ums Geld ginge, würde ich Betriebswirtschaftslehre studieren«, sagte Ulla. »Mein Vater hat eine Fabrik, aber keinen Sohn.«

»Darauf wollen Sie verzichten? Auf einen eigenen Betrieb?« Der Professor schien beeindruckt. Er rückte seine Brille zurecht, zupfte einmal an seiner Nase, dann sagte er: »Wenn Sie wollen, können Sie neben dem Studium bei mir als Hilfskraft arbeiten. Im Vergleich zu den Möglichkeiten, die Ihr Herr Vater Ihnen bieten kann, ist das zwar nichts – um ehrlich zu sein, es reicht kaum für die tägliche Mensa. Aber dafür verspreche ich Ihnen, alles zu tun, was in meiner Macht steht, um Ihnen eine akademische Karriere zu ermöglichen.« Er blickte sie über den Rand seiner Brille an. »Nun, was halten Sie von meinem Vorschlag?«

Es kam nur selten vor, dass es Ulla die Sprache verschlug, doch das war mehr, als sie sich in ihren kühnsten Träumen erhofft hatte. »Wenn ich … wenn ich das der Tante Emilie erzähle«, stammelte sie, »die denkt glatt, ich bin nicht mehr gescheit, und liefert mich bei Ihnen ein.«

42

Gundel hätte nicht gedacht, dass die Arbeit als Sekretärin ihrem Temperament und ihren Neigungen so sehr entsprechen würde, wie es sich in diesem Herbst herausstellen sollte. Es war, als wäre sie für diesen Beruf geboren. In dem Steno- und Schreibmaschinenkurs, an dem sie jeden Abend nach Büroschluss in dem alten Lyzeum in der Thoméestraße teilnahm, das sie genauso wie Ruth und Ulla besucht hatte, bevor sie nach einem Jahr zur Realschule nach Werdohl gewechselt war, weil das Lateinische ihr mehr Schwierigkeiten bereitetet hatte als ihren älteren Schwestern, war sie stets eine der Besten, und es hatte keine sechs Wochen gedauert, dass sie schneller auf der Schreibmaschine war als jedes andere Büromädchen der Firma Wolf. Auch in Steno machte sie solche Fortschritte, dass ihr Vater sie immer öfter zum Diktat rief, sehr zum Missvergnügen von Fräulein Hänsel, einer schmallippigen alten Jungfer mit Nickelbrille und grauem Knoten, die seit einer Ewigkeit die persönliche Sekretärin des Chefs war und sich darum für die Seele des Betriebs hielt, doch zum Jahreswechsel in Rente gehen musste.

Wie hatte der Vater gesagt? »Die Firma ist unser Leben! Das war so, das ist so, das wird immer so bleiben!«

Ja, es war die richtige Entscheidung gewesen, auf ihre egoistischen Träume vom Lehrerinnenseminar zu verzichten und sich in den Dienst der Firma und der Familie zu stellen – nicht eine Stunde hatte sie ihren Entschluss bereut. Obwohl ihr Kurs, der mit Rücksicht auf die Arbeiterinnen, die sich durch die Teilnahme für eine Bürotätigkeit qualifizieren wollten, um dem Lärm und Schmutz der Fabrikhallen zu entkommen und nicht nur von ungelernten Arbeitern, sondern auch von jungen Männern aus besseren Kreisen wahrgenommen zu werden, erst nach Feierabend begann und bis um elf Uhr in der Nacht dauerte, sprang Gundel jeden Morgen freudig aus dem Bett, sobald der Wecker klingelte, um sich fürs Büro zurechtzumachen. Sie war so froh, mit ihrer Arbeit den Vater zu entlasten und ihm zugleich beweisen zu können, wie sehr sie bereute, was sie ihm und ihrer Mutter angetan hatte. Er hatte sie wieder bei sich aufgenommen, trotz der Schande, die sie ihren Eltern gemacht hatte – vielleicht würde er ihr eines Tages sogar verzeihen, wenn er ihren Eifer sah. Auch half ihr die Arbeit, die trüben Gedanken zu verdrängen, die sie immer noch heimsuchten, sobald sie auf der Straße ein Liebespaar sah. Denn eines schaffte sie trotz aller Arbeit nicht: Benno zu vergessen. Ihn zu hintergehen war der schlimmste, nie wiedergutzumachende Fehler ihres Lebens gewesen.

Sie tippte gerade eine Rechnung über die Lieferung von sechs Sprungfederunterlagen an Betten-Prange, da brummte der Summer neben ihrer Schreibmaschine. Ihr Vater rief sie zum Diktat. Misstrauisch beäugt von Fräulein Hänsel, nahm sie Block und Bleistift und ging in sein Büro.

»Kannst du ein Geheimnis für dich behalten?«, empfing ihr Vater sie und strahlte dabei übers ganze Gesicht.

Wie immer, wenn er sich freute, freute sie sich mit ihm. »Ich kann schweigen wie ein Grab«, sagte sie verschwörerisch.

»Das hier hat mir heute Major Jones geschickt!« Er nahm einen Brief vom Schreibtisch und wedelte damit in der Luft. »Ein Empfehlungsschreiben an den Oberkommandanten der britischen Besatzungszone. Sobald wir den Segen aller drei alliierten Oberkommandierenden haben, können wir mit der Produktion der D-Mark-Rohlinge beginnen.«

»Aber das ist ja wunderbar!«, rief Gundel. »Das müssen wir feiern!«

»Erst wenn die Bestätigung vorliegt«, erwiderte ihr Vater ernst. »Doch darum wollen wir unseren Antrag so schnell wie möglich fertig machen. Bist du bereit?«

Gundel nahm auf dem Hocker vor seinem Schreibtisch Platz. Block und Bleistift in der Hand, schlug sie die Beine übereinander und nickte.

»Mit Briefkopf der VAM«, sagte ihr Vater. Dann begann er zu diktieren: »Altena in Westfalen, den 12. Oktober 1948 …«

Er war noch nicht bei der Anrede, da unterbrach ihn ein Klopfen. Unwillig schaute er zur Tür.

»Herein!«

Während ihr Vater sich hinter dem Schreibtisch erhob, traten zwei Herren, die Gundel nicht kannte, ins Büro. Der eine trug einen modernen Trenchcoat, der andere einen Ledermantel wie früher die Gestapo-Männer. Einen Hut trugen beide.

»Herr Wolf?«, fragte der mit dem Trenchcoat.

»Steht vor Ihnen. Was wünschen Sie?«

»Nur ein paar Fragen«, erwiderte der mit dem Ledermantel. Und mit einem Blick auf Gundel fügte er hinzu: »Wenn Sie uns bitte allein lassen würden?«

43

Lehrjahre sind keine Herrenjahre! Wie eine Litanei wiederholte Benno täglich den Spruch, den sein Vater ihm vor zwei Jahren bei Eintritt in die Firma Wolf mit auf den Weg gegeben hatte. Jetzt war dieser Spruch in Düsseldorf sein einziger Halt, wenn er zur Arbeit in den »Keller« hinabstieg, das unterirdische Lager von Schuh Krasemann, wo er, fern jeglicher Eleganz der Königsallee, zwischen endlosen Regalen bei künstlichem Licht von morgens bis abends Schuhkartons ein- und ausräumte. Hatte er dafür Altena verlassen? Sollte das sein künftiges Leben sein? Obwohl er in den Katakomben noch keine zwei Monate seinen Dienst versah, um sich in den Augen des Onkels zu bewähren, kam es ihm vor, als habe er seit Jahren kein Tageslicht mehr gesehen.

»Nur nicht den Kopf hängen lassen!«

Regina Küppers kam die Treppe heruntergestöckelt, die Sekretärin des Chefs und Verlobte des ersten Verkäufers Karl Weiß, genannt »Charly«. Benno wagte kaum, sie anzuschauen. Regina war eine Frau, wie es sie in Altena nicht gab – kaum älter als er, doch so erwachsen und weltgewandt, wie ein weibliches Wesen es nur sein konnte. Hübscher als jedes Mannequin, frisierte sie ihr langes, hellblondes Haar jeden Tag zu einem anderen Kunstwerk, und stets waren ihre Lippen in den verschiedensten Rottönen geschminkt, jeweils passend zu ihren lackierten Nägeln. Sie war in den Wochen von Bennos Gefangenschaft so etwas wie seine Vertraute geworden, der einzige Mensch, der sich ab und zu in seinem Verlies blicken ließ, um eine Warenlieferung für die Buchhaltung zu dokumentieren.

»Wir haben alle mal hier unten angefangen, ich auch!«, sagte sie. »Ich weiß, das ist schlimm! Aber was meinen Sie, wie schlimm das erst für mich war – als Tochter eines Krefelder Tuchfabrikanten, die in einem Haus voller Dienstboten aufgewachsen ist und sogar ein eigenes Kindermädchen hatte!«

»Aber … aber wenn Ihre Eltern so reich sind, warum arbeiten Sie dann überhaupt?«, wunderte sich Benno.

Obwohl das Rauchen im Lager streng verboten war, zündete Regina sich eine Zigarette an. »Ich war fünfzehn Jahre alt, als ich alles verlor. In einer einzigen Bombennacht. Meine Eltern, meine Geschwister, die Tuchweberei – und auch mein Kindermädchen.« Sie nahm einen tiefen Zug und blies den Rauch gegen die Decke. Wie ein Filmstar schaute sie dabei den blauen Wölkchen nach. »Und zusammen mit meinen Angehörigen und der Fabrik und dem Vermögen meiner Familie verlor ich zugleich alle Illusionen über das Leben.«

»Was meinen Sie damit?« Benno musste sich zwingen, nicht auf ihre roten Krallen mit der Zigarette zu starren – der Anblick war so verrucht, dass er ihn gegen seinen Willen erregte. Oder war das nur sein Jieper auf Nikotin?

»Man muss hart sein«, erwiderte Regina. »Hart gegen sich selbst und hart gegenüber anderen. Ich oder sie – sonst geht man unter. Das hat das Leben mich gelehrt.« Als sie Bennos verstörtes Gesicht sah, lachte sie. »Aber das ist doch kein Grund, schockiert zu sein – im Gegenteil! Ich will Ihnen nur Mut machen, Ihr Leben selber in die Hand zu nehmen, statt hier in diesem Loch vor Selbstmitleid zu vergehen und Trübsal zu blasen.«

»Wo bleiben die italienischen Wildlederpumps Größe achtunddreißig?«, tönte Charlys Stimme durch den Schacht des Warenaufzugs.

»Kommen sofort!«, rief Benno zurück und griff nach dem Karton, den er schon bereitgestellt hatte.

»Ich sollte auch wieder hoch.« Regina drückte die Zigarette in einem winzig kleinen Klappaschenbecher aus, den sie selber mitgebracht hatte, und wandte sich zur Treppe. Doch bevor sie verschwand, drehte sie sich noch einmal um. »Wenn ich Ihnen einen Tipp geben darf«, sagte sie. »Lassen Sie sich öfter oben blicken.«

»Aber das darf ich doch nicht, hat Charly gesagt. Dafür haben wir ja den Aufzug.«

Regina zuckte die Schultern. »Behaupten Sie einfach, der Aufzug sei kaputt – die Ausrede hat Charly selbst erfunden, als er hier angefangen hat. Und halten Sie immer Augen und Ohren auf. Sie müssen sich nützlich machen, egal wie! Das liebt der Chef und gibt Ihnen irgendwann eine Chance.« Mit ihren künstlichen Wimpern zwinkerte sie ihm zu. »Sonst enden Sie hier unten noch als Maulwurf! Und das wäre doch schade um einen so netten und hübschen Kerl wie Sie, oder?«

Noch einmal ließ sie ihre Wimpern klimpern, dann stöckelte sie die Treppe wieder hinauf.

Benno schaute ihr nach wie einer Erscheinung. Erst als ihre schlanken Fesseln auf der obersten Stufe verschwunden waren, wurde ihm bewusst, dass er während des ganzen Gesprächs kein einziges Mal an Gundel gedacht hatte.

Obwohl niemand ihn sah, schämte er sich in Grund und Boden.

44

Es war eine dunkle, mondlose Nacht, als Gundel zusammen mit den anderen Teilnehmerinnen des Steno- und Schreibmaschienenkurses um kurz nach elf das Lyzeum verließ und vom Pausenhof die Treppe hinunter zur Mückenburg ging.

Um in der Finsternis nicht den einsamen Weg über die Burg laufen zu müssen, beschloss sie, den Umweg durch die Stadt zu nehmen. Vom Netter Dömchen schlug es darum schon Viertel vor zwölf, als sie endlich die Villa erreichte. Trotz der späten Stunde brannte noch Licht. Hatten Ihre Eltern ein Konzert im Radio gehört? Gundel freute sich, dass sie noch auf waren, so konnte sie von ihrem neuesten Erfolg berichten. Fräulein Weckwerth, die Stenolehrerin, hatte ihr schon wieder eine Eins gegeben.

Zu ihrer Enttäuschung traf sie aber nur noch ihre Mutter an. Sie saß im Nachtrock in der Küche, vor ihr auf dem Tisch stand eine halbleere Tasse Tee.

»Schläft Papa schon?«

»Das … das hoffe ich. Ich meine, ich weiß es nicht.«

»Du weißt nicht, ob Papa schläft?«, fragte Gundel irritiert. Erst jetzt sah sie, dass ihre Mutter gerötete Augen hatte. Sie schaute sie prüfend an. »Was ist los? Habt ihr gestritten?«

»Um Gottes willen – nein!« Die Mutter schüttelte den Kopf. »Das letzte Mal, dass wir gestritten haben, war, als du nicht mehr aufs Lyzeum wolltest. Ich habe damals dafür gesorgt, dass du auf die Realschule durftest, damit du nicht länger das verhasste Latein lernen musstest.« Sie richtete ihren verrutschten Nachtrock und trank einen Schluck von dem Tee, obwohl der offenbar längst kalt war. »Es ist nur so – Papa ist verreist«, sagte sie.

»Papa ist – *was*?«

»Ja, verreist«, wiederholte die Mutter. »Er musste kurzfristig nach

Frankfurt – irgendwas Dringendes, wegen des Münzauftrags. Er wollte am Telefon nicht darüber sprechen.«

»Aber wie kann das sein?«, fragte Gundel. »Warum weiß ich nichts davon? Ich führe doch seinen Terminkalender.«

Die Mutter wich ihrem Blick aus. »Ich habe dir doch gesagt, es war ein sehr kurzfristiger Entschluss!«

»Das begreife ich nicht.«

Plötzlich fielen Gundel die beiden Männer ein, die heute unangemeldet ins Büro geplatzt waren und mit denen ihr Vater nur wenig später die Firma verlassen hatte, ohne eine Erklärung. Seitdem hatte sie ihn nicht mehr gesehen.

Im selben Moment bekam sie Angst.

»Sag mir die Wahrheit, Mama! Was ist mit Papa passiert?«

45

Nervös schaute Bernd auf die Armbanduhr. Noch fünf Minuten, dann würden die Läden auf der Düsseldorfer Königsallee schließen. Fremde Großstadtmenschen, die noch letzte Besorgungen machten, hasteten links und rechts an ihm vorbei über den riesigen Bürgersteig, der mehr als doppelt so breit war wie die Altenaer Lennestraße. Schon seit einer Viertelstunde drückte er sich in dem schäbigen Anzug, den er von seinem Vater geliehen hatte und der ihm eine Nummer zu klein war, vor der glitzernden Schaufensterfront von Schuh Krasemann herum. Kein Wunder, schoss es ihm durch den Kopf, dass Ruth lieber Walter Böcker zum Paten ihres Sohns gemacht hatte als einen wie ihn. Er hatte ihr angeboten, die Patenschaft über das kleine Fritzchen zu übernehmen, aber der reiche Fabrikant war ihm zuvorgekommen.

Er zwang sich, nicht mehr daran zu denken. Wenn Benno ihn nach Düsseldorf zitiert hatte, musste es einen wichtigen Grund dafür geben, also sollte er seine fünf Sinne beieinander haben. Durch die Schaufensterscheibe hielt er nach seinem Freund Ausschau. Im Innern des vornehmen Ladens wimmelte es nur so von reichen Protzen und buckelnden Verkäufern. Freiwillig hätte Bernd ein solches Geschäft nie betreten. Zum Glück sah Benno ihn endlich durch die Glasscheibe und kam heraus auf die Straße.

»Wozu hast du mich herbestellt?«, wollte Bernd wissen. Sein Freund hatte ihm am Telefon nur gesagt, er solle einen Anzug anziehen.

»Mein Onkel hat vielleicht einen Auftrag für dich.«

»Für mich?«

»Ja, für deine Firma.«

In seinem schicken Verlobungszweireiher mit den Kreidestreifen sah Benno fast so elegant aus wie die anderen Verkäufer in dem Geschäft. Noch während er sprach, steckte einer von ihnen seinen pomadisierten Kopf durch die Ladentür, ein blonder Jüngling mit Schnäuzer, der Bernd auf den ersten Blick unsympathisch war.

»Kommt endlich rein! Der Chef wartet.«

Bevor Bernd wusste, wie ihm geschah, stand er vor dem Ladeninhaber. Obwohl Herward Krasemann noch vornehmer aussah als der blonde Verkäufer, den Benno »Charly« nannte, schien er im Gegensatz zu seinem Angestellten kein bisschen eingebildet zu sein. Als würden sie sich kennen, reichte er ihm die Hand und kam gleich zur Sache.

»Ich plane eine Erweiterung der Verkaufsfläche sowie die Umgestaltung der Vorderfront meines Geschäfts. Trauen Sie sich das zu?«

Bernds Herz begann zu klopfen. »Dafür müsste ich etwas genauer wissen, worum es geht«, erwiderte er. Ein Ladenumbau auf der Düsseldorfer Kö ... Das war bei Gott etwas anderes als die Errichtung von Bahnhofsklos in Altena!

Während die letzten Kunden das Geschäft verließen, erläuterte Herward Krasemann sein Vorhaben. Nachdem der Besitzer des Nachbarhauses gestorben war, hatte er von der Erbengemeinschaft das angrenzende Ladenlokal erworben, in dem bislang ein Hutgeschäft untergebracht war. Um die zwei Verkaufsflächen miteinander zu verbinden, galt es, die Zwischenwände zu durchbrechen, ohne die Statik beider Gebäude zu gefährden, und die Fensterfront zu einer geschlossenen Einheit zusammenzuführen. Ein Architektenentwurf liege bereits vor, fügte Herward Krasemann hinzu. Charly holte die Zeichnung aus dem Büro und rollte sie auf einer Theke aus, damit man sich gemeinsam ein Bild machen konnte. Je genauer Bernd jedoch die Planskizze in Augenschein nahm, desto mehr sank sein Mut, und als Charly auch noch wie nebenbei erwähnte, dass die Sache zwischen nächstem Mai und September über die Bühne gehen müsse, damit weder das Frühjahrs- noch das Herbst- und Weihnachtsgeschäft darunter leide, war ihm endgültig klar, dass der in Frage stehende Auftrag seine Möglichkeiten bei weitem überschritt.

»Um einen solchen Umbau auszuführen«, sagte er, »müsste ich nicht nur ein Dutzend Leute einstellen, sondern auch teure Maschinen anschaffen – ganz zu schweigen von dem Baumaterial. Wie soll ich das finanzieren?«

»Dafür gibt es Banken«, erwiderte Herward Krasemann.

Bernd musste schlucken. »Sie meinen, ich soll mich – *verschulden*?«

»Was für ein schäbiges Wort!«, lachte Charly. »Es geht doch nur um einen Kredit! Mit einem solchen Auftrag in der Tasche gibt jede Bank Ihnen das nötige Geld – mit Kusshand!«

»Ich weiß nicht …«

»Ich verstehe Ihre Bedenken, Herr Wilke, und ich will Sie nicht zu etwas drängen, was Sie selbst nicht wünschen«, sagte Herward Krasemann. »Darum schlage ich vor, denken Sie eine Nacht darüber nach, und geben Sie mir einfach morgen früh telefonisch Bescheid.« Bevor Bernd antworten konnte, führte er ihn zur Tür. »Und heute Abend lassen Sie sich von meinem Neffen noch ein wenig die Altstadt zeigen. Das übernimmst du doch, Benno, nicht wahr?«

»Mit Vergnügen!«, sagte der.

Eine Viertelstunde später saßen sie in einer Eckkneipe und tranken obergäriges Altbier.

»Warum fragt dein Onkel ausgerechnet mich?«, wollte Bernd wissen.

»So eine blöde Frage«, erwiderte Benno. »Weil ich dich empfohlen habe natürlich!«

»Hast du sie noch alle? Der Auftrag ist doch viel zu groß für mich!«

»Jetzt mach dir nicht ins Hemd. Das Geschäft meines Onkels brummt, er braucht den Umbau auf Teufel komm raus, sonst rennen die Kunden ihm die Bude ein. Aber er findet einfach keinen Bauunternehmer, der sich vertraglich verpflichtet, den Auftrag in dem engen Zeitrahmen auszuführen, in ganz Düsseldorf nicht. Noch immer liegt die halbe Stadt in Trümmern, Handwerker sind rar oder unbezahlbar.« Er nahm sein Glas und stieß damit gegen Bernds. »Mensch, begreif doch! Das ist *die* Chance deines Lebens!«

Doch statt mit ihm anzustoßen, verschränkte Bernd die Arme vor der Brust. »Und was hast du davon?«, wollte er wissen.

Er hatte die Frage aufs Geratewohl gestellt, aber als er das Gesicht seines Freundes sah, wusste er, dass er ins Schwarze getroffen hatte. Verlegen knabberte Benno an seinem Daumen.

»Also gut, ich geb's zu«, sagte er. »Ich hab's nicht nur für dich getan –

auch für mich. Weil, wenn du den Auftrag übernimmst und die Sache klappt, habe ich bei meinem Onkel einen Stein im Brett. Dann komme ich aus dem verfluchten Keller raus und kann endlich anfangen, Karriere zu machen.«

»Karriere? Wozu? Um es den Wolfs zu zeigen?« Bernd schüttelte den Kopf. »Nein, lass mich damit in Ruhe. Das wirft nur meine eigenen Pläne über den Haufen.«

»Fängst du schon wieder mit deinem Spießer-Quatsch an?«, fuhr Benno auf. »Willst du mir deshalb die Karriere versauen?« Er beugte sich vor und schaute ihm in die Augen. »Sag, Bernd Wilke, sind wir Freunde oder nicht?«

Unwillig erwiderte der seinen Blick. »Natürlich sind wir Freunde«, knurrte er. »Aber …«

»Kein Aber!«, schnitt Benno ihm das Wort ab. »Wenn du mein Freund bist, musst du mir den Gefallen tun! Und glaub mir«, fügte er eilig hinzu, als Bernd etwas einwenden wollte, »du wirst mir später noch dafür die Füße küssen. Wenn du den Auftrag bekommst, verdienst du Geld wie Heu!«

46

Nein, Eduard Wolf war nicht auf Geschäftsreise, wie Christel behauptet hatte, ihr Mann war vielmehr in Hagen – in Untersuchungshaft. Nur wenige Stunden nachdem man ihn aus der Firma abgeholt hatte, hatte Christel einen Anruf von der Staatsanwaltschaft bekommen: Es gebe einige Fragen zu klären, ihr Mann würde darum bis auf weiteres festgehalten – noch sei unklar, ob als Zeuge oder Angeklagter. Nein, besuchen dürfe sie ihn nicht, aber natürlich stehe es ihr frei, ihn mit allem Nötigen zu versorgen, maximal drei Kilo.

Froh, irgendetwas tun zu können, hatte Christel Eduards Reisetasche mit frischer Wäsche, einem Anzug zum Wechseln sowie dem Kulturbeutel aus Krokoleder gepackt, den sie ihm zum zehnten Hochzeitstag geschenkt hatte – sogar an ein Buch hatte sie gedacht. Um Gewicht zu sparen, hatte sie sich für Goethes Faust entschieden, das einzige Reclam-Heft in der Bibliothek. *Zwar weiß ich viel, doch will ich alles wissen* … Solange sie zurückdenken konnte, hatte Eduard in den Versen des größten aller deutschen Dichter Trost gefunden, und das kleine, schmale Heft wog nicht mal hundert Gramm.

Drei Tage war es her, dass sie die Tasche an der Gefängnispforte abgegeben hatte. Trotz des Besuchsverbots hatte sie gehofft, bei der Gelegenheit Eduard sprechen zu können, wenigstens ein paar Minuten. Er brauchte doch eine Aufmunterung, ein Zeichen, dass sie an seine Unschuld glaubte, was immer man ihm vorwarf, und zu ihm hielt! Aber nicht mal einen Blick auf ihren Gatten hatte man ihr erlaubt. Seitdem zermarterte sie sich das Gehirn, an wen sie sich in ihrer Not wenden könnte. Doch sosehr sie sich auch den Kopf zerbrach, es fiel ihr nur ein Mann ein, der dafür in Frage kam, nur einer, der die nötigen Verbindungen besaß, um Eduard zu helfen.

Walter Böcker.

Der Kompagnon ihres Mannes wohnte in der einzigen Villa der Freiheitstraße, ein herrschaftliches, schiefergedecktes Haus, das er während des Kriegs für seine damalige Frau, eine Schauspielerin vom Kölner Stadttheater, auf einer eigens dafür angeschütteten Terrasse unterhalb des Kesselbrinks hatte bauen lassen und das sich wie eine Festung über den alten, schäbigen Kawitten der Nachbarschaft erhob. Um es zu erreichen, musste man von der Freiheitstraße aus ein Tor durchqueren und sodann eine über hundert Stufen zählende Treppe erklimmen, die seine Arbeiter und Angestellten »die Himmelsleiter« nannten. Wer je einmal in der Villa zum Rapport angetreten war, wusste warum. Als Christel die Treppe an diesem Vormittag bestieg, erinnerte der mühsame Gang die vielen Stufen hinauf sie allerdings eher an Canossa.

Böcker, der seit seiner Scheidung das riesige Haus allein mit einer Haushälterin bewohnte, die dank ihres krummen Rückens und eines Klumpfußes über jeden Verdacht erhaben war, empfing sie in seinem Jagdzimmer, einer mit ausgestopften Tieren und zahllosen Geweihen vollgepackten Höhle, in der es nach kaltem Zigarrenrauch stank. Über dem Kamin hing sein eingerahmter Persilschein an der Wand, seine von den Amerikanern ausgestellte Unbedenklichkeitserklärung.

»Eduard Wolf – im Knast?«, fragte er, nachdem Christel ihm berichtet hatte, was passiert war. Beinahe schien er amüsiert. »Was hat er denn verbrochen? Die Geige verstimmt?«

»Mir ist leider nicht nach Scherzen zumute«, erwiderte Christel, ohne Platz zu nehmen. »Die Sache ist wirklich ernst.«

Böcker legte die Stirn in Falten. »Wie lautet die Anklage?«

»Wenn ich das nur wüsste …«

»Was – hat man Ihnen das nicht gesagt?«

»Bis jetzt noch nicht. Nur vage Andeutungen, dass die Untersuchungen sich hinziehen können.« Christel zögerte. Dann fügte sie hinzu. »Ich … ich habe allerdings eine Vermutung.«

»Dann heraus mit der Sprache!« Böckers Bulldoggengesicht verfinsterte sich. »Doch wohl nicht irgendeine gottverdammte Nazischeiße?«

47

Der Staatsanwalt, der Eduard in Hagen verhörte, war eigentlich ein Altenaer Junge. Erich Zemke hieß er, Eduard kannte ihn von klein auf, der Vater hatte als Prokurist bei der Firma Berg in der Rahmede gearbeitet. Doch jetzt trug Erich Zemke keinen Matrosenanzug mehr, sondern eine Goldrandbrille und einen Doktortitel, und obwohl er, wenn Eduard richtig rechnete, kaum älter als fünfundzwanzig Jahre sein konnte, hatte er bereits eine so hohe Stirn, dass er sich das dunkle Kraushaar quer über den Kopf kämmte, um den Eindruck einer Glatze zu vermeiden.

»Sie wissen, warum Sie hier sind, Herr Wolf?«, fragte Dr. Zemke.

»Tut mir leid«, erklärte Eduard, »ich bin vollkommen ahnungslos.«

Der Staatsanwalt rückte an seiner Brille. »Die Amerikaner haben eine Überprüfung Ihrer Person angefordert, im Zusammenhang mit der Auftragsvergabe der Bank Deutscher Länder an die VAM.«

»Darum halten Sie mich hier seit Tagen fest? Das ist doch ein ganz und gar selbstverständlicher Vorgang, reine Routine. Warum erledigen wir das nicht in meinem Büro?«

»Die Amerikaner fürchten, dass Fluchtgefahr besteht.«

»Fluchtgefahr? Ich bitte Sie, Herr Dr. Zemke, Sie kennen mich und meine Familie doch, seit Sie laufen können. Wie können Sie da einen solchen Unsinn ernst nehmen? Auch wenn er von den Amerikanern stammt.«

»Ich glaubte schon so manchen Menschen zu kennen, der hier vor mir auf dem Stuhl saß, auf dem Sie jetzt sitzen, Herr Wolf, und musste dann Dinge in seiner Vergangenheit entdecken, die ich nicht für möglich gehalten hätte.« Das Gesicht des Staatsanwalts wurde amtlich. Abermals schob er mit dem Zeigefinger seine Brille zurück auf die Nase und nahm ein Blatt Papier von seinem Schreibtisch. »Die Amerikaner behaupten, es sei belastendes Material aufgetaucht, das Ihre Einstufung als ›unbedenklich‹ bei der Entnazifizierung fraglich erscheinen lasse.«

»Unmöglich!«, protestierte Eduard. »Ich bin ja nicht mal in der Partei gewesen, noch habe ich mich in irgendeiner Weise an dem braunen Spuk beteiligt. Im Gegenteil. Ich habe immer das katholische Zentrum gewählt, solange das noch möglich war, obwohl ich evangelisch getauft bin. Und als nach dem Überfall der Wehrmacht auf Polen in Altenas Kirchen die Glocken läuteten, habe ich in der Firma laut und vernehmlich kundgetan, dass wir das noch bitter bereuen werden. Da können Sie getrost meine Mitarbeiter fragen, zum Beispiel Fräulein Hänsel, meine Sekretärin. Sie wird Ihnen das gerne bestätigen.«

»Ich weiß«, sagte Dr. Zemke. »Mein Vater sprach damals am Familientisch davon und meinte, Sie würden Kopf und Kragen riskieren.«

»Sehen Sie?« Eduard entspannte sich.

»Trotzdem.« Dr. Zemke nahm ein zweites Aktenstück zur Hand. »Die Amerikaner legen Ihnen zur Last, dass die Drahtzieherei Wolf, also die Hauptgesellschafterin der VAM, die im Auftrag der Bank Deutscher Länder Rohlinge für die neuen D-Mark-Stücke produzieren soll, vor und während des Krieges in Geschäfte verwickelt gewesen sei, die eine Beauftragung Ihrer Firma verbiete.«

»Und was sollen das für Geschäfte gewesen sein?«

Der Staatsanwalt legte seine Papiere zurück auf den Schreibtisch. »In einem Satz: Die Firma Wolf hat, wie aus den Unterlagen hervorgeht, offensichtlich Stacheldraht an Konzentrationslager geliefert. An Dachau und Buchenwald, um präzise zu sein.«

»Ach so, das meinen Sie.« Eduard war froh, endlich zu wissen, was man ihm zum Vorwurf machte. »Ja, diese Behauptung trifft zu.«

Dr. Zemke blickte ihn an, als habe er nicht richtig gehört. »Sie machen also gar nicht erst den Versuch, den Vorwurf abzustreiten?«

»Warum sollte ich?« Eduard faltete seine Hände vor dem Bauch. »Ich stelle Ihnen gern alle Unterlagen zur Verfügung, damit Sie den Vorgang nachprüfen können. Punkt für Punkt. Ich habe nichts zu verbergen. Weder vor Ihnen noch vor Gott.«

»Das würde mich aufrichtig freuen, Herr Wolf«, sagte der Staatsanwalt, und seinem Gesicht sah man an, dass er es ehrlich meinte. »Dann gibt es also Gründe, die Sie zu Ihrer Entlastung vorbringen können?«

»Allerdings.« Eduard fuhr mit der Hand Richtung Fliege, doch die hatte man ihm lächerlicherweise bei der Inhaftierung abgenommen, genauso wie seine Hosenträger und Schnürsenkel, als bestünde Gefahr, dass er sich aufhängen könnte. »Mein Gewissen ist rein«, sagte er. »Ich habe mich damals nur deshalb auf dieses unappetitliche Geschäft eingelassen, weil ich mich genötigt sah, einem alten Freund zu helfen. Aus humanitären Gründen. Wobei – von Geschäft kann eigentlich keine Rede sein. Ich habe nämlich keinen einzigen Pfennig daran verdient.«

»Wie bitte?« Der Staatsanwalt sprang hinter seinem Schreibtisch auf. »Stacheldraht für KZs? Aus humanitären Gründen? Sind Sie wahnsinnig?«

48

Mit dem leicht zerfledderten Wedel aus schwarzen Straußenfedern, mit dem sie seit Jahren schon ihre Pflanzen verwöhnte, staubte Christel die Blätter ihres Gummibaums ab und polierte sie dann mit einem weichen, imprägnierten Wachstuch, um sie auf Hochglanz zu bringen.

Solange mein Ficus wächst und gedeiht, so lange kann uns nichts und niemand etwas anhaben …

Ob das wohl immer noch galt?

Obwohl Gundel an diesem Abend auf ihren Steno- und Schreibmaschinenkurs verzichtet hatte, um ihr Gesellschaft zu leisten, erstickte Christel allmählich an der Einsamkeit, die sie befallen hatte, seit Eduard nicht mehr im Haus war. Sie war doch ohne ihn gar kein ganzer und wirklicher Mensch! Solange sie beide verheiratet waren, hatte es, abgesehen von den wenigen Geschäftsreisen, die Eduard tätigen musste, keinen einzigen Tag, geschweige denn eine Nacht gegeben, die sie getrennt voneinander verbracht hätten. Nie würde Christel den Augenblick vergessen, an dem er zum ersten Mal den Galanteriewarenladen betreten hatte, den ihre Mutter, eine gelernte Modistin, am Sternplatz in Lüdenscheid betrieb, nachdem ihr Mann im ersten Krieg gefallen war und sie das frühere Juweliergeschäft hatte aufgeben müssen. Es war am 25. September des Jahres 1921 gewesen, um zwanzig nach zehn in der Frühe, wie Christel in ihrem Tagebuch notiert hatte. Eduard hatte nach einem Geschenk für eine Freundin gesucht, sie hatte ihm ein paar beige Handschuhe aus feinstem Chevreauleder empfohlen, mit solchem Erfolg, dass er die Handschuhe statt seiner Freundin ihr selbst zum Geschenk gemacht hatte. Seit diesem Morgen hatte er ihr jeden Tag ein Liebesgedicht geschickt, nein, keine selbst gedichteten, dafür hatte er einen viel zu guten Geschmack, sondern von Walther von der Vogelweide, von Petrarca und Shakespeare und natürlich von Goethe, aber auch von einem jungen Autor, den Christel gar nicht kannte, einem Menschen namens Bertolt Bracht oder Brecht, der erstaunlich schöne Verse über die Liebe machen konnte, obwohl er angeblich Kommunist war.

»Das kann doch alles nur ein Missverständnis sein«, sagte Gundel in die Stille hinein.

»Ich weiß nicht, wovon du redest, Kind«, erwiderte Christel, noch ganz in ihren Gedanken gefangen.

»Dass Papa mit irgendwelchen Nazigeschichten zu tun hatte. Dazu wäre er doch niemals fähig gewesen. Oder?«

Christel nahm ein Blatt des Gummibaums in ihre Linke, um es mit der Rechten zu polieren. Mit dieser Frage quälte sie sich jede Nacht, wenn sie allein in dem allzu großen Ehebett lag, ohne Schlaf zu finden. Nein, auch sie konnte sich nicht vorstellen, dass Eduard je mit den Nazis paktiert haben sollte, beim besten Willen nicht! Er hatte doch höchstens an ein paar Sitzungen der Reichswirtschaftskammer teilgenommen, aber das musste damals ja jeder Unternehmer, auch wenn Ulla das nicht wahrhaben wollte und ihrem Vater daraus noch heute einen Vorwurf machte. Allerdings, irgendetwas hatte es gegeben, worüber Eduard nicht hatte sprechen wollen, sie hatte deshalb gegenüber Walter Böcker auch nur eine vage Vermutung ausdrücken können. Die Sache hatte mit seinem Freund Julius Rosen zu tun, dem jüdischen Inhaber von Altenas führendem Modehaus in der Freiheit, das nach dem plötzlichen Verschwinden der ganzen Familie im Winter 38 Arno Vielhabers Vater übernommen hatte, der bis dahin nur ein kleiner Verkäufer in dem renommierten Geschäft gewesen war. Es hatte damals geheißen, Julius Rosen wäre mit seiner Frau und den Kindern nach Amerika ausgewandert, Christel meinte sich sogar zu erinnern, dass es eine Ansichtskarte aus New York gegeben hatte, in der der Freund ihres Mannes schrieb, er wolle von Amerika aus nach Palästina weiterreisen. Sie hatte immer geglaubt, dass Eduard in der Nazizeit darüber nicht hatte sprechen wollen, weil er Julius Rosen geholfen und deshalb Angst gehabt hatte, dass seine Rolle bei der Flucht ruchbar werden könnte – damals durfte man ja keine jüdischen Freunde haben. Sollte sich jetzt womöglich herausstellen, dass es andere Gründe für sein Schweigen gab?

»Du hast recht«, sagte sie und rieb mit dem Wachstuch ein weiteres Blatt ihres Ficus blank, »das Ganze muss ein Missverständnis sein. Papa wäre zu so etwas niemals fähig gewesen. Das Problem ist nur«, mit dem

Tuch in der Hand drehte sie sich zu Gundel herum, »was sagen wir den Leuten in der Firma? Fräulein Hänsel meint, es gebe allmählich Gerede.«

49

Voller Anspannung saß Eduard neben Staatsanwalt Dr. Zemke in der ersten Reihe des verdunkelten Vorführraums, in dem außer ihnen noch ein Dutzend anderer Untersuchungshäftlinge versammelt waren, und starrte in die Finsternis. Wie Schwerverbrecher hatte man sie in einem vergitterten Kastenwagen in das Kino am Hagener Hauptbahnhof gebracht, dessen Ausgänge nun von bewaffneten Polizisten bewacht wurden. Dr. Zemke hatte gesagt, was man mit ihnen vorhatte. Man werde ihnen Filme von Konzentrationslagern zeigen, die die Amerikaner bei der Befreiung gemacht hatten – eine Maßnahme zur Umerziehung. Eduard wusste vom Hörensagen, dass die Alliierten in einigen Großstädten, vor allem aber in der Nähe jener Orte, wo einstmals die Lager gewesen waren, verstockte Nazis gezwungen hatten, sich solche Filme anzusehen, um ihnen die Augen für die Gräuel der Hitler-Regierung zu öffnen. Aber warum tat man ihm so etwas an? Er hatte doch nichts getan!

Ein Projektor wurde eingeschaltet, ein Lichtkegel flammte in der Dunkelheit auf. Während die Spulen zu rattern anfingen und auf der Leinwand ein paar sinnlos auf und ab hüpfende schwarze Flecken erschienen, machte Eduard sich auf das Schlimmste gefasst. Er hatte sich vorgenommen, nicht wegzuschauen, er wollte der Wahrheit ins Auge sehen, wie schlimm und unerträglich sie auch immer sein mochte. Um sich innerlich zu wappnen, rief er sich die Eingangsverse aus Dantes *Inferno* in Erinnerung.

Mittwegs auf unseres Lebens Reise fand
In finstren Waldes Nacht ich mich verschlagen,
Weil mir die Spur vom graden Wege schwand …

Nachdem ein Sprecher in ernstem Englisch verkündet hatte, dass die nachfolgenden Aufnahmen bei der Befreiung des Konzentrationslagers Dachau entstanden seien, wurden die ersten schwarzweißen Bilder sichtbar. Eduard stockte der Atem. Die Bilder übertrafen an Grauen und Entsetzen alles, was er sich je hatte vorstellen können – schlimmer noch als die schlimmsten Szenen eines Hieronymus Bosch. Keine Phantasie von Dichtern oder Malern hatte ausgereicht, nicht in über zweitausend Jahren abendländischer Kultur, um auch nur annähernd solche Schreckensvisionen menschlichen Leids und menschlicher Erniedrigung hervorzubringen, wie die Nazis sie verwirklicht hatten und die Eduard nun gezwungen war, mit anzusehen – Ausgeburten einer Hölle, in der Gott jede Macht über den Teufel und das Böse verloren hatte. Hunderte von Leichen auf einem Appellplatz, Männer und Frauen, Kinder und Greise, in Reih und Glied am Boden liegend, als sollten sie jeden Moment von den Toten wiederauferstehen, um zu exerzieren ... Massengräber voller Skelette, Tausende und Abertausende, in aufgeworfene Gruben geschüttet wie unnützer Müll ... Halden von Menschenteilen, die kaum noch zu erkennen waren, wahllos durcheinandergeworfen und ineinander verkeilt, vereint durch den Tod ... Aufgesperrte Öfen und Verbrennungsanlagen, in deren Asche verkohlte menschliche Überreste lagen ... Doch fast noch schlimmer als die Bilder der Toten waren die der Überlebenden. Kahlrasierte Gestalten, die, abgemagert bis auf die Knochen, aussahen wie Gespenster, drängten sich hinter Zäunen, Lemuren aus der Unterwelt, streckten ihre Arme und Hände durch den Stacheldraht, unfähig, sich über ihre Befreiung zu freuen, die schon vom Tode gezeichneten Gesichter zu einem diabolischen Grinsen verzerrt ... Viele nur mit einem Lendentuch bekleidet, andere vollkommen nackt, staksten sie auf spindeldürren Beinen umher, wie Gliederpuppen eines Marionettentheaters, ohne ihre Blöße zu verbergen, als hätte man sie mit den Kleidern zugleich ihrer Scham und aller Zivilisation beraubt, während die zwischen den knochigen, fleischlosen Schenkeln ins Groteske vergrößerten Geschlechtsteile hin und her baumelten ... Nur ein paar Kinder und Halbwüchsige, in dreckigen Leichenhemden oder nummerierten Sträflingsuniformen, die ihnen um die ausgemergelten Leiber schlotterten, lachten und winkten mit gefletschten Zähnen in die Kamera, obwohl auch sie, nicht anders als ihre erwachsenen Leidensgenossen, hinter einem Zaun zusammengepfercht waren – einem Zaun aus rostfreiem, besonders haltbarem und strapazierfähigem Stacheldraht der Firma Wolf aus Altena im Sauerland ...

Eduard wusste nicht, wie lange die Vorführung gedauert hatte. Zehn Minuten? Eine Stunde? Als die Lampe des Projektors endlich erlosch und das Rattern der Filmspulen verstummte, herrschte sprachloses Schweigen in dem wieder dunklen Raum. Eduard saß starr vor Entsetzen in seinem Stuhl, kaum, dass er atmen konnte. Wie einst Lazarus war er im Reich der Toten gewesen. Nur dass es keinen Jesus gab, der ihn von den Bildern, die er gesehen hatte, je erlösen würde …

Wie sollte er mit diesen Bildern in die Wirklichkeit zurück?

Ein Licht ging an. Die meisten Männer im Saal blickten stumm auf ihre Hände oder zu Boden. Manche Gesichter waren bleich, andere grinsten verlegen, einige schienen auf seltsame Weise empört. Eduard aber starrte immer noch voller Entsetzen auf die Leinwand. Dort, wo eben noch vor seinen Augen die Schattengeister der Unterwelt tanzten, würde am Abend ein Film mit Marika Rökk oder Heinz Rühmann oder Magda Schneider das Publikum unterhalten und zum Lachen bringen.

Unfähig, die Bilder zu ertragen, schlug er die Hände vors Gesicht.

»Wollen Sie immer noch behaupten«, hörte er an seiner Seite Dr. Zemke sagen, »Sie hätten mit Ihren Geschäften Schlimmeres verhindert?«

50

Über Fräulein Hänsel, die Sekretärin ihres Mannes, hatte Christel die Arbeiter und Angestellten der Firma gebeten, sich zur Mittagspause in der Werkhalle zu versammeln. Sie wolle, so hatte sie Fräulein Hänsel gesagt, ein paar Worte zum Verbleib des Chefs verkünden.

Jetzt war es zehn nach zwölf, die Leute waren sicher schon alle da und warteten in der Halle auf sie, doch Christel konnte sich immer noch nicht entschließen, das Büro zu verlassen. Sie wollte der Belegschaft sagen, dass ihr Mann in Berleburg sei, wegen Verdacht auf Tbc. Gundel hatte die Idee gehabt, und noch um fünf vor zwölf war ihr die Ausrede plausibel und überzeugend erschienen, viele Männer in Altena litten an Tuberkulose – sogar Willy Schwanebeck, der Rathauspedell, wie jedermann wusste. Aber jetzt machte die Vorstellung, den Leuten solchen Mist zu erzählen, ihr Angst. Sie war nicht daran gewöhnt zu lügen, erst recht nicht vor so vielen Menschen, man würde ihr ansehen, dass sie nicht die Wahrheit sagte.

»Wenn Richard nur noch am Leben wäre. Ein Mann kann so etwas doch viel besser als wir Frauen.«

»Richard ist gefallen und tot«, erwiderte Gundel in ihrer manchmal erschreckend nüchternen Art. »Er kann uns nicht mehr helfen. Aber jemand anderes könnte es.«

Christel glaubte zu verstehen. »Du meinst – Ulla?«

Gundel nickte. »Ständig müssen wir Entscheidungen treffen, die wir nicht treffen können«, sagte sie. »Eben noch hat mich ein Vorarbeiter gefragt, was mit den Überstunden ist. Ich konnte ihm keine Antwort geben. Und dann hat er gesagt, dass ein Zugstein geplatzt sei, und wollte von mir wissen, wann endlich der Ersatz kommt, den Papa ihm angeblich versprochen hat. Und Fräulein Hänsel bedrängt mich seit Tagen, eine Mahnung an das städtische Bauamt Gelsenkirchen zu schreiben, wegen der Lieferung von einer halben Tonne Baustahlgitter, die noch nicht bezahlt ist. Dabei habe ich keine Ahnung, welches Zahlungsziel Papa mit denen vereinbart hat, das macht er ja meistens per Telefon.«

Christel schüttelte den Kopf. »Aber was für einen Sinn soll es haben, Ulla aus dem Studium zu reißen und aus Tübingen herbeizuholen? Wir leisten damit nur den schlimmsten Gerüchten Vorschub. Außerdem hat Ulla von diesen Dingen doch genauso wenig Ahnung wie wir!«

»Das weiß ich auch«, sagte Gundel. »Aber die Leute respektieren sie. Vor allem fällt es ihr viel leichter, Entscheidungen zu treffen, egal, ob sie Bescheid weiß oder nicht. Erinnerst du dich noch, wie sie Weihnachten 41, nachdem du plötzlich krank geworden bist, Betty in der Küche herumkommandiert hat, als hätte sie ihr Leben lang nichts anderes getan? Dabei wusste sie kaum, was ein Kochlöffel ist.«

Fräulein Hänsel steckte ihren grauen Kopf durch die Tür. »Ich will ja nicht drängen, gnädige Frau, aber die Leute werden langsam ungeduldig!«

»Sagen Sie, dass wir kommen.« Christel sprach so ruhig, wie sie nur konnte, aber in Wirklichkeit war sie alles andere als ruhig. In Wirklichkeit zitterten ihre Hände wie Espenlaub, und ihr Magen rumorte, als hätte sie etwas Verdorbenes gegessen. Nie und nimmer würde sie es schaffen, vor die Belegschaft hinzutreten, um Lügenmärchen zu erzählen.

Als die Sekretärin verschwunden war, drehte sie sich zu ihrer Tochter herum. »Bitte, Gundel, sprich du an meiner Stelle zu den Leuten. Ich … ich kann es einfach nicht.«

»Aber ich doch auch nicht!«

»Bitte, Kind, tu mir die Liebe.«

Unsicher erwiderte Gundel ihren Blick. Lange sah sie sie mit ihren braunen Augen an, ohne sich entschließen zu können. Dann gab sie sich einen Ruck und sagte: »Also gut, Mama. Aber nur unter einer Bedingung.«

»Danke, mein Schatz. Ich tu alles, was du willst. Hauptsache, der Kelch geht an mir vorüber.«

Die Miene ihrer Tochter wurde streng. »Dann versprich mir, dass, wenn Papa länger als einen Monat wegbleibt, du Ulla aus Tübingen holst.« Sie streckte den Arm aus, damit ihre Mutter einschlug. »Versprochen?«

Christel stieß einen Seufzer aus und nahm ihre Hand. »Versprochen!«

51

Wenige Tage später erschien im Altenaer Kreisblatt ein Artikel, der die ganze Titelseite füllte. Unter der Balkenüberschrift WOLF IM SCHAFSPELZ stand dort geschrieben: *Ausgerechnet der Mann, der sich immer als vorbildlicher Demokrat in der Stadt feiern ließ, der für den Ruf seiner Untadeligkeit sogar seine älteste Tochter wie eine Aussätzige behandelte, weil sie einen Soldaten der Waffen-SS geheiratet hatte – ausgerechnet dieser Mann hat offenbar alle Skrupel und Gottesfurcht über Bord geworfen und sich des abscheulichsten aller nur denkbaren Verbrechen schuldig gemacht, des Verbrechens gegen die Menschlichkeit …*

Walter Böcker, der in seiner Villa beim Frühstück saß, knallte die Zeitung auf den Tisch. Das war kein Bericht, das war eine öffentliche Hinrichtung! Zwar hatte der Schmierfink, der den Artikel verfasst hatte, Eduard Wolfs Namen nicht genannt – vermutlich aus Angst vor Strafverfolgung, schließlich war ja noch kein Urteil in der Sache gefällt –, doch dank der Überschrift konnte niemand in Altena auch nur den geringsten Zweifel daran hegen, wer gemeint war.

Jetzt war Holland in Not! Der größte Auftrag, den Walter je an Land gezogen hatte, war in Gefahr …

Sein erster Impuls war, Karl Kotzubeck anzurufen, den Chefredakteur des AK, und ihn gründlich zur Sau zu machen. Doch was hatte das noch für einen Sinn? Die Bombe war bereits geplatzt, und eine Gegendarstellung würde so viel nützen wie ein Brustbonbon aus der Alten Apotheke bei Lungenentzündung.

Nein, statt seine Zeit mit dem Pressefritzen zu vergeuden, musste Walter mit Eduard Wolf reden. Zum Glück hatte man Verbindungen. Zwei Telefonate, eins mit dem Bürgermeister, eins mit Heinrich Zemke, dem ehemaligen Prokuristen der Firma Berg und Vater des ermittelnden Staatsanwalts – und Walter hatte eine Besuchserlaubnis. Schließlich standen Interessen von nationaler Bedeutung auf dem Spiel.

Als Walter den Besuchsraum des Untersuchungsgefängnisses betrat, erschrak er. Eduard Wolf schien um Jahre gealtert. Keine Spur mehr von dem feinen Pinkel, der sein Kompagnon noch vor wenigen Tagen gewesen war. Der Anzug war verknittert und schien plötzlich viel zu groß, das graue Haar fiel ihm in Strähnen ins Gesicht, und vom Hals, den früher stets eine sorgsam gebundene Fliege in Form gehalten hatte, hingen schlaffe Hautfalten in den offenen Hemdkragen hinab.

Doch so erschreckend der Anblick war – Walter konnte darauf keine Rücksicht nehmen. Kaum hatte er unter den Augen eines Wachmanns Platz an dem kleinen Tisch genommen, an dem Eduard Wolf saß, ging er zum Angriff über.

»Himmel, Arsch und Zwirn! Ich habe Sie zu meinen Kompagnon gemacht, weil Sie angeblich als einziger Fabrikant in Altena keinen Dreck am Stecken hatten – und jetzt diese gottverdammte Scheiße! Was ist da los? Wie zum Teufel konnte das passieren?«

Eduard Wolf starrte ihn mit großen leeren Augen an. »Wenn Sie wollen, können Sie unseren Vertrag kündigen. Ich werde Ihnen keine Schwierigkeiten bereiten.«

»Wie bitte? Sie wollen verzichten? Auf das ganze viele schöne Geld?«

Eduard Wolf zuckte die Achseln. »Machen Sie das Geschäft ohne mich.«

Walter schaute ihn fassungslos an. Noch mehr als der Inhalt der wenigen Worte entsetzte ihn der Ton, in dem sein Kompagnon sprach. Walter kannte diesen Ton, er hatte ihn im Krieg oft gehört, von Schwerverwundeten auf dem Schlachtfeld und im Lazarett, wenn sie nicht mehr an ihr Überleben glaubten.

»Flucht vor dem Feind?«, fragte er. »Wegen solcher Kinkerlitzchen? Das kommt gar nicht in Frage! Hier wird gekämpft bis zum Umfallen! Für die Lieferung von ein paar Drahtrollen kann niemand seiner Freiheit beraubt werden, Gott sei Dank leben wir wieder in einem

Rechtsstaat!« Als er den tadelnden Blick des Wachmanns sah, senkte er die Stimme. »Meine Güte, Wolf, machen Sie mir bloß nicht schlapp. Ich besorge Ihnen die besten Anwälte, keine Winkeladvokaten aus Altena, sondern die gerissensten Hunde aus Hagen und Dortmund und Essen, das Honorar spielt keine Rolle. Und wenn es sein muss, rufe ich in Rhöndorf an und sage dem Alten Bescheid, damit er sich für Sie verwendet – nur muss ich verdammt nochmal wissen, was damals passiert ist!«

Walter war so erregt, dass er zu schwitzen begann. Doch die einzige Antwort, die er Eduard Wolf entlocken konnte, war dieser leere Blick aus seinen toten Augen. Walter ballte die Faust in der Tasche. Das kam dabei heraus, wenn man Hausmusik trieb, statt sich um seine Firma zu kümmern.

»Hören Sie endlich auf, mich so anzuglotzen! Los, machen Sie den Mund auf! Damit ich Ihnen helfen kann, Himmelherrgottsakrament!«

Aber Eduard Wolf schüttelte nur den Kopf. »Es tut mir leid, Herr Böcker, dass Sie sich umsonst hierher bemüht haben – aber nein, ich will Ihre Hilfe nicht.« Er machte eine Pause, dann senkte er den Blick, und als spräche er mit seinen Händen oder dem Tisch, fügte er hinzu: »Man kann Böses nicht mit Bösem bekämpfen …«

»Was reden Sie da? Sind Sie irre geworden?«

»Lassen Sie's gut sein, mein Freund. Ich … ich will nur noch eins.« Eduard Wolf hob den Kopf und schaute ihn an. »Ich will, dass man mich bestraft. Mit der ganzen Strenge des Gesetzes.«

»Bestraft? Sie?«, wiederholte Walter. »Dass ich nicht lache! Wofür denn? Nach welchem Gesetz? Sie haben doch nichts verbrochen!«

»O doch«, murmelte Eduard. »O doch, das habe ich …« Dann ging sein Blick wieder ins Leere, an Walter vorbei, in eine unbekannte Ferne, und leise, kaum hörbar, murmelte er einen Satz, der keinen Zweifel mehr daran ließ, dass er den Verstand verloren hatte. *»Der bestirnte Himmel über mir und das moralische Gesetz in mir …«*

52

Unschlüssig blickte Christel auf die Wählscheibe des Telefons. Sollte sie Ulla anrufen? Das Fräulein vom Amt hatte gesagt, dass die Gaststätte von Emilie Sauer, in deren Haus ihre Tochter in Tübingen wohnte, mit einem Anschluss registriert sei.

Der Monat, den Gundel ihr für die Entscheidung eingeräumt hatte, war zwar noch nicht herum, aber Christels Nerven lagen blank. Tag für Tag ging sie ins Büro, um ihren Mann zu vertreten, saß auf seinem Stuhl, hinter seinem Schreibtisch und versuchte, die von ihm angelegten Akten zu verstehen und zu bearbeiten. Doch was im Himmel hatte sie hier verloren? Mit jeder Faser ihres Leibes spürte sie, wie fehl sie an diesem Platz war. In der Firma gab es nichts als Probleme – es war, als würden die Probleme dauernd Junge kriegen, schlimmer als Karnickel. Kaum war eins mit Ach und Krach gelöst, tauchten drei neue an seiner Stelle auf. Geradeso wie bei dem Ungeheuer, von dem Eduard ihr mal erzählt hatte, aus irgendeiner römischen oder griechischen Sage. Das Vieh hatte in einem Sumpf gelebt und neun Köpfe gehabt, und wann immer man ihm einen Kopf abschlug, wuchs ihm ein neuer nach. Seinen Namen hatte Christel vergessen, doch schien es ihr inzwischen so vertraut, als gehöre es zur Familie.

Eduard im Gefängnis … Was tat er jetzt wohl gerade, der arme, gute Mann? Behandelte man ihn mit Respekt und Taktgefühl? Er legte doch solchen Wert auf Formen. Und was bekam er zu essen? Er vertrug ja nur leichte, magenschonende Kost. Sie sah ihn vor sich, in einer Reihe mit Schwerverbrechern, die einer hinter dem anderen in einem Gefängnishof im Kreise liefen, mit Ketten an den Beinen. Das hatte sie mal im Kino gesehen.

Sie nahm den Hörer ab und wählte das Amt. Doch bevor das Freizeichen ertönte, kam Gundel herein, mit Walter Böcker im Gefolge.

Im selben Moment fiel Christel der Name des Ungeheuers wieder ein. Hydra – so hatte das Sumpfvieh geheißen.

»Heraus mit der Wahrheit!«, bellte Böcker. »Wie konnte es zu den verfluchten Lieferungen kommen? Stacheldraht für die Nazis! Von Eduard Wolf! Das passt doch vorne und hinten nicht zusammen.«

»Ich habe auch keine Erklärung«, erwiderte Christel. »Außer, man hat ihn hereingelegt. Mein Mann ist einfach zu gut für diese Welt.«

»Dummes Zeug! Er hat uns alle nach Strich und Faden verarscht! Aber mich fragen, ob ich irgendwelche Leichen im Keller habe! Dabei beherbergt er selber ein ganzes Leichenhaus!«

»Jetzt ist es aber genug!« Christel schlug mit der Hand auf den Schreibtisch, dass ihre goldenen Armreifen klirrten, und erhob sich von ihrem Stuhl. »Ich muss Sie doch sehr bitten, Herr Böcker, mäßigen Sie Ihren Ton. Während Sie hier rumkrakeelen, durchlebt mein Mann gerade die finsterste Zeit seines Lebens …« Ihre Stimme erstickte. »Wie soll er damit nur fertig werden? Das wird jetzt immer an ihm hängenbleiben, sein Leben lang …«

»Ist ja schon gut«, knurrte Walter Böcker. »Doch Phrasen helfen uns nicht weiter. Wenn Sie Ihrem Mann helfen wollen, Frau Wolf, muss die Wahrheit auf den Tisch! Sonst …«

Er sprach den Satz nicht zu Ende. Doch Christel wusste auch so, was er meinte.

»Ich will ihm ja helfen«, schluchzte sie. »Und Ihnen natürlich auch. Ich … ich weiß nur nicht, wie ich das alles zusammenkriegen soll, was damals passiert ist, Eduard hat mir ja nie die ganze Geschichte erzählt, immer nur Andeutungen, immer nur *pssst* – ja nichts verraten …«

Hilfesuchend schaute sie zu ihrer Tochter. Gundel war sichtlich eingeschüchtert durch Böckers Überfall und hatte das Gespräch bislang nur stumm verfolgt.

»Jetzt sag du doch auch mal was!«

»Ich weiß doch auch nichts«, sagte Gundel und hob die Arme. »Aber … aber vielleicht fragen wir mal Fräulein Hänsel?«

53

Die britische Kommandantur war in der Burg Holtzbrinck untergebracht, dem ältesten Bürgerhaus Altenas, das nach der großen und eigentlichen Burg auf dem Berg nicht nur das stattlichste Gebäude der Stadt war, sondern auch mitten im Zentrum lag, von der Großen und der Steinernen Brücke gleichermaßen weit entfernt und somit für jedermann bequem erreichbar. Obwohl es von der Freiheit dorthin nur ein Fußweg von fünf Minuten war, war Walter in seinem schweren Mercedes vorgefahren – die Engländer sollten wissen, dass er sozusagen in offizieller Mission kam. Doch zu seinem Ärger parkten im Hof bereits so viele Jeeps, dass er seinen Wagen im Bungern abstellen und zu Fuß vor der Kommandantur erscheinen musste.

Als er die Treppe zu Major Jones' Büro heraufkam, stand die Tür halb offen. Durch den Spalt sah er, wie im Innern des Raums gerade ein Sergeant dem Kommandanten einen Schäferhund vorführte, offenbar konnte der Köter irgendwelche Kunststücke. Walter ahnte Fürchterliches, er glaubte die Töle zu kennen. Mit gefletschten Zähnen starrte das Tier auf ein Stück rohes Fleisch, das der Sergeant in der Hand hielt. Jetzt warf der Soldat das Fleisch zu Boden, und mit einem Satz stürzte sich der Hund darauf.

»Is vom Jutt!«, rief der Sergeant.

Im selben Moment machte der Hund eine Vollbremsung und stierte knurrend auf den blutroten Brocken vor seiner Schnauze. Der Geifer lief ihm von den Lefzen, doch er rührte das Fleisch nicht an.

Major Jones lachte.

»That's funny, isn't it?«, sagte der Sergeant.

»Oh yes, very funny, indeed«, bestätigte der Kommandant. »What did you tell him?«

»Is vom Jutt«, wiederholte der Soldat.

»Jutt?«, fragte Major Jones und runzelte die Stirn.

»Jew, Sir.«

»Ah – *vom Jud'*!« Das Gesicht des Kommandanten verdüsterte sich. »Are you crazy? That's not funny at all!«

»I thought, you would like it. A German *Brauch*.«

»Idiot! Whose dog is it?«

Der Sergeant nahm Haltung an. »It's Bürgermeister Vielhaber's dog, Sir.«

Um Schlimmeres zu verhindern, stürmte Walter in das Büro.

»Mr Böcker? What do you want?«

Der Major empfing ihn so ungnädig, dass er Englisch sprach. Kein Wunder, nach diesem Scheißkunststück.

»Könnten wir vielleicht«, sagte Walter, »I mean, could we perhaps«, korrigierte er sich, »unter vier Augen sprechen?«

Der Kommandant schickte den Sergeant mitsamt Arnos Töle hinaus.

Walter wartete, bis er und der Major allein waren. »Es gibt neue Erkenntnisse im Fall Eduard Wolf«, sagte er dann.

Jones verzog das Gesicht. »Ich kann Ihnen gar nicht sagen, wie sehr ich enttäuscht bin. Ein Mann, der Goethe und Kant zitiert, der Hausmusik macht – und dann das. O you bloody Germans …«

»Aber Eduard Wolf ist unschuldig!«

»Das behauptet ihr alle.«

»Bitte glauben Sie mir, Sir, please, believe me. Ich habe Beweise – proofs!«

»Beweise?« Der Kommandant maß ihn mit einem skeptischen Blick.

»Really, Sir. Very much proofs. Hard proofs.«

Jones holte tief Luft. »Okay, Mr Böcker, two minutes, not more!« Er wies mit der Hand auf einen Stuhl, doch Walter bedankte sich, ohne Platz zu nehmen. Er rapportierte lieber im Stehen, wie er es als Offizier der deutschen Wehrmacht gewohnt war.

»Ich habe Einsicht in die Unterlagen genommen«, erklärte er. »Die Chefsekretärin der Firma Wolf, ein gewisses Fräulein Hänsel, hat sich als sehr kooperativ erwiesen. Nach gründlichem Studium der Akten lassen sich in dem Fall zwei Tatsachen feststellen. Erstens: Eduard Wolf hat tatsächlich Draht an die Konzentrationslager Buchenwald und Dachau geliefert, und zwar in erheblichen Mengen. Zweitens: Diese Lieferungen erfolgten nicht aus Eigennutz, sondern aus dem edelsten Motiv, das man sich nur denken kann. Herr Wolf wollte dadurch das Leben eines Juden retten, das Leben seines Freundes Julius Rosen.«

»Wer zum Teufel ist Julius Rosen?«

Walter schlug die Hacken zusammen. »Der Inhaber des ehemaligen Modehauses Rosen, dessen Besitz im Jahre neunzehnhundertachtunddreißig arisiert worden ist.«

»Ich verstehe«, unterbrach der Kommandant. »Jetzt Mode Vielhaber? Richtig?«

»Right, Sir!«

»Aber was hat ein Textilgeschäft mit den in Frage stehenden Drahtlieferungen zu tun?«

»Das ist leicht zu erklären, Sir.« Walter überlegte, wie er sich möglichst kurz fassen konnte. »Der Draht der Firma Wolf gilt aufgrund eines von Eduard Wolfs Vater entwickelten Patents als besonders widerstandsfähig gegen Rostbefall. Das hat die Begehrlichkeit der Nazis geweckt. Eduard Wolf hat sich trotzdem jahrelang geweigert, ihnen Draht zu liefern. Obwohl er sich dadurch nicht nur massiven Schikanen der Reichswirtschaftskammer ausgesetzt hat, sondern dafür auch auf äußerst einträgliche Geschäfte freiwillig verzichtete. Er ist dem Drängen der Nazis erst nachgekommen, als man ihm dafür im Gegenzug versprach, Julius Rosen, der leider allzu lange geglaubt hatte, die Dinge würden sich für die jüdische Bevölkerung in Deutschland noch mal zum Guten wenden, außer Landes reisen zu lassen. Eduard Wolf hat keine einzige Mark für den gelieferten Draht erhalten, die Ausreiseerlaubnis seines Freundes war die einzige Form der Vergütung – von einem finanziellen Vorteil kann darum keine Rede sein.«

»Hm«, machte Major Jones. »Und wie ist die Sache ausgegangen?«

»Julius Rosen hat es geschafft«, erwiderte Walter. »Er lebt heute in Palästina, dem Gelobten Land seiner Väter. Dank Eduard Wolf. Der hat ihm das Leben gerettet. – Wenn Sie sich vielleicht selbst überzeugen möchten, Sir?« Er öffnete seine Aktentasche und reichte Jones die Unterlagen, die Fräulein Hänsel ihm gegeben hatte. Außerdem fügte er eine Ansichtskarte aus New York hinzu, auf deren Vorderseite die Freiheitsstatue prangte. Gott sei Dank hatte Christel Wolf sie in der Bibliothek ihres Mannes gefunden.

Der Kommandant nahm die Papiere und begann darin zu blättern. Je länger er las, umso beeindruckter schien er. Nachdem er auch die Ansichtskarte studiert hatte, klemmte er sich seine kalte Pfeife zwischen die Lippen und trat ans Fenster. Lange schaute er hinaus auf die Lenne und dachte nach. Dann drehte er sich herum und reichte Walter die Hand.

»Ich bin sehr glücklich, dass Sie zu mir gekommen sind, Herr Böcker. Eduard Wolf is a good guy. Ich werde dafür sorgen, dass er so schnell wie möglich entlassen wird.«

Walter erwiderte den Druck seiner Hand. »Ich weiß gar nicht, wie ich Ihnen danken soll, Sir«, sagte er. »Wenn Sie mir einen Tipp geben, wie ich mich vielleicht erkenntlich zeigen kann?«

Major Jones schüttelte den Kopf. »Nicht nötig, that's only fair play. Außerdem bin ich selber *heilfroh*, dass ich mich in meinem Freund Eduard Wolf nicht geirrt habe.« Er fasste Walter an der Schulter, um ihn hinauszubegleiten. In der Tür blieb er noch einmal stehen. »Wo ist eigentlich Prince Charming geblieben?«, wollte er wissen. »Er ist ja wie vom Erdboden verschwunden.«

»Prince Charming?«, wiederholte Walter.

»Tommy Weidner, der Schützenkönig«, sagte der Kommandant. »Meine Jungs vermissen ihn und seine Partys. Und ich muss sagen, sie haben verdammt recht. Ohne Prince Charming ist es in Altena ziemlich langweilig geworden.«

54

In der Küche der Villa Wolf stand das Mittagessen bereit: »Eintopf bürgerlich« – gestampfte Steckrüben mit Kartoffeln und gekochtem Rindfleisch, wie jeden zweiten Donnerstag im Monat. Zu dritt setzte man sich an den schlichten Holztisch, auf dem Betty das alte Alltagsgeschirr gedeckt hatte, das sonst nur noch Benutzung fand, wenn Kinder zu Gast waren. Seit das Familienoberhaupt nicht mehr im Haus war, nahmen Christel und Gundel die Mahlzeiten zusammen mit dem Dienstmädchen in der Küche ein, an dem großen Familientisch im Esszimmer kamen sie sich zu zweit allzu verloren vor. Doch genauso wie früher wurde vor dem Essen gebetet. Man faltete die Hände und senkte den Blick, nur dass jetzt Gundel anstelle ihres Vaters das Gebet sprach.

»Komm, Herr Jesus, sei unser Gast, und segne, was du uns bescheret hast.«

»Amen.«

Während Christel und Gundel die Servietten im Schoß ausbreiteten, füllte Betty die Teller auf. Da klingelte es an der Tür. Das Mädchen legte die Kelle ab und eilte in die Diele. Mutter und Tochter blickten sich noch fragend an, als Betty schon wieder zurückkam – zusammen mit Walter Böcker.

»Oh, Eintopf bürgerlich?« Schnuppernd schielte er nach der Terrine. »Mein Leib- und Magengericht!«

»Möchten Sie vielleicht auch einen Teller?«, fragte Gundel, die Steckrüben hasste. »Es ist genügend da.«

»Sonst immer gerne, aber heute – nein danke!« Böcker hielt kurz inne, wie um sich zu sammeln. Dann deutete er eine Verbeugung in Christels Richtung an und sagte: »Ich habe gute Nachricht, liebe, verehrte Frau Wolf! Ihr Mann wird aus der Haft entlassen!«

»Was sagen Sie da?«

Christel konnte die frohe Botschaft kaum fassen, und Gundel fiel sogar der Löffel aus der Hand. Klirrend landete er auf dem gekachelten Küchenboden.

»Ja, Sie haben richtig gehört – wir haben es geschafft. Noch heute können Sie Ihren Eduard zu sich nach Hause holen.« Er zog ein Schriftstück aus der Brusttasche und wedelte damit in der Luft. »Hier sind die nötigen Papiere, von Commander Jones persönlich unterzeichnet.«

Gundel, die offenbar alles vergaß, was man ihr beigebracht hatte, sprang vom Tisch auf und fiel Böcker wie ein Kind um den Hals. Auch Christel erhob sich, um ihm beide Hände zu drücken.

»Das werden wir Ihnen niemals vergessen!«

»Das ist doch nicht der Rede wert, Frau Wolf! Dafür sind Freunde doch da!«

Der Eintopf blieb ungegessen in der Küche zurück. Kaum hatte Böcker sich verabschiedet, lief Gundel aus dem Haus und holte aus der Garage den BMW Dixi, ein Geschenk Eduards an seine Frau zur silbernen Hochzeit, doch den bisher nur die Töchter gefahren hatten, weil Christel sich weigerte, den Führerschein zu machen.

»Gott sei Dank, dass wir nicht voreilig irgendwelche Pferde scheu gemacht haben«, sagte sie, als Gundel vom Firmengelände in die Nettestraße einbog. »Stell dir vor, wir hätten Ulla für nichts und wieder nichts aus Tübingen geholt! Das hätte sie uns nie verziehen. Und Papa hätte uns für aufgescheuchte, kopflose Hühner gehalten.«

Am Westfälischen Hof verstopfte die »dicke Bertha« die Einmündung zur Lindenstraße, die Kleinbahn, die von Altena über Ihmert nach Hemer führte. Da die Große Brücke immer noch nicht wieder in Betrieb war, staute sich hier regelmäßig der Verkehr. Vor ihnen überquerte ein Arbeiter der städtischen Straßenreinigung mit seiner Schubkarre die Straße. Als er die zwei Frauen in dem Sportwagen sah, blieb er stehen. Christel glaubte, den Mann zu erkennen – einer der Sargträger bei der Beerdigung ihres Schwiegersohns. Voller Verachtung schaute er sie an und spuckte auf die Windschutzscheibe.

»Was ist denn in den gefahren?«, fragte Gundel.

»Sicher hat er das Kreisblatt gelesen«, sagte Christel. »Und jetzt glaubt er wahrscheinlich, wir hätten auch dazugehört und Fritz verraten. Aber mach dir nichts draus, Kind. Walter Böcker hat versprochen, dass es morgen eine genauso große Gegendarstellung gibt – er hat dem Chefredakteur schon entsprechend den Marsch geblasen!«

Eine Dreiviertelstunde später kamen sie vor dem Untersuchungsgefängnis in Hagen an. Als sie aus dem Cabrio stiegen, wurde Christel plötzlich bewusst, dass sie ja gar nicht zu dritt in den kleinen Zweisitzer passten.

»Dann fahre ich eben mit der Bahn zurück«, sagte Gundel. »Hauptsache, Papa und du fahrt zusammen!«

An der Pforte zeigte Christel mit klopfendem Herzen die Papiere vor, die Walter Böcker ihnen gegeben hatte. Der Mann hinter dem Guckloch sah erst auf das Schreiben in ihrer Hand, dann in ihr Gesicht und nickte ihr schließlich mit einem wohlwollenden Lächeln durch die kleine, durchbrochene Fensterscheibe zu: »Dann war also alles nur Verleumdung, was in der Zeitung stand?«

»Wollen Sie damit etwa sagen, dass auch die Westfalenpost über meinen Mann geschrieben hat?«, erwiderte Christel.

»Was denken Sie denn?«, erwiderte der Pförtner. »Bei uns logiert nur Prominenz!«

Immer noch lächelnd, bat er sie, einen Moment zu warten – er müsse nur schnell die Papiere abstempeln lassen. Bevor er sich entfernte, schloss er die Tür der Pforte, die zum Hauptgebäude führte, mit einem Schlüssel von außen ab. An dem runden Knauf erkannte Christel, dass die Tür von innen so wenig zu öffnen war wie der Ausgang zur Straße, durch den sie hereingekommen waren. In dem von beiden Seiten verriegelten Raum fühlte sie sich wie in einem Käfig. Plötzlich glaubte sie zu ahnen, wie Eduard sich die ganze Zeit gefühlt haben musste. Auch Gundel rutschte auf der harten Bank neben ihr nervös hin und her, ohne ein Wort zu reden. Wahrscheinlich dachte ihre Tochter dasselbe wie sie: Hoffentlich gab es nicht im letzten Moment noch irgendwelche Schwierigkeiten.

Doch diese Sorge war umsonst. Nach nur wenigen Minuten kehrte der Pförtner mit einem uniformierten Vollzugsbeamten zurück, in dessen Hand ein großer, schwerer Schlüsselbund rasselte.

»Alles in Ordnung! Sie können mitkommen.«

»Sehr gerne, falls das möglich ist!«

Während Christel erleichtert aufatmete, führte der Beamte sie eine große, breite Treppe hinauf, über der sich eine steinerne Justitia mit verbundenen Augen und einer Waage in der rechten Hand erhob. Zu Füßen der Figur wandte ihr Führer sich nach rechts und öffnete eine doppelt gesicherte Panzertür, an die sich der Zellengang anschloss – eine endlose Reihe von Türen mit kleinen Klappfenstern.

Vor der Zelle Nr. 107 blieb er stehen. Wieder rasselte der Schlüsselbund, knarrend öffnete sich die Tür, und dann sah Christel ihren Mann.

Zuerst sah sie nur seine Beine. Nackt und weiß baumelten sie in der Luft, während er selbst, die Hose um den Hals geschlungen, am Fensterkreuz der Zelle hing, den Kopf schräg zu Boden geneigt, als schaue er auf die Spitzen seiner blankgeputzten Schuhe oder prüfe den Sitz seiner Strümpfe, die schwarz und stramm an ihren Haltern seine Waden umschlossen, wie es sich gehörte.

Ohne zu begreifen, was sie tat, stürzte Christel in die Zelle, um seine Blöße vor den Blicken der anderen zu verbergen. Während sie die Schöße seines Hemdes glattstrich, kam ihr nur ein einziger, vollkommen idiotischer Gedanke.

Jetzt brauchte Gundel doch nicht mit der Bahn nach Altena zurück.

TEIL EINS

ZWEITES BUCH

Der große Anfang

Rohlinge

1950–1953

1 Jürgen Rühling war der stolzeste Mann Altenas, und der Grund dafür war seine Frau. In einem Festakt, wie die Stadt schon lange keinen mehr gesehen hatte, wurde an diesem herrlichen Altweibersommertag des Jahres 1950 die Produktionsstätte der Vereinigten Altenaer Metallwerke, kurz VAM genannt, im Beisein hochrangiger Gäste aus Politik und Wirtschaft eingeweiht. Der Landrat und der Regierungspräsident, Vertreter der Düsseldorfer Landesregierung, ein Staatssekretär des Bonner Bundesfinanzministeriums sowie mehrere Mitglieder des ehemaligen Parlamentarischen Rats, der im Mai 49 das Grundgesetz verabschiedet und damit die Bundesrepublik aus der Taufe gehoben hatte – sie alle waren der Einladung der VAM nach Altena gefolgt, um Jürgens Frau die Ehre zu erweisen.

Während Ulla zusammen mit dem Staatssekretär an die Stanzmaschine trat, postierte Jürgen sich zwischen dem Landrat und dem Regierungspräsidenten, um für die Fotografen besser sichtbar zu sein. Schließlich hatte auch er Anteil an dem heutigen Erfolg – die Produktionsstätte im leerstehenden Lager der Dachdeckerei Reitz am Schwarzenstein unterzubringen, war seine Idee gewesen. Werner Reitz, der Inhaber des ehemaligen Handwerksbetriebs, galt seit dem Sommer 1943 als vermisst, er würde wohl kaum je wieder aus dem Krieg zurückkehren, und seine Witwe hatte zwei Kinder und konnte das Geld gut gebrauchen.

»Wenn ich Sie bitten darf, Herr Staatssekretär?«

»Aber mit dem größten Vergnügen!«

Blitzlichter flammten auf, als Ulla und der Bonner Politiker gemeinsam auf den roten, goldumkränzten Knopf drückten, um die Maschine in Gang zu setzen. Ein scheinbar endloses Metallband setzte sich in Bewegung, verschwand im Einlauf des Stanzapparats, der wie verrückt zu rattern anfing, und im nächsten Moment schossen auf der anderen Seite der Maschine die Rohlinge aus der Mündung hervor wie ein

Wasserfall, ein silbern glänzender Sturzbach künftigen Geldes, der sich mit hell klingendem Schwall in einen Trichter ergoss, auf dessen Grund ein Schlund den sprudelnden Strom absaugte, um ihn in großen Kisten zum Weitertransport nach Frankfurt zu sammeln, wo sich die unscheinbaren Metallscheiben schon bald in geprägte D-Mark-Münzen verwandeln würden, um die Bürger der jungen Republik mit dem nötigen Kleingeld zu versorgen.

Über das ganze Gesicht strahlend, fischte Walter Böcker einen Rohling aus dem Becken, und während er ihn der Reportermeute vor die Kameras hielt, verkündete er über den Lärm hinweg mit lautem Bass:

»An Altenas Wesen soll ganz Deutschland genesen!«

Unter dem Lachen des Publikums beendete er die eindrucksvolle Demonstration. Dann trat er ans Mikrophon, um die Festrede zu halten. Diese hielt er, wie mit Ulla vereinbart, nicht als Teilhaber der VAM, sondern in seiner Eigenschaft als Vorstandsmitglied des nordrhein-westfälischen Arbeitgeberverbands, um einen möglichen Beigeschmack zu vermeiden. Nachdem er den Gästen für ihr zahlreiches Erscheinen gedankt hatte, lobte er Bundeskanzler Adenauer für seine weise Entscheidung, auf jede Form von Planwirtschaft zu verzichten und ganz auf die Kräfte des freien Marktes, des Wettbewerbs und des Geldes zu vertrauen, um »Wohlstand für alle« zu schaffen, wie Wirtschaftsminister Erhard das Ziel der Bundesregierung so treffend formuliert habe, sodann machte er sich lustig über die planungswütigen Kommunisten in der sogenannten »DDR«, die, kaum dass es die Bundesrepublik gab, aus der Sowjetischen Besatzungszone hervorgekrochen sei wie eine Schlange aus dem Ei, um nach diesem Ausflug in die große Politik wieder nach Altena zurückzukehren, zu Ursula Rühling, der geschäftsführenden Gesellschafterin der VAM – »eine Vollblutunternehmerin, wie Deutschland sie für den Wiederaufbau so dringend braucht, eine Zierde des oft gepriesenen, doch leider allzu oft verschmähten Mittelstands«.

Alle Augen waren auf Ulla gerichtet, der die Komplimente sichtlich schmeichelten. In diesem Moment konnte Jürgen kaum fassen, dass Ulla Wolf ihn geheiratet hatte. Nach ihrer Rückkehr aus Tübingen hatte sie es noch eiliger gehabt als er selbst, vor den Traualtar zu treten, nicht mal das Ende der Trauerzeit um den Tod ihres Vaters hatte sie abgewartet. Dabei hätte sie jeden Mann in Altena haben können, und in Tübingen wahrscheinlich auch. Doch je länger Walter Böcker redete und je öfter Ulla lächelnd den Kopf schüttelte, um die Lobeshymne ihres Kompagnons mit gespielter Bescheidenheit zu entkräften, spürte Jürgen, wie ein Anflug von Neid sich in seinen Stolz mischte. Das hier war verdammt nochmal was anderes als sein blödes Pharmaziestudium in Münster! Während er sich am Hals kratzte, sah er in einer der hinteren Reihen seinen Vater stehen, das Vorbild, dem er nachgeeifert hatte, solange er zurückdenken konnte. Sein Vater hatte ihm nach dem Notabitur nicht nur vor dem Fronteinsatz bewahrt, indem er ihn mit Hilfe alter Bundesbrüder in einer Lazarettapotheke in der französischen Etappe untergebracht hatte, er hatte ihm auch alles über Rotwein beigebracht und was sonst noch ein Mann von Welt wissen musste. Aber was bedeuteten Rotweinkenntnisse und Lebensart für einen Mann, wenn er gezwungen war, seine Zukunft mit dem Verkauf von Brustbonbons zu vergeuden, ohne je die Chance zu bekommen, der Welt seine wahren Talente zu beweisen? Sein alter Traum von Ulla als Ärztin und ihm als Apotheker gemeinsam unter einem Dach kam ihm plötzlich furchtbar klein vor.

Walter Böcker holte ihn aus seinen Gedanken zurück. Offenbar war er ans Ende seiner Rede gelangt. Mit beiden Händen griff er in den übervollen Trichter unter der Mündung der Stanzmaschine, tauchte die Arme in den silbern sprudelnden Strom und warf die Rohlinge unters Volk wie ein Karnevalsprinz seine Kamellen.

»Geld regiert die Welt!«

Während die Festgesellschaft vor Begeisterung brüllte, eilte Bürgermeister Vielhaber ans Mikrophon, um, wie in dem ausliegenden Veranstaltungsprogramm angekündigt, als Vertreter der Stadt eine Rede zu halten. Doch bevor er auch nur den Mund aufmachen konnte, sah Jürgen zu seiner Verwunderung, wie Walter Böcker ihn beiseitedrängte, um mit Ulla anzustoßen – als wolle er mit Gewalt vermeiden, dass der Bürgermeister zu Wort kam. Seltsam, die beiden waren doch normalerweise ein Herz und eine Seele …

»Sonst wird uns noch der Schampus warm«, sagte Walter Böcker entschuldigend in Richtung Publikum und nahm zwei gefüllte Gläser von einem Tablett. »Auf die Zukunft, Fräulein Wolf – pardon«, korrigierte er sich, »Frau Rühling natürlich. Ach ja, die Macht der Gewohnheit.« Während Jürgen auch diese Kröte herunterwürgen musste, reichte Walter Böcker seiner Frau eines der beiden Gläser und prostete ihr zu. »Aber wenn wir schon bei der Zukunft sind, wollen wir da nicht einfach du zueinander sagen? Um solche Missgeschicke künftig zu vermeiden?«

Wieder flammten die Blitzlichter auf, als die zwei miteinander anstießen und anschließend ihre Duzbrüderschaft mit einem Wangenkuss besiegelten. Doch nicht eine Kamera richtete sich auf Jürgen, so wenig wie auf Bürgermeister Vielhaber, der mit übertriebenem Eifer gleichzeitig auf den Regierungspräsidenten und den Landrat einsprach, wie um seine soeben allzu deutlich gewordene Bedeutungslosigkeit zu überspielen.

2

»Er hat mich einfach überrumpelt«, sagte Ulla, als sie am Abend in der Villa mit Jürgen allein war, und schüttelte sich noch bei der Erinnerung an Böckers feuchte Lippen auf ihrer Wange.

Sie saßen in Ruths ehemaligem Mädchenzimmer, das Jürgen zu seinem »Herrenzimmer« erkoren hatte, nachdem Gundel unters Dach gezogen war, damit Ulla und ihr Mann die erste Etage für sich allein bewohnen konnten – ihre Mutter hatte gemeint, dass ein frisch verheiratetes Ehepaar Privatsphäre brauche, sonst ließen die Enkelkinder zu lange auf sich warten. Obwohl erst September war, hatte Betty schon die Heizung angestellt, aber noch drang die Wärme nicht durch die Leitungen bis hier oben hinauf. Während Ulla sich fröstelnd auf dem Sofa in ein Kamelhaarplaid wickelte, öffnete Jürgen eine staubige Flasche Cos d'Estournel, Jahrgang 1938, die er zu seiner sichtlichen Freude im Keller gefunden hatte. Ulla fand es taktlos, dass er sich in den Beständen ihres Vaters bediente, ohne sie oder sonst jemanden im Haus zu fragen – nicht, weil der Wein mehr kostete, als mancher Arbeiter der Firma Wolf in einer Woche verdiente, sondern, weil es ihr wie Leichenfledderei vorkam, den Lieblingswein ihres Vaters zu trinken, den er sich selber nur zu ganz besonderen Anlässen gegönnt hatte.

»Wundert dich das?«, fragte er und schenkte sich ein.

»Was soll mich wundern?«, fragte Ulla zurück, die den Faden verloren hatte.

»Dass Walter Böcker so mit dir umspringt.« Er hob sein Glas gegen das Licht, um die Farbe des Weins zu prüfen. »Also, mich wundert es nicht.«

»Jetzt hör mal! Das war doch eine regelrechte Vergewaltigung. Ein solches Benehmen hätte er sich Papa gegenüber nie und nimmer erlaubt.«

»Eben!«

»Was – eben?«

»Muss ich dir das wirklich erklären?« Jürgen schnupperte an seinem Glas, dann nahm er einen Schluck und sog den Wein laut schlürfend ein – zur besseren Geschmacksentfaltung, wie er immer sagte. »Dein Kompagnon nimmt sich solche Unverschämtheiten doch nur heraus, weil du eine Frau bist.«

»Was willst du damit sagen?«

Fast mitleidig erwiderte er ihren Blick. »Die Wahrheit ist doch ganz einfach«, erklärte er mit einem Schulterzucken. »Auf Dauer kann nur ein Mann ein Unternehmen wirklich erfolgreich führen.«

Er schaute sie bedeutungsvoll an. Ulla war gespannt, was wohl noch kommen würde. Anscheinend fiel es ihm nicht leicht, das zu sagen, was er sagen wollte. Schließlich gab er sich einen Ruck.

»Wenn du möchtest, bin ich bereit, mein Studium für das Wohl der Firma aufzugeben. Um dir die Verantwortung abzunehmen.« Noch einmal wiederholte er die Geschmacksprobe, doch ohne sie dabei aus den Augen zu lassen. »Was meinst du – wäre das nicht für uns alle das Beste?«

Der Vorschlag kam so überraschend, dass Ulla für einen Moment nichts darauf zu entgegnen wusste. Es war gerade ein Jahr her, dass Gundels Telegramm mit der Nachricht von dem fürchterlichen Tod ihres Vaters sie aus allen Träumen gerissen hatte. Der Verzicht, den sie damals für die Familie geleistet hatte, schmerzte immer noch wie eine Wunde, die nicht vernarben wollte. Obwohl sie nie zuvor in ihrem Leben so sicher gewesen war, das einzig Richtige zu tun, wie in dem herrlich aufregenden Augenblick, da sie mit ihren ersten vierzig D-Mark in der Neuen Aula der Universität Tübingen die Immatrikulationsgebühren bezahlt hatte, um wirklich und wahrhaftig Medizin zu studieren, wie sie es sich seit ihrer Kindheit erträumte, hatte sie ihr großes Lebensziel aufgeben müssen, noch bevor auch nur das erste Semester begonnen hatte. »Die Firma ist unser Leben«, hatte sie zu Professor Autenrieth, der ihre Verzweiflung gespürt und sie nicht hatte gehen lassen wollen, beim Abschied gesagt, um ihre Entscheidung gegen ihre eigene Überzeugung zu verteidigen, »das war so, das ist so, das wird immer so bleiben …« Danach hatte sie nie wieder dieses wunderbare Gefühl gehabt, das einzig Richtige zu tun. Schon während der Zugfahrt nach Altena hatte sie die ganze Zeit mit den Tränen gekämpft, hin- und hergerissen in ihrer Angst, dass das Richtige womöglich das Falsche und das Falsche womöglich das Richtige sein könnte, und auch als sie mit Jürgen vor den Traualtar getreten war, vollkommen überstürzt, um alles so schnell wie möglich hinter sich zu bringen, wenn sie schon gezwungen war, ein gänzlich anderes Leben zu führen, als sie in Wahrheit führen wollte – auch da hatte sie mit den Tränen gekämpft, weil trotz aller Entscheidungen, die sie treffen musste und getroffen hatte, das unerträglich nagende Gefühl der Unsicherheit nicht hatte weichen wollen, dessen Ende sie sich doch von ihren Entscheidungen erhofft hatte.

»Meinst du nicht«, sagte sie schließlich, »dass ich meine Aufgabe bisher ganz ordentlich erledigt habe?«

»Aber natürlich hast du das!«, beteuerte Jürgen. »Ganz hervorragend sogar! Nur, bis jetzt musstest du dich vor allem um die Firma Wolf kümmern, also um einen bestens eingeführten Betrieb, der praktisch von alleine läuft und so gut wie keine Probleme macht. Das sage ich nicht, um deine Leistung zu schmälern«, fügte er eilig hinzu, als er ihr Gesicht sah, »Gott bewahre, nein, sondern nur, um dir die Augen zu öffnen. Die VAM ist nun mal eine ganz andere Herausforderung als eure alte Klitsche – ein Unternehmen von nationaler Bedeutung! Die VAM liefert ja sozusagen das Schmieröl der deutschen Wirtschaft! Walter Böcker sagt, dass die neue Stanzmaschine bis zu dreihundert Rohlinge in der Minute ausspuckt. Das macht achtzehntausend in der Stunde oder neunhunderttausend in der Woche beziehungsweise über zweiundzwanzig Millionen im Monat. *Zweiundzwanzig Millionen!*«

Er schien von der Größe der Zahl so überwältigt, dass er verstummte. Vielleicht wollte er auch einfach die Fakten für sich sprechen lassen. Dabei waren das gar keine Fakten, die wirklichen Stückzahlen lagen ja noch viel höher – Ulla hatte sie mit Hilfe einer Stoppuhr selber ermittelt. Die neue Maschine produzierte nicht bis zu drei-, sondern bis zu siebenhundert Rohlinge pro Minute, also mehr als doppelt so viel, wie Jürgen glaubte. Anders konnte die VAM die Verpflichtungen, die sie gegenüber der Bank Deutscher Länder eingegangen war, auch gar nicht erfüllen, zumal der Stanzvorgang ja nur die letzte Produktionsstufe war, der viele andere und weitaus zeitaufwändigere vorausgingen, von der Verhüttung und Legierung der Metalle bis zur Galvanisation.

Jürgen stellte sein Glas auf den Tisch. »Oder liegt es etwa daran«, er beugte sich vor und blickte ihr noch tiefer in die Augen, »dass du mich gar nicht in der Firma haben willst?«

»Um Himmels willen! Wie kommst du denn darauf?«

»Ganz ehrlich, du brauchst mich nicht zu schonen!«

Ulla wusste nicht, wohin sie schauen sollte. Ihr war bei dem Festakt nicht entgangen, wie sehr er gelitten hatte, weil alle Augen auf sie gerichtet gewesen waren, ohne dass man ihm die geringste Beachtung geschenkt hatte. So etwas ertrug kein Mann der Welt. Aber sollte sie darum in einen Vorschlag einwilligen, den sie selber für vollkommen falsch und unsinnig hielt?

Um irgendetwas zu tun, nahm sie seine Hand. Und während sie mit dem Ehering an seinem Finger spielte, sagte sie: »Du darfst dein Studium nicht aufgeben, Jürgen, nicht auch noch du. Es reicht, wenn einer von uns beiden ein solches Opfer für die Firma bringt.«

3

Obwohl ihm die Jacke in den Achseln kniff und die Hose bedenklich Hochwasser hatte, schämte Bernd sich in dem schäbigen Anzug seines Vaters heute nicht wie noch vor einem Jahr, als er ihn zum ersten Mal getragen hatte. Er hatte in diesem Jahr Dinge getan, die er sich in seinen schlimmsten Albträumen nicht hätte ausmalen können. Er hatte sich über beide Ohren verschuldet und einen Kredit über zwanzigtausend D-Mark bei der Sparkasse aufgenommen, er hatte ein halbes Dutzend Leute eingestellt, denen er Woche für Woche Lohn zahlen musste, er hatte Baumaschinen angeschafft und in der Brachtenbeck einen Bauhof eingerichtet, er hatte sogar seine Eltern in Haftung genommen und sie für sich bürgen lassen, damit er einen gebrauchten Lastwagen kaufen und seine Leute sowie die benötigten Maschinen und Baustoffe von Altena nach Düsseldorf transportieren konnte. Er hatte gearbeitet, dass ihm das Blut unter den Nägeln hervorgespritzt war, er hatte geschwitzt und gestöhnt und geflucht und gelitten wie nie zuvor in seinem Leben und sich und seine Männer von morgens bis abends angetrieben, er hatte viele Nächte nicht schlafen können und sich schweißgebadet im Bett hin und her geworfen vor lauter Angst, dass er den Termin nicht halten konnte, die Sparkasse ihm den Kredit kündigen würde und er Bankrott anmelden musste. Doch all die Sorgen und Mühen hatten sich gelohnt, er hatte es geschafft! Heute erstrahlte das Schuhhaus Krasemann pünktlich und fristgerecht in neuem

Glanz, mit fast doppelt so großer Verkaufsfläche wie zuvor und einheitlicher Ladenfront über zwei Häuser hinweg, ohne dass die Statik der Gebäude Schaden genommen hatte, so wenig wie das Frühlings-, Herbst- oder Weihnachtsgeschäft.

Nun, zur Feier der Wiedereröffnung, waren alle des Lobes voll: der Inhaber Herward Krasemann, der Architekt Heinz Kühn und sogar Dr. Hugo Holz, der neue, blutjunge Direktor der Altenaer Sparkasse, der den Weg in die Landeshauptstadt auf sich genommen hatte, um zusammen mit seinem Kunden die erfolgreiche Feuertaufe der Hoch- und Tiefbaufirma Bernd Wilke GmbH & Co KG zu feiern.

»Allerdings«, ergriff Herward Krasemann noch einmal das Wort, bevor er das Büfett eröffnete, »wollen wir über die Tüchtigkeit unseres jungen Bauunternehmers einen Mann nicht vergessen, der durch seine Kontakte die Verbindung zur Firma Wilke überhaupt erst hergestellt hat – meinen Mitarbeiter und lieben Neffen Benno Krasemann. Er hat damit dem Schuhhaus einen großen Dienst erwiesen. Und da gute Leistung guten Lohn verdient, wird er mich in zwei Wochen zur Mailänder Schuhmesse begleiten, die ich in diesem Jahr erstmals seit dem Krieg wieder zu besuchen die Absicht habe …«

Er winkte seinen Neffen zu sich, um ihn dem Publikum vorzustellen. Über den Applaus, den Benno erntete, freute Bernd sich fast genauso wie über den Beifall, den er selbst zuvor bekommen hatte. Doch noch mehr freute er sich über den Blick, den sein Freund ihm zuwarf, um ihm für seine Hilfe zu danken. Kaum hatte Bernd mit dem Umbau begonnen, war Benno aus seinem Verlies entlassen worden und arbeitete seitdem nicht mehr im Lager, sondern im Verkauf.

»Neffe müsste man sein …«, raunte jemand im Publikum.

»Bist du etwa neidisch?«, erwiderte eine Frauenstimme.

Bernd schaute sich um, wer so abschätzig über seinen Freund redete, doch bevor er die beiden entdeckte, sprach ihn ein kleiner, rundlicher Priester mit spiegelglatt rasiertem Gesicht und fast kahlem Schädel an, der vielleicht Mitte dreißig sein mochte und sich als »Dechant Budde« vorstellte. Bernd wusste zwar nicht, was ein Dechant war, aber das goldene, mit Edelsteinen verzierte Kreuz auf der Brust ließ ihn vermuten, dass er einen katholischen Geistlichen vor sich hatte. Kein Wunder, sie waren ja auch im Rheinland.

»Sind Sie nicht der tüchtige junge Mann, der das alles hier gebaut hat?«, fragte der Dechant.

Bernd spürte, wie er rot anlief. »Ich … ich habe nur ausgeführt, was der Architekt entworfen hat.«

»Sehr gute Arbeit«, lobte ihn der andere. »Glauben Sie mir, ich kann das beurteilen. Ich betreue den Wiederaufbau mehrerer im Krieg zerstörter Gotteshäuser. Die Kirche hat zur Zeit ja Zulauf wie schon seit Jahrzehnten nicht mehr. Das ist übrigens auch der Grund, weshalb ich Sie anspreche.«

»Um ehrlich zu sein, ich verstehe nicht ganz«, erwiderte Bernd.

»Sie haben recht, Sie sind ein Mann der Tat, und ich rede in Rätseln. Eine Berufskrankheit, fürchte ich.« Prüfend schaute der Geistliche ihn an. »Würden Sie sich zutrauen, eine kleine zerbombte Marienkirche in Köln wieder herzustellen?«

»Eine Kirche?«, platzte Bernd heraus. »Um Gottes willen! Dafür braucht man ganz anderes Gerät, als ich habe. Zum Beispiel einen Baukran.«

»Eine Kirche ist nichts, wovor man Angst haben sollte.« Freundlich lächelnd schüttelte Dechant Budde den Kopf. »Außerdem handelt es sich eher um eine Kapelle als um eine richtige Kirche. Und falls Sie wider Erwarten trotzdem einen Baukran brauchen – vielleicht können Sie sich den ja mit dem Auftrag verdienen?« Er faltete seine rosigen Hände vor dem wohlgenährten Bauch, und während er den Kopf ein wenig zur Seite neigte, wurde sein Lächeln noch freundlicher. »Wer guten Willens ist, der hat beim lieben Gott Kredit.«

4

Mit einer Zigarre in der Hand stand Walter am Fenster seiner Villa und schaute in die Dunkelheit hinaus. Der Bergkamm auf der anderen Seite der Lenne war im Novembernebel verschwunden, der wabernd aus dem Fluss aufstieg, ein leichter Nieselregen ging auf die Freiheitstraße nieder, wo im Schein der Laternen ein paar vermummte Passanten vorübereilten. Eigentlich das perfekte Wetter für einen gemütlichen Abend bei Madame Roswitha, die in der Rahmede ein diskretes Haus unterhielt, wo nur persönlich bekannte Herren Einlass fanden. Darauf hatte Walter sich während der Fahrt von Düsseldorf die ganze Zeit gefreut, nachdem er dort den Tag mit ebenso langweiligen wie überflüssigen Verbandssitzungen verbracht hatte. Doch jetzt hatte er Wichtigeres zu tun, leider, auch noch am späten Abend. Denn als er bei seiner Rückkehr auf einen Sprung bei Ruth vorbeigeschaut hatte, hatte sie ihm das Altenaer Kreisblatt gezeigt. Und das hatte es in sich!

Jetzt lag die Zeitung auf seinem Schreibtisch. BÜRGERMEISTER IN ERKLÄRUNGSNOT, lautete die Schlagzeile auf Seite eins. Und darunter, in etwas kleineren Lettern: »Unkorrekte Arisierung? Übernahme von Modehaus Rosen angeblich zum Schandpreis von 1000 RM«. Walter hatte schon lange so was im Urin gehabt, vor dem Festakt der VAM hatte Karl Kotzubeck, der Chefredakteur des AK, Andeutungen gemacht, dass der Bürgermeister womöglich Dreck am Stecken hätte, weshalb Walter ihn auch nicht ans Mikrophon gelassen hatte – vielleicht musste man sich ja später distanzieren. Aber dass es so dicke kommen würde, hatte er nicht erwartet.

Übellaunig griff er zum Telefon und wählte. Ein Stadtgespräch, die Nummer kannte er auswendig. Es tutete ein paarmal, dann meldete sich am anderen Ende der Leitung eine allzu wohlklingende Männerstimme.

»Vielhaber.«

Im Hintergrund bellte ein Hund.

»Hast du den Scheißköter immer noch?«, fragte Walter. »Ich an deiner Stelle hätte dem Mistvieh längst eine Kugel verpasst.«

»Rufst du deshalb zu dieser unchristlichen Zeit an?«, erwiderte Arno säuerlich.

»Nein, ich habe das AK gelesen.« Walter blickte auf die Zeitung vor ihm.

»Und? Was sagst du zu den Schmierfinken?«, fragte Arno forscher, als seine Stimme klang.

Walter nahm einen Zug von seiner Zigarre. »Um es kurz zu machen – du bist als Bürgermeister ein Problem.«

»Warum das denn? Das ist doch alles kalter Kaffee. Die Besitzübertragung war ein korrekter, notariell beglaubigter Akt.«

»Notariell beglaubigter Akt?«, wiederholte Walter. »Damit kannst du dir den Arsch abputzen!«

»Ich muss dich doch sehr bitten, dich im Ton zu mäßigen.«

»Von wegen, mein Lieber, so sind die neuen Zeiten. Die ganze Welt schaut auf unsere junge Republik. Und ein Bürgermeister, der bis zu den Knien in der Scheiße steckt, ist nicht nur ein Problem – der ist so auch nicht haltbar!«

»Bist du verrückt geworden? Ich habe ein Geschäft!« Arnos Stimme schnappte fast über. »Wenn ich zurücktrete, ist das ein Schuldeingeständnis. Kein Mensch wird mehr bei mir kaufen.«

Walter paffte ein paar Ringe in die Luft. »Wer hat gesagt, dass du zurücktreten sollst?«

»Aber du hast doch selbst gerade …«

»Papperlapapp! Wir müssen dich nur eine Zeitlang aus dem Verkehr ziehen.«

Eine Weile hörte Walter nur das Rauschen in der Leitung, doch in seinen Ohren klang es wie Musik. Er sah Arno förmlich vor sich, wie ihm der Schweiß auf die Stirn trat und er nervös an seinem albernen Strunztuch zupfte. Aber vielleicht war er ja auch schon im Schlafanzug, mit gesticktem Monogramm auf der Brust.

»Und wie stellst du dir das vor?«, wollte Arno schließlich wissen.

Auf die dämliche Frage hatte Walter nur gewartet. »Ich schlage vor, du gehst erst mal in Kur, schwaches Herz oder so. Bis Gras über die Sache gewachsen ist.«

»Und wer soll mich solange vertreten?«

»Das lass nur meine Sorge sein.«

Wieder Schweigen in der Leitung. Walter wusste genau, was jetzt in Arno vorging. Das Amt des Bürgermeisters war sein Leben, und aus einem Stellvertreter konnte schnell ein Rivale werden, und wenn der ihn von seinem Posten verdrängen würde, wäre das für den eitlen Affen schlimmer, als mit seinem Laden Pleite zu machen. Aber das war ganz in Walters Sinn, Arno sollte ruhig ein bisschen zappeln. Je mehr Schiss er jetzt hatte, umso besser würde er in Zukunft spuren.

Es funktionierte.

»Und du meinst, wenn sich alles beruhigt hat, kann ich wieder zurück in mein Amt? Ich meine, kann ich dann auf dich zählen? Würdest du meine Rückkehr unterstützen?«

Walter musste innerlich lachen. Arno war ein solcher Einfaltspinsel, dass man in seinen Gedanken lesen konnte wie in einem Buch. Laut sagte er aber nur: »Herrgott, mach dir nicht bei jeder Kleinigkeit ins Hemd. Das Land kann es sich nicht leisten, einen verdienten Mann wie dich in die Wüste zu schicken, dafür sind gute Leute viel zu rar. Aber wenn du in Kur bist, solltest du die Zeit vielleicht nutzen, um die Sache – wie soll ich sagen? – ein bisschen freundlicher zu gestalten.«

»Könntest du dich bitte etwas klarer ausdrücken?«

»Bist du so schwer von Kapee, oder tust du nur so? Du musst den Kaufpreis nachbessern! Und zwar so schnell wie möglich!« Walter streifte die Asche von seiner Zigarre. »Tausend Mark hast du damals bei der Übernahme bezahlt? *Einhundert*tausend würden sich in der Öffentlichkeit wesentlich besser machen!«

»Verstehe.« Wieder machte Arno eine Pause.

Walter wusste, gleich würde ein erneutes Bedenken kommen – Bedenken waren die Spezialität des Herrn Bürgermeisters.

Arno enttäuschte ihn nicht. »Aber was«, wollte er wissen, »wenn Julius plötzlich wieder auftaucht?«

Jetzt musste Walter wirklich lachen. »Ein Jude, der freiwillig nach Deutschland zurückkehrt? Aus dem Gelobten Land?« Die Vorstellung war so komisch, dass er sich beinahe verschluckte. »Also, wenn das passiert und Julius Israel Rosen tatsächlich hier aufkreuzt, lass ich mich beschneiden!«

5

Es war nicht das erste Mal, dass Gundel die Düsseldorfer Königsallee besuchte, früher, als der von Kastanien gesäumte Boulevard noch nach irgendeinem Nazi-Bonzen August-Leo-Schlageter-Allee geheißen hatte, hatte ihre Familie regelmäßig hier eingekauft, vor allem Kleider und Anzüge aus Krefelder Tuch, das, wie ihr Vater stets betont hatte, in der ganzen Welt unübertroffen sei. Doch noch nie hatte sie die vierwegige Allee links und rechts entlang des Stadtgrabens in solcher Pracht erlebt wie an diesem frostigen Dezemberabend. Es war wie im Märchen. Die glitzernden, schneebedeckten Bäume, die mit Tannengrün geschmückten Fassaden der Häuser und Geschäfte, der zugefrorene Graben, auf dem junge Leute Schlittschuh liefen – alles erstrahlte im Glanz der Weihnachtsbeleuchtung. An jeder Ecke roch es nach Bratwurst und Glühwein, ein Drehorgelmann spielte *In dulce jubilo*, und während mit Paketen und Tüten beladene Erwachsene zu den Parkplätzen und Haltestellen eilten, drückten Kinder sich voller Staunen an den mit Engeln und Christbaumkugeln und Lametta dekorierten Schaufenstern die Nasen platt, in denen es für das neue Geld fast wieder alles zu kaufen gab, was das Herz begehrte.

Doch Gundel war nicht nach Düsseldorf gekommen, um Einkäufe zu machen. Unter den zahllosen Straßenpassanten war sie vermutlich der einzige Mensch, der sich für die ausgestellten Herrlichkeiten nicht im Geringsten interessierte, weder für Kleider noch für Küchengeräte, Uhren oder Schmuck, Lederwaren oder Fotoapparate oder Radios. Nein, wonach ihr Herz sich sehnte, war in keinem Schaufenster des Prachtboulevards zu bewundern. Weil es für kein Geld der Welt zu kaufen war.

Sie war im Auftrag ihrer Schwester in der Stadt, Ulla hatte sie hergeschickt, um ein Schriftstück von Walter Böcker, der die ganze Woche für den Arbeitgeberverband in der Landeshauptstadt tätig war, gegenzeichnen zu lassen. Doch das war schon um drei erledigt gewesen, Walter Böcker hatte es eilig gehabt, er hatte noch einen Termin in Münster. Längst könnte sie also wieder im Zug nach Altena sitzen, und tatsächlich hatte sie auch schon die Fahrkarte am Bahnhof gekauft, aber nicht, weil sie es gewollt, sondern, weil sie Angst gehabt hatte, ausgelacht und zurückgewiesen zu werden. Doch dann hatte sie ihren ganzen Mut zusammengenommen und war noch einmal zurückgekehrt, wie sie es ihrer Mutter versprochen hatte. Und wenn sie tausendmal ausgelacht und zurückgewiesen würde, sie musste es wenigstens versuchen! Sie hatte keine Ahnung, wann sie je wieder in Düsseldorf sein würde, und wenn sie sich heute diese Chance entgehen ließ, nur weil sie Angst vor einer Blamage hatte, würde sie sich das womöglich ihr Lebtag nicht verzeihen. Das hatte ihre Mutter gesagt, und damit hatte sie recht.

Irgendwo schlug es halb sieben. Verborgen im Schatten einer Kastanie, beobachtete Gundel, wie die ersten Geschäfte schlossen. Doch im Schuhhaus Krasemann herrschte noch Betrieb. Während ihr Herz immer schneller klopfte, dauerte es eine Ewigkeit, bis der letzte Kunde den Laden verlassen hatte, und noch weitere endlose Minuten vergingen, bis jemand die Eingangstür verriegelte und die Lichter in dem Geschäft eins nach dem anderen erloschen.

Endlich, es war so weit! Gundel trat aus dem Schatten und lief ein Stück den Bürgersteig hinunter. Dann machte sie kehrt, und so ungezwungen, wie es ihr in der Aufregung möglich war, schlenderte sie zurück. Benno sollte nicht merken, dass sie hier die ganze Zeit gestanden und nur auf ihn gewartet hatte.

Sie hatte die Schaufensterfront des Geschäfts noch nicht erreicht, da öffnete sich an der Längsseite des Gebäudes ein Nebeneingang, und im nächsten Moment stand er vor ihr, zusammen mit einem Kollegen und einer Kollegin.

»Gundel? Was machst du denn hier?« Er starrte sie an wie eine Erscheinung.

»Was für ein Zufall!«, erwiderte sie. »Ich … ich war bei Herrn Böcker, ich meine, beim Arbeitgeberverband.« Zum Beweis hielt sie ihre Aktentasche in die Höhe.

Fast schien Benno enttäuscht. »Ach so«, sagte er. »Stimmt, das ist ja gleich um die Ecke. Ich … ich bin ihm auch schon ein paarmal über den Weg gelaufen. Trotzdem – schön, dich wiederzusehen.«

Genauso verlegen wie sie, reichte er ihr die Hand. Gundel hatte sie noch nicht ergriffen, da riefen seine Kollegen, die schon vorausgegangen waren, nach ihm und drängten zur Eile.

»Wo bleibst du denn? Wir wollten doch den Feierabend begießen!«

Bevor Benno kehrtmachen konnte, nahm Gundel seine Hand. Jetzt oder nie – er hatte sie weder ausgelacht noch zurückgewiesen!

Als sie spürte, wie er ihren vorsichtigen Händedruck erwiderte, statt seinen Kollegen hinterherzueilen, schöpfte sie Hoffnung. Ohne ihre Hand loszulassen, blickte er sie an.

»Fährst du heute noch zurück nach Altena?«

Sie nickte.

»Und wann geht dein Zug?«

Gundel hatte alle Verbindungen auswendig gelernt und konnte, ohne zu überlegen, eine passende nennen. »Um fünf vor neun.«

Benno zögerte, offenbar unsicher, wie er reagieren sollte. Er ließ ihre Hand los und blickte auf seine Armbanduhr. Dann sagte er: »Bis dahin sind es noch zwei Stunden. Also Zeit genug für einen halven Hahn. Hast du Lust?«

»Ja«, sagte sie, »sehr«, obwohl sie sich nicht vorstellen konnte, wie sie in ihrer Nervosität ein halbes Hähnchen herunterbekommen sollte.

»Prima, dann wollen wir mal.«

Sie hoffte, dass er ihr den Arm reichen würde, aber das tat er nicht, im Gegenteil, er vergrub beide Hände tief in seine Manteltaschen. Obwohl sie enttäuscht war, konnte sie ihn verstehen – erstens war es bitterkalt, und zweitens … Warum sollte er für sie den Kavalier spielen? Nach allem, was sie ihm angetan hatte, musste sie froh und dankbar sein, dass er überhaupt bereit war, ein bisschen Zeit mit ihr zu verbringen, statt sie einfach zum Teufel zu jagen.

Während sie schweigend den Bürgersteig entlangliefen, hielt sie Ausschau, wohin er sie wohl führen würde. Sie wollte nicht die ganze

Zeit damit vergeuden, schweigend mit ihm durch die Kälte zu stapfen. Doch weit und breit war weder ein Restaurant noch ein Imbiss in Sicht. Unauffällig schielte sie zu ihm hinüber. Eigentlich hatte er sich kaum verändert, sein Gesicht wirkte noch genauso freundlich wie früher, obwohl er beim Laufen stur nach vorne schaute und jeden Blickkontakt vermied, nur kam er ihr irgendwie ernster, vor allem aber eleganter vor als früher. Offenbar hatte die Großstadt schon ein bisschen auf ihn abgefärbt.

Zu ihrer Überraschung führte Benno sie weder in einen Imbiss noch in ein Restaurant, sondern in die nächste Eckkneipe.

»Das soll ein halbes Hähnchen sein?«, fragte sie, als die Kellnerin ihnen wenig später zwei mit Käse belegte Brötchenhälften brachte.

»Ich habe nicht ›halber Hahn‹ gesagt, sondern ›halver Hahn‹«, lachte Benno. »So nennt man das hier. Verrückte Leute, die Rheinländer, aber sympathisch!«

Tapfer nahm Gundel das Brötchen und biss hinein. War das eine Boshaftigkeit von ihm, oder hatte er einfach vergessen, dass sie keinen Käse mochte? Zum Glück hatte er für sie beide Altbier bestellt, so dass sie nach jedem Bissen den ekligen Geschmack fortspülen konnte.

»Was bin ich nur für ein Esel!«, sagte er plötzlich. »Du und Käse – da hätte ich dich ja gleich zu Eintopf bürgerlich einladen können.«

Erleichtert legte sie den Rest ihres Brötchens auf den Teller zurück. Gott sei Dank, er hatte es nicht mit Absicht getan.

»Soll ich dir etwas anderes bestellen? Vielleicht ein Wurstbrot?«

»Nein, nicht nötig, ich habe sowieso keinen Hunger.«

»Tut mir wirklich leid, sei mir bitte nicht böse.« Verlegen zog er eine Packung Overstolz aus der Tasche und zündete sich eine Zigarette an.

»Du hast das Rauchen wieder angefangen?«

»Warum nicht?« Mit gespielter Gleichgültigkeit zuckte er die Achseln. »Ich … ich muss ja nicht mehr so sparen wie früher.«

Betroffen senkte Gundel den Kopf und blickte auf die rohe Holzplatte des Tisches, in die Dutzende mit Initialen verzierte Herzen eingeritzt waren. Sie ahnte, was Benno ihr sagen wollte. Er hatte sich damals das Rauchen abgewöhnt, um für die Hochzeit zu sparen. Er hatte die Feier selbst zahlen wollen, ohne die Hilfe ihrer Eltern, das hatte sein Stolz von ihm verlangt. Dafür hatte er sich die Zigaretten vom Munde abgespart!

»Sag, wie ist es dir hier ergangen?«, forderte sie ihn auf, um das Schweigen zu brechen. »Du hast mir noch gar nichts erzählt.«

Offenbar froh, ein Thema zu haben, redete er wie ein Wasserfall los und berichtete. Von dem mondänen Leben in der Landeshauptstadt, von Bars, in denen es noch verrücktere Sachen zu trinken gab als Knickebein, von seinem Kollegen Charly, der sich irgendwann einen Porsche kaufen wollte – »von so was würde man in Altena nicht mal zu träumen wagen!« Vor allem aber erzählte er von seinem Beruf. Der Anfang sei fürchterlich gewesen, Monate habe er in einem fensterlosen Keller verbracht, doch seit man ihn ans Tageslicht gelassen habe, sei es nur noch aufwärts gegangen, er habe regelrecht Karriere gemacht. Das Verkaufen liege ihm im Blut, dabei verdiene er mehr Geld, als er sich je erhofft hätte, sogar in Mailand sei er mit seinem Chef gewesen, zur internationalen Schuhmesse, der größten und bedeutendsten in ganz Europa …

Wollte er ihr imponieren? Gundel wagte es kaum zu hoffen.

Seine Zigarette war im Aschenbecher heruntergebrannt, ohne dass er einen einzigen Zug genommen hatte. Als er die glimmende Kippe sah, hielt er in seinem Redeschwall inne und drückte sie aus.

»Jetzt haben wir aber genug von mir geredet«, sagte er. »Jetzt du! Wie geht es dir?«

Gundel wusste nicht, wo sie anfangen sollte. »Vielleicht hast du gehört, dass mein Vater gestorben ist?«

Benno nickte. »Ja, Bernd hat es mir gesagt. Entschuldige, dass ich nicht zur Beerdigung gekommen bin. Aber ich dachte …« Er sprach den Satz nicht aus. Stattdessen schaute er sie mit einem Lächeln an und strich über ihren Handrücken – aber nur ganz kurz, dann zog er seine Hand wieder zurück. »Leitest du jetzt die Firma?«, wollte er dann wissen.

»Fragst du das im Ernst?« Gundel schüttelte den Kopf. »Nein, obwohl ich es tatsächlich ein paar Wochen lang versucht habe, zusammen mit meiner Mutter. Aber das ist nichts für mich. Vor allem die vielen Entscheidungen. Meine Mutter und ich, wir beide waren wie zwei aufgeschreckte Hühner.«

»Aber dein Vater hatte dir doch damals die Firma versprochen, als du auf das Studium verzichtet hast.«

»Ich habe es selber so gewollt«, sagte sie. »Als Ulla zur Beerdigung kam, habe ich sie überredet, das Studium in Tübingen aufzugeben und nach Altena zurückzukommen. Die Firma wäre sonst die Lenne runtergegangen. Und du weißt ja …«

»Die Firma ist unser Leben«, kam er ihr lachend zuvor.

»Das war so, das ist so, das wird immer so bleiben!«, fiel sie gleichfalls lachend ein und erwiderte seinen Blick. Es tat so gut, mit ihm zu reden. Der vertraute Klang seiner Stimme. Das vertraute Lächeln in seinem Gesicht, wenn er verlegen wurde. Vor allem aber das blinde Verständnis zwischen ihnen, das wie früher wieder da war, vom ersten Moment an, da sie aufgehört hatten zu schweigen. Sie kannten einander so gut, dass sie beide die Sätze des anderen zu Ende führen konnten. Noch immer spürte sie die kurze Berührung auf ihrem Handrücken. Ach, wenn sie ihn doch einfach in den Arm nehmen könnte wie früher, ihn an sich drücken und küssen. Die Vorstellung, dass sie das vielleicht nie wieder durfte, trieb ihr Tränen in die Augen.

Damit er nicht sah, was in ihr vorging, senkte sie den Blick. »Vielleicht«, sagte sie leise, während sie auf die Tischplatte voller Herzen schaute, »ich meine, wenn ich einen Mann an der Seite gehabt hätte, so wie Ulla – vielleicht hätte ich es dann ja auch geschafft. Aber so?«

Benno schwieg eine Weile, und fast bereute sie, was sie gesagt hatte. Hatte sie sich zu weit vorgewagt? Sie wollte schon das Thema wechseln, da räusperte er sich und fragte mit rauer Stimme: »Und warum gab es keinen Mann an deiner Seite, der dir hätte helfen können?«

Sie hatte die Frage selbst provoziert, aber jetzt, da er sie gestellt hatte, machte sie ihr Angst. Was sollte sie antworten? Was sie jetzt sagte, würde womöglich über ihr ganzes Leben entscheiden. In einer Mischung aus Hoffen und Bangen fuhr sie mit dem Zeigefinger zwei kunstvoll ineinander verschlungenen Herzen auf der Tischplatte nach.

»Weil ich … weil ich eine dumme Gans war«, flüsterte sie.

Aus dem Augenwinkel sah sie, dass er seinen Kopf zu ihr wandte. Ohne ihn wirklich zu sehen, spürte sie seinen Blick, so deutlich wie zuvor seine Berührung. Doch sie hatte nicht den Mut, ihn zu erwidern.

Weil sie Benno immer noch liebte. Mehr als je zuvor.

Während sie wie versteinert dasaß und panisch überlegte, was sie um Himmels willen sagen konnte, nahm er plötzlich ihr Kinn und drehte ihr Gesicht zu sich herum.

»Eigentlich«, sagte er mit einem Lächeln, das noch genauso wie früher war, »eigentlich bin ich ganz froh, dass du die Firma nicht leitest.«

»Warum?« Ihr Mund war so trocken, dass sie kaum sprechen konnte.

»Weil dann jeder behaupten würde, ich wäre ein Gigolo, wenn ich dich wiedersehen will.«

Gundel spürte, wie sie rot anlief. Doch das war ihr egal, so egal wie der Frosch in ihrem Hals oder ihre verräterisch nassen Augen. »Ach Benno … Möchtest du mich denn wiedersehen?«

6

Seit Ulla wieder in der Villa lebte, wurde wieder im Esszimmer gegessen, selbst wenn man wie an diesem Abend nur zu zweit am Tisch saß. Als Betty am ersten Tag nach ihrer Rückkehr aus Tübingen in der Küche hatte decken wollen, wie es üblich geworden war, seit es keinen Hausherrn mehr gab, hatte ein Blick von Ulla genügt, und schon hatte das Mädchen das alte Geschirr vom Tablett zurück in den Schrank gestellt und war stattdessen mit dem guten Meißener ins Esszimmer marschiert. Christel konnte sich nicht erklären, woher ihre mittlere Tochter diese natürliche Autorität hatte, die weder Ruth noch Gundel eigen war. Sie hatte sie einfach, Punkt. Für die Firma war das gewiss ein Segen, doch im Privatleben konnte das manchmal auch ein bisschen anstrengend sein.

Der Anblick des leeren Platzes am Kopfende des Tisches, wo früher Eduard ihr gegenübergesessen hatte, tat Christel immer noch weh. Ach, wie sehr vermisste sie ihren Mann! Seine ruhige und sanfte Art. Seinen klugen Verstand. Seine liebevolle Strenge. Die Abende mit ihm vor der Musiktruhe, die gemeinsame Lektüre seines geliebten Goethe, die Hauskonzerte mit den Töchtern. Vor allem aber vermisste sie seine Gegenwart, die ihr in dreißig Jahren Ehe so selbstverständlich und gleichzeitig so unverzichtbar geworden war, dass sie sich ohne ihn nur noch wie ein halber Mensch fühlte … Aber es half ja alles nichts, geschehen war geschehen, und das Leben ging weiter, *musste* weitergehen – wozu hatten sie sonst den Krieg überstanden? Deshalb trug sie seit Ullas Hochzeit keine Trauer mehr, und aus demselben Grund hatte sie auch ihren Töchtern verboten, schwarze Kleider zu tragen.

»Hast du eine Ahnung, warum Gundel noch nicht aus Düsseldorf zurück ist?«, fragte Ulla. »Ich hatte sie gegen sechs zurückerwartet. Soweit ich weiß, hatte Walter Böcker nur bis fünfzehn Uhr Zeit.«

Christel war dankbar, dass ihre Tochter sie auf andere Gedanken brachte. »Das ist meine Schuld«, antwortete sie. »Ich habe sie dazu angestiftet, noch ein bisschen länger zu bleiben.«

»Ohne mich zu fragen?«, erwiderte Ulla irritiert. »Ich hatte noch ein Diktat für sie.« Sie schaute auf die Uhr. »Schon Viertel nach acht. Was treibt sie denn in Düsseldorf so lange? Weihnachtsgeschenke kaufen?«

»Nein«, sagte Christel. »Sie wollte sich noch mit Benno treffen.«

»Mit Benno? Das ist ja das Allerneueste!«

»Die beiden sind doch füreinander geschaffen, es wäre ein Jammer, wenn sie ihr Leben lang zerstritten blieben, nur weil Gundel diesen einen dummen Fehler gemacht hat …«

Während Christel sprach, ging in der Diele die Haustür.

»Ah, da ist sie ja!«, sagte Ulla.

»Schon so früh? Schade«, sagte Christel. »Ich hatte gehofft, das Tête-à-tête hätte ein bisschen länger gedauert.«

Enttäuscht legte sie ihre Serviette auf den Tisch und stand auf, um ihre Tochter in der Diele zu empfangen. Wenn Gundel jetzt schon wieder zurück war, würde sie vielleicht Trost brauchen. Doch herein kam zu ihrer Überraschung nicht Gundel, sondern ihr Schwiegersohn – mit Hut und Mantel und strahlend über das ganze Gesicht.

»Ratet mal, wen ihr vor euch habt?«, rief er.

»Einen Studenten, der seine Vorlesung schwänzt«, sagte Ulla, offenbar wenig erfreut über das unverhoffte Wiedersehen. »Hast du nicht morgen eine wichtige Klausur?«

»Ich pfeife auf die Klausur. Ich habe morgen einen viel wichtigeren Termin – im Rathaus!«

»Im Rathaus?«

»Ja, ihr habt richtig gehört.« Wie ein Varietékünstler nach einem gelungenen Kunststück verbeugte Jürgen sich. »Vor euch steht der Bürgermeister von Altena.«

»Wie bitte?«

»Hast du getrunken?«

Er legte Hut und Mantel ab und reichte beides Betty, die in der Tür auf Anweisungen wartete. Als das Mädchen mit seinen Sachen verschwunden war, setzte er sich an den Tisch.

»Eigentlich darf ich noch gar nicht darüber reden«, erklärte er verschwörerisch, »und ihr müsst mir versprechen, dass ihr zu niemandem darüber auch nur einen Ton verliert. Die Sache ist nämlich die«, fuhr er fort, ohne ihr Versprechen abzuwarten, »Arno Vielhaber muss für ein paar Monate in Kur, offiziell wegen Herzproblemen, tatsächlich aber wegen der Geschichte, die neulich im Kreisblatt stand. Walter Böcker kam heute extra nach Münster, um mir die Vertretung anzutragen.«

»Dir?«, fragte Ulla. »Wie ist er denn auf dich gekommen?«

»Weil ich jung und unbelastet bin«, sagte Jürgen. »Walter Böcker hat mich im Stadtrat vorgeschlagen, und der hat mir mit überwältigender Mehrheit sein Vertrauen ausgesprochen. Sogar ein paar von den Sozis haben für mich gestimmt.«

»Da haben sicher die Brustbonbons deines Vaters geholfen«, meinte Christel. »Aber sag mal«, fügte sie rasch hinzu, als sie sein beleidigtes Gesicht sah, »ist eine solche Wahl überhaupt zulässig? Soweit ich weiß, muss man für so was mindestens fünfundzwanzig Jahre alt sein.«

Jürgen zog eine Miene, als wäre er bereits im Amt. »Walter Böcker hat gesagt, das bekomme er schon durch. Wir haben ja die Administration von den Tommys geerbt – da ist der Bürgermeister nicht der eigentliche Verwaltungschef, sondern hat eher repräsentative Aufgaben, so wie der Bundespräsident.«

»Nun, Repräsentieren liegt dir ja im Blut. Glückwunsch!« Christel drehte sich zu Ulla herum. »Was meinst du, wäre das nicht ein Anlass, um eine Flasche aus Papas Beständen zu opfern?«, fragte sie, um ihren Fauxpas mit den Brustbonbons wiedergutzumachen.

Doch davon wollte Ulla nichts wissen. »Und was ist mit deinem Studium?«, fragte sie ihren Mann. »Wie stellst du dir das vor? Wie soll das beides zusammen gehen?«

»Mach dir darum keine Sorgen, Schatz.« Jürgen schüttelte überlegen den Kopf. »Walter Böcker meint, das wäre kein Problem. Die meisten Termine lassen sich am Wochenende erledigen, so dass ich in der Woche die meiste Zeit in Münster bleiben kann. Außerdem sagt Walter Böcker, es gebe sogar Bürgermeister, die seien gleichzeitig Bundestagsabgeordnete.«

»Walter Böcker, Walter Böcker«, wiederholte Ulla. »Ich will nicht wissen, was Walter Böcker sagt, sondern was du meinst!« Voller Sorge schaute sie ihn an. »Ganz ehrlich, Jürgen – traust du dir das zu? Ohne dass dein Studium darunter leidet?«

Mit seinem charmantesten Lächeln erwiderte er ihren Blick. »Glaubst du, ich würde es wagen, meine berühmte Frau zu enttäuschen? – Nein, Ulla, du sollst sehen, du wirst stolz auf mich sein!«

7 Zärtlich erwiderte Benno Gundels Blick. Sie sah aus wie das Wirklichkeit gewordene Christkind. Ihre Augen strahlten wie zwei Weihnachtssterne, und nach der Kälte draußen glühten ihre Wangen in der warmen Gaststube wie zwei rote Apfelbäckchen. Was für ein Idiot war er gewesen, auf so einen wunderbaren Menschen zu verzichten …

»Natürlich möchte ich dich wiedersehen«, sagte er und nahm ihre Hände in die seinen. »Und wenn ich mir dafür das Rauchen wieder abgewöhnen muss.«

»Das würdest du tun?«, fragte sie und erwiderte den Druck seiner Hände.

»Nur, wenn du das möchtest. – Möchtest du?«

»Ja, das möchte ich«, flüsterte sie. »Mehr als alles andere auf der Welt.«

Noch während sie sprach, beugte Benno sich vor und küsste sie auf den Mund. Es geschah ganz von allein, genauso wie früher.

»Schichtwechsel!«

Als hätte man sie bei etwas Verbotenem erwischt, fuhren sie auseinander. Doch es gab keinen Grund, sich zu erschrecken. Vor ihnen stand nur die Kellnerin mit Bennos Deckel.

»Tut mir leid, dass ich störe«, sagte sie mit einem Lächeln. »Aber ich muss kassieren. Zu Hause warten schon die Pänz.«

Gundel sprang von ihrem Platz auf. »O Gott, mein Zug!«

»Keine Sorge«, sagte Benno. »Es ist erst zwanzig nach, den schaffen wir leicht.«

Während er zahlte, ging sie zur Garderobe. Sollte sie sich den Mantel selber anziehen oder warten, dass er ihr half? Sie hatte sich noch nicht entschieden, da war er schon bei ihr. Wieder ganz der alte Kavalier, half er ihr nicht nur in den Mantel, sondern hielt ihr auch die Tür auf.

»Nach dir.«

Draußen hatte es zu schneien begonnen. Wie verzaubert lag die verlassene Kö vor ihnen, auf die der Schnee in dicken, weißen Flocken lautlos herabsank. Auf dem Bürgersteig waren kaum mehr Menschen, in vielen Schaufenstern waren die Lichter erloschen, doch die Weihnachtsbeleuchtung an den Fassaden erstrahlte noch in vollem Glanz. Eingemummt in ihre Mäntel, stapften sie Hand in Hand durch den Schnee zum Bahnhof, während die Geräusche der vorüberfahrenden

Autos so gedämpft klangen wie aus weiter Ferne. Plötzlich war alles so einfach, als hätten sie sich niemals getrennt, als wäre das letzte Jahr gar nicht gewesen. Während unter ihren Schuhen der Schnee leise knirschte, erinnerten sie sich plappernd an gemeinsame vergangene Zeiten. Wie sie sich im Lennestein kennengelernt und nach dem ersten Walzer schon gewusst hatten, dass sie zusammengehörten. Wie sie beschlossen hatten, zu heiraten, um ihr Leben lang zusammenzubleiben. Wie sie zusammen mit ihren Freunden das neue Geld bekommen und Pläne für die Zukunft geschmiedet hatten … Benno war so froh, dass Gundel den ersten Schritt getan hatte. Er wusste nicht, ob er den Mut dazu gehabt hätte, obwohl er ihr längst verziehen hatte – es war doch nur eine dumme Schützenfestgeschichte gewesen.

»Warte«, sagte er, als sie am Bahnhof ankamen, der immer noch eine einzige Baustelle war. »Ich muss nur schnell eine Bahnsteigkarte ziehen.«

»Kommst du denn noch mit ans Gleis?«, fragte sie.

»Natürlich! Glaubst du, ich lasse dich jetzt, da ich dich wiederhabe, auch nur eine Sekunde länger allein als unbedingt nötig?«

Er gab ihr einen Kuss, und wieder küsste sie ihn zurück, als könnte es gar nicht anders sein. Von dem nahe gelegenen Imbissstand duftete es nach Bratwurst.

Aus einem Lautsprecher ertönte die Stimme des Stationsvorstehers. »Der D-Zug nach Hagen, planmäßige Abfahrt zwanzig Uhr fünfundfünfzig, hat rund zwanzig Minuten Verspätung.«

»Umso besser«, sagte Benno und kaufte Gundel eine Bratwurst. »Damit du bis Altena nicht verhungerst.«

»Mir knurrt wirklich schon der Magen.« Dankbar nahm sie die Wurst und biss hinein. »Wer hätte gedacht, dass es uns so schnell schon wieder so gutgehen würde«, sagte sie mit vollem Mund. »Damit hat niemand gerechnet, ich glaube, selbst der dicke Erhard mit seiner Zigarre nicht.«

»Höchstens Tommy Weidner«, rutschte es Benno heraus.

»Tommy?« Irritiert ließ Gundel ihre Bratwurst sinken und hörte auf zu kauen. »Wie kommst du denn jetzt auf den?«

Benno hätte sich am liebsten die Zunge abgebissen. »Ich … ich musste gerade nur daran denken, wie er damals die neuen D-Mark-Scheine küsste.«

»Ach so«, sagte sie. »Stimmt.«

»Er hat einen regelrechten Freudentanz aufgeführt. Weil wir nicht bei den Russen, sondern bei den Engländern gelandet waren.« Benno hielt kurz inne. Und obwohl er wusste, dass er das Thema eigentlich so schnell wie möglich wechseln sollte, musste er noch eine Frage stellen, die ihm schon lange auf der Seele brannte: »Weiß in Altena eigentlich jemand, wo er steckt?«

Gundel schüttelte den Kopf. »Nein«, sagte sie, »kein Mensch, in der ganzen Stadt nicht. Er ist wie vom Erdboden verschwunden.«

8

»Bürger Weidner bitte!«

Tommy erhob sich von der Bank, auf der er den halben Vormittag mit Warten verbracht hatte, und folgte der Sekretärin den Gang hinunter. Nachdem er in den zugigen und vollkommen ungeheizten Hallen der Humboldt-Universität, deren Hauptgebäude Unter den Linden erst in Teilen wieder aus den Ruinen auferstanden war, mehr als zwei Stunden lang gefroren hatte, durfte er endlich den kleinen Hörsaal betreten, in dem der Aufnahmeausschuss der medizinischen Fakultät tagte. Er hatte am Morgen lange überlegt, was er anziehen sollte, und sich dann entschlossen, in seinem Maureranzug vor dem Ausschuss zu erscheinen. Seit er in die DDR geflohen war, hatte er sich schon zweimal um einen Studienplatz beworben, doch zweimal hatte man ihm beschieden, dass er sich in einer Baubrigade bewähren müsse, bevor man ihn zulassen könne. In den Arbeitskleidern, hoffte er, würde man ihn gnädiger beurteilen als in Schlips und Anzug wie bei seinen beiden ersten Versuchen. Denn den Ausschussvorsitz hatte kein Professor inne, sondern ein Parteisekretär, ein altgedienter Kommunist, der während der Nazizeit im Konzentrationslager gewesen war. Der, das hatte Tommy inzwischen begriffen, interessierte sich nicht für die Noten des Abiturzeugnisses oder sonstige fachliche Qualifikationen, sondern ausschließlich für die politische Gesinnung der Kandidaten.

Der einzige Vertreter der medizinischen Fakultät, ein greiser Ordinarius, der einen Zwicker auf der Nase trug und vermutlich schon zu Kaiser Wilhelms Zeiten Professor gewesen war, blätterte mit gichtigen Fingern in den Unterlagen. »Wie ich sehe, liegt Ihre Heimatstadt in der ehemaligen britischen Besatzungszone. Warum haben Sie nicht in der BRD studiert? Mit Ihren Noten wäre das doch kein Problem gewesen.«

Tommy war froh, dass diesmal wenigstens jemand in sein Zeugnis schaute. »Ich habe mich für die Flucht in die Deutsche Demokratische Republik entschieden«, erklärte er, »weil ich mir in diesem Teil Deutschlands eine gerechtere Behandlung erhoffte. Ich galt in der BRD als Bastard, meine Mutter war Putzfrau und hat mich allein großgezogen, einen Vater hatte ich nicht. So jemand bekommt drüben keine Chance.«

Der hagere Parteisekretär horchte auf. »Ihre Flucht war also politisch motiviert?«

»Ganz und gar«, bestätigte Tommy.

»Interessant. Wie würden Sie das System der BRD aus Ihrer persönlichen Erfahrung beschreiben?«

»Die BRD ist eine kapitalistische Klassengesellschaft, in der einige wenige Reiche fast alles besitzen und sich weigern, ihre Privilegien mit den Besitzlosen zu teilen. Darum ist es ihr natürliches Ziel, den Aufstieg der Arbeiterklasse und ihrer Mitglieder mit allen Mitteln zu verhindern.«

»Und wie unterscheidet sich Ihrer Meinung nach davon die Gesellschaftsordnung der DDR?«

Tommy, der sich diesmal auf die Prüfung nicht durch die Lektüre medizinischer Lehrbücher, sondern durch das Lesen klassischer Schriften des Marxismus-Leninismus vorbereitet hatte, brauchte für die Antwort keine Sekunde. »Die DDR ist ein Arbeiter-und-Bauern-Staat. Hier zählt nicht die Herkunft eines Menschen, sondern allein sein Beitrag zum Aufbau der sozialistischen Gesellschaft.«

Offenbar zufrieden, machte sich der Parteisekretär ein paar Notizen. Tommy witterte Morgenluft. Hatte er den richtigen Ton getroffen? Auch wenn er natürlich versuchte, möglichst genau die Formulierungen zu benutzen, die man hier von ihm erwartete, waren seine Antworten nicht gelogen, sondern entsprachen seiner ehrlichen Überzeugung. Vielleicht spürte man das ja.

Der Ausschussvorsitzende schaute von seinen Notizen auf. »Und möchten Sie sich an diesem Aufbau beteiligen?«

»Das ist mein größter Wunsch«, sagte Tommy. »Als Arbeiter der Stirn, Seite an Seite mit den Arbeitern der Faust.«

»Was sagen Sie da?« Das Gesicht seines Gegenübers verfinsterte sich. »Arbeiter der Stirn und der Faust?«

Als Tommy seine eigenen Worte aus dem Mund des anderen hörte, hätte er sich am liebsten selber geohrfeigt. Wie konnte ihm nur ein solcher Fehler unterlaufen?

»Bitte … bitte entschuldigen Sie«, stammelte er. »Ich … ich weiß nicht, was in mich gefahren ist, dass ich mich so fürchterlich versprechen konnte. Was ich sagen wollte war natürlich, dass ich mich, ich meine beim Aufbau des Sozialismus, als Geistesarbeiter an die Seite des Proletariats stellen möchte. Darum möchte ich Medizin studieren, um später als Arzt meine ganze Arbeitskraft in den Dienst unseres Arbeiter-und-Bauern-Staats zu stellen.«

Doch zu spät. Der Vorsitzende schüttelte den Kopf.

»Leider ist die DDR noch nicht das Paradies, das sie hoffentlich einmal sein wird. Bis jeder in freier Tätigkeit heute dies und morgen jenes tun kann, vormittags jagen und nachmittags fischen, wie der junge Marx es in jugendlichem Überschwang prophezeit hat, ist es noch ein weiter Weg. Studienplätze sind rar, und zuerst haben verdiente Antifaschisten und deren Kinder Anspruch auf das Privileg, eine Universität zu besuchen, bevor wir Elemente wie Sie zum Studium zulassen können.« Mit sichtlicher Enttäuschung klappte er seinen Aktendeckel zu. »Wenn Sie sich wirklich am Aufbau unserer sozialistischen Gesellschaft beteiligen wollen, dann können Sie Ihren Beitrag am besten leisten, indem Sie weiter in Ihrer Baubrigade arbeiten. Sie müssen noch eine Menge lernen.« Er schaute nach links und rechts zu seinen Beisitzern. »Oder ist einer der Genossen anderer Ansicht?«

Die Beisitzer, ein halbes Dutzend an der Zahl, schüttelten die Köpfe. Nur der alte Professor schien Zweifel zu hegen, unentschlossen rückte er an seinem Zwicker und machte den Mund mehrmals auf und zu. Doch auch er wagte es nicht, dem Parteisekretär zu widersprechen, als der den Kandidaten entließ.

»Das Kollektiv dankt Ihnen für Ihr Erscheinen.«

Zutiefst enttäuscht verließ Tommy den Hörsaal. Er hatte die Sache selber vergeigt. »Arbeiter der Stirn« und »Arbeiter der Faust« – das war nicht die Sprache des Sozialismus, sondern übelster Nazijargon, in den er wie ein Idiot verfallen war! Mit diesen Begriffen hatten Hitler, Goebbels und Konsorten den Zusammenschluss der Werktätigen beschworen – offenbar so oft, dass sie Tommy ganz von allein über die Lippen gekommen waren. Er war mit so großen Hoffnungen in die Ostzone geflohen, hatte sein ganzes altes Leben aufgegeben, seine Heimat und seine Freunde, weil er wirklich daran geglaubt hatte, in der

DDR noch mal von vorn anfangen zu können. Jetzt musste er wieder zurück zu seiner Baubrigade, um sich weiter zu bewähren, bevor man ihn studieren ließ – falls das überhaupt jemals geschehen würde. In seiner Verzweiflung überlegte er, ob er nicht einfach seinen Stolz überwinden und einen Brief an Bernd schreiben sollte. Vielleicht stand sein alter Freund ja noch zu dem Angebot, das er ihm beim Abschied gemacht hatte, und würde ihn in seiner kleinen Baufirma einstellen, vorausgesetzt, dass es die überhaupt noch gab. Mauern konnte er ja inzwischen …

»Bürger Weidner?«

Tommy drehte sich um. Einer der Beisitzer, dem Aussehen nach ein einfacher Arbeiter oder Bauer, der während der Befragung nur stumm zugehört hatte, war ihm aus dem Hörsaal hinaus auf den Gang gefolgt.

»Ich habe in Ihren Unterlagen gesehen, dass Sie aus Altena stammen«, sagte er. »Altena im Sauerland?«

Tommy war so verblüfft, den Namen seiner Heimatstadt hier zu hören, dass es ihm für einen Moment die Sprache verschlug. Da er nicht wusste, ob es ein zweites Altena überhaupt gab, und er außerdem in Betracht ziehen musste, dass der Genosse ihn womöglich auf eine Probe stellte, beschloss er, die Frage vorsichtshalber wahrheitsgemäß zu beantworten.

»Ja«, sagte er also, »warum?«

»Mein jüngster Bruder«, sagte der Mann, »ist nach dem Krieg nach Altena gezogen, wegen seiner Frau, aber er ist nach kurzer Zeit dort gestorben. Nach allem, was er in seinen Briefen geschrieben hat, ist man in der Stadt übel mit ihm umgesprungen, man hat ihn wie einen Aussätzigen behandelt. Fritz Nippert – vielleicht haben Sie den Namen schon mal gehört.«

Tommy stutzte. »Fritz Nippert?« Und ob er den Namen schon mal gehört hatte! Das war doch Ruths Mann, der Rottenführer aus der Uckermark, der Straßenfeger mit der Schüttelhand … Zum Glück nahmen seine Gehirnrädchen ihren Betrieb wieder auf. »Natürlich kenne ich den! Ich bin ihm oft begegnet, und wir haben auch einige Male miteinander gesprochen.«

»Und?«, fragte der Genosse unsicher. »Wie war Ihr Eindruck?«

»Von Ihrem Bruder?« Tommy überlegte kurz, worauf der andere hinauswollte. Da er es nicht ergründen konnte, entschloss er sich, alles auf eine Karte zu setzen. »Wenn Sie meine Meinung wissen wollen –

Fritz war ein hochanständiger Kerl! Und es war eine Schande, zu sehen, wie dieser vom Krieg gezeichnete Mann sich schinden musste, um seine Frau und seinen Sohn durchzubringen. Als städtischer Arbeiter bei der Straßenreinigung, obwohl er kaum einen Besen halten konnte. Ohne Rücksicht auf seinen Gesundheitszustand versuchte man, ihm aus der Vergangenheit einen Strick zu drehen. Aber Fritz war kein Nazi, wie viele behauptet haben, nur weil man ihn als jungen Kerl zur Waffen-SS gezwungen hatte. Nein, Nazis waren ganz andere Leute in Altena! Nicht zuletzt die, die so gnadenlos über ihn hergefallen sind!«

Je länger er redete, desto mehr hellte sich die Miene des Genossen auf. »Ich kann Ihnen gar nicht sagen, wie viel Ihre Worte mir bedeuten«, sagte Fritz Nipperts Bruder, als Tommy zu Ende gesprochen hatte, und drückte ihm beide Hände. »Ich hoffe, Sie haben bei Ihrer nächsten Bewerbung mehr Glück. Ich wünsche Ihnen auf jeden Fall alles Gute. Geben Sie nicht auf. Jeder, der es wirklich verdient, kommt irgendwann zum Zug.«

Noch einmal drücke er ihm die Hand, dann ließ er ihn stehen, um in den Hörsaal zurückzukehren, vor dem schon der nächste Kandidat wartete. Tommy biss sich auf die Lippe. Nach der plötzlichen Hoffnung, die für einen Moment in ihm aufgeflammt war, war er noch enttäuschter als zuvor.

Er wandte sich zum Ausgang, da hielt Fritz' Bruder ihn noch einmal zurück.

»Noch eine Frage, bevor Sie gehen.« Er schaute sich um, ob jemand sie hörte, dann flüsterte er. »Also, in Medizin gibt es zwar keinen Studienplatz, da ist wirklich nichts zu machen. Aber – wie wäre es mit Ökonomie? Könnten Sie sich das vorstellen?«

»Ökonomie?« Tommy war so verblüfft, dass er ins Stammeln geriet. »Warum … warum nicht? Karl Marx ist mein großes Vorbild, und der war auch Ökonom.«

»Pssst«, machte Fritz Nipperts Bruder. »Nicht so laut!« Er beugte sich vor, und noch leiser fügte er hinzu: »Wenn Sie bereit sind, auf Ihr Wunschstudium zu verzichten, will ich sehen, was ich für Sie tun kann. Ich kann Ihnen zwar nichts versprechen, aber als Bauernvertreter hat meine Stimme im Ausschuss großes Gewicht.«

9

Schon lange war die Villa Wolf nicht mehr so voll fröhlichen Lebens gewesen wie an diesem Heiligen Abend des Jahres 1950. Der Grund dafür war nicht so sehr der wiedererlangte bescheidene Wohlstand, den das neue, in Altena produzierte Geld möglich gemacht hatte, sondern vielmehr all die lieben Menschen um Christel herum, die »guten Willens« waren – wie es vor zwei Stunden Pastor Michel so schön mit den Worten der heiligen Schrift ausgedrückt hatte. Nachdem die Familie, endlich wieder vereint, in der Lutherkirche mit allen drei Töchtern sowie Ruths Söhnen, dem Dienstmädchen Betty und nicht zuletzt dem von der Gemeinde respektvoll beäugten, blutjungen Bürgermeisterstellvertreter den Gottesdienst besucht und zusammen das von Pastor Michel mit seinem herrlichen Tenor angestimmte *Oh du fröhliche* zum Klang der Glocken und der brausenden Orgel gesungen hatte, saß man nun zu fünf Erwachsenen – Christel und Ruth, Gundel und Ulla sowie deren Mann Jürgen Rühling – bei einer Flasche Cos d'Estournel im weihnachtlich geschmückten, nach Rotkohl, Lebkuchen und verbrannten Tannenzweigen duftenden Esszimmer am Tisch, auf dem noch die Reste von Bettys wunderbar geratener Festtagsgans standen, während die zwei Kinder, der inzwischen sieben Jahre alte Winfried sowie sein kleiner Bruder, das zweijährige, von jedermann verhätschelte Fritzchen, mit ihren ausgepackten Geschenken unter dem Weihnachtsbaum spielten. Schade nur, dass Benno Krasemann nicht dabei sein konnte. Eigentlich hatte Christel an diesem Abend im Kreis ihrer Liebsten Gundels Verlobung mit Benno bekanntgeben wollen, doch sein Vater war an einer Gürtelrose erkrankt, und da niemand sagen konnte, ob er das nächste Weihnachtsfest erleben würde, war Benno schweren Herzens nach Essen gefahren, um mit seinen Eltern und seinen Geschwistern zu feiern.

»Auf Papa«, sagte Christel und hob ihr Glas. »Ich bin sicher, dass er uns jetzt von oben zuschaut.«

»Auf Papa«, erwiderten die anderen und stießen mit ihr an.

Während Gundel am Radio einen Sender mit Weihnachtsmusik suchte, aß Christel eine Marzipankartoffel von ihrem Teller, um den bitteren Geschmack des Weins von der Zunge zu bekommen – Rotwein trank sie nur, weil Rotwein sich zu einem solchen Fest gehörte. Dann nahm sie ihr Portemonnaie aus der Handtasche und steckte nacheinander zehn blanke D-Mark-Stücke in den Schlitz des mit dem

Brandenburger Tor bedruckten Pappkästchens, das sie am Vorabend mit eigener Hand zusammengefaltet und im immergrünen Moos der Familienkrippe aufgestellt hatte, zwischen Ochs' und Esel und dem Jesuskind, wohlbehütet und besungen von den Hirten im Felde.

»Die Brüder und Schwestern in der Zone werden dir deine Weihnachtsaktion danken«, sagte sie zu ihrem Schwiegersohn. »Was werden die armen Menschen sich freuen, wenn sie all die guten Sachen für das Geld bekommen.«

Jürgen schlürfte einen Schluck Wein zwischen den Zähnen. »Es ist unsere heilige Pflicht, ihrer in unserem Wohlstand stets zu gedenken und die Hoffnung auf die Wiedervereinigung nicht aufzugeben.«

Christel hasste diese Art, Wein zu trinken, sie fand sie einfach ordinär – Geschmacksentfaltung hin oder her. Aber weil heute Weihnachten war, verkniff sie sich die kritische Bemerkung, die ihr auf der Zunge lag, und fragte stattdessen: »Glaubst du, dass das Wirtschaftswunder bei uns wohl immer so weitergehen wird?«

»Auch wenn es fälschlicherweise oft so heißt, der Aufschwung ist kein *Wunder*«, erwiderte Jürgen, schon ganz Politiker, »sondern das Ergebnis von unternehmerischem Wagemut und dem Fleiß unserer Arbeiter. Deshalb kommt es vor allem darauf an, dass wir uns auf unseren Lorbeeren niemals ausruhen.«

»Meinst du damit etwa mich?«, fragte Ulla, die, wie Christel nicht entgangen war, sich vor dem Kirchgang mit ihrem Mann in der oberen Etage heftig gestritten hatte. Es war mal wieder um die Frage gegangen, ob Jürgen nicht besser in die Firma eintreten sollte, statt mit dem Studium seine Zeit und Energie »zu vergeuden«, wie er oft sagte. Jetzt, da er den Bürgermeister vertrat, glaubte er mehr denn je, zum Wohl des Unternehmens beitragen zu können.

»Ich habe eigentlich nur ganz allgemein gesprochen«, erwiderte Jürgen. »Aber wenn du schon fragst – ja, um ehrlich zu sein, gilt diese meine Sorge auch für dich. Du lässt dich vom Erfolg der VAM so sehr blenden, dass du darüber die Drahtzieherei vernachlässigst. In meinen Augen ist das ein Fehler – wie jede Monokultur. Irgendwann ist Geld genug in Umlauf, die Geschäfte der VAM lassen nach, und wir müssen uns wieder auf unsere alten Tugenden besinnen.«

»Danke, dass du dir den Kopf für mich zerbrichst«, sagte Ulla. »Aber das brauchst du nicht. Ich habe bereits sehr klare Vorstellungen, was die Zukunft der Firma Wolf angeht.« Sie wandte ihrem Mann den Rücken zu, um die nachfolgenden Worte an ihre Mutter und ihre Schwestern zu richten. »Wisst ihr eigentlich, dass wir zu Papas Zeiten Sprungfedermatratzen hergestellt haben?«

»Haben wir das?«, fragte Christel verwundert und griff nach ihrem Weihnachtsteller.

»Ja, wenn auch eher nebenher, eigentlich nur für Betten-Prange. Aber das möchte ich ausweiten, zu einem eigenständigen Fabrikationszweig. Sprungfedermatratzen für Aussteuer- und Möbelgeschäfte – in ganz Deutschland. Wo Städte in Schutt und Asche liegen, brauchen die Menschen nicht nur neue Häuser, sondern auch neue Betten.«

»Und was ist mit Jugendherbergen?«, fragte Gundel. »Schließlich haben wir auf der Burg die erste Jugendherberge der Welt.«

»Eine wunderbare Idee.« Christel, die gerade eine Printe knabberte, freute sich, dass ihre jüngste Tochter auch einen Beitrag leistete. »Gundel hat absolut recht, Ulla«, sagte sie, »du solltest beim Jugendherbergsverband einen Termin machen, bevor uns jemand anderes das Geschäft wegschnappt. Zum Beispiel Walter Böcker«, fügte sie mit einem Blick auf ihre Älteste hinzu, die schon seit ein paar Minuten damit beschäftigt war, einen Streit zwischen ihren Söhnen um ein Feuerwehrauto zu schlichten.

Bei der Nennung des Namens Walter Böcker fuhr Ruth herum. »Ich möchte wirklich wissen, warum ihr immer auf ihm herumhacken müsst! Das ist so undankbar – und außerdem ungerecht! Oder habt ihr schon vergessen, wie sehr Walter sich für Papa eingesetzt hat? Als Einziger in ganz Altena, nachdem uns alle anderen im Stich gelassen haben?«

Christel sah, wie Ulla etwas erwidern wollte, und kam ihr zuvor. »Keinen Streit am Heiligen Abend, bitte tut mir die Liebe!«

»Ist doch wahr!«, maulte Ruth.

»Darüber können wir uns ein andermal unterhalten. – Winfried«, wandte Christel sich an ihren Enkel, »möchtest du der Oma einen Gefallen tun? Ja? Dann geh doch mal bitte in die Küche und sag Betty, dass sie den Tisch abräumen soll.«

Während Winfried aus dem Esszimmer verschwand, drehte sie sich wieder zu ihren Töchtern herum. »Und ihr holt bitte eure Instrumente.«

»Wozu denn das?«, fragte Ulla.

»Papa zu Ehren«, erwiderte Christel. »Das Kaiserquartett. Das ist mein allergrößter Weihnachtswunsch«, fügte sie hinzu, bevor ihre Töchter protestieren konnten. »Den wollt ihr mir doch sicher nicht verweigern, oder?«

»Natürlich nicht«, sagte Gundel. »Aber – wer soll Papas Part übernehmen?«

Christel griff zu Ullas Weihnachtsteller und stibitzte eine Oblate voller Mandeln, Nüssen und Judenspeck. »Jürgen spielt doch auch sehr schön«, sagte sie. »Ich bin sicher, er wird einen wunderbaren Primgeiger geben.«

10

Es war fast Mitternacht, als Ruth vor Lotti Mürmanns Kolonialwarenladen in der Freiheitstraße aus dem Auto stieg. Jürgen hatte sie gebracht, damit sie nicht mit den Kindern durch die Dunkelheit laufen musste. Ihre Mutter hatte zwar darauf gedrängt, dass sie alle in der Villa übernachten sollten, »so wie früher«, aber das hatte Ruth nicht gewollt. Sie hatte den Abend ohnehin nur ihren Söhnen zuliebe mit der Familie verbracht, und wenn sie gewusst hätte, dass ihre Mutter sie auch noch zu einem gemeinsamen Quartett mit ihren Schwestern und ihrem Schwager nötigen würde, wäre sie zu Hause geblieben. So wie die Dinge nun mal lagen, war das alles doch nur eine fürchterlich verlogene Heuchelei und so falsch wie die schrägen Töne, die Jürgen auf der Geige seines toten Schwiegervaters gekratzt hatte.

Als Ruth die Haustür aufschloss, schlug ihr der schale, käsige Geruch aus dem Lebensmittellager entgegen. Mit Fritzchen, der im Auto eingeschlafen war, auf dem Arm und Winfried an der Hand stieg sie die schmale, steile Treppe empor. Ihr Ältester schleppte eine Tasche hinter sich her, die mit lautem Scheppern an jeder Stufe anschlug. Das war sein Feuerwehrauto. Ihre eigenen Geschenke – eine Schürze als Ersatz für ihren Kittel, einen Staubsauger und dazu einen Roman, der in Altena spielte, *Was ich wandre dort und hier* – hatte sie in der Villa gelassen. Sie hätte die Sachen besser mitgenommen, die Vorstellung, sie in den nächsten Tagen abholen zu müssen, war ihr jetzt schon unangenehm. Aber vielleicht würde sie ihr ja auch jemand vorbeibringen, der in der Stadt zu tun hatte.

Auf dem obersten Treppenabsatz schnupperte sie irritiert in der Luft. Komisch, der Hausgestank war plötzlich weihnachtlichen Düften gewichen. Woher kamen die? Aus Lotti Mürmanns Wohnung? Die Vermieterin, die nie verheiratet gewesen war und keine Kinder hatte, hatte ihr erzählt, dass eine verwitwete Nichte sie mit ihren zwei Töchtern besuchen würde. Jetzt bereute Ruth, dass sie auf einen eigenen Weihnachtsbaum verzichtet hatte, weil in den zwei kleinen, engen Zimmern kein Platz dafür war. Sie hätte Platz dafür schaffen sollen, schon wegen der Kinder.

Als sie die Etagentür öffnete, erkannte sie ihre eigene Wohnung nicht wieder.

»Mama!«, rief Winfried. »Sieh nur! Das Christkind war da!«

Er hatte sich von ihrer Hand gelöst und starrte mit großen, ehrfurchtsvollen Augen in den Raum. Auf dem Tisch stand eine winzige Tanne, die über und über behängt war mit goldenen und silbernen Kugeln, auf den Zweigen brannten Kerzen und tauchten die kleine Wohnküche in einen warmen, goldenen Glanz, und in der Zimmerecke zwischen Schrank und Fenster stapelten sich verpackte und mit Tannengrün geschmückte Geschenke auf dem Fußboden.

»Frohe Weihnachten!«

Als Ruth die Stimme hörte, wusste sie, wem sie die unverhoffte Bescherung zu verdanken hatte. Und wirklich, in der Dunkelheit erhob sich Walter Böcker vom Sofa hinter dem Christbaum und trat neben den Tisch.

»Wie … wie bist du denn hier reingekommen?«, stammelte Ruth, der vor lauter Überraschung keine bessere Frage einfiel. »Du hast doch gar keinen Schlüssel!«

»Kein Problem für einen Drahtzieher.« Über das ganze Gesicht grinsend, hob Walter ein angewinkeltes Stück Draht in die Luft. »Ich habe mir einen Dietrich gemacht.«

»Was ist das denn – ein Dietrich?«, wollte Winfried wissen.

»Erst die Geschenke!«, sagte Walter.

»Ja! Erst die Geschenke! Hurra!« Aufgeregt stürzte Winfried sich auf die Päckchen.

Walter hielt ihn am Arm zurück. »Der Reihe nach, junger Mann. Als Erste kommt deine Mutter dran.« Er warf Ruth einen aufmunternden Blick zu. »Willst du nicht nachschauen, was das Christkindchen dir gebracht hat?«

Ruth kniete sich auf den Boden, um die Päckchen zu öffnen. Als sie sah, was sie enthielten, wurden ihre Augen immer größer. Eine Armbanduhr, eine Bluse und ein Rock, kandierte Früchte und eine riesengroße Packung feinster Pralinés – alles, wie sie am Packpapier erkannte, aus vornehmen Düsseldorfer Geschäften.

»Ich … ich weiß gar nicht, was ich sagen soll.« Gerührt stand sie auf und küsste Walter auf die Wange. »Danke! Was für eine wunderbare Überraschung.«

»Freust du dich ein bisschen?«

Sie wollte ihm die Antwort mit einem Kuss geben, diesmal einem richtigen, den hatte er sich redlich verdient. Doch bevor sie dazu kam, zerrte Winfried an ihrem Rock.

»Gibt es dann kein Geschenk für mich?«

Walter lachte sein dunkles Lachen. »Na, dann wollen wir mal sehen, ob das Christkindchen auch für dich kleinen Rabauken was dabeihatte.«

Er trat an den Tisch und schlug die Decke zur Seite. Darunter kam ein funkelnagelneues Fahrrad zum Vorschein.

»Ein echtes Vaterland-Rad«, sagte Walter und zeigte auf das Markenzeichen am Rahmen. »Aus Neuenrade. Die besten Fahrräder der Welt.«

»Mit einer richtigen Lampe!«, jubelte Winfried. »Und einem Katzenauge! Und einem Dynamo!« Er kroch unter den Tisch, um als Erstes die Klingel auszuprobieren.

»Psst! Frau Mürmann schläft doch schon!«

In seiner Begeisterung wäre Winfried am liebsten hinunter auf die Straße gerannt, um auf der Stelle sein Rad auszuprobieren. Nur mit Mühe war er davon abzubringen, und erst als Walter ihm an der Etagentür demonstrierte, wie ein Dietrich funktionierte, gab er Ruhe. Während Ruth aus Kissen und Decken für Fritzchen ein Nest am Boden baute, damit er weiterschlafen konnte, wenn sie noch ein wenig aufblieben, öffnete und verriegelte Winfried mit dem Stück Draht immer wieder das Türschloss.

Doch irgendwann fielen auch ihm die Augen zu, und erschöpft vor lauter Glück schlief er auf Ruths Schoß ein.

»Dann sollte ich vielleicht auch langsam gehen«, sagte Walter, ohne jedoch Anstalten zu machen, seinen Worten Taten folgen zu lassen.

Ruth schaute erst auf ihre schlafenden Söhne, dann auf Walter.

»Willst du heute nicht bleiben?«, sagte sie leise. »Oder möchtest du gar nicht wissen, wie mir der Rock und die Bluse stehen, die das Christkind mir gebracht hat?«

»Meinst du wirklich?«, fragte Walter. »Aber was ist mit den Kindern?«

Statt einer Antwort nahm sie Winfried vom Schoß und bettete ihn neben seinem Bruder auf dem Boden. Dann trat sie an den Weihnachtsbaum und blies die Kerzen aus, eine nach der anderen.

»Komm«, sagte sie, als die letzte erloschen war, und nahm Walters Hand.

Auf Zehenspitzen, um die Kinder nicht zu wecken, schlichen sie ins Schlafzimmer.

»Ich denke«, sagte Walter, als sie auf die Matratze sanken, »wir sollten bald mal bei Betten-Prange vorbeischauen. Was meinst du?«

War das ein Antrag? Ohne ein Wort zu sagen, drückte Ruth Walter an sich. Fritz war seit über zwei Jahren tot, das Trauerjahr längst vorbei, und keine Liebe der Welt konnte ihren Mann wieder zum Leben erwecken. Sie aber war allein mit zwei Kindern.

»Jetzt glaube ich wirklich«, flüsterte sie, »das Christkind war hier.« Dankbar schloss sie die Augen und suchte in der Dunkelheit mit ihren Lippen nach Walters Mund, um seinen Antrag anzunehmen.

11

Auch nach den Feiertagen brummte bei Schuh Krasemann das Geschäft, kaum weniger als in der Adventszeit. Der harte Winter war ein Segen, je mehr Schnee und Regen und Eis und Matsch es auf den Straßen gab, umso dringender brauchten die Leute Stiefel und festes Schuhwerk. Und obendrein war Ballsaison! Lackschuhe für den Herrn zum Smoking und Tanzschuhe für die Dame!

Schemel an Schemel verkauften Benno und Charly um die Wette, unter den aufmerksamen Blicken ihres Chefs, der die Tages-, Wochen- und Monatsumsätze eines jeden seiner Angestellten auswendig wusste. In der Rangliste der besten Verkäufer stand Charly unangefochten an der Spitze, doch Benno belegte gleich dahinter Platz zwei, vor allen übrigen Kollegen, obwohl diese zum Teil schon seit einem Vierteljahrhundert für seinen Großonkel arbeiteten.

Heute allerdings war Benno an eine Kundin geraten, an der er sich die Zähne ausbiss. Jeanette Winkelmann war ihr Name, der Schrecken aller Verkäufer. Sie wollte mit ihrem Mann, einem Direktor der Stahlwerke Thyssen, den Winterball des Düsseldorfer Rennvereins besuchen und suchte für diesen Anlass ein ganz besonderes Paar Schuhe –

»gleichzeitig elegant und ausgefallen« sollten sie sein. Doch keines der drei Dutzend Modelle, die Benno aus dem Lager kommen ließ, wurde ihren Ansprüchen gerecht. Entweder waren die Schuhe nicht elegant oder aber nicht ausgefallen genug.

»Dann muss ich es wohl bei Juppen in Köln probieren«, erklärte sie nach geschlagenen zwei Stunden und stand auf, um den Laden unverrichteter Dinge zu verlassen.

Benno blieb nichts anderes übrig, als sie zur Tür zu geleiten.

»Ich bin wirklich untröstlich.«

Doch bevor sie auf die Straße trat, fing Charly sie ab.

»Was höre ich da? Düsseldorfs First Lady und Schuhe aus Köln? Das darf doch wohl nicht wahr sein! Bitte, verehrte gnädige Frau Direktor, nehmen Sie noch einmal Platz. Ich bin sicher, dass wir das Passende für Sie finden.«

Wie ein Idiot musste Benno mit ansehen, wie Charly die Kundin zurück zu seinem Schemel komplimentierte. Dann holte er persönlich ein Paar über und über mit Strass besetzter Schuhe aus dem Keller, die sich wegen ihrer schwindelerregend hohen Absätze schon seit einem Jahr als unverkäuflich erwiesen, weil keine Frau damit laufen konnte.

»Das allerneuste Topmodell aus Mailand.«

Nur widerwillig ließ Jeanette Winkelmann es zu, dass Charly ihr den Schuh anprobierte, und als sie mit einknickenden Knöcheln zum Spiegel stöckelte, schüttelte sie unwillig den Kopf. Wahrscheinlich hatte sie solche Schuhe seit den zwanziger Jahren nicht mehr getragen, in der Nazizeit waren so hohe Absätze verpönt gewesen.

Doch Charly ließ ihr keine Chance.

»Sie sind die einzige Frau in der ganzen Stadt, die diesen Schuh tragen kann, gnädige Frau.«

»Meinen Sie wirklich?« Unsicher schaute sie an ihren Beinen herab.

»Sehen Sie in meine Augen, verehrte Frau Direktor.« Wie ein Dackel blickte Charly von seinem Schemel zu ihr empor. »Können diese Augen lügen?«

Fünf Minuten später verließ Jeanette Winkelmann mit einer Einkaufstüte mehr in der Hand und achtundneunzig Mark fünfzig weniger im Portemonnaie das Geschäft.

Während Charly ihr die Tür aufhielt, warf er Benno einen triumphierenden Blick zu. »So wird das gemacht!«, sagte er, nachdem er die Tür hinter der Kundin geschlossen hatte.

»Nein, das wird es nicht!«

Benno drehte sich um. Sein Onkel kam aus dem Büro, von wo aus er durch einen Spion das Geschehen im Laden verfolgen konnte, und schien alles andere als zufrieden.

»Wir sind bekannt für unsere seriöse Beratung«, erklärte er. »Das ist der Grund, weshalb die besten Familien der Stadt bei uns kaufen. Vertrauen ist ein kostbares Gut, das Jahre braucht, um zu entstehen, aber in einem einzigen Moment zerstört werden kann. Darum kann ich es nicht dulden, Herr Weiß, wenn Sie einer Kundin gegen ihren Willen einen Schuh aufschwatzen, der ihr weder passt noch steht. So etwas rächt sich in kurzer Zeit.«

Der Chef hatte seinen Topverkäufer nicht wie sonst »Charly« genannt, sondern mit seinem Nachnamen angesprochen. Das war eine noch größere Demütigung als der öffentliche Tadel vor der übrigen Belegschaft. Obwohl Benno sich eben noch über das Auftrumpfen seines Kollegen geärgert hatte, tat er ihm jetzt leid.

Den Rest des Nachmittags schlich Charly wie ein geprügelter Hund durch den Laden, und bis zum Feierabend verkaufte er nur noch ein paar Schnürsenkel und verschiedene Pflegemittel, aber kein einziges Paar Schuhe mehr.

»Wie wär's – sollen wir zwei Hübschen heute mal allein ausgehen?«, fragte Regina, als Benno nach Ladenschluss durch den Personaleingang das Haus verließ. »Nur du und ich?«

»Und was ist mit Charly?«, fragte Benno und schaute sich nach ihrem Verlobten um. Doch von dem war weit und breit keine Spur.

»Nur keine falsche Schüchternheit«, lachte Regina und wuschelte ihm durchs Haar. »Wir haben das zwanzigste Jahrhundert! Höchste Zeit, endlich zu leben!«

Ob Benno wollte oder nicht – das Klimpern ihrer falschen Wimpern fuhr ihm in die Glieder. Jetzt tätschelte sie auch noch seine Wange. Bei der Berührung spürte er eine Regung, die ihm wie Verrat vorkam.

»Tut mir leid«, sagte er. »Ich bin schon verabredet – Besuch aus Altena!«

12

Erst um sieben waren sie in ihrer Eckkneipe verabredet, Benno wusste ja nie, wann er wirklich aus dem Laden kam, doch Gundel wartete schon seit Punkt halb auf ihn, an »ihrem« Tisch, an dem sie schon beim ersten Mal gesessen hatten und den Benno seitdem vor jedem ihrer Treffen reservierte. Gundels Zug nach Altena ging wie immer um fünf vor neun, und jede gemeinsam verbrachte Minute war ihr so kostbar, dass sie nicht riskieren wollte, auch nur eine einzige davon zu verpassen, weil sie womöglich später kam als er.

Am Telefon hatte Benno von einer Überraschung gesprochen. Was er damit wohl meinte? Würde er vielleicht ...? Nein, sie verbot sich den Gedanken – dafür war es noch viel, viel zu früh!

Die Kellnerin, Frau Bräucker, die Gundels Namen inzwischen genauso kannte wie ihre Essgewohnheiten, hatte ihr ein Schinkenbrot statt einem halven Hahn und eine Tasse Hagebuttentee statt einem Glas Alt gebracht. Beim ersten Wiedersehen mit Benno hatte Gundel das Bier zwar geholfen, mit der Anspannung fertig zu werden, aber jetzt brauchte sie keinen Alkohol mehr. Längst waren sie wieder so vertraut miteinander wie früher. Denn wann immer Gundel einen Vorwand fand, fuhr sie nach Düsseldorf – ihre Schwester machte sich bereits lustig über sie. Aber was wusste Ulla schon von Liebe? Die Wochenenden, die Benno und sie zusammen in Altena verbrachten, waren einfach nicht genug.

Es war noch nicht zwanzig vor sieben, als er in der Tür erschien. Noch im Mantel, eilte er zu ihr an den Tisch, um sie zu umarmen und zu küssen.

»Wie immer?«, fragte Frau Bräucker.

Als die Kellnerin sah, wie beschäftigt Benno war, brachte sie auch ihm ein Schinkenbrot zu seinem Glas Alt. Auf den halven Hahn, den er eigentlich lieber aß, verzichtete er Gundel zuliebe – »damit du dich beim Küssen nicht schütteln musst«. Konnte es einen schöneren Liebesbeweis geben? Dabei war es eigentlich ganz egal, was Frau Bräucker ihnen brachte, sie rührten ja sowieso nichts an. Während das Bier schal und der Tee kalt wurde, blieben die Brote ungegessen, weil sie sich immer wieder anschauen, sich immer wieder berühren, sich immer wieder küssen mussten, ohne je genug voneinander zu bekommen. Schließlich hatten sie ein ganzes verlorenes Jahr nachzuholen.

»Wird es nicht langsam Zeit?«, fragte Frau Bräucker irgendwann.

Tatsächlich, sie waren sogar schon so spät dran, dass sie im Taxi zum Bahnhof fahren mussten, sonst hätte Gundel den Zug tatsächlich verpasst. Trotz der Eile zog Benno eine Bahnsteigkarte, um sie wie immer ans Gleis zu begleiten.

»Heiliger Bimbam«, sagte sie, als der Zug einlief. »Jetzt haben wir ganz deine Überraschung vergessen!«

»Richtig! Wie konnte ich nur?«, erwiderte Benno. »Bernd hat uns eingeladen. Er würde uns gern seine Kapelle zeigen. Hast du Lust?«

»Warum nicht?«, erwiderte Gundel, und obwohl sie ein kleines bisschen enttäuscht war, weil sie insgeheim auf eine ganz andere Überraschung gehofft hatte, gab sie ihm einen Kuss. »Es muss ja nicht immer der Kölner Dom sein!«

13

Endlich – Tommy hatte es geschafft! Nur wenige Tage nach Neujahr hatte er im Briefkasten seiner Wohnung am Prenzlauer Berg ein Schreiben der Humboldt-Universität vorgefunden – mit seiner Zulassung zum Studium der politischen Ökonomie ab Beginn des Sommersemsesters. Damit verbunden war zugleich ein Stipendium, das die Zusicherung eines Wohnheimplatzes in einem Vierbettzimmer bei voller Verpflegung einschloss. Das war mehr, als Tommy sich in seinen kühnsten Träumen erhofft hatte. Endlich konnte er die Baubrigade verlassen und durfte studieren!

Jetzt saß er in einem hoffnungslos überfüllten Auditorium und wartete auf den Beginn seiner ersten Vorlesung, während draußen vor den Fenstern im Geäst der Lindenbäume aufgeregte Spatzen den Frühling herbeizwitscherten. Nach einer langen Zeit des Wartens, in der er fast vom Glauben abgefallen wäre, hatte der Arbeiter-und-Bauern-Staat die Hoffnungen, die Tommy in ihn gesetzt hatte, nicht nur erfüllt, sondern sogar übertroffen. Hier, in der Deutschen Demokratischen Republik, bekam er die Chance, die man ihm im Westen nie hatte geben wollen. Er dankte Karl Marx und der sozialistischen Bauernschaft, die Fritz Nipperts Bruder in die Auswahlkommission entsandt hatte. Wer weiß, vielleicht wäre er sonst wirklich rückfällig geworden und in die BRD zurückgekehrt, um bei seinem alten Freund Bernd Wilke unterzuschlüpfen. Ganz Altena hätte sich über ihn kaputtgelacht.

Ein lautes Klopfen der Studenten kündigte das Erscheinen des Professors an. Als Tommy ihn sah, rieb er sich die Augen. Der Professor war eine junge, bildhübsche Frau, die kaum älter war als er selbst. Sie erwiderte die Begrüßung des Auditoriums mit einem kurzen Kopfnicken, dann nahm sie ein Stück Kreide vom Pult und schrieb in großen Buchstaben ihren Namen an die Tafel: Jutta Höllscher – »mit zwei l, bitte fragen Sie mich nicht nach dem Grund.«

Unter dem Lachen der Zuhörer drehte sie sich wieder um. Sie hatte das Stück Kreide noch nicht auf ihr Pult zurückgelegt, da hatte Tommy sich bereits in sie verliebt. Was für eine Frau! Sie sah aus, wie er sich eine Amazone vorstellte. Trotz der flachen Schuhe, die sie wie alle Frauen in der DDR trug, war sie mindestens ein Meter fünfundsiebzig groß, und ihr Gang war so stolz und erhaben, als würde sie auf hochhackigen Pumps einherschreiten, so dass ihr voller Busen unter der hellblauen FDJ-Bluse wunderbar zur Geltung kam. Noch faszinierender aber war ihr Gesicht. Es hatte gleichzeitig etwas Wildes und Diszipliniertes. Eingerahmt von schwarzem, straff nach hinten gekämmtem Haar, das im Nacken zu einem Knoten zusammengebunden war, verliehen die hohen Wangenknochen und die leicht schrägen, stahlblauen Augen ihm einen asiatischen Einschlag. Ob Jutta Höllscher vielleicht eine Tatarin oder Mongolin war? Unsinn – die Russen waren ja noch keine fünf Jahre im Land, und außerdem sprach sie vollkommen lautreines Deutsch.

Tommy war von ihrem Anblick so hingerissen, dass er ihrem Vortrag kaum folgen konnte. So etwas hatte er schon eine Ewigkeit nicht mehr erlebt. Seit er in Ostberlin war, streunte er jeden Freitag und Samstag durch die Tanzlokale, und fast an jedem Wochenende gelang ihm eine Eroberung, aber kein einziges Mal hatte er sich verliebt. Weil er sich nicht verlieben wollte. Er brauchte die Eroberungen nur, um Altena zu vergessen. Altena und Ulla.

Wie würde diese Frau wohl ohne ihre FDJ-Bluse und mit aufgelöstem Haar aussehen?

Tommy musste sich große Mühe geben, um sich auf das, was Frau Professor Höllscher sagte, zu konzentrieren, statt wie ein Idiot nur auf ihren roten, vollen Mund zu starren. Wenn er die wenigen Fetzen, die er mitbekam, richtig verstand, sprach sie gerade über marxistische Geldtheorie. »Das Sein bestimmt das Bewusstsein«, hatte sie gesagt, »dieser Lehrsatz des Marxismus-Leninismus gilt auch für die Dialektik von Finanzpolitik und gesellschaftlicher Entwicklung.« Zum Beweis führte sie ein Beispiel aus der jüngsten Geschichte an. Die Entstehung und Entwicklung der beiden deutschen Staaten, dozierte sie, sei ein Lehrbeispiel dafür, wie das Geld die Gesellschaftssysteme determiniere. Nicht der fürchterliche Weltkrieg, sondern die eigenmächtige Währungsreform der drei Westzonen auf Betreiben der USA habe Deutschland gespalten und zur Gründung von BRD und DDR geführt. Doch während in der kapitalistischen BRD aufgrund der an den internationalen Börsen frei und ohne Kontrolle gehandelten neuen Währung ein Krieg jeder gegen jeden tobe, zeichne sich das Zusammenleben der Menschen in der Deutschen Demokratischen Republik dank einer planvoll geregelten Finanzwirtschaft durch Solidarität und Gerechtigkeit aus …

Mit einer dunklen, rauchigen Stimme, die ein bisschen an Zarah Leander erinnerte, trug sie ihre Theorie vor. Tommy konnte sich gar nicht daran satthören. Doch je länger er lauschte, desto deutlicher wurde ihm, dass er diese Frau, sollte er überhaupt je eine Chance bei ihr haben, nicht auf der Tanzfläche erobern konnte, sondern nur hier, im Hörsaal der Universität.

Ohne nachzudenken, hob er die Hand.

Sichtlich überrascht hielt sie in ihrer Rede inne. Offenbar war sie es nicht gewohnt, dass man sie unterbrach.

»Möchten Sie etwas sagen?«

»Allerdings«, erwiderte Tommy und erhob sich von seiner Bank. »Als Flüchtling der britischen Besatzungszone kann ich Ihre Darstellung nur bestätigen. Die Deutsche Demokratische Republik erscheint mir wie eine intakte Familie, während ich das Leben drüben immer empfunden habe wie in einem heillos zerstrittenen Clan, in dem keiner dem anderen das Schwarze unter dem Nagel gönnt.«

Die Professorin runzelte die Stirn. »Vermutlich haben Sie recht«, sagte sie, »aber offen gestanden fehlt mir ein wenig der Zusammenhang.«

»Keineswegs«, protestierte Tommy. »Was ich sagen will, ist – die Westalliierten haben mit der Einführung der D-Mark die sowjetische Zone bewusst ausgegrenzt – wie eben ein Clan, der eines seiner Mitglieder nicht dabeihaben will. Ich … ich meine, falls Sie verstehen, was ich meine«, fügte er stammelnd hinzu, während er auf die Bank zurücksank. Was für einen Stuss hatte er sich nur zusammengequatscht! Nach dieser Wortmeldung musste Jutta Höllscher ihn für einen Idioten halten.

Doch zu seiner Überraschung schien sie von seinem Beitrag weit weniger entsetzt zu sein als er selbst. Im Gegenteil, über ihr mongolisches Gesicht huschte sogar ein anerkennendes Lächeln.

»Ihre Sichtweise«, antwortete sie, »ist zwar nicht frei von bourgeois gefärbten Elementen, doch in Ihrem Vergleich steckt eine durchaus richtige Erkenntnis. Ja, Sie haben recht, die revanchistische und in großen Teilen immer noch faschistische Führung der BRD hat am Gängelband der Westalliierten die Einheit Deutschlands mit Hilfe der Währungsreform vorsätzlich verhindert, und zwar aus einem einzigen Grund – aus Angst vor der Überlegenheit des Sozialismus, die sich in einem geeinten Deutschland mit keiner noch so ausgeklügelten Propaganda hätte leugnen lassen.«

Während sie die Stufen von ihrem Pult herabstieg und auf ihn zutrat, schenkte sie ihm einen so intensiven Blick aus ihren stahlblauen Augen, dass ihm ganz anders wurde.

»Können wir uns darauf einigen?«

14

Frühlingsfrische in Ihre Betten!

Wie immer warb Betten-Prange mit einem passenden Spruch zur Jahreszeit im Schaufenster für die Auf- und Umarbeitung von Kopfkissen und Oberbetten, garniert mit Fotos von einer beeindruckenden Maschine, die das zugehörige Plakat als die »modernste Bettfedernreinigungsanlage im ganzen Sauerland« pries. Die flotte Dekorateursschrift war dieselbe, die auch in den Auslagen von Mode Vielhaber zu bewundern war. Walter Böcker, der heute mit Ruth den lange hinausgezögerten Besuch von Altenas einzigem Aussteuerhaus hinter sich bringen wollte, wusste auch den Grund. Hier wie dort verdiente sich Willy Schwanebeck, der früher die Plakate der Hitlerjugend in ehernem Sütterlin beschriftet hatte, ein Zubrot zu dem kärglichen Lohn, den er als lungenkranker Rathausbote bekam.

»Na, dann wollen wir mal!«, sagte Walter und öffnete die Ladentür.

Eine Schelle ertönte, und gleich darauf erschien, mit weißem Kittel und korrektem Stufenschnitt von Frisör Lau, der junge, noch nicht dreißigjährige Geschäftsinhaber Ernst Prange, den Walter als eifrigen Schützen der Friedrich-Wilhelms-Gesellschaft kannte.

»Oh, Herr Böcker! Welche Ehre!« Mit zusammengeschlagenen Hacken verbeugte er sich erst vor Walter, dann vor seiner Begleitung. »Womit kann ich den Herrschaften dienen?«

»Was meinst du«, wandte Walter sich an Ruth, »was brauchen wir denn so alles?«

Während Ruth unschlüssig an den dunkelbraunen Holzregalen emporschaute, in denen sich Bettwaren aller Art bis unter die Decke stapelten, erinnerte er sich, wie er vor ein paar Jahren an gleicher Stelle seiner ersten Frau dieselbe Frage gestellt hatte. Damals hatte noch der Vater des jetzigen Inhabers den Laden geführt, Josef Prange, ein eigensinniger Kauz, der die Verantwortung für das Geschäft auf seinen Sohn abgewälzt hatte, kaum dass der aus dem Krieg zurückgekehrt war, und seitdem nur noch in der Werkstatt Matratzen stopfte. Olga hatte sich nicht zweimal fragen lassen und den halben Laden leer gekauft, obwohl der alte Prange beim Notieren der Kommission zwischen den Zähnen unüberhörbar geflucht hatte, wie viel Arbeit der Auftrag für ihn bedeutete.

Ruth zuckte die Schultern. »Ich denke, im Grunde fehlen uns nur ein paar neue Bezüge und Laken, alles andere ist doch da. Die Matratzen sind zwar schon ein bisschen durchgelegen, aber ein paar Jahre tun sie's noch. Vielleicht könnten die Kissen und Oberbetten eine Reinigung vertragen.«

Walter war gerührt. Anfangs hatte er sich um Ruth eigentlich nur bemüht, weil sie ein bisschen aussah wie Leni Riefenstahl – und um ihrer eingebildeten Familie eins auszuwischen. Aber nachdem ihr Vater sich umgebracht hatte, hatte er wirkliche Zuneigung zu ihr gefasst. Ruth tat ihm gut, sie schien ihn zu mögen, und das kannte er nicht. Als er mit vierzehn, fünfzehn Jahren angefangen hatte, sich für Mädchen zu interessieren, waren die meisten vor ihm davongerannt, weil sein Gesicht vor lauter Pickeln ausgesehen hatte wie eine Kraterlandschaft. Die Weiber hatten ihn immer nur gemocht, wenn er Geld für sie springen ließ – das Debakel mit Olga war der beste Beweis. Er war ihr so verfallen gewesen, dass er für sie mitten im Krieg die Villa gebaut hatte. Doch kaum hatte sie ein halbes Jahr darin gelebt, war sie mit einem Theaterregisseur durchgebrannt, der sie in Altena besucht hatte, um sie für irgendeine Inszenierung zu gewinnen. Seitdem hauste Walter in dem riesigen Kasten als der einsamste Mensch von ganz Altena und hatte alle Primadonnen dieser Welt ein für alle Mal satt. Für den Rest seiner Tage wollte er nur noch eine Frau, von der er sicher sein konnte, dass sie ihm nicht weh tun würde. Die, so war er überzeugt, hatte er in Ruth gefunden. Sie hatte mit ihrem ersten Mann und den zwei Bälgern schon soviel Salz gefressen, dass ihr die Flausen vergangen waren.

»Ach was, Herr Prange, hören Sie nicht auf meine Verlobte«, sagte er. »Wir sind gekommen, um eine Aussteuer zu kaufen – *tutto completto*!«

Übers ganze Gesicht strahlend, rasselte der junge Ladeninhaber los: »Also Matratzen, Keilkissen, Sprungfederunterlagen, Kopfkissen, Paradekissen, Oberbetten, Tagesdecken, Steppdecken für den Sommer und Plumeaus für den Winter ...«

»Ja, ja, machen Sie nur«, fiel Walter ihm ins Wort. »Und Sie wissen ja, von allem nur das Beste – wie beim letzten Mal! Allerdings, die Unterlagen können Sie sich sparen«, fügte er lachend hinzu. »Sprungfedern produziert die Firma Böcker & Söhne schließlich selber!«

»Gewiss«, erwiderte Ernst Prange, der sich, über die Theke gebeugt, eifrig Notizen machte. »Und an welchen Liefertermin haben Sie gedacht?«

»Den erfahren Sie rechtzeitig aus dem AK – unter *Standesamtliche Nachrichten*!«

Abermals lachend, verließ Walter, begleitet von Ernst Pranges Glückwünschen und einer dankbaren Ruth am Arm, den Laden.

Draußen wurde er ernst. »Wo sollen wir die Hochzeit feiern«, fragte er, »im Rittersaal auf der Burg oder im Lennestein? Der Rittersaal hat mehr Klasse, der Lennestein mehr Platz.«

»Müssen wir das schon heute entscheiden?«

»Warum nicht? Ich will das alles in einem Aufwasch erledigen und so schnell wie möglich mit den Wirtsleuten verhandeln, damit genügend Zeit für die Vorbereitungen bleibt. Von der Feier soll schließlich ganz Altena sprechen!«

Ruth gab ihm einen Kuss. »Solltest du nicht erst mal mit meiner Mutter reden?«

Walter runzelte die Stirn. »Sind wir nicht alt genug, um das selber zu entscheiden? Oder müssen wir noch um Erlaubnis fragen?«

Ruth schüttelte den Kopf. »Nein, natürlich nicht. Ich meine nur – wenn du aus unserer Hochzeit eine so große Sache machen willst, sollten wir besser dafür sorgen, dass es keine unangenehmen Überraschungen gibt.«

15

Wie zwei riesige Zähne aus einem zerfallenen Gebiss ragten die eingerüsteten Türme des Doms zwischen den zerstörten Gebäuden der Nachbarschaft in den blassblauen Frühlingshimmel empor, als Gundel und Benno aus dem Haupteingang des Kölner Bahnhofs ins Freie traten. Die Verwüstungen des Krieges prägten noch immer das Bild der Stadt, schartige Narben inmitten eines schon wieder hoffnungsfrohen Gesichts. Während links und rechts des Gotteshauses ganze Straßenzüge in Trümmern lagen, zeugten zahllose Baugerüste und Baukräne von dem Willen der Kölner, ihre alte Bischofsstadt ein zweites Mal zu errichten, um im Schatten des Doms und zu beiden Ufern des Rheins so schnell wie möglich wieder ihr leichtfertig liederliches Leben zu führen, für das sie im ganzen Land bekannt waren.

An diesem Morgen allerdings ruhte die Arbeit, denn es war Sonntag. Überall folgten fröhliche Menschen mit schwarzen Gesangbüchern in den Händen dem Ruf der Glocken, die von den großen und kleinen Kirchen der Stadt läuteten, während Gundel und Benno sich an Ruinen und Neubauten vorbei ihren Weg zu der Kapelle erfragten, die ihr Freund Bernd ihnen heute zeigen wollte.

»Es gibt Gerüchte«, sagte Benno, »dass Schuh Krasemann expandiert. Angeblich will mein Onkel drei Filialen von einem Konkurrenten in Wuppertal übernehmen.«

»Will er darum Charly die Prokura erteilen?«, fragte Gundel, die sich für alles interessierte, was an Bennos Arbeitsplatz passierte, und darum stets im Bilde war.

Er zuckte die Achseln. »Keine Ahnung. Auf jeden Fall hat Charly sich schon einen Porsche bestellt. Jetzt oder nie, hat er gesagt, selbst wenn er den Wagen zehn Jahre lang abstottern muss.«

»Und du? Darfst du dir auch Hoffnungen auf eine Beförderung machen?«

»Keine Ahnung«, sagte Benno in gleichgültigem Ton, doch Gundel ließ sich davon nicht täuschen, sie kannte ihn besser. Wenn seine Mundwinkel von einem Ohr zum anderen gingen, war etwas im Busch.

»Jetzt komm schon, spann mich nicht auf die Folter.«

»Also gut«, sagte er. »Regina Küppers, die Sekretärin, hat mitbekommen, wie mein Onkel am Telefon zum Direktor der Sparkasse gesagt hat, dass er die Filialleiter in den neuen Geschäften durch eigene

Leute ersetzen will. Und dabei hat er angeblich meinen Namen erwähnt.«

Gundel blieb stehen und sah ihn an. »Soll das heißen, du bekommst vielleicht eine eigene Filiale? Das wäre ja großartig!«

»Nicht so laut«, sagte Benno. »Noch ist nichts entschieden.«

Mit einem schiefen Grinsen senkte er den Blick und schaute auf die Spitzen seiner blitzblank polierten Schuhe. Gundel wusste, sie durfte ihn jetzt nicht drängen, er war abergläubisch und traute sich erst dann, eine gute Nachricht zu verkünden, wenn sie unumstößlich feststand. Obwohl es ihr schwerfiel, wartete sie schweigend ab, dass er sich äußerte.

Als er den Kopf wieder hob, hatte sich sein schiefes Grinsen in das schönste Lächeln der Welt verwandelt. »Wuppertal ist zwar nicht so großartig wie Düsseldorf«, sagte er, »aber leben kann man da auch.«

Während er sprach, nahm er ihre beiden Hände. Gundel spürte, wie mit einem Mal ihr Herz zu galoppieren anfing. Kam jetzt die Überraschung, auf die sie seit Wochen hoffte? Hier, mitten in den Trümmern von Köln? Zwar hatte sie sich immer vorgestellt, dass Benno dabei vor ihr niederknien würde, aber darauf konnte sie zur Not verzichten. Außerdem fand sie die Vorstellung sehr romantisch, dass ihre Liebe sich aus dem Schutt rings um sie her erheben würde wie der Phönix aus der Asche in irgendeiner der alten Sagen, die ihr Vater ihr als Kind vorgelesen hatte. Das war etwas, wovon man noch seinen Enkeln und Urenkeln erzählen könnte!

»Also, wenn ich wirklich meine eigene Filiale bekomme«, sagte Benno schließlich, »dann möchte ich dich fragen, ob du …«

»Ob ich deine Frau werden will?«, fiel Gundel ihm ebenso glücklich wie ungeduldig ins Wort, um seinen Satz zu vollenden, bevor er es sich womöglich anders überlegte. So fest sie nur konnte, erwiderte sie den Druck seiner Hände. »Aber ja, mein allerliebster Benno! Ja, das will ich! Von ganzem Herzen – JA!«

16

Normalerweise gehörte es zu Ullas ehelichen Pflichten, ihren Mann am Sonntagmorgen zum Gottesdienst in die Lutherkirche zu begleiten. In Glaubensfragen war Jürgen zwar eigentlich eher lax, doch nicht in seiner Dienstauffassung – ein Bürgermeister, behauptete er, müsse sich nicht nur im Rathaus, sondern auch in der Gemeinde zeigen, sonst laufe er Gefahr, das Gespür für die Stimmung der Bürger zu verlieren. Im Rathaus gehe es um das materielle Wohl der Menschen, in der Kirche um ihr Seelenheil, das aber, so habe er in der Apotheke seines Vaters früher oft erlebt, sei manchen Menschen erstaunlicherweise immer noch wichtiger als die meisten weltlichen Güter, obwohl der Krieg doch längst vorbei war und die Währungsreform in Kraft.

An diesem Sonntag allerdings versäumte Jürgen den Gottesdienst, um einen Termin im Lennestein wahrzunehmen, bei dem materielles Wohl und Seelenheil der Menschen sich gleichermaßen befördern ließen, und zwar auf die denkbar schönste Weise. In dem Saalbau kamen heute sowohl Mitglieder aller im Rat vertretenen Fraktionen als auch Geistliche der drei wichtigsten christlichen Gemeinden sowie Vertreter sämtlicher Vereine zusammen, die Jürgens Sammelaktion zugunsten der Brüder und Schwestern im Osten unterstützt hatten. An diesem Vormittag würde er vor Publikum und Presse das offizielle Spendenergebnis erstmals verkünden: Stolze zweitausendsiebenhundertdreiundfünfzig Mark und vierzehn Pfennige waren seit Weihnachten zusammengekommen, um vom großen Herzen Altenas für die Not all derer zu zeugen, die das Unglück hatten, im falschen Teil Deutschlands beheimatet zu sein.

»Bist du nervös?«, fragte Ulla, als er sich vor dem Schlafzimmerspiegel zum dritten Mal die Krawatte band, doch die beiden Enden immer noch nicht gleich lang waren.

»Ach was«, sagte er und löste abermals den Knoten. »Ich ärgere mich nur, dass ich von meiner eigenen Frau weniger Wertschätzung erfahre als von den Bürgern der Stadt.«

Ulla ahnte nur zu gut, was er ihr damit sagen wollte, und beschloss, nicht darauf einzugehen, sonst gab es nur wieder Streit, und der würde vor seinem großen Auftritt ihm selbst am meisten schaden. Statt zu antworten, fragte sie ihn also nur, ob sie ihm bei dem Knoten helfen sollte.

»Lenk bloß nicht ab«, sagte er und riss ihr die Krawatte aus der Hand, um sie ein viertes Mal selber zu binden. »Du weißt ganz genau, was ich meine.«

»Und du weißt ganz genau, dass ich dir dieses Opfer nicht zumuten möchte.«

»Opfer?«, schnaubte er. »Hör doch mit dem Mist auf! Du traust mir einfach nichts zu – nicht mal einen blöden Schlipsknoten! Dabei hätte ich jetzt so phantastische Möglichkeiten, mich für die Firma einzusetzen. Der Rat hat beschlossen, am Hegenscheider Weg einen riesigen Wohnblock für Vertriebene zu bauen. Was meinst du wohl, wie viel Tonnen Baustahlgitter da gebraucht werden?«

»Soweit ich weiß, werden die Häuser in einfachem Mauerwerk errichtet«, erwiderte Ulla. »Das hat mir jedenfalls Bernd erzählt, als ich ihn gestern in der Stadt traf. Er hat sich um die Ausschreibung beworben. Außerdem kannst du der Firma städtische Aufträge viel leichter erteilen, wenn du selber nicht zur Geschäftsleitung gehörst. Alles andere wäre ja korrupt.«

Wie immer, wenn man ihn bei einem Fehler erwischte, zog Jürgen ein beleidigtes Gesicht. »Darum geht es doch gar nicht!«

»Worum geht es dann?«

»Um dich und deinen krankhaften Ehrgeiz, mit dem du der ganzen Welt beweisen willst, dass du die Firma auch ohne deinen Mann führen kannst. Fast könnte man meinen, dass dir nichts größeres Vergnügen bereitet, als mich in der Öffentlichkeit bloßzustellen.« Ungeduldig versuchte er, das lange Ende des Schlipses durch die Schlaufe zu ziehen, aber in seiner Erregung klappte es erst im zweiten Anlauf. »Statt Unternehmerin zu spielen, solltest du dich lieber auf deine Aufgaben als Ehefrau konzentrieren. Zum Beispiel Kinder kriegen!«

Ulla zuckte zusammen. Die Tatsache, dass sie in den anderthalb Jahren ihrer Ehe noch nicht schwanger geworden war, bedrückte sie noch mehr als die ständigen Streitereien mit Jürgen um seinen Eintritt in die Firma.

»Wills du mir die Schuld dafür geben, dass wir keine Kinder haben?«, fragte sie.

»Natürlich«, erwiderte er. »Du bestehst ja wider alle Vernunft darauf, dass ich weiter studiere.«

»Was hat das denn damit zu tun?«

Im Spiegel warf er ihr einen bösen Blick zu. »Bist du wirklich so blöd oder tust du nur so? Wie, bitte, sollen wir Kinder kriegen, wenn du in Altena bist und ich die ganze Zeit in Münster?«

Ulla schaute zu Boden. »Und wenn ich vielleicht gar keine Kinder kriegen kann?«, fragte sie leise, während er sich wieder mit seinem Schlips beschäftigte.

»So ein Unsinn! Warum sollte eine junge, gesunde Frau wie du keine Kinder kriegen können?« Plötzlich hielt er inne. Er ließ seinen

Schlips fahren und drehte sich zu ihr um, das Gesicht voller Misstrauen. »Oder gibt es irgendetwas, was ich nicht weiß?«

»Um Gottes willen! Wie kommst du darauf?« Ohne ihn um Erlaubnis zu fragen, nahm sie die Enden seiner Krawatte. »Jetzt lass dir endlich helfen! Sonst kommen wir zu spät! Im Lennestein wartet halb Altena auf dich!«

17

Das Erste, was Gundel von der Kapelle sah, als Benno und sie in die Brückenstraße einbogen, war ein großer, gelber Kran, der die Baustelle überragte und von dessen Ausleger ein Turmstumpf herabhing, ein schwarz verrußter, steinerner Helm, der über dem fast fertig gemauerten neuen Portal des zerstörten Gotteshauses in der Luft schwebte.

Bernd wartete schon auf der Straße, um sie zu empfangen.

»Du hast tatsächlich einen Kran angeschafft?«, fragte Benno, nachdem sie einander begrüßt hatten.

»Nur auf Kredit«, sagte sein Freund, beinahe verlegen. »Dechant Budde hat für mich gebürgt.«

»Aber lohnt sich denn eine solche Investition für einen einzigen Auftrag?«

»Ich habe mich in Altena für den Bau des Vertriebenenheims am Hegenscheider Weg beworben. Wenn ich da auch zum Zuge komme, kann ich den Kredit fast schon abzahlen. Und wenn nicht, verkaufe ich den Kran wieder. So viel, wie überall gebaut wird, geht das angeblich ohne großen Verlust. Das hat jedenfalls die Bank gesagt.«

»Meine Güte«, staunte Gundel, »du bist ja ein richtiger Unternehmer geworden!«

»Und dabei wollte er immer nur ein kleiner Spießer sein!«, lachte Benno.

»Verarschen kann ich mich auch alleine«, brummte Bernd, doch sein Gesicht verriet, dass die Bemerkungen ihn mit Stolz erfüllten. »Kommt lieber rein, damit ich euch alles zeigen kann.«

Über Bretter und Bohlen hinweg folgten sie ihm durch das offene, noch torlose Portal in das Innere der Kapelle. Zwei Schubkarren und eine Betonmischmaschine standen im Weg, auf dem Boden, der aus unterschiedlich großen und kleinen, in Zement gegossenen Gesteinsbrocken bestand, lag Arbeitsgerät herum, Wasserwaagen und Maurerkellen, Schüppen und Wannen, und in einer Ecke war Bauschutt angehäuft. Trotzdem atmete der Raum eine Art Weihe, die Gundel sofort ergriff. Das zerbombte Kirchlein erschien ihr wie ein verkleinertes Inbild der ganzen Stadt. Überall waren in den wenigen erhalten gebliebenen Resten des alten, dunklen Mauerwerks große helle Flecken frisch eingefügter Abschnitte zu sehen.

»Eigentlich heißt die Kapelle St. Kolumba«, erklärte Bernd. »Angeblich war sie schon über tausend Jahre alt, als sie im Krieg getroffen wurde. Sie hat gleich mehrere Bomben abgekriegt, kaum ein Stein blieb auf dem anderen, und sie wurde vollkommen zerstört. Das Einzige, was man in den Trümmern fand, war der Turmstumpf, der jetzt am Kran hängt und später den Eingangsbereich überdachen soll – und eine Marienstatue, die wie durch ein Wunder unversehrt geblieben ist. Darum heißt die Kapelle im Volksmund ›Maria in den Trümmern‹.«

»Können wir die Statue sehen?«, fragte Gundel.

»Leider nicht«, sagte Bernd. »Sie wird in der Bauhütte des Doms verwahrt, damit sie nicht zu Schaden kommt. Aber ich habe schon den Sockel gemauert.« Er zeigte auf einen Vorsprung an der gegenüberliegenden Wand. »Darauf soll sie nach der Wiedereinweihung stehen, wenn alles fertig ist.«

»Und was ist das für ein seltsamer Fußboden?«

»Du meinst das Mosaik? Das sind Trümmerteile der alten Kirche. Damit nie in Vergessenheit gerät, dass hier eigentlich mal ein anderes Gotteshaus stand.«

Gundel verstummte, ergriffen von dem kleinen, unscheinbaren Ort, der in seiner Schlichtheit doch die ganzen Schrecken des Krieges ebenso zu vergegenwärtigen schien wie deren Überwindung.

Als würde Benno ihre Gedanken erraten, nahm er ihre Hand. »Was meinst du – wollen wir hier heiraten?«

18

»Was für eine schöne Idee!«

Christel war ganz aus dem Häuschen, als Gundel ihr nach der Rückkehr aus Köln von ihren und Bennos Plänen erzählte. Dafür verzichtete sie sogar auf die Übertragung der *Fledermaus* im Radio, obwohl sie sich die ganze Woche schon auf das Konzert gefreut hatte und sonst nichts auf der Welt sie hätte daran hindern können, es nach dem Abendbrot bei einer Tasse Tee zu hören.

»Dann bist du also einverstanden?«, fragte Gundel, während Ulla bereits drei Gläser mit Champagner füllte, den Christel zur Feier des Tages aus Eduards Beständen geopfert hatte.

»Aber natürlich bin ich das, mein Kind. Benno ist ein tüchtiger junger Mann. Und er liebt dich. Er wird dich auf Händen tragen.« Sie nahm eins der Gläser, in denen »die lustige Witwe Clicquot«, wie Eduard früher immer gesagt hatte, wenn sie seinen Lieblingschampagner tranken, bereits voller Ungeduld schäumte, um mit ihren Töchtern anzustoßen. »Nur schade, dass Jürgen nicht mit uns feiern kann.«

»Ach, Mama, du weißt doch, warum«, sagte Ulla.

»Ja ja, diese ewige Münster-Fahrerei«, erwiderte Christel. »Im Gegensatz zu dir halte ich davon gar nichts. Ein Mann gehört zu seiner Frau, vor allem nachts. Woher sollen sonst meine Enkelchen kommen?«

»Aber Jürgen hat morgen früh schon um acht seine erste Vorlesung, da geht es nun mal nicht anders.«

Während Ulla sprach, klingelte es an der Tür. Gleich darauf meldete Betty, dass Walter Böcker darum bitte, seine Aufwartung machen zu dürfen.

Erstaunt blickte Christel ihre Töchter an. »Was ist denn in den gefahren, hier am Sonntagabend aufzukreuzen? Gibt's Probleme in der VAM?«

»Keine Sorge, gnädige Frau«, ertönte Walter Böckers Bass. »Mein Besuch ist rein privater Natur.«

Als Christel sich umdrehte, sah sie zuerst nur ein Meer roter Rosen, und erst danach den Mann, der sie brachte. Mit einer formvollendeten Verbeugung trat Walter Böcker vor sie.

»Ich bin gekommen, um Sie um die Hand Ihrer Tochter Ruth zu bitten!«

Christel war so konsterniert, dass sie ihr Champagnerglas abstellen musste. »Das ist ja ein Ding«, sagte sie. »Zwei Töchter an einem Tag …«

»Pardon, gnädige Frau, ich begreife nicht ganz.«

»Meine Jüngste hat mir vor einer Viertelstunde erklärt, dass sie heiraten will.«

»Kolossal!«, rief Walter Böcker. »Dann können wir ja eine Doppelhochzeit feiern!«

»Nicht so schnell, junger Mann.«

Christel griff nach der Kanne Tee, die Betty auf dem Beistelltisch schon für das Konzert bereitgestellt hatte, und in der Hoffnung, dass niemand sah, wie ihre Hand zitterte, schenkte sie sich eine Tasse ein. Was sollte sie auf den Antrag erwidern? Eduard hatte sich so entschieden gegen Walter Böcker als Schwiegersohn ausgesprochen, dass sie sich unmöglich über seinen Willen hinwegsetzen konnte, ohne sich am Andenken ihres Mannes zu versündigen. Andererseits war Walter Böcker Ullas Partner, und die hatte gesagt, dass die VAM schon doppelt so viel Gewinn mache wie die Drahtzieherei. Also konnte sie ihn nicht einfach abblitzen lassen, zumal er sich in Eduards letzten Tagen als höchst anständig erwiesen hatte – darauf hatte Ruth nicht zu Unrecht hingewiesen.

»Darf ich Sie um Ihre Antwort bitten?«, fragte Walter Böcker, der immer noch diesen geschmacklos großen Strauß Rosen in Händen hielt.

Als Christel sein flehendes Bulldoggengesicht sah, tat er ihr fast leid. In ihrer Not nahm sie Zuflucht zu einer Ausrede.

»Ihr Antrag ehrt mich ebenso wie meine Tochter«, sagte sie, »aber ich fürchte, in dieser Phase des Aufbaus fehlt es der Firma Wolf an liquiden Mitteln, um gleich zwei Töchtern eine Mitgift in die Ehe zu geben. Und wie die Dinge liegen, hat Gundel nun mal das Prevenir – so leid es mir tut.«

Erleichtert, eine passable Antwort gefunden zu haben, nippte sie an ihrem kalten Tee. Mit dieser Ausflucht würde sie Zeit gewinnen, mindestens ein Jahr, und dann würde man weitersehen.

Doch statt sich vertrösten zu lassen, wischte Walter Böcker ihren Einwand mit einer Handbewegung beiseite. »Machen Sie sich darum keine Sorgen – auf Geld sind wir Gott sei Dank nicht angewiesen, das machen wir uns ja quasi selbst!« Er lachte einmal laut über seinen eigenen Witz, dann wurde er wieder ernst. »Nein, verehrte Frau Wolf, ich brauche keine Mitgift, und ich will sie auch nicht. Die Liebe Ihrer Tochter genügt mir vollauf. Sie ist alles, wonach mein Herz sich sehnt.«

19

Jürgen war an diesem Abend nicht, wie er Ulla gesagt hatte, nach Münster gefahren. Zwar hatte er sich von ihr im Firmen-Maybach zum Bahnhof bringen lassen, doch nur, um dort so lange zu warten, bis der schwere Wagen die Bahnhofstraße hinunter verschwunden war, dann war er die gegenüberliegende Gerichtsstraße hinaufgelaufen, die am Jungengymnasium vorbei zur Bismarckstraße führte und an deren Ende sich Dr. Seraphins Praxis befand. Bei der Veranstaltung im

Lennestein hatte Jürgen den Frauenarzt, der als Vorsitzender des Tennisclubs die Sammelaktion unterstützt hatte, kurz beiseitegenommen, um ihn trotz des heiligen Sonntags noch an diesem Tag um ein vertrauliches Gespräch zu bitten.

Schon von weitem sah er, dass im Souterrain des Hauses, in dem die Praxis lag, Licht brannte. Offenbar wartete Dr. Seraphin schon auf ihn. Obwohl Jürgen mit der Verkündigung des Spendenergebnisses, vor allem aber mit seiner Rede über das große Herz der Altenaer Bevölkerung für die Brüder und Schwestern in der Ostzone ein so großer Erfolg gelungen war, dass mehrere Ratsmitglieder ihn gefragt hatten, ob er bei der nächsten Bürgermeisterwahl nicht gegen Arno Vielhaber antreten wolle, war er alles andere als in gehobener Stimmung, als er an die Tür trat und auf die Klingel drückte. Die bevorstehende Unterredung lag ihm so schwer auf der Seele, dass er lieber eine ganze Woche lang in Münster Klausuren geschrieben hätte, und das wollte etwas heißen.

Dr. Seraphin, ein Mann Mitte fünfzig, der seines Berufs und seines Namens und nicht zuletzt seiner blonden Löckchen wegen in der ganzen Stadt nur »Geburtshilfeengel« hieß, empfing ihn in Strickjacke und Pantoffeln und führte ihn von der Haustür direkt ins Sprechzimmer. Da er weder Kaffee noch Wein oder auch nur ein Glas Wasser anbot, nahm Jürgen an, dass er sich kurz fassen sollte. Wahrscheinlich wollte der Arzt wie Jürgens Schwiegermutter die *Fledermaus* am Radio hören, die der Nordwestdeutsche Rundfunk heute Abend übertrug, mit Rudolph Schock, dem aufgehenden neuen Stern am Operettenhimmel, in der Rolle des Gabriel von Eisenstein.

»Ich habe Sie um diesen ungewöhnlichen Termin gebeten«, eröffnete Jürgen das Gespräch, »weil ich mir Sorgen um meine Frau mache.«

»Welcher Ehemann tut das nicht?«, erwiderte Dr. Seraphin mit einem Lächeln.

»Gewiss«, pflichtete Jürgen ihm bei. »Doch leider habe ich einen konkreten Grund. Wie Sie vielleicht wissen, sind meine Frau und ich inzwischen anderthalb Jahre verheiratet, aber bisher war alles Bemühen, wie soll ich sagen, vergebliche Liebesmüh. Und darum wollte ich Sie fragen, ob bei meiner Frau, gynäkologisch gesehen, alles in Ordnung ist.«

Trotz der Beiläufigkeit, mit der Jürgen versuchte, sein Anliegen vorzubringen, verschwand das Lächeln aus dem Gesicht des Arztes. »Ich würde Ihnen ja liebend gern helfen, Herr Rühling, aber leider bin ich an die Schweigepflicht gebunden, auch gegenüber dem Ehemann – selbst wenn dieser der Bürgermeister ist. Aber warum fragen Sie Ihre Frau nicht einfach selbst nach meinem ärztlichen Befund? Sie kommt ja regelmäßig zur Untersuchung.«

»Ach, Sie wissen doch, wie Frauen sind«, sagte Jürgen. »Sie würde eine solche Frage gleich als Vorwurf auffassen und womöglich glauben, dass ich ihr die Schuld an unserer Kinderlosigkeit gebe, und den Eindruck möchte ich auf jeden Fall vermeiden. Außerdem dachte ich …« Er hielt kurz inne, um zu überlegen, wie er seine Bitte am besten begründen konnte. »Mein Vater und Sie, Sie arbeiten doch seit Jahrzehnten hervorragend zusammen, da besteht doch ein gewisses Vertrauensverhältnis, das über das übliche Maß hinausgeht. Nur darum, und nicht aufgrund meines Amtes, habe ich mir erlaubt, Sie mit meiner Frage zu behelligen, sozusagen aus alter, familiärer Verbundenheit. Bitte«, fügte er hinzu, als er sah, dass Dr. Seraphin immer noch zögerte, »Sie täten mir wirklich einen sehr, sehr großen Gefallen!«

Der Arzt stellte die Finger beider Hände gegeneinander und lehnte sich in seinem Stuhl zurück. Eine lange Weile, während deren Jürgen abwechselnd auf den gynäkologischen Stuhl, das Bücherregal an der Wand und seine eigenen Fingernägel schaute, dachte er schweigend nach. Dann sagte er schließlich: »Lassen Sie mich mit einer Gegenfrage antworten, Herr Rühling. Aber bitte nicht erschrecken, ich stelle sie nur als Arzt, nicht als Privatmann. Vergessen Sie für den Moment einfach, dass wir uns persönlich kennen.«

»Ich bitte darum«, sagte Jürgen und nickte.

Mit ernstem Gesicht beugte Dr. Seraphin sich auf seinem Stuhl vor. »Ist Ihre Frau intakt in die Ehe gekommen?«

»Intakt?«, wiederholte Jürgen irritiert.

»Jungfräulich«, erläuterte der Arzt.

Jürgen zuckte zusammen. »Aber natürlich, was denken Sie denn, das heißt, rein gynäkologisch gesehen – nein, nicht ganz«, stammelte er. »Es ist wohl in ihrer Jugend passiert, beim Reiten, meine Frau war früher eine passionierte Amazone, müssen Sie wissen, angeblich kommt das wohl gar nicht so selten vor. So hat sie es mir erklärt. Haben Sie daran etwa Zweifel?«

»Selbstverständlich nicht«, erwiderte der Arzt mit fester Stimme. »So etwas kann in der Tat passieren, obwohl ich das in meiner Praxis eigentlich eher selten erlebt habe.« Dr. Seraphin legte die Stirn in Falten und blickte ihn eindringlich an. »Hatte Ihre Frau vor der Ehe mit Ihnen früher schon mal einen festen Freund?«

»Wozu wollen Sie das wissen?«, fragte Jürgen, noch irritierter als zuvor. »Was spielt denn das für eine Rolle?«

Der Arzt hob die Arme. »Bitte missverstehen Sie mich nicht, Herr Rühling. Ich versuche nur, Ihnen zu helfen, ohne gegen meine Standespflichten zu verstoßen. Weil«, fuhr er nach einem Räuspern fort, »wenn Ihre Frau vor der Ehe schon mal einen festen Freund gehabt hatte, gäbe es eventuell eine Erklärung, warum Ihr Kinderwunsch bislang nicht in Erfüllung ging.«

20

Im Keller der wirtschaftswissenschaftlichen Fakultät der Humboldt-Universität wurde an diesem Sonntagabend die deutsch-sowjetische Freundschaft gefeiert. Tommy hatte sich die ganze Woche auf die Veranstaltung gefreut, er hatte sich davon ein Ringelpietz mit Anfassen erhofft, vielleicht sogar mit Frau Professor Jutta Höllscher, wenn er Glück hatte. Doch stattdessen gab es Reden, Reden, Reden. Unter den strengen Blicken der Genossen Stalin und Pieck, deren Bilder über dem roten Banner der Sowjetunion und der mit Hammer und Sichel verzierten Deutschlandfahne den einzigen Schmuck in dem kahlen, fensterlosen Raum bildeten, richtete erst der Rektor, dann ein Parteisekretär und schließlich ein sowjetischer Major ein Grußwort an die Versammlung, bevor ein gemischter Chor aus Studenten und Pionieren der Freien Deutschen Jugend zu den Klängen eines Balalaika-Orchesters mit glühender Leidenschaft die deutsch-sowjetische Freundschaft besang.

Tommy wurde aus seiner neuen Heimat einfach nicht schlau. Einerseits gab es viele Dinge in diesem Land, die ihm durchaus gefielen und die ihm ebenso vernünftig wie erstrebenswert erschienen, und das nicht nur, weil er hier studieren durfte. Jeder normal denkende Mensch konnte das oberste Ziel der DDR – den antifaschistisch-demokratischen Aufbau einer Gesellschaft, in der auch ein Bastard wie Tommy Weidner eine ehrliche Chance bekam – mit bestem Gewissen unterschreiben, ebenso wie die Forderung, dass von deutschem Boden nie wieder Krieg ausgehen dürfe. Doch was ihn immer wieder irritierte, war der ebenso seltsame wie blinde Eifer, mit dem man hier aus einer gesunden Weltanschauung eine Art Religion zu machen versuchte.

Obwohl getaufter Katholik, war Tommy schon in Altena kein großer Kirchgänger gewesen, nicht, weil er nicht an Gott glaubte – damit hätte er sich arrangieren können –, sondern, weil er bei der sogenannten Wandlung einfach immer hatte lachen müssen, wenn Pfarrer Schmidt in St. Matthäus die Hostie über den Kopf hob und behauptete, er halte den Leib Christi in den Händen, obwohl doch jedermann sehen konnte, dass es nur eine Oblate war, die die Nonnen des St.-Vinzenz-Krankenhauses für die Messfeier backten, wie er schon in der Volksschule gelernt hatte. Aber im Vergleich zu dem Kult, den ausgerechnet die Jünger von Karl Marx, der doch jede Form von Religion als Opium des Volkes gebrandmarkt hatte, aus ihrer Ideologie machten, war eine katholische Messe mit ihrem Hokuspokus eine furztrockene Veranstaltung, und wenn es um die Leugnung schlichter und mit bloßem Auge erkennbarer Tatsachen ging, war jeder SED-Funktionär Pfarrer Schmidt haushoch überlegen. Das kannte Tommy zur Genüge. Das war bei den Nazis nicht viel anders gewesen.

Die Folgen solcher Verblendung zeigten sich bei Veranstaltungen wie dieser. Voller Begeisterung applaudierten die Professoren und Studenten den Lobreden auf die ruhmreiche Sowjetarmee, die Berlin brüderlich in Schutt und Asche gelegt hatte und seitdem ganze Fabriken und Maschinen und alles im Land demontierte, was nicht niet- und nagelfest war, und so die Reste der Wirtschaft ruinierte und jedes Wiederaufblühen verhinderte. Auch sangen sie zu den Klängen des Balalaika-Orchesters mit leuchtenden Augen die fremdsprachigen Lieder, deren Texte sie wahrscheinlich so wenig verstanden wie die Gemeindemitglieder von St. Matthäus die lateinische Liturgie, und taten dabei die ganze Zeit so, als würden sie sich prächtig amüsieren, obwohl weder getrunken noch getanzt wurde, sondern nur geredet und gesungen und wieder geredet, während alle dazu verdammt waren, wie festgenagelt auf ihren Stühlen zu sitzen. Doch das Schlimmste an dem Ganzen war: Jutta Höllscher, Tommys Professorin, in die er sich bereits in seiner allerersten Vorlesung wie ein Friseurgehilfe verliebt hatte und an die er Tag und Nacht denken musste, klatschte zu dem Unsinn so laut Beifall wie alle anderen auch, ja vielleicht sogar noch ein bisschen lauter, und das nicht nur, wie er ihrem strahlenden Gesicht ansah, weil sie als Teil des Lehrkörpers mit den übrigen Dozenten auf der Ehrentribüne saß, sondern aus Überzeugung.

Als endlich die letzte Rede gehalten und das letzte Lied verklungen war, verließ Tommy als einer der Ersten den Saal, um so schnell wie möglich Reißaus zu nehmen. Nichts wie weg von diesem tristen Ort! Vielleicht hatte noch irgendein Tanzlokal in der Nähe auf, wo es hübsche Mädchen gab, die lieber lachten und tranken und tanzten, als idiotischen Reden zuzuhören, und ihn auf andere Gedanken bringen würden.

Doch er war noch nicht an der Treppe, da hielt ihn jemand zurück. Irmgard Volz, die Assistentin von Frau Professor Höllscher.

»Willst du wirklich schon gehen?«, fragte sie.

Täuschte er sich, oder versuchte sie mit ihm zu schäkern? Irmgard war keine Schönheit, dafür war ihre Nase ein bisschen zu groß und ihr Mund ein bisschen zu klein, außerdem hatte sie ihr braunes Haar wie ein BDM-Mädchen über den Ohren zu zwei Schnecken geflochten. Aber sie hatte ein sehr nettes Lächeln.

»Warum nicht?«, erwiderte Tommy. »Die Feier ist ja wohl zu Ende.«

»Ganz und gar nicht«, sagte Irmgard. Sie wartete, bis der russische Major sowie ein paar finster dreinschauende Funktionäre und Politkommissare an ihnen vorübermarschiert waren und die Treppe hinauf verschwanden, dann fügte sie leise hinzu: »Im Gegenteil. Das Beste kommt noch! Jetzt wird getanzt!«

»Getanzt?«, fragte Tommy. »Wirklich?«

»Bis Mitternacht!«, nickte Irmgard und wurde rot.

Tommy schaute sie an. Ihm war bei den Vorlesungen ein paarmal aufgefallen, dass sie vorsichtig zu ihm herübergeschielt hatte, und einmal, als er ihren Blick erwiderte, war sie genauso rot geworden wie jetzt. Seitdem hatte sie sich nicht mehr getraut, ihn anzuschauen, und wenn sie sich irgendwo trafen, in der Bibliothek oder auf den Fluren des Hörsaalgebäudes, tat sie immer, als würde sie ihn nicht sehen, und lief mit abgewandtem oder zu Boden gesenktem Blick an ihm vorbei.

War sie in ihn verliebt?

»Na dann mal los!«

Entschlossen nahm er ihre Hand. Irmgard kam ihm gerade recht. Erstens konnte er sich so die Suche nach einem Tanzlokal sparen, und zweitens würde es ihm ein Vergnügen sein, mit ihr vor Jutta Höllschers hübscher Parteinase das Tanzbein zu schwingen. Hoffentlich war die Frau Professor noch da!

Im Saal waren inzwischen die Stühle zur Seite geräumt, und die ersten Paare warteten schon ungeduldig auf der Tanzfläche. Während die

Musiker ihre Instrumente stimmten, blickte Tommy sich um. Wo zum Teufel war sie?

»Suchen Sie jemand?«, hörte er plötzlich ihre dunkle Stimme.

Als er sich umdrehte, stand sie vor ihm, das Mongolengesicht zu einem spöttischen Lächeln verzogen. Im selben Moment setzte die Musik ein. Kasatschok. Wohl oder übel verschwanden die deutschen Studenten von der Tanzfläche, um russischen Soldaten Platz zu machen, die, mit verschränkten Armen vor der Brust und dem Hintern so tief in der Hocke, dass sie beinahe den Boden berührten, ihre bestiefelten Beine in die Luft warfen.

Auch Irmgard war sichtlich enttäuscht. »Schade«, sagte sie. »Jetzt müssen wir wohl warten, bis unsere Freunde fertig sind.«

»Warum?«, fragte Tommy. »Zu dem Rhythmus kann man auch Jive tanzen.«

»Jive?«, fragte Jutta Höllscher. »Nie im Leben!«

»Soll ich es Ihnen beweisen?«

Tommy ließ Irmgard stehen, und ohne die Erlaubnis seiner Professorin abzuwarten, packte er ihren Arm. Die ließ es sich lachend gefallen, und während er ihre rechte Hand ergriff, um sie zu führen, legte sie ihre Linke auf seine Schulter.

Auf den Fußballen wippend, zählte er ab: »Eins, zwei, drei, vier«, dann nickte er ihr zu. »Rück, Platz, Wechselschritt, Wechselschritt«, kommandierte er wie früher im Lennestein, damit sie in den Rhythmus fand, »Rück, Platz, Wechselschritt, Wechselschritt …«

Er wusste nicht, ob er ein so guter Lehrer oder sie so eine gelehrige Schülerin war. Kaum hatte er die Schrittfolge ein paarmal wiederholt, hatte sie jedenfalls den Bogen raus. Leicht wie eine Feder und dabei so präzise wie ein Metronom folgte sie seiner Führung.

»Na, glauben Sie mir jetzt?«, fragte er.

»Allerdings«, lachte sie. »Das klappt ja wirklich wunderbar!«

Es dauerte nicht lange, da achtete kein Mensch mehr auf die Russen. Während die weiter mit ihren Beinen in der Luft wirbelten, als würden sie dafür bezahlt, kehrten die ersten Paare auf die Tanzfläche zurück, um es gleichfalls mit Jive zu probieren. Diejenigen, die sich nicht trauten, bildeten um Tommy und seine Professorin einen Kreis und klatschten im Rhythmus. Irgendwann gaben sogar die Russen auf und schlossen sich den anderen an.

»Ein Glück, dass der Major schon fort ist«, sagte Jutta Höllscher.

»Warum?«, fragte Tommy. »Nur weil die Soldaten der ruhmreichen Sowjetarmee lieber Jive als Kasatschok tanzen?«

»Nur?«, wiederholte Jutta Hölscher. »Na hören Sie mal! Wegen so etwas kann der dritte Weltkrieg ausbrechen!«

21

Seit Ruth die Kinder ins Bett gebracht hatte, las sie in dem Buch, das ihre Mutter ihr zu Weihnachten geschenkt hatte, *Was ich wandre dort und hier.* Der Roman hatte, weil er in Altena spielte, für einige Aufregung in der Stadt gesorgt. Nicht wenige Leser glaubten sich in der Geschichte wiederzuerkennen und fühlten sich falsch oder manche sogar in rufschädigender Weise dargestellt – kein Wunder, schließlich setzte die Handlung direkt nach dem Zweiten Weltkrieg ein, und da hatten einige noch große Schwierigkeiten, die alten Zeiten hinter sich zu lassen und sich in die neue hineinzufinden. Ruth konnte das verstehen, sie selber hatte mit dem Ende des Krieges ja auch alles verloren, woran sie früher geglaubt hatte, nicht nur ihren Mann. Nicht verstehen aber konnte sie, wie verlogen die Figuren in dem Roman mit ihrer Vergangenheit umgingen. Genauso verlogen wie ihre eigene Familie, die ihrem Fritz so schlimm mitgespielt hatte, obwohl sie selber in die übelsten Machenschaften verstrickt gewesen war. Aber jetzt behauptete ja jeder, schon immer ein Nazi-Gegner gewesen zu sein, egal, wie laut er früher »Heil Hitler!« geschrien hatte.

Warum konnten Menschen eigentlich nie zugeben, wenn sie sich geirrt hatten? Weil man sich nicht irren durfte? Nie-, niemals?

Obwohl Ruth sich schon als junges Mädchen am liebsten in Romane verkrochen hatte, wann immer sie in ihrem eigenen Leben nicht mehr weiterwusste, gelang es ihr an diesem Abend nicht, sich auf die Lektüre zu konzentrieren. Walter war jetzt schon seit über zwei Stunden bei ihrer Mutter. Er war extra spät in die Nette gefahren, um sicher zu sein, dass sie mit dem Abendessen fertig war, wenn er in die Villa kam, um sie um Ruths Hand zu bitten, und die Wahrscheinlichkeit, dass er danach zum Plaudern geblieben war, war mehr als gering.

Wann kam er endlich, um ihr zu berichten?

Ruth klappte ihr Buch zu. Sie wollte das Radio anstellen, um sich ein wenig abzulenken, nach den Nachrichten hatte der Sprecher eine Übertragung der *Fledermaus* angekündigt. Doch sie hatte sich noch nicht von der Couch erhoben, da hörte sie Schritte auf der Treppe.

Bevor die Schelle ging, öffnete sie die Tür.
»Mein Gott, wie siehst du denn aus?«
Walter stand auf dem Treppenabsatz, das Haar zerzaust, der Schlips auf halb acht, und schaute sie mit stieren Augen an. Er war so betrunken, dass er sich kaum auf den Beinen halten konnte und sich am Geländer festhalten musste.
»Sie hat mir einen Korb gegeben«, lallte er.
»Was redest du da? Wen meinst du?«
»Deine Mutter. Deine vornehme Scheißmutter.« Er stieß einen Rülpser aus. »Sie hat es wirklich gewagt.«
»Nicht so laut, um Himmels willen! Die Kinder!« Ruth nahm seinen Arm und legte ihn um ihre Schulter. »Jetzt komm erst mal rein.«
Zum Glück ließ er sich ohne Widerstand in die Wohnküche führen. Wie ein nasser Sack plumpste er aufs Sofa.
»Erst mal Schuhe auziehen«, sagte er und beugte sich vor, um die Schnürsenkel zu öffnen. Doch er zielte daneben und griff ins Leere. »Jungfrau Annemarie! Noch ein Gedeck! Aber ein bisschen dalli!«
»Ich glaube, du brauchst vor allem erst mal einen Kaffee«, sagte Ruth.
Mit dem Schürhaken hob sie die mittleren Ringe aus der Herdplatte und warf Reisig und ein paar Holzscheite in die Glut, um das Feuer wieder anzufachen. Während sie den Wasserkessel in die Öffnung stellte, streifte Walter sich die Schuhe von den Füßen.
»Frühestens in einem Jahr«, lallte er, »oder vielleicht auch in zwei, hat sie gesagt. Vorher wird nicht geheiratet. Gundel hat das *Prevenir.*« Voller Verachtung äffte er das Wort nach und verdrehte die Augen. »Aber das wird die eingebildete Kuh büßen!« Er schlug so fest mit der Hand auf den Tisch, dass Fritzchen in der Kammer nebenan aufwachte und zu schreien anfing.
»Mach nicht so einen Lärm!«, zischte Ruth. »Bitte!«
Aber Walter ließ sich nicht beirren. »Büßen wird sie das! *Büßen!*« Als er wieder auf den Tisch schlug, ging die Schlafzimmertür auf.
»Was hat Onkel Walter?«, fragte Winfried, verängstigt und den Tränen nahe.
»Hab keine Angst und leg dich wieder ins Bett.« Ruth eilte zu ihrem Sohn. »Onkel Walter war nur im Schwarzen Raben und hat ein bisschen zu viel getrunken.«
»Das habe ich nicht«, protestierte Walter. »Das geht nämlich gar nicht. Weil ich gar nicht so viel saufen kann, wie ich kotzen muss.«

Damit Winfried ihn nicht länger in diesem Zustand sah, schob Ruth ihn zurück in die Kammer. Gott sei Dank war wenigstens Fritzchen wieder eingeschlafen. Leise schloss sie die Tür. Während Walter in der Küche irgendwas vor sich hinbrabbelte, legte sie Winfried ins Bett und zog ihm die Decke über die Schultern. Dann beugte sie sich über ihn und gab ihm einen Kuss.

»Jetzt wird aber wieder geschlafen.«

»Bitte, Mama, geh nicht weg.«

Ruth zögerte. »Na gut. Dann warte ich, bis du wieder eingeschlafen bist. Einverstanden?«

In der dunklen Kammer sah sie seinen Kopf nur wie einen Schatten auf dem hellen Kissenbezug. Aber sie glaubte zu erkennen, dass er nickte.

Mit einem Seufzer setzte sie sich zu ihm. Vielleicht war das ja das Beste, was sie tun konnte. Einfach abwarten, bis Walter auf dem Sofa eingeschlafen war. Während sie Winfrieds Wange streichelte, spürte sie, wie er sich unter ihrer Hand beruhigte, und es dauerte keine Minute, da ging sein Atem schon wieder ruhig und gleichmäßig. Die Hand an seinem kleinen, warmen Gesicht, lauschte sie hinüber in die Küche. Von Walter war nichts mehr zu hören als Schnarchen.

Was würde sein, wenn er morgen früh seinen Rausch ausgeschlafen hatte? Würde er sie und ihre Söhne dann überhaupt noch wollen?

Auf dem Herd begann leise der Kessel zu singen. Ruth sprang auf, um ihn vom Feuer zu nehmen, bevor alle wieder aufwachten. Als sie die Tür zur Küche öffnete, ging das Singen schon in ein Pfeifen über. Sie lief an den Herd und stellte den Kessel auf die Ablage.

Als sie sich umdrehte, sah sie, dass Walter wieder wach war. »Das lasse ich mir nicht gefallen«, lallte er. »Nicht mit mir!« Seine betrunkenen Augen verengten sich zu einem Schlitz. »So weit kommt es, dass die Mischpoke mir vorschreibt, wen ich heirate. Die können mich mal am Arsch lecken. Jetzt erst recht!« Plötzlich stutzte er, als hätte er Ruth erst jetzt bemerkt, und blickte zu ihr auf. »Ah, da bist du ja! Ich dachte schon, du wärst stiften gegangen.« Grinsend hob er den Arm und streckte seine Hand nach ihr aus. »Komm her, mein Mädchen. Gib Papa einen Kuss!«

22

Im Hotel am Markt brannte kein einziges Licht mehr, als Jürgen den Totschlag herunterkam. Das war ihm nur recht. Bloß keinen sehen, der ihm Fragen stellte.

Stundenlang war er durch Altenas Wälder geirrt, um seine Gedanken zu ordnen, ohne dabei jemandem zu begegnen. Von der Bismarckstraße aus war er über die Linscheider Brücke zum Kleff gelaufen und von dort an der Badeanstalt vorbei den im letzten Sommer wieder mal abgebrannten Wixberg hinauf und einmal um den Kopf herum und schließlich, als im Tal allmählich die Lichter erloschen, zurück in die Stadt und durch die Lennestraße in die Freiheit, wo sich das kleinste der drei Altenaer Hotels befand, in dem nur selten Gäste aus bekannten Familien logierten, sondern hauptsächlich durchreisende Handelsvertreter und holländische Touristen, in deren Augen im Sauerland die Alpen begannen. Nach der Eröffnung des Arztes war sein erster Reflex gewesen, Ulla zur Rede zu stellen. Doch sein Vater hatte ihm beigebracht, dass man, egal, wie groß ein Problem war, stets eine Nacht darüber schlafen sollte, bevor man Entscheidungen traf, die dann vielleicht nicht mehr rückgängig zu machen waren. Also blieb ihm nichts anderes übrig, als ein Hotelzimmer zu nehmen. Nach Hause in die Alte Apotheke konnte er mit seinem Problem ja ebenso wenig wie in die Wolf'sche Villa.

Als er die Nachtklingel drückte, dauerte es eine Ewigkeit, bis im Flur des Hotels Licht anging und schlurfende Schritte sich näherten.

»Herrgott – um diese Zeit?« Ein verschlafener Portier mit offener Jacke und offenem Hemd erschien in der Tür. Als er erkannte, wen er vor sich hatte, nahm er eilig seine Mütze vom Haken und setzte sie sich auf den Kopf. »Oh, der Herr Bürgermeister«, sagte er und knöpfte sich die Jacke zu. »Womit kann ich dienen?«

Jürgen schob sich an ihm vorbei in den Flur. Es war nicht nötig, dass jemand sah, wie er um Mitternacht ein Hotel aufsuchte.

»Ich brauche ein Zimmer«, sagte er, während der Portier seinen Platz hinter der Rezeption einnahm.

»Für wann und auf welchen Namen?«

»Für jetzt gleich und für mich selbst«, erklärte Jürgen. »Ich … ich muss mal allein sein.«

»Ah, ich verstehe.« Mit einer Miene, die zum Ausdruck brachte, dass so etwas in den besten Familien vorkam, griff der Portier hinter sich ans Schlüsselbrett. »Nr. 17, leider das einzige freie Zimmer, das ich noch habe. Einen Moment, ich bringe Sie hinauf.«

»Nicht nötig. Geben Sie mir lieber eine Packung Juno und eine Flasche Bier.« Jürgen schob ihm einen Zehnmarkschein über den Tresen. »Und für Diskretion wäre ich Ihnen dankbar.«

»Selbstverständlich, Herr Rühling«, erwiderte der Portier und steckte das Geld ein. »Sie können sich auf mich verlassen.«

Das Zimmer befand sich im obersten Stock, gleich unter dem Dach. Dem muffigen Geruch nach hatte seit Wochen kein Gast mehr in der winzigen Kammer geschlafen. Jürgen nahm einen Schluck Bier aus seiner Flasche, und obwohl er sonst nur in Gesellschaft rauchte, weil man es da von ihm erwartete, zündete er sich eine Zigarette an. Dann trat er ans Fenster und schaute hinaus in die Nacht.

Alles war dunkel, kein Mensch war mehr auf der Straße. Nur bei Foto Hess gegenüber schimmerte hinter einem Fenster bläuliches Licht. Offenbar hatte der Fotograf so viel zu tun, dass er bis in die späte Nacht Filme entwickeln musste. Fotoapparate, so hatte Jürgen in der Zeitung gelesen, waren im Weihnachtsgeschäft der größte Verkaufsschlager gewesen, auch er selbst hatte von Ulla eine Kamera geschenkt bekommen.

Bei der Erinnerung an seine Frau zog sich ihm das Herz zusammen.

»Bitte, lieber Gott«, flüsterte er, »bitte mach, dass das nicht wahr ist …«

23

Mitternacht war vorbei, der deutsch-sowjetische Freundschaftsabend zu Ende. Die Musiker des Balalaika-Orchesters hatten ihre Instrumente eingepackt und sich auf den Heimweg gemacht, genauso wie die Soldaten und Studenten, die sich an diesem Abend so gut amüsiert hatten wie schon lange nicht mehr. Über zwei Stunden hatten sie getrunken und getanzt und gelacht.

Als um halb eins der Hausmeister die Treppe herunterkam und im Flur das Licht andrehte, um die Stühle im Saal für eine Kundgebung am nächsten Morgen wieder in Reih und Glied aufzustellen, stutzte er. Durch die offene Saaltür sah er in der Dunkelheit ein Paar, das noch von der Feier übrig geblieben war, einen Mann und eine Frau. Mit langsamen Schritten bewegten sie sich auf der Tanzfläche zu einer Musik, die nur sie beide zu hören schienen.

»Das war ein sehr besonderer Abend«, flüsterte Jutta Höllscher an Tommys Ohr.

»Das fand ich auch«, erwiderte er, genauso leise wie sie. »Ich wünschte, er würde nie zu Ende gehen.«

Sie tanzten so eng, dass er beinahe glaubte, die Härchen ihrer Haut auf seiner Wange flimmern zu spüren. Oder war es eine Strähne, die sich aus ihrer Frisur gelöst hatte? Bei dem Gedanken lief ihm ein Schauer über den Rücken. Wenn sich schon ihre Frisur auflöste, würde sie vielleicht auch ihre Bluse aufknöpfen …

Ohne die Augen zu öffnen, führte er sie in eine Drehung, als plötzlich lautes Händeklatschen ihn aus seinen Träumen riss.

»Schluss jetzt! Feierabend!«

Er war in den Tanz so sehr versunken gewesen, dass er weder den Hausmeister noch das Licht bemerkt hatte, das draußen im Flur brannte. Auch seine Professorin blinzelte, als wäre sie gerade aufgewacht.

»Ich glaube, jetzt müssen wir wirklich«, sagte sie.

»Das fürchte ich auch«, seufzte er. »Leider. Hausmeister sind ja bekanntlich die einzigen Tyrannen, deren Macht auch der Sozialismus nicht brechen konnte.«

Jutta Höllscher lachte. Tommy fragte sich kurz, ob er sie einfach an der Hand nehmen sollte, um sie hinauszuführen, kam aber zu dem Schluss, dass es dafür noch zu früh war. Also half er ihr stattdessen nur in den Mantel, wie es sich gehörte, und begleitet von den missbilligenden Blicken des Hausmeisters verließen sie den Keller.

Draußen empfing sie eine laue Frühlingsnacht. Zwischen den Bäumen der Allee, deren Blätter im Mondschein wie blassgrüner Phosphor schimmerten, brannte nur jede dritte Laterne. Doch der Himmel über ihnen war so sternenklar, dass gar kein künstliches Licht nötig gewesen wäre.

Jetzt oder nie!

»Darf ich Sie nach Hause begleiten?«, fragte Tommy und reichte seiner Professorin den Arm.

Als wäre es das Selbstverständlichste der Welt, hakte sie sich bei ihm unter. »Gerne!«

Tommy hätte sich am liebsten in den Arm gekniffen. Passierte das gerade wirklich, oder träumte er nur? Während der dünne Stoff ihres Sommermantels leise an seinem Anzug raschelte, spürte er durch ihn hindurch bei jedem Schritt die Bewegungen ihres Körpers wie eine Verheißung. Normalerweise, wenn er nach einem Tanzabend ein Mädchen nach Hause brachte, sprudelte er wie ein Wasserfall, erzählte von Gott und der Welt und riss einen Witz nach dem anderen, damit seine Begleiterinnen sich erst gar keine Gedanken machen konnten, die womöglich dem von ihm angestrebten Ende des Abends im Wege standen. Tanzen, Lachen, Küssen – das war sein dutzendfach bewährtes Rezept, um eine Frau herumzukriegen. Tanzen und immerhin einmal Lachen hatte er schon geschafft. Doch seltsam, als er jetzt mit Jutta Höllscher am Arm Unter den Linden entlanglief, kam ihm kein einziges Wort mehr über die Lippen. Schüchterte sie ihn etwa ein, weil sie eine Frau Professor war? Oder lag es einfach daran, dass er sich an ihrer Seite so unglaublich wohl fühlte, dass er jeden einzelnen Schritt genoss und gar nichts anderes wollte, als nur schweigend mit ihr durch diese wunderbare Frühlingsnacht zu schlendern? Auch sie sprach kein Wort, und solange er nicht nach dem Grund fragte, durfte er hoffen, dass sie aus demselben Grund schwieg wie er.

Zu seiner Enttäuschung wohnte sie ganz in der Nähe, nur zwei Straßen vom Institut entfernt, und sein leises, stilles Glück endete nach wenigen Minuten vor einem Wohnheim für ledige Dozenten.

»Danke.« Mit einem Lächeln löste sie sich von seinem Arm und suchte in ihrer Handtasche nach dem Schlüssel.

Tommy wusste aus Erfahrung, dass sich in diesem Moment entschied, wie der Abend ausgehen würde. Es gab tausend Arten, wie eine Frau nach ihrem Schlüssel suchte, und jede davon war eine Botschaft an ihren Begleiter. Dabei galt die Faustregel: Je länger sie suchte, desto geneigter war sie. Während Jutta Höllscher in ihrer Handtasche tastete, blickte sie mit ihren Mandelaugen einmal zu ihm auf. Ein solches Zögern war immer ein gutes Zeichen. Im selben Moment setzten seine alten Instinkte wieder ein. Sollte er versuchen, sie zu küssen? Obwohl er erst einen einzigen Witz gelandet hatte? Unter diesen Umständen sollte er ihr vielleicht erst nur einen flüchtigen Kuss auf die Wange geben, ganz harmlos und unschuldig, wie zum Abschied, um sich dann mit ein paar Komplimenten zu ihrem Mund vorzuarbeiten … Aus den Augenwinkeln sah er ihre vollen Lippen, und er glaubte schon, den Kuss dieser Lippen zu schmecken.

Die Vorstellung war so überwältigend, dass er sie sich im selben Moment verbot. Nein, diese Frau war seine Professorin, und wenn er das vergaß, würde er womöglich alles versauen, was er bis jetzt erreicht hatte.

Mit geradezu übermenschlicher Willenskraft widerstand er also der Versuchung. »Dann ... dann wünsche ich Ihnen eine gute Nacht«, sagte er, und obwohl sein Arm so schwer war wie Blei, reichte er ihr die Hand, um sich zu verabschieden.

Verwundert schaute sie ihn an. »Wollen Sie etwa schon gehen?«, fragte sie, ohne seine Hand zu nehmen. »Ich dachte, Sie würden mir noch ein wenig Gesellschaft leisten.«

»Gesellschaft?«, wiederholte er wie ein Idiot. »Wo denn?«

»Natürlich auf meinem Zimmer!«, lachte sie. »Was dachten Sie? Hier im Mondschein?«

Die Antwort haute Tommy endgültig um. »Aber ... ich meine – Sie sind meine Professorin ... und ich ... ich bin Ihr Student ... Haben Sie keine Angst, dass uns jemand sieht?«

Er hatte den Satz noch nicht beendet, da wusste er, dass er wirklich ein Idiot war. Eine blödere Frage hätte er gar nicht stellen können!

Doch statt ihn auszulachen, lächelte Jutta Höllscher ihn nur an, mit diesem geheimnisvollen, mongolischen Lächeln, das ihn ganz verrückt machte, und hob mit der Spitze ihres Zeigefingers sein Kinn. »Mein kleiner Bourgeois«, sagte sie und schüttelte, immer noch lächelnd, den Kopf. »Im Sozialismus ist das doch kein Problem. Da ist die Liebe so frei wie die Gesellschaft!«

Noch ein Blick aus ihren Mandelaugen, dann ließ sie ihn stehen und steckte den Schlüssel ins Schloss. Verflucht, der Moment war vorbei! Schon öffnete sie die Tür und verschwand in einem dunklen Flur. Tommy hätte sich am liebsten in den Hintern getreten. Eine solche Chance würde er nicht wieder bekommen.

Er wandte sich gerade zum Gehen, da sah er, dass sie sich im Flur noch einmal umdrehte und ihn aus der Dunkelheit heraus anblickte.

»Nun, worauf wartest du?«, fragte sie mit ihrer rauchigen Stimme. »Oder traust du dich nicht?«

Tommys Herz machte einen Freudenhüpfer. Die Entscheidung war gefallen – deutlicher konnte keine Frau zum Ausdruck bringen, was sie wollte. Er gab sich einen Ruck, und ohne länger zu zögern, folgte er seiner Professorin und seinem Herzen ins Haus.

So ließ er sich den Sozialismus gefallen!

24

Am nächsten Morgen bat Christel ihre Tochter Ulla beim Frühstück, sie zu Ruth in die Stadt zu begleiten. Nach dem Eklat am Vorabend musste sie alles versuchen, ihre Älteste von ihrem indiskutablen Verehrer zu kurieren, und dabei konnte Ulla in ihrer energischen Art ihr bessere Dienste leisten als die stets auf Harmonie bedachte Gundel, die jedem Streit aus dem Weg ging. Auf ihre freundliche Bitte, sich ein oder zwei Jahre zu gedulden, damit ihre Töchter der Reihe nach heiraten konnten, ohne einander in die Quere zu kommen, hatte Walter Böcker in einer Weise reagiert, die durch nichts zu entschuldigen war. Wie eine Bulldogge hatte er sie angebellt und ihr an den Kopf geworfen, sie wolle ihn nur hinhalten, um ihn irgendwann ganz abzuservieren, aber er durchschaue ihr Spiel und lasse sich das nicht bieten. Dann hatte er ihr die Rosen vor die Füße geschmissen und ohne einen Gruß das Haus verlassen. Als er in der Diele die Tür hinter sich zugeschlagen hatte, hatten sämtliche Wände der Villa gewackelt.

»Ich komme auch mit«, sagte Gundel und holte den Maybach aus der Garage.

Lotti Mürmann öffnete gerade ihren Kolonialwarenladen, als sie zu dritt in der Freiheitstraße ankamen. Die Haustür stand schon offen, doch als sie im obersten Stock schellten, kam niemand an die Tür. Sie klingelten erneut, vier oder fünf Mal wiederholten sie den Versuch, doch vergeblich, obwohl von innen eindeutig Geräusche zu hören waren. Erst als Christel den Namen ihrer Tochter rief, ging die Tür auf. Aber nicht Ruth erschien auf der Schwelle, sondern der kleine Winfried.

»Geht weg«, sagte er, »Mama will nicht mit euch sprechen.«

»Gib deiner Oma erst mal ein Küsschen«, sagte Christel und beugte sich zu ihrem Enkel herab. »Und dann gehst du ein bisschen mit deiner Tante auf den Spielplatz.«

Nachdem sie den Jungen an sich gedrückt hatte, gab sie Gundel ein Zeichen, und während ihre Jüngste Winfried an die Hand nahm, um ihn aus dem Haus zu bringen, damit er nicht Zeuge eines möglichen Streits zwischen seiner Mutter und seiner Oma würde, betrat sie mit Ulla die Wohnküche.

Statt in der neuen Schürze, die Christel ihr extra zu Weihnachten geschenkt hatte, empfing Ruth sie in ihrem grässlichen Blümchenkittel. Ihr Blick war nichts als Abwehr und Feindseligkeit.

»Was wollt ihr?«

»Nimm endlich Vernunft an, und komm mit den Kindern zurück in die Villa«, sagte Christel. »Wenn schon nicht dir zuliebe, dann für die zwei armen Würmer. Das bist du ihnen schuldig, sie können doch nichts dafür.«

Ohne ihnen einen Platz anzubieten, verschränkte Ruth die Arme vor der Brust. »Ich kann für mich und meine Söhne bestens ohne euch sorgen.«

»Und wie willst du das schaffen mit deiner kleinen Rente? Schau dich doch nur um!«

Ruth zuckte die Achseln. »Walter will mich immer noch heiraten, obwohl du gestern alles getan hast, um ihn zu vergraulen. Er meint, dann heiraten wir eben ohne deinen Segen.«

Christel blickte auf den Küchentisch, auf dem noch das Geschirr vom Frühstück stand. Ein unberührtes Schälchen Brei für Fritzchen, der offenbar noch schlief. Drei Teller mit Brotkrümeln und drei leere Tassen, eine davon halbvoll mit Hagebuttentee, den Ruth den Kindern morgens gab, die zwei anderen mit deutlich erkennbaren Kaffeepfützen.

Also war er über Nacht hier gewesen.

Zum Glück übernahm Ulla das Reden. »Ist dir wirklich nicht klar, warum dieser Mann dich heiraten will?«, fragte sie. »Er spekuliert auf deine Anteile an der Firma Wolf, entweder über die Mitgift oder später, wenn Mama stirbt, über dein Erbe. Um sich auf diese Weise die Mehrheit an der VAM zu sichern. Damit er irgendwann allein das Sagen hat.«

Ruth schnaubte durch die Nase wie ein störrisches Pferd. »Auf die Idee, dass er mich liebt, kommt wohl keiner von euch, oder?«

»Walter Böcker und Liebe!«, sagte Ulla voller Verachtung. »Dass ich nicht lache!«

»Ja, lach nur! Und ob Walter mich liebt! Er hat sich sogar bereit erklärt, Winfried und Fritzchen zu adoptieren.«

Überrascht runzelte Christel die Stirn. Damit hatte sie nicht gerechnet, und Ulla offenbar auch nicht, denn für einen Moment verschlug es sogar ihr die Sprache. Jeder in der Familie wusste, Ruth mochte manchen Fehler haben, aber lügen tat sie, im Gegensatz zu ihren Schwestern, so gut wie nie. Jedenfalls nicht, wenn es darauf ankam.

Hatten sie sich etwa doch in Walter Böcker getäuscht?

»Ja, da staunt ihr«, sagte Ruth. »Hoffentlich seht ihr endlich ein, dass ihr ihm unrecht tut. Walter hat zwar eine raue Schale. Aber darin steckt ein guter Kern!«

»Bloß weil er bereit ist, deine Kinder zu adoptieren?«, erwiderte Ulla. »Wenn du mich fragst, ist das nichts als Taktik. Mit den Kindern hat er dich im Sack. Und damit die Mehrheit an der VAM.«

Voller Abscheu blickte Ruth sie an. »Wie kannst du nur so etwas Scheußliches denken? Das ist ja widerlich.«

»Widerlich ist der alte Nazi, den du heiraten willst. Ich sage nur – Reichsministerium für Bewaffnung und Kriegsproduktion.«

»Ja, ja«, nickte Ruth, »bleibt ihr nur alle schön auf euerm hohen Ross sitzen! Doch statt mit dem Finger auf andere zu zeigen, solltet ihr euch lieber an die eigene Nase fassen. Wenn jemand Dreck am Stecken hatte, dann nicht Walter, sondern unser Vater! Der hat den Nazis Stacheldraht für Konzentrationslager geliefert! Aber das natürlich nur aus den edelsten Motiven.«

Plötzlich war es so still in der Küche, dass man aus der Schlafkammer Fritzchen brabbeln hörte. Offenbar war der Kleine aufgewacht und vergnügte sich leise vor sich hin. Doch Christel, die sich sonst keine Gelegenheit entgehen ließ, ihren Enkel aus dem Bett zu holen, achtete nicht darauf. Die Art, wie Ruth die Dinge verdrehte, um das Andenken ihres Vaters zu beschmutzen, war einfach unerhört! Energisch fasste sie ihre älteste Tochter ins Auge.

»Du kannst sagen, was du willst, ich traue Walter Böcker nicht über den Weg. Papa würde sich im Grabe umdrehen, wenn du ihn heiratest, um die Nachfolge eines Theaterflittchens anzutreten.«

»Und das sagst du nach allem, was Walter für uns und vor allem für Papa getan hat?« Ruth schnappte nach Luft. »So was Undankbares habe ich noch nicht erlebt!«

Doch Christel ließ sich nicht beirren. »Du weißt ja gar nicht, was du sagst, Kind! Im Gegensatz zu dir kenne ich diesen Mann. Alles, was Walter Böcker tut, tut er aus Berechnung. Das war auch Papas Meinung. Für seinen Vorteil geht Walter Böcker über Leichen, das hat er oft genug gesagt. Und glaub mir«, fügte sie hinzu, »das meinte er nicht nur bildlich!«

»Jetzt ist es aber genug!«, rief Ruth so laut, dass Fritzchen nebenan anfing zu schreien. »Egal, was ihr über Walter behauptet und euch zusammenlügt, ich will und werde ihn heiraten! Und wenn Papa sich dreimal im Grab umdreht!«

»Willst du dich versündigen?« Christel spürte, wie ihre Knie plötzlich weich wurden. Doch ihre Stimme war fest. »Wenn du das tust«, erklärte sie, »und Walter Böcker gegen unseren ausdrücklichen Willen tatsächlich heiratest, sind wir geschiedene Leute.«

»Raus aus meiner Wohnung!« Voller Wut riss Ruth an dem Tischtuch mit dem Frühstücksgeschirr, so dass sämtliche Teller und Tassen zu Boden fielen. »Schert euch zum Teufel! Ich will euch nie mehr wiedersehen!«

25

Walter brummte der Schädel, als kreise darin eine JU 52. Obwohl es noch keine neun Uhr war, kippte er im Büro der VAM einen doppelten Schnaps, um nach der Portion Matjes, die er soeben verputzt hatte, den salzigen Fischgeschmack aus dem Mund zu bekommen und vor allem einen weiteren Abfall des Alkoholpegels zu verhindern, dem er seinen kolossalen Brummschädel verdankte. Nach dem Auftritt in der Wolf'schen Villa hatte er sich im Schwarzen Raben volllaufen lassen, bis die Jungfrau Annemarie sich geweigert hatte, ihm weiter Bier und Schnaps zu bringen. Jetzt half nur noch ein richtiges Katerfrühstück, wie er es bei der Wehrmacht gelernt hatte und ohne das er sich nach manchem Gelage im Offizierskasino nicht wieder zum Dienst hätte melden können. Heringe und Schnaps und Kaffee. Es gab kein besseres Mittel, um wieder auf die Beine zu kommen.

Das Frühstück bei Ruth hatte er nur seiner Verlobten zuliebe eingenommen, zum Dank dafür, dass sie ihm trotz der Zicken ihrer Mutter nicht von der Fahne gegangen war, um sich mit den anderen Wolf'schen Weibern gegen ihn zu verbünden, sondern zu ihm gehalten hatte, wie es sich für ein deutsches Mädchen gehörte. Nein, er hatte sich in ihr nicht geirrt. Ruth hatte das Herz am rechten Fleck. Genau so eine musste man heiraten, wenn man einen Stammhalter zeugen wollte. Schließlich hieß seine Firma Böcker & Söhne!

Nach dem Schnaps kam der Kaffee an die Reihe, schwarz wie die Nacht und so stark, dass der Löffel darin stand, ohne Zucker oder Sahne. Fräulein Jungblut, die Sekretärin der VAM, hatte ihm schon eine dampfende Kanne bereitgestellt.

Er schenkte sich gerade eine Tasse ein, als die Tür aufging und Ulla Rühling in das Büro marschiert kam, das er und sie sich in der gemeinsamen Firma teilten.

»Wir müssen reden«, sagte sie ohne jede Begrüßung und schloss die Tür hinter sich.

»Willst du dich nicht erst mal setzen? Und falls du einen Kaffee möchtest …«

»Nein danke.« So energisch, als hätte er ihr Gift angeboten, schüttelte sie den Kopf. »Die Situation ist unhaltbar«, erklärte sie, nachdem sie auf der anderen Seite des Schreibtischs Platz genommen hatte. »Wir müssen die VAM auflösen.«

Vorsichtig, um sich nicht die Lippen zu verbrennen, führte Walter die Tasse an den Mund. »Du meinst, wegen der kleinen Unstimmigkeit gestern Abend?«

»Ruth sagt, dass ihr gegen den Willen unserer Mutter heiraten wollt. Ich denke, da ist eine Trennung der Geschäfte die einzige Lösung.«

»Und wovon wollt ihr ohne die Einnahmen der VAM leben? Soweit ich weiß, bringt die Firma Wolf nicht mal die Hälfte von dem ein, was ihr mit eurem Anteil aus dem Münzgeschäft verdient.«

Ulla zuckte die Schultern. »Die Firma Wolf ist auf gutem Weg. Wenn du uns ein akzeptables Angebot machst, bist du alleiniger Eigentümer der VAM. Das war doch immer dein Ziel.«

Der Kaffee war so heiß, dass Walter einen Schluck auf die Untertasse goss, damit er sich nicht die Zunge verbrannte. Ullas Vorschlag hatte ihm gerade noch gefehlt! Während er den Kaffee von der Untertasse schlürfte, zermarterte er seinen Brummschädel, wie er sich am besten aus der Affäre ziehen konnte. Wenn Ulla aus der Firma ausschied, würde man ihm die ganze Bude auf den Kopf stellen. Dabei würden womöglich Fragen aufkommen, auf die er keine überzeugenden Antworten wusste. Irgendwas ließ sich schließlich immer finden, wenn man nur gründlich genug suchte, egal, wie rein die Weste war, die man trug – Persilschein hin oder her. Er wäre dann gezwungen, sich von Erinnerungsstücken zu trennen, die eine Zeit seines Lebens bezeugten, als sein Leben diesen Namen mehr als zu jeder anderen Zeit verdient hatte. Die Sache war so heikel, dass sie seine ganzen Pläne zunichtemachen konnte.

»Du hast mich durchschaut«, sagte er und stellte die Untertasse auf den Schreibtisch zurück. »Darum will ich ganz ehrlich sein. Natürlich würde ich die Gewinne der VAM lieber allein einsacken, statt sie mit Leuten zu teilen, die mich nicht in ihrer vornehmen Familie haben wollen. Schließlich war das Geschäft ja meine Idee, und ich habe die

Firma Wolf nur ins Boot geholt, weil ich deinen Vater mochte und schätzte. Aber jetzt gibt es leider einen Grund, warum es für mich von großem Nachteil wäre, als Besitzer der VAM öffentlich in Erscheinung zu treten.«

»Nämlich?«

»Meine Position im Vorstand des nordrhein-westfälischen Arbeitgeberverbandes. Ich kann nicht nach außen als Inhaber der Firma fungieren, sondern nur als stiller Teilhaber, sonst habe ich sofort die Pressefritzen am Hals. Verdacht auf Selbstbegünstigung im Amt und so – das gäbe ein Riesentheater.«

Voller Misstrauen schaute Ulla ihn an. »Warum hast du solche Angst vor der Öffentlichkeit?«

Walter stieß innerlich einen Fluch aus. Das kleine Miststück traute ihm nicht und schien den Braten zu riechen! Unwillkürlich griff er zu dem Zigarettenkästchen, das für Besucher auf dem Schreibtisch stand, um sich eine anzuzünden, doch mit Rücksicht auf seinen dicken Kopf ließ er es lieber bleiben und trank stattdessen noch einen Schluck Kaffee.

»Also gut«, sagte er dann. »Du sollst die ganze Wahrheit erfahren. Die Sache ist zwar noch nicht offiziell, aber …« Er hielt kurz inne und blickte sie eindringlich an. »Man hat mir die Präsidentschaft des Arbeitgeberverbands angetragen – für den Dachverband, wohlgemerkt, also oberster Arbeitgebervertreter der Republik. Sogar Bundeskanzler Adenauer hat schon seinen Segen dazu gegeben.«

Über den Rand seiner Tasse schielte er zu ihr herüber. Hatte sie die Kröte geschluckt? Ulla blies sich eine Strähne aus der Stirn und zupfte sich am Ohr, während sie auf ihrem Stuhl gleich zweimal hintereinander die Beine übereinanderschlug, einmal links und einmal rechts herum.

Offenbar dachte sie nach. Immerhin.

»Nun«, sagte sie schließlich, »wenn du unsere Anteile an der VAM nicht haben willst, kann ich dich natürlich nicht zwingen, sie mir abzukaufen.« Sie ließ ihr Ohrläppchen los, und ohne ein weiteres Mal die Beine übereinanderzuschlagen, richtete sie sich auf ihrem Stuhl auf. »Was schlägst du vor, wie wir weitermachen sollen?«

Walter lehnte sich zurück und steckte die Daumen in die Taschen seiner Weste. Gott sei Dank – er hatte es geschafft!

»Am besten wird es wohl sein, wir machen einfach so weiter wie bisher. Dienst ist Dienst, und Schnaps ist Schnaps! Ich habe kein Problem damit, Berufliches und Privates zu trennen, und ich bin sicher, du auch nicht. Oder irre ich mich?«

Fragend schaute er sie an. Doch bevor Ulla antworten konnte, kam Fräulein Jungblut im langen Faltenrock und in ihren Wanderschuhen herein.

»Was ist denn?«, fragte Walter.

»Bitte entschuldigen Sie die Störung«, sagte die Sekretärin mit einem Knicks. »Aber draußen ist Ihr Mann, Frau Rühling. Er möchte Sie dringend sprechen.«

26

Ulla konnte ihren Mann kaum anschauen. Jürgen sah aus wie ein Gespenst. Sein Gesicht war aschfahl, sein Blick flackerte, als hätte er Fieber, und seine Hand, mit der er die ungewohnte Zigarette zum Mund führte, um schon wieder einen Zug zu nehmen, zitterte wie bei einem Suchtkranken. Obwohl er sonst nur in Gesellschaft rauchte, hatte er sich auf dem Weg von der VAM in den Kesselbrink eine Zigarette nach der anderen angesteckt, sogar die Himmelspforte hinauf hatte er gepafft, obwohl man auf dem steilen Anstieg auch so schon außer Atem kam.

Doch Ulla wusste: Weder die Zigaretten noch die Anstrengungen des Weges waren schuld an seinem Zustand. Schuld daran war nur sie, seine Frau. Sie ganz allein.

Er hatte die Wahrheit erfahren.

»Dann stimmt es also, was Dr. Seraphin vermutet hat?«, fragte er. »*Darum* kannst du keine Kinder kriegen? Weil du …« Statt den Satz zu Ende zu sprechen, ließ er sich auf eine Bank sinken, die, wie ein kleines Blechschild an der Rücklehne verriet, der Sauerländische Gebirgsverein am Wegrand aufgestellt hatte, und schlug die Hände vors Gesicht. »O Gott!«

Mit einigem Abstand, so dass sie einander nicht berührten, setzte Ulla sich ans andere Ende der Bank. Doch statt ihm zu antworten, nickte sie nur stumm.

»Von wem hast du es wegmachen lassen?«, fragte er nach einer Weile. »Von einer Engelmacherin?«

»Nein. Ich war bei einem Arzt. In Hagen.«

»O Gott!«, sagte er wieder. »Und das meine eigene Frau …«

Er warf die heruntergebrannte Zigarette zu Boden, und noch während er sie austrat, holte er schon wieder die Packung Juno aus seiner Jackentasche, um sich die nächste auf die Hand zu klopfen. Als keine kam, starrte er auf das zerknitterte Päckchen, als hinge sein Leben davon ab, dass er Nikotin bekam, betastete mit fahrigen Fingern das Cellophanpapier, wie um sich zu überzeugen, dass das Päckchen wirklich leer war, bevor er es in seiner Hand zerknüllte.

»Das hätte ich nie von dir gedacht. Wie konntest du so etwas nur tun?«

Ulla schloss einmal die Augen und holte tief Luft. Wie sollte sie ihm das erklären?

»Ich war so verzweifelt«, sagte sie. »Ich hätte doch sonst niemals studieren können – mit einem Kind.«

Fassungslos drehte Jürgen sich zu ihr herum. »Dafür hast du ein solches Verbrechen begangen? Nur um zu – *studieren*?«

Ulla schaute auf die ausgetretene Zigarettenkippe vor seinen Füßen. »Es war mein größter Traum, solange ich zurückdenken kann«, sagte sie und verstummte.

Sie musste an Tübingen denken, an die Nachtwachen in der psychiatrischen Klinik, an den verwirrten und verängstigten Herrn Böckle und ihr Gespräch mit Professor Autenrieth, an ihr Zimmer bei Tante Emilie und die Weinstube unter ihrer Wohnung mit den diskutierenden Studenten. Die wenigen Wochen in der Universitätsstadt waren vielleicht die schönste Zeit ihres Lebens gewesen. Voller Erwartung auf eine wunderbare Zukunft.

»Und ausgerechnet Medizin!« Jürgen lachte höhnisch auf. »Da hätte dir doch klar sein müssen, was du tust. Das war Mord! Ganz gemeiner, hinterhältiger Mord!« Wütend warf er die leere Zigarettenpackung ins Gebüsch. »Wovon hast du das eigentlich bezahlt? Soweit ich weiß, ist so was ziemlich teuer.«

Ulla hielt seinen Blick kaum noch aus. Ja, es war teuer gewesen, sehr teuer sogar. Obwohl sie ihr ganzes Sparbuch geplündert hatte, hatte ihr Geld nicht gereicht. Der Arzt in Hagen war nicht bereit gewesen, ihr für Geld zu helfen – Geld war damals ja nichts mehr wert. Erst als sie ihm ihre Perlenkette angeboten hatte, Tommys Geschenk nach ihrem ersten Kuss, hatte er den Eingriff vorgenommen.

»Ach was«, sagte Jürgen. »Ich will es gar nicht wissen, so sehr widert mich das alles an.«

Endlich wandte er den Blick von ihr ab.

»Kannst du mir je verzeihen?«, flüsterte sie.

Er gab keine Antwort. Während er verbiestert neben ihr schwieg, schaute sie über das katholische St.-Vinzenz-Krankenhaus hinweg ins Tal, wo ein D-Zug an der Lenne entlangdampfte. An der Steinernen Brücke, die immer noch ein Provisorium war, verschwand die Lokomotive mit einem langgezogenen, allmählich ersterbenden Pfiff in dem schwarzen Tunnel. Obwohl Ulla nicht wusste, wohin der Zug fuhr, ob nur bis Finnentrop oder weiter Richtung Süden, nach Gießen und Frankfurt oder womöglich sogar weiter bis Stuttgart, von wo aus es nur noch eine Stunde bis Tübingen war, beneidete sie die Reisenden in den Waggons. Ihr Leben war ein Trümmerhaufen, so wie die zerstörte Brücke im Tal. Alles, was einmal schön gewesen war, lag hinter ihr, und die Zukunft, die ihr einst so strahlend und verheißungsvoll erschienen war, gab es nicht mehr. Sie hatte ihr Kind abgetrieben, um zu studieren. Jetzt konnte sie keine Kinder mehr bekommen, und die Ehe, in die sie sich gestürzt hatte, als ihr großer Traum geplatzt war, drohte jetzt genauso zu scheitern wie die eine Liebe ihres Lebens, die sie damals für das Studium geopfert hatte, zusammen mit ihrem Kind.

»Weiß der Kindsvater davon?«, fragte Jürgen.

Sie schüttelte den Kopf.

»Ich begreife. Deshalb also hast du damals so plötzlich mit Tommy Schluss gemacht, dass sich die ganze Stadt darüber wunderte.«

»Er hätte es genauso wenig verstanden wie du«, sagte sie leise.

»Großartig! Dann habe ich ja wenigstens etwas mit ihm gemeinsam!« Jürgen stand von der Bank auf und lief zurück in Richtung Himmelspforte.

»Wo willst du hin?«

»Wohin wohl?« Er warf ihr über die Schulter einen bösen Blick zu. »Nach Münster natürlich! *Studieren!*«

27

Tommy genoss unterdessen die Vorzüge des Sozialismus in vollen Zügen. Seine Professorin, »Jutta Höllscher mit zwei l«, sah ohne ihre blaue FDJ-Bluse und mit aufgelöstem Haar einfach hinreißend aus. So hinreißend, dass er sich gar nicht an ihr sattsehen konnte und ihm darum nichts anderes übrigblieb, als über die bloße Anschauung hinaus nach habhafterer Kost zu verlangen, um den Heißhunger zu stillen, den ihr Anblick in ihm auslöste, und hatte er diesen gestillt, dauerte es stets nur wenige Stunden, bis sein Appetit sich aufs Neue regte. Wann immer er sie sah oder auch nur an sie dachte, fuhr ihm die Erregung in die Glieder, und er fand keine Ruhe, bevor er in ihren Armen lag und sie in den seinen. Er liebte sie in ihrem Dozentenwohnheim, er liebte sie in seinem Studentenzimmer, er liebte sie unter freiem Himmel und in der freien Natur und tat Dinge mit ihr, von denen man in Altena nicht mal den Namen kannte, weil die Liebe im Sozialismus ja so frei war wie die Gesellschaft, in der man sich liebte, er liebte sie im Spreewald und am Ufer der Havel oder im erstbesten Gebüsch, das sie auf einem Spaziergang entdeckten, er liebte sie am Tag und am Abend und bis tief in die Nacht, um manchmal erst im Morgengrauen erschöpft in den Schlaf zu sinken und davon zu träumen, wie er sie alle Tage liebte und liebte und liebte, bis an sein seliges Ende …

Wann und wo war das Wunder geschehen, dass diese wunderbare Frau sich in ihn verliebt hatte? Schon im Hörsaal, als sie ihn zum ersten Mal so angeschaut hatte, wie nur sie einen Mann anschauen konnte mit diesen stahlblauen Augen? Oder beim Tanzen auf dem deutsch-sowjetischen Freundschaftsabend? Tommy wusste es nicht. Die liebste Vorstellung war ihm, dass es nach dem Tanzen geschehen war, auf ihrem Spaziergang durch die laue Frühlingsnacht, Unter den Linden, auf dem Weg vom Institut zu ihrem Wohnheim.

Ja, Jutta Höllscher war eine wunderbare Frau. Nicht nur die Studenten lagen ihr zu Füßen, auch bei ihren Professorenkollegen, von denen die meisten doch so alt waren, dass sie ihre Väter hätten sein können, genoss sie offenkundigen Respekt. Und den verdankte sie nicht ihren äußeren Reizen – Tommy wusste inzwischen, dass die hohen Wangenknochen und die Mandelaugen das Erbe einer polnischen Großmutter waren –, sondern ihrem blitzgescheitem Verstand in Verbindung mit ihrem unglaublichen Wissen. Kein Buch auf der Welt, das Jutta nicht gelesen hatte – egal, wonach Tommy sie fragte, sie hatte immer eine Antwort parat. Sie hatte ihm erzählt, dass sie schon im Gymnasium, in der Nazizeit, zwei Klassen übersprungen hatte, wie beim Studium später mehrere Semester, weil der Lehrstoff, der für ihre Altersgenossen genügte, sie zu sehr gelangweilt hatte, und sogar jetzt noch, als fest bestallte Dozentin der ehrwürdigen Humboldt-Universität zu Berlin, die doch eine der besten und renommiertesten Universitäten der ganzen

Welt war, fuhr sie fast jedes Wochenende nach Leipzig, um sich auf irgendwelchen Symposien und Kongressen weiterzubilden. Mit solchem Ernst und Eifer betrieb sie ihre Studien dort, dass sie Tommy nicht mal erlaubte, sie auf ihren Exkursionen zu begleiten. Aber diesen Wermutstropfen konnte er verkraften. Zu all ihren sonstigen Vorzügen war Jutta nämlich auch noch die begabteste Tänzerin, die er je zur Freundin gehabt hatte, und das half ihm mehr als alles andere, Ulla zu vergessen.

Ja, er war noch nie so glücklich gewesen wie jetzt, seit er Altena den Rücken gekehrt hatte. Glücklich und zugleich zufrieden mit sich selbst. Denn Jutta spornte ihn nicht nur in der Liebe, sondern auch im Studium zu Höchstleistungen an, die er sich selber niemals zugetraut hätte. Jede freie Minute, die er nicht mit ihr zusammen war, verbrachte er im Hörsaal oder in der Bibliothek. Mit demselben Heißhunger, mit dem er seine Professorin liebte, las er die Bücher, die sie ihm empfahl. Er studierte Marx und Engels, Lenin und Stalin, aber auch Schriften politischer Ökonomen, die keine Kommunisten gewesen waren, von dem griechischen Philosophen Aristoteles, der mit seiner *Oikonomia* der ganzen Disziplin ihren Namen gegeben hatte, bis hin zu dem Österreicher Schumpeter, einem der intelligentesten und darum gefährlichsten Prediger des Kapitalismus. Bei dem Kirchenvater Thomas von Aquin studierte er die erste Theorie des gerechten Preises, bei Adam Smith das Wirken einer unsichtbaren Hand, die den Wohlstand der Nationen wie von allein befördern sollte, bei Robert Malthus die Wechselwirkungen zwischen dem Wachstum einer Bevölkerung und ihrer Versorgung mit Nahrungsmitteln sowie bei Ricardo die Möglichkeiten und Grenzen des Freihandels und schließlich bei Bentham und Mill das utilitaristische Prinzip vom größten Glück der größten Zahl. Obwohl er Mathematik hasste, studierte er auch die mathematischen Gesetze und Methoden, die das Verständnis der ökonomischen Theorien erforderte, studierte Statistik und Mengenlehre, Gauß'sche Normalverteilung und Stochastik und erkannte schon bald, dass all diese Schreckgespenster seiner Jugend keine böhmischen Dörfer waren, sondern wertvolle Werkzeuge, mit deren Hilfe sich wissenschaftlich beweisen ließ, warum der Kapitalismus, wie von Karl Marx prophezeit, unweigerlich in die »Expropriation der Expropriateure« münden musste, die Ausbeutung der Ausbeuter durch die Ausbeuter selbst, an der der Kapitalismus dermaleinst unweigerlich zugrunde gehen würde, um den Weg frei zu machen für die klassenlose Gesellschaft, in der »ein jeder in freier Tätigkeit heute dies und morgen jenes tun kann, vormittags jagen und nachmittags fischen«.

So liebte und studierte Tommy tagein, tagaus, Woche für Woche, Monat für Monat, mit solcher Inbrunst und Leidenschaft, dass er gar nicht merkte, wie die Zeit verging, der Frühling allmählich zum Sommer wurde und der Sommer zum Herbst und der Herbst zum Winter und der Winter schließlich wieder zum Frühling, und auf dem Abreißkalender über seinem Schreibtisch im Wohnheim nicht mehr das Jahr 1950 verzeichnet war, sondern das neue Jahr 1951, wie schon längst die Spatzen von den Dächern der Stadt und den Bäumen draußen auf dem Lande pfiffen.

»Die Professoren sind voll des Lobes auf dich«, sagte Jutta. »Du scheinst sie mit deinen Leistungen wirklich zu beeindrucken. Vor allem der Dekan, Professor Knesebeck, hält große Stücke auf dich und traut dir eine glänzende Karriere als sozialistischer Wirtschaftsführer zu.«

»Sein Wort in Piecks und Grotewohls Ohren«, sagte Tommy.

Sie hatten sich in einer abgeschiedenen Bucht am Ufer der Havel geliebt, und immer noch nackt, ruhten sie nun von der genossenen Lust aus. Jutta lehnte rücklings am Stamm eines wilden Pflaumenbaums, während Tommy mit geschlossenen Augen der Länge nach im Gras lag, den Kopf in ihrem warmen, weichen Schoß gebettet, dessen wohlige Ausdünstungen sich mit den zarten Düften keimender Fruchtbarkeit vermischten, die die Blumen und Büsche und Bäume rings um sie her mit Hilfe der überall summenden Bienen verströmten.

»Voraussetzung dazu ist allerdings«, sagte Jutta und spielte mit einem Grashalm in seinem Gesicht, »dass du in die Partei eintrittst. Wärst du dazu bereit?«

»Nur wenn du aufhörst, mich zu kitzeln.« Er öffnete die Augen und blickte zu ihr auf. Über ihren nackten Brüsten sah er ihren lächelnden Mund. Er hob einen Zweig voller weiß schäumender Blüten vom Boden, der eine Armlänge neben ihm vom Baum gefallen war, und zupfte an den Blättern. »Wusstest du eigentlich, dass bei den Chinesen die Pflaumenblüte ein Symbol der Erneuerung und Glückseligkeit ist?«, fragte er. »Ich glaube, jetzt verstehe ich, warum.«

»Nicht das Thema wechseln!« Lachend drohte sie ihm mit dem Finger, und während sie ihm den Zweig aus der Hand nahm, beugte sie sich über ihn und gab ihm einen Kuss.

Es war so still, dass nur das Summen der Bienen zu hören war. Während Jutta ihm über den Kopf strich, ließ Tommy den Blick hinauf in den Himmel schweifen, wo hoch oben, jenseits der blühenden Pflaumenzweige, eine weiße Wolke im unendlichen Blau vorüberzog.

»Im Ernst, Tomasz«, sagte Jutta, die ihn auf die polnische Version seines Namens umgetauft hatte, weil Tommy ihr zu westlich-dekadent klang. »Als Mitglied der Partei wären deine Lehrer in der Lage, deine Leistungen ganz anders zu würdigen. Ich könnte mir vorstellen, dass sie dich dann sogar früher zum Examen zulassen. Du hast ja jetzt schon fast alle Scheine zusammen.«

Tommy wunderte sich, wie prosaisch Frauen manchmal sein konnten. Es war ein so schöner Tag, sie waren beide nackt und hatten sich geliebt, und wenn der Himmel über ihnen nicht einstürzen würde, würden sie sich noch in dieser Stunde ein weiteres Mal lieben. Wie konnte Jutta da an solche Dinge denken wie Examen und Scheine und Mitgliedschaft in der Partei?

»Willst du mir keine Antwort geben?«

»Ach, Jutta«, seufzte er. »Ich glaube, das ist nichts für mich – Mitglied in einer Partei. Ich war immer ein Einzelgänger und tauge nicht für Vereine. Ich habe es als Junge ja nicht mal fertiggebracht, bei den Messdienern zu bleiben. Obwohl meine Mutter darüber todtraurig war.«

Er befürchtete, dass Jutta ihn weiter bedrängen würde. Doch das tat sie nicht. Stattdessen zerpflückte sie schweigend einen Schachtelhalm, bis sie ihn in seine kleinsten Teile zerlegt hatte.

Erst nach einer Weile brach sie ihr nachdenkliches Schweigen. »Hättest du vielleicht Lust, einen Ausflug mit mir nach Greifswald zu machen?«

»Nach Greifswald?« Tommy richtete sich auf. »Warum nicht? Ich habe gehört, das ist eine hübsche kleine Universitätsstadt, und ich bin noch nie da gewesen. Also ja, gerne! Hast du einen besonderen Grund, weshalb du dorthin willst?«

Jutta nickte. »Es gibt dort Informationen, die dich vielleicht interessieren. Sie betreffen deine Geburtsstadt.«

»Altena?« Jetzt war er wirklich überrascht.

»Ich habe ein bisschen recherchiert«, sagte sie. »Ich wollte wissen, woher du kommst und warum du es dort nicht ausgehalten hast. – Kennst du zufällig eine Firma Wolf?«

Bei der plötzlichen Nennung des Namens zuckte Tommy zusammen. »Zufällig ja«, sagte er. »Das … das ist eine der ältesten Drahtziehereien der Stadt.« Die Erinnerung war ihm alles andere als angenehm.

»Und das Modehaus Vielhaber«, fragte Jutta weiter, »kennst du das auch?«

»Ehemals Julius Rosen? Natürlich. Der jetzige Besitzer, Arno Vielhaber, ist Altenas Bürgermeister, ein ziemlicher Idiot. Aber wozu willst du das alles wissen?«

28

Als Jeanette Winkelmann, ihres Zeichens Gattin eines angesehenen Direktors der Stahlwerke Thyssen, das Hauptgeschäft von Schuh Krasemann an der Düsseldorfer Königsallee kurz nach Ladenöffnung betreten hatte und schnurstracks auf Benno zumarschiert war, um sich ausgerechnet von ihm bedienen zu lassen, hatte er fast einen Herzinfarkt erlitten. Auch das noch, wo doch sowieso in letzter Zeit für ihn fast alles schieflief … Aber nun, nach einer halbstündigen Anprobe, in deren Verlauf die als überaus schwierig bekannte Kundin sich für den Kauf von zwei Paar Pumps, die sie abwechselnd zu einem bestimmten Cocktailkleid zu tragen gedachte, einem Paar Schnürstiefeln zum Wandern mit dem Herrn Gemahl in der Eifel sowie goldene Riemchensandaletten für den ersten Urlaub des Jahres am Gardasee entschieden hatte, fühlte Benno sich wie von einer Zentnerlast befreit. Endlich war ihm wieder etwas gelungen! Obwohl Frau Direktor Winkelmann für den Einkauf über zweihundert D-Mark bezahlt hatte, bedankte sie sich sogar noch bei ihm, als er ihr die Tür aufhielt.

»Zu Ihnen habe ich blindes Vertrauen«, sagte sie. »Im Gegensatz zu diesem Filou da«, fügte sie mit einem ungnädigen Blick auf Charly hinzu, der hinter der Kasse bei den Schnürsenkeln und Schuhputzmitteln so tat, als sei er fürchterlich beschäftigt.

»Zu freundlich, gnädige Frau«, sagte Benno und begleitete sie mit den Kartons zum Auto.

»Legen Sie die Sachen einfach auf den Rücksitz«, sagte sie, als sie ihren Wagen erreichten, ein cremefarbenes Mercedes Cabrio, das auf dem Stellplatz parkte, den Charly für seinen längst bestellten, aber noch immer nicht ausgelieferten Porsche beim Chef angemeldet hatte. Am Steuer schlang sie sich ein Seidentuch um den Kopf, zog Lederhandschuhe an und setzte sich eine Sonnenbrille auf, bevor sie den Motor startete.

»Bis zum nächsten Mal!«

Über die Schulter winkte sie ihm einmal zu, dann scherte sie aus der Parklücke aus und entfernte sich die Königsallee hinauf. Benno sah dem Wagen nach, bis er im Verkehr verschwand. Der unverhoffte Erfolg bei der schwierigsten Kundin des Hauses, die sich über ein Jahr lang nicht mehr hatte blicken lassen, weil Charly ihr ein Paar unverkäuflicher Ladenhüter angedreht hatte, und bei seinem Onkel schon als eine an Juppen in Köln verlorene Kundin galt, war der erste Lichtblick für Benno seit langem.

Ja, das letzte Jahr war ein Jahr der Enttäuschungen gewesen. Er war sich hundertprozentig sicher gewesen, dass er nach der Expansion von Schuh Krasemann in Wuppertal eine eigene Filiale bekommen würde, und hatte darum entgegen aller Vorsicht und Gewohnheit Gundel von seinen Hoffnungen erzählt, bevor diese sich hatten erfüllen können. Während Charly seine Prokura bekommen hatte, hatte Herward Krasemann die Wuppertaler Filialen ausnahmslos mit altgedienten und in vielen Jahren bewährten Angestellten besetzt, ohne ein Wort der Erklärung. Aber warum sollte er sich auch rechtfertigen? Er hatte ja keinerlei Versprechungen gemacht. Bennos Hoffnungen hatten sich ja nur auf Reginas Behauptung gegründet, dass sein Onkel einmal am Telefon seinen Namen genannt hatte, als es um die neuen Läden gegangen war. In seinem Aberglauben dachte er manchmal, dass er sein Unglück mit seinem voreiligen Geplapper selber heraufbeschworen hatte. Aber das war natürlich Unsinn. Wenn sein Onkel andere Mitarbeiter ihm vorgezogen hatte, dann eben, weil diese besser geeignet waren und er sich bei der Arbeit nicht genug Mühe gegeben hatte, um sich auszuzeichnen. Das Traurige war nur, dass er Gundel nicht heiraten konnte, bevor er in einer Position war, ihr als Ehemann das Leben zu bieten, das sie verdiente – und zwar ohne Unterstützung ihrer Familie. Zum Glück verstand Gundel das und hielt zu ihm und wartete geduldig zusammen mit ihm darauf, dass sich das Blatt irgendwann wenden würde.

Doch was half die Grübelei? Statt sich weiter nutzlosen Gedanken hinzugeben, kehrte Benno zum Laden zurück. Neues Spiel, neues Glück! Er musste es eben weiter versuchen. Bis sein Onkel seine Qualitäten erkannte.

Als er den Laden betrat, empfing Regina ihn schon am Eingang. »Der Chef will dich sprechen«, sagte sie.

»Der Chef?« Benno runzelte die Stirn. »Mitten im Verkauf?«

Seine Laune, die sich gerade erst wieder ein bisschen gehoben hatte, senkte sich erneut auf den alten Tiefstand. Wenn sein Onkel ihn während der Geschäftszeiten ins Büro rief, konnte das nichts Gutes bedeuten.

29

Der Dekan der wirtschaftswissenschaftlichen Fakultät, Professor Knesebeck, ein freundlicher, grauhaariger Herr, bei dem Tommy seit Beginn des Studiums Statistik und Planökonomie hörte, hatte Jutta seinen alten, noch mit Holzvergaser betriebenen DKW geliehen, damit sie im Auto statt mit dem Zug ihren Ausflug nach Greifswald machen konnten. Keine drei Stunden hatten sie darum nur für die Fahrt gebraucht und saßen nun, nach einem preiswerten Mittagessen – Kartoffeln mit Stippe, der einzigen Mahlzeit, die es auf Bezugsmarken gab – in einer HO-Gaststätte unweit der Marienkirche, im Büro der Kreisleitung, wo ihnen gegenüber eine junge, brünette Genossin namens Elisabeth Markwitz an ihrem Schreibtisch eine Akte mit dem Stempelvermerk GEHEIM zur Hand nahm. Unter dem Vermerk stand ein Name: *Barbara Reichenbach, geb. von Ganski.*

Tommy schossen so viele Fragen durch den Kopf, dass er gar nicht wusste, mit welcher er anfangen sollte.

»Aber was hat eine Gutsbesitzertochter aus Mecklenburg-Vorpommern – wie hieß das Gut noch mal?«

»Daggelin.«

»Richtig. Daggelin. Also, was hat die mit Altena zu tun?«

Elisabeth Markwitz tippte auf ihre Akte. »Die Schlüsselfigur ist der Schwiegervater dieser Barbara Reichenbach, ein Bankier aus Dresden. Konstantin Reichenbach war der Mann, der für die Nazis die Finanzierung der KZ's organisierte.«

»Ja und?«, fragte Tommy.

Als die Genossin den Kopf hob, sah er zu seiner Verblüffung, dass sie zwei verschiedenfarbige Augen hatte – das eine grün, das andere braun. So etwas hatte er noch nicht gesehen, er hatte nicht mal gewusst, dass es so etwas überhaupt gab.

Sie schien seine Irritation zu spüren und senkte wieder den Blick, um in den Akten zu blättern. »Mit Konstantin Reichenbach kommt Ihre Heimatstadt ins Spiel. Aus meinen Unterlagen geht hervor, dass durch seine Vermittlung die Firma Wolf Stacheldraht an zwei Konzentrationslager geliefert hat, Dachau und Birkenau, und zwar ohne Rechnung.«

»Das kann ich mir nicht vorstellen«, sagte Tommy. »Ich kenne Eduard Wolf. Er hätte so etwas nie getan.«

Elisabeth Markwitz schaute von ihren Unterlagen auf. »Der Teufel hatte damals viele Gesichter«, sagte sie mit feinem Lächeln, »und manche kommen erst jetzt durch die Akten zu Tage.«

Diese Augen … Tommy hatte Mühe, sich auf das Gespräch zu konzentrieren.

»Aber warum hätte Eduard Wolf das tun sollen?«, fragte er.

»Angeblich, um einem Juden namens Julius Rosen die Flucht aus Deutschland zu ermöglichen.«

»Dem Inhaber von Modehaus Rosen?«

»Richtig«, bestätigte Elisabeth Markwitz. »Julius Rosen war von den Nazis enteignet worden, zugunsten eines seiner deutschen Angestellten namens Vielhaber, für den Schandpreis von tausend Reichsmark. Eine sogenannte Arisierung.«

Jutta, die dem Gespräch bislang stumm zugehört hatte, drehte sich zu Tommy herum. »Fängst du langsam an zu begreifen?«

»Ob Julius Rosen die Flucht tatsächlich gelang«, fuhr Elisabeth Markwitz fort, ohne ihm Gelegenheit zur Antwort zu geben, »oder ob die ganze Geschichte vielleicht nur ein im Nachhinein erfundenes Deckmäntelchen war, um sich gegen spätere Strafverfolgung zu schützen – die Niederlage der Nazis war ja schon ziemlich lange vor Kriegsende absehbar –, geht aus meinen Unterlagen leider nicht hervor.«

»Warum fahren wir dann nicht einfach nach Daggelin und stellen diesen Reichenbach zur Rede?«

Elisabeth Markwitz schüttelte den Kopf. »Das geht leider nicht. Konstantin Reichenbach ist tot. Er kam im Februar 45 ums Leben, im Bombenhagel von Dresden.«

»Und seine Schwiegertochter?« Tommy wies mit dem Kinn auf die Akte.

»Barbara Reichenbach? Das ist die größte Querulantin im ganzen Landkreis. Aus der kriegen wir nichts raus.« Wie um das Gespräch zu beenden, klappte sie den Aktendeckel zu.

»Danke, Genossin«, sagte Jutta und stand auf. »Dann wollen wir Ihre Zeit nicht länger in Anspruch nehmen.«

Auch Tommy erhob sich von seinem Stuhl. Elisabeth Markwitz begleitete sie zur Tür.

»Ach ja, noch eins«, sagte sie, als sie schon auf dem Flur waren. »Eduard Wolf hat sich im Herbst 48 umgebracht. Vermutlich, um sich einem drohenden Strafverfahren zu entziehen.«

30

Herward Krasemann empfing Benno hinter seinem großen, aufgeräumten Schreibtisch, der von derselben Disziplin und Akkuratesse zeugte wie die äußere Erscheinung seines Besitzers in dem perfekt sitzenden dunkelblauen Anzug mit dem dezenten Einstecktuch und der ebenso perfekt sitzenden Frisur.

»Wie du vielleicht weißt«, sagte er und spielte beim Sprechen mit einem Bleistift in seinen eleganten, manikürten Händen, so dass die perlmutternen Manschettenknöpfe unter den Ärmeln seines Anzugs hervorschauten, »ist die Expansion unseres Hauses mit den Wuppertaler Geschäften noch nicht abgeschlossen. Als Nächstes plane ich die Eröffnung zweier Läden in Witten sowie die Übernahme von Schuh Klauser in Recklinghausen mit vier bereits bestehenden Filialen.«

Bei der plötzlichen Eröffnung stieg schlagartig Bennos Puls. Es hatte in den letzten Monaten immer wieder Gerüchte gegeben, dass der Chef weitere Läden zukaufen wolle, auch Charly hatte ein paar Andeutungen gemacht, wonach sich vielleicht bald Möglichkeiten ergeben könnten, die Bennos Schaden nicht sein sollten. Aber nachdem seine Hoffnungen sich beim ersten Mal so unerwartet zerschlagen hatten, hatte er sich nicht mehr getraut, daran zu glauben.

War es endlich so weit? Würde er doch noch seine eigene Filiale bekommen?

Bevor er etwas erwidern konnte, legte sein Onkel die Stirn in Falten. »Allerdings gibt es ein Problem«, sagte er. »Die Bank macht Schwierigkeiten, wegen des Finanzierungskredits. Weil ich schon über siebzig bin und keinen natürlichen Nachfolger habe.«

Verlegen blickte Benno auf den Schreibtisch, auf dem es ausschließlich rechte Winkel zu sehen gab. Seit er zurückdenken konnte, war die Ehelosigkeit seines Onkels in der Familie ein Thema gewesen, über das man nicht sprach. Das hatte der Respekt verboten vor dem einzig erfolgreichen Mann, den die ganze Verwandtschaft mütter- und väterlicherseits je hervorgebraucht hatte. Onkel Herward sei ein wenig »anders«, hatte es stets nur geheißen. Benno war damit aufgewachsen und hatte nie Fragen gestellt. Dass daran aber nun vielleicht seine eigenen Karrierehoffnungen scheitern könnten, hätte er nicht im Traum gedacht.

»Um es kurz zu machen«, fuhr sein Onkel fort. »Die Bank will den Kredit nur unter der Voraussetzung vergeben, dass die Nachfolge geklärt ist. Aus meiner Sicht kommen dafür nur zwei Kandidaten in Frage.« Er legte den Bleistift in eine Schale zurück und rückte am Knoten seiner graublau gestreiften Krawatte. »Charly Weiß und du.«

»Ich?«, platzte Benno heraus.

»Ja, du«, sagte sein Onkel. »Ich weiß, du warst ziemlich enttäuscht, als du vor einem Jahr keine der Wuppertaler Filialen bekommen hast, aber ich wollte dich hierbehalten, um dich zu beobachten. Und jetzt würde ich gern deine Meinung wissen.«

Benno war einfach perplex. Er und Nachfolger? Obwohl er seit über einem Jahr nicht mehr rauchte, um für die Hochzeit zu sparen, verspürte er vor lauter Nervosität plötzlich wieder den alten, unwiderstehlichen Drang, sich eine Zigarette anzuzünden. Im Krieg hatte er einmal eine ähnliche Situation erlebt, zwei Tage vor der Kapitulation. Einem Kameraden war ein Bein zerschossen worden, und weil weit und breit kein Sanitäter mehr da gewesen war, hatte der Feldarzt ihm befohlen, bei der Operation zu assistieren. Damals hatte er wenigstens Zigaretten gehabt.

»Charly … ich meine, Herr Weiß«, stammelte er, »ist sicher hervorragend geeignet. Einen Verkäufer wie ihn gibt es kein zweites Mal. Weder in Düsseldorf noch in Köln.«

Herward Krasemann schüttelte lächelnd den graumelierten Kopf. »Ich habe mich für dich entschieden. Soll ich dir sagen, warum?«

Die Erklärung kam so unvermittelt, dass Benno nicht wusste, ob er sich freuen oder sich fürchten sollte. »Weil … weil wir verwandt sind?«, riet er aufs Geratewohl.

»Nein«, sagte sein Onkel und drehte an seinem Siegelring. »Unsere Verwandtschaft spielt dabei keine Rolle. Den Ausschlag gab eine einfache Beobachtung.« Er stellte die Finger seiner Hände gegeneinander und schaute ihn an. »Charly Weiß verkauft Schuhe, weil er einen Porsche fahren möchte. Dir hingegen bereitet es wirkliche Freude, unsere Kunden zufriedenzustellen. Begreifst du den Unterschied?«

»Ich … ich glaube schon …«

Während Benno versuchte zu begreifen, was dieser Unterschied für sein künftiges Leben bedeuten mochte, musste er wieder an die Amputation in dem Feldlazarett denken. Damals hatte er es auch geschafft. Er hatte bei der Operation assistiert, und sein Kamerad war am Leben geblieben.

Sein Onkel deutete auf das Telefon auf seinem Schreibtisch. »Willst du nicht deine Verlobte anrufen, um ihr die Nachricht mitzuteilen?«

Jetzt war es Benno, der den Kopf schüttelte. »Nein«, sagte er, »diese Nachricht ist viel zu schön, um sie am Telefon zu erzählen. Ich werde nach Feierabend ein Taxi nehmen und nach Altena fahren. Und wenn es mich ein ganzes Monatsgehalt kostet!«

31

Auf der Heimfahrt von Greifswald nach Ostberlin war Tommy nicht nach Reden zumute. Tief versunken in seine Gedanken, blickte er durch die Windschutzscheibe auf die nächtliche Landstraße hinaus, die nur vom flackernden Scheinwerferlicht des alten DKW erhellt wurde, ohne etwas zu sehen. Ab und zu kam ihnen ein Auto entgegen, sonst gab es nur schwarze Nacht. Jutta saß schweigend am Steuer, ohne ihm Fragen zu stellen. Er war dankbar, dass sie ihn seinen Gedanken überließ. Noch immer aufgewühlt von dem Gespräch mit der Genossin Markwitz, gingen ihm mehr Fragen als Antworten durch den Kopf. Er brauchte Zeit, um die Dinge, die er an diesem Nachmittag über seine alte Heimat erfahren hatte, sacken zu lassen und zu ordnen. Obwohl er wusste, warum er Altena verlassen hatte, hatten ihn die Enthüllungen dermaßen schockiert, dass er wie betäubt war.

Ob Ulla wohl von den widerlichen Machenschaften ihres Vaters gewusst hatte? Eigentlich hätte die Vorstellung ihm Genugtuung bereiten müssen. Auf was für einem hohen Ross hatte diese Familie gesessen! Immer nur Goethe und Hausmusik und aller Welt haushoch überlegen, vor allem in Fragen von Anstand und Moral und gutem Benehmen. Aber seltsamerweise verspürte er nicht die geringste Genugtuung, im Gegenteil, Ulla tat ihm sogar leid. Egal, wie kaltschnäuzig sie ihn behandelt hatte, eine solche Bürde, wie ihr Vater sie ihr hinterlassen hatte, ihr Leben lang tragen zu müssen – nein, das hatte sie trotz allem nicht verdient.

Diese zwei Augen – das eine grün, das andere braun …

»Woher weiß sie eigentlich«, fragte er irgendwann, »dass Eduard Wolf sich umgebracht hat?«

»Die Genossin Markwitz?«, erwiderte Jutta, den Blick auf die dunkle Landstraße gerichtet. »Beobachtung des Klassenfeinds.«

»Ausgerechnet Eduard Wolf«, sagte Tommy mehr zu sich selbst als zu ihr. »Dass man sich so in einem Menschen irren kann …« Fassungslos schüttelte er den Kopf. »Und Arno Vielhaber läuft nicht nur weiter frei herum, sondern darf auch noch den Bürgermeister spielen.«

Vor ihnen lag eine kleine Anhöhe. Jutta trat die Kupplung und schaltete einen Gang zurück. Der Motor quittierte es mit einem Jaulen.

»Das ist leider kein Einzelfall«, sagte sie, »sondern typisch für den Revisionismus der BRD. Die alten Hitler-Faschisten dürfen ungestraft weitermachen, als wäre nichts geschehen, unter den Augen der Westalliierten, und steigen in höchste Positionen auf – bis in die Ministerien der Adenauer-Regierung.«

Tommy nickte. »Ich glaube, Eduard Wolf hat das begriffen. Wenn auch zu spät.«

Jutta drehte sich zu ihm herum. »Was begriffen?«

»Dass er auf der falschen Seite gestanden hat.«

»Glaubst du wirklich?«

Tommy erwiderte ihren Blick. »Warum hat er sich sonst umgebracht?«

Jutta zuckte die Achseln und schaute wieder geradeaus auf die Straße. »Vielleicht, weil die Geschichte von der Beihilfe zur Flucht nur gelogen war?« Sie schaltete wieder in den höheren Gang. »Wenn du mich fragst, Tomasz – ich denke, er hatte einfach Angst, dass alles rauskommt. Du hast doch gehört, was die Genossin Markwitz sagte. Man wollte ihm den Prozess machen.«

Ein Lastwagen kam ihnen mit aufgeblendetem Fernlicht entgegen. Tommy schloss die Augen. Während nur das Brummen des Motors zu hören war, sah er in seinem Innern die Burg Altena über der Lenne … Den Saalbau Lennestein und den Schützenplatz mit dem Zelt… Die Freiheit und den Totschlag … Das Nettetal mit den riesigen Fabriken und den kleinen dreckigen Arbeiterhäuschen … Und mitten darin die Villa Wolf, eine der schönsten Villen der Stadt …

»Ich habe eine Bitte«, sagte er in die Stille hinein.

Ohne dass er die Augen aufschlug, wusste er, dass Jutta ihn ansah.

»Ich möchte in die Partei eintreten.«

Er spürte ihre Hand auf seinem Schenkel. »Hast du dich endlich entschlossen?«

»Ja, Jutta.« Er wandte sich zu ihr herum und blickte sie an. »Würdest du mir dabei helfen und für mich bürgen?«

Statt einer Antwort nickte sie nur und berührte ihn kurz einmal dort, wo er es am allerliebsten hatte.

32

Mit ihrem Kosmetiktäschchen in der Hand stand Regina Küppers vor dem Spiegel im Schlafzimmer ihres Verlobten und blickte in ihr verwüstetes Gesicht. Ihr rot verschmierter Mund sah aus, als wäre sie in einen Marmeladentopf gefallen, und die schwarze Wimperntusche hatte sich rund um die Augenhöhlen in wolkigen Flecken ausgebreitet, als hätte sie geweint. Wie oft hatte sie schon vor diesem Spiegel gestanden, um nach einer Liebesnacht oder einem kurzen Schäferstündchen in der Mittagspause ihr ruiniertes Make-up zu reparieren? Regina wusste es nicht. Sie wusste nur, dass es heute das letzte Mal sein würde.

»Am Freitag kommt endlich der Porsche«, sagte Charly.

Im Spiegel sah sie, wie er, immer noch nackt und mit seligem Grinsen, sich auf dem Bett zum Nachtkästchen herumdrehte, um sich eine Zigarette aus der eleganten Flachpackung zu fischen, die dort aufgeklappt lag. Prince de Monaco. Früher hatte er wie jedermann Overstolz geraucht, doch ausgerechnet an dem Tag, als er das Rennen gegen Benno Krasemann verloren hatte, war er auf die sündhaft teure Zigarettenmarke mit dem Goldfilter umgestiegen. Wahrscheinlich aus Trotz.

Statt ihm zu antworten, spuckte sie ein paarmal auf das Tempo-Taschentuch in ihrer Hand, um die Wimperntusche und die Lippenstiftspuren aus ihrem Gesicht zu entfernen.

»Hast du nicht gehört, was ich gesagt habe?«, fragte er. »Am Freitag kommt der Porsche!«

»Doch, natürlich habe ich gehört, was du gesagt hast. Wie schön für dich.«

»Welche Begeisterung! Ich dachte, du würdest dich genauso darauf freuen wie ich, den Schlitten abzuholen. Darauf haben wir über ein Jahr gewartet!«

Wieder sah sie im Spiegel sein Gesicht, doch jetzt war daraus alle Seligkeit verschwunden. Er war so enttäuscht, dass er sogar vergessen hatte, sich die Zigarette anzuzünden, die schon zwischen seinen Lippen klemmte. Regina spürte, wie ihr bei dem Anblick die Tränen kamen. Sie liebte ihn doch, und es tat ihr weh, ihn so leiden zu sehen, und wenn es nach ihrem Herzen ginge, würde sie ihn lieben bis ans Ende ihrer Tage – Liebe war doch alles, wonach sie sich sehnte. Aber sie durfte ihrem Herzen nicht folgen, durfte ihn nicht lieben, weil Liebe das Leben noch schwerer machte, als es ohnehin schon war. Liebe hatte keinen Bestand, und wenn man sie verlor, verlor man alles – das hatte das Leben sie gelehrt, schon in jungen Jahren, in einer einzigen Bombennacht, als sie all die Menschen verloren hatte, die sie liebte … Um die Sache nicht noch mehr in die Länge zu ziehen, beschloss sie, auf die Erneuerung ihres Make-ups zu verzichten. Sie wusste nicht, ob sie sonst die Kraft hatte, bei ihrem Entschluss zu bleiben, und das musste sie, das war sie sich und ihrem Namen schuldig – »Regina heißt Königin«, hatte ihr Vater oft zu ihr gesagt, wenn sie auf seinem Schoß gesessen hatte, »vergiss das nie, mein Kind, hörst du?« Statt die Wimpern zu tuschen und den Lippenstift nachzuziehen, warf sie also ungeschminkt ihre Schminksachen in das Kosmetiktäschchen und zog den Reißverschluss zu.

»Du musst den Porsche allein abholen«, sagte sie, während sie sich die Bluse zuknöpfte. »Ich komme nicht mit.«

»Wie bitte?«

Sie drehte sich zu ihm um. »Es ist aus, Charly. Ich … ich kann nicht länger bei dir bleiben.«

Wie von der Tarantel gestochen, fuhr er im Bett auf. »Soll das heißen, du willst mir den Laufpass geben?«

Regina schaffte es kaum, ihn anzusehen. Wenn er sich nur endlich etwas anziehen würde! Sein ganzer Unterleib war noch von ihrem Lippenstift verschmiert.

»Ich habe gründlich darüber nachgedacht«, sagte sie. »Aber es geht nicht anders.«

»Hast du sie noch alle?« Er warf seine Zigarette fort und sprang aus dem Bett. »Wir sind verlobt! Hast du das vergessen?«

»Nein, das habe ich nicht, Charly, aber …«

»Was – aber?« Er packte ihre Schultern und schüttelte sie. »Was ist der Grund? Was zum Teufel ist in dich gefahren?«

Um seinen Blick nicht erwidern zu müssen, schaute sie zu Boden, wo seine Unterhose und ihre roten Pumps nebeneinanderlagen. Er hielt ihre Schultern so fest umklammert, dass es fast weh tat. Wie sehr hatte sie es immer genossen, wenn er sie so fest an den Schultern packte, um sie zu küssen, und selbst jetzt spürte sie, wie die Erregung wieder zurückkehrte, mit der sie ihn noch vor einer Viertelstunde geliebt hatte.

Wenn es nur etwas geben würde, was sie ihm hätte sagen können. Aber so etwas gab es nicht.

»Ich begreife«, sagte er. »Es ist, weil ich gekündigt habe – stimmt's?«

Ohne ihn anzuschauen, nickte sie. »Ja, Charly. Warum hast du das nur getan?«

»Das fragst du im Ernst?« Er ließ sie los und starrte sie an. »Weil ich das nicht auf mir sitzenlassen konnte! Herward Krasemann hat mir seinen Neffen vor die Nase gesetzt! Den ich selber aufgepäppelt habe! Benno hatte doch keinen blassen Schimmer, als er bei uns anfing. Alles habe ich ihm beibringen müssen, ohne meine Hilfe hätte der sich nicht mal allein den Hintern abwischen können. Wie sollte ich da bleiben? Ich hätte mich doch zur Witzfigur gemacht!«

Regina hielt es kaum noch aus. Er hatte ja mit jedem Wort recht. Benno hatte Charly sogar zu verdanken, dass er aus dem Keller herausgekommen war – sie selber hatte ihm den Trick ihres Verlobten damals verraten. Noch schlimmer aber war, dass Charlys Entscheidung ihr Respekt abnötigte. So viel Charakter hätte sie ihm gar nicht zugetraut.

»Du hast alles Recht der Welt, mich zu verachten«, sagte sie. »Und ich … ich hasse mich ja selber dafür. Aber ich kann keinen Mann heiraten, der sich einen Porsche kauft und sich damit über Jahre verschuldet und dann seine Arbeit kündigt und alles aufgibt, was er sich aufgebaut hat.«

»Und so eine wollte ich heiraten!«, schnaubte er und stieß sie beiseite. »Ein billiges Flittchen bist du. Ein verdammtes Stück Dreck!«

Er hob seine Unterhose vom Boden und zog sie an. Sie wollte in ihre Pumps steigen, aber sie traute sich nicht. Während sie unschlüssig dastand und nur darauf hoffte, irgendwann aus diesem Schlafzimmer herauszukommen, ging er zurück zum Nachttisch und steckte sich mit zitternden Händen eine Zigarette an.

»Dann war das also eben dein Abschiedsgeschenk, dass du es mir auf Französisch besorgt hast?«

Regina schaffte es nicht länger, die Tränen zurückzuhalten. »Ich war fünfzehn«, sagte sie mit erstickter Stimme, »als ich aus den Trümmern meines Elternhauses hervorkroch. Eine Nonne hat mich von der Straße aufgelesen, und hätten die Schwestern nicht für mich gesorgt …«

»Was zum Teufel hat das mit uns zu tun?«

»Verstehst du denn nicht? Ich kann nicht mit jemandem wie dir leben! Ich brauche einen Mann, der mir ein sicheres Zuhause gibt. Weil das das Einzige ist, was im Leben zählt.«

Charly kehrte ihr den Rücken zu. Während er schweigend seine Zigarette rauchte, sah sie auf seinen nackten Schultern die Kratzer, die sie ihm mit ihren Nägeln in die Haut geritzt hatte. Herrgott, wie gern hatte sie immer mit ihm geschlafen. Nie wieder würde sie einen Mann so sehr lieben.

Er warf ihr einen Blick abgrundtiefer Verachtung zu. »Ich brauche bloß mit den Fingern zu schnippen, und schon habe ich eine neue. So eine wie dich gibt es an jeder Straßenecke.«

Regina wusste, das hatte er nur gesagt, um sie zu verletzen. Aber wahrscheinlich hatte er sogar recht. Wahrscheinlich brauchte er wirklich nur mit den Fingern zu schnippen, um Ersatz für sie zu finden. Weil es so eine wie sie wirklich an jeder Straßenecke gab. Dafür hatte der Krieg gesorgt.

Noch einmal schauten sie sich an, eine lange Weile. Ein letzter verächtlicher Blick – dann wandte er sich ab.

»Verschwinde!«, sagte er. Mehr nicht.

»Ich … ich habe dich wirklich geliebt«, flüsterte sie. »Das musst du mir glauben. Und vielleicht werde ich dich immer lieben. Aber – es geht einfach nicht …«

Sie wartete, ob er noch etwas sagen würde. Als er nur die Schultern zuckte, schlüpfte sie in ihre Pumps und eilte aus dem Zimmer.

33

Es dauerte keinen Monat, bis Tommy in die Sozialistische Einheitspartei Deutschlands aufgenommen wurde. Jutta, die für ihn gebürgt hatte, hatte auch für ein beschleunigtes Verfahren gesorgt, mit Hilfe eines hohen Parteifunktionärs in Leipzig, den sie von ihren Symposien und Kongressen dort kannte. Das Parteibuch wurde ihm in einem unscheinbaren Büro ausgehändigt, zusammen mit einem Dutzend weiterer neu aufgenommener Genossen. Es gab weder Sekt noch

Musik, noch sonst etwas, was der Bedeutung dieses Augenblicks entsprach. Der Sekretär, der sie nacheinander mit einem Händedruck in der Partei willkommen hieß, sah mit seinen hohlen Wangen und dem schlotternden Anzug ein wenig aus wie ein Pfarrer, dem die Haushälterin abhandengekommen war, und seine Rede, die er zur Begrüßung gehalten hatte, war eine einzige Aneinanderreihung von Parolen und Phrasen über Freundschaft und Solidarität gewesen, die Tommy schon Hunderte von Malen gehört hatte und die auch beim Stiftungsfest eines Turnvereins hätten gesagt werden können. Und trotzdem empfand er seine Aufnahme in die Partei als einen der schönsten Momente seines Lebens. Als er das mit Hammer und Sichel verzierte Parteibuch in Empfang nahm, fühlte er sich ähnlich erhoben wie beim Empfang der ersten heiligen Kommunion vor zwanzig Jahren. Und er musste nur in die Gesichter der einfachen, abgehärmten, von Krieg und Not und Entbehrung gezeichneten Menschen blicken, die hier zusammen mit ihm in die Partei aufgenommen wurden, um zu wissen, dass er die richtige Entscheidung getroffen hatte – die hoffnungsvolle Zuversicht, die aus den Augen dieser Menschen sprach, war der Beweis. Ab dem heutigen Tag war er Teil ihrer Gemeinschaft, gehörte dazu, als Genosse der Partei und Bürger des ersten deutschen Arbeiter-und-Bauern-Staates, und er war gewillt, seine ganze Kraft in den Dienst des Sozialismus zu stellen, um beim Aufbau einer gerechten Gesellschaft mitzuwirken, damit auch in Zukunft Menschen wie er darin einen Platz finden konnten. Dieses Bewusstsein erfüllte ihn mit Stolz, und dieser Stolz machte ihn glücklich.

Zur Feier des Tages fuhren er und Jutta nach der letzten Vorlesung mit den Rädern hinaus an die Havel, zu ihrer kleinen, abgeschiedenen Bucht, wo Jutta ihn zum ersten Mal gefragt hatte, ob er in die Partei eintreten wolle. Es gab keinen besseren Ort, um diesen Tag zu feiern. Diesen Tag und ihre Liebe, der er verdankte, dass er seinen Platz in dieser Gesellschaft endlich gefunden hatte.

Nachdem sie sich geliebt hatten, lagen sie wieder unter ihrem Pflaumenbaum. Die Blüte war vorbei, an den Ästen und Zweigen sprossen grüne Blätter und trieben die ersten Knospen, doch der Himmel darüber war noch blauer als im Mai, und wieder zog eine weiße Schönwetterwolke dort oben vorbei, um sich in der Unendlichkeit zu verlieren. Während Tommy ihr mit den Augen folgte, versuchte er sich vorzustellen, wie diese Wolke am Himmel über Altena treiben würde, zwischen dem Breitenhagen und dem Wixberg, im warmen, abendlichen Sonnenschein wie jetzt, aber es gelang ihm nicht. In Altena hatte es meistens geregnet – »dem lieben Gott seine Pissecke«, hatte es in seiner Heimatstadt geheißen.

»Weißt du, woran ich gerade denken muss?«, fragte er.

Mit einem Grashalm kitzelte sie seine Nase. »Verrätst du es mir?«

»An einen Satz von Ernst Bloch.«

Überrascht hob sie die Brauen. »Dem Philosophen aus Leipzig?«

Tommy nickte. »Vielleicht kennst du ihn ja, ich bin vor ein paar Tagen darüber gestolpert. Es ist der letzte Satz aus dem *Prinzip Hoffnung*. Er beschreibt genau, was ich gerade empfinde.«

Um ihr Gesicht besser zu sehen, stützte er sich auf die Ellbogen. Ihr erwartungsvolles Lächeln berührte ihn wie ein Kuss. Und als hätte dieser Philosoph, den er gar nicht kannte und vermutlich niemals kennenlernen würde, diesen Satz ganz allein für ihn geschrieben, für diesen Augenblick in seinem Leben, an diesem Fleck der Erde, unter einem wilden Pflaumenbaum am Ufer der Havel, zusammen mit Jutta, nackt und bloß, nach gemeinsam genossener Liebe, zitierte er die wenigen Worte, die sein ganzes neues Leben zu beinhalten schienen.

»›Etwas, das allen in die Kindheit scheint, und worin noch niemand war: *Heimat*‹.«

34

Da das Hauptgebäude der im Krieg mehrmals bombardierten Frankfurter Festhalle erst in Teilen wiederhergestellt war, fand der Festakt zur Amtseinführung des ersten Arbeitgeberpräsidenten der Bundesrepublik in einer provisorisch auf dem Messegelände errichteten Nebenhalle statt. Ruth, die in einer der hinteren Reihen des dicht an dicht besetzten Saals saß, war so aufgeregt wie bei ihrem ersten Einsatz als Lazaretthelferin. Das war Walter Böckers großer Tag, und sie durfte dabei sein!

Ein Raunen ging durch die Reihen, alle Köpfe drehten sich um. Auch Ruth verrenkte sich den Hals, um etwas zu sehen. Als sie den Grund der Unruhe entdeckte, traute sie ihren Augen nicht: Dr. Konrad Adenauer, der Bundeskanzler persönlich, betrat die Halle, gefolgt von einigen Ehrengästen, doch an seiner Seite schritt niemand anderer als ihr Walter – er ganz allein! Das Herz klopfte Ruth bis zum Hals. Warum hatte er ihr davon nichts gesagt? Dann hätte sie doch seine Kamera mitgenommen und Fotos gemacht ... Zum Glück sprangen jede Menge Journalisten um die beiden herum, um das Bild für die Ewigkeit festzuhalten.

Nachdem der Kanzler zusammen mit den anderen Ehrengästen in der ersten Reihe Platz genommen hatte, spielte ein Kammerorchester auf dem Podium das Kaiserquartett. Die vertrauten Klänge rührten Ruth merkwürdig an. Mit der Melodie verband sie so viel, was nicht zusammenpasste – die Hauskonzerte in der Familie, Filme von Parteiversammlungen und Aufmärschen, die sie im Altenaer Central-Theater gesehen hatte, Nächte voller Angst in irgendwelchen Sammelunterkünften hinter der Front, wo Geschützdonner die Musik übertönte ... Unauffällig schaute sie in die Gesichter der Menschen um sie herum. Welche Worte gingen ihnen beim Hören der so oft gehörten Melodie wohl durch die Köpfe? ... Immer noch *Deutschland, Deutschland über alles* ...? Oder wirklich schon *Einigkeit und Recht und Freiheit* ...? Oder einfach nur *G – E – F – D – C* ...?

Während die letzten Töne verklangen, trat der Frankfurter Oberbürgermeister, erkennbar an der goldenen Amtskette, auf das Podium und sagte ein paar Worte zur Begrüßung. Dann kündigte er die Festrede auf den neuen Präsidenten an. Die hielt zu Ruths Enttäuschung leider nicht der Bundeskanzler, sondern ein junger Schlacks, der aussah wie der amerikanische Filmschauspieler Cary Grant in den Illustrierten bei Frisör Lau und den der Bürgermeister als Berthold Beitz vorgestellt hatte, den frisch ernannten Generalbevollmächtigten der Stahlwerke Krupp. Während dieser davon sprach, dass laut Grundgesetz Eigentum verpflichte, folglich jeder Unternehmer aufgerufen sei, in der Gesellschaft Verantwortung zu übernehmen, damit die freie Marktwirtschaft stets auch eine soziale sei, und dabei den neuen Arbeitgeberpräsidenten eindringlich mahnte, als »Primus inter pares« darin stets ein Vorbild zu sein, schweiften ihre Gedanken allmählich ab.

Würde Walter zu seinem Wort stehen und sie heiraten? Trotz allem, was ihre Familie ihm angetan hatte? Seit Monaten war von der Hochzeit keine Rede mehr gewesen, so wenig wie von dem Auftrag bei Betten-Prange, nur noch von Walters Präsidentschaft, und sie selber hatte nicht den Mut gehabt, ihn zu fragen. Solange er nicht nein sagte, durfte sie wenigstens hoffen.

Der Applaus der Festgesellschaft riss sie aus ihren Gedanken. Walter stand jetzt zusammen mit dem Bundeskanzler und Berthold Beitz auf dem Podium und bedankte sich für seine Ernennung und das große Vertrauen, das die deutsche Unternehmerschaft ihm entgegenbringe. Ruth fiel auf, dass die Gratulation des Bundeskanzlers deutlich herzlicher ausfiel als die des Festredners. Während Adenauers Miene beim Händedruck von väterlichem Wohlwollen nur so überströmte, zog der junge Beitz ein Gesicht, als würde er sich einer lästigen Pflicht entledigen.

»Na, ist die Überraschung gelungen?«, fragte Walter, als sie nach der Feier den Hessischen Hof betraten, das vornehmste Frankfurter Hotel gleich gegenüber der Messe.

»Ich kann es immer noch nicht glauben – du und der Bundeskanzler«, sagte Ruth. »Ich bin ja so stolz auf dich! Hoffentlich kommen Fotos davon im Kreisblatt! Damit ganz Altena so stolz auf dich ist, wie ich es bin. – Aber«, fügte sie nach kurzem Zögern hinzu, »warum war dieser Beitz eigentlich bei der Gratulation so kühl? Und auch du hast ihn kaum angesehen. Könnt ihr euch nicht leiden?«

»I wo«, sagte Walter und gab ihr einen Klaps auf den Po. »Das bildest du dir nur ein. – Übrigens«, fügte er dann hinzu, »jetzt, da es mit der Wahl endlich geklappt hat, kannst du von mir aus das Aufgebot bestellen!«

Ruth spürte, wie ihr die Tränen in die Augen schossen. »Und ich dachte schon, du wolltest mich gar nicht mehr«, sagte sie. »So lange, wie wir schon verlobt sind.«

»Wie kommst du denn darauf?« Er schien wirklich entrüstet. »Hast du etwa geglaubt, ein Offizier der deutschen Wehrmacht würde je das Wort brechen, das er seinem Mädchen gegeben hat?«

35

Bei Gundel und Benno waren die Hochzeitsvorbereitungen längst im vollen Gange. Angesichts der glänzenden Aussichten, die sich für Benno als Nachfolger seines Onkels und künftiger geschäftsführender Gesellschafter von Schuh Krasemann so plötzlich eröffnet hatten, stand dem gemeinsamen Jawort nichts mehr im Wege. Gundel hatte mit ihrer Mutter sogar schon ein Brautkleid bei Mode Vielhaber ausgesucht, und zusammen mit Benno hatte sie eine Einladungsliste erstellt, die über hundert Gäste umfasste.

Heute trafen sie sich in Köln, um mit Dechant Budde über die Trauung zu sprechen. Gundel wartete schon vor dem Dekanat in der

Martinistraße, einen Steinwurf vom immer noch zerstörten Gürzenich entfernt, als Benno aus dem Taxi stieg, wie meist in letzter Zeit mit einer Zigarette zwischen den Lippen. Noch am selben Abend, als er von Düsseldorf im Taxi nach Altena gekommen war, um ihr persönlich die unverhoffte frohe Botschaft zu bringen, hatte er wieder das Rauchen angefangen. Weil er sich seine geliebten Glimmstengel jetzt wieder leisten konnte, ohne dass die Hochzeit darunter leiden würde.

Herrgott, was war sie froh, dass sie nie den Glauben an ihre Liebe verloren hatte!

»Wir würden gern in St. Kolumba heiraten«, eröffnete Benno das Gespräch im Büro des Dechanten.

Der kleine, rundliche Geistliche zog ein Gesicht, als hätte er gerade ein wohlschmeckendes Stück Streuselkuchen vertilgt.

»Was für ein schöner und frommer Wunsch«, sagte er. »Ich könnte mir für die Wiederaufnahme des Gottesdienstes in der Kapelle nichts Schöneres vorstellen als eine Trauung. Ich nehme an, Sie sind katholisch?«

Gundel blickte Benno an, der erwiderte ihren Blick, ebenso überrascht wie sie.

»An die Glaubenszugehörigkeit haben wir gar nicht gedacht.«

»Das heißt, Sie sind Protestanten?«

»Ja«, sagte Gundel.

»Nein«, sagte Benno. »Ich bin katholisch.«

Dechant Budde lächelte. »Ich glaube, dann wird der liebe Gott nichts dagegen haben, dass ich Sie hier traue. Und ich auch nicht«, fügte er hinzu, »vorausgesetzt, Sie versprechen mir, Ihre Kinder im katholischen Glauben zu erziehen. Sind Sie dazu bereit, Fräulein Wolf? Würden Sie mir ein solches Versprechen geben?«

Mit sanftem Nachdruck schaute er sie an. Gundel fühlte sich ein bisschen überrumpelt. Sie hatte nie daran gedacht, anders zu heiraten als evangelisch, und die Vorstellung, dass sie irgendwann mal ihre Kinder zur Kommunion statt zur Konfirmation führen würde, befremdete sie. Aber sie war ja auch stets davon ausgegangen, in der Lutherkirche in Altena zu heiraten statt in einer Kölner Kapelle.

»Ja«, sagte sie also, »das bin ich.« Dabei drückte sie Bennos Hand, als hätte sie ihm damit bereits ihr Jawort gegeben.

Der Geistliche nickte zufrieden. »Dann steht Ihrem Wunsch nichts mehr im Wege.«

»Wie schön!«

»Allerdings muss ich Sie um ein wenig Geduld bitten. Die Fertigstellung des Kirchleins wird wohl noch ein paar Monate brauchen.«

»So lange?«, fragte Benno. »Fräulein Wolf und ich können es kaum noch erwarten, vor den Altar zu treten.«

»Aber das ist doch kein Grund zur Enttäuschung«, erwiderte der Dechant. »Was spielen bei einem so glücklichen Paar, wie Sie es sind, drei oder vier Monate für eine Rolle? Ihre Liebe kennt nur die Ewigkeit! Aber vielleicht freut es Sie, dass unsere Madonna schon wieder auf ihrem Platz steht. Was meinen Sie – möchten Sie sie schon einmal anschauen?«

»Gerne«, sagte Gundel, die sich über die schönen Worte des Geistlichen zu ihrer Liebe so freute, dass die kleine Enttäuschung bereits wie weggeblasen war. »Wir wollten Herrn Wilke sowieso noch auf seiner Baustelle besuchen.«

Vom Dekanat bis St. Kolumba war es ein Fußweg von kaum einer Viertelstunde. Schon von außen war zu erkennen, dass die Bauarbeiten weit vorangeschritten waren. Der Baukran war bereits verschwunden, der Turmstumpf hatte seinen Platz gefunden und saß fest verfugt über dem Eingangsbereich, und im Portal war eine Flügeltür eingesetzt. Den Kran brauchte Bernd, so hatte er Gundel erzählt, inzwischen in Altena, für die Vertriebenenwohnungen am Hegenscheider Weg, deren Bauausschreibung er im Winter gewonnen hatte.

Die Handwerker hatten offenbar schon Feierabend gemacht, kein Hämmern oder Rufen war von der Baustelle zu hören. Gundel und Bernd schauten sich an. Ob sie Bernd überhaupt noch antreffen würden?

Als sie die Kapelle betraten, empfing sie ein stilles, menschenleeres Licht, das durch die vom Boden bis zur Decke reichenden Fenster des Chorraums flutete. Noch immer stand überall Arbeitsgerät herum, doch in die Fenster waren schon blaue Scheiben mit gelben Engelsgesichtern eingesetzt, und das Dachgewölbe war wie eine Muschel geformt und in strahlend hellem Weiß gestrichen. Einen Altar gab es noch nicht, doch erhob sich bereits ein rundes, dreistufiges Podest in der Mitte des Raums, auf dem er einmal seinen Platz haben würde. Dahinter, an der Rückwand zwischen den Glasfenstern, stand auf einem Sockel die Statue – Maria in den Trümmern … In zärtlich beschützender Liebe hielt sie das Jesuskind auf dem Arm, den Blick auf den Betrachter zu ihren Füßen gerichtet.

»Das ist ja wie im Himmel«, flüsterte Gundel.

Plötzlich sah sie ihren Freund. Mit dem Rücken zum Portal hockte er auf der anderen, der Marienstatue zugewandten Seite des Podests auf den Stufen. Er war so sehr in sich versunken, dass er ihr Kommen nicht bemerkt hatte. Fast konnte man meinen, er würde beten.

»Bernd?«

Als er seinen Namen hörte, drehte er sich um. Bei seinem Anblick hielt Gundel sich die Hand vor den Mund. Wie sah er aus? Mit stieren Augen erwiderte er ihren Blick, das Gesicht von Tränen überströmt. Offenbar war er vollkommen betrunken.

»Um Gottes willen, was ist los?«

Das Gesicht eine blödsinnige Grimasse, steckte er sich den kleinen Finger in den Mundwinkel. *»Qu'est-ce que c'est?«*, nuschelte er, so leise und undeutlich, dass man ihn kaum verstehen konnte. Dann schüttelte er, wie um sich selbst die Antwort zu geben, den Kopf. *»Moi ne pas …«*

36

Mit lautem Klopfen auf den Holzbänken dankten die Studenten Professor Knesebeck für die Vorlesung, und wie immer revanchierte der sich mit einem freundlichen Lächeln sowie einer angedeuteten Verbeugung. Eilig sammelte Tommy seine Aufschriebe ein und ließ sie in seiner Aktentasche verschwinden. Er war mit Jutta verabredet, das Wetter war herrlich, und sie wollten mit dem Rad hinaus an die Havel.

Als er den Hörsaal verließ, fing Irmgard Volz ihn ab, Juttas Assistentin.

»Professor Höllscher erwartet dich in ihrem Dienstzimmer«, sagte sie.

»Bist du sicher?« Tommy wunderte sich. Eigentlich hatten sie sich im Hof bei den Fahrradständern verabredet.

»So hat sie es mir aufgetragen«, erwiderte Irmgard. Dabei zog sie ein so gequältes Gesicht, dass sie einem leidtun musste. Offenbar war sie immer noch verliebt, und Tommy fand es ein bisschen gefühllos von Jutta, ausgerechnet ihre Assistentin immer wieder als Postillon d'amour zu missbrauchen. Schon bei dem deutsch-sowjetischen Freundschaftsabend, so hatte sie ihm gestanden, hatte sie Irmgard hinter ihm hergeschickt, um ihn am Verlassen des Festes zu hindern.

»Dann bleibt mir wohl nichts anderes übrig, als dem Wunsch der Frau Professor Folge zu leisten.«

Mit einem übertriebenen Seufzer ließ Tommy die Assistentin stehen und machte sich auf den Weg in den dritten Stock, wo Jutta ihr Dienstzimmer hatte. Es kam selten vor, dass sie ihn ins Büro bestellte, und wenn sie es tat, war der Grund in der Regel etwas, das mit seinem Studium zu tun hatte. Bei dem Gedanken beschleunigte er seine Schritte. Hatte sie es vielleicht geschafft, dass er vorzeitig zum Examen zugelassen wurde? Während er die Treppen hinaufeilte, hoffte er nur, dass ihr nichts dazwischengekommen war und sie ihren Ausflug womöglich absagen wollte. Er hatte sich nicht nur wie ein Schneekönig darauf gefreut, sondern auch ein paar Frikadellen und eine Flasche ungarischen Wein für ein Picknick »danach« organisiert. Wenn er all die guten Sachen allein verputzen müsste, wäre das eine ziemlich herbe Enttäuschung.

Auf dem Gang vor ihrem Dienstzimmer standen zwei Dozenten im Gespräch zusammen. Tommy grüßte und klopfte dann an die Tür, wie es sich für einen Studenten gehörte, statt wie sonst einfach einzutreten.

»Herein!«

Jutta saß hinter ihrem Schreibtisch, offenbar war sie gerade mit der Korrektur von Klausuren beschäftig. Bei dem Anblick bekam er solche Lust auf sie, dass er am liebsten den Schlüssel hinter sich herumgedreht hätte. Es erregte ihn, wenn sie diese strenge, konzentrierte Miene zog. Die Ernsthaftigkeit, die daraus sprach, stand in einem wunderbar reizvollen Kontrast zu dem mongolischen Zauber ihres Gesichts.

»Schön, dass du da bist.« Sie schraubte ihren Füllfederhalter zu und wies mit der Hand auf den Stuhl gegenüber von ihrem Schreibtisch. »Aber nimm doch bitte Platz.«

»So förmlich?«, fragte er irritiert und setzte sich. »Ich hoffe, der Grund dafür ist nicht irgendetwas Unangenehmes.«

Jutta schüttelte lächelnd den Kopf. »Keineswegs – im Gegenteil. Ich bekomme ein Kind.«

»Ein Kind?«, wiederholte er.

»Ja, du hast richtig gehört.«

»Aber … aber, das ist ja – ganz wunderbar!« Vor Freude sprang er auf und vollführte vor ihrem Schreibtisch ein Tänzchen, warf jauchzend die Beine in die Luft und klatschte sich auf die Schenkel, wie er es Commander Jones und den britischen Offizieren beim Schuhplattlern vorgemacht hatte.

Als er Juttas Stirnrunzeln sah, hielt er beschämt inne. Sie hatte recht – er wurde Vater und benahm sich wie ein Kind. Um seinen Fehler zu korrigieren, eilte er um den Schreibtisch herum und kniete vor ihr nieder.

»Werde meine Frau«, sagte er und griff nach ihrer Hand.

»Was für ein schöner Gedanke.« Während er ihre Hand in der seinen spürte, sah sie ihn an, wie er es am allerliebsten mochte. Der ernste, strenge Blick ihrer stahlblauen Augen wurde ganz weich und sanft und zärtlich und verlor sich irgendwo in der mongolischen Steppe.

»Ich liebe dich«, flüsterte er.

Abrupt zog sie ihre Hand zurück. »Lass das.« Ihr Blick war wieder so ernst und streng wie zuvor. »So schön die Vorstellung vielleicht auch ist – ich … ich kann dich nicht heiraten.«

»Aber warum nicht?«

Wieder versuchte er, ihre Hand zu greifen. Doch sie ließ es nicht zu.

»Ganz einfach – weil ich schon verheiratet bin.«

»WAS bist du?« Entsetzt schnellte er in die Höhe.

»Ja, verheiratet«, wiederholte sie. »Und zwar mit Horst Höllscher, dem Parteisekretär von Leipzig. Hast du das nicht gewusst?«

»Natürlich nicht! Ich hätte doch sonst nie im Leben, ich meine, du und ich – wir hätten doch sonst nie und nimmer …« Er war so durcheinander, dass er sich vollkommen verhaspelte. »Wie … wie hätte das denn gehen sollen?«

Jutta schien im Gegensatz zu ihm die Ruhe in Person. »Genau so, wie es gegangen ist«, antwortete sie. »Und ich denke, es ist sehr gut gegangen. Findest du nicht?«

Tommy schnappte nach Luft. »Aber … aber was wird dein Mann sagen, wenn er erfährt, dass du ein Kind bekommst.«

»Er weiß es bereits«, erwiderte sie. »Und er freut sich darüber. Noch mehr als du.«

»Das heißt – er glaubt, das Kind ist von ihm?«

Jutta schüttelte den Kopf. »Nein, mein Mann weiß, dass du der Vater bist.«

»Jetzt verstehe ich überhaupt nichts mehr …«

Entgeistert schaute Tommy sie an. Was war das für ein Spiel, das sie mit ihm spielte? Machte sie sich über ihn lustig? Oder war am Ende die ganze Geschichte überhaupt nicht wahr und alles frei erfunden? Weil sie ihn auf irgendeine Probe stellen wollte, die er nicht begriff. Um herauszufinden, woran sie mit ihm im Zweifelsfall war …

Die Hoffnung währte nur eine Sekunde.

»Die Sache ist so«, erklärte sie. »Mein Mann hat von Anfang an von dir und mir gewusst. Und er hat unser Verhältnis«, fuhr sie fort, als Tommy sie unterbrechen wollte, »nicht nur toleriert, sondern es sogar ausdrücklich gewollt. Weil er sich nichts sehnlicher wünschte, als mit mir ein Kind zu haben. Er selber ist aufgrund einer Kriegsverletzung leider nicht imstande, Kinder zu zeugen. Sorgen hat ihm nur bereitet, dass es über ein Jahr lang gedauert hat, bis ich schwanger wurde. Jetzt ist er der glücklichste Mann der Welt.«

Sie sprach so klar und konzentriert und frei von allen Emotionen wie in ihren Vorlesungen. Dabei waren die Dinge, die sie sagte, so ungeheuerlich, dass kein normaler Mensch sie fassen konnte. Am allerwenigsten Tommy. Verzweifelt suchte er nach Worten, die dem Wahnsinn ein Ende machen konnten.

»Ihr … ihr seid ja vollkommen verrückt!«, stammelte er. »So was kann man doch nicht tun! Nicht mal in der Irrenanstalt! Das … das ist verboten! In jedem Land der Welt! Und, was soll das überhaupt heißen – *Vater*? Das Kind ist doch von mir! Das hast du selbst gesagt! Also ist es *mein* Kind, nicht seins, verdammt nochmal!«

Jutta schaute ihn an wie einen Studenten, der eine besonders dumme Antwort gegeben hat.

»Diese Sicht der Dinge«, sagte sie, »spiegelt auf erschreckende Weise die Produktionsverhältnisse im Kapitalismus wider. Kinder ›gehören‹ nicht ihren Erzeugern, so wenig, wie überhaupt irgendein Mensch einem anderen Menschen ›gehört‹. Du redet von dem Kind, das du gezeugt hast, wie ein Kapitalist, der den Besitz eines Produkts für sich reklamiert, nur weil er Eigner der Produktionsmittel ist.«

Tommy verschlug es endgültig die Sprache. Obwohl er wusste, dass er nach der Logik des dialektischen Materialismus ihrer Argumentation nicht widersprechen konnte, begehrte alles in ihm gegen das schreiende Unrecht auf, das sie ihm antat.

»Aber was … was wird jetzt aus uns?«, fragte er schließlich.

Ein Lächeln huschte über ihr Gesicht. »Mein süßer kleiner Bourgeois.« Sie erhob sich von ihrem Stuhl und streichelte zärtlich seine Wange. »Du bist ein netter und gescheiter Kerl, und ich habe dich wirklich lieb gewonnen in diesem Jahr, das wir hatten, das musst du mir glauben. Schon allein, weil du der beste Tänzer bist, den ich kenne. Aber jetzt müssen sich unsere Wege trennen, Tomasz, auch wenn es weh tut. Um es uns beiden leichter zu machen, wechsle ich ab sofort an die Universität Leipzig.« Sie nahm sein Kinn in die Hand und küsste ihn noch einmal auf den Mund. »Ich wünsche dir alles Gute«, sagte sie dann. »Freundschaft, Genosse Weidner!«

Sie hatte die letzten Worte so energisch gesprochen, dass er automatisch den albernen FDJ-Gruß erwiderte. »Freundschaft …«

»Und jetzt geh«, sagte sie. »Bitte!«

Er schaute sie an, doch sie nahm schon wieder hinter ihrem Schreibtisch Platz, und den Blick auf die Klausuren gerichtet, schraubte sie den Füllfederhalter auf, um ihre Arbeit fortzusetzen.

»Was seid ihr nur für Menschen …«

Wie betäubt wandte er sich ab. Das Letzte, was er in ihrem Büro sah, bevor er auf den Flur hinaustaumelte, war ein Buch im Regal neben der Tür. *Das Prinzip Hoffnung*, von Ernst Bloch.

… was allen in die Kindheit scheint, und wo noch niemand war: Heimat …

37

Ursprünglich hatte Walter eine Hochzeit geplant, von der ganz Altena reden sollte. Im Rittersaal der Burg oder im Lennestein hatte sie stattfinden sollen, je nachdem, ob Ruth lieber mit möglichst viel Klasse oder mit möglichst vielen Gästen feiern wollte. Mit einem Anflug von Schadenfreude hatte sie schon im Voraus die Empörung ihrer Mutter und den Neid ihrer Schwestern genossen. Doch nach dem Eklat in der Villa konnte davon keine Rede mehr sein. »Abgeblasen«, hatte Walter gesagt, »ich mache mich doch wegen der Mischpoke nicht zum Affen!« Im schlichten Straßenanzug beziehungsweise Straßenkleid traten sie nun im Altenaer Rathaus vor einen Standesbeamten namens Lerche, um einander das Jawort zu geben. Auf eine kirchliche Trauung hatte Walter ebenso verzichtet wie auf das Fest. Nicht mal richtige Trauzeugen gab es, lediglich Walters Haushälterin und einer seiner Buchhalter waren mitgekommen, um dem Gesetz Genüge zu tun, von Freunden oder Verwandten keine Spur.

Ruth hatte ihre zwei Söhne in der Obhut ihrer Vermieterin zurückgelassen, die ihre Jungs gerne um sich hatte. Wenn es schon kein Fest gab, dann wollte sie auch nicht so tun. Aber kam es darauf an? Walter hatte sein Wort gehalten, und wenn er sie auch nicht vor den Altar geführt hatte, so doch aufs Standesamt. Das allein zählte und war mehr als genug, um sie über die kleine Enttäuschung hinwegzutrösten. Von diesem Tag an war er ihr Mann und würde für sie und Winfried und Fritzchen sorgen. Was immer in Zukunft passieren würde, sie konnte sich auf ihn verlassen, ihr Leben lang.

Der Beamte nahm die Trauung an einem Tisch vor, auf dem das aufgeschlagene Stammbuch der neuen, kleinen Familie lag. Während er sie fragte, ob sie füreinander da sein wollten, in guten wie in schlechten Zeiten, bis dass der Tod sie scheide, stellte Ruth sich vor, wie die Seiten dieses Buches sich in den nächsten Jahren füllen würden, mit den Namen und Lebensereignissen ihrer Kinder und Kindeskinder.

»Wenn Sie nun Platz nehmen wollen, um Ihre Unterschriften zu leisten?«, forderte Herr Lerche sie auf, nachdem sie beide ihren Willen zur ehelichen Treue bekundet hatten. Mit dem kleinen Finger seiner Linken zeigte er auf zwei Stellen. »Einmal bitte hier und einmal hier.«

Ruth nahm als Erste den Stift.

»Aber bitte nicht vergessen, dass Sie jetzt einen neuen Namen haben, gnädige Frau. Sie glauben ja nicht, wie oft die Damen sich vertun.«

Gut, dass der Beamte sie daran erinnerte – sie hätte sich sonst wirklich verschrieben. In ihrer krakeligen Schrift, einer Mischung aus Sütterlin und Latein, schrieb sie erstmals ihren neuen Namen – den Namen ihres Mannes. Eigentlich komisch, dachte sie. Eigentlich würde sie doch erst mit ihrer Unterschrift zu Walters Frau. Hätte sie da nicht mit dem alten Namen unterschreiben müssen, damit die Ehe überhaupt wirksam wurde?

»Und jetzt bitte Sie, Herr Böcker.«

Mit Löschpapier trocknete Herr Lerche die Tinte und schob das Stammbuch weiter in Walters Richtung. Der unterschrieb mit der schwungvollen Routine, mit der er schon Tausende von Briefen und Verträgen unterschrieben hatte.

Ruth schaute unauffällig zu ihm hinüber. Ob er ihr jetzt wohl einen Kuss geben würde? Der gehörte doch dazu – wenigstens der!

Doch Walter machte nicht die geringsten Anstalten, sie zu küssen. Stattdessen fragte er den Beamten: »Und wo ist der andere Wisch?«

»Welcher Wisch?«, erwiderte Herr Lerche, für einen Moment irritiert. »Ach so, die Adoptionsurkunde.« Eilig blätterte er in dem Stammbuch und schlug die entsprechende Seite auf.

»Na, dann will ich mal meinen Friedrich-Wilhelm daruntersetzen«, sagte Walter. »Kostet mich zwar ein Vermögen – aber was will man machen? Wo die Liebe nun mal hinfällt …«

Während Herr Lerche pflichtbewusst lachte, sah Ruth zu, wie Walter sich mit einer weiteren Unterschrift zum Vater ihrer Söhne erklärte. Der Anblick rührte sie so sehr, dass sie einen Kloß im Hals bekam. Sie hatte es immer gewusst – Walter hatte zwar eine raue Schale, aber innendrin, ganz tief in seinem Herzen, hatte er einen guten Kern.

»Und – darf man fragen, wohin die Hochzeitsreise geht?«, erkundigte sich der Beamte, als er sie zur Tür begleitete.

»Einmal mit dem Finger über die Landkarte«, erwiderte Walter. »Erst die Pflicht, dann das Vergnügen! Der Kanzler braucht mich – Londoner Schuldenkonferenz, vielleicht haben Sie davon gehört?«

»Selbstverständlich«, sagte Herr Lerche und schlug die Hacken zusammen.

Walter nickte. »Kriegsentscheidende Sache. Wird mich vermutlich bis zum Sommer in Anspruch nehmen. Aber dann«, er drehte sich zu Ruth herum und gab ihr endlich den ersehnten Kuss, *»bella Italia!«*

38

So schmeckte Christel das Frühstück! Drei Wolken Erdbeerkonfitüre auf jeder Brötchenhälfte und dazu echter Bohnenkaffee mit Glücksklee aus naturfrischer Vollmilch sowie zweieinhalb Löffel Zucker.

Doch Ulla tat mal wieder alles, um ihr den Appetit zu verderben.

»Du sollst doch nicht so viel Süßes zu dir nehmen, hat Dr. Goecke gesagt.«

»Du willst mir ja nur nicht das bisschen Genuss gönnen«, erwiderte Christel. »Dabei ist Süßes Nervennahrung. Und die brauche ich, mit zwei solchen Töchtern.«

»Nein, Ulla hat recht«, pflichtete Gundel ihrer Schwester bei. »Wenn du erst mal Zucker hast, ist es zu spät.«

»Denk an Rechtsanwalt Hüllhoff«, fügte Ulla hinzu. »Dem haben sie letzte Woche das Bein amputiert. Jetzt kann er auf Krücken zum Gericht humpeln.«

»Ich habe ihn in der Stadt gesehen«, sagte Gundel. »Der arme Mann. Willst du etwa auch eines Tages so enden, Mama?«

Zum Glück kam Betty mit dem Kreisblatt herein. Dankbar griff Christel zu der Zeitung. Wenn sie nicht schleunigst das Thema wechselte, würden ihre Töchter noch stundenlang auf ihr rumhacken wegen des bisschen Zuckers.

»Vielleicht steht ja drin, wann sie die Große Brücke für den Verkehr freigeben.«

Als Christel die Zeitung aufschlug, musste sie schlucken. Kein Wort über die Große Brücke – dafür grinste Walter Böcker ihr entgegen. Sein Foto, aufgenommen vor dem Tower in London, nahm fast die halbe Titelseite ein. »Durchbruch auf der Schuldenkonferenz?«, lautete die Überschrift des zugehörigen Artikels. »Neuer Arbeitgeberpräsident überrascht mit Vorschlag.« Gegen ihren Willen neugierig geworden, überflog Christel den Bericht. Von Ulla wusste sie zwar, dass der Kompagnon ihrer Tochter seit dem Frühjahr immer wieder nach London reiste, als Mitglied einer Regierungsdelegation, die dort den westlichen Siegermächten eine Reduzierung der deutschen Reparationslasten abtrotzen sollte. Allerdings hatte sie immer gedacht, dass Walter Böcker bei den Verhandlungen eher eine Art Maskottchen sei und es nur seinem neuen Amt verdanke, so berühmte Männer wie Josef Abs begleiten zu dürfen, den Chef der Deutschen Bank, der als Delegationschef die Verhandlungen mit den Amis und Engländern und Franzosen in London führte. Doch allem Anschein nach hatte sie sich getäuscht. Wenn sie den Artikel richtig verstand, hatte Walter Böcker es irgendwie geschafft, die ganze Konferenz herumzukriegen. Aufgrund der Tatsache, dass Deutschland durch die Kriegsniederlage große Teile des alten Reichsgebiets verloren habe, hatte er den Siegermächten vorgerechnet, schulde die Bundesrepublik ihnen nur die Hälfte der geforderten Reparationsleistungen. Und nur dann, wenn man Deutschland diesen Teil der Schulden erlasse, könne die Regierung die Wiedergutmachung an den Staat Israel in dem Umfang leisten, den die ganze Welt von Deutschland erwarte. Wie es aussah, schienen einige der Staaten, allen voran Amerika, tatsächlich bereit, sich auf diese Argumentation einzulassen. »Ein großartiger Erfolg des jungen Wirtschaftsführers«, hieß es in dem Bericht, »und zugleich eine einzigartige Werbung für das geläuterte, friedfertige Deutschland. Sogar Kanzler Adenauer hat sich lobend über den Sohn unserer Stadt geäußert …«

Verärgert blätterte Christel weiter zum Lokalteil. Die Große Brücke interessierte sie zehnmal mehr als dieser Wichtigtuer! Doch kaum hatte sie den Lokalteil überflogen, stieß sie unter den Anzeigen, zwischen einer Reklame von Café Dunkel und einer von Elektro Schauerte, schon wieder auf Walter Böckers Namen – zusammen mit dem ihrer ältesten Tochter.

Entsetzt ließ sie die Zeitung sinken.

»Was hast du, Mama?«, fragte Ulla. »Du bist ja ganz blass!«

Wortlos reichte Christel ihr das Kreisblatt.

Jetzt wich auch Ulla das Blut aus dem Gesicht. »Das darf nicht wahr sein!«

»Würdet ihr mir bitte verraten, was ihr habt?«, fragte Gundel.

»Ruth hat Walter Böcker geheiratet«, sagte Ulla. »Schon vor über zwei Monaten.«

»Und wir erfahren das aus der Zeitung«, fügte Christel hinzu. »Das ist unerhört!«

Gundel beugte sich über den Tisch und warf einen Blick auf die Anzeige. »Wundert dich das?«, fragte sie ihre Mutter.

»Allerdings!«, erwiderte Christel. »Was sollen nur die Leute denken?«

»Also, mich wundert das gar nicht – so, wie du Ruth behandelt hast.« Gundel nahm einen Schluck von ihrem Kaffee. »Ich war immer der Meinung, dass du den beiden deinen Segen hättest geben sollen.«

»Nicht mit diesem Mann! Das hätte euer Vater mir nie verziehen.« Christel war so erregt, dass ihr der Appetit jetzt wirklich vergangen war, und obwohl eine Hälfte ihres Marmeladenbrötchens noch ungegessen auf ihrem Teller lag, faltete sie ihre Serviette zusammen.

»Ich weiß, dass Papa Walter Böcker nicht mochte«, sagte Gundel. »Trotzdem hat er mit ihm eine Firma gegründet.«

»Ja und? Was will das schon heißen? Geld verdienen müssen wir alle.«

»Ich glaube, Papa hätte nachgegeben und irgendwann in die Ehe eingewilligt.«

»Nein, das glaube ich nicht! Ganz und gar nicht!« Mit zitternden Händen versuchte Christel, den zusammengerollten Stoff durch den Serviettenring zu ziehen. Doch das störrische Ding wollte einfach nicht. »Eine Ehe, hat euer Vater immer gesagt, gründet auf Respekt und wechselseitigem Vertrauen. Wie soll man das bei so einem Menschen haben?«

»Da muss ich Mama beipflichten«, sagte Ulla. »Leider.«

»Danke, meine Liebe«, sagte Christel. »Wenigstens ein Mensch außer mir in diesem Haus, der noch einen Funken Verstand hat.« Endlich fand die verflixte Serviette durch den Ring. »Doch apropos Ehe: Warum lässt Jürgen sich eigentlich gar nicht mehr blicken? Er kommt ja kaum noch nach Altena, und wenn er hier ist, verschwindet er sofort wieder irgendwohin.«

Ulla zuckte die Achseln. »Du weißt doch, wie viel er um die Ohren hat«, erwiderte sie lahm. »Das Studium in Münster und hier die ewigen Termine …«

»Aber so kann man doch keine Ehe führen!« Christel spürte, wie ihr die Tränen kamen. Drei Töchter hatte sie in die Welt gesetzt, und jede bereitete ihr Kummer – sogar Gundel stellte sich quer. Obwohl ihr schlechtes Benehmen zuwider war, warf sie die Serviette auf den Tisch.

»Ach, verdorrich nochmal! Müsst ihr euch alle gegen mich verschwören? Warum könnt ihr mir nicht einfach die Liebe tun und so leben, wie Papa und ich euch es vorgemacht haben?«

Ohne eine Antwort ihrer Töchter abzuwarten, verließ sie den Raum und schlug mit lautem Knall die Tür hinter sich zu. Für diesen Vormittag wollte sie nur noch ihren Ficus um sich haben, jede andere Gesellschaft war ihr zu viel!

39

Während aus dem Salon die Ouvertüre der *Schönen Galathée* herübertönte, schauten die beiden Schwestern sich an.

»Ich glaube, Mama weiß gar nicht, wie sehr sie Papa vermisst«, sagte Gundel.

»Das denke ich manchmal auch«, pflichtete Ulla ihr bei. »Aber das gibt ihr noch lange nicht das Recht, uns auf der Nase herumzutanzen.«

»Findest du das nicht ein bisschen hart? Sie macht sich doch nur Sorgen.«

Ulla blickte auf die Uhr. »O Gott, ich müsste längst in der Firma sein.«

Sie stand auf und wollte zur Tür. Doch Gundel hielt sie am Arm zurück. Mit ihren ernsten, kummervollen Rehaugen blickte sie zu ihr auf.

»Was ist los zwischen Jürgen und dir?«

Ulla zuckte die Schultern. »Nichts. Wieso fragst du?«

Sie wollte sich vom Griff ihrer Schwester befreien, aber Gundel ließ nicht locker.

»Du kannst mir nichts vormachen. Mama hat recht, irgendwas stimmt nicht bei euch, das sieht doch ein Blinder. Dein Mann ist die ganze Zeit in Münster und führt dort sein Studentenleben, während du hier zwei Firmen am Hals hast. Und wenn Jürgen am Wochenende kommt, sieht er dich nicht mal an und verlässt das Haus, kaum dass er zur Tür herein ist – fast könnte man glauben, er hat irgendwo eine Geliebte. Warum lässt du dir das gefallen? So kenne ich dich gar nicht!«

»Kannst du mir mal sagen, was das jetzt soll? Ich bin wirklich spät dran.«

»Na gut«, sagte Gundel und ließ sie los, »dann will ich dich nicht länger aufhalten. Aber beklag dich später nicht, dass ich dich nicht gewarnt hätte.«

Ulla wandte sich zur Tür. Sie war wirklich spät dran, im Büro wartete jede Menge Arbeit, und bereits um zehn stand eine Besprechung mit Walter Böcker in der VAM auf dem Programm. Die Bundesbank hatte hundert Millionen Rohlinge nachbestellt, sie brauchten neues Personal, um den Auftrag in der gesetzten Frist zu schaffen.

Doch in der Tür blieb sie stehen. Die Klinke schon in der Hand, drehte sie sich noch einmal zu ihrer Schwester herum.

»Ich habe einen fürchterlichen Fehler gemacht.«

»Fehler?«, fragte Gundel. »Was für einen Fehler?«

Ulla zögerte. Sollte sie ihr die Wahrheit sagen? Abgesehen von Jürgen hatte sie mit keinem Menschen je darüber gesprochen, und manchmal glaubte sie, an ihrem Schweigen zu ersticken. Aber andererseits … Sie hatte keine Ahnung, wie Gundel reagieren würde. Gundel ertrug in ihrer Harmoniesucht nichts anderes als Eintracht und Liebe und glückliche Gesichter am Familientisch. Vielleicht würde sie einen hysterischen Anfall bekommen oder vor lauter Mitgefühl in Tränen ausbrechen. Auf jeden Fall würde sie entsetzt sein. Vielleicht so entsetzt, dass sie sie für immer verdammen würde.

»Ach nichts«, sagte Ulla.

»Das glaube ich nicht!« Gundel stand auf und nahm ihre Hand. »Komm, setz dich wieder hin.«

Ulla konnte es selber kaum glauben, aber tatsächlich folgte sie ihrer kleinen Schwester zurück an den Tisch.

»Du hast doch irgendetwas auf dem Herzen«, sagte Gundel. »Meinst du nicht, es wäre besser, du würdest darüber reden?«

Statt ihren fragenden Blick zu erwidern, schaute Ulla auf die Reste ihres Frühstücks. Wofür waren Schwestern da, wenn nicht dafür, dass man jemanden hatte, mit dem man über alles reden konnte? Hin und her gerissen, pickte sie mit der Fingerspitze die Brötchenkrümel von ihrem Teller.

Ich sage es … Ich sage es nicht … Ich sage es … Ich sage es nicht …

Bevor sie einen Entschluss gefasst hatte, hörte sie sich sagen: »Es ist meine Schuld, dass ich keine Kinder kriegen kann.«

Endlich war es heraus!

»Was soll das heißen – deine Schuld?«, fragte Gundel. »Das … das verstehe ich nicht …«

»Wirklich nicht?«

Ulla hob den Kopf, um ihre Schwester anzuschauen. Deren braune Augen wurden immer größer.

»Willst du damit etwa sagen, dass du …?« Sie sprach den Satz nicht aus.

Ulla nickte. »Genau das. Vor fast fünf Jahren.«

»Also noch zu Tommys Zeit?« Gundel holte tief Luft. »Weiß … weiß er davon?«

»Tommy?«

»Nein. Dein Mann.«

Ulla nickte ein zweites Mal. »Ja. Er ist selber darauf gekommen, er hatte Verdacht geschöpft, weil ich nicht schwanger wurde, und dann mit Dr. Seraphin gesprochen.«

»Mein Gott.« Gundel schloss die Augen. »Armer Jürgen …«

Mehr brachte sie nicht über die Lippen. Während im Salon die erste Arie der *Schönen Galathée* erklang, bereute Ulla, dass sie nicht den Mund gehalten hatte. Gundel reagierte genau so, wie sie es erwartet hatte. Verdammt hatte sie sie schon. Gleich würde sie in Tränen ausbrechen und einen hysterischen Anfall bekommen.

Doch zu ihrer Überraschung geschah weder das eine noch das andere. Stattdessen fasste Gundel sie an die Schulter.

»Und – was hast du jetzt vor?«

»Ich … ich weiß es nicht«, erwiderte Ulla.

»Aber ich«, sagte Gundel mit einer Entschiedenheit, die ganz und gar untypisch war. »Du musst kämpfen! Um deine Ehe und um deinen Mann!«

40

Walter genoss die bewundernden Blicke, mit denen die Gäste der Burgschänke seinen Weg durch das Restaurant verfolgten. Jeder wollte ihn auf einmal kennen, an allen Tischen, an denen er vorüberkam, unterbrach man das Essen, um vor ihm zu dienern und zu buckeln – ein einziger innerer Parteitag! Ohne sich seinen Triumph anmerken zu lassen, erwiderte er nach links und rechts grüßend die Honneurs. Dass Walter Böcker, der vermeintliche Prolet unter Altenas feinen Unternehmerpinkeln, einmal so groß rauskommen und sein Name neben dem des Bundeskanzlers im Kreisblatt stehen würde, war mehr, als die Idioten fassen konnten!

Arno Vielhaber wartete am hintersten Ecktisch der Glasveranda, den Walter telefonisch reserviert hatte. Dort hatte man einen wunderbaren Blick über das Tal. Vor allem aber hatte man dort wunderbar Ruhe, um ungestört zu reden.

»Also, wie du das in London geschaukelt hast – großartig!«, empfing Arno ihn. »Einfach die verlorenen Reichsgebiete gegen die Schulden aufzurechnen. Auf so eine Idee muss man erst mal kommen! Da hätten die sich beim Versailler Vertrag eine Scheibe von abschneiden können. Und dann erst der Dreh, die Halbierung der Reparationen zur Voraussetzung der Wiedergutmachung an Israel zu knüpfen. Wenn die Alliierten das wirklich schlucken, retten die Juden uns am Ende noch das Wirtschaftswunder. Genial!«

Walter hörte sich die Lobhudeleien an, bis Robert in seiner gestreiften Livree kam, um ihm ein Pils und einen Wacholder zu bringen.

»Den Puderzucker kannst du dir sparen!«, sagte er, als der Ober wieder fort war. »Den haben andere mir schon zur Genüge in den Arsch geblasen!« Er kippte den Schnaps hinunter und schüttelte sich. »Ich habe dich herbestellt, um auf deine wundersame Genesung zu trinken!«

»Oh, bin ich wieder gesund?«, fragte Arno und zupfte an seinem Strunztuch.

»Ja, ich glaube, deinem Herzen geht es wieder deutlich besser. Du kannst aus der Kur zurück.«

Walter hob sein Glas, um mit ihm anzustoßen. Doch Arno zögerte noch.

»Meinst du wirklich?«, fragte er. »Ich habe neulich im Radio gehört, dass Israel eine vollständige Aufklärung aller Arisierungen verlangt, zur Feststellung der Entschädigungsleistungen in der Wiedergutmachungsfrage.«

»Mach dir darum keine Sorge. Wenn mein Plan durchgeht, kommt das nicht mehr in die Tüte. Sollen die Itzigs sich doch an die kommunistischen Schlaumeier in der DDR halten. Die tun einfach so, als hätten sie mit nichts was zu tun. Damit muss endlich Schluss sein! Wir im Westen haben schon genug geblutet, jetzt sind unsere Brüder und Schwestern drüben mal dran.« Ohne anzustoßen, trank Walter einmal durch den Schaum. »Hast du die Zeit in der Kur so genutzt, wie ich es dir gesagt habe?«

»Du meinst – die Nachbesserung des Vertrags?« Arno nickte. »Ja, das habe ich.«

»Sehr gut«, sagte Walter. »Damit kannst du beweisen, wie großzügig du damals gewesen bist – ich finde, hunderttausend sind ein mehr als anständiger Preis. Das wird dir die Rückkehr ins Amt erheblich erleichtern.«

Während er sprach, spürte er plötzlich etwas Weiches an seinem Bein. Als er die Tischdecke hob, um nachzuschauen, entdeckte er zu seinen Füßen einen kackfarbenen Rauhaardackel, der so treudoof zu ihm aufsah, wie es nur ein Dackel konnte. Die Leine war an Arnos Stuhlbein befestigt.

»Hast du die alte Töle endlich ersetzt?«, fragte Walter. »Sehr vernünftig! So eine Klosettbürste kann jeder brauchen, im Gegensatz zu dem verräterischen Kostverächter.«

Lachend boxte er Arno in die Rippen. Doch dem war nicht nach Witzen zumute. Nervös schaute er sich um.

»Ich hoffe nur«, sagte er so leise, dass Walter ihn kaum verstand, »du behältst recht und Julius Rosen bekommt nicht plötzlich doch noch Sehnsucht nach der alten Heimat.«

Walter verdrehte die Augen. »Du bist und bleibst ein Hosenscheißer«, erwiderte er. »Ein bisschen mehr Selbstbewusstsein! Die Zeit des Wegduckens ist vorbei, jetzt heißt es wieder Flagge zeigen. Das meint übrigens auch der Alte.«

Arno legte seine hübsche Stirn in Falten.

»Jetzt mal ganz unter uns.« Walter beugte sich vor und senkte gleichfalls seine Stimme. »Ich komme gerade aus Bonn, Bundeskanzleramt, eine Sitzung des Arbeitskreises ›Barbarei oder Freiheit‹.«

»Klingt interessant«, sagte Arno unsicher.

»Worauf du einen lassen kannst! Adenauer meint, dass Deutschland wieder eine Armee braucht.«

Arno pfiff leise durch die Zähne. »Soll das heißen, er will die Wehrmacht wiedereinführen?«

Walter schüttelte den Kopf. »Nein, das würde selbst der Alte nicht hinkriegen. Ihm schwebt eine sogenannte Bundeswehr vor. Ist im Prinzip dasselbe, klingt aber viel netter in den Ohren unserer neuen Freunde.« Er griff zu seinem Pils. »Sag selbst, ist das ein Grund, um anzustoßen?«

»Allerdings.« Sichtlich beeindruckt hob Arno sein Glas.

Walter atmete auf. »Endlich ist der Groschen gefallen! Prost, Herr Bürgermeister! Wir sind wieder wer!«

41

Am nächsten Morgen ließ Ulla die Arbeit Arbeit sein und kümmerte sich weder um die Firma Wolf noch um die VAM. Sie hatte beschlossen, nach Münster zu fahren, um Jürgen mit ihrem Besuch zu überraschen. Gundel hatte ihr die Augen geöffnet. Dass ihre Ehe ein Fiasko war, war ihre Schuld. Also war es auch ihre Pflicht, diese Ehe zu retten.

Ihrer überraschten Mutter erklärte sie nur, dass es noch andere Dinge im Leben gebe als die Firma und die Arbeit. Ihr Plan war es, sich mit Jürgen ein Zimmer im Lindenhof zu nehmen, einem uralten, abgelegenen Fachwerkhotel an der Werse, das sie von einem Ausflug kannte, um dort gemeinsam mit ihrem Mann ein paar romantische Tage und vor allem Nächte zu verbringen. Wann sie zurückkehren würde, konnte sie ihrer Mutter nicht sagen. Sie wollte so lange in Münster bleiben, bis Jürgen und sie wieder miteinander im Reinen waren.

Für eine solche Fahrt kam natürlich nicht der schwere Firmen-Maybach in Frage, sondern nur der BMW Dixi. Gleich nach dem Frühstück verließ Ulla die Villa, um das Cabriolet aus der Garage zu holen. Gundel begleitete sie zur Verabschiedung in den Hof.

»Danke, Schwesterchen, dass du mir die Leviten gelesen hast«, sagte Ulla und nahm sie in den Arm. »Das werde ich dir nie vergessen.«

Bis Münster waren es über die Autobahn nur gute zwei Stunden. Ulla kannte Jürgens Stundenplan und wusste, wo sie ihn nach der Vorlesung abfangen konnte. Da das Hauptgebäude der Wilhelms-Universität im zerbombten Schloss noch nicht wieder in Benutzung war, waren die verschiedenen Fakultäten und Institute über die ganze Stadt verteilt. Die Lehrveranstaltungen der Pharmazie wurden in ein paar schäbigen Baracken in einem Park abgehalten, in denen es, wie Jürgen erzählt hatte, im Winter so kalt durch die Ritzen zog, dass er nur im Mantel dem Unterricht beiwohnen konnte.

Doch jetzt war es Sommer, und sogar in Münster, wo es sonst fast so viel regnete wie in Altena, schien strahlend hell und warm die Sonne vom blauen Himmel. Ulla parkte ihr Auto in der Correnstraße und erkundigte sich bei einem Pedell, wo die Vorlesung »Grundlagen der Pharmakologie II« von Professor Löringhoff stattfand.

Der Pedell zeigte ihr die Baracke. Ulla setzte sich auf eine Parkbank, um zu warten. Sie hatte noch zehn Minuten Zeit, bis Jürgens Lehrveranstaltung zu Ende war. Zu ihren Füßen plätscherte ein Bach. Während sie nach den Fischen schaute, musste sie an ihre Zeit in Tübingen denken, die schönsten Wochen ihres Lebens. Wie lange war das her? Wirklich schon vier Jahre? Wenn sie damals nicht das Studium abgebrochen hätte, stünde sie jetzt kurz vor dem Examen. Der Gedanke tat immer noch weh. Mit welcher Leidenschaft hätte sie sich in das Studium gestürzt – kein Vergleich zu ihrer Arbeit in der Firma.

Um die leise Wehmut abzuschütteln, die sie bei der Erinnerung beschlich, verließ sie die Bank, um ein wenig am Bach entlangzulaufen. Wer grübelt, vergräbt sich. Heute wollte sie nur schöne Gedanken haben.

Der Pedell läutete eine Glocke. Als Ulla sich umdrehte, ging schon die Tür der Hörsaalbaracke auf, und die Studenten kamen ins Freie. Sie wunderte sich, wie viele Menschen in so ein kleines Gebäude passten – immer mehr junge Frauen und Männer strömten diskutierend in den Park. Sie stellte sich auf die Zehenspitzen, um Jürgen in der Menge zu entdecken. Doch nirgendwo von ihm eine Spur.

Als nur noch ein paar vereinzelte Nachzügler angetröpfelt kamen, ging Ulla nachschauen. Im Innern des provisorischen Hörsaals befand sich nur noch ein älterer Herr, der am Pult irgendwelche Papiere ordnete. Das musste der Professor sein.

Als sie durch die Tür trat, schaute er auf. »Kann ich Ihnen helfen?«

»Ich suche Jürgen Rühling, meinen Mann. Er besucht Ihre Vorlesung.«

»Jürgen Rühling?« Der Professor dachte kurz nach. »Ach ja, ich erinnere mich. Aber wenn ich mich nicht irre, hat er sich seit ein paar Wochen nicht mehr blicken lassen.«

»Aber ich bin hier doch richtig bei ›Grundlagen der Pharmakologie II‹, nicht wahr?«

»Ja, aber es gibt auch noch die Vorlesungen Pharmakolgie I und Pharmakologie III. Die halten meine Kollegen Lübbers und Detering. Vielleicht versuchen Sie es dort. Wenn ich Ihnen den Weg zeigen soll …«

»Nicht nötig.«

Ulla machte kehrt und lief zurück zu ihrem Auto. Sie war ganz sicher, dass Jürgen in diesem Semester Pharmakologie II hörte, nicht I oder III, sie hatte ja selbst mit ihm den Stundenplan zusammengestellt. War der Professor schon so senil, dass er nicht mehr wusste, wer bei ihm studierte? So alt sah er eigentlich nicht aus.

Irritiert startete sie den Wagen, um in die Stadt zu fahren. Wenn Jürgen nicht hier war, musste er in seiner Wohnung sein. Vielleicht hatte er einfach nur die Vorlesung geschwänzt, weil er gestern Abend mit seinen Bundesbrüdern gezecht hatte und jetzt seinen Kater pflegte. Er hatte sein Zimmer im Kuhviertel, nur ein paar Minuten Fußweg von Pinkus Müller entfernt, der Kneipe, in der die Verbindungsstudenten sich fast jeden Abend trafen.

Doch in der Wohnung war Jürgen auch nicht. Als Ulla klingelte, machte nur seine Zimmerwirtin auf, Frau Mesterkamp, eine Beamtenwitwe, die mit der Vermietung an Studenten ihre Rente aufbesserte.

Ulla konnte den Verdacht, der die ganze Zeit schon an ihr nagte, nicht länger unterdrücken.

Hatte Jürgen eine Geliebte?

Die Vorstellung erfüllte sie mit jenem seltsamen Gefühl bittersüßer Genugtuung, das sie früher als Kind manchmal empfunden hatte, wenn sie von ihren Eltern für ein Vergehen bestraft worden war, das ihr selber als Unrecht erschien, und sie darum wusste, dass sie die Strafe verdient hatte. Während sie überlegte, wie sie die Zimmerwirtin möglichst unverfänglich fragen konnte, ob ihr Mann in der Wohnung Damenbesuch empfing, hörte sie plötzlich seine Stimme.

»Ulla?«

Auf dem Absatz fuhr sie herum.

Er kam gerade zur Wohnungstür herein. »Was machst du denn hier?«

Unwillig schaute er sie an. Ulla ignorierte seinen abweisenden Blick. Hauptsache, er war allein!

»Ich … ich wollte dich überraschen, mein Schatz«, sagte sie.

»Na, die Überraschung ist dir gelungen.« Er schloss die Etagentür hinter sich und durchquerte den Flur. »Aber komm, gehen wir auf meine Bude. – Wenn Sie uns vielleicht eine Tasse Kaffee machen würden, Frau Mesterkamp?«

Als Ulla sein Zimmer betrat, schaute sie sich um. Sie wollte es eigentlich gar nicht, sie hatte Angst, irgendetwas zu entdecken oder zu bemerken, was ihren Verdacht bestätigen könnte, ein vergessenes Taschentuch oder eine Haarbürste oder vielleicht auch nur einen fremden Geruch. Aber sie konnte nicht anders, sie selber hatte ja alles dafür getan, ihren Mann in fremde Arme zu treiben, und musste sich Gewissheit verschaffen.

Als sie sah, dass nichts in dem aufgeräumten Raum mit dem akkurat gemachten Bett auf ein weibliches Wesen hinwies außer auf seine Zimmerwirtin, fiel ihr ein Stein vom Herzen.

»Wo bist du heute morgen eigentlich gewesen?«, fragte sie, nachdem Frau Mesterkamp den Kaffee gebracht hatte.

»Wo wohl?«, erwiderte Jürgen. »In der Vorlesung natürlich. Pharmakologie II.«

»Ach so.« Ulla biss sich auf die Lippe. Warum war sie nur so blöd gewesen zu fragen …

Jürgen schaute sie misstrauisch an. »Ist irgendwas?«

Seine Stimme klang ganz natürlich, aber als er einen Schluck von seiner Tasse nahm, sah Ulla ganz deutlich, dass seine Hand zitterte.

Kein Wunder, er hatte ihr ja glatt ins Gesicht gelogen.

In diesem Augenblick wusste sie, dass ihre Pläne umsonst gewesen waren. Kein Lindenhof. Keine romantischen Tage und Nächte. Keine Aussprache und keine Versöhnung … Zu spät! Jürgen hatte eine andere. Eine Geliebte. Nur betrog er sie nicht hier in seinem Zimmer, sondern in der Wohnung dieser fremden Frau.

Jetzt gab es keinen Weg mehr zurück.

»Du warst nicht in der Vorlesung«, sagte sie.

»Wie … wie kommst du darauf?«

»Ich habe mit Professor Löringhoff gesprochen. Er hat gesagt, dass er dich seit Wochen nicht mehr gesehen hat.«

»Was zum Teufel fällt dir ein?« Jürgen knallte seine Tasse so heftig auf den Tisch, dass sie überschwappte. »Schnüffelst du mir hinterher?«

Er tat, als wäre er empört, aber Ulla kannte ihn besser. Wenn sie noch einen Beweis seiner Schuld gebraucht hätte, hätte ein einziger Blick in sein Gesicht genügt. Er war das personifizierte schlechte Gewissen.

»Du hast eine andere«, sagte sie.

»Eine andere was?«

»Eine andere Frau! Eine Geliebte!«

Einen Moment lang sagte Jürgen nichts. Dann fing er plötzlich an zu lachen. »Du glaubst, dass ich dich betrüge?«

»Allerdings.«

»Aber das ist nicht wahr! Ich schwöre!«

Er hob tatsächlich die Hand, als wäre er vor Gericht. Ulla schöpfte noch einmal Hoffnung. Hatte sie sich doch getäuscht? Nein, seine Hand zitterte noch mehr als zuvor.

»Bitte, sag mir die Wahrheit.«

»Ich sage dir die Wahrheit. Es gibt keine andere Frau.«

»Aber wenn es keine andere Frau ist, was ist es dann?«

Er erwiderte ihren Blick, dann wandte er sich ab und trat ans Fenster.

»Siehst du?«, sagte sie. »Darauf hast du keine Antwort.«

Eine Ewigkeit stand er nur da, mit dem Rücken zu ihr, und schaute hinaus auf die Straße, ohne ein Wort zu sagen. Ulla biss sich auf die Lippen. Wie zuversichtlich war sie gewesen, als sie sich am Morgen von Gundel verabschiedet hatte! Keine drei Stunden war das her. Und jetzt? Jede Lüge wäre ihr lieber gewesen als dieses Schweigen.

»Jetzt sag doch was, Herrgott nochmal!«

Endlich drehte Jürgen sich um, ein schiefes Grinsen im Gesicht. »Es ist ganz einfach«, sagte er. »Ich habe das Studium geschmissen.«

42 Endlich – große Ferien!

In Scharen kamen die Kinder aus der Bungernschule die Treppe hinunter auf den Platz gerannt und warfen johlend ihre Tornister in die Luft. Sechs endlos lange Wochen keine Schule! Sechs endlos lange Wochen – *frei*!

Ruth hatte diesen Tag nicht weniger herbeigesehnt als Winfried, der seit Ostern in die vierte Klasse ging und auf den sie nun zusammen mit ihrem frisch vermählten Ehemann in Walters Mercedes wartete, während Fritzchen auf der Rückbank bereits die ersten Kekse des Reiseproviants verputzte. Da heute Donnerstag, also Markttag war, hatten sie nur am hintersten Ende des Bungern eine Parkmöglichkeit gefunden, am Stapel, der unteren Zufahrt zu dem Platz, wo Lotti Mürmann ihren Obst- und Gemüsestand betrieb. Ruth genoss die verstohlenen Blicke, mit denen die vorbeikommenden Hausfrauen und Dienstmädchen zu ihrem Wagen herüberschielten, um einen Blick auf den berühmtesten Bürger der Stadt zu erhaschen. Nachdem das Kreisblatt von Walters Erfolgen in London berichtet hatte, zog jeder in Altena den Hut vor ihrem Mann. Nur von ihrer Mutter hatte es keinen Pieps gegeben, obwohl Ruth nach dem Erscheinen des Artikels fest mit einem Anruf oder vielleicht sogar Besuch gerechnet hatte. Was musste Walter denn noch zustande bringen, um Gnade vor ihren Augen zu finden, wenn nicht mal das Lob des Kanzlers genügte? Umso höher rechnete sie ihm an, dass er trotz der Missachtung durch ihre Familie, die doch nichts anderes war als eine gezielte Beleidigung, auch diesmal sein Wort gehalten hatte. Kaum war der Durchbruch in London geschafft, hatte er im Reisebüro Rohde die Hotels gebucht. Von ein paar hatte er ihr schon Bilder gezeigt – eines imposanter als das andere. Die Reiseroute und die Namen der Orte, an denen sie ihren Urlaub verbringen würden, hatte er ihr allerdings nicht verraten, die waren sein Geheimnis. Alles, was er ihr verraten hatte, war, dass sie auf den Spuren eines wahrhaft großen Mannes wandeln würden.

Ruth war nur zu gern bereit, sich überraschen zu lassen. Seit sie bei der Sparkasse die ersten Lirescheine eingetauscht hatte, riesige bunte Lappen mit unglaublich vielen Nullen darauf, die in kein normales deutsches Portemonnaie passten, hatte sie das Reisefieber gepackt. Und dann die Traveller Cheques, auf denen ein Mann mit Helm abgebildet war, der aussah wie ein römischer Krieger, und die man brauchte, um in Italien an Geld zu kommen, ohne dass die Italiener, die ja als sehr sympathisch, aber nicht als besonders korrekt galten, einen übers Ohr hauen konnten, genauso wie die Benzingutscheine, die fast so pompös bedruckt waren wie die Lirescheine selbst und ohne die man nicht tanken konnte oder nur zu einem irrsinnig hohen Preis – all das erzeugte solches Fernweh in ihr, dass sie leise den Schlager vor sich hin summte, der ihr seit Beginn der Reisevorbereitungen nicht mehr aus dem Kopf ging.

Wenn bei Capri die rote Sonne im Meer versinkt …

»Himmel, Arsch und Zwirn – wo bleibt Winfried denn?«, knurrte

Walter und trommelte mit den Fingern aufs Lenkrad. »Wir wollen heute noch bis München!«

Ruth streckte den Kopf durch das Beifahrerfenster. »Da ist er ja schon!«

Ihr Sohn stand auf dem erhöhten Lehrerplätzchen vor dem Eingang der Schule und ließ suchend seine schwarzen Augen über den Bungernplatz schweifen. Jetzt hatte er sie entdeckt! Mit dem Tornister über der Schulter lief er in seinen kurzen Hosen die Treppe hinunter und eilte durch die Gasse mit den Fisch- und Käseständen. Unter den neidischen Blicken einiger Kameraden stieg er in den Mercedes und kletterte zu seinem Bruder auf die Rückbank.

»Na endlich! Als ich so alt war wie du, war ich immer der Erste auf dem Schulhof, wenn's in die Ferien ging!« Walter startete den Motor und gab Ruth einen Klaps auf den Schenkel. »Auf in die Flitterwochen! Auf nach Italien!«

43

Welches Wunder war nur mit Ulla geschehen?

Jürgen kannte seine eigene Frau nicht wieder. Nackt und bloß, wie der Herrgott sie erschaffen hatte, lag sie neben ihm auf dem Bett, doch sie erschien ihm fremder als am ersten Tag. Vor nicht mal zwei Stunden hatte sie herausgefunden, dass er sein Studium geschmissen hatte – das schlimmste Verbrechen, dessen er sich in ihren Augen schuldig machen konnte. Und was tat sie? Statt ihm die Hölle heißzumachen, wie er es so sicher erwartet hatte wie das Amen in der Kirche, war sie mit ihm in einen romantischen Landgasthof gefahren, um ihn mit einer Leidenschaft zu lieben, wie sie es noch nie getan hatte. In dem Hotel hatte sie unter allen Zimmern und Appartements die ›Fischerhütte‹ ausgewählt, ein kleines, abgeschiedenes, mit Efeu zugewachsenes Nebengebäude am Ufer der Werse mit nur einer einzigen Gästeunterkunft, wo sie ganz für sich allein waren, und kaum hatte der Page die Tür hinter ihnen zugemacht, hatte Ulla unter Küssen angefangen, ihn und sich selber auszuziehen. Er war von ihrer unerwarteten Attacke so überrascht gewesen, dass er keine dreißig Sekunden durchgehalten hatte. Aber sie hatte alles dafür getan, dass es nur wenig später einen zweiten Versuch gegeben hatte, und der hatte eine wunderbare kleine Ewigkeit gedauert, von der sie sich jetzt Seite an Seite liegend erholten. Das war fast zu schön, um wahr zu sein.

Durch das Fenster am Fußende des Bettes sah Jürgen das sanft im Wind wogende Uferschilf und dahinter die zu einem kleinen See aufgestaute Werse, auf der im Sonnenschein Schwäne trieben. Doch so friedlich der Anblick war, er traute dem Frieden nicht. Vorsichtig schielte er zur Seite.

»Bist du mir denn gar nicht böse?«

»Nein, Jürgen, es war mein Fehler, das habe ich inzwischen eingesehen.«

»Dein Fehler?«

Sie nickte. »Ich habe es lange nicht wahrhaben wollen. Aber du bist kein Apotheker, die Pillendreherei interessiert dich einfach nicht. Und es hat keinen Sinn, etwas nur aus dem Grund zu Ende zu führen, weil man es irgendwann mal angefangen hat.«

Er drehte sich auf die Seite, um sie anzuschauen. »Soll das heißen, du bestehst nicht länger darauf, dass ich studiere?«

Zärtlich lächelnd, erwiderte sie seinen Blick. »Sag, wann du in der Firma anfangen willst, und ich rufe sämtliche Arbeiter und Angestellte zusammen, um dich als neuen Chef vorzustellen.«

»Das willst du tun?« Wie elektrisiert fuhr er in die Höhe. »Das ist ja großartig!«

»Ja, Jürgen. Das ist doch dein größter Wunsch, oder? Das, was du am allermeisten möchtest.«

Der Vorschlag kam so unverhofft, dass er schlucken musste. »Du weißt ja gar nicht, wie glücklich du mich damit machst.«

Sie antwortete nur mit einem Lächeln, doch das bedeutete ihm mehr als jedes Wort. Es war, als würde er sie seit langer, langer Zeit zum ersten Mal wieder richtig sehen. Monate, wenn nicht Jahre hatte er in seiner Frau nur noch den Menschen gesehen, der seinem Glück im Wege stand. Aber das traf nicht zu, dieser Mensch war sie nicht. Ulla war nur ein Mensch, der sich geirrt und nun die Größe hatte, seinen Irrtum einzugestehen … Mein Gott, er hatte ganz vergessen, wie schön sie war. Die Sonnenstrahlen flochten goldene Strähnen in ihr langes dunkelblondes Haar, ihre Augen leuchteten wie Smaragde, und die Sommersprossen auf ihrer hübschen kleinen Nase schienen mit ihren Lippen um die Wette zu lächeln.

»Ich glaube«, flüsterte er, »jetzt kann ich endlich tun, was ich lange versucht, aber einfach nicht geschafft habe …«

»Nämlich?«

»Dir verzeihen …«

Er sprach nicht aus, was er damit meinte. Aber er war sicher, dass sie ihn auch so verstand.

Er hatte sich nicht getäuscht.

»Ach, Jürgen …«

Obwohl sie sich noch keine Viertelstunde ausgeruht hatten, erwachte sein Verlangen mit solcher Macht, dass er sich über sie beugte und küsste.

»Komm, lass es uns versuchen. Vielleicht klappt es ja doch …«

44

Italien! Das Land, wo die Zitronen blüh'n …

Auch wenn Walter nicht den Namen des Mannes verraten hatte, auf dessen Spuren sie in Italien wandeln würden, kam für Ruth nur einer in Frage: Goethe. Sie hatte sich darum bei ihrem Zwischenaufenthalt in München zusätzlich zu ihrem Reiseführer noch schnell eine Ausgabe der *Italienischen Reise* gekauft, um sich einzustimmen. Ob Walter wohl selbst die wunderbare Idee gehabt hatte? Oder doch vielleicht eher jemand im Reisebüro? Auf jeden Fall war es eine kluge Entscheidung, nicht ohne Plan und einfach auf eigene Faust loszugondeln. Es gab ja so unglaublich viele Sehenswürdigkeiten, so unglaublich viele interessante Städte in diesem herrlichen Land, dass man gar nicht alles auf einer einzigen Reise sehen konnte. Da musste man auswählen, um die allzu kurze Zeit zu nutzen.

Doch kaum hatten sie den Brenner hinter sich gelassen, wich Walter zu ihrer Überraschung von Goethes Reiseroute ab, und es begann eine ebenso verwirrende wie anstrengende Fahrt kreuz und quer durch die norditalienischen Provinzen. Während sie Städte mit weltberühmten Namen links und rechts der Straße liegen ließen – vorbei an Bozen und Verona, Padua und Pisa, Siena und Florenz, ohne dass sie auch nur eine einzige Sehenswürdigkeit besichtigten –, steuerte Walter mit seinem Mercedes Orte an, von denen Ruth in ihrem ganzen Leben noch nicht gehört hatte und deren Namen sie sich am Abend von ihm sogar buchstabieren lassen musste, damit sie sie in ihrem Reisetagebuch eintragen konnte: Dovia und Faenza, Gualtieri und Forminpopuli, Tolmezzo und Oneglia … Die einzigen großen und bekannten Städte auf dieser Irrfahrt waren Trient und Bologna gewesen, aber auch hier hatten sie weder Museen noch archäologische Ausgrabungsstätten besichtigt, sondern nur ein scheußliches Verwaltungsgebäude in Trient und in Bologna die Universität.

Wer in aller Welt hatte sich diese seltsame Reiseroute nur ausgedacht? Obwohl Ruth ihren Mann immer wieder bedrängte, sein Geheimnis zu lüften – diesen Gefallen tat er ihr nicht. Und auch in ihrem Reiseführer fand sie keinerlei Hinweise auf andere Schriftsteller außer Goethe oder sonst irgendeinen bedeutenden Menschen, einen Maler oder Musiker etwa, der diese Strecke vor ihnen abgefahren wäre.

Erst in Rom sollte sie des Rätsels Lösung erfahren. Es war am unteren Ende des Corso, nur einen Steinwurf von dem riesigen, schneeweißen Denkmal Vittorio Emanuele II. entfernt, das, wie im Reiseführer stand, von den Römern angeblich »Schreibmaschine« genannt wurde, obwohl es doch wie ein antiker Tempel in den blauen Sommerhimmel ragte. Sie posierte gerade zusammen mit den Kindern vor einem Palazzo gegenüber, einem im Vergleich zu anderen Palazzi eher dunklen, ein wenig furchteinflößenden Gebäude, das Walter seltsamerweise als Hintergrund für sein Foto ausgewählt hatte, als ein kleiner, älterer Mann mit zornig funkelnden Augen einen Kranz vor dem Eingang niederlegte. Mit gesenktem Kopf verharrte er einen Moment in ernster, stummer Sammlung, dann schlug er die Hacken zusammen und hob den rechten Arm zum Gruß.

»Donnerwetter!«, sagte Walter. »So was würde sich in Deutschland kein Mensch mehr trauen. Das nenne ich Treue.«

»Treue?«, fragte Ruth irritiert. »Hat hier jemand Berühmtes gewohnt?«

»Das ist der Palazzo Venezia«, erwiderte Walter mit weihevoller Stimme. »Der Regierungssitz Benito Mussolinis. Ein heiliger Ort.« Er legte den Arm um ihre Schulter und zeigte in die Höhe. »Siehst du das große Fenster da oben? Von dort aus hat der Duce im Angesicht des italienischen Volks England und Frankreich den Krieg erklärt, um sich an Deutschlands Seite zu stellen.«

Ruth hatte Walter noch nie so feierlich erlebt. »War das der Grund, warum du uns unbedingt vor dem alten Kasten fotografieren wolltest statt vor dem schönen Denkmal?«

»Ist endlich der Groschen gefallen?«, grinste er. »Und ich dachte schon, du würdest noch dumm sterben.«

Dann rückte er endlich mit der Wahrheit heraus. Statt auf Goethes Spuren zu wandeln, waren sie Mussolinis Lebensstationen gefolgt: des einzigen Politikers der Welt, wie Walter sagte, der dem Deutschen Reich bis zum Schluss die Treue gehalten hatte. Ruth konnte es kaum fassen – ihre Reise war eine einzige Huldigungstour zu Ehren dieses kleinen dicken Italieners gewesen, der sich früher in den Ufa-Wochenschauen immer so entsetzlich an der Seite Hitlers aufgeplustert hatte: von seinem Geburtsort über die Stätten seiner Ausbildung als Internatsschüler und Student bis hin zu den Orten seines frühen beruflichen Wirkens als Lehrer und Sekretär der sozialistischen Partei und Journalist … Dafür hatte sie jeden Morgen in aller Herrgottsfrühe die quengelnden Kinder geweckt und in Windeseile fertig machen müssen, kaum dass sie Zeit hatten zu frühstücken; dafür waren sie Tausende von Kilometern durch die Gluthitze gefahren, sogar, als Winfried und Fritzchen Durchfall hatten; dafür hatten sie in irgendwelchen gottverlassenen Käffern vor irgendwelchen langweiligen Gebäuden posiert, statt auch nur eine der wunderbaren Städte oderSehenswürdigkeiten zu besichtigen … Nein, sie hatte wahrlich nicht erwartet, dass Walter mit ihr und den Kindern sämtliche Kunstschätze Italiens besichtigen würde, aber diese Entdeckung war doch eine ziemlich herbe Enttäuschung.

»Jetzt weiß ich endlich, warum du aus der Reise so ein Geheimnis gemacht hast.« Sie spürte, wie ihr die Tränen kamen. Auch wenn er ihr nichts versprochen und darum auch kein Versprechen gebrochen hatte, fühlte sie sich irgendwie verraten. Schließlich waren das ihre Flitterwochen.

Walter lachte. »Was hätte ich denn tun sollen? Sonst wäre für dich und die Kinder doch die ganze Vorfreude beim Teufel gewesen, und die ist bekanntlich ja am schönsten. Aber Kopf hoch – jetzt nur noch eine einzige Station, Salò. Dann habt ihr es geschafft.«

»Salò«, fragte Ruth mit einem gequälten Lächeln. »Was ist das denn schon wieder?«

»Ein wunderschöner Ort am Gardasee – wird dir gefallen. Da hat der Duce sich bis zuletzt gegen das Schicksal gestemmt. Absolute Pflichtvisite! Aber was ziehst du für ein Gesicht?« Aufmunternd tätschelte er ihre Wange. »Wenn wir Salò geschafft haben, geht es stantepede nach Rimini! Und dann nur noch *dolce far' niente*, vier herrlich lange Wochen …«

45

Gleich am ersten Tag nach ihrer Rückkehr aus Münster ging Ulla zum Amtsgericht, um die neue Geschäftsleitung der Firma Wolf ins Handelsregister eintragen zu lassen. Damit waren Jürgen und sie fortan nicht mehr nur Mann und Frau, sondern auch gleichberechtigte Kompagnons in der familieneigenen Drahtzieherei. Obwohl ihre Mutter nicht wusste, woher ihr Sinneswandel rührte, freute sie sich darüber fast genauso wie Jürgen. Endlich, sagte sie, würde ihre Tochter eine normale Ehe führen, die ihr die Aussicht auf Enkelkinder eröffnete, und Gundel nahm ihre Schwester beiseite, um ihr wie eine Verschwörerin zu gratulieren: »Das hast du großartig gemacht!«

Nachdem Ulla die Personalie auch bei der Industrie- und Handelskammer in Hagen gemeldet hatte, hatte sie, wie Jürgen versprochen, sämtliche Arbeiter und Angestellte zusammengerufen, um den Leuten den neuen Chef vorzustellen. Doch gerade, als sie und Jürgen sich auf den Weg in die Fabrikhalle machen wollten, kreuzte Arno Vielhaber im Büro auf, mit einem so großen Präsentkorb auf dem Arm, dass er dahinter beinahe verschwand.

»Der ist für dich«, sagte er und reichte Jürgen den Korb.

»Für mich? Wie … wie komme ich zu der Ehre?«

Ulla ahnte den Grund und hoffte, dass sie sich irrte.

Aber sie irrte sich nicht.

»Als kleiner Dank dafür, dass du mich vertreten hast«, erklärte Arno. »War ja keine Selbstverständlichkeit. Aber jetzt bist du erlöst.«

»Erlöst?«, wiederholte Jürgen, der offenbar noch nicht begriffen hatte.

»Ja, erlöst«, erwiderte Arno. »Schließlich habe ich deine Gutmütigkeit lange genug strapaziert. Aber jetzt haben die Ärzte mich für gesund erklärt, so dass ich dir die Bürde meines Amtes wieder von den Schultern nehmen kann.«

»So plötzlich?« Jürgen wurde blass. »Aber … aber das geht doch nicht, so Knall auf Fall. So was muss doch vorbereitet sein.«

»Es *ist* schon alles vorbereitet. Der Stadtrat wird dir seine Anerkennung aussprechen, mit allem Pipapo, einschließlich Presserummel. Ich könnte mir vorstellen, dass wir dir irgendeine Ehrenmedaille überreichen oder so was in der Art. Was hältst du davon?«

»Aber … aber … wie stellst du dir das vor?«, stammelte Jürgen. »Ich präsentiere mich heute den Mitarbeitern der Firma als neuer Chef.

Unpassender geht es wirklich nicht. Wenn die Leute erfahren, dass du … dass ich … Wie stehe ich dann da?«

Ulla konnte nicht länger mitansehen, wie ihr Mann litt. »Ich glaube, ich habe eine Idee«, sagte sie. »Wenn du vielleicht schon mal vorausgehst, Jürgen?«

»Ich – allein?«

»Nur eine Minute.« Während er den Präsentkorb abstellte und widerwillig das Büro verließ, wandte sie sich an den Bürgermeister. »Auf ein Wort, Herr Vielhaber …«

46

Wie hatte Jürgen sich auf diesen Tag gefreut – und jetzt eine solche Blamage! Das würde doch morgen im Kreisblatt stehen, und alle würden über ihn lachen. Eine größere Katastrophe zu seinem Antritt als Firmenchef hätte sich sein schlimmster Feind nicht ausdenken können.

Ob es Ulla wohl gelungen war, Arno zu überreden, die Ablösung ein paar Tage zu verschieben? Nur wegen dieser vagen Hoffnung hatte Jürgen das Büro verlassen. Arno Vielhaber war so eitel wie sein Strunztuch, und wenn er Zugeständnisse machen würde, dann nur unter vier Augen.

Zum Glück hatte Ulla sich so beeilt, dass sie Jürgen noch vor der Halle abfing und er nicht allein vor die Belegschaft treten musste.

»Hast du noch eine Galgenfrist rausgeholt?«, fragte er leise.

»Das nicht, aber …«

Bevor sie den Satz zu Ende sprechen konnte, ging das Hallentor auf und ihre Mutter kam ihnen entgegen.

»Wo bleibt ihr denn?«, rief sie. »Ihr könnt die Leute doch nicht so lange warten lassen!«

Die hatte gerade noch gefehlt! Jürgen hoffte, dass niemand den Bürgermeister gesehen und man sich in der Belegschaft schon einen Reim auf den Präsentkorb gemacht hatte. Solche Dinge gingen in einer Firma schneller rum, als man gucken konnte. Doch nicht genug damit, dass seine Schwiegermutter gleich Zeugin seiner Schmach würde, wartete in der Halle auch noch sein Vater, der in der ersten Reihe neben Gundel stand. Jürgen hatte ihn am Vorabend selber am Telefon eingeladen. Jetzt hätte er sich dafür am liebsten in den Hintern gebissen!

Als Ulla vor die Belegschaft trat, wurde es allmählich ruhig in der Halle.

»Manche von Ihnen wissen es vielleicht bereits«, begann sie ihre Ansprache, »ab heute teile ich mir die Führung der Firma mit meinem Mann.«

Viele Köpfe nickten, offenbar war die Nachricht schon herum. Überraschung machte sich erst breit, als Ulla die Gründe nannte, warum es zu dieser Neuerung gekommen war. Die Arbeit, behauptete sie, sei ihr über den Kopf gewachsen, sie habe darum ihren Mann gebeten, sein Studium abzubrechen, um sie in der Firma zu unterstützen. Der habe schweren Herzens auf die Verwirklichung seiner eigenen beruflichen Träume verzichtet, um von nun an zusammen mit ihr die Firma zu führen …

Je länger sie redete, umso peinlicher wurde es. Jürgen wusste kaum noch, wohin er schauen sollte – so deutlich stand in den Gesichtern zu lesen, dass niemand Ullas Worten Glauben schenkte. Manche Arbeiter grinsten unverhohlen in seine Richtung, vor den Augen seiner Schwiegermutter und seines Vaters!

Während Ulla ihm für seine selbstlose Bereitschaft dankte, zuckte Jürgen plötzlich zusammen. Arno Vielhaber kam in die Halle, mit seinem verfluchten Präsentkorb! Während er schnurstracks auf ihn zumarschierte, fiel er Ulla einfach ins Wort.

»Aus diesem Grund hat Herr Rühling mich gebeten, meine Kur vorzeitig zu beenden und ins Rathaus zurückzukehren.«

Bevor Jürgen wusste, wie ihm geschah, drückte Arno ihm zum zweiten Mal an diesem Tag den Korb in die Hand.

»Zum Dank für deine Verdienste um das Wohl unserer Stadt. Der Rat wird dich zwar vermissen, aber wenn durch deine Tüchtigkeit die Firma Wolf dafür in Zukunft noch mehr Steuern in die Stadtkasse sprudeln lässt, wollen wir es dir nachsehen!«

Während die Zuhörer in sein Lachen einfielen, brandete Applaus auf. Ungläubig schielte Jürgen über den Rand des Korbes. Tatsächlich, Spott und Hohn waren aus den Mienen gewichen, überall nur gutgelaunte Gesichter, die ihm anerkennend zunickten. Seine Schwiegermutter und sein Vater klatschten förmlich um die Wette.

»Zufrieden?«, flüsterte Ulla.

»Danke«, flüsterte er zurück. »Das werde ich dir nie vergessen.«

47

Dolce far' niente – das hieß, so hatte Ruth im Reiseführer gelesen, »süßes Nichtstun« auf Deutsch. Seit zwei Wochen waren sie inzwischen in Rimini, im Grand Hotel, dem besten Haus am Platz, das mit seiner schneeweißen, stuckverzierten Fassade und den Türmchen obendrauf aussah wie eine riesige Zuckerbäckertorte. Doch bevor Ruth das süße Nichtstun genießen konnte, gab es morgens erst mal eine Menge Arbeit zu erledigen. Jeder Tag begann damit, dass sie ihre Söhne wusch und anzog und kämmte, damit Walter und sie sich mit ihnen beim Frühstück in dem von Spiegeln und Marmor und Lüstern funkelnden Speisesaal vor den anderen Gästen – vornehmen italienische Adligen und amerikanischen Millionären – nicht blamierten. Danach musste sie die Kinder für den Strand fertig machen, sie von oben bis unten mit Nivea eincremen, zur Vermeidung eines Sonnenbrands, und dann unter dem Geschrei der sich streitenden Kinder die Spielsachen zusammensuchen, um schließlich, mit Eimerchen und Schaufeln und Schwimmringen und Proviantkorb und Kühltasche wie ein Lastesel bepackt, zusammen mit ihnen hinunter an den Strand zu gehen, während Walter meistens noch ein, zwei Stunden im Hotel zurückblieb, um per Telefon dafür zu sorgen, dass die Geschäfte in Altena nicht unter dem langen Urlaub leiden mussten. Außerdem sollte in Luxemburg irgendein Abkommen der Bundesregierung mit Israel unter Dach und Fach gebracht werden, eine Vereinbarung über Entschädigungsleistungen, um die schlimmen Sachen, die, wie sich immer mehr herausstellte, die Nazis den Juden angetan hatten, wiedergutzumachen. Da brauchte man offenbar täglich seinen Rat.

Doch wenn alle Pflichten irgendwann erledigt waren und Ruth auf ihrer Liege unter dem Sonnenschirm lag, neben sich eine eisgekühlte Limonade und vor sich einen schönen Roman, dann war sie im Paradies. Während eine warme Meeresbrise ihre Haut zärtlich streichelte und sich das Rufen und Lachen am Strand um sie herum zu einem wunderbar gleichgültigen Gesumm vermischte, versank sie immer tiefer in ihr Buch. *Anna Karenina* von Leo Tolstoj, eine ergreifende Liebesgeschichte, die sie vom ersten Satz an in den Bann geschlagen hatte: »Alle glücklichen Familien gleichen einander, jede unglückliche Familie ist auf ihre eigene Weise unglücklich …« Nur hin und wieder schaute sie beim Lesen über den Rand ihrer Sonnenbrille nach den zwei Jungs, die friedlich miteinander spielten. Sie hatten zusammen eine Burg gebaut, Winfried drückte gerade mit weißen Muscheln ihren Namen in den Sand. Ruth nahm mit dem Strohhalm einen Schluck von ihrer Limonade. *Burg Altena* hatten die zwei ihr Bauwerk genannt – das würde Walter freuen! Bei dem Gedanken überkam Ruth ein Gefühl tiefer Dankbarkeit. Das Glück, das sie und ihre Söhne hier genossen, verdankten sie ihm ganz allein. Ohne ihn würden sie jetzt in ihrer alten, miefigen Mansarde hocken, die im Sommer zum Glutofen wurde, und höchstens einmal in der Woche in die Badeanstalt am Linscheid gehen, weil für größere Sprünge ihre Rente nicht reichte. Stattdessen lebte sie hier wie eine Fürstin oder Gräfin aus ihrem Roman … Dafür nahm sie auch Walters seltsame Heldenverehrung in Kauf. Seine Begeisterung für den Duce war im Grunde doch nur eine harmlose Marotte, eine Art Hobby, so wie andere Leute sich für Ahnenforschung oder Briefmarken begeisterten – Mussolini war schließlich nicht Adolf Hitler! Nein, ihr Mann war nicht mehr Nazi gewesen als andere auch, der Unterschied war nur, dass er seine früheren Idole jetzt nicht einfach verleugnete, wie die meisten das taten, sondern sich zu seiner Vergangenheit bekannte. Außerdem hatten sie auf diese Weise Rom kennengelernt, und Salò am Gardasee hatte sich mit der verträumten Altstadt wirklich als ein ganz zauberhafter Ort erwiesen, der Ruth noch besser gefallen hatte als von Walter prophezeit.

Plötzlich hörte sie vom Strand Geschrei. Sie richtete sich auf ihrer Liege auf und nahm die Sonnenbrille ab. Ein kleiner Italiener in einem rotweiß gestreiften Ringelhemd hatte die Sandburg ihrer Söhne zerstört. Während Fritzchen neben der Burg im Sand saß und heulte, fiel Winfried über den Angreifer her. Doch im selben Moment stürmte ein Dutzend anderer kleiner Italiener herbei, und noch bevor Ruth aufgesprungen war, um ihrem Sohn zu Hilfe zu eilen, hatte Winfried eine blutige Nase.

»Das sage ich Papa!«, jammerte er, während ihm das Blut aus der Nase strömte und seine Peiniger sich links und rechts aus dem Staub machten.

»Nicht sprechen«, sagte Ruth. »Und Kopf in den Nacken!«

Sie holte Tempo-Taschentücher und Eis aus der Kühltasche, und während sie ihm die Kompresse auf die Nase hielt und er brav den Kopf in den Nacken warf, kehrten sie zurück zum Hotel. Zum Glück waren es nur ein paar Schritte, und ausnahmsweise folgte Fritzchen ganz von allein, ohne dass sie ihn mahnen musste. Ihre Sachen ließ sie bei der Liege zurück. Sie konnte nur hoffen, dass niemand inzwischen etwas stahl. Mit Eigentum nahmen die Italiener es tatsächlich nicht so genau – erst vor zwei Tagen war der Fußball ihrer Söhne auf wundersame Weise verschwunden, als Ruth nur eine Minute im Wasser gewesen war.

Im Hotel brachte sie die Jungs auf ihr Zimmer. Sie stellte Winfried im Bad vor das Waschbecken, gab ihm das Tempo zu halten und befahl ihm, sich nicht vom Fleck zu rühren.

»Ich hole nur schnell den Verbandskasten.«

Dummerweise gab es keine Verbindungstür zu ihrem Zimmer, so dass sie über den Flur laufen musste. Auf dem Gang stolperte sie fast über den Putzwagen, den das Stubenmädchen im Weg hatte stehen lassen.

Als sie die Tür zu ihrem Zimmer öffnete, erstarrte sie.

Vor dem weiten blauen Meer, das durch die offene Balkontür im Sonnenschein glitzerte, stand Walter, sich mit einer Hand auf ein Rokokotischchen stützend. Er hatte sich schon für den Strand fertig gemacht. Badelatschen an den Füßen, ein Handtuch über den Schultern, hing ihm die Badehose in den Kniekehlen, und während er selig die Augen zum Himmel verdrehte und dabei grunzte wie ein Schwein, kniete vor ihm Antonella, das auffallend hübsche Stubenmädchen mit den großen schwarzen Augen und dem roten vollen Mund, dem er immer so großzügige Trinkgelder gab.

48

In seinem neuen Anzug, den er nach einem halben Jahr Wartezeit gerade noch rechtzeitig für den heutigen Tag in der Handelsorganisation am Alexanderplatz bekommen hatte, saß Tommy in der ersten Reihe der festlich geschmückten Aula, wo an diesem Morgen die Jahrgangsbesten der Humboldt-Universität im Beisein ihrer Professoren sowie hochrangiger Parteifunktionäre und verdienter Genossen aus der Produktion ausgezeichnet wurden, und wartete in freudiger Erregung darauf, sein Abschlusszeugnis in Empfang zu nehmen. Ja, obwohl er das Examen ein Jahr früher abgelegt hatte als seine Kommilitonen, gehörte er nun zum wissenschaftlichen Nachwuchskader der DDR, in den der Arbeiter-und-Bauern-Staat die allergrößten Hoffnungen setzte.

An einem Pult, das mit der Fahne der Partei drapiert war, hielt der

Rektor die Festrede. Mit ernsten Worten erinnerte er die Absolventen an die gesellschaftlichen Pflichten, denen jeder Bürger der DDR unterliege und die für sie als Privilegierte in ganz besonderer Weise gälten.

»Ihr seid die Intelligenz aus den Reihen der Arbeiterklasse! Die Werktätigen, die euch das Studium ermöglicht haben, erwarten darum zu Recht von euch, dass ihr das Land in eine Zukunft führt, in der es weder Ausbeutung noch Mangel gibt. Besonderes Ziel aller Anstrengungen muss dabei sein, die Überlegenheit des Sozialismus über den Kapitalismus, der Deutschen Demokratischen Republik über die BRD, immer wieder aufs Neue unter Beweis zu stellen …«

Tommys Anzug, der aus grob gewebtem Tuch gefertigt war und an den Beinen kratzte, war zu breit in den Schultern und im Bund zu eng geschnitten und mit dem grau-braunen Karomuster alles andere als der letzte Schrei. Trotzdem war Tommy froh, dass er nicht seiner Eitelkeit zum Opfer gefallen war und den todschicken Anzug aus dem Westberliner KaDeWe gekauft hatte, einen Doppelreiher mit Bundfalten und Umschlaghosen. Wochenlang hatte er mit dem Teil geliebäugelt, weil er darin wie ein Filmstar aussah und in den Ostberliner Tanzlokalen damit sicher für Furore gesorgt hätte. Doch er wusste, an diesem Tag hätte er sich in keinem noch so schicken Westanzug auch nur halb so wohl gefühlt wie in seinem schlichten Einreiher aus volkseigener Produktion. Jutta hatte ihn zwar verlassen, aber die Gemeinschaft mit den Genossen war geblieben. Und die war ihm wichtiger als seine Eitelkeit und sogar als sein Erfolg bei den Frauen.

»Sie haben sich in der Produktion und in der Wissenschaft bewährt, Genosse Weidner«, sagte Dekan Knesebeck, als er ihm nach der Rede des Rektors das Diplom aushändigte. »Jetzt hoffe ich, dass Sie sich auch im sozialistischen Alltag bewähren.«

»Ich werde versuchen, mein Bestes zu geben«, erwiderte Tommy.

»Daran habe ich nicht den geringsten Zweifel. Hat die Plankommission sich schon gemeldet?«

»Die Plankommission?«

Der Dekan senkte seine Stimme. »Mir ist zu Ohren gekommen, dass die Abteilung für Handel und Versorgung Sie berufen will. Ich denke, Sie werden den Bescheid in den nächsten Tagen bekommen.«

»Aber das … das ist ja wunderbar!« Tommy wusste seine Freude kaum in Worte zu fassen.

»Ich gratuliere Ihnen von ganzem Herzen«, sagte der Professor und drückte ihm die Hand. »Ich glaube, die Partei will damit nicht nur Ihr glänzendes Examen belohnen, sondern auch Ihre Entscheidung, als ehemaliger Bürger der BRD Ihre Kraft und Intelligenz in den Dienst unseres Arbeiter-und-Bauern-Staats zu stellen.«

Die unverhoffte Nachricht wirkte auf Tommy wie Sekt. Auf dem Empfang, der sich an die Zeugnisübergabe in der Wandelhalle anschloss, fühlte er sich darum schon beschwipst, bevor er überhaupt das erste Glas getrunken hatte. Kaum hatte er sein Diplom in der Hand, hatte er auch schon die Aussicht auf eine Arbeit, um die ihn jeder Kommilitone beneiden würde! Jetzt fehlte ihm nur noch ein hübsches Mädchen zu seinem Glück. Nach Juttas Verrat war er für ein paar Wochen in eine tiefe Depression gefallen, schließlich hatte er nicht nur die Frau verloren, von der er geglaubt hatte, sie würde ihn genauso lieben wie er sie, sondern auch sein Kind, das er vermutlich niemals kennenlernen würde. Doch irgendwann hatte er sich wieder berappelt, er hatte nicht zulassen wollen, dass Jutta Höllscher mit zwei l für immer sein Glück zerstörte, dafür war das Leben einfach zu schön. Also war er wieder in seine alten Gewohnheiten zurückgefallen und frequentierte an den Wochenenden wie früher die Tanzlokale. Die Hoffnung auf die große Liebe hatte er allerdings aufgegeben. Nachdem er darin zweimal gescheitert war, hatte er beschlossen, nie wieder eine feste Beziehung oder gar eine Ehe einzugehen. Davon war er ein für alle Mal kuriert!

Mit einem Glas Sekt in der einen und einer Zigarette in der anderen Hand schlenderte er durch die Wandelhalle und schaute sich um. Die Kommilitoninnen, die mit ihm ausgezeichnet worden waren, mochten vielleicht zu größten Hoffnungen in der Wissenschaft berechtigen, doch die Hoffnungen, die er sich für den Rest dieses Tages machte, beflügelten sie nicht unbedingt. Die Intelligenz quoll den meisten von ihnen in solcher Fülle aus den Poren, dass die Schönheit darin unterging. Doch deshalb würde er den Tag nicht allein verbringen. Bevor er heute allein zu Bett ging, würde er sein Glück bei Irmgard Volz versuchen, die ihm die ganze Zeit schon aus der Ferne schöne Augen machte.

Während er sich möglichst unauffällig in ihre Richtung bewegte, schnappte er im Vorübergehen auf, wie zwei mit vielen Orden dekorierte Genossinnen, eine blonde und eine brünette, über Säuberungen im Parteiapparat redeten. Tommy blieb stehen, um zu lauschen. Auf der zweiten Parteikonferenz im Juli hatte der Vorsitzende des Zentralkomitees Walter Ulbricht den planmäßigen Aufbau des Sozialismus verkündet. Doch gegen die dafür notwendigen Maßnahmen wie die höheren Abgaben, die die freien Bauern sowie die kleinen Handwerks- und Gewerbebetriebe leisten sollten, wurde immer mehr Kritik laut, nicht nur in der Bevölkerung, sondern auch in der Partei.

»Wir müssen die Nörgler und Stänker in die Schranken weisen«, sagte die Blonde, »bevor sie die Genossen in der Produktion zum Aufruhr anstiften.«

»Allerdings«, erwiderte die Brünette. »Solche Elemente betreiben die Sache des Klassenfeindes.«

»Ein paar der schlimmsten Schädlinge wurden zum Glück schon eliminiert. Darunter sogar der Parteisekretär von Leipzig.«

Tommy horchte auf. War etwa von Horst Höllscher die Rede? Vor zwei Tagen war dieser im Neuen Deutschland scharf angegriffen und zur Selbstkritik aufgefordert worden, weil er angeblich die Opposition gegen die Beschlüsse der Parteikonferenz unterstützte. Die Vorstellung, dass ihn nun die gerechte Strafe ereilte, womöglich mitsamt der werten Frau Gemahlin, erfüllte Tommy mit einer Genugtuung, die er in Ullas und ihres Vaters Fall nicht hatte empfinden können.

»Man hat ihn aus dem Verkehr gezogen«, behauptete die blonde Genossin. »Soviel ich weiß, sitzt er hinter Gittern und wartet auf seinen Prozess.«

»Und seine Frau, die Professorin?«, wollte die Brünette wissen.

Tommy trat noch einen Schritt näher und spitzte die Ohren.

»Die hat sich aus dem Staub gemacht – nach ›drüben‹, wie es heißt.«

49

Ruth warf den leeren Koffer aufs Bett und riss die Schranktüren auf. Von wegen, Geschäfte und Wiedergutmachung – Antonella hieß der Grund, warum Walter jeden Morgen so spät am Strand erschienen war! Kein halbes Jahr waren sie verheiratet, und schon betrog er sie, in ihren Flitterwochen, mit einem Stubenmädchen, dem er dicke Trinkgelder gab! *Meine Ehre heißt Treue* … Mit beiden Händen griff Ruth in die Schrankfächer, und ohne sich darum zu kümmern, ob die sorgfältig gebügelten Teile durcheinandergerieten, griff sie nach den Wäsche- und Kleiderstapeln und warf sie in den aufgeklappten Koffer.

Walter hatte sich inzwischen angezogen und eine Zigarre angesteckt. Rauchend lief er im Zimmer auf und ab und beteuerte seine Unschuld.

»Jetzt glaub mir doch endlich! Das kleine Luder hat mich verführt. Gegen meinen Willen! Das war praktisch eine Vergewaltigung!«

Ruth achtete nicht auf ihn. Ohne ein Wort zu sagen, packte sie ihre Sachen. Zum Glück hatte er ihr gestern zehntausend Lire gegeben, sie sollte sich dafür ein paar hübsche Klamotten kaufen. Jetzt wusste sie, warum er ihr die vielen Scheine in die Hand gedrückt hatte. Das war offenbar seine ganz persönliche Art von Wiedergutmachung gewesen! Wenigstens konnte sie damit die Fahrkarten für sich und die Kinder kaufen, ohne ihn um Geld bitten zu müssen.

»Wenn du willst, rede ich mit dem Hoteldirektor! Ich zeige das Luder an! Dann fliegt das Miststück heute noch raus!«

Ruth empfand nur noch Verachtung. Statt sich zu seiner Schandtat zu bekennen, wollte er sich herausreden und die Schuld auf das Mädchen abschieben. Gleichzeitig verachtete sie sich selbst. Genauso hatte sie sich seine Naziverherrlichung schöngeredet. Weil sie es nicht alleine ausgehalten hatte.

»Mama, die Nase blutet schon wieder.«

Winfried stand in der Tür. Das Tempo-Taschentuch in seinem Gesicht war ganz rot.

»Um Himmels willen!«

Ruth eilte zu ihm, doch Walter war schneller.

»Zeig mal her, mein Junge.«

Ruth stieß ihn beiseite. »Rühr mein Kind nicht an!«

»Aber ich will doch nur helfen …«

»Du sollst mein Kind nicht anrühren, hab ich gesagt!«

Sie nahm ihren Sohn an die Hand und brachte ihn ins Kinderzimmer zurück. Sie hatte die Blutung schon mit Höllenstein gestillt und Winfried danach befohlen, eine Weile auf dem Bett liegen zu bleiben und sich möglichst wenig zu bewegen. Wahrscheinlich war er zu früh aufgestanden.

Im Kinderzimmer hatte Fritzchen sich die Badehose ausgezogen und saß splitternackt auf dem Teppich. Vor Freude glucksend, spielte er mit seinem Pillemann. Ruth wollte ihm die Hose wieder anziehen, doch dann ließ sie es bleiben. Hauptsache, er war beschäftigt! Vorsichtig legte sie Winfried aufs Bett und behandelte noch einmal seine Nase.

»Und jetzt bleibst du so lange liegen, bis ich wiederkomme – hörst du? Und pass auf deinen kleinen Bruder auf!«

Als sie in ihr Zimmer zurückkam, empfing Walter sie mit einer Mischung aus Zerknirschung und Grimm im Gesicht.

»Herrgott, Ruth«, sagte er. »Du warst doch an der Front und weißt, wie wir Männer sind. Ab und zu müssen wir eben Dampf ablassen. Sonst platzt irgendwann der Kessel.«

Wie zur Demonstration paffte er an seiner Zigarre. Ohne zu antworten, marschierte sie an ihm vorbei zum Schrank, um den nächsten Wäschestapel in den Koffer zu räumen.

»Oder wäre es dir lieber, ich würde von morgens bis abends über dich herfallen? Das würdest du doch gar nicht wollen. Du bist doch eine Mutter! Und eine verdammt gute dazu!«

Mit dem Wäschestapel in der Hand drehte sie sich zu ihm herum.

»Halt doch einfach deinen Mund und lass mich in Ruhe.«

Walter verschluckte sich fast am Rauch. »Willst du mir etwa das Reden verbieten?«, hustete er.

»Ich will gar nichts«, entgegnete sie, »jedenfalls nichts mehr von dir. Ich nehme den nächsten Zug und fahre mit den Kindern nach Hause.«

Sie legte die Wäsche in den Koffer und wandte sich zum Schrank. Doch Walter packte ihren Arm.

»Das wirst du hübsch bleibenlassen!«

»Was?«

»Nach Altena fahren!«

»Willst du mich daran hindern?

»Worauf du dich verlassen kannst!« Er drückte ihren Arm so fest, dass es schmerzte. »Glaubst du, ich lasse zu, dass du mich in der ganzen Stadt blamierst?«

Sein Gesicht war eine wütende Fratze, und sein Atem ging schwer. Von dem Zigarrengestank, den er verströmte, wurde Ruth fast schlecht. Diesem Menschen hatte sie vertraut und geglaubt, sich immer auf ihn verlassen zu können, ihr Leben lang.

»Du widerst mich an«, sagte sie.

Mit einem Ruck riss sie sich von ihm los. Mit blutunterlaufenen Augen starrte er sie an, seine Lungen pumpten wie bei einer übergroßen Kraftanstrengung. Aber er sagte kein einziges Wort, noch rührte er sie an. Nur seine kleinen, roten Augen verfolgten jede ihrer Bewegungen.

Unbeirrt trat Ruth an den Schrank, um weiter ihre Sachen zu packen. Je schneller sie mit den Kindern aus diesem Hotel herauskam, umso besser würde es sein!

Doch sie hatte den nächsten Kleiderstapel noch nicht in der Hand, da explodierte er.

»Was zum Teufel bildest du dir ein, du dumme Kuh? Hast du etwa geglaubt, dass ich dich liebe? Eine gottverdammte Kriegswitwe mit zwei Bälgern? – Dass ich nicht lache! Einen Teufel habe ich getan! Ich habe dich nur geheiratet, um mir die Mehrheit an der VAM zu sichern! In der Hoffnung, dass deine Mutter möglichst schnell abkratzt und du erbst!«

Er stürzte sich auf das Bett, hob mit beiden Händen den Koffer in die Höhe und kippte ihre Sachen zur Tür hinaus auf den Flur.

»Zur Hölle mit dir«, brüllte er, »mitsamt deinen verfluchten Drecksblagen! Von mir aus könnt ihr alle verrecken!«

50

Ganz leise und zart schlug das Glöckchen von St. Kolumba an, als Benno die Kapelle betrat, doch in seinen Ohren klang es herrlicher als das Festgeläut des Kölner Doms. In diesem kleinen, geschundenen Gotteshaus, das aus den Trümmern des Krieges wiederauferstanden war, würde er heute mit Gundel den Bund fürs Leben schließen. Seine Braut wartete bereits im Chorraum, zusammen mit Dechant Budde sowie Ulla und Bernd, die ihr Jawort bezeugen würden. Während Benno, begleitet von den wohlwollenden Blicken der Hochzeitsgäste in den Bänken, zum Altar schritt, drehte Gundel sich nach ihm um und schlug den Brautschleier zurück. Als er das Lächeln sah, mit dem sie ihn empfing, erfasste ihn die ganze Bedeutung dieses Tages: Ja, dies war wirklich und wahrhaftig der schönste Tag in seinem Leben – auch wenn das normalerweise weniger der Bräutigam als vielmehr die Braut so empfand.

Aber was war schon normal an diesem Tag? Nicht nur, dass Gundel es über sich gebracht hatte, katholisch statt evangelisch zu heiraten, damit sie sich in dieser Kapelle das Jawort geben konnten, hatte er am Vormittag spontan beschlossen, statt des üblichen Stresemanns und der schwarzgrau gestreiften Hose, die er für sündhaft teures Geld samt weißen Handschuhen und Zylinder beim vornehmsten Herrenausstatter auf der Kö erstanden hatte, zur Hochzeit den Doppelreiher zu tragen, den er für seine ersten vierzig D-Mark für die Verlobung gekauft hatte. Der Anzug hatte ihm schon einmal Glück gebracht, bei seiner Bewerbung in Düsseldorf, ganz am Anfang seiner beruflichen Karriere, und

Benno war sicher, dass er ihm auch in der Ehe Glück bringen würde. Weil er eine solche Entscheidung nicht allein hatte fällen wollen, der Bräutigam aber die Braut nicht vor der Trauung sehen durfte, hatte er Gundel per Telefon gefragt, was sie von der Idee hielt. Dass sie sofort begeistert eingewilligt hatte, war das sicherste Omen, dass es die richtige Entscheidung war.

Nachdem die Hochzeitsgesellschaft das Gotteslob gesungen hatte, forderte Dechant Budde sie auf, einander die Hände zu reichen.

»Ihr seid heute hierhergekommen, um euch das Jawort fürs Leben zu geben. Ihr tut das vor Gott und seiner Gemeinde. Ihr sagt Ja zueinander, wie ihr geschaffen seid, Ja zu eurem ganzen Gegenüber. Und wie ihr heute zueinander Ja sagt, so erfordert es auch der morgige Tag und alle Tage eures gemeinsamen Lebens. Dass ihr euch darum bemüht, das versprecht ihr einander heute. Vertraut dabei auf Gott, der euch durch Christus seine Hilfe anbietet!«

Als der Geistliche seine Stola von den Schultern nahm und sie über ihre vereinten Hände legte, musste Benno schlucken. Dieser Augenblick, das wurde ihm gerade fast physisch bewusst, würde sein Leben für immer mit dem Leben der Frau verschmelzen, die er mehr als alles sonst auf der Welt liebte. Gundel schien ähnlich zu empfinden, auch sie straffte sich an seiner Seite, und ihr Gesicht wurde ganz ernst.

»Gelobt ihr, einander treu und herzlich zu lieben, einander weder in Freud noch in Leid zu verlassen und den Bund eurer Ehe heiligzuhalten? Ist das euer fester Entschluss, so bekräftigt ihn feierlich mit eurem aufrichtigen JA.«

»Ja!«, sagten sie beide wie aus einem Mund.

Benno spürte, wie Gundel seine Hand unter der Stola einmal ganz fest drückte. Ein Schauer lief ihm über den Rücken. Konnte es größeres Glück auf Erden geben? Unter den Augen der Madonna, die im Bombenhagel auf so wundersame Weise heil geblieben war, tauschten sie die Ringe. Dann gaben sie sich einen Kuss – ihren ersten Kuss als einander vor Gott und der Welt angetraute Eheleute.

Er schmeckte süßer als alle Küsse, die sie je zuvor getauscht hatten.

51

Wie hatte Christel sich auf die Hochzeit ihrer jüngsten Tochter gefreut! Seit Wochen hatte sie sich um nichts anderes gekümmert als um die Vorbereitungen, die es dafür zu treffen galt. Sie hatte mit Gundel bei Mode Vielhaber das Brautkleid gekauft, bei Schuhhaus Schulze die Brautschuhe, gegen Bennos Protest, der sie aus Düsseldorf hatte mitbringen wollen, was aber natürlich nicht in Frage kam, sowie in Lüdenscheid den Schleier und das Täschchen und die Handschuhe und alle übrigen Accessoires bei Galanteriewaren Seifert am Sternplatz, in demselben Geschäft, das früher ihre Mutter betrieben und in dem sie als junges Mädchen gearbeitet und ihren Mann kennengelernt hatte. Sie hatte bei Gärtnerei Schültke den Brautstrauß und den Blumenschmuck ausgesucht, bei Schreibwaren Trippe die Einladungen und die Menükarte drucken lassen und bei Café Dunkel die dreistöckige Hochzeitstorte mit echter Buttercreme in Auftrag gegeben. Sie hatte getan und gemacht und gesorgt, wie es eine Brautmutter nur konnte, und weder Mühen noch Kosten gescheut. Nachdem Ulla und Jürgen nur im allerkleinsten Kreis gefeiert hatten und Ruth sogar unter Ausschluss der Familie und ohne Wissen ihrer eigenen Mutter mit Walter Böcker vor den Standesbeamten getreten war, sollte wenigstens die Hochzeit ihrer Jüngsten so sein, wie eine Hochzeit sein sollte. Sogar die letzten Flaschen Cos d'Estournel hatte sie dafür aus Eduards heiligen Beständen geopfert.

Doch was ist der Mensch, dass er Pläne macht?

Während die anderen in Köln feierten, war sie in Altena zurückgeblieben und saß nun im Salon der Villa, um ihrer ältesten Tochter beizustehen. Ruth war vor zwei Tagen zusammen mit den Kindern aus Rimini zurückgekehrt, und so kurz nach ihrem Ehedesaster war sie weder imstande noch war es ihr zuzumuten, die Hochzeit ihrer Schwester zu feiern. Zwar hatte sie die anderen aufgefordert, keine Rücksicht auf sie zu nehmen, doch das hatte Christel nicht übers Herz gebracht. Wie sollte sie sich in Köln amüsieren, wenn zur selben Zeit in Altena ihre Älteste an ihrem Kummer zugrunde ging? Außerdem war das vielleicht eine Chance, die sich so schnell nicht wieder bieten würde. Ruth hatte erklärt, dass sie die Scheidung einreichen würde, und darin musste man sie bestärken, bevor sie es sich womöglich noch einmal anders überlegte. Alleinsein und Grübeln waren Gift in diesem Zustand.

»Weißt du schon, welchen Anwalt du nimmst?«, fragte Christel, nachdem ihre beiden Enkel im Bett waren und sie ungestört reden konnten.

Ruth zuckte die Schultern. »Ich dachte an Rechtsanwalt Hüllhoff. Der macht doch Scheidungen, oder?«

»Ja, schon«, erwiderte Christel zögernd. »Aber ich weiß nicht. Ob der auf seinen Krücken vor Gericht noch überzeugend wirkt? Walter Böcker wird mit Sicherheit schweres Geschütz auffahren, da muss man sich entsprechend wappnen. Ich habe gehört, der junge Steinigeweg soll sehr tüchtig sein, vielleicht rufst du den mal an.« Als sie das ratlose Gesicht ihrer Tochter sah, nahm sie ihre Hand. »Du hast recht. Darüber können wir auch in ein paar Tagen noch reden. Hauptsache, das Drama ist ausgestanden. Besser ein Ende mit Schrecken als ein Schrecken ohne Ende. Und nichts anderes wäre diese Ehe gewesen.«

»Könnten wir bitte das Thema wechseln, Mama?«

»Ach Kind, ich will doch nur dein Bestes.« Sie tätschelte ihre Hand und schaute sie an. »Hast du dir schon Gedanken gemacht, wie es nach der Scheidung weitergehen soll?«

»Was meinst du damit?«

»Ganz allgemein. Zum Beispiel, wo du mit meinen Enkelsöhnen leben willst. Das Leben muss schließlich weitergehen, irgendwie.«

Ruth entzog ihr die Hand. »Wenn du damit meinst, ich soll zurück in die Villa – nein, das will ich nicht. Ich bin dir wirklich dankbar, dass ich mit den Jungs hier fürs Erste unterkommen kann. Aber für die Dauer brauche ich was Eigenes.«

Christel hatte diese Antwort befürchtet. Einsicht und Vernunft waren noch nie die Stärken ihrer ältesten Tochter gewesen.

»Aber wohin willst du denn sonst?«, fragte sie. »In deine alte Wohnung kannst du nicht mehr, die ist längst wieder vermietet. Und für was Anständiges reicht deine Rente doch vorne und hinten nicht.«

»Ich weiß es noch nicht«, erklärte Ruth. »Ich glaube, am liebsten würde ich ganz fortziehen. Weg von Altena. Auf jeden Fall werde ich mir Arbeit suchen.«

Christel runzelte die Brauen. »Ist das dein Ernst? Oder nur wieder mal dein Dickkopf? Wie soll das denn gehen – arbeiten und zwei Kinder? Außerdem hast du doch gar nichts gelernt!«

Ruth erwiderte ihren Blick. »Ich kann hier nicht bleiben, Mama. Das würde ein einziges Spießrutenlaufen. Und Walter Böcker möchte ich in meinem ganzen Leben nur noch ein einzige Mal wiedersehen – bei der Scheidung!« Trotzig schüttelte sie den Kopf. »Nein, das musst du verstehen, ich muss irgendwohin, wo mich keiner kennt. Damit ich noch mal von vorn anfangen kann.«

Ihre Augen füllten sich mit Tränen, gleichzeitig presste sie die Lippen so fest zusammen, dass sie ganz weiß wurden. Christel kannte dieses Gesicht. So hatte Ruth schon als kleines Mädchen reagiert, wenn ihr etwas ganz und gar missglückt war und sie nicht mehr weiterwusste – verzweifelt und störrisch zugleich.

Während sie mit ihrem Armband spielte, ließ Christel den Blick über die Blätter ihres Ficus schweifen. Was sollte sie ihrer Tochter sagen? Ruth hatte sich von den drei Mädchen stets am schwersten getan, einen Rat anzunehmen. Lieber rannte sie offenen Auges in ihr Verderben, als sich einem fremden Willen zu beugen, wie damals, als sie sich in den Kopf gesetzt hatte, sich zum Lazarettdienst zu melden, um Soldaten zu pflegen … Was hatte Eduard auf sie eingeredet, um sie zur Vernunft zu bringen! Doch es hatte nichts genützt.

An dem Gummibaum hatte ein Blatt sich gelblich verfärbt. Christel griff nach dem Zweig und brach es ab. Nein, sie machte sich keine falschen Hoffnungen. Wahrscheinlich würde es kommen wie immer, wahrscheinlich würde Ruth am Ende auch diesmal einfach das tun, was sie sich in den Kopf gesetzt hatte. Und vielleicht hatte sie damit sogar recht, vielleicht konnte sie wirklich nicht länger in Altena bleiben nach dieser doppelten Schmach – erst der Nazi-Straßenfeger und jetzt der treulose Hurenbock … Abgesehen davon, dass Ruth in Altena täglich Gefahr lief, Walter Böcker in die Arme zu laufen, wäre dieser Skandal für viele ein gefundenes Fressen, die ganze Stadt würde sich das Maul über sie zerreißen. Es würde wirklich ein Spießrutenlaufen werden, da konnte niemand Ruth widersprechen, mit all den Gerüchten und Verleumdungen, die in einem solchen Fall die Runde machten und an deren Ende stets die Frau das Opfer war – egal, was der Mann ihr angetan hatte.

Mit einem Seufzer legte Christel das welke Blatt auf den Teetisch, damit Betty es am nächsten Morgen in dem Müll warf.

»Und an welche Stadt hast du gedacht?«, fragte sie.

»Noch an keine bestimmte«, sagte Ruth. »Irgendeine im Ruhrgebiet. Dortmund oder Herne oder Wattenscheid, ganz egal. Je weiter weg, desto besser!«

52

Unterdessen wurde in Köln bis in die Puppen gefeiert und getanzt. Da Benno darauf bestanden hatte, die Hochzeit aus eigener Tasche zu bezahlen, ohne die Unterstützung von Gundels Familie, fand sie in einem Saal statt, der vor Urzeiten mal zu einem Bauernhof gehört und vermutlich als Kuhstall gedient hatte – in dem Steinboden erkannte Bernd noch die Verankerungen der Viehständer. Aber das tat der Stimmung nicht den geringsten Abbruch. Fast die ganze Festgesellschaft drängte sich auf der freien Fläche zwischen den Tischreihen, um zusammen mit dem Brautpaar Cha-cha-cha zu tanzen, zu dem neuesten Schlager der Saison, den die Drei-Mann-Kapelle auf Wunsch des Publikums immer wieder von vorne spielen musste.

Geh'n Sie mit, geh'n Sie mit, geh'n Sie mit der Konjunktur.
Geh'n Sie mit, geh'n Sie mit, geh'n Sie mit auf diese Tour …

Vor allem Bennos Kollegin Regina Küppers, eine auffallend hübsche Blondine, die aussah wie eine amerikanische Filmdiva und allen Männern den Kopf verdrehte, indem sie so sehr mit dem Hintern wackelte, dass Bernd um ihr enges Kostüm fürchtete, konnte von dem Schlager gar nicht genug bekommen. Beim Tanzen sang sie den Text lauthals mit und stiftete auch die anderen Tänzer zum Mitsingen an.

Nehm' Sie sich Ihr Teil, sonst schäm' Sie sich
Und später geh'n Sie nicht zum großen Festbankett …

Dass es solche Frauen überhaupt gab … Bernd lockerte den Knoten seiner Krawatte und öffnete den obersten Hemdknopf. Fast juckte es auch ihn in den Beinen. Er war einer der wenigen Gäste, die nicht auf der Tanzfläche waren. Der Text des Schlagers gefiel ihm zwar, er erkannte sich sogar selber ein bisschen darin wieder, doch Cha-cha-cha war ihm ein Gräuel. Schon als Eintänzer im Lennestein hatte er diesen Tanz gehasst, weil dabei nicht nur die Frauen, sondern auch die Männer mit dem Hintern wackeln mussten.

Er nahm sein Bierglas und prostete seinen Tischnachbarn zu. Außer ihm waren nur noch Dechant Budde und Jürgen Rühling auf ihren Plätzen geblieben. Während Ulla mit ihrem frischgebackenen Schwager tanzte, führte Jürgen das große Wort als Unternehmer – er habe sich lange genug in den Dienst der Allgemeinheit gestellt, erklärte er gerade dem Geistlichen, jetzt müsse er sich um die Firma kümmern, damit endlich »Schwung in die Bude« komme und es vorangehe. Bernd konnte das dumme Gequatsche nicht hören, da schaute er lieber den Tänzern zu.

Seh'n Sie doch, die andern steh'n schon dort
Und nehm'n die Creme schon fort, beim großen Festbankett …

Während er die Versuche der Tanzpaare beobachtete, in den komplizierten Rhythmus zu finden, musste er an Tommy denken. Das hatte er schon eine Ewigkeit nicht mehr getan – kein Wunder, Tommy hatte ja nie wieder von sich hören lassen, und kein Mensch in Altena wusste, wo er steckte und was er machte. Doch heute, da sie fast alle mal wieder zusammen waren und feierten wie früher, vermisste Bernd seinen alten Freund. Sehr sogar.

Fast so sehr wie Ruth.

Als Benno erzählt hatte, was passiert war, wäre Bernd am liebsten Walter Böcker auf die Bude gerückt, um ihm die Fresse zu polieren. Die arme Ruth – fast konnte man meinen, das Schicksal hätte es auf sie abgesehen. Ihr ganzes Leben war eine einzige Abfolge von Katastrophen – immer schlitterte sie von einem Unglück ins nächste. Bernd hatte seinen ganzen Mut zusammengenommen und sie in der Wolf'schen Villa angerufen, wo sie mit ihren Söhnen untergekommen war, um ihr seine Hilfe anzubieten. Er war bereit, alles für sie zu tun, wenn sie ihn nur ließ. Aber das hatte er sich nicht getraut zu sagen, und sie hatte dankend seine Hilfe abgelehnt. Sie hatte ihm nicht mal erlaubt, sie zu besuchen. Sie müsse sich um ihre zwei Jungs kümmern, hatte sie am Telefon gesagt, in ihrem Leben sei kein Platz mehr für einen Mann. Er hatte verstanden, was sie ihm damit sagen wollte, deutlicher konnte sie es ja auch gar nicht ausdrücken, und obwohl ihm die Entscheidung unendlich schwergefallen war, hatte er beschlossen, sie in Ruhe zu lassen. Für immer. Nicht nur mit Rücksicht auf sie, sondern auch mit Rücksicht auf sich selbst. Sonst würde auch er auf der Strecke bleiben und irgendwann mal als alter Mann ohne Frau und Kinder dasitzen.

Man ist, was man ist, nicht durch den inneren Wert.
Den kriegt man gratis, wenn man Straßenkreuzer fährt.
Man tut, was man tut, nur aus dem Selbsterhaltungstrieb,
Denn man hat nur sich selber lieb …

Bernd stand auf, um zur Toilette zu gehen – er hatte schon einige Pils intus, und allmählich drückte die Blase. Aber er war noch keine zehn Schritt weit gekommen, da fasste ihn jemand am Arm.

»Hiergeblieben!«

Als er sich umdrehte, stand vor ihm Regina Küppers.

»Haben Sie sich endlich entschlossen zu tanzen?«

»Um Gottes willen – nein«, protestierte er. »Wie … wie kommen Sie darauf? Ich wollte eigentlich nur …« Er schaffte es gerade noch rechtzeitig, abzubrechen.

»Mich auffordern?«, ergänzte sie seinen Satz mit einem unschuldigen Lächeln. Dabei klimperte sie mit ihren langen schwarzen Wimpern, so dass ihm ganz anders wurde.

Er wäre am liebsten im Erdboden versunken. Doch er durfte sich nicht drücken, das wäre eine grobe Unhöflichkeit gewesen – dank Tommys Kursen wusste er, was sich gehörte. Also knöpfte er sich sein Jackett zu, wie er es im Lennestein gelernt hatte, und deutete eine Verbeugung an. »Wenn ich bitten darf?«

»Aber mit großem Vergnügen.«

Bernd brach der Schweiß aus. Auf was hatte er sich da nur eingelassen? Hoffentlich merkte sie nicht, wie nervös er war. Während er noch zögerte, übernahm sie die Initiative und legte ihm den Arm auf die Schulter, so dass ihm nichts anderes übrigblieb, als ihre Hand zu nehmen, die sie ihm bereits entgegenstreckte. Mit der Spitze ihres Stöckelschuhs klopfte sie den Takt – »eins, zwei, drei, vier« –, und schon ging es los.

Vor, zurück – cha-cha-cha … Vor, zurück, cha-cha-cha …

»Aber das funktioniert ja ganz wunderbar!«, rief sie und strahlte.

Bernd wunderte sich selbst, wie gut es klappte. Lag es daran, dass er noch von früher in Übung war? Oder war Regina Küppers eine so gute Tänzerin, dass sie ihn unmerklich führte? Er konnte es nicht unterscheiden. Die Schritte fielen ihm jedenfalls so leicht, dass er sogar den Text mitsingen konnte.

Holen Sie sich Ihre Kohlen
Wie der Krupp von Bohlen
Aus dem großen Weltgeschäft …

Regina lachte, und ihr Lachen war so ansteckend, dass auch er lachen musste. Auf einmal war seine Nervosität wie weggeblasen! Noch nie hatte er mit einer Tanzpartnerin so wunderbar harmoniert. Voller Schwung führte er sie in eine Drehung, und bei der anschließenden Promenade merkte er zu seiner eigenen Überraschung, dass er tatsächlich mit dem Hintern wackelte, genauso wie Regina Küppers.

Oh jo to ho jo to hoo
C' est bonheur
Oh jo oh jo to ho jo to hoo
Und ich schwör
Oh jo oh jo to ho jo to hoo
Auf die gute neue Zeit
Pinke Pinke Pinke Pinke Pinke Pinke Pinke Pinke

Wieder wackelte seine Tänzerin mit ihrem reizenden Po, und wieder wackelte Bernd mit. Nichts war ihm daran mehr peinlich oder unangenehm. Im Gegenteil – es machte sogar richtig Spaß!

Aber was würde mit einer solchen Frau im Arm keinen Spaß machen?

Die Kapelle wiederholte noch einmal den Refrain, dann brach die Musik ab, und der Sänger kündigte eine Pause an.

»Wie schade!«, rutschte es Bernd heraus.

»Dann machen wir doch einfach das Beste daraus!« Lachend schnappte Regina Küppers einem vorüberkommenden Kellner zwei Schnapsgläser vom Tablett. »Wollen wir Brüderschaft trinken?«

Ohne seine Antwort abzuwarten, reichte sie ihm eines der Gläser. Bernd beschloss, ihr einfach wie beim Tanzen zu folgen, und fuhr mit seinem Arm und dem Glas in der Hand durch ihre Armbeuge.

»Ich heiße Bernd«, sagte er.

»Ich weiß«, sagte sie. »Deutschlands jüngster Baulöwe.«

»Wie bitte?«

»Sie haben doch unseren Düsseldorfer Laden umgebaut. Und jetzt die schöne Kapelle restauriert. Das waren doch Sie. Oder irre ich mich?«

»Nein … nein, das nicht, aber …«

»Dann nur keine falsche Bescheidenheit!«

Lachend kippte sie den Schnaps hinunter. Er tat es ihr nach.

»Und jetzt?« Erwartungsvoll schaute sie ihn an.

Während der Alkohol ihm in der Kehle brannte, wurden ihm die Knie weich. Er wusste, was jetzt kam. Vor Aufregung brachte er keinen Ton heraus.

»Na, wo bleibt mein Kuss?«, fragte sie und nickte ihm aufmunternd zu.

Bernd holte tief Luft. Also dann! Er beugte sich vor und streifte mit den Lippen ihre Wange.

»Was war das denn?« Sie stellte ihr Glas ab, dann nahm sie sein Gesicht zwischen die Hände. »So macht man das!«

Bevor er wusste, was geschah, küsste sie ihn auf den Mund. Ihre Lippen waren ganz warm und weich, und für eine Sekunde glaubte er sogar die Spitze ihrer Zunge zu spüren. Jedenfalls spürte er sie noch auf seinem Mund, als ihre Lippen sich schon gar nicht mehr berührten. Wieder klimperte sie mit den Wimpern. Dabei schaute sie ihn so ernst und eindringlich an, dass ihm der Hals austrocknete.

Und schon lachte sie wieder.

»Jetzt muss ich mal für kleine Mädchen«, sagte sie. »Aber nicht verschwinden, hörst du?«

Scherzend drohte sie mit dem Finger, dann nahm sie ihre Handtasche und stöckelte zur Toilette. Was für eine Frau … Als sie hinter der Tür verschwand, fiel Bernd wieder ein, dass er selber ja auch zur Toilette unterwegs gewesen war, als sie ihn aufgefordert hatte. Eilig folgte er ihr nach, um die Zeit zu nutzen. Er konnte es gar nicht erwarten, wieder mit ihr zu tanzen.

Er knöpfte sich gerade die Hose auf, als Benno neben ihn ans Pissoir trat.

»Ich kann dich nur warnen«, sagte er. »Vorsicht!«

»Vorsicht vor was?«

»Vor Regina Küppers. Das ist ein kaltes, berechnendes Luder.«

Bernd fuhr herum. »Wie kommst du denn darauf?«

»Bevor sie dich angesprochen hat, hat sie mich gründlich nach dir ausgefragt. Vor allem nach deiner Firma. Die hat es auf dein Geld abgesehen.«

»Jetzt hör aber auf, wir haben doch nur ein bisschen getanzt.«

»Und Brüderschaft getrunken. Nach fünf Minuten. Mit Mundkuss!«

Bernd fühlte sich wie ein kleiner Junge, der beim Marmeladennaschen in der Vorratskammer erwischt worden ist. »Sind wir hier auf einer Hochzeit oder auf einer Beerdigung?« Verärgert wandte er sich ab und versuchte sich wieder auf sein Geschäft zu konzentrieren. Doch Benno hatte ihn so aus dem Konzept gebracht, dass er trotz des Drucks auf der Blase keinen Tropfen hervorbrachte.

Benno hingegen war schon fertig. »Wenn du dir einen netten Abend machen willst«, sagte er, während er seine Hose richtete, »nur zu! Aber glaub mir, zum Heiraten taugt die nicht. Als mein Onkel mich zu seinem Nachfolger ernannt hat und klar war, dass ihr Verlobter nicht zum Zuge kam, hat sie ihn fallenlassen wie eine heiße Kartoffel.«

»Ja und? Vielleicht haben die zwei einfach nicht zusammengepasst.«

»Und 'n Ei aus'm Konsum.« Benno trat ans Waschbecken und drehte den Wasserhahn auf. »Im Ernst, Bernd«, sagte er über die Schulter, »lass die Finger von der, die ist nichts für dich. Von wegen Spießer in Altena. Mit Regina Küppers kannst du dir das abschminken.«

Bernd wusste, was sein Freund meinte. Doch bevor er antworten konnte, spielte die Kapelle draußen im Saal einen Tusch.

»Beeil dich«, sagte Benno, »Die Rede meines Onkels. Er will mich als neuen Gesellschafter vorstellen. Das ist sein Hochzeitgeschenk.«

Er trocknete sich die Hände ab und verschwand. Unverrichteter Dinge knöpfte Bernd sich die Hose zu. Benno hatte ihm die Laune gründlich verdorben.

Doch kaum kehrte er in den Saal zurück, ging die Sonne schon wieder auf. Während alle Blicke auf das Podium gerichtet waren, wo Herward Krasemann gerade ans Mikrophon trat, schien Regina nur auf ihn zu warten. Mit dem Rücken zu den übrigen Gästen und zwei Gläsern Sekt in den Händen empfing sie ihn vor der Toilettentür.

»Ich dachte, unsere Brüderschaft könnte ein bisschen Prickeln vertragen«, hauchte sie. »Was meinst du? Stimmt's oder hab' ich recht?« Dabei warf sie ihm einen Blick zu, der jede Antwort erübrigte.

53

Der erste Fünfjahresplan, den der III. Parteitag der SED im Juli 1950 für die Volkswirtschaft der DDR verabschiedet hatte, war 1951 in Kraft getreten. Doch da er schon 1955, also nur vier Jahre später, durch einen neuen Fünfjahresplan ersetzt werden sollte, arbeitete die Plankommission, die als staatliches Organ des Ministerrats für die zentrale Planung und Entwicklung der sozialistischen Volkswirtschaft zuständig war und deren Unterabteilung »Handel und Versorgung« Tommy seit nunmehr einem Jahr angehörte, bereits jetzt, im Juni 1953, an der Festlegung der neuen Ziele und Normen.

Das Büro, in dem Tommy arbeitete, befand sich im Haus der Ministerien in der Leipziger Straße, in so unmittelbarer Nähe zur Zonengrenze gelegen, dass alle Schriftstücke, die der Geheimhaltung unterlagen, in abhörsicheren Räumen abgetippt wurden, den sogenannten »Kupferkesseln«, damit die Spione des Klassenfeinds die Schreibmaschinengeräusche nicht aufzeichnen konnten, um daraus Rückschlüsse auf die Inhalte zu ziehen. In dem riesigen, pompösen Gebäude voller Marmor, Edelhölzer und Kronleuchtern, das wie durch ein Wunder den Bombenhagel auf Berlin fast unbeschadet überstanden hatte, war bis Ende des Kriegs das Reichsluftfahrtministerium untergebracht gewesen. Jetzt residierten hier statt Hermann Göring und seinen braunen Schergen die Führer der SED und des ersten deutschen Arbeiter-und-Bauern-Staats. Pieck, Ulbricht, Grotewohl – sie alle hatten hier ihre Büros, zusammen mit den Fachministern und deren Stäben. Tommy empfand es als außerordentliches Privileg, in diesem Gebäude arbeiten zu dürfen, nicht nur wegen der vielen Prominenten aus Partei und Staat, die hier ein und aus gingen, sondern auch wegen der praktischen Vorteile, die dieser Arbeitsplatz bot. In der Eingangshalle, wo auf einem gigantischen Wandrelief aus Meißener Kacheln der Sieg des Proletariats über den Kapitalismus gefeiert wurde, gab es einen Konsum, einen Friseur und eine HO-Betriebsverkaufsstelle. Außerdem gefiel Tommy die Vorstellung, dass die neue Regierung den einstigen Schreckensort in ähnlicher Weise vereinnahmt hatte wie die katholische Kirche in Rom manche heidnischen Tempel, indem sie auf deren Überresten christliche Gotteshäuser errichtet hatte. In dem großen Festsaal, in dem früher die Nazis vom Endsieg schwadroniert und damit Millionen von Menschen in den Tod getrieben hatten, hatte die Parteikonferenz der SED den planmäßigen Aufbau des Sozialismus verkündet, der ein ganzes Volk in Arbeit und Lohn bringen sollte. Wenn jemand von Tommy wissen wollte, was sozialistischer Fortschritt bedeutete, dann veranschaulichte er seine Antwort am liebsten an diesem Beispiel.

Die Erwartungen, die die Partei an die wirtschaftliche Entwicklung des Arbeiter-und-Bauern-Staates herantrug, waren allerdings nicht weniger gewaltig als das Gebäude, in dem die Planziele formuliert wurden. Aufgrund der Londoner Schuldenkonferenz hatte die BRD, die ohnehin seit 1948 durch den amerikanischen Marshallplan mit Milliarden von US-Dollarn aufgepäppelt wurde, im Wettbewerb der Systeme einen Vorteil gegenüber der DDR erlangt, der kaum auszugleichen war. Die Siegermächte hatten Westdeutschland in Verrechnung der verlorengegangenen Reichsgebiete nicht nur einen Großteil der Kriegsschulden erlassen, sondern sich sogar bereit erklärt, bis zu einer endgültigen Regelung durch ein Friedensabkommen auf jede Form von Reparationsleistungen zu verzichten. Damit war die BRD-Wirtschaft praktisch von allen Altlasten befreit, während die DDR-Wirtschaft immer stärker unter den Folgen der Demontage litt. Hunderte von Fabriken standen still, weil die Maschinen, die die Russen in Leipzig oder Dresden oder Karl-Marx-Stadt, wie Chemnitz seit einem Jahr hieß, abgebaut hatten, nun in Stalingrad oder Moskau oder Wladiwostok ihren Dienst taten, und da es selbst für den Transport der wenigen noch produzierten Güter weder genügend Eisenbahnen noch Lastwagen gab, war die Industrie fast vollständig zum Erliegen gekommen. Auch in der Landwirtschaft sah es nicht viel besser aus. Zwar waren die meisten privaten Betriebe inzwischen in landwirtschaftliche Produktionsgenossenschaften umgewandelt worden, doch ohne Traktoren mussten viele Güter mit Pferde- und Ochsengespannen bewirtschaftet werden wie vor dem Ersten Weltkrieg. Neue Maschinen für die Landwirtschaft aber konnten ebenso wenig angeschafft werden wie neue Produktionsmittel für die Industrie, weil man keine Devisen besaß, um sie zu bezahlen. Devisen wiederum hätte man nur mit dem Export von im Ausland verkäuflichen Waren erzielen können, was jedoch unter den gegebenen Umständen ein Ding der Unmöglichkeit war.

War es angesichts dieses Teufelskreises ein Wunder, dass acht Jahre nach Kriegsende immer noch im ganzen Land Mangel herrschte? Grundnahrungsmittel mussten nach wie vor mit Lebensmittelkarten zugeteilt werden, die im Westen längst abgeschafft waren. Den DDR-Bürgern stand nur halb so viel Fleisch und Fett zur Verfügung wie in der Vorkriegszeit. Selbst Obst und Gemüse wurde nicht ausreichend produziert, so dass endlos lange Schlangen vor den Geschäften zum alltäglichen Straßenbild gehörten. Dabei waren die Preise schwindelerregend. Während im Westen eine Tafel Schokolade nur fünfzig Pfennig kostete, war sie im Osten mit einem Preis von acht Mark ein nahezu unerschwinglicher Luxus. Tommy konnte selbst ein Lied davon singen. Er hatte mal eine Freundin gehabt, die regelrecht süchtig nach Schokolode gewesen war. In den drei Wochen, die ihre Beziehung gedauert hatte, hatte sie ihn fast ruiniert.

Bei der Arbeit in der Plankommission hatte er bald erkannt, dass ihm Professor Knesebecks Vorlesungen über Statistik und Planwirtschaft wesentlich mehr Nutzen brachten als die Prinzipien der politischen Ökonomie, die er bei Jutta Höllscher gelernt hatte. Um die fehlenden Produktionsmittel und das fehlende Kapital wettzumachen, gab es für die Wirtschaft der DDR nur ein mögliches Mittel: die Erhöhung der Produktivität. Um fünfundzwanzig Prozent musste sie in der Landwirtschaft steigen, damit das von der Partei angeordnete Ziel, die Bevölkerung aus eigener Ernte und Viehzucht zu ernähren, erfüllt werden konnte. Bis 1955 würden dafür allein siebzehn Millionen Tonnen Kartoffeln und über sieben Millionen Tonnen Getreide notwendig sein. Noch höher waren die Anforderungen an die Industrie – die Fabriken mussten im selben Zeitraum ihren Ausstoß sogar verdoppeln. Tommy war fasziniert, mit welcher Kühnheit die Partei die Zukunft plante, nicht nur in der Vorgabe der Ziele, sondern auch in der praktischen Umsetzung. Jede Kuh, die in Thüringen geschlachtet, jede Uhr, die in Glashüttenstadt zusammengesetzt, jede Fuhre Weizen, die in Mecklenburg-Vorpommern geerntet, jeder Motor, der in Eisenach montiert und jede Tonne Braunkohle, die in Bitterfeld gefördert wurde: Alles wurde hier in Berlin planmäßig erfasst und in ordentliche, berechenbare Zahlen verwandelt.

Nur leider sprachen diese Zahlen eine andere Sprache als die Erwartungen und Beschlüsse der Partei. Obwohl die volkseigenen Betriebe wie auch die Baubrigaden und LPGs vielfach schon Übermenschliches leisteten, blieben sie fast überall hinter den Vorgaben zurück.

»Ich weiß nicht, wie weit wir die Schraube noch anziehen können«, sagte Werner Himmelreich, als Tommy sich wie jeden Freitag im Büro seines Vorgesetzten einfand, um ihm zum Wochenende die neuesten Statistiken und Prognosen vorzulegen. »Der Krug geht nur so lange zum Brunnen, bis er bricht.«

»Ich bin sicher, dass die Leistungsbereitschaft der Werktätigen ihre Grenzen noch nicht erreicht hat«, erwiderte Tommy.

»Worauf gründet Ihre Zuversicht, Genosse Weidner?«

»Der Beschluss der Parteikonferenz, den planmäßigen Aufbau des Sozialismus in Angriff zu nehmen, stößt trotz aller Probleme in der Bevölkerung nach wie vor auf breite Zustimmung. Dies wird unsere Volkswirtschaft auch weiterhin vorantreiben.«

»Ich teile natürlich Ihre Hoffnung, die Sie an den Beschluss der Partei knüpfen.« Himmelreich verließ seinen Schreibtisch und schloss die Tür, damit man sie auf dem Flur nicht hören konnte. »Aber machen die Vorgänge in der Stalinallee Ihnen keine Sorgen? Ich meine, Sie sind doch früher selbst in einer Baubrigade gewesen und können sich vorstellen, was den Arbeitern zugemutet wird. Sprechen Sie bitte ganz offen«, fügte er hinzu, während er wieder Platz nahm. »Wir sind unter uns.«

Tommy zögerte. Sollte er wirklich sagen, was er dachte? Keine Frage wurde unter seinen Kollegen im Haus so kontrovers diskutiert wie die Normerhöhungen in der Bauwirtschaft, die nach der Zerstörung der Städte im Krieg überall neuen Wohnraum schaffen musste. Bei der Festlegung der Vorgaben war jedem klar, dass man den Arbeitern nicht mehr zumuten konnte, als diese zu leisten imstande waren – Tommy brauchte nur auf die Schwielen an seinen Händen zu schauen, um sich an die Maloche zu erinnern. Doch keiner hatte ein Rezept parat, wie man die bestehenden Defizite anders ausgleichen sollte. Dieser Widerspruch spiegelte sich bis in die Spitze der Partei und ihrer Organe wider. Als kürzlich im Neuen Deutschland eine Reportage erschienen war, die über die Auswirkungen der Normerhöhungen auf die Bauarbeiten in der Stalinallee berichtet und dabei die Vorgaben vorsichtig in Frage gestellt hatte, hatte nur zwei Tage später die Gewerkschaftszeitung Tribüne einen Gegenartikel herausgebracht, der jede Kritik an den Vorgaben als Propaganda des Klassenfeinds geißelte. Angeblich gab es im Haus der Ministerien erste Mitarbeiter, die ihre Namensschilder von den Bürotüren entfernten, aus Angst, dass es zu einem Umsturz kommen könnte und sie dann nicht *dazugehören* wollten.

»Nur heraus mit der Sprache!«, sagte Himmelreich mit einem aufmunternden Lächeln. »Die Wahrheit steht immer auf der Seite des Proletariats.«

»Wo gehobelt wird, da fallen Späne«, erwiderte Tommy ausweichend. Kritik war zwar von der Parteiführung erwünscht, doch es gab nicht wenige, die sich mit ihrer Kritik die Zunge verbrannt hatten. »Die Errichtung der neuen Wohnblöcke in der Stalinallee ist das größte Bauvorhaben im Land. Da ist es nur natürlich, wenn es hin und wieder zu Reibereien kommt.«

»Reibereien?« Sein Vorgesetzter runzelte die Stirn. »Die Bauarbeiter empfinden die Erhöhung der Arbeitsnorm als faktische Lohnkürzung. Wenn wir nicht nachgeben, kann daraus ein Volksaufstand werden. Angeblich wurden schon Fahnen verbrannt und Vorarbeiter verprügelt.«

»Aber was sollen wir tun?«, fragte Tommy. »Der Staatshaushalt weist einen Fehlbetrag von über einer Milliarde aus.«

»Ja. Weil die Militärausgaben seit Einführung der kasernierten Volkspolizei auf fast dreieinhalb Milliarden angestiegen sind.«

Die Antwort irritierte Tommy noch mehr. Genau dieses Argument hatten die evangelischen Bischöfe, die doch als die hartnäckigsten Widersacher des Sozialismus galten, gegen die Normerhöhungen vorgebracht. Plötzlich fiel ihm eine dumme Bemerkung ein, die er vor ein paar Tagen in der Kantine gemacht hatte. Weil das Zentralkomitee die letzten Normerhöhungen ausgerechnet zum sechzigsten Geburtstag seines Vorsitzenden Walter Ulbricht verkündet hatte, hatte Tommy gespottet, dass dem Genossen Jubilar dieses Geburtstagsgeschenk vielleicht noch sauer aufstoßen könnte.

Einmal mehr verfluchte er seine große Klappe. Wollte sein Vorgesetzter ihn vielleicht auf die Probe stellen, weil ihn einer seiner Kollegen denunziert hatte? Er wäre nicht der Erste, dem das passierte. Seit es das Ministerium für Staatssicherheit gab, das nach dem Vorbild der sowjetischen Geheimpolizei NKWG gegründet worden war, als »Schild und Schwert der Partei«, wie das Politbüro verkündet hatte, hatten die Wände Augen und Ohren.

Obwohl Himmelreich nicht als scharfer Hund galt, beschloss Tommy darum, auf der Hut zu sein. »›Nur der Revanchismus der Adenauer-Regierung‹«, zitierte er aus dem Artikel der Tribüne, »›sowie die Propaganda der Springer-Presse haben unsere Staatsführung gezwungen, zur Verteidigung des Friedens aufzurüsten.‹ Ich bin überzeugt, dass die Masse der Werktätigen sich dieser Zusammenhänge bewusst ist.«

Sein Vorgesetzter schaute ihn stirnrunzelnd an. »Ich habe die Tribüne abonniert«, sagte er, »aber eigentlich hatte ich Sie nach Ihrer persönlichen Meinung gefragt.«

»Meine persönliche Meinung deckt sich vollkommen mit der Auffassung unserer Gewerkschaft«, erklärte Tommy.

Himmelreich holte tief Luft. »Nun ja«, sagte er, »ich freue mich, Sie so gefestigt in der sozialistischen Weltanschauung zu sehen, Genosse Weidner.« Mit einem Seufzer griff er zu dem Stapel mit den Statistiken auf seinem Schreibtisch. »Aber jetzt zu den Zahlen ...«

Tommy atmete auf. Was immer dieses Gespräch zu bedeuten hatte – es war vorbei. Auch er nahm seine Unterlagen zur Hand. Nachdem er die ersten Monate verschiedenen Genossinnen und Genossen in unterschiedlichen Abteilungen bei allen möglichen statistischen Erhebungen assistiert hatte, betreute er inzwischen einen eigenen Verantwortungsbereich. Seine Aufgabe war keine geringere als die Kontrolle der Durchführung und Einhaltung der Planvorgaben im Produktionsbereich Fahrradzubehör. Die Plankennzahlen sämtlicher volkseigener Betriebe im Land, die sich mit der Herstellung von Beleuchtungselementen und Dynamos, Gepäckträgern, Gepäckspannern, Naben- und Kettengangschaltungen, Luftpumpen, Speichennetzen für Damenfahrräder, Fahrradklingeln und Fahrradständern sowie Reifenflickzeug befassten, liefen bei ihm zusammen. Dieser Aufgabe kam nicht nur darum hohe Bedeutung zu, weil der Aufbau einer volkseigenen Automobilproduktion erst in den Anfängen steckte, die Mobilität der Bevölkerung also in erheblichem Maße von der Zurverfügungstellung geeigneten Fahrradmaterials abhing, auch konnten die Erhebungen, die Tommy durchführte, empfindliche Konsequenzen nach sich ziehen: Nachweisliche Verstöße gegen die Plandisziplin hatten schwere Sanktionen zur Folge, sowohl für die betreffenden Betriebe als auch für die verantwortlichen Betriebsdirektoren, die in besonders schwerwiegenden Fällen sogar von ihren Posten abberufen und unter Strafanzeige gestellt werden konnten. Ihnen drohten Parteiausschluss und Gefängnis.

Einen solchen Fall wollte Tommy heute zum Vortrag bringen: Das Luftpumpenkombinat Magdeburg lag mit seinen Kennzahlen um zweiundsiebzig Prozent hinter den Planvorgaben zurück – angeblich, weil ein bestimmter Dichtungsring nicht in ausreichenden Mengen zur Verfügung stand. Um die Schuld von sich zu weisen, machte der Betriebsdirektor dafür die mangelhafte Versorgung mit Kautschuk verantwortlich, was der Parteisekretär vor Ort jedoch energisch bestritt. Tommy neigte dazu, der Darstellung des Betriebsdirektors zu folgen.

Kautschuk musste gegen Devisen im westlichen Ausland beschafft werden und war darum überall Mangelware.

»Ich denke, hier liegt ein Zahlendreher vor«, mutmaßte Himmelreich. »Den sollten Sie korrigieren, Genosse Weidner. Statt zweiundsiebzig muss es vermutlich siebenundzwanzig Prozent heißen.«

»Ausgeschlossen«, erwiderte Tommy. »Ich habe die Zahlen selber erhoben.«

Sein Vorgesetzter blickte ihn eindringlich an. »Sind sie wirklich so sicher?«, fragte er. »Auch unter Berücksichtigung dessen, was auf dem Spiel steht?«

»Ich fürchte, ich kann Ihnen gerade nicht folgen.«

»Dann will ich es Ihnen erklären«, sagte Himmelreich. »Zweiundsiebzig Prozent unter Norm sind ein so katastrophales Ergebnis, dass es die Entlassung des Betriebsdirektors unweigerlich nach sich ziehen würde. Abgesehen davon, dass der Mann für immer ruiniert wäre, würde das ganze Kollektiv unter der Maßnahme leiden, es würde zu Protesten und Arbeitsniederlegungen kommen, so dass die Leistung noch weiter zurückgehen würde. Folgen wir hingegen der Argumentation, dass der mangelnde Nachschub an Kautschuk Ursache der Produktionsdefizite ist, wäre dies ein Schlag ins Gesicht der Partei, der die von Ihnen festgestellte Begeisterung des Volkes für den Aufbau des Sozialismus gefährlich untergraben könnte. Bei siebenundzwanzig Prozent Fehlbetrag hingegen käme der Betrieb mit einer Rüge davon, die das gesamte Kollektiv anspornen würde, seine Anstrengungen zu vermehren. Und die Partei würde in diesem Fall gewiss dafür sorgen, dass es in Zukunft an Kautschuk nicht mangelt, um sich keiner möglichen Kritik auszusetzen.«

Fasziniert hörte Tommy zu. So hatte er die Dinge noch nie gesehen. Erstmals dämmerte ihm eine Ahnung, wie Politik funktionierte. Noch mehr aber war er beeindruckt, welchen Beitrag er selber mit den Mitteln der Statistik für den Aufbau eines gelingenden Sozialismus leisten konnte. Mit einem einfachen Zahlendreher konnte er einen scheinbar unauflöslichen Konflikt lösen.

»Sie haben vollkommen recht, Genosse Himmelreich«, sagte er. »Den Fehler muss ich tatsächlich auf meine Kappe nehmen. Ich bin untröstlich und kann Sie nur bitten, meine Unachtsamkeit zu entschuldigen.«

»Aber gewiss doch, Genosse Weidner«, erwiderte sein Vorgesetzter wohlwollend. »Sie sind jung, und wir haben alle Fehler gemacht, als wir angefangen haben. Aber Sie sind intelligent und lernwillig. Und darauf kommt es an.«

»Ich danke Ihnen, Genosse.«

Tommy machte sich eine Notiz, da ging plötzlich die Tür auf, und ein knapp dreißig Jahre alter Mann mit runder Nickelbrille, der trotz der sommerlichen Temperaturen einen Ledermantel trug, betrat das Büro. Tommy konnte sich nicht erinnern, ihn je gesehen zu haben, zum Ministerium gehörte er jedenfalls nicht, und auch Genosse Himmelreich runzelte irritiert die Stirn. Dem Aussehen nach war der Mann entweder ein Parteisekretär oder ein Angehöriger der Staatssicherheit. Während er dem Genossen Himmelreich irgendeinen Ausweis unter die Nase hielt, fragte er Tommy nach seiner Identität.

»Sind Sie der Genosse Thomas Weidner?«

»Ja. Warum?«

»Ich muss Sie bitten, mitzukommen.«

Ohne ein Wort der Erklärung nahmen die beiden Männer Tommy in die Mitte und führten ihn aus dem Büro seines Vorgesetzten. Im Flur stiegen sie in den Paternoster und fuhren hinunter in die Eingangshalle, wo sie den Volkspolizisten, die dort zum Schutz der Parteioberen ihren Dienst versahen, kurz ihre Ausweise zeigten, bevor sie das Gebäude verließen. Draußen empfing sie ein gellendes Pfeifkonzert. Auf dem Platz zwischen dem Haupteingang und der Leipziger Straße hatten sich mehrere hundert Demonstranten versammelt. Auf ihren Plakaten forderten sie die Senkung der Arbeitsnormen, den Rücktritt der Regierung, die Freilassung aller politischen Gefangenen sowie freie Wahlen.

»Spitzbauch, Bart und Brille«, skandierten sie, »ist nicht Volkes Wille!«

Das war auf Ulbricht, Grotewohl und Pieck gemünzt. Jetzt stimmten sie sogar das Deutschlandlied an, die Hymne des Klassenfeinds! Nur mit Mühe gelang es Tommys Begleitern, ihn durch die aufgebrachte Menschenmenge hindurch zu dem am Straßenrand parkenden schwarzen Horch zu bugsieren. Immer wieder versuchten die Demonstranten, ihnen den Weg zu versperren. Die Nickelbrille musste sogar eine Pistole zücken, um ungehindert den Wagenschlag öffnen zu können.

»Einsteigen!«

Das war das erste Wort, das Tommy zu hören bekam, seit sie Himmelreichs Büro verlassen hatten.

»Wohin bringen Sie mich?«

»Das werden Sie rechtzeitig sehen.«

Mit einem mehr als mulmigen Gefühl im Magen kletterte er auf die Rückbank der Limousine. Der Ledermantel startete den Motor und fuhr los. Schweigend lenkte er den Wagen durch die wütende Menge der Demonstranten, die in immer größeren Scharen herbeiströmten und ihnen die Fäuste entgegenreckten. Manche schlugen sogar auf die Karosserie des Autos ein. Nachdem die Limousine die Demonstration passiert hatte, fuhren sie in Richtung Friedrichshain und bogen an einer Kreuzung in Richtung Süden ab. Bald kamen sie in eine Gegend, die Tommy nicht kannte. Die breiten und geteerten Straßen gingen in schmale Gassen mit Kopfsteinpflaster über, auf denen der Horch gehörig ins Rumpeln geriet. Je länger die Fahrt dauerte, desto mehr wuchs Tommys Angst. Was zum Teufel hatten sie mit ihm vor? Offenbar hatte der Mistkerl, der ihn bei Himmelreich angeschwärzt hatte, ihn auch noch höheren Orts gemeldet. Er spürte, wie seine Hände feucht wurden. Jutta und Horst Höllscher waren nicht die einzigen Genossen, die in den letzten Monaten spurlos verschwunden waren. Seit die Proteste gegen die Normerhöhungen begonnen hatten, wurden es täglich mehr.

Sie waren vielleicht eine halbe Stunde gefahren, da hielt der Wagen vor einer kleinen Backsteinkirche.

»Aussteigen!«

Obwohl Tommy keine Ahnung hatte, was er in einer Kirche zu suchen hatte, kam er der Aufforderung freudig nach. Eine Kirche war ihm tausendmal lieber als ein Polizeirevier oder ein Gebäude der Staatssicherheit.

Doch statt in das Gotteshaus führte der Ledermantel ihn zu dem angrenzenden Pfarrhaus.

Auf ihr Klingeln wurde umgehend geöffnet, offenbar wurden sie schon erwartet. Im Innern des Hauses empfing sie der Pfarrer, ein fast kahlköpfiger Mann von vielleicht siebzig Jahren, zusammen mit seiner Ehefrau.

Die Frau trug auf dem Arm ein Wickelkind.

»Ihre Tochter, Genosse Weidner«, erklärte der Ledermantel.

»Wie bitte?« Tommy begriff überhaupt nichts mehr.

Die Pfarrersfrau nickte ihm freundlich zu, und bevor er irgendeinen Gedanken fassen konnte, gab sie ihm den Säugling auf den Arm.

Ohne zu wissen, was er tat, nahm er das Bündel.

»Die Kleine wurde von Frau Professor Höllscher in unserer Kirche zurückgelassen«, sagte der Pfarrer. »Wir haben sie auf dem Altar gefunden, zusammen mit einem Brief. Daraus ging hervor, dass das Mädchen zwar offiziell den einstigen Leipziger Parteisekretär Horst Höllscher zum Vater hat, in Wirklichkeit aber wohl Ihre natürliche Tochter ist, Bürger Weidner.«

»Um sicherzugehen, haben wir Nachforschungen angestellt«, fügte der Ledermantel hinzu. »Dabei stellte sich heraus, dass Sie in dem Zeitraum, in dem das Kind seinem jetzigen Entwicklungstand nach gezeugt worden sein muss, regelmäßig im Dozentenwohnheim der Humboldt-Universität bei Frau Professor Höllscher genächtigt haben.«

Tommy war so überrascht, dass ihm nur die dümmste aller Fragen einfiel.

»Und – wie … wie heißt sie?«

»Angelika«, sagte die Pfarrersfrau.

»Das bedeutet Engelchen«, ergänzte ihr Mann.

Zum ersten Mal schaute Tommy auf das Kind in seinem Arm. Zwei blaue Kulleraugen und ein zahnloses Lächeln erwiderten seinen Blick. So behutsam er konnte, strich er mit der Hand über das dunkel beflaumte Köpfchen.

»Engelchen?«, wiederholte er. »Was für ein schöner Name …«

TEIL ZWEI
ERSTES BUCH

Status quo

Soll und Haben

1967–1968

1 Eingehüllt in die kühle Morgenstille, schlief die Stadt zu Füßen der Burg. Nur hier und da störte erstes Vogelgezwitscher den Frieden des herandämmernden Sommertags. Während über dem Kamm des Dickenhagen sich allmählich der Himmel lichtete, strich ein leichter Wind über den Fluss im Tal, um die letzten Schatten der Nacht zu vertreiben, die noch zwischen den Bergen hingen, ließ die grünweißen Fähnchen der über die Straßen gespannten Girlanden flattern und raschelte leise in dem frisch geschnittenen Birkenlaub, das an alle Laternen- und Fahnenmasten gebunden war, als Schmuck für das Schützenfest, das in diesem Jahr 1967 nach einer Pause von nur zwei statt wie sonst üblich drei Jahren stattfand, um es zusammen mit dem großen Jubiläum der Stadt Altena zu feiern, deren Gründung sich nun zum sechshundertsten Male jährte.

Noch kein Sonnenstrahl drang über die dunklen Berge, als von Ferne das Spiel von Trommeln und Pfeifen zu hören war, aus allen drei Tälern erklang es zugleich, eine immer lauter und lauter werdende Kakophonie, sowohl die Nette und Rahmede entlang wie auch flussauf- und flussabwärts der Lenne nahten die Klänge sich der Freiheit. Überall marschierten Spielmannszüge durch die schlafende Stadt, um mit ihrer Knüppelmusik die Schützen zu wecken, sie aus den Betten und Häusern zu locken und hinter sich zu scharen und zum Bungern zu führen, wo auf dem erhöhten Platz vor der Volksschule schon der Vorstand der Friedrich-Wilhelms-Gesellschaft versammelt war, um die Schützen zum Morgenappell antreten zu lassen, bevor die Kompanien im Laufe des Vormittags Zug für Zug zum Königsschießen am Lennestein abrücken würden.

Walter Böcker, der Hauptmann der Schützengesellschaft, war in seinem Element. Der Anblick der vielen tausend Männer, die von allen Seiten auf den Burgernplatz strömten und sich in Reih und Glied formierten, das Meer der grünen Mützen mit den lackschwarzen Kappen, die erwartungsvollen Gesichter, die auf ihn gerichtet waren, um seine Befehle zu empfangen, das Leuchten in den Augen, aus dem die Begeisterung für die gemeinsame große Sache sprach, und nicht zuletzt das Bewusstsein, zusammen mit den vielen bekannten und unbekannten Kameraden in einer Tradition zu stehen, die bis ins Jahr 1429 zurückreichte – all das weitete sein Herz.

»Augen links!«

Ein Ruck ging durch die Reihen, sämtliche Köpfe flogen herum.

»Augen rechts!«

Wieder eine einzige, vieltausendfache Regung.

»Augen geradeaus!«

Abermals folgten die Schützen dem Befehl wie ein einziger Mann.

»Rührt euch!«

Während die Männer auf dem Platz geschlossen den rechten Fuß vorstellten, um die Habacht-Stellung aufzugeben, ließ Walter sich von seinem Adjutanten Jürgen Rühling die Schatulle mit den Pott-Jost-Gedenkmünzen geben, die er aus Anlass der Sechshundertjahrfeier in der VAM hatte prägen lassen, um langjährige Mitglieder der Friedrich-Wilhelms-Gesellschaft auszuzeichnen – in Bronze, Silber oder Gold, je nachdem, wie lang ihre Mitgliedschaft währte. Trotz der Vielzahl der Jubilare heftete er die Medaillen jedem Einzelnen persönlich an die Brust, und jeder Einzelne dankte salutierend, mancher mit Tränen in den Augen.

Als letzten der Jubilare, noch nach dem uralten Ehrenhauptmann August Gerdes, der schon zu Kaiserzeiten in die Friedrich-Wilhelms-Gesellschaft eingetreten war, rief Walter den Bürgermeister Arno Vielhaber auf. Obwohl dieser erst seit dreißig Jahren Mitglied war, bildete seine Auszeichnung den Abschluss der Ehrungen. Der Grund dafür war nicht, wie Walter dem Schützenvolk verkündete, sein Amt als erster Bürger der Stadt, das er fast ohne Unterbrechung seit Kriegende bekleidete, sondern vielmehr eine überaus erfreuliche Überraschung, die der Bürgermeister sich für diesen besonderen Tag aufgehoben habe – gleichsam sein Vermächtnis.

»Doch das erklärst du den Kameraden am besten selbst.«

Walter trat beiseite, um Arno das Mikrophon zu überlassen. Dem perlte trotz der Morgenkühle der Schweiß auf der Stirn. Das musste die Aufregung sein – kein Wunder, Arno wollte sich heute in Altena unsterblich machen. Mit einer Miene, die vor Wichtigkeit platzte, nahm er die Mütze von dem inzwischen leicht schütteren, doch immer noch pomadisierten Haar und rief den Schützen den Schlachtruf der Friedrich-Wilhelms-Gesellschaft zu.

»Ein dreifach donnerndes Pott Jost!«

»Pott Jost! Pott Jost! Pott Jost«, schallte es aus allen Kehlen zurück.

Während der Schlachtruf verebbte, zog Arno ein gefaltetes Blatt aus der Innentasche seines Anzugs und breitete es auf dem Pult aus. Dann räusperte er sich und nahm einen Schluck Wasser. Dabei zitterte seine Hand so stark, dass er kaum das Glas halten konnte. So aufgeregt hatte Walter ihn noch nie gesehen. Normalerweise war Arno viel zu selbstverliebt, um an seiner öffentlichen Wirkung zu zweifeln. War das wirklich nur die Aufregung? Oder lag es an dem Scheißnyltesthemd, das Arno zu seinem affigen Glencheckanzug trug? In den Dingern schwitzte man ja sogar, wenn man fror. Inzwischen tropfte ihm der Schweiß regelrecht von der Stirn, sein Gesicht war ganz bleich, und sein Atem ging so schwer, als hätte er nicht die paar Stufen zum Lehrerplätzchen erklommen, sondern den vierhundert Meter hohen Wixberg.

»Liebe Schützen – Kameraden! Ich stehe heute vor euch … um euch mitzuteilen … dass ich beschlossen habe …«

Die Worte kamen so leise und gepresst aus den Lautsprechern, dass kein Mensch sie verstehen konnte. Walter eilte zum Pult, um das Mikrophon zu richten, da sah er, wie Arno sich plötzlich an die Brust fasste und sich mit beiden Händen das Hemd aufriss. Für einen Moment schien er wie erstarrt, mit panisch flackerndem Blick schaute er über den Platz, wo Tausende von Gesichtern auf ihn gerichtet waren, in Erwartung seiner Ankündigung. Er versuchte etwas zu sagen, doch er schaffte es nicht, wortlos klappte sein Mund auf und zu. Dann ein Röcheln, und er brach am Pult zusammen.

»Ohhhhhhh …«

Für eine Schrecksekunde hielt alles den Atem an. Zusammengekrümmt lag Arno am Boden, die Augen verdreht und die Hände vor der nackten, unbehaarten Brust, während Speichel aus seinem Mund rann. Ein Blick genügte, und Walter wusste, dass jede Hilfe zu spät sein würde – er hatte im Krieg zu viele Menschen krepieren sehen, um sich Illusionen zu machen. Während wie aus dem Nichts Sanitäter auftauchten und Arno auf eine Trage legten, kehrte die alte Gefechtsruhe in ihm ein, um die ihn früher schon seine Frontkameraden beneidet hatten. Jetzt kam alles darauf an, für geordnete Abläufe zu sorgen. Den Idioten vom Vorstand, die aufgeregt im Weg herumstanden, befahl er, eine Gasse zu bilden, und als die Sanis mit der Trage davoneilten, gab er Jürgen Rühling Anweisung, sie zu begleiten.

Während Arno zu dem Krankenwagen abtransportiert wurde, der am Rande des Platzes bereitstand, redeten die Kompaniechefs alle durcheinander.

»Und was machen wir jetzt?«

»Wir müssen das Schützenfest absagen.«

»Unmöglich! Das hat es noch nie gegeben!«

»Aber Arno ist der Bürgermeister!«

»Trotzdem – einfach alles abbrechen?«

»Vielleicht lebt er ja noch …«

»Du glaubst wohl an den Weihnachtsmann …«

»Und wenn er tot ist?«

»Das Königsschießen muss stattfinden! Wenigstens das …«

»Absolut richtig!

»Vielleicht ohne rauschendes Fest. Kein Tanz und keine Musik …«

»Oder nur Marschmusik, keine Schlager …«

»Auf jeden Fall müssen wir eine Entscheidung treffen!«

»Die Männer warten auf unsere Befehle.«

Walter schaute über den Platz. Tatsächlich breitete sich in der Menge Unruhe aus. Wie verstörte Kinder blickten die Schützen zu ihren Kompaniechefs empor.

Da kam Jürgen Rühling zurück auf das Lehrerplätzchen gerannt.

»Und?«, fragte Walter, in der unsinnigen Hoffnung, dass es vielleicht doch noch einen Funken Hoffnung gab.

Jürgen schüttelte den Kopf. »Er hat es nicht mal bis zum Krankenwagen geschafft.«

»Himmel, Arsch und Zwirn! Todesursache?«

»Herzinfarkt.«

»Verstehe ich nicht. Arno war letzte Woche noch bei dem jungen Goecke. EKG eins a, hat er mir selbst gesagt!«

»Ich habe eine Vermutung.« Jürgen sah Walter bedeutungsvoll an und nahm ihn ein Stück beiseite. »Julius Rosen hat sich gemeldet«, sagte er so leise, dass die anderen ihn nicht hören konnten.

»Ach du dicke Scheiße! Aus dem Gelobten Land?«

»Er hat Arno einen seiner Söhne auf den Hals gehetzt.«

»Ausgerechnet zum Schützenfest?«

Jürgen nickte. »Arno hat mich gestern Abend angerufen. Sturzbetrunken.«

Walter schüttelte den Kopf. »Diesem Pack ist wirklich gar nichts heilig.«

Er dachte einen Moment nach. Viele Möglichkeiten gab es nicht – eigentlich nur eine. Entschlossen trat er ans Pult.

»Männer«, rief er ins Mikrophon, »soeben wurde mir mitgeteilt, dass unser Bürgermeister und Schützenbruder Arno Vielhaber einem Herzversagen erlegen ist. Ich bitte euch, die Mützen abzunehmen und eine Minute seiner zu gedenken.«

Ein entsetztes Raunen ging über den Platz, dann folgten die Schützen dem Befehl. Mit betretenen Gesichtern nahmen sie die Mützen von den Köpfen und hielten sie schweigend vor die Brust. Während die Sekunden sich zu Minuten dehnten, wurde es so still, dass nur das Zwitschern der Spatzen zu hören war.

»Ich danke euch!«, sagte Walter, als die Zeit herum war. »Mützen wieder auf! Kompanien stillgestanden und Augen geradeaus!«

Abermals gehorchten die Männer und nahmen Haltung an.

»Das Fest geht weiter!«, rief Walter ihnen zu. »Unser Kamerad hat es selbst so gewollt. ›Das Schützenfest soll leben!‹ – das waren seine letzten Worte.« Er riss sich die Mütze vom Kopf und streckte sie in den Morgenhimmel. »Ein dreifach donnerndes Pott Jost!«

Erleichtert folgten die Schützen seinem Beispiel.

»Pott Jost! Pott Jost! Pott Jost!«

2

Christel hatte den Bürgermeister noch nie leiden mögen, in ihren Augen war Arno Vielhaber nur ein dummer Wichtigtuer, der nichts anderes konnte, als Wind um sich machen. Außerdem hatte sein Vater 1938 Eduards besten Freund aus der Heimat vertrieben, und davon profitierte der Herr Bürgermeister bis heute, ohne sich im Geringsten zu schämen. Aber dass er beim Morgenappell der Schützen einfach tot umgefallen war, nur um sich interessant zu machen, war mehr, als sie dem Mann verzeihen konnte. Wie ein Lauffeuer hatte sich die Nachricht von seinem plötzlichen Tod in der Stadt verbreitet und drohte nun die schöne Festtagsstimmung in der Villa Wolf zu verderben, wo fast die ganze Familie versammelt war. Sogar die Düsseldorfer waren nach Altena gekommen, Gundel und Benno, zusammen mit ihren fünfjährigen Zwillingen Gerd und Paul, die – frei nach Wilhelm Busch – von allen nur Plisch und Plum genannt wurden und mit ihren braunen Augen und den blonden Stoppelhaaren eine perfekte Mischung ihres elterlichen Erbguts waren. Genau aus diesem Grund liebte Christel das Schützenfest ja wie kein anderes Fest. Außer am Totensonntag, an dem ihre Töchter sie mit ihren Familien besuchten, um auf dem Friedhof mit ihr an Eduards Grab zu beten, war das Schützenfest der einzige Anlass, zu dem alle ihre Lieben sich um sie scharten, und im Gegensatz zum Totensonntag war es stets ein fröhliches Fest gewesen, und das sollte es auch in diesem Jahr sein.

»Was glaubt ihr«, wechselte sie das Thema, »wer wird heute wohl den Vogel abschießen?«

»Was für eine Frage?«, erwiderte Ulla, die wie zu jedem Schützenfest ihr grünweiß gestreiftes Kleid trug, doch im Gegensatz zu früher ihr dunkelblondes Haar nicht mehr offen auf die Schultern fallen ließ oder hochsteckte, sondern im Nacken zu einer Innenwelle toupiert hatte, wie es gerade Mode war. »Walter Böcker natürlich!«

»Jede Wette«, pflichtete Benno ihr bei. »Er hat die letzten Male doch nur verzichtet, um sich jetzt beim Jubiläumsfest die Königskette umhängen zu lassen.«

»Kungeln die den König etwa immer noch aus?«, fragte Gundel. »Ich meine, heutzutage ist das doch nicht mehr zeitgemäß. Wir leben schließlich in einer Demokratie.«

»Ihr in Düsseldorf vielleicht«, sagte Ulla. »Aber nicht wir in Altena. Und ganz bestimmt nicht in der Friedrich-Wilhelms-Gesellschaft.«

»Außerdem muss der König seinen Schützen Unmengen Bier spendieren«, fügte Benno hinzu. »Daran hat sich nichts geändert. Im Gegenteil, ich glaube, inzwischen sind es sogar dreitausend Liter statt wie früher tausend.«

»Dreitausend?«, staunte Gundel.

»Da kann man mal sehen, wie der Wohlstand gestiegen ist«, sagte Christel, die solche Gespräche über alles liebte, und steckte sich heimlich ein Stück Schokolade in den Mund, ohne dass die anderen es merkten. Seit Betty sie vor ein paar Jahren verlassen hatte, um mit achtunddreißig doch noch zu heiraten, fühlte sie sich mit ihrem Ficus oft sehr einsam in ihrer Etage, denn Ulla und Jürgen führten im oberen Stockwerk ihr eigenes Leben.

»Aber leisten können sich das nur die allerwenigsten«, erwiderte Benno. »Und deshalb ist es meiner Meinung nach ganz richtig, wenn der König schon vorher …«

Ein lautes Hupkonzert von der Straße unterbrach ihn.

»Oh«, sagte Christel und eilte ans Fenster, wo Plisch und Plum schon seit einer ganzen Weile auf der Lauer lagen. »Offenbar ist es so weit!«

Die anderen folgten ihr auf dem Fuß.

»Na, was habe ich gesagt?« Ulla schaute triumphierend in die Runde.

Tatsächlich, in einem offenen Mercedes-Cabriolet rauschte das neue Königspaar vorbei, Walter Böcker und Regina Wilke, im strahlenden Sonnenschein, der reichste Fabrikant und die mondänste Frau der Stadt, die, gefolgt von einem hupenden Autocorso, dem links und rechts am Straßenrand jubelndem Schützenvolk mit weißen Handschuhen und lachenden Gesichtern zuwinkten.

»Da haben sich ja die zwei richtigen gefunden«, sagte Benno. »Armer Bernd.«

»Armer Bernd – wieso?« Gundel runzelte die Stirn.

»Hast du das etwa noch nicht gehört?«, fragte Ulla. »Das weiß doch die ganze Stadt.«

»Du meinst – Walter Böcker und Bernds Regina?«, erwiderte ihre Schwester mit großen Augen.

Statt einer Antwort zuckte Ulla nur vielsagend die Achseln.

Gundels Augen wurden noch größer. »Unglaublich!«

Bevor die zwei das Thema vertieften, beschloss Christel, einzuschreiten. Dafür hatte sie ihren Ficus nicht auf Hochglanz gewachst!

»Tut mir die Liebe und lasst diese unappetitlichen Gerüchte«, sagte sie. »Verratet mir lieber, wie eure Schwester sich entschieden hat. Kommt Ruth jetzt oder kommt sie nicht?«

3

Wie jeden Freitag schloss die kleine Sparkasse am Beamtenplatz in Bochum-Hordel, in der Ruth seit ihrem Umzug ins Ruhrgebiet als Schreibkraft arbeitete, um Punkt sechzehn Uhr. Zusammen mit ihren Kolleginnen räumte sie den Schreibtisch auf und verließ das Büro. Es war ein großer Glücksfall gewesen, dass sie nur wenige Wochen nach ihrer Ankunft in der fremden Stadt die Stelle bekommen hatte, obwohl sie bei der Bewerbung weder die geforderten Kenntnisse in Schreibmaschine noch in Steno hatte vorweisen können. Aber der Arbeitskräftemangel war damals noch so groß gewesen, dass die Sparkasse sie auch ungelernt eingestellt und ihr die nötigen Kurse finanziert hatte. Das Geld, das sie seitdem verdiente, hatte stets gereicht, um die Miete für ein Häuschen in der »Kappskolonie« zu zahlen, wie die Arbeitersiedlung in der Dalheimer Heide wegen der Hinterhofgärten hieß, in denen die Bewohner, meist Bergleute aus den umliegenden Kohlezechen mit ihren Familien, ihr eigenes Obst und Gemüse zogen. Von Anfang an hatten Ruths Söhne jeder ein Zimmer für sich in dem Häuschen gehabt. Inzwischen gab es sogar ein Zimmer zu viel. Denn seit Winfried, der in Walter Böckers Bochumer Zweigniederlassung als Gabelstaplerfahrer arbeitete, geheiratet und selbst eine Familie gegründet hatte, lebte nur noch ihr jüngerer Sohn bei ihr, Fritzchen, der in Stiepel eine Lehre als KFZ-Schlosser angefangen hatte und diese hoffentlich nächstes Jahr mit der Gesellenprüfung abschließen würde.

Von der Sparkasse bis nach Hause war es ein Fußweg von nur wenigen Minuten. Unterwegs freute Ruth sich schon darauf, sich mit einer Packung Peter Stuyvesant und einem Roman in den Garten zu setzen. Der frühe Feierabend war ein weiterer Vorzug ihrer Stelle, so kam sie schon am Nachmittag zum Lesen. Lesen war ihr einziges Hobby. Sie war wahrscheinlich die eifrigste Benutzerin der Stadtbücherei Hordel, und auf ihrem Wohnzimmertisch lagen stets mehrere Romane gleichzeitig bereit. Im Moment hatte sie die Wahl zwischen dem neuen Simmel, dem neuen Böll und den *Buddenbrooks* von Thomas Mann. Wahrscheinlich würde sie als Erstes die *Buddenbrooks* lesen – Familiengeschichten waren immer mehr zu ihren Lieblingsgeschichten geworden, seit sie geschieden war.

Als sie die Haustür öffnete, hörte sie aus der Küche Stimmen.

»Nicht erschrecken, Mama – wir sind's!«, rief Winfried.

»Was für eine nette Überraschung!«

In der Küche saß ihr Ältester am Tisch zusammen mit Uschi, seiner Frau, einer stets gutgelaunten blonden Friseuse von einundzwanzig Jahren, die im fünften Monat schwanger war.

»Wie kommt's, dass ihr schon Feierabend habt?«

»Ich hatte noch einen Urlaubstag gut«, erwiderte Uschi.

»Und mir hat Papa frei gegeben«, ergänzte Winfried. »Du weißt doch – Schützenfest in Altena!«

»Ach so.« Ruth verstand. »Das hatte ich ganz vergessen.«

»Jetzt komm schon, zieh nicht so ein Gesicht«, sagte ihre Schwiegertochter. »Wir hatten doch darüber gesprochen.«

Ruth holte einmal tief Luft. »Warum fahrt ihr nicht allein? Das Schützenfest ist was für junge Leute. Ich würde lieber zu Hause bleiben und ein bisschen lesen.«

»Das kannst du jeden Tag«, erwiderte Uschi, »aber das Schützenfest gibt es nur alle drei Jahre. Außerdem finde ich es nicht richtig, dass du dich immer in deine Romane verkriechst. Du musst auch mal unter wirkliche Menschen, ein bisschen Spaß haben und fröhlich sein. – Bitte, Mama«, fügte sie hinzu, als Ruth immer noch zögerte. »Ich hatte mich so darauf gefreut, und ohne dich ist es nur halb so schön. Und wer weiß, was beim nächsten Mal sein wird.«

Dabei strich sie über den sich rundenden Bauch und nickte ihr mit einem so aufmunternden Lächeln zu, dass Ruth nicht länger nein sagen konnte. Ihre Schwiegertochter war einfach das netteste Mädchen der Welt.

»Also gut, überredet. Aber nur, wenn wir auch Fritzchen mitnehmen.«

»Klar nehmen wir dein Fritzchen mit. Wir holen ihn zusammen ab.«

Bis zu der Fiat-Werkstatt, in der ihr jüngster Sohn in die Lehre ging, mussten sie einmal quer durch Bochum, und Feierabend war um fünf. Doch da Winfried ein eigenes Auto besaß, einen Opel Kadett, in dessen Kofferraum sich angeblich auch der zusammenklappbare Kinderwagen verstauen ließ, den die zwei schon für ihr Baby gekauft hatten, schafften sie es rechtzeitig dorthin.

Als sie die Werkstatt erreichten, stand Fritzchen schon frisch gewaschen und umgezogen mit seinem Meister im Hof. Sein Anblick erfüllte Ruth mit Stolz. Was für ein bildhübscher Kerl war mit seinen neunzehn Jahren aus ihm geworden – kein Wunder, dass die Mädchen ihm nachliefen! Er hatte dasselbe schwarze Haar wie sein Bruder, doch das trug er nicht wie dieser kurz geschnitten und gescheitelt, sondern ließ es so lang wachsen, dass es sich schmeichelnd um seine hellen Wangen wellte, und im Gegensatz zu Winfried, der seit der Pubertät eine auffällige Hakennase entwickelt hatte, die jedes Jahr noch ein bisschen größer und knochiger zu werden schien, hatte er die hübsche Nase seines Vaters geerbt, genauso wie dessen wohlgeformten Mund.

Durch das offene Wagenfenster hörten sie die Stimme des Meisters.

»Noch einmal, und du kannst dir die Papiere holen!«

Ruth beugte sich auf ihrer Rückbank vor. Erst jetzt erkannte sie, dass die beiden stritten. Der Chef, ein eigentlich gutmütiger Mann von Anfang fünfzig, sah richtig sauer aus und sagte gerade irgendwelche Unfreundlichkeiten, die sie wegen des laufenden Motors nicht verstand. Fritzchen, der die scharfe Trotzfalte zwischen den Augen hatte, die sie von den eigenen Streits mit ihm zur Genüge kannte, kehrte ihm mit einer abschätzigen Geste den Rücken zu. Der Meister sah ihm kopfschüttelnd nach und verschwand in der Garage.

»Was war denn jetzt schon wieder?«, fragte Ruth, als Fritzchen am Wagen war.

Ihr Sohn zuckte die Achseln. »Das Arschloch glaubt, mir Vorschriften machen zu können. Aber da ist er bei mir an der falschen Adresse.«

Während Uschi aus dem Auto stieg, um ihn einsteigen zu lassen, rutschte Ruth auf der Rückbank zur Seite. Doch Fritzchen ließ seine Schwägerin stehen und ging um den Kadett herum zur Fahrerseite, wo sein Bruder am Steuer saß.

»Wann nimmst du endlich Vernunft an?«, fragte Ruth. »Erst das abgebrochene Gymnasium, dann die abgebrochene Handelsschule. Ich war so froh, als du die Lehrstelle endlich gefunden hattest. Jetzt, wo die Zeiten wieder so viel schwerer geworden sind und manche jungen Leute auf der Straße sitzen.«

»Mama hat recht«, pflichtete Winfried ihr bei. »Ich kann in der Firma auch nicht tun und lassen, was ich will. Papa würde mir sonst was husten.«

»Papa«, wiederholte Fritzchen voller Verachtung und öffnete die Fahrertür. »Selbst schuld, wenn du für den Drecksack den Malocher machst.«

»Ich bin kein Malocher, sondern Gabelstaplerfahrer.«

»Wo ist da der Unterschied?« Fritzchen boxte seinen Bruder gegen die Schulter. »Komm, lass mich mal ans Steuer. Damit ich testen kann, was deine Nuckelpinne so unter der Haube hat.«

Obwohl Winfried fünf Jahre älter war und sonst niemanden ans Steuer seines auf Kredit gekauften Kadetts ließ, tat er, was Fritzchen sagte, und stieg aus.

»Was soll der Unsinn?«, fragte Ruth, während Uschi zu ihr nach hinten auf die Rückbank kletterte.

»Jetzt lass ihm doch den Spaß«, sagte Winfried, während er auf dem

Beifahrersitz Platz nahm. »Wenn Fritzchen eins in der Werkstatt gelernt hat, dann Autofahren.«

»Aber er hat doch noch gar nicht den Führerschein!«

Fritzchen legte den ersten Gang ein. »Mir doch egal.« Die Arme ausgestreckt am Lenkrad, wie die Rennfahrer es im Fernsehen taten, trat er aufs Gaspedal und fuhr mit laut aufjaulendem Motor los.

4

»Pott Jost! Pott Jost! Pott Jost!«

Das ganze Festzelt bebte unter dem Schlachtruf der Friedrich-Wilhelms-Gesellschaft, als die Schützen das neue Königspaar hochleben ließen. Aus Anlass seiner Proklamation hatte Walter Böcker ihnen soeben fünftausend Liter Freibier versprochen – das hatte es seit 1429 noch nicht gegeben! Auch Bernd, der zusammen mit seinem persönlichen Ehrengast, Monsignore Budde, im Hofstaat auf dem Thronpodest saß, hob sein Glas. Schließlich war die Königin seine Frau.

»Was für ein schönes Brauchtum«, sagte der Monsignore und prostete ihm mit seinem Likör zu.

»Welches Brauchtum meinen Sie, Hochwürden?«, lachte Bernd. »Die Proklamation oder unseren Knickebein?«

Mit einem versonnenen Lächeln blickte der kleine, rundliche Geistliche in sein Glas. »Was Gott vereint hat, das darf der Mensch nicht scheiden.« Er spitzte genüsslich die Lippen und schlürfte den gelbbraunen Likör.

Obwohl Bernd spürte, dass er schon mehr als genug getrunken hatte, kippte auch er einen weiteren Knickebein. Was blieb ihm anderes übrig? Schließlich trank er nicht zum Vergnügen, sondern fürs Geschäft. Der Monsignore war als Generalvikar inzwischen für sämtliche Kirchenbauten im Erzbischof Köln zuständig, und Bernd hatte ihn zum Schützenfest eingeladen, um seinen besten Kunden bei Laune zu halten. Doch das war schwerer getan als gesagt. Der kleine Monsignore hatte mindestens schon ein Dutzend Knickebein getrunken, doch immer noch zeigte er keinerlei Wirkung. Wahrscheinlich war seine Leber vom täglichen Messwein so gut trainiert, dass Alkohol ihm nichts anhaben konnte.

»Übrigens, was ich Sie noch fragen wollte, Hochwürden. Ist die Entscheidung wegen Erkelenz schon gefallen? Kann ich mit der Auftragsbestätigung rechnen?«

Das Lächeln im Gesicht des Geistlichen wurde noch eine Spur inniger. »Aber mein lieber Freund, heute wollen wir doch nicht über Geschäfte reden. Nicht auf einem so schönen Fest.«

»Richtig, Monsignore!«, bellte Walter Böcker, der offenbar zugehört hatte, obwohl er die ganze Zeit mit Regina die Honneurs der Kompaniechefs entgegennahm. »Dienst ist Dienst, und Schnaps ist Schnaps. Oder was meinst du, Regina?« Er nahm die Hand seiner Königin und führte sie an seine Lippen. Entzückt warf Regina den Kopf in den Nacken und zeigte ihre neuen Jacketkronen.

»Bei Ihrer Frau Gemahlin hat der liebe Gott sich aber besonders große Mühe gegeben«, sagte Monsignore Budde.

»Ja«, erwiderte Bernd. »Sie ist mein ganzes Glück.«

Während er mit dem Geistlichen sprach, versuchte er, Reginas Blick einzufangen, doch sie redete schon wieder mit Walter. Sie trug ein hautenges, glitzerndes Lurexkleid, das ihre hinreißende Figur in ihrer ganzen Herrlichkeit zur Geltung brachte, und ihre Hochfrisur gab ihren schlanken Nacken, den er so gern küsste, bis zum Haaransatz preis. Jeder Mann im Zelt beneidete ihn.

»Eine Frau so schön wie Eva«, sagte Budde. »Da könnte sogar der heilige Josef in Versuchung kommen«.

Irritiert drehte Bernd sich zu seinem Gast herum. Was wollte der Monsignore ihm damit sagen?

Noch während er in das glattrasierte Gesicht schaute, wurden im Zelt fordernde Rufe laut.

»Küssen!«

»Küssen! Küssen!«

»Ja, wo bleibt der Königskuss?«

Die Schützen drängten zum Thron, und während sie rhythmisch in die Hände klatschten, skandierten sie immer lauter: »Küssen! Küssen! Küssen! Küssen!«

Vor diesem Augenblick hatte Bernd sich gefürchtet, seit der Adler von der Stange gefallen war. Der Kuss des Königspaars war seit ein paar Jahren der Höhepunkt der Proklamation – eine Pflicht, der sich noch kein König und keine Königin entzogen hatten. Während die rhythmischen Rufe immer fordernder wurden, richtete Walter sich auf dem Thron auf. Offenbar genoss er diesen Augenblick ebenso sehr, wie Bernd ihn gefürchtet hatte. Wieder nahm er Reginas Hand und schaute sie fragend an. Mit ihrem bezauberndsten Lächeln nickte sie ihm zu.

Ohne die Augen von ihr zu lassen, gebot Walter mit einer Armbewegung dem Publikum Ruhe. Eine Weile musste er warten, so laut brodelte die Erregung im Zelt, und für einen winzigen Moment hoffte Bernd, der Kelch würde an ihm vorübergehen. Doch dann verebbte das Rufen und Klatschen, und mit beiden Händen packte Walter seine Königin und beugte sich über sie zu einem nicht enden wollenden Kuss.

Bernd wollte den Blick abwenden, doch er konnte es nicht.

Als die Lippen seiner Frau sich von denen des Königs lösten, explodierte das Zelt. Die Schützen johlten und pfiffen und klatschten und stampften vor Begeisterung mit den Füßen. Walter und Regina erhoben sich vom Thron und verbeugten sich vor ihrem Publikum wie ein Operettentenor und seine Soubrette beim zwanzigsten Vorhang.

Nur Monsignore Budde zog ein bedenkliches Gesicht.

»Brauchtum«, beeilte Bernd sich zu sagen. »Das hat nichts zu bedeuten. So wenig wie beim Kölner Karneval. Nicht wahr, Annegret?«, fügte er an Walters Ehefrau gewandt hinzu, die noch keinen einzigen Ton gesagt hatte.

Annegret war so blass im Gesicht, als hätte sie gerade ein Gespenst gesehen.

»Natürlich«, sagte sie und nippte an ihrem Knickebein.

Zum Glück kam gerade eine Kellnerin vorüber. Bernd schnappte sich einen Schnaps von ihrem Tablett und kippte ihn in einem Zug runter.

»Ab und zu brauche ich auch mal was Richtiges«, erklärte er dem Monsignore. »Sonst stößt mir der Knickebein auf.«

5

Eines musste man Fritzchen lassen – Autofahren konnte er wirklich. Er hatte für die Strecke von Bochum bis Altena, immerhin fast hundert Kilometer, nur wenig mehr als eine Stunde gebraucht. Auf der Sauerlandlinie, die seit neuestem das Ruhrgebiet mit Frankfurt verband, war die Tachonadel manchmal bis auf hundertzwanzig Stundenkilometer geklettert, so dass Winfrieds kleiner Kadett bedrohlich in den Fugen gebebt hatte. Ruth war darum heilfroh, als sie endlich in Altena angekommen waren und Fritzchen den Wagen auf dem Bungern abstellte. Bei jedem Polizeiauto und jedem Schutzmann unterwegs hatte sie Blut und Wasser geschwitzt vor lauter Angst, dass man ihren Sohn erwischen könnte. Nicht auszudenken, was das für seinen Beruf bedeutet hätte. Wenn man Fritzchen nicht zur Führerscheinprüfung zuließ, brauchte er sich als KFZ-Schlosser gar nicht erst zur Gesellenprüfung anzumelden.

Zu Fuß machten sie sich auf den Weg zum Festplatz. Als sie bei Betten-Prange in die Freiheitstraße abbogen, spürte Ruth plötzlich wieder das aufgeregte Kribbeln, das sie als junger Backfisch beim Schützenfest erfasst hatte. Alles war genauso wie früher. Die ganze Stadt war auf den Beinen, die Männer trugen grüne Mützen, die Frauen und Mädchen lachten, und die Häuser waren mit Fahnen und Birkenlaub geschmückt. Unwillkürlich beschleunigte sie ihren Schritt. Am liebsten wäre sie vor Freude gehüpft.

Ob es wohl noch die große Schiffschaukel gab, mit der man bis in den Himmel fliegen konnte, noch über die Burg hinaus?

»Schön, dass du mich überredet hast, mitzukommen«, sagte sie und drückte ihre Schwiegertochter an sich.

Bei Tapeten-Nielsen ging es über die Pontonbrücke hinüber zum Langen Kamp, dem Festplatz mit der Kirmes und dem Zelt. Doch kaum waren sie am anderen Ufer, gab es für Ruth eine Enttäuschung. Dort, wo früher die Schiffschaukel gestanden hatte, befand sich jetzt ein Autoscooter, der mit grell blinkenden Lichtern und ohrenbetäubender Schlagermusik die Vergnügungssüchtigen anlockte.

»Ich glaube, jetzt trennen sich unsere Wege«, sagte Winfried.

Er nahm Uschi bei der Hand, um mit ihr einen Gang über die Kirmes zu machen. Fritzchen hingegen wollte in die Sektbar, wo am frühen Abend traditionell das Königspaar und der Hofstaat feierten.

»Aber das geht doch nicht!«, protestierte Ruth. »Erst schleppt ihr mich hierher, und jetzt wollt ihr mich allein lassen?«

»Keine Angst, Mama«, rief Winfried ihr im Fortgehen zu. »Auf dem Altenaer Schützenfest bleibt niemand lange allein!«

»Wenn ich das gewusst hätte, du Schuft!« Lachend drohte sie ihm mit dem Finger. »Na gut, geht nur los und amüsiert euch. Aber pass gut auf deine Frau auf!«

»Versprochen!«

»Und nicht Karussell fahren in ihrem Zustand, hört ihr?«

»Ja, ja …«

Schon waren die zwei in der Menge verschwunden. Lächelnd schaute Ruth ihnen nach. Sollten die jungen Leute ihren Spaß haben, sie gönnte es ihnen von Herzen. Sie hatte ihre Schwiegertochter vom ersten Moment an gemocht. Uschi war ein Segen für ihren Ältesten. Viele Männer wurden in der Ehe träge und bequem, doch bei Winfried war das Gegenteil der Fall. In seiner Kindheit und Jugend hatte er oft darunter gelitten, dass er sich in manchen Dingen etwas schwerer tat als andere, und hatte dann schnell die Flügel hängen lassen. Schon in der Schule war das so gewesen, jedes Jahr zu Ostern hatte Ruth um seine Versetzung bangen müssen, und im Gegensatz zu Fritzchen, dem das Lernen leichtgefallen war, war das Gymnasium nie für Winfried in Frage gekommen. Doch seit er mit Uschi zusammen war, war er förmlich aufgeblüht, vor allem seit die zwei geheiratet hatten und ein Kind erwarteten. Es war, als würde Uschi ihn mit ihrer Art anstecken, er lachte fast so viel wie sie, war immer gut gelaunt und sprühte von einem früher nie an ihm gekannten Tatendrang. Die zwei hatten Pläne. Uschi träumte von einem eigenen Frisiersalon, und Winfried von einem eigenen Haus. Es gab in Wiemelhausen eine Bergarbeitersiedlung, die zur stillgelegten Prinz-Regent-Zeche gehörte. Jetzt wurden die Häuschen billig verkauft. Winfried wollte seinen Adoptivvater um einen Kredit bitten, um seiner Familie ein eigenes Heim zu geben.

»So allein, schöne Frau?«

Ein Schütze, so jung, dass er ihr Sohn hätte sein können, zwinkerte Ruth zu. Unwillkürlich musste sie an ihren ersten Kuss denken, den sie auf dem Schützenfest bekommen hatte. Wie lange war das her …

Während sie lächelnd den Kopf schüttelte, tauchte hinter dem Schützen dessen Freundin auf.

»Wirst du wohl mitkommen!«

Die Freundin hakte sich bei ihm unter und warf Ruth einen bösen Blick zu. Verlegen tippte der Schütze an den Rand seiner Kappe und ließ sich stolpernd fortschleppen. Mit einem Anflug von Wehmut wandte Ruth sich ab, um Fritzchen in die Sektbar zu folgen. Ohne Schiffschaukel hatte sie keine Lust auf die Kirmes, und allein ins Hauptzelt zu gehen machte keinen Spaß, in den Menschenmassen dort fühlte man sich ohne Begleitung ziemlich verloren.

Vor dem Eingang der Sektbar kam ihr plötzlich ein Mann entgegen, den sie schon seit einer Ewigkeit nicht mehr gesehen hatte. Er war nicht mehr ganz sicher auf den Beinen, die Mütze saß schief auf seinem quadratischen Schädel, und der Schlips hing ihm vom offenen Hemd herunter. Seinem düsteren, stieren Blick nach zu schließen, hatte er ein paar Gläser über den Durst getrunken.

»Bernd Wilke?«

Als er den Blick hob und sie ansah, hellte sich seine Miene schlagartig auf.

»Ruth Wolf? Du hier? Was für eine Freude!«

6 Highlife in der Sektbar! Wie jedes Jahr war das Königspaar nach der Proklamation mitsamt dem Hofstaat in das kleine Nebenzelt gezogen, wo es statt Bier und Knickebein ausschließlich Henkell Trocken und Lufthansa-Cocktails zu trinken gab, zu so sündhaft teuren Preisen, dass die Altenaer High Society hier ganz unter sich war.

Auf den wenigen Quadratmetern herrschte ein solches Gedränge, dass Ulla schon bedauerte, Jürgen den Gefallen getan zu haben. Aber er hatte nicht lockergelassen und darauf bestanden, dass sie ihn begleitete. Was würde das für einen Eindruck machen, hatte er gefragt, wenn der Königsadjutant ohne seine Frau in der Sektbar erschien? Vor allem jetzt, wo nach Arno Vielhabers plötzlichem Tod seine große Stunde geschlagen hatte und alles darauf hinauslief, dass er der nächste Bürgermeister würde?

Doch kaum hatten sie die Bar betreten, hatte Jürgen sie stehenlassen und war in Richtung Theke verschwunden, um mit Walter Böcker und der Königin zu feiern, die dort mit Riesenhallo die Korken knallen ließen. Zum Glück waren Gundel und Benno mit in das Nebenzelt gekommen, so dass sie die Peinlichkeiten am Tresen nicht allein ansehen musste. Gerade leerte Walter eine Flasche Henkell Trocken in Reginas Stöckelschuh, um unter dem Gejohle des Hofstaats daraus Sekt zu schlürfen. Auch Jürgen klatschte Beifall – mit demonstrativer Bewunderung für die Geschmacklosigkeit, die seit einiger Zeit als Gipfel der Frivolität galt und so sehr in Mode gekommen war, dass sie auf keiner Party mehr fehlen durfte. Obwohl Annegret Böcker, die Tochter von Bauer Lüsebrink aus Wiblingwerde, die Walter geheiratet hatte, kaum dass er von Ruth geschieden war, direkt daneben stand, schaute er Regina beim Trinken so lüstern über den Rand ihres überlaufenden Schuhs an, als wolle er sie mit seinen Blicken ausziehen. Ganz mondäne Dame, hauchte Regina ihm eine Kusshand zu und leckte sich dann anzüglich über die knallroten Lippen.

»Düsseldorf lässt grüßen«, sagte Gundel. »Kein Wunder, dass Bernd das nicht mit ansehen wollte.«

»Allerdings«, pflichtete Benno ihr bei. »Ich frage mich nur, warum er sich das überhaupt gefallen lässt.«

Das fragte Ulla sich auch. Doch bevor sie eine Antwort darauf finden konnte, entstand in einer Ecke des Zeltes plötzlich Unruhe. Genaues konnte sie nicht erkennen, in dem Gewühl sah sie nur, wie Jürgen zusammen mit einem Ordner irgendeinen Halbwüchsigen in Richtung Ausgang zerrte.

»Ist das nicht Fritzchen?«, fragte Gundel.

Ulla stellte sich auf die Zehenspitzen. Tatsächlich, das war Ruths Jüngster – ihr Neffe. Der Ordner beförderte ihn gerade mit einem Fußtritt ins Freie.

»Was war da los?«, fragte Walter, als Jürgen an die Bar zurückkehrte.

Der nahm Haltung an und rapportierte: »Der Kerl hat versucht, sich an Babs ranzumachen.«

»An Babs?«, brüllte Walter so laut, dass der Geräuschpegel schlagartig sank. »Wo ist das Arschloch? Ich schlag ihn tot!« Wütend drehte er sich zu seiner Frau herum. »Warum hast du nicht auf unsere Tochter aufgepasst?«

Noch während Annegret nach Worten suchte, tauchte Babs an der Theke auf. »Es ist doch gar nichts passiert, Papa.«

»Gott sei Dank, da bist du ja, meine Prinzessin!«

Walter schloss sie in die Arme und drückte sie an sich. Ulla wusste, die Erleichterung war nicht gespielt. Babs, ein schon voll entwickeltes, rotblondes Mädchen von dreizehn Jahren, das auf seltsame Weise die groben Gesichtszüge ihrer Eltern verfeinert und ins Hübsche gewendet hatte, war das Ein und Alles ihres Kompagnons und wahrscheinlich der einzige Mensch, den Walter Böcker wirklich liebte. Sogar in der VAM durfte seine »Prinzessin«, wie er seine Tochter immer nannte, ihn stören, mitten in der Arbeit, wann immer sie wollte.

»Und dir ist wirklich nichts passiert?«

»Nein, Papa, wirklich nicht. Er hat mich doch nur gefragt, ob ich mit ihm Raupe fahren würde.«

»Raupe?« Mit Walters Erleichterung war es offenbar schon wieder vorbei. »Das ist doch das Scheißding, bei dem sich das Verdeck schließt und keine Sau sehen kann, was darunter passiert.«

»Ebendarum habe ich mir erlaubt, den jungen Mann an die frische

Luft zu befördern«, erklärte Jürgen so beflissen, dass es Ulla für ihn peinlich war.

»Gut gemacht, Rühling!«, sagte Walter und klopfte ihm auf die Schulter. Plötzlich merkte er, dass es inzwischen mucksmäuschenstill in der Sektbar geworden war, alle schielten neugierig zu ihm rüber. »Was steht ihr da wie die Ölgötzen und glotzt?« Mit dem Finger schnippte er zum Tresen. »Schampus für alle! Jetzt geht die Party erst richtig los!«

7

Während Ruth an Bernds Arm über die Kirmes lief, stieg in ihr wieder wie früher das herrlich kribbelnde, leichtsinnige Schützenfestgefühl auf. Wenn Schützenfest in Altena war, gab es nur Schützenfest, und die Welt hörte auf sich zu drehen – das war schon immer so gewesen, und so war es auch heute! Sie machte sich nicht mal mehr Sorgen um ihre Schwiegertochter, obwohl Uschi imstande war, trotz ihres Zustands Karussell zu fahren. Es war einfach zu schön, wie Bernd in seiner schüchternen Art ihr sein Herz ausschüttete und ihr eine Liebeserklärung nach der anderen machte. Obwohl sie wusste, dass er verheiratet und darum alles nur Unsinn war, was er in seiner Betrunkenheit sagte, dankte sie klammheimlich jedem einzelnen Glas Bier und Knickebein, das er über den Durst getrunken hatte.

»Ich … ich kann dir gar nicht sagen, wie verliebt ich damals in dich war. Aber ich … ich hatte einfach nicht den Mut, es dir zu gestehen. Ich war ja noch so jung, drei Jahre jünger als du. Außerdem warst du eine von den Wolf-Töchtern, du … du gehörtest zu dieser stinkreichen Familie, und ich war nur ein Maurergeselle in dreckigen Klamotten. Da … da habe ich mich einfach nicht getraut. Mein Gott, was war ich nur für ein Esel. Ich … ich könnte mich heute noch dafür ohrfeigen.«

»Aber bist du denn nicht glücklich in deiner Ehe?«, fragte Ruth.

»Doch«, erwiderte er, »na… natürlich bin ich das. Regina ist eine Traumfrau – für jeden Mann. Das ganz große Los! Und … es ist eigentlich ein Wunder, dass sie so ’n ollen Maurer wie mich geheiratet hat. Sie ist so schön, alle Männer pfeifen hinter ihr her. Außerdem hätte ich es ohne sie mit meiner Firma nie so weit gebracht. Regina lässt nie locker und … und treibt mich immer weiter voran.«

»Das ist ja ganz wunderbar«, sagte Ruth. Sie blieb stehen und schaute ihn an. »Nur, ist es wirklich das, was du wolltest?«

Sie hatte ihre Frage noch nicht ausgesprochen, da bereute sie schon, sie gestellt zu haben. Zum Glück war Bernd so betrunken, dass er sie überhört hatte.

»Ich … habe mehr erreicht, als ich mir je erträumt hätte«, sagte er. »Das muss ich Regina lassen. Wegen ihr habe ich die größte Baufirma der Stadt, mit über vierhundert Angestellten.«

»Dann bist du ja ein richtiger Baulöwe.«

»Das kannst du laut sagen. Und das habe ich nur Regina zu verdanken, ganz allein ihr!« Er stieß einen Seufzer aus, der aus tiefster Seele kam. »Wenn sie nur nicht immer Altena mit Düsseldorf vergleichen würde.«

Er hob den Kopf und erwiderte Ruths Blick. Als sie diesen Blick sah, wusste sie, dass sie sich getäuscht hatte. Zwar war er immer noch betrunken, aber plötzlich auf ganz andere Weise. So wie er sie anschaute, konnte man glauben, dass das gar kein Unsinn war, was er die ganze Zeit sagte, sondern einfach nur die Wahrheit.

Für einen Moment glaubte sie, er würde sie küssen.

Doch stattdessen wandte er sich mit einem Ruck ab und ging schwankend zu einem Süßigkeitenwagen, um ihr ein Lebkuchenherz zu kaufen. *Schützenliesel* stand in Zuckerguss darauf. Sie wusste nicht, ob sie froh sein sollte oder enttäuscht, als er es ihr um den Hals hängte.

»Danke«, sagte sie und gab ihm einen Kuss auf die Wange.

»Ohlala«, rief eine Stimme. »Wenn alte Scheunen brennen …«

»… brennen sie lichterloh!«

Als Ruth sich umdrehte, sah sie Walter Böcker und Jürgen Rühling, die zusammen aus dem Toilettenwagen kamen.

»Aber nur ein Lebkuchenherz?«, lachte Walter, während er sich den Hosenstall zuknöpfte. »Das ist alles? Schäm dich, Bernd Wilke! Du solltest deiner Herzdame eine Rose schießen, wie es sich für einen Schützen der Friedrich-Wilhelms-Gesellschaft gehört!«

»Nie … nie wieder«, lallte Bernd und schüttelte den Kopf. »Nie … nie wieder nehme ich ein Gewehr in die Hand. Das … habe ich geschworen.«

»Ach so? Und wie war das 48? Da warst du noch ein richtiger Kunstschütze.« Voller Verachtung blickte Walter ihn an. »Wer das Saufen nicht verträgt, sollte es besser lassen.«

»Was … was meinst du damit?«, fragte Bernd und drängte in seine Richtung.

Ruth hielt ihn am Arm zurück. »Lass dich nicht provozieren.«

Doch er hörte nicht auf sie. »Ich will wissen, was du damit meinst«, wiederholte er und senkte mit blutunterlaufenen Augen den Kopf, als wolle er sich auf Walter stürzen.

Der erwiderte ungerührt seinen Blick. »Du bist doch nicht mehr imstande, auf fünf Meter Entfernung das Schaufenster von Betten-Prange zu treffen.«

»Das wollen wir doch mal sehen!« In betrunkenem Trotz machte Bernd sich von Ruth los und marschierte zum nächsten Schießstand, wo eine grell geschminkte Blondine ihn schon mit einem geladenen Gewehr empfing. »Wartet nur ab! Wartet nur alle ab! Ich ... ich werde es euch zeigen!«

Bevor Ruth ihn daran hindern konnte, lud er das Gewehr durch und zielte auf eine Rose.

Im nächsten Moment fiel ein riesengroßer Teddybär zu Boden. Aus seinem Bauch quollen Stroh und Sägemehl.

Walter lachte sich mit Jürgen Rühling einen Ast.

»Sag ich doch – Kunstschütze!«

8 *Rucki Zucki eieiei ...*

Im Festzelt heizten fünf Kapellen gleichzeitig den Schützen ein, und alle fünf spielten immer wieder nur dieses eine Lied. Jedes Mal wenn der Refrain kam, hoben Tausende von Menschen auf der Tanzfläche die Arme in die Höhe und schüttelten laut kreischend beide Hände. Die Stimmung war inzwischen auf dem Siedepunkt, und wie es sich für den großen Ball nach der Proklamation des Königs gehörte, tropfte den Tänzern der eigene Schweiß von der Decke auf die Köpfe.

Rucki Zucki eieiei ...
Rucki Zucki eieiei ...

Das Zelt war so voll, dass viele Paare auf den Tischen und Bänken tanzten, aber unter all den Paaren gab es kaum ein Ehepaar. Auf dem Schützenfest tanzte jede mit jedem – nur mit der eigenen Frau oder dem eigenen Mann tanzte man nicht, drei verrückte, freie Tage lang war das in Altena verpönt. Doch Gundel war das egal, sie tanzte ausschließlich mit ihrem Benno, und ihr Benno ausschließlich mit ihr, und trotzdem genossen sie das Schützenfest in vollen Zügen.

Rucki Zucki eieiei …
Rucki Zucki eieiei …
Rucki Zucki eieiei …

Auch sie waren inzwischen auf einen Biertisch gesprungen, um der Enge auszuweichen und dort oben weiterzutanzen. Während die anderen unter ihnen kreischten, schaute Gundel ihren Benno zärtlich an. Genauso wie sie ging auch er inzwischen auf die vierzig zu, und die viele Arbeit im Geschäft war an ihm nicht spurlos vorübergegangen. Ein paar Sorgenfalten hatten sich in seine Stirn gegraben, und sein blondes Haar hatte sich schon viel zu früh zu einer Pläte gelichtet, die nur noch von einen spärlichen Kranz eingerahmt wurde. Doch das tat ihren Gefühlen keinen Abbruch – sie war immer noch verliebt in ihn wie am Tag ihrer Hochzeit, und dass sich nach fast zehn Jahren vergeblichen Wartens sogar noch ihr beider größter Wunsch erfüllt und sie Kinder bekommen hatten, die Zwillinge Plisch und Plum, die jetzt bei ihrer Oma saßen und sich verwöhnen ließen, war fast zu schön, um wahr zu sein. Lachend vor Glück streckte Gundel die Arme und Hände in die Luft und sang den Schlager mit. Genauso glücklich tat Benno es ihr nach.

Rucki Zucki eieiei …
Rucki Zucki eieiei …
Rucki Zucki eieiei …
Das ist der neuste Tanz!

Sie wollte ihn gerade küssen, da wurde Geschrei laut, auf Deutsch und Italienisch, ganz deutlich waren die wütenden Rufe zu hören, trotz des Lärms im Zelt, und im nächsten Moment flogen Flaschen und Gläser durch die Luft. Erschrocken hielt Gundel inne, und während sie die Arme sinken ließ, sah sie, wie in der Nähe des Ausgangs eine Horde junger Gastarbeiter sich mit den Ordnern der Friedrich-Wilhelms-Gesellschaft prügelte.

»Keine Angst«, lachte Benno und tanzte weiter. »Das gehört dazu.«

Noch während er sprach, ertönte ein ohrenbetäubender Knall, auf einmal gingen alle Lichter aus, und die Musik verstummte. Die Angst fuhr Gundel so in die Glieder, dass sie sich in Bennos Arm flüchtete. Er spürte ihre Angst und hielt sie fest. Überall um sie her schrien die Leute, in der Dunkelheit konnte man kaum etwas erkennen, alle drängten panisch in die Richtung des viel zu kleinen Ausgangs, als wollten sie sich gegenseitig zerquetschen und tottrampeln.

»Der Generator!« Das war Walter Böckers Stimme. »Jetzt schmeiß doch jemand den Scheißgenerator an!«

Für eine Sekunde wurde es still, dann ging mit lautem Knattern ein Motor in Betrieb. Ein kurzes, unsicheres Flackern der Lichter, und es wurde wieder hell im Zelt.

»Aaaaaahhhh …«

Und schon spielte die Musik weiter.

Rucki Zucki eieiei …

Befreit lachte Gundel auf.

»Na siehst du?«, rief Benno und streckte lachend seine Hände in die Luft. »Rucki Zucki eieiei!«

9

Bernd wusste nicht, was passiert war. Eben war alles noch so schön gewesen wie schon lange nichts mehr. Er war mit Ruth über die Kirmes gelaufen, sie hatte sich bei ihm untergehakt, um zusammen mit ihm von alten Zeiten zu reden, und weil alles so wunderschön gewesen war, hatte er endlich den Mut gehabt, ihr die vielen Dinge zu sagen, die er ihr so lange schon hatte sagen wollen, ohne sich zu trauen, und für einen Moment hatte sie ihn angeschaut, als wollte sie ihn küssen.

Doch dann war plötzlich Walter Böcker aufgekreuzt. Danach war alles dunkel gewesen.

Warum hatte Ruth diesen aufgeplatzten, riesengroßen Teddybär auf dem Arm? Er hatte ihr doch eine Rose geschossen!

»Ich glaube, das war ein Stromausfall«, sagte sie.

»Stromausfall?« Ungläubig schaute er sich um. »Aber … es sind doch alle Lichter an, und die Karussells drehen sich.«

Oder taten sie das nur in seinem Kopf? Angestrengt dachte er nach. Irgendwie hatte er das Gefühl, als hätten die Karussells tatsächlich kurz stillgestanden, und die Lichter von dem lärmenden Autoscooter hätten für eine Weile aufgehört zu blinken. Aber ob das wirklich so gewesen war, konnte er nicht mehr herausfinden. Die vielen Lichter, die vielen Töne – alles nahm er wie durch einen Nebel wahr.

»Was … was ist das eigentlich für ein Teddybär?«, fragte er mit schwerer Zunge.

»Ach Bernd. Weißt du das wirklich nicht mehr?« Lächelnd schüttelte Ruth den Kopf. Dabei schaute sie ihn wieder so an wie in diesem einen Moment … Bevor Walter Böcker aufgekreuzt war … Als sie ihn küssen wollte … Oder er sie …

Jetzt oder nie! Er nahm seinen ganzen Mut zusammen und machte einen Schritt auf sie zu.

»Gott sei Dank – da bist du ja!«

Irritiert drehte Bernd sich um. Ein junger Mann, den er nicht kannte, kam aufgeregt angerannt, direkt auf sie zu.

»Wer … wer ist das?«

»Mein Sohn«, sagte Ruth.

»Winfried? So groß ist der schon?« Bernd konnte es nicht glauben.

Der junge Mann, der der kleine Winfried sein sollte, war ganz außer Atem. »Du musst mitkommen!«, sagte er und griff nach Ruths Hand. »Sofort!«

»Um Himmels willen! Ist was mit Uschi?«

»Wer ist Uschi?«, fragte Bernd.

»Nein, mit Fritzchen«, sagte der junge Mann.

»Fritzchen?« Bernd verstand überhaupt nichts mehr. »Ist Fritzchen auch hier?«

Statt einer Antwort drückte Ruth ihm den aufgeplatzten Teddy in die Hand. »Verwahr den für mich. Ich komme gleich zurück.«

10

Im Laufschritt eilte Ruth hinter Winfried her zu einer Baracke. Die zwei Schilder an der Tür wiesen den Verschlag als provisorische Polizeiwache und zugleich als Notaufnahme des Roten Kreuzes aus.

Mein Gott, was hatte Fritzchen jetzt schon wieder angestellt?

Als Ruth den Raum betrat, schrak sie zusammen. Ihr Sohn saß auf einer Pritsche, grün und blau im Gesicht, ein Auge geschwollen, das andere mit einem Pflaster verklebt, wie nach einer Prügelei, und unter seiner Nase waren Blutkrusten. Aus den zerrissenen Ärmeln seines

Hemdes schauten beide Arme krebsrot hervor, bis zu den Ellbogen waren sie verbrannt, genauso wie seine Hände, und die Haut fiel in Lappen davon herab, wie bei einem heftigen Sonnenbrand.

Während ein Sanitäter ihn verband, sprang Walter Böcker auf ihn zu.

»Hände weg von meinem Sohn!«, rief Ruth.

»Einen Teufel werde ich tun!«

Schäumend vor Wut wollte Walter sich auf Fritzchen stürzen. Nur mit vereinten Kräften gelang es zwei Polizisten, ihn davon abzuhalten, indem der eine ihn an den Armen packte und der andere sich schützend zwischen ihn und sein Opfer stellte.

»Was ist passiert?«, fragte Ruth.

»Dein Sohn ist ein Verbrecher«, schnaubte Walter und versuchte sich zu befreien. »Er hat den Hauptsicherungskasten im Zelt aus der Wand gerissen, zusammen mit einer Horde Itacker!«

Erst jetzt nahm Ruth die jungen Gastarbeiter wahr, die, mit Handschellen gesichert, unter der Aufsicht eines weiteren Beamten im hinteren Teil der Baracke auf einer Bank hockten.

Walter sah ihren Blick. »Die wurden zum Glück erwischt, die anderen sind stiften gegangen, wie 44 ihre Väter.«

Ruth wandte sich an den Polizisten, der seinen Schulterklappen nach der ranghöchste sein musste. »Könnten Sie uns bitte kurz allein lassen?«

Der Beamte runzelte die Stirn. »Sind Sie sicher?«

»Ja, damit wir einen Moment ungestört reden können.«

Er drehte sich zu Walter herum. »Geben Sie mir Ihr Wort, Herr Böcker, dass Sie Ruhe bewahren und sich an niemandem vergreifen?«

»Jetzt werden Sie nicht unverschämt! Glauben Sie, ich bin einer von diesen Spaghettifressern? Tun Sie lieber, was man Ihnen sagt.«

Zögernd ließen die Polizisten ihn los. Als der Streifenführer sah, dass Walter keine Anstalten machte, irgendetwas zu tun, was er nicht tun sollte, nickte er seinen Kollegen zu, und zusammen mit den Italienern verließen sie den Raum, gefolgt von dem Sanitäter.

Als sie fort waren, setzte Ruth sich zu Fritzchen auf die Pritsche. »Jetzt sag, mein Junge, warum hast du das getan?«

Eine scharfe Trotzfalte zwischen den schwarzen Augen, starrte Fritzchen auf seine notdürftig verbundenen Unterarme. Dann hob er finster den Blick und wies mit dem Kinn in Walters Richtung.

»Solange der da ist, sage ich überhaupt nichts.«

Schneller, als Ruth es verhindern konnte, packte Walter ihn am Kragen. »Und ob du das wirst, du kleines Arschloch! Und wenn ich jedes Wort einzeln aus dir rausprügeln muss!«

»Bitte«, sagte Ruth.

Walters Augen sprangen vor Zorn fast aus ihren Höhlen.

»Bitte!«

Sie sah ihn so eindringlich an, dass er nachgab. »Na gut …« Widerwillig ließ er Fritzchen los, doch ohne ihn aus den Augen zu lassen.

Ruth wandte sich an ihren Sohn. »Jetzt nimm endlich Vernunft an«, sagte sie. »Warum hast du das getan? Gab es dafür irgendeinen Grund?«

Fritzchen presste die Lippen zusammen und schwieg. Die senkrechte Falte auf seiner Stirn wurde noch tiefer.

»Ganz dein Sohn!«, höhnte Walter.

»Er ist auch *dein* Sohn«, erwiderte Ruth. »Oder hast du das vergessen?«

»Wie könnte ich? Der größte Fehler meines Lebens! Einmal Rittmeister – ein Leben lang Zahlmeister!«

»Schämst du dich nicht, so etwas vor dem Jungen zu sagen?«

Walter hörte gar nicht hin. »Aber es ist ja nicht nur deine Erziehung. Das Elend fing ja schon mit der Wahl des Erzeugers an. Was soll auch dabei rauskommen, wenn man sich von einem Untermenschen aus der Uckermark schwängern lässt? Untaugliches Erbgut!«

»Jetzt ist es aber genug, Papa!«, rief Winfried, der bislang schweigend dabeigestanden hatte. »Ich lasse nicht zu, dass du meinen Vater beleidigst!«

»Was habe ich Idiot nicht alles für euch getan?«, fuhr Walter unbeirrt fort. »Ich habe euch adoptiert, freiwillig, alle beide, und kein einziges Mal war ich mit der Alimente in Rückstand, Monat für Monat habe ich geblecht. Den einen habe ich aufs Gymnasium geschickt und den anderen in meiner Firma untergebracht, obwohl er so dumm ist wie Bohnenstroh. Und was ist der Dank? Dass dieses kleine Arschloch mir mein Schützenfest versaut!«

Während er sich mit der Hand gegen die Stirn schlug, kam der Streifenführer zurück, zusammen mit einem Vorgesetzten, der noch mehr Balken auf den Schulterstücken hatte.

»Hatten wir nicht gesagt, Sie sollen uns allein lassen?«, fuhr Walter die beiden an.

»Ja, aber wir haben nicht nur diesen einen Fall. Leider.«

»Was geht mich das an? Sie wissen wohl nicht, wen Sie vor sich haben!«

»Doch, Herr Böcker, das weiß ich sehr wohl. Aber wir müssen die Sache jetzt irgendwie abschließen. Und dazu möchte ich Sie als Vertreter der Friedrich-Wilhelms-Gesellschaft fragen, ob Sie Anzeige erstatten wollen.«

Walter verstand nicht. »Anzeige? Gegen wen?«

»Gegen Fritz Böcker, geborenen Nippert. Wegen Sachbeschädigung.«

»Anzeige gegen meinen Sohn? Hat Ihnen jemand ins Gehirn geschissen?«

Ruth sah, wie Walter sich beherrschen musste, um nicht zu explodieren.

»Tut mir leid«, beharrte der Polizist, »aber ich muss Ihnen diese Frage stellen. Sachbeschädigung ist kein Offizialdelikt.«

Walter verzog das Gesicht. »Nein, natürlich nicht«, knurrte er schließlich. »Keine Anzeige. Stecken Sie die verfluchten Itacker ins Loch, und die Friedrich-Wilhelms-Gesellschaft ist zufrieden!«

»Das erlauben die Vorschriften nicht«, erklärte der Polizist. »Sie müssen sich entscheiden – entweder erstatten Sie Anzeige gegen alle Beteiligten oder gegen keinen.«

»Was fällt Ihnen ein, mich zu schulmeistern? Sie können froh sein, wenn ich Sie nicht wegen Pflichtverletzung im Amt anzeige!«

Ruth fasste nach seinem Arm. »Jetzt beruhige dich.«

»Ich will mich aber nicht beruhigen! Wie konnten die verfluchten Spaghettifresser überhaupt ins Zelt gelangen? Da muss die Polizei doch beide Augen zugedrückt haben! Ausländer haben auf dem Schützenfest keinen Zutritt! Das steht in den Statuten!«

Mit bewunderungswürdiger Disziplin bewahrte der Beamte seine Ruhe. »Noch einmal, Herr Böcker«, sagte er. »Wollen Sie Anzeige erstatten oder nicht?«

Walter hielt kurz die Luft an, dann schüttelte er den Kopf.

»Gut, das fasse ich als ein Nein auf und nehme das so zu Protokoll«, sagte der Polizist und machte sich eine Notiz.

Ruth war erleichtert. »Darf ich dann mit meinem Sohn jetzt gehen?«, fragte sie.

Der Beamte blickte von seinem Block auf. »Natürlich. Ohne Anzeige können wir Sie nicht daran hindern.«

11

Trotz der drangvollen Enge im Zelt hatte Ulla es mit Jürgens Hilfe geschafft, einen freien Tisch zu ergattern, an dem Bernd seinen Rausch ausschlafen konnte. Sie war über ihn gestolpert, als sie die Sektbar verlassen hatte, um sich ein Taxi zu suchen und nach Hause zu fahren – nach dem Auftritt ihres Kompagnons war ihr die Lust am Schützenfest vergangen. Bernd hatte draußen vor dem Eingang auf einem leeren Bierkasten gehockt, mit einem aufgeplatzten Teddybär im Arm und selig grinsend wie ein Kind. Ulla hatte sofort die anderen geholt, um ihn ins Zelt zu bringen. Doch das war gar nicht so leicht gewesen, Bernd hatte den Teddy einfach nicht loslassen wollen. Erst als Gundel versprochen hatte, das riesige Plüschtier für ihn zu tragen, war er bereit gewesen, es aus den Händen zu geben, so dass Benno und Jürgen ihn zwischen sich nehmen konnten.

Während Ulla bei einem Kellner eine Kanne mit extra starkem Kaffee bestellte und Jürgen schon wieder zum Thron zurückeilte, wo man ihn angeblich dringend brauchte, sackte Bernd auf der Bank in sich zusammen und ließ den Kopf auf den Tisch sinken.

»Qu'est-ce que c'est? Moi ne pas …« Und schon war er eingeschlafen.

»Weiß jemand, was er damit meint?«, fragte Gundel.

Ulla hatte keine Ahnung, und auch Benno zuckte die Achseln. »Irgendwas Französisches, glaube ich.«

»Was du nicht sagst. Aber – kommt das eigentlich öfter vor, dass er … dass er in einen solchen Zustand gerät?«

»Ja, leider«, sagte Ulla. »Bernd trinkt mehr, als ihm guttut.«

Benno schüttelte den Kopf. »Ich hatte ihn gewarnt. Er hätte dieses Luder nicht heiraten dürfen. Regina ist sein Ruin.«

Der Kellner kam mit dem Kaffee. Ulla schenkte eine Tasse ein und rührte um, damit er schneller abkühlte. Das Gebräu war so schwarz, dass man den Löffel darin kaum sehen konnte.

Zusammen flößten sie Bernd gerade ein paar Schlucke ein, da brach die Musik ab, und auf dem Podium trat Jürgen ans Mikrophon.

»Wie jedes Jahr wollen wir wieder denjenigen Schützen küren, der die weiteste Anreise hatte! Der Sieger erhält einhundert Freibiermarken! Ich bitte um Meldungen!«

Benno sprang auf und hob die Hand: »Düsseldorf!«

Ein mitleidiges Oooooooh war die Antwort.

»Hamburg!«, rief jemand irgendwo im Zelt.

»Schon besser!«, kommentierte Jürgen am Mikrophon.

»München!«

Mit siegessicherem Grinsen marschierte ein bajuwarisch gewandeter Schütze, der, wie Ulla sich erinnerte, schon beim letzten Mal gewonnen hatte, über die Tanzfläche in Richtung Podium, um sich die Biermarken abzuholen.

»Niemand weiter als München?«, fragte Jürgen. »Keiner aus dem Ausland da?«

»Berlin!«, ertönte es plötzlich aus der Kompanie Rahmede.

Verwundert blickte man sich an. Seit wann war Berlin Ausland?

Jürgen drückte dem Bayern schon die Biermarken in die Hand, da meldete der Rufer sich erneut.

»*Ost*-Berlin – Hauptstadt der DDR!«

Ulla zuckte zusammen, irgendwie kam ihr die Stimme bekannt vor.

Ein paar Schützen protestierten.

»Frechheit!«

»Was hat der hier verloren?«

»DDR gibt es nicht!«

Während immer mehr Rufe und Pfiffe laut wurden, bildete sich in der Kompanie Rahmede eine Gasse. Ulla eilte zur Tanzfläche, um besser zu sehen. Doch sie war nicht die Einzige, die neugierig geworden war, von allen Seiten strömten Schützen herbei und verbauten ihr die Sicht. Sie stellte sich auf die Zehenspitzen und verrenkte sich den Hals.

Als sie den Rufer entdeckte, traute sie ihren Augen nicht.

»Tommy?«

Sie stieß einen Mann beiseite und eilte in seine Richtung. Nein, sie hatte sich nicht geirrt. Er war es wirklich und leibhaftig – Tommy Weidner! Keine zwei Meter von ihr entfernt stand er auf der Tanzfläche und empfing sie mit seinem Prince-Charming-Grinsen.

»Ich glaub', ich werd' verrückt!«

Im selben Moment setzte die Musik ein. Mit seinem strahlendsten Lächeln trat Tommy auf sie zu. Obwohl er in den Jahren, die sie einander nicht gesehen hatten, ein paar Falten bekommen hatte und es in seinen braunen Locken nicht wenige graue Strähnen gab, war seine Ausstrahlung immer noch die eines zu groß geratenen Jungen.

»Darf ich bitten?«

Für einen Moment hatte Ulla das Gefühl, die Zeit würde stillstehen. Mein Gott, wie hatte sie dieses Lächeln geliebt, dieses Gesicht, diesen

Mann … Doch die Anwandlung dauerte nur eine Sekunde. Dann war sie wieder in der Gegenwart. Unsicher schaute sie zum Podium hinauf, wo Jürgen sie mit säuerlicher Miene beobachtete. Auf ihren fragenden Blick antwortete er nur mit einem Achselzucken.

Sie warf den Kopf in den Nacken und erwiderte Tommys Lächeln. »Natürlich, mit dem größten Vergnügen!«

Die Kapelle spielte einen Foxtrott. Ulla legte die Rechte auf seine Schulter und ergriff mit der Linken die Führhand. Sofort startete er mit einer Drehung, in die sie sich mit vollem Schwung hineinwarf.

»Klappt ja noch ganz gut«, sagte er zufrieden.

Ulla lachte. »Das muss man dir lassen, tanzen konntest du schon immer.«

Das Lächeln verschwand aus Tommys Gesicht. »Wie schön, dass du mich gleich erkannt hast«, sagte er ungewohnt ernst. Dabei schaute er sie ein kleines bisschen länger an als nötig.

Obwohl sie ein Kribbeln verspürte, das sie nicht wollte, erwiderte sie seinen Blick. »Als ich dich sah, dachte ich zuerst, du bist ein Geist«, sagte sie so schnoddrig wie möglich. »Mein Gott, jahrzehntelang kein Lebenszeichen, und plötzlich schneist du hier einfach so rein! Was treibt dich nach so langer Zeit zurück? Jetzt sag bloß nicht, das blöde Schützenfest.«

»Nein, nicht das Schützenfest.« Er schüttelte den Kopf. »Geschäfte.«

»Geschäfte?«, fragte sie irritiert. »Ich dachte, du kommst aus der Ostzone?«

»Glaubst du, wir müssen da kein Geld verdienen?«

»Doch, ja, nein – ich meine, die Geschäfte macht bei euch doch der Staat, oder?«

Er schaute ihr immer noch in die Augen, doch diesmal wieder mit seinem Grinsen. »Hast du am Montag Zeit?«

»Warum?«

»Dann besuche ich dich in der Firma und erkläre dir alles.«

Sie wusste, sie sollte nicht länger seinen Blick erwidern, aber es war so schön, nach all den Jahren wieder diese braunen Augen und vor allem das verfluchte Tommy-Grinsen zu sehen.

»Ja, tu das«, sagte sie, bevor sie es sich anders überlegen konnte, während die Musik von Foxtrott zu Jive wechselte. »Ich freue mich darauf.«

»Also abgemacht!« Tommy ließ sie los und klatschte in die Hände. »Aber heute wird gefeiert!«

Mit einem ausgelassenen Jauchzer sprang er in die Höhe, und wie ein Russe beim Kasatschok spreizte er in der Luft seine Beine und berührte dabei mit beiden Händen die Fußspitzen. Ulla wusste nicht, wie ihr geschah. Über das ganze Gesicht lachend, packte er sie, und im nächsten Moment flog sie über seine Schulter, mit den Beinen zuerst, so dass sie für eine Sekunde glaubte, Jürgen stünde auf dem Podium mit den Füßen in der Luft.

12

»Das war ja ein kurzes Vergnügen.«

Sichtlich enttäuscht, dass es so früh am Abend schon wieder zurück nach Bochum ging, zupfte Uschi auf dem Beifahrersitz am Ausschnitt ihres Kleids, und während ihr Mann, der jetzt wieder am Steuer seines Kadetts saß, in den ersten Gang zurückschaltete, um die Kleine Brücke hinaufzufahren, warf sie einen letzten Blick hinunter auf den Langen Kamp, wo immer noch die Kirmeslichter blinkten und sich im Wasser der Lenne spiegelten.

»Kannst du überhaupt noch fahren, Winfried?«, fragte Ruth, die zusammen mit Fritzchen auf der Rückbank hockte.

»Warum sollte ich nicht mehr fahren können?«, erwiderte ihr Ältester, ohne aus seiner schlechten Laune einen Hehl zu machen. »Ich habe ja nichts getrunken. Uschi und ich haben es ja kaum über die Kirmes geschafft, geschweige denn ins Zelt.«

Er schaltete wieder in den zweiten Gang, und während er den rechten Blinker setzte, um in die Lüdenscheider Straße abzubiegen, warf er im Rückspiegel einen bösen Blick auf seinen Bruder, der kein einziges Wort sagte und eingesponnen in sein trotziges Schweigen hinaus auf die Straße starrte, mit dem Rücken zu den anderen.

»Immer dasselbe mit dem Kerl.«

Fritzchen reagierte auf die Bemerkung seines Bruders nicht mit dem kleinsten Zucken. Während der Schein der Straßenlaternen über sein Gesicht wanderte, spürte Ruth, wie ihr die Tränen kamen.

Sie hob den Arm, um ihren Sohn zu berühren, aber sie konnte es nicht. »Was ist nur mit dir los, mein Junge? Ich verstehe dich einfach nicht …«

Mit einem Ruck wandte er sich zu ihr herum. Mit schwarz funkelnden Augen sah er sie an. »Und ich verstehe nicht, wie ihr euch alle von dem Drecksack verarschen lasst!«

Er war so wütend, dass sein Gesicht eine Fratze war. Gleichzeitig zitterten seine Nase und die ganze Mundpartie. Genauso hatte er als Kind ausgesehen, wenn er einen seiner Jähzornanfälle bekam. Sie hatten immer damit geendet, dass er sich verzweifelt schluchzend in ihre Arme geworfen hatte.

Zum Glück kam Uschi ihr zu Hilfe. »Sag mal, Mama, wer war eigentlich der nett aussehende Mann, der den Teddy für dich geschossen hat?«

»Ich glaube nicht, dass du ihn kennst«, sagte Ruth und schaute hinüber zur Burg, die sich, angestrahlt von im Wald versteckten Scheinwerfern, am anderen Ufer über dem Fluss erhob. »Nur ein alter Jugendfreund.«

13

Benno tippte dem am Tisch schlafenden Bernd auf die Schulter.

»Schau mal, wen wir mitgebracht haben.«

Obwohl die Kapelle gerade Pause machte, schien sein Freund ihn nicht zu hören. Die Antwort war jedenfalls nur ein lautes Schnarchen.

»Tommy!«, rief Gundel. »Tommy Weidner!«

Bei der Nennung des Namens setzte Bernds Schnarchen kurz aus, seine breiten Schultern bewegten sich, und blinzelnd schaute er in die Höhe. Ein verwunderter Ausdruck huschte über sein Gesicht, als er seinen alten Freund sah. Doch bevor ein Ton über seine Lippen kam, war er schon wieder eingeschlafen, und sein Kopf sank zurück auf den Tisch.

»Ich habe ihn schon im Krieg um seinen Schlaf beneidet«, sagte Tommy. »Bernd konnte immer und überall pennen, egal wo. Sogar unter Granatbeschuss.«

Mit donnernder Lautstärke fing die Kapelle wieder an zu spielen.

»Da war es aber sicher nicht so laut wie hier«, brüllte Ulla und hielt sich die Ohren zu.

»Stimmt«, brüllte Tommy zurück. »Gegen *Rucki Zucki* ist Granatbeschuss die reinste Schlafmusik.«

Lachend schauten sie sich an. Tommy wusste selbst nicht warum, aber das grünweiß gestreifte Kleid, das ihm als Allererstes an Ulla aufgefallen war, als er sie in der Menge entdeckt hatte, irritierte ihn mehr, als er sich eingestehen mochte. Es war dasselbe Kleid, das sie auch damals getragen hatte, als sie ihn auf *seinem* Schützenfest hatte abblitzen lassen, in der Villa Wolf, vor ihrem Vater und dem gesamten Vorstand der Friedrich-Wilhelms-Gesellschaft, weil sie nicht seine Königin hatte werden wollen. Damals hatte sie ihr dunkelblondes Haar im Nacken hochgesteckt, jetzt war es leicht antoupiert, so dass es sich am Hals nach innen wellte und so perfekt saß, dass es vermutlich mit Haarspray befestigt war. Auch in ihrem Gesicht gab es ein paar Veränderungen. Um ihre grünen Augen hatten sich ein paar von den Fältchen gebildet, von denen man nie wissen konnte, ob sie vom vielen Lachen oder Grübeln kamen oder vielleicht einfach, weil das Sehen allmählich anstrengender wurde, und ihre rosa geschminkten Lippen waren nicht mehr ganz so voll und üppig wie früher. Aber ihre nackten, sonnengebräunten Oberarme, die aus ihrem gestreiften Schützenfestkleid hervorschauten, waren immer noch von zahllosen Sommersprossen gesprenkelt, genauso wie ihre Stupsnase, die sie der Welt entgegenstreckte, als könne ihr niemand etwas anhaben. Er hatte einmal versucht, jede Sommersprosse in ihrem Gesicht einzeln zu küssen. Aber nach einer Stunde hatte er aufgeben müssen.

»Ich glaube, ich kümmere mich jetzt mal um meinen Mann«, rief sie. »Ich habe den ganzen Abend noch nicht mit ihm getanzt.«

Winkend verabschiedete sie sich. Tommy ahnte, wen sie meinte – Jürgen Rühling. Er hatte gesehen, wie sie zu ihm hinauf aufs Podium geschaut hatte, als müsse sie ihn für einen Tanz mit einem anderen Mann um Erlaubnis bitten. Auch wenn es schon eine Ewigkeit her war, dass Ulla und er ein Paar gewesen waren – die Vorstellung, dass sie jetzt mit diesem Idioten zusammenlebte und womöglich Kinder von ihm hatte, war schwer zu verkraften.

Aber was zum Teufel hatte er erwartet? Dass sie sich zwanzig Jahre in der Hoffnung verzehrte, er würde hier eines Tages noch mal aufkreuzen?

Er nahm einer vorbeikommenden Kellnerin ein Glas Bier vom Tablett. Höchste Zeit, sich zu betrinken, wie es sich auf dem Schützenfest gehörte! Doch er hatte das Glas kaum an die Lippen gesetzt, da drehte Ulla sich noch einmal zu ihm herum.

»Bleibt es bei Montag?«

Vor Freude verschluckte Tommy sich fast an seinem Bier.

»Natürlich«, rief er. »Um elf in der Firma!«

Sie nickte ihm mit einem Lächeln zu, dann machte sie kehrt und verschwand im Gewühl.

»Oh – ein Rendezvous?«, fragte Benno überrascht.

»Blödsinn«, sagte Tommy, während er vergeblich versuchte, noch einen Blick auf Ulla zu erhaschen. »Wir haben eine berufliche Verabredung, ich bin als Vertreter des Ministeriums für Außenhandel hier.«

Sein alter Freund schüttelte ungläubig den Kopf. »Dass ausgerechnet du mal bei den Kommunisten landen würdest – wer hätte das gedacht?«

»Der Grund ist ganz einfach«, sagte Tommy. »In der DDR habe ich die Chance bekommen, die ich hier nie hatte. Und die habe ich genutzt. Dafür bin ich dem Land zutiefst dankbar.«

»Trotzdem«, erwiderte Benno. »Weißt du noch, wie du bei der Währungsreform die ersten Geldscheine geküsst hast? Was hast du dich damals über die armen Teufel in der Ostzone lustig gemacht, die ohne die neue D-Mark auskommen mussten! Selber schuld, hast du gesagt, warum waren die auch so blöd, sich von den Russen besetzen zu lassen.« Benno drehte sich zu seiner Frau herum. »Du erinnerst dich doch auch noch, oder?«

»Natürlich«, sagte Gundel mit einem wehmütigen Lächeln. »Mein Gott, wie jung wir damals waren, noch richtige Kinder.« Sie nahm die Hand ihres Mannes, und ohne den Blick von Tommy abzuwenden, gab sie ihrem Benno einen Kuss.

Tommy sah es und verstand. Dieser Kuss war nicht nur ein Kuss, sondern auch eine Botschaft. Und zwar an ihn.

»Ich bin ja so froh, dass es doch noch mit euch geklappt hat, trotz allem«, sagte er.

Auch Benno begriff. Während er Gundel an sich drückte und sie sich zärtlich an seine Schulter schmiegte, prostete er Tommy zu. »Schwamm drüber! Vergangene Zeiten …«

14

Moses Rosen war seinem Vater wie aus dem Gesicht geschnitten. Die Ähnlichkeit war so groß, dass Christel fast glaubte, dass tatsächlich der alte Freund ihres Mannes ihr gegenübersaß und nicht dessen dreißig Jahre jüngerer Sohn, den sie an diesem Abend in ihrem Salon empfing. Dieselbe helle Haut, dieselben breiten Wangenknochen, dieselben dunklen, klugen Augen. Nur die geringelten Schläfenlocken befremdeten sie, damit wäre Julius Rosen nie im Leben herumgelaufen, so wenig wie mit diesem schäbigen Totengräberanzug oder dem albernen Käppi auf dem Kopf – dafür war Julius Rosen viel zu modebewusst gewesen. Nun ja, offenbar legte man heute in Israel auf andere Dinge wert als damals in Altena.

»Ich habe vor einer Stunde mit meinem Vater telefoniert«, sagte Moses Rosen in erstaunlich gutem Deutsch. »Er lässt Sie herzlich grüßen und Ihnen seinen Dank ausrichten. Ohne Ihre Vermittlung wäre der Herr Staatsanwalt wohl kaum bereit gewesen, mir so spontan einen Termin einzuräumen. Noch dazu außerhalb der Bürozeiten und so spät am Abend.«

»Aber ich bitte Sie«, erwiderte Christel. »Ihr Vater war der beste Freund meines verstorbenen Mannes. Da ist es doch eine Selbstverständlichkeit, dass man sich hilft. Und Dr. Zemke kennen wir, seit er ein Kind war. Entschuldigen Sie vielmehr, dass ich es erst zu so später Stunde habe einrichten können. Aber Sie wissen ja, wir haben Schützenfest in Altena, und meine Tochter hat mir ihre zwei Söhne dagelassen, um sich mit ihrem Mann mal ohne Kinder zu amüsieren. Die beiden sind erst fünf Jahre alt, Zwillinge, da dachte ich, es ist besser, wenn sie schon im Bett sind und schlafen. Damit wir ungestört reden können.«

Das war zwar nicht die ganze Wahrheit, aber gelogen war es auch nicht. Christel wollte einfach nicht, dass Plisch und Plum ihren Gast sahen und womöglich Fragen stellten oder ihren Eltern von dem Besuch erzählten. Sie half Moses Rosen wirklich von Herzen gern, aber darum musste es ja nicht gleich die ganze Stadt wissen. Seine Mutter hätte das bestimmt verstanden. Mathilde Rosen war eine überaus elegante Erscheinung gewesen, und Christel hatte sie immer auf der Straße gegrüßt, sogar dann noch, als es schon verboten gewesen war, Juden auf der Straße zu grüßen. »Lassen Sie das doch, liebe Frau Wolf«, hatte Frau Rosen manches Mal zu ihr gesagt, »Sie bringen sich doch nur selbst in Gefahr.« Bei der Erinnerung musste Christel noch heute mit den Tränen kämpfen.

»Wenn Sie erlauben, würde ich Ihnen gern kurz erklären, was ich mit dem Staatsanwalt besprechen möchte«, sagte Moses Rosen.

»Das ist nicht nötig«, erwiderte sie. »Ich bin eine alte Frau und verstehe nicht viel von solchen Dingen.«

»Aber ich finde, Sie haben ein Anrecht darauf.«

Statt ihm zu antworten, nahm Christel einen Schluck von ihrem Tee und schaute auf ihren Ficus. Wie prächtig sich der Baum gehalten hatte, trotz der vielen Jahre. Umso störender fiel ihr das eine Blatt ins Auge, das sie offenbar am Morgen übersehen hatte. Ganz stumpf und matt wirkte es unter seinen glänzenden Nachbarn. Sie beschloss, sich morgen früh als Erstes darum zu kümmern.

»Ach, lieber Herr Rosen«, sagte sie. »Wenn man so alt geworden ist wie ich, dann weiß man, dass es gar nicht immer das Beste ist, alles zu wissen.«

Ihr Gast runzelte die Stirn. Doch bevor er antworten konnte, klingelte in der Diele das Telefon.

»Das wird Dr. Zemke sein«, sagte sie und ging hinaus, um abzuheben.

Als sie in den Salon zurückkehrte, hatte Moses Rosen seinen Sessel schon verlassen.

»Und?«, fragte er.

Christel nickte ihm zu. »Der Herr Staatsanwalt ist jetzt in seinem Büro und erwartet Sie. Sie finden den Weg in die Gerichtsstraße?«

»Aber gewiss doch, Frau Wolf. Draußen wartet ja mein Taxi.«

»Wunderbar.« Sie reichte ihm die Hand. »Dann wünsche ich Ihnen viel Glück! Was immer Sie vorhaben.«

15

Bernd schlief nach wie vor den Schlaf des Gerechten, unbeeindruckt von dem Lärm um ihn herum. Zum Glück machten die Kapellen inzwischen längere Pausen, so dass man sich auch mal eine Viertelstunde am Stück unterhalten konnte, ohne sich anbrüllen zu müssen. Während Tommy immer wieder zum Thronpodest hinaufschielte, wo Ulla sich unter den Hofstaat gemischt hatte, berichteten Benno und Gundel voller Stolz und sich gegenseitig ins Wort fallend von ihrem glücklichen Leben in Düsseldorf. Nur zwei Jahre nachdem Benno bei Schuh Krasemann Gesellschafter geworden war, hatte sein Großonkel das Zeitliche gesegnet. Seitdem war er alleiniger Inhaber der Firma und hatte sie mit Gundels Hilfe, die den gesamten Einkauf »schmiss«, wie er sich ausdrückte, zu einem großen Unternehmen gemacht.

»Über dreißig Filialen haben wir inzwischen, fast überall an Rhein und Ruhr«, sagte Gundel.

»Aber immer nur in einem Umkreis, der nicht größer ist als mein Handteller auf der Landkarte«, fügte Benno hinzu. »Sonst verliert man die Übersicht.«

»*Schuh Krasemann*, so unser Slogan, *bringt NRW ans Laufen!*«

»Deshalb haben wir auch nicht nur Etepetete-Geschäfte wie auf der Düsseldorfer Kö, sondern auch Läden für die breite Masse, vor allem in Fußgängerzonen.«

»Das sind sogar die meisten.«

»Und kein Laden unter hunderttausend Jahresumsatz. Sonst wird er abgestoßen.«

»Sofort!«

Tommy war beeindruckt. »Das ist ja eine richtige Wirtschaftswunderkarriere, die ihr zwei da hingelegt habt. Gratuliere!«

Benno hob abwehrend die Hände. »Leider geht es nicht immer nur aufwärts.«

»Ja«, bestätigte Gundel mit ernster Miene, »im Moment haben wir große Sorgen.«

»Ziemlich große sogar.«

»Die Rezession in der BRD?«, fragte Tommy.

Benno nickte. »Allem Anschein nach ist es mit dem Wirtschaftswunder vorbei, zumindest vorerst. Jetzt kämpft jeder ums Überleben, auch Schuh Krasemann. Um gegen die Konkurrenz zu bestehen, müssten wir noch viel aggressiver expandieren. Aber dazu fehlt uns das Kapital.«

»Ich habe schon meine Mutter um einen Kredit gebeten«, sagte Gundel, »doch Ulla hat ihr Veto eingelegt.«

»Dabei macht unser Hauptkonkurrent einen Laden nach dem anderen auf.«

»Schuh Mikosch, eine Billigkette. Vielleicht hast du den Namen schon mal gehört?«

»Und ob!«, erwiderte Tommy. »Die lassen ja in der DDR produzieren.« Plötzlich hatte er eine Idee. »Verkauft ihr eigentlich auch Gummistiefel?«

»Natürlich«, sagte Gundel. »Bei entsprechendem Wetter machen wir damit einen nicht unerheblichen Teil unseres Umsatzes.«

»Und das nicht nur im Winter«, ergänzte Benno, »auch im Frühjahr, wenn Rhein und Ruhr Hochwasser haben und die Leute das Wasser aus den Kellern pumpen. Aber warum fragst du?«

»Ganz einfach.« Tommy musste grinsen. »Im letzten Fünfjahresplan waren für unsere Plaste- und Elaste-Produktion dreihundert Millionen Kondome vorgesehen, aber die Nachfrage ist vollkommen zusammengebrochen, weil die Frauen natürlich auch bei uns lieber die Pille schlucken, um zu verhüten. Jetzt sitzen wir auf einem Riesenberg Kautschuk und wissen nicht, wohin damit …«

Während er sprach, näherte sich ein bulliger Mann mit dunkelrotem, pockennarbigem Gesicht und silbergrauem, nach hinten gewelltem Haar – Walter Böcker, der Schützenkönig.

»Ich wollte nur kurz das verlorene Schaf begrüßen«, polterte er in seinem Bass. »Schließlich waren Sie ja mal mein Vorgänger, Herr Weidner. Obwohl, für Ihren Landesverrat gehören Sie eigentlich aus den Annalen der Friedrich-Wilhelms-Gesellschaft gestrichen!«

Er lachte so laut über seinen Witz, dass Bernd aus dem Schlaf schrak.

»Qu'est-ce que c'est? Moi ne pas …«

Tommy legte eine Hand auf seine Schulter. »Schlaf ruhig weiter. Es ist alles gut.«

Bernd stierte ihn mit betrunkenen Augen an. »Tommy?«, lallte er.

»Ja, ich bin's. Dein alter Freund.«

Bernds Gesicht nahm einen gequälten Ausdruck an. »Sag, dass ich es nicht war. Ich war es doch nicht, oder?«

Tommy schüttelte den Kopf. »Nein, du warst es nicht. Du hattest nur eine Platzpatrone.«

»Wirklich?«

»Wirklich.«

Bernds gequälte Miene entspannte sich. »Gott sei Dank«, sagte er, und sein Kopf sank wieder auf den Tisch.

»Weißt du, was dieses französische Genuschel bedeutet?«, fragte Benno verwundert.

Tommy hatte keine Lust, es zu erklären. Das war weder der richtige Ort noch der richtige Zeitpunkt. »Keine Ahnung«, sagte er darum nur. »Aber sollten wir nicht lieber dafür sorgen, dass er allmählich nach Hause kommt? Ich glaube, er braucht jetzt dringend sein Bett.«

»Gute Idee!«, pflichtete Walter Böcker ihm bei. Er steckte zwei Finger zwischen die Lippen und pfiff einen halbwüchsigen blonden Schlackes herbei, der die Tanzpause nutzte, um mit einem hübschen, rotblonden Mädchen die Schritte für einen Quickstep zu üben.

»Bring deinen Vater nach Hause, Hans-Jörg«, forderte Walter den Jungen auf und drückte ihm einen Zwanzigmarkschein in die Hand. »Hier hast du das Geld fürs Taxi.«

»Und was ist mit Mama?«, fragte Hans-Jörg, der offenbar Bernds Sohn war, und deutete in Richtung Thron, wo eine aufgetakelte Blondine, die in ihrem silbernen Glitzerkleid aussah wie eine Luxushure für Westbesucher im Interhotel am Alex, sich mit einem kleinen, dicken Geistlichen unterhielt.

Überrascht schaute Tommy erst Hans-Jörg an, dann die Blondine auf dem Podest. Sollte das etwa Bernds Frau sein? Seinem alten Freund hätte er eher Annegret Lüsebrink zugetraut, doch die schien jetzt mit Walter Böcker verheiratet zu sein, den Blicken nach zu urteilen, mit denen sie alles verfolgte. Verkehrte Welt.

»Du bist wohl nicht mehr ganz dicht«, pfiff Walter Böcker Hans-Jörg an. »Deine Mutter ist die Schützenkönigin, und die wird hier noch gebraucht.«

»Aber ich kann doch nicht mit Papa allein …«, protestierte der Junge.

»Papperlapapp!« Walter Böcker legte sich Bernds Arm über die Schulter und wuchtete ihn in die Höhe. »Komm, pack mit an. Ich helfe dir, deinen Erzeuger ins Taxi zu bringen!«

Während die beiden Bernd durch das Gewühl zum Ausgang schleppten, setzte die Musik wieder ein.

Rucki Zucki eieiei …

Kaum spielten die ersten Töne, fing Gundel an zu zappeln und streckte Benno ungeduldig beide Hände entgegen. »Wollen wir?«

Aus den Augenwinkeln sah Tommy, dass auf der Tanzfläche auch Ulla und Jürgen Rühling Aufstellung nahmen.

Nein, das wollte er sich nicht ansehen.

»Ich glaube, dann verschwinde ich auch mal.«

»So früh schon?«, fragte Benno.

»Ich bin direkt aus Berlin gekommen und hundemüde.« Zum Beweis hielt er sich die Hand vor den Mund und gähnte.

»Aber du marschierst doch hoffentlich morgen beim großen Samstagsumzug mit, oder?«, wollte sein Freund wissen.

Tommy schüttelte den Kopf. »Walter Böcker würde mir den Marsch blasen, ich habe doch seit zwanzig Jahren keinen Mitgliedsbeitrag mehr bezahlt. Außerdem bin ich nicht zum Vergnügen hier.«

»Aber kommst du wenigstens morgen Abend wieder ins Zelt zum Feiern?«, fragte Gundel. »Du hast noch nicht mit mir getanzt.«

Tommy griff in sein Jackett und gab ihr seine Karte. »Wenn ihr an den Gummistiefeln interessiert seid, ruft mich im Ministerium an. Oder noch besser – kommt einfach nach Berlin. Ich kann das für euch arrangieren.«

»Wird gemacht!«

Gundel verabschiedete sich von ihm mit einem Wangenkuss, Benno mit einem Klaps auf die Schulter. Während die zwei Hand in Hand zur Tanzfläche eilten, wandte Tommy sich zum Ausgang.

Plötzlich fühlte er sich wirklich so müde, wie er behauptet hatte. Wahrscheinlich waren es einfach ein paar Eindrücke zu viel gewesen für einen einzigen Tag, nach so vielen Jahren.

Rucki Zucki eieiei …

Am Ausgang drehte er sich noch einmal um. Während Benno und Gundel lachend in der Menge die Arme in die Luft streckten und ausgelassen ihre Hände schüttelten, schoben Ulla und Jürgen Rühling einsam und mit ernsten Gesichtern über die Tanzfläche, ohne einander anzusehen.

Tommy wollte gerade ins Freie treten, da traf ihn ihr Blick.

Unsicher hob er seine Hand in die Höhe und machte einmal die Rucki-Zucki-Bewegung. Doch Ulla schüttelte lächelnd den Kopf und verschwand mit Jürgen in einer Drehung.

16

Plisch und Plum waren zwei richtige kleine Teufel und raubten Christel manchmal den letzten Nerv, aber sie konnte nicht anders, sie musste ihre Enkel einfach liebhaben. Wann immer die Jungs mit ihren Eltern aus Düsseldorf zu Besuch waren, tobten sie von morgens bis abends wie ein Gewitter durch die Villa, trieben Schabernack und spielten ihr einen Streich nach dem anderen, wie es bei Wilhelm Busch im Buche stand, stets im Vertrauen darauf, dass die dumme, alte Oma sie sowieso nicht auseinanderhalten konnte und es deshalb unmöglich war, sie zu bestrafen. Als Christel am Morgen noch vor dem Frühstück ihren Ficus abgestaubt hatte, hatte Plisch ihr den Straußenfederwedel stibitzt, doch als sie ihn wenig später dabei erwischt hatte, wie er die Federn aus dem Wedel zupfte, hatte er einfach behauptet, Plum sei der Räuber gewesen und er habe den Wedel nur wieder heil machen wollen. Zusammen hatten die beiden sich hinter ihrem Rücken ins Fäustchen gelacht.

Jetzt halfen sie ihr, im Esszimmer den Frühstückstisch zu decken. Das hieß, Christel deckte den Tisch, und die zwei futterten eine Tafel Schokolade, die sie in der Schnuckelschublade entdeckt hatten.

»Gebt ihr eurer Omimi auch ein Stückchen ab?«

»Das dürfen wir nicht«, protestierte Plisch, den Mund über und über mit Schokolade verschmiert.

»Die Mama sagt, du darfst nichts Süßes essen«, fügte Plum laut schmatzend hinzu. »Wegen dem Zucker.«

»Wegen *des* Zuckers – muss es heißen«, korrigierte Christel, und bevor die zwei es verhindern konnten, griff sie nach der Schokolade, brach ein Stück ab und steckte es sich in den Mund. »Aber psssst«, machte sie, »nichts verraten – hört ihr? Wenn ihr die Omimi nicht verpetzt, hat sie eine schöne Überraschung für eure Mama.« Sie zog aus ihrer Schürze den Scheck hervor, den sie am Vorabend ausgefüllt hatte, und schob ihn unter einen Teller.

»Eine Überraschung?«, fragte Gundel verschlafen, die gerade mit ihrem ebenso verschlafenen Benno ins Esszimmer kam. »Für mich?«

»Schau doch mal nach!«

Christel hatte eigentlich bis nach dem Frühstück mit der Überraschung warten wollen. Aber vielleicht war es ja sogar besser so. Bevor Ulla kam.

Mit riesengroßen Augen starrte Gundel auf den Scheck. »Aber … aber das ist ja …« Nach Worten suchend, zeigte sie ihn ihrem Mann.

»Fünfhunderttausend?«, rief Benno, plötzlich hellwach.

»War das nicht der Betrag, den ihr braucht?«, fragte Christel, die sich über nichts so sehr freuen konnte wie über die Freude eines ihrer Kinder.

»Du bist die beste Mutter der Welt!«

»Und die aller-, allerbeste Schwiegermutter!«

Während Gundel ihr um den Hals fiel und Benno ein wenig hilflos ihren Arm drückte, zwinkerte Christel ihren Enkelsöhnen verschwörerisch zu.

Plisch und Plum führten einen Freudentanz auf. »Jetzt können wir die Oma verpetzen! Jetzt können wir die Oma verpetzen!«

»Was ist denn hier los am frühen Morgen?«

Als Christel Ullas Stimme hörte, zuckte sie zusammen.

Zum Glück nahm Gundel ihr die Antwort ab. »Mama hat beschlossen, uns zu helfen«, erklärte sie mit sichtlich schlechtem Gewissen.

Ulla sah den Scheck und riss ihn ihrer Schwester aus der Hand. Als sie die Summe las, wurde sie blass. »Wollt ihr die Firma ruinieren?« Mit einer Miene wie aus Stein drehte sie sich zu ihrer Mutter herum. »Nur über meine Leiche!«

Das hatte Christel befürchtet. Auch die Zwillinge schienen zu spüren, dass dicke Luft drohte, und verschwanden mit ihrer Schokolode unter dem Tisch.

»Bitte tu mir die Liebe und fang jetzt keinen Streit an«, sagte Christel.

»Fünf-hundert-tausend!«, erwiderte ihre Tochter. »Bist du vollkommen verrückt geworden?«

»Ich muss doch sehr bitten! Willst du uns das schöne Fest verderben? Wo wir sowieso viel zu selten zusammen sind?«

»Papa würde sich im Grab rumdrehen!«

»Ich bin sicher, dass Papa ganz genauso gehandelt hätte.«

»Nie im Leben!«

»Natürlich hätte er das! Schließlich ist es doch nur Geld.«

»Nur Geld?«, wiederholte Ulla fassungslos. »Nur Geld? Das ist die Firma, Mama! Unsere *Existenz*! Papa hätte einen Teufel getan, sie aufs Spiel zu setzen.«

»Was bist du nur für eine Egoistin!« Christel war ehrlich empört. »Schäm dich! Gundel und Benno müssen schließlich nicht nur für sich selbst sorgen wie Jürgen und du, sondern auch noch für zwei Kinder!«

Während Plisch und Plum neugierig unter dem Tisch hervorlugten, schnappte Ulla nach Luft.

»Soll das heißen, weil Gundel Kinder hat und ich nicht, willst du einfach über meinen Kopf hinweg unser ganzes Geld …«

»*Unser* Geld?«, fiel Christel ihr ins Wort. »Noch gehört das Geld mir, mir ganz allein, bis zu meinem Tod. Und bis dahin kann ich damit tun und lassen, was ich will.«

»Aber die Firma!«, rief Ulla.

»Jetzt ist es aber genug, zum Kuckuck! Willst du mich vielleicht entmündigen? Oder enteignen, wie in der DDR? Dann tu dir bloß keinen Zwang an!« Christel spürte, wie sie am ganzen Leib zitterte. »Jetzt sag du doch endlich auch mal was«, wandte sie sich an Gundel, die genauso wie Benno bisher geschwiegen hatte. »Deine Schwester behandelt mich ja, als wäre ich eine Bankräuberin.«

»Jetzt reg dich bitte nicht so auf«, sagte Gundel und griff nach ihrer Hand. »Du weißt doch, was der Arzt gesagt hat …«

»Lass mich doch mit deinem dummen Arzt in Ruhe!« Mit einem Ruck riss Christel sich von ihr los und marschierte zur Tür. »Da will man seinen Kindern einfach nur helfen und eine Freude machen, und das ist der Dank. Rutscht mir doch alle den Buckel runter, verdorrich nochmal!«

Sprach's und knallte die Tür hinter sich zu.

17 Angewidert blickte Jürgen auf den Matjes-Hering auf seinem Teller. Walter Böcker hatte ihn zum Katerfrühstück in seine Villa geladen, ausgerechnet ins Jagdzimmer, in dem es nach kaltem Zigarrenrauch und ausgeweideten Tieren stank. Von dem Kaffee, der einen Toten wieder zum Leben hätte erwecken können, hatte Jürgen schon eine Tasse getrunken, und den Steinhäger, den Walter ihm aufgezwungen hatte, hatte er auch tapfer gekippt. Doch wie er den Matjes runterbekommen sollte, wusste er beim besten Willen nicht. Schon bei dem Gedanken drehte sich ihm der Magen um.

»Hat schon jemand mit dem Itzig gesprochen?«, fragte Walter und aß genüsslich einen weiteren Hering.

»Arno hat am Telefon nur gesagt, Moses Rosen wolle mit dem Staatsanwalt sprechen«, erwiderte Jürgen.

»Hoffentlich nicht mit Dr. Zemke, dem scharfen Hund.«

»Ich befürchte doch. Wenn man nur wüsste, was der Kerl will.«

Walter schaute ihn mitleidig an. »Was wohl? Geld natürlich! Denen geht es doch immer nur darum.«

Er wischte sich mit einer Serviette den Mund ab und trank einen Schluck von seinem Kaffee. Während Jürgen seinen Blick über die Jagdtrophäen an den Wänden wandern ließ, musste er an den Abend im Zelt denken. Ulla schien sich köstlich amüsiert zu haben, als sie mit Tommy Weidner getanzt hatte.

»Sieh zu, dass du bei dem nächsten Termin dabei bist«, sagte Walter.

»Was für einem Termin?«, fragte Jürgen, dessen Blick sich im Geweih eines Zwölfenders verfangen hatte.

»Dem Termin zwischen dem Itzig und Dr. Zemke natürlich. Arno war Witwer und hat keine Kinder.«

»Ja und? Was habe ich damit zu tun?«

»Muss man dir wirklich alles erklären?« Walter verdrehte die Augen. »Als Arnos Stellvertreter bist du nach seinem Tod der amtierende Bürgermeister, und die Stadt ist natürlich in höchstem Maße daran interessiert, dass unserem über alles geschätzten ehemaligen Mitbürger Julius Israel Rosen Gerechtigkeit widerfährt. Also hast du einen guten Grund, bei dem Gespräch dabei zu sein.«

»Ach so, klar, natürlich«, erwiderte Jürgen. »Ich werde mich darum kümmern.«

»Schön, halt mich auf dem Laufenden.«

Annegret streckte den Kopf durch die Tür. »Müsst ihr nicht langsam zur Vorstandssitzung?«

Walter blickte auf seine Uhr. »Verflucht, du hast recht.« Er stand auf, nahm seine Schützenmütze vom Tisch und setzte sie auf.

Jürgen tat es ihm nach.

»Moment«, sagte Walter. »Willst du etwa deinen Matjes stehenlassen?« Vorwurfsvoll schaute er ihn an. »Los, beeil dich! Runter damit!«

Jürgen begriff, dass er keine Wahl hatte. Todesverachtend spießte er den Hering auf und würgte ihn hinunter.

»Na also!«

In der Tür gab Walter seiner Frau einen Kuss.

»Aber dass du mir nicht vergisst, uns Rosen beim Umzug zu streuen, hörst du?«

Bei dem Wort *Rosen* kniff er Jürgen ein Auge zu. Der musste an sich halten, um sich nicht zu übergeben.

18

Der Samstagsumzug war der Höhepunkt des Altenaer Schützenfestes. Am Nachmittag traten die Schützen sämtlicher Kompanien in schwarzen Anzügen und weißen Hemden im Bungern an, um, angeführt von einem hupenden, grünweiß geschmücktem Autocorso mit dem Königspaar und dem Hofstaat an der Spitze, in einem kilometerlangen Lindwurm durch die Stadt zu ziehen, vom Bungern zur Steinernen Brücke und dann wieder zurück bis zur Großen Brücke und zum Linscheider Bach, um von dort aus in einer großen Schleife über Mühlendorf und den Köllschen Jö ins Tal zurückzumarschieren, bevor man sich am Abend noch einmal im Bungern zum Großen Zapfenstreich versammelte. Angelockt von der Knüppelmusik der Spielmannszüge, säumten nicht nur Kinder und Greise die Straßen, sondern auch zahlreiche Gastarbeiter, Italiener und Spanier und Griechen, von denen es inzwischen Tausende in Altena gab und die den Umzug lachend bestaunten. Halbwüchsige kletterten auf Bäume, Zäune und Mauern, um besser zu sehen, und aus allen Fenstern winkten Mädchen und Frauen jedweden Alters und warfen den vorbeimarschierenden Schützen Rosen zu, die zum Dank mit ihren grünen Mützen grüßten und ihnen Kusshände schickten.

Fernab des Trubels stieg Tommy den Hügel gegenüber der Burg hinauf zum Ehrenmal, wo sich früher die Liebespaare getroffen hatten. Er hatte beschlossen, den Tag allein zu verbringen, an diesem Ort, der einmal sein Leben bedeutet hatte, um noch einmal die alten Wege zu gehen, die Wege seiner Jugend. Während aus der Ferne leise die Knüppelmusik und die Jubelrufe zu hören waren, las er auf der Gedenktafel die Namen der Toten, von denen er nicht wenige kannte. Die Säule mit dem Siegesadler, der sich ein Jahrhundert lang mit ausgebreiteten Schwingen in den Himmel erhoben hatte, gab es nicht mehr. Man hatte sie vor ein paar Jahren gesprengt, wie so viele andere Bauwerke in Altena auch, die die beiden Kriege überstanden hatten, um sie durch neue Bauten zu ersetzen, als wolle man auf diese Weise die Vergangenheit »sanieren«, wie man das hier nannte, und die Nachkriegszeit endgültig beenden, um eine neue Zeit beginnen zu lassen, die mit der Vergangenheit nichts mehr zu tun hatte.

Auf dem Spazierweg durch den Wald vom Ehrenmal über die Kluse und das Steinsbörnchen hinunter zum Lennestein hatte Tommy fast immer freien Blick ins Tal. Wie vertraut die Stadt ihm immer noch war, und gleichzeitig so fremd, als würde er sie in einem Film sehen statt mit eigenen Augen. Das Wasser der Lenne war immer noch rostbraun von den Säuren, die die Fabriken in die Rahmede und Nette abließen, bevor die zwei Bäche an der Großen beziehungsweise Steinernen Brücke in den Hauptfluss einströmten, doch die Lokomotiven, die an der Steinernen Brücke durch den Tunnel fuhren, wurden nicht mehr mit Dampf, sondern mit elektrischem Strom angetrieben, so dass die Häuser entlang der Bahngleise, die früher schwarz vor Ruß gewesen waren, sich jetzt seltsam hell und leicht an der Lüdenscheider Straße und am unteren Saum des Breitenhagen erhoben, als wären außer dem Schmutz auch schwere Lasten von ihnen abgefallen.

Der Schützenzug musste inzwischen irgendwo am Linscheid sein. Hier, am anderen Ende der Stadt, waren die Straßen nach dem Defilee wieder so menschenleer und verlassen, als wäre Altena ausgestorben. Wie in einem Traum leiteten die Erinnerungen Tommy und wiesen ihm den Weg, vorbei am Saalbau Lennestein, in dem er nach dem Krieg Tanzkurse für die Bauernjungen aus den umliegenden Dörfern veranstaltet hatte, dann weiter die Lindenstraße hinunter in die Freiheit mit den ersten Geschäften der Innenstadt, Blumen Schültke, die Schreibwaren- und Devotionalienhandlung Stinn, Betten-Prange und Lotti Mürmanns Kolonialwarenladen, über dem früher Ruth, die älteste der drei Wolf-Töchter, zusammen mit Fritz Nippert, dem kriegsversehrten Straßenfeger, in einer winzig kleinen Mansarde gehaust hatte. Bei Mode Vielhaber hatte Benno für sein erstes neues Geld seinen Verlobungsanzug gekauft. Im Schaufenster hing nun ein mit Trauerflor umranktes Foto des verstorbenen Inhabers und Bürgermeisters. Bei dem Gedanken, dass er sich den Anzug seines Freundes ausgeliehen hatte, um darin dessen Verlobte zu küssen, fühlte Tommy immer noch Scham.

Auf der Höhe des Modehauses überquerte er die Straße. Dort, wo früher die Sparkasse gewesen war, in der bei der Währungsreform halb Altena das neue Geld eingetauscht hatte, befand sich jetzt ein Reisebüro. Mit bunten Plakaten warb es für Pauschalreisen nach Mallorca. Ja, die Altenaer hatten es zu erstaunlichem Wohlstand gebracht, so hatte es zumindest den Anschein, wenn man die von den Spuren des Krieges bereinigten Häuser und Straßen, vor allem aber die Auslagen der Geschäfte sah. Offenbar hatten sie die große Chance genutzt, die damals ein jeder von ihnen mit dem Kopfgeld bekommen hatte, und die ersten vierzig Mark gut investiert, so wie Benno mit seinem Anzug und Gundel mit ihrem Schreibmaschinen- und Stenokurs oder Bernd mit seiner Betonmischmaschine. Nur Ulla hatte ihr erstes Geld vertan, indem sie es für die Gebühren eines Studiums ausgegeben hatte, das sie nie beginnen sollte.

Und er selbst? Er hatte damals seine vierzig Mark Bernd gegeben, um mit seiner Hilfe Schützenkönig zu werden. Um nicht mehr der Bastard zu sein, der Außenseiter und Paria, der er immer gewesen war. Um die Anerkennung der alteingesessenen Familien zu gewinnen, vor allem der Familie Wolf. Weil er Ulla Wolf liebte, wie er keine Frau je zuvor geliebt hatte. Und wie er keine Frau je wieder lieben würde.

Der Abend dämmerte bereits, als er am Ende seines Wegs zum Friedhof gelangte, auf dem seine Mutter beigesetzt lag. Er war bei ihrer Beerdigung nicht dabei gewesen, ein Feldpostbrief hatte ihm ihren Tod mitgeteilt, als sie schon längst unter der Erde war, und nach dem Krieg hatte er das Grab nur ein einziges Mal aufgesucht, gleich nach seiner Rückkehr aus der Gefangenschaft. Es war inzwischen so verwildert, dass er Mühe hatte, es überhaupt zu finden. Während er den zugewachsenen Grabstein mit dem Geburts- und Sterbedatum freilegte, verstummte unten im Tal die Knüppelmusik. Eine kurze, feierliche Stille trat ein, dann ertönte das einsame Rühren einer Trommel.

»Mützen ab zum Großen Zapfenstreich!«

Das war Walter Böckers Stimme. Ohne dass Tommy sich umdrehte, wusste er, dass nun im Bungern alle angetretenen Schützen ihre Mützen von den Köpfen nahmen und sie sich mit ernsten Mienen vor die Brust hielten, solange die Musik spielte.

Die Fanfaren zum Großen Zapfenstreich ertönten. Als die übrigen Bläser mit einem warmen, ruhigen Ton einfielen, musste Tommy schlucken, und die Konturen des Grabsteins verschwammen vor seinem Blick. Seine Mutter war nur vierundvierzig Jahre alt geworden … Wie oft hatte er sich für sie geschämt, weil sie nur eine Putzfrau gewesen war und ihm keinen Vater gegeben, sondern ihn allein aufgezogen hatte. Jetzt war er so stolz auf sie, wie sie es zeit ihres Lebens auf ihn gewesen war.

Doch es war zu spät, um es ihr zu sagen.

19

»Wenn ich das sehe, kommt mir das kalte Kotzen«, sagte Walter Böcker, der am Innenfenster des Konferenzraums stand und übellaunig durch die Glasscheibe hinunter in die Werkhalle der VAM blickte. »Wie ein Landser mit Tripper, der nicht mehr richtig strullen kann.«

Ulla wusste, was ihr Kompagnon meinte: die Stanzmaschinen, aus denen die Rohlinge nur noch wie ein schwaches Rinnsal tröpfelten. Walter und sie waren an diesem Montagmorgen, dem ersten nach dem Schützenfest, in ihrer gemeinsamen Firma zusammengekommen, um die Halbjahresbilanz zu besprechen – der große Kater nach der großen Sause. Die Bundesbank fuhr angesichts der Rezession seit Wochen und Monaten ihre Aufträge kontinuierlich zurück. Um die Inflation zu bekämpfen, reduzierte sie die Geldmenge in dramatischer Weise und gab nur noch so viele neue Münzen in Umlauf, wie unbedingt nötig waren, um abgegriffene Stücke zu ersetzen, die aus dem Handel genommen werden mussten.

Nervös schaute Ulla auf die Uhr.

»Ist irgendwas?«, fragte Walter.

»Nein, warum?«

»Weil es normalerweise nicht deine Art ist, bei einer Besprechung auf die Uhr zu schauen. Du bist die ganze Zeit schon so fahrig und unkonzentriert. Hängt etwa der Haussegen schief?«

»Unsinn! Wie kommst du darauf?« Ulla, die sich erwischt fühlte wie ein dummer Backfisch, rückte den Stapel mit ihren Unterlagen vor sich auf dem Tisch zurecht. »Wenn die Zahlen sich so weiterentwickeln«, sagte sie, »müssen wir bald Kurzarbeit anmelden.«

»Bevor wir darüber entscheiden, brauche ich erst mal was für meinen Brummschädel.« Walter trat an die Tür und streckte seinen Kopf durch den Spalt. »Aspirin!«

Doch Fräulein Jungblut, seine langjährige Sekretärin, die von der Firma Böcker & Söhne zur VAM gewechselt war, hörte nicht.

»Herrgott nochmal! Um alles muss man sich in diesem Scheißladen selber kümmern!«

Kaum war Walter verschwunden, um die Tabletten zu holen, kehrten ihre Gedanken zu Tommy zurück. Wozu wollte er sich mit ihr treffen? Er hatte gesagt, er würde ihr ein Geschäft vorschlagen, doch sie konnte sich beim besten Willen nicht vorstellen, was das für ein Geschäft sein sollte. Das unverhoffte Wiedersehen mit ihm nach so langer Zeit hatte sie so sehr aus dem Gleichgewicht gebracht, dass ihr das restliche Schützenfest so unwirklich wie ein Traum vorgekommen war. Noch jetzt musste sie daran denken, wie sie zusammen den Jive aufs Parkett gelegt hatten. Tommy war ein unverbesserlicher Hallodri – aber mein Gott, welchen Spaß hatte sie gehabt! Die paar Minuten, die sie mit ihm getanzt hatte, waren die schönsten seit langem gewesen.

Um sich abzulenken, nahm sie noch einmal ihre Unterlagen zur Hand und ging die Bilanz durch. Wie man es auch drehte und wendete, Walter und sie würden um Kurzarbeit kaum herumkommen. Wenn nur ihre Mutter nicht diesen Irrsinn angestellt hätte! Fünfhunderttausend Mark Privatentnahme, mitten in der Rezession … Es hatte auch in den letzten Jahren schon Zeiten gegeben, in denen die Geschäfte nicht so gelaufen waren, wie sie sollten. Aber in diesen kurzen Perioden langsameren Wachstums hatte es nie wirkliche Probleme gegeben – auch bei schwächelnder Konjunktur hatte entweder die VAM Profite gemacht oder aber die Firma Wolf. Dass jedoch beide Unternehmen gleichzeitig in die Knie gingen, das hatte es bisher noch nie gegeben.

Wieder schaute Ulla auf die Uhr, als sie plötzlich im Flur Walter brüllen hörte.

»Die Firma muss Kurzarbeit anmelden, und wir werden von den eigenen Leuten beschissen? Das darf doch wohl nicht wahr sein!«

Ulla eilte hinaus, um zu sehen, was passiert war. Walter stand wutschnaubend vor dem neuen Zigarettenautomaten, der erst vor ein paar Wochen auf Wunsch des Betriebsrats dort aufgestellt worden war. In der Hand hielt er lauter neue, glänzende Rohlinge. Offenbar stammten sie aus dem Automatenschacht, aus dem der Hausmeister gerade einen ganzen Beutel abfüllte.

»Wehe, wenn ich einen von diesen Verbrechern zu fassen kriege! Der fliegt hochkantig raus, aber auf der Stelle!« Als er Ulla sah, streckte er ihr seine Hand entgegen. »Da, sieh dir die Schweinerei an! Statt D-Mark unsere eigenen Rohlinge, mit denen das Pack sich seine Zigaretten gezogen hat! Das kommt dabei raus, wenn man großzügig ist! Ich habe schon immer gesagt, dass wir die Kontrollen verschärfen müssen, aber du bist ja dagegen gewesen, mit deinem grenzenlosen Vertrauen …«

Fräulein Jungblut unterbrach ihn. »Ein dringender Anruf für Frau Rühling. Von ihrem Mann.«

»Hat er gesagt, worum es geht?«, fragte Ulla.

»Ja«, erwiderte die Sekretärin. »In der Firma Wolf warte ein Besucher auf Sie, ein gewisser Herr Weidner, wohl schon seit einer Stunde.«

»Herr Weidner? O Gott!« Ein drittes Mal blickte Ulla auf die Uhr. »Ich dachte, wir wären hier verabredet.«

Walter, der zusammen mit dem Hausmeister an dem Zigarettenautomaten rüttelte, drehte sich um.

»Soll das ein Witz sein?«, fragte er. »Du lässt jemanden aus der Ostzone in deine Firma? Der will doch nur für die Kommunisten schnüffeln!«

Ulla achtete nicht auf ihn. »Bitte lassen Sie Herrn Weidner ausrichten, dass ich in zehn Minuten da bin«, trug sie Fräulein Jungblut auf. »Oder nein, besser in der Burgschänke. Da können wir ungestörter reden.«

Walter Böcker hochte auf. »Ungestörter?«, wiederholte er mit einem anzüglichen Grinsen. »Von störenden Ehemännern vielleicht?«

20

Ach, warum musste alles Schöne nur immer so schnell vorübergehen?

Kaum waren die Düsseldorfer zum Schützenfest angereist, waren die drei Tage auch schon wieder herum, und es hieß Abschied nehmen. Während Benno bereits am Steuer seines Opel Diplomat V8 saß und Gundel auf dem Beifahrersitz Platz nahm, drückte Christel noch einmal Plisch und Plum an sich. Die zwei kleinen Teufelchen waren doch ihre größte Freude.

»Und dass ihr mir immer schön artig seid«, sagte sie und gab Plum einen Kuss auf die Wange. »Versprochen?«

»Ihhhhh – Spucke«, sagte der und verschwand im Auto.

Wenigstens durfte sie seinen Bruder küssen, ohne dass er sich wehrte. »Hat der kleine Plisch seine Omimi genauso lieb wie sie ihn?«

»Aber ich bin doch Plum!«, protestierte er.

»Beeilung!«, rief Benno und hupte.

»Da!«, sagte Plum. Er drückte ihr etwas in die Hand, und so schnell wie ein Blitz verschwand auch er, um zu seinem Bruder auf die Rückbank zu klettern.

Christel steckte den Kopf durch das Seitenfenster, um sich von ihrer Tochter und ihrem Schwiegersohn zu verabschieden. »Und vergesst nicht, den Scheck einzulösen.«

»Meinst du wirklich, Mama?«, fragte Gundel mit zerknittertem Gesicht.

»Natürlich, mein Kind. Die Firma Wolf wird es schon überleben.«

»Aber Ulla sagt …«

»Hör nicht auf sie. Deine Schwester sieht die Zukunft immer viel zu schwarz. Sie wird sich schon wieder einkriegen, warte nur ab. Wir werden uns doch nicht wegen dem bisschen Geld in der Familie streiten. So weit kommt das noch.« Christel trat vom Auto zurück. »Aber jetzt ab mit euch, sonst wird mir ganz blümerant, und ich muss am Ende noch weinen!«

»Auf Wiedersehen, Mama. Und – danke!« Gundel kurbelte das Fenster hoch.

»Auf Wiedersehen, Omi!«, rief Plisch

»Und keine Schnuckeleien!«, fügte Plum hinzu. »Wegen dem Zucker!«

»*Des* Zuckers!«, korrigierte sie.

Aber das hörte schon keiner mehr. Benno startete den Motor und fuhr los. Als der Wagen vom Hof in die Nettestraße einbog, hupte er noch einmal, und die beiden Zwillinge winkten durch die Heckscheibe um die Wette. Christel winkte zurück, bis der Opel die Nette hinunter verschwand.

Mit einem Seufzer kehrte sie zum Haus zurück. Nein, beim Gedanken an Ulla war ihr ganz und gar nicht so wohl zumute, wie sie Gundel gegenüber getan hatte. Sie kannte ihre Tochter und wusste, dass sie in der nächsten Zeit ungenießbar sein würde. Aber damit würde sie schon fertig, sie hatte Gott sei Dank schon ganz andere Dinge hinter sich gebracht.

Als sie die Haustür öffnete, sah sie, was Plum ihr in die Hand gedrückt hatte: einen in Silberpapier verpackten Riegel Schokolode. Jetzt kamen ihr doch noch die Tränen – der kleine Teufel hatte sie also genauso lieb wie sie ihn … Zum Glück war die Schokolade in ihrer Hand schon ein bisschen geschmolzen und ziemlich weich und unappetitlich geworden – da fiel es ihr leichter zu widerstehen. Schließlich hatte der Arzt ihr alles Süße verboten.

Doch in der Küche zögerte sie. Sollte sie den Riegel, den ihr Enkel sich vom Munde abgespart hatte, um seiner Omimi eine Freude zu machen, wirklich in den Müll werfen?

Ach was! Schokolade war Nervennahrung, und die brauchte sie jetzt. Ohne länger zu zögern, wickelte sie den Riegel aus dem Silberpapier und steckte ihn sich in den Mund – alle vier Stücke auf einmal!

21

Es gab Tage, da wünschte Bernd, alles wäre wieder so wie ganz am Anfang, in der allerersten Zeit nach der Währungsreform. Damals hatte seine Firma nur aus ihm selbst und seinem Vater und einer Betonmischmaschine bestanden, und sein einziger Auftrag war die Errichtung der Toilettenhäuschen auf dem Altenaer Bahnhof gewesen. Er hatte zehn oder zwölf oder manchmal sogar vierzehn Stunden am Tag geschuftet, zum Mittagessen hatte es ein paar Schmalzstullen gegeben, am Abend einen Teller Bratkartoffeln bei seiner Mutter und ein Glas Bier im Schwarzen Raben, und gewohnt hatte er in einem winzigen Zimmer im Haus seiner Eltern. Er hatte keine Frau gehabt, die er lieben konnte, und keinen Sohn, der ihm in der Firma nachfolgen würde, und das Einzige, was er sich vom Leben erhofft hatte, war, in Ruhe sein Dasein als Spießer zu fristen.

Damals war er glücklich gewesen.

Jetzt hatte er alles, was ein Mann sich nur wünschen konnte. Er hatte das größte Baugeschäft in Altena und Umgebung. Seine Firma errichtete Kirchen und Hochhäuser und Brücken. Er musste nur noch so viel arbeiten, wie er selber arbeiten wollte – bei über vierhundert Angestellten konnte er getrost andere für sich arbeiten lassen. Zu Mittag aß er je nach Jahreszeit Steaks mit Spargel und frischen Kartoffeln oder Steaks mit Pfeffersoße und Kroketten, und am Abend gab es Tatar oder Krüstchen oder Strammen Max, worauf immer er gerade Lust hatte. Sein Bungalow am Pragpaul war mit dreihundert Quadratmetern Wohnfläche der größte und zugleich modernste der Stadt, wie es sich für einen erfolgreichen Bauunternehmer gehörte, und statt im Schwarzen Raben ein Feierabendbier zu trinken, besuchte er nach der Arbeit zusammen mit Regina Champagnerempfänge und Kunstvernissagen oder Konzerte in Lüdenscheid, Hagen und Iserlohn, ja, manchmal sogar in Dortmund. Er hatte die attraktivste Frau, die er je gesehen hatte, und einen Sohn, der mit seinen dreizehn Jahren schon jetzt darauf brannte, ihn in der Firma zu beerben.

Nur glücklich war er nicht.

»Reitlehrer Stoll«, sagte Regina, während das Dienstmädchen Helga die Steaks mit Spargel und frischen Kartoffeln zum Mittagessen auftrug, »hat heute Morgen gemeint, wir könnten mit seiner Vermittlung Diana für nur dreißig Mille bekommen.«

»Wer ist Diana?«, fragte Bernd misstrauisch. Wenn Regina versuchte, einen Preis mit dem Wörtchen »Mille« zu verniedlichen, war Vorsicht geboten.

»Hast du das wirklich vergessen? Die Rappstute, auf der dein Sohn im Winter sein Reitabzeichen gemacht hat. Dreißig Mille sind wirklich ein Schnäppchen!«

»Dreißigtausend Mark für ein Pferd nennst du ein Schnäppchen?« Bernd schüttelte den Kopf. »Das können wir uns nicht leisten, nicht in diesen Zeiten.«

»Aber ich habe praktisch schon zugesagt«, erwiderte Regina. »Willst du, dass wir uns jetzt vor Reitlehrer Stoll blamieren?«

»Mir ist egal, was Reitlehrer Stoll denkt. Zu viel ist zu viel! Ich weiß ja jetzt schon kaum, wie ich den Kredit bei der Sparkasse bedienen soll.«

»Was bist du nur für ein Geizkragen«, sagte Regina und faltete kunstvoll einen Spargel auf ihrem Teller. »So was gibt es in ganz Düsseldorf nicht. Aber das ist eben Altena, dieses Enge, Kleingeistige. Dabei tun sich doch gerade ganz neue, wunderbare Möglichkeiten auf.«

»Möglichkeiten?«, wiederholte Bernd und stach in sein Steak. »Wie kommst du denn darauf? Wir stecken mitten in einer Rezession!«

»Und was ist mit den Gastarbeiterwohnheimen, die überall gebaut werden?«

»Das sind doch nur bessere Baracken, damit lässt sich nichts verdienen. Und überhaupt, der Reitverein geht mir langsam auf die Nerven.« Er nahm die Flasche Bier, die das Dienstmädchen seit einiger Zeit jeden Mittag ungefragt an seinen Platz stellte, und schenkte sich ein Glas ein. »Erst hast du mich gezwungen, dem Verein eine zwanzig mal sechzig Meter große Reithalle zu bauen …«

»Nur damit sie deinen Namen trägt: *Bernd-Wilke-Halle* …«

»… und jetzt willst du auch noch einen neuen Gaul, für dreißigtausend Mark. Glaubst du, ich kann Geld scheißen?«

»Bitte Bernd, nicht in diesem ordinären Ton.« Sie spießte den gefalteten Spargel auf und führte ihn zum Mund.

»Ist doch wahr!«, erwiderte er. »Soweit ich weiß, haben wir bereits ein Pferd. Hat immerhin auch schon fünfzehntausend gekostet. Obwohl außer deinem Herrn Sohn keiner in der Familie reitet.«

»Davon verstehst du nichts, Papa«, sagte Hans-Jörg, der von Regina nicht nur die blonden Locken und das hübsche Gesicht geerbt hatte, sondern leider auch die hohen Ansprüche. »Jeder Turnierreiter braucht zwei Pferde, mindestens.«

»Aber warum zum Teufel zwei? Du hast doch auch nur einen Hintern!«

Hans-Jörg zog das überlegene Gesicht, das Bernd schon an seiner Mutter nicht ausstehen konnte. »Ganz einfach, Papa«, erklärte er von oben herab. »Weil man mit einem Dressurpferd nicht springen, und mit einem Springpferd nicht Dressur reiten kann. Ratzeputz taugt nur zum Springen. Diana brauche ich für die Dressur.«

»Der Junge ist ja so begabt«, sprang Regina ihm bei, bevor Bernd widersprechen konnte. »Reitlehrer Stoll meint sogar, mit Diana könnte er es in den westfälischen Jugendkader schaffen. Willst du dem etwa im Wege stehen?«

Während sie sprach, legte sie ihre manikürte Hand auf seinen Unterarm und schaute ihn mit ihrem Düsseldorfer Lächeln an, das keinen Widerspruch duldete. Als Bernd dieses Lächeln sah, strich er die Segel.

»Na gut«, sagte er. »Wenn Monsignore Budde den Erkelenz-Auftrag bestätigt, sollt ihr meinen Segen haben.«

»Ich wusste doch, du bist ein Schatz.« Regina schürzte die roten Lippen zu einem Luftkuss.

»Danke, Papa«, sagte Hans-Jörg, während er seinen Spargel fast so kunstvoll faltete wie seine Mutter.

Bernd spülte seine Niederlage mit dem Rest des Bieres herunter. »Aber nur, wenn der Auftrag wirklich steht!«, fügte er hinzu und schnitt seinen Spargel in Stücke. »Sonst muss der eine Gaul reichen! Mein letztes Wort!«

22

Obwohl Tommy gesagt hatte, dass er noch auf jemanden warte, brachte der Kellner ihm die Karte, kaum dass er in der Burgschänke Platz genommen hatte.

»Vielleicht möchten Sie ja schon mal einen Blick hineinwerfen, um Ihre Auswahl zu treffen? Außerdem vergeht dann schneller die Zeit.«

In der Hoffnung auf alte Sauerländer Hausmannskost, die er seit einer Ewigkeit nicht mehr gegessen hatte, klappte Tommy die Karte auf. Sein Reisebudget war großzügig bemessen, er war Reisekader der DDR, da ließ man sich nicht lumpen – er hatte also freie Wahl. Umso größer war seine Enttäuschung, als er die Liste der angebotenen Speisen las. Sie war so modern und falsch wie inzwischen das ganze Lokal, wo man die Holztäfelung fast überall durch Resopal und knallbunte Tapeten ersetzt hatte. Ratsherrentopf, Ragout fin in Königinpastete, Roastbeef, Bœuf Stroganoff und als Krönung Chateaubriand mit Leipziger Allerlei und Sauce Béarnaise. Doch nirgendwo Potthucke, Pfeffer Potthast oder Grünkohl mit Mettwurst – von Senfsuppe ganz zu schweigen. Offenbar waren all die Gerichte, die er aus seiner Jugend kannte, ebenso aus der Mode gekommen wie die gestreifte Livree, in welcher früher Oberkellner Robert hier serviert hatte. Der Kellner, der ihm die Karte gebracht hatte, trug nur einen gewöhnlichen schwarzen Straßenanzug.

Aber warum in aller Welt beschäftigte er sich überhaupt mit der Speisekarte? Er war doch nicht hierhergekommen, um sich den Bauch vollzuschlagen!

In seiner Nervosität steckte er sich eine Zigarette an. Ulla war jetzt schon eine halbe Stunde über der Zeit. Auch wenn sie beide sich eine Ewigkeit nicht mehr gesehen hatte, war sie der Mensch, der ihn besser kannte als jeder sonst. Ahnte sie, weshalb er nach Altena gekommen war, und ließ den Termin deshalb platzen? Vielleicht war das ja der Grund, warum sie nicht in der Firma Wolf, sondern in der VAM gewesen war und dann das Treffen hierher verlegt hatte – um ihn zu versetzen! In einem Lokal ließ sich das auf elegante Weise erledigen. Sie musste nur einfach nicht erscheinen.

Ja natürlich, das war der Grund. Sie wollte ihn nicht wiedersehen.

Als im Ministerium von der Notwendigkeit die Rede gewesen war, größere Mengen Draht im westlichen Ausland zu beschaffen, weil weder die Produktion in den volkseigenen Betrieben der DDR noch die in denen der befreundeten sozialistischen Bruderstaaten ausreichte, um den aufgetretenen Bedarf zu decken, hatte er selbst seine Heimatstadt vorgeschlagen – schließlich war in Altena die Drahtindustrie zu Hause. Doch jetzt hatte er das Gefühl, dass diese Reise die dümmste und sinnloseste seines Lebens war. Was wollte er hier? Drahtfabriken gab es auch woanders, zum Beispiel in England und Schweden, und Ulla war mit Jürgen Rühling verheiratet. Am Freitagabend im Schützenzelt, als er das Leuchten in ihren Augen gesehen hatte, hatte er für einen wunderbaren Moment geglaubt, alles könne noch einmal von vorn anfangen. Aber dieser wunderbare Moment hatte nur einen Tanz lang gedauert, keine fünf Minuten, dann war Ulla zu ihrem Mann zurückgekehrt. Am liebsten hätte er sich in den nächstbesten Zug gesetzt, um wieder nach Berlin zu fahren.

Er überlegte schon, wie er dem Genossen Himmelreich erklären könnte, warum seine Reise ohne Ergebnis geblieben war, da ging die Tür auf, und Ulla kam herein. Als wäre plötzlich ein Licht angegangen, veränderte sich Tommys Laune. Eilig sprang er auf, um einen Stuhl für sie vom Tisch zu rücken. Nein, sie hatte ihn nicht versetzt, im Gegenteil, allem Anschein nach hatte sie sich sogar für ihn beeilt. Die Jacke ihres Pepita-Kostüms stand jedenfalls offen, und ihre Frisur wirkte trotz des Haarsprays irgendwie verrutscht.

»Entschuldige die Verspätung«, sagte sie, hörbar außer Atem, »aber ich habe gerade entsetzlichen Ärger.«

»Möchtest du dich nicht erst mal setzen?«, fragte er.

»Natürlich.«

Der Kellner, der sie offenbar kannte, brachte ihr unaufgefordert eine Flasche Cola. Tommy wartete, bis er fort war, dann fragte er:

»Willst du mir verraten, was passiert ist?«

Ulla knöpfte sich ihre Jacke zu und richtete ihre Frisur, dann blickte sie auf ihre Fingerspitzen. Offenbar wusste sie nicht, ob sie über ihre Probleme sprechen sollte oder nicht. Damit sie sich nicht gedrängt fühlte, vertiefte er sich wieder in die Speisenkarte, obwohl er sich längst für ein Wiener Schnitzel entschieden hatte – das gab es immerhin mit Bratkartoffeln. Aus den Augenwinkeln sah er, wie sie einen Schluck von ihrer Cola nahm.

»Meine Mutter ist im Begriff, uns zu ruinieren«, sagte sie schließlich. »Fünfhunderttausend Mark will sie der Firma entziehen, um Gundel und Benno unter die Arme zu greifen. *Fünf-hundert-tausend!*«

»Die Willkür der freien Marktwirtschaft«, erwiderte Tommy, ohne den Blick zu heben.

»Von wegen!«, schnaubte sie. »Die Marktwirtschaft hat damit nichts zu tun. Sie will den beiden das Geld geben, weil meine Schwester Kinder hat und ich nicht!«

»Und warum nicht?«, fragte er.

»Warum was nicht?«

»Warum hast du keine Kinder?« Er klappte die Karte zu und schaute sie an.

Sie wich seinem Blick aus. »Ich … ich kann keine bekommen«, sagte sie leise. »Das hat der Arzt festgestellt.«

Obwohl sie ihre Jacke gerade erst geschlossen hatte, fingerte sie schon wieder an den Knöpfen herum, wie um sich zu vergewissern, dass sie keinen vergessen hatte. Seine harmlose Frage schien sie sehr getroffen zu haben. Tommy bereute, dass er sie gestellt hatte. Hatte sie vielleicht irgendwann eine Fehlgeburt gehabt und konnte darum keine Kinder bekommen? Ihr abweisendes Gesicht hielt ihn davon ab, weiter zu fragen.

»Das tut mir leid«, sagte er darum nur. »Wirklich.«

Unwillkürlich legte er seine Hand auf ihren Arm. Sie zog ihn so abrupt fort, als habe sie Angst vor seiner Berührung.

»Entschuldigung«, sagte er, irritiert von ihrer schroffen Reaktion.

»Schon gut«, erwiderte sie und faltete ihre Hände vor sich auf dem Tisch. Sie zögerte einen Moment, dann hob sie den Blick und fragte: »Und du? Hast du Kinder?«

»Ja, eine Tochter.« Er griff in sein Jackett und holte seine Brieftasche hervor. »Das ist sie, Angelika. Im Frühjahr ist sie vierzehn geworden.«

Er nahm das Foto, das er immer bei sich trug, und reichte es ihr. Während sie es betrachtete, wartete er mit einer Mischung aus Verlegenheit und Neugier auf ihre Reaktion. Er hatte die Aufnahme vor einem Jahr beim Fahnenappell gemacht, als Angelika zur Belohnung für besonders gute schulische Leistungen die Flagge hatte hissen dürfen. Sie trug darauf noch die Uniform der Thälmann-Pioniere mit der weißen Bluse und dem roten Halstuch.

»Ein hübsches Mädchen«, sagte Ulla. »Ein hübsches Mädchen mit einem hübschen Lachen. Ihr müsst sehr stolz auf sie sein, du und deine Frau.«

Sie gab ihm das Bild zurück.

»Ich habe keine Frau«, erwiderte Tommy und legte das Foto wieder in seine Brieftasche.

»Du hast eine Tochter, aber keine Frau?«, fragte Ulla überrascht.

Tommy zuckte die Schultern. »Das ist eine lange Geschichte«, sagte er und steckte die Brieftasche wieder ein in der Hoffnung, dass sie fragte, was es damit auf sich habe. Je mehr persönliche Dinge sie von ihm wissen wollte, desto mehr persönliche Fragen durfte er ihr umgekehrt stellen.

Doch den Gefallen tat sie ihm nicht. Stattdessen richtete sie sich auf ihrem Stuhl auf und straffte die Schultern. »Ich denke, wir haben jetzt genug über Privates geredet«, erklärte sie. »Du wolltest mir ein Geschäft vorschlagen?«

23

Auf der Fahrt von Altena nach Düsseldorf tobten Plisch und Plum so übermütig auf ihrer Rückbank herum, dass Benno sie immer wieder zur Ordnung rufen musste. Doch es nutzte herzlich wenig. Kaum saßen die beiden eine Minute still, fing das Gehampel schon wieder von vorne an. Während Benno laut darüber sinnierte, warum es die dämlichen Sicherheitsgurte, mit denen sein neuer Opel Diplomat V8 ausgestattet war, nur auf den Vordersitzen gab, wo kein Mensch sie brauchte, nicht aber auf der Rückbank, wo sie viel nützlicher wären, weil man damit zappelnde Bälger wie die seinen auf ihren Plätzen festschnallen könnte, musste Gundel immer wieder an den Streit mit Ulla denken.

»Was meinst du, sollen wir den Scheck wirklich einlösen?«, fragte sie.

»Hast du Angst, dass wir Schuh Krasemann womöglich auf Kosten der Firma Wolf sanieren?«, erwiderte ihr Mann.

Gundel stieß einen Seufzer aus. »Wenn die Drahtzieherei tatsächlich pleiteginge, könnte ich mir das nie verzeihen.«

»Jetzt ist aber Schluss!« Benno langte nach hinten, um den Zwillingen was zwischen die Löffel zu geben, doch die zwei duckten sich kichernd weg, so dass sein Schlag ins Leere ging. »Ich glaube, deine Schwester hat ein bisschen übertrieben«, sagte er und fischte sich eine Ernte 23 aus dem Handschuhfach.

»Ich weiß nicht«, erwiderte Gundel. »Ulla ist keine Schwarzseherin, wie Mama behauptet. Das entspricht überhaupt nicht ihrer Art.«

Während im Fond eine Weile Ruhe herrschte, steckte Benno sich die Zigarette an dem Zigarrenanzünder an.

»Und wenn wir das verrückte Gummistiefelgeschäft mit Tommy ausprobieren?«, fragte er und blies den Rauch aus. »Vielleicht kommen wir damit ja über den Winter? Die fünf Wirtschaftsweisen gehen davon aus, dass die Konjunktur im nächsten Frühjahr wieder anzieht. Behauptet zumindest Wirtschaftsminister Schiller.«

»Ehrlich gesagt, mir wäre zehnmal wohler, wenn wir es ohne Mamas Geld schaffen würden«, sagte Gundel. »Nur – womit sollen wir Tommy bezahlen? Der wird ja nicht mit der Rechnung warten, bis wir die Stiefel verkauft haben.«

»Das sicher nicht«, pflichtete Benno ihr bei. »Erst das Geld und dann die Ware – so schlau sind auch die Kommunisten. Aber ich habe neulich im Handelsblatt gelesen, dass der Bund für solche Geschäfte Bürgschaften stellt – Hermes-Bürgschaften, glaube ich, heißen die. Außerdem dürfte es nicht allzu schwer sein, für die Finanzierung einen Kredit zu bekommen.«

»Von der Bank?«

Benno nickte. »Da bin ich mir sogar ziemlich sicher. Was kann schließlich dabei schiefgehen? Es gibt praktisch kein Risiko, dafür aber die Aussicht auf satte Gewinne.« Von der Seite zwinkerte er ihr zu. »Ware zu DDR-Preisen einkaufen und zu BRD-Preisen verkaufen – besser geht es doch gar nicht!«

»Aber die da drüben können doch auch nicht umsonst produzieren.«

»Umsonst nicht. Doch zehnmal billiger als wir hier – die zahlen in ihrem Arbeiter-und-Bauern-Paradies ja nur Hungerlöhne im Vergleich zu uns. Und vor allem brauchen die Brüder Devisen. Sonst geht ihnen ihre ganze schöne Planwirtschaft den Bach runter.«

»Du meinst also, wir könnten es wirklich versuchen?«

»Warum nicht? Was Schuh Mikosch kann, kann Schuh Krasemann schon lange.« Benno nahm einen tiefen Zug von seiner Zigarette. »Je länger ich darüber nachdenke, desto mehr habe ich das Gefühl, dass das ein richtig gutes Geschäft werden könnte.«

Gundel drückte seinen Arm. »Ach, Benno. Ich kann dir gar nicht sagen, welche Last du mir damit von der Seele nehmen würdest.«

»Du weißt doch, mein Schatz, für dich tue ich alles.« Ohne die Augen von der Straße abzuwenden, beugte er sich zu ihr und gab ihr einen Kuss auf die Wange. »Aber das heißt nicht, dass du den Scheck gleich zerreißen sollst. Erst müssen wir die Sache natürlich prüfen.«

24

Ulla hatte sich zwar das Jackett zugeknöpft und ihr Haar gerichtet, um sich äußerlich eine geschäftsmäßige Form zu geben, aber in ihrem Innern war sie alles andere als bei der Sache.

Warum hatte Tommy eine Tochter, aber keine Frau? Es drängte sie, ihn danach zu fragen, danach und nach vielem mehr, aber aus Angst, alte Wunden aufzubrechen, hatte sie es gelassen. Eine einzige Frage, die er ihr gestellt hatte, verbunden mit seiner Berührung, hatte gereicht, dass all die widersprüchlichen Gefühle, die auch nach zwanzig Jahren immer noch in ihr lauerten, wieder an die Oberfläche gekommen waren.

Sie war darum froh, dass er auf ihren geschäftsmäßigen Ton einging.

»Um nicht länger um den heißen Brei herumzureden«, sagte er. »Meine Regierung hat mich hergeschickt, um der Firma Wolf Draht abzukaufen.«

»Draht?«, wiederholte sie verwundert. »Produziert ihr den denn nicht selber in der DDR?«

»Doch«, erwiderte er, »aber nicht genug. Bei der Festlegung des Bedarfs hat sich scheinbar jemand gründlich verrechnet.«

»Ein Fehler im unfehlbaren Fünfjahresplan? Wie bei den Kondomen?« Sie versuchte ein Lachen, das ihr sogar ganz gut gelang.

»Woher weißt du das denn?«, wollte er wissen.

»Das haben mir Gundel und Benno erzählt. – Doch zurück zum Geschäft«, fügte sie, wieder ernst, hinzu, bevor er das Thema womöglich für eins seiner Witzchen nutzte. »Von welchen Mengen sprechen wir?«

Tommy klopfte eine Zigarette aus seiner Packung – eine Marke, die Ulla nicht kannte, irgendwas mit »Club« –, dann schlug er sich mit der rechten Hand auf den linken Unterarm, so dass die Zigarette ihm von dort aus direkt in den Mund sprang.

»Hundert Tonnen«, sagte er. »Für den Anfang wohlgemerkt. Bei beiderseitiger Zufriedenheit kann sich das Auftragsvolumen noch deutlich erhöhen.«

Er steckte sich die Zigarette an und grinste sein Tommy-Grinsen. Ulla war nicht sicher, aus welchem Grund. Aus Freude darüber, dass sein altes Kunststück immer noch klappte? Oder weil er hoffte, dass die genannte Menge sie beeindrucken würde? Wenn Letzteres der Fall war, so war ihm das gelungen. Mit einem solchen Auftrag wäre sie alle Sorgen auf einen Schlag los – trotz der fünfhunderttausend Mark, die ihre Mutter der Firma entziehen wollte.

Mit einem diskreten Hüsteln trat der Kellner an den Tisch. Ulla gab ihm mit der Hand ein Zeichen, sich noch einen Moment zu gedulden.

»Wo ist der Haken?«, fragte sie.

Tommy lehnte sich zurück und paffte Ringe in die Luft. »Es gibt keinen Haken. Außer«, fügte er, schon wieder grinsend, hinzu, »dass, wenn wir miteinander ins Geschäft kommen, wir beide uns hin und wieder sehen müssten.«

Ulla spürte, wie sich bei der Vorstellung ihr Puls erhöhte. »Damit könnte ich zur Not leben«, sagte sie in der Hoffnung, dass er ihre freudige Verwirrung nicht bemerkte. »Aber was ist mit den Konditionen? Welchen Preis seid ihr bereit zu bezahlen? In welcher Währung rechnen wir ab?«

»Natürlich in D-Mark. Und um den Preis mach dir keine Sorgen, ich erwarte keinen Sondernachlass, nur weil wir uns von früher kennen. Bei Lieferung innerhalb gewisser Fristen ist meine Regierung sogar bereit, einen kleinen Aufschlag zu zahlen.«

Ulla schüttelte den Kopf. »Mach mir nichts vor, Tommy Weidner. Ich kenne dich zu gut, um dir auf den Leim zu gehen. Darum noch einmal: Wo – ist – der – Haken?«

Eine lange Weile erwiderte er schweigend ihren Blick. Dann drückte er seine Zigarette im Aschenbecher aus, obwohl sie noch nicht mal zur Hälfte heruntergebrannt war.

»Also gut«, sagte er. »Karten auf den Tisch.«

Ulla biss sich auf die Lippe. »Karten auf den Tisch« konnte alles Mögliche heißen, nur nichts Geschäftliches. Vielleicht hatte er ihre Irritation bemerkt und würde jetzt in alter Manier versuchen, sie herumzukriegen – als kleine Rache für früher. Sie machte sich auf alles gefasst. Während ihr Herz bis zum Hals schlug, schaute er sich tatsächlich um, ob jemand sie hören konnte, und obwohl es in dem ganzen Restaurant kaum ein Dutzend Gäste gab, beugte er sich vor und senkte seine Stimme so sehr, dass es fast ein Flüstern war.

»Um es technisch auszudrücken – der Draht, den wir brauchen, erfordert ein paar Bearbeitungsstufen mehr als gewöhnlich.«

Das klang nicht gerade nach einem Flirtversuch. Ulla wusste nicht, ob sie enttäuscht oder erleichtert sein sollte.

»Und weniger technisch ausgedrückt?«, fragte sie.

»Es geht um Stacheldraht. Rostfrei und besonders strapazierfähig. Hergestellt nach dem bewährten Patent der Firma Wolf.«

Die wenigen Worte reichten, und sie kapierte. Jeder noch so unpassende Flirtversuch wäre ihr lieber gewesen. Und sie hatte sich eingebildet, Tommy Weidner zu kennen. Was war sie nur für eine Idiotin!

»Ihr braucht den Draht für eure Grenzanlagen, stimmt's?«

Tommy nickte. Dann rückte er sich den Knoten seiner Krawatte zurecht, und mit einer Entschiedenheit, die ganz und gar untypisch für ihn war, fixierte er sie.

»Ist die Firma Wolf an dem Geschäft interessiert? Ja oder nein?«

25

Jürgen tat alles, um sich seine Nervosität nicht anmerken zu lassen, aber er konnte nicht anders – er musste immer wieder zu Moses Rosen hinüberschielen, der zusammen mit Dr. Zemke und ihm am Konferenztisch im Büro des Staatsanwalts Platz genommen hatte. Von diesem seltsamen jungen Mann mit seinen Schläfenlocken und dem schwarzen Käppi, das er auch im geschlossenen Raum nicht vom Kopf genommen hatte, hing es also ab, ob er Arno Vielhaber auf den Stuhl des Bürgermeisters folgen würde oder nicht.

»Bitte sprechen Sie ganz offen, Herr Rosen«, sagte Dr. Zemke. »Was sind Ihre Erwartungen? Ich nehme an, Sie streben eine Entschädigung für Ihren Vater an, nicht wahr? Eine Strafverfolgung kommt ja aufgrund des Ablebens des Beklagten nicht mehr in Frage.«

Rosen schüttelte seinen dunklen Lockenkopf. »Nein, es geht nicht um Geld«, sagte er mit leiser Stimme.

»Nicht um Geld?«, fragte Jürgen verwundert. »Worum geht es dann?«

»Mein Vater möchte, dass die Stadt Altena sich erinnert, was sie Menschen wie ihm angetan hat.«

»Aber das tun wir doch, lieber Herr Rosen! So gut es in unseren Kräften steht. Jedes Jahr veranstalten wir zur Reichskristallnacht – pardon, ich meine, am 9. November – eine sehr würdige Gedenkfeier. Und was Ihren verehrten Herrn Vater betrifft – er war in unser kleinen Stadt ein über alle Maßen geschätzter Mann. Ich selber erinnere mich noch sehr lebhaft, wie er mir meinen ersten Matrosenanzug ...«

»Wollen Sie meinen Vater verhöhnen?«, schnitt Rosen ihm das Wort ab. Ohne Jürgens Antwort abzuwarten, holte er ein Dokument aus seiner Aktentasche hervor. Während Jürgen darauf das Wort *Vertrag* erhaschte, wandte Rosen sich an den Staatsanwalt: »Wenn ich Sie gleichfalls bitten darf?«

»Selbstverständlich.« Dr. Zemke legte ein Dokument auf den Tisch, das genauso aussah wie das seines Gastes.

»Was ... was sind das für Verträge?«, fragte Jürgen unsicher.

»Sie betreffen die Zwangsarisierung des Modehaues Rosen«, erklärte der Staatsanwalt.

Bei dem hässlichen Wort zuckte Jürgen zusammen. »Ein ganz, ganz dunkles Kapitel deutscher Geschichte«, sagte er, wohl wissend, dass er sich bei diesem Thema jedes Wort dreimal überlegen musste. »Aber wie das Bundesverfassungsgericht schon vor einiger Zeit letztinstanzlich festgestellt hat, ist rechtlich da wohl nichts zu machen. Leider. *Pacta sunt servanda* ...«

»Richtig«, pflichtete Dr. Zemke ihm bei. »Verträge müssen eingehalten werden. Es sei denn«, fügte er nach einer Kunstpause hinzu, »sie wurden gefälscht.«

»Gefälscht?« Jürgen verstand nicht. »Was wollen Sie damit sagen?«

Der Staatsanwalt blätterte in den Unterlagen. »Wenn Sie bitte selbst schauen wollen?«, forderte er Jürgen auf und schob die Dokumente über den Tisch. »Zwei Exemplare desselben Vertrags, aber zwei verschiedene Verkaufssummen. In der Ausfertigung des Verkäufers Julius Rosen, die sein Sohn vorgelegt hat, beträgt sie tausend Reichsmark, in der Ausfertigung des Käufers Arno Vielhaber hingegen *einhundert*tausend Reichsmark. Seltsam, nicht wahr?«

Irritiert blickte Jürgen erst auf den Staatsanwalt, dann auf Moses Rosen. Plötzlich fiel ihm auf, dass die zwei sich auf merkwürdige Weise ähnelten. Sie hatten beide dieselbe helle Haut, und die schütteren dunklen Strähnen, die Dr. Zemke sich quer über die Glatze gekämmt hatte, kräuselten sich beinahe genauso wie Rosens Schläfenlocken.

Um Gottes willen, war der Staatsanwalt womöglich selber ein Jude?

»Dann … dann geht es also doch um Geld?«, stammelte Jürgen, bevor er wusste, was er sagte.

26

Um Zeit zu gewinnen, winkte Ulla den Kellner herbei, damit er die Bestellungen aufnahm. Bevor sie Tommy antwortete, wollte sie nachdenken. Es gab bei der Sache so vieles auf einmal zu berücksichtigen. Zum Glück ließ er sich noch einmal die Speisenkarte geben. Sie selber kannte das Angebot der Burgschänke auswendig und nahm das Ragout fin, ohne einen Gedanken an die Wahl ihres Gerichts zu verschwenden. Während der Kellner mit dem Schreibblock in der Hand darauf wartete, dass auch Tommy seine Wünsche äußerte, überlegte Ulla das Für und Wider des Geschäfts, das er ihr vorgeschlagen hatte, mit allen seinen verwirrenden Aspekten.

Als er das Wiener Schnitzel mit Bratkartoffeln und dazu ein Iserlohner Pilsener bestellte, hatte sie ihre Entscheidung getroffen.

»Tut mir leid«, sagte sie, »aber ich muss dein Angebot ablehnen.«

Tommy gab dem Kellner die Karte zurück und schaute sie an. »Kannst du dir das wirklich leisten?«, fragte er.

»Was leisten?«, fragte sie zurück.

»Ein so bedeutendes Geschäft auszuschlagen.«

Seine Antwort irritierte sie. »Wie … wie kommst du darauf, dass ich das nicht könnte?«

Tommy zuckte die Achseln. »Dafür muss man in diesen Zeiten kein Hellseher sein«, erwiderte er. »Die BRD steckt in ihrer ersten richtigen Rezession, und sie trifft insbesondere den Mittelstand.«

»Was du nicht sagst!«

»Eine Binsenweisheit, ich weiß«, sagte er, »so steht es ja auch in allen Zeitungen. Aber über die Gründe, die zur Schrumpfung der westdeutschen Wirtschaft geführt haben, ist in den Zeitungen so gut wie nichts zu lesen. Dabei wiegen sie so schwer, dass sich an dem Abschwung so schnell wohl nichts ändern wird.«

»Da behaupten unsere fünf Wirtschaftsweisen aber etwas ganz anderes!«

»Natürlich, sie sollen der Bevölkerung ja auch Mut machen, dafür ist der sogenannte Sachverständigenrat schließlich da. Aber ich bin sicher, in Wirklichkeit wissen sie selbst, auf welch tönernen Füßen ihre Prognosen stehen. Der Bedarf an Basiskonsumgütern, zwei Jahrzehnte lang der Hauptmotor des westdeutschen Wirtschaftswunders, ist inzwischen weitgehend gedeckt. Bau- und Schwerindustrie müssen darum ihre Produktion immer mehr zurückfahren, das Gleiche gilt für die Investitionsgüterbranche, mit der Folge, dass fast alle Schlüsselindustrien stagnieren. Autos stehen zu Zigtausenden auf Halde, weil die Käufer das Vertrauen in die Zukunft verloren haben, egal, was die Wirtschaftsweisen erzählen, und trotz des inflationsbedingten Wertverlusts bringen die Verbraucher ihr Geld lieber zur Sparkasse, als es für die Befriedigung ihrer Konsumwünsche auszugeben. Das hat nicht zuletzt das miserable Weihnachtsgeschäft im Einzelhandel gezeigt.«

»Ich bin beeindruckt von deinen intimen Kenntnissen unserer Wirtschaft«, sagte Ulla ironisch, um zu verbergen, wie beeindruckt sie tatsächlich war.

»Ich wollte, die Bilanz der Firma Wolf wäre ebenso beeindruckend«, gab er zurück. »Doch das ist leider nicht der Fall. Die Drahtzieherei hat allein im letzten Halbjahr ein Minus von 1,7 Millionen D-Mark vor Steuern gemacht.«

»WAS?«, platzte sie heraus. »Du kennst unsere Bilanz? Woher?«

Schon wieder grinste Tommy sein Tommy-Grinsen. »Wir haben unsere Informationen«, sagte er. »Und deshalb weiß ich auch, dass es der VAM kaum besser geht als der Firma Wolf. Die Bundesbank reduziert zur Drosselung der Inflation die umlaufende Geldmenge, du kannst also nicht wie früher Verluste der Drahtzieherei durch Profite aus dem Rohlingsgeschäft kompensieren.«

»Das … das ist Betriebsspionage!«

»Wir nennen es Beobachtung des Klassenfeinds«, erwiderte er ungerührt.

»Und das sagst du mir einfach so ins Gesicht?«

»Warum nicht? Ich möchte schließlich immer noch mit dir ins Geschäft kommen.«

Ulla musste schlucken. Egal, woher Tommy seine Informationen hatte – so klar und deutlich hatte noch niemand ihre Situation auf den Punkt gebracht. Nicht mal sie selbst.

»Trotzdem hast du dich verrechnet«, sagte sie.

»Womit?«

»Zahlen sind nicht alles im Geschäft. Es gibt auch noch so etwas wie Moral.«

»Tatsächlich?« Er runzelte spöttisch die Brauen. »In der freien Marktwirtschaft?«

»Allerdings«, sagte sie. »Und darum gehe ich auf den Handel nicht ein. Ich würde mich sonst an der Einkerkerung von sechzehn Millionen Menschen beteiligen. Und das will ich nicht. Nicht für alles Geld der Welt.«

Er griff nach seiner Zigarettenpackung – die Marke hieß tatsächlich »Club«, wahrscheinlich aus der DDR. Während Ulla darauf wartete, dass er ihr wieder sein albernes Kunststückchen vorführen würde, schaute sie in sein Gesicht. Sie war entschlossen, sich nicht von ihm beeindrucken zu lassen – und wenn er sich auf den Kopf stellen und mit beiden Beinen Hurra schreien würde! Doch statt sein Kunststück zu wiederholen, steckte er sich einfach nur die Zigarette zwischen die Lippen und zündete sie mit einem Streichholz an.

»Ich nehme an, du meinst die Mauer?«, fragte er in ungewohntem Ernst.

»Was sonst?«, erwiderte sie. »Von mir aus kannst du auch antifaschistischer Schutzwall sagen, wenn dir das lieber ist. An der Sache ändert das allerdings nicht das Geringste. Gefängnis bleibt Gefängnis.«

Nachdenklich wiegte er den Kopf. »Die DDR hat die Mauer nicht aus freien Stücken gebaut«, sagte er. »Vielmehr sind wir dazu gezwungen worden.«

»Ich kenne die Haltung eurer Regierung. Das ist nichts als Propaganda, blanker, unverforener Zynismus, wenn du mich fragst!«

»Bist du dir da so sicher?«

»Allerdings!« Sie musste sich beherrschen, um ihre Stimme zu dämpfen, ein paar Gäste schauten schon zu ihnen herüber. »Warum gab es denn den Aufstand am 17. Juni? Warum sind euch die Menschen in Scharen davongerannt? Weil ihr sie unterdrückt und ausgebeutet und immer mehr von ihnen verlangt habt, ohne sie dafür entsprechend zu bezahlen! Ihr wart ja noch nicht mal imstande, sie mit dem Allernötigsten zu versorgen.«

Tommy streifte die Asche seiner Zigarette ab und dachte eine Weile nach, bevor er ihr antwortete.

»Ja«, sagte er schließlich, »die Kritik, die es in den fünfziger Jahren an den Verhältnissen bei uns gegeben hat, war zum Teil berechtigt – das gebe ich gerne zu. Wir haben damals von den Menschen mehr verlangt, als sie zu leisten imstande waren, und haben viele von ihnen überfordert. Aber war Massenflucht, zu der die Adenauer-Regierung mit Hilfe der Bild-Zeitung und des westdeutschen Fernsehens unsere Bürger aufgefordert hat, die richtige Antwort? Jeder, der die Deutsche Demokratische Republik vor dem Mauerbau verließ, hat die Wirtschaftskraft des Landes weiter geschwächt und damit die kritisierten Verhältnisse noch mehr verschlimmert. Was blieb uns da anderes übrig, als die Grenze zur BRD irgendwann zu schließen?«

Ulla hatte gehofft, ihn mit ihren sarkastischen Bemerkungen zu provozieren oder vielleicht sogar dazu zu bringen, das Unrecht, das der sogenannte Arbeiter-und-Bauern-Staat seinen Bürgern antat, zuzugeben, aber das war ihr nicht gelungen. Im Gegenteil. Obwohl es ihr gegen den Strich ging, konnte sie sich der Logik seiner Argumentation nicht verschließen. War sie vielleicht zu einseitig in ihrem Urteil gewesen? Bisher hatte sie in der Mauer nie etwas anderes gesehen als ein Sinnbild der Unmenschlichkeit, mit der die DDR die Menschen im anderen Teil Deutschlands misshandelte. Dass aber womöglich auch die Bundesrepublik zur Entstehung dieses Monstrums beigetragen hatte, wäre ihr nicht im Traum eingefallen. Jetzt konnte sie das nicht länger bestreiten.

»So habe ich die Dinge noch nie betrachtet«, sagte sie.

Er nickte ihr aufmunternd zu. »Willst du dann vielleicht doch noch mal über mein Angebot nachdenken?«

Sie zögerte eine Sekunde, dann schüttelte sie den Kopf. »Nein, Tommy«, sagte sie. »Auch wenn ich zugeben muss, dass mir jetzt manche Dinge in einem anderen Licht erscheinen, ändert das nichts an meinem Entschluss. Ich werde keinen Stacheldraht an die DDR-Regierung liefern.« Sie fuhr mit dem Finger über die weiße Tischdecke, um das darin eingewobene Muster nachzuzeichnen. »Ich weiß nicht, ob du das weißt – aber mein Vater wurde von den Nazis gezwungen, ihnen Stacheldraht für die Konzentrationslager Dachau und Buchenwald zu liefern. Mit Hilfe unseres Drahts wurden damals zahllose Menschen ihrer Freiheit beraubt und eingesperrt, bis zu ihrer Ermordung. So etwas darf sich nie mehr wiederholen. Egal, wer Schuld an der Mauer hat!« Sie hob den Kopf und schaute ihn an. »Kannst du das verstehen?«

Tommy gab mit keiner Regung seiner Miene zu erkennen, ob er die Geschichte ihres Vaters kannte oder nicht. »Ja«, sagte er nur. »Das kann ich verstehen. Sosehr ich deine Entscheidung auch bedaure.«

Es trat ein Moment der Stille ein, und während sie einen Blick tauschten, wie Ulla schon lange keinen Blick mehr mit einem anderen Menschen getauscht hatte, versuchte sie, in seinen Augen zu lesen. Empfand er gerade dasselbe wie sie? Plötzlich wünschte sie sich nichts sehnlicher, als dass er noch einmal seine Hand auf ihren Arm legte und sie berührte, wie er es eben getan hatte.

Aber er tat es nicht. Stattdessen kam der Kellner mit dem Servierwagen.

»Na endlich«, sagte Tommy, »unser Essen!«

»Na endlich!«, sagte auch Ulla, obwohl sie gar keinen Appetit hatte. »Mir knurrt schon der Magen.« Sie trank einen Schluck von ihrer Cola und beobachtete den Serviervorgang mit einer Aufmerksamkeit, als könne sie es kaum erwarten, mit dem Essen zu beginnen.

Während Tommy seine Serviette auseinanderfaltete und sie in seinem Schoß ausbreitete, stellte der Keller die gefüllten Teller auf den Tisch.

»Dann wünsche ich den Herrschaften guten Appetit.«

Ulla suchte nach Worten, aber sie fand keine. War damit alles gesagt, was es zwischen ihnen zu sagen gab?

Tommy griff zu seinem Besteck. »Die sind ja mit Zwiebeln und Speck!«, rief er sichtlich begeistert und spießte mit seiner Gabel eine Bratkartoffel auf. »Und sogar ein bisschen angebrannt! Genauso, wie meine Mutter sie früher gemacht hat.«

27

Jügen Rühling war inzwischen vierzig Jahre alt. Er war der Sohn des angesehensten Apothekers in der ganzen Stadt und hatte in eine noch angesehenere Altenaer Familie eingeheiratet. Er war erfolgreicher Unternehmer, Adjutant der Friedrich-Wilhelms-Gesellschaft und Stellvertreter des Bürgermeisters, dem er, wenn es mit rechten Dingen zuging, nach dessen unverhofftem Ableben in Kürze nachfolgen würde. Doch er war nichts mehr von alledem, sobald er von Walter Böcker zum Rapport in die Freiheit zitiert wurde. Dann war er wieder vierzehn Jahre alt statt vierzig und fühlte sich, wie er sich damals als Schuljunge gefühlt hatte, wenn er von seinem Mathematiklehrer Niels Becker, einem Sadisten, der mit seinen Fragen ganze Generationen von Schülern gequält hatte, zum Vorrechnen an die Tafel gerufen worden war.

»WAS will der Itzig?«, fragte Walter. »Ein Museum?«

»Ja, zur Erinnerung an die Altenaer Juden«, erwiderte Jürgen wahrheitsgemäß. »Das hat er wenigstens behauptet.«

»Und wer zum Teufel soll das bezahlen?«

»Die Einrichtung des Museums will er mit den Geldern finanzieren, die er sich zur Entschädigung seines Vaters aus Arnos Hinterlassenschaft erhofft. Und für die laufenden Kosten soll die Stadt aufkommen.«

Walter schaute ihn ungläubig an. »Dann will er das Geld also gar nicht für sich?«

»Nein«, sagte Jürgen. »Weder für sich noch für seinen Vater.«

»Verflucht! Solche Leute sind gefährlich.« Walter stand auf und ging zur Tür.

»Wo willst du hin?«, fragte Jürgen unsicher.

»Schiffen!«, knurrte Walter. »Mit voller Blase kann ich nicht denken.«

Während Walter zur Toilette ging, zermarterte Jürgen sich in dem stinkenden Jagdzimmer das Gehirn, um ihm bei seiner Rückkehr eine Lösung zu präsentieren. Aber unter den Augen von ausgestopften Eberköpfen konnte er sich einfach nicht konzentrieren.

Warum fiel ihm nur nie etwas ein, wenn es wirklich darauf ankam?

Draußen ging die Spülung. Kurz darauf war Walter wieder da.

»Ich hab's!«, sagte er, mit den Fingern noch an seiner Hose nestelnd. »Wir machen es genau so, wie der Itzig es will.«

»Wie bitte?«, fragte Jürgen.

»Ja, genau so, nur ohne Prozess. Weil, so ein Prozess kann das Ansehen der ganzen Stadt ruinieren. Da tun wir doch lieber ein bisschen was für unser Image, oder?«

»Das … das musst du mir erklären …«, stammelte Jürgen, der sich einmal mehr wie der letzte Idiot vorkam.

Walter nahm wieder Platz. »Hast du vergessen, was Arno der Friedrich-Wilhelm-Gesellschaft mitteilen wollte …«, fragte er und kraulte das Fell der ausgestopften Wildsau zu seiner Rechten.

»Du meinst, beim Morgenappell, im Bungern?«

»Genau. Bevor er tot umfiel.«

»Ja, natürlich erinnere ich mich. Nur – was hat das mit unserem Problem zu tun?«

Walter stieß einen gequälten Seufzer aus, dann beugte er sich in seinem Sessel vor, um seinen Plan zu erklären. Je länger er redete, umso deutlicher spürte Jürgen, was für ein kleines Licht er im Vergleich zu diesem Mann war, und nur mit Mühe gelang es ihm, auch diese Demütigung so tapfer zu ertragen wie schon zahllose andere zuvor. Wieder einmal war er zu dumm gewesen, um selber die Lösung zu finden, die doch so nahe lag, und wieder einmal musste sein Lehrer und Mentor sie ihm Punkt für Punkt auseinandersetzen.

»Kapiert?«, fragte Walter, als er endlich fertig war.

»Du kannst dich auf mich verlassen«, versprach Jürgen in der Hoffnung, auf diese Weise vielleicht doch noch mit einer Vier minus davonzukommen. »Ich werde sofort einen Termin mit Dr. Zemke und dem jungen Rosen vereinbaren.«

»Na also«, sagte Walter und klopfte ihm auf die Schulter. »Warum nicht gleich so?«

28

Wenn man den Burgweg hinunter zum Märkischen Hof nahm, dauerte es zu Fuß bis zum Bahnhof ungefähr zwanzig Minuten. Eine halbe Stunde bevor Tommys Zug abfuhr, waren sie darum in der Burgschänke aufgebrochen. Obwohl er gesagt hatte, er würde die Abkürzung durch den Wald auch allein finden, schließlich sei er immer noch einer von hier, hatte Ulla darauf bestanden, ihn zu begleiten. Warum tat sie das? Aus Höflichkeit, weil er die Rechnung bezahlt hatte? Oder wollte sie die paar Minuten, die er noch in Altena war, mit ihm zusammen sein?

Er verfluchte die alberne Begeisterung, die er für die angebrannten Bratkartoffeln an den Tag gelegt hatte. Er hatte sich ja nur deshalb so enthusiastisch gezeigt, damit Ulla nicht merkte, wie gern er sie geküsst hätte. Ihre Entscheidung, den Auftrag seiner Regierung abzulehnen, obwohl sie damit ihr Unternehmen hätte retten können, nötigte ihm solchen Respekt ab, dass sie ihm noch begehrenswerter erschien, als sie ohnehin schon war. Doch mit den verfluchten Bratkartoffeln war der Gesprächsfaden von einem Moment zum andern abgerissen. Sie hatten anschließend nur noch belangloses Zeug geredet, vor allem über Ullas Pläne, wie sie der Rezession entgegenzuwirken und das Geschäft der Firma Wolf wieder anzukurbeln gedachte. Sie wollte versuchen, Wohnheime, die manche große Unternehmen in der BRD neuerdings für türkische Gastarbeiter einrichteten, mit Stahlbetten und Sprungfedermatratzen zu beliefern – sie sei mit dem Geschäft vertraut, die Firma Wolf beliefere ja schon seit Jahren Jugendherbergen im ganzen Bundesgebiet. Am Ende hatten sie sich vor lauter Verlegenheit tatsächlich über das Wetter unterhalten, bevor das Gespräch beim Nachtisch endgültig versiegte.

Das Schweigen, das zwischen ihnen entstanden war, wurde noch zäher, als sie nun Seite an Seite den schmalen, ungepflasterten Waldweg hinunterliefen. Tommy hoffte die ganze Zeit, Ulla würde etwas sagen, aber auch sie brachte keinen Ton über die Lippen, so wenig wie er, stattdessen blickte sie unablässig ins Tal, obwohl es in den Straßen dort unten nichts anderes zu sehen gab als den üblichen Nachmittagsverkehr und ein paar Schützen, die den Birkenschmuck und die grünweißen Fähnchengirlanden abhängten. Vielleicht, dachte Tommy, konnte es auch gar nicht anders sein, als dass sie jetzt schwiegen. Fünfzehn Jahre lagen zwischen ihnen, fünfzehn Jahre, die sie in zwei verschiedenen Welten gelebt hatten, er in der Deutschen Demokratischen Republik und sie in der BRD, und wenn er während ihres Gesprächs ein paarmal auch gedacht hatte, dass es immer noch eine irgendwie besondere Vertrautheit zwischen ihnen gab, zum Beispiel in der Art, wie sie miteinander redeten oder sich anschauten oder über einen Witz lachten, waren sie in Wahrheit einander vollkommen fremd geworden. Weil der eine nichts mehr vom Leben des anderen wusste, weil es kein gemeinsames Leben mehr gab, keinen gemeinsamen Alltag, keine gemeinsame Wirklichkeit, die sie in irgendeiner Weise miteinander teilten.

Warum sonst war sie bei seiner Berührung zurückgeschreckt, als hätte er Gift an den Händen?

Fast wäre es ihm lieber gewesen, sie hätten sich schon auf der Burg voneinander verabschiedet, so bedrückend empfand er jetzt ihr Schweigen. Zum Glück waren es bis zur Abfahrt des Zugs keine fünf Minuten mehr, als sie den Bahnhof erreichten. In der Unterführung, die von der Schalterhalle zu den Gleisen führte, stank es noch wie früher nach Urin, daran hatten auch Bernds Toilettenhäuschen nichts ändern können. *Qu'est-ce que c'est? Moi ne pas …* Sein alter Freund und Kriegskamerad war der Letzte gewesen, den Tommy hier gesehen hatte, als er aus Altena geflohen war. Damals hatte Ulla sich am Gleis gegenüber von Jürgen Rühling verabschiedet, um zum Studium nach Tübingen zu fahren. Ob Ulla wohl mit Jürgen glücklich war? Die Frage brannte ihm auf den Lippen. Aber er traute sich nicht, sie zu stellen.

Auf dem Bahnsteig wartete schon ein gutes Dutzend Reisende. Tommy stellte seinen Koffer ab, um sich zu verabschieden.

»Warum bist du noch mal zurückgekommen?«, fragte Ulla plötzlich.

»Aber das weißt du doch«, erwiderte er.

»Unsinn.« Sie schüttelte den Kopf. »Draht wird auch woanders hergestellt. Nicht nur in Altena.«

Tommy erwiderte ihren Blick. Wie lange war es her, dass eine Frau ihn so angesehen hatte, wie Ulla es gerade tat …

»Ganz ehrlich?«, fragte er mit rauer Stimme.

Sie nickte. »Karten auf den Tisch.«

»Also gut«, sagte er und räusperte sich. »Ich … ich war einfach neugierig, was nach all den Jahren aus euch geworden ist und wie es euch geht.« Und nach einer Weile, in der sie nicht aufhörte, ihn mit ihren grünen Augen anzuschauen, fügte er hinzu: »Vor allem wollte ich wissen, was aus *dir* geworden ist. Und wie es *dir* geht.«

Immer noch ruhten ihre Augen auf ihm, und während sie ihn anschaute, öffnete sie ihre Lippen einen Spalt weit und streckte ihm ihr Gesicht entgegen, wie um ihn zu küssen.

»Vorsicht an Gleis 2«, tönte es aus den Lautsprechern. »Es fährt ein der D-Zug aus Gießen Richtung Hagen.«

Im selben Moment war alles vorbei. Ein irritierter Ausdruck huschte über Ullas Gesicht, als hätte sie sich erschrocken, und statt auf den Mund gab sie ihm einen Kuss auf die Wange.

»Ich wünsche dir alles Gute«, sagte sie. »Drüben …«

Bevor er antworten konnte, machte sie kehrt und eilte davon, ohne sich noch einmal umzudrehen.

29

Die Schalterhalle der kleinen Sparkasse am Beamtenplatz in Bochum-Hordel hatte schon geschlossen, aber Ruth musste im Büro noch einen Brief fertig tippen, den der Filialleiter ihr kurz vor Feierabend diktiert hatte, bevor auch sie die Arbeit beenden konnte. Sie freute sich jetzt schon darauf, zu Hause weiter in den *Buddenbrooks* zu schmökern. Nach ihrer gescheiterten Ehe mit dem Hochstapler Bendix Grünlich hatte Toni Buddenbrook in München, wo sie gerade eine Jugendfreundin aus dem Mädchenpensionat besuchte, jemanden kennengelernt, der ihr gefiel – »ein richtiges bayrisches Mannsbild«, wie sie an ihre Mutter nach Lübeck schrieb. Ob aus den beiden wohl etwas würde? Ruth brannte vor Neugier, wie die Sache ausging. Tony Buddenbrook war ja noch so jung, und ihre erste Ehe, zu der ihr Vater sie gezwungen hatte, war ein solches Fiasko gewesen … Wenn sie jetzt in München den richtigen Mann fand – wer weiß, vielleicht konnte sie dann doch noch einmal glücklich werden …

»Wann ist es bei deiner Schwiegertochter eigentlich so weit?«, fragte ihre Kollegin Susanne, die mit Hilfe eines kleinen Schminkspiegels bereits ihr Make-up für den Feierabend auffrischte.

Ruth, die gerade den letzten Abschnitt ihres Briefes begonnen hatte, schaute überrascht von ihrer Schreibmaschine auf. Es war das erste Mal, dass Susanne sich nach der Geburt ihres Enkelkinds erkundigte. Obwohl ihre Kollegin schon auf die dreißig zuging, wollte sie selber von Kindern nichts wissen – im Gegenteil. Sie hatte Oswalt Kolles Aufklärungsbuch *Dein Mann, das unbekannte Wesen* zu ihrer persönlichen Bibel erklärt und erzählte jeden Montagmorgen ausführlich von ihren erotischen Abenteuern am Wochenende, stets verbunden mit einem dankbaren Seufzer, dass der liebe Gott die Pille erfunden hatte.

»Der vom Arzt errechnete Termin ist in zwei Wochen«, erwiderte Ruth. »Aber natürlich kann es jetzt jeden Tag passieren.«

Susanne schüttelte den Kopf. »Du und Oma – ich kann es immer noch nicht fassen.«

Während sie sich den Lippenstift nachzog, steckte der Hauptkassierer den Kopf durch die Tür.

»Draußen ist Ihr Sohn, Frau Böcker.«

Ruth sprang von ihrem Schreibtisch auf. »Um Gottes willen!«

»Ja, ja, wenn man vom Teufel spricht«, lachte Susanne und klappte ihren Schminkspiegel zu. »Aber worauf wartest du? Nun lauf schon los. Ich tippe den Brief für dich fertig.«

»Wirklich?«

»Na klar. Dazu sind Kolleginnen doch da.«

»Danke! Dafür hast du was bei mir gut.«

So schnell sie konnte, räumte Ruth ihren Schreibtisch auf und eilte hinaus. Draußen traute sie ihren Augen nicht. Von Winfried keine Spur. Dafür stand vor dem Eingang der Sparkasse ein knallrotes Cabrio im Sonnenschein, und am Steuer saß niemand anderes als Fritzchen! Er hatte einen Arm aus dem Fenster gelehnt und platzte vor Stolz.

»Damit hast du wohl nicht gerechnet?«, sagte er.

»Allerdings nicht«, bestätigte sie. »Aber was hat das zu bedeuten? Hast du etwa die Führerscheinprüfung bestanden? Davon hast du mir ja gar nichts gesagt!«

»Ich wollte dich überraschen!«

»Na, das ist dir gelungen.«

Er sprang aus dem Wagen und hielt ihr die Beifahrertür auf. »Los, steig ein. Wir machen eine Spritztour.«

Ruth zögerte. »Was ist das für ein Auto?«

»Ein Fiat 124, macht über hundertsechzig Sachen!«

»Du weißt genau, was ich meine«, erwiderte sie. »Ich hoffe nur, das ist nicht wieder eine von deinen Dummheiten.«

Fritzchen lachte. »Keine Angst, Mama. Das ist ein Kundenauto – habe ich selbst repariert. Zur Belohnung darf ich es übers Wochenende ausleihen. Ganz offiziell, sozusagen als Probefahrt!«

»So zufrieden ist dein Chef mit dir?« Erleichtert nahm Ruth auf dem tiefliegenden Ledersitz Platz. »Ich kann dir gar nicht sagen, wie sehr ich mich darüber freue.«

Mit quietschenden Reifen fuhr Fritzchen los, so dass zwei Jungs, die auf dem Platz Fußball spielten, sich kreischend auf den Bürgersteig flüchteten.

»Um Gottes willen, nicht so rasen!«, rief Ruth.

Grinsend schaltete Fritzchen in den nächsten Gang. »Warte mal ab, wenn wir erst auf der Autobahn sind.«

Doppelt so schnell, wie im Ortsverkehr erlaubt, verließen sie die Stadt. Als sie die A40 erreichten, nahm Fritzchen die Auffahrt in Richtung Düsseldorf.

»Wo fahren wir hin?«

»Überraschung!«

Auf der Autobahn herrschte dichter Feierabendverkehr, doch Fritzchen ließ sich davon nicht aufhalten. Bis zum Anschlag trat er das Gaspedal durch, drückte immer wieder auf die Hupe, um sich Platz zu schaffen, und überholte die Autos vor ihnen sowohl von links wie auch von rechts. Ruth, die beide Hände brauchte, um ihre flatternden

Haare zu bändigen, wollte protestieren, aber als sie das Gesicht ihres Sohnes sah, ließ sie ihn gewähren. Fritzchen sah so glücklich aus. Während er mit seinen kohlschwarzen Augen konzentriert auf die Fahrbahn blickte, spielte um seinen Mund ein Lächeln. Genauso hatte sein Vater ausgesehen, als Ruth ihn zum ersten Mal geküsst hatte.

Kurz vor Essen verließen sie die Autobahn. Als sie ihr Ziel erreichten, wunderte Ruth sich ein weiteres Mal. Fritzchen hatte sie an den Baldeneysee gebracht. Hatte er sich tatsächlich gemerkt, dass sie vor ein paar Tagen erwähnt hatte, wie gern sie dorthin mal wieder einen Ausflug machen würde?

Im Seehotel, dem schönsten und vornehmsten Lokal weit und breit, kehrten sie ein. Zu Ruths Freude fanden sie sogar noch einen freien Tisch auf der Terrasse über dem Wasser. Golden glänzte der See in der Abendsonne, und das bunte Laub der Bäume am Ufer kündigte schon vom kommenden Herbst.

Dankbar tätschelte sie den Arm ihres Sohnes. »In Wirklichkeit bist du ein so guter Junge. Auch wenn du das selber manchmal vergisst.«

Sie wollte ihn anschauen, doch er wich ihrem Blick aus. Als hätte sie etwas Falsches gesagt, zog er seine Hand zurück und schaute mit gerunzelten Brauen auf seine Finger, in deren Haut sich tiefschwarze Ränder eingefressen hatten.

»Berufskrankheit«, murmelte er, mehr zu sich selbst als zu ihr.

»Was meinst du damit?«, fragte Ruth irritiert.

»Die Hände«, sagte er finster. »Da kann man schrubben, wie man will, aber das Öl kriegt man einfach nicht weg. Vor allem unter den Nägeln. Immer ganz schwarz.«

30

Es war einige Zeit ins Land gegangen, bis es Jürgen gelungen war, ein Treffen zwischen Moses Rosen, Staatsanwalt Dr. Zemke und Walter Böcker zu organisieren. Jürgen war gerade als neuer Bürgermeister vom Stadtrat ernannt worden, da hatten schlechte Nachrichten Rosen zurück nach Israel gerufen, nur wenige Tage nach dem Schützenfest. Sein Vater hatte eine schwere Gallenkolik erlitten, offenbar ausgelöst durch die mit seiner Klage sowie Arno Vielhabers plötzlichem Tod verbundene Aufregung, und sein Leben hatte einige Zeit auf Messers Schneide gestanden. Doch Jürgens klammheimliche Hoffnungen hatten sich nicht erfüllt, Julius Rosen war wieder genesen, so dass sein

Sohn erneut nach Altena gekommen war, um seine Sache zu vertreten. Immerhin hatte er sich auf Jürgens kniefälliges Bitten hin bereit erklärt, sich vor der offiziellen Klageerhebung mit Vertretern der Stadt im Büro des Staatsanwalts zu treffen, um zu prüfen, ob es zur Lösung des Falles Alternativen zu einem Gerichtsverfahren gab, das die Stadt Altena und ihren verstorbenen Bürgermeister nur in Verruf bringen konnte.

»Die Herren haben sich schon miteinander bekannt gemacht?«, fragte Dr. Zemke.

»Das war gar nicht nötig«, erwiderte Walter mit seinem charmantesten Lächeln. »Herr Rosen ist seinem Vater ja wie aus dem Gesicht geschnitten.«

Der ging auf das Geplänkel mit keiner Regung ein. »Sie wollten einen Vorschlag machen?«, fragte er kühl.

Walter begriff. »Ich bin hier, um Ihnen im Namen der Friedrich-Wilhelms-Gesellschaft zu versichern, dass wir Ihr Begehren mit allen uns zur Verfügung stehenden Mitteln unterstützen«, erklärte er ohne weitere Verzierungen.

Rosen hob überrascht die Brauen. »Was haben die Schützen mit der Einrichtung eines jüdischen Museums zu tun?«

»Das will ich Ihnen gern erläutern«, sagte Walter. »Wie Sie vielleicht wissen, verstarb Arno Vielhaber ohne direkte Erben. In seinem Testament hat er darum sein ganzes Vermögen der Friedrich-Wilhelms-Gesellschaft hinterlassen. Diese bietet Ihnen nun an, das ihr zugedachte Erbe in vollem Umfang für die Errichtung eines Museums zum Gedenken jüdischer Opfer in Altena zu verwenden.«

Mit einem Gesicht, das keine Rückschlüsse auf sein Inneres zuließ, zupfte Rosen an seinen Schläfenlocken, ohne einen Ton zu sagen.

»Um offen zu sein«, erklärte er schließlich, »das hatte ich nicht erwartet.«

Dr. Zemke sprach aus, was Walter nicht aussprechen konnte.

»Ich nehme an, im Gegenzug erwarten Sie von der Gegenpartei einen Klageverzicht?«

Jürgen musste sich ein Grinsen verkneifen. Das war natürlich der Zweck der Übung. Doch zu seiner Verblüffung schüttelte Walter den Kopf.

»Nein, Herr Staatsanwalt, das tue ich nicht.«

»Wie bitte?«, platzte Jürgen heraus.

»Achten Sie nicht auf den Herrn Bürgermeister«, sagte Walter und machte eine wegwerfende Handbewegung in seine Richtung. »Unser Angebot ist nicht Ausdruck juristischer, sondern einzig und allein moralischer Erwägungen. Wir würden uns lediglich glücklich schätzen, auf diese Weise einen bescheidenen Beitrag zur Wiedergutmachung leisten zu dürfen.«

Jürgen hätte sich am liebsten die Zunge abgebissen. Obwohl Walter ihn einmal mehr gedemütigt hatte, konnte er ihm seine Bewunderung nicht verweigern. Was für ein Geniestreich, Rosen auf die moralische Tour zu kommen …

Während dessen Gesicht einen immer freundlicheren Ausdruck annahm, meldete Dr. Zemke allerdings Bedenken an.

»Ich würde mir an Ihrer Stelle einen Klageverzicht gründlich überlegen.«

Doch auch davon ließ Walter sich nicht beeindrucken. »Unbedingt, lieber verehrter Herr Rosen«, pflichtete er dem Staatsanwalt bei. »Das wäre auch der Rat, den ich Ihnen gerne geben würde. Nehmen Sie sich für Ihre Entscheidung bitte alle Zeit der Welt. Wenn Sie es wünschen, können wir unser Gespräch gerne vertagen.«

31

Schon den ganzen Nachmittag tagte der Planungsstab Innerdeutscher Handel II unter Werner Himmelreichs Leitung im Ostberliner Wirtschaftsministerium, doch noch war kein einziger Beschluss gefasst. Es ging um allgemeine Fragen der Zusammenarbeit mit dem Klassenfeind. Bisher waren die Handelsbeziehungen zwischen der DDR und der BRD von Misstrauen und Abschottung geprägt, so dass der wechselseitige Austausch von Waren und Gütern kaum zu Buche schlug. Doch seit vor knapp einem Jahr in der BRD die große Koalition von CDU und SPD unter Kanzler Kurt-Georg Kiesinger die alte Erhard-Regierung abgelöst hatte, schien es endlich Licht am Ende des Tunnels zu geben. Vor allem der neue Außenminister Willy Brandt schürte mit seiner Maxime »Wandel durch Annäherung« so große Hoffnungen, dass manche Genossen, darunter angeblich sogar einige im Ministerrang, schon von ersten Anzeichen eines möglichen Tauwetters in den festgefrorenen Beziehungen der beiden deutschen Staaten sprachen. Und in diesem Prozess sollten Wirtschaft und Handel die treibenden Kräfte sein.

Wie immer, wenn sein Vorgesetzter sich in grundsätzlichen Betrachtungen erging, schweiften Tommys Gedanken ab. Warum hatte er nicht wenigstens versucht, Ulla zu küssen? Seit Jutta Höllscher ihn von der Liebe kuriert hatte, zog er jeden Freitag und Samstag durch die Tanzlokale der Hauptstadt, und fast jedes Wochenende gelang ihm eine Eroberung, mit seinem altbewährten Programm. Tanzen, Lachen, Küssen. Bei Ulla jedoch hatte sein Programm kläglich versagt. Gerade mal einen Tanz hatte er mit ihr geschafft, und zum Lachen hatte er sie auch kaum gebracht. War es da ein Wunder, dass es nicht zum Kuss gekommen war? Seit seiner Rückkehr aus Altena versuchte er sich mit diesem Gedanken zu trösten. Doch tief in seinem Innern wusste er, dass nicht sein Programm der Grund seines Scheiterns war, sondern er selbst. Er hatte sich ganz einfach nicht getraut. Weil er Ulla im Unterschied zu all den anderen Frauen, die er Woche für Woche eroberte, immer noch liebte.

Zum Glück machte nächsten Sonntag am Alex ein neuer Tanzschuppen auf, und da es in der Ankündigung geheißen hatte, dass am Eröffnungsabend jede allein kommende Frau mit einem Freigetränk begrüßt würde, würde die Bude vor weiblicher Schönheit nur so platzen. Die beste Gelegenheit, um endlich einen Schlussstrich zu ziehen.

»Genosse Weidner?«

Die Stimme seines Vorgesetzten riss ihn aus seinen Gedanken. Tommy hatte keine Ahnung, worum es ging. Zum Glück half Himmelreich ihm auf die Sprünge.

»Sie erwähnen in Ihrem Bericht moralische Bedenken auf Seiten der Firma Wolf?«

»Ja«, bestätigte er. »Die Firmenchefin lehnte den ins Auge gefassten Handel mit der Begründung ab, dass sie sich mit dem Verwendungszweck des gelieferten Drahts nicht einverstanden erklären könne.«

Himmelreich schüttelte den Kopf. »Aber Konzentrationslager beliefern, da hatte man keine Skrupel.«

»Ich schlage vor, bis auf weiteres den benötigten Draht aus England zu beziehen«, erwiderte Tommy. »Die ersten Proben waren von einwandfreier Qualität.«

»Aber nur in kurzfristig unbedingt nötigen Mengen. Der Wechselkurs des britischen Pfunds schlägt zur Zeit äußerst negativ zu Buche. Außerdem gibt es Signale aus dem Politbüro und dem ZK, dass dort wohl ein gewisses Interesse besteht, verstärkt mit Firmen aus der BRD zu kooperieren. Um zu prüfen, wie ernst der Klassenfeind es mit der sogenannten Entspannungspolitik meint …«

Eine Sekretärin kam in den Konferenzraum. Auf Zehenspitzen huschte sie zu Tommy.

»Ihr Besuch aus Düsseldorf, Genosse Weidner«, flüsterte sie. »Herr und Frau Krasemann.«

Überrascht blickte er auf seine Uhr. »Oh, ist es schon so spät?«

»Die Herrschaften sind soeben eingetroffen. Sie warten in Ihrem Büro.«

Tommy sprang auf und eilte zur Tür. »Bitte entschuldigen Sie, Genosse Himmelreich. Ein wirklich wichtiger Termin – Wandel durch Annäherung!«

32

Eine Vertagung des Gesprächs war nicht nötig – Moses Rosen hatte seine Entscheidung getroffen. Er teilte sie Jürgen und Walter mit, als sie sich vor dem Amtsgericht voneinander verabschiedeten.

»Ich denke, ich werde die Klage zurückziehen«, sagte er mit seiner leisen Stimme.

Jürgen suchte nach Worten, um im Namen der Stadt seinen Dank auszusprechen, doch Walter kam ihm zuvor.

»Sie beschämen uns! Ich weiß gar nicht, wie ich meine Bewunderung für Ihre Großherzigkeit zum Ausdruck bringen soll.«

Rosen reichte ihm die Hand. »Vielleicht kann das Museum ja ein wenig helfen, die Wunden zu heilen. Ich bin jedenfalls froh, dass ich hergekommen bin. Ich war anfangs sehr skeptisch, aber jetzt habe ich den Eindruck, dass Deutschland sich tatsächlich gewandelt hat.«

»Sie beschämen uns schon wieder«, erwiderte Walter und drückte mit beiden Händen seine Hand. »Richten Sie Ihrem Herrn Vater bitte die allerherzlichsten Grüße aus. Wir würden uns freuen, ihn bei der Einweihung des Museums hier in seiner alten Heimatstadt begrüßen zu dürfen.«

»Ich werde mit ihm darüber reden. Auf Wiedersehen.« Nach Walter gab er Jürgen die Hand. »Herr Bürgermeister.«

»Ich … ich danke Ihnen im Namen der Stadt Altena und der gesamten Bürgerschaft.« Auch Jürgen nahm beide Hände zu Hilfe, um seiner inneren Bewegtheit Ausdruck zu verleihen. »Kann mein Chauffeur Sie vielleicht noch irgendwohin bringen?«

»Sehr freundlich, aber das wird nicht nötig sein«, entgegnete Rosen, »Ich mache gern ein paar Schritte zu Fuß. Außerdem möchte ich jetzt allein sein. Um meinen inneren Frieden mit der Stadt zu machen.«

Damit wandte er sich zum Gehen.

»Shalom!«, rief Walter ihm nach.

Die beiden warteten, bis Rosen die Gerichtsstraße hinunter verschwand und außer Hörweite war.

»Shalom«, wiederholte Jürgen voller Bewunderung. »Was bist du nur für ein kapitales Arschloch!«

»Warum?«, erwiderte Walter mit gespielter Harmlosigkeit. »Sagt man nicht so in Israel?«

»Überhaupt«, fügte Jürgen hinzu »Das war heute dein absolutes Meisterstück.«

Walter war sichtlich geschmeichelt. »Na ja, gelernt ist gelernt«, sagte er. »Schließlich war ich schon 52 dabei, als wir die Itzigs über den Tisch gezogen haben. Luxemburger Abkommen – *das* war mein Meisterstück! – Ach«, seufzte er und wandte sich zum Parkplatz, »wenn nur alles im Leben so einfach wäre.«

Ausnahmsweise verstand Jürgen dieses Mal ohne Erklärung, wovon die Rede war. »Du meinst die Aufträge der Bundesbank?«, fragte er und beeilte sich, Walter zum Auto zu begleiten, obwohl sein Chauffeur mit dem Dienstwagen vor dem Gerichtsgebäude auf ihn wartete. »Ulla hat mir erzählt, dass die VAM wohl bald Kurzarbeit anmelden muss.«

Walter nickte. »Es ist einfach zum Jungehundekriegen. Kaum ein Betrieb, der noch ohne auskommt. Im Verband ist von nichts anderem mehr die Rede. Wird auf der Sitzung heute Abend wieder das Hauptthema sein. Apropos – sehen wir uns da eigentlich?«

»Leider nicht«, erwiderte Jürgen. »Hoher Besuch aus Blackburn und Péronne – Kandidaten für die Städtepartnerschaft. Das geht nicht ohne den Herrn Bürgermeister. Aber Ulla wird mich in Düsseldorf vertreten.«

»Schade«, sagte Walter. »Hätte dich gut gebrauchen können, um dem Großmaul Beitz in die Parade zu fahren. Der wird uns garantiert wieder mit seinen Sozialplänen kommen. Wenn wir nicht verflucht aufpassen, gehen wir alle miteinander den Bach runter.«

Auf eine solche Bemerkung hatte Jürgen nur gewartet. »Na ja, ganz so schwarz sehe ich eigentlich nicht«, sagte er. »Zumindest nicht für die Firma Wolf.«

Walter, der schon den Autoschlüssel in der Hand hatte, blieb überrascht noch einmal stehen.

»Ist dir irgendein Coup gelungen, von dem ich nichts weiß?«, fragte er.

Obwohl er sich alle Mühe gab, seine Neugier zu verbergen, stand sie ihm unübersehbar im Gesicht geschrieben. Jürgen konnte sich gar nicht daran sattsehen. Endlich gab es etwas, womit er seinem Vorbild Eindruck machen konnte.

»Eigentlich sollte ich ja noch gar nicht darüber reden«, sagte er, »aber wenn du mich so löcherst …«

»Jetzt mach's nicht so spannend! Raus damit!«

»Nur, wenn du mir versprichst, niemandem was zu sagen. Kein Sterbenswörtchen!«

»Na hör mal«, knurrte Walter. »Willst du mich beleidigen?«

Das wollte Jürgen natürlich nicht. »Also gut«, sagte er, »hör zu …«

33

Als Tommy seinen Stift zur Hand nahm, um den Auftrag von Schuh Krasemann zu notieren, musste er daran denken, wie er früher nach jedem Tanzkurs im Lennestein mit Benno und Bernd im Schwarzen Raben die Ausbeute des Abends aufgeteilt hatte. Der einzige Unterschied war, dass heute an Bernds Stelle Gundel mit ihm und Benno am Tisch saß und sie nicht über Eier, Kartoffeln und Speck verhandelten, sondern über Gummistiefel, die das Kombinat ›Plaste und Elaste‹ in Karl-Marx-Stadt aus Kautschuk für dreihundert Millionen nicht mehr gebrauchte Kondome produzieren würde.

»Drei Ausführungen?«, fragte er. »Für Damen, Herren und Kinder?«

»Ja, und zwar in allen Größen«, erwiderte Benno.

»In der Kinderausführung von siebzehn bis achtunddreißig«, erklärte Gundel.

»Von vierunddreißig bis zweiundvierzig bei den Damen. Und von neununddreißig bis siebenundvierzig bei den Herren.«

»Und alle Ausführungen für alle zweiunddreißig Filialen?« Tommy überschlug im Kopf die ungefähre Menge. »Macht in der ersten Lieferung rund zehntausend Paare.«

»Zum gestaffelten Einkaufspreis von einszweiundzwanzig, einsvierundachtzig und einssechsundneunzig«, bestätigte Benno. »Je nachdem, ob Kinder-, Damen- oder Herrenausführung.«

»Zahlung in D-Mark«, erinnerte Tommy. »Spätestens einundzwanzig Tage nach Wareneingang.«

»So hatten wir es ausgemacht.«

Während sie die Konditionen besprachen, schwand das diebische Vergnügen, das Tommy zu Beginn der Verhandlung empfunden hatte, um einem seltsamen Gefühl Platz zu machen. Es war, als wüchsen seinen Freunden beim Reden Masken, hinter denen ihre Gesichter mehr und mehr verschwanden – fast kannte er die zwei nicht wieder. Je länger er sie ansah, desto mehr glichen sie irgendwelchen x-beliebigen Geschäftspartnern aus der BRD, mit denen er dauernd zu tun hatte und deren Gesichter er vergaß, sobald sie aus dem Raum waren.

War Ulla ihm inzwischen nicht genauso fremd geworden?

»Was starrst du so auf meine Glatze?«, fragte Benno. »Hätte ich mir ein Toupet aufsetzen sollen?«

»Unsinn«, sagte Tommy und rief sich zur Ordnung. Er hatte beschlossen, einen Schlussstrich zu ziehen, und wenn er jetzt nicht damit anfing, würde er es nie schaffen. »Die Glatze steht dir ausgezeichnet«, sagte er also. »Ein schönes Gesicht braucht schließlich Platz!«

»Den muss ich mir merken«, erwiderte Benno lachend. »Doch eins noch«, fügte er schon wieder im geschäftsmäßigen Ton hinzu. »Die Lieferung muss bis spätestens zehnten Oktober erfolgen, bevor das erste Schmuddelwetter einsetzt. Kriegt ihr das hin?«

»Da sehe ich kein Problem.«

»Dann hätten wir ja das Wichtigste unter Dach und Fach«, sagte Gundel. »Jetzt müssen wir nur noch beten, dass es im Winter ordentlich regnet und schneit, damit die Leute auch kaufen.«

»Ich würde ja gern eine Garantie dafür mit in den Vertrag aufnehmen«, entgegnete Tommy, »aber das Wetter ist leider das Einzige, was die Planwirtschaft noch nicht im Griff hat.«

Die kleinen Witzchen machten alles noch schlimmer. Es war, als würde Tommy einen Film sehen, in dem drei Menschen, die er nicht kannte, zusammen an einem Tisch ein Geschäft besprachen und ab und zu versuchten, mit einem Scherz die Stimmung aufzulockern. Überdeutlich wie unter einem Vergrößerungsglas sah er plötzlich Bennos Zähne, die ein wenig gelblich geworden waren, genauso wie die Fingerkuppen seiner rechten Hand – wahrscheinlich vom vielen Rauchen. Und hatte Gundel schon immer diese kleine Narbe auf der Unterlippe gehabt? Die Vorstellung, dass er diesen Mund einmal geküsst hatte, erschien ihm unwirklicher als ein Traum.

»Und wie geht es Ulla?«, platzte er heraus.

»Ach ja, das hatte ich ganz vergessen!«, rief Gundel. »Ich soll dir natürlich schöne Grüße von ihr ausrichten. Das heißt, wir sollen dir *beide* schöne Grüße ausrichten.«

Ihr Übereifer verriet, dass dies eine Notlüge war – Ulla hatte ihnen keine Grüße aufgetragen. Und Gundels Gesicht sah er an, dass sie wusste, dass auch er das wusste.

Während er überlegte, wie er den peinlichen Moment überbrücken könnte, wechselte sie zum Glück das Thema.

»Werden wir eigentlich deine Tochter kennenlernen?«

»O ja, wir sind schon ganz gespannt«, pflichtete Benno ihr bei.

»Natürlich«, erwiderte Tommy. »Sobald wir mit dem Papierkram fertig sind. Angelika kommt direkt ins Restaurant. Ich habe für den Abend einen Tisch reserviert.«

34

Walter Böcker hatte seinen Autoschlüssel immer noch in der Hand. Offenbar dachte er gar nicht daran, in seinen Mercedes einzusteigen. Stattdessen hörte er mit sichtlichem Interesse zu, was Jürgen über das neue Geschäftsfeld der Firma Wolf berichtete.

»Stahlbetten und Sprungfedermatratzen«, fragte er. »Für die Gastarbeiterwohnheime der Hösch Werke?«

Jürgen platzte fast vor Stolz. »In ganz Deutschland.«

»Aber warum mit Möbel Hinne? Das ist doch ein paar Nummern zu groß für die.«

Das Unverständnis in Walters Gesicht war ein Genuss.

»Möbel Hinne ist nur nominell der Auftragnehmer«, klärte Jürgen ihn auf. »In der Ausschreibung stand, dass das Geschäft über einen Einzelhändler abgewickelt werden muss.«

»Wieder so ein gleichmacherischer Sozialquatsch«, brummte Walter. »Da kannst du mal sehen, wie die Sozis schon in unsere Unternehmen hineinregieren.«

»Wie auch immer«, erwiderte Jürgen von oben herab. »Darum bin ich auf die Idee gekommen, Hinne mit ins Boot zu holen, als eine Art Strohmann, um uns den Auftrag zu schnappen.«

»Sehr clever.«

»Das war unsere einzige Chance. Jetzt spricht alles dafür, dass es klappt. Die mündliche Zusage habe ich schon.«

»Du? Nicht Ulla?«

»Ulla hat mit dem Geschäft nichts zu tun, das Kindchen schaukele ich lieber alleine.«

Walter hob überrascht die Brauen. »Hast du endlich die Hosen an? Gratuliere!«

Die Anerkennung, die aus seinem Blick sprach, war Balsam auf Jürgens geschundener Seele und entschädigte ihn ein wenig für die vielen Demütigungen, die er in den letzten Jahren erlitten hatte. Fast war es, als würde er Nils Becker an der Tafel erklären, wie man eine binomische Formel auflöst, weil der zu dumm dazu war.

»Auf welche Summe beläuft sich der Auftrag?«

Auf diese Frage hatte Jürgen nur gewartet. »Eine Viertelmillion«, sagte er mit einem möglichst gleichgültigen Achselzucken.

Walter pfiff durch die Zähne. »Meine Fresse – ein warmer Regen in diesen schweren Zeiten.«

»Aber das bleibt unter uns, verstanden?«, sagte Jürgen. »Das Einzige, was ich an der Sache nicht begreife, ist, warum Hösch mitten in der Rezession Wohnheime baut.«

Er hatte den Satz kaum ausgesprochen, da wusste er, dass das ein Fehler gewesen war. Tatsächlich dauerte es keine Sekunde, bis die alten Verhältnisse wiederhergestellt waren und er sich wieder einmal wie der dumme Junge vorkam, dem Niels Becker die Kreide aus der Hand nahm, um an seiner Stelle die Lösung an der Tafel vorzuführen.

»Ganz einfach«, sagte Walter. »Gastarbeiter werden nach wie vor gebraucht – für die Drecksarbeiten, für die wir uns in Deutschland inzwischen zu fein geworden sind. Machen wir uns nichts vor, die meisten deutschen Malocher gehen doch lieber stempeln, als sich die Finger schmutzig zu machen. Und weil die Itacker und die Griechen und die Spanier dazu auch keine Lust mehr haben, müssen jetzt die Türken ran. Die Knoblauchfresser sind sich für nichts zu schade, die stellen keine Fragen und keine Ansprüche.«

»Woher willst du das wissen?«, versuchte Jürgen zu retten, was nicht mehr zu retten war.

»Weil ich auch schon ein Dutzend in der Firma habe. Du etwa nicht?«

Als Jürgen den Kopf schüttelte, schaute Walter ihn fast mitleidig an.

»Ein Fehler«, sagte er. »Ich kann die Muselmänner nur empfehlen. Die kommen ohne ihre Scheißfamilien und bleiben ganz unter sich in ihren Männerwohnheimen. Von denen kannst du zwanzig Stück in eine Besenkammer stecken, ohne dass auch nur einer einen Mucks sagt. Die kennen das gar nicht anders von zu Hause. Das Einzige, was die brauchen, ist Platz für einen Gebetsteppich. – Aber was quatschen wir hier rum und verplempern unsere Zeit?« Er öffnete den Schlag seines Mercedes und setzte sich hinters Steuer. »Es gibt viel zu tun – packen wir's an!«

Ohne einen Gruß zog er die Wagentür zu und fuhr los. Während Jürgen ihm hinterherblickte, überlegte er, wo er den Spruch schon mal gehört hatte. Er wusste genau, dass Walter ihn irgendwo geklaut hatte, aber es fiel ihm einfach nicht ein, wo.

»Die neue Esso-Werbung«, klärte sein Chauffeur ihn auf, als er ihn fünf Minuten später danach fragte. »Die kennt doch jedes Kind.«

Die Antwort war so deprimierend, dass Jürgen sie lieber nicht gehört hätte.

35

Gundel schaute sich unsicher um. Es war doch alles recht seltsam in dieser sogenannten DDR. Schon bei der Ankunft, gleich nach dem Grenzübertritt, hatte sie den Eindruck gehabt, dass die Luft in Ostberlin irgendwie bitter roch, und die Häuser und Straßen sahen alle noch aus wie kurz nach dem Krieg. Auch das Restaurant, in das Tommy sie und Benno geführt hatte, war vollkommen anders als die Lokale, die sie von zu Hause kannte. Es befand sich zwar in bester Lage am Alexanderplatz – durch das Fenster konnte man draußen in der Dämmerung sogar die berühmte Weltzeituhr sehen –, doch im Innern war es so trist wie eine Kantine. An den Tischen, an denen man nicht einfach Platz nehmen durfte, sondern an die man von einem Kellner »platziert« wurde, saß man auf einfachen Holzstühlen, die Bestecke waren aus Weißblech und die Servietten aus Papier. Das Licht spendete eine einsame Neonröhre, den Boden bedeckte kein Teppich, sondern ein Linoleumbelag, und an den Wänden hingen statt Ölgemälden gerahmte Fotografien von Erich Honecker und Willi Stoph. Am traurigsten aber war der Anblick der Gäste, von denen auffallend viele auffallend schlechte Zähne hatten. Sie alle hatten sich offensichtlich fein gemacht – die Herren trugen ausnahmslos Anzug und Krawatte, die

Frauen Kostüme –, doch die Stoffe der Kleider waren billig und die Muster von grotesker Scheußlichkeit. Dabei benahmen die Leute sich, als wären sie in einem hochvornehmen Feinschmeckerlokal. Voller Andacht schauten sie auf ihre Teller, sprachen beim Essen wenig und wenn überhaupt, dann nur sehr leise, und den Kellnern gegenüber äußerten sie ihre Wünsche mit so ernsten, ja feierlichen Gesichtern, dass Gundel daraus schloss, dass so ein Restaurantbesuch für die meisten von ihnen ein ganz und gar außergewöhnliches Ereignis war.

»Das nennen wir hier Weltniveau«, sagte Tommy, dem ihre Blicke offenbar nicht entgangen waren, mit einem Grinsen.

Gundel schüttelte den Kopf »Dass ausgerechnet du es in so einem Land aushältst. Schon wie die Luft draußen riecht.«

»Das sind die Zweitaktmotoren unserer Trabbis. Und natürlich die Kohleheizungen.«

»Aber irgendwie riecht es auch nach Schweiß.«

»Findest du das nicht langsam ein bisschen unhöflich?«, unterbrach Benno sie.

»Lass nur«, sagte Tommy. »Ich wundere mich ja manchmal selber, dass ich mir dieses Land ausgesucht habe.«

»Richtig«, pflichtete Gundel ihm bei. »Diese DDR passt doch einfach nicht zu dir.«

»Zumindest nicht zu mir, wie ich früher war, in Altena«, erwiderte Tommy. »Aber da war ich ein anderer Mensch – ich habe einfach auf gut Glück in den Tag hinein gelebt. Doch damit habe ich mir nur selber geschadet, das musste ich bitter begreifen. Erst hier habe ich gelernt, mein Leben selber in die Hand zu nehmen und einigermaßen planvoll zu gestalten. Und das bekommt mir unterm Strich wesentlich besser.«

Gundel konnte kaum glauben, was sie da hörte. So sprach der Hallodri und Schürzenjäger Tommy Weidner? Während sie versuchte, sich einen Reim darauf zu machen, brachte der Ober die Karte. Das große Format überraschte sie, genauso wie der lederne Einband. Das war ja fast ein Buch! Als sie die Karte aufschlug, staunte sie noch mehr. Das Speisenangebot konnte es mit jedem Luxusrestaurant im Westen aufnehmen. Offenbar hatte sie dem Lokal unrecht getan. Fast bekam sie ein schlechtes Gewissen.

»Was bedeuten die Striche?«, fragte Benno.

»Dass auch in der Planökonomie nicht immer alle Pläne in Erfüllung gehen«, erwiderte Tommy.

»Wie bitte?«

Tommy zuckte entschuldigend die Achseln. »Die entsprechenden Gerichte gibt's heute leider nicht.«

»Oh«, platzte Gundel heraus. »Dann bleibt ja nicht mehr allzu viel übrig.« Jetzt verstand sie auch, warum so viele Gäste schlechte Zähne hatten. Das musste die Mangelernährung sein. Was für ein Segen, dass es zu Hause Aldi gab. Da gab es Dosengemüse und Obstkonserven zu Preisen, die sich jeder leisten konnte – Vitamine für die Zähne.

»Fängst du schon wieder an?« Benno warf ihr einen scharfen Blick zu. »Bei uns wachsen die Bäume auch nicht in den Himmel. Sonst wären wir schließlich nicht hier.«

Der Ober, der bis jetzt schweigend abgewartet hatte, trat mit einem Hüsteln näher. »Ich würde den Herrschaften die Soljanka empfehlen.«

Gundel zuckte zusammen. »Um Gottes willen, was ist das denn? Das klingt ja zum Fürchten!«

»Eine Sauersuppe nach polnischem Rezept, die Spezialität des Hauses. Davon wären außerdem noch vier Portionen da.«

»Dann ist die Sache entschieden. Viermal die Soljanka, aber bitte schön scharf.« Tommy gab dem Ober die Karte zurück und schaute auf die Uhr. »Ich möchte nur wissen, wo Angelika bleibt. Sie ist sonst die Pünktlichkeit in Person.«

»Das hat sie aber nicht von ihrem Vater«, lachte Benno. »Da ist wohl eher die Mutter im Spiel.«

»Da könntest du recht haben.«

»Darf ich fragen, warum ihr euch getrennt habt?«

»Du meinst, ihre Mutter und ich?«

Benno nickte.

Tommy steckte sich eine Zigarette an. »Sie hat sich in den Westen abgesetzt, kurz nach der Geburt.«

»Ohne ihr Kind?«, fragte Gundel.

Er nahm einen tiefen Zug. »Offenbar waren ihr andere Dinge wichtiger«, sagte er, während er den Rauch ausblies.

»Weißt du, wo sie jetzt lebt?«

»Vermutlich in den USA. Das ist zumindest das Letzte, was ich gehört habe.«

Es entstand eine peinliche Stille. Zum Glück fiel Benno etwas ein.

»Was bist du doch für ein Glückspilz!«, sagte er. »Du hast eine Tochter und kannst trotzdem weiter dein Junggesellenleben führen.«

»Pass bloß auf, was du sagst!« Gundel drohte ihm lachend mit dem Finger.

Tommy grinste wieder sein Tommy-Grinsen. »Benno hat recht. Die Ehe wäre nichts für mich. Ich glaube, auf Dauer würde ich mich wie in einem Gefängnis fühlen.«

»Aber das große Gefängnis – das stört dich nicht?« Wieder hatte Gundel schneller geredet als nachgedacht.

Tommy setzte zu einer Antwort an, doch da veränderte sich abermals sein Gesicht. Das Grinsen verschwand und wich dem Ausdruck heller Freude.

»Endlich!« Er warf seine Zigarette in den Aschenbecher und sprang von seinem Stuhl auf. »Da bist du ja!«

Gundel drehte sich um. Ein braunlockiges, auffallend hübsches junges Mädchen in blauer FDJ-Uniform kam auf ihren Tisch zu, strahlend über das ganze Gesicht.

»Sie haben mich für die Wissensspartakiade nominiert«, rief sie. »Nächstes Frühjahr darf ich nach Moskau!« Ohne auf Gundel und Benno oder die anderen Gäste zu achten, lief sie auf Tommy zu und warf ihm die Arme um den Hals. Der empfing sie mit einem dicken Kuss.

»Darf ich euch meine Tochter vorstellen?«, sagte er voller Stolz. »Angelika – das sind meine Freunde aus Altena.«

Als sie einander die Hand gaben, staunte Gundel, was für ein bildhübsches Mädchen sie war. Mit ihren hohen Wangenknochen, der hellen Haut und den mandelförmigen Augen hatte sie trotz der von ihrem Vater geerbten braunen Locken etwas leicht Asiatisches an sich. Dabei waren die Augen stahlblau.

»Wissensspartakiade?«, fragte Benno. »Was ist das denn?«

»Gibt es die im Westen etwa nicht?«, fragte Angelika verwundert zurück.

»Eine Art Olympiade für Schüler und Studenten«, erklärte Tommy. »Nur dass es dabei nicht um Sport geht, sondern um Wissenschaft.«

»Ach so.« Gundel glaubte zu begreifen. »So was wie *Jugend forscht …?*«

36

Ulla knurrte der Magen. Die Sitzung des Arbeitgeberverbandes war für achtzehn bis zwanzig Uhr angesetzt, doch jetzt war es schon zwanzig nach acht und noch immer kein Ende in Sicht. Wenn sie das gewusst hätte, hätte sie vor ihrer Abfahrt aus Altena vielleicht doch eine Kleinigkeit gegessen, wie Jürgen es ihr vorgeschlagen hatte. Er hatte mit ihr auf die Burg gehen wollen, dort gab es auch am Nachmittag eine kleine Karte. Aber die Vorstellung, mit ihm in dasselbe Restaurant zu gehen, wo sie sich mit Tommy getroffen hatte, um womöglich mit ihm am selben Tisch zu sitzen wie damals mit dem Mann, der sie nur am Arm zu berühren brauchte, um sie vollkommen aus der Fassung zu bringen, hatte ihr jeden Appetit genommen. Sie wusste inzwischen, warum sie Tommy beim Abschied am Bahnhof nicht geküsst hatte. Es war weder der einfahrende Zug gewesen noch das Geschäft, das er ihr vorgeschlagen hatte, auch nicht die Unsicherheit, was danach kommen würde, wie sie sich lange versucht hatte einzureden. Es war vielmehr der Gedanke an ihren Mann gewesen, an den sie auf dem Bahnsteig, wo sie sich vor einer Ewigkeit von Jürgen verabschiedet hatte, um nach Tübingen zu fahren, plötzlich hatte denken müssen. Schon damals hatte sie Jürgen betrogen, weil sie ihm nicht die Wahrheit gesagt hatte, über Tommy und ihre Abtreibung und die Kinder, die sie nicht bekommen konnte. Nach ihrem viel zu späten Geständnis in Münster hatte sie beschlossen, ihn nie wieder zu betrügen und ihm die Frau zu sein, die zu sein sie ihm vor dem Altar der Lutherkirche versprochen hatte. Gleichgültig, ob sie ihn liebte oder nicht. Es war keine Entscheidung ihres Herzens, sondern ihres Gewissens gewesen. Und sie war froh, dass sie sich daran gehalten hatte.

Sie straffte die Schultern und versuchte, sich wieder auf die Diskussion zu konzentrieren. Zu ihrem Hunger hatten sich inzwischen auch noch Kopfschmerzen gesellt. Vermutlich kam das von ihren müden Augen. Seit einiger Zeit hatte sie das Gefühl, dass sie nicht mehr wirklich gut sah – wahrscheinlich brauchte sie eine Brille. Während sie mit den Fingerspitzen ihre Schläfen massierte, blickte sie auf die Uhr an der Wand. Schon halb neun, und die Sitzung nahm einfach kein Ende. Der Grund dafür war der letzte Punkt der Tagesordnung, der zugleich der wichtigste überhaupt war: die Finanzierung der Kurzarbeit, die immer mehr Unternehmen anmelden mussten. Sollten die Arbeitgeber sich an den Sozialplänen beteiligen, wie die Bundesregierung und die Gewerkschaften es schon lange forderten? Die Frage betraf fast jedes Mitglied des Verbands, entsprechend groß war der Redebedarf.

Der entschiedenste Befürworter einer angemessenen Arbeitgeberbeteiligung war Berthold Beitz, der Generalbevollmächtigte der

Krupp AG und Deutschlands einflussreichster Industrieller. Bis vor ein paar Jahren hatte Ulla ihn nur aus der Zeitung und dem Fernsehen gekannt und für einen ziemlich eingebildeten Lackaffen gehalten. Der Grund dafür war sein blendendes Aussehen gewesen – mit seiner hohen, schlanken Gestalt, dem markanten Gesicht und der amerikanischen Kurzhaarfrisur hätte er ohne weiteres als Cary Grants Bruder durchgehen können. Zu allem Überfluss trug er auch noch stets perfekt sitzende Maßkleidung, und auf den Zeitschriftenfotos wirkte er so braungebrannt, als käme er direkt aus dem Urlaub. Doch bereits bei der ersten Verbandssitzung, auf der Ulla ihn persönlich erlebt hatte, hatte sie ihre Meinung revidiert. Hinter der glamourösen Erscheinung dieses Mannes steckte ein Unternehmer, der sich mit großem Engagement für die Belange seiner Belegschaft einsetzte und jetzt seine Kollegen leidenschaftlich dazu aufrief, die Sozialpläne in einer konzertierten Aktion zusammen mit der Bundesregierung und den Gewerkschaften zu unterstützen, damit die von der Kurzarbeit betroffenen Arbeiter und Angestellten sowie deren Familien nicht durch die Rezession ins soziale Abseits gerieten.

Je länger der Krupp-Manager redete, umso mehr pumpte Walter Böcker sich auf, wie Ulla beobachtete. Seine Aufregung wunderte sie nicht. Ihrem Kompagnon ging es in dieser Debatte nicht nur um die fragliche Sache selbst, sondern mehr noch um die Erhaltung seiner Macht. Seit die große Koalition in Bonn am Ruder war, hatte Walters Einfluss auf die Politik dramatisch abgenommen, vor allem, nachdem im April Altkanzler Adenauer, der ihn während seiner Regierungszeit regelmäßig zu sich gerufen hatte, gestorben war und er keinen Rückhalt mehr von dem Alten aus Rhöndorf bekam. Die neuen Politiker, angefangen mit Kanzler Kiesinger und Wirtschaftsminister Schiller, waren Intellektuelle, die lieber Fremdwörter statt Kraftausdrücke benutzten. Sie setzten nicht mehr auf Haudegen wie Walter Böcker, sondern suchten den Dialog mit Wirtschaftsführern, die ihre Sprache sprachen, mit Männern wie Berthold Beitz.

»Und wer soll das bezahlen?«, rief Walter und sprang von seinem Stuhl auf. »Sie haben gut reden, werter Herr Kollege, es ist ja nicht Ihr Geld, das da verbraten werden soll, sondern das Geld Ihres Konzerns beziehungsweise der Familie Krupp. Da ist es leicht, den Wohltäter zu spielen. Ich hingegen, und ich spreche jetzt nicht als Verbandspräsident, sondern als kleiner Mittelständler, der täglich Kopf und Kragen riskiert, um sich und seine Leute am Kacken zu halten, kann mir solche Sentimentalitäten nicht leisten. Wenn wir uns an Ihrem Sozialquatsch beteiligen, kommt das einem kollektiven Selbstmord gleich.«

Beifall wurde laut, viele Köpfe nickten. Doch Beitz ließ sich nicht beirren, im Gegenteil. Freundlich lächelnd erwiderte er Walters wütenden Blick.

»Hat irgendjemand Sie gezwungen, Unternehmer zu werden, verehrter Herr Präsident?«, fragte er, um nach einer Kunstpause selbst die Antwort zu geben. »Nein, natürlich nicht, Sie sind genauso wie ich Unternehmer aus freien Stücken. Und zwar aus einem einfachen Grund: Weil Sie Geld verdienen wollen, Gewinne erzielen – *Profit!*«

»Ja, und?«, schnaubte Walter verächtlich. »Ist das neuerdings ein Verbrechen?«

»Nein, keineswegs – jeder Unternehmer lebt vom Profit, genauso wie jedes Unternehmen. Das war so, das ist so, das wird immer so sein. Doch der Profit hat eine Kehrseite, und die heißt Verantwortung. Eigentum verpflichtet! So steht es im Grundgesetz, weil die Gründerväter der Bundesrepublik Deutschland uns nicht nur eine freie, sondern auch eine soziale Marktwirtschaft verordnet haben. Ein Unternehmer, der nicht bereit ist, sich dieser Verantwortung zu stellen, verdient darum nicht, Unternehmer genannt zu werden! So einer ist nur ein Profiteur und Schmarotzer, eine Made im Speck des von Millionen Arbeitern und Angestellten erwirtschafteten Wohlstands, und das Einzige, was er verdient, ist die Verachtung der Gesellschaft.«

»Die Verachtung der Gesellschaft?«, wiederholte Walter. »Jetzt kriege ich aber Angst!« Er lachte einmal kurz auf. »Wissen Sie was, Kollege Beitz? Die Gesellschaft kann mich mal, und zwar kreuzweise. Als Unternehmer habe ich nämlich nur eine einzige Pflicht, die allerdings ist mir heilig.« Er machte eine Pause und schaute in die Runde. »Dafür zu sorgen, dass der Laden läuft!«

Wieder wurde geklatscht, sogar noch mehr als beim ersten Mal. Während Walter sich mit einem grimmigen Lächeln für den Beifall bedankte, war Ulla gespannt auf die Replik des Krupp-Managers.

Die ließ nicht lange auf sich warten. »Ich freue mich, feststellen zu dürfen, dass wir auch darin einer Meinung sind«, entgegnete Beitz. »Ja, der Laden muss laufen. Doch gebe ich zu bedenken, dass er das nur kann, wenn sozialer Friede herrscht.«

»Was geht mich sozialer Friede an?«, fragte Walter. »Sozialer Friede herrscht, wenn die Arbeiter arbeiten und die Unternehmer was unternehmen!«

»Und die Angestellten sich nicht anstellen«, ergänzte Beitz. »Ja, ja, das war einmal, Kollege Böcker. Doch ich fürchte, die Zeiten sind vorbei. Die entscheidende Voraussetzung für sozialen Frieden ist heute soziale Gerechtigkeit. Nur wenn alle Mitarbeiter, ob im Blaumann an der Werkbank oder im Anzug im Büro, angemessen am Erfolg des Unternehmens partizipieren, tragen sie auf Dauer zu seinem Wohl bei. Gibt man ihnen jedoch das Gefühl, ungerecht behandelt zu werden, wenden sie sich gegen den Unternehmer und das Unternehmen. Darum ist die Beteiligung der Arbeitgeber an den Sozialplänen kein Sozialquatsch, wie Sie sich auszudrücken belieben, sondern eine notwendige Investition in den künftigen Aufschwung.«

»Sie reden ja wie ein verdammter Sozi! Sozialfürsorge ist Aufgabe des Staats, nicht der Arbeitgeber!«

»Ich rede nicht wie ein Sozi, sondern wie ein Kapitalist, der seinen Profit sichern will. Ist der soziale Friede nämlich erst gebrochen, werden die Arbeiter genauso wie die Studenten auf die Straße gehen, um für ihre Forderungen zu kämpfen. In Frankfurt und Berlin schließen sich bei manchen Demonstrationen jetzt schon beide Gruppen zusammen. Wenn wir nicht aufpassen, wird daraus ein Flächenbrand, der auf die ganze Bundesrepublik übergreift – eine Katastrophe für den Wirtschaftsstandort Deutschland! Und da fragen Sie im Ernst, was uns Unternehmer der soziale Frieden angeht?«

Walter zuckte die Achseln. »Um Frieden wiederherzustellen, gibt es ein einfaches Mittel – Krieg!«

»Wie bitte?«

»Geben Sie mir ein paar Scharfschützen, und in weniger als einer Stunde mache ich mit jeder Demonstration kurzen Prozess. Mein Wort drauf als alter Wehrmachtsoffizier.«

Beitz schaute ihn an, als würde er nicht begreifen. »Habe ich Sie richtig verstanden, Herr Präsident? Um den sozialen Frieden zu sichern, empfehlen Sie, auf Demonstranten zu schießen? So wie die Volkspolizei der DDR beim Arbeiteraufstand 53 in Ostberlin?«

Plötzlich war es so still im Saal, dass man durch die geschlossenen Fenster draußen den Straßenverkehr hörte. Ulla schaute die beiden Kontrahenten an, die an den beiden Enden des Versammlungstischs einander gegenüberstanden. Beitz schien vollkommen fassungslos, Walter hingegen verharrte in trotzigem Schweigen, nur eine Narbe auf seiner Wange, die Ulla in diesem Augenblick zum ersten Mal registrierte, wahrscheinlich ein »Schmiss« oder eine Kriegsverletzung, zuckte unentwegt. Plötzlich kam ihr Kompagnon ihr vor wie ein Relikt aus längst vergangenen Zeiten.

Mit einem Räuspern wandte Beitz sich an die Versammlung.

»Ich schlage vor, wir stimmen ab«, sagte er. »Wer dafür ist, dass unser Verband mit der Bundesregierung und den Gewerkschaften Gespräche aufnimmt, um für alle Beteiligten faire und tragbare Sozialpläne auszuhandeln, hebe bitte die Hand.«

Eine deutliche Mehrheit der Mitglieder stimmte dafür.

»Und nun die Gegenprobe!«

Nur ein kleines Häuflein hielt Walter die Treue, der Rest übte Enthaltung.

»Das betrachte ich als eindeutiges Mandat.«

Während Beitz unter dem Beifall der Versammlung wieder Platz nahm, marschierte Walter wutschnaubend aus dem Saal. Was für eine Niederlage! Ulla war froh, dass sie seinen Vorschlag, zusammen mit ihm nach Düsseldorf zu fahren, nicht angenommen hatte, sondern mit dem eigenen Wagen aus Altena gekommen war – nach dieser öffentlichen Ohrfeige, die Walter sich gerade eingehandelt hatte, wäre die Rückfahrt ganz sicher kein Vergnügen geworden.

»Wie konntest du mich so im Stich lassen?«, fuhr er sie an, als sie kurz darauf mit den anderen Teilnehmern hinaus auf den Flur kam. »Wir sind Kompagnons! Hast du das vergessen?«

»Nein«, sagte Ulla, »das habe ich nicht. Deshalb habe ich ja auch nicht gegen dich gestimmt.«

»Aber du hast auch nicht für mich gestimmt! Geschweige denn, mich in der Diskussion unterstützt.«

»Wir leben in einem freien Land, verehrter Präsident!«

Das war die Stimme von Berthold Beitz. Immer noch ein wenig blass im Gesicht, aber schon wieder mit einem Lächeln auf den Lippen, trat er neben ihnen an die Garderobe und ließ sich Hut und Mantel geben.

»Schnauze, Sie verdammter Judenknecht!«, fauchte Walter.

Beitz zuckte kurz zusammen. »Was sagen Sie da?«

»Stellen Sie sich nicht dümmer, als Sie sind!« Walters Stimme bebte vor Zorn. »Das weiß doch jeder, dass Sie im Krieg Scheißjuden das

Leben gerettet haben. Wehrkraftzersetzung war das, Sie Vaterlandsverräter!«

Mit einer Miene, der Ulla die Beherrschung ansah, gab Beitz der Garderobenfrau ein Trinkgeld. »Wenn Sie darauf anspielen«, sagte er über die Schulter, »dass ich einige Menschen davor bewahren konnte, von Ihnen und Ihresgleichen umgebracht zu werden – ja, dazu bekenne ich mich. – Bitte entschuldigen Sie den unschönen Auftritt, gnädige Frau«, wandte er sich, den Hut in der Linken, an Ulla und küsste ihr die Hand. »Meine Verehrung.«

Ohne Walter eines Blickes zu würdigen, ging er zum Ausgang.

»Was hatte das denn zu bedeuten?«, fragte Ulla, die von dem kurzen Wortwechsel keine Silbe verstanden hatte.

»Gar nichts«, sagte Walter mit einem gezwungenen Lachen. »Der Beitz ist schon immer ein Spinner gewesen.«

Im selben Moment flammte ein Blitzlicht auf. Ulla fuhr herum. Ein paar Meter entfernt kniete ein Reporter am Boden und schoss in rascher Folge Fotos.

»Was soll das, du Arschloch?«, rief Walter und wollte sich auf ihn stürzen.

Doch der Reporter war schon auf und davon.

37

»Käse schließt den Magen zu.« Voller Andacht faltete Monsignore Budde seine fleischigen Hände vor dem Bauch und ließ die kleinen, wachen Äuglein über den Käsewagen wandern, den der Maître herbeigerollt hatte. »Was für eine herrliche Auswahl. Bei all den guten Gottesgaben weiß man ja gar nicht, wo man anfangen und aufhören soll.«

»Dann schlage ich vor, wir nehmen einfach ein wenig von allem«, sagte Bernd und nickte ihm aufmunternd zu.

»Ein ausgezeichneter Gedanke.«

Während der Maître mit zierlichen Bewegungen die Teller füllte, spürte Bernd, wie seine früher stets so ruhigen Hände zu zittern anfingen. Um sich zu beruhigen, tastete er nach dem Umschlag in der Brusttasche seines Jacketts, wo er den Scheck aufbewahrte. Er hatte Monsignore Budde in eines der teuersten Kölner Restaurants geladen, Em Krützche unweit des Doms, mit allem Pipapo – Butzenscheiben, Tafelsilber und Damast auf den Tischen. Die Angelegenheit, um die es an diesem Abend ging, war so heikel, dass sie sich in einem solchen privaten Rahmen besser besprechen ließ als in einem Büro der Diözesanverwaltung. Um seinen Gast geneigt zu stimmen, hatte er auffahren lassen, was Keller und Küche hergaben. Regina hatte vorab sowohl mit dem Küchenchef als auch mit dem Sommelier telefoniert und die Speisenfolge samt Weinbegleitung bestimmt – sie wollte sichergehen, dass Hans-Jörg sein nächstes Reitturnier im Sattel der Rappstute Diana bestritt. Nach einem Glas Champagner als Aperitif hatte es zum Entree französische Zwiebelsuppe und Straßburger Gänsestopfleber gegeben, gefolgt von fangfrischem Zander und gespicktem Rehrücken als Fisch- beziehungsweise Fleischgang, dazwischen ein Ananassorbet und zum Abschluss ein Vanilleparfait mit roter Grütze. Dazu hatten sie drei sündhaft teure Flaschen Wein getrunken, einen Silberlack Riesling Erstes Gewächs und zwei Bouteillen Château Lafitte, nicht gerechnet den Champagner sowie die halbe Flasche Sauternes zur Gänseleber. Alles in allem, überschlug Bernd im Kopf, würde die Rechnung sich auf weit über fünfhundert Mark belaufen.

Als der Maître den Käse servierte, beschloss er, endlich zur Sache zu kommen.

»Ach, was ich Sie noch fragen wollte, Hochwürden – ist wegen Erkelenz eigentlich inzwischen eine Entscheidung gefallen?«

Monsignore Budde, der sich gerade schnuppernd über seinen Teller beugte, schaute zu ihm auf. »Aber lieber Herr Wilke, in dem Fall wären Sie doch der Erste gewesen, den ich in Kenntnis gesetzt hätte.«

»Verzeihen Sie meine Ungeduld, aber ursprünglich sollte die Auftragsvergabe bereits im Frühjahr erfolgen. Jetzt haben wir Herbst, und ich habe noch immer keinen Bescheid. Als Unternehmer brauche ich ein Minimum an Planungssicherheit. Wie soll ich sonst disponieren?«

»Ich weiß um Ihre Sorgen, aber mir sind die Hände gebunden. Der Bischof spannt ja auch mich auf die Folter.«

»Ich dachte, die Entscheidungshoheit liegt bei Ihnen. Sie sind der Generalvikar.«

»Da haben Sie im Prinzip recht. Trotzdem kann auch ich erst entscheiden, wenn der Haushalt der Diözese verabschiedet ist.« Wie um das Thema zu beenden, wandte er sich wieder seinem Käse zu.

Ohnmächtig schaute Bernd zu, wie der Monsignore sich einen blauschimmeligen Camembert einverleibte. Was sollte er tun? Trotz des Drucks, der auf ihm lastete, hatte er den ganzen Abend um den heißen Brei herumgeredet und mit dem Geistlichen buchstäblich über Gott und die Welt geplaudert, während ihn jeder Bissen und jeder Schluck, den sie zu sich genommen hatten, ein kleines Vermögen kostete. Jetzt durfte er sich nicht abwimmeln lassen. Dr. Holz, der Direktor der Sparkasse, hatte ihm die Pistole auf die Brust gesetzt – entweder, so hatte er bei ihrem letzten Gespräch unmissverständlich gesagt, es komme zum Abschluss mit Erkelenz, oder er sehe sich gezwungen, die Kreditlinie zu kürzen. Das aber hieß über kurz oder lang: Bankrott.

Am liebsten hätte Bernd einfach offen und ehrlich die Karten auf den Tisch gelegt, aber Regina hatte ihm dringend davon abgeraten. Ein Unternehmer dürfe sich nie eine Blöße geben und Schwäche zeigen – das habe das Leben sie gelehrt. Bevor er den Offenbarungseid leiste, solle er darum erst einmal versuchen, Budde unter Druck zu setzen. Also faltete Bernd seine Hände auf dem Tisch, damit man das Zittern nicht sah, und räusperte sich.

»Es gibt ein Problem.«

»Nämlich?«

»Die Hösch Werke winken gerade mit einem Großauftrag – die Errichtung von Gastarbeiterwohnheimen, an nahezu allen Standorten des Unternehmens.«

»Das ist ja ganz wunderbar!« Monsignore Budde blickte ihn an, als wären ihm gerade Zentnerlasten von den Schultern gefallen. »Ein Fingerzeig Gottes! Den Auftrag müssen Sie unbedingt annehmen. Alles andere wäre Sünde in diesen schweren Zeiten.«

Das war ganz und gar nicht die Antwort, die Bernd sich erhofft hatte. »Aber wenn ich die Wohnheime baue«, legte er nach, »fehlen mir in Erkelenz die nötigen Kapazitäten. Und vor die Wahl gestellt, Hochwürden – im Zweifelsfall würde ich mich immer für Erkelenz entscheiden.«

Er schloss die Augen und hoffte, dass Reginas Taktik verfing. Die Ausschreibung der Wohnheime war so knapp kalkuliert, dass er froh sein musste, wenn er dabei die Unkosten wieder rausbekam. Der Kirchenbau hingegen würde eine Rendite von satten zehn Prozent abwerfen. Und die brauchte er ums Verrecken, wenn die Hoch- und Tiefbaufirma Bernd Wilke GmbH & Co KG überleben sollte!

Als er die Augen wieder öffnete, sah er, dass seine Hoffnung vergebens war.

»Ihre Haltung ehrt Sie«, erwiderte Budde. »Doch will ich Ihnen reinen Wein einschenken. Die Aussichten für Erkelenz sind leider nicht die besten, im Gegenteil, sie sind sogar ausgesprochen schlecht, und wenn Sie meinen Rat hören wollen …«

»Bitte erlauben Sie mir eine Frage«, fiel Bernd ihm ins Wort. »Haben Sie ein günstigeres Angebot?«

Monsignore Budde schüttelte den Kopf. »Ich wollte, es wäre so einfach, lieber Herr Wilke.«

»Wenn ja, bin ich bereit, noch einmal alle Posten mit Ihnen durchzugehen und zu schauen, wo wir Kosten sparen können.«

»Aber so glauben Sie mir doch! Es gibt kein anderes Angebot!«

»Was zum Teufel ist es dann?« Er hatte so laut gesprochen, dass sich an den anderen Tischen ein paar Köpfe nach ihm umdrehten.

Der Geistliche runzelte die Stirn. »Den Teufel lassen wir doch lieber aus dem Spiel, wenn Sie erlauben.«

»Bitte entschuldigen Sie, Hochwürden, das ist mir so rausgerutscht. Ich möchte nur einfach die Gründe begreifen.«

»Dann will ich sie Ihnen erklären.« Budde nahm einen Schluck Wein, um den Camembert hinunterzuspülen. »Unsere Gesellschaft durchlebt gerade eine Krise, die von einem immer weiter um sich greifenden Materialismus gekennzeichnet ist. Früher, vor allem nach dem Krieg, waren die Menschen um ihr Seelenheil besorgt und gingen in die Kirche. Heute interessieren sie sich nur noch für ihr leibliches Wohl. Mammon ist der Gott der neuen Zeit, und seine Tempel sind die Warenhäuser und Vergnügungsstätten. Und im gleichen Maß, wie diese mehr und mehr Zulauf finden, leeren sich die wahren Gotteshäuser. Viele Pfarrer zelebrieren die Messe nur noch vor einer Handvoll Gläubiger. Vor diesen Tatsachen können wir nicht einfach die Augen verschließen, sondern müssen uns vielmehr fragen, ob wir uns den Bau weiterer Kirchen wirklich noch leisten können oder ob wir das Geld nicht besser für Missionsarbeit aufwenden.«

Bernd war nicht sicher, ob er alles verstanden hatte, was der Monsignore sagte. Doch die wesentliche Botschaft hatte er begriffen.

»Es wird in Erkelenz also zu keinem Auftrag kommen, nicht wahr?«

Unwillkürlich griff er zu seinem Glas, doch als er seine Hand sah, ließ er es stehen, aus Angst, es könne ihm entgleiten, so unkontrollierbar war das Zittern geworden.

»Bauen Sie die Wohnheime«, sagte Budde. »Einen besseren Rat kann ich Ihnen nicht geben, mein Freund.«

»Aber damit ist kein Geld zu verdienen!«, bekannte Bernd. »Wenn ich Erkelenz nicht bekomme, muss ich die Hälfte meiner Leute entlassen, und meine Firma geht wahrscheinlich trotzdem pleite!«

Der Geistliche hob ohnmächtig die Arme. »Ich würde Ihnen so gerne helfen, Herr Wilke, das müssen Sie mir glauben. Aber auch die Kirche bekommt die Folgen der Rezession zu spüren. Laut neuesten Erhebungen werden die Einkünfte der Diözese aus Steuern und Spenden im laufenden Geschäftsjahr um mindestens dreizehn Prozent sinken. *Drei-zehn Prozent!* Und bei den Erträgen aus Kapitalanlagen und kircheneigenen Wirtschaftsbetrieben sieht es noch schlimmer aus. Vor allem bei den Mieteinkünften.«

»Aber die Kirche sitzt doch auf einem Berg von Millionen und Abermillionen! Erst kürzlich stand in der Bild, dass allein das Erzbistum Köln …«

»Glauben Sie nicht, was dieses Schmierenblatt schreibt. Die Zeiten haben sich geändert. Der Reichtum der Kirche – das war einmal. Und ganz davon abgesehen – was erwarten Sie? Soll die Diözese am Bedarf vorbeiproduzieren? Auch wir haben eine Innenrevision, die Rechnungsprüfer werden mir was husten.«

Fassungslos starrte Bernd ihn an. Der Generalvikar des Erzbistums Köln sprach genauso wie der Direktor der Altenaer Sparkasse. Während er vor Erregung kaum noch wusste, wo er seine Hände lassen sollte, verspeiste Monsignore Budde sein letztes Stück Käse.

»Wünschen die Herrschaften zum Abschluss einen Cognac?«

Wie aus dem Nichts war der Maître an ihrem Tisch aufgetaucht. Bernd schickte ihn mit einer Kopfbewegung fort.

»Jetzt nicht.«

Während der Maître davonschwebte, griff er in die Innentasche seines Jacketts. Er hatte nur noch diesen einen Trumpf, und den musste er jetzt ziehen. Mit fliegenden Fingern holte er den Umschlag hervor und legte ihn auf den Tisch.

»Für Sie, Hochwürden.«

»Für mich?«

Zögernd nahm Budde das Kuvert und öffnete es. Als er den Scheck sah, weiteten sich seine Augen. »Dreißigtausend Mark?«

Bernd nickte. »Zu Ihrer persönlichen Verwendung.«

Der Geistliche schaute ihn an, als hätte sein Gastgeber in einer unbekannten Sprache zu ihm gesprochen.

Bernd versuchte ein Lächeln, aber es gelang ihm nicht. Das Zittern seiner Hände, die er auf den Tisch gepresst hielt, erfasste inzwischen beide Unterarme, so dass die Gläser leise klirrten.

Monsignore Budde verstand, und sein Gesicht füllte sich mit Entsetzen.

»Sie armer, armer Mann.« Er steckte den Scheck zurück in den Umschlag, legte beides auf den Tisch und stand auf. »Ich werde für Sie beten.«

Noch einmal schaute er Bernd an, dann wandte er sich kopfschüttelnd ab und eilte davon, als wäre er dem Leibhaftigen begegnet.

38

Kaum hatte Regina ihre Zigarette im Aschenbecher ausgedrückt, zündete sie sich vor lauter Nervosität schon die nächste an. Bernd hatte zwar gesagt, dass er nach dem Abendessen mit Monsignore Budde in einem Kölner Hotel übernachten würde – die Polizei erlaubte inzwischen ja nur noch null Komma acht Promille am Steuer, sonst war der Führerschein weg –, aber sie hatte fest damit gerechnet, dass er spätestens am Morgen anrufen würde, um ihr die frohe Botschaft mitzuteilen, dass dem Kauf von Diana nichts mehr im Wege stand. Sie wusste selber nicht, warum ihr dieses Pferd so wichtig war, sie selber würde es ja niemals besteigen, aber irgendwie hatte sie das Gefühl, dass von seinem Kauf ihr Glück abhing.

Statt aus dem Haus zu gehen, hatte sie darum den ganzen Vormittag neben dem Telefon verbracht und in Zeitschriften geblättert, doch der Apparat hatte mit einer solchen Bösartigkeit geschwiegen, dass sie schon um elf die erste Packung Lord extra aufgeraucht hatte. Auch der Artikel in der Brigitte über den letzten Schrei in der Mode – »Courage für Courrèges!« – hatte sie nicht ablenken können, ja nicht mal die Stern-Reportage über den Aufklärungsfilm, den Oswalt Kolle gerade über das Liebesleben der Deutschen drehte, obwohl der Bericht mit sehr freizügigen Fotos von den Dreharbeiten illustriert war. Wenn wenigstens das Fernsehen irgendwas Interessantes bringen würde, damit die Zeit nicht in diesem Schneckentempo verging. Aber am Vormittag gab es auf allen drei Kanälen nichts außer einer langweiligen Schulsendung im Dritten und dem Testbild im Ersten und Zweiten. Da nützte auch der neueste und teuerste Farbfernseher samt Fernbedienung nichts.

Je länger Regina auf das stumme Telefon starrte, umso mehr wuchs ihre Nervosität. Als sie um zwölf immer noch ohne Nachricht von Bernd war, fühlte sie plötzlich wieder jene Panik in sich aufsteigen, die sie für immer überwunden geglaubt hatte. Das letzte Mal, dass sie davon befallen worden war, war fünfzehn Jahre her. Damals hatte Charly, nachdem er sich gerade den Porsche bestellt hatte, bei Schuh Krasemann gekündigt, weil Benno, der Großneffe des Chefs, ihm vor die Nase gesetzt worden war. Sie hatte daraufhin vor lauter Angst solche Panikattacken bekommen, dass ihr nichts anderes übriggeblieben war, als die Verlobung mit dem einzigen Mann, den sie je geliebt hatte, aufzulösen. Nach Charly war Bernd ihr wie ein Fels in der Brandung erschienen. Durch die Heirat mit einem so soliden Mann, hatte sie gehofft, würden ihr solche Ängste für alle Zukunft erspart bleiben. Jetzt kamen sie schlimmer zurück denn je.

Zum hundertsten Mal schaute sie auf die Uhr, aber die Zeit wollte einfach nicht verstreichen. Ein Gedanke durchzuckte sie wie ein Stromschlag. Konnte es sein, dass Erkelenz geplatzt war und Bernd sich womöglich etwas angetan hatte? Die Vorstellung war so entsetzlich, dass sie sich zwang, keine Sekunde daran zu denken. Nein, das war nicht möglich, sie hatte sich bei der Auswahl der Speisen und Getränke doch solche Mühe gegeben – da konnte Monsignore Budde gar nicht nein gesagt haben! Sogar die Chefs des Krützche hatten ihr Komplimente für die exquisite Zusammenstellung gemacht … Wahrscheinlich rief Bernd nur nicht an, weil er sie persönlich mit der guten Nachricht überraschen wollte. Das musste der Grund sein, eine andere Erklärung konnte es gar nicht geben.

Es war wie eine Erlösung, als es endlich halb eins war und Hans-Jörg aus der Schule kam. Da das Dienstmädchen seinen freien Tag hatte, machte sie zum Mittagessen nur schnell eine Dose Ravioli auf, dann verließ Regina fluchtartig das Haus. Während ihr Sohn auf sein Zimmer ging, um die Reitsachen anzuziehen, holte sie ihren Renault Floride aus der Garage, um Hans-Jörg zum Stall zu bringen, wo er heute mit Babs Böcker Privatstunde hatte. Allein würde sie es in dem großen Bungalow keine zehn Minuten länger aushalten, ohne verrückt zu werden.

Als sie am Hünengraben die schon fast fertige Reithalle sah, wusste sie, dass sie die richtige Entscheidung getroffen hatte. Auf dem Baugerüst hockte ein Anstreicher in der Herbstsonne und malte in riesigen

Buchstaben den Namen ihres Mannes an die Stirnseite des imposanten Gebäudes. Bei dem Anblick beruhigten sich ihre angespannten Nerven, als würde sie in ein warmes Schaumbad steigen. Wie gut, dass sie das Telefon verlassen hatte! Wenn man stundenlang mit sich und seinen Sorgen allein war, bekamen die Gedanken Hörner. Dabei war das Leben doch schön, und alles war gut.

Jetzt stand sie am Zaun des Dressurvierecks und schaute zu, wie Hans-Jörg und Babs unter Anleitung von Reitlehrer Stoll ihren Pas-de-deux übten. Obwohl sie selbst noch nie im Sattel eines Pferdes gesessen hatte und darum nicht allzu viel vom Dressurreiten verstand, erkannte auch sie mit ihrem Laienblick, dass Diana ein Traum von einem Pferd war. Die Rappstute schwebte nur so über den Platz, mit ihr würde Hans-Jörg es garantiert in den westfälischen Jugendkader schaffen. War Bernd wirklich so geizig, dass er das partout nicht einsehen wollte? Die lächerlichen dreißigtausend Mark, die Diana kosten sollte, konnten es doch nicht sein – wenn sie sich nicht mal mehr ein Pferd leisten könnte, wären sie doch schon längst pleite, da konnte Bernd behaupten, was er wollte. Er war einfach nur ein Spießer, der knauserig auf seinen paar Kröten saß und sie nicht rausrücken wollte. Das war so klar wie Kloßbrühe, und Regina konnte es auch beweisen. Stünde es wirklich so schlimm um die Firma, wie er immer behauptete, hätte er sich doch nie im Leben bereit erklärt, die Reithalle zu bauen, ohne dem Verein auch nur eine einzige Stunde Lohn für seine Arbeiter in Rechnung zu stellen!

»Nobel geht die Welt zugrunde …«

Wie immer, wenn sie die tiefe, kraftstrotzende Männerstimme hörte, lief es Regina wohlig den Rücken herunter. Freudig überrascht drehte sie sich um. Walter stieg gerade aus seinem Mercedes. Mit dem Daumen zeigte er auf den Anstreicher auf dem Gerüst.

»*Bernd-Wilke-Halle* – Respekt!«, sagte er und schlug die Wagentür zu.

»Pssst«, machte sie. »Die beiden proben gerade ihren Auftritt für das Einweihungsturnier.« Sie deutete mit dem Kopf auf das Dressurviereck, wo Hans-Jörg und Babs gerade Seite an Seite im versammelten Galopp auf die Mittellinie ritten. »Bist du gekommen, um deine Prinzessin abzuholen?«

»Das auch«, erwiderte er mit einem Grinsen. »Aber nicht nur. Ich wollte dich fragen, ob wir zwei Hübschen nicht mal wieder …«

Erneut legte Regina den Finger an die Lippen. »Nicht hier.«

»Schon verstanden – die Kinder.« Mit einem Augenzwinkern stellte er sich zu ihr an den Zaun und tat so, als würde er dem Pas-de-deux zuschauen.

»Hat Bernd sich endlich entschlossen, den Zossen zu kaufen?«, flüsterte er.

»So gut wie«, flüsterte Regina zurück. »Aber du weißt ja, wie er ist. Angeblich stehen wir kurz vor dem Bankrott.«

»Tröste dich, ich auch!«

»Was?« Verwundert schaute Regina ihn an.

»Na, ganz so schlimm ist es noch nicht«, sagte Walter. »Aber nachdem meine lieben Unternehmerkollegen gestern beschlossen haben, dass ich mein sauer verdientes Geld in Sozialpläne stecken soll, muss ich mir langsam auch was einfallen lassen, um über die Runden zu kommen.«

»Und – hast du schon eine Idee?«, fragte Regina. Die Vorstellung, dass die Rezession sogar einen Walter Böcker in Bedrängnis bringen konnte, gefiel ihr ganz und gar nicht. Sie verunsicherte sie.

»Na, was denkst du denn?«, grinste er. »Du kennst mich doch!«

»Gott sei Dank!« Regina stieß einen erleichterten Seufzer aus. »Du hast mir wirklich einen richtigen Schreck eingejagt.«

39

Bernd wusste nicht, wie viele Gläser Bier und Schnaps er seit seiner Rückkehr aus Köln schon getrunken hatte – er wusste nur, es waren nicht genug. Statt einer Kirche in Erkelenz würde er jetzt Gastarbeiterwohnheime an allen möglichen Ecken und Enden in Deutschland bauen, praktisch zum Selbstkostenpreis, nur um seine Leute zu beschäftigen. Genauso wie schon bei der elenden Reithalle.

Doch das kümmerte seine Frau und seinen Sohn einen feuchten Dreck. Während er betrunken in den Fernseher stierte, wo gerade die Tagesschau mit Karl-Heinz Köpke anfing, fielen die beiden schon wieder mit dem verdammten Gaul über ihn her.

»Wenn du noch länger zögerst, Papa, ist die Chance futsch«, sagte Hans-Jörg. »Die Stute steht jetzt schon über ein Vierteljahr hier zur Probe, und dass der Besitzer die Geduld noch nicht verloren hat, liegt nur daran, dass Diana nicht aufnimmt. Sie ist offenbar güst.«

»Was heißt das – *güst*«, fragte Bernd, ohne die Augen von den Fernsehbildern zu lassen, die neuerdings bunt aus dem Kasten kamen. Regina hatte sich und ihrem Sohn zuliebe einen Farbfernseher angeschafft – angeblich das erste Gerät seiner Art, das Radio Schepke in Altena ausgeliefert hatte.

»Das heißt, sie kann keine Fohlen kriegen«, erklärte Hans-Jörg in demselben Besserwisserton, den Bernd schon an seiner Frau nicht ausstehen konnte und den er an seinem Sohn regelrecht hasste. »Diana hat einen so hervorragenden Stammbaum, dass sie eigentlich zur Zucht vorgesehen war. Und nur, weil sie güst ist, darf sie jetzt in den Sport.«

Bernd glaubte sich dunkel zu erinnern, dass sein Sohn ihm das alles schon mal erzählt hatte. Dianas Besitzer war irgendein Züchter aus dem Münsterland und wohl mit Reitlehrer Stoll befreundet oder mit dessen Bruder oder einem Cousin – weiß der Teufel. Das alles war auf jeden Fall wichtiger als das Desaster mit Monsignore Budde. Bernd nahm einen Schluck von seinem Bier und kippte gleich noch einen Schnaps hinterher. Was war das nur für eine Welt? In den Nachrichten meldete Karl-Heinz Köpke gerade, dass der Bundesvorstand der FDP Walter Scheel zum Nachfolger des ›schönen Erich‹ Mende als Vorsitzenden nominiert hatte. Bernd war das egal wie nur was; er hatte die FDP nie leiden mögen – entweder CDU oder SPD, alles andere war doch Quatsch! Als die scheele Hucke in die Kamera grinste, hob er trotzdem sein Glas. Nach dem Grinsekater kamen wie jeden Tag Bilder von dem endlosen Krieg in Vietnam und dann von irgendwelchen Studenten, die einander untergehakt hatten und *Ho-ho-ho-chi-minh* schreiend über eine Straße in Berlin hüpften. Oder war das in Frankfurt?

»Walter Böcker wundert sich auch schon, dass Diana uns noch immer nicht gehört«, sagte Regina. »Was für eine Blamage!«

Bernd hob den Blick und schaute sie an. Regina trug ein geometrisch geschnittenes Kleid, in dem sie aussah wie die Schauspielerinnen in der Fernsehserie *Raumpatrouille Orion*. »Courage für Courrèges«, hatte sie gesagt, als sie es ihm zum ersten Mal vorgeführt hatte.

»Begreifst du denn nicht?«, fragte er. »Wir können uns den Gaul nicht leisten!«

»Willst du deinem Sohn die Chance auf seine Zukunft verbauen?«

»Welche Zukunft?«

»Was für eine dumme Frage? In der Gesellschaft natürlich!«

Bernd wusste nicht, was sie meinte. Er sah nur die Verzweiflung in ihrem Gesicht und konnte es nicht fassen. Als er ihr berichtet hatte, dass Erkelenz geplatzt war, hatte sie es zuerst nicht glauben wollen, weil sie sich doch so viel Mühe gegeben hatte mit dem Abendessen, und auch danach, als er ihr endlich klargemacht hatte, was in Köln passiert war, hatte sie nur gesagt, wenn Monsignore Budde so schlechte Manieren habe, sei es vielleicht besser, die Zusammenarbeit mit ihm zu beenden – tiefer hatte die Katastrophe sie nicht berührt. Doch jetzt, da es um diesen blöden Gaul ging, schimmerte es feucht in ihren Augen, und ihr Mund zitterte, als würde sie gleich in Tränen ausbrechen.

»Reitlehrer Stoll hat gesagt, eine, höchstens zwei Wochen kann er den Besitzer noch hinhalten. Und das auch nur, weil der ihm einen Gefallen schuldet.«

»Wovon redest du?«

»Davon, dass Diana in zwei Wochen abgeholt und zurück nach Warendorf gebracht wird. Spätestens.«

»Ja – und?«

Die Frage war zu viel. Regina konnte ihre Tränen nicht länger zurückhalten.

»Sag mir die Wahrheit!«, schluchzte sie. »Droht dir … droht uns – der *Bankrott*?«

Obwohl Bernd alles nur noch wie durch einen Nebel wahrnahm, schrak er bei dem Wort zusammen. Er hatte immer vermieden, es in Reginas Gegenwart zu benutzen. Er nahm noch einen Schluck Schnaps, diesmal direkt aus der Flasche. Doch auch nachdem er getrunken hatte, schwebte das verteufelte Wort immer noch im Raum und hallte in seinen Ohren nach.

»Muss ich … muss ich wirklich noch einmal erleben, wie sich alles über Nacht in Luft auflöst?«, stammelte Regina. »Wie damals … bei dem Bombenangriff? Als ich alles … einfach alles verlor? Mit fünfzehn auf der Straße und mutterseelenallein, ohne ein Dach über dem Kopf …«

Ihre Stimme versagte, und mit einem neuerlichen Schluchzer schlug sie die Hände vors Gesicht.

»Siehst du, was du angerichtet hast? Bist du jetzt zufrieden?«

Bernd hatte ganz vergessen, dass sein Sohn auch noch da war.

»Bitte, Mama, nicht weinen«, sagte Hans-Jörg und nahm seine Mutter in den Arm. Während er ihren zuckenden Rücken streichelte, schaute er seinen Vater voller Verachtung an. »Nun tu doch endlich was! Oder willst einfach zusehen, wie sie leidet?«

Bernd erwiderte seinen Blick, aber er hielt kaum eine Sekunde stand. Dann war sein Wille gebrochen. Geschlagen griff er in sein Jackett und holte den Scheck hervor. Auf die dreißigtausend Mark kam es jetzt auch nicht mehr an.

»Guck mal, Mama, was Papa für dich hat«, rief Hans-Jörg.

Nur zögernd ließ Regina die Hände sinken und schaute Bernd an, die tränennassen Augen voller Misstrauen. Doch dann sah sie den Scheck, und Erlösung leuchtete in ihren Augen.

»Danke«, flüsterte sie. *»Danke.«*

Sie nahm sein Gesicht zwischen die Hände und küsste ihn, wie sie ihn schon seit einer Ewigkeit nicht mehr geküsst hatte.

»Bitte sei so lieb und ruf Reitlehrer Stoll an«, forderte sie ihren Sohn auf.

Hans-Jörg verstand und ging hinaus. Als er die Tür hinter sich zumachte, kniete Regina sich auf den Boden und öffnete den Gürtel von Bernds Hose.

In betrunkener Ohnmacht schaute er ihr zu.

»Qu'est-ce que c'est? Moi ne pas …«

Im Fernsehen kündigte Karl-Heinz Köpke den Wetterbericht an.

40

Es gab nicht wenige Leute, die behaupteten, Walter Böcker würde für ein gutes Geschäft über Leichen gehen. Aber das war nicht wahr, das tat ein Walter Böcker nicht – beziehungsweise nur, wenn es unbedingt nötig war. Darum hatte er auch lange gezögert, bevor er sich entschlossen hatte, mit Ernst Prange zu reden. Doch die verfluchten Sozialpläne, in die er jetzt bis zur Vergasung einzahlen musste, obwohl er selber kaum noch das Schwarze unterm Nagel verdiente, ließen ihm keine andere Wahl.

»Oh, Herr Böcker«, empfing Ernst Prange ihn in seinem Laden und wippte freudig erregt auf den Fußballen. »Womit kann ich dienen? Ein Weihnachtsgeschenk für die werte Frau Gemahlin?«

»Das hätten Sie wohl gerne«, erwiderte Walter lachend. »Aber da haben Sie sich geschnitten, Sie haben sich an mir nicht nur eine goldene Nase verdient. Drei Ehen, dreimal eine komplette Aussteuer – ich finde, das reicht.«

Ernst Prange war sichtlich enttäuscht. Trotzdem gelang es ihm, ein freundliches Gesicht zu ziehen. »Was verschafft mir dann das Vergnügen?«

»Ich bin gekommen, um Ihnen ein Geschäft vorzuschlagen.«

»Ein Geschäft?«

»Ja, wir beide – Sie und ich. Aber wollen wir nicht du zueinander sagen? Schließlich sind wir Schützenbrüder!«

»Es ist mir eine Ehre! Einen Moment, ich hole nur schnell einen Schnaps. Damit wir anstoßen können.«

Während Ernst Prange in einem kleinen Kabuff verschwand, der an den Laden angrenzte, schaute Walter sich um. Durch das Schaufenster fiel von draußen die helle Sonne herein, die ganz und gar nicht zu dem Lametta und den Christbaumkugeln passte, mit denen die Matratzen und Zudecken und Kopfkissen dekoriert waren. Den ganzen Winter schon spielte das Wetter verrückt, es hatte noch kein einziges Mal geschneit, und selbst jetzt, Mitte Dezember, war es über zehn Grad warm. Eine Katastrophe für ein Bettengeschäft, dachte Walter, da kam doch keine Sau auf die Idee, sich Wolldecken oder Plumeaus unter den Weihnachtsbaum zu legen. Aber ihm persönlich konnte das nur recht sein – umso empfänglicher würde der Bettenfritze, der gerade mit einer Flasche Steinhäger und zwei Schnapsgläsern aus seinem Kabuff zurückkam, für seinen Vorschlag sein.

»Ich heiße Walter!«, sagte er.

»Und ich Ernst.«

Walter wartete, bis die Gläser gefüllt waren.

»Prost! Hoch die Tassen!«

»Kopp in 'n Nacken und runter damit!«

Sie schüttelten sich noch von dem Schnaps, da ging die Ladentür auf, und ein Schulmädchen kam herein. Es hatte dieselben rosigen Wangen wie Walters neuer Duzbruder, und auch dieselben grünblauen Augen. Sein zartes Gesicht verschwand unter einer schulterlangen dunkelblonden Mähne.

»Oh, die Tochter des Hauses?«, fragte Walter. »Das ist ja eine ganz besonders Hübsche! Wenn die mal größer wird, braucht ihr aber einen Zaun ums Haus oder besser noch eine Schrotflinte. Um die Jungs abzuhalten.«

Das Mädchen wurde über und über rot.

»Das ist unser Sohn Peter«, sagte Ernst Prange, peinlich berührt. »Er geht zum Gymnasium.«

»Ja, so laufen sie heute alle rum«, polterte Walter. »Einfach nicht zu fassen! Lassen sich die Haare bis zum Arsch wachsen, als würden sie dafür bezahlt.« Er wandte sich an den Jungen, der wie ein Mädchen aussah, und fragte: »Nun, wie alt bist du denn?«

»Fast vierzehn«, antwortete Peter mit einer Kinderstimme, die noch fern vom Stimmbruch war.

»Dann musst du aber mal langsam anfangen zu wachsen. Du reichst deinem Vater ja nicht mal bis zur Brust.«

Der kleine Peter wurde noch röter im Gesicht.

»Na, na, na – das wird schon, junger Mann. Ich war in der Schule auch einer von den Kleinsten, und schau mich jetzt an!« Walter nickte ihm aufmunternd zu. »Dann wirst du also später wohl mal das Geschäft deiner Eltern übernehmen?«

Der Junge schüttelte stumm den Kopf.

»Er will Schriftsteller werden«, erklärte sein Vater mit gequältem Lächeln.

»Schriftsteller?« Walter amüsierte sich köstlich. »Warum nicht? Die muss es schließlich auch geben!« Er kniff Ernst Prange ein Auge zu. »Wenn auch nicht unbedingt in der eigenen Familie, oder? Wäre doch eine Schande, Altena ohne Betten-Prange. Gar nicht vorzustellen!«

»Ich glaube, ich geh dann mal …«, sagte Peter und verdrückte sich.

»Ja, das kommt davon, wenn man die Blagen aufs Gymnasium schickt«, sagte Walter, während der Junge mit hochrotem Kopf durch eine Tür im Rückraum des Ladens verschwand. »Aber jetzt zu uns beiden, Ernst. Was ich dir vorschlagen wollte, ist Folgendes …«

41

Auf den milden Winter, in dem es weder Schnee noch Frost gegeben hatte, folgte ein noch milderer Frühling, der bereits im Februar begonnen und sich im März auf Temperaturen von bis zu zwanzig Grad gesteigert hatte, so dass nun, im April, schon die ersten Kastanienbäume entlang der Düsseldorfer Königsallee blühten und grüne Blätter an den Zweigen trieben. Während verliebte Paare Hand in Hand über die Prachtstraße der Landeshauptstadt flanierten, um sich von Frühlingsgefühlen beseelt im Sonnenschein zu küssen, wurde bei Schuh Krasemann aufgeräumt: Berge von Gummistiefeln, in allen Größen von siebzehn bis siebenundvierzig, für Damen, Herren und Kinder, die im Winter keine Käufer gefunden hatten und darum nun zurück ins Lager mussten.

»Und was machen wir jetzt damit?«, fragte Gundel, während sie und

Benno zusammen mit den Lehrlingen die Kartons in den Keller trugen, damit die Verkäufer sich für die Kundschaft im Laden bereithalten konnten.

»In diesem Jahr wahrscheinlich gar nichts mehr«, erwiderte Benno. »Da kein Schnee gefallen ist, wird es auch kein Hochwasser geben.«

Gundel musste schlucken. »Wir haben uns also verspekuliert?«

»Das kannst du laut sagen.« Er zeigte auf die Regale, in denen sich die Stiefel stapelten. »Alles totes Kapital.«

Gundel wartete, bis die Lehrlinge das Lager verlassen hatten, dann stellte sie ihren Karton ab und streichelte Benno über die Wange. Wie hatte er sich in diesen Wochen und Monaten verändert! Er hatte zwar schon seit Jahren kaum noch Haare auf dem Kopf, aber erst jetzt hatte sie zum ersten Mal das Gefühl, dass ihr Mann alt geworden war. Sein Gesicht war grau, um die Augen hatte er tiefe, dunkle Ringe, die in dem Neonlicht noch tiefer und dunkler aussahen als in Wirklichkeit, und die Wangen waren eingefallen. Zehn Kilo hatte er seit Weihnachten abgenommen, vor Sorge um das Geschäft. Und auch Gundel lag des Nachts oft wach an seiner Seite, wenn er nicht schlafen konnte und sich im Bett hin und her warf oder stundenlang gegen die Zimmerdecke starrte, ohne ein Wort zu sagen. Wie sollte es jetzt weitergehen? Ihr größter Konkurrent, Schuh Mikosch, der ihnen mit seinen Dumpingpreisen schon immer das Leben schwergemacht hatte, wurde inzwischen von ihrem ehemaligen Kollegen Charly Weiß geführt, und der setzte alles daran, sie aus dem Wettbewerb zu drängen. In diesem Monat eröffnete er schon wieder zwei Läden, einen in Mönchengladbach und einen in Solingen, jeweils in direkter Nachbarschaft zu den dortigen Filialen von Schuh Krasemann, und während Benno sich im Januar gezwungen gesehen hatte, seinen Diplomat V8, auf den er so stolz gewesen war, in der Opel-Niederlassung gegen einen gebrauchten Rekord 1700 einzutauschen, damit die Bank noch einmal beide Augen zudrückte, brauste Charly in einem brandneuen Porsche 911 zwischen seinen florierenden Filialen hin und her.

»Wir brauchen mehr Geld«, sagte Gundel.

Benno schüttelte den Kopf. »Glaubst du im Ernst, dass die Bank nach dieser Pleite noch mal den Kreditrahmen erweitert?«

»Wir sollten es zumindest versuchen. Die Konjunktur zieht wieder an, die konzertierte Aktion, die der Schiller im Fernsehen immer predigt, scheint allmählich was zu bewirken.«

»Das behaupten sie doch nur, um die Leute zu beruhigen.«

»Nein, das ist nicht wahr. Die Kunden geben wieder mehr Geld aus. Das spüren wir doch auch in unseren Läden. Wir haben im März ein Plus von zwei Prozent gegenüber dem Februar gemacht.«

»Ein Tropfen auf den heißen Stein, verglichen mit unseren Schulden.«

»Jetzt sieh doch nicht so schwarz und hab ein bisschen Zuversicht. Alles deutet darauf hin, dass die Frühjahrskollektion einschlägt. Das bestätigen uns sämtliche Filialleiter.«

»Es wäre nicht das erste Mal, dass sie sich irren.«

»Und was ist mit uns?« Sie nahm seine Hände und schaute ihn an. »Wir haben schon so viel geschafft, du und ich. Glaub mir, das bisschen kriegen wir auch noch hin – das wäre doch gelacht! Wir müssen nur zusammenhalten.«

»Ach, Gundel …«, sagte er nur.

»Was – ›ach, Gundel‹?«

Ein Lächeln huschte über sein Gesicht. »›Ach, Gundel‹ heißt: ›Wenn ich dich nicht hätte!‹« Er erwiderte den Druck ihrer Hände und gab ihr einen Kuss. »Danke.«

Obwohl es nur ein kleiner, harmloser, ganz und gar keuscher Kuss war, den er ihr gab, machte er sie glücklich.

»Ach, Benno«, flüsterte sie. »Ich bin doch so froh, wenn ich dir ein bisschen helfen kann.«

»Du weißt ja gar nicht, wie viel mir das bedeutet.«

Sie küsste zärtlich seine müden Augen, dann nahm sie seine Hand. »Aber jetzt sollten wir uns mal wieder oben blicken lassen«, sagte sie und zog ihn Richtung Treppe. »Sonst denken unsere Angestellten noch weiß Gott was.«

»Da könntest du recht haben.«

Lachend eilten sie die Stufen hinauf. Doch als sie oben ankamen, war der Laden wie ausgestorben – kein einziger Verkäufer und kein einziger Kunde. Sie alle hatten das Geschäft verlassen, standen draußen auf dem Bürgersteig und verrenkten sich die Hälse.

Aus der Ferne war ein immer lauter werdender Stimmenlärm zu hören.

»Was ist denn da los?«, fragte Benno verwundert.

»Komm, wir schauen mal nach.«

Als Gundel ins Freie trat, sah sie ein paar hundert Studenten, die einander untergehakt hatten und in dichten Reihen die Kö hinaufgetrabt kamen.

»Ho-ho-ho-chi-minh …«, skandierten sie im Laufschritt. »Ho-ho-ho-chi-minh …«

Obwohl es seit dem Schah-Besuch in Berlin letztes Jahr, bei dem ein Student erschossen worden war, auch in Düsseldorf immer wieder irgendwelche Demonstrationen gegen den Vietnamkrieg, die Bundesregierung oder sonst etwas gab, was keinen normalen Menschen interessierte, bekam Gundel Angst. Eine solche Anhäufung wütender Männer und Frauen hatte sie noch nie gesehen. Wie eine außer Rand und Band geratene Horde Hottentotten kamen sie näher, die Frauen in Texashosen und die Männer mit Haaren bis auf die Schultern, bewegten sie sich die Kö entlang auf ihr Geschäft zu, scheinbar unaufhaltsam, obwohl Dutzende von Polizisten versuchten, sie im Zaum zu halten, liefen sie in ihren Jesuslatschen und Fransenstiefeln einfach immer weiter und weiter, während ihre Rufe immer lauter und lauter wurden.

»Ho-ho-ho-chi-minh … Ho-ho-ho-chi-minh …«

»Was ist denn in die gefahren?«, fragte Gundel und fasste unwillkürlich nach der Hand ihres Manns.

»Keine Ahnung«, sagte Benno. »Vielleicht die Notstandsgesetze?«

»Ho-ho-ho-chi-minh … Ho-ho-ho-chi-minh …«

Die Horde war keine hundert Meter mehr entfernt, da flogen plötzlich Steine durch die Luft. Fensterscheiben klirrten, am Straßenrand parkende Autos wurden hin und her geschaukelt und ein paar sogar umgekippt. Von irgendwoher galoppierten berittene Polizisten herbei und trieben ihre Pferde mit gezückten Schlagstöcken in die Menge. Doch für jeden Demonstranten, der sich aus dem Staub machte, strömten neue herbei und schlossen die Reihen. Ein gepanzerter Wasserwerfer rollte aus einer Seitenstraße auf die Allee und nahm die Studenten unter Beschuss. Von dem Wasserstrahl getroffen, stoben sie auseinander. Aber nur für wenige Sekunden. Statt sich zu ergeben, setzten sie sich nur umso wütender zur Wehr. Ein Anführer, triefend vor Nässe, kletterte auf einen Baum und schrie Kommandos. Gleich darauf formierten sich mehrere Dutzend Demonstranten, und ihre Plakate vor sich hertragend wie Lanzen, gingen sie auf die Polizisten los. Andere bildeten Gruppen und kreisten die Berittenen ein, um sie von den Pferden zu zerren. Ein unter den Kastanien abgestelltes Auto wurde angezündet und explodierte.

Benno ließ Gundels Hand los. »Alles zurück in den Laden! Und macht die Feuerlöscher bereit!«

Während die Straßenpassanten kreischend das Weite suchten, eilten die Kunden und Angestellten von Schuh Krasemann ins Haus. Im Innern nahm Gundel wie die meisten anderen Deckung hinter der brusthohen Blendwand, die die Verkaufsfläche des Ladens von der Schaufensterfront trennte.

Ein Lehrling riss gerade einen Minimax von der Wand, da ging die erste Vitrine zu Bruch.

»Ho-ho-ho-chi-minh ...Ho-ho-ho-chi-minh ...«

»Verflucht!«, rief Benno. »War das nicht Ruths Fritzchen?«

»Wer?«, fragte Gundel, ohne sich aus der Deckung zu wagen.

»Der Kerl, der uns die Scheibe eingeschmissen hat.«

»Das kann doch gar nicht sein. Fritzchen arbeitet doch in Bochum.«

»Aber sieh doch, dahinten läuft er!«

Am ganzen Körper zitternd vor Angst, lugte Gundel über die Blendwand und blickte durch die zersplitterte Schaufensterscheibe in die Richtung, in die Benno zeigte. Auf der anderen Straßenseite sah sie einen jungen Mann, der ihrem Neffen aus der Ferne tatsächlich ähnlich zu sehen schien. Gerade hob er eine Eisenstange vom Boden, um damit das Pflaster aufzureißen. Doch bevor sie ihn wirklich erkennen konnte, schlug ein weiteres Geschoss in einem ihrer Schaufenster ein. Dann noch eins, und noch eins.

»Ho-ho-ho-chi-minh ... Ho-ho-ho-chi-minh ...«

Gundel blieb fast das Herz stehen. Mit lautem Gejohle stürzte sich eine Gruppe von Studenten auf die Auslagen. Unter dem Kommando eines hageren Mannes mit Filzhut und Wehrmachtsmantel, der aussah wie ein Kriegsheimkehrer, plünderten sie die Vitrinen, warfen wahllos Pumps und Gummistiefel und Kinderschuhe und Budapester und Sandalen auf die Straße und türmten sie zu einem Haufen auf. Gundel hätte sich am liebsten im Keller verkrochen, doch ihre Empörung war größer als ihre Angst. Was sollte das werden? Eines von diesen Happenings? Sie kannte den Mann, der die Studenten aufhetzte, aus der Zeitung, ein Professor der Kunstakademie, den Namen hatte sie vergessen, irgendwas mit B, daran konnte sie sich erinnern, weil er angeblich mit Heinrich Böll befreundet war. Während er mit einer Zigarette im Mund einen Benzinkanister über die Schuhe ausleerte, machten ein paar Studentinnen den Oberkörper frei.

Beuys, Joseph Beuys – jetzt fiel es ihr wieder ein!

»Himmel – was macht der Idiot da?«, rief Benno.

Vor ihren Augen warf der Professor seine Zigarette in das Benzin.

»Die Feuerwehr! Jemand soll die Feuerwehr rufen!«

Im nächsten Moment stand die Schuhpyramide in Flammen. Die Studentinnen öffneten lachend ihre BHs und warfen sie in den Scheiterhaufen. Während sie ihrem Professor ihre nackten Brüste präsentierten, tanzten ihre Kommilitonen um den brennenden Haufen herum wie Indianer um ein Freudenfeuer oder einen Marterpfahl.

»Gott sei Dank, dass wir versichert sind«, flüsterte Gundel.

»Wenn wir das nur wären …«, erwiderte Benno.

Entsetzt fuhr sie zu ihrem Mann herum. »Was sagst du da?«

Bennos Gesicht war weiß wie die Wand. »Ich habe die Versicherung letzte Woche gekündigt«, sagte er, während er mit leeren Augen auf die Flammen starrte. »Ich … ich wollte die Prämie sparen.«

42

Was hatte Gundel am Telefon gesagt? Ein junger Mann, der genauso ausgesehen hätte wie ihr Fritzchen, hätte bei einer Demonstration auf der Kö einen Pflasterstein ins Schaufenster von Schuh Krasemann geworfen?

Vor noch gar nicht langer Zeit hätte ein solcher Verdacht Ruth einen ziemlichen Schreck eingejagt, und wahrscheinlich hätte sie ihren Sohn deshalb zur Rede gestellt. Fritzchen war stets ihr Sorgenkind gewesen, und das nicht erst, nachdem er das Gymnasium hatte abbrechen müssen, weil er in der Untertertia zweimal sitzengeblieben war. Die Lehrer hatten damals gesagt, dass nicht mangelnde Intelligenz der Grund für sein Scheitern gewesen sei, im Gegenteil, was sein Lernvermögen angehe, bringe er alle Voraussetzungen mit, um das Gymnasium mühelos zu schaffen. Das Problem sei vielmehr seine negative Grundeinstellung – immer würde er Kontra geben oder auf geradezu provozierende Weise sein Desinteresse zur Schau stellen. Vor allem aber suche er mit jedermann Streit, sowohl mit seinen Lehrern im Unterricht als auch mit den anderen Schülern in der Pause. Das kannte Ruth leider auch von zu Hause. Solange Winfried noch bei ihnen gewohnt hatte, waren täglich die Fetzen geflogen, und fast immer war es Fritzchen gewesen, der angefangen hatte.

Bis vor ein paar Wochen hätte sie sich also eigentlich nicht gewundert, wenn ihr jemand gesagt hätte, ihr Sohn hätte auf einer Demonstration Pflastersteine geworfen. Doch jetzt war sie sicher, dass Gundel sich geirrt und ihn mit jemand anderem verwechselt haben musste. Seit Fritzchen den Führerschein bestanden hatte, war er wie ausgewechselt. Er verließ jeden Morgen pünktlich das Haus, um zur Arbeit zu gehen, ohne dass sie ihn wecken und beim Frühstück antreiben musste, mittwochs besuchte er mit derselben Disziplin die Berufsschule, und wenn sie ihn nach der Gesellenprüfung fragte, lachte er nur und sagte, das sei doch »ein Klacks«. Sogar die Hände wusch er sich jetzt so gründlich, dass die schwarzen Ölspuren mehr und mehr verschwanden. Wahrscheinlich hatte er nach den vielen Misserfolgen in seinem jungen Leben einfach ein solches Erfolgserlebnis wie die bestandene Führerscheinprüfung gebraucht, um Selbstvertrauen und Zuversicht zu fassen. Wie hatte er gestrahlt, als er sie mit diesem roten Flitzer von der Sparkasse abgeholt hatte, um mit ihr eine Spritztour zu machen. An dem Tag, so hatte Ruth das Gefühl, hatte er endlich sein wahres Ich gefunden.

Jetzt fuhr sie mit dem Bus vom Beamtenplatz in Bochum-Hordel nach Stiepel, um ihn in seiner Werkstatt zu überraschen. Nachdem vor zwei Wochen ihre Kollegin Susanne die Kündigung bekommen hatte, hatte sie sich heute endlich ein Herz gefasst und den Filialleiter gefragt, ob auch sie sich Sorgen um ihren Arbeitsplatz machen müsse. Sie kam sowieso kaum noch hin mit ihrem Geld – seit einiger Zeit verschwanden die Münzen und Scheine aus ihrem Haushaltsportemonnaie, als hätte es ein Loch. Doch der Filialleiter hatte ihr fest in die Hand versprochen, dass, solange es die Sparkasse Bochum geben würde, ihre Stelle sicher sei. Sie war über die Auskunft so glücklich, dass sie beschlossen hatte, mit Fritzchen zu feiern. In der Fußgängerzone hatte vor ein paar Wochen ein neuer Wienerwald aufgemacht, gleich neben Karstadt. Dort wollte sie ihn zum Essen einladen – Hähnchen aß er für sein Leben gern. Winfried und Uschi hatten leider abgesagt. Der kleine Torsten, der im September zur Welt gekommen war, schlief immer noch nicht durch, und wenn er nach dem Stillen nicht in sein Bettchen kam, hielt er die beiden die ganze Nacht auf Trab.

Fünf Minuten nach Feierabend erreichte Ruth die Fiat-Werkstatt. Doch als sie in der Halle nach ihrem Sohn schaute, sah sie nur den Meister. Er stand unter der Hebebühne und schraubte an der Unterseite eines Autos irgendein Teil fest.

»Ist mein Sohn schon fort?«, fragte sie.

Der Meister schaute sie verwundert an. »Allerdings«, sagte er. »Schon seit einem halben Jahr. Da habe ich ihm nämlich gekündigt.«

»WAS haben Sie?« Ruth fiel aus allen Wolken. »Aber … aber das ist doch gar nicht möglich. Fritzchen geht doch jeden Morgen zur Arbeit.«

»Kann schon sein. Aber nicht mehr hier.«

Ruth verstand die Welt nicht mehr. »Aber warum in aller Welt haben Sie ihm gekündigt? Er hat sich doch so sehr zum Positiven entwickelt, und Sie … Sie waren doch auch zufrieden mit ihm und haben ihn gelobt.«

»Das hat er gesagt?« Der Meister legte den Schraubenschlüssel beiseite und kam unter der Hebebühne hervor. »Tut mir wirklich leid, Frau Böcker, aber mir blieb nichts anderes übrig, als ihn rauszuschmeißen. Erst dreimal bei der Theorie durch die Führerscheinprüfung rasseln und dann auch noch ohne Führerschein mit Kundenautos durch die Gegend kutschieren.« Er wischte sich die ölverschmierten Hände an seinem Blaumann ab. »Sagen Sie selbst – was hätten Sie an meiner Stelle getan?«

43

Das hätte Christel sich in ihren schlimmsten Albträumen nicht vorstellen können, dass ihre Kinder sich einmal bis aufs Blut um Geld streiten würden. Nur gut, dass Eduard das nicht mehr miterleben musste. Er würde sich im Grab umdrehen, so zart besaitet wie er mit seiner Künstlerseele immer gewesen war.

Als Gundel am Morgen angerufen hatte, um unverhofft einen Besuch mit ihrem Mann anzukündigen, hatte Christel sich bei aller Freude schon ein bisschen gewundert. Die Düsseldorfer kamen sonst nie während der Woche nach Altena – schließlich hatten sie ein Geschäft! Nachdem sie den Hörer aufgelegt hatte, war ihr nur ein Grund eingefallen, warum die zwei heute eine Ausnahme machen könnten: Sie wollten die Unterstützung in Anspruch nehmen, die Christel ihnen letzten Sommer angeboten hatte und von der sie seitdem hoffte, dass sie sich erübrigt hätte. Den ganzen Tag hatte sie sich damit zu beruhigen versucht, dass die Konjunktur sich ja nach allem, was man so hörte, wieder ein bisschen erholte und Gundel vielleicht nur einfach Sehnsucht nach ihrer Familie hatte. Doch als ihre Tochter und ihr Schwiegersohn am Abend ohne Plisch und Plum aus dem Auto gestiegen waren und erklärt hatten, dass Bennos Mutter extra von Essen nach Düsseldorf gekommen sei, um sich um die Zwillinge zu kümmern, damit man in Altena in Ruhe miteinander reden könne, war Christels Befürchtung zur Gewissheit geworden.

»Die Firma Wolf hat nicht weniger unter der Rezession zu leiden als Schuh Krasemann«, fauchte Ulla ihre Schwester an. »Oder glaubst du, die geht ausgerechnet an uns spurlos vorbei?«

»Aber du hast doch auch noch die VAM«, erwiderte Gundel. »Ein zweites Standbein! Wenn wir Bankrott machen, ist alles aus und vorbei. Dann haben wir nichts mehr, was wir den Zwillingen vererben können.«

»Soll das heißen, nur weil du Kinder hast und ich nicht, soll ich jetzt für euch in die Bresche springen? Das wird ja immer schöner!«

»So meinte ich das doch gar nicht …«

»Und ob du das so meinst! Das ist doch nicht zu fassen!«

»Also, um ehrlich zu sein«, mischte Jürgen sich ein, »ich finde auch, das ist ein ziemlich starkes Stück.«

»Ja, ja, ja!«, rief Gundel. »Ihr habt gut reden! Ihr braucht euch ja nur um euch selber zu kümmern. Nach euch die Sintflut.«

»Siehst du?«, erwiderte Ulla. »Ich hab's doch gleich gesagt! Nur weil du Kinder hast, glaubst du, mehr Rechte zu haben.«

Hilfesuchend wandte Gundel sich an ihren Mann. »Jetzt sag du doch auch mal was, Benno!«

Während ihr Schwiegersohn sich eine Antwort überlegte, hatte Christel auf einmal das Gefühl, dass es unerträglich heiß im Raum war. Das musste ihr Blutdruck sein! Der war während des Streits so sehr gestiegen, dass sie mit ihrer zitternden Hand nicht mehr in der Lage war, ihren Tee zu trinken. Mühsam öffnete sie den obersten Kopf ihrer Bluse, dann nahm sie ihren Straußenwedel und staubte die Blätter ihres Ficus ab, um sich abzulenken. Doch es wollte ihr partout nicht gelingen, dafür schlugen die Wellen viel zu hoch.

»Was soll ich sagen?«, fragte Benno. »Das Wasser steht uns bis zum Hals. So einfach ist das.«

Die nüchterne Auskunft schien auf Ulla größeren Eindruck zu machen als alle erregten Worte zuvor. »Ist es wirklich so schlimm?«

»Leider ja«, bestätigte Benno. »Wir haben alles versucht, um ohne eure Hilfe auszukommen. Wirklich, das musst du mir glauben.«

»Meinst du, wir hätten uns sonst auf so riskante Geschäfte eingelassen wie die Sache mit den Gummistiefeln?«, fügte Gundel hinzu. »Das war doch die reine Verzweiflung. Aber der milde Winter hat uns den Rest gegeben.«

»Jetzt übertreib mal nicht«, sagte Jürgen. »Die Stiefel laufen euch ja nicht weg. Die könnt ihr immer noch verschachern.«

Benno schüttelte den Kopf. »Gundel übertreibt nicht, leider. Die Stiefel sind bereits bezahlt, und bis zum nächsten Winter halten wir nicht durch. Wenn kein Wunder geschieht, sind wir am Ende.«

Ulla biss sich auf die Lippen. Während Christel aus den Augenwinkeln beobachtete, wie ihre Tochter nachdachte, verspürte sie plötzlich einen Heißhunger auf Süßes. Am liebsten wäre sie in die Küche gelaufen, um das Stück Buttercremetorte zu verschlingen, das sie heimlich bei Café Dunkel gekauft hatte und nun im Kühlschrank aufbewahrte. Aber das ging nicht. Nicht, bevor dieser hässliche Streit ausgestanden war.

»Vorschlag zur Güte«, sagte Ulla schließlich. »Zweihundertfünfzigtausend Mark, verrechenbar auf Gundels Erbe – so viel könnte die Firma Wolf zur Not verkraften. Wäre euch damit geholfen?«

Benno überlegte einen Moment, dann schüttelte er abermals den Kopf. »Ich danke dir für dein Angebot, aber das reicht vorne und hinten nicht. Die Sanierung von Krasemann erfordert eine halbe Million – vorsichtig gerechnet. Oder wir gehen in Konkurs.«

Es entstand eine Stille, in der nur noch Rudolf Schocks wunderbare Stimme aus dem Lautsprecher der Musiktruhe zu hören war, die Schlussarie der *Fledermaus*, die Christel aufgelegt hatte, um Schlimmstes zu vermeiden. Aber jetzt war nicht einmal ihr mehr nach Operette zumute. Von all den hässlichen Worten und Widerworten, die in ihrem Salon gefallen waren, schwirrte ihr so sehr der Kopf, dass sie kaum noch einen klaren Gedanken fassen konnte. Hatte es so etwas je in diesem Haus gegeben? Sie legte ihren Wedel beiseite und stellte die Musik ab.

»Ist die Firma wirklich in Gefahr, wenn wir fünfhunderttausend Mark entnehmen?«, fragte sie Ulla.

»Mehr als nur in Gefahr«, erklärte ihre Tochter. »Ohne das Geld können wir weder unseren Mitarbeitern die fälligen Löhne bezahlen noch unseren Lieferanten die ausstehenden Rechnungen.«

»Zahlungsunfähigkeit nennt man das«, ergänzte Jürgen.

Christel war verwirrt. »Aber ihr habt doch jetzt diesen neuen Großauftrag in Aussicht – Sprungfedermatratzen und Stahlbetten für die Gastarbeiterwohnheime der Thyssen AG, nicht wahr?«

»Hösch, nicht Thyssen«, korrigierte ihr Schwiegersohn.

»Thyssen oder Hösch, das ist doch egal – Hauptsache Auftrag. Auf jeden Fall hast du mir neulich ganz begeistert erzählt, wie geschickt du die Sache eingefädelt hast. Hast du nicht sogar gesagt, die Sache sei so groß, dass der Beitz persönlich sie auf seinem Schreibtisch haben wollte?«

»Was du immer verstehst«, erwiderte Jürgen mit diesem überheblichen Gesicht, das sie überhaupt nicht an ihm leiden konnte. »Erstens ist Berthold Beitz der Chef von Krupp und hat folglich mit der ganzen Sache nichts zu tun, und zweitens habe ich ausdrücklich gesagt, dass es noch ein paar juristische Details zu regeln gibt.«

»Juristische Details? Was heißt das?« Obwohl Christel sich genau zu erinnern glaubte, dass ihr Schwiegersohn den Namen Beitz genannt hatte, wollte sie darauf nicht länger herumreiten.

Doch statt es ihr zu danken, wurde er nur noch anmaßender.

»Wozu soll ich dir das erklären? Du würdest es ja doch nicht verstehen.«

»Nicht in diesem Ton, mein Lieber!«, rief Christel. »Ich will nur wissen, ob es einen Vertrag gibt oder nicht. Ich denke, das ist nicht zu viel verlangt. Schließlich bin immer noch ich die Inhaberin der Firma Wolf.«

Mit Genugtuung sah sie, wie er die Kröte herunterschlucken musste.

»Natürlich gibt es einen Vertrag«, knurrte er. »Er … er ist nur noch nicht unterschrieben.«

»Was sagst du da?«, fragte Ulla. »Noch nicht unterschrieben?«

Obwohl sich das nicht nach einer guten Nachricht anhörte, war Christel froh, dass sie offenbar nicht die einzige Dumme im Raum war.

»Das meinte ich ja eben mit Details«, sagte Jürgen. »Das berühmte Kleingedruckte. Herrgott, du weißt doch selbst am besten, wie das ist, wenn die Juristen ihren Senf dazugeben. Die finden doch immer irgendetwas, schon allein, um ihre Honorare in die Höhe …«

»Die Juristen interessieren mich nicht«, fiel Ulla ihm ins Wort. »Du hast gestern noch gesagt, ich bräuchte mir keine Sorge zu machen, die Sache sei unter Dach und Fach.«

»Das ist sie ja auch, jedenfalls so gut wie. Zur Sorge besteht nicht der geringste Anlass. Nur wie gesagt …«

»Nur wie gesagt was?«

»Die juristischen Details, Herrgott nochmal!«

Die bösen Blicke, die die zwei miteinander tauschten, machten Christel solche Angst, dass sie für einen Moment gar nicht mehr wusste, worum es bei dem hässlichen Streit überhaupt ging. Sie wusste nur, dass sie einschreiten musste. Ulla und Jürgen waren doch verheiratet! Und sie waren doch alle eine Familie!

Also tat sie, was sie in solchen Fällen immer tat. Obwohl ihre Hand so sehr zitterte, dass sie die Tasse kaum halten konnte, nahm sie einen Schluck von ihrem Tee.

»Seht ihr, jetzt ist er ganz kalt geworden«, sagte sie. »Also tut mir die Liebe und fangt ihr zwei nicht auch noch an zu streiten!«

Wie oft hatte sie damit schon die Gemüter beschwichtigt. Doch diesmal bewirkte sie damit nur das Gegenteil.

»Tu *du* mir die Liebe, dich nicht immer in unsere Ehe einzumischen!«, zischte Ulla.

»Dem kann ich mich nur anschließen!«, pflichtete Jürgen ihr bei.

»Wollt ihr euch gegen mich verbünden?«, protestierte Christel. »Nur zu! Hackt alle auf eurer alten Mutter herum!«

»Ist doch wahr, Mama. Glaubst du, es wird besser, wenn du immer dazwischenfunkst?«

»Aber sie hat es doch nur gut gemeint«, sagte Gundel.

»Allerdings habe ich das. Danke, mein Schatz. Wenigstens eine, die mir recht gibt.«

Christel strich ihrer Jüngsten über die Wange, doch die machte einen Schritt zurück, um sich der Berührung zu entziehen.

»Nein, Mama, recht gebe ich dir darum noch lange nicht. Ich habe nur gesagt, dass du es gut *gemeint* hast.«

»Und gut *gemeint* ist bekanntlich das Gegenteil von gut«, warf Jürgen dazwischen.

»Das sollte aber nicht heißen«, fuhr Gundel fort, »dass ich es richtig finde, wenn du dich jedes Mal einmischst, sobald Ulla und Jürgen oder Benno und ich unterschiedlicher Meinung sind.«

»Verdorrich nochmal!«, rief Christel. »Fällst du mir jetzt auch noch in den Rücken? Gibt es denn gar keinen mehr in dieser Familie, der zu mir hält?«

Sie schaute auf ihre Töchter und ihre zwei Schwiegersöhne. Die vier hatten sich zu einer regelrechten Front gegen sie zusammengeschlossen. Jürgen erwiderte ihren Blick mit herausforderndem Trotz, Ulla schüttelte immer wieder den Kopf, genauso wie Benno, und sogar Gundel, ihr Nesthäkchen, das sie doch sonst immer unterstützte, wenn es galt, Frieden zu stiften, hatte nichts als Vorwurf im Gesicht. Christel war empört. War das der Dank dafür, dass sie sich ihr ganzes Leben lang in den Dienst der Familie gestellt hatte? Während ihr Heißhunger auf Süßes kaum noch auszuhalten war, wurde es plötzlich so heiß, dass ihr am ganzen Körper der Schweiß ausbrach. Dabei zitterten ihre Hände wie Espenlaub.

»Mir … mir wird das alles zu viel«, sagte sie. »Macht das unter euch aus. Ich … ich gehe jetzt ins Bad …«

»Wohin willst du?«, fragte Ulla.

»Ins *Bett*, meinte ich natürlich. Da seht ihr mal, wie weit ihr mich schon gebracht habt. Nicht mal mehr richtig denken kann ich.«

Damit wandte sie sich zur Tür.

»Das ist doch wohl nicht wahr!«, rief Ulla ihr nach.

»Bitte, Mama, bleib hier«, fügte Gundel hinzu.

»Wozu?« Obwohl der Schweiß ihr in Strömen am Leib herunterrann und sie sich kaum noch auf den Beinen halten konnte, drehte Christel sich noch einmal um. »Auf meinen Rat hört hier ja doch keiner!«

Sie wandte sich ab, um den Raum zu verlassen – sollten sie sich doch ohne sie weiterstreiten wie die Besenbinder. Aber sie hatte die Tür noch nicht erreicht, da war ihr plötzlich, als würde der Boden unter ihr schwanken. Unwillkürlich griff sie nach dem Tisch, um nicht zu stürzen.

»Was ist los?«, fragte Ulla.

»Ist dir schlecht?«

Gundel eilte herbei, um sie zu stützen, doch Christel wies sie zurück.

»Nein, nicht nötig, mir geht es blendend.« Während ihr Unterkiefer gegen den Oberkiefer schlug, gab sie sich noch einmal einen Ruck. »Ich wünsche euch eine gute Nacht«, sagte sie so hoheitsvoll, wie sie nur konnte, damit die anderen nicht merkten, wie elend ihr in Wirklichkeit zumute war. »Und von dir, Ulla, erwarte ich, dass du tust, was Anstand und Familiensinn gebieten.« Ohne die Antwort ihrer Tochter abzuwarten, machte sie auf dem Absatz kehrt. »Gehabt euch wohl!«

Während sie auf den Flur hinaustrat, spürte sie die Blicke in ihrem Rücken wie Dolche.

»Schlaf gut, Mama.«

»Bis morgen. Dann reden wir weiter.«

»Gute Nacht.«

»Und reg dich bitte nicht auf.«

Christel hörte gar nicht mehr hin. Sie hatte nur noch einen Gedanken. Jetzt so schnell wie möglich in die Küche! Sie brauchte dringend Nervennahrung …

44

Ulla überlegte, ob sie ihrer Mutter folgen sollte, sie hatte wirklich nicht gut ausgesehen. Doch Gundel, die dasselbe zu denken schien, kam ihr zuvor.

»Ich kümmere mich um sie.«

»Soll ich mitkommen?«, fragte Benno.

»In Mamas Schlafzimmer? Quatsch!«

Kaum war Gundel fort, wandte Ulla sich an ihren Mann. Die Ausflüchte, mit denen er auf die Fragen zu dem Hösch-Auftrag reagiert hatte, hatten sie ziemlich erschreckt. Wenn Jürgen von »juristischen Details« sprach, war Vorsicht geboten.

»Jetzt mal Klartext«, sagte sie. »Besteht die Möglichkeit, dass der Auftrag noch platzt?«

Sofort war er wieder eingeschnappt. »Ich habe dir doch gesagt, dass kein Grund zur Sorge besteht.«

»Ich wollte, ich könnte dir glauben.«

»Willst du etwa behaupten, dass ich lüge?«

»Um Gottes willen, nein, natürlich nicht! Ich … ich meine ja nur, solange nichts unterschrieben ist …«

»Wie lange verhandelt ihr eigentlich schon?«, wollte Benno wissen.

»Erst fünf oder sechs Monate«, erwiderte Jürgen, dem es sichtlich gegen den Strich ging, auch noch seinem Schwager Rede und Antwort stehen zu müssen.

»Erst?«, wiederholte Benno. »Das ist immerhin schon ein halbes Jahr!«

»Na, hör mal!« Jürgen blies die Backen auf. »Hier handelt es sich schließlich um einen Großauftrag von einem Konzern. Nicht um ein Paar Pumps oder Sandalen für Frau Schulze oder Herrn Maier.«

»Ja, ja, ich weiß, wir sind nur die kleinen Einzelhandelsfritzen. Und ihr seid die großen Unternehmer.«

Ulla verdrehte die Augen. Jetzt war auch noch Benno beleidigt.

»So kommen wir nicht weiter.«

»Sag das lieber deinem Mann«, erwiderte ihr Schwager. »Der hat offenbar mal wieder den Mund zu voll genommen.«

»Das behauptet der Richtige!«, gab Jürgen höhnisch zurück. »Wie viele Gummistiefel waren das noch mal, wenn ich fragen darf, auf denen ihr sitzengeblieben seid? Zehntausend? Fünfzigtausend? Oder kommen wir damit noch nicht aus?«

Ulla platzte der Kragen. »Jetzt ist aber Schluss, Himmel nochmal! Wir sind hier doch nicht im Kindergarten!«

Sie blickte erst Benno, dann ihren Mann an. Die beiden senkten die Köpfe und schauten auf ihre Schuhspitzen.

»Noch einmal, Jürgen! Kriegen wir den Auftrag, oder kriegen wir ihn nicht?«

Ihr Mann biss sich auf die Lippen.

»Wenn es Probleme gibt, sag es. Vielleicht kann ich ja helfen.«

Der letzte Satz war ihr nur rausgerutscht, und als er den Kopf hob, um ihren Blick zu erwidern, wusste sie, dass sie ihn sich besser verkniffen hätte. Jürgen zog ein Gesicht, wie wenn er in eine Zitrone gebissen hätte.

»Besten Dank für das Angebot. Aber das wird nicht nötig sein.« Während er sprach, zupfte er den Manschettenrand seines Hemds unter dem Jackettärmel hervor und drehte an dem silbergefassten Perlmuttknopf. »Zwar kann und will ich nicht vollkommen ausschließen, dass wir eventuell nicht den Zuschlag für *alle* Wohnheime kriegen, in Frankfurt oder in Bremen kommen möglicherweise auch dortige Anbieter zum Zug, aber im Prinzip …«.

»Mit welchem Auftragsvolumen können wir rechnen?«

»Ursprünglich war von einer Viertelmillion die Rede.«

»Nach ›ursprünglich‹ habe ich nicht gefragt. Wie viel bleibt nach Abzug möglicher Ausfälle deiner Einschätzung nach übrig?«

An dem nervösen Zucken in seinem Gesicht erkannte Ulla, dass sie schon wieder den falschen Ton angeschlagen hatte. Doch zum Glück akzeptierte er die Zurechtweisung, ohne zu protestieren. Mit abwärts gezogenen Mundwinkeln wiegte er eine Weile den Kopf hin und her, dann gab er schließlich eine Antwort.

»Also, zweihunderttausend werden es immer noch sein.«

Ulla schaute ihn an. »Bist du dir sicher?«

Seine Augen flackerten zwar, aber er hielt ihrem Blick stand. »Ganz sicher!«

»Gut«, sagte Ulla und griff zum Telefon.

Jürgen runzelte die Brauen. »Was hast du vor?«

»Die Sparkasse anrufen. Um die Zahlung freizugeben.«

»Um diese Zeit? Es ist doch längst Feierabend.«

»Dr. Holz hat gesagt, in dringenden Fällen könne ich ihn rund um die Uhr anrufen. Und das hier ist ein dringender Fall. Ich will die Sache endlich vom Tisch haben. So oder so.«

Während sie das Telefonregister unter dem Apparat hervorschnappen ließ, um nach der Privatnummer des Sparkassendirektors zu suchen, sagte Benno:

»Das werden Gundel und ich dir nie vergessen.«

»Ich hoffe, ich werde es nicht bereuen.«

»Bestimmt nicht. Von heute an darfst du dir bei uns so viele Schuhe aussuchen, wie du willst. Dein Leben lang. Ohne einen Pfennig zu zahlen.«

»Vorsicht mit solchen Versprechungen bei einer Frau«, lachte Ulla und drehte die Wählscheibe des Telefons. »Das könnte Schuh Krasemann am Ende doch noch in den Ruin treiben.«

Während Jürgen immer noch sein beleidigtes Gesicht zog, stimmte Benno befreit in ihr Lachen ein. »Ich sag dann mal Gundel Bescheid.«

Ihr Schwager war noch nicht an der Tür, da meldete sich am anderen Ende der Leitung eine Männerstimme. »Hugo Holz.«

»Guten Abend, Herr Doktor«, sagte Ulla. »Ich hoffe, ich störe Sie nicht bei der Tagesschau …«

Im selben Moment gellte ein Schrei durchs Haus.

»MAMA!«

45

Das Abendbrot stand fertig gedeckt auf dem Tisch, doch weder Ruth noch Fritzchen hatten einen Bissen angerührt. Als ihr Sohn pünktlich um Viertel vor sieben nach Hause gekommen war, so wie früher von der Arbeit, hatte Ruth ihn zur Rede gestellt, bevor er sich das erste Butterbrot schmieren konnte. Während sie nun mit leerem Magen eine Zigarette nach der anderen rauchte, starrte Fritzchen mit seiner Trotzfalte auf der Stirn in stummer Verbiesterung auf seine Finger.

»Und ich hatte mich schon gewundert, warum die Ölspuren an deinen Händen immer mehr verschwunden sind«, sagte sie. »Was hast du dir nur dabei gedacht, mich so entsetzlich anzulügen?«

Ohne sie eines Blickes zu würdigen, blies er sich eine Strähne seines schwarzen Haars aus dem Gesicht. »Ich weiß gar nicht, wovon du redest.«

»Und ob du das weißt! Der angebliche Führerschein, das angebliche Lob deines Meisters, die angebliche Erlaubnis, Kundenautos zur Probefahrt ausleihen zu dürfen!« Sie drückte die Zigarette im Aschenbecher aus und fischte sofort eine neue aus der Packung. »Das Schlimmste aber ist, dass du mich bestohlen hast. Deine eigene Mutter! Wochen- und monatelang.«

»Was blieb mir anderes übrig? Ich musste ja schließlich was essen.«

»Mehr hast du dazu nicht zu sagen?« Fassungslos schüttelte sie den Kopf. »Und ich fragte mich in meiner Einfalt, ob das Haushaltsportemonnaie vielleicht ein Loch hätte. Nein, so etwas hätte ich nicht für möglich gehalten. Der eigene Sohn bestiehlt mich. Schämst du dich denn gar nicht?«

In der Hoffnung, irgendein Zeichen von Reue zu erkennen, blickte sie ihn an. Doch während er weiter auf seine Hände starrte, verriet außer der Trotzfalte zwischen den dunklen Augen keine Regung in seinem Gesicht, was in seinem Innern vorging. Aber das kannte sie schon, so war er immer gewesen. Auch als Kind hatte er es nie geschafft, einen Fehler zuzugeben oder sich gar dafür zu entschuldigen. Dabei schämte er sich ja, ganz tief in seinem Innern, vielleicht mehr sogar als andere, er hatte doch einen guten Kern, trotz allem, so etwas spürte eine Mutter! Einmal, er war damals schon aufs Gymnasium gegangen, da hatte er auf dem Spielplatz einem Mädchen aus der Nachbarschaft die Puppe aus dem Puppenwagen gestohlen, um sie nackt ausgezogen und an den Füßen zuoberst am Ast eines Baums aufzuhängen und mit seinem Gürtel auszupeitschen – vor den Augen des schreienden Kinds. Dabei hatte die Kleine, die noch keine sechs Jahre alt gewesen war, ihn nur gefragt, warum er eigentlich keinen Vater habe … Ruth hatte ihn an den Haaren zu den Eltern geschleift, damit er sich entschuldigte, aber er hatte keinen Ton über die Lippen gebracht und nur trotzig geschwiegen. Nicht mal eine Woche Stubenarrest, die sie daraufhin verhängt hatte, hatte seinen Willen brechen können. Irgendwas war da in ihm, das war stärker als jede Vernunft und jede Drohung und jede Reue. Obwohl der Vorfall inzwischen Jahre zurücklag, ging die Nachbarsfamilie immer noch ohne Gruß an Ruth vorbei, wenn sie einander auf der Straße oder bei Aldi begegneten.

»Jetzt sag doch endlich einen Ton!«, flehte sie ihn an. »Damit ich wenigstens verstehe, warum du immer wieder so entsetzliche Dinge tust! Ist es meine Schuld? Habe ich irgendwas bei dir falsch gemacht?«

Fritzchen schnaubte einmal verächtlich durch die Nase, dann hob er den Blick. »Fragst du das wirklich im Ernst?« Mit dem Handrücken fegte er sein Gedeck vom Tisch, so dass es laut scheppernd auf den Küchenboden flog. »Du willst wissen, ob du was falsch gemacht hast?«, schrie er und sprang von seinem Stuhl auf. »Ja, willst du das? Gut, dann werde ich dir's sagen: Alles hast du falsch gemacht – *alles*! Angefangen mit dem Scheißkerl, von dem du dich hast schwängern lassen, um mich in diese gottverdammte Welt zu setzen!«

»Fritzchen! Was ist denn in dich gefahren? Du machst mir Angst! Hör auf!«

Er dachte gar nicht daran. »Ein Rottenführer aus der Uckermark! Wie kann man nur so bescheuert sein? Und dann das Arschloch Walter Böcker! Wenn du dem wenigstens ein bisschen was von seiner Kohle abgeknöpft hättest, dem widerlichen alten Sack, doch sogar dafür warst du zu doof!« Mit vor Wut funkelnden Augen trat er die Scherben aus dem Weg und begann, in der Küche auf und ab zu laufen. »Aber du lässt dich ja von allen verarschen, nicht nur von Walter Böcker. Deine Mutter und deine Schwestern verarschen dich genauso. Die haben mehr Geld, als sie scheißen können, ohne dir was abzugeben, und wir hausen hier in dieser Bruchbude wie die letzten Proleten! Mein Gott, wie mich das alles ankotzt!« Er kehrte ihr den Rücken zu und schaute aus dem Fenster.

»Bist du jetzt endlich fertig?«, fragte Ruth.

Als hätte sie ihn mit einer Nadel gestochen, fuhr er wieder zu ihr herum. »Nein, Mama. Ich fange gerade erst an.«

»Was zum Himmel verlangst du von mir? Soll ich meine Verwandten um Almosen anbetteln?«

»Blödsinn! Du sollst nur verlangen, was dir zusteht!«

»Aber das ist nicht richtig, was du da sagst! Tante Ulla hat dir doch angeboten, in ihrer Firma eine Lehre zu machen, sogar mehrere Male, und Tante Gundel genauso. Aber du hast ja nicht gewollt. Andere wären glücklich, wenn sie eine Familie hätten, die ihnen solche Chancen eröffnet. Du hättest Karriere machen können, egal, ob in Altena oder Düsseldorf.«

»Karriere – pffft!«

»Ja, Karriere! Nimm dir ein Beispiel an Winfried.«

»An dem soll ich mir ein Beispiel nehmen? Ausgerechnet an dem Idioten?«

»Was fällt dir ein, so von deinem Bruder zu reden? Winfried hat jedenfalls seine Chance genutzt.«

Fritzchen schaute sie voller Verachtung an. »So, meinst du? Hat er das? Indem er sich von Walter Böcker ausbeuten lässt? Dass ich nicht lache!«

»Ja, lach nur. Dein Bruder verdient so viel Geld, dass er sich bald schon was Eigenes leisten kann. Während du …«

»Winfried schuftet für das alte Arschloch wie ein Sklave! Und leckt ihm dafür noch die Füße!«

Ruth wusste nicht mehr, was sie erwidern sollte. Auf alles, was sie sagte, hatte Fritzchen eine Antwort parat. Dabei gab es so vieles, was er nicht begriff oder nicht begreifen wollte, dass sie gar nicht wusste, wo sie anfangen sollte.

»Apropos Düsseldorf«, sagte sie schließlich. »Hast du da neulich bei einer von diesen APO-Demonstrationen mitgemacht?«

Er zuckte kurz zusammen, aber wirklich nur ganz kurz.

»Du meinst, wegen der Schaufensterscheibe?«, fragte er. »Haben sie dir das schon erzählt? Ja, wenn es darum geht, dir von den Schandtaten deines missratenen Sohns zu berichten, rufen sie dich auf der Stelle an. Auch wenn sie sich sonst das ganze Jahr einen Scheiß um dich kümmern. Sie sind ja noch nicht mal zur Taufe deines Enkels gekommen.« Sein Gesicht verzog sich zu einer hässlichen Fratze. »Ich kann dir gar nicht sagen, was für ein Genuss das war, als der Stein in die Scheibe flog.«

»Genuss? Bist du jetzt von allen guten Geistern verlassen?«

»Ja, Genuss. Wie ein Orgasmus war das! Als würde mir einer abgehen!«

Bevor sie wusste, was sie tat, sprang sie auf und verpasste ihm eine Ohrfeige.

In seinen Augen blitzte solche Wut auf, dass sie für einen Moment glaubte, er würde sich auf sie stürzen. Doch dann wich die Wut aus seinem Gesicht genauso plötzlich, wie sie darin aufgeblitzt war, um einem seltsamen Ausdruck Platz zu machen, einer Mischung aus Verwunderung und Verzweiflung. Statt sich auf sie zu stürzen, ließ er die Arme sinken.

»Ach, Mama«, sagte er leise, »kapierst du es denn nicht? Für deine Familie sind du und Winfried und ich doch der letzte Dreck.« Während seine dunklen Augen feucht schimmerten, rieb er sich die Wange. »Manchmal denke ich, ich hätte lieber gar keine Familie als diese Scheißfamilie, in der ich ja doch immer nur der Versager sein werde. Egal, was ich tue. Auch wenn ich kein Schmieröl mehr an den Händen habe.«

Ruth musste schlucken, so weh taten ihr seine Worte. »Ach, Fritzchen, warum stehst du dir nur immer selbst so im Weg?«

Sie griff nach seiner Hand, um ihn zu trösten, da ging das Telefon. Unschlüssig verharrte sie in der Bewegung. Während sie so vor ihm stand, den Arm halb ausgestreckt, klingelte es wieder – ein Mal, zwei Mal, ein Dutzend Mal.

»Willst du nicht endlich rangehen?«, fragte er.

Ungeduldig nickte er ihr zu. Offenbar wollte er, dass sie verschwand.

»Vielleicht hast du recht«, sagte sie mit einem Seufzer. »Es könnte ja was Wichtiges sein.«

Sie schaute ihn noch einmal kopfschüttelnd an. Dann ging sie hinaus auf den Flur, wo das Telefon stand, und nahm den Hörer ab.

»Hallo?«

»Gott sei Dank, dass du da bist!«

Sie brauchte einen Moment, um die Stimme am anderen Ende der Leitung zu erkennen. »Benno – du?«

»Ja. Gundel hat mich gebeten, dich anzurufen. Ihre Mutter, ich meine, *eure* Mutter, hatte einen Diabetes-Anfall.«

46

Ullas schaute immer wieder auf den verschmierten Mund, wie unter einem Zwang zog es ihre Augen dorthin zurück, sobald sie den Blick woandershin schweifen ließ, sie konnte nicht anders, musste immer wieder auf die halb geöffneten, welken Lippen schauen, die voller Krümel und Sahne und Buttercreme waren, vermischt mit Spuren von rosa Lippenstift, während ihre Mutter mit aufgerissenen Augen auf dem schwarzweiß gekachelten Küchenboden lag und unter Zuckungen leise gequälte Töne von sich gab, scheinbar wach, doch unerreichbar für alle anderen im Raum, und Dr. Ersoy, der aus dem St.-Vinzenz-Krankenhaus herbeigeeilte türkische Notarzt, der noch gar nicht richtig Deutsch konnte, mit seiner holprigen Aussprache ihren Namen rief, »Frau Wolf! Frau Wolf!«, in der Hoffnung, dass sie wieder zu sich kam, und dabei mit seinen Instrumenten irgendwelche Untersuchungen an ihrem ruhelos leidenden Leib vornahm. *Buttercremetorte* …, dachte Ulla immer wieder und glaubte dabei die Stimme ihrer Mutter zu hören, *Buttercremetorte … von Café Dunkel … wie vor dem Krieg … mit echter deutscher Markenbutter* … Ihr Leben lang hatte ihre Mutter diese Torte geliebt, mehr als jede andere Süßspeise, konnte nie genug davon bekommen, und auch, als sie längst wusste, dass sie Diabetes hatte und alles Süße Gift für sie war, hatte sie nicht davon lassen können, sosehr Ulla und ihre Schwestern sie auch ermahnt hatten, nur Diätkuchen zu essen, am besten von Schneekoppe, aus dem Reformhaus in der Lennestraße, wenn es schon unbedingt etwas Süßes sein musste. Sogar in den graurosa, frisch ondulierten Haaren, die sie erst gestern bei Friseur Lau hatte machen lassen, klebten Reste der aufgeschäumten Buttercreme.

Während aus der Diele Bennos Stimme zu hören war, der mit Ruth in Bochum telefonierte, musste Ulla sich fast Gewalt antun, um den Blick von ihrer Mutter abzuwenden. Gundel und Jürgen standen genauso ohnmächtig da wie sie selbst, Fassungslosigkeit in den Gesichtern.

War ihr gerade geführter Streit der Grund, warum ihre Mutter jetzt hier vor ihnen am Boden lag?

Dr. Ersoy nahm sein Stethoskop von den Ohren und ließ es in der Brusttasche seines Kittels verschwinden.

»Können Sie schon eine Diagnose stellen?«

»Gibt zwei Möglichkeiten«, sagte der Arzt. »Hyperglykämischer Schock oder diabetisches Koma.« Die Fachbegriffe sprach er fast ohne Akzent aus.

»Und was bedeutet das?«, wollte Gundel wissen.

»Überzucker oder Unterzucker«, erklärte Jürgen.

»Richtig«, bestätigte Dr. Ersoy. »Aber Fall kompliziert. Sieht *pirima vista* aus wie hyperglykämischer Schock, wegen Krämpfe, aber Atem riecht bisschen Azeton, wie dabetisches Koma.«

»Und was geschieht jetzt?«, fragte Ulla.

»Müssen Frau Wolf in Krankenhaus bringen. Hier können nur Flüssigkeit geben.« Der Arzt drehte sich zu den zwei Sanitätern herum, die sich in der Diele mit einer Trage bereit hielten, und forderte sie mit einer Kopfbewegung auf, in die Küche zu kommen. »Hoffen, dass nur diabetisches Koma. Bessere Chance.«

»Wir kommen mit ins Krankenhaus«, sagte Gundel, während die Sanitäter ihre Mutter auf die Trage legten.

»Natürlich«, pflichtete Ulla ihr bei, »ich packe nur schnell ein paar Sachen für sie ein.«

Sie wollte die Küche verlassen, um ins Schlafzimmer zu gehen, doch Jürgen hielt sie zurück.

»Lass Benno mit Gundel ins Krankenhaus fahren«, sagte er. »Ich muss noch was mit dir besprechen.«

»Nicht jetzt.«

»Bitte, Ulla.«

»Aber ich kann Mama doch nicht in diesem Zustand allein lassen!«

»Bitte«, wiederholte er. »Es ist dringend – *wirklich*.«

Dr. Ersoy, der seine Instrumente einpackte, schaute über die Schulter. »Eine Tochter genug«, sagte er. »In Krankenhaus müssen sowieso nur warten.« Er nahm seine Tasche und folgte den Sanitätern mit der Trage zur Haustür, die Benno schon für sie aufhielt. Draußen im Hof stand der Krankenwagen bereit.

»Dr. Ersoy hat recht«, sagte Gundel. »Wenn wir zusammen warten, hat Mama auch nichts davon. Mach du ihren Koffer hier fertig und komm dann mit den Sachen nach. Ich fahre mit Benno voraus.«

»Also gut«, sagte Ulla.

Während ihre Schwester und ihr Schwager das Haus verließen, schoben draußen die Sanitäter die Trage in den Krankenwagen. Gundel und Benno kletterten auf die Ladefläche, die wie ein kleiner OP aussah, um sich neben Dr. Ersoy zu setzen, der dort schon Platz genommen hatte.

»Was gibt es denn so Wichtiges, dass ich unbedingt hierbleiben musste?«, fragte Ulla, als draußen der Krankenwagen mit Blaulicht und Sirene vom Hof fuhr.

»Dein Anruf bei Dr. Holz«, sagte Jürgen und schloss die Haustür.

»Gut, dass du mich daran erinnerst.«

Sie durchquerte die Diele und griff zum Telefon. Doch zum zweiten Mal in nur wenigen Minuten hielt Jürgen sie zurück.

»Ruf jetzt um Gottes willen nicht an.«

»Aber warum nicht?«

»Weil wir uns das nicht leisten können!«

»Deshalb hast du mich gehindert, Mama ins Krankenhaus zu begleiten?« Sie schaute ihn ungläubig an. »Nur, um nur noch mal wieder von vorne anzufangen? Nachdem wir das Thema längst erledigt haben?«

»Ich fürchte, das siehst du ein wenig zu optimistisch. Von *erledigt* kann nicht die Rede sein.«

»Aber wir haben doch alles ausführlich besprochen.«

»Nein, das haben wir nicht!« Er zögerte einen Moment, doch als er ihren ungeduldigen Blick sah, fügte er hinzu: »Es ... es gibt vor allem einen Aspekt, den wir unbedingt noch ein wenig vertiefen sollten.«

»Ich verstehe nur Bahnhof.«

»Wie soll ich sagen?« Jürgen zog mit gefletschten Zähnen die Luft ein. Das tat er nur, wenn er in großer Verlegenheit war. »Also, um es einmal ganz platt zu sagen: Wenn du die fünfhunderttausend Mark freigibst, sind wir zum nächsten Ersten nicht imstande, die ausstehenden Löhne und Rechnungen zu bezahlen.«

Ulla glaubte nicht richtig zu hören. »Du meinst – zahlungsunfähig?«

Er versuchte ein Lächeln, aber es kam nur ein schiefes Grinsen dabei heraus. »Ich weiß, ein fürchterliches Wort. Aber leider trifft es den Sachverhalt ziemlich genau.«

»Wo ist das Problem?«, fragte sie. »Mir ist auch klar, dass wir keine Liquidität mehr haben, wenn das Geld für Gundel zur Auszahlung kommt, aber dann müssen wir eben die Sparkasse um Kredit bitten. Davon geht die Welt nicht unter. – Und jetzt lass uns bitte diese unwürdige Diskussion beenden. Ich muss Mamas Koffer packen.«

Sie wandte sich ab, um endlich ins Schlafzimmer zu gehen. Er folgte ihr auf dem Fuß.

»Natürlich, ein Kredit«, sagte er. »Das wäre gewiss die einfachste Lösung. Aber – meinst du, dass unsere Sicherheiten reichen?«

»Hast du daran Zweifel?« Ulla nahm den kleinen Reisekoffer ihrer Mutter vom Schrank und legte ihn geöffnet aufs Bett. »Wir brauchen Dr. Holz doch nur eine Bestätigung der Hösch Werke vorzulegen, mit den wichtigsten Eckdaten des Auftrags – einen *Letter of intention* oder wie das neuerdings heißt. Das dürfte zusammen mit dem Buchwert der Firma ja wohl als Sicherheit reichen.«

»Natürlich täte es das, gewiss. Aber du stellst dir das wieder mal alles furchtbar einfach vor.«

»Was soll daran nicht einfach sein?« Sie öffnete die Wäschekommode und holte daraus einen Stapel Nachthemden hervor.

»So eine Auftragsbestätigung zu bekommen«, erwiderte Jürgen mit sorgenvoller Miene, »einen *Letter of intent*, nicht *intention*, wie es übrigens korrekterweise heißt. Hösch ist ein riesiger Konzern – du hast ja keine Ahnung, was da für eine Bürokratie herrscht. Monströs, sag ich dir, absolut monströs! Tausend Hierarchien und Zuständigkeiten.«

Ulla legte ihren Wäschestapel in den Koffer. »Jetzt hör endlich auf, um den heißen Brei herumzureden. Sag einfach, was los ist. Hast du mir irgendetwas verschwiegen, was ich wissen müsste?«

Wieder fletschte er die Zähne, und wieder zog er die Luft ein, während sein Gesicht regelrecht zu feixen anfing. »Vielleicht habe ich mich eben nicht mit absoluter Klarheit ausgedrückt«, sagte er schließlich, »aber sooo sicher, wie du in deinem grenzenlosen Optimismus offenbar glaubst, ist der Auftrag leider nicht …«

47

Zu viel zum Sterben und zu wenig zum Leben … Während Bernd zusammen mit seinem Oberpolier eine letzte Inspektion des Gastarbeiterwohnheims vornahm, das die Hoch- und Tiefbau Bernd Wilke GmbH & Co KG seit dem Sommer in Windeseile und billigster Schlichtbauweise in Frankfurt-Höchst hochgezogen hatte, überschlug er im Kopf noch einmal die Kalkulation. Wie alle Wohnheime, die er für die Hösch Werke errichtete, war auch der Frankfurter Bau mit so spitzem Bleistift gerechnet, dass er von Glück reden konnte, wenn unterm Strich ein bis anderthalb Prozent Gewinn übrig blieben. Trotzdem war er heilfroh, dass er den Zuschlag bekommen hatte. Immerhin hatte ihm der Auftrag ein bisschen Luft bei der Sparkasse verschafft, ohne dass er Leute entlassen musste, und das allein war in diesen Zeiten schon ein Erfolg.

Von Baubeginn an hatte der Leiter der Hösch Wohnheimgesellschaft, Herr Topp, ihm wie der Teufel im Nacken gesessen und mit Hinweis auf die Konventionalstrafe, die bei Nichteinhaltung des Termins laut Vertrag fällig wurde, auf schnellstmögliche Fertigstellung gedrängt. Die Türken, die in dem Heim untergebracht werden sollten, waren zum Teil schon angereist und hausten in irgendwelchen Pensionen, jeder Tag kostete also bares Geld. Der Zeitdruck war so groß, dass Herr Topp sogar eine Prämie ausgelobt hatte für den Fall, dass die Arbeiten vor dem ausgehandelten Termin zum Abschluss gelangten. Das hatte Bernd sich nicht zweimal sagen lassen und seinen Männern Akkordlöhne versprochen, so dass bereits eine Woche vor der vereinbarten Frist das Gebäude bezogen werden konnte. Die fünfzehntausend Mark Prämie konnte er dringend brauchen.

Während seine Männer in die Mittagspause gingen, nahm er sich einen Pinsel und einen Eimer Farbe, um vor der offiziellen Übergabe ein paar letzte feuchte Stellen an den Wänden zu übertünchen, die ihm bei der Inspektion aufgefallen waren. Obwohl der Putz noch nicht überall trocken war, wurden seit dem Vormittag bereits die Betten geliefert. Die Firma Böcker & Söhne hatte die Ausschreibung zur Einrichtung der Wohnheime gewonnen, zusammen mit Betten-Prange. Vor Regina hatte Walter offen damit geprahlt, dass er den Auftrag der Firma Wolf vor der Nase weggeschnappt hatte – »ein Genuss, der neunmalklugen Ulla eins auszuwischen!« Angeblich hatte Jürgen Rühling den Mund nicht halten können und Walter auf diese Weise selbst auf die Idee gebracht, der Hösch Wohnheimgesellschaft ein Gegenangebot zu machen.

Mit seinem lauten Bass, der durch das ganze Gebäude dröhnte, gab er jetzt Kommandos, um die Lieferung auf die einzelnen Unterkünfte zu verteilen. Inzwischen war er mit seinem Trupp im Nebenraum angekommen. Durch die offene Tür sah Bernd, wie er Ernst Prange, der gerade mit seinem Sohn Peter und ein paar stadtbekannten Arbeitslosen aus Altena damit begann, die Stockbetten aufzustellen, gönnerhaft auf die Schulter klopfte.

»Das ist sicher das Geschäft deines Lebens, oder?« Während Ernst Prange etwas erwiderte, was Bernd nicht verstand, drehte Walter sich zu dem kleinen Peter herum. »Um so viel Geld zu verdienen wie dein Vater, muss man verdammt viele Bücher schreiben. Willst du es dir nicht lieber noch mal überlegen mit der Schriftstellerei?«

Plötzlich hielt er inne. Durch die offene Tür hatte er Bernd entdeckt.

»Oh, der Herr Chef legt persönlich letzte Hand an? Vorbildlich!«

»Heute Abend ist Bauabnahme«, brummte Bernd. Ein Gespräch mit Walter Böcker war das Letzte, worauf er Lust hatte.

»Dann muss natürlich alles seine Ordnung haben. Aber pass auf, dass du dir nicht den schicken Anzug mit Farbe bekleckerst. Sonst gibt's zu Hause Ärger mit dem Eheweib.«

Ohne zu antworten, arbeitete Bernd weiter. Doch Walter gab keine Ruhe.

»Erstaunlich, dass du für solche Kleinigkeiten überhaupt die Zeit hast – ich dachte, du hättest Wichtigeres zu tun. Wie man hört, wartet der Reitverein Altena voller Ungeduld auf die Fertigstellung der *Bernd-Wilke-Halle*. Der Name an der Fassade allein schützt weder vor Regen noch Sturm, da hilft nur ein Dach.«

Mit zusammengebissenen Zähnen versuchte Bernd die Sticheleien zu ignorieren. Schon wieder hatte er eine feuchte Stelle entdeckt, die er abdecken musste. Er wollte gerade einem der Monteure sagen, dass sie die Betten nicht an die Wände rücken sollten, bevor die Farbe trocken war, da trat Walter zu ihm und bückte sich, um die Stelle, die Bernd gerade übermalte, in Augenschein zu nehmen.

»Sag mal, zieht die Mauer etwa Wasser?« Sorgenvoll runzelte er die Stirn. »Da würde ich an deiner Stelle aber mal hübsch aufpassen. Pfusch am Bau kann verflucht teuer werden.«

Während er sprach, veränderte sich plötzlich sein Gesicht.

»Was ist das für eine gottverdammte Scheiße?«

Bernd drehte sich um. Sein Oberpolier hatte es sich mit seinem Henkelmann in einer Ecke gemütlich gemacht und las beim Löffeln des Eintopfs die Bild-Zeitung.

Auf der Titelseite prangte Walter Böckers pockennarbiges Gesicht, darüber stand in riesigen Lettern geschrieben:

ARBEITGEBERPRÄSIDENT = NAZI-VERBRECHER?

48 *Buttercremetorte … mit echter deutscher Markenbutter …*

Während Pfarrer Michel mit seiner wohlklingenden Stimme von dem jahrelangen Kampf sprach, den die Verstorbene mit so viel Willenskraft gegen die heimtückische Krankheit geführt hatte, bis Gott der Herr sie schließlich erlöste, ließ Ulla, die zusammen mit ihrem Mann am Grab ihrer Mutter stand, den Blick über die Trauergemeinde schweifen. Es war, als hätte sich an diesem scheußlichen, nasskalten Herbsttag ganz Altena auf dem evangelischen Friedhof versammelt – der Mühlenberg war schwarz von Menschen, und noch immer strömten Trauergäste herbei, um der Toten das letzte Geleit zu geben. Nein,

Dr. Ersoys Hoffnung hatte sich nicht erfüllt, der Anfall war kein diabetisches Koma gewesen, sondern ein hyperglykämischer Schock. Der türkische Arzt, der erst seit einem Jahr im St.-Vinzenz-Krankenhaus tätig war und trotz seiner spärlichen Deutschkenntnisse einen ausgezeichneten Ruf als Internist genoss, hatte nach Christels Einlieferung mit allen Mitteln versucht, der schockartigen Überzuckerung Herr zu werden, doch am Ende hatte die Krankheit über die ärztliche Kunst gesiegt. Bevor die Patientin die Buttercremetorte verzehrt hatte, so Dr. Ersoys Vermutung, musste sie sich in einem Zustand akuter Unterzuckerung befunden haben. Diesen extremen Wechsel hatte ihr zweiundsiebzig Jahre alter Körper nicht mehr verkraftet.

Wenn ich einmal soll scheiden, dann scheide nicht von mir …

Kaum hatte Pastor Michel das Kirchenlied angestimmt, das bei jeder Beerdigung der Luther-Gemeinde gesungen wurde, fielen die übrigen Trauergäste ein. Die meisten Stimmen gingen in dem allgemeinen Chor unter, nur Jürgen, als Bürgermeister an öffentliche Auftritte gewöhnt, ließ außer Pastor Michel seine Stimme so laut ertönen, dass sie sich über die der anderen erhob – fast konnte man meinen, er wollte mit dem Geistlichen wetteifern. Peinlich berührt schaute Ulla ihn an. Die Augen in den grauen Himmel gerichtet, sang er voller Inbrunst den Text. Eine böse Frage kam ihr in den Sinn. Würde ihre Mutter vielleicht noch leben, wenn Jürgen rechtzeitig die Wahrheit gesagt hätte? Er musste schon seit Wochen, vielleicht sogar seit Monaten gewusst haben, dass der Hösch-Auftrag, in den sie sich nie hatte einmischen dürfen, geplatzt war, doch offenbar hatte er nicht den Mut gehabt, ihr sein Scheitern einzugestehen, bevor es zu spät gewesen war. Jetzt machte sie sich bittere Vorwürfe, dass sie ihrem Mann, nur um seine Eitelkeit nicht zu verletzen, bei dem Geschäft völlig freie Hand gelassen hatte, ohne die geringste Kontrolle.

Ein leichter Nieselregen setzte ein. In Ullas Rücken wurden Flüche laut, Schirme klappten auf, doch Pastor Michel ließ ungerührt das ganze Lied durchsingen. Als die letzte Strophe endlich geschafft war, nahm Ulla eines von den weißen Rosengebinden, die in einem Eimer bereitstanden, und warf sie ins Grab. Jürgen griff mit ernster Miene zu der Schaufel in dem aufgeschütteten Erdreich, doch weil der feuchte Lehm klebte, strich er ihn mit dem Schuh vom Blech, damit er auf den Sarg fiel. Während Ulla für einen Moment schweigend verharrte, musste sie daran denken, dass die Totengräber, noch ehe der Abend gekommen war, das Grab zuschaufeln würden und ihre Mutter dann für immer unter der feuchten Erde verschwunden war, um einsam und allein in ihrem dunklen Sarg zu verwesen und von Würmern aufgefressen zu werden, bis nur noch ein paar Knochen von ihr übrig waren. Die Vorstellung war so unerträglich, dass sie nicht einmal weinen konnte.

Und von dir erwarte ich, dass du tust, was Anstand und Familiensinn gebieten …

Während Ulla mit stummem Nicken Abschied nahm, glaubte sie noch einmal die Stimme der Toten zu hören. Wie Blei lastete die Bürde auf ihr. Es gab nur eine einzige Möglichkeit, den letzten Willen ihrer Mutter zu befolgen, ohne die Firma Wolf zu ruinieren, die ihre Vorfahren in Generationen aufgebaut hatten, und über hundert Menschen, die von der Arbeit in dem Unternehmen lebten, auf die Straße zu setzen … Mit einem Seufzer trat sie beiseite, um Platz für Gundel und ihre Familie zu machen. Die Zwillinge weinten so bitterlich um ihre Oma, dass Pastor Michel ihnen milde lächelnd über die Köpfe strich, doch statt sich zu beruhigen, schluchzten sie nur umso lauter. Während Gundel zischte, sie sollten die anderen Gäste nicht in ihrer Trauer stören, trat Ruth mit ihren Angehörigen an das Grab. Zu Ullas Verwunderung trug Uschi ein Baby auf dem Arm – sie hatte gar nicht gewusst, dass Ruths Schwiegertochter ihr Kind schon bekommen hatte. Oder hatte sie das einfach vergessen?

Sie versuchte gerade, sich zu erinnern, da sah sie plötzlich Fritzchens Gesicht. Als sie dieses Gesicht sah, hatte sie keinen Zweifel, dass Ruths Jüngster in Düsseldorf Schaufensterscheiben einwarf. Nicht der geringste Anflug von Trauer regte sich darin, trotzig, fast wütend blickte er mit seinen schwarzen Augen in das offene Grab. Und während seine Mutter eine Rose auf den Sarg warf, fragte er so laut, dass alle Umstehenden es hören konnten:

»Kriegen wir eigentlich auch was von dem vielen Zaster? Oder haben die anderen mal wieder alles unter sich aufgeteilt?«

Begleitet von empörten Blicken, zerrte Ruth ihren Sohn fort, unterstützt von Winfried, der sich so sehr für seinen Bruder schämte, dass er einen roten Kopf bekam. Sogar Plisch und Plum hatten irritiert aufgehört zu weinen.

»Was hat Fritzchen gesagt?«, fragte Plisch.

»Gar nichts«, erwiderte Gundel.

»Aber ich habe genau gehört, wie er …«

»Ruhe«, sagte Benno. »Sonst gibt's was hinter die Löffel.«

Zum Glück hatte Ulla in der Todesanzeige die Trauergäste darum gebeten, von Beileidsbekundungen am Grabe Abstand zu nehmen – bei den Menschenmassen hätte die Kondolationscour sonst bis zum Abend gedauert. So konnte man sich schon eine halbe Stunde nach der Beisetzung im Lennestein versammeln. Doch von dem gezuckerten Streuselkuchen, der zum Kaffee gereicht wurde, wollte kaum jemand nehmen. Fast hatte Ulla den Eindruck, dass Pietät der Grund für die Zurückhaltung war.

Hätte man in diesem Fall vielleicht besser Schnittchen anbieten sollen statt Süßem?

Umso freudiger sprach man dem Doppelwacholder zu, den die Kellnerinnen auf mehreren Tabletts anboten. Nicht nur die Männer, auch die Frauen griffen zu, nach der feuchten Kälte auf dem Friedhof konnte man einen Schnaps gebrauchen. Nach und nach lockerte sich die Stimmung, und während man sich gegenseitig wortreich und lachend an die schönsten Augenblicke mit der Toten erinnerte, wurden die ersten Trinksprüche geklopft.

»Wacholder macht dich holder!«

Bald herrschte in dem alten Saalbau ein Gesumm wie in jenen längst vergangenen Zeiten, als Tommy Weidner seine Tanzkurse hier abgehalten hatte. Die Männer hatten ihre Jacketts ausgezogen und rauchten miteinander um die Wette, so dass die Luft trotz der hohen Decke zum Schneiden war, erzählten sich unanständige Witze oder sprachen über Fußball, und auch die Frauen hatten den Anlass ihres Hierseins längst vergessen und tauschten die neuesten Klatsch- und Tratschgeschichten aus. Befremdet beobachtete Ulla, wie schnell die Leute, die eben noch auf dem Friedhof getrauert hatten, schon wieder fröhlich sein konnten. Aber so befremdlich die ausgelassene Fröhlichkeit der Trauergäste auch war, hatte Ulla seltsamerweise das Gefühl, dass ihre Mutter damit wahrscheinlich ganz einverstanden gewesen wäre. *Das Leben muss doch weitergehen*, hatte sie so oft gesagt, *irgendwie …*

Nur am Familientisch zog man ernste Gesichter. Aber der Grund dafür war nicht die Trauer um die Verstorbene, sondern Fritzchens empörendes Verhalten am Grab. Einvernehmlich schüttelte man die Köpfe. Was für ein schwieriger Junge – womit hatte Ruth nur einen solchen Sohn verdient? Statt zum Kaffee in den Lennestein zu kommen, war die älteste der drei Schwestern mit Fritzchen und Winfried und Uschi und dem Baby, von dem Ulla inzwischen erfahren hatte, dass es ein Junge war und Torsten hieß, direkt vom Friedhof zurück nach Bochum gefahren. Sie waren dermaßen überstürzt aufgebrochen, dass man sich noch nicht mal richtig verabschiedet hatte.

»Wie soll das nur werden, jetzt, wo Mama nicht mehr lebt?«, fragte Gundel mit einem Seufzer. »Sie war doch immer das Zentrum von allem. Wenn wir nicht aufpassen, bricht uns die ganze Familie auseinander.«

»Das ist in der Tat eine nicht zu unterschätzende Gefahr«, pflichtete Jürgen ihr bei. »Dr. Holz hat mir beim letzten Meeting im Lions-Club erzählt, dass es gar nicht so selten nach einer Beerdigung vorkommt, dass die Hinterbliebenen in die Sparkasse rennen, noch in den schwarzen Trauersachen, um sich mit den Kontoauszügen des Toten in der Hand über die Aufteilung des Erbes zu streiten.«

»Du glaubt doch wohl nicht im Ernst, dass so etwas in unserer Familie möglich wäre«, sagte Benno.

»Unmöglich ist gar nichts«, erwiderte Jürgen mit hochgezogenen Brauen.

»Ich finde, am wichtigsten ist, dass wir uns regelmäßig treffen«, sagte Gundel. »Am besten mit fixen Terminen. Vielleicht sollten wir einfach die Hauskonzerte wieder aufleben lassen.« Sie drehte sich zu ihrer Schwester herum. »Was meinst du, wäre das eine Idee?«

Doch Ulla, die noch immer in Gedanken war, hatte nur mit halbem Ohr zugehört. »Ja«, sagte sie abwesend. »Von mir aus gern, wenn du dich darum kümmerst. Aber entschuldigt mich bitte einen Moment. Ich muss mal kurz telefonieren.«

49

Wenn es um Frauen ging, hatte Tommy eine eiserne Regel: Keine Bürogeschichten – die waren tabu! Wenn man eine Nacht miteinander verbracht hatte und begegnete sich anschließend wieder bei der Arbeit, gab es nur Probleme. Entweder man zweifelte an seinem Verstand, oder man stolperte in kürzester Zeit in eine feste Beziehung. Beides hatte Tommy erlebt, und beides war so schrecklich gewesen, dass er ein für alle Mal von der Idee kuriert war, etwas mit einer Kollegin anzufangen.

Aber war die Genossin Bangel, die seit zwei Wochen im Planungsstab Innerdeutscher Handel II arbeitete und ihm gerade eine Akte brachte, überhaupt eine Kollegin?

»Der Abteilungsleiter sagt, Sie möchten sich das bitte anschauen. Ein Ministervermerk. Es geht um die Drahtlieferungen aus England.«

»Dann geben Sie mal her.«

Mit einem Lächeln, von dem ihm Hören und Sehen verging, reichte sie ihm die Akte. War es Absicht oder Zufall, dass sie dabei seine Hand berührte? Sie war mit ihren rötlichen Locken, den grünen Augen und dem schmollenden Kussmund so hübsch, dass er ins Grübeln kam. Laut Stellenbeschreibung war die Genossin Bangel die persönliche Sekretärin des Genossen Himmelreich, also gar keine *wirkliche* Kollegin, im strengen Sinn, es sei denn, die Sekretärinnen sämtlicher Ministerien galten als Kolleginnen, aber das wäre ja ziemlich absurd … Während er in den Unterlagen blätterte, schielte er unauffällig nach ihrer rechten Hand. Trug sie einen Ehering? Aus Erfahrung wusste er, dass verheiratete Frauen deutlich seltener Probleme machten als ledige Fräuleins. Verheiratete Frauen wollten meistens dasselbe wie er, nämlich Spaß, und sobald der vorüber war, verabschiedeten sie sich aus seinem Leben, bevor der mühsame Teil begann – dafür hatten sie ja schon zu Hause einen Ehemann. Leider hatte die Genossin Bangel die Hände so übereinandergelegt, dass er ihren rechten Ringfinger nicht sehen konnte.

»Der Genosse Himmelreich wünscht eine schriftliche Stellungnahme.«

Tommy versuchte sich zu konzentrieren. In dem Vermerk kritisierte der Minister die währungsbedingt hohen Preise, die die Engländer für den Draht in Rechnung stellten. Außerdem mahnte er an, dass für weitere Lieferungen der Kooperation mit einer westdeutschen Firma aus politischen Gründen unbedingt der Vorzug zu geben sei.

»Wann darf der Genosse Abteilungsleiter mit Ihrer Antwort rechnen?«

»Noch heute Nachmittag. Ich werde mich sofort an die Arbeit machen.«

»Gut. Ich werde es dem Genossen Himmelreich ausrichten.«

Er beugte sich auf seinem Stuhl vor und reichte der Genossin Bangel die Akte über den Schreibtisch. Als sie die Hand ausstreckte, um sie zurückzunehmen, sah er zu seiner Freude einen goldenen Ring, genau am richtigen Finger.

»Ach, übrigens, noch eine Kleinigkeit.«

»Ja?« Sie hatte sich die Akte schon unter den Arm geklemmt und war bereit zu gehen.

Während er überlegte, wie er sie zum Tanzen einladen könnte, ohne dass es aufdringlich wirkte, klingelte das Telefon. Ausgerechnet jetzt! Verärgert blickte er auf den vorlauten schwarzen Apparat.

»Wollen Sie nicht abheben?«

»Natürlich, gewiss.«

Mit einem Lächeln, von dem er nicht wusste, ob es Spott oder Verheißung war, nickte die Genossin Bangel ihm kurz zu. Während sie sein Büro verließ, entschied Tommy sich für Verheißung. Denn bei jedem Schritt hüpfte unter ihrem engen Rock ihr runder, wohlgeformter Po wie ein freundlicher Gruß.

Obwohl es ihm schwerfiel, nahm er den Hörer von der Gabel.

»Ministerium für Außenhandel, Planungsstab Innerdeutscher Handel II, Weidner am Apparat.«

Verzerrt durch ein fernes Rauschen, antwortete am anderen Ende der Leitung eine weibliche Stimme.

Als Tommy sie erkannte, war die Genossin Bangel vergessen.

»Ulla – du?«, rief er in die Muschel. »Was für eine schöne Überraschung!«

TEIL ZWEI
ZWEITES BUCH

Status quo

Wechselkurse

1969–1970

1 PASSKONTROLLE

In roten Großbuchstaben sprang Ulla das Wort entgegen, als sie in der Station Bahnhof Friedrichstraße aus der U-Bahn stieg und nach dem Grenzübergang Ausschau hielt, der von Westberlin in den Ostteil der Stadt führte. Sie war ein wenig nervös, es war das erste Mal, dass sie die DDR besuchte, und im Fernsehen und in der Zeitung war oft von Schikanen die Rede, denen Besucher aus dem Westen angeblich immer wieder ausgesetzt wären.

Was war das für ein Land, das sie gleich betreten würde? Ihr wurde erst jetzt richtig bewusst, wie verschwommen ihre Vorstellungen waren. Einerseits gehörte die DDR zwar zu Deutschland, immerhin sprachen die Menschen dieselbe Sprache wie die in der Bundesrepublik, und jahrhundertelang hatten sie zusammengehört. Andererseits schien ihr von Altena aus, wo höchstens ein paar ehemalige Vertriebene noch »drüben« Verwandte hatten, das Land so fremd und fern wie der Mond. Außer der Tatsache, dass es dort eine kommunistische Regierung gab, die ihre eigenen Bürger hinter dieser fürchterlichen Mauer gefangen hielt, und dass man sich in diesem Land für sein Geld so gut wie nichts kaufen konnte, hatte sie im Grunde nicht die geringste Ahnung von den Verhältnissen jenseits der Grenze.

Auf dem unterirdischen Bahnsteig blieb sie stehen, um sich zu orientieren. Die Schilder unterteilten die Einreisenden je nach Staatsangehörigkeit in verschiedene Gruppen: *Bürger Berlin West / Bürger der BRD / Ausländer u. Diplomaten / Transitreisende / Bürger der Deutschen Demokratischen Republik* … Den Hinweisen folgend, stieg Ulla eine Treppe hinauf, an deren Ende sich die Wege für *Bürger Berlin West* und *Bürger der BRD* voneinander trennten. Was für eine alberne Haarspalterei! Offenbar wollte man damit demonstrieren, dass Westberlin nach Auffassung der DDR nicht Teil der Bundesrepublik war.

Der eigentliche Grenzübergang befand sich in dem weitläufigen

Zwischengeschoss des Bahnhofsgebäudes. Obwohl Ulla noch im Westteil der Stadt war, wurde die Umgebung immer befremdlicher. Eine von Polizisten bewachte Tür führte von der ebenerdigen Bahnhofshalle in den Kontrollbereich. Während sie einem fensterlosen, neonerleuchteten Korridor folgte, vergewisserte sie sich mit einem Blick in ihre Handtasche, dass sie ihren Reisepass dabeihatte. Normalerweise dachte sie nie an ihre Ausweispapiere – wozu auch, wer fragte schon danach? Doch hier, in diesem unwirklichen Gang zwischen West und Ost, in dem sie sich vorkam wie ein Fisch in der Reuse, spürte sie plötzlich mit geradezu physischer Eindringlichkeit, dass ihr Pass nicht nur über ihre Identität entschied, sondern auch über ihre Freiheit. Nur wenn sie nachweisen konnte, dass sie eine Bürgerin der Bundesrepublik war, würde sie nach ihrer Einreise in die DDR das Recht haben, das Land auch wieder zu verlassen.

Nachdem ein westdeutscher Grenzbeamter ihre Papiere überprüft hatte, musste sie mehrere Türen durchqueren, ohne dass sie von einem ostdeutschen Beamten kontrolliert wurde. Trotzdem fühlte sie sich die ganze Zeit beobachtet. Ob es hier wohl versteckte Kameras gab? Offenbar war der Grenzübergang ein ganzes System von Fluren und Kontrollpunkten, ein regelrechtes Labyrinth. Endlich erreichte sie die eigentliche Passierstelle. Zusammen mit einigen anderen Westbesuchern, die genauso wie sie nervös schweigend gegen die kahlen Wände starrten, zuckte sie jedes Mal zusammen, wenn eine der angrenzenden Türen aufging. Sie glaubte dahinter Büros zu erkennen. Aber vielleicht waren das ja auch Verhörräume, oder sogar Arrestzellen – einem Staat, der seine Gäste so empfing, war alles zuzutrauen.

Nach einer Viertelstunde wurde sie aufgerufen und durch eine verspiegelte Tür zu einem Abfertigungsschalter geschleust. Als Erstes musste sie den Mindestumtausch tätigen: fünfundzwanzig DDR-Mark, zum Kurs eins zu eins. Was für eine Frechheit – die beiden Währungen wurden sonst überall auf der Welt im Verhältnis eins zu zehn gewertet, entsprechend ihrer tatsächlichen Kaufkraft! Aber der Umtausch war obligatorisch, offenbar brauchte man auf Teufel komm raus Devisen, denn nur gegen Zahlung dieses Eintrittsgelds durften »Bürger aus nichtsozialistischem Wirtschaftsgebiet«, wie eine Tafel neben dem Schalter erklärte, das Land betreten.

Als Ulla das Geld entgegennahm, hätte sie fast einen Lachanfall gekommen. Was war das denn? Die Münzen waren aus Weißblech oder

Aluminium und so leicht, dass sie sich gar nicht wie richtiges Geld anfühlten, eher wie Spielgeld für Kinder. Kein Wunder, dass dieser Staat Devisen brauchte!

»Ist irgendetwas nicht in Ordnung?«, fragte die Beamtin hinter der Trennscheibe.

»Nein, nein, alles bestens«, beeilte Ulla sich zu versichern.

»Der Mindestumtausch von fünfundzwanzig Mark gilt pro Tag. Sollten Sie sich mehrtägig in der Deutschen Demokratischen Republik aufhalten, kann nach erfolgter Einreise der Währungsumtausch entsprechend der Anzahl der Aufenthaltstage in jeder beliebigen Filiale der Staatsbank vorgenommen werden. Die Quittung ist bei der Ausreise vorzuzeigen.«

Ulla überlegte einen Moment, ob sie vielleicht noch einen Tag in Ostberlin anhängen sollte, wenn sie schon einmal da war. Doch kaum war ihr der Gedanke gekommen, entschied sie sich dagegen. Ach was, für die Nacht hatte sie bereits ein Zimmer im Savoy-Hotel gebucht, in der Westberliner Fasanenstraße, nur einen Steinwurf vom Kudamm entfernt, wo sie am Abend herrlich bummeln konnte. Außerdem war sie nicht zum Vergnügen hier, sondern um die Firma Wolf zu retten, wie sie es der Familie und den Mitarbeitern schuldete – das war der einzige Zweck ihrer Reise! Und was sie dafür mit Tommy zu besprechen hatte, würde in wenigen Stunden erledigt sein. Die ganze Angelegenheit war ihr sowieso zuwider, und je schneller sie sie hinter sich brachte, umso besser!

»Danke«, sagte sie. »Aber ich bleibe nur einen Tag.«

»Dann warten Sie vor der Tür dort drüben und halten Sie Ihren Pass und die Quittung bereit.«

Die Beamtin stempelte die Umtauschbescheinigung und schob sie durch den Schlitz unter der Trennscheibe. Ulla steckte ihr Geld ein und trat mit den Papieren an die Tür, die man ihr angewiesen hatte. Wieder dauerte es eine Viertelstunde, bis die Tür geöffnet wurde und sie an die Reihe kam.

Jetzt wurde ihr Pass kontrolliert. Gleich dreimal hintereinander.

»Was ist das Ziel Ihrer Einreise?«

»Ostberlin.«

»Sie meinen – Berlin, Hauptstadt der DDR?«

»Ja, natürlich, das meine ich.«

»Der Zweck Ihres Aufenthalts?«

»Ich habe einen Termin im Ministerium für Außenhandel, Planungsstab Innerdeutscher Handel II.«

Ulla hatte gehofft, die Antwort würde Eindruck auf den Grenzsoldaten machen, aber der Mann verzog keine Miene. Stattdessen verglich er immer wieder das Foto auf ihrem Pass mit ihrer wirklichen Erscheinung. Unter den misstrauischen Blicken kam sie sich vor, als hätte sie etwas verbrochen. Obwohl ihr Gewissen so rein war wie das eines neugeborenen Kinds, spürte sie, wie die Innenflächen ihrer Hände feucht wurden.

Warum war sie nur so schrecklich nervös? Nur wegen dieser misstrauischen Blicke? Oder weil sie in ein paar Minuten Tommy wiedersehen würde? Auf dem Bahnsteig in Altena hätten sie sich zum Abschied beinahe geküsst.

»Bitte nehmen Sie die Brille ab.«

Ulla tat, was der Grenzbeamte sagte.

»Haben Sie Ihr Haar gefärbt?«

»Was fällt Ihnen ein?«

»Beantworten Sie meine Frage zur Feststellung Ihrer Identität.«

»Bitte verzeihen Sie – weibliche Eitelkeit.« Um ihren Fehler wiedergutzumachen, versuchte sie ein Lächeln. »Nein, das Haar ist nicht gefärbt. Es wirkt auf dem Foto nur dunkler, als es ist. Das muss an der Beleuchtung bei der Aufnahme liegen.«

Ohne erkennbare Regung schaute der Mann ihr ins Gesicht. Dann reichte er ihren Pass einem Kollegen, der wie auf ein geheimes Kommando zu ihm in die Kabine auf der anderen Seite der Trennscheibe getreten war. Unwillkürlich fasste Ulla an ihre Frisur. Was hatte das zu bedeuten? Zweifelte man an der Echtheit ihrer Papiere?

Während die beiden Grenzsoldaten so leise miteinander tuschelten, dass sie kein Wort verstand, ging plötzlich eine Tür auf, und Tommy kam herein.

»Frau Rühling ist mein persönlicher Gast.«

Er wedelte vor den beiden Beamten mit einem Ausweis, dann drehte er sich zu Ulla herum.

»Willkommen in der Deutschen Demokratischen Republik!«

2 Jürgen war stinksauer. Heute wurde mit großem Getöse auf der Burg das Julius-Rosen-Museum zum Gedenken an die jüdischen Mitbürger Altenas eingeweiht, und ausgerechnet an diesem Tag musste Ulla, die Ehefrau des Bürgermeisters, sich in Ostberlin rumtreiben. Angeblich hatte der zuständige Abteilungsleiter des dortigen Außenhandelsministeriums nur heute einen Termin für sie frei. Entweder war das eine der typischen DDR-Schikanen, oder Tommy Weidner, der das Geschäft bei seinem Besuch letzten Sommer eingefädelt hatte, hatte herausgefunden, was heute in Altena los war, und die Sache extra so gedreht. Jürgen, der ohnehin der Ansicht war, dass besser er die Verhandlungen mit den Kommunisten hätte führen sollen, hatte sich nur mit Mühe die entsprechenden Fragen bei seiner Frau verkniffen. Doch nach dem unglaublichen Pech mit dem Hösch-Auftrag, als Böcker & Söhne ihnen das Geschäft vor der Nase weggeschnappt hatte, hatte er beschlossen, sich in der Firma Wolf eine Weile zurückzuhalten, um sich auf sein Amt als erster Bürger der Stadt zu konzentrieren.

Äußerlich ließ er sich natürlich nichts von seiner Verärgerung anmerken. Schließlich war er nicht nur der Bürgermeister, sondern auch der Vorsitzende der Julius-Rosen-Stiftung, und in dieser Eigenschaft fühlte er sich an diesem Tag persönlich für das Wohlbefinden des Ehrengastes Moses Rosen verantwortlich, der in Vertretung seines Vaters auf dem Podium im Burghof saß. Julius Rosen selbst war leider kurz vor Fertigstellung der Gedenkstätte einem Gehirnschlag erlegen – die Flugtickets von Tel Aviv nach Düsseldorf und zurück waren bereits gebucht und von der Stiftung bezahlt, Jürgen hatte die Rechnung selber per Überweisung an das Reisebüro Rohde beglichen. Er hatte zunächst gezögert, als Walter ihn für den Vorsitz der Stiftung vorgeschlagen hatte. Immerhin hatten sie letzten Herbst mehrere Wochen nicht miteinander geredet, die Rücksichtslosigkeit, mit der Walter eine vertrauliche Mitteilung zu seinem Vorteil missbraucht hatte, hatte Jürgen zutiefst verletzt. Doch bei der Weihnachtsfeier des Lions-Clubs hatten sie sich wieder versöhnt. »Dienst ist Dienst, und Schnapst ist Schnaps!«, hatte Walter erklärt und immer wieder mit ihm angestoßen. Am nächsten Tag war Jürgen mit einem so fürchterlichen Brummschädel aufgewacht, dass er nicht imstande gewesen war, in die Firma zu gehen. Doch seine Bewunderung für Walter war nur noch mehr gestiegen. Was für ein knallharter Hund! So musste man sein, wenn man Erfolg haben wollte …

Jetzt ließ er den Blick über den Burghof schweifen, in den immer noch mehr Besucher strömten, um an dem Festakt teilzunehmen. Auch das Interesse der Presse war überaus erfreulich. Zwei Dutzend Journalisten hatten sich angemeldet, nicht nur vom Altenaer Kreisblatt und der Westfälischen Rundschau, sondern von allen großen Zeitungen in NRW. Sogar ein Übertragungswagen des WDR war nach Altena gekommen – am Abend sollte es einen ausführlichen Bericht von dem Ereignis in Hier & Heute geben.

»Was für ein Glück, dass das Wetter mitmacht«, sagte Jürgen. »Hier draußen können die Kameraleute ja viel eindrucksvollere Bilder machen als drinnen in der Burg.«

Rosen blickte mit seinen traurigen, dunklen Augen in den blauen Frühlingshimmel empor. »Ich freue mich, dass Sie das Museum nach meinem Vater benannt haben. Ich glaube, das hätte ihm gefallen.«

Jürgen nickte. »Die Namensgebung erfolgte mit großem Bedacht. Auf diese Weise erlangt Ihr Herr Vater, so unsere Hoffnung, ein kleines bisschen Unsterblichkeit.« Fast war er versucht, den Arm seines Gastes zu drücken. »Vielleicht ist Ihnen das ja ein Trost.«

Statt eine Antwort zu geben, schaute Rosen weiter in den Himmel.

»Wissen Sie eigentlich«, fragte Walter, »dass wir dem Andenken Ihres Herrn Vaters zuliebe sogar das Deutsche Drahtmuseum geopfert haben, das jahrzehntelang in der Burg untergebracht war? Aber das war uns die Sache wert«, fügte er hinzu, bevor der andere etwas erwidern konnte. »Dabei haben wir uns auch über die Bedenken einiger Ratsmitglieder hinweggesetzt, die der Ansicht waren, ein solches Museum könnte womöglich den einen oder anderen alteingesessenen Altenaer Bürger provozieren.«

Er blickte Rosen vielsagend an. Der wandte den Kopf zwar herum, doch schien er nicht zu begreifen.

»Die Ewiggestrigen«, erklärte Jürgen mit einem Seufzer. »Leider mangelt es in der Gesellschaft hier und da noch immer an der erforderlichen Akzeptanz solcher Mahnstätten deutscher Schuld.«

3

Peter schaute sich das Spießerspektakel vom oberen Wehrgang der Burg aus an, zusammen mit seinem Freund und Klassenkameraden Kemal Ersoy, der als Sohn des neuen türkischen Oberarztes im St.-Vinzenz-Krankenhaus sowohl auf dem Gymnasium wie in der Kifferszene nur »der Türke« hieß, obwohl er so gut Deutsch sprach wie jeder andere. Zur Feier des Tages hatten sie beschlossen, eine Tüte zu rauchen. Als Kemal den Joint ansteckte, breitete sich der süßliche Duft des schwarzen Afghanen aus, den Peter in Hagen besorgt hatte. Das Geld für den Shit verdiente er sich bei seinem Vater, indem er bei der Bettenauslieferung half. Außerdem hatte er noch ein Nebengeschäft aufgetan, das allerdings so lukrativ war, dass er es sogar vor dem Türken geheim hielt.

Vorsichtig um sich blickend, nahm er von Kemal den Joint. Er hatte eine Höllenangst, dass irgendein Bekannter seiner Eltern unter den Festgästen im Hof zufällig sah, wie er hier oben mit dem Sohn von Dr. Ersoy kiffte. Am liebsten hätte er auf den Joint verzichtet. Aber jetzt war es zu spät, sich in die Hosen zu machen, jetzt musste er mit Kemal die Tüte fertig rauchen, wenn er sich nicht vor seinem Freund blamieren wollte, der ein Jahr älter und anderthalb Köpfe größer war als er.

Im letzten Jahr war Peter zwar fünf Zentimeter gewachsen, doch von seinen Freunden aus dem Jugendheim, die seine Eltern nur »die Dubiosen« nannten, war er mit seinen ein Meter siebenundfünfzig immer noch viel zu klein für sein Alter, und die karierte Schlägermütze, die er neuerdings zu seinen langen Haaren trug, damit er nicht mehr für ein Mädchen gehalten wurde, reichte nicht aus, um dieses Manko zu kompensieren, so wenig wie sein grüner Parka oder die wildledernen Fransenstiefel. Schließlich war er in der Jugendheim-Szene nicht nur der Kleinste, sondern mit knapp fünfzehn Jahren auch der Jüngste – nicht mal in den Stimmbruch hatte er es bis jetzt geschafft, und wenn er samstags und mittwochs auf Anordnung seiner Mutter duschte und dabei seinen mageren Körper auf Anzeichen heranreifender Männlichkeit untersuchte, wartete er nicht nur unter den Achseln immer noch vergeblich auf ersten sprießenden Haarwuchs.

Zum Glück hatten unten im Burghof inzwischen die Reden angefangen, so dass er halbwegs sicher vor unerwünschten Blicken einen Zug von dem Joint nehmen konnte. Damit er beim Kiffen nicht husten musste, trainierte er seine Lungen mit selbstgedrehten Zigaretten – Schwarzer Krauser kratzte noch mehr als schwarzer Afghane. Doch selbst wenn er zu Trainingszwecken rauchte, war das ein Wagnis. Als Sohn von Betten-Prange war er in Altena bekannt wie ein bunter Hund, und hatten seine Eltern ihn in der Kindergarten- und Grundschulzeit mit der Behauptung »Eltern wissen alles!« terrorisiert, um ihn auch außerhalb ihrer unmittelbaren Einflusssphäre unter Kontrolle zu halten, terrorisierten sie ihn inzwischen mit dem mehrmals täglich geäußerten Hinweis »Schließlich haben wir auch ein Geschäft!«, um ihm einzuschärfen, dass jedes Fehlverhalten, das er sich in der Öffentlichkeit leistete, unweigerlich zum Bankrott von Betten-Prange führen würde.

»Also, ich finde das Museum gut«, sagte er, nachdem er den Rauch so lange wie möglich in den Lungen gehalten hatte, damit der Stoff ordentlich turnte. »So kommen die alten Schweinereien wenigstens ans Tageslicht.«

Der Türke, der mit seinen über die Schultern wallenden schwarzen Locken, der runden Nickelbrille und dem Palästinenserschal aussah wie der Typ aus der Kommune 1, der Uschi Obermeier, den unerreichbar fernen Traum aus Peters schlaflosen Nächten, vögelte, schüttelte nur mitleidig den Kopf.

»Das musst du dialektisch sehen, Alter«, erwiderte er. »Die Kapitalistenschweine machen das doch nur, um unter dem Deckmantel der Wiedergutmachung die Verbrechen zu vertuschen, die sie heute selber begehen.«

»Klar, Alter. Nur – wen meinst du eigentlich mit Verbrechern *genau*?«

»Wen wohl? Die Israelis natürlich! Als Büttel des amerikanischen Imperialismus sind die noch schlimmer als die Nazis. Die behandeln die Palästinenser doch genau so, wie früher die Deutschen die Juden behandelt haben.«

Obwohl Peter nicht ganz begriff, was sein Freund meinte, nickte er vorsichtshalber. »Klar, Alter. Logo.« Mit dem zugedröhnten Schädel fiel ihm das Denken ziemlich schwer. Fing er schon an, Farben zu sehen?

»Schau dir nur das Böcker-Schwein an.« Der Türke schüttelte den Kopf. »Dass ausgerechnet der größte Nazi der Stadt sich für das verfickte Museum eingesetzt hat, sagt doch alles. Klarer Fall von repressiver Toleranz.«

Während er einen Zug von dem Joint nahm, machte sich auf dem Podium Unruhe breit. Jemand drängte sich zwischen die Ehrengäste und flüsterte Walter Böcker etwas ins Ohr. Der sprang wie von der Tarantel gestochen auf und eilte von der Tribüne.

»Was ist denn in den gefahren?«, fragte Kemal.

»Keine Ahnung«, sagte Peter und ließ den Rauch aus seinen Lungen strömen. »Astreiner Stoff, findest du nicht?«

»Stimmt, Alter, turnt wie Sau«, pflichtete Kemal ihm bei. »Wer hat dir den vertickt?«

»Der einäugige Lenny«, sagte Peter mit der tiefsten Stimme, die ihm zu Gebote stand. »In Hagen am Hauptbahnhof. Drei fünfzig das Gramm.«

Der Blick, mit dem der Türke seine Antwort quittierte, war wie ein Ritterschlag.

4

Als Walter zehn Minuten später in seiner Firma ankam, genügte ihm ein einziger Blick, um zu wissen: Das war Generalstabsarbeit!

Staatsanwalt Dr. Zemke war mit einer ganzen Polizeistaffel angerückt, um ihm die Bude auf den Kopf zu stellen. Während im Büro ein halbes Dutzend Zivilbeamter die Aktenschränke plünderte, schwärmte gleichzeitig ein Dutzend Uniformierter im ganzen Betrieb aus, um nach versteckten Dokumenten zu fahnden – vom Keller über die Werkhalle bis hinauf zum Dachboden.

»Ich gehe davon aus, dass Sie einen Durchsuchungsbefehl haben?«, sagte Walter.

»Selbstverständlich!« Dr. Zemke hielt ihm ein Blatt Papier mit mehreren Stempeln vor die Nase. »Wenn Sie sich bitte überzeugen wollen.«

»Nicht nötig.« Mit einer Handbewegung fegte Walter den Wisch beiseite. »Ehrlich gesagt, wundere ich mich, dass Sie mir erst jetzt auf die Bude rücken. Der Artikel ist doch schon vor einem halben Jahr erschienen.«

»Die Mühlen der Justiz mahlen langsam, aber sicher.« Der Staatsanwalt blickte ihn mit seinen kleinen Augen forschend an. »Sie wissen also, was man Ihnen zur Last legt?«

»Nach dem Geschmier in der Bild-Zeitung braucht man dafür ja keine allzu große Phantasie. Aber wenn Sie sich schon die Mühe gemacht haben, mich persönlich zu beehren, würde ich es gern aus Ihrem Mund hören.«

»Das ist Ihr gutes Recht«, erwiderte Dr. Zemke. »Wir haben sowohl den Reporter, der von Ihrem Auftritt in Düsseldorf mit dem Generalbevollmächtigten der Krupp AG berichtet hat, als auch Herrn Beitz persönlich zu den Hintergründen Ihrer Auseinandersetzung befragt. Die dabei gewonnenen Erkenntnisse begründen einen schwerwiegenden Anfangsverdacht. Laut Auskunft von Herrn Beitz hat die Firma Wilhelm Böcker & Söhne zur Zeit des zweiten Weltkriegs in Boryslaw, Ostgalizien, Eisenteile für die Wehrmacht produziert. In der Fabrik, so die Einlassung des Zeugen, seien ausschließlich jüdische Zwangsarbeiter tätig gewesen, die Sie in Ihrer Eigenschaft als stellvertretender Abteilungsleiter des Wehrwirtschaftsamts aus deutschen Vernichtungslagern für Ihren Betrieb rekrutiert haben, wo sie unter menschenunwürdigen Verhältnissen arbeiten mussten, oftmals bis zum Tod. Herr Beitz, der zur gleichen Zeit in Boryslaw für die Erschließung okkupierter Ölfelder zuständig war, hat von jüdischen Arbeitern der Firma Böcker & Söhne berichtet, die bei ihm Zuflucht suchten und von denen er einige durch UK-Stellung in seinem Betrieb das Leben retten konnte.«

Als der Staatsanwalt fertig war, schwieg Walter eine Weile. Dann schüttelte er den Kopf und sagte: »Sie sind sich doch hoffentlich im Klaren, dass das unhaltbare Verleumdungen sind? Oder glauben Sie den Quatsch etwa?«

»Das herauszufinden ist Gegenstand meiner Untersuchung«, erwiderte Dr. Zemke kühl. »Nein, nicht hierlassen«, befahl er einem Beamten, der gerade einen Aktenordner zurück ins Regel stellen wollte. »Bringen Sie alles in den Nebenraum, damit ich die Unterlagen dort in Ruhe einsehen kann.«

Während der Beamte den Ordner zusammen mit einem Stapel anderer Dokumente hinaustrug, wunderte Walter sich über seine eigene Gelassenheit. Obwohl er seit Erscheinen des Bild-Artikels täglich mit irgendeiner Schweinerei gerechnet und sich entsprechend vorbereitet hatte, bedeutete eine solche Aktion stets ein Risiko. Schließlich gab es immer die Möglichkeit eines Fehlers oder Irrtums, und selbst wenn die Schnüffler in der Sache selbst nichts gegen ihn fanden, konnten sie doch auf Dinge stoßen, die vielleicht das Finanzamt interessierte. Dass er trotz alledem nun dieselbe Gefechtsruhe bewies wie früher an der

Front, erfüllte ihn mit Stolz. Das sollte erst mal einer dem deutschen Wehrmachtsoffizier nachmachen!

»Bitte halten Sie sich zur Verfügung«, forderte Dr. Zemke ihn auf, als er sich in den Nebenraum verabschiedete.

Der Nachmittag verging, ohne dass der Staatsanwalt sich noch einmal blicken ließ. Walter nutzte die Zeit, um mit seinem Prokuristen zu reden. Damit erst gar keine Gerüchte aufkamen, sollte dieser die Mitarbeiter der Firma dahingehend informieren, dass es sich bei dem Vorgang um eine unangemeldete Betriebsprüfung durch die Steuerbehörde handle. Das würde die Gemüter beruhigen und die Truppen hinter ihm einen – Steuern zahlte schließlich niemand gern.

Danach setzte Walter sich an seinen Schreibtisch, steckte sich eine Zigarre an und genehmigte sich einen doppelten Cognac. Wenn er sich schon zur Verfügung halten musste, wollte er auch was davon haben. Dem Polizisten, den Dr. Zemke zu seiner Beaufsichtigung zurückgelassen hatte, bot er ebenfalls ein Glas an, genauso wie jedem Beamten, der in sein Büro kam, um weitere Unterlagen zu holen. Obwohl die Männer mit Hinweis auf ihre Diensttätigkeit das Angebot allesamt ablehnten, war die Flasche halb leer, als der Staatsanwalt kurz vor fünf aus dem Nebenraum zurückkehrte.

Als Walter sein zerknirschtes Gesicht sah, wusste er, dass die Schlacht gewonnen war.

»Also wie beim Hornberger Schießen?«

»Ich glaube, ich muss mich bei Ihnen entschuldigen«, erwiderte Dr. Zemke.

»Aber ich bitte Sie! Sie haben doch nur Ihre Pflicht getan. Vielleicht einen Cognac zum Feierabend?«

»Sehr freundlich, Herr Böcker, aber nein danke.«

Unter mehrmaliger Wiederholung seiner Entschuldigung verabschiedete sich der Staatsanwalt. Kaum war er zur Tür hinaus, griff Walter zum Telefon.

»Böcker«, meldete sich Winfried am anderen Ende der Leitung.

Wie immer, wenn sein Adoptivsohn seinen Namen nannte, war Walter kurz irritiert. »Gut, dass ich dich selber erwische«, sagte er dann.

»Ich habe diese Woche Frühschicht«, erwiderte Winfried mit hörbarem Gähnen. »Worum geht's? Kann ich irgendwas für dich tun?«

Walter zögerte. Vielleicht wurde der Apparat ja abgehört. »Sind die Erinnerungsstücke in Sicherheit?«, fragte er schließlich.

»Erinnerungsstücke?«

Wie so oft stand Winfried auf der Leitung. Walter bereute, dass er die Dokumente nicht längst vernichtet hatte. Das war schließlich alles hochbrisantes Material, das er da in Bochum gehortet hatte. Zwar war die Firma Böcker & Söhne beileibe nicht die einzige, die im Krieg Fremdarbeiter beschäftigt hatten, außerdem war es ihm stets ein kleiner Reichsparteitag gewesen, wenn er in den Unterlagen blätterte, schließlich waren es Erinnerungen an eine große Zeit. Trotzdem war es ein unsinniges Risiko gewesen, so etwas aufzubewahren. Es war doch nur eine Frage der Zeit gewesen, dass irgendwelche Sozis versuchten, ihm am Zeug zu flicken, die hatten es ja auch geschafft, Ausschwitz aufs Tapet zu bringen.

»Ach ja, *die* Erinnerungsstücke!«, sagte Winfried, als endlich der Groschen bei ihm fiel. »Keine Angst, die habe ich versorgt. Genau so, wie wir es besprochen hatten.«

»Sehr gut«, sagte Walter. »Ich komme in ein paar Tagen vorbei, dann regeln wir alles Weitere.«

»Soll ich schon mal was vorbereiten? Du musst mir nur Bescheid sagen.«

»Nein, nicht am Telefon. Und bis dahin keinen Ton! Zu niemandem! Hörst du?«

5

So einen Tag hatte Benno schon lange nicht mehr erlebt. Mit dem Kredit der Firma Wolf hatten sie endlich die überfällige Expansion in Angriff nehmen können und in Lüdenscheid eine Filiale eröffnet, direkt am Sternplatz, in bester City-Lage, und wie in allerbesten Zeiten von Schuh Krasemann strömten die Kunden herbei, dass es eine Freude war. Der Laden war so gerammelt voll, dass die Leute sich fast auf den Füßen standen, manche rissen sich die Sonderangebote sogar gegenseitig aus den Händen. Obwohl Gundel und er zur Eröffnung mit sechs zusätzlichen Verkäufern aus Düsseldorf angerückt waren, kamen sie mit dem Verkaufen kaum nach, und es vergingen keine zwei Minuten, in denen nicht mindestens einmal die Ladenkasse klingelte. Unter dem Toupet, das er seit neuestem trug, damit seine Frau keinen ollen Glatzkopf zum Mann hatte, geriet er gehörig ins Schwitzen.

»Habe ich dir nicht gesagt, die Konjunktur zieht wieder an?«, meinte Gundel, die neben ihm an der zweiten Kasse bediente.

»Habe ich je an deiner Weisheit gezweifelt, mein Schatz?«, erwiderte Benno und zwinkerte ihr zu.

Und schon wieder trat eine Kundin an die Theke, um zu zahlen.

»Eine sehr gute Wahl, gnädige Frau«, sagte Benno. »Macht genau neunundsechzig Mark.«

Gott sei Dank, dass Gundel und nicht er recht behalten hatte, dachte er und kassierte. Die konzertierte Aktion hatte tatsächlich die Wirkung gezeigt, die Bundeswirtschaftsminister Schiller seit Monaten am Fernsehen und in Zeitungsinterviews versprochen hatte. Die Rezession war vorbei, es ging wieder bergauf! Das bewies bereits ein Blick aus dem Fenster zur anderen Seite des Platzes, wo Schuh Mikosch vor ein paar Wochen gleichfalls eine Filiale eröffnet hatte. Im Gegensatz zu Schuh Krasemann herrschte dort gähnende Leere – jetzt, da die Leute wieder Geld im Portemonnaie hatten, schien niemand mehr die Billigtreter haben zu wollen. Benno konnte sich einen Anflug von Schadenfreude nicht verkneifen, als Charly draußen mit säuerlicher Miene in seinen Porsche stieg und mit röhrendem Motor und quietschenden Reifen die Knapper Straße hinunter verschwand. Manchmal glaubte er fast, dass Gundel und er den Firmenaufschwung ihren Zwillingen verdankten. Denn genau wie ihre zwei Söhne wurden auch Professor Karl Schiller und sein Kollege im Finanzministerium Franz Josef Strauß, die mit ihren Maßnahmen die Konjunktur angekurbelt hatten, »Plisch und Plum« genannt, weil sie wie Pech und Schwefel zusammenhielten. Aber das war natürlich Unsinn und nichts als reiner Aberglaube.

»Weißt du, woran ich die ganze Zeit denken muss?«, fragte Gundel, während sie gleichzeitig weiter bediente. »Wie Mama sich freuen würde, wenn sie das hier sehen könnte.«

»Ja, das würde sie, die gute Seele«, pflichtete Benno ihr bei. »Und die Firma Wolf hat keinen Schaden genommen. Genauso, wie sie prophezeit hat.«

Ein Kunde reichte Gundel einen einzelnen Budapester. »Davon hätte ich gerne zwei«, sagte er mit einem Grinsen.

»Ich glaube, das lässt sich machen.« Sie nahm das Gegenstück aus dem Regal in ihrem Rücken und legte beide Schuhe zusammen in einen Karton.

»Was bin ich Ihnen schuldig?«

»Siebenundvierzig achtzig«, erwiderte sie und packte den Karton in eine Tüte. »Ich bin Ulla ja so dankbar, dass sie das für uns getan hat«, fuhr sie dann an Benno gerichtet fort und ließ die Kasse aufspringen. »Das hat sie bestimmt gewaltige Überwindung gekostet. Aber jetzt wird sie dafür belohnt.«

»Du meinst den Auftrag, den Tommy ihr in Aussicht gestellt hat? Dann drücke ich ihr die Daumen, dass sie damit mehr Glück hat als wir mit unseren Gummistiefeln.«

»Bei Ulla musst du dir keine Sorgen machen. Was sie anpackt, gelingt. Wenn ich mich nicht irre, ist sie heute in Ostberlin. Hoffentlich ist sie zu Bernds großem Ereignis wieder zurück.«

Benno hob amüsiert die Brauen. »Dann hat Regina es also geschafft?«

Während Gundel ihrem Kunden das Wechselgeld herausgab, deutete sie mit dem Kinn auf eine Einladungskarte in feinstem Bütten, die neben der Kasse auf der Theke lag. *Zur feierlichen Einweihung der Bernd-Wilke-Halle*, stand in goldenen Lettern darauf geschrieben, *gibt Regina Wilke sich die Ehre …*

»Na, offenbar geht es auch in Altena wieder bergauf!«

Gundel quittierte seine Bemerkung mit einem Lächeln und reichte gleichzeitig ihrem Kunden die Einkaufstüte über den Ladentisch. »Dann wünsche ich Ihnen viel Freude mit Ihren neuen Schuhen.«

»Daran habe ich keinen Zweifel«, lachte der Kunde. »Wie stand heute in Ihrer Annonce? *Schuh Krasemann bringt NRW zum Laufen!*«

6

Verstohlen blickte Ulla sich um. So sah es also bei den Kommunisten aus … Ein Kronleuchter an der Decke, Holzfurniere an den Wänden, ein Konferenztisch aus demselben hellen Holz, darum herum passende Holzstühle mit Armlehnen und roten Polstern. Komisch, die Besprechungszimmer im Westen sahen auch nicht viel anders aus. Nur dass hier die Materialien irgendwie billiger wirkten, wie Plastik oder Kunststoff, sogar das Holz und die Stoffbezüge der Stühle, und dass im Rücken von Tommys Chef, der sich mit dem seltsamen Namen Himmelreich vorgestellt hatte, eine DDR-Fahne und ein Bild von Erich Honecker an der Wand hing.

»Über den Namen haben sich schon viele gewundert«, erklärte der Abteilungsleiter, während eine auffallend hübsche Sekretärin mit rötlichem Lockenkopf ihnen Kaffee servierte. »Meine Vorfahren waren Herrnhuter, eine Sekte aufmüpfiger Reformatoren, die im achtzehnten Jahrhundert von den Pfaffen als Ketzer verfolgt wurden und hier in der Gegend Zuflucht fanden.«

»Interessant«, sagte Ulla und nahm einen Schluck von dem Kaffee. Das Gebräu schmeckte so scheußlich, dass sie es fast ausgespuckt hätte. Wer in aller Welt sollte so etwas trinken? Aus den Augenwinkeln sah sie, dass Tommy sie beobachtet hatte und sein blödes Tommy-Grinsen grinste.

»Kommen wir zur Sache.« Himmelreich griff zu einem Aktenordner und blätterte darin herum. »Wir sind überaus erfreut über die Zusammenarbeit, Frau Rühling, das darf ich Ihnen auch im Namen des stellvertretenden Ministers ausdrücklich ausrichten. Die ersten Lieferungen der Firma Wolf haben sämtliche Qualitätsprüfungen mit Bravour bestanden. Gute Ware für gutes Geld. Ich glaube ohne Übertreibung sagen zu können, dass unsere Geschäftsbeziehung geradezu ein Musterbeispiel ist für die Umsetzung der neuen Entspannungspolitik zwischen den beiden souveränen deutschen Staaten.«

Ulla hatte erwartet, dass jetzt ein Feilschen um die Konditionen einsetzen würde, wie es sonst nach der ersten Bemusterung eines Neukunden üblich war. Doch nichts dergleichen geschah. Statt zur Sache zu kommen, erging Himmelreich sich über eine Viertelstunde lang in allgemeinen Phrasen über die Bedeutung der wirtschaftlichen Zusammenarbeit zwischen West und Ost, die sie auch von Bonner Politikern schon oft gehört hatte. War das das berühmte Tauwetter, von dem die Kommentatoren im Fernsehen sprachen? Der politische Frühling, der das Eis zum Schmelzen bringen sollte, in dem die Beziehungen zwischen der DDR und der Bundesrepublik seit Beginn des Kalten Krieges festgefroren waren? Tommy schien den Ausführungen seines Vorgesetzten nur mit halbem Ohr zu folgen. Immer wieder tauschte er stattdessen Blicke mit der hübschen Sekretärin, die ihn mit geradezu penetranter Zuvorkommenheit bediente und jedes Mal, wenn er einen Schluck von seiner Tasse genommen hatte, mit wackelndem Hintern herbeieilte, um ihm nachzuschenken. Nun ja, falls er Ambitionen auf sie hatte, musste er mit dem Kaffee dafür wahrlich bitter büßen.

»Wie sagt Ihr Außenminister Willy Brandt so treffend?«, fragte Himmelreich. »Wandel durch Annäherung. Und ich füge hinzu: Am allerbesten durch Handel! Das reimt sich sogar!« Lachend über sein eigenes Witzchen, schraubte er einen Füllfederhalter auf. »So, dann wollen wir mal Nägel mit Köpfen machen.«

Er nahm ein Schriftstück aus seinen Unterlagen, unterschrieb an drei Stellen und reichte es dann Ulla über den Tisch. Verwundert setzte sie ihre Brille auf. War das etwa schon der Vertrag?

»Wir haben die Konditionen aus Ihrem Angebot übernommen«, sagte er, als er ihren Blick sah. »Aber überzeugen Sie sich bitte selbst.«

Ulla überflog den Text, um die Eckdaten zu prüfen. Tatsächlich: Der Preis, die Zahlungs- und Lieferfristen, die Gewährsleistungen – alles stimmte aufs Komma genau. Sogar der Bonus war berücksichtigt, den der Auftraggeber im Fall einer vorzeitigen Lieferung der Ware zu zahlen bereit war.

Die Sekretärin gab ihr den geöffneten Füllfederhalter. »Wenn Sie bitte hier und hier und hier gegenzeichnen würden?«

Ulla schaute Tommy an, der nickte ihr zu.

»Also gut.«

Sie nahm den Füller und unterschrieb an den gekennzeichneten Stellen. Kaum war sie damit fertig, erhob Himmelreich sich von seinem Stuhl.

»Wenn ich mich nun verabschieden darf? Ich habe heute noch einen Vortrag im Politbüro. Werde unser Geschäft dort lobend erwähnen.« Er stand von seinem Schreibtisch auf und gab Ulla die Hand. »Der Genosse Weidner wird sich um Sie kümmern. Lassen Sie sich von ihm die Schönheiten unserer großartigen Hauptstadt zeigen.«

Damit wandte er sich zur Tür und verließ den Raum. Die Sekretärin stöckelte hinter ihm her, natürlich nicht ohne sich noch einmal umzudrehen und Tommy mit ihren grünen Augen einen intensiven Blick zuzuwerfen, bevor sie die Tür hinter sich schloss.

»Und dafür hast du mich hierher bestellt?«, fragte Ulla, als sie mit Tommy allein war. »Nur für die Unterschrift?«

»Was hattest du erwartet?«, fragte er zurück.

»Dass wir den Vertrag erst mal aushandeln, bevor wir ihn unterschreiben, dass ihr versucht, den Preis zu drücken, die Lieferfristen kürzt, ein anderes Zahlungsziel verlangt – was weiß ich? So etwas habe ich jedenfalls noch nie erlebt.«

»Soll das heißen, du bist mit dem Ergebnis nicht zufrieden?«

»Doch, natürlich, aber … aber …«

»Aber was?«

Ulla hob ohnmächtig die Arme.

Tommy zuckte die Schultern. »In der Politik geht es vor allem um

Symbolik. Das erleben wir doch jeden Tag im Fernsehen. Immer zwei Leute, die irgendwas unterschreiben und sich dann die Hände schütteln oder …«

»Erzähl mir keinen Mist«, fiel sie ihm ins Wort. »Da steckt doch irgendwas dahinter.«

Misstrauisch schaute sie ihn an. Eine Weile hielt er ihrem Blick stand. Dann sagte er: »Also gut, um ganz ehrlich zu sein – eigentlich war die Einladung nur ein Vorwand.«

»Vorwand? Wozu?«

»Kannst du dir das nicht denken?« Verlegen sah er auf seine Hände.

»Bin ich Hellseherin? Sag endlich, was das Theater soll.«

Er legte einen Finger auf die Lippen und schaute gegen die Decke. »Nicht hier«, flüsterte er.

Ulla rätselte einen Moment, was er ihr damit sagen wollte. Als ihr Blick durch das Fenster auf die stacheldrahtbewehrte Mauer fiel, die keinen Steinwurf entfernt die beiden Teile Berlins voneinander trennte, begriff sie. Richtig, sie waren ja in der DDR! Wahrscheinlich war der Raum, in dem sie sich befanden, von der Stasi verwanzt. Das sah man ja in jedem Spionagefilm.

»Haben wir alles?«, fragte Tommy übertrieben laut. »Dann können wir gehen.«

»Noch einen Moment«, erwiderte sie ebenso laut. »Ich muss nur schnell den Vertrag einstecken.«

Sie nahm ihre Sachen, und zusammen traten sie hinaus auf den Gang. Tommy hatte ihr auf dem Hinweg erzählt, dass in dem riesigen Gebäude früher die Nazis ihr Luftfahrtministerium untergebracht hatten, doch erst jetzt, nachdem alles unter Dach und Fach war, nahm sie es wirklich wahr. Der Marmorprunk, der in den meterhohen Fluren herrschte, hatte gleichzeitig etwas Großartiges und Bedrohliches an sich – sie sah Hermann Göring förmlich vor sich, wie er in einer seiner Paradeuniformen an der Spitze eines Trosses von Offizieren mit knallenden Stiefeln die Gänge entlangmarschierte. Schämten die Kommunisten sich nicht, ihr Volk von einem solchen Ort aus zu regieren? Bei dem Gedanken lief ihr ein Schauer über den Rücken: zwei deutsche Diktaturen, und ein und dieselbe Machtzentrale … Während sie noch das Bild Hermann Görings vor Augen hatte, glaubte sie Ulbrichts Stimme zu hören. »Niemand hat die Absicht, eine Mauer zu bauen …« Wenn sie sich nicht irrte, war es bei einer Pressekonferenz im Haus der

Ministerien gewesen, auf der der Staatsratsvorsitzende der DDR die ganze Weltöffentlichkeit mit seiner historischen Lüge hinters Licht geführt hatte, um nur wenige Wochen später die Mauer dann doch bauen zu lassen, ausgerechnet an dem Gebäude entlang, in dem er ihre Planung mit seiner dreisten Beteuerung so vehement abgestritten hatte. In der Eingangshalle nahm ein aus vielen hundert Kacheln zusammengesetztes Bild, das lauter glückliche Arbeiter zeigte, die ganze Hauptwand ein. Ulla konnte nicht unterscheiden, ob es ein sozialistisches Bild war oder womöglich noch aus der Nazizeit stammte.

»Jetzt aber raus mit der Sprache«, sagte sie, als sie endlich im Freien waren. »Weshalb bin ich hier?«

Tommy breitete die Arme aus und grinste sein Tommy-Grinsen. »Ich wollte dich wiedersehen.«

»Du wolltest *was*?«

»Dich wiedersehen«, wiederholte er. »Aber nach so kurzer Zeit wollte man mir keine zweite Ausreise genehmigen. Und da habe ich mir gedacht, wenn der Prophet nicht zum Berg kommt, kommt der Berg eben zum Propheten ...«

Sein offenes Geständnis traf sie so unvorbereitet, dass sie lachen musste.

»Tommy, Tommy«, sagte sie und schüttelte den Kopf. »Wirst du dich eigentlich niemals ändern?«

»Wenn ich gesund bleibe, vermutlich nicht! Bist du mir böse?«

Immer noch sah er sie mit diesem unverschämten Grinsen an. Ulla wusste, sie sollte jetzt schleunigst das Thema wechseln, doch dafür freute sie sich viel zu sehr. Sie schaffte es nicht mal, etwas halbwegs Geistreiches oder Witziges auf seine Frage zu entgegnen. Sie wollte einfach nur noch ein bisschen länger diesen unverhofften Augenblick genießen.

»Wann fährst du wieder zurück?«, fragte er.

»Eigentlich schon heute Abend«, erwiderte sie. »Ich habe in der Nähe vom Kudamm ein Zimmer gebucht.«

»Was heißt *eigentlich*?«

Sie spürte, wie ihr das Blut ins Gesicht schoss. »*Eigentlich* heißt, dass man bei euch ja schon im Voraus wissen muss, wie lange man bleiben will. Also habe ich nur für einen Tag Geld getauscht. Und deshalb muss ich heute Abend wieder raus aus eurem wunderbaren Land.« Erst jetzt fiel ihr auf, dass die Luft wirklich so roch, wie Gundel behauptet hatte, bitter und irgendwie nach Schweiß. Wahrscheinlich lag das an diesen kleinen komischen Autos, die links und rechts an ihnen vorüberknatterten und bläuliche Wolken von Auspuffgasen verbreiteten.

»Seltsam.« Tommy runzelte die Stirn. »Hat man dich an der Grenze nicht aufgeklärt? Für solche Fälle gibt es doch eine einfache Regelung.« Er nahm Haltung an wie ein Soldat, und mit einer Stimme, als hätte er sich plötzlich in einen Roboter verwandelt, rasselte er mit sächsischem Akzent los: »›Sollten Sie sich mehrtägig in der Deutschen Demokratischen Republik aufhalten, kann nach erfolgter Einreise der Währungsumtausch entsprechend der Anzahl der Aufenthaltstage in jeder beliebigen Filiale der Staatsbank vorgenommen werden. Die Quittung ist bei der Ausreise vorzuzeigen.‹«

Ulla sah die Grenzbeamtin vor sich, ihre teilnahmslose, unbewegte Miene, mit der sie vor ein paar Stunden dieselbe Erklärung heruntergerasselt hatte, und musste schon wieder lachen.

»Siehst du?«, sagte er. »Wenn du willst, kannst du also ohne weiteres einen Tag dranhängen.«

Ulla hatte das Gefühl, dass sie noch röter wurde, und schaute auf ihre Hände. »Meinst du?«

»Und ob ich das meine! Wie soll ich dir sonst die Schönheiten unserer großartigen Hauptstadt zeigen?«

Als sie den Blick hob, sah sie, dass auch er ein bisschen verlegen war, trotz seines forschen Tons. Das machte ihr die Entscheidung jedoch nicht leichter. Im Gegenteil.

»Ich … ich weiß nicht«, sagte sie.

»Aber warum denn nicht? Was die Formalitäten angeht, darum kümmere ich mich. Falls du vielleicht Angst hast, dass man dich sonst nach Sibirien verschleppt.«

»Unsinn«, lachte sie, obwohl sie sich ein kleines bisschen erwischt fühlte.

»Bitte!«, fügte er hinzu, als sie immer noch zögerte. »Ich würde dir so gern mein Engelchen vorstellen.«

»Dein Engelchen?«, wiederholte Ulla verwundert.

»Ja, Angelika, meine Tochter!«, erwiderte er. »Sie kommt um Viertel nach sechs mit dem Zug aus Moskau. Sie hat dort an der Wissensspartakiade teilgenommen. Wir könnten zusammen zum Bahnhof fahren, um sie abzuholen.«

Er trat an einen Wagen und öffnete die Beifahrertür. Unschlüssig blickte sie auf das Auto, das nicht dasselbe war, mit dem Tommy sie von der Grenze abgeholt hatte. Das war eine schwarze Limousine gewesen, wahrscheinlich ein Dienstfahrzeug. Jetzt stand sie vor einem Auto, das sie entfernt an einen DKW aus den fünfziger Jahren erinnerte. Doch es erstrahlte wie neu in feuerrotem Lack und hatte Weißwandreifen sowie ein herunterklappbares Verdeck.

»Worauf wartest du?«, drängte Tommy. »Los, steig ein!«

7

Bernd trank noch einen Schluck von seinem Feierabendbier und versuchte gleichzeitig, sich auf die Tagesschau zu konzentrieren. Doch das war gar nicht so leicht, denn am Wohnzimmertisch war Regina geräuschvoll mit irgendwelchen Vorbereitungen für das große Reitturnier zur Eröffnung der neuen Halle beschäftigt. Wahrscheinlich ging sie zum hundertsten Mal die Sitzordnung für die Ehrentribüne durch, um sie zum hundertundeinten Mal über den Haufen zu werfen.

»Was meinst du? Sollen wir nicht doch Monsignore Budde einladen?«

»Wozu? Der Zug ist abgefahren.«

Bernd griff zur Fernbedienung, um den Ton lauter zu stellen. Was braute sich da in Bonn zusammen? Gab es bald eine neue Koalition? Während er sich wieder zurück aufs Sofa fallen ließ, verkündete Karl-Heinz Köpke am Bildschirm, dass die Bundesversammlung nach drei Wahlgängen Gustav Heinemann von der SPD zum neuen Bundespräsidenten gewählt hatte, und zwar mit den Stimmen der FDP.

»Hättest du auf mich gehört und wärst öfter in die Kirche gegangen, wäre es nie so weit gekommen«, sagte Regina.

»Was hat das denn damit zu tun?«, erwiderte Bernd. »Monsignore Budde war nicht mein Seelsorger, sondern mein Auftraggeber.«

»Ebendrum. Man muss sich bei der Kundschaft ab und zu blicken lassen. Das hat schon mein Vater früher gesagt. Und der verstand was vom Geschäft.«

Bernd versuchte, die giftige Spitze zu ignorieren. Im Fernsehen wechselten die Bilder gerade von Deutschland nach Fernost, zur russisch-chinesischen Grenze. Am Ussuri, der immer noch unter Schnee und Eis lag, obwohl fast schon April war, lieferten sich die Kommunisten inzwischen seit über einer Woche heftige Feuergefechte, weil beide Länder irgendeine Insel in der Mitte des Flusses jeweils für sich beanspruchten. Bernd hatte noch nicht ganz verstanden, ob nach Einschätzung des Reportes dort wohl ein Krieg ausbrechen könnte, da wechselten die Bilder schon wieder, diesmal nach Amerika, wo der ehemalige Präsident Dwight D. Eisenhower tot in einer Kirche aufgebahrt lag.

»Vielleicht hast du sogar recht«, sagte er.

»Womit habe ich recht?«, wollte Regina wissen.

»Mal wieder in die Kirche zu gehen. Ich meine, zum Gottesdienst.«

Regina blickte von ihrer Sitzordnung auf. »Wie kommt du denn jetzt darauf?«

»Nur so«, sagte er. »Wenn ich nachts im Bett liege und nicht schlafen kann, wäre ich manchmal froh, wenn es da oben jemanden gäbe, zu dem man sprechen könnte.« Während er weiter auf den Bildschirm starrte, fühlte er ihren Blick auf sich gerichtet.

»Das ist jetzt nicht dein Ernst, oder?«

»Warum nicht? Ich meine, wenn Milliarden Menschen an Gott glauben, ist vielleicht ja doch was daran.«

Regina schüttelte den Kopf und wandte sich wieder ihrer Sitzordnung zu. Bernd trank einen Schluck Bier. War das jetzt seine dritte oder vierte Flasche? Er wollte gerade die Schuhe ausziehen, um es sich gemütlich zu machen, bevor der Krimi anfing, da klingelte das Telefon.

»Für dich, Papa!«, rief Hans-Jörg.

»Um diese Zeit? Während der Tagesschau?«

Verwundert stellte Bernd seine Flasche auf den Couchtisch und ging hinaus. In der Diele streckte sein Sohn ihm schon den Hörer entgegen. Bernd legte die Hand auf die Muschel.

»Wer ist dran?«, fragte er leise.

»Ein Herr Topp.«

Im selben Augenblick war Bernd wieder nüchtern. »Gib her!« Er nahm Hans-Jörg den Hörer aus der Hand, und so aufgeräumt wie möglich begrüßte er den Anrufer. »Herr Topp! Einen schönen guten Abend! Was verschafft mir das Vergnügen?«

»Na, von Vergnügen würde ich an Ihrer Stelle eher nicht reden!«, schnarrte es ihm vom anderen Ende der Leitung entgegen.

Bernd zuckte zusammen. Kein Gruß, kein *Wie geht's?* … Bevor er fragen konnte, was geschehen sei, erklärte Herr Topp ihm auch schon in ebenso kurzen wie scharfen Worten den Grund seines Anrufs.

Als er fertig war, musste Bernd sich setzen.

»Ich … ich kümmere mich darum«, stammelte er noch in den Hörer.

Doch Herr Topp hatte schon aufgelegt.

»Was ist denn los?«, fragte Hans-Jörg irritiert.

Bernd starrte seinen Sohn an, als bekäme er ihn zum ersten Mal zu Gesicht. »Am liebsten würde ich alles abblasen«, sagte er, »das ganze Scheißreitturnier …«

»Bist du wahnsinnig geworden?« Wie eine Furie kam Regina aus dem Wohnzimmer geschossen.

Er spürte, wie er zu zittern begann. »Eine Reklamation der Wohnheimgesellschaft. Angeblich ziehen in mehreren Gebäuden die Wände Wasser.«

Regina schüttelte den Kopf. »Und wegen einer solchen Lappalie willst du das Turnier absagen?«, fragte sie voller Verachtung. »Unmöglich! Die Einladungen sind längst raus, das Kreisblatt und die Rundschau haben die Einweihung schon mehrmals angekündigt. Willst du, dass ganz Altena über uns lacht?«

8

Nachdem Tommy den Wagen vor seinem Haus in der Oderberger Straße geparkt hatte und alle ausgestiegen waren, holte er Angelikas Gepäck aus dem Kofferraum. Seine Tochter, die noch die blaue FDJ-Uniform trug, ging mit den zwei kleinen Taschen voraus, um aufzuschließen. Während er mit dem großen Koffer folgte, sah er, wie Ulla verstohlen an der Fassade hinaufblickte. Solche Augen hatte sie nicht mal gemacht, als sie zu ihm in sein Wartburg Cabrio gestiegen war, um mit ihm Angelika vom Bahnhof abzuholen. Die Front des Altbaus zeigte noch Einschüsse vom Straßenkampf während der letzten Kriegstage zwischen den Soldaten der Wehrmacht und der Sowjetarmee, der schwarz verrußte Putz war an vielen Stellen aufgeplatzt, so dass darunter die rohen Backsteine zum Vorschein kamen, zwei Fenster im ersten Stock waren mit Brettern vernagelt, und vor dem Kellereingang, auf den ein Schild mit der Sütterlin-Aufschrift *Luftschutzraum* hinwies, lag ein so großer Kokshaufen, dass man nicht ins Hinterhaus gelangen konnte, ohne sich die Schuhe schmutzig zu machen.

»Hier wohnt ihr also?«, fragte sie.

»Das Beste, was wir kriegen konnten«, erwiderte er. »Aber wollen wir nicht erst mal reingehen?«

Aufgrund seiner Stellung im Ministerium für Außenhandel hatte Tommy eigentlich Anspruch auf eine Vierzimmerwohnung in einem modernen Plattenbau. Doch von diesem Privileg hatte er nie Gebrauch gemacht. Er mochte die aus dem Boden gestampften Siedlungen in den Randbezirken nicht, er lebte lieber in dieser alten Wohnung am Prenzlauer Berg, mitten in der Stadt, auch wenn er hier immer noch mit Holz und Kohle heizen musste.

Als er die Etagentür öffnete, wunderte Ulla zum dritten Mal.

»Also, ganz ehrlich, das hätte ich nicht erwartet. Hier sieht's ja aus wie … wie …«

»Wie in der Wolf'schen Villa?«, ergänzte Tommy belustigt.

Ihre Augen wurden immer größer. »Das ist ja großartig! Dass es so etwas in der DDR überhaupt gibt …«

Ihre unverhohlene Begeisterung bereitete ihm eine fast kindliche Freude. Um die Jahrhundertwende, so hatte ihm der Hausgemeinschaftsleiter erzählt, hatte als erster Mieter ein begüterter Kürschner mit seiner Familie die Etage bewohnt, doch mit der Zeit, die immerhin zwei Weltkriege umfasste, war die Wohnung so weit heruntergekommen, dass sie vor Tommys Einzug mehrere Jahre leer gestanden hatte. Er hatte ebenso viele Jahre gebraucht, um die sechs Zimmer plus großer Küche und Bad, die er hier auf einhundertachtzig Quadratmetern ganz allein für Angelika und sich zur Verfügung hatte, so zu restaurieren und einzurichten, dass sie wieder in dem Zustand war, wie er sich eine gutbürgerliche Wohnung zu Kaisers Zeiten vorstellte, mit jeder Menge Teppichen und Gemälden und stilechten Mahagonimöbeln.

»Wie hast du das nur geschafft?«, fragte Ulla. »Ich meine, hier gibt's doch fast nichts in den Läden.«

»In der DDR herrscht Tauschwirtschaft«, erwiderte Tommy. »Und die habe ich schließlich von der Pike auf gelernt. Drei Jahre Schwarzmarkt! Aber deckt ihr zwei zusammen vielleicht schon mal den Tisch?«, forderte er seine Tochter auf. »Ich kümmere mich inzwischen ums Essen.«

Um eine Pleite wie mit Benno und Gundel zu vermeiden, hatte er beschlossen, statt im Restaurant zu Hause zu essen, und in der Hoffnung, dass Ulla die Einladung annehmen würde, hatte er groß im *delikat* eingekauft und ein Gulasch vorbereitet, das er jetzt nur noch zusammen mit dem Rotkohl und den Klößen aufwärmen musste. Während er die Töpfe aufsetzte, hörte er aus dem Esszimmer die Stimmen der beiden.

Wie würden sie sich wohl verstehen? Ulla und Angelika waren die einzigen Frauen in seinem Leben, die ihm je wirklich etwas bedeutet hatten.

Damit die beiden erst mal in Ruhe miteinander vertraut werden konnten, ließ Tommy sich in der Küche Zeit – er würde nur stören. Außerdem hatte das Wiedersehen mit Ulla ihn stärker irritiert, als er sich und vor allem ihr eingestehen mochte. Er hatte sich das alles so einfach vorgestellt, als er sie eingeladen hatte … Nein, eigentlich hatte er sich *gar nichts* vorgestellt – er hatte sie einfach nur eingeladen, weil er sie wiedersehen wollte, ohne auch nur einen Gedanken daran zu verschwenden, welche Folgen das womöglich nach sich ziehen könnte. Auch hatte er kaum damit gerechnet, dass sie seinem Vorschlag, noch einen Tag dranzuhängen, tatsächlich folgen und somit über Nacht bleiben würde. Doch jetzt war sie hier, hier in seiner Wohnung, und saß mit seiner Tochter, die ja auch ihre Tochter hätte sein können, in seinem Esszimmer. Und er hatte nicht die geringste Ahnung, was in den nächsten Stunden passieren würde.

Sollte er ihr anbieten, hier zu übernachten? Oder würde er sie damit womöglich nur in die Flucht schlagen? Eine ebenso heikle wie schwierige Frage. Wenn er sie *nicht* aufforderte zu bleiben, würde sie von sich aus bestimmt nicht bleiben, doch war sie erst mal fort, war sie fort … Da er sich nicht entscheiden konnte, entschied er, sich spontan zu entscheiden.

Die Klöße waren vom langen Ziehen schon ein bisschen matschig, als er sie endlich vom Herd nahm. Er holte ein Tablett aus dem Schrank und trug sie zusammen mit dem Gulasch und dem Rotkohl ins Esszimmer. Als er mit den dampfenden Schüsseln den Raum betrat, saßen die beiden am fertig gedeckten Tisch und plauderten bereits so ungezwungen miteinander, als würden sie sich seit einer Ewigkeit kennen.

»Was ist das für eine Medaille?«, fragte Ulla und setzte sich ihre Brille auf, die Tommy schon während des Gesprächs mit Himmelreich irritiert hatte. Offenbar stammten die kleinen Fältchen um ihre Augen weder von zu vielem Lachen noch von zu vielem Grübeln, sondern einfach von schlechterem Sehen. Mit der Brille erinnerte sie ihn ein bisschen an Doris Day, die er aus Ami-Filmen im Westfernsehen kannte, nur in dunkel- statt wasserstoffblond. Das schwarze Gestell ließ sie ungewohnt streng erscheinen, zugleich verliehen die nach außen zugespitzten Gläser ihrem Aussehen etwas Katzenhaftes.

Voller Stolz streifte Angelika das Band über den Kopf, um ihr die Medaille zu zeigen. »Die habe ich in Moskau für die Mannschaft der DDR gewonnen. In Physik.«

»Bei der Wissensspartakiade? Das ist ja toll! Gratuliere!« Ulla schien wirklich beeindruckt. »Dann nehme ich an, dass du später mal Physikerin werden möchtest?«

»Ja, das habe ich schon im Kindergarten gewollt. Obwohl die anderen mich deswegen immer ausgelacht haben.«

»Wie bist du denn so früh auf die Idee gekommen, Physikerin zu werden?«

»Wegen Papas Auto.«

»Wie bitte?«

»Ganz einfach!«, lachte Angelika. »Wir hatten damals einen Trabi, der war die meiste Zeit kaputt und fuhr nur, wenn ein Nachbar kam, um zu helfen – Papa hat nämlich keine Ahnung, wie man Autos repariert. Wenn der Trabi dann wieder losknatterte, kam mir das vor wie Zauberei. Aber der Nachbar sagte dann immer, nein, mein Kind, das ist keine Zauberei, das ist Physik! Das hat mich unheimlich fasziniert.«

Jetzt lachte auch Ulla. »Bei mir war es ganz ähnlich«, sagte sie. »Ich habe als kleines Mädchen einmal gesehen, wie ein Arzt einen Arbeiter reanimierte, der ohnmächtig im Fabrikhof zusammengebrochen war, direkt vor unserer Haustür. Seitdem wollte ich immer Ärztin werden.«

»Und warum sind Sie dann keine geworden?«, fragte Angelika verwundert.

»Ach, das ist eine lange Geschichte«, erwiderte Ulla ausweichend.

Tommy sah, dass ihr die Frage unangenehm war, und sagte: »Dann schlage ich vor, wir fangen an zu essen. Reicht mal eure Teller.«

»Nein, ich will erst die Antwort wissen«, protestierte Angelika.

»Jetzt benimm dich mal ein bisschen! Du siehst doch, dass Frau Rühling darüber nicht sprechen möchte.«

»Ist schon gut«, sagte Ulla. »Die Sache war so, ich war tatsächlich schon nach Tübingen gezogen, im Herbst 48, um dort mit dem Studium anzufangen, und hatte mich gerade für mein erstes Semester in Medizin eingeschrieben, da starb plötzlich mein Vater. Und weil mein einziger Bruder im Krieg gefallen und meine Mutter ganz allein mit meiner jüngsten Schwester war, blieb mir nichts anderes übrig, als noch vor Semesterbeginn wieder nach Altena zurückzukehren und die Firma weiterzuführen.«

»Oh, das tut mir leid«, sagte Angelika. »Woran ist Ihr Vater denn so plötzlich gestorben?«

»Jetzt reicht's aber!«, fuhr Tommy dazwischen. »Hältst du wohl endlich deinen vorlauten Mund?«

»Aber warum darf ich das denn nicht fragen? Ihr Vater kann doch damals noch gar nicht so alt gewesen sein!«

»Du hast recht«, sagte Ulla. »Das war er auch nicht – erst zweiundsechzig. Er … er hatte sich umgebracht.«

Es entstand eine peinliche Stille. Während Angelika verlegen an ihrem Halstuch zupfte, nahm Tommy einen Teller und begann, ihn aufzufüllen.

»Könntest du bitte die Flasche Wein aus der Küche holen?«, forderte er Angelika auf. »Die habe ich ganz vergessen.«

»Du brauchst deine Tochter nicht fortzuschicken«, sagte Ulla und nahm ihre Brille wieder ab. »Ich habe die Geschichte angefangen zu erzählen, jetzt erzähle ich sie auch zu Ende. Mein Vater war«, fuhr sie dann, an Angelika gewandt, fort, »ein anständiger Mann, aber im Krieg hat er, um einem jüdischen Freund das Leben zu retten, sich auf schlimme Geschäfte mit den Nazis eingelassen – er hat ihnen Stacheldraht für Konzentrationslager geliefert. Als die Sache später publik wurde, hat er sich so sehr geschämt, dass er keinen anderen Ausweg mehr wusste.«

Tommy sah zu seinem Entsetzen, dass seine Tochter begriff. Er wollte sie hindern, etwas zu sagen – aber zu spät.

»Dann … dann war das also *Ihr* Vater?«, fragte sie.

Ulla runzelte irritiert die Stirn. »Du kennst die Geschichte?«

»Ja, Papa hat sie mir mal erzählt, ich hatte nur den Namen vergessen.«

Tommy wäre am liebsten im Boden versunken. »Angelika fragt mir immer Löcher in den Bauch, wenn es um Altena geht«, sagte er. »Sie will alles über die Stadt wissen, aus der ihr Vater stammt – über die Stadt und die Menschen dort. Weil, sie kann ja nicht dahin, um sich alles selbst anzuschauen.«

Ulla schaute ihn ungläubig an. »Und darum hast du ihr die Geschichte von meinem Vater erzählt?«

»Nicht so, wie du vielleicht jetzt glaubst.« Er suchte nach den richtigen Worten. Ulla hatte ja keine Ahnung, was er erfahren hatte, nachdem er aus Altena geflohen war. »Ich … ich habe ihr die Geschichte als ein Beispiel dafür erzählt«, sagte er schließlich, »wie Menschen ohne Schuld in den schlimmsten Verruf geraten können.«

Wieder wurde es so still am Tisch, dass man das Pendel der Standuhr hörte, während Ulla mit einem Zipfel ihrer Serviette die Gläser ihrer Brille putzte.

»Ich glaube, ich hole jetzt mal den Wein«, sagte Angelika und stand auf.

Tommy stellte den Teller mit den Klößen ab und wartete, bis sie hinaus war. »Du weißt, ich habe deinen Vater sehr gemocht«, sagte er zu Ulla, als sie allein waren. »Ich konnte es darum nicht fassen, als ich erfuhr, was er getan haben sollte. Man ist mit mir extra nach Greifswald gefahren, um mir Dokumente vorzulegen, die seine Schuld angeblich bewiesen.«

»Was für Dokumente?«

»Über die Abwicklung der Geschäfte zwischen der Firma Wolf und den Konzentrationslagern Dachau und Birkenau. Ein Bankier aus Dresden namens Konstantin Reichenbach hatte die ganze Sache eingefädelt.«

»Das wurde alles dokumentiert?« Ulla schüttelte den Kopf. »Unfassbar!« Sie dachte einen Moment nach. »Und wer war ›man‹?«, wollte sie dann wissen.

»Ich verstehe deine Frage nicht«, sagte Tommy, obgleich er sie sehr wohl verstand.

Ulla schaute ihn an. »Ich möchte wissen, wer damals mit dir nach Greifswald gefahren ist, um meinen Vater zu beschuldigen.«

Er versuchte, ihrem Blick standzuhalten, doch er schaffte es nicht. »Angelikas Mutter«, sagte er leise, die Augen auf den Teller mit den zwei Klößen gerichtet.

Ulla holte tief Luft. »Ich begreife.«

»Nein, das tust du nicht«, erwiderte Tommy. »Ihre Mutter war nicht nur die Frau, die ich damals liebte, sondern auch meine Professorin, und sie wollte mich dazu bewegen, in die Partei einzutreten, damit ich Karriere machen konnte. Das hat sie auch geschafft, die Aussicht war einfach zu verlockend, außerdem habe ich es selbst so gewollt. Ich fühlte mich wohl in diesem Land und war dankbar für die Möglichkeiten, die ich hier hatte, und wollte das mit meinem Beitritt bekunden. Doch kurze Zeit später ist sie selber Hals über Kopf in den Westen geflohen.«

»Ohne ihre Tochter?«

Er nickte. »Deshalb glaube ich heute auch, dass sie mich damals irgendwie hinters Licht geführt hat. Obwohl die Dokumente echt waren, soweit ich das beurteilen kann.« Ohne zu überlegen, was er tat, griff er nach ihrer Hand. »Dein Vater war kein Nazi, Ulla, das weiß ich. Und erst recht kein Verbrecher. Er war nur naiv und wollte einem Freund helfen.«

Ihre Augen schimmerten feucht, während sie den Druck seiner Hand erwiderte. »Warum hast du mir das nicht erzählt, als du letztes Jahr in Altena warst?«, fragte sie. »Du musstest doch wissen, wie wichtig das für mich ist.«

»Natürlich«, sagte er. »Aber, ich … ich wollte keine alten Wunden aufreißen. Ich … ich hatte einfach Angst, dass dir das alles furchtbar nahegehen und weh tun würde.«

Vom Flur näherten sich Schritte. Wie auf Kommando zogen sie beide ihre Hände zurück.

»Aber wenn dieser Reichenbach aus Dresden kam, warum dann Greifswald?«, fragte Ulla, die offenbar nur irgendetwas sagen wollte, damit Angelika keinen falschen Eindruck bekam. »Greifswald ist doch in Mecklenburg-Vorpommern, also Hunderte Kilometer von Dresden entfernt.«

Tommy zuckte die Schultern. »Die Tochter des Bankiers, Barbara Reichenbach, lebte damals auf einem Gut namens Daggelin, in der Nähe von Greifswald. Aus ihrer Akte wurden mir bei der Kreisleitung die vermeintlichen Beweise vorgelegt.«

Während er sprach, ging die Tür auf und Angelika kam mit der Flasche Wein zurück. »Die Nazifamilie hat man inzwischen zum Teufel gejagt«, sagte sie. »Heute ist Daggelin ein Kinderheim.«

»Ein Kinderheim?«

Angelika strahlte. »Ja, so macht das die Deutsche Demokratische Republik mit dem Erbe des Faschismus. Sie macht etwas Gutes daraus.«

9 Eingetaucht in das lindgrüne Flutlicht der Scheinwerfer, die, versteckt zwischen den Bäumen am Hang, das alte Gemäuer in der Nacht beleuchteten, erhob sich die Burg über der schlafenden Stadt. Im Innenhof aber, auf der anderen Seite der hohen Mauern, wohin das Licht der Scheinwerfer nicht drang, herrschte stockschwarze Finsternis, nachdem die Burgschänke die letzten Gäste entlassen und der Wirt die Lichter gelöscht hatte.

»Alter, wo bleibst du denn?«, zischte Kemal und drehte sich zu Peter herum, der hinter ihm in der Dunkelheit den gepflasterten Torweg hinaufstolperte.

»Keine Sorge«, flüsterte sein Freund. »Bin ja schon da.«

Vor dem Eingang des Julius-Rosen-Museums blieb Kemal stehen. »Hier, halt mal«, sagte er und drückte dem anderen seine Plastiktüte mit der Taschenlampe und der Spraydose in die Hand, um nach dem Joint und dem Feuerzeug in seiner Jeansjacke zu suchen.

»Bist du verrückt?«, zischte Peter, als die winzige Flamme aufschlug. »Wenn uns jemand sieht!«

»Mach dir nicht ins Hemd.« Kemal zündete sich den Joint an und tat den ersten Zug. »Hier, nimm«, sagte er dann und reichte Peter die Tüte. »Ist gut für die Nerven.«

»Können wir das nicht hinterher …?«

»Nein. Das Sein bestimmt das Bewusstsein. Erst müssen wir uns in die richtige Stimmung bringen.«

Nachdem Peter einmal kurz inhaliert hatte, war mit dem nächsten Zug wieder Kemal an der Reihe. Die tägliche Dröhnung war das Einzige, was ihn in Altena am Leben hielt. Nie würde er den Augenblick vergessen, als er diese Stadt zum ersten Mal gesehen hatte. Sein Vater hatte hier eine Stelle als Oberarzt bekommen, ausgerechnet als Türke in einem katholischen Krankenhaus, wo die Nonnen mehr zu sagen hatten als jeder Arzt. Keiner außer ihm in der Familie hatte Altena je zuvor gesehen. Sie waren in Lüdenscheid von der Autobahn abgegangen und die Rahmede hinuntergefahren, eine sich grau und eng durch das Tal windende Straße, vorbei an Fabriken und Arbeiterhäusern. Nach vier Jahren in München, wo sein Vater vorher gearbeitet hatte, war der Anblick der neuen Heimat ein einziger Schock gewesen. Hier sollten sie fortan ihr Leben verbringen? Kemal hatte auf der Rückbank des Mercedes gesessen, den sein Vater sich im Vorgriff auf das kommende Gehalt schon genehmigt hatte, eingequetscht zwischen dem Familienpekinesen Topsi und seiner Schwester Serpil, die genauso sprachlos und deprimiert wie er auf das Elend blickte, das sich vor ihnen auftat. Der Einzige, der fröhlich und erwartungsvoll aus dem Fenster sah, war der Hund. Die Mutter hatte sogar Tränen in den Augen gehabt, als sie sich auf dem Beifahrersitz nach ihnen umgedreht hatte. »Kismet«, hatte sie nur gesagt und schicksalsergeben die Arme gehoben. Der Vater hatte stumm und verbissen geschwiegen.

Doch jetzt war die Stunde der Rache gekommen. Der Rache an dieser Stadt. Und der Rache an dem Kismet, das Kemal hierher verschlagen hatte.

Er machte einen letzten Zug und warf den heruntergerauchten Joint fort.

»Gib mir mal die Sachen.«

»Willst du selbst oder soll ich?«, fragte Peter unsicher.

»Nein, lass lieber mich«, sagte Kemal. »Du zitterst ja.«

Peter hatte offenbar mal wieder die Hosen voll. Kemal wusste nicht so richtig, ob er mit dem Bürgersöhnchen wirklich befreundet oder ob das nicht eher so eine Art Notgemeinschaft war – erstens war Peter jünger als er, zweitens bewunderte er Hermann Hesse, und drittens spielte er Flöte. Aber sie waren beide Außenseiter – Peter, weil er so klein war, Kemal, weil er bei den Deutschen als Türke und bei den Türken als Deutscher galt. Außerdem hatten sie beide keine Freundin, das schweißte zusammen.

»Wo bleibt das Licht, Alter?«

»Warte, sofort!«

Peter knipste die Taschenlampe an. Kemal nahm die Spraydose und schüttelte sie einmal kräftig durch. Dann trat er an die Eingangstür des Museums und begann sein Werk.

»Na, was sagst du?«, fragte er, nachdem er fertig war.

Als Peter das Graffito im Lichtschein sah, verschlug es ihm für einen Moment die Sprache. »Ast … astrein, Alter«, sagte er schließlich. »Da werden die Arschlöcher aber mächtig Augen machen.«

10

Schon lange hatte Ulla sich nicht mehr so wohl gefühlt wie an diesem Abend. Das Gulasch und der Rotkohl hatten so gut geschmeckt, dass sie zu dritt die beiden großen Schüsseln restlos leer gegessen hatten – sogar von den matschigen Klößen waren nur anderthalb übrig geblieben. Eine solche Gulaschgemütlichkeit gab es in Altena kaum noch – bei Einladungen in Jürgens Kreisen überboten die Gastgeber sich mit der Zubereitung von Gerichten, bei denen es weniger auf Geschmack ankam als auf einen möglichst vornehm klingenden Namen, wie Bœuf Stroganoff, Ragout fin oder Chateaubriand … Obwohl der Rotwein, ›Stierblut‹ aus Ungarn, absolut ungenießbar war, musste Ulla mehrere Gläser davon getrunken haben, ohne es zu merken. Auf jeden Fall spürte sie nun einen leichten Schwips, als sie ihr Besteck auf dem Teller zusammenlegte und Tommy eine weitere Flasche öffnete.

»Ich bin froh«, sagte Angelika, »in einem Land zu leben, in dem die Bekämpfung des Faschismus zu den wichtigsten Zielen der Regierung zählt.«

»Aber um welchen Preis?«, erwiderte Ulla, einmal mehr überrascht von der Ernsthaftigkeit, die dieses fröhliche Mädchen im Verlauf des Gesprächs immer wieder bewies. »Fühlst du dich hier nicht manchmal wie in einem Gefängnis? Ich meine, gerade du, als junger Mensch, da musst du doch …«

»Nein, ganz und gar nicht«, fiel Angelika ihr ist Wort. »Ich liebe mein Land und möchte es für nichts auf der Welt mit einem anderen tauschen, erst recht nicht mit der BRD. Oder glaubst du, ich meine – glauben Sie …«

»Du kannst ruhig du zu mir sagen.« Ulla hob lächelnd ihr Glas und prostete ihr zu.

»Oder glaubst du«, fuhr Angelika fort, »dass ich bei euch als Physikerin Karriere machen könnte? In der BRD werden die Mädchen doch alle nur Sprechstundenhilfen oder Sekretärinnen, um später ihre Chefs zu heiraten.«

»Da hast du leider nicht ganz unrecht«, sagte Ulla. »Aber trotzdem, die Mauer …«

»Die stört mich nicht im Geringsten. Ich würde ja sowieso nie in den Westen wollen.«

»Hast du wirklich nie daran gedacht? Wenigstens, um zu reisen?«

»Nein, wirklich nicht. Reisen kann ich auch hier – ich komme ja gerade aus Moskau, das ist fast zweitausend Kilometer weit weg. Ich kann dir gar nicht sagen, wie toll es da war! Und in Ungarn und der Tschechoslowakei ist es auch wunderschön. Ich war schon am Plattensee und in Prag, und im Sommer machen Papa und ich Urlaub an der bulgarischen Goldküste – kilometerweit nur Sandstrand.«

»Aber möchtest du denn gar nicht wissen, wie es auf der anderen Seite der Welt aussieht?«, fragte Ulla. »In Paris oder London oder Rom? Oder von mir aus auch in Altena? Dein Vater hat gesagt, dass du ihm immer Löcher in den Bauch fragst, wenn es um seine Heimatstadt geht. Willst du nicht wenigstens dort einmal hin?«

Angelika dachte einen Moment nach. »Früher vielleicht«, sagte sie schließlich, »ja, da habe ich mir das tatsächlich manchmal gewünscht. Aber jetzt nicht mehr. Erstens hat Papa mir so viel über Altena erzählt, dass ich die Stadt wahrscheinlich besser kenne als die meisten Altenaer selbst, und zweitens, nach allem, was ich inzwischen von den Leuten da weiß«, lachend schüttelte sie den Kopf, »nein danke!«

Ulla fiel in ihr Lachen ein und stieß mit ihr an. Was für ein großartiges Mädchen! Die meisten Teenager in diesem Alter, die sie kannte, verschwanden so schnell wie möglich auf ihre Zimmer, wenn sie gezwungen waren, mit fremden Erwachsenen beim Essen zusammenzusitzen, doch Angelika schien das Gespräch wirklich zu genießen und blieb freiwillig am Tisch – fast so, als gehörte Ulla mit zur Familie. Während sie in Angelikas leuchtende Augen schaute, glaubte sie sich ein kleines bisschen selber in Tommys Tochter wiederzuerkennen. So war sie früher auch mal gewesen, mit sechzehn Jahren, voller Hoffnung und Träume und vor allem voller Begeisterung für die Wissenschaft und die großen Ideen im Leben. Umso mehr hatte Angelikas unumwundenes Bekenntnis zur DDR sie überrascht, sie hätte nie gedacht, dass ein junger Mensch so leicht auf seine Freiheit verzichten würde. Doch zugleich hatten ihre Worte sie auch nachdenklich gestimmt. Wenn ein so aufgewecktes und intelligentes Mädchen wie Angelika so gern hier lebte, konnte es in diesem Land wohl doch nicht so schlimm sein, wie man im Westen glaubte, und die DDR war vielleicht gar nicht nur das riesige Gefängnis, als das sie immer dargestellt wurde, und die Mauer nicht nur die schreckliche, unmenschliche Grenze, sondern gleichzeitig wirklich so etwas wie ein antifaschistischer Schutzwall, als den die SED-Politiker sie bei ihren Propagandaveranstaltungen bezeichneten. Zumindest schien Angelika das so zu empfinden, und das war Ulla irgendwie ein Trost, was die Geschäfte der Firma Wolf hier betraf, eine Beruhigung ihres Gewissen, mit der sie nicht gerechnet hatte.

»Und was ist mit mir?«, fragte Tommy, der seit Beginn der Mahlzeit kaum noch zu Wort gekommen war. »Stößt mit mir denn gar keiner an?«

»Oh, du Armer!«, rief Angelika mit gespieltem Mitleid. »Haben wir dich ganz vergessen?« Sie sprang zu ihm und schlang die Arme um seinen Hals. »Du kriegst was viel Besseres«, sagte sie und gab ihm einen dicken, schmatzenden Kuss auf die Wange. »Zufrieden?«

Während sie sich an ihn schmiegte, strahlte Tommy über das ganze Gesicht. Ulla konnte ihn nur zu gut verstehen. Wie schön musste es sein, eine solche Tochter zu haben ... Angelika war nicht nur blitzgescheit, sondern auch bildhübsch mit ihren braunen Locken und diesen stahlblauen Augen. Dass Tommy sie ganz allein großgezogen hatte, nötigte Ulla Respekt ab. Er war offenbar doch nicht nur der Hallodri und Schürzenjäger, als der er in Altena gegolten hatte. Für eine Sekunde musste sie an das Kind denken, das sie einmal hätte bekommen können. Hätte sie damals nicht abgetrieben, würden sie jetzt vielleicht zu dritt hier als richtige Familie zusammensitzen. Und nicht nur so aussehen wie eine.

Der Gedanke versetzte ihr einen schmerzhaften Stich. Sie hatte dieses Kind nie gesehen, es nie in den Armen gehalten, und das aus eigenem Entschluss. Fast alle Entscheidungen, die sie später in ihrem Leben getroffen hatte, die Trennung von Tommy, der Abbruch ihres Studiums, die Ehe mit Jürgen, resultierten aus dieser Urentscheidung. Welches Leben hätte sie geführt, welcher Mensch wäre sie geworden, wenn sie sich damals anders entschieden hätte?

Sie setzte ihre Brille wieder auf und schaute auf die Uhr. »Oh, schon elf? Dann wird es aber höchste Zeit, dass ich mich um ein Hotel kümmere.«

Tommy wollte etwas sagen, doch Angelika kam ihm zuvor.

»Wozu denn ein Hotel?«, fragte sie. »Du kannst doch hier bei uns schlafen. Platz haben wir mehr als genug.« Sie drehte sich zu ihrem Vater um, und während sie ihn mit dem frechsten Tommy-Grinsen angrinste, sagte sie: »Oder hast du vielleicht was dagegen, wenn Ulla bei uns übernachtet?«

11

Es war schon halb zwölf, als Walter endlich in Wiemelhausen ankam und seinen Mercedes in der ehemaligen Bergmannssiedlung parkte, in der er für die Arbeiter seines Bochumer Zweigwerks einen halben Straßenzug gekauft hatte – nach der Pleite der Prinz-Regent-Zeche hatte es die alten Kawitten für einen Appel und Ei gegeben. Winfried hatte ihn auf die Idee gebracht. Sein Adoptivsohn hatte ihn um einen Kredit gebeten, um sich selbst so ein Häuschen für seine Familie zu kaufen – so eine Gelegenheit würde es nie wieder geben. Doch Walter hatte ihn überzeugt, dass es für ihn viel vorteilhafter sei, billig bei ihm zur Miete zu wohnen, statt sich zu verschulden – er würde sich sonst nur übernehmen.

Er zog den Zündschlüssel ab und stieg aus dem Wagen. Gott sei Dank brannte bei Winfried noch Licht, offenbar hatte Uschi, die er bei seinem Anruf aus Düsseldorf am Abend nur erreicht hatte, ihrem Mann ausgerichtet, dass er bis zu seiner Ankunft aufbleiben sollte.

Als Walter an die Haustür trat, hörte er drinnen ein Kind schreien. Kaum hatte er die Klingel gedrückt, machte Uschi mit ihrem kleinen Sohn auf dem Arm ihm auf.

»Oh, der junge Mann ist noch wach?«, fragte Walter. Weil er wusste, dass junge Mütter so etwas mochten, tätschelte er dem plärrenden Balg kurz die Wange.

»Bis vor fünf Minuten hat er noch wie ein Engel geschlafen«, sagte Uschi. »Aber kommen Sie doch bitte rein. Winfried wartet schon den ganzen Abend auf Sie.«

»Entschuldigen Sie, dass es so spät geworden ist«, sagte Walter. »Ich weiß, das ist furchtbar unhöflich, Sie jetzt noch zu stören. Aber in Düsseldorf jagte mal wieder eine Sitzung die andere.« Er wahrte gegenüber Winfrieds Frau stets eisern das Sie, damit diese Friseuse nicht auf die Idee kam, ihn womöglich zurückzuduzen.

»Das macht doch nichts, Herr Böcker, wir sind ja sowieso noch auf.« Uschi musste ihre Stimme heben, um das Geschrei ihres Kindes zu übertönen.

»Was für ein kräftiges Organ«, lachte Walter. »Den könnt ihr jetzt schon im Bergmannschor anmelden.«

Als er in den Flur trat, kam Winfried gähnend aus dem Wohnzimmer, wo am Fernseher nur noch das Testbild lief.

»Guten Abend, Papa. Da bist du ja endlich. Möchtest du ein Bier?«

»Nein, machen wir uns gleich an die Arbeit. – Der Schornsteinfeger hat den Kamin reklamiert«, fügte er, an Uschi gewandt, hinzu, damit sie keine blöden Fragen stellte. »Kann sein, dass wir einen neuen brauchen.«

Winfried öffnete die Kellertür. »Ich gehe dann mal voraus.«

Die Funzel, die im Keller brannte, spendete so wenig Licht, dass Walter sich an der Wand entlang die Treppe hinuntertasten musste.

»Wo hast du die Sachen gelagert?«

»Im Hobbyraum.«

Winfried machte ein zweites Licht an. An den niedrigen Kellerflur grenzten links und rechts mehrere kleine Räume, die sich wie Höhlen in den Untergrund wölbten. Als sie den Heizungsraum passierten, entdeckte Walter auf dem gestampften Lehmboden eine bunt schillernde Lache.

»Verflucht, das ist ja Öl! Lass mal den Klempner kommen, damit der sich den Tank anschaut. Vielleicht gibt's irgendwo ein Leck. Hast du die Telefonnummer?«

»Klar«, sagte Winfried. »Wird morgen erledigt.«

»Aber nicht vergessen! Sonst fliegt euch eines Tages die ganze Bude um die Ohren.« Walter klopfte ihm auf die Schulter. »Da kannst du mal sehen, wie klug es von dir war, die Hütte nicht selber zu kaufen. Jetzt habe ich die Rechnung an der Backe.«

»Das hab ich ja längst eingesehen, dass du recht hattest, Papa.«

Der Hobbyraum war am hinteren Ende des Ganges. Walter erkannte die Kisten auf den ersten Blick: die guten alten Transportkisten der Wehrmacht, in denen früher die Boryslawer Niederlassung von Böcker & Söhne ihre geschmiedeten Eisenteile an die Truppe geliefert hatte. Jetzt enthielten sie Ordner mit sämtlichen Akten der Firma aus den Jahren neununddreißig bis fünfundvierzig.

»Auch wenn es mir das Herz bricht«, sagte er, »das muss alles weg.«

Winfried zog wie meistens ein dummes Gesicht. »Ich dachte, das sind Erinnerungsstücke.«

»Das sind sie auch.«

»Aber dann …«

»Kein Aber!«, schnitt Walter ihm das Wort ab. »Zerbrich dir nicht den Kopf über Dinge, die über deinen Verstand gehen. Tu einfach, was man dir sagt.«

»Natürlich.« Winfried schlug die Hacken zusammen. »Ganz, wie du willst.«

»Also weg mit dem Zeug, am besten verbrennen.«

Winfried schaute noch eine Spur dümmer aus der Wäsche. »Du meinst – jetzt gleich?«

Walter verdrehte die Augen. »Mitten in der Nacht? Damit die Nachbarn die Feuerwehr rufen? Nein, irgendwie so, dass es nicht auffällt, vielleicht am Wochenende, zusammen mit Gartenlaub oder so. Kriegst du das hin oder soll ich dir eine Zeichnung machen?«

»Klar kriege ich das hin«, erwiderte Winfried beleidigt. »Ich bin doch nicht doof.«

»Dann ist ja gut«, sagte Walter und tippte ihm gegen die Brust. »Ich verlasse mich auf dich, mein Junge.«

12

Seit einer halben Stunde mühte Tommy sich mit Ullas Hilfe nun schon, die wilhelminische Klappcouch im Gästezimmer seiner Wohnung für die Nacht herzurichten. Doch vergebens – das mit seinem Samtbezug und den Troddeln so harmlos und gemütlich aussehende Möbelstück erwies sich störrischer als ein Esel. Dabei hatte Tommy für das alte Ding Himmel und Hölle in Bewegung gesetzt, ein halbes Dutzend Tauschgeschäfte war nötig gewesen, um es zu ergattern. Der Physikprofessor Rudi Hockl, der in der Nachbarschaft schrottreife Autos reparierte, um die Alimente für ein außereheliches Kind aufzubringen, hatte sie auf dem Dachboden eines Cousins entdeckt und das Geschäft vermittelt. Tommy, der genau eine solche Klappcouch für sein Gästezimmer suchte, hatte sofort fünf Rollen Dachpappe geopfert, die Standardwährung im Tauschhandel der DDR, sowie eine gebrauchte Auspuffanlage, die schon mehrere Jahre nutzlos in seiner Garage lag, doch die Rudi Hockl gerade dringend für die Reparatur eines Ladas benötigte, dessen Besitzer ihm bereits als Anzahlung einen fast neuen Staubsauger für die Mutter seines unehelichen Kindes abgetreten hatte. Doch dummerweise hatte Tommy es versäumt, beim Abschluss des Geschäfts sich von der Funktionstüchtigkeit seiner Neuerwerbung zu überzeugen. Denn jetzt stellte sich heraus, dass der komplizierte Klappmechanismus seit seiner Herstellung vor über einem halben Jahrhundert offenbar im Gebrauch so sehr gelitten hatte, dass jedes Mal, wenn er und Ulla die Couch zur vollen Größe ausziehen wollten, entweder das Kopfteil oder das Fußende nach unten wegknickte, und er war handwerklich nicht begabt genug, um den auslösenden Fehler zu erkennen oder gar zu beheben.

Er wollte schon aufgeben, da stand das störrische Ding plötzlich da wie eine Eins, als könnte es gar nicht anders sein.

»Na, also, wer sagt's denn?« Tommy wischte sich den Schweiß von der Stirn.

Ulla schien genauso überrascht wie er. »Wie haben wir das jetzt bloß geschafft?«

»Keine Ahnung. Aber reden wir besser nicht darüber. Könnte ja sein, dass die Klappcouchgeister uns hören.«

»Bist du etwa abergläubisch? Ich dachte, du bist Kommunist!«

»Ja und? Der Kommunismus ist die Religion, in der bekanntlich die meisten Wunder passieren!«

»Zum Beispiel, wenn Kondome sich in Gummistiefel verwandeln.«

»Genau! Heilige Wandlung à la Planwirtschaft!«

Lachend nahm Ulla den Wäschestapel von der Kommode, den Angelika ihnen gebracht hatte, bevor sie ins Bad verschwunden war, um die Couch und das Bettzeug zu beziehen.

»Kannst du mal kurz halten?« Sie reichte Tommy zwei Zipfel der Zudecke.

»Davon habe ich immer geträumt«, sagte er, während er ihrer Aufforderung nachkam.

»Wovon?«

»Dass du für mich mal das Bett machst.« Wie immer, wenn er nervös war, kamen ihm die Worte schneller über die Lippen, als er denken konnte. Und ihre Bemerkung über das Gummistiefelwunder hatte ihn *sehr* nervös gemacht.

Während Ulla den Bettbezug von der Kommode nahm und auf links wendete, blickte sie ihn über den Rand ihrer Brille an. »Wie kommst du denn darauf, dass ich das Bett für dich mache?« Sie nahm ihm die zwei Zipfel aus der Hand und schlug den Bezug um die Decke. »Hier schlafe doch ich.«

»Von wegen«, sagte er. »Du schläfst im Schlafzimmer. Die Couch ist viel zu hart und unbequem.«

»Wenn du wüsstest, wie hart und unbequem das Bett erst war, in dem ich bei Tante Emilie geschlafen habe. Ich glaube, das hatte gar keine Matratze, sondern nur ein Brett.«

»Tante Emilie?«

»Meine Zimmerwirtin in Tübingen.«

Tommy schaute Ulla an und fragte sich, ob sie es inzwischen wohl bereute, ihr Studium für die Familie und die Firma aufgegeben zu haben. Doch als er sah, mit welch ernstem Gesicht sie gerade den Bettbezug zuknöpfte, verzichtete er darauf, die Frage zu stellen. Er konnte sich die Antwort auch so denken.

»Du bist hier aber weder bei Tante Emilie noch in Tübingen«, sagte er darum nur, »sondern im ersten deutschen Arbeiter-und-Bauern-paradies. Und deshalb bekommst *du* das weiche Bett. Beschluss des Zentralkomitees. Ich bestehe darauf.«

Ulla schüttelte den Kopf. »So weit kommt es noch, dass ich dir dein eigenes Bett wegnehme.« Sie legte die fertig bezogene Zudecke auf die Couch und griff nach dem Kopfkissen. »Ich schlafe hier, und du schläfst, wo du hingehörst. Basta!«

»Wo gehöre ich denn deiner Meinung nach hin?« Wieder waren ihm die Worte rausgerutscht, bevor er wusste, was er sagte.

Schweigend bezog sie das Kissen. Tommy nahm das Bettlaken, um die ausgeklappte Liegefläche des Sofas damit zu bedecken. Während er sich über das Möbel beugte, beobachtete er Ulla unauffällig aus den Augenwinkeln. Konnte es sein, dass ihre Wangen ein kleines bisschen rot angelaufen waren? Oder war das nur die Wirkung des Stierbluts?

Angelika, schon im Nachthemd und mit der Zahnbürste im Mund, steckte ihren braunen Lockenkopf durch die Tür. »Warum übernachtet ihr nicht einfach beide im Schlafzimmer?«, fragte sie. »Das Doppelbett ist doch wohl groß genug für euch beide. Sonst hört das Gestreite ja gar nicht mehr auf und ich kann nicht schlafen.«

»Hältst du wohl deinen vorlauten Mund?«, erwiderte Tommy.

»Diesmal muss ich deinem Vater beipflichten«, fügte Ulla hinzu.

Angelikas Zahnpastamund verzog sich zu einem Grinsen. »Ihr zwei solltet euch mal sehen. Und so was nennt sich erwachsen …«

Kopfschüttelnd ging sie hinaus. Tommy wollte sie zurechtweisen, doch dann sah er wieder Ullas Gesicht.

Nein, das war nicht die Wirkung des Stierbluts … Ihre Wangen hatten aus einem ganz anderen Grund dieses wunderhübsche Rosa angenommen – aus demselben Grund, aus dem sein Herz jetzt so heftig zu klopfen anfing, als wollte es ihm aus der Brust springen. Er wusste selbst nicht, warum, aber da war er auf einmal ganz sicher.

Er schluckte den großen Kloß hinunter, der sich in seinem Hals gebildet hatte, und räusperte sich. »Eigentlich hat sie ja recht«, sagte er mit rauer Stimme.

»Wer hat womit recht?«, fragte Ulla.

»Angelika. Mit dem großen Bett.«

Sie nahm ihre Brille ab und schaute ihn an. »Wie bitte?«

Der Blick aus ihren grünen Augen ließ sein Herz noch heftiger schlagen. »Ich … ich meine ja nur – rein praktisch gesehen. Da … da ist wirklich mehr als genug Platz … für zwei.«

»Ach so, rein praktisch gesehen …« Ohne die Augen von ihm zu lassen, trat sie einen Schritt auf ihn zu. »Natürlich, rein praktisch … Und die … die Couch ist ja nicht besonders – praktisch. Oder?«

»Überhaupt nicht praktisch ist die. Sondern sehr, sehr unpraktisch …« Er machte gleichfalls einen Schritt in ihre Richtung.

»Da könntest du sogar recht haben …«, sagte sie. Auch ihre Stimme klang ganz rau.

»Natürlich habe ich recht … So unpraktisch wie das olle Ding ist …«

»Ich würde sogar sagen, unerträglich unpraktisch ist das olle Ding …«

»Also praktisch unmöglich unpraktisch …«

Sie waren jetzt einander so nahe, dass er ihren Atem spürte, während sie einander unverwandt in die Augen blickten.

»Mein Gott, was würde ich dich jetzt gerne küssen«, flüsterte er.

Ihre Augen flimmerten. »Dann tu's doch«, flüsterte sie.

Tommy zögerte nicht länger. Während sein Herz ihm bis in den Hals klopfte, nahm er ihr Gesicht zwischen die Hände, und ehe ein Gedanke oder eine Frage oder ein plötzlich einfahrender Zug es verhindern konnte, verschmolzen ihre Lippen.

Im nächsten Augenblick sprühten die Funken in seinem Kopf, und sein ganzer Körper war elektrisiert. Mein Gott, er hatte gar nicht mehr gewusst, was ein wirklicher Kuss war …

»Und jetzt?«, fragte Ulla, als ihre Münder sich voneinander lösten.

Er schlug die Augen auf und musste lachen. Ulla blickte ihn irritiert an, dann sah auch sie die Couch und fiel in sein Lachen ein. Das alte Möbel war ein Bild des Jammers. Ohne dass sie es gemerkt hatten, hatte es während ihres Kusses den Geist aufgegeben und alle viere von sich gestreckt.

»Alea iacta est.«

Tommy nahm Ullas Hand und führte sie hinaus. Mit einem Lächeln, das ein einziges Ja war, ließ sie ihn gewähren. Auf Zehenspitzen schlichen sie am Zimmer seiner Tochter vorbei über den Flur und verschwanden im Schlafzimmer.

Ganz leise schloss er die Tür.

Doch nicht leise genug.

»Na endlich!«, rief Angelika. »Dann allseits eine gute Nacht!«

13

Walter hatte Mühe, ein klammheimliches Grinsen zu unterdrücken, als er die Schmiererei am Eingang des Julius-Rosen-Museums sah. An der Tür prangten neben einem Davidstern zwei SS-Runen, beide Symbole waren durch ein Gleichheitszeichen miteinander verbunden. Doch bevor er sich in Gegenwart des Staatsanwalts anmerken ließ, wie köstlich er sich gerade amüsierte, hätte er sich in den Arsch gebissen. Dr. Zemke war mit Kommissar Trippe, einem baumlangen ehemaligen Schutzmann, der erst im letzten Jahr zum Kriminalisten befördert worden war, zum Tatort gekommen, um den Sachverhalt in Augenschein zu nehmen. Und auch die Pressefritzen vom Kreisblatt und der Rundschau waren da, jeweils mit einem Fotografen.

Da durfte natürlich der Herr Bürgermeister nicht fehlen.

»Die Gleichsetzung des Davidssterns mit den SS-Runen ist eine ganz besonders widerliche Form des Antisemitismus«, erklärte Jürgen den Reportern mit einer Miene, als wäre seine Oma gestorben. »Ein Schandfleck für unsere ganze Stadt, die doch gerade mit diesem Museum ein Zeichen der Aussöhnung zwischen dem deutschen und dem jüdischen Volk setzen wollte. Wir werden weder rasten noch ruhen, bis wir die feigen Täter gefunden haben.«

»Haben Sie schon Verdächtige?«, fragte der Vertreter der Rundschau den Kommissar.

Der lange Trippe blickte den Staatsanwalt an, um die Frage an ihn weiterzureichen.

»Wir haben die Ermittlungen gerade erst aufgenommen«, erklärte Dr. Zemke. »Sie werden verstehen, dass wir uns im Interesse der laufenden Untersuchungen zum gegenwärtigen Zeitpunkt noch nicht zum Stand der Dinge äußern können.«

»Wir erwarten ja keine Namen«, sprang der AK-Reporter seinem Kollegen bei. »Aber vielleicht können Sie uns ja verraten, ob es eine erste heiße Spur gibt.«

»Kein Kommentar.«

»Das heißt also, Sie tappen im Dunkeln?«

Dr. Zemke schüttelte den Kopf. »Ich wiederhole – kein Kommentar.« Dann wandte er sich an Kommissar Trippe. »Machen wir uns an die Arbeit. – Guten Tag, meine Herren.«

Mit einem Kopfnicken in die Runde verabschiedete er sich und verschwand zusammen mit dem Polizisten den Burghof hinunter.

»Wenn Sie jetzt vielleicht ein Foto machen möchten?«, schlug Jürgen den Journalisten vor und warf sich vor dem Museumseingang in Positur. »So scheußlich und widerwärtig die Schmierereien auch sind – die Öffentlichkeit hat Anspruch auf Information.«

Während die Fotografen ein paar Bilder schossen, trat Walter zu den Reportern. »Also, wenn ich Polizist oder Staatsanwalt wäre, würde ich mich mal für die da interessieren.« Er wies mit dem Kopf auf die Horde langhaariger Gammler, die im unteren Burghof herumlungerten und neugierig zu ihnen herüberschielten. »Alles Jünger des Herrn Marx.«

»Sie meinen, das sind Kommunisten?«

Walter nickte. »Der Kommunismus war schon immer die widerlichste Form des Antisemitismus.« Während er sprach, sprang ihm zwischen den Jugendlichen plötzlich ein Gesicht ins Auge, das er irgendwo schon mal gesehen hatte. Dabei konnte er nicht mal mit Sicherheit sagen, ob es ein Junge oder ein Mädchen war.

»Haben Sie jemanden erkannt?«, fragte der AK-Reporter.

14

Ja, Regina hatte es tatsächlich geschafft: Die nach ihrem Ehemann Bernd Wilke benannte Halle des Reit- und Fahrvereins Altena e. V. war fertiggestellt, so dass sie am ersten Aprilwochenende des Jahres 1969 ebenso pünktlich wie glanzvoll mit einem Dressur- und Springturnier eröffnet werden konnte. Auf der Ehrentribüne traf sich alles, was in der Stadt Rang und Namen hatte: vom Bürgermeister über die Ratsmitglieder und Kirchenvertreter bis zum Vorsitzenden des benachbarten Tennisclubs – sogar ein Präsidiumsmitglied der Nationalen Reiterlichen Vereinigung war aus Warendorf angereist. Regina, die zur Feier des Tages einen perfekt sitzenden Reitdress trug, obwohl sie noch nie im Sattel eines Pferdes gesessen hatte, ließ es sich nicht nehmen, jeden einzelnen Gast persönlich zu begrüßen. Man gratulierte ihr für die selbstlose Großtat ihres Herrn Gemahls, dankte ihr selbst für das unermüdliche Engagement, mit dem sie ihn dazu angetrieben hatte, und bedauerte scherzhaft, dass ausgerechnet an diesem Wochenende so herrliches Frühlingswetter herrschte, dass man die

Dressur- und Springprüfungen auch auf dem alten Außenplatz im Freien hätte durchführen können.

Der Bauherr und Namensgeber der Halle allerdings machte bereits einen leicht angetrunken Eindruck, als Ulla mit kleiner Verspätung eintraf – Jürgen war schon eine Stunde früher vorausgefahren. Während er am anderen Ende der Tribüne mit einem wichtig aussehenden Menschen redete, den Ulla nicht kannte, forderte Bernd sie mit einem Pils in der Hand auf, zwischen ihm und Gundel Platz zu nehmen.

Unten in der Bahn ritten gerade Babs Böcker und Hans-Jörg Wilke zum Pas-de-deux ein. Obwohl Ulla in ihrer Jugend selber eine passionierte Reiterin gewesen war und sich immer noch für alles interessierte, was mit Pferden zu tun hatte, schweiften ihre Gedanken ab. Sie sah im Geiste Tommys Gesicht, sein zärtliches Lächeln, seinen zum Kuss bereiten Mund, hörte seine Stimme, wie er ihr die wunderbarsten Dinge sagte, dass er sie immer geliebt und nie aufgehört habe, sie zu lieben, all die vielen langen Jahre hindurch habe er sie jeden Tag vermisst, spürte seine Berührungen, seine Liebkosungen, überall auf ihrem Leib … Seit sie aus Berlin zurück war, konnte sie an nichts anderes mehr denken. Die Nacht in seinen Armen war die schönste Nacht in ihrem Leben gewesen.

»Und – wie ist es dir *drüben* ergangen?«

»Pssst.« Ulla legte den Finger auf die Lippen und deutete mit dem Kopf auf die Reitbahn, wo Babs und Hans-Jörg gerade vor den Richtern hielten und grüßten.

»Ich bin ja schon still«, flüsterte Gundel. »Aber eins muss ich dir unbedingt noch sagen«, fügte sie hinzu. »Wie es aussieht, können wir dir das Geld bald schon zurückzahlen.«

Überrascht fuhr Ulla herum. »Du meinst – den Kredit?«

»Ja. Die erste Hälfte auf jeden Fall noch dieses Frühjahr, und die zweite wahrscheinlich im Sommer.«

»Das ist ja wunderbar!«

»Nicht wahr?« Gundel nickte ihr verschwörerisch zu. »Dann brauchst du keine Geschäfte mehr mit den Kommunisten zu machen.«

Ulla wollte schon die Hand ihrer Schwester drücken, da wurde ihr plötzlich bewusst, was die Nachricht bedeutete. Wenn Gundel und Benno den Kredit so schnell zurückzahlen würden, bräuchte die Firma Wolf ja gar keinen Stacheldraht mehr an die DDR zu liefern, sie wäre auch ohne das schmutzige Geschäft wieder liquide …

Doch zu spät – der Vertrag war bereits unterschrieben. Wieder tauchte Tommy vor Ullas innerem Auge auf. Während er ihr übers ganze Gesicht entgegengrinste, kam ihr eine Arie aus der *Fledermaus* in den Sinn, der Lieblingsoperette ihrer Mutter. *Glücklich ist, wer vergisst, was doch nicht zu ändern ist …*

Sie war so durcheinander, dass sie keinen klaren Gedanken fassen konnte. Sollte sie versuchen, den Vertrag aufzulösen? Bisher war ja nur eine Musterlieferung erfolgt, noch hatte die Firma Wolf sich nicht versündigt … Dann aber fiel ihr ein, was Tommy beim Abschied gesagt hatte – dass er schon bald wieder nach Altena kommen würde, um die Abwicklung ihres Geschäfts zu überwachen … Vom anderen Ende der Tribüne aus lächelte ihr jetzt zu allem Überfluss auch noch Jürgen zu. Ahnte er, was in ihr vorging? Unsinn, er konnte doch keine Gedanken lesen, sie war ja schon vollkommen durchgedreht …

Um sich abzulenken, versuchte sie, sich auf den Pas-de-deux zu konzentrieren. Babs war wirklich eine talentierte Reiterin, sie schien mit ihrem braunen Wallach regelrecht verwachsen. Und auch Hans-Jörg machte seine Sache gut, seine Rappstute schwebte nur so dahin.

»Ein Traumpaar«, flüsterte Regina mit verzücktem Gesicht.

»Mein Reden seit dreiunddreißig«, bestätigte Walter.

Seite an Seite galoppierten Babs und Hans-Jörg auf der Mittellinie an. Als sie beim Erreichen der kurzen Seite nach links und rechts auseinanderritten, erschien Ulla das wie ein Symbol. Nein, sie wollte sich nicht von Tommy trennen, nicht schon wieder, sie hatten sich doch gerade erst wiedergefunden, das Schicksal hatte ihnen eine zweite Chance gegeben …

Plötzlich ertönte von draußen Lärm, ein Stimmengegröle, vermischt mit Trommeln und Trillerpfeifen, so laut, dass die Pferde scheuten.

»Um Himmels willen!«, rief Regina.

Erschreckt durch ihren Aufschrei, machte die Stute einen Bocksprung, mit allen vieren und gewölbtem Buckel schoss sie in die Luft, ein riesiges schwarzes Katapult, und im nächsten Moment saß Hans-Jörg mit dem Hosenboden in der Reitbahn.

Kreideweiß im Gesicht starrte Regina auf ihren Sohn.

»Ich kümmere mich«, sagte Walter. »Wehe, wenn ich die erwische.«

Eilig stand er auf und verließ die Tribüne.

15 *»Uh-Ess-Ah Ess-Ah Ess-Ess … Uh-Ess-Ah Ess-Ah Ess-Ess …«*

Die größte Demonstration, die es in Altena je gegeben hatte, seit in Frankfurt und Berlin die Revolution ausgebrochen war, zog vor die neu errichtete Reithalle am Hünengraben, und Kemal führte sie an. Peter hatte ihn auf die Idee gebracht, er selbst hatte gar nicht gewusst, dass es in Altena überhaupt einen Reitverein gab, geschweige, dass dort heute irgendeine Halle eingeweiht werden sollte. Doch Peter hatte als Kind selbst mal ein paar Reitstunden genommen, lange bevor er mit dem Kiffen angefangen hatte, und kannte sich angeblich aus. In dem Verein, hatte er gesagt, wären so ziemlich alle Kapitalistenschweine der Stadt versammelt. Zusammen hatten sie das Jugendheim mobilisiert – fast zwanzig Jungs und ein halbes Dutzend Mädchen marschierten mit in ihrem Zug, mit roten, selbstgenähten Fahnen, damit alles genauso aussah wie bei einer richtigen Demonstration in Berlin oder Frankfurt.

War Peter vielleicht doch nicht der kleinbürgerliche Hosenscheißer, für den Kemal ihn gehalten hatte?

»Uh-Ess-Ah Ess-Ah Ess-Ess … Uh-Ess-Ah Ess-Ah Ess-Ess …«

Um ordentlich Randale zu machen, hatten sie Bongos und Rasseln mitgebracht, und die Trillerpfeifen, die Kemal beim Sport in der Lehrerumkleide gefunden hatte, vor der Demonstration unter den Teilnehmern verteilt. Doch als sie jetzt um die Ecke der Halle bogen, brüllte ihnen eine so laute Stimme entgegen, dass sie sogar den Lärm übertönte, den sie selbst produzierten.

»SEID IHR VOM WILDEN AFFEN GEBISSEN?«

Mit einem Ruck kam der Zug zum Stehen, schlagartig verstummten die Sprechchöre, genauso wie die Bongos und Rasseln und Trillerpfeifen. Kemal hatte den Mann, der sich ihnen in den Weg gestellt hatte, sofort erkannt: Walter Böcker, der größte Ausbeuter der Stadt. Angewidert blickte er auf das Transparent, das Kemal und Peter an zwei Holzlatten zwischen sich hochhielten.

»*Herrenreiter gleich Kapitalistenschweine …?* Euch haben sie wohl ins Gehirn geschissen!«

Kemal ließ sich nicht einschüchtern. »Wie kann man hier eine Reithalle bauen, wenn in Vietnam unschuldige Kinder ermordet werden?«

»Was zum Teufel habe ich mit Vietnam zu tun?« Böcker trat auf ihn zu und zupfte an seinem Palästinenserschal. »Wer bist du überhaupt? Jassir Arafat? Mit Kanacken rede ich nicht.« Er ließ ihn stehen und rief den anderen zu: »Los, macht euch vom Acker – aber ein bisschen dalli!«

Während Kemal seinen Schal ordnete, wichen die anderen zurück. Als Einziger hielt zu seiner Überraschung Peter die Stellung. Ausgerechnet.

»Wir … wir machen nur von unserem Recht auf freie Meinungsäußerung Gebrauch«, stammelte er.

»Das wird ja immer schöner!« Böcker lachte. »Erst lasst ihr einen Kanacken für euch sprechen, und jetzt ein Mädchen. Was seid ihr nur für Pfeifen!« Er fixierte Peter, der ganz rot im Gesicht anlief, mit seinem Blick. »Dann nehme ich mal zu euren Gunsten an, dass ihr eure Demonstration auch ordnungsgemäß bei der Polizei angemeldet habt.«

Kemal schaute Peter an, der schaute genauso ratlos zurück. Daran hatten sie nicht gedacht.

»Ich begreife. Ihr habt also keine Erlaubnis.«

»Wir … wir haben nichts Verbotenes getan«, sagte Peter.

»Von wegen!«, fuhr Böcker ihn an. »Das hier ist Privatgelände. Ein klarer Fall von Hausfriedensbruch!« Plötzlich stutzte er. »Sag mal, dich kenne ich doch. Du bist ja gar kein Mädchen!« Er trat auf Peter zu und riss ihm die Schlägermütze vom Kopf. »Du bist der Sohn von Betten-Prange! Der Möchtegern-Schriftsteller!«

»Guten Tag, Herr Böcker«, sagte Peter nur und wurde noch röter.

»Willst du mich verarschen?« Böcker packte ihn am Kragen. »Ich mache dir jetzt einen Vorschlag, du kleiner Klugscheißer. Entweder, du sorgst dafür, dass deine Truppe hier verschwindet, und zwar sofort, oder ich hole die Polizei und stoße deinem alten Herrn Bescheid!«

Zitternd am ganzen Leib, schaute Peter sich um. Die anderen guckten Löcher in die Luft.

Kemal sprang für ihn in die Bresche. »Wir lassen uns nicht erpressen«, sagte er. »Das ist ein freies Land!«

»Halt's Maul!«, erwiderte Böcker. »Ich hab dir doch gesagt, dass mit dir hier keiner spricht.« Er wandte sich wieder an Peter. »Los, worauf wartest du? Ich zähle bis drei. Eins … zwei …«

Bevor er bei drei angekommen war, brach Peters Widerstand. »Na gut«, sagte er und drückte Kemal seinen Teil des Transparents in die Hand. »Kommt, Leute«, forderte er die anderen auf, »verziehen wir uns.«

Die anderen ließen sich das nicht zweimal sagen. Als hätten sie nur auf einen Grund zum Rückzug gewartet, rollten sie ihre Fahnen ein und verkrümelten sich.

»Und lasst euch hier nie wieder blicken!«, rief Böcker ihnen nach.

Peter machte auf dem Absatz kehrt, um ihnen zu folgen. Kemal blieb nichts anderes übrig, als es ihm gleichzutun. Schließlich konnte er die Demonstration nicht alleine durchziehen, eine Demonstration, die nur aus einem Demonstranten bestand, war keine Demonstration.

»Du bist ja vielleicht ein Feigling«, sagte er, als er Peter einholte.

Der wich seinem Blick aus. »Du hast gut reden, Alter«, sagte er. »Dir kann ja nichts passieren, dein Vater ist Arzt.«

»Was hat das denn damit zu tun?«

»Ist das so schwer zu kapieren? Meine Eltern haben schließlich ein Geschäft! Wenn die Leute wegen so einem Scheiß nicht mehr bei uns kaufen und wir pleitegehen, schieben sie mir die Schuld in die Schuhe. Dann haben sie mich am Arsch, Alter!«

16 *Glücklich ist, wer vergisst, was doch nicht zu ändern ist …*

Obwohl Ulla sich alle Mühe gab, an etwas anderes zu denken, ging der Ohrwurm ihr nicht mehr aus dem Kopf, während unten in der Reitbahn Babs Böcker und Hans-Jörg Wilke sich auf die Wiederholung ihres Pas-de-deux vorbereiteten. Die Richter hatten ihnen nach dem kleinen Zwischenfall einen zweiten Start erlaubt und ein paar Minuten Zeit gegeben, um ihre Pferde wieder an die Hilfen zu stellen.

»Gott sei Dank, dass nichts passiert ist«, sagte Regina, die direkt vor Ulla in der ersten Tribünenreihe saß.

»Auf die Nase fallen darf jeder«, erwiderte Walter, der, nachdem er kurz erklärt hatte, was draußen los gewesen war, wieder seinen Platz an ihrer Seite eingenommen hatte. »Aufstehen, das ist es, worauf es ankommt!«

Regina warf ihm einen innigen Blick zu. »Ich bin dir ja so dankbar.« Während sie deutlich sichtbar ihren auf Hochglanz polierten Schaftstiefel an Walters Wade rieb, dreht sie sich zu ihrem Mann herum. »Jetzt sag du doch auch mal was, Bernd.«

Walter hob feixend sein Glas. »Ja – zum Beispiel *Prost*! Das ist doch dein Lieblingswort, oder?«

Bernd, der schon in eine Art Dämmerzustand gesunken war, trank einen Schluck.

»Die Halle ist wirklich kolossal!«, sagte Walter. »Damit habt ihr euch in Altena ein Denkmal gesetzt!«

Wieder presste Regina ihr Bein an seinen Schenkel. »Meinst du?«, fragte sie entzückt und klimperte mit ihren falschen Wimpern. »Dafür hast du ein Bussi verdient!« Während sie ihm ein scheinbar unschuldiges Küsschen auf die Wange hauchte, streifte sie mit der Hand seinen Schritt. »Was bist du nur für ein toller Mann, Walter Böcker!«

Ulla konnte gar nicht mehr hinsehen, wie schamlos die beiden es in aller Öffentlichkeit trieben. Während Bernd sich endgültig in seinen Dämmerzustand verabschiedet hatte, tat Walters Frau Annegret, die nur ein paar Meter weiter zwischen zwei Ratsmitgliedern saß, einfach so, als würde sie nichts mitbekommen. Doch Ulla hatte genau gesehen, wie sie einmal kurz zusammengezuckt war, als Regina ihren Mann berührte. Ihr selbst war der Anblick der intimen Handlung durch und durch gegangen. Genauso hatte sie Tommy berührt, in seinem Schlafzimmer, als sie sich ausgezogen hatten. Bei der Erinnerung bekam sie eine Gänsehaut. Er hatte sich auf so wundervolle Weise für ihre kleine Zärtlichkeit revanchiert … Auf dem Weg von ihren Brüsten zu ihrer Scham hatte er jede Sommersprosse an ihrem Körper einzeln geküsst. Während die Erinnerung mit solcher Macht in ihr aufwallte, dass ihr heiß und kalt zugleich wurde, sah sie plötzlich das Gesicht ihres Mannes. Zum Glück war Jürgen so beschäftigt, dass er ihren Blick nicht bemerkte. Sie hatte inzwischen erfahren, dass der wichtig aussehende Mensch an seiner Seite der Vertreter der Nationalen Reiterlichen Vereinigung aus Warendorf war. Da war Gott sei Dank die ganze Aufmerksamkeit des Bürgermeisters gefragt.

Ulla schloss kurz die Augen. Was unterschied eigentlich sie von Regina Wilke? War sie nicht genau so ein Miststück wie Bernds Frau?

Glücklich ist, wer vergisst, was doch nicht zu ändern ist …

Ein leises Getuschel lenkte sie von ihren Gedanken ab. »Übrigens«, flüsterte Regina in der Reihe vor ihr, »was hat eigentlich die Polizei neulich bei Wilhelm Böcker & Söhne gewollt?«

»Woher weißt du das denn?«, fragte Walter.

Regina zuckte die Schultern. »In einem Kaff wie Altena bleibt nichts geheim.«

Ulla beugte sich über Walters Schulter. »Habe ich richtig gehört? Du hattest die Polizei im Haus?«

Unwillig drehte er sich zu ihr herum. »Eine Nachwehe der Bild-Schmiererei!«

Ulla hob die Brauen. »War an der Sache also doch etwas dran?«

»Unsinn.« Mit ernster Miene schüttelte er den Kopf. »Man muss sich manchmal wirklich wundern, zu welcher Leichtfertigkeit deutsche Rechtsorgane fähig sind. Bevor man es sich versieht, ist man das Opfer einer Verleumdung.« Bedeutungsvoll blickte er ihr in die Augen. »Genauso wie damals, bei eurem Vater …«

»Pssst«, machte Regina. »Es geht los!«

Während es auf der Tribüne mucksmäuschenstill wurde, begannen Babs und Hans-Jörg ihren zweiten Versuch. Nach dem Malheur beim ersten Mal verhielt das Publikum sich so leise, dass man in der Halle nur das leise Getrappel der Hufe auf dem weichen Torfboden sowie das Knarren des Lederzeugs hörte und ab und zu das Schnauben eines der beiden Tiere. Nahezu fehlerlos ritten Babs und Hans-Jörg die anspruchsvollen Lektionen zu Ende. Als sie am Ende vor den Richtern aufmarschierten, wurden sie mit donnerndem Applaus belohnt. Sogar der Trainer des westfälischen Jugendkaders, ein hagerer Rittmeister, den Ulla noch aus ihrer eigenen aktiven Zeit kannte, klatschte Beifall, was er nur in sehr seltenen Fällen tat.

»Es gibt doch nichts Schöneres als einen gelungenen Pas-de-deux«, raunte Walter, der kein Pferd von einem Auto unterscheiden konnte, mit einem anzüglichen Grinsen Regina zu.

Die leckte sich ebenso anzüglich die Lippen und blickte ihn fragend an. Walter gab ihr mit einem Augenzwinkern ein Zeichen und stand auf. Regina folgte ihm auf dem Fuß. Während Ulla versuchte, den Gedanken an Tommy, den das obszöne wortlose Einverständnis der beiden sofort in ihr auslöste, zu unterdrücken, sah sie, wie Annegret ihrem Mann und Regina hinterherschaute. Offenbar litt Annegret entsetzliche Qualen. Doch statt etwas zu unternehmen, griff sie resigniert zu ihrer Bluna und trank einen Schluck. Jürgen lachte über einen Witz, den er gerade selbst gemacht hatte, und bekam von alledem nichts mit.

»Sag mal, Bernd, wo ist eigentlich Ruth?«, fragte Gundel, der die peinliche Situation offenbar so wenig entgangen war wie Ulla. »Habt ihr die etwa nicht eingeladen?«

Bei der Nennung seines Namens wachte Bernd aus seinem Dämmerzustand auf. »Ruth?«, fragte er und zuckte die Schultern. »Keine Ahnung. Regina hat die Einladungsliste gemacht.«

17

Ruth wusste sich mit ihrem Jüngsten bald nicht mehr zu helfen. Obwohl es in den Nachrichten ständig hieß, mit der Wirtschaft gehe es wieder bergauf, und auch ihr Sparkassen-Filialleiter neulich bei einer Betriebsversammlung erklärt hatte, dass der Aufschwung sich am Schalter der Zweigstelle überaus erfreulich bemerkbar mache, wollte Fritzchen einfach keine neue Arbeit finden. Seine Papiere waren eine solche Katastrophe, dass es nach seinem Rauswurf aus der Fiat-Werkstatt in ganz Bochum und Umgebung keine Firma mehr zu geben schien, die bereit war, ihn einzustellen. Noch schlimmer aber war in Ruths Augen, dass dies ihren Sohn offenbar gar nicht kümmerte. Auf jeden Fall unternahm er von sich aus nicht die geringste Anstrengung, um endlich wieder Arbeit zu finden.

»Wozu soll ich malochen gehen?«, fragte er. Er lag auf dem Wohnzimmersofa, und obwohl sie gerade mit ihm sprach, schaute er an ihr vorbei in die Glotze, wo im Zweiten die Sportreportage lief. »Wir haben doch die Villa deiner Eltern geerbt. Mein Anteil an der Miete, die Tante Ulla und Onkel Benno jeden Monat abdrücken müssen, ist mehr, als ich selber je verdienen kann.«

»Aber das ist doch kein Grund, nicht zu arbeiten«, erwiderte Ruth. »Jeder Mensch muss doch etwas aus sich und seinem Leben machen.«

»Du meinst – so wie Winfried und du?« Er warf ihr einen verächtlichen Blick zu, bevor er das Motorradrennen am Fernsehen weiterverfolgte. »Statt zu meckern, solltest du lieber aufhören, mir meine Kohle vorzuenthalten.«

»Das ist nicht wahr!«, protestierte Ruth. »Ich enthalte dir gar nichts vor! Ich zahle deinen Anteil jeden Monat auf dein Sparbuch ein.«

»Auf *mein* Sparbuch?«, wiederholte er höhnisch. »Komisch. Warum kann ich dann nichts davon abheben? Ein verfluchtes Sperrkonto ist das!«

»Aber das ist doch nur zu deinem Besten, mein Junge. Damit du das schöne Geld nicht für dummes Zeug ausgibst. Außerdem profitierst du so von den Zinsen und Zinseszinsen – zweieinviertel Prozent. Du wirst Augen machen, wie viel da bis zu deinem einundzwanzigsten Geburtstag zusammenkommt.«

»Aber Winfried kriegt seinen Teil schon jetzt, jeden Monatsanfang.«

»Das ist etwas anderes. Winfried und Uschi brauchen das Geld, um sich etwas aufzubauen.«

»Ja ja, Uschi und ihr scheiß Frisiersalon.«

Obwohl ihr der Appetit längst vergangen war, brach sie mit der Gabel ein Stück von dem Marmorkuchen ab, den sie wie jeden Sonntag gebacken hatte. Im Ersten kamen jetzt *Die Unverbesserlichen* mit Inge Meysel, die sie so gerne sah, aber sie traute sich nicht, umzuschalten, aus Angst vor dem Wutanfall, den Fritzchen dann bekommen würde.

»Habe ich dir eigentlich schon erzählt, dass Uschi ein Lokal für ihren Salon gefunden hat? Praktisch vor der eigenen Haustür, fünf Minuten zu Fuß von ihnen entfernt, in allerbester Lage, direkt neben Aldi. Mit Platz für drei Damen- und drei Herrenstühle. Und nur vierhundertfünfzig Mark Miete im Monat.«

Fritzchen schaute nicht mal zu ihr auf. »Du kannst dir gar nicht vorstellen, wie egal mir das ist«, sagte er, während er weiter auf den Bildschirm starrte, wo soeben ein Tennisspiel begonnen hatte.

»Warum sagst du nur immer solche Sachen?« Ruth schüttelte den Kopf. »Das meinst du doch gar nicht und sagst das nur, um mir weh zu tun.«

Während sie spürte, wie ihr die Tränen kamen, klingelte das Telefon. Froh, das Wohnzimmer verlassen zu können, stand sie auf und ging hinaus auf den Flur.

Beim zweiten Läuten hob sie ab.

Am anderen Ende der Leitung meldete sich ihre Schwiegertochter.

»Uschi? Wie nett!« Ruth schlug einen Plauderton an, damit ihre Schwiegertochter nicht merkte, wie es ihr ging. »Fritzchen und ich haben gerade von dir gesprochen. Wie hieß noch mal die Straße bei euch um die Ecke, wo du das Lokal für deinen Salon …«

Doch Uschi ging nicht auf ihren Plauderton ein. »Es ist etwas Fürchterliches passiert«, fiel sie ihr ins Wort. »Ihr müsst kommen! Sofort!«

18

Nachdem Babs ihren Wallach abgesattelt und ihn in seiner Box mit einer großen Extraportion Hafer belohnt hatte, lief sie mit Hans-Jörg vom Stall zur Kantine, der sogenannten »Haferkiste«, wo ihre Eltern nach Beendigung des Turniers mit anderen Vereinsmitgliedern und Gästen zusammensaßen. Ihre Wangen glühten immer noch, sowohl von der Anstrengung des Ritts als auch vor Freude über den triumphalen Erfolg.

Jetzt eine eiskalte Cola!

»Diese Linksradikalen hätten uns fast die Tour versaut«, sagte Hans-Jörg.

»Ein Glück, dass wir eine zweite Chance bekommen haben«, erwiderte Babs.

»Ich meine, dein Vater hätte ruhig die Polizei holen können, so, wie die randaliert haben.«

»Ach komm, das war doch nicht so schlimm.«

»Nicht so schlimm? Wenn wir nicht aufpassen, haben wir in Altena bald dieselben Verhältnisse wie in Berlin und Frankfurt. Dann fliegen auch in der Lennestraße die Pflastersteine.«

»Aber die haben doch nur ein bisschen demonstriert.«

»Und der Sohn von Betten-Prange mittendrin.« Hans-Jörg schüttelte den Kopf. »Kannst du das verstehen? Ich meine, die haben doch ein Geschäft.«

Am Eingang des Vereinshauses hielt er ihr, ganz Kavalier, die Tür auf. Obwohl solche Manieren eigentlich aus der Mode waren, ließ Babs ihn gewähren – irgendwie war es ja auch süß, wie er sich immer noch um sie bemühte. Dabei gingen sie jetzt schon fast zwei Jahre zusammen, seit der Tanzstunde im Lennestein. Beim Abschlussball hatten sie sich zum ersten Mal geküsst, im Reitverein galten sie als Traumpaar, ihre Eltern waren miteinander befreundet, seit sie auf der Welt waren, und wenn kein Wunder geschah, würden sie irgendwann heiraten und Kinder kriegen. Nur wenn Hans-Jörg so sprach wie jetzt – das mochte Babs nicht leiden. Das erinnerte sie zu sehr an ihren Vater.

»Hast du gesehen, wie der Landestrainer Beifall geklatscht hat?«, fragte sie, um das Thema zu wechseln, und trat in den Flur des Vereinshauses. »Ich bin sicher, er beruft dich noch diese Woche in den Kader.«

»Ja, Diana war eine lohnende Investition«, erwiderte Hans-Jörg. »Aber deine Chancen, in den Kader zu kommen, stehen auch nicht schlecht.«

»Meinst du?«

»Na klar! Dann gehen wir zusammen auf Lehrgang.« Vor dem Jugendraum blieb er stehen und schaute sie mit seinen blauen Augen an. »Weißt du was? Ich hätte jetzt echt Bock zu knutschen.«

Unsicher erwiderte Babs seinen Blick. Er sah wirklich hinreißend aus in den schwarzweißen Turnierklamotten, unheimlich erwachsen, trotz der blonden Engelslocken, die ihm dauernd ins Gesicht fielen, und wenn er eins konnte, dann küssen, ganz einfühlsam und zärtlich. Aber irgendwie war sie gerade nicht in Stimmung. Außerdem waren von oben aus der Kantine die Stimmen der Erwachsenen zu hören.

»Nicht hier«, sagte sie. »Wenn uns jemand sieht.«

»Na und? Wir leben doch nicht mehr im neunzehnten Jahrhundert.« Mit gespitzten Lippen näherte er sich ihrem Gesicht.

»Nein, jetzt nicht«, sagte sie und schob ihn sanft von sich. »Geh du schon mal hoch und bestell mir eine Cola. Ich muss noch mal kurz verschwinden.«

Das war natürlich eine Ausrede, aber Babs wusste, die würde er akzeptieren, ohne beleidigt zu sein, was er sonst mit Sicherheit gewesen wäre.

»Na gut, dann geh du mal für kleine Mädchen. Aber dafür habe ich später was bei dir gut!«

»Na klar.«

Während er die Treppe hinauf lief, verschwand sie den Gang hinunter in Richtung Toiletten, um sich in eine Kabine einzuschließen und dort ein oder zwei Minuten zu warten. Schließlich musste sie wenigstens so tun, als ob, damit er nichts merkte.

Als sie an den Duschräumen vorbeikam, hörte sie plötzlich seltsame Geräusche, ein unterdrücktes Keuchen und Stöhnen, als habe jemand Schmerzen. Sie öffnete die Tür, um nachzuschauen, vielleicht brauchte jemand Hilfe. Doch in den Duschräumen war kein Mensch zu sehen. Wieder im Flur, erkannte sie, woher die Geräusche kamen. Die Tür zur Besenkammer, die an die Duschräume grenzte, war nur angelehnt, dahinter bewegte sich was. Während im Treppenhaus das Telefon schrillte, spähte Babs durch den Spalt.

Als sie sah, was in der Kammer vor sich ging, stockte ihr der Atem. Ihr Vater lehnte mit geschlossenen Augen und heruntergelassener Hose an der Wand, und vor ihm kniete Hans-Jörgs Mutter. Sie hatte sein riesiges, rotes Ding im Mund, so tief, als wolle sie es verschlucken, und während sie schmatzend daran saugte, wurde das Keuchen und Stöhnen immer lauter.

Das Läuten im Treppenhaus verstummte. Im nächsten Moment rief vom Flur her eine Stimme.

»Herr Böcker! Telefon für Sie!«

Während die zwei in der Kammer zusammenzuckten, machte Babs kehrt, gerade noch rechtzeitig, bevor ihr Vater sie sah.

Im Laufschritt stürzte sie zur Damentoilette. Ohne die Tür hinter sich zu schließen, beugte sie sich über die Schüssel, um sich zu übergeben.

19

Gleich nachdem Ruth in Altena angerufen hatte, um Walter Böcker ausrichten zu lassen, was passiert war, hatte sie mit Fritzchen ein Taxi genommen, um so schnell wie möglich ins Knappschaftskrankenhaus zu fahren, wo man Winfried eingeliefert hatte. Doch unglücklicherweise kamen sie auf dem Weg am Stadion des VFL vorbei, wo gerade ein Pokalspiel zwischen Bochum und Schalke zu Ende gegangen war und die Fans der beiden Vereine sich auf der Straße gegenseitig verprügelten. Darum waren seit dem Anruf ihrer Schwiegertochter fast zwei Stunden vergangen, als Fritzchen und sie endlich die Klinik erreichten.

Uschi erwartete sie mit ihrem Sohn auf dem Arm im Flur der Chirurgie. Der kleine Torsten lag mit einem Schnuller im Mund über ihrer Schulter und schlief.

»Wo ist er?«, fragte Ruth.

»Noch im OP. Sie sagen uns Bescheid, wenn wir zu ihm können.«

»Mein Gott, wie konnte so was Schreckliches nur passieren?«

»Ach, du weißt ja, wie Winfried ist.« Uschi verlagerte ihr schlafendes Kind vom linken auf den rechten Arm. »Dabei habe ich ihm noch gesagt, er soll das Feuer im Garten machen, aber er meinte, am Sonntag ist Feuermachen verboten, da würde ihn vielleicht jemand anzeigen.«

»So ein Idiot …«, murmelte Fritzchen.

Ruth musste sich beherrschen, um ihm keine Ohrfeige zu verpassen. »Schämst du dich nicht, so etwas zu sagen? Ausgerechnet jetzt?«

»Ist doch wahr! Ein Feuer im Keller – wer kommt denn auf so eine Schnapsidee?«

Zum Glück schien Uschi ihn zu überhören. »Er hat sogar auf das Spiel gegen Schalke verzichtet, obwohl er schon seit Wochen eine

Karte hatte und sich so darauf freute. Ach, wäre er doch nur ins Stadion gegangen.«

»Aber was musste er denn überhaupt so dringend verbrennen?«

»Keine Ahnung, irgendwelches altes Zeug, ich glaube, aus der Firma.«

Fritzchen schnaubte verächtlich durch die Nase. »Natürlich, Walter Böcker …«

»Und deshalb ist das ganze Haus abgebrannt?«, fragte Ruth.

»Die Feuerwehr glaubt, der Öltank ist in die Luft geflogen. Auf jeden Fall gab's einen fürchterlichen Knall, ich hatte gerade angefangen, den Kaffeetisch zu decken. Im nächsten Moment kommt Winfried aus dem Keller gerannt. ›Torsten!‹, hab ich geschrien, immer nur ›Torsten!‹ … Ich konnte ja gar nichts mehr denken. Winfried hat ihn aus dem Kinderzimmer geholt, obwohl das ganze Haus schon brannte …«

»Ich sag doch, ein Idiot«, wiederholte Fritzchen.

Ruth achtete nicht auf ihn. »Und warum mussten sie ihm das Bein amputieren?«

»Es ging alles so schnell«, sagte Uschi. »Ich war schon draußen vor dem Haus, und Winfried war mit Torsten fast in der Tür, da stürzte das Dach ein, und ein Balken fiel auf ihn herab.« Sie drückte ihren Sohn an sich. »Zum Glück hat der Kleine nichts abgekriegt – das grenzt fast an ein Wunder.«

Die Tür des OP-Bereichs ging auf, und eine Schwester kam auf den Flur.

»Ihr Mann ist jetzt im Aufwachraum«, wandte sie sich an Uschi.

»Und?«

Die Schwester nickte ihr zu. »Er hat alles gut überstanden und ist schon wieder bei Bewusstsein.«

»Gott sei Dank!«

Auch Ruth fiel ein Stein vom Herzen. Dankbar drückte sie der Schwester den Arm.

»Er wird gerade auf Station gebracht. Fünfter Stock, Abteilung B, Zimmer 37.«

»Dürfen wir schon zu ihm?«, wollte Uschi wissen.

»Ja, aber denken Sie daran, dass er noch sehr geschwächt ist. Reden Sie bitte nicht mehr als unbedingt nötig.«

»Von mir aus muss ich überhaupt nichts mit ihm reden. Ich will ihn ja nur sehen. Er ist doch mein Mann!«

Mit Torsten auf dem Arm eilte Uschi zum Aufzug.

Ruth folgte ihr nach. Bevor sie die Kabine betrat, drehte sie sich noch einmal zu ihrem Sohn herum. »Na, los! Wo bleibst du?«

Fritzchen stand noch an derselben Stelle im Flur, wo sie ihn zurückgelassen hatten. »Nur keine Panik«, sagte und warf sich eine Haarsträhne aus der Stirn. »Ich komme ja schon.«

20

Als Benno bei Hagen auf die Autobahn ging und das Gaspedal durchtrat, dachte er mit einem Anflug von Wehmut an seinen alten Diplomat V8, den er dem Wohl von Schuh Krasemann hatte opfern müssen. Obwohl der Commodore, den er, nachdem die Geschäfte wieder besser gingen, inzwischen gegen den entsetzlich lahmen Rekord eingetauscht hatte, durchaus Temperament auf die Straße brachte, kam so ein Sechszylinder, was die Durchzugskraft anging, gegen einen Achtzylinder nicht an – von der Laufkultur ganz zu schweigen.

Er schaltete in den vierten Gang und blickte auf die Uhr. Schon halb sechs. Hoffentlich schafften sie es bis in einer Stunde nach Düsseldorf, um die Zwillinge rechtzeitig in der Philipps-Halle abzuholen, wo an diesem Wochenende die Endspiele der Tischtennis-Europameisterschaft ausgetragen wurden. Plisch und Plum waren begeisterte Fans des Abwehrkünstlers Eberhard Schöler, der noch fünf Meter von der Platte entfernt die Schmetterbälle seiner Gegner vom Boden kratzte und über das Netz zurückbrachte, und die beiden hatten so lange gebettelt, bis Benno und Gundel ihnen erlaubt hatten, zusammen mit Bennos Mutter heute die Veranstaltung in der Philipps-Halle zu besuchen, um ihr Idol im Finale zu bewundern, statt mit ihnen nach Altena zu fahren, »um doofe Pferde anzugucken« – wie Plum gesagt hatte.

»Fandest du Ulla nicht auch irgendwie komisch?«, fragte Gundel. »Sie hat so gut wie nichts erzählt von der DDR. Dabei ist das doch so wahnsinnig interessant.«

»Vielleicht unterliegt das Geschäft ja irgendwelchen Geheimhaltungsvorschriften«, erwiderte Benno. »Bei der Regierung dort würde mich das nicht wundern.«

»Aber sie hat es doch in Ostberlin nicht mit irgendwelchen SED-Bonzen zu tun, sondern mit Tommy Weidner.«

»Vielleicht ist das ja der Grund.«

»Meinst du?«, fragte Gundel und blickte ihn von der Seite an.

Benno glaubte einen Unterton in ihrer Stimme zu hören, der ihm nicht gefiel. Sie klang irgendwie, als würde sie sich Sorgen machen. Störte sie etwa die Vorstellung, dass Ulla und Tommy womöglich wieder anbändeln könnten? Wenn ja, dann war er auch ihr noch nicht völlig egal. Benno versuchte, beim Fahren im Gesicht seiner Frau zu lesen, aber ein Mercedes mit eingebauter Vorfahrt, der sie hupend von rechts überholte, zwang ihn, sich auf den Verkehr zu konzentrieren.

»Ach ja«, sagte Gundel, »wir reden einfach zu wenig miteinander – ein Jammer. Ich habe mich ja schon bei Mamas Beerdigung gefragt, wie das alles weitergehen soll, wenn sie nicht mehr da ist. Sie war es ja, die die Familie immer zusammengehalten, sie ganz allein. Hast du gesehen, in was für einem Zustand der Ficus ist?«

»Ficus?«, fragte Benno und revanchierte sich bei dem Drängler, indem er die Lichthupe betätigte und ihm bedrohlich nahe auffuhr.

»Mamas Gummibaum«, erwiderte Gundel. »Die Blätter waren ganz staubig und stumpf und sicher ein halbes Dutzend war vergilbt. Ich glaube, Ulla kümmert sich gar nicht richtig darum. Aber würdest du bitte ein bisschen langsamer fahren? Wir sitzen dem ja gleich im Kofferraum.«

»Schon gut.« Benno betätigte noch einmal die Lichthupe, dann nahm er den Fuß vom Gas. »Vielleicht solltet ihr wirklich eure Hauskonzerte wieder aufnehmen.«

»Ich weiß nicht«, sagte Gundel. »Als ich auf Mamas Beerdigung den Vorschlag machte, hatte ich das Gefühl, dass sich bei den anderen die Begeisterung ziemlich in Grenzen hielt.«

Benno steckte sich eine Zigarette an. »Und wenn ihr es mal mit Jazz statt mit Klassik probiert? Womöglich stößt du dann auf mehr Gegenliebe.«

»Vielleicht«, sagte Gundel, »es käme auf einen Versuch an. Wie auch immer, das Ganze hat nur Sinn, wenn auch Ruth mit dabei ist. Übrigens, eine ziemliche Frechheit von Regina, sie nicht einzuladen. Sie ist doch keine Aussätzige.«

»Hast du von Altenas First Lady was anderes erwartet?«, fragte Benno. »Ruth gehört nicht zur Prominenz. Da hat Regina sie einfach vergessen.«

21 Die Tür zum Aufwachraum war nur angelehnt. Als Ruth sich näherte, stutzte sie. Von drinnen hörte sie Walters leise, irgendwie gehetzt klingende Stimme.

»Ich werde für alles sorgen, für deine Frau und euren kleinen Hosenscheißer und auch für deinen Bruder, darauf kannst du dich verlassen. Aber dafür musst du mir versprechen, das Maul zu halten – versprichst du mir das?«

Ruth öffnete die Tür. Über das Krankenbett gebeugt, redete ihr Exmann auf ihren Sohn ein.

»Und wenn die Arschlöcher von der Polizei dumme Fragen stellen, bleibst du dabei. Du hast das Feuer im Keller gemacht, weil Sonntag war. Das ist so idiotisch, das glaubt man dir aufs Wort.«

»Walter?«, sagte Ruth. »Was machst du denn hier?«

Er fuhr herum, als hätte sie ihn bei etwas Verbotenem erwischt. »Ich habe mir Sorgen gemacht, was denkst du denn? Auch wenn ich nur der Adoptivvater bin, ist Winfried schließlich mein Sohn.« Er trat vom Krankenbett zurück, dann nickte er dem frisch Operierten einmal zu und wandte sich zur Tür. »Aber jetzt lasse ich die Familie vielleicht mal besser allein.«

Damit verließ er den Raum. Fritzchen schaute ihm mit seinen schwarzen Augen misstrauisch nach. »Was wollte das Arschloch?«

Das war Ruth im Moment egal. Sie sah nur ihren Ältesten, der so hilflos vor ihr lag, mit diesem Schlauch in der Nase und den Arm an einen Tropf angeschlossen, während um ihn herum ein Dutzend Apparate blinkend und piepsend irgendwelche Signale von sich gaben. Riesengroß sprang Winfrieds Hakennase aus dem blassen, eingefallenen Gesicht hervor. Aber er hatte die Augen geöffnet und sah sie an.

»Mein Gott, was machst du nur für Sachen. Uns so eine Angst einzujagen.«

Ihr Sohn versuchte ein Lächeln. »Du weißt doch, Mama, Unkraut vergeht nicht …«, flüsterte er mit schwacher Stimme.

Uschi nahm seine Hand und setzte sich zu ihm aufs Bett. »Wir sind ja so froh, dass du überhaupt noch lebst.«

»Fragt sich nur, wo«, sagte Fritzchen.

»Was meinst du damit?«, erwiderte Uschi.

Fritzchen zuckte die Achseln. »Ich meine, jetzt, nachdem eure Hütte abgebrannt ist, wo wollt ihr eigentlich wohnen? Etwa bei uns?«

Obwohl es ihm sichtlich schwerfiel, schüttelte Winfried den Kopf. »Keine Angst, Papa hat für alles gesorgt. Er … er hat sogar schon ein neues Haus für uns, er lässt es extra für uns räumen … Wir müssen uns nur ein paar Wochen gedulden.« Er wandte den Kopf zu seinem Bruder herum. »Dir will er eine Stelle geben, das hat er … versprochen.«

»Nein, danke.« Fritzchen verzog das Gesicht. »Mir ist schon schlecht.«

Winfried stöhnte leise auf. »Wenn nur das Bein nicht so jucken würde …«

Ruth schaute erst ihren Sohn, dann ihre Schwiegertochter an. Die schaute genauso irritiert zurück.

»Es … juckt wie verrückt.« Winfried versuchte, die Bettdecke anzuheben. »Kannst du mal kratzen, Uschi?«

Als sie zögerte, antwortete Fritzchen an ihrer Stelle. »Wie stellst du dir das vor? Wie soll das gehen?«

»Was?«, fragte Winfried.

»Dein Bein kratzen.«

»Warum … soll das nicht … gehen?«

»Dann guck mal unter der Decke nach.«

Winfried verstand offenbar kein Wort. Als Ruth sein ahnungsloses Gesicht sah, schossen ihr die Tränen in die Augen.

»Mein Gott, hat dir denn niemand gesagt, dass …?«

»Dass was?«, wollte Winfried wissen. »Was … was ist denn los? Warum … glotzt ihr mich alle … so komisch an?«

Mit beiden Händen umschloss Uschi seine Hand. »Du musst jetzt ganz stark und tapfer sein«, sagte sie. »Weil – sie … sie haben dir das Bein abgenommen …«

Winfrieds Augen füllten sich mit Entsetzen. »Sie haben *was*?«

22

Von einem blassen Mond nur spärlich beschienen, lag die Bergarbeitersiedlung wie von der Nacht verschluckt da. Fast alle Lichter waren erloschen, nur hier und da, wo vielleicht noch ein vergessener Fernseher das Testbild ausstrahlte, schimmerte es bläulich durch ein Fenster. Morgen war Montag, da mussten die Leute in aller Frühe aus den Betten und ausgeschlafen sein, um wieder zur Arbeit zu gehen.

Vorsichtig schaute Fritzchen sich um, ob irgendwo eine Brandwache postiert war, als er mit seiner Taschenlampe die Ruine betrat, zu der das Haus seines Bruders heruntergebrannt war. Doch die Feuerwehr schien schon abgezogen zu sein, während der brandige Geruch, der in der schwarzen Luft hing, noch von dem Feuer zeugte, das hier am Nachmittag gewütet hatte. An ein paar Stellen stieg kalter Rauch von den Trümmern auf. Fritzchen hob einen Stock vom Boden und stocherte damit im Schutt. Er wusste selbst nicht, wonach er suchte, aber er war sicher, dass er etwas finden würde. Walter Böcker hatte seinen Bruder dazu angestiftet, irgendwelche Sachen zu verbrennen, und Winfried hatte es so eilig gehabt, den Auftrag auszuführen, dass er dafür sogar auf ein Spiel seines geliebten VFL verzichtet hatte – und das im Pokalderby gegen Schalke 04.

Das stank doch zum Himmel! Da *musste* doch was faul sein!

Sein Stock verfing sich in irgendeinem Gegenstand. Im Mondschein erkannte Fritzchen den verkohlten Kinderwagen seines Neffen. Irgendwo lag eine Haartrockenhaube – Uschi frisierte nach Feierabend oft noch ein paar Frauen in der Nachbarschaft die Haare, um sich für ihren Salon ein bisschen Geld hinzuzuverdienen. Allmählich gewöhnten sich seine Augen an das schwache Licht. Zwischen den Trümmern sah er die Reste von Winfrieds Graetz-Fernseher, den er aus Lokalpatriotismus gekauft hatte, weil die Graetz-Werke in Altena ihren Hauptsitz hatten, den Kühlschrank, der zu einem Klumpen zusammengeschmolzen war, die Reste von irgendetwas aus bunt bemaltem Blech, wahrscheinlich Spielzeug von Torsten … Doch nichts, was von Interesse war.

Plötzlich stutzte er. Was war das? Ein Buch?

Er schaltete die Taschenlampe ein und schirmte mit der freien Hand den Lichtkegel ab, damit der Schein nicht zu weit streute und ihn womöglich verriet. Am Boden lag ein aufgeschlagener Aktenordner, dessen angekohlte Seiten leise im Nachtwind raschelten. Fritzchen bückte sich. Hatte er etwas Brauchbares gefunden? Aktenordner gehörten normalerweise nicht zum Inventar im Haus seines Bruders. Vorsichtig, um die beschädigten Seiten nicht zu zerstören, blätterte er in dem Ordner. Auf einmal begann sein Herz mit erhöhter Frequenz zu schlagen. Im Lichtschein seiner Lampe hatte er das Firmenzeichen von Böcker & Söhne erblickt, Zweigniederlassung Boryslaw, darunter befand sich ein Stempel mit Hakenkreuz.

»He, Sie da?«, rief irgendwo ein Stimme. »Was haben Sie hier zu suchen?«

Ein Hund schlug an. Fritzchen knipste die Taschenlampe aus, und während eilige Schritte näher kamen, klemmte er sich den Ordner unter den Arm und machte sich aus dem Staub.

23

Es war eine seit Jahren geübte Tradition, dass die Familien Böcker und Wilke sich an jedem dritten Sonntag im Monat gegenseitig zum Mittagessen einluden. An diesem Maisonntag waren die Wilkes mit der Einladung an der Reihe. Regina hatte gehofft, dass Fräulein Helga auf der Terrasse decken könnte – der Ausblick über das Tal war ja da das einzig Vorzeigbare an ihrer erbärmlichen Behausung. Doch das Altenaer Wetter hatte ihr natürlich mal wieder einen Strich durch die Rechnung gemacht. Seit Tagen regnete es in solchen Strömen, dass die Nebelschwaden gar nicht mehr zwischen den Bergen verschwanden, und es war inzwischen schon wieder so kalt, dass man sogar heizen musste.

Doch Walter ließ sich davon die gute Laune nicht verderben. »Ah, Schweinebraten!«, rief er und rieb sich erfreut die Hände, als Helga den Hauptgang auftrug.

Hans-Jörg, der wie immer neben Babs am Tisch saß, zog ein langes Gesicht. »Ich dachte, es gäbe frischen Spargel. Mit Sauce Hollandaise und Frühjahrskartoffeln.«

»Du weißt doch, wie gern Onkel Walter Schweinebraten isst«, erklärte Regina.

»Fast so gern wie Eintopf bürgerlich«, bestätigte der und band sich die Serviette um den Hals. »Spargel mit Sauce Hollanddingsbums – das ist doch eher was für Weiber. Oder für Hundertfünfundsiebziger. Aber doch nicht für meinen künftigen Schwiegersohn!«

Mit der Vorlegegabel spießte er ein großes Stück Fleisch auf und beförderte es auf seinen Teller. »Danke, Regina, dass du an mich gedacht hast, du bist ein Schatz! Niemand macht so guten Schweinebraten wie du.«

Während er ihr ein Auge zukniff, spürte sie seinen Schenkel an ihrer Wade. Unwillkürlich schaute sie zu ihrem Mann, der auf der anderen Seite des Tisches gerade Getränke einschenkte. Bernd war jetzt wahrscheinlich mal wieder beleidigt, weil sie für Walter den Schweinebraten gemacht hatte, den sie sonst nie machte, obwohl er auch zu Bernds Lieblingsgerichten gehörte. Sie hatte das Rezept bei den Ursulinerinnen gelernt, wo sie nach dem Bombentod ihrer Eltern aufgewachsen war, und obwohl sie selbst Schweinebraten verabscheute, gelang er ihr stets so gut, dass sich jeder, der ihn probierte, die Finger danach leckte. Doch zu ihrer Erleichterung schien Bernd keinen Anstoß zu nehmen, im Gegenteil, gerade animierte er Annegret in für seine Verhältnisse ungewohnt wortreicher Weise dazu, ein zweites Glas Wein zu trinken. So guter Stimmung war er schon lange nicht mehr gewesen. Sicher lag das an den neuen Plänen, die er seit einiger Zeit ausheckte. Nur Babs schien irgendwie schlecht gelaunt und verstockt und sagte kein einziges Wort. Die ganze Zeit ließ sie nur finstere Blicke zwischen den Erwachsenen hin und her wandern, als wären sie alle Verbrecher.

»Ich finde es übrigens rührend«, wandte Regina sich an Annegret, »wie dein Mann sich um Ruth und ihre missratenen Söhne gekümmert hat.«

»Findest du?«, fragte Annegret unsicher lächelnd zurück.

»Unsinn«, winkte Walter ab. »Das ist doch eine Selbstverständlichkeit. Aber apropos missratene Söhne«, fuhr er schmatzend fort. »Ich habe neulich Ernst Prange Bescheid gestoßen wegen seinem langhaarigen Filius. Ihr könnt euch nicht vorstellen, wie der Bettenfritze reagiert hat.«

»Wie denn?«, wollte Regina wissen.

»Er hat den Bengel verteidigt! Jugendlicher Leichtsinn und so – ob wir nicht früher auch über die Stränge geschlagen hätten?« Walter schüttelte den Kopf und wischte sich mit der Serviette das Fett vom Kinn.

»Typisch kleine Leute«, sagte Regina. »Die sind immer viel zu weich mit ihren Kindern.«

»Das musst ausgerechnet du sagen«, sagte Bernd. »So, wie du Hans-Jörg verhätschelst.«

»Das ist etwas vollkommen anderes.«

»Allein die teuren Sachen, die du ihm immer kaufst.«

»Der Junge muss lernen, sich von seinen Altersgenossen zu unterscheiden, wenn er einmal die Firma führen soll. Damit die Leute ihn als Chef respektieren.«

»Wie auch immer«, unterbrach Walter. »Unser Schützenbruder Ernst Prange wird sich jedenfalls noch wundern.«

»Führst du etwas im Schilde?«, erkundigte sich Regina.

»Ich hab dem langen Trippe einen Tipp gegeben. Kleine erzieherische Maßnahme. Wer nicht hören will, muss fühlen.« Er griff zu seinem Bierglas. »Aber darüber wollen wir den schönen Erfolg unserer eigenen Sprösslinge nicht vergessen! Auf eure Aufnahme in den westfälischen Jugendkader! Wir sind stolz auf euch!«

Während er in die Runde prostete, hoben auch die anderen ihre Gläser. Nur Babs ließ ihres auf dem Tisch stehen und verweigerte demonstrativ den Toast.

Regina biss sich auf die Lippe. Hatte das kleine Biest womöglich irgendwas bemerkt?

Sie wollte Walter einen Blick zuwerfen, doch der war abgelenkt. »Was sehe ich denn da?« Irritiert schaute er auf Bernds Glas. »Du trinkst Wasser? Meine Fresse! Was ist denn in dich gefahren? So kenne ich dich ja gar nicht.«

Weil ihr Mann mal wieder nicht die Zähne auseinanderbekam, antwortete Regina an seiner Stelle. »Bernd legt mal ein Päuschen ein«, sagte sie und zupfte ihre Bluse zurecht. »Er hat nämlich Pläne, musst du wissen, *große* Pläne, die seine ganze Konzentration und Kraft erfordern.«

»So?« Walter horchte auf. »Da bin ich aber gespannt. Los, Bernd, erzähl mal. Und lass dir nicht jedes Wort aus der Nase ziehen.«

24

Peter war froh, dass keiner seiner Freunde ihn gerade sehen konnte, wie er mit seinen Eltern und seiner Schwester Conni am Mittagstisch saß. Weil sein Vater sonntags stets in Anzug und Schlips zum Essen erschien, hatte seine Mutter ihn gezwungen, die alberne Kombination anzuziehen, die er zu Ostern bekommen hatte und in der er aussah wie einer der Schlagerheinis aus der ZDF-Hitparade mit Dieter Thomas Heck, nur einen Kopf kleiner.

»Ich verbiete dir den Umgang mit diesen dubiosen Gestalten!« Sein Vater schlug so heftig mit der Hand auf den Tisch, dass die Teller und Gläser klirrten.

»Das sind aber meine Freunde«, erwiderte Peter.

»Diese langhaarigen Affen? Kommunisten sind das, von Moskau gesteuert! Wenn du mich fragst – die rauchen alle Hasch!«

»Ich kann mir nicht vorstellen, dass Breschnew das erlauben würde.«

»Willst du jetzt auch noch frech werden? Glaub ja nicht, du bist der einzige Intelligente in dieser Familie!«

»Ich stelle mir nur gerade die Kreml-Bonzen beim Kiffen vor …« Peter musste kichern. Doch als er den väterlichen Blick sah, beschloss er, lieber damit aufzuhören.

»Du hast uns bis auf die Knochen blamiert!«, sagte sein Vater. »Vor einem der bedeutendsten Unternehmer Deutschlands. Und außerdem einem unserer besten Kunden.«

»War der Böcker nicht früher ein Nazi?«, fragte Conni, die schon ihr schockfarbenes Papierkleid trug, mit dem sie am Nachmittag zum Treppentanztee in den Lennestein wollte.

»Das kann doch gar nicht sein«, erwiderte die Mutter. »Der hat doch dieses Juden-Museum gegründet.«

Während sie sprach, klingelte es an der Haustür. Verwundert blickte man sich an.

»Ich schaue mal nach«, sagte Conni und verschwand.

Als sie eine Minute später zurückkam, trat hinter ihr ein Mann durch die Tür, der so groß war, dass er sich beim Eintreten ducken musste, um nicht mit dem Kopf gegen die Deckenbalken zu stoßen. Peter wurde blass – der lange Trippe! Und er hatte in seinem Zimmer ein Piece Schwarzen Afghanen unterm Bett versteckt.

»Paul?«, fragte sein Vater verwundert den Kommissar. »Was verschafft uns die Ehre am heiligen Sonntag?«

Der lange Trippe drehte verlegen seinen Hut in der Hand. »Nichts für ungut, Ernst, wenn ich euch beim Mittagessen störe. Aber es gibt Hinweise, dass euer Peter etwas mit den Schmierereien auf der Burg zu tun haben könnte.«

»Ich habe keine Ahnung, wovon du redest.«

Im Gegensatz zu seinem Vater begriff Peter sofort: der Davidstern und die SS-Runen … Das war noch schlimmer als der Shit unter seinem Bett! Während er überlegte, wie er sich aus der Sache rausreden könnte, beugte der Kommissar sich zu ihm herab.

»Du hast doch einen Palästinenser zum Freund, nicht wahr?«

»Einen Palästinenser? Wie … wie kommen Sie denn darauf?«

»Jetzt hab keine Angst, mein Junge, das ist ja an sich kein Verbrechen. Wenn die Palästinenser nur nicht gerade Krieg mit den Juden führen würden. Du hast doch sicher schon vom Sechs-Tage-Krieg gehört, nicht wahr?«

»Ja, logisch. Aber … aber was hat das mit mir zu tun?« Peter schaute sich hilfesuchend um.

»Vielleicht meint er ja Kemal«, sagte Conni. »Der trägt doch immer diesen komischen Schal.«

»Ach so, Kemal«, sagte Peter erleichtert. »Natürlich! Aber der ist kein Palästinenser, sondern Türke!«

»Der Sohn von Dr. Ersoy«, erklärte sein Vater, »dem Oberarzt im St.-Vinzenz-Krankenhaus. Ein sehr tüchtiger Mann.«

»Können wir dann weiteressen?«, fragte die Mutter. »Ich meine, sonst wird ja alles kalt.«

»Nur noch eine Frage.« Der Kommissar blätterte in seinem Notizblock. »Die Tat erfolgte in der Nacht vom fünften auf den sechsten Dritten.« Er blickte Peter an. »Hast du für die Tatzeit ein Alibi?«

»Alibi? Na klar! Ich … ich war im Bett.«

»Wo sonst? Schließlich sind wir Betten-Prange«, versuchte sein Vater einen Witz.

Statt darauf einzugehen, fixierte der lange Trippe Peter weiter mit seinem Blick. »Hast du dafür Zeugen?«

»Also hör mal, Paul!«, sagte der Vater.

»Ich frage nicht dich, Ernst, sondern deinen Sohn.«

Peter wünschte, er wäre einmal in seinem Leben mutig gewesen und hätte dem Türken gesagt, er solle das Museum allein mit seinen Grafitti vollsprayen. Am Nachmittag vor ihrer Nacht- und Nebelaktion hatte er auf dem Klapperstorchfelsen im Kesselbrinck *Siddharta* gelesen und zwischendurch Flöte gespielt, in der Hoffnung, dass vielleicht zufällig ein hübsches Mädchen vorbeikommen würde, das er damit beeindrucken könnte. Doch stattdessen war nur Kemal aufgekreuzt, mit einem Edition-Suhrkamp-Band unterm Arm, Horkheimer & Adorno, und hatte ihm einen Vortrag darüber gehalten, dass man den Scheißliberalen die menschenfreundliche Maske vom Gesicht reißen müsste, damit darunter die menschenverachtende Fratze zum Vorschein komme, die ihr wahres Gesicht sei. Dabei war er plötzlich auf die Scheißidee verfallen, wegen der Peter jetzt in der Klemme steckte.

»*Ich* kann bezeugen, dass mein Sohn schlief«, sagte plötzlich seine Mutter. »Ich war in der Nacht noch mal auf und habe in seinem Zimmer nachgeschaut.«

»Zu welchem Zeitpunkt?«

»Das muss so gegen elf, halb zwölf gewesen sein.«

»Daran können Sie sich so genau erinnern?«, staunte der lange Trippe. »Nach so langer Zeit?«

»Ja.« Die Mutter wurde rot wie ein Schulmädchen. »Mein Mann war an dem Abend im Schwarzen Raben, und deshalb konnte ich nicht schlafen. Sie wissen ja, wie wir Frauen sind. Wir haben einfach keine Ruhe, wenn die Männer auf Jück sind.«

»Verstehe.« Der lange Trippe machte sich eine Notiz. Plötzlich stutzte er. »Aber an dem Abend war ich doch auch im Schwarzen Raben! Da hatten sie in Berlin doch gerade den Heinemann zum Bundespräsidenten gewählt.«

»Richtig, Paul, stimmt!«, sagte der Vater. »Wir haben zusammen am Tresen gestanden und diskutiert, ob die FDP jetzt wohl die Gäule wechselt und sich den Sozis an den Hals schmeißt.«

Sichtlich erleichtert steckte der Kommissar seinen Block wieder ein. »Dann ist ja alles in Ordnung.« Mit geducktem Kopf wandte er sich zur Tür. »Und bitte entschuldigt die Störung.«

»Macht doch nichts, Paul. Was sein muss, muss sein. Unsere Tochter bringt dich raus.«

Kaum war Conni mit dem Kommissar verschwunden, da hörte Peter, wie unten die Haustür ging. Im selben Moment hatte er eine Ohrfeige sitzen.

»Glaub ja nicht, dass Mama das für dich getan hat«, sagte sein Vater.

»Ja ja, ich weiß schon.« Peter rieb sich die Wange. »Schließlich haben wir ein Geschäft.«

25

Angewidert schaute Babs zu, wie die Erwachsenen sich unterhielten, als wären sie einfach nur gute Freunde. Was für eine verlogene Bande! Während sie immer wieder das ekelhafte Bild vor sich sah, wie Tante Regina sich an dem roten Ding ihres Vaters fast verschluckte, bekam sie kaum mit, wer gerade redete.

»Neue Pläne? Das freut mich! Ich hatte mir schon Sorgen gemacht. Ich meine, die Reklamation der Wohnheimgesellschaft war ja nicht gerade ohne. Du wärst nicht der erste Baulöwe, der wegen so einer scheiß Regressgeschichte pleitegeht.«

»Pleite? I wo! Jetzt geht es erst richtig los! Die Firma Wilke wird international! Aber erzähl doch mal selber, Bernd. Du weißt es ja am besten.«

»Na ja, wie soll ich sagen? Die Idee ist mir in der Kirche gekommen.«

»Was hast du denn da verloren? Ich dachte, du würdest Kirchen *bauen*, nicht *besuchen*. Haha!«

»Meine Schuld, Walter. Ich habe Bernd geraten, sich ab und zu bei der Kundschaft blicken zu lassen. Altes Geschäftsprinzip meines Vaters.«

»Verstehe. Erzähl weiter, mein Bester.«

»Genau genommen kam mir die Idee bei der Predigt. Die hat ein französischer Priester gehalten, der die Ferienvertretung machte.«

»Stellt euch nur vor – ein Neger!«

»Das Thema der Predigt war Aussöhnung, zwischen Deutschen und Franzosen, und wie der Priester sie gerade in seiner Heimat erlebt.«

»In Afrika?«

»Nein, in Obernai im Elsass, wo er seit ein paar Jahren Vikar ist. Da werden jetzt überall Straßen und Autobahnen gebaut, und zwar in einem solchen Tempo, dass die Franzosen das gar nicht mehr alleine schaffen und deshalb immer mehr deutsche Bauunternehmer zum Zuge kommen.«

»Kolossal!«

»Habe ich es nicht gesagt?«

»Die Erleuchtung in der Kirche, sozusagen direkt durch den Heiligen Geist! Leck mich am Arsch!«

Während ihr Vater wie immer am lautesten über seinen eigenen Witz lachte, sah Babs, wie er unter dem Tisch mit Tante Regina füßelte. Mit ihren Blicken versuchte sie, Hans-Jörg darauf aufmerksam zu machen. Doch der war viel zu sehr damit beschäftigt, Eindruck bei den Erwachsenen zu schinden.

»Ich kann es gar nicht abwarten, in die Firma einzusteigen, Onkel Walter.«

»Bravo, mein Junge! Das ist der unternehmerische Geist, auf den es ankommt. Die Bereitschaft, Verantwortung zu übernehmen, der Wille zur Tat. Doch leider sterben diese Tugenden heute immer mehr aus. Das muss ich sogar bei meinen Arbeitgeberkollegen feststellen. Umso erfreulicher, wenn du diesen Geist jetzt schon mitbringst.« Beim Sprechen nahm er Babs in den Arm und drückte sie so fest an sich, dass sie sich nicht dagegen wehren konnte. »Ich glaube, da hast du dir den richtigen ausgesucht, Prinzessin.«

»Ich wusste von Anfang an, dass die beiden wunderbar zusammenpassen«, pflichtete Tante Regina ihm bei.

Babs roch die Bierfahne ihres Vaters. Während sie in der Umarmung erstarrte, plusterte Hans-Jörg sich immer mehr vor den Erwachsenen auf und renommierte schon jetzt mit der künftigen Größe der Firma Wilke unter seiner Führung.

»Und wenn ich irgendwann tausend Angestellte habe, gibt's in Altena nur noch ein einziges Bauunternehmen – die Wilke Hoch- und Tiefbau GmbH & Co KG!«

»Richtig, mein Junge, fressen oder gefressen werden! Das gilt in der Wirtschaft genau wie in der Natur! Darauf kannst du einen lassen!«

26

Aus den mannshohen Boxen dröhnte *In-a-gadda-da-vida*, in einer Lautstärke, dass der Holzboden im großen Saal des Jugendheims von den Bässen vibrierte. Während Schlo, der Nackte und Harzer mit einem Mädchen, das Kemal nicht kannte, total zugekifft eine Art Ringelreihen mit Bocksprüngen veranstalteten, verzog er sich in den kleinen, an die Bühne angrenzenden Nebenraum. Manchmal fragte er sich, ob er es nicht auch so machen sollte wie seine Schwester Serpil. Nachdem ihr Vater, der eigentlich nach der Facharztausbildung mit der ganzen Familie wieder zurück in die Türkei hatte ziehen wollen, um in Istanbul eine Praxis zu eröffnen, tatsächlich aber Jahr für Jahr seinen Vertrag in Altena verlängerte, weil der Bischof sein Gehalt jedes Mal erhöhte, hatte Serpil die Schule in Altena zu Beginn der Obersekunda abgebrochen und war zu einem Onkel, der gleichfalls in Deutschland promoviert hatte, und dessen deutscher Frau nach Istanbul vorausgegangen, um dort ihr Abitur zu machen. Sie war es leid gewesen, sich von ihren deutschen Freundinnen auslachen zu lassen, weil die Eltern so vieles von dem, was ihre Freundinnen ganz selbstverständlich durften, ins Kino gehen oder ins Eiscafé oder zum Tanzen, ihr verboten hatten und sie sich nicht länger mit der vagen Aussicht vertrösten lassen wollte, dass später in der Türkei alles viel schöner und besser sein würde. Im Gegensatz zu seiner Schwester durfte Kemal zwar alles, was seine Freunde durften, außer Alkohol trinken, doch wirklich heimisch fühlte auch er sich nicht und würde es wahrscheinlich auch niemals tun. Vor allem die verlogene Art und Weise, wie Jungen und Mädchen hier voreinander ihre Gefühle verbargen, machte ihm zu schaffen. Wenn er sich in ein Mädchen verliebte, dann voller Leidenschaft, doch Leidenschaft war in Deutschland aus der Mode. Als er beim Abschlussball seiner Partnerin gesagt hatte, dass er sie liebe, weil ihm beinahe die Hose geplatzt wäre, hatte die ihn schallend ausgelacht und ihn den ganzen Abend lang bei ihren Freundinnen wie einen Freak vorgeführt. Das wäre ihm in der Türkei niemals passiert.

Seitdem hatte er kein deutsches Mädchen mehr angesprochen. Trotzdem war die Türkei keine wirkliche Option für ihn, denn dort erwartete ihn das Militär, und da ging es anders zu als bei der Bundeswehr. Da wurden die Rekruten noch richtig geschleift, vor allem die Auslandstürken. Außerdem wollte er später Journalist werden, und in der Türkei landeten Journalisten im Knast, zumindest die kritischen. In Deutschland dagegen wurde man dafür bezahlt, wenn man den Staat kritisierte, und falls es wider Erwarten weder beim Fernsehen noch Radio oder bei einer Zeitung mit einem Job klappte, konnte man immer noch Pauker werden. Er würde sich jedenfalls nicht verbiegen, nicht mal als Pauker. Er würde dann eben den Marsch durch die Institutionen antreten, zu dem Rudi Dutschke aufgerufen hatte, um seinen Teil zur Veränderung der Gesellschaft beizutragen.

»Sind die Bullen auch bei euch gewesen?«

Kemal hatte gar nicht gehört, dass Peter hereingekommen war.

»Allerdings«, antwortete er. »Nachdem deine blöde Schwester mich verraten hat.«

»Red keinen Scheiß, Conni ist okay. Die hat nur keine Ahnung, wie die Szene funktioniert. Sag mir lieber, wie deine Alten reagiert haben.«

Kemal zuckte die Achseln. »Genauso wie deine natürlich.«

»Obwohl ihr kein Geschäft habt?«, staunte Peter.

»Familienehre«, erwiderte Kemal. »Die ist bei uns so heilig wie bei euch das Geschäft.«

Während draußen der Regen in Böen gegen die Fensterscheiben klatschte, kramte Peter einen fertigen Joint aus seiner Cordjacke. »Ich glaube, ich ziehe mich ein bisschen aus der Politik zurück und konzentriere mich mehr aufs Flötespielen.«

Kemal verzog das Gesicht. »Du solltest lieber endlich mal *Das Kapital* lesen.«

»Habe ich schon lange vor, bin nur noch nicht dazu gekommen.«

Peter steckte den Joint an und reichte ihn nach dem ersten Zug weiter. Doch Kemal wollte nicht.

»Hast du Schiss vor deinem Alten?«, fragte sein Freund verwundert. »Weil er als Arzt vielleicht was merkt?«

Kemal schüttelte den Kopf. »Der würde nicht mal was merken, wenn ich mir einen Trip einwerfe. Zu Hause kümmert der sich einen Scheiß. Aber ich habe in letzter Zeit das Gefühl, dass das Zeug einen irgendwie matschig macht in der Birne. Und du weißt ja, das Sein bestimmt das Bewusstsein.«

»Logisch, Alter«, pflichtete Peter ihm bei. Während er den inhalierten Rauch ganz langsam aus seinen Lungen ausströmen ließ, blickte er nachdenklich auf seinen Joint. »Aber vielleicht ist es ja auch umgekehrt?« Irritiert von seiner eigenen Frage, nahm er noch einen Zug. »Mann, Mann, Mann. Dialektik kann echt voll der Stress sein.«

27

Als Ulla im Nachthemd aus dem Bad kam, lag Jürgen schon mit einem Buch im Bett und las. Oswalt Kolle, *Deine Frau, das unbekannte Wesen* … Sie atmete einmal tief durch und streifte sich die Pantoffeln von den Füßen. Hoffentlich brachte die Lektüre ihn nicht auf irgendwelche Ideen … Sie nahm die Aktenmappe, die sie aus der Firma mit nach Hause gebracht hatte, von der Frisierkommode, setzte sich die Brille auf und machte es sich mit der Mappe in der Hand auf ihrer Seite des Betts bequem. Doch während sie, angelehnt an die Wand und mit einem Kissen im Rücken, zu blättern begann, spürte sie auf unangenehme Weise Jürgens Blicke, mit denen er sie über den Rand seines Buchs hinweg belauerte.

»Habe ich dir eigentlich schon erzählt, dass Ruths Fritzchen in der VAM anfängt?«, fragte sie, bevor er seinen Blicken Taten folgen lassen konnte.

»Nein«, erwiderte er. »Hast du nicht.«

»Walter hat mich gefragt, ob ich damit einverstanden bin«, antwortete sie, ohne die Augen von ihren Unterlagen zu heben. »Er will dem Jungen eine letzte Chance geben. Ich habe natürlich ja gesagt.«

»Das finde ich aber sehr anständig von ihm.«

»Irgendwie komisch. Väterliche Fürsorge gehört normalerweise nicht gerade zu seinen Stärken.«

Jürgen klappte sein Buch zu. »Also, ganz ehrlich, das finde ich jetzt ziemlich unfair von dir.«

»Was?«

»Jetzt verhält Walter sich so anständig, wie es anständiger gar nicht mehr geht, und du suchst nach dem Haar in der Suppe.«

Ulla warf ihm einen kurzen Blick zu. »Vielleicht hast du recht«, sagte sie. »Vielleicht steckt hinter seiner harten Schale ja ein weicheres Herz, als man denkt.«

»Siehst du?«

Jürgen legte sein Buch auf den Nachtkasten und schaute sie an. Eilig vertiefte sie sich wieder in ihre Akten. Die Unterlagen betrafen die Konditionen zu einer weiteren Drahtlieferung in die DDR. Nein, sie hatte den Vertrag nicht gekündigt – sie hatte es einfach nicht geschafft. Denn jedem Schreiben aus dem Ostberliner Ministerium war ein kleiner persönlicher Brief für sie beigefügt, von Tommy, und darüber freute sie sich jedes Mal in einer Weise, die sie gar nicht mehr für möglich gehalten hätte. Außerdem spülte das Geschäft so viel Geld in die Kasse, dass sie ihren Mitarbeitern auf der nächsten Betriebsversammlung eine Beschäftigungsgarantie für die nächsten zwei Jahre geben konnte.

»Musst du wirklich so spät noch arbeiten?«, fragte Jürgen.

»Nur noch ein paar Minuten. Warum?«

»Darum.« Er nahm ihr die Mappe aus der Hand und legte sie beiseite. »Ich habe da eben was in meinem Buch gelesen, was ich gern mal mit dir ausprobieren würde.«

Er versuchte sie zu küssen, doch sie wandte ihr Gesicht ab.

»Nicht jetzt, ich bin müde und muss morgen früh raus.«

»Komm schon, so spät ist es doch noch gar nicht.«

»Nein, wirklich nicht, mir ist nicht danach.«

»Aber mir. Willst du mal fühlen?«

Er griff nach ihrer Hand, um sie zwischen seine Schenkel zu führen. Mit einem Ruck zog sie ihre Hand zurück.

»Was zum Teufel ist mit dir los?« Jürgen richtete sich auf und blickte sie an, das hübsche Gesicht ein einziger beleidigter Vorwurf. »Seit du aus Berlin wieder hier bist, haben wir kein einziges Mal mehr miteinander geschlafen!«

Ulla nahm ihre Brille ab und erwiderte seinen Blick. »Und wie lange haben wir davor nicht mehr miteinander geschlafen, mein Schatz?«

28

Nach drei Wochen Dauerregen war Mitte Juni endlich der Frühsommer in Altena angekommen. Das ideale Wetter für einen Ausritt, dachte Babs, als sie in ihrem schulterfreien Minikleid zusammen mit Hans-Jörg die Thoméestraße zur Burg hinauflief. Die Abendsonne schien von einem fast wolkenlosen Himmel herab, und die sanfte Luft, die ihre nackte Haut an Armen und Beinen umschmeichelte wie Seide, war weder zu warm noch zu kalt. Doch am Reitstall war heute Stehtag, einmal in der Woche wurden die Pferde geschont, so dass der Unterricht heute ausfiel. Hans-Jörg hatte sie darum nach dem Abendessen zu Hause abgeholt und vorgeschlagen, zusammen einen Spaziergang um die Burg zu machen.

»Um den Sonnenuntergang anzuschauen?«, hatte sie gefragt.

»Nein, um zu knutschen«, hatte er geantwortet.

Als sie das untere Tor erreichten, hörten sie Musik. Im Burghof sah Babs die Jugendheim-Szene, ungefähr ein Dutzend Jungen und ein paar Mädchen. Die Mädchen kannte sie größtenteils vom Gymnasium, von den Jungen hingegen nur Penne, einen Fabrikantensohn aus der Rahmede, dessen Eltern mit ihren Eltern lose befreundet waren, und Peter, den Sohn von Betten-Prange. Peter, der wie immer seine karierte Schlägermütze trug, stand auf nur einem Bein wie Ian Anderson von Jethro Tull in der Mitte des Hofs und spielte Querflöte – eine ganz einfache, aber wunderschöne Melodie, die seine Freunde mit Gitarren und Bongos begleiteten.

»Was für ein Gesockse«, sagte Hans-Jörg.

»Also, ich finde die eigentlich ganz sympathisch«, erwiderte Babs.

»Was soll an den langhaarigen Affen denn sympathisch sein?«

»Warum musst du sie immer schlechtmachen? Die sind einfach nur ein bisschen anders als wir. Die machen nicht alles nach, was ihre Eltern ihnen vormachen. So wie wir.«

»Wie kannst du nur so einen Mist reden?«

»Ist überhaupt kein Mist. Ich wünsche mir manchmal, ich wäre ein bisschen mehr so wie die.«

Während sie sprach, ließ Peter die Flöte sinken, und zusammen mit den anderen sang er einen Text, der alles ausdrückte, wonach Babs sich gerade in ihrem tiefsten Innern sehnte:

Climb upon a hill, and stretch your wings …
Fly through the wind, to the firered sun …
Catch your dreams …
Catch your dreams …
Caaahaaahaaatch your dreams …

Was für wundervolle Worte, Babs hatte sie noch nie gehört, so wenig wie die Melodie. Ob Peter den Song wohl selber komponiert hatte? Als er die Flöte wieder an die Lippen führte und auf seinem Instrument das Thema wiederholte, stellte sie sich vor, sie würde hoch oben auf dem Wixberg stehen, dem höchsten Berg von Altena, mit einem flatternden Kleid im Abendwind, beide Arme ausgebreitet zu zwei Flügeln, um sich wie ein großer Vogel in die Lüfte emporzuschwingen und schwerelos über das Tal hinwegzugleiten. Mit einem Seufzer schloss sie die Augen.

»Wenn du mich fragst, gehören die alle eingesperrt«, sagte Hans-Jörg.

»Wie bitte?«, schrak Babs aus ihren Träumen auf.

»Ja, eingesperrt, am besten in ein Lager. Damit die mal lernen, was arbeiten heißt.«

»Hast du sie noch alle? Du redest ja wie ein Nazi.«

»Frag deinen Vater. Der wäre derselben Meinung wie ich – wetten?«

»Umso schlimmer!« Babs verzog das Gesicht, »Übrigens, du hast dich ja beim letzten Familientreffen bestens mit ihm verstanden. Du hast ihm die ganze Zeit nach dem Mund geredet.«

»Ich rede niemandem nach dem Mund! Im Gegensatz zu denen da habe ich nämlich meinen eigenen Verstand.« Voller Verachtung wies er mit dem Kopf in Richtung Burghof. »Die machen doch nur nach, was irgendwelche Linksradikale ihnen im Fernsehen vormachen.« Er griff nach ihrer Hand. »Komm, gehen wir lieber knutschen.«

Zögernd blickte Babs auf seine Hand. Warum hielt er sie so fest? Hatte er Angst, sie würde ihm sonst davonlaufen? Nein, sie hatte jetzt keine Lust zum Knutschen, es gab etwas viel Wichtigeres, etwas, was ihr schon seit fast einem Monat auf der Seele brannte, doch worüber sie bis heute sich nicht getraut hatte zu sprechen, weil sie nicht wusste, wie er reagieren würde und sie nicht mit ihm streiten wollte. Jetzt hatte sie das Gefühl, dass der richtige Augenblick gekommen war. Wenn sie es jetzt nicht schaffte, würde sie es niemals schaffen. Es musste endlich raus, sonst würde sie daran ersticken!

»Hast du eigentlich gesehen, was mein Vater und deine Mutter neulich bei unserem Besuch unter dem Tisch gemacht haben?«

Hans-Jörg schaute sie verständnislos an. Allem Anschein nach wusste er nicht, wovon die Rede war.

»Sie haben miteinander gefüßelt«, erklärte sie, »die ganze Zeit, während sie mit den anderen scheinbar harmlos redeten.«

»So, haben sie das?« Er lachte. »Mein Gott, freu dich doch, dass die Alten noch ein bisschen Spaß haben.«

»Spaß? Das ist doch widerlich. Da tut mein Vater, als wäre er der beste Freund von deinem Vater, und gleichzeitig macht er an deiner Mutter rum.«

Hans-Jörg musterte sie mit einem so überheblichen Gesicht, als wäre sie ein Kind. »Ich glaube, du solltest mal Oswalt Kolle lesen. Offenbar hast du nicht die geringste Ahnung, was Männlein und Weiblein so miteinander treiben.«

»*Du* hast keine Ahnung!« Sie hasste es, wenn er so überlegen tat. »Die beiden füßeln nicht nur, die … die machen noch ganz andere Sachen …«

»Nämlich?« Jetzt schien er doch ein bisschen irritiert.

Babs wusste nicht, wie sie anfangen sollte. »Neulich, auf dem Turnier, da habe ich sie zusammen gesehen. In der Besenkammer. Auf dem Gang zwischen dem Jugendraum und den Toiletten.«

»In der Besenkammer?«

»Ja. Da hat deine Mutter meinem Vater …«

»Was hat meine Mutter?«, unterbrach er, plötzlich nervös.

Wieder kamen die widerlichen Bilder in ihr hoch. Bei der Erinnerung hätte sie am liebsten geschwiegen. Aber das ging jetzt nicht mehr.

»Los, sag endlich! Einfach nur Andeutungen machen gilt nicht.«

Sie gab sich einen Ruck. »Tante Regina, ich meine, deine Mutter – sie … sie hat meinem Vater … Ach Mist, ich weiß nicht, wie das heißt! Sie hat ihm mit dem Mund – du weißt schon …«

»Meine Mutter? Mit dem Mund? Bist du verrückt geworden?« Kreidebleich im Gesicht, entzog er ihr seine Hand.

»Es war so ekelhaft, das kannst du dir gar nicht vorstellen«, sagte Babs. »Ich bin aufs Klo gerannt und musste mich erst mal übergeben.«

Hans-Jörg schluckte. »Warum … warum erzählst du mir so was?«, fragte er mit tonloser Stimme.

»Weil ich es gesehen habe!«

Seine Miene verhärtete sich. Dann schüttelte er den Kopf. »Ich glaube dir kein Wort.«

Fassungslos schaute sie ihn an. Eisern erwiderte er ihren Blick.

»Meine Mutter würde so etwas nie tun. Nie-, niemals!«

Babs konnte nicht glauben, was er sagte. »Willst du … willst du etwa damit behaupten, ich hätte das erfunden?«

Er zuckte die Schultern. »Sieht ganz danach aus.«

»Aber warum sollte ich das tun?«

»Vielleicht, um ein bisschen so zu sein wie die da?«

Mit dem Kinn deutete er wieder zum Burghof, wo die anderen aufgehört hatten zu spielen. Feixend winkten sie ihnen zu.

»Seht mal, der schöne Hans-Jörg!«

»Hoppe hoppe Reiter!«

»Kommt her, wir haben was für euch. Oder traut ihr euch nicht?«

Ein Junge, den Babs nicht kannte, ein untersetzter Typ mit gelblichen, schulterlangen Haaren, streckte ihnen einen Joint entgegen.

»Schnauze halten, ihr Linksradikalen!«, schrie Hans-Jörg.

»Selber Schnauze, du Spießer!«

Babs zuckte zusammen. Obwohl sich alles in ihr dagegen sträubte, hatte sie das Gefühl, dass die Bemerkung ins Schwarze getroffen hatte. Hans-Jörg war wirklich ein Spießer.

Wie um es ihr zu beweisen, drohte er jetzt auch noch mit der Polizei: »Ein Anruf von mir beim langen Trippe, und ihr kommt alle in den Knast! Rauschgift ist verboten!«

Die anderen lachten ihn einfach aus. »Oho, der Herrenreiter hat gesprochen!« Bestens gelaunt ließen sie weiter den Joint kreisen.

»Siehst du, was das für ein Gesockse ist?«, fragte Hans-Jörg mit zitternder Stimme. »Ich hab dir's ja gleich gesagt. Eingesperrt gehören die! Eingesperrt und weg!«

»Fängst du schon wieder damit an?« Babs war entsetzt. »Du redest ja wirklich wie ein Nazi!« Sie drehte sich zu ihm herum und schaute ihn an. »Nimm das sofort zurück, oder …«

»Oder was?« Wieder dieser hochmütige, überlegene Blick. »Ich denke ja nicht daran, irgendwas zurückzunehmen. Du siehst doch selbst, dass das Verbrecher sind – rauchen Haschisch in der Öffentlichkeit. Früher hätte man mit denen kurzen Prozess gemacht!«

»Hör endlich auf, so zu reden! Das … das meinst du doch gar nicht, was du da sagst!«

In ihrer Verzweiflung wollte sie seine Hand nehmen, damit er zur Besinnung kam, doch er verschränkte die Arme vor der Brust, so dass sie keine Chance hatte. Immer noch weiß im Gesicht, blickte er mit zusammengekniffenen Augen an ihr vorbei ins Nirgendwo.

Sie wartete eine Weile in der Hoffnung, dass er noch die Kurve kriegte. Doch er rührte sich nicht.

Nein, sie hatte sich geirrt. Er meinte sehr wohl, was er gesagt hatte.

»Weißt du was?«, sagte sie. »Ich gehe jetzt zu dem Gesockse und rauche meinen ersten Joint. Dann kannst du mich gleich mit einsperren.«

Bevor er etwas entgegnen konnte, kehrte sie ihm den Rücken zu und lief in den Burghof, wo die anderen sie mit stürmischem Jubel empfingen.

29

Fritzchen war noch keine fünf Minuten in der VAM, da bereute er auch schon, dass er dem Drängen seiner Mutter nachgegeben und die Stelle angenommen hatte. Das Arschloch persönlich hatte ihn bei seiner Ankunft in Empfang genommen, um ihm den Betrieb zu zeigen.

Inzwischen waren sie in einer Werkhalle angekommen, in der es so laut war, dass man kaum sein eigenes Wort verstand. Gleich ein Dutzend Stanzmaschinen spuckte um die Wette D-Mark-Rohlinge aus. Bei dem Anblick der sprudelnden Münzen schien das Arschloch regelrecht einen Ständer zu kriegen.

»Die Produktion läuft zum Glück wieder auf vollen Touren!«, brüllte er über den Lärm hinweg. »Seit die Konjunktur Tritt gefasst hat, kommen wir kaum noch mit der Arbeit hinterher. Die Bundesbank braucht Hartgeld wie in besten Zeiten.«

Fritzchen hörte gar nicht hin. Mit beiden Händen in den Hosentaschen schlenderte er gelangweilt an den Maschinen vorbei. Was ging der ganze Scheiß ihn an? Von dem Zaster, der hier gemacht wurde, würde er sich ja sowieso nie was kaufen können.

»Hände aus den Hosentaschen! Reiß dich verflucht noch mal zusammen! Das hier ist deine letzte Chance. Ist das klar, Freundchen?«

Ein kleiner Aufruhr am anderen Ende der Halle lenkte das Arschloch ab. Umringt von neugierigen Arbeitern, schien Tante Ulla sich dort mit einem Vorarbeiter zu streiten – im Gegensatz zu seinen Kollegen trug er keinen dreckigen Blaumann, sondern einen frisch gewaschenen und gebügelten grauen Kittel. Etwas abseits stand eine Arbeiterin, die aussah, als hätte sie gerade geweint, und die sich jetzt mit verstörtem Gesicht die Bluse zuknöpfte. Fritzchen hob die Brauen. Das war schon interessanter …

Er nahm die Hände aus den Taschen und folgte dem Arschloch.

»Was zum Teufel ist hier los?«

»Gar nichts, Chef«, sagte der Vorarbeiter. »Nur eine ganz normale Leibesvisitation. So, wie Sie es angeordnet haben.«

»Von wegen, normal«, widersprach Tante Ulla. »Er hat die Frau halb ausgezogen und begrapscht. Obwohl sie unschuldig war. Es wurde kein einziger Rohling bei ihr gefunden.«

»Ob schuldig oder nicht, weiß man immer erst hinterher«, erwiderte das Arschloch und drückte dem Vorarbeiter eine Packung Reval in die Hand. »Gut gemacht, Günter, immer die Augen schön offen halten.«

Der Vorarbeiter warf Tante Ulla einen frechen Blick zu. Doch die ignorierte ihn und nahm das Arschloch beiseite. »Ich muss dich mal kurz unter vier Augen sprechen, Walter.«

Der zögerte einen Moment. »Na, gut«, sagte er. Während er Tante Ulla in Richtung Büro folgte, rief er dem Vorarbeiter über die Schulter zu: »Kümmere du dich solange um unseren neuen Stift, Günter.«

»Klar, Chef!« Mit wichtiger Meine drehte der Vorarbeiter sich zu Fritzchen herum. »Willkommen in der VAM. Ich nehme doch an, dass du gemeint bist, oder?«

Fritzchen zuckte die Achseln. »Schätze ich auch, Günter.«

»Was fällt dir ein? Für dich bin ich Herr Jeschonnek!«

»Von mir aus.«

»Schreib dir das hinter die Löffel! Und wie heißt du?«

»Herr Böcker.«

»Willst du mich verarschen?«

»Ich kann nichts dafür, dass ich so heiße. Aber Sie können ruhig Fritz zu mir sagen, *Herr* Jeschonnek.«

Der Vorarbeiter, ein Mann um die vierzig mit rötlicher Halbglatze, rötlichem Schnauzbart und rötlichen Koteletten, dessen Wichtigkeit eine Batterie Kugelschreiber in der Brusttasche bezeugte, maß ihn mit einem misstrauischen Blick. Offenbar wusste er nicht, was er von dem neuen Stift halten sollte. Fritzchen war sehr mit sich zufrieden. Er kannte diese Typen – nach oben buckeln, nach unten treten – und war sicher, dass er schon bald Günter zu ihm sagen würde, wie es sich für beste Freunde gehörte.

»Und wie geht's jetzt weiter?«, fragte er.

»Komm mit, ich zeige dir die Packstube. Da kannst du dich nützlich machen, bis der Chef neue Anweisungen gibt.«

Als sie am Büro vorbeikamen, hörten sie von drinnen so laute Stimmen, dass diese trotz geschlossener Tür den Maschinenlärm in der Halle übertönten. Kein Zweifel, Tante Ulla und das Arschloch stritten sich wie die Besenbinder.

»Das passiert andauernd«, sagte Jeschonnek. »Die beiden können sich nicht riechen.«

Fritzchen hob ein zweites Mal die Brauen. »Interessant.«

Vielleicht war es doch kein Fehler gewesen, die Stelle anzunehmen.

30

Bernd parkte seinen Jaguar S-Type, den Regina ihm noch in jenen Zeiten aufgeschwatzt hatte, in denen es für die Wilke Hoch- und Tiefbau GmbH & Co KG keine Grenzen zu geben schien, vor dem jahrhundertealten Münster und stellte den leise flüsternden 3,8-Liter-Motor ab. Im Rückspiegel der Limousine überprüfte er den Sitz seiner Krawatte. Er wusste, der Auftrag, um den er sich heute beim Baudezernenten des Département Haut-Rhin in Straßburg bewarb, war seine letzte Chance, die Firma zu retten. Da die Hälfte seiner Belegschaft seit fast einem Jahr damit beschäftigt war, die Schäden an den Gastarbeiterwohnheimen der Hösch-Werke zu beheben, um millionenschwere Regressforderungen abzuwenden, hatte die Sparkasse allein mit Blick auf dieses mögliche Geschäft in Frankreich ihm den Kredit ein allerletztes Mal prolongiert. Scheiterte er heute, konnte er morgen Konkurs anmelden und beim Arbeitsamt stempeln gehen, bis er vielleicht bei irgendeinem ehemaligen Konkurrenten eine Stelle als einfacher Maurer fand.

Um an diesem Tag in Form zu sein, hatte er seit Wochen keinen Tropfen Alkohol mehr getrunken. Tatsächlich fühlte er sich frisch und voller Spannkraft, als er sich nun an der Pforte der Präfektur meldete, die keine fünf Minuten vom Münster entfernt lag. Abbé Mandalou, der junge französische Priester ivorischen Ursprungs, der in der Altenaer St.-Matthäus-Gemeinde Pfarrer Schmidt während des Urlaubs vertreten hatte, hatte ihm den Termin verschafft.

Der Baudezernent erwartete ihn bereits in seinem Büro, zusammen mit dem afrikanischen Geistlichen. Zum Glück stellte sich schon bei der Begrüßung heraus, dass Monsieur Koeberlin, so sein Name, ebenso fließend Deutsch sprach wie Bernd selbst. Übersetzungshilfe durch Abbé Mandalou war also gar nicht nötig.

»Wir Straßburger sind alle dreisprachig«, erklärte er lachend. »Bei der Arbeit reden wir Deutsch, bei Tisch Elsässisch und bei der Liebe Französisch. Nun, da wir heute zusammengekommen sind, um zu arbeiten, schlage ich vor, dass wir beim Deutschen bleiben.«

»Sehr gern, wenn es Ihnen nichts ausmacht.«

»Aber nicht im Geringsten. Doch bevor wir beginnen – darf ich Ihnen vielleicht ein Glas von unserem Edelzwicker anbieten?«

Erschrocken blickte Bernd auf die Flasche, die sein Gastgeber aus dem Schreibtisch hervorgezaubert hatte. Einen unglücklicheren Gesprächsauftakt hätte es kaum geben können.

»Bitte fassen Sie es nicht als Unhöflichkeit auf«, sagte er. »Aber nein danke. Ich … ich möchte gern einen klaren Kopf behalten.«

Zum Glück lachte der Franzose erneut. »*Voilà vous autres allemands* – immer so nüchtern. Aber Sie haben ja recht, Dienst ist Dienst, und Schnaps ist Schnaps.«

Bernd war erleichtert, dass Koeberlin ihm den Korb nicht übelnahm und nun zum Geschäftlichen überging, ohne mit weiteren Scherzen oder Überraschungen aufzuwarten. Bei dem im Raum stehenden Auftrag handelte es sich um ein Projekt, das an Größe und Bedeutung alles übertraf, was die Firma Wilke bisher je bewältigt hatte. Eine kombinierte Auto- und Eisenbahnbrücke sollte über den Rhein gebaut werden, die die deutschen und französischen Verkehrsnetze diesseits und jenseits des Grenzflusses miteinander verband. Obwohl Bernd einen Kostenplan vorgelegt hatte, der alle französischen Wettbewerber deutlich unterbot, hatte Koeberlin Zweifel.

»Ist die Zeit wirklich schon reif, dass eine französische Präfektur einem deutschen Unternehmer einen so großen Auftrag erteilen kann, ohne dass wir Schwierigkeiten mit unserer eigenen Bevölkerung bekommen? Der Krieg ist zwar schon fast ein Vierteljahrhundert vorbei, aber in jeder Familie gibt es immer noch Tote zu beklagen.«

Bernd hob die Arme. »Das ist leider eine Frage, die ich nicht beantworten kann.«

Abbé Mandalou sprang ihm zur Seite. »Ich sehe in dem Projekt mehr als nur ein Bauwerk«, sagte er. »Abgesehen von dem praktischen Nutzen, zu dem es errichtet wird, ist es ein wunderbares Symbol der Völkerverständigung. Es gilt, eine *Brücke* zu bauen, im wahrsten Sinne des Wortes! Kann es ein schöneres Sinnbild für die Aussöhnung zweier ehemaliger verfeindeter Nationen geben?«

Koeberlin, der Ende vierzig, Anfang fünfzig sein mochte, wiegte nachdenklich den Kopf. »Vielleicht.« Dann wandte er sich an Bernd. »Darf ich Ihnen eine persönliche Frage stellen, Herr Wilke?«

»Natürlich.«

Der Baudezernent sah ihm fest in die Augen. »Waren Sie im Krieg? Ich meine, als Soldat?«

Bernd zögerte. Er wusste nicht, worauf die Frage abzielte. Hatte er womöglich nur dann eine Chance, ins Geschäft zu kommen, wenn er selber nicht aktiv am Krieg teilgenommen hatte? Er war schon versucht, die Frage zu verneinen, doch als er spürte, dass er bereits bei dem Gedanken daran rot wurde, beschloss er, sich lieber an die Wahrheit zu halten. Selbst wenn er wollte – er war fürs Lügen einfach nicht geschaffen.

Auf die Gefahr hin, sich vielleicht mit einem einzigen Wort alles zu verderben, sagte er: »Ja, ich war Soldat. Sogar hier in Frankreich, während der Besatzung. Eine fürchterliche Zeit.«

»Allerdings«, sagte Koeberlin. »Vor allem für meine Landsleute.«

Bernd hielt den Blick des Franzosen kaum aus. »Natürlich«, sagte er und schluckte, so sehr schämte er sich plötzlich. »Es sind damals schreckliche Dinge passiert, und wir tragen dafür die Schuld. Ich … ich selber«, fügte er hinzu, bevor er es verhindern konnte, »war an einem Erschießungskommando beteiligt … Ein Partisan … Ich weiß bis heute nicht, ob ich den Mann umgebracht habe oder eine Platzpatrone in meinem Gewehrlauf war.«

Koeberlin fixierte ihn weiter mit seinem Blick. »Haben Sie sich freiwillig zu dem Kommando gemeldet?«

»Nein, natürlich nicht.« Bernd schüttelte so heftig den Kopf, dass es aussehen musste, als würde er lügen. »Ich wurde dazu befohlen, weil ich als guter Schütze galt. Bitte glauben Sie mir, ich hätte viel dafür gegeben, um mich dem Befehl zu entziehen. Aber was sollte ich tun? Auch wir deutschen Soldaten waren ja nicht freiwillig im Krieg, ich war gerade mal siebzehn Jahre alt, als ich eingezogen wurde, ein Kind.« Er machte eine Pause. »Und trotzdem«, sagte er leise, »wir waren es, die das alles angerichtet haben. Ich habe noch heute Albträume davon.«

Als er zu Ende gesprochen hatte, entstand eine drückende Stille. Koeberlin schaute zum Fenster hinaus, durch das man die Dächer der Fachwerkhäuser und den Turm des Münsters sah. Abbé Mandalou betrachtete schweigend seine Hände. Bernd hätte sich am liebsten die Zunge abgebissen. Warum hatte er die Sache überhaupt erwähnt? Niemand hatte ihn dazu gezwungen, es war ihm einfach so rausgerutscht, als hätte er Angst gehabt, dass man ihn sonst vielleicht dabei erwischt hätte, etwas zu verschweigen. Er spürte, wie die Angst ihm in den Nacken kroch. Er wusste, er hatte sich gerade ohne Not um Kopf und Kragen geredet, und machte sich innerlich darauf gefasst, dass man ihn gleich verabschiedete.

Es dauerte eine endlose Weile, bis Koeberlin sich räusperte. »Wissen Sie, Herr Wilke«, sagte er dann, »dass Sie der erste Deutsche sind, der so unumwunden die Schuld seines Volkes eingesteht? Dafür danke ich Ihnen.«

Überrascht hob Bernd den Kopf. Als er in das Gesicht des Franzosen sah, hatte er den Eindruck, dass hinter den Brillengläsern Tränen schimmerten.

»Auch ich habe erfahren«, fuhr Koeberlin fort, »was es heißt, Soldat zu sein. Ich war genauso wie Sie im Krieg, sogar vom ersten Tag an, ich bin ja ein paar Jahre älter als Sie. Ich war während der Besatzung untergetaucht, um als Elsässer nicht von der Wehrmacht gezogen zu werden. Ich ging in den Untergrund, wurde Mitglied der Résistance, und nach der Landung der Alliierten in Frankreich habe ich mich de Gaulles Truppen angeschlossen. Ich wollte mithelfen, mein Land zu befreien. Aber was ich in dieser Zeit erlebte, gehört zu den schlimmsten Erfahrungen meines Lebens. Ich war dabei, wie unsere Einheit ein halbes Dorf ausgelöscht hat, ein paar Tage vor der deutschen Kapitulation, weil es als Kollaborateurennest galt.« Koeberlin rückte seine Brille zurecht und wandte sich an den Priester. »Ja, vielleicht haben Sie recht, Abbé Mandalou, vielleicht ist es wirklich an der Zeit, neue Wege zu gehen, um die unselige Vergangenheit endlich hinter uns zu lassen.«

Der Geistliche lächelte. »Ich bin sicher, der Herr würde seinen Gefallen daran haben und Ihnen seinen Segen dazu geben.«

»Ach, hätten wir es nur alle so einfach wie der liebe Gott«, seufzte

Koeberlin. Er dachte einen Moment nach. Dann wandte er sich wieder an Bernd. »Ich glaube, ich habe eine Idee«, sagte er. »Wissen Sie, was ein Joint Venture ist?«

»Ja, das heißt ... ich glaube schon. Warum?«

Statt eine Antwort zu geben, griff der Baudezernent zum Telefon. Nachdem er eine Nummer gewählt hatte, sprach er ein paar französische Sätze in die Muschel, die Bernd nicht verstand.

»Monsieur Koeberlin spricht mit der Sekretärin des Präfekten«, erklärte Abbé Mandalou leise. »Sie soll prüfen, ob ein gemeinsames Mittagessen möglich ist.«

Bernd fragte sich, ob das ein gutes oder schlechtes Zeichen sei, da legte der Baudezernent auch schon wieder den Hörer auf die Gabel.

»Ich hoffe, Sie mögen Baeckeofe, Herr Wilke«, sagte er. »Kartoffelauflauf mit Lammfleisch und Schweinsfüßen – eine elsässische Spezialität.«

»Ich bin sicher, dass mir das schmeckt«, sagte Bernd.

»Wunderbar«, sagte Koeberlin. »Aber tun Sie mir bitte einen Gefallen – wenn der Präfekt Ihnen ein Glas Edelzwicker anbietet, lehnen Sie nicht ab. Er ist selbst ein passionierter Hobbywinzer und würde das womöglich als persönliche Beleidigung auffassen.«

Bernd holte tief Luft. »Wenn es bei einem Glas bleibt – gerne.«

»Qui vivra, verra.« Koeberlin lachte. »Man wird sehen.«

31

Ulla hatte lange gezögert, ob sie Jürgen nicht doch in den Lennestein begleiten sollte, wo an diesem Abend Altenas Bürger mit Abordnungen aus Blackburn und Péronne ihre zwei Städtepartnerschaften feierten, statt nach Bochum zu fahren, um an der Eröffnung von Uschis neuem Frisiersalon teilzunehmen. Jürgen hatte größten Wert darauf gelegt, als Bürgermeister zusammen mit ihr dort zu erscheinen, zumal seine französischen und englischen Amtskollegen ihre Frauen mit nach Altena gebracht hatten. Doch auf die Gefahr hin, dass er mal wieder ein paar Tage eingeschnappt war, hatte Ulla beschlossen, dass in diesem Fall die Familie vorging. Ruth hatte sie so sehr gedrängt, nach Bochum zu kommen, dass sie einfach nicht hatte nein sagen können.

Als sie jetzt sah, wie glücklich ihre Schwester war, wusste sie, dass sie die richtige Entscheidung getroffen hatte. Nicht nur die Verwandtschaft war da, sondern auch Dutzende Freunde und Nachbarn drängten sich in dem engen Raum, so dass man sich gegenseitig auf den Füßen stand. Genau so musste es sein! Während Mettbrötchen und Käsewürfel gereicht wurden, bestaunte man mit einem Glas Söhnlein brillant in der Hand die knallbunten Frisierstühle und Trockenhauben. Uschis Frisuren-Kiste hatte die stolze Besitzerin ihren Salon getauft, und obwohl ihr vor lauter Aufregung bei der Begrüßung fast die Stimme versagte, hatte sie nicht vergessen, ihrer Schwiegermutter für die Unterstützung zu danken. Gerührt schaute Ulla zu, wie die beiden Frauen sich nun vor den Gästen umarmten. Dabei freute sie sich für Ruth noch mehr als für Winfrieds Frau. Wenn jemand einen Freudentag verdiente wie diesen, dann ihre älteste Schwester – nach all den Katastrophen, die sie schon erlebt hatte.

Während Benno die hervorragende Lage des Salons pries – »Aldi in der Nachbarschaft? Besser geht's ja gar nicht!« – und Gundel unter den Verwandten Werbung für die Wiederaufnahme der Hauskonzerte machte, damit die Familie sich endlich wieder regelmäßig traf, thronte Winfried mit dem Rücken zur Spiegelwand auf einem Frisierstuhl und hielt Hof, als wäre nicht Uschi, sondern er der eigentliche Gastgeber. Trotz seines verlorenen Beins, an das ein an den Stuhl gelehnter Krückstock erinnerte, paffte er, jeder Zoll ein Unternehmer, gutgelaunt eine Zigarre.

»Ich falle immer wieder auf die Füße«, lachte er und klopfte mit dem Knöchel an sein Holzbein. »Selbst wenn einer ab ist. Die Amputation war das Beste, was mir passieren konnte. Walter Böcker hat mich zum Behinderten-Obmann gemacht. Jetzt habe ich ein eigenes Büro und den ganzen Tag nichts anderes zu tun, als mich um die paar Krüppel im Betrieb zu kümmern. So gut habe ich es mein Lebtag noch nicht gehabt!«

Ulla fragte sich, ob Ruths Ältester ein sympathischer Idiot oder ein Lebenskünstler war. Sie hatte kürzlich das Buch *Sorge dich nicht – lebe!* von Dale Carnegie gelesen, und die Quintessenz, die der amerikanische Autor aus den Lebensberichten zahlloser Erfolgsmenschen zog, lautete, dass man aus allem das Beste machen sollte – gleichgültig, was einem widerfuhr. Insofern war Winfried ohne Zweifel ein Lebenskünstler. Trotzdem, komisch war sein Verhalten doch, alles hatte schließlich seine Grenzen.

War das vielleicht der Grund, fragte Ulla sich, warum ihr die Amis mit ihrem fanatischen Optimismus immer ein bisschen unheimlich waren?

Wie aus dem Nichts stand plötzlich Winfrieds Bruder Fritzchen neben ihr.

»Ich habe etwas, das dich interessieren könnte.« Er sprach ganz leise, als habe er Angst, dass jemand sie hören konnte, und tippte mit bedeutungsvoller Miene auf eine Aktentasche, die er unter dem Arm trug.

Ulla runzelte die Stirn. »Warum kommst du damit hier zu mir und nicht in der Firma?«

Er öffnete die Tasche einen Spalt weit, damit sie einen Blick hineinwerfen konnte. Alles, was sie erkannte, war ein angekokelter Aktenordner.

»Wenn du das gelesen hast«, sagte er, »wirst du wissen, warum.«

32

Bernd wusste nicht wirklich, ob er an Gott glaubte oder nicht. Die Idee von einem Schöpfer, der ganz allein die Welt erschaffen und von Anbeginn aller Zeit alles und jedes vorausgesehen und geplant hatte, was in Tausenden und Millionen von Jahren auf der Erde irgendwann einmal passieren würde, wie ein Baumeister, der nicht nur ein riesiges Gebäude erschafft, sondern auch alle erdenklichen Weisen seiner Verwendung im Vorhinein bestimmt – nein, diese Idee überstieg seine Vorstellungskraft. Andererseits aber konnte er auch nicht glauben, dass alles, was ein Mensch in seinem Leben tat und was ihm widerfuhr, ohne jeden Plan und Sinn sein sollte – dann wäre es doch vollkommen absurd, dass man überhaupt geboren war. Auch wenn es vielleicht keinen Schöpfergott gab, wie er im Konfirmationsunterricht gelernt hatte, so musste es doch irgendein höheres Wesen geben, das in den Dingen, die geschahen, irgendwie waltete und schaltete und die vielen zufälligen Ereignisse im Leben eines Menschen, die scheinbar nichts miteinander zu tun hatten, auf unsichtbare und geheimnisvolle Weise miteinander verwob und verband.

Auf seiner Rückfahrt von Straßburg hatte er darum beschlossen, nicht die kürzeste Route über Frankfurt nach Altena zu nehmen, sondern einen Umweg durch das Rheinland und über Köln zu machen. Koeberlin hatte dem Präfekten vorgeschlagen, den Bau der geplanten Brücke von einem deutsch-französischen Gemeinschaftsunternehmen ausführen zu lassen, und der Präfekt hatte den Vorschlag eines Joint

Venture als Sinnbild der Völkerversöhnung begeistert aufgegriffen und Bernd per Handschlag seine Beteiligung als deutscher Generalunternehmer versprochen. Trotz seines Glücks hatte Bernd der Versuchung widerstanden, mehr als ein Glas Wein zu trinken. Umso größer war nun sein Bedürfnis, dem Schicksal irgendwie für seine Rettung zu danken – gleichgültig, ob es Gott tatsächlich gab oder nicht. Und um diesem Bedürfnis nachzukommen, konnte er sich keinen geeigneteren Ort denken als St. Kolumba, das Marienkirchlein, das er nach dem Krieg selber aus den Trümmern wieder aufgebaut hatte.

Das kleine Gotteshaus war menschenleer, als er es am späten Abend betrat. Das schwache Licht des Mondes, das kaum durch die bunten Glasfenster drang, schien die Finsternis im Chorraum nur noch zu vertiefen. Es dauerte eine Weile, bis seine Augen sich an die Dunkelheit gewöhnt hatten und er die Umrisse der Madonna auf dem Podest ausmachen konnte. Obwohl er ihr Gesicht kaum sah, glaubte er ihr Lächeln zu erkennen, mit dem sie auf ihn herabblickte.

Mit einem bereitliegenden Feuerzeug entzündet er den Docht der Kerze, die er in Koblenz gekauft hatte, und pflanzte sie auf den Ständer zu Füßen der Statue. Die flackernde Flamme tauchte die Kapelle in tanzende Schatten, doch bald beruhigte sie sich, um schließlich stetig emporzusteigen und den Chorraum mit einem milden, sanften Schein zu erfüllen.

Bernd setzte sich auf eine Bank, um die weihevolle Stille zu atmen. Nicht ein Geräusch drang von draußen an sein Ohr, während er den Blick an den Wänden der Kapelle entlangwandern ließ. Das kleine Gotteshaus war das Schönste, was er je erschaffen hatte. Keinem anderen von ihm errichteten Gebäude fühlte er sich so verbunden wie diesem. Voller Dankbarkeit schaute er zu der schweigenden Madonna empor. So wie sie einst aus den Trümmern des Krieges geborgen worden war, so war er an diesem Tag gerettet worden aus den Trümmern seines eigenen Lebens.

Obwohl er evangelisch war, schlug er das Kreuzzeichen – etwas Besseres fiel ihm nicht ein, um seinen Gefühlen Ausdruck zu verleihen. Er faltete die Hände und sprach ein stummes Dankgebet.

Als er im Kerzenschein sah, wie seine großen Maurerhände in seinem Schoß ruhten, musste er lächeln.

Sie waren wieder so ruhig wie früher, ohne jedes Zittern.

33

Tommy saß in seinem Büro und telefonierte.

»Was hast du gesagt?«, fragte er. »Kannst du das noch mal wiederholen?«

Er hatte sich über Ullas unverhofften Anruf so sehr gefreut, dass er nur die Hälfte dessen, was sie sagte, verstand.

»Der Aktenordner, den mein Neffe mir gab, enthält Unterlagen der Firma Wilhelm Böcker & Söhne aus der Zeit vor neunzehnhundertfünfundvierzig. Unter anderem Listen der Arbeiter und Angestellten während der Kriegsjahre, von der Niederlassung in Boryslaw, Ostgalizien.«

Tommy begriff. »Und jetzt fragst du dich, ob an den Vorwürfen, die letztes Jahr in der Bild-Zeitung standen, vielleicht doch was dran sein könnte?«

»Hast du daran noch Zweifel?«, erwiderte sie. »Ich nicht. Auch wenn bei der Firmenrazzia nichts herausgekommen ist.«

»Stimmt – wenn es darum geht, Naziverbrechen aufzuarbeiten, zeichnen sich Eure Rechtsorgane ja bekanntlich nicht gerade durch übertriebenen Eifer aus.« Tommy dachte nach. »Pass auf«, sagte er dann. »Ich werde der Sache nachgehen. Wir haben hier in Ostberlin jede Menge Archive mit Material aus der Hitler-Zeit, auch von Wirtschaftsunternehmen. Ich werde noch heute einen Antrag auf Akteneinsicht stellen. Sobald ich etwas herausfinde, melde ich mich. Und vielleicht«, fügte er nach einem klitzekleinen Moment der Unsicherheit hinzu, »bekomme ich in dem Fall auch eine neue Reiseerlaubnis.«

An dem langen Rauschen in der Leitung erkannte er, dass Ulla zögerte. Offenbar war sie von der Idee nicht so begeistert wie er selbst.

»Ach Tommy«, sagte sie schließlich. »Ich weiß nicht, ob das wirklich ein so guter Gedanke wäre …«

»Aber warum nicht?«

»Kannst du dir das nicht denken?«

Er blickte auf das Bild des Staatsratsvorsitzenden an der Wand. Natürlich konnte er sich das denken, er war ja kein Idiot! Ulla war verheiratet in Altena, und er lebte mit seiner Tochter hier in Ostberlin … Plötzlich war sie wieder da, die Grenze zwischen ihnen, doch sie hatte weder mit dem Staatsratsvorsitzenden auf dem Foto noch mit dem Stacheldraht der Firma Wolf zu tun. Es war vielmehr jene unsichtbare Grenze, die sie beide schon so lange voneinander trennte, und je länger das wortlose Rauschen in der Leitung dauerte, desto höher und unüberwindlicher schob sie sich zwischen sie … Ein entsetzlich trauriger Gedanke kam ihm. Sollte die eine Nacht in seiner Wohnung vielleicht die einzige gewesen sein, die ihnen beschieden war? Die Frage konnte nur Ulla beantworten. Obwohl er höllische Angst hatte, räusperte er sich, damit der Kloß in seinem Hals verschwand.

»Willst du … willst du mich denn nicht mehr wiedersehen?«

»Wie kannst du so etwas nur fragen?«, erwiderte sie, kaum dass er die Frage ausgesprochen hatte. »Natürlich will ich dich wiedersehen – und wie! Ich … ich muss doch die ganze Zeit an dich denken. Immer- und immerzu!«

34

Die Packstube der VAM war in Wirklichkeit gar keine Packstube, sondern der Ort, wo die Rohlinge der D-Mark-Münzen, die aus der Werkhalle angekarrt kamen, auf mögliche Schäden kontrolliert wurden, bevor sie in den großen, schweren Versandkisten verschwanden, in denen sie zur Prägeanstalt nach Frankfurt transportiert wurden, um sich dort endgültig in echtes, wirkliches Geld zu verwandeln.

Unter den misstrauischen Blicken einer Aufpasserin, die mit ihrem massigen Leib unter der Kittelschürze und den kleinen Schweinsäuglein aussah wie eine der KZ-Wärterinnen, die man im Auschwitz-Prozess im Fernsehen anschauen konnte, verbrachte Fritzchen hier acht quälend lange Stunden am Tag, und das bereits im zweiten Monat. In endloser Reihe zogen die Rohlinge auf einem Fließband an ihm vorbei. Seine Aufgabe war es, sie von Hand jeweils einmal herumzudrehen, um auf beiden Seiten die Rändelung zu prüfen, Tausende und Abertausende von Malen. Der Anblick der silbern glänzenden Metallscheiben verfolgte ihn inzwischen bis in seine Träume, und wenn er am Morgen aufwachte, waren sie das Erste, was er sah, noch bevor er die Augen aufschlug.

Wie viele Millionen künftiger Markstücke gingen hier durch seine Hände? Oder waren es sogar Milliarden? Fritzchen konnte die Zahl nur ahnen, doch eines war gewiss: Was hier produziert wurde, war das Hartgeld für eine ganze Nation – eine der reichsten Nationen der Welt.

Die Vorstellung erfüllte ihn mit einer Wut, die noch schwerer auszuhalten war als die öde, stupide Arbeit. Während die Arbeiterinnen, die zusammen mit ihm am Fließband saßen, immerhin knapp tausend Mark im Monat verdienten, wurde er als Lehrling mit zweihundertachtundvierzig Mark und fünfunddreißig Pfennigen abgespeist. Das war ungefähr so viel, wie eine einzige Stanzmaschine in drei Minuten ausspuckte. Den Rest strich das Arschloch als seinen Profit ein.

»Ich muss mal aufs Klo!«, rief er und hob die Hand.

»Schon wieder?«, fragte die Aufpasserin. »Es ist doch gleich Feierabend!«

»Was kann ich dafür, wenn ich Dünnschiss habe?«

»Also gut.« Widerwillig stoppte die KZ-Wärterin das Band. »Aber nur fünf Minuten!«

Die Toilette war der einzige halbwegs erträgliche Ort im ganzen Betrieb. Um seine Ruhe zu haben, schloss Fritzchen sich in einer der Kabinen ein und steckte sich eine Zigarette an. Wenn er nicht eine Kippe pro Stunde qualmte, hielt er das hier nicht aus. Damit der Rauch ihn nicht verriet, öffnete er das Fenster über der Wasserspülung. Draußen regnete es mal wieder Bindfäden, und die Lenne, die hinter der Fabrik vorbeifloss, verschwand in einer grauen Waschküche aus Regen und Nebel. Und so was nannte sich Sommer …

Warum hatte Tante Ulla sich eigentlich noch nicht zu seinem Fund geäußert? Hatte sie noch keine Zeit gehabt, die Akten zu lesen? Oder steckte sie womöglich mit dem Arschloch unter einer Decke?

Fritzchen warf die heruntergebrannte Zigarette ins Klo und betätigte die Spülung. Als er das Fenster schließen wollte, sah er draußen etwas Merkwürdiges. Aus einem Fenster der Werkhalle flog ein Säckchen ins Gebüsch.

Leise pfiff er durch die Zähne. Dafür konnte es nur eine Erklärung geben: Irgendjemand schmuggelte Rohlinge ins Freie.

Auf die Gefahr hin, dass die KZ-Wärterin ihn meldete, beschloss Fritzchen, die Pause zu überziehen. Und richtig, kaum ertönte die Feierabendsirene, verließ ein Mann durch die Hintertür das Werksgebäude und machte sich im Gebüsch zu schaffen.

Günter Jeschonnek, Arschlochs Liebling.

35

Was war das nur für eine verrückte Welt! Bernd hatte den größten Kredit seines Lebens beantragt – das gesamte Volumen, abrufbar in vierteljährlichen Tranchen bis zur endgültigen Fertigstellung der

Rheinbrücke, belief sich auf schwindelerregende fünfunddreißig Millionen D-Mark! – und Dr. Hugo Holz, der Vorstandsvorsitzende der Altenaer Sparkasse, der ihn vor wenigen Wochen beinahe noch über die Klinge hätte springen lassen und nur zähneknirschend bereit gewesen war, seinen alten Kredit über eins Komma zwei Millionen zu prolongieren, gluckste jetzt nur so vor Freude und überschlug sich förmlich vor lauter Komplimenten, als er ihn in seinem Reich empfing, um ihn wie einen regierenden Fürsten zu hofieren. Höchstpersönlich hatte er Bernd und Regina, die mit zu dem Termin erschienen war, am Eingang der Vorstandsetage empfangen, hatte ihnen mit eigener Hand die Stühle an den Schreibtisch gerückt und schenkte ihnen jetzt Kaffee ein. Das gelbliche Haar wie stets mit Pomade schräg nach hinten gescheitelt, schlug er einmal kurz die Hacken zusammen, bevor er auf der anderen Seite des Schreibtischs Platz nahm, und beglückwünschte unter Aufbietung seines ganzen Charmes Regina zu ihrem Mann. Die war vor lauter Entzücken hin und weg.

»Es ist unserem Haus eine Ehre, Sie bei diesem bedeutenden Unternehmen begleiten zu dürfen, Herr Wilke«, sagte er. »Schließlich handelt es sich um ein Projekt von internationaler Bedeutung – auch politisch gesehen. Ich kann Ihnen wirklich nur gratulieren, dass Sie diesen Fisch an Land gezogen haben.«

»Und wir sind erfreut«, erwiderte Regina, »wie rasch und unbürokratisch Sie den Antrag bearbeitet haben.«

»Die Zufriedenheit unserer Kunden ist unser Geschäft, wenn Sie den kleinen Kalauer erlauben«, sagte Dr. Holz mit einem geschmeichelten Lächeln. »Es gibt nur einen Wermutstropfen, der allerdings eher formaler Natur ist. Aufgrund der Höhe des Kredits haften Sie beide mit Ihrem Privatvermögen – eine verbandsinterne Regelung zur Absicherung von Geschäften solcher Größenordnung. Sie sind sich dessen bewusst?«

Abermals nahm Regina Bernd die Antwort ab. »Natürlich. Das ist ja der Grund, weshalb ich meinen Mann heute begleite.«

»Dann ist Ihnen also klar, dass Sie alles, was Sie besitzen, auch Ihr persönliches Eigentum, verlieren können, wenn Sie den Vertrag unterschrieben haben?« Dr. Holz schüttelte mit einem verlegenen Lachen den Kopf. »Verzeihen Sie bitte die Frage, sie ist ja rein hypothetisch, aber als Ihr Finanzberater bin ich verpflichtet, sie Ihnen zu stellen.«

Regina nickte. »Ja, das ist mir klar«, erklärte sie. »Und glauben Sie mir, ich weiß, wie es ist, alles zu verlieren, ich habe es schon einmal erlebt, in einer einzigen Bombennacht.«

»Und Sie sind trotzdem bereit, das Risiko einzugehen?«

»Was wäre die Alternative?«, fragte Regina zurück. »Wenn mein Mann und ich nicht unterschreiben, ist es nur eine Frage der Zeit, bis die Bernd Wilke Hoch- und Tiefbau GmbH & Co KG Konkurs anmelden muss.«

»Da kann ich Ihnen leider nicht widersprechen.« Wie befreit lachte Dr. Holz auf. »Schön«, sagte er dann und legte ihnen drei Ausfertigungen des Vertrags vor. »Wenn wir dann also zur Tat schreiten wollen?«

Während Regina ohne Zögern zu dem aufgeschraubten Füllfederhalter griff, den der Banker ihr reichte, hielt Bernd noch einmal kurz inne. War es wirklich so, wie sie sagte? Gab es wirklich keine Alternative? Es war nicht das erste Mal, dass er sich die Frage stellte. Nächtelang hatte er sich das Gehirn zermartert, wie er die persönliche Haftung umgehen könnte, damit Regina und Hans-Jörg im Falle eines Falles keine Einbußen erlitten, doch weder ihm noch den zwei Anwälten, mit denen er sich beraten hatte, war eine Lösung eingefallen. Nein, es gab nur diese eine Möglichkeit. Oder seine Firma war am Ende. Also griff auch er zu seinem Füllfederhalter, um zu tun, was getan werden musste.

»Darauf einen Dujardin?«, fragte Dr. Holz, nachdem sie beide unterschrieben hatten.

»Sehr freundlich, aber nein danke«, sagte Bernd. »Stattdessen möchte ich Sie um einen Rat bitten.«

»Nur zu, sehr gerne. Dafür bin ich doch da. Wie kann ich Ihnen helfen?«

»Es ist das erste Mal, dass ich mich mit meiner Firma an einem internationalen Joint Venture beteilige.« Bernd zögerte einen Moment, er kannte sich mit den Begriffen nicht so aus und wollte die richtigen Worte wählen, um sich nicht zu blamieren. »Was meinen Sie – in welcher Währung soll ich den Vertrag abschließen? In D-Mark oder lieber in Franc?«

»Eine Frage von großer Bedeutung.« Dr. Holz lehnte sich in seinem Sessel zurück und stellte die Spitzen seiner Finger gegeneinander. »Lassen Sie mich so antworten: Ein Abschluss in D-Mark wäre die sicherere Variante, doch ein Abschluss in Franc verspricht deutlich höhere Gewinne.«

»Aus welchem Grund?«, fragte Bernd.

»Aufgrund der politischen Lage. In Bonn zeichnen sich neue Konstellationen ab. Nach der Wahl Gustav Heinemanns zum Bundespräsidenten mit den Stimmen der FDP ist eine sozialliberale Koalition im Fall einer vorgezogenen Wahl nicht nur möglich, sondern sogar wahrscheinlich. Dann aber wird die D-Mark gegenüber dem Franc aller Voraussicht nach deutlich abwerten. Die internationalen Finanzmärkte werden zu fünfzig Prozent von psychologischen Faktoren bestimmt. Im Wechselkurs einer Währung gegenüber anderen Währungen drückt sich nicht nur die Stärke der betreffenden Volkswirtschaft aus, sondern auch das Vertrauen, das eine Regierung im Ausland genießt. Und ich fürchte, eine Regierung unter Willy Brandt würde man sehr kritisch in den meisten Ländern sehen, mit denen wir Handel treiben.«

»Also würden Sie zu einem Abschluss in Franc raten?«

»So deutlich darf ich das als Berater leider nicht sagen, Herr Wilke, das verbieten die Vorschriften. Die unternehmerische Entscheidung müssen Sie schon selber treffen. Aber ich bin mir sicher, Sie haben mich auch so verstanden.«

Mit einem Augenzwinkern erhob Dr. Holz sich aus seinem Sessel, um Bernd und Regina hinauszubegleiten. Er lief sogar noch mit ihnen zusammen die Treppe hinunter ins Erdgeschoss, um sie erst am Haupteingang zu verabschieden, nicht ohne ihnen erneut zu dem Auftrag zu gratulieren und für die Ausführung viel Glück und Erfolg zu wünschen

Als sie allein waren, spuckte Bernd dreimal auf den Vertrag.

»Wie gut«, sagte er, »dass ich auf dich gehört und in die Kirche gegangen bin.«

»Nicht wahr, mein Schatz?«, erwiderte Regina. »Ab und zu muss man sich bei der Kundschaft blicken lassen. Auch wenn man nicht immer weiß, wofür es am Ende gut ist.«

Bernd musste schlucken. *Mein Schatz,* hatte sie gesagt … Er konnte sich nicht erinnern, wann sie das zum letzten Mal getan hatte.

»Was bist du doch für eine wunderbare Frau«, flüsterte er. Er nahm sie in den Arm und gab ihr einen Kuss. »Ich danke dir für alles. Auch für deine Unterschrift. Ich weiß, wie schwer sie dir gefallen sein muss.«

»Weißt du das wirklich?« Obwohl sie versuchte, mit ihren Wimpern zu klimpern, sah er die Angst in ihrem Blick.

Im Gegensatz zu den Wimpern war die Angst echt.

»Ja, Regina, das weiß ich«, sagte er. »Und ich verspreche dir, ich werde alles tun, um dich nicht zu enttäuschen. Mein Ehrenwort.«

36

Feierabend in der VAM. Während die meisten Arbeiter den Umkleideraum bereits wieder verließen, hängte Fritzchen seinen Blaumann in den Spind, und nachdem er sich seine Jeans übergestreift hatte, trat er im Unterhemd an das Waschbecken, wo Günter Jeschonnek sich fluchend mit Reinol die Hände schrubbte.

»Da kann man sich die Haut in Fetzen scheuern, das scheiß Öl kriegt man einfach nicht weg.«

Auch Fritzchen nahm von der sandigen Waschpaste, von der über jedem Becken ein Spender hing. »Ist das nur das Öl?«, fragte er den Vorarbeiter über die Schulter. »Oder klebt da vielleicht sonst noch irgendwelcher Dreck an den Fingern?«

Voller Misstrauen erwiderte Jeschonnek seinen Blick.

Fritzchen wartete, bis die letzten Arbeiter, die außer ihnen noch in der Umkleide waren, sich fertig angezogen hatten und verschwanden.

»Was bieten Sie mir, wenn ich den Mund halte?«, fragte er, als er mit dem Vorarbeiter allein war.

»Ich habe keine Ahnung, wovon du redest«, erwiderte der.

»Wirklich nicht? Das ist aber komisch. Na, dann habe ich wohl nur geträumt, dass Sie ein Säckchen Rohlinge aus der Werkhalle ins Gebüsch geworfen und dort nach Feierabend wieder aufgelesen haben.«

»Hältst du wohl deine blöde Fresse!«, zischte Jeschonnek und blickte sich ängstlich um.

Doch Fritzchen ließ sich nicht beirren. »Ich glaube, mein Stiefvater wäre ziemlich enttäuscht, wenn er erfahren müsste, dass ausgerechnet sein bester Mann ihn hintergeht.«

»Willst du kleiner Mistkerl mich vielleicht erpressen?«

»Wie kommen Sie denn darauf, *Herr* Jeschonnek? Ich möchte nur, dass wir beide Freunde sind.«

Es dauerte eine Weile, bis Arschlochs Liebling kapierte. Nervös kaute er an den überhängenden Spitzen seines Schnauzbarts. Dann grinste er ein schmieriges Grinsen und streckte Fritzchen die Hand entgegen.

»Du kannst Günter zu mir sagen.«

»Na also, ich wusste doch, dass wir uns verstehen würden«, sagte Fritzchen und nahm die ausgestreckte Hand. »Aber irgendwie sollten wir unsere Freundschaft mit mehr als nur einem Handschlag besiegeln.«

»Du meinst, eine Hand wäscht die andere?«, fragte Herr Jeschonnek, der jetzt nur noch Günter hieß. »Okay, dafür, dass du den Mund hältst, drücke ich beide Augen zu, wenn du auch mal zugreifst.«

»Das ist alles?«, erwiderte Fritzchen. »Ich muss sagen, da bin ich ein bisschen enttäuscht. Unter Freundschaft hatte ich mir schon etwas mehr vorgestellt.«

»Du hast mich ja gar nicht ausreden lassen!«, protestierte Günter. »Ich wollte noch sagen, wenn du wissen willst, wem du die Dinger verticken kannst, habe ich einen Tipp für dich. Weil, in Altena kannst du sonst nicht viel damit anfangen. Hier sind ja praktisch alle Automaten geeicht.«

37

Climb upon a hill, and stretch your wings …
Fly through the wind, to the firered sun …
Catch your dreams …
Catch your dreams …
Caaahaaahaaatch your dreams …

Es war ein lauer Sommerabend, das ganze Jugendheim hatte sich im Burghof versammelt, und während der Joint kreiste, sang und summte man den Refrain des Songs, der seit dem Frühjahr so etwas wie die Hymne der Altenaer Szene geworden war. Peter, der mit seiner Querflöte ein wenig abseits stand, lief ein Schauer über den Rücken.

Was hatte Woodstock, was Altena nicht hatte?

Von den Gitarren und Bongos seiner Freunde begleitet, griff er mit der Flöte noch einmal das Thema auf. Seine Finger spielten von ganz allein, und der schwarze Afghane turnte wie nie – er glaubte, vor seinem inneren Auge jede Note in einer anderen Farbe zu sehen.

Catch your dreams …
Catch your dreams …
Caaahaaahaaatch your dreams …

Als er sein Instrument absetzte und die Augen aufschlug, schrak er zusammen. Zu seinen Füßen saß, in einem luftigen Minikleid, die verwirrend nackten Beine im Schneidersitz unter dem Leib gekreuzt, Babs Böcker am Boden und sah mit ihren braunen Augen zu ihm auf, das Gesicht in andachtsvoller Verzückung.

»Das war wunder-, wunderschön …«

Peter war so überwältigt, dass er für einen Moment glaubte, Opfer einer Halluzination zu sein. War der Shit womöglich mit Opium versetzt? Doch dann erkannte er, dass das verzückte Mädchen zu seinen Füßen keine Halluzination war, sondern die wirkliche und leibhaftige Babs Böcker. Mit einem Lächeln, von dem er fast ohnmächtig wurde, erhob sie sich und nahm seine Hand.

»Komm, machen wir einen Spaziergang.«

Wie im Traum folgte Peter ihr den Burghof hinab. Egal, wohin er schaute: auf ihre nackten Schultern, auf ihre nackten Knie unter dem Saum des Minikleids, auf ihre nackten Füße mit den silbern lackierten Nägeln in den Jesuslatschen – alles versetzte ihn in eine Verwirrung, die ihn wunderbar erregte und gleichzeitig zutiefst erschrecken ließ.

»Übernimm dich nur nicht!«, rief Schlo ihm nach.

»Der kann die doch gar nicht verarbeiten!« Das war die Stimme des Nackten.

Allgemeines Gelächter ertönte. Aber Babs ging einfach weiter.

»Blödmänner«, sagte sie. »Hör gar nicht hin.«

Peter hatte außer Haschisch und Marihuana noch keine anderen Drogen probiert, aber er war sicher, nicht mal LSD würde ihn auf einen solchen Trip katapultieren, wie er ihn gerade erlebte. Nachdem sie den Hof verlassen hatten, schlugen sie rechts den Rundweg ein, der um die Burg herumführte. Weder er noch Babs sagten ein Wort. Doch konnten Worte mehr bedeuten als dieses innige Schweigen? Während es in seinen Ohren brüllte, glühte ihre Hand in der seinen wie brennende Kohle, und die Farben tanzten am Himmel wie in einem Kaleidoskop. Peter war sicher, ein einziger Funke genügte, und die ganze Welt würde explodieren.

»Und was sind deine Träume?«, brach Babs auf einmal das Schweigen.

»Träume?« Irritiert schaute er sie an.

»Catch your dreams …«

»Ach so …« Noch immer hielt sie seine Hand.

»Als ich dir zum ersten Mal zugehört habe, wie du das Stück gespielt hast, habe ich mir vorgestellt, ich stünde auf dem Wixberg und könnte fliegen.«

Peter traute seinen Ohren nicht. »Das hast du – echt?«

Wieder trat dieses Lächeln in ihr Gesicht, das ihn vollkommen um den Verstand brachte. Er wollte ihr sagen, wie sehr er dieses Lächeln mochte, die zwei Grübchen, die dabei auf ihre Wangen traten, die rotblonde Locke, die ihr in die Stirn gefallen war und die er so gern fortgestrichen hätte, um sie zu küssen. Aber das konnte er nicht, er hatte so etwas doch noch nie zu einem Mädchen gesagt, geschweige denn, einem Mädchen das Haar aus der Stirn gestrichen oder gar ein Mädchen geküsst, und außerdem war er einen halben Kopf kleiner als sie.

Also ließ er sie los, und während er sich die verschwitzte Hand an seiner Cordjacke abwischte, ließ er den Blick über die Fabrikschlote im Tal schweifen und sagte: »Es muss endlich Schluss sein mit der Ausbeutung der Arbeiter!«

Irritiert schaute Babs ihn an. »Das ist dein Traum?«

Peter nickte. »Solange ich zurückdenken kann. Friede den Hütten, Krieg den Palästen! Deshalb überlege ich mir auch, das Gymnasium zu schmeißen. Die Bürgersöhnchen auf der Penne öden mich an.«

»Aber du bist doch selber ein Bürgersöhnchen«, erwiderte sie. »Deine Eltern haben schließlich ein Geschäft!«

»Gerade darum muss ich die Schule abbrechen«, erklärte er, »aus Solidarität mit der Arbeiterschaft und … und um ein Zeichen zu setzen. Ich kann nicht länger tatenlos zusehen, wie die Arbeiter ihre Arbeitskraft für Hungerlöhne zu Markte tragen. Wir müssen sie von der entfremdeten Arbeit befreien.«

»Und wie soll das gehen?«

»Die Produktionsmittel gehören in den Besitz der Arbeiterklasse, nur dann kann sich jeder voll und ungehindert entfalten, je nach Talent und Neigung.«

»Glaubst du, das funktioniert?«

Ihre Irritation gab Peter immer deutlicher zu spüren, welchen unsäglichen Stuss er redete. Sein Traum war nicht die Befreiung der Arbeiter, sondern ein Kuss von Babs – mit Zunge! Aber es war, wie wenn man auf einem Schlitten den Klusenberg hinunterraste. War man einmal in Fahrt, gab es kein Halten mehr, bis man am Fuße des Bergs angekommen oder gegen einen Baum gedonnert war.

»Red weiter«, sagte Babs leise. »Ich mag es, wie du sprichst.«

Peter konnte es kaum glauben, aber tatsächlich kehrte ihr Lächeln zurück. Er machte einen Schritt auf die Böschung, damit sie beide gleich groß waren. Immer noch dieses Lächeln im Gesicht, trat sie zu ihm und schaute ihm so tief in die Augen, dass er es in seinem Innersten spürte. In jedem Film war das die Stelle, wo ein Mann und eine Frau sich küssten. Während seine Kehle sich so rau und trocken anfühlte wie Sandpapier, hob er die Hand, um ihr die Locke aus der Stirn zu streichen.

Da tippte ihm jemand von hinten auf die Schulter. »Du bist doch Peter Prange, oder?«

Als hätte ihn eine Wespe gestochen, fuhr er herum. Vor ihm stand ein schwarzhaariger Typ im Abialter, den er noch nie gesehen hatte, weder im Gymnasium noch im Jugendheim.

»Ich muss dich kurz sprechen«, sagte er. Und mit einem Blick auf Babs fügte er hinzu: »Unter vier Augen.«

»Warum?«, fragte Peter. »Was willst du von mir? Ich kenne dich doch gar nicht!«

Der andere schaute ihn vielsagend an. »Günter Jeschonnek hat mich geschickt.«

»Oh, du kommst von Günter?« Peter zögerte. »Das … das ist natürlich was anderes. Um wie viel Stück geht's denn?«

»Tausend.«

»Nicht schlecht! Aber – muss das jetzt gleich sein?«

»Ja. Entweder jetzt gleich oder ich suche mir jemand anders.«

Peter wusste nicht, was er tun sollte. Das Geschäft, das der Typ ihm gerade anbot, bedeutete Stoff für mindestens einen Monat. Schweren Herzens drehte er sich zu Babs herum.

»Das ist jetzt echt scheiße«, sagte er. »Aber ich muss mal kurz was erledigen.«

Babs zog ein Gesicht, als hätte er Chinesisch gesprochen. »Soll das heißen, du haust jetzt ab?«

Peter zuckte verlegen die Achseln. »Tut mir total leid, echt. Aber es geht nicht anders. Wirklich nicht.« Als er ihr Gesicht sah, fügte er eilig hinzu: »Aber wir können uns ja morgen wiedersehen. Bist du morgen auf der Burg?«

»Keine Ahnung«, sagte Babs.

Auf dem Absatz machte sie kehrt und verschwand.

38

Wie jeden Freitagnachmittag besprach Tommy mit seinem Vorgesetzten Werner Himmelreich in dessen Büro die neuesten Daten, die im Laufe der Woche erhoben und zu Statistiken verarbeitet worden waren, damit der nächste Fünfjahresplan in den Bereichen, für die ihr Planungsstab zuständig war, auf wissenschaftlich gesicherter Basis erstellt werden konnte. Die Lage sah oberflächlich betrachtet gar nicht so schlecht aus. Seit die BRD von einer großen Koalition aus CDU und SPD regiert wurde, nahm der innerdeutsche Handel einen spürbaren Aufschwung. Doch das Vertrackte an der Sache war, je stärker sich der Austausch von Gütern und Waren zwischen den beiden deutschen Staaten entwickelte, umso mehr geriet die DDR ins Hintertreffen. Der Wettbewerb der Systeme war wie der Wettlauf zwischen Hase und Igel. Aus jedem Geschäft, das über die innerdeutsche Grenze hinweg erfolgte, zog unterm Strich die BRD den größeren Profit, weil jede Anschaffung, die der Arbeiter-und-Bauern-Staat im Westen tätigen musste, Devisen kostete. An denen aber herrschte Mangel. Obwohl die Ostmark an den internationalen Finanzmärkten nicht frei gehandelt wurde, wurden die beiden Währungen tatsächlich im Verhältnis eins zu zehn bewertet, und dieses Missverhältnis war Ausdruck der unterschiedlichen Produktivkraft beider Volkswirtschaften. Erschwerend kam hinzu, dass die wenigen in der DDR produzierten Güter, die international wettbewerbsfähig waren und mit denen sich harte Devisen erwirtschaften ließen wie die Frachtschiffe, Fähren und Passagierdampfer, die in den Werften von Warnemünde gebaut wurden, auf Anordnung des Politbüros großenteils nicht in den Westen verkauft werden durften, sondern weit unter ihrem regulären Preis an die sozialistischen Freunde in der UdSSR verschleudert wurden. Doch darüber durfte selbst bei internen Besprechungen im Ministerium nicht geredet werden.

»Wäre das dann alles?«, fragte Himmelreich, nachdem sie die Daten und Statistiken der Woche besprochen hatten.

Tommy zögerte. »Nicht ganz«, sagte er dann. Er nahm einen Ordner aus seiner Aktentasche und legte ihn auf den Tisch.

Himmelreich hob die Brauen. »Was ist das?«

»Eine Dokumentation aus unseren Archiven zur Geschichte des Faschismus. Sie betrifft den westdeutschen Industriellen und Wirtschaftsführer Walter Böcker.«

»Den Vorsitzenden des Arbeitgeberverbandes?«

Tommy nickte. »Aus den Unterlagen geht hervor, dass zur Zeit des Zweiten Weltkriegs die Firma Wilhelm Böcker & Söhne eine Zweigniederlassung in Galizien betrieb und dort Hunderte jüdischer Zwangsarbeiter zu Tode gekommen sind.«

»Was sagen Sie da? Das ist ja Dynamit!« Himmelreich stand auf und schloss die Tür. »Sind das gesicherte Fakten?«, fragte er mit gesenkter Stimme, als er wieder an seinem Schreibtisch Platz nahm. »Ich kann mich nicht erinnern, im Braunbuch des Genossen Norden von einem Fall Böcker gelesen zu haben.«

Tommy reichte ihm den Ordner. »Bitte überzeugen Sie sich selbst. Ich habe mit mehreren Archivaren gesprochen. Sie hegen keinerlei Zweifel an der Echtheit der Dokumente.«

Himmelreich begann zu blättern. »Damit können wir den Arbeitgeberpräsidenten der BRD zu Fall bringen«, sagte er nach einer Weile und rieb sich das Kinn.

»Ich denke, wir sollten in der Sache behutsam vorgehen«, sagte Tommy.

»Wie lautet Ihr Vorschlag, Genosse Weidner?«

»Wenn Sie einverstanden sind, würde ich gern vor Ort die juristischen Möglichkeiten sondieren. Um die Beweise zu erhärten, bevor wir uns an die westdeutsche Staatsanwaltschaft wenden.«

»Gute Idee«, murmelte Himmelreich, ohne von den Unterlagen aufzuschauen. »Kümmern Sie sich darum.«

»Gerne.« Tommy versuchte, seine Stimme so beiläufig wie möglich klingen zu lassen. »Allerdings bräuchte ich dafür eine Ausreisegenehmigung. Darf ich Sie bitten, den nötigen Antrag zu stellen?«

»Ich werde sehen, was ich tun kann«, erwiderte sein Vorgesetzter. »In einem Fall solcher Tragweite brauche ich natürlich grünes Licht vom Politbüro, und auch die Kollegen von der Staatssicherheit haben noch ein Wörtchen mitzureden, bevor der Genosse Generalsekretär die Sache entscheidet. Aber um ehrlich zu sein, ich bin sehr zuversichtlich.« Himmelreich hob den Kopf, ein Lächeln trat in sein Gesicht. »Endlich mal wieder die Aussicht auf einen großen Erfolg. Was für eine Schmach für den Klassenfeind!«

39

Bernd interessierte sich im Grunde kaum für Politik. Wenn er zur Wahl ging, machte er sein Kreuzchen regelmäßig bei der CDU, weil er nun mal Unternehmer war und die Sozis, denen er sich in seinem alten Maurerherzen eigentlich eher verbunden fühlte, einfach nichts von Wirtschaft verstanden. Das behauptete jedenfalls Regina, und mit ihr alle Unternehmer, die Bernd kannte. Er selbst konnte es nicht wirklich beurteilen, doch da er nicht glaubte, dass die ein oder zwei Kreuzchen, die er auf einem Wahlzettel machen durfte, von großer Bedeutung waren, kümmerte er sich nicht weiter darum.

An diesem Sonntag jedoch, dem achtundzwanzigsten September des Jahres neunzehnhundertneunundsechzig, an dem nach vorzeitiger Beendigung der großen Koalition in Bonn ein neuer Bundestag gewählt wurde, war alles anders. Die Wahl galt als Richtungsentscheidung für das ganze Land. Würde es zu einer Wiederaufnahme der alten Koalition von CDU und FDP kommen, die während der Adenauer-Zeit, also von der Gründung der Bundesrepublik bis weit in die sechziger Jahre hinein, regiert hatte? Oder würde erstmals mit Willy Brandt ein Sozialdemokrat die Regierungsgeschäfte führen, mit Unterstützung der Freien Demokraten, die ja schon im Frühjahr den Sozialdemokraten Gustav Heinemann zum Bundespräsidenten gemacht hatten?

Bereits um kurz vor sechs schaltete Bernd den Fernseher ein, um die ersten Hochrechnungen nicht zu verpassen. Als Rudolf Rohlinger mit seiner schwarzen Intellektuellenbrille am Bildschirm erschien, war seine Spannung so groß, dass er sich nur mit Mühe davon abhalten konnte, ein Bier aus dem Keller zu holen. Denn an diesem Tag hatte er zum ersten Mal die SPD gewählt – nicht den Regungen seines Maurerherzens folgend, sondern dem dringenden Rat seiner Frau. Regina hatte behauptet, bei dieser Wahl komme es auf jede einzelne Stimme an, und nachdem er entsprechend der unzweideutigen Empfehlung von Sparkassendirektor Dr. Holz den Vertrag mit den Franzosen in Franc abgeschlossen hatte, war es in seinem ureigensten Interesse, mit seiner Stimme diejenige der zwei möglichen Regierungskoalitionen zu unterstützen, deren Bildung laut Einschätzung aller Experten unweigerlich zu einer Abwertung der D-Mark führen würde.

Regina, die zusammen mit Bernd vor dem Fernseher saß, fieberte dem Ergebnis der Wahl genauso nervös entgegen wie er selbst. Während sie eine Zigarette nach der anderen rauchte, drückte sie immer wieder seine Hand. In diesen Wochen, da sich das Schicksal der Bernd Wilke Hoch- und Tiefbau GmbH & Co. KG entschied, waren sie einander wieder so nahe gekommen, wie sie es seit den ersten Monaten ihrer Ehe nicht mehr gewesen waren. Sie hatten sogar zweimal miteinander geschlafen, einmal nach dem Vertragsabschluss, und einmal an Bernds Geburtstag, und beide Male war es Regina gewesen, die die Initiative ergriffen hatte.

Sie hatte bereits eine halbe Packung Lord extra geraucht, als endlich die ersten Balkendiagramme am Bildschirm erschienen. Die Prognose, die allerdings, wie Rudolf Rohlinger betonte, noch keine Hochrechnung sei, wies auf einen Politikwechsel hin: eine Mehrheit von Sozial- und Freidemokraten.

Halb hoffend, halb bangend, blickten Bernd und Regina sich an: Würde ihre Rechnung aufgehen?

Es dauerte noch mehr als eine quälend lange Stunde, bis die Sache endgültig entschieden war. Um kurz vor acht trat der Spitzenkandidat der SPD Willy Brandt, auch ›Weinbrand Willy‹ genannt, überwältigt vom Erfolg und mit hörbar schwerer Zunge, vor die Kameras von ARD und ZDF, um als Wahlsieger des Abends vor den Augen der Nation der FDP Koalitionsgespräche anzubieten.

»Wir haben es tatsächlich geschafft!«, rief Regina. »Bei Gott, wer hätte das gedacht?« Sie schlang die Arme um ihn und gab ihm einen Kuss. »Aber lass ja keinen wissen«, fügte sie hinzu, »dass wir die Sozis gewählt haben. Weil, wenn das rauskommt, sind wir gesellschaftlich erledigt.«

40

Am Tag nach der Bundestagswahl schien noch einmal die Sonne in Altena. Weil es vielleicht die letzte Gelegenheit war in diesem Jahr, hatte sich am Abend wie auf Verabredung die ganze Jugendheimszene im Burghof versammelt. Wieder kreiste der Joint, und wieder sang und summte man die gemeinsame Hymne: *Catch your dreams …* Doch längst waren die Zeiten vorbei, da Babs bei diesem Song jenes wunderbare Hochgefühl verspürte, das sie beim ersten Hören empfunden hatte. Im Gegenteil, die Melodie, die sie früher so sehr beflügelt hatte, dass sie glaubte, fliegen zu können, machte sie jetzt nur noch wütend. Und erst recht der Text.

Ob Peter sich wohl immer noch einbildete, sie damit rumzukriegen? Sie hatte inzwischen erfahren, dass der Song gar nicht von ihm war, wie sie gedacht hatte, er stammte vielmehr von Benny Kegel, einem seiner Kumpel, sowohl der Text als auch die Melodie.

Obwohl sie es nicht wollte, blickte sie immer wieder zum Wehrgang hinauf, wo Peter im Schein der untergehenden Abendsonne gerade zu seinem Flötensolo ansetzte. Fröstelnd zog sie sich die Jacke um die Schultern. Seit er sie auf ihrem Spaziergang so plötzlich hatte stehenlassen, nur um ein mieses, kleines Geschäftchen zu machen, hatten sie nicht mehr miteinander gesprochen. Dabei sahen sie sich fast jeden Abend im Jugendheim oder auf der Burg, denn Babs hatte das Reiten inzwischen aufgegeben. Reiten war ein Sport für Söhne und Töchter aus höherem Hause, die später nichts anderes wollten, als so zu sein wie ihre Eltern. Das aber war das Letzte, was sie sich wünschte, sie wollte *niemals* so werden wie ihre Eltern, weder wie ihre Mutter, die so still und stumm den Haushalt führte, als würde sie gar nicht existieren, und noch weniger wie ihr Vater, der alles in ihren Augen verkörperte, was sie an den Erwachsenen hasste.

»Kannst du mir sagen, wo ich den Sohn von Betten-Prange finde?«

Babs drehte sich um. Vor ihr stand Fritzchen, Fritzchen Böcker, geborener Nippert. Obwohl er rechtlich gesehen ihr Stiefbruder war, hatte sie in ihrem Leben kaum drei Sätze mit ihm gewechselt und ihn vielleicht gerade ein Dutzend Mal überhaupt bewusst wahrgenommen. Umso überraschter stellte sie nun fest, dass er mit seinen gewellten schwarzen Haaren, den noch schwärzeren Augen und der kräftigen Nase irgendwie interessant aussah. Vor allem aber, im Gegensatz zu dem kleinen Peter, sehr, sehr männlich.

Bevor sie antworten konnte, blickte Fritzchen zum Wehrgang hinauf. »Ah, da ist er ja.«

Er wollte sich abwenden, doch Babs hielt ihn am Arm zurück.

»Ich weiß, was du von ihm willst. Ich habe euch neulich beobachtet.«

»So, hast du das?«

»Ja, du verkaufst ihm die Rohlinge, die du in der Fabrik meines Vaters klaust.«

Fritzchen zuckte zusammen.

»Keine Angst«, sagte sie. »Ich werde dich nicht verpfeifen. Schließlich sind wir ja so was wie Geschwister.«

»Stimmt. Hatte ich fast vergessen.«

Ein Lächeln huschte über sein Gesicht, und dieses Lächeln war fast noch interessanter als seine schwarzen Augen. Es wirkte irgendwie scheu und gleichzeitig selbstbewusst – ein bisschen erinnerte es sie an Che Guevara.

»Aber lass das nur nicht deinen Alten hören«, sagte er. »Dem würde das sicher gar nicht gefallen.«

»Glaubst du, das würde mich kratzen?«, fragte sie. »Außerdem bin ich der Meinung, dass die Arbeiter ein Recht haben, das, was sie produzieren, auch selbst zu nutzen.«

»Das sagst ausgerechnet du?«

»Wundert dich das? Nur, weil mein Vater ein Kapitalist ist, muss ich ja nicht dieselben Ansichten haben wie er.«

Statt ihr zu antworten, hob er nur spöttisch eine Braue. Der Blick sollte sie vermutlich provozieren, tatsächlich aber ging er ihr durch und durch. Ja, Fritzchen sah wirklich aus wie Che Guevara. Es fehlten nur das Käppi und der Tarnanzug.

»Eins würde mich allerdings interessieren«, sagte sie, um irgendwas zu sagen. »Was hat Peter eigentlich davon, wenn er dir die Rohlinge abkauft? In Altena gibt's doch praktisch keinen Automaten mehr, der die Dinger nimmt.«

»In Altena nicht«, entgegnete Fritzchen. »Aber in Hagen.«

»In Hagen?«

»Er vertickt die Rohlinge dort an einen Dealer. Direkt gegen Shit.«

»Das hätte ich ihm gar nicht zugetraut«, erwiderte Babs. Sie dachte kurz nach. »Wie viel gibt er dir für einen Rohling?«

»Zehn Pfennig. Das ist der übliche Preis.«

»Das ist ja ein Kurs eins zu zehn!« Empört schnappte sie nach Luft. »So ein Beschiss! Da faselt der kleine Blödmann von der Ausbeutung der Arbeiter durch die Kapitalisten und ist dabei selber ein Ausbeuter! Schließlich trägst du das ganze Risiko! Das ist ja so was von verlogen!«

Fritzchen zuckte nur die Schulter.

»Was regst du dich auf? So seid ihr doch alle.«

Babs schüttelte so energisch den Kopf, dass ihr die Haare ins Gesicht flogen. »Nein«, erklärte sie. »Nicht alle. Ich jedenfalls nicht.«

»Das kann jeder behaupten.«

In seinen schwarzen Augen lag ein seltsamer Ausdruck, eine Mischung von Trauer und Trotz, der sie faszinierte. Er war ein Arbeiter, ein richtiger Arbeiter, kein Bürgersöhnchen.

Plötzlich fühlte sie sich ihm ganz nahe.

»Soll ich es dir beweisen?«, fragte sie.

»Wie denn?« Mit einem Lächeln, das gar nicht mehr scheu, sondern nur noch sehr, sehr selbstbewusst war, maß er sie mit seinem Blick. Dabei ruckte sein großer Adamsapfel auf und ab.

»Ganz einfach«, sagte sie. »So!«

Sie warf sich die Haare aus dem Gesicht und gab ihm einen Kuss, mitten auf den Mund. Ehe sie sich's versah, packte er sie an den Schultern, und während er sie mit der Kraft und Entschlossenheit eines wirklichen Mannes festhielt, küsste er sie in einer Weise zurück, dass ihr Hören und Sehen verging.

41

Walter Böcker war auf hundertachtzig, als er an diesem Montagnachmittag in die Firma Wolf rauschte. Obwohl er Günter Jeschonnek angewiesen hatte, die unangekündigten Leibesvisitationen in der VAM drastisch zu verschärfen und außerdem die Taschen sämtlicher Arbeiter und Angestellten bei Verlassen der Fabrik systematisch zu kontrollieren, gelang es einfach nicht, dem unerklärlichen Schwund von Rohlingen ein Ende zu machen. Dabei ging es Walter gar nicht um den wirtschaftlichen Verlust – der materielle Schaden, den der fortgesetzte Diebstahl bedeutete, war so gering, dass er sich kaum beziffern ließ. Nein, ihm ging es ums Prinzip! Wenn er duldete, dass man ihm so dreist auf der Nase herumtanzte, war es nur eine Frage der Zeit, dass er nicht mehr Herr im eigenen Haus sein würde.

Ohne anzuklopfen, stürmte er in Ullas Büro. Doch anstelle seiner VAM-Partnerin traf er dort nur deren Mann.

»Walter?« Jürgen stand vor der Garderobe und zog sich einen Mantel an. Offenbar war er gerade auf dem Sprung.

»Wo ist deine Frau?«

»In Ratingen. Ihre Schwester und ihr Schwager eröffnen dort heute ein neues Schuhgeschäft.«

»Und dafür lässt sie hier die Arbeit schleifen? Wo man uns die Firma unterm Arsch wegstiehlt?«

»Die Familie ist ihr nun mal wichtig.« Jürgen setzte sich seinen Hut auf und betrachtete sich im Spiegel.

»Nichts ist so wichtig wie die eigene Firma«, erwiderte Walter. »Ich muss dringend mit ihr sprechen. Ulla führt mit ihrer Vertrauensseligkeit die VAM noch in den Ruin.«

»Ich sage ihr Bescheid, sobald sie zurückkommt. Aber jetzt muss ich los – leider.« Jürgen hob bedauernd die Arme. »Ich habe einen Termin im Rathaus mit Dr. Teekenbörg. Der Herr Stadtdirektor will mir seinen Entwurf für den neuen Haushalt vorlegen. Ich fürchte, da gibt's noch einiges für mich zu tun.«

Er tippte sich mit zwei Fingern an die Hutkrempe und verließ das Büro. Walter wollte ihm folgen, doch als er sich zur Tür wandte, fiel sein Blick auf ein Regal, in dem alle Ordner dieselbe Aufschrift trugen: DDR.

Ullas ominöses Geschäft mit den Kommunisten …

Die Versuchung war zu groß. Walter wartete, bis Jürgen verschwunden war, dann schloss er leise die Tür und zog einen der Ordner aus dem Regal.

Als er zu lesen anfing, pfiff er leise durch die Zähne. Ein Auftrag von hundert Tonnen Stacheldraht? Meine Fresse! Da brauchte man sich nicht zu wundern, wenn Ulla in der VAM die Zügel schleifen ließ …

Mit einer Mischung aus Bewunderung und Neid blätterte er weiter. Es folgten viele Seiten mit langweiligen Ausführungsbestimmungen. Die DDR-Bürokraten waren offenbar noch schlimmer in ihre Paragraphen verliebt als die Sesselfurzer in westdeutschen Ämtern und Behörden.

Walter wollte gerade den Ordner wieder ins Regal zurückstellen, da flatterte ein kleiner, handgeschriebener Zettel zu Boden. Als er ihn aufhob, um ihn wieder den Unterlagen beizufügen, traute er seinen Augen nicht.

Auf dem Zettel standen nur ein paar wenige Worte, aber die hatten es in sich – noch mehr als ein Auftrag über hundert Tonnen Stacheldraht.

Mit tausend Küssen,
Dein Tommy.
PS. Ich liebe dich …

42

»Mein Gott, was habe dich vermisst …«

»Und ich dich erst …«

»Wie konnte ich es nur so lange aushalten ohne dich …«

»Ich habe Tag und Nacht daran gedacht, dich zu küssen …«

»Dann küss mich doch endlich …«

»Möchtest du das …?«

»Ja, mein Liebling … Wieder und wieder …«

Ulla schloss die Augen, und erneut verschmolzen ihre Münder. Sie hatte gar nicht mehr gewusst, wie schön Herzklopfen sein konnte, bevor sie es jetzt wieder erfuhr, als Frau von vierzig Jahren, in den Armen desselben Mannes, der sie vor einem halben Leben zur Frau gemacht hatte. Nein, sie war nicht in Ratingen, wie sie Jürgen gesagt hatte, sondern in Dortmund. Dort hatte sie Tommy vom Zug abgeholt, um zusammen mit ihm, kaum dass sie einander begrüßt hatten, in dieses Hotel zu verschwinden, das nächstbeste Hotel am Bahnhof, wo sie wie zwei Verhungernde übereinander hergefallen waren. Trotz ihrer Lüge, trotz der in den Armen eines anderen Mannes genossenen Lust, von der ihr nackter Leib noch schweißnass glänzte, während sie nun mit dem Kopf auf Tommys Brust lag und den Duft seines Körpers atmete, hatte sie kein schlechtes Gewissen. Nicht mehr. Aus schlechtem Gewissen hatte sie Jürgen die Treue gehalten, so viele Jahre, aus schlechtem Gewissen hatte sie ihre Gefühle ignoriert und geleugnet und ihre kalte, lieblose Zweckehe ertragen, hatte sie alle ihre Wünsche und Sehnsüchte und Bedürfnisse unterdrückt, bis diese nach und nach in ihrem Körper, in ihrem Herzen, in ihrer Seele abgestorben waren, weil sie sich ihrem Mann gegenüber schuldig gefühlt hatte, weil sie ihm keine Kinder gebären, keine Kinder schenken konnte, weder eine Tochter noch einen Sohn, und er sie diese Schuld immer wieder spüren ließ. Aber musste sie darum für immer ein Leben leben, das gar nicht ihr Leben war? Sie hatte Jürgen nie geliebt, sie hatte ihn ja nur aus Verzweiflung geheiratet, als sie alles, was ihr lieb und wert gewesen war, hatte aufgeben müssen, um Ordnung in ihr Leben zu bringen, wenn schon nicht die richtige Ordnung, dann wenigstens irgendeine, und allein ihr schlechtes Gewissen hatte sie an ihren Mann gekettet. Doch ihr schlechtes Gewissen, das hatte sie nun endlich begriffen, als sie bei diesem anderen Mann, ihrem wirklichen Mann, lag, war etwas, das sie mit sich selber ausmachen musste, die Schuld, die auf ihr lastete, war *ihre* Schuld, sie hatte nichts mit Jürgen zu tun. Der einzige Mensch, mit dem ihre Schuld zu tun, weil er an ihrer Schuld mitgelitten hatte, vielleicht genauso sehr wie sie, war Tommy, der Mann, bei dem sie nun lag, der Vater ihres nie geborenen Kindes.

»Deshalb hast du mich also damals so plötzlich verlassen …«

»Es war der größte Fehler meines Lebens …«

»Warum hast du es dann trotzdem getan?«

»Mit einem Kind hätte ich doch niemals studieren können, so, wie die Zeiten damals waren.«

»Aber ich wäre doch bei dir gewesen, um dir zu helfen.«

Sie hob den Kopf und schaute ihn an: »Wärest du das wirklich?«

Tommy wich ihrem Blick aus. Eine lange Weile dachte er nach. »Ganz ehrlich?«, sagte er dann. »Ich weiß es nicht. Ich wollte nur, ich hätte die Chance gehabt, es herauszufinden.«

Die leise Trauer in seiner Stimme schmerzte sie mehr als jeder Streit, den sie je mit Jürgen gehabt hatte.

»Du hast recht«, flüsterte sie. »Ich hätte dich fragen müssen, es war ja auch dein Kind, so gut wie meins.« Sie richtete sich auf und streifte mit ihren Lippen seinen Mund. »Wie kann ich das je wiedergutmachen?«

Tommy schaute auf seinen Schoß, und während sich dort seine Lust aufs Neue regte, grinste er sein altes Tommy-Grinsen.

»Ich glaube, du bist gerade auf dem besten Weg …«

Er beugte sich über sie, und mit einem Seufzer, der die Wahrheit war, nichts als die Wahrheit, öffnete sie sich seinem Kuss.

43

Bernd hatte alles richtig gemacht. Der Koalitionsvertrag war in Bonn kaum unterschrieben, da fiel der Wechselkurs der D-Mark an den internationalen Börsen und der Franc erlebte eine beispiellose Hausse. Die ersten Zwischenzahlungen, die die Franzosen nach Vertragsabschluss leisteten, übertrafen deshalb nach Umrechnung in D-Mark die der Kalkulation zugrunde liegenden Erwartungen um fast zehn Prozent. Wenn sich dieser Trend fortsetzte, würde das Frankreich-Geschäft nicht nur die Bernd Wilke Hoch- und Tiefbau GmbH & Co KG vor dem Bankrott retten, sondern darüber hinaus ihrem Eigentümer so viel Geld einbringen, dass er für alle Zeiten ausgesorgt hatte.

Entsprechend gutgelaunt kam Bernd am Abend aus der Firma nach Hause. Regina hatte nur für sie beide gedeckt. Hans-Jörg sei noch am Stall, erklärte sie, als sie seine Verwunderung sah. Nachdem Babs Böcker das Reiten aufgegeben hatte, hatte er zum Glück einen Ersatzpartner für den Pas-de-deux gefunden – einen Jungen aus einfachen Verhältnissen namens Detlef, der so talentiert war, dass Reitlehrer Stoll ihn unentgeltlich ausbildete und ihm sogar seinen eigenen Wallach zur Verfügung stellte, den er sonst von niemand anderem reiten ließ. Obwohl es ihm schwerfiel, hörte Bernd geduldig zu, bis Regina zu Ende erzählt hatte, bevor er von der Bilanzbesprechung mit seinem Chefbuchhalter berichtete.

»Was habe ich nur für einen tüchtigen Mann«, sagte sie, als er fertig war, und tätschelte seine Hand. »Ich bin ja so stolz auf dich.«

Solche Worte hatte Bernd viel zu selten von ihr gehört. »Ja, bist du das?«

»Und ob!« Zur Bestätigung gab sie ihm einen Kuss. »Aber weil du gerade so viel um die Ohren hast, habe ich dir ein bisschen Arbeit abgenommen. Du zerbrichst dir doch sicher schon lange den Kopf, was du mir zu Weihnachten schenken sollst, nicht wahr?«

Obwohl Bernd noch keinen einzigen Gedanken daran verschwendet hatte – bis Weihnachten war es schließlich noch über einen Monat –, nickte er. »Natürlich. Aber leider ist mir noch nichts eingefallen. Hast du vielleicht eine Idee?«

»Zufällig ja, mein Schatz – einen Chinchilla!«

»Was ist das denn?«

»Ein besonders schicker Pelz. Den trägt man in diesem Winter in Düsseldorf. Der letzte Schrei!«

»Und was kostest so ein – *Chinchilla*?«

Regina schenkte ihm ihr bezauberndstes Lächeln. »Nicht mal zehn Mille.«

Bernd zuckte zusammen. »Zehntausend Mark? Ist das nicht ein bisschen viel für einen Mantel?«

»I wo, so ein Stück hält ja ein ganzes Leben! Aber wenn du meinst«, fügte sie rasch hinzu, »wir könnten uns das nicht leisten oder ich hätte ein so teures Geschenk nicht verdient – ein Nachthemd oder eine Flasche Parfüm tun es auch. Hauptsache, du hast mich lieb.«

Offenbar gelang es ihr nur mit Mühe, die Tränen zurückzuhalten. Als Bernd ihre Enttäuschung sah, kam er sich vor wie der letzte Geizkragen.

»Bitte, verzeih mir«, sagte er, »ich war nur kurz ein bisschen überrascht über den Preis. Aber wenn dein Herz so sehr daran hängt, sollst du natürlich deinen Chinchilla haben, als Belohnung für deine Hilfe. Schließlich wäre ich ohne dich nie mit den Franzosen ins Geschäft gekommen.«

»Wirklich?« Regina strahlte.

Bernd nahm sie in den Arm. »Du musst mir nur sagen, wo es solche Mäntel gibt. Damit ich beim Kauf nichts falsch mache.«

»Auch daran habe ich schon gedacht.« Sie wandte sich zur Telefonablage und nahm einen Zettel, der dort bereitlag. »Hier habe ich alles notiert, was du wissen musst.«

44

Draußen vor den Fenstern blinkten die Neonreklamen des Abends, als Ulla und Tommy in ihrem Hotelzimmer die Sachen vom Boden auflasen, um sich wieder anzuziehen. Erst jetzt, in dem bunten, flackernden Zwielicht, während von nebenan das Stöhnen eines fremden Paares zu hören war, registrierte Ulla, in was für einer Absteige sie gelandet waren. Vor den löchrigen Gardinen gab es keine Vorhänge, die orange und rot gemusterte Tapete war an mehreren Stellen eingerissen, und der grüne Teppichboden war von Flecken unterschiedlicher Größe und Herkunft übersät.

Doch sie bereute keine Sekunde, die sie in diesem schäbigen Zimmer mit Tommy verbracht hatte. Im Gegenteil.

»Wie lange kannst du bleiben?«, fragte sie, während sie vor dem Spiegel ihre Bluse zuknöpfte

»Zwei Tage«, erwiderte er.

»Nur?« Enttäuscht drehte sie sich zu ihm herum.

»Keine Sorge.« Er griff nach seinem Jackett, das über einem Stuhl hing, und holte aus der Innentasche seine Brieftasche hervor. Mit fast feierlicher Mine klappte er sie auf, nahm ein Papier und hielt es ihr unter die Nase.

Ulla sah nur eine Reihe von Stempeln. »Was ist das?«

»Eine Dauerausreisegenehmigung«, sagte er triumphierend, »ausgestellt für den Genossen Thomas Weidner, stellvertretender Abteilungsleiter im Planungsstab Innerdeutscher Handel II des Ministeriums für Außenhandel der Deutschen Demokratischen Republik. Damit kann ich so oft hierherkommen, wie ich will. Bis der Fall Walter Böcker abgeschlossen ist.«

»Aber das ist ja wunderbar!« Sie fiel ihm um den Hals und bedeckte sein Gesicht mit Küssen.

»Apropos«, sagte er. »Soll ich in Berlin Anweisung geben, dass die Beweise direkt an die Staatsanwaltschaft geschickt werden?«

Ulla zögerte einen Moment, dann schüttelte sie den Kopf. »Nein, ich möchte vorher noch einmal mit ihm reden.«

»Mit Walter Böcker? Wozu?« Irritiert blickte Tommy sie an. »Ah, ich verstehe!«, sagte er dann mit einem Grinsen. »Du willst die Sache hinauszögern, damit wir uns öfter sehen können, stimmt's?«

Doch wieder schüttelte sie den Kopf. »Nein, nicht deshalb. Auch wenn ich zugeben muss, dass ich dich gar nicht oft genug sehen kann. Jedenfalls nicht so oft, wie ich möchte.«

»Was ist es dann?« Er nahm ihre beiden Hände. »Nun sag schon und spann mich nicht auf die Folter!«

45

An diesem Abend brachte ausnahmsweise Benno die Zwillinge ins Bett. Gundel hatte ihn darum gebeten, damit sie in Ruhe mit ihren Schwestern in Bochum und Altena telefonieren konnte. Sie hatte letzte Nacht geträumt, der Ficus ihrer Mutter hätte alle seine Blätter verloren und sie wäre nach Altena gereist, um die Überreste in einem Säurebecken der Firma Wolf zu vernichten. Als sie am Morgen aus diesem Albtraum aufgewacht war, hatte sie beschlossen, endlich Nägel mit Köpfen zu machen und das erste Hauskonzert seit Jahren in der elterlichen Villa zu organisieren.

»Könnt ihr vielleicht mal bitte ein bisschen stille sein«, rief sie in Richtung Kinderzimmer, wo Plisch und Plum tobten, als würden sie nicht von ihrem Vater zu Bett gebracht, sondern hätten diesen vielmehr an einen Marterpfahl gebunden, um nun um ihn herumzutanzen. »Ferngespräch!«

Während der Lärm sich ein wenig legte, griff sie zum Apparat und wählte die Bochumer Nummer. Sie wollte als Erstes das Telefonat mit Ruth hinter sich bringen, im Gegensatz zu Ulla war sie sich bei ihrer ältesten Schwester keineswegs sicher, ob sie mitmachen würde – es hatte doch einige Spannungen zwischen ihnen gegeben, vor allem wegen Fritzchen. Doch zu ihrer Freude war Ruth ganz begeistert von der Idee und schlug ihr gleich mehrere Termine zur Auswahl vor.

»Was glaubst du, kommen deine Kinder auch?«, fragte Gundel.

»Winfried und Uschi bestimmt«, erwiderte Ruth. »Sie haben sich doch so gefreut, dass ihr bei der Eröffnung ihres Frisiersalons wart. Bei Fritzchen kann ich nichts versprechen, aber ich werde es wenigstens versuchen.«

»Dann hol deine Bratsche aus der Mottenkiste und fang schon mal an zu üben.«

Sie plauderten noch ein Weilchen, dann verabschiedeten sie sich. Gundel legte den Hörer nicht auf, sondern drückte nur einmal die Gabel herunter, bevor sie die Altenaer Nummer wählte.

»Rühling.« Ihr Schwager meldete sich am Apparat.

»Hallo Jürgen«, sagte sie. »Stell dir vor, es scheint endlich mit einem Hauskonzert zu klappen. Ruth hat schon zugesagt. Wahrscheinlich kommen sogar ihre Kinder mit.«

»Schön. Aber wieso rufst du deshalb hier an? Ich dachte, ihr seid alle in Ratingen.«

»Ratingen? Wer ist in Ratingen?«, fragte Gundel verwundert. »Ich wollte mit Ulla sprechen, um einen Termin mit ihr auszumachen. Komm, gib sie mir mal. Oder ist sie noch in der Firma?«

In der Leitung entstand ein Schweigen. Dann hörte Gundel wieder Jürgens Stimme. »Komisch. Ulla hat gesagt, sie ist bei euch in Ratingen. Weil ihr da eine neue Filiale eröffnet.«

46

Als Ulla am Abend nach Altena zurückkam, fühlte sie sich wie eine Königin, und auf ihrem Gesicht lag immer noch das Lächeln, mit dem sie sich von Tommy in Dortmund verabschiedet hatte. Auch nach einer Stunde Autofahrt spürte sie seine zärtlichen Berührungen, hörte sie seine leise geflüsterten Worte, atmete ihr Leib die mit ihm geteilte Lust.

Als sie im Hof der Firma Wolf parkte und den Motor abstellte, schloss sie kurz die Augen, um das wunderbare Gefühl noch einen Moment lang zu genießen, bevor sie aus dem Wagen stieg und die Stufen zur Villa hinaufging.

Ihr Mann empfing sie bereits in der Diele.

»Wo bist du gewesen?«

Die Frage traf sie wie eine kalte Dusche.

»Habe … habe ich dir das denn nicht gesagt?«, stammelte sie.

»Doch«, erwiderte Jürgen. »In Ratingen! Aber da warst du nicht – ich habe eben mit deiner Schwester telefoniert!«

Ulla spürte, wie sie die Farbe wechselte. Hoffentlich konnte ihr Mann es im Dämmerlicht nicht sehen. Im selben Moment brach ihr so heftig der Schweiß aus, dass es wahrscheinlich ganz egal war, ob Jürgen ihr etwas ansah oder nicht. Gleich würde der ganze Raum danach riechen, was sie getan hatte, der Geruch drang ihr ja aus jeder Pore.

»Ratingen?«, wiederholte sie, weil ihr nichts Besseres einfiel. »Wie kommst du denn darauf?« Plötzlich hatte sie eine Idee. »Ach, jetzt weiß ich, was du meinst. Die neue Filiale von Schuh Krasemann. Aber du hast dich im Datum vertan. Die Eröffnung ist doch erst in zwei Wochen.«

»In zwei Wochen?« Jürgen schüttelte den Kopf. »Jetzt verstehe ich überhaupt nichts mehr. Warum wolltest du dann nach Ratingen?«

»Aber ich war ja gar nicht in Ratingen!« Ulla beschloss, in die Offensive zu gehen, das war ihre einzige Chance. »Ich war in Dortmund. Habe ich dir das wirklich nicht gesagt?«

»Was zum Kuckuck hast du in Dortmund verloren?«

Jetzt war es Ulla, die den Kopf schüttelte. »Hast du das etwa vergessen, Schatz? Die Jugendherberge in Applerbeck! Du hast doch selbst das Angebot kalkuliert – einhundertzwanzig Stahlbetten.«

»Richtig.« Mit einem schiefen Grinsen fuhr Jürgen sich durchs Haar. »Aber hatten wir nicht ausgemacht, dass ich den Kunden bearbeite?«

»Ja, das hatten wir. Aber ich dachte, weil du ja den Haushalt für die Stadt vorbereiten musst, nehme ich dir das ab.«

Eine Weile blickte er sie an, als wisse er nicht, was er von ihren Worten halten sollte. Ulla glaubte ihre Lüge schon zu riechen, so sehr schwitzte sie inzwischen. Doch dann wich die Skepsis aus seiner Miene, um dem Ausdruck von Neugier darin Platz zu machen.

»Was meinst du, kommen wir ins Geschäft?«

»Mit der Jugendherberge?«, entgegnete sie. »Ich glaube, unsere Chancen stehen nicht schlecht. Der Verwaltungschef war von deinem Angebot ziemlich beeindruckt.« Statt ihn mit einem Kuss zu begrüßen, wie sie es sonst gewohnheitsmäßig tat, wenn sie nach Hause kam, zog sie sich den Mantel aus. »Und wie war dein Tag?«

Jürgen zuckte die Schultern. »Ich bin mit Dr. Teekenbörg den Etat durchgegangen. Der Entwurf war mal wieder eine Katastrophe! Manchmal denke ich, wir brauchen einen neuen Stadtdirektor. Ich habe ihn ordentlich zusammengestaucht und alles noch mal neu durchgerechnet, Hugo Holz war zum Glück dabei und hat mich unterstützt. Er war übrigens ganz begeistert von meiner Idee, in Zukunft …«

»Bitte verzeih, Schatz«, unterbrach sie ihn. »Aber ich muss mal ganz dringend kurz verschwinden.«

Ohne seine Antwort abzuwarten, ließ sie ihn stehen. Sie hätte es keine Sekunde länger in seiner Gegenwart ausgehalten.

Kaum hatte sie die Toilettentür hinter sich geschlossen, drehte sie den Schlüssel um. In der Dunkelheit lehnte sich gegen die Wand und atmete einmal tief durch.

Was war sie nur für eine gottverdammte Lügnerin …

Als sie das Licht einschaltete und sich im Spiegel über dem Waschbecken sah, traute sie ihren Augen nicht.

Es war das Gesicht einer Königin, das ihr entgegenlächelte.

47

Walter Böcker hatte in seinem Unternehmerleben schon einiges erlebt, aber dass ausgerechnet »Hippies«, diese dubiosen, ungewaschenen Gestalten, die sich seit einiger Zeit in den Grünanlagen deutscher Städte ausbreiteten wie Ungeziefer, seinem Unternehmen zu unverhofftem Aufschwung verhelfen würden, hätte er sich nicht träumen lassen. Seit ihren Anfängen produzierte die Firma Wilhelm Böcker & Söhne außer Draht und Sprungfedern Metallwaren für den Handarbeitsbedarf. Doch im Gegensatz zu der Drahtfabrikation, die über all die Jahrzehnte hinweg stets für gleichmäßig sicheren Absatz gesorgt hatte, erlitt das Geschäft mit Steck-, Strick- und Häkelnadeln seit Beginn der sechziger Jahre einen schier unaufhaltsamem Verfall. Handarbeit kam immer mehr aus der Mode. Wozu selber nähen, häkeln oder stricken, wenn man die Sachen in Kaufhäusern zum selben Preis wie selbstgemacht bekam oder sie sich von Otto, Quelle und Neckermann sogar per Post nach Hause schicken lassen konnte, ohne mehr dafür zu bezahlen? Erst die Hippies hatten die fatale Entwicklung gestoppt. In Verweigerung all dessen, was sie »Konsumterror« nannten, verzichteten sie auf die Bequemlichkeiten der modernen Zeit und fingen wieder an, wie zu Großmutters Zeiten ihre Kleider selbst herzustellen, selbst wenn sie für die scheußlichen Fetzen, die sie fabrizierten, tiefer in die Tasche greifen mussten als für schicke, fertige Klamotten bei Karstadt oder im Kaufhof.

Walter hatte gerade mit dem Kurzwaren-Zentraleinkauf von C&A telefoniert, um einen Auftrag über fünfzigtausend Stricknadeln unter Dach und Fach zu bringen, da kam plötzlich Ulla in sein Büro geschneit.

Unangemeldet.

»Kann ich dich kurz sprechen?«

»Natürlich. Worum geht's?«

Während er den Hörer auf die Gabel legte, schloss sie die Tür hinter sich und nahm gegenüber von seinem Schreibtisch Platz.

»Ich will nicht um den heißen Brei herumreden«, sagte sie. »Es gibt Beweise, wonach die Firma Böcker & Söhne während des zweiten Weltkriegs in Boryslaw jüdische Zwangsarbeiter zu Tode geschunden hat, und zwar unter deiner Leitung.«

»Meinst du den Quatsch, der schon mal in der Bild-Zeitung stand?« Walter hielt sich die Hand vor den Mund und gähnte. »Wie du weißt, hat die Polizei mir deshalb die ganze Bude auf den Kopf gestellt, ohne Ergebnis. Das Verfahren wurde eingestellt. Staatsanwalt Dr. Zemke wird dir das gern bestätigen.«

»Ich fürchte, Staatsanwalt Dr. Zemke wird den Fall neu aufrollen müssen«, erwiderte Ulla.

»Warum sollte er?«

Sie holte einen Aktendeckel aus ihrer Tasche, setzte die Brille auf und begann vorzulesen. »Josef Israel Schnitzler, geboren in Prag am 2. Juni 1888, gestorben in Boryslaw am 12. Februar 1943. Werner Israel Mandelbrot, geboren am 11. März 1897 in Danzig, auf der Flucht erschossen in Boryslaw am 29. Dezember 1942. Sigrun Sarah Apfelbaum, geboren am ...«

»Hör auf!«, rief Walter entsetzt.

»Warum?« Ulla blickte von ihren Unterlagen auf. »Kommen dir die Namen etwa bekannt vor?«

Walter spürte, wie seine Hände zu zittern anfingen. Nein, die Namen kamen ihm keineswegs bekannt vor, natürlich nicht – wie hätte er die sich damals alle merken sollen? Wohl aber ahnte er, aus welchen Dokumenten sie stammten: aus den Personalakten des galizischen Zweigwerks von Böcker & Söhne.

Wie konnte das sein? Winfried hatte doch alle Erinnerungsstücke verbrannt.

Damit Ulla sein Zittern nicht sah, verschränkte Walter die Hände vor dem Bauch.

»Woher hast du die Unterlagen?«, fragte er mit mühsam beherrschter Stimme.

»Das spielt keine Rolle. Aber wenn du Zweifel an ihrer Echtheit hast, kann ich gerne weiterlesen. Wo waren wir stehengeblieben? Ach ja, Sigrun Sarah Apfelbaum, geboren am 19. Mai 1905 in …«

»Genug, das reicht!« Walter war so erregt, dass ihm der Speichel von den Lippen sprühte.

»Bist du sicher?«

Fieberhaft dachte er nach, wie er die Vorwürfe abstreiten oder aber Ulla zum Schweigen bringen könnte. Doch ihm fiel ums Verrecken nichts ein.

»Warum kommst du damit zu mir?«, fragte er. »Warum gehst du nicht gleich zur Polizei?«

Sie klappte den Aktendeckel zu und nahm ihre Brille ab. »Ich wollte dir die Gelegenheit geben, dich selber deiner Vergangenheit zu stellen.«

»Meiner Vergangenheit? Was weißt du schon von meiner Vergangenheit?«

Sie klopfte mit ihrem Ehering auf die Unterlagen. »Mehr als mir lieb ist.«

Ohnmächtig erwiderte Walter ihren Blick. Während des Krieges, als es galt, die Drecksarbeit zu erledigen, hatte Ulla noch in die Windeln geschissen, aber jetzt, wo alles vorbei war, setzte sie sich aufs hohe Ross und spielte sich zur Richterin über ihn auf. Wie zum Teufel kam sie dazu? Während sie ihn voller Verachtung anstarrte, als wäre er ein Stück Dreck, musste er an ihren Vater denken. Eduard Wolf war mit seiner Fliege der sanftmütigste Mensch gewesen, den er kannte, ein Mann, der seine Zeit am liebsten mit Geigenspiel und Gesprächen über Literatur und Philosophie verbracht hatte. Unglaublich, dass dieses Miststück seine Tochter war.

»Was erwartest du von mir?«, fragte er.

»Dass du dich zu deiner Schuld bekennst.«

»Einen verdammten Scheißdreck werde ich tun!« Noch unerträglicher als ihre Verachtung war die Selbstgerechtigkeit in ihrer Miene.

»Ganz, wie du willst«, erwiderte sie. »In dem Fall werde ich dafür sorgen, dass die Beweise in die Hände der Staatsanwaltschaft gelangen.«

Noch während sie sprach, sprang Walter von seinem Stuhl auf. »Jetzt hör aber mal gut zu, du kleine Rotzgöre! Wenn du das tust, werde ich die Öffentlichkeit über deine Geschäfte mit der sogenannten DDR unterrichten.«

Irritiert blickte sie zu ihm auf. »Ich weiß nicht, wovon du redest.«

»Von Hundert Tonnen Stacheldraht!«

Ulla wurde blass. »Woher weißt du das?«

»Das spielt jetzt keine Rolle!«, äffte er sie nach. »Aber eigentlich ist eine solche Schweinerei ja kein Wunder. Ganz in der Tradition des Hauses! Du trittst ja nur in die Fußstapfen deines Herrn Papa.«

»Wie kannst du es wagen, so etwas zu sagen? Mein Vater hat damit nichts zu tun!«

»Nein, wirklich nicht? Warum hat er sich dann umgebracht?«

»Aus … aus Verzweiflung.«

»Allerdings! Weil er die Nazis mit dem Draht der Firma Wolf beliefert hat! Für den Bau von KZs!«

»Nein! Mein Vater wollte Leben retten!«

»Dass ich nicht lache«, schnaubte Walter. »Ja ja, der feine Pinkel mit der Fliege. Sogar als Helfershelfer der Nazis noch ein Ehrenmann.«

Ulla schnappte nach Luft. Voller Genugtuung sah Walter, wie sie immer kleiner wurde auf ihrem Stuhl.

»Du hast nichts aus der Geschichte gelernt. Gar nichts!«, fuhr er sie an, bevor sie den Mund aufbekam. »Aber der Herr Papa kann stolz auf dich sein! Du bist nicht nur in seine Fußstapfen getreten, du hast ihn sogar noch überflügelt. Gegen die Kommunisten waren die Nazis ja die reinsten Waisenknaben. Die DDR ist das größte KZ, das je auf deutschem Boden gebaut wurde, mit sechzehn Millionen Häftlingen. Und du hilfst den Kommunistenschweinen, es einzuzäunen. Pfui Teufel!«

»Aber … aber … das ist doch etwas völlig anderes«, stammelte sie. »Die DDR wurde zum Bau der Mauer *gezwungen*! Durch unsere Politik und … und die Propaganda der Bild-Zeitung.«

»Den Unsinn glaubst du ja wohl selber nicht!« Walter beugte sich so weit über den Schreibtisch vor, dass sie den Kopf in den Nacken legen musste, um ihm ins Gesicht zu schauen. »Eins kann ich dir versprechen, du hinterhältiges Biest. Wenn du versuchst, mich fertigzumachen, ziehe ich dich mit in den Abgrund. Das schwöre ich dir!«

48

Tommy blickte auf seine Uhr. Die zwei Tage, die Himmelreich ihm für seine erste Altena-Reise bewilligt hatte, waren herum, in einer halben Stunde ging sein Zug, und Ulla war immer noch nicht da. Um vor neugierigen Blicken halbwegs sicher zu sein, hatten sie sich in der Berghalle verabredet, einem heruntergekommen Café über dem Ehrenmal, das in früheren Zeiten mal ein beliebtes Ausflugslokal gewesen war, wohin sich inzwischen aber kaum noch ein Mensch verirrte. Tatsächlich saßen an diesem Spätnachmittag außer ihm nur zwei Kaffeetanten in dem schummrigen Saal. Mit altmodischen Hüten auf den silbergrauen Köpfen aßen sie Streuselkuchen und unterhielten sich über Weihnachtsgeschenke für ihre Enkel zum kommenden Fest.

Durch das Fenster sah Tommy, wie unten in der Stadt die Straßenlaternen angingen. Allmählich wurde er nervös. War womöglich irgendetwas schiefgelaufen? Er musste Ulla unbedingt noch einmal sehen, bevor er zurück nach Berlin fuhr. Die Vorstellung, Altena ohne einen Kuss von ihr zu verlassen, war unerträglich, er brauchte für die lange Reise noch eine letzte Berührung, ein letztes Lächeln, damit er unterwegs an sie denken konnte, ihr Bild vor sich sah, ihren Duft auf seiner Haut atmete und in seinem Innern ihre Stimme hörte. Außerdem wollte er nicht am Telefon mit ihr darüber sprechen, wie sie weiter mit Walter Böcker vorgehen wollten. Da der Genosse Himmelreich das Politbüro über den Fall informiert hatte, musste er davon ausgehen, dass nicht nur sein Dienstapparat im Ministerium, sondern auch sein privates Gerät zu Hause abgehört wurde, und solange Ulla und er keine Entscheidung getroffen hatten, war es besser, wenn die Stasi von ihren Überlegungen nichts wusste, sonst nahm man ihnen womöglich das Heft des Handelns aus der Hand.

»Die Rechnung, bitte!«

Die Kaffeetanten riefen die Kellnerin zu sich, die am Tresen gelangweilt in einer Zeitschrift geblättert hatte und nun mit einem Block in der Hand zu ihnen an den Tisch trat.

»Zwei Kännchen koffeinfrei und zweimal Streuselkuchen mit Sahne.«

Auch Tommy griff zu seinem Portemonnaie. Wenn Ulla nicht in den nächsten fünf Minuten erschien, verpasste er den Zug, und er durfte nicht gleich beim ersten Mal den Rückkehrtermin überziehen, sonst würde er sein Dauerreisegehmigung gefährden.

Er wollte der Kellnerin gerade ein Zeichen geben, um gleichfalls zu zahlen, da ging die Tür auf und Ulla kam herein.

»Na endlich!« Als er ihr Gesicht sah, erschrak er. »Ist etwas passiert?«

»Nicht hier«, sagte sie.

Tommy legte einen Fünfmarkschein auf den Tisch, nahm Hut und

Mantel und ging mit ihr hinaus. Die beiden Kaffeetanten schauten enttäuscht hinter ihnen her. Offenbar hatten sie sich ein bisschen Unterhaltung versprochen.

»Das Gespräch war ein Desaster«, sagte Ulla, als sie draußen waren. »Walter ist sofort zum Gegenangriff übergegangen und hat mit allem Möglichen gedroht, um mir die Hölle heißzumachen.«

Tommy war nicht wirklich überrascht. Er hatte von Anfang an ein mulmiges Gefühl dabei gehabt, Böcker mit Beweisen zu konfrontieren, die ihn hinter Schloss und Riegel bringen konnten, statt diese gleich der Staatsanwaltschaft zu übermitteln. So jemanden konnte man nur bezwingen, wenn man ihn überraschte. Oder man lief Gefahr, in ein offenes Messer zu rennen.

»Hat er etwas gegen dich in der Hand?«

»Ich weiß nicht«, erwiderte sie. »Er hat auf irgendeine Weise Zahlen über die DDR-Geschäfte der Firma Wolf herausgefunden und will sie publik machen.«

»Damit kann er dir nicht schaden. Du tust ja nichts Illegales, im Gegenteil, eure Regierung predigt ja selbst den Wandel durch Annäherung.«

»Juristisch hast du sicher recht, politisch auch. Aber darum geht es Walter nicht. Er will die alte Geschichte mit meinem Vater wieder hochkochen und ihn als Naziverbrecher anprangern.«

Tommy nickte. »Verstehe. Nach dem Motto: wie der Vater, so die Tochter.«

»Genau. Ob Konzentrationslager der Nazis oder eure Mauer – alles dasselbe. Er ist immer noch der Arbeitgeberpräsident, sein Wort hat Gewicht. Wenn er die Firma Wolf in den Dreck zieht, kann er dafür sorgen, dass uns reihenweise Kunden abspringen.«

»Aber kann er es sich leisten, dich an den Pranger zu stellen? Immerhin seid ihr Kompagnons. Wenn eure Teilhaberschaft in der VAM auffliegt, verliert er die Aufträge der Bundesbank genauso wie du. Das wird er nicht riskieren.«

»Da kennst du Walter Böcker schlecht. Er hat gesagt, wenn ich ihn fertigmache, reißt er mich mit in den Abgrund.«

Tommy hatte kein Argument parat, um ihre Sorge zu entkräften. Er schätzte ihren Partner ja genauso ein wie sie. Wenn solche Typen in die Enge getrieben wurden, kannten sie nur ein Ziel: Zerstörung! Auch auf die Gefahr hin, dass sie dabei selbst zugrunde gingen.

Es gab nur eine Möglichkeit, um Schaden von Ulla abzuwenden.

»Möchtest du, dass ich die Unterlagen wieder mit nach Berlin nehme und ins Archiv zurückbringe?«

Ulla schüttelte den Kopf. »Nein«, sagte sie. »Ich will, dass wir die Sache zu Ende führen. Das … das bin ich meinem Vater schuldig.«

Als sie den Kopf hob, sah er die Angst in ihren Augen, die Angst, alles zu verlieren. Doch er sah auch ihre Entschlossenheit. Und die war noch größer als ihre Angst.

Nie hatte er sie mehr geliebt als in diesem Augenblick.

Während er einen Schritt auf sie zumachte, warf sie eine Strähne, die sich aus ihrer Frisur gelöst hatte, aus der Stirn und versuchte zu lächeln. Zärtlich fuhr er ihr übers Haar, dann nahm er ihr Gesicht zwischen die Hände und küsste sie.

Sie schmiegte sich an ihn, und während sie seinen Kuss erwiderte, gab es nur noch sie beide und sonst nichts auf der Welt.

Im Tal schlug eine Glocke.

»Ich muss los«, flüsterte er und löste sich behutsam aus ihrer Umarmung.

»Wann kommst du zurück?«, fragte sie.

»Ich weiß nicht«, sagte er. »Hoffentlich schon bald. Weil – ich … ich kann es schon jetzt nicht mehr erwarten, dich wiederzusehen.«

49

Der Geruch von Schnee lag in der Luft, als Babs zusammen mit Fritzchen die Himmelspforte hinaufstieg. Obwohl der steile Waldweg in den Kesselbrink so schmal war, dass sie kaum nebeneinander laufen konnten, ließ sie seine Hand nicht los. Sie musste ihm doch ein bisschen von ihrer Wärme abgeben! Während sie selber in einen flauschigen Lammfellmantel eingemummt war, der so viel gekostet hatte, dass sie sich dafür schämte, trug er nur einen dünnen, ungefütterten Sommerparka, in dem er bestimmt fürchterlich fror. Kein Wunder, dass seine Hand so kalt wie ein Eiszapfen war und seine rote Nase triefte.

»Was findest du eigentlich an einem Proleten wie mir?«, fragte er plötzlich, als könnte er ihre Gedanken lesen. »Ich meine, du bist doch eine typische höhere Tochter.«

Babs fielen so viele Antworten gleichzeitig ein, dass sie sich gar nicht für eine einzige entscheiden konnte. Seit ihrem ersten Kuss wusste sie:

Fritzchen war der Grund, warum sie auf der Welt war. Mit seinem schwarzen Haar, der hellen Haut und der kräftigen Nase erinnerte er sie nicht nur an Che Guevara, sondern ein bisschen auch an Ringo Starr. Genauso wie der Drummer der Beatles war er ein Mensch, der nie die Anerkennung bekam, die er verdiente, sondern immer hinter anderen, die sich in den Vordergrund drängten, zurückstehen musste und unter dieser Zurücksetzung fürchterlich litt, obwohl er sich nach außen davon nichts anmerken ließ und seine Gefühle hinter einem Panzer aus Abwehr verbarg. Das alles sah sie in seinen schwarzen Augen, in die sie sich vom allerersten Moment an verliebt hatte. Sie waren der Spiegel seines wahren Ichs. Während andere darin nur Rebellion sahen, sah sie auf ihrem Grund eine verzweifelte und gequälte Seele, die sich nach Erlösung sehnte, und ihre Bestimmung war es, ihn zu retten.

Aus der Richtung des Klapperstorchfelsens ertönte das einsame Spiel einer Flöte. Babs verzog das Gesicht. Ausgerechnet jetzt!

»Was ich an dir finde?« Sie blieb stehen und schaute Fritzchen an. »Du bist der Einzige, den ich kenne, der sich nicht verstellt. Alle anderen sind genauso verlogen wie die Erwachsenen. Entweder belügen sie sich gegenseitig, oder sie belügen sich selbst.«

Catch your dreams …

Sie versuchte, nicht hinzuhören, doch es gelang ihr nicht. Während das Lied, das ihr früher so viel bedeutet hatte, herbeiwehte wie ein eisiger Hauch, kam ihr eine fürchterliche Frage in den Sinn. War sie nicht genauso verlogen wie diejenigen, denen sie vorwarf, verlogen zu sein? Mit Peter wäre sie bei solchen Temperaturen nie und nimmer im Kesselbrink spazieren gegangen. Sie hätten bei ihr zu Hause Platten gehört oder im Café Dunkel heiße Schokolade getrunken und sich aneinandergekuschelt, ohne sich darum zu kümmern, ob jemand sie sah oder nicht. Sie hätte sich in der Öffentlichkeit zu ihm bekannt, so wie sie sich früher zu Hans-Jörg bekannt hatte, statt sich wie jetzt mit Fritzchen im Wald zu verstecken.

»Hast du schon mal daran gedacht, die Abendschule zu besuchen?«, fragte sie.

»Wie kommst du denn darauf?«, erwiderte er. »Was soll ich da?«

»Das Abitur nachmachen. Mit deiner Intelligenz schaffst du das doch mit links.«

»Und wenn ich gar kein Interesse daran habe?«

»Mir kannst du nichts vormachen«, sagte Babs. »Du hast ja nur Angst, dass du dic Gebühren nicht bezahlen kannst. Aber ich bin sicher, irgendeine Möglichkeit wird es schon geben. Vielleicht kann deine Mutter dir ja helfen. Außerdem habe ich mal gelesen, dass es für solche Fälle Begabtenförderung gibt.«

»Du meinst, für solche Fälle wie mich?« Verächtlich zuckte er die Achseln. »Spar dir die Mühe, einer wie ich hat doch keine Chance, das habe ich inzwischen kapiert. Ist wahrscheinlich Vererbung. Meine Mutter war auch schon das schwarze Schaf der Familie.«

Die Bitterkeit, die aus seinen Worten sprach, zerriss Babs das Herz. Sie war schlimmer als jeder Zorn und jede Wut. Fritzchen war doch noch so jung, keine zwanzig Jahre alt, und hatte das ganze Leben vor sich! Aber er klang so resigniert, als hätte er mit seinem Leben bereits abgeschlossen. Sie schaute in seine traurigen schwarzen Augen. Doch nichts fiel ihr ein, wie sie ihm helfen könnte.

Catch your dreams …

Plötzlich lief ihr ein Schauer über den Rücken. Doch, sie wusste, wie sie ihm helfen könnte. Wenn er sie jetzt fragen würde, ob sie seine Frau werden wollte, würde sie ja sagen. Ohne zu zögern, auf der Stelle! Um wenigstens ein bisschen wiedergutzumachen, was das Leben an ihm verbrochen hatte.

In einer Aufwallung von Liebe strich sie ihm über die Wange. »Ach Fritzchen. Ob du eine Chance hast oder nicht, kannst du doch nur herausfinden, wenn du es versuchst.«

Seine Augen verfinsterten sich noch mehr. »Was meinst du damit?«

Caaahaaahaaatch your dreams …

Babs spürte, wie die Liebe sie überflutete. »Ich möchte mit dir schlafen«, flüsterte sie, und während ihr Atem in der eisigen Luft zerstob wie das einsame Spiel der Flöte, wurde ihr Herz ganz warm.

50

Walter Böcker brauchte einen Schnaps. Schon seit einer Stunde ließ man ihn im Bundeskanzleramt warten. Doch er traute sich nicht, seinen Platz zu verlassen und in die Kantine im Erdgeschoss zu gehen, aus Sorge, dass genau dann der bebrillte Vorzimmerdrache, der ihn keine Sekunde aus den Augen ließ, ihn aufrufen würde, und er war nicht da. Das alles hatte er Ulla Rühling zu verdanken, geborene Wolf. Das kleine Miststück hatte ihn in eine solche Bredouille gebracht, dass ihm nichts anderes übriggeblieben war, als ausgerechnet bei den Sozis Zuflucht zu suchen. Sie allein verfügten über die Kontakte, die er brauchte, um seinen Kopf aus der Schlinge zu ziehen. Denn eines war klar: Ulla konnte die Akten, aus dem sie ihm die Namen der jüdischen Zwangsarbeiter der Firma Wilhelm Böcker & Söhne vorgelesen hatte, nur aus der DDR haben. Die Kommunisten hüteten solche Akten ja, wie jedermann wusste, massenhaft in ihren Archiven, und nichts bereitete ihnen größere Freude, als sie gegen Leute wie ihn zu verwenden.

Ungeduldig mit den Fingern trommelnd, wartete er darauf, dass er endlich zu Staatssekretär Egon Zwar vorgelassen würde. Doch nichts rührte sich, während er sich einen Wolf saß, außer dass alle paar Minuten das Telefon klingelte und die Brillenschlange ein paar leise Worte in den Hörer flüsterte. Walter konnte sich schon denken, warum man ihn so lange schmoren ließ. Als alter Adenauer-Vertrauter war er den Sozis ein Dorn im Auge, es gab sogar Gerüchte, dass sie hinter seinem Rücken an seinem Stuhl als Arbeitgeberpräsident sägten, und wenn er nun etwas von ihnen wollte, war es ihnen natürlich ein Genuss, ihn auf diese Weise spüren zu lassen, wer jetzt in Deutschland das Sagen hatte. Zähneknirschend gönnte er ihnen das kleine Vergnügen, Hauptsache, die Tür ging irgendwann auf. Um dafür zu sorgen, hatte er am Vormittag sein Scheckheft gezückt und einem schmierigen Untersozi, der, ohne seinen Namen zu nennen, sich als Vertreter des SPD-Schatzmeisters vorgestellt hatte, einen Barscheck über fünfzigtausend D-Mark in die Hand gedrückt, als Voraussetzung dafür, dass Egon Zwar sich zehn Minuten Zeit für ihn nahm. Obwohl Walter nicht mal eine Quittung für die Spende bekommen hatte, verließ er sich darauf, dass der Staatssekretär ihn empfing. Wer eine Spende annahm, musste dem Spender Gehör schenken – das war ein ungeschriebenes Gesetz in der Politik, das auch die Sozis nicht brechen würden.

Oder vielleicht doch?

Die zweite Stunde war schon zur Hälfte herum, da ertönte ein Summer, und der Drache sprach endlich das erlösende Wort.

»Der Herr Staatsekretär erwartet Sie.«

Als Walter das Büro betrat, sah er zuerst nur einen riesigen Weihnachtsbaum, und erst dann den kleinen Mann am Schreibtisch. Meine Fresse, dachte er, der Kerl sah in Wirklichkeit ja noch jüdischer aus als im Fernsehen: dicke Brille, fliehende Stirn, lange, krumme Nase – ein Itzig, wie er im Buche stand. Während er von seinen Unterlagen aufschaute, schien seine Nase immer länger zu werden.

»Womit kann ich Ihnen behilflich sein, Herr Böcker?«, fragte er, ohne sich von seinem Stuhl zu erheben oder ihm einen Platz anzubieten.

Walter schluckte auch diese Kröte herunter. Egon Zwar war der Architekt der neuen Ostpolitik und darum der Mann, der ihm von allen deutschen Politikern am ehesten einen Ausweg aus seinem Schlamassel weisen konnte. Also nahm er Haltung an, wie er es als Offizier gelernt hatte, und schilderte in kurzen, knappen Sätzen seine Situation.

Als er mit dem Rapport fertig war, fuhr der Staatsekretär sich einmal mit der Hand über das glatt zurückgekämmte Haar.

»Das sind schwerwiegende Vorwürfe, die man gegen Sie erhebt, Herr Böcker. Und das als Arbeitgeberpräsident. Ehrlich gesagt, ich möchte nicht in Ihrer Haut stecken.«

»Ich versichere, dass ich mit den mir zur Last gelegten Vorkommnissen nicht das Geringste zu tun habe«, erklärte Walter. »Die ganze Sache ist aller Wahrscheinlichkeit nach eine gezielte Manipulation der DDR-Regierung, um in meiner Person der Bundesrepublik Deutschland Schaden zuzufügen.« Zum Glück war es ihm im letzten Moment gelungen, das Wörtchen »sogenannte« vor »DDR« zu unterdrücken, das die neue Regierung im Gegensatz zu den vorherigen Regierungen demonstrativ nicht mehr benutzte.

»Auch wenn wir in unseren Grundauffassungen politische Gegner sind«, sagte Zwar, »ich weiß, dass Sie kein Antisemit sind. Unser Schatzmeister hat mir von dem jüdischen Museum berichtet, für das Sie sich in Ihrer Heimatstadt starkgemacht haben. Wie heißt der Ort noch mal?«

»Altena«, erwiderte Walter. »Altena im Sauerland.«

»Richtig. Das Industriestädtchen mit der schönen Burg. Vor Jahren, als ich noch Journalist beim RIAS war, habe ich mal von einem Jubiläum des Weltjugendherbergswerks berichtet, das dort begangen wurde.«

»Das muss 1959 gewesen sein, zur Feier des fünfzigsten Jahrestags. Sogar Bundespräsident Theodor Heuss hat damals unsere Stadt mit seiner Anwesenheit beehrt. Ein Altenaer Schulmeister, Richard Schirrmann, hat 1909 auf unserer Burg die erste Jugendherberge der Welt gegründet. Anknüpfend an diese Tradition der Weltoffenheit haben wir dort auch das jüdische Museum eingerichtet.«

»Ja, man darf den Beitrag der Klein- und Mittelstädte nicht unterschätzen, wenn es darum geht, der Welt das Bild eines anderen, eines besseren Deutschlands zu zeigen.«

»Sie sprechen mir aus der Seele«, pflichtete Walter ihm bei. »Das jüdische Museum war und ist mir eine persönliche Herzensangelegenheit. Wir brauchen solche Erinnerungsstätten, damit wir und vor allem unsere Nachkommen niemals vergessen, was im Namen des deutschen Volkes jüdischen Mitbürgern in unserem Land angetan wurde. Dafür haben wir Altenaer sogar das Deutsche Drahtmuseum geopfert, das zuvor in den Räumlichkeiten untergebracht war. Obwohl die ganze Stadt von der Drahtindustrie lebt.«

»Eine noble Geste.« Der Staatsekretär lehnte sich in seinem Schreibtischstuhl zurück und stellte die Fingerspitzen gegeneinander. »Ich denke, Sie sollten Kontakt mit Michael Kohl aufnehmen.«

»Sie meinen den Chefunterhändler der DDR bei den deutsch-deutschen Konsultationen?«

Egon Zwar nickte. »Ein vernünftiger Mann, mit dem man offen reden kann. Wenn Sie wünschen, kann ich den Kontakt für Sie herstellen.«

»Das würden Sie tun?«

Der Staatsekretär machte sich eine Notiz. »Ich werde ein kurzes Schreiben aufsetzen«, sagte er. »Sobald ich Antwort aus Ostberlin habe, lasse ich Sie es wissen.« Er hob den Kopf und nahm seine Brille ab. »Aber kein Wort in der Öffentlichkeit, dass Sie in der Sache mit mir gesprochen haben. Falls Sie sich jemals verplappern, werde ich alles abstreiten und Sie wegen Verleumdung verklagen!« Er setzte sich die Brille wieder auf und beugte sich über seinen Schreibtisch. »Ich wünsche Ihnen frohe Weihnachten«, sagte er, und während er mit der rechten Hand schon wieder in einem Ordner blätterte, wies er mit der linken zur Tür.

51

Bernd war ein Mann der Praxis, theoretische Erörterungen zu Wirtschaft und Finanzen waren ihm fremd. Gute Arbeit verdiente guten Lohn, so lautete seine einfache Regel, und die galt sowohl für ihn als Unternehmer wie auch für seine Angestellten. Doch je länger er die Diskussionsrunde verfolgte, die an diesem Abend in der ARD lief, umso stärker wurden seine Befürchtungen, dass diese Regel ihre Gültigkeit mehr und mehr verloren hatte. Die Welt war längst eine andere geworden als die, in der er aufgewachsen war, heute hing alles irgendwie mit allem zusammen, so dass kein Mensch mehr wissen konnte, was morgen sein würde. Ja, die Welt war inzwischen dermaßen kompliziert, dass man nicht mal mehr die Folgen der Entscheidungen voraussehen konnte, die man selbst getroffen hatte oder traf.

Das schien insbesondere für die Finanzmärkte und das Verhältnis der einzelnen Währungen untereinander zu gelten, um die es bei der Fernsehdiskussion gerade ging. Da war von Risiken die Rede, von denen Bernd bisher nicht mal den Namen gekannt hatte: Translationsrisiken, Transaktionsrisiken, Operationsrisiken … Sie alle erwiesen sich als so unkalkulierbare Wettbewerbsrisiken, dass ihm der Kopf davon schwirrte. Aus denselben Gründen, aus denen gestern eine Währung abgewertet worden war, konnte sie offenbar schon morgen wieder aufgewertet werden – und umgekehrt. Einigkeit herrschte in der Expertenrunde nur darüber, dass dringend Maßnahmen erforderlich seien, um die extremen Wechselkursschwankungen innerhalb der Europäischen Wirtschaftsgemeinschaft abzufedern, als Voraussetzung dafür, dass international tätige Unternehmen einigermaßen sicher ihren Finanzbedarf planen konnten. Doch in der Frage, welche Maßnahmen geeignet sein könnten, eine solche Planungssicherheit herzustellen, zeigten die Diskussionsteilnehmer sich untereinander genauso hoffnungslos zerstritten wie die Wirtschafts- und Finanzminister der betroffenen Länder, die in den eingestreuten Interviews zu dem Thema befragt wurden.

Nach einer halben Stunde war Bernd in Schweiß gebadet. Er hatte weder Weihnachten noch Silvester einen Tropfen Alkohol getrunken, und es war ihm nicht mal schwergefallen. Doch als nun auch noch die aktuellen Wechselkurse der EWG-Staaten am Bildschirm eingeblendet wurden, hielt er es nicht länger aus. Er ging in den Keller, um sich eine Flasche Bier zu holen.

Als er die Treppe wieder heraufkam, stand Regina vor ihm, angetan mit ihrem neuen Chinchilla, den sie am Reitstall bei der Jahreshauptversammlung vorgeführt hatte. Mit gerunzelter Stirn blickte sie auf die Flasche Bier in seiner Hand.

»Was ist passiert?«

»Der Franc ist schon wieder gefallen«, erklärte er. »Seit Neujahr fast dreizehn Prozent.«

»Aber wie kann das sein?«, fragte sie. »Dr. Holz war doch so sicher, dass es genau andersherum kommen muss!«

Bernd schüttelte den Kopf. »Ach, die haben doch alle keine Ahnung.«

52

Von der Lutherkirche schlug es zehn Uhr abends, wie ausgestorben lag die Stadt da. Die meisten Bewohner der Häuser hatten es sich längst in ihren Wohnzimmern gemütlich gemacht, um den wohlverdienten Feierabend vor ihren Fernsehapparaten zu genießen, die bläulich durch die Fensterscheiben nach draußen schimmerten. Nur das große, gläserne Gebäude der Handelsschule hoch oben am Berghang über der Lenne erstrahlte noch im vollen Neonlicht. Denn hier wurden die Kurse des Abendgymnasiums abgehalten, in dem Fritzchen seit Jahresbeginn an fünf Tagen in der Woche nach der Arbeit am Unterricht teilnahm, um wieder Anschluss an den Stoff der Untertertia zu finden, in der er das Gymnasium abgebrochen hatte.

Jetzt wartete er voller Anspannung auf die Rückgabe seiner ersten Klassenarbeit. Ein Begabtenstipendium hatte er beantragt, aber es war noch keine Entscheidung gefallen. Damit er trotzdem die Gebühren bezahlen konnte, hatte seine Mutter ihm endlich erlaubt, Geld von seinem Konto bei der Sparkasse Bochum abzuheben, auf das sie jeden Monat seinen Anteil an den Mieteinkünften aus der Villa Wolf überwies.

Während Fräulein Habicht, eine über siebzig Jahre alte Mathematiklehrerin, die auch nach ihrer Pensionierung offenbar nicht genug vom Unterrichten bekommen konnte oder aber einfach ihre Rente aufbessern wollte, die Hefte austeilte, starrte Fritzchen auf seine immer noch mit Ölspuren behafteten Hände. Hatte er die nötige Punktzahl geschafft? Er hatte so gut wie alles vergessen, was er vor Jahren mal gelernt hatte, doch in der wenigen freien Zeit, die ihm außer der Arbeit und dem Unterricht noch blieb, hatte er gebüffelt wie noch nie in seinem Leben, und Babs hatte ihm dabei geholfen.

»Nicht schlecht für den Anfang«, sagte Fräulein Habicht und warf ihm im Vorübergehen sein Heft auf den Tisch.

Als er die Note sah, musste er schlucken. Konnte es sein, dass einer wie er doch eine Chance bekam? Er dachte an das letzte Schützenfest, wie man ihn aus dem Scktzelt geprügelt hatte, nur weil er mit Babs einmal Raupe hatte fahren wollen. *Untaugliches Erbgut,* hatte sein Stiefvater gesagt, *von einem Untermenschen in der Uckermark* … Jetzt war Babs seine Frau. Nach dem Spaziergang im Kesselbrinck war sie es geworden, in seinem kleinen, ärmlichen Zimmer am Giershagener Weg, das sie seitdem nur noch als »unseren Palast« bezeichnete.

»Und«, fragte Babs, als sie ihn nach dem Unterricht draußen auf dem Flur empfing. »Welche Note hast du?«

Fritzchen platzte fast vor Stolz. »Eine glatte Eins.«

Jubelnd fiel sie ihm um den Hals. »Habe ich es dir nicht gesagt? Mit deiner Intelligenz schaffst du das mit links!«

»Danke«, sagte er und gab ihr einen Kuss.

»Du brauchst mir nicht zu danken«, erwiderte sie. »Das hast du ganz allein hingekriegt.«

»Nein, du hast mir so viel geholfen. Und vor allem – du hast an mich geglaubt.«

»Ach Fritzchen.« Mit einem zärtlichen Lächeln schaute sie ihn an. »Ich kann dir gar nicht sagen, wie stolz ich auf dich bin.«

Er konnte sich nicht erinnern, dass jemand schon mal etwas so Schönes zu ihm gesagt hatte. »Bist du das wirklich?«, fragte er.

»Und ob!«, rief sie. »Dafür hast du einen Wunsch frei. Sag, was du dir am meisten wünschst, und ich verspreche dir, dass du es bekommst. Du hast eine Belohnung verdient.«

Während er in ihr hübsches, strahlendes Gesicht sah, fiel ihm so manches ein, was er sich von ihr insgeheim wünschte. Aber das konnte er nicht laut sagen, ohne rot zu werden. Außerdem gab es etwas, was ihm noch wichtiger war. *Viel* wichtiger sogar.

»Ich … ich würde dich gerne meiner Familie vorstellen.«

»Deiner Familie?« Das Strahlen in ihrem Gesicht erlosch. »Du meinst, ganz offiziell und in aller Öffentlichkeit?«

»Nein. Nur eine kleine Familienfeier, nächsten Sonntag, zu der mich meine Mutter vergattert hat. Ich dachte, dass du mich vielleicht begleiten könntest.«

»Hm. Ich weiß nicht …«

Als er sah, wie sie zögerte, rechnete er für eine Sekunde schon damit, dass sie ihm einen Korb geben würde. Doch dann kehrte das Strahlen wieder in ihr Gesicht zurück.

»Ach was!«, sagte sie und warf den Kopf in den Nacken. »Natürlich komme ich mit, wenn das dein größter Wunsch ist. Versprochen ist versprochen! Mir doch egal, was die Leute denken! Soll ja schließlich kein Geheimnis sein, dass ich dich liebe!«

53

Gundel war glücklich. Endlich, endlich war die ganze Familie mal wieder in der Villa vereint! Für das erste Hauskonzert, zu dem sie ihre Schwestern mitsamt ihren Angehörigen zusammengetrommelt hatte, kam nach all den vielen Jahren der Unterbrechung natürlich nur ein Stück in Frage: Joseph Haydn, Kaiserquartett.

Fast war alles so wie früher. Während Gundel, ihre zwei Schwestern und Jürgen, der die erste Geige übernommen hatte, die Instrumente stimmten, kamen die anderen nach und nach in den Salon, um auf den Stühlen Platz zu nehmen. Der freistehende Lehnsessel war für Winfried reserviert, damit er es mit seinem Holzbein möglichst bequem hatte, ihm zur Seite saß Uschi mit dem kleinen Torsten, der gerade auf ihrem Arm eingeschlafen war, und auf der dunkelroten Plüschcouch quetschte Benno sich in die Mitte zwischen Plisch und Plum, damit die Zwillinge voneinander getrennt waren und keinen Unsinn machen konnten. Bei dem Anblick, wie nun alle ihre Lieben mit Kind und Kegel um sie herum saßen, ging Gundel das Herz auf. Wie schade, dass ihre Mutter das nicht mehr miterleben konnte … Sogar der Ficus glänzte fast in alter Pracht. Abergläubisch, wie sie war, war Gundel seit Weihnachten dreimal nach Altena gefahren, um die Pflanze wieder aufzupäppeln, damit ihr kläglicher Zustand kein Unglück brachte. Ulla hatte die Pflege so sehr vernachlässigt, dass das ehemalige Prachtstück ihrer Mutter ausgesehen hatte wie ein gerupftes Huhn.

Nur einer fehlte: Fritzchen. Aber das war nach Ruths Reaktion auf die Einladung ja fast zu erwarten gewesen.

Als die Instrumente fertig gestimmt waren, gab Benno den Zwillingen prophylaktisch links und rechts was hinter die Löffel, damit sie eine Weile stillehielten, dann klemmte Jürgen sich seine Geige unter das Kinn, Ruth und Gundel taten es ihm nach, und als auch Ulla mit einem kurzen Blick zu verstehen gab, dass sie mit ihrem Cello so weit war, gab er mit einer energischen Kopfbewegung den Einsatz.

G – E – F – D – C

Dafür, dass sie schon eine Ewigkeit nicht mehr miteinander gespielt hatten, ging es ganz ordentlich. Es klang vielleicht ein bisschen steifer und weniger elegant als früher, doch entfalteten sie mit ihrem Quartett immerhin eine solche Kraft, dass die Blätter des Gummibaums bei der Musik auch jetzt ganz leise zu zittern schienen. Als Gundel für einen Moment die Augen schloss, glaubte sie sogar ihre Mutter zu sehen, wie sie mit einer Tasse Tee in der Hand und einem verklärten Lächeln auf den Lippen der Melodie lauschte, die um die Möbel und Zierpflanzen des Salons ihre unsichtbaren Kränze wand. Nur Jürgen leistete sich ab und zu einen Patzer. Im Gegensatz zu ihrem Vater, der immer, wenn Gundel mit der zweiten Geige die Melodieführung übernahm, das Thema in einem solchen Höllentempo kontrapunktiert hatte, dass sie kaum noch hinterhergekommen war, hatte Jürgen Mühe, den Takt zu halten, so dass selbst Winfried und Uschi, die laut eigenem Bekunden mit klassischer Musik »nichts am Hut« hatten, einige Male die Gesichter verzogen, als hätten sie Zahnschmerzen.

Trotzdem gab es stürmischen Beifall, als sie den ersten Satz beendeten. Plisch und Plim klatschten nicht nur in die Hände, sondern trampelten vor Begeisterung sogar mit den Füßen. Überglücklich ließ Gundel Geige und Bogen sinken und erhob sich von ihrem Stuhl, um alle ins Esszimmer zu bitten, wo bereits Kaffee und Kuchen warteten. Doch sie hatte ihr Instrument noch nicht beiseitegelegt, da klingelte es an der Haustür.

Nanu, wer konnte das sein?

Während sie hinauseilte, wechselte sie mit Ruth einen hoffnungsvollen Blick.

Tatsächlich, als sie öffnete, stand ihr Neffe vor ihr – so fein gemacht wie nie. Er trug einen Anzug mit Krawatte und hatte das schwarze, wellige Haar, das ihm sonst meistens ungewaschen im Gesicht hing, mit einem ordentlichen Scheitel zur Seite gekämmt.

»Wie schön, dass du gekommen bist. Und schick siehst du aus!«

Erst als sie ihn zur Begrüßung umarmen wollte, sah sie, dass er nicht allein war.

»Oh, du hast jemanden mitgebracht?«

Fritzchen machte einen Schritt zur Seite, um seiner Begleitung, die hinter ihm stand, den Vortritt zu lassen. Gundel kannte das Mädchen, sie hatte es auf dem letzten Schützenfest gesehen. Babs Böcker.

Was hatte die mit Ruths Fritzchen zu tun?

»Darf ich vorstellen?«, sagte er. »Meine Braut!«

»Deine *was?*« Unwillkürlich machte Gundel einen Schritt zurück.

»Ja, du hast richtig gehört.« Wie zum Beweis hielt er seine linke Hand in die Höhe, an dem er einen schmalen Ring trug, der aussah wie aus einem Kaugummiautomaten. »Wir haben uns verlobt.«

»Also, jetzt bin ich wirklich baff, das muss ich schon sagen. Dann … dann kommt vielleicht am besten erst mal rein.«

Gundel fühlte sich so übertölpelt, dass ihr nichts anderes einfiel, als die beiden in den Salon zu führen, wo die anderen schon wieder in alter Lautstärke durcheinanderschnatterten.

»Schaut mal, wer gekommen ist. Fritzchen und seine … seine …«

»Braut«, ergänzte er, da ihr das Wort partout nicht über die Lippen wollte.

Auf einen Schlag war es mucksmäuschenstill im Raum. Sogar die Zwillinge hörten auf zu zappeln. Alle starrten ungläubig Ruths Sohn an, auch seine Mutter. Offenbar war sie genauso ahnungslos wie die anderen auch.

»Ich schlage vor, dann gehen wir jetzt alle mal ins Esszimmer«, sagte Gundel. »Kaffee trinken.« Über die Schulter zischte sie Ulla zu: »Kannst du mir bitte mal kurz in der Küche helfen?«

Ihre Schwester verstand. »Natürlich.«

Während die anderen sich umständlich von ihren Plätzen erhoben und dabei Fritzchen und Babs beäugten, die ein wenig verloren Hand in Hand im Raum standen, verließen die beiden Schwestern den Salon. Benno folgte ihnen nach.

»Und jetzt?«, fragte Gundel, als sie in der Küche waren.

Die anderen schienen nicht weniger ratlos als sie.

»Wenn das Walter Böcker erfährt«, sagte Ulla und schloss die Tür hinter sich. »Seine Prinzessin! Ausgerechnet!«

Benno nickte. »Typisch Fritzchen. Immer anti, immer gegen alles – Hauptsache, provozieren.«

Ulla warf sich das Haar aus der Stirn. »Sprüche helfen uns jetzt nicht weiter. Wir müssen reagieren.«

»Aber wie?«, fragte Gundel. »Willst du die zwei etwa an die Luft setzen?« Die Vorstellung, dass ihr mühsam organisiertes Hauskonzert womöglich mit einem Eklat enden sollte, trieb ihr fast die Tränen in die Augen.

Ihre Schwester zuckte die Achseln. »Was wäre die Alternative? Einfach so tun, als wäre nichts passiert?«

Eine Weile schauten sie einander an, ohne dass jemand eine Antwort wusste.

»Warum nicht?«, sagte Benno schließlich. »Wenn Fritzchen uns provozieren will, ist es vielleicht das Beste, wenn wir seine Provokation ins Leere laufen lassen.«

»Außerdem müssen wir Rücksicht auf Ruth nehmen«, pflichtete Gundel ihm bei. »Sie hat es mit dem Jungen auch so schon schwer genug. Wenn wir ihn rauswerfen, trifft das sie viel mehr als ihn.«

Ulla dachte einen Moment nach. Gundel spürte, wie ihre Hände feucht wurden. Ihre Schwester war imstande, einen riesigen Familienkrach vom Zaun zu brechen.

Doch zum Glück täuschte sie sich.

»Vielleicht habt ihr recht«, sagte Ulla. »Vielleicht ist es wirklich das Beste, wenn wir einfach so tun, als wären die beiden Luft. Ruth zuliebe.«

Gundel fiel ein Stein vom Herzen.

Benno schüttelte mit einem Lächeln den Kopf. »Wenn es drauf ankommt, seid ihr doch die Töchter eurer Mutter. Alle beide!«

Ulla grinste. *»Bitte tut mir die Liebe und streitet euch nicht …«,* zitierte sie Christels Spruch.

»Ach ja, unsere gute, alte Mama«, erinnerte Gundel sich mit einem Anflug von Wehmut. »Sie war eine so liebe Seele.«

»Von wegen – ein sanfter Tyrann war sie! Stets tat sie, als könnte sie kein Wässerchen trüben. Dabei haben wir am Ende immer nach ihrer Pfeife getanzt. Aus lauter Angst, dass ihr Tee kalt werden könnte.«

»Aber nie zu eurem Schaden«, sagte Benno. Er schaute die beiden Schwestern an. »Dann sind wir uns also einig?«

»Jawohl!«, bestätigte Ulla. »Auf zu Kaffee und Kuchen!«

»Auf zu Kaffee und Kuchen!«, wiederholte Gundel.

Lachend öffnete sie die Tür. Doch als sie die Diele betrat, stutzte sie. Ruth war mit ihrer Familie bereits im Aufbruch. Während sie ihrer Schwiegertochter half, den kleinen Torsten anzuziehen, wartete Winfried, auf seinen Stock gestützt, mit sichtlicher Ungeduld in der Haustür.

»Was soll das heißen? Wollt ihr etwa schon gehen?«

»Allerdings«, erwiderte Ruth, ohne von ihrem Enkel aufzublicken.

»Aber warum das denn?«, fragte Ulla.

»Erkundige dich bei deinem Mann.« Ruth deutete mit dem Kinn

auf Jürgen, der mit vor der Brust verschränkten Armen in der Esszimmertür stand, während links und rechts von ihm Plisch und Plum neugierig in die Diele lugten. »Er hat Babs und Fritzchen vor zwei Minuten rausgeschmissen. Aus *meinem* Elternhaus!«

»Was hast du getan?« Gundel starrte ihren Schwager fassungslos an.

»Das Einzige, was in dieser Situation geboten war«, sagte Jürgen mit seinem Bürgermeistergesicht. »Oder meinst du, wir sollten uns so etwas bieten lassen?«

»Komm«, sagte Ruth zu ihrem Ältesten und gab ihrer Schwiegertochter den kleinen Torsten auf den Arm. »Gehen wir. Wir sind hier nicht erwünscht.«

Es ging alles so schnell, dass Gundel gar nicht wusste, wie ihr geschah. »Aber der Kaffeetisch ist doch schon gedeckt! Mit Mamas gutem Meißner! Und danach wollten wir doch den zweiten Satz spielen.«

Niemand hörte mehr auf sie. Ohne ein weiteres Wort zu sagen, marschierte Ruth aus dem Haus, gefolgt von ihrem Ältesten und dessen Frau mit dem schreienden Torsten.

Dann knallte die Tür zu.

»Ab mit euch ins Esszimmer«, fauchte Benno die Zwillinge an.

Auf der Hutablage der Garderobe lag Ruths Bratsche. Beim Anblick des verwaisten Instruments konnte Gundel die Tränen nicht länger zurückhalten.

»Mama würde sich im Grab umdrehen.«

Jürgen griff zum Telefon.

»Wen willst du anrufen?«, fragte Ulla.

»Blöde Frage!«, erwiderte er. »Wen wohl?«

54

Als Babs nach Hause kam, erwarteten ihre Eltern sie bereits im Jagdzimmer. Der Raum war so vollgequalmt, dass man kaum die Trophäen an den Wänden sah, die Geweihe und ausgestopften Kadaver der Tiere, die ihr Vater im Laufe seines Jägerlebens erlegt hatte.

»Was fällt dir ein?«, fiel er über sie her. »Du hast dich heimlich mit Fritzchen Nippert verlobt? Hinter unserem Rücken?«

»Sein Nachname ist Böcker«, erwiderte Babs. »Das solltest du wissen. Du hast ihn schließlich adoptiert.«

»Komm mir jetzt nicht mit Haarspaltereien! Willst du mich zum Hanswurst machen?«

»Ich … ich weiß gar nicht, was du meinst …«

»Lüg mich nicht an! Ich weiß Bescheid! Jürgen Rühling hat gerade angerufen und mich informiert!«

Ihr Vater brüllte so laut, dass es ihr in den Ohren dröhnte. So wütend hatte Babs ihn selten gesehen. Sein Gesicht war dunkelrot angelaufen, als würde er jeden Moment einen Schlaganfall bekommen. Während sie noch überlegte, wie sie sich aus der Klemme ziehen könnte, stürzte er sich auf sie und griff nach ihrer Hand.

»Ah – da ist der Beweis!« Er riss ihren Arm hoch und zeigte auf den Ring.

Ihre Mutter schlug die Hände über dem Kopf zusammen. »Kind! Wie kannst du uns nur so etwas antun?«

Während sie aufschluchzte, hielt der Vater Babs' Arm wie in einem Schraubstock fest. Mit blutunterlaufenen Augen starrte er sie an. Sein Gesicht war so nah, dass sie die struppigen Borsten in seinen Nasenlöchern sah und die Speichelbläschen auf seinen Lippen. Sein Atem stank nach Zigarre und Schnaps.

»Her damit!« Plötzlich zerrte er an ihrer Hand, versuchte, den Ring von ihrem Finger zu streifen. »Her mit dem verdammten Scheißding!«

»Was fällt dir ein?« Mit Gewalt riss sie sich von ihm los. »Der gehört mir!«

Sie fasste nach ihrer Hand, um sie vor einem erneuten Zugriff zu schützen. Fritzchen hatte den Ring gekauft, sein letztes Geld hatte er hergegeben, um sie damit zu überraschen. Vor dem Eingang der Villa Wolf hatte er ihn ihr über den Finger gestreift und sie gefragt, ob sie seine Frau werden wollte.

»Ja, ich bin mit deinem Stiefsohn verlobt«, rief sie. »Weil wir uns lieben. Und damit ihr es wisst«, fügte sie hastig hinzu, bevor sie es sich anders überlegen konnte, »ich habe auch schon mit ihm geschlafen!«

»Bist du wahnsinnig?« Ihr Vater verpasste ihr eine solche Ohrfeige, dass sie mit der Schulter gegen die Wand prallte. »Morgen fliegt der Scheißkerl raus, meine erste Amtshandlung im Betrieb!«

»Das kannst du ihm nicht antun!«

»Und ob ich das kann! Das kleine Arschloch stand sowieso schon auf der Abschussliste. Mein Vorarbeiter hat ihn in Verdacht, Rohlinge zu stehlen, aber ich habe es einfach nicht wahrhaben wollen. Dabei habe ich ihn wie mein eigenes Fleisch und Blut behandelt!«

Babs rieb sich die Wange. Der Handabdruck brannte wie Feuer in ihrem Gesicht, und auch ihre Schulter tat höllisch weh. Doch viel schlimmer war der Schmerz in ihrer Seele. Als sie Fritzchen ihr Jawort gegeben hatte, hatte sie gehofft, dass seine Verwandten Respekt vor ihm haben würden, wenn er sie in der Villa Wolf als seine Braut vorstellte, ja dass sie sich womöglich sogar mit ihm freuten – schließlich war sie die Tochter des reichsten Fabrikanten von Altena. Stattdessen hatten sie ihn aus dem Haus gejagt wie einen Verbrecher. Bei der Erinnerung schossen ihr die Tränen in die Augen. Sie hatte Fritzchen alles gegeben, was sie ihm hatte geben können, sie hatte ihm nicht nur ihre Unschuld geschenkt, sondern sich auch in der Öffentlichkeit zu ihm und ihrer Liebe bekannt. Aber es war zu wenig gewesen.

Plötzlich erfasste sie eine Ruhe, wie sie sie nur einmal erlebt hatte, im Augenblick ihrer bisher größten Niederlage, vor drei Jahren, als ihre Klassenlehrerin ihr mitgeteilt hatte, dass sie nicht versetzt werden würde.

Voller Verachtung schaute sie ihren Vater an. »Was bist du nur für ein Schwein …«

»Halt deinen frechen Mund! Oder willst du, dass ich dir noch eine klebe?«

Wieder hob er die Hand, doch er konnte ihr keine Angst mehr machen.

»Ich habe euch zusammen gesehen«, sagte sie.

»Wen hast du gesehen?«

»Dich und Tante Regina. Am Reitstall. Beim Eröffnungsturnier.«

»Ja und?« Voller Wut blitzten seine kleinen Augen, doch gleichzeitig zuckte es nervös in seinem roten Narbengesicht.

Sie fixierte ihn mit ihrem Blick. »Ihr hattet euch in der Besenkammer versteckt. Ich kam zufällig vorbei und habe gesehen, wie ihr es miteinander getrieben habt. Die Tür stand einen Spalt auf. Tante Regina hatte dein Ding im Mund.«

»Wie … wie *kannst* du es wagen, so etwas zu behaupten?«

Wie ein Ballon pumpte ihr Vater sich vor ihr auf, größer und größer wuchs er vor ihr in die Höhe. In Erwartung weiterer Schläge riss Babs ihre Arme vors Gesicht. Doch statt sie zu schlagen, ließ er seine Hand sinken und fuhr zu ihrer Mutter herum.

»Jetzt mach du doch endlich auch mal das Maul auf, Annegret! Sag deiner Tochter, dass das alles nicht wahr ist. Los, worauf wartest du, verdammt nochmal!«

Die Mutter wischte sich die Tränen aus dem Gesicht. »Aber natürlich ist das nicht wahr«, sagte sie so leise, dass man es kaum hören konnte. »So etwas würde dein Vater doch niemals tun.«

Fassungslos schaute Babs die beiden an. Während ihr Vater vor Erregung am ganzen Leib bebte, kuschte ihre Mutter und verteidigte ihn, obwohl sie genau wusste, dass alles so war, wie Babs sagte. Aber eher, als der Wahrheit ins Auge zu sehen, würde sie von der Mittleren Brücke in die Lenne springen, wenn ihr Mann es ihr befahl. Und wenn er sie tausend und abertausend Mal betrog.

»Ich … ich kann euch gar nicht sagen, wie sehr ihr mich anwidert. Ihr seid ja so was von zum Kotzen!«

Auf dem Absatz machte Babs kehrt und ließ ihre Eltern stehen.

55

Die gedeckte Nachmittagstafel in der Villa Wolf war auch am Abend noch unberührt. Weder hatte jemand ein Stück Kuchen oder Torte gegessen noch einen Schluck Kaffee oder Tee getrunken. Nach dem Eklat mit Fritzchen und Babs sowie Ruths plötzlichem Aufbruch mit dem Rest ihrer Familie waren auch Gundel und Benno mit den Zwillingen zurück nach Düsseldorf gefahren.

Jürgens Anruf hatte dafür gesorgt. Kaum hatte Walter Böcker am Telefon von der heimlichen Verlobung seiner Tochter erfahren, hatte er wütend in den Hörer geschrien, Jürgen solle sich lieber um seine Frau kümmern, statt um anderer Leute Töchter. »Das Zonen-Liebchen hat ein Verhältnis mit unserem alten Schützenkönig Tommy Weidner – kleine Zugabe zu ihrem schmutzigen Drahtgeschäft mit der DDR.« So laut hatte er die Worte in die Leitung gebrüllt, dass jeder sie gehört hatte, der in der Villa gewesen war.

»Ich glaube, wir gehen dann auch mal besser«, hatte Gundel gesagt, und niemand hatte ihr widersprochen.

Jetzt war Ulla allein mit ihrem Mann.

»Stimmt das, was Walter behauptet?«, fragte er. »Hast du ein Verhältnis mit dem Kerl? Sieh mich an! Sag mir die Wahrheit!«

Vor Erregung war er ganz weiß im Gesicht, und seine Augen hafteten mit solcher Verzweiflung an ihr, als wäre er ins Wasser gefallen und würde ertrinken und sie stünde am Ufer und wäre die Einzige, die ihm einen Rettungsring zuwerfen konnte. Obwohl es ihr schwerfiel, erwiderte Ulla seinen Blick. So hatte Jürgen sie schon einmal angesehen, vor vielen, vielen Jahren, als sie ihm eröffnet hatte, warum sie keine Kinder bekommen konnte. Damals hatte das schlechte Gewissen Besitz von ihr ergriffen, um sie ihr halbes Leben lang zu beherrschen und zu terrorisieren und an diesen Mann zu ketten, den sie nicht liebte und keine Sekunde lang geliebt hatte. Weil sie die Wahrheit zu lange hinausgezögert hatte. Diesen Fehler würde sie kein zweites Mal begehen.

»Erinnerst du dich noch, wie du dich vor ein paar Wochen gewundert hast, als ich aus Dortmund statt aus Ratingen zurückkam?«, fragte sie.

»Allerdings«, erwiderte er. »Du hattest großspurig einen Auftrag von über hundert Stahlbetten angekündigt, für die Jugendherberge in Applerbeck. Nur leider ist daraus bis heute nichts geworden.«

Ulla nickte. »Ich habe dich damals belogen. An dem Tag war ich mit Tommy zusammen.«

Jürgen schnappte nach Luft. »Das … das sagst du mir so einfach ins Gesicht?«

Mit offenem Mund starrte er sie an. Ulla kam es vor wie eine Ewigkeit. Dann plötzlich explodierte er, trat mit dem Fuß gegen einen Stuhl, so dass er im hohen Bogen durch die Luft flog und das Telefon von der Ablage zu Boden riss. Während aus dem Hörer das Freizeichen ertönte, begann Jürgen in der Diele auf und ab zu marschieren, das weiße Gesicht zur Fratze verzerrt, ohne ein Wort zu sagen.

Ulla beschloss, zu warten, bis er wieder zu sich kam. Es dauerte kaum eine Minute. So unvermittelt, wie er seine Wanderung aufgenommen hatte, so abrupt beendete er sie.

»Ich bin bereit, dir zu verzeihen«, sagte er. »Aber du musst dich entscheiden. Er oder ich!«

Sie brauchte für die Antwort keine Sekunde. »Ich habe mich bereits entschieden«, erklärte sie. »Ich werde mich scheiden lassen.«

Jürgen sprangen fast die Augen aus dem Kopf. »Hast du jetzt vollkommen den Verstand verloren? Wie stellst du dir das vor? Du hier in Altena, der Scheißkerl in Ostberlin? Das kann doch niemals funktionieren!«

»Das soll deine Sorge nicht sein«, erwiderte sie und wunderte sich selbst, mit welcher Ruhe sie sprach.

»Wie in aller Welt kannst du nur so reden? Tommy Weidner hat dich ins Unglück gestürzt. Wegen ihm hast du abgetrieben – dein Kind ermordet!«

»Bitte, Jürgen, lass das. Das ist deiner nicht würdig.«

»Das sagt die Richtige!« Hysterisch lachte er auf. »Ausgerechnet Tommy Weidner, der größte Schürzenjäger von ganz Altena ... Und wegen so einem willst du dich scheiden lassen! Dich von mir trennen! Mir den Laufpass geben! Alles über Bord werfen, was wir aufgebaut haben! Nach einer so langen Ehe! Kurz vor der Silbernen Hochzeit!«

Ulla schüttelte den Kopf. »Das war keine Ehe, die wir hatten. Das war eine Zweckgemeinschaft. Das weißt du so gut wie ich.«

»Du redest ja wie eine Irre!« Er packte sie am Kragen. »Sag, was hat der Drecksack mit dir angestellt? Hat er dich hypnotisiert? Dich hörig gemacht? So wie Fritzchen Walters Tochter?«

Ulla nahm seine Handgelenke, um ihn auf Abstand zu halten. Sie tat es weder wütend noch mit Gewalt. Sie tat es ganz einfach, die Augen fest auf ihn gerichtet. Die kleine Geste bewirkte mehr als all ihre Worte. Die Kraft wich aus seinen Armen, und ohne Widerstand zu leisten, ließ er sie los.

»Dann bist du also wirklich entschlossen?«, fragte er.

Sie nickte.

Er wartete einen Moment ab, wohl in der Hoffnung, dass sie noch irgendetwas sagen würde. Doch sie hielt auch diesen Moment aus.

Als sie beharrlich schwieg, nickte schließlich auch er.

»Also gut, ganz wie du willst.«

Er kehrte ihr den Rücken zu und verschwand die Treppe hinauf. Oben schlugen eine Weile Türen, dann kam er wieder herunter in die Diele. In der Hand trug er eine Reisetasche.

»Ich schlafe im Hotel«, erklärte er. »Bis du wieder bei Verstand bist.«

»Ich bin bei Verstand, Jürgen.«

»Ach was! Ich kenne dich besser als du dich selbst.«

Er wandte sich zur Tür. Die Klinke schon in der Hand, drehte er sich noch einmal um.

»Nur noch eins, meine Liebe, für den Fall, dass das hier wirklich dein Ernst ist.« Seine Augen verengten sich zu zwei Schlitzen. »Glaub ja nicht, ich lasse dich so einfach davonkommen. Meine Anwälte werden dir die Hölle so heißmachen, dass du diesen Tag bis ans Ende deines Lebens bereust. Das verspreche ich dir.«

Noch im Sprechen riss er die Tür auf und war hinaus.

Während draußen sein Wagen startete, richtete Ulla in der Diele den Stuhl auf, den er umgestürzt hatte. Dann hob sie das Telefon vom Boden und stellte es zurück auf die Ablage.

Sie konnte kaum glauben, wie leicht es ihr gefallen war, die Trennung auszusprechen. Schwer war nur die Entscheidung gewesen, für die hatte sie fast zwanzig Jahre gebraucht. Wer grübelt, vergräbt sich. Jetzt fühlte sie sich wie von einer schweren Last befreit, von der sie all die endlos lange Zeit gar nicht gewusst hatte, dass sie auf ihr lag. Sie war so ruhig und gelassen und sicher, dass nicht mal ihre Hand zitterte, als sie den Hörer von der Gabel nahm und die Nummer der Auslandsvermittlung wählte.

»Hallo, Sie wünschen?«, fragte eine Frauenstimme.

»Ich möchte ein Gespräch nach Ostberlin anmelden«, sagte Ulla, »Hauptstadt der DDR.«

56

Gegen seinen Willen musste Bernd immer wieder zu der Cognacflasche schielen, die ungeöffnet auf dem Besprechungstisch stand. Courvoisier, V.S.O.P., vierzig Prozent. Er brauchte nur einen einzigen Schluck, und die verfluchte Angst, die von ihm Besitz ergriffen hatte und die immer stärker wurde, je länger die Unterredung mit dem Sparkassendirektor dauerte, würde sich legen. Doch Dr. Holz dachte gar nicht daran, ihm ein Glas anzubieten.

»Tut mir wirklich leid, Herr Wilke, aber wir sehen uns außerstande, Sie auf Ihrem Weg weiter zu begleiten.«

Mit Gewalt riss Bernd sich vom Anblick der Flasche los. »Was soll das heißen?«

»Dass wir den Finanzplan kündigen werden. Wie wir die Sache auch drehen und wenden – es fehlt einfach an den nötigen Sicherheiten. Ich kann das vor meinem Aufsichtsrat nicht länger verantworten.«

»Aber weshalb? Es handelt sich doch nur um ein kleines Zwischentief aufgrund dieser unvorhersehbaren Währungsschwankungen. Ansonsten läuft doch alles wie geplant, die Franzosen zahlen pünktlich die vereinbarten Raten. Es ist nur der Franc, der gerade verrückt spielt. Und das kann ja nicht ewig so weitergehen.«

»Vielleicht, vielleicht auch nicht.« Dr. Holz wiegte den Kopf. »Ich fürchte, Sie haben das Problem gerade selber genannt: unvorhersehbare Währungsschwankungen … Damit haben Sie den Nagel auf den Kopf getroffen. Währungsschwankungen sind *immer* unvorhersehbar, das muss jeder berücksichtigen, der sich auf die internationalen Märkte wagt. Sie haben leider den Auftrag unter Annahme idealer Rahmenbedingungen so knapp kalkuliert, dass die ganze Sache zum Minusgeschäft geworden ist. Die Zahlungen reichen bei den gegenwärtigen Wechselkursen kaum aus, um die Zinsen zu bedienen. Außerdem entnehme ich meinen Unterlagen, dass es neue Forderungen der Hösch-Werke gibt. Offenbar hat die Wohnheimgesellschaft weitere Baumängel reklamiert.«

Während Dr. Holz sich hinter dem Schreibtisch zurücklehnte, nestelte er an seinem Hosenbund herum, wie um die aufgestickte schwarze Rose über dem Gürtel seines Anzugs zu präsentieren, das Markenzeichen irgendeines sündhaft teuren Hemdenherstellers, dessen Modelle neuerdings jedermann zu tragen schien, der sich für etwas Besseres hielt. Bernd spürte, wie ihm in seinem Nyltesthemd der Schweiß an den Achseln herunterrann. Schon bei der Begrüßung hatte er gewusst, dass dies ein schwieriger Termin werden würde. »Ah, heute ohne die Frau Gemahlin?«, hatte Dr. Holz ihn empfangen. »Na ja, irgendwie auch verständlich.« Danach hatte er eine halbe Stunde lang mit denselben Begriffen um sich geworfen, wie die Politiker und Experten im Fernsehen sie so gerne gebrauchten, die doch kein normaler Mensch verstand: Translationsrisiken, Transaktionsrisiken, Operationsrisiken und weiß der Himmel was für Risiken sonst noch.

Doch Bernd war nicht bereit, sich einschüchtern zu lassen.

»Sie können mich nicht so einfach fallenlassen, Herr Dr. Holz. Schließlich sind Sie persönlich mitverantwortlich für die Lage, in der ich mich befinde.«

»So? Bin ich das?« Irritiert hob der Banker die Brauen.

»Haben Sie das etwa vergessen?«, erwiderte Bernd. »Sie haben mir selbst geraten, den Vertrag in Franc abzuschließen, weil die D-Mark nach der Bundestagswahl abwerten würde.«

»Ich glaube, hier missverstehen Sie etwas.« Dr. Holz schaute ihn an wie ein Lehrer einen hoffnungslosen Schüler. »Ich habe Ihnen überhaupt nichts geraten, das darf ich ja gar nicht, ich habe nur gewisse Prognosen unserer Analysten zitiert. Dass die sich, wie sich inzwischen herausgestellt hat, geirrt haben, dafür kann ich beim besten Willen nichts. Die internationalen Finanzmärkte haben die sozialliberale Regierung nach anfänglicher Skepsis akzeptiert. Ja, mehr noch, Deutschland steht inzwischen im internationalen Vergleich sogar besser da als vor dem Abschwung. Rezessionsbedingt sind die Lohnstückkosten auf ein so niedriges Niveau gefallen, wie wir es schon lange nicht mehr hatten. Ein wunderbarer Wettbewerbsvorteil für unsere Exportwirtschaft, der allerdings eine Wiedererstarkung der D-Mark nach sich zieht.«

»Aber …«

»Kein Aber! Das ist die Logik des Marktes, und nach der wird die Hausse der D-Mark aller Voraussicht noch lange anhalten. Und je länger sie anhält, umso tiefer gerät die Bernd Wilke Hoch- und Tiefbau GmbH & Co KG in die roten Zahlen.«

»Soll das heißen, Sie wollen mir Ihre Unterstützung verweigern, nachdem Sie selbst mich mit Ihren Prognosen in die Scheiße geritten haben?«

»Ich muss Sie doch sehr bitten, sich in Ihrem Ton zu mäßigen, Herr Wilke. Außerdem finde ich Ihre Kritik, gelinde gesagt, ausgesprochen undankbar. Ich habe Sie wirklich bis an die Grenzen unserer Möglichkeiten unterstützt. Mein Aufsichtsrat hat mich dafür mehrmals gerügt. Ich kann Sie nicht länger halten.«

»Aber meine Auftragsbücher sind zum Platzen voll! Ich müsste eigentlich sogar neue Leute einstellen!«

»Jetzt verstehen Sie doch endlich – Ihr Problem ist rein mathematischer Natur und hat mit Ihrer Auftragslage nicht das Geringste zu tun. Wenn Sie auf so sandigem Grund wie einer Wechselkursspekulation Ihre Aufträge kalkuliert haben, war das Ihre unternehmerische Entscheidung, und die erweist sich nun als fatal. Ich kann Ihnen die Zusammenhänge gern noch mal erklären. Der zentrale Begriff ist das Transaktionsrisiko …«

Bernd hörte gar nicht mehr hin. Während sein Blick zurück zu der Cognacflasche wanderte, musste er an einen Witz denken, den er irgendwo mal aufgeschnappt hatte. »Ökonomie ist die Wissenschaft, die mit wissenschaftlicher Präzision beweist, warum die Prognosen, die sie in der Vergangenheit gestellt hat, sich unmöglich erfüllen konnten.« Er hatte damals über den Witz gelacht. Inzwischen hatte er begriffen, dass das offenbar alles andere als ein Witz gewesen war.

»Um es kurz zu machen, Herr Wilke, das Spiel ist aus. Die Sparkasse Altena lehnt eine Verlängerung der Kredite ab. Tut mir leid, dass ich das so klipp und klar sagen muss. Aber lieber ein Ende mit Schrecken als ein Schrecken ohne Ende.«

Um keinen weiteren Zweifel an seiner Entscheidung aufkommen zu lassen, erhob Dr. Holz sich von seinem Stuhl.

»Ich wünsche Ihnen alles Gute, Herr Wilke! Und bitte vergessen Sie nicht, die Frau Gemahlin von mir zu grüßen. Unsere Damen im Lions-Club sind ganz begeistert von ihrem neuen Pelzmantel, sie hat damit wirklich Furore in Altena gemacht. Chinchilla, nicht wahr?«

57

Um sechzehn Uhr fünfzehn hatte Tommy seinen Termin bei dem Genossen Himmelreich, um sechzehn Uhr vierzehn stand er vor dem Büro seines Vorgesetzten, und es fiel ihm unendlich schwer, die eine Minute zu warten. Der Grund dafür war Ulla. Nie und nimmer hätte er gedacht, dass er sich je wieder so sehr nach einer Frau sehnen würde wie nach ihr, und jetzt, da sie ihm am Telefon gesagt hatte, dass sie sich von ihrem Ehemann trennen würde, war jede Minute, die es länger dauerte, bis er sie wieder in die Arme schließen konnte, eine unerträgliche Qual. Viel zu viel Zeit war vergangen, seit er sie zum letzten Mal in den Armen gehalten hatte, Zeit, die nötig gewesen war, um in den Archiven all die Akten zusammenzutragen, die er für eine hieb- und stichfeste Anklage gegen Walter Böcker brauchte. Jetzt war er sicher, dass seine Beweise jeder noch so kritischen Überprüfung der westdeutschen Justizbehörden standhalten würden, und hatte darum zur Vorbereitung seiner Reise den Termin bei Himmelreich beantragt.

Er rückte seine Krawatte zurecht und klopfte an die Tür.

War es nicht verrückt, dass er sein Wiedersehen mit Ulla ausgerechnet Walter Böcker verdankte, dem größten Mistkerl auf Gottes weiter Welt? Er musste an den Deutschunterricht seiner Jugend denken, Goethes Faust, erster Auftritt des Mephisto – *ein Teil von jener Kraft, die stets das Böse will und stets das Gute schafft …*

»Herein!«

Tommy öffnete die Tür. Himmelreich empfing ihn nicht wie sonst an seinem Schreibtisch, sondern in der Sitzecke seines Büros.

»Bitte nehmen Sie Platz, Genosse Weidner.«

Als Tommy sich setzte, sah er durchs Fenster die Mauer. Für über sechzehn Millionen Menschen bedeutete sie die Grenze. Aber nicht für ihn. Für ihn gab es keine Grenzen mehr.

»Es ist ein Problem aufgetreten«, eröffnete Himmelreich das Gespräch.

»Ein Problem? Nun, ich bin sicher, wir werden eine Lösung finden.«

»Ich fürchte, darüber wurde bereits entschieden. Andernorts. Oder genauer: höheren Orts.«

Als Tommy das ernste Gesicht seines Vorgesetzten sah, beschlich ihn ein ungutes Gefühl. »Sind irgendwelche Umstände eingetreten, von denen wir bisher keine Kenntnis hatten?«

»Das kann man wohl sagen.« Himmelreich legte seine Stirn in Falten. »Ich weiß gar nicht, wie ich es Ihnen beibringen soll, darum mache ich es kurz. Die Sache wurde abgeblasen, den Fall Böcker gibt es nicht mehr. Beschluss von ganz oben!«

Die Eröffnung kam so überraschend, dass Tommy für einen Moment glaubte, nicht richtig gehört zu haben. »Aber … aber das ist doch gar nicht möglich!«

Sein Vorgesetzter hob ohnmächtig die Arme. »Ich gebe zu, manchmal habe auch ich gewisse Schwierigkeiten, die Genossen des Politbüros zu verstehen. Aber in diesem Fall …« Er straffte die Schultern und richtete sich im Sessel auf. »Kurz und gut, der Sturz des Arbeitgeberpräsidenten der BRD durch Organe der Deutschen Demokratischen Republik passt nicht in die derzeitige politische Landschaft. Ein solcher Vorgang könnte die Entspannungspolitik gefährden. Und dieses Risiko will man unter allen Umständen vermeiden.«

»Und deshalb will man einen Kriegsverbrecher laufenlassen?«, protestierte Tommy. »Trotz aller Beweise? Walter Böcker war ein Nazi und hat Dutzende von Menschenleben auf dem Gewissen.«

»Ich weiß.«

»Aber dann ist es doch unsere verdammte Pflicht, dafür zu sorgen, dass er seine Strafe bekommt und eingesperrt wird. Solange ich zurückdenken kann, war die Bekämpfung des Faschismus oberste Priorität unseres Arbeiter-und-Bauern-Staats.«

»Daran hat sich auch nichts geändert«, erwiderte Himmelreich. »Aber Politik bedeutet leider auch, Kompromisse zu schließen. Ob die uns nun gefallen oder nicht.«

Tommy ballte stumm die Fäuste. Obwohl alles in ihm gegen die Auskunft seines Vorgesetzten revoltierte, wusste er, dass es keinen Sinn hatte, gegen einen Beschluss des Zentralkomitees Sturm zu laufen. Dessen Wege waren so unerforschlich wie die Wege Gottes, und wer versuchte, sie auch nur in Frage zu stellen oder gar zu kritisieren, kämpfte auf verlorenem Posten.

»Nun gut«, sagte er. »Dann werde ich nach Altena fahren, um meine Kontaktperson von dem Beschluss zu unterrichten.«

»Sie meinen Frau Rühling?« Himmelreich stieß einen Seufzer aus.

»Ich werde versuchen, für Sie zu tun, was in meiner Macht steht, aber bitte machen Sie sich keine allzu großen Hoffnungen. Schließlich besteht in Ihrem Fall erhebliche Fluchtgefahr.«

»Fluchtgefahr?« Tommy musste laut lachen. »Ich habe ein unbefristetes Ausreisevisum.«

»Ich fürchte, mit dem Ende des Falles Böcker ist dessen Gültigkeit erloschen. Die Aufforderung zur Rückgabe dürfte schon auf Ihrem Schreibtisch liegen.«

»Das ist unerhört!« Vor Erregung hielt Tommy es nicht länger auf seinem Stuhl. »Darf ich daran erinnern, dass ich aus freien Stücken aus der BRD geflohen bin, um in diesem Teil Deutschlands zu leben? Ich bin ein überzeugter Bürger der Deutschen Demokratischen Republik und habe eine solche Misstrauensbekundung nicht verdient. Außerdem lebt meine minderjährige Tochter hier, und ich weiß, was für Folgen auch nur der Versuch einer Republikflucht für sie hätte. Nie und nimmer würde ich ihr das antun!«

Himmelreich legte die Spitzen seiner Zeigefinger ans Kinn und schaute ihn an. »Auch nicht aus Liebe?«

Tommy, der quer durch den Raum gelaufen war, blieb bei dem Wort wie angewurzelt stehen. Sein Vorgesetzter sah seine Verblüffung und schüttelte den Kopf.

»Mein Gott, Genosse Weidner, Sind Sie wirklich so naiv, dass Sie geglaubt haben, Ihr Verhältnis zu Ursula Rühling wäre von unseren Sicherheitsorganen unbemerkt geblieben?«

58 Stubenarrest!

Seit ihre heimliche Verlobung mit Fritzchen aufgeflogen war, wurde Babs von ihren Eltern bewacht wie eine Gefangene. Außer dem Besuch des Schulunterrichts war ihr jede Form von Ausgang verboten, und sogar den kurzen Weg von der Villa zum Gymnasium und wieder zurück durfte sie auf Anordnung ihres Vaters nur unter Aufsicht zurücklegen. Jeden Morgen holte der Firmenchauffeur sie fünf Minuten vor Schulbeginn an der Haustür ab, um nach Schulschluss mit dem Wagen vor dem Gymnasium auf sie zu warten. Zu Hause angekommen, wurde sie aufs Zimmer geschickt, wo sie ihre Mahlzeiten allein zu sich nahm und den Rest des Tages damit verbrachte, ihre Hausaufgaben zu machen oder sich zu Tode zu langweilen. Sie war so vollkommen von der Welt abgeschnitten, dass sie keinerlei Möglichkeit hatte, mit Fritzchen Kontakt aufzunehmen. Sie hatte ihm lediglich einen Brief geschrieben, den eine Klassenkameradin für sie eingeworfen hatte, damit er wenigstens wusste, warum sie so spurlos von der Bildfläche verschwunden war, und nicht am Ende noch glaubte, dass sie vor ihren Eltern eingeknickt war und ihm abgeschworen hatte.

An diesem Abend aber war es ihr endlich gelungen, ihrem Gefängnis zu entkommen. Ihr Vater war auf einer Verbandssitzung in Düsseldorf, und ihre Mutter, die gleich nach *Dalli dalli!* ins Bett gegangen war, hatte aus Versehen den Haustürschlüssel am Schlüsselbrett hängen lassen, statt ihn wie sonst, wenn ihr Mann nicht im Haus war, an sich zu nehmen und über Nacht in ihrem Zimmer unter Verschluss zu halten. Jetzt stand Babs vor dem Kellereingang von Fritzchens Souterrainwohnung am Giershagener Weg, wo ihr Vater eine ganze Siedlung von kleinen, verrußten Arbeiterhäuschen aufgekauft hatte, um sich über die Miete von seinen Angestellten den größten Teil der an sie ausgezahlten Löhne wieder zurückzuholen.

Warum brannte in Fritzchens Zimmer kein Licht? Als Babs ans Fenster trat, hörte sie ihn drinnen husten. Gott sei Dank, er war da! Sie beugte sich vor, um hineinzuschauen. Zwar konnte sie in dem dunklen Raum kaum etwas erkennen, aber dort, wo sein Bett stand, glomm die Glut einer Zigarette.

»Mach auf«, rief sie leise und klopfte mit den Fingerspitzen an die Scheibe. »Ich bin's – Babs!«

Die Glut sprang in die Höhe, und im nächsten Moment ging das Licht an. Als sie Fritzchen sah, erschrak sie. Mit den schwarzen Strähnen im Gesicht und den hervorspringenden Augen sah er aus wie ein Gespenst.

»Warum bist du nicht in der Abendschule?«, fragte sie, als er die Tür öffnete. »Ich wollte dich abholen, aber du warst nicht da.«

Statt ihr eine Antwort zu geben, hustete er in seine Hand. Besorgt fasste sie ihm an die Stirn.

»Mein Gott, du glühst ja! Bist du krank?«

»Nur ein bisschen Fieber«, krächzte er heiser und zog an seiner Zigarette.

»Bist du deshalb nicht zum Unterricht gegangen?«

»Nein, nicht darum.« Er schüttelte den Kopf. »Ich habe die Schule geschmissen.«

»Du hast *was*?«

Fritzchen warf die Kippe fort. »Wozu der ganze Quatsch?«, fragte er. »Ich habe doch gleich gesagt, dass einer wie ich keine Chance hat.«

Während ihrer Gefangenschaft hatte Babs sich immer wieder ausgemalt, wie es sein würde, wenn Fritzchen und sie einander wiedersahen. In ihrer Vorstellung hatten sie sich manchmal nur stumm an den Händen gehalten und sich angeschaut, dann wieder hatten sie sich geküsst, mal zärtlich, mal stürmisch, doch meistens waren sie übereinander hergefallen und hatten sich die Kleider vom Leib gerissen, weil sie es nicht abwarten konnten, bis sie ganz und gar wieder vereint waren. Doch nie und nimmer hätte sie gedacht, dass ihr Wiedersehen so ausfallen könnte, wie es nun der Fall war. Weder nahm er ihre Hand noch machte er Anstalten, sie zu küssen – er schaute sie nicht mal richtig an. Fast hatte sie das Gefühl, es wäre ihm lieber gewesen, wenn sie gar nicht erst gekommen wäre.

Enttäuscht trat sie in sein Zimmer. Seine Wohnung schien sich in der Zwischenzeit genauso verändert zu haben wie er selbst. Seit sie hier zu seiner Frau geworden war, hatte sie sein Zimmer immer als ihren »Palast« bezeichnet. Jetzt erkannte sie, dass es in Wahrheit nichts anderes war als ein scheußliches Kellerloch, in dem nur ein Kohleofen, ein Schrank und ein Bett davon zeugten, dass dies eine menschliche Behausung war. Von der Decke hing eine nackte Birne herab, und die einzige Waschgelegenheit befand sich auf dem Außenklo auf halber Treppe.

Plötzlich fiel ihr Blick auf einen Brief, der neben dem Bett auf dem Linoleumboden lag. Oben auf dem Bogen prangte das Firmenzeichen von Wilhelm Böcker & Söhne.

»Er hat mich rausgeschmissen«, sagte Fritzchen, der ihren Blick sah.

»Das ist nicht wahr!«

»Doch. Da steht es – schwarz auf weiß.«

Babs dachte kurz nach. »Das hat er nur getan, um mich zu bestrafen«, sagte sie dann. »Aber das lasse ich mir nicht gefallen. Ich werde mit ihm reden. Er *muss* dich wieder einstellen.«

»Wozu?«, erwiderte Fritzchen. »Was hat das noch für einen Zweck?«

»Das fragst du? Damit du Geld verdienst, natürlich. Damit wir … damit wir heiraten können!«

Sie hatte versucht, ihrer Stimme Nachdruck zu verleihen, doch herausgekommen war nur ein klägliches Irgendwas. Fast mitleidig schaute Fritzchen sie an.

»Glaubst du das im Ernst?«

Sie schaffte es keine zwei Sekunden, dem Blick seiner schwarzen Augen standzuhalten.

»Siehst du?«, sagte er.

»Aufgeben gilt nicht!« Trotzig warf sie den Kopf in den Nacken. »Ich lasse dich nicht im Stich! Wenn du willst, haue ich von zu Hause ab und brenne mit dir durch! Dann gehen wir irgendwohin, wo uns keiner kennt. Und fangen noch mal ganz von vorne an.«

Für einen kurzen, winzigen Moment glaubte sie wirklich an das, was sie sagte, und hoffte, ihn mit ihrer Zuversicht anzustecken. Doch Fritzchen zuckte nur müde die Achseln und zündete sich eine neue Zigarette an.

Mit fiebrigen Augen erwiderte er ihren Blick.

»Und wovon sollen wir leben?«

Seine Frage erübrigte jede Antwort, genauso wie die Resignation in seiner Stimme. Plötzlich kam Babs sich so klein und dumm und ohnmächtig vor, dass alle Zuversicht in ihr erlosch wie die Flamme seines Streichholzes.

Fritzchen hatte recht. Einer wie er hatte keine Chance. Und würde auch nie eine bekommen.

59

Es war einer von den Abenden, da Peter sich insgeheim wünschte, zusammen mit seinen Eltern und seiner Schwester gemütlich zu Hause vor der Glotze zu sitzen und Salzstangen zu knabbern und den *Kommissar* zu schauen, statt im schlecht beheizten Saal des Jugendheims rumzuhängen und sich sinnlos den Arsch abzufrieren. Zwar kreiste der Joint, wie es sich gehörte, doch weder stellten sich vor seinem inneren Auge Farben ein, um sein Bewusstsein zu erweitern, noch drängte es ihn, sich an dem Gekicher zu beteiligen, das seine Freunde vor ungefähr einer Stunde ohne irgendeinen Grund angestimmt hatten und mit dem sie gar nicht mehr aufhören konnten. Während aus den Bühnenboxen zum tausendsten Mal *In-a-gadda-da-vida* dröhnte, hob er den Blick zur Tanzfläche. Kein einziges Mädchen war da, um ihn zu trösten, nachdem Babs Böcker ihm die kalte Schulter gezeigt hatte und jetzt statt mit ihm mit Fritzchen ging, diesem Loser, der noch nicht mal auf dem Gymnasium war. Das war umso deprimierender, als Peter im Winter weitere sechs Zentimeter gewachsen war.

War es ein Fehler, geboren worden zu sein? Seit Babs mit Fritzchen zusammen war, kam ihm die Frage alle paar Minuten in den Sinn. Hätten seine Eltern ihn nur gefragt, bevor sie ihn in diese Scheißwelt gesetzt hatten, aber das hatten sie nicht. Statt sich um die Folgen zu kümmern, die er nun zu tragen hatte, hatten sie nur an ihr Vergnügen gedacht. Darum war er nun zum Leben verdammt, unauslöschlich, bis er irgendwann verrecken würde, und niemand war da, um den Fluch der Existenz mit ihm zu teilen.

Peter beschloss, sich am Automaten eine Cola zu ziehen, vom Kiffen war sein Mund ganz ausgetrocknet. Obwohl es ihn übermenschliche Anstrengung kostete, erhob er sich aus seiner Ecke am Bühnenrand, wo er sich für den Fall postiert hatte, dass doch noch ein Mädchen aufkreuzen sollte, und schlurfte quer durch den Saal. Der Getränkeautomat am Eingang schien ihm das letzte erstrebenswerte Ziel, das ihm in diesem Scheißleben geblieben war.

Er kramte gerade in seiner Hosentasche nach einem Fünfzigpfennigstück, da kam der Türke hereingestürmt.

»Weißt du schon das Neueste?«

»Nur die Ruhe, Alter. Jetzt bloß keinen Stress.«

»Babs Böcker und Fritz Nippert haben versucht, sich umzubringen!«

Peter, der gerade seine Cola ziehen wollte, hielt irritiert inne. Was hatte Kemal gesagt? Irgendwie schafften die Worte es nicht in sein zugedröhntes Gehirn. Doch so aufgeregt, wie der Türke war, musste etwas ziemlich Schlimmes passiert sein.

»Was … was erzählst du da, Alter?«, fragte er. »Wer will sich umbringen?«

»Hast du Scheiße auf den Ohren? Babs und Fritzchen Böcker! Ein Bauer auf dem Wixberg hat sie in seiner Scheune gefunden. Zusammen mit zwei leeren Pullen Schnaps und einem Röhrchen Schlaftabletten.«

»Woher … willst du das wissen?«

»Von meinem Vater. Er hat ihnen den Magen ausgepumpt.«

Jemand stellte die Musik ab. Im nächsten Moment war es so still im Saal wie in einer Kirche. Sogar das bekiffte Kichern war verstummt.

Da machte es endlich auch bei Peter klick, und Kemals Worte rasteten in seinem Gehirnkasten ein.

»Ach du dicke Scheiße«, sagte er und warf seinen Joint weg. »Und – haben sie es geschafft? Ich … ich meine«, verbesserte er sich eilig, »sind sie etwa – *tot*?«

60

Warum?, dachte Ruth, während sie am Bett ihres Sohnes saß. Immer wieder nur dieses eine Wort: *Warum?*

Kaum hatte der Anruf aus dem St.-Vinzenz-Hospital sie bei der Arbeit in der Sparkasse erreicht, hatte sie ein Taxi genommen, um so schnell wie möglich von Bochum nach Altena zu fahren, ohne auf Winfried und Uschi zu warten. Bei ihrer Ankunft im Krankenhaus hatte man Fritzchen gerade aus der Notaufnahme gerollt. Seitdem war sie keine Sekunde von seiner Seite gewichen. Der türkische Arzt, der ihn behandelte, hatte ihr radebrechend erklärt, dass mit Sicherheit noch viele Stunden vergehen würden, bis ihr Sohn wieder aufwachte. Falls er es *überhaupt* noch einmal schaffte … Das hatte der Arzt zwar nicht gesagt, aber Ruth hatte es in dem seltsamen Blick gesehen, mit dem er sie angeschaut hatte.

Kalt und starr lag Fritzchen auf seinem Bett, die Lider geschlossenen, und sein Atem ging so flach, dass er kaum wahrzunehmen war. Nur das bisschen Wärme, das aus seiner Hand in ihre Hand strömte, ließ Ruth spüren, dass noch Leben in ihm war.

Was hatte ihn nur zu dieser Verzweiflungstat getrieben?

Die Nonne, die zur Überwachung der Apparate mit im Zimmer saß, hatte Ruth das wenige erzählt, was man im Krankenhaus von dem Selbstmordversuch wusste. Fritzchen und seine Freundin mussten irgendwann in der Nacht in die Scheune eingedrungen sein, in der der Bauer sie am Morgen gefunden hatte. Wahrscheinlich hatten sie erst den Schnaps getrunken, um sich zu betäuben, vielleicht auch, um ihre Angst zu überwinden, bevor sie die Schlaftabletten genommen hatten. Weder der Schnaps noch die Schlaftabletten waren, für sich genommen, lebensbedrohlich, doch niemand konnte sagen, wie die Kombination sich auswirken würde, zumal ihre Körper die beiden Mittel nach so vielen Stunden schon weitgehend absorbiert haben mussten, bevor ihnen der Magen ausgepumpt worden war. Bei Fritzchen kam noch hinzu, dass er eine fiebrige Erkältung hatte, womöglich sogar eine Lungenentzündung, gegen die man jedoch nichts unternehmen konnte. Von dem Schlafmittel und dem Alkohol war seine Leber bereits so stark belastet, dass weitere Medikamente seinen Zustand noch mehr verschlimmern würden und vielleicht sogar eine unmittelbare Lebensgefahr für ihn bedeuteten.

»Fritzchen«, flüsterte Ruth immer wieder und strich ihm über die

Stirn. »Mein lieber kleiner Junge. Bleib bei mir. Bitte! Du darfst mich nicht verlassen.«

Während sie seine Hand hielt, schaute sie in sein Gesicht. Ganz friedlich sah er in seinem Dämmerzustand aus, viel friedlicher, als er in Wirklichkeit war, ganz entspannt schien er zu schlafen. Nur die Trotzfalte, die er schon als Kind gehabt hatte, hatte sich so tief in seine Stirn gegraben, dass sie auch jetzt scharf und steil zwischen seinen geschlossenen Augen stand. Sie küsste seine Hand. Woher kam nur diese unbezähmbare Wut, die von klein auf in ihm gehaust und ihn all die Jahre daran gehindert hatte, ein zufriedenes Leben zu führen wie sein Bruder? Er war doch ein so begabtes Kind gewesen, viel begabter als Winfried, und er hatte einen guten Kern, er wollte doch gar nicht so sein, wie er sich immer gab. Aber vielleicht war ja seine Begabung der Grund, warum er sich immer selbst im Weg stand, vielleicht waren Glück und Zufriedenheit ihm verwehrt, weil er wusste, dass das Leben, das er führte, nicht das Leben war, das er führen könnte, und darum alle Menschen, die so lebten wie Winfried und seine Frau, seine Wut nur noch mehr verstärkten. Ruth musste an seinen Vater denken. Fritz war ein so stolzer Mann gewesen, als sie ihn kennengelernt hatte, doch der Krieg hatte alles, was groß und stark in ihm war, vernichtet und zerstört, erst seinen Stolz und dann sein Leben. Bei dem Gedanken verschwommen vor ihr die Gesichter von Vater und Sohn. Genauso, wie sie jetzt an Fritzchens Bett saß, hatte sie an Fritz' Sterbebett gesessen, vor zwanzig Jahren. Damals war sie mit Fritzchen schwanger gewesen.

Würde ihr Sohn je wieder aufwachen und sie mit seinen zornigen schwarzen Augen ansehen?

»Sie gute Mutter.«

Erschrocken drehte Ruth sich um. Sie hatte gar nicht bemerkt, dass Dr. Ersoy das Zimmer betreten hatte.

»Können wir denn gar nichts für ihn tun außer warten?«

Der Arzt schüttelte den Kopf. »Haben alles getan, was möglich. Aber mit Lungenentzündung sehr schwer. Körper zu schwach für viele Gift.«

Er nahm Fritzchens Handgelenk und fühlte ihm den Puls. Dann band er eine Manschette um seinen Oberarm, um den Blutdruck zu messen. Schließlich setzte er sich sein Stethoskop auf und hörte die Herztöne ab. Während er wortlos all die Untersuchungen durchführte, versuchte Ruth, in seinem Gesicht zu lesen, welche Lebenszeichen er von ihrem Sohn empfing, wartete auf ein Lächeln oder ein beruhigendes Nicken mit dem Kopf.

Doch nichts dergleichen geschah. Mit einem Seufzer nahm Dr. Ersoy das Stethoskop von den Ohren.

»Vielleicht jetzt besser Priester …«

»Um Gottes willen – nein!«

»Bitte, liebe Frau«, sagte der Arzt, »Priester jetzt das Beste.«

Er wich ihrem Blick aus, und mit einer Miene, die keinerlei Hoffnung zuließ, gab er der Nonne ein Zeichen. Die erhob sich schweigend von ihrem Platz und schwebte hinaus.

Im selben Moment brauchen die Tränen aus Ruth hervor.

»Fritzchen, bitte, mein lieber kleiner Junge, tu mir das nicht an! Bleib bei mir! Lass mich nicht allein!«

Sie beugte sich über ihn und küsste sein Gesicht, seine Wangen, seine Schläfen, seine Stirn.

Er ließ es geschehen, als wäre er schon gar nicht mehr da.

»Liebe Frau.« Sanft berührte Dr. Ersoy ihre Schulter. »Ich wissen, sehr schlimm für Mutter verlieren Sohn. Vielleicht Schlimmstes überhaupt in Leben. Aber jetzt müssen stark sein …«

61

Seit seinem ersten Fronteinsatz in Polen neununddreißig konnte Walter Böcker sich auf seine Gefechtsruhe verlassen. Selbst wenn ihm die Granaten um die Ohren pfiffen und links und rechts die Einschläge immer näher kamen – sobald es galt zu handeln, fiel alle Angst von ihm ab. Er hatte sogar bei seinem Sonderkommando im Kessel von Stalingrad, zu dem das Reichsministerium ihn abgestellt hatte, die Ruhe bewahrt und nichts weiter gebraucht als eine Packung Zigaretten und ab und zu einen Schluck Schnaps, um das geordnete Ausfliegen einer Elite-Division zu befehligen, während der Iwan bereits zum Sturmangriff blies. Doch diesmal war es mit seiner Ruhe vorbei, denn diesmal war er zur Untätigkeit verdammt und musste das Handeln anderen überlassen. Dabei stand ein Leben auf dem Spiel, das ihm tausendmal mehr wert war als sein eigenes. Das Leben seiner Tochter Babs – seiner Prinzessin.

Deshalb hatte Walter Böcker Angst. Nackte, hundserbärmliche Angst.

»Warum zum Teufel lassen Sie mein Kind von diesem Kümmeltürken behandeln?«, brüllte er Dr. Salomo, den Chefarzt des St.-Vinzenz-Hospitals, in dessen Sprechzimmer an. »Ich verlange, dass Sie sich persönlich um meine Tochter kümmern!«

»Ihre Tochter ist bei Dr. Ersoy in den allerbesten Händen.«

»Quatsch mit Soße! Ich stecke Ihnen jedes Jahr Weihnachten zehntausend Mark für Ihren Scheißladen in den Arsch! Da erwarte ich Chefarztbehandlung!«

»Jetzt beruhigen Sie sich doch, Herr Böcker. Ich bin Chirurg, ich kann in diesem Fall nichts ausrichten.«

»Wollen Sie sich vor Ihrer Verantwortung drücken?«

»Im Gegenteil, es wäre unverantwortlich, wenn ich Ihre Tochter behandeln würde.«

»Und deshalb überlassen Sie sie ihrem Schicksal?«

»Keineswegs. Dr. Ersoy ist ein hervorragender Internist. Er hat schon wahre Wunder bewirkt.«

»Indem er sich gen Mekka neigt? Der Knoblauchfresser kann ja noch nicht mal richtig Deutsch!«

Der Summer auf dem Schreibtisch unterbrach sie. Gleich darauf ertönte aus dem Apparat die Stimme von Dr. Salomos Sekretärin.

»Die Patientin auf Nummer acht privat …«

Bevor die Stimme den Satz beendet hatte, sprang Walter auf, um das Sprechzimmer zu verlassen. Im Laufschritt eilte er den Gang hinunter zur Privatstation. Eine Putzfrau, die ihm in die Quere kam, stieß er so heftig beiseite, dass sie Eimer und Besen fallen ließ. Ohne auf sie zu achten, lief er weiter zu Zimmer Nummer acht.

Vor der Tür blieb er stehen, um sich zu sammeln.

Lieber Gott, wenn du kein Arschloch bist, mach, dass sie lebt …

Vor Angst zitterte seine Hand so sehr, dass er sie kaum noch kontrollieren konnte, als er die Klinke herunterdrückte.

Bitte, lieber Gott, bitte …

So behutsam er konnte, öffnete er die Tür. Als er seine Tochter sah, knickten seine Knie ein. Er musste sich am Türpfosten festhalten, um nicht zu Boden zu sinken.

Babs hatte die Augen geöffnet. Noch halb im Schlaf, blinzelte sie in das Licht der Neonröhre an der Decke, genauso, wie sie es früher als kleines Kind getan hatte, wenn sie aufgewacht war und nicht wusste, wo sie sich befand.

Danke, lieber Gott, danke …

Annegret saß bereits an ihrem Bett, zusammen mit einer Nonne, die Walter aufmunternd zunickte.

»Dr. Ersoy war gerade hier. Sie hat es geschafft, Herr Böcker. Ihre Tochter ist über den Berg.«

Eine Woge grenzenlosen Glücks erfasste ihn und durchflutete seinen Körper.

»Babs, mein Mädchen, meine Prinzessin, mein Ein und Alles …«

Er stürzte zu ihr, wiederholte ihren Namen, schaute sie an, kaum fähig, das Wunder zu glauben. Nein, Gott war kein Arschloch, er hatte sein Gebet erhört und seine Tochter am Leben gehalten. Jetzt schien sie sogar zu lächeln.

»O Babsilein. Du lebst! Der Himmel weiß, was für eine Höllenangst ich um dich hatte …«

Er nahm ihre Hand, beugte sich über ihr Bett, um sie küssen.

Da richteten sich ihre Augen auf ihn.

Für einen Moment stutzte sie, offenbar wusste sie nicht, wer er war. Doch dann erkannte sie ihn, und im selben Augenblick erstarb das Lächeln in ihrem Gesicht. Stumm und mit versteinerter Miene wandte sie den Kopf zur Seite und drehte sich zur Wand.

62 *Qu'est-ce que c'est? Moi ne pas …*

Seit Bernd vom Gericht zurück war, saß er im Wohnzimmer seines Bungalows und trank. Zwanzig Jahre hatte er gebraucht, um seine Firma aufzubauen. Fast ebenso viele Jahre war er verheiratet, er hatte mit seiner Frau einen Sohn gezeugt und dafür gesorgt, dass es seiner Familie an nichts fehlte, sowohl Regina als auch Hans-Jörg hatte er fast jeden Wunsch erfüllt, damit sie sich nicht für ihn schämen mussten. Doch nur wenige Monate hatten gereicht, um alles, was er im Leben geschafft hatte, zugrunde zu richten. Seit Mittag war es amtlich: Die Bernd Wilke Hoch- und Tiefbau GmbH & Co KG war pleite, die Kündigung des Kredits durch die Sparkasse hatte ihr den Garaus gemacht. Wie das Gesetz es verlangte, hatte Bernd seine Zahlungsunfähigkeit erklärt. Regina aber hatte den Bankrott zum Anlass genommen, die Ehe mit ihm aufzulösen, und die Scheidung eingereicht.

Jetzt hatte er keine Pflichten mehr, jetzt musste er nur noch trinken.

Kurz vor acht, gleich fing die Tagesschau an. Aus Gewohnheit schaltete Bernd den Fernseher ein. Während er eine weitere Flasche Bier öffnete, hörte er, wie seine Frau und sein Sohn ihre Sachen packten. Regina hatte ihm erklärt, dass sie mit Hans-Jörg noch heute das Haus verlassen würde. Wahrscheinlich wollte sie ihren Chinchilla in Sicherheit bringen, bevor der Gerichtsvollzieher kam – schließlich hatte auch sie in die persönliche Haftung eingewilligt, die Dr. Holz als Sicherheit von ihnen beiden verlangt hatte.

Statt eins von Reginas Goldrandgläsern zu benutzen, trank Bernd sein Bier aus der Flasche, wie er es früher getan hatte, als er noch ein einfacher Maurer gewesen war. Wo waren die glücklichen Zeiten geblieben, als er mit nichts als vierzig Mark und seiner Arbeitskraft seine Firma gegründet hatte? Ein kleiner Spießer hatte er werden wollen, das war alles gewesen, was er sich damals vom Leben erhofft hatte. Doch sein Leben war ihm entglitten, entglitten mit dieser Frau, die kein Leben an der Seite eines Spießers wollte, sondern nach Höherem strebte, nach Wohlstand und Reichtum und Anerkennung. Benno hatte ihn vor Regina gewarnt, und er hatte recht behalten. In ein paar Tagen würde der Gerichtsvollzieher kommen. Dann würde der Bungalow gepfändet und alles darin, was sich noch zu Geld machen ließ, genauso wie seine Firma samt den dazugehörigen Immobilien und Lagerbeständen und Fahrzeugen und Baumaschinen. Und natürlich die Rappstute Diana, für die er vollkommen sinnlos dreißigtausend Mark hingeblättert hatte, nur damit sein Sohn in den westfälischen Jugendkader der Dressurreiter aufgenommen wurde.

Im Fernsehen ertönte gerade die Fanfare der Tagesschau, als Hans-Jörg ins Wohnzimmer kam. Voller Verachtung blickte er auf die Flasche Bier in der Hand seines Vaters und die Batterie leerer Flaschen am Boden.

»Das ist das Einzige, was du kannst – saufen!«

Beschämt stellte Bernd die angebrochene Flasche auf den Tisch und wischte sich den Schaum vom Mund. Doch bevor er etwas sagen konnte, rief Regina in der Diele bereits nach ihrem Sohn.

»Verabschiede dich endlich und komm!«

Bernd wäre gern aufgestanden, um Hans-Jörg zu umarmen. Aber er wusste nicht, ob er es schaffen würde, sich auf den Beinen zu halten, womöglich schlug er lang hin, und er wollte nicht, dass sein Sohn ihn so sah. Also blieb er sitzen.

In der Hoffnung, dass wenigstens seine Zunge ihm noch gehorchte, sagte er: »Ich … ich wünsche dir alles Gute, mein Junge.«

Jetzt stemmte er sich doch ein wenig in die Höhe. Mit dem linken Ellbogen auf die Sofalehne gestützt, streckte er den rechten Arm aus, um Hans-Jörg zum Abschied wenigstens noch einmal die Hand zu drücken.

Doch sein Sohn rührte sich nicht. »Du hast mein Leben zerstört«, sagte er, ohne die Hand zu nehmen. »Das verzeihe ich dir nie!«

Ein letzter verächtlicher Blick, dann verließ er den Raum. Bernd sank zurück auf die Couch. Während draußen die Haustür schlug, forderte am Fernsehen irgendein Politiker die Einführung eines Wechselkursverbunds, in dem die Währungen der Europäischen Wirtschaftsgemeinschaft sich zusammenschließen sollten, zur Vermeidung von Kurschwankungen, damit international tätige Firmen in Zukunft mehr Sicherheit bei ihrer Finanzplanung hätten. Die eingeblendete Bildschirmgrafik zeigte eine Schlange, in der die Zeichen verschiedener Währungen eingezeichnet waren, von D-Mark und Franc und Lira und Gulden und Pfund …

Bernd verstand nur Bahnhof. Zum Glück hatte der Farbfernseher, den Regina angeschafft hatte, eine Fernbedienung. Im ZDF fing gerade die *Starparade* an, mit Moderator Rainer Holbe und dem Orchester James Last.

63

Wenn ich einmal soll scheiden, dann scheide nicht von mir …

Während die wenigen Trauergäste nach und nach in das Lied einfielen, das der alte Pastor Michel seit Menschengedenken bei jeder Trauerfeier der Luthergemeinde anstimmte, erinnerte Ruth sich mit solcher Deutlichkeit an die Beerdigung ihres Mannes, als habe sie davon in ihrem Innern fotografische Bilder gespeichert. Damals hatte sich ein wunderbar blauer Sommerhimmel über das Mühlendorf gespannt, und die laue Luft war erfüllt gewesen vom Zwitschern der Vögel in den Bäumen. Heute hingegen, da sie auf demselben Friedhof ihren Sohn zu Grabe trug, war der Himmel von grauen Wolken verhangen, und statt Vogelgezwitscher hörte man das Trommeln der Regentropfen auf den aufgespannten Schirmen.

Warum hatte sie Fritzchen denselben Namen wie seinem Vater gegeben? Um ihrem Mann zu einem zweiten Leben zu verhelfen?

In seiner Predigt hatte Pastor Michel das Wort Selbstmord peinlich vermieden. Stattdessen hatte er von einem »tragischen Unglück« gesprochen, das »einen allzu jungen Menschen jäh aus dem Leben gerissen hat«. Ruth wäre es lieber gewesen, er hätte die Wahrheit gesagt. Nicht nur, weil jeder wusste, was geschehen war, sondern auch aus Respekt gegenüber ihrem toten Sohn. Fritzchen, da war sie ganz sicher, wäre die Wahrheit lieber gewesen als solch verlogene Pietät.

Als die letzte Strophe des Liedes verklungen war, trat Ruth zusammen mit Winfried und ihrer Schwiegertochter an das Grab, um eine Schaufel Erde auf den Sarg zu werfen. Auf ein Blumengebinde, das der Bestatter ihr hatte aufschwätzen wollen, hatte sie verzichtet, Blumen wären so unpassend gewesen wie Pastor Michels falsche Rücksichtnahme.

Da es inzwischen aufgehört hatte zu regnen, klappte Uschi den Schirm zu. Ruth faltete die Hände, um zu beten. Doch es gelang ihr nicht. Um was sollte sie Gott auch bitten? Nicht mal das Vaterunser wollte ihr über die Lippen. Sein Wille war ja bereits geschehen, und er hatte ihr das Liebste genommen, was sie auf Erden besaß.

Während sie in stummem Gedenken das Bild ihres aufgebahrten, toten Sohns vor sich sah, hörte sie in ihrem Rücken Walter Böcker mit seiner Frau Annegret tuscheln.

»Ich habe wirklich getan, was ich konnte, aber der Junge war einfach nicht lebenstüchtig. Muss in der Familie liegen. Der Großvater hat sich ja auch schon umgebracht.«

»Hauptsache, Babs hat überlebt.«

»Ja, das ist die Hauptsache.«

Ruth musste sich beherrschen, um nicht laut aufzuschreien.

»Sorgt dafür, dass dieser Kerl verschwindet«, sagte sie zu Winfried. »Benno soll sich darum kümmern.«

Weil sie nicht wusste, was passieren würde, wenn sie ihrem geschiedenen Mann in die Augen blickte, wartete sie noch eine Weile, bevor sie sich umdrehte. Als sie das Grab verließ, in dem nun ihr Mann und ihr Sohn Seite an Seite in ihren Särgen lagen, sah sie, dass Benno Walter und seine Frau die Gräbergasse hinunter zum Ausgang des Friedhofs komplimentierte. Plötzlich stutzte sie. Auf der Höhe des Brunnens stand, abseits von den anderen und einen Steinwurf entfernt, Bernd Wilke. Als er ihren Blick sah, nickte er ihr zu. Unsicher auf den Beinen stützte er sich auf den Brunnenrand – offenbar war er betrunken. Sie hob die Hand, um ihn aus der Ferne zu grüßen, dankbar, dass er gekommen war, trotz des Bankrotts seiner Firma, von dem das

Kreisblatt seit Tagen berichtete. Auch er hob die Hand, um ihren Gruß zu erwidern, begleitet von einem schüchternen Lächeln. Das kleine Zeichen seines Mitgefühls gab ihr ein wenig Trost. Sein Leben war genauso zerstört wie ihres, er war wahrscheinlich der einzige Mensch, der zumindest ein kleines bisschen nachfühlen konnte, wie es in ihr aussah.

Während Gundel Plisch und Plum an die Hand nahm, um mit ihnen ans Grab zu treten, kam Ulla auf sie zu und nahm sie in den Arm.

»Nur damit du es weißt – ich habe mich von Jürgen getrennt.«

»Warum?«, fragte Ruth. »Weil er meinen Jungen aus unserem Elternhaus geworfen hat?« Sie schüttelte den Kopf. »Das bringt mir mein Fritzchen auch nicht wieder zurück.«

64

Ulla war so aufgeregt wie ein Teenager vor der ersten Tanzstunde, und am liebsten hätte sie jeden, der ihr über den Weg lief, vor lauter Freude umarmt, während sie am Dortmunder Hauptbahnhof auf die Ankunft des TEE aus Berlin wartete. Alle zehn Sekunden blickte sie auf die Normaluhr über dem Bahnsteig, deren Zeiger kaum von der Stelle zu rücken schienen. Bis zur planmäßigen Ankunft dauerte es noch fast eine halbe Stunde, doch lieber stand sie sich an den zugigen Gleisen die Beine in den Bauch, als auch nur eine Minute zu spät zu kommen. Sie, Ursula Rühling, geborene Wolf, von jedermann Ulla genannt, die früher in ihrem Leben so viele übereilte Entscheidungen getroffen hatte, weil sie nie die Geduld aufbrachte, eine Entscheidung reifen zu lassen – sie hatte gelernt zu warten. Konnte es einen größeren Beweis ihrer Liebe geben?

Nein, sie hatte Jürgen nicht verlassen, weil er Fritzchen aus der Villa geworfen hatte. Sie hatte sich von ihrem Mann getrennt, um frei zu sein für Tommy.

Seit ihrem Anruf am Abend nach dem Hauskonzert hatten sie nicht mehr miteinander telefoniert. Aber sie hatte ein Schreiben von einer Sekretärin aus dem Ministerium für Außenhandel bekommen, in dem diese ihm das Datum der Reise sowie die Ankunftszeit des Zugs mitgeteilt hatte. Sie hatte sich ein wenig gewundert, dass Tommy ihr diese Informationen über eine Sekretärin hatte ausrichten lassen. Doch wahrscheinlich hatte er diesen Weg gewählt, um jeden Anschein von Privatheit in ihrer Beziehung zu vermeiden. Die DDR-Kommunisten waren keine Franzosen oder Italiener, die beide Augen zudrückten, wenn es um Liebe ging, sondern korrekte Preußen, die keine Vermischung von Beruflichem und Privatem duldeten, und wenn einer seiner Vorgesetzten erfuhr, wie er und sie zueinander standen, würde ihm das mit Sicherheit schaden. Außerdem gab es in der Ostberliner Bürokratie jede Menge Vorschriften und Regeln, die kein normaler Mensch nachvollziehen konnte. Das hatte sie in den Monaten, in denen sie mit dem Ministerium Geschäfte machte, schon oft genug erfahren.

Um nicht schon wieder auf die Uhr zu blicken, schaute sie auf das Schild mit dem Zuglauf. Die Waggons der ersten Klasse würden in den Abschnitten C und D halten, also in der Mitte des Bahnsteigs. Beim letzten Mal war Tommy in der zweiten Klasse gereist. Also musste sie sich entscheiden, an welchem Ende sie auf ihn warten wollte, auf Höhe der Abschnitte A und B oder E und F. Da die Chancen, dass er im vorderen oder hinteren Teil des Zugs saß, fünfzig zu fünfzig standen, beschloss sie, sich am Treppenaufgang der Unterführung zu postieren. Dort musste er auf jeden Fall vorbeikommen, egal, wo er ausstieg.

»Vorsicht an Gleis zwölf. Es fährt ein der TEE aus Berlin Bahnhof Zoo.«

Endlich, endlich war es so weit! Mit kreischenden Bremsen kam der Zug zum Stehen. Türen flogen auf, Hunderte von Menschen verließen die Waggons und strömten auf den Bahnsteig. Ulla stellte sich auf die Zehenspitzen, um besser zu sehen. Doch wohin sie auch blickte – weit und breit keine Spur von Tommy … Sie war versucht, den Bahnsteig entlangzulaufen, um ihn zu suchen, aber dann riskierte sie womöglich, dass sie sich in dem Gewühl erst recht verpassten. Nein, sie würde stehen bleiben, wo sie war, bis die Fahrgäste sich verlaufen hatten.

Es irrte nur noch eine Handvoll Menschen über den Bahnsteig, da sah sie plötzlich ein Gesicht, das sie kannte, keine zehn Meter von ihr entfernt. Doch es gehörte nicht Tommy, sondern seinem Vorgesetzten – dem Genossen Werner Himmelreich.

»Wo ist Herr Weidner?«, fragte sie irritiert, als er mit gelüftetem Hut auf sie zutrat.

»In Berlin, der Hauptstadt der Deutschen Demokratischen Republik«, antwortete er und setzte den Hut wieder auf. »Können wir irgendwo ungestört miteinander sprechen?«

65

Ulla fühlte sich wie in einem billigen Spionagefilm. Da sie selbst keinen Ort gewusst hatte, wo Himmelreich und sie ungestört miteinander hätten reden können, hatte er die Öffentlichkeit als Tarnung gewählt und sie ins Bahnhofsrestaurant geführt. In dem bis auf den letzten Platz gefüllten Lokal herrschte so lauter Betrieb, dass niemand verstand, was am Nebentisch gesprochen wurde, er ihr hier also ohne ungewollte Zuhörer mitteilen konnte, dass die Regierung der Deutschen Demokratischen Republik beschlossen hatte, sich nicht am Sturz des Arbeitgeberpräsidenten der BRD zu beteiligen. Weil fast alle anderen Gäste etwas aßen, hatten auch sie, um nicht aufzufallen, sich etwas zu essen bestellt. Doch während Himmelreich mit sichtlichem Appetit sein Pfeffersteak vertilgte – »so etwas bekommt man ja bei uns leider viel zu selten« –, hatte Ulla ihr Cordon bleu nicht angerührt. Der Grund dafür war die eine große Frage, die sie nicht auszusprechen wagte, weil sie fürchten musste, dass die Antwort ihr Glück für immer zerstören würde. Statt sie zu stellen, redete sie deshalb genauso um den heißen Brei herum wie ihr Gegenüber.

»Soll das heißen, der Fall Böcker ist damit für Sie abgeschlossen?«

»Mir bleibt leider nichts anderes übrig, als auf Ihr Verständnis zu hoffen«, erwiderte Himmelreich. »Die politische Weltlage – uns sind die Hände gebunden.« Mit der Serviette wischte er sich den Mund ab. »Und bitte, absolutes Stillschweigen, gegenüber jedermann, sonst …« Statt den Satz zu Ende zu sprechen, ließ er das letzte Wort wie eine Drohung in der Luft hängen.

»Machen Sie sich keine Sorgen«, sagte Ulla. »Ohne die Dokumente aus Ihren Archiven kann ich sowieso nichts beweisen.«

»Ich freue mich, dass Sie bereit sind, zu kooperieren.«

Himmelreich legte sein Besteck auf dem Teller zusammen und winkte einen Kellner herbei, um einen Zitronencremepudding zu bestellen.

»Für Sie auch einen Nachtisch, Frau Rühling?«, fragte er, obwohl sie nicht einen Bissen von ihrem Hauptgericht gegessen hatte.

»Nein, danke.«

Während er seine Bestellung aufgab, hatte Ulla das Gefühl zu ersticken. Es war, als würde eine unsichtbare Hand sich immer fester um ihre Kehle schließen, so dass sie kaum noch atmen konnte. Was kümmerte sie die politische Weltlage? Was die Belange der DDR, was der

Arbeitgeberpräsident der Bundesrepublik? Sie war hier, um Tommy wiederzusehen!

»Was ist mit Herrn Weidner?«, platzte sie heraus, als der Kellner endlich fort war. »Warum ist er nicht selbst gekommen, um mir das alles mitzuteilen?«

Himmelreich zuckte bedauernd die Schultern. »Das Visum des Genossen Weidner ist leider verfallen.«

»Was sagen Sie da? Herr Weidner ist Ihr Stellvertreter! Die Abwicklung unseres Geschäfts erfordert, dass wir uns regelmäßig sehen!«

»Das wird leider nicht mehr möglich sein«, erklärte Himmelreich. »Akute Gefahr der Republikflucht – ich denke, der Grund ist Ihnen bekannt. Doch was unser Geschäft angeht«, fügte er hinzu, bevor sie etwas einwenden konnte, »machen Sie sich deshalb bitte keine Sorgen, das wird selbstverständlich keinen Schaden nehmen. Ab sofort werde ich mich persönlich darum kümmern. Der Genosse Weidner wurde inzwischen mit anderen Aufgaben betraut.«

Ulla spürte, wie ihr das Blut in den Adern stockte. »Das heißt, ich werde ihn nicht mehr wiedersehen?«

»Wozu?«, erwiderte Himmelreich. »Wenn Sie Fragen oder Wünsche haben, wenden Sie sich einfach an mich. Ich werde jederzeit für Sie da sein. – Ah, da kommt ja auch schon mein Pudding!«

Während der Kellner die Zitronencreme servierte, starrte Ulla auf das abgestandene Cordon bleu auf ihrem Teller. An den Rändern, wo die Panade aufgeplatzt war, quoll weißlicher Käse hervor, und an einer Stelle sah man auch den rosa Schinken. Der Anblick ekelte sie genauso an wie die matschigen Pommes frites und der Beilagensalat, der in einer schimmernden Pfütze aus Essig und Öl schwamm.

»Und ich habe an eurem Gefängnis mitgebaut …«

»Wie bitte?«

Als sie den Blick hob, sah sie in Himmelreichs Gesicht. Er schaute sie an wie eine Irre.

»Bitte entschuldigen Sie mich.« Sie warf die Serviette auf den Tisch und stand auf.

»Was haben Sie vor, Frau Rühling? Wollen Sie schon gehen?«

Ohne eine Antwort zu geben, eilte Ulla zum Ausgang.

»Und wer bezahlt die Rechnung?«, rief der Kellner ihr nach.

TEIL DREI

ERSTES BUCH

Wiedergeburt

Deutschland, einig D-Mark-Land

1989–1991

1

»Hier ist der Berliner Rundfunk – *aus der Hauptstadt für die Republik!* Das Wetter an diesem 9. November 1989: Nach Durchzug eines Sturmtiefs über der Nordsee lassen unter dem Einfluss eines Zwischenhochs die Regenfälle im Laufe des Vormittags nach, so dass sich stellenweise die Sonne blicken lässt. Und hier die wichtigsten Nachrichten im Überblick. – Berlin. Heute tritt das SED-Zentralkomitee zu seiner zweiten Sitzung zusammen. Erwartet werden weitreichende Beschlüsse der Partei für die Zukunft unseres Arbeiter-und-Bauern-Staates. – In Halle, Cottbus und Neubrandenburg wurden die 1. Parteisekretäre von der Bezirksbasis ihrer Ämter enthoben. – Die langjährige Frauenbeauftragte des SED-Politbüros, Inge Lange, ist mit sofortiger Wirkung von ihrem Posten zurückgetreten …«

Angelika, die gerade ihren Kleiderschrank geöffnet hatte, um sich für den schönsten Tag ihres Lebens anzuziehen, trat an die Radiotruhe, um einen anderen Sender zu suchen. Der Apparat war ein Jena 2050, ein uralter Sonneberg-Kasten aus den sechziger Jahren, der schon in der Küche des Pfarrhauses gestanden hatte, als sie bei Udo eingezogen war. Sie hatte das schwere Gerät von der Küche ins Schlafzimmer befördert, weil ihr Sternchen-Transistorradio für die Küche viel besser geeignet war, die schwere Truhe aber einen besseren Klang hatte und sie beim Einschlafen gern Musik hörte. Die Tasten funktionierten nicht mehr richtig, meistens musste man zweimal oder sogar dreimal drücken, bis sie einrasteten, doch welchen Sender sie an diesem Morgen auch wählte – überall kamen Nachrichten, Nachrichten, Nachrichten. Nur auf DT64 spielte Musik, Gott sei Dank! Denn heute wollte sie von Politik nichts wissen, heute feierte sie Hochzeit!

I'm looking for freedom …

Aus dem Lautsprecher schepperte der Song, der trotz wiederholter Rügen der Parteiführung schon seit Monaten von dem Jugendsender gespielt wurde, um den Demonstranten, die überall im Land auf die

Straßen gingen, Mut zu machen und gleichzeitig den Bonzen den Marsch zu blasen. Angelika kehrte zum Schrank zurück und holte ihr Brautkleid hervor. Es war ein einziger Traum in Weiß, und obwohl sie es nur an diesem einen Tag in ihrem Leben tragen würde, hatte es mehr gekostet als ihre ganze restliche Garderobe zusammen. Vorsichtig nahm sie es vom Bügel und schmiegte den Stoff an ihre Wange. Ihr Vater war schuld an dieser maßlosen Verschwendung, das Kleid war sein Geschenk zur Hochzeit. Obwohl er schon seit zwei Jahren in Rente war, hatte er immer noch seine Kontakte, und die hatte er genutzt, um echte Brüsseler Spitze zu besorgen. Eine kubanische Studentin, die in ihrer Heimat Schneiderin gelernt hatte, hatte daraus nach einem französischen Schnittmuster den Stoff zusammengenäht. Ein schöneres Brautkleid konnte es weder in Brüssel noch Paris geben.

Was würde wohl Professor Seliger sagen, wenn er sie darin sah? Ihr Doktorvater, der auch ihr Trauzeuge war, hatte ihr geraten, in der blauen FDJ-Uniform zu heiraten, als deutliches Bekenntnis zum Arbeiter-und-Bauern-Staat – »so etwas kann in diesen Zeiten über eine Universitätskarriere entscheiden«. Aber das kam für sie nicht in Frage. Erstens fand sie es albern, sich noch mit sechsunddreißig Jahren die FDJ-Kluft anzuziehen, die sie bereits mit vierzehn getragen hatte – so was taten nur Hundertfünfzigprozentige wie der Grinsekater Egon Krenz. Zweitens war sie trotz ihrer naturwissenschaftlichen Ausbildung und Arbeit an einer Dissertation B als Assistentin des physikalischen Instituts der Humboldt-Universität viel zu romantisch, als dass sie sich vorstellen konnte, anders als in Weiß zu heiraten. Und drittens hätte Udo mit Sicherheit protestiert, wenn sie im Blauhemd vor den Traualtar getreten wäre, schließlich trafen sich in seiner Pfarrkirche jeden Montag die Demonstranten des Viertels, um gemeinsam zu beten und ihre Kerzen anzuzünden, bevor sie hinaus auf die Straße zogen, um für ihre Freiheit zu demonstrieren.

Gestern war die Welt noch crazy, und die Sonne tief im Meer …

Als Ralf Bursy im Radio David Hasselhoff ablöste, stellte Angelika den Ton lauter. Eigentlich eine grauenvolle Schnulze, war der Song zur Zeit ihr Lieblingslied. Er hatte gerade in dem Augenblick gespielt, als Udo sie nach einem ziemlich heftigen Streit bei der Versöhnung im Bett gefragt hatte, ob sie nicht langsam mal heiraten sollten. Sie seien immerhin schon fast zehn Jahre zusammen, hatte er gesagt, und er fände es an der Zeit, ihrer Beziehung eine Form zu geben, um nicht ewig wie Studenten zu leben. Der Antrag war eine Riesenüberraschung für sie gewesen. Sie wusste ja, was er vom Heiraten hielt – in Udos Augen war Heiraten ein kleinbürgerliches Ritual, das zwei aufgeklärte, erwachsene Menschen wie sie nicht bräuchten, um sich aneinander zu binden, und nicht mal die alten Betschwestern in der Gemeinde, die sich das Maul über die »wilde Ehe« ihres Pfarrers zerrissen, hatten ihn dazu gebracht, sich diesem Ritual zu unterziehen. Dass er trotzdem um ihre Hand angehalten hatte, empfand sie darum als sehr, sehr großen Liebesbeweis.

Seitdem war *Eh die Liebe vergeht* ihr Lieblingslied, denn ihre Liebe hatte mit diesem Song einen neuen Anfang genommen. Die Melodie leise mitsummend, streifte sie sich ihr Kleid über. Während sie die Knöpfe schloss, musste sie schmunzeln. Wenn erstens, zweitens und drittens nicht gewesen wären, hätte die FDJ-Uniform eigentlich gar nicht so schlecht zu dem heutigen Tag gepasst – schließlich hatten Udo und sie sich bei einem Zeltlager der Freien Deutschen Jugend kennengelernt.

Wie die meisten Jungen und Mädchen, mit denen Angelika aufgewachsen war, war sie Mitglied in allen drei Jugendorganisationen der Partei gewesen: erst Jungpionierin, dann Thälmann-Pionierin, und schließlich FDJlerin. Das war für sie so selbstverständlich gewesen wie Frühstück, Mittagessen und Abendbrot – wenn man eins davon ausließ, bekam man Hunger. Auch Udo war in der FDJ gewesen, er hatte in der Zeit seines Wehrdienstes bei der NVA sogar als FDJ-Sekretär gearbeitet. Zu dem Zeltlager waren sie nach ihrer aktiven Zeit als Referenten eingeladen worden, Angelika hatte damals gerade ihr Physik-Examen hinter sich und mit ihrer Dissertation A angefangen, Udo hatte als Pastor schon seine erste eigene Gemeinde. Entsprechend unterschiedlich waren die Themen ihrer Vorträge gewesen: Sie hatte über die »Grundlagen der allgemeinen Relativitätstheorie« gesprochen, er über den »Beitrag der Bergpredigt im Kampf für den sozialistischen Frieden«. Obwohl Angelika nicht an Gott, sondern nur an die Naturgesetze glaubte, hatte sie bewundert, wie Udo in der Höhle des Löwen seinen Glauben gegen die Marx'sche These, wonach Religion Opium fürs Volk sei, verteidigt und zugleich den Versuch unternommen hatte, Jesus als ersten Sozialisten der Weltgeschichte zu deuten. Sein Ehrgeiz war es schon damals gewesen, den Einfluss der evangelischen Kirche auf die Politik der DDR zu stärken. Er wolle darum nicht für immer

Gemeindepfarrer bleiben, hatte er Angelika abends am Lagerfeuer anvertraut, er strebe vielmehr eine kirchenpolitische Karriere an, um eines Tages vielleicht Bischof zu werden oder Superintendent, am besten in der Hauptstadt Berlin. Auch sie hatte ihm an diesem Abend von ihrem Traum erzählt, den Traum von einer Hochschullaufbahn, um als Physikerin zu forschen und zu lehren, weil es für sie nichts Spannenderes gab, als in den Atomen und deren Verbindungen dem Geheimnis des Lebens nachzuspüren. »Dann passen wir ja gut zusammen«, hatte er gesagt, »du bist zuständig für die theoretischen Voraussetzungen des Lebens, ich für seine praktische Entfaltung in der Gesellschaft.« Sie hatte ihm als Antwort einen Kuss gegeben. Seitdem waren sie ein Paar, und bis heute hatten sie beide an ihren Zielen festgehalten, und beide durften sie sich berechtigte Hoffnungen machen, sie irgendwann auch zu erreichen. Vorausgesetzt, die DDR blieb weiter bestehen.

Don't worry, be happy …

Auf DT64 spielte bereits der nächste Song. Höchste Zeit für die Frisur! Als Angelika in ihrem Kleid vor den Spiegel trat, konnte sie kaum glauben, dass sie die Frau war, die ihr da entgegenblickte. Eine Braut wie aus dem Bilderbuch! Der leichte Cremeton der Brüsseler Spitze passte wunderbar zu ihrem braunen Haar, das Dekolletee gab den Blick auf ihren schlanken, wohlgeformten Hals frei und betonte sehr vorteilhaft ihren etwas zu klein geratenen Busen, und die leicht angepufften Ärmel verliehen dem Ganzen eine spielerische Strenge. Nur die offenen Locken passten nicht zu dem durchbrochenen Stoff des Kleids, beides zusammen wirkte für ihren Geschmack zu süßlich. Sie versuchte ihre Locken abwechselnd mit einem Mittel- und einem Seitenscheitel zu bändigen, sie fasste sich am Schopf und hielt das dicke Haarbüschel in die Höhe, um zu schauen, wie eine Hochsteckfrisur aussehen würden, doch das machte die Sache auch nicht besser. Ihre Lockenpracht bauschte sich über ihre Hand wie Farnkraut über den Rand eines Blumentopfs.

Plötzlich hatte sie eine Idee. Sie nahm ein starkes Gummiband und raffte damit ihr Haar so straff im Nacken zusammen, dass es vollkommen glatt am Kopf anlag.

Als sie erneut in den Spiegel sah, war sie zufrieden. Die Frisur passte nicht nur endlich zu ihrem Kleid, sondern brachte auch ihre stahlblauen Mandelaugen und ihre hohen Wangenknochen viel besser zur Geltung, als wenn sie das Haar offen trug.

Hatte so ihre Mutter wohl einmal ausgesehen, als sie den Parteisekretär Höllscher geheiratet hatte?

Bei der Frage beschlich sie eine Wehmut, die ihr seit frühester Kindheit vertraut war. Sie hatte keinerlei Erinnerung an die Frau, die sie zur Welt gebracht hatte, es gab nicht mal Fotos von ihr – sie kannte sie nur aus den Beschreibungen ihres Vaters. Angeblich hatte sie wie eine Mongolin ausgesehen. Als kleines Mädchen hatte Angelika darum jedes Mal, wenn ihr irgendwo eine wirkliche Mongolin oder Tartarin oder eine sonstwie asiatisch wirkende Frau über den Weg gelaufen war, mit kindlicher Inbrunst gehofft, dass diese sich als ihre Mutter zu erkennen geben würde, die aus Amerika oder der BRD zurückgekehrt sei, wohin westliche Geheimagenten sie entführt hatten. Das nämlich hatte sie wider alle Vernunft noch bis zur vierten oder fünften Klasse geglaubt, erst auf der Oberschule hatte sie aufgehört, sich an diese Vorstellung zu klammern, und sich damit abgefunden, dass ihre Mutter von niemandem verschleppt worden war, sondern aus freien Stücken und ohne jeden fremden Zwang sie im Stich gelassen hatte, nur wenige Monate nach der Geburt. Trotzdem verspürte Angelika keinen Hass oder Zorn, wenn sie an sie dachte, nur eine starke, unerfüllte Sehnsucht, gerade heute, am Tag ihrer Hochzeit, und noch immer hoffte sie, sie irgendwann kennenzulernen und in den Arm nehmen zu dürfen. Schließlich hatte sie dieser Frau, die früher einmal vielleicht so ausgesehen hatte, wie sie jetzt selbst aussah, ihr Leben zu verdanken. Außerdem hatte es ihr an mütterlicher Geborgenheit nie gefehlt, mit ihrem Vater hatte sie ja die beste Mutter der Welt gehabt.

»Wo bleibst du denn, Angie? Professor Seliger ist schon da!«

Im Spiegel sah Angelika, wie Udo in ihrem Rücken den Kopf durch die Tür steckte.

»Raus hier, das bringt Unglück! Der Bräutigam darf die Braut nicht vor der Trauung sehen!«

»Was für ein abergläubischer Unsinn!« Ohne sich um ihren Einspruch zu kümmern, kam er einfach herein, um sie zu küssen. »Ich dachte, du bist Naturwissenschaftlerin.«

2

Tommy platzte fast vor Stolz auf seine schöne Tochter, als er zusammen mit dem Brautpaar und Professor Seliger am Haupttisch der Festgesellschaft saß, die sich am Abend nach der Trauung im Pfarrgemeindesaal von Udos Kirche versammelt hatte. In dem Brautkleid, das ihn zwei Dutzend verschiedenster Tauschobjekte von Raufasertapeten bis zu einem Trabi-Rückspiegel im Gesamtwert von mindestens dreißig Rollen Dachpappe gekostet hatte, machte Angelika ihrem Namen alle Ehre. Ja, sie sah wirklich aus wie ein Engel, der vom Himmel herabgestiegen war, auch wenn sie Tommy mit dieser Friseur ein bisschen allzu sehr an ihre Mutter erinnerte. Sogar Professor Seliger hatte ihr Komplimente gemacht und seine Freude darüber ausgedrückt, dass sie seinen Rat in den Wind geschlagen hatte.

An den Tischen in dem Gemeindesaal herrschte fast so dichtes Gedränge wie sonst montags nach den Demonstrationen. Als Angelika mit ihm anstieß, musste er an den Augenblick vor nun fast sechsunddreißig Jahren denken, als er sie zum ersten Mal auf dem Arm gehalten hatte. Das war auch in einem Pfarrhaus gewesen. Erst ein paar Monate war sie damals alt, nur eine winzige Handvoll Mensch – zwei blaue Kulleraugen und ein zahnloses Lächeln und ein bisschen dunkler Flaum auf dem rosa Köpfchen. Er hatte sich sofort in sie verliebt. Da sie in seiner alleinigen Obhut aufgewachsen war, hatte er versucht, ihr gleichzeitig Vater und Mutter zu sein, und trotz seiner vielen Frauengeschichten war sie in all den Jahren das einzige weibliche Wesen gewesen, das ihm wirklich etwas bedeutet hatte. Zum Glück hatte Angelika seine Liebe erwidert, wie eine Tochter es nicht schöner hätte tun können. Obwohl ihr gleich zu Beginn des Studiums ein Platz in einem Wohnheim zugeteilt worden war, war sie bis nach ihrem Examen bei ihm in der Wohnung geblieben. Und auch, als sie ausgezogen war, nachdem Udo die Sophiengemeinde in Berlin-Mitte bekommen hatte, um fortan bei ihm im Pfarrhaus zu wohnen, war sie immer noch zuerst und vor allem seine Tochter gewesen. Das aber war sie ab diesem Tag nicht mehr. Ab heute war sie zuerst und vor allem Udos Frau.

Würde sie mit ihm glücklich werden?

Udo war ein sehr ernsthafter und zielstrebiger Mann, insofern passte er vom Charakter her mit Angelika ebenso gut zusammen wie vom Alter – er war fast auf den Tag genau zwei Jahre älter als sie. Auch sonst hatte Tommy nur wenige Dinge an seinem Schwiegersohn auszusetzen, und die betrafen eigentlich eher Stilfragen, zum Beispiel seinen wuchernden Rauschebart, ein richtiges Eulennest, und vor allem die unvermeidliche Jeanskluft, scheinbar die einzige Kleidung, die er außer seinen Pastorengewändern besaß. Sogar heute, am Tag seiner Hochzeit, trug er sie, lediglich an der weißen Nelke im Knopfloch konnte man erkennen, dass er der Bräutigam war. Früher, als Tommy selber noch Hoffnung gehabt hatte, irgendwann zu heiraten, hatte er sich immer vorgestellt, so vor den Altar zu treten, wie die Männer es nach dem Krieg in Altena getan hatten: im Stresemann und mit Zylinder und weißen Handschuhen. Aber das entsprach offensichtlich nicht mehr dem Geschmack der jungen Generation, die meisten der männlichen Gäste sahen mit ihren Bärten und Jeansanzügen seinem Schwiegersohn zum Verwechseln ähnlich, und da Tommy ehrlicherweise nicht wusste, was er angezogen hätte, wäre er je tatsächlich und nicht nur in seiner Vorstellung in den Stand der Ehe getreten, wollte er nicht über die Kleidung derer richten, die diesen Schritt in der Wirklichkeit wagten. Weit größere Sorgen machte er sich wegen Udos unterentwickeltem Humor. Es kam nur selten vor, dass sein Schwiegersohn lachte, und dass er selber Witze erzählte oder einfach mal dummes Zeug redete, passierte praktisch nie. Allem Anschein nach eiferte er darin seinem obersten Dienstherrn nach, von Jesus Christus gab es in der Bibel ja auch keine einzige Stelle, in der er lachte. Einem Weltverbesserer wie dem vom Himmel herabgestiegenen Heiland stand das ja vielleicht ganz gut zu Gesicht – aber konnte man mit so wenig Humor eine Ehe führen? Trotz ihrer Ernsthaftigkeit und Zielstrebigkeit, die Angelika von ihrer Mutter geerbt hatte, teilte sie mit ihrem Vater doch denselben Sinn für Unsinn und lachte genauso oft und gern wie er.

Zwei Gemeindehelferinnen kamen mit Tabletts herein und räumten die Suppenteller ab. Tommy wartete, bis sie fertig waren, dann ließ er mit der Spitze seines Messers sein Glas klingen.

»Liebe Angelika, lieber Udo«, begann er, nachdem das Geschnatter an den Tischen halbwegs verstummt war. »Als Brautvater ist es meine Aufgabe, euch ein paar weise und hilfreiche Worte mit auf den gemeinsamen Lebensweg zu geben. Da es mir unverheiratetem Hagestolz jedoch an der dazu nötigen eigenen Erfahrung fehlt, mache ich eine Anleihe beim Klassenfeind. Die Ehe, so hat der mehrmals verheiratete, also vermutlich kompetente amerikanische Filmschauspieler und Regisseur Woody Allen einmal gesagt, ist der Versuch, zu zweit die Probleme zu lösen, die man allein nie gehabt hätte.« Es dauerte einen Moment, bis jeder den Witz begriffen hatte, dann fuhr er fort:

»Dafür gibt es angeblich zwei Gründe: A, dass der Mann zu viel spricht, und B, dass die Frau zu wenig zuhört. Oder muss es umgekehrt lauten?« Jetzt kapierten die meisten schon schneller. »Aber keine Angst, liebe Festgäste, aus Woody Allens vermeintlichem Bonmot spricht in Wahrheit nicht die Wahrheit, sondern nur die Dekadenz der spätkapitalistischen bürgerlichen Gesellschaft, und es betrifft selbstverständlich nicht unser Brautpaar. Angelika und Udo haben heute den Bund fürs Leben geschlossen, um miteinander glücklich zu werden, wie es außer in der großen und ruhmreichen Sowjetunion nur noch in unserem Arbeiter- und Bauernparadies möglich ist, wo das Glück mit der Staatsgründung erfunden wurde und in der deshalb daran niemals Mangel herrscht, so wenig wie an Dachpappe.«

Diesen Witz verstand jeder, und er wurde nicht nur mit Lachen, sondern sogar mit Applaus belohnt.

Tommy hob die Hand und wartete, dass der Lärm sich wieder legte. »Dafür gibt es jedoch nicht zwei, sondern nur einen einzigen Grund: die nicht entfremdete Arbeit, die die Produktion im voll entwickelten Sozialismus auszeichnet. Weil in unserem Gemeinwesen, wie bereits der junge Marx prophezeit hat, jeder in freier Tätigkeit heute dies und morgen jenes tun kann, wird Angelika schon bald ihre Dissertation B als theoretische Physikerin abschließen, um sich sodann hoffentlich den Anforderungen der praktischen Biologie zu widmen, während ihr Mann Udo alle Schwerter dieses Landes in Pflugscharen verwandelt …«

Mitten in seiner Rede flog plötzlich die Tür auf, und ein weiterer bärtiger Jeansträger kam hereingestürmt: »Macht mal den Fernseher an! Eine Pressekonferenz mit dem Genossen Schabowski.«

»Nein, bitte nicht«, protestierte Angelika, »heute keine Politik!«

»Aber das ist doch wichtig! Oder glaubst du, dass die Politik Pause macht, nur weil Udo und du heute heiratet?«

Tommy hätte am liebsten ein Machtwort gesprochen, um den Störenfried an die Luft zu setzen, doch da er dazu kein Recht hatte, hoffte er, dass der Bräutigam es tun würde. Auch Angelika blickte ihren frisch angetrauten Ehemann erwartungsvoll an. Aber der zupfte unschlüssig an der Nelke im Knopfloch seiner Jeansjacke.

»Nur fünf Minuten«, drängte der Störenfried. Voller Ungeduld stand er neben dem alten Schwarzweißfernseher, der einer Kanzel gleich über den Köpfen der Gäste an der Wand hing, und hatte die Hand schon am Schalter.

»Na gut, fünf Minuten«, sagte Udo, und mit einem entschuldigenden Blick auf Angelika fügte er hinzu: »Schließlich leben wir in historischen Zeiten.«

Während Tommy noch die Augen verdrehte, ertönte aus dem Fernseher schon die Fanfare der Aktuellen Kamera.

3

Die Fenster des St.-Vinzenz-Krankenhauses waren noch hell erleuchtet. Ulla parkte ihren BMW so auf dem Parkplatz, dass sie Sicht auf das Portal hatte, und stellte dann den Motor ab, um auf ihren Mann zu warten. Ramóns Mercedes war in der Werkstatt, und damit er nach Feierabend kein Taxi nehmen musste, hatte sie ihm beim Frühstück versprochen, ihn von der Arbeit abzuholen. Hoffentlich kam er pünktlich aus seiner Besprechung, sonst gab es Ärger mit seinem Sohn, der schon seit zwei Stunden in der Küche stand. Ihr Mann hatte heute hohen Besuch, Eminenz Budde, der neue Bischof von Essen, hatte sich angemeldet, um über die Verlängerung von Ramóns Vertrag als Chefarzt der Klinik zu verhandeln. Obwohl Ramón schon vierundsechzig Jahre alt war, wollte der Bischof, dass er noch für fünf weitere Jahre unterschrieb. Das Vinzenz-Hospital war ein kleines Krankenhaus, da war es schwer, einen Nachfolger zu finden, der nicht nur die notwendigen ärztlichen Qualifikationen besaß, sondern auch die spezifischen Anforderungen erfüllte, die ein katholisches Bistum an seine Führungskräfte stellte. Zum Glück war Ramón zu einer solchen Vertragsverlängerung bereit. Ulla war ja drei Jahre jünger als er, sie hatte nicht vor, die Arbeit so bald an den Nagel zu hängen, und die Vorstellung, in ein paar Jahren vielleicht einen Mann zu haben, der bereits in Rente war und jeden Abend ungeduldig darauf wartete, ihr von seinen Einkäufen oder Spaziergängen oder der Gartenarbeit zu erzählen, schien ihr wenig verlockend.

Sie schaltete im Auto die Innenbeleuchtung an und öffnete ihre Aktentasche, um sich die Zeit mit der Lektüre von ein paar Geschäftsbriefen zu verkürzen, zu denen sie tagsüber nicht gekommen war, da sah sie, wie im Lichtschein des Portals die Tür aufging und Ramón die Treppe herunterkam. Um sich gegen das Nieselwetter zu schützen, hatte er den Mantelkragen hochgeschlagen. Trotz seines Alters war er immer noch ein sehr gut aussehender Mann mit seinem markanten Gesicht, dem olivfarbenem Teint und den graumelierten kurzen Haaren, auch seine Figur war nach wie vor tadellos, und abgesehen davon, dass er mit seinen ein Meter siebzig nicht gerade der Größte war, war er für einen Arzt fast ein bisschen zu attraktiv. Ulla hatte ihn als Patientin kennengelernt, knapp zwei Jahre nach der Scheidung von Jürgen, und es war ihr ziemlich peinlich gewesen, vor einem so blendend aussehenden Mann ihren Oberkörper freizumachen. Ramón hatte damals gerade die Nachfolge von Dr. Salomo angetreten, und ihr Hausarzt Dr. Goecke hatte sie in die Klinik überwiesen, damit sie sich dort einer gründlicheren Untersuchung unterziehen konnte, als es in seiner Praxis möglich war. Sie hatte in jener Zeit massive Herzrhythmusstörungen gehabt, doch Gott sei Dank hatten diese, wie sich bei der Untersuchung herausgestellt hatte, keine organische Ursachen gehabt, sondern waren vegetativ bedingt gewesen. Wahrscheinlich eine Folge der Trennung – nicht der Trennung von Jürgen, sondern von Tommy.

Als Ramón die Beifahrertür öffnete und zu ihr in den Wagen stieg, startete Ulla den Motor.

»Willst du nicht erst deinen Mann begrüßen?«, fragte er.

Sie gab ihm einen Kuss. »Verzeih, Liebling, Miguel hat gesagt, wir sollen uns beeilen. Er hat eine Paella vorbereitet.«

»Seit wann lässt du dir von meinem Sohn Vorschriften machen?« Ramón lachte. »Ich dachte, du bist der Chef von euch beiden, nicht umgekehrt.«

Ulla war froh, dass sie einen Mann hatte, der ihre Fehler mit Humor nahm. Das war bei Jürgen ganz anders gewesen. Allein dafür war sie Ramón dankbar. Noch mehr aber dankte sie ihm, dass sie es mit seiner Hilfe geschafft hatte, sich überhaupt noch einmal in einen Mann zu verlieben. Das hatte sie nicht mehr erwartet. Nach ihrem Treffen mit dem Genossen Himmelreich in Dortmund hatte Tommy ihr geschrieben, dass das Außenhandelsministerium die Zusammenarbeit mit der Firma Wolf beendet habe und er selbst ins Ministerium für Land- und Forstwirtschaft versetzt worden sei, auf einen Posten, auf dem er bis zu seiner Pensionierung keine Ausreisegenehmigung mehr bekommen werde. Damit war ihre Zukunft besiegelt. Auch wenn sie Tommy nie vergessen würde, war ihre Liebe zu Ramón damals groß genug gewesen, um sich mit dem endgültigen Verlust abzufinden, und sie war es bis heute geblieben. Zumindest hatte sie keine Herzrhythmusstörungen mehr, seit sie mit Dr. Alvarez verheiratet war, und um sie davon zu heilen, hatte er nicht mal Tabletten gebraucht.

»Und – hast du unterschrieben?«, fragte sie ihn auf der Fahrt in die Nette.

»*Claro*, die Unterschrift war ja nur noch eine Formsache.«

Sie mochte es, wenn er ein paar spanische Brocken in seine Rede einstreute, genauso wie sie seinen Akzent mochte, und drückte seinen Arm. »Dann gratuliere ich dir.«

»*Gracias, mi amor.*« Beim Fahren küsste er ihre Hand. »Der Bischof hat es mir allerdings sehr leichtgemacht. Er hat nicht nur meinen Finanzplan bewilligt, sondern auch einer zehnprozentigen Erhöhung von Dr. Ersoys Gehalt zugestimmt.«

»Meinst du, das reicht als Schmerzensgeld?«, fragte Ulla. »Ich könnte mir vorstellen, dass er als Oberarzt sich selber Hoffnungen gemacht hat, auf den Chefarztposten nachzurücken.«

Ramón schüttelte den Kopf. »Nein, das glaube ich nicht, dafür ist er zu intelligent und kennt den Betrieb zu genau. Kein Bischof in Deutschland würde einen Türken zum Chef einer katholischen Klinik ernennen. So weit sind wir noch nicht.«

»Dann lieber einen frommen Spanier«, erwiderte Ulla lachend. »Wenn es schon keine deutschen Ärzte mehr gibt, die in Altena arbeiten wollen.«

Als sie in den Fabrikhof einbogen, stand Miguel zigarettenrauchend vor der Villa. Er sah mit seinen achtunddreißig Jahren fast noch besser aus als sein Vater, auch war er stattliche zehn Zentimeter größer, und kochen konnte er wie ein Profi. Für Ulla war es ein Rätsel, dass er in der Zeit, die er inzwischen in Altena lebte, keine neue Frau gefunden hatte. Vielleicht waren seine Ansprüche einfach zu hoch, um in einer Kleinstadt fündig zu werden. Jedenfalls konnte die Frau, die ihn mal bekommen würde, sich jetzt schon freuen.

»Was stehst du hier rum und rauchst Zigaretten?«, fragte Ramón, als sie aus dem Wagen stiegen. »Hast du keine Angst, dass dir die Paella anbrennt?«

»Paella?«, erwiderte Miguel. »Was für eine Paella?«

»Die du für uns vorbereitet hast, natürlich! Ulla hat gesagt, wir sollten uns beeilen.«

»Wie könnt ihr heute an Paella denken?« Miguel schüttelte den Kopf. »Oder habt ihr noch keine Nachrichten gehört?«

4

Trotz des weiten Wegs bis zum Tiergarten, für den man einmal quer durch die Stadt eine gute Dreiviertelstunde brauchte, ging Bernd jeden Abend nach der Arbeit zu Fuß nach Hause. Er mochte den Gang an der Lenne entlang, vor allem bei so trübem Novemberwetter wie heute, wenn über dem Fluss die Nebel wallten und die Burg sich im lindgrün dunstigen Schein des Flutlichts wie ein unwirkliches Märchenschloss über dem Tal aus der Dunkelheit erhob. Außerdem hielt der Gang ihn körperlich fit und verschaffte ihm mit jedem Schritt ein wenig mehr Abstand von der Arbeit, so dass er zu Hause ohne unerledigte Tagesgedanken seinen Feierabend genießen konnte.

Ja, mit vierundsechzig Jahren führte er endlich das Leben, das er schon immer hatte führen wollen, das Leben eines zufriedenen Spießers. Er hatte eine geregelte Arbeit, ein sicheres Einkommen und sogar ein hübsches kleines Einfamilienhaus in einer der besten Wohngegenden Altenas, das allerdings nicht ihm gehörte, sondern seiner Frau. Nach dem Bankrott der Bernd Wilke Hoch- und Tiefbau GmbH & Co KG sowie einer mehrmonatigen Entziehungskur in der Wuppertaler Trinkerheilanstalt, wie damals die Kliniken für Alkoholkranke noch geheißen hatten, war er in der VAM untergekommen, wo er für die Wartung und Instandhaltung des Gebäudes sowie der Maschinen zuständig war. Bis heute war er Ulla dankbar, dass sie ihn in ihrer Firma eingestellt hatte – er wusste nicht, ob er es ohne die geregelte Arbeit geschafft hätte, trocken zu bleiben. Nachdem er zunächst als Hausmeister angefangen hatte, waren ihm im Lauf der Jahre immer mehr Aufgaben zugewachsen. Heute trug er in der VAM die Verantwortung dafür, dass die Abläufe in der Produktion reibungslos funktionierten. Mit Maschinen kannte er sich aus, schon früher, in seiner eigenen Firma, hatte er das Baugerät meistens selbst repariert, wenn etwas kaputtgegangen war. Die Arbeit machte ihm darum Spaß, auch wenn manche Maschinen mit ihrer Elektronik inzwischen so kompliziert geworden waren, dass er regelmäßig die Schulungen der Hersteller besuchen musste, um mit der Entwicklung Schritt zu halten und trotz seines fortgeschrittenen Alters seine Aufgaben so zu erfüllen, wie der Betrieb es verlangte und Ulla es von ihm erwartete.

Vor seinem Haus stellte er den leeren Mülleimer vom Straßenrand zurück an seinen Platz und holte den Schlüsselbund aus der Hosentasche. Beim Blick auf seine Hand musste er lächeln. Schon lange hatte sie aufgehört zu zittern, seine Hände waren wieder seine alten Hände, ruhige, schwere Maurerhände mit Schwielen und kleinen Rissen in der Haut.

Als er die Haustür aufschloss, hörte er, dass der Fernseher lief, offenbar hatte schon die Tagesschau angefangen. Durch die halboffene Tür sah er in dem dunklen Wohnzimmer seine Frau. Sie saß mit dem Rücken zu ihm auf dem Sofa und schaute so konzentriert fern, dass sie ihn nicht hörte. Vor ihr auf dem Tisch hatte sie eine Flasche Clausthaler und einen Teller Schnittchen bereitgestellt. Seltsam, normalerweise aßen sie nie vor dem Fernseher zu Abend, egal, wie spät er nach Hause kam, sondern stets an einem ordentlich gedeckten Tisch in der Küche, bevor sie es sich im Wohnzimmer gemütlich machten.

»Guten Abend, mein Schatz«, rief er. »Wie kommt's, dass du um diese Zeit schon vor der Glotze sitzt?«

Als er das Licht in der Diele anmachte, drehte Ruth sich zu ihm herum.

Ja, Ruth und Bernd hatten geheiratet und lebten seit nunmehr fast zwanzig Jahren zusammen in ihrem Haus am Tiergarten.

»Komm schnell her und setz dich«, sagte sie. »Du glaubst ja nicht, was da in Berlin gerade passiert.«

Bernd ging zu ihr ins Wohnzimmer. Während er sich die Schuhe von den Füßen streifte, sah er auf dem Bildschirm eine turbulente Pressekonferenz, in der ein etwas dicklicher Mann, den er nicht kannte, die Fragen einer aufgeregten Reportermeute beantwortete. Gerade holte er einen Zettel aus seiner Jackentasche, faltete ihn umständlich auseinander und las den Text darauf vor – mit einer so irritierten Miene, als könne er selbst nicht glauben, was dort geschrieben stand.

»Privatreisen nach dem Ausland können ohne Vorliegen von Voraussetzungen beantragt werden. Die Genehmigungen werden kurzfristig erteilt. Die zuständigen Abteilungen Pass- und Meldewesen der Volkspolizeikreisämter in der DDR sind angewiesen, Visa zur ständigen Ausreise unverzüglich zu erteilen.«

»Ab wann gilt das?«, fragte einer der Journalisten.

»Ähh«, machte der dickliche Mann am Mikrophon und sah wieder auf seinen Zettel. »Nach meiner Kenntnis – sofort.«

Bernd und Ruth schauten sich an.

»Und was hat das jetzt zu bedeuten?«

5 »Meine Fresse! Wenn das so weitergeht, verliert irgendwann jemand die Nerven und drückt auf den Abzug.«

»Glaubst du wirklich?«

»Worauf du einen lassen kannst! Meinst du, die tragen ihre Knarren zum Spaß mit sich rum? Die Brüder haben Schießbefehl! Und dann gute Nacht, Marie!«

Den ganzen Abend saß Walter schon zusammen mit Jürgen Rühling, den er seit dem Tod seiner Frau Annegret einmal pro Woche zum Abendbier einlud, damit ihm vor lauter Einsamkeit nicht die Bude auf den Kopf fiel, vor dem Fernsehapparat und starrte auf den Bildschirm, wo ein Reporter von dem Geschehen an einem Berliner Grenzübergang so aufgeregt berichtete, als kommentiere er ein Fußballspiel. Bornholmer Straße, Walter kannte die Ecke noch bestens aus seiner Zeit im Reichsministerium für Bewaffnung und Kriegsproduktion – er war dort immer vorbeigekommen, wenn er nach Dienstschluss zu seinem Lieblingspuff gefahren war. Jetzt herrschte dort das reine Chaos. Hunderte außer Rand und Band geratener Ostzonale drängten sich vor dem Schlagbaum und bestürmten die Grenzsoldaten, ihnen den Weg freizugeben, und es wurden von Minute zu Minute mehr. Wie die Karnickel vermehrten sich die wildgewordenen Horden und brüllten sich die Seele aus dem Leib. »Aufmachen! Aufmachen!« Die Grenzer konnten einem fast leidtun, sie machten einen hoffnungslos überforderten Eindruck. Nachdem dieser Schabowski, oder wie der Bonze auf der Pressekonferenz geheißen hatte, seinen komischen Zettel im Fernsehen vorgelesen hatte, schienen sie nicht den leisesten Schimmer zu haben, was zu tun war – offenbar hatten sie keine klaren Befehle bekommen. Manche fuchtelten nervös mit ihren Maschinenpistolen herum, andere redeten mit den Demonstranten oder ließen sich deren Ausweispapiere zeigen, wieder andere standen einfach nur wie versteinert da und zogen grimmige Gesichter. Wenn Walter in der DDR etwas zu sagen gehabt hätte, er hätte diesen Schabowski glatt an die Wand stellen lassen.

Jürgen hob die Aktenmappe, die er schon den ganzen Abend auf dem Schoß bereithielt, in die Höhe und tippte mit dem Finger auf den Deckel, auf dem in riesigen Buchstaben die Aufschrift »ALTENA 2000« prangte.

»Vielleicht können wir mal endlich über die Bürgerversammlung nächste Woche reden.«

»Nicht jetzt«, erwiderte Walter, ohne die Augen vom Bildschirm zu lassen.

»Aber es geht um die Krönung deines Lebenswerks! Und uns bleibt nicht mehr viel Zeit, die Sache vorzubereiten. Glaub ja nicht, das würde ein Kinderspiel!«

»Maul halten, hab ich gesagt!«

Jürgen zog ein beleidigtes Gesicht. »Wenn du mich fragst, können wir den Fernseher ruhig ausmachen. Das ist doch Zeitverschwendung, in Berlin tut sich nichts mehr. Das geht die ganze Nacht noch so weiter, garantiert.«

»Pass auf! Jetzt! Jetzt passiert was!«

Vor dem Schlagbaum herrschte ein solches Gedränge, dass die Leute sich gegenseitig fast tottrampelten. Plötzlich verstummte das Geschrei, alle starrten auf einen Offizier. Walter hielt es vor Erregung kaum noch auf seinem Platz. Der Offizier, offenbar der Postenkommandant, sagte irgendwas zu den Leuten. Walter hielt sich die Hand ans Ohr, um zu verstehen, was der Kerl sagte. Plötzlich gab es ein Riesengeschrei, Walter machte sich auf alles gefasst, gleich würde es knallen. Doch stattdessen flog der Schlagbaum in die Höhe, und im nächsten Moment drängten die Wartenden wie eine Bande entfesselter Teufel über die Grenze, wo sie auf der anderen Seite von jubelnden Westdeutschen empfangen wurden.

»Wahnsinn«, flüsterte Jürgen. »Waaahnsinnn …«

»Das kannst du laut sagen«, knurrte Walter. »So eine gottverdammte Scheiße!«

»Scheiße?« Jürgen schaute ihn entgeistert an. »Warum das denn? Davon haben wir doch immer geträumt.«

»So blöd kannst auch nur du fragen!«, erwiderte Walter. »Weil ich deiner Exfrau meinen Anteil an der VAM verkauft habe – *darum* natürlich! Jetzt kann die sich mit meiner Firma dumm und dämlich verdienen!«

6

In Düsseldorf knallten die Champagnerkorken. Gundel hatte ihren Mann in den Keller geschickt, um eine Flasche Pomméry zu holen – was da in Berlin passierte, musste gefeiert werden! Natürlich war der Champagner viel zu warm, und als Benno die Flasche öffnete, flog der Korken bis an die Decke, haarscharf an seinem Kopf vorbei. Doch besser, lachte er, flögen ihm hier die Champagnerkorken um die Ohren als den Leuten in Berlin die Kugeln der Grenzsoldaten. Während im Nebenzimmer noch der Fernseher lief, schenkte er die Gläser ein und verteilte sie an Gundel und die Zwillinge.

»Das wäre also geschafft«, sagte er und hob sein Glas. »Die Mauer ist gefallen!«

Im Stehen stießen sie miteinander an, irgendwie schien jeder zu spüren, dass dies ein viel zu bedeutender Anlass war, um ihn im Sitzen zu würdigen. Gundel prostete erst ihrem Mann, dann ihren Söhnen zu. Als sie die Zwillinge vor achtundzwanzig Jahren geboren hatte, hätte sie sich nicht träumen lassen, diesen Tag einmal zusammen mit ihnen zu erleben. Plisch und Plum waren im selben Jahr auf die Welt gekommen, in dem die Mauer gebaut worden war, und diese war im Laufe der Zeit so selbstverständlich geworden, als hätte es sie schon immer gegeben und als würde sie für immer fortbestehen. Es gab den Westen und den Osten, den Kommunismus und den Kapitalismus, die Bundesrepublik und die DDR, so wie es Tag und Nacht gab, rechts und links, gut und böse. So war die Einteilung der Welt gewesen, jahre- und jahrzehntelang, und erst jetzt, als die Mauer fiel, wurde einem wieder bewusst, was für eine Ungeheuerlichkeit sie die ganze Zeit gewesen war.

»Wisst ihr, was ich jetzt für mein Leben gern tun würde?«, fragte Gundel.

»Ich bin sicher, du wirst es uns gleich verraten«, erwiderte ihr Mann.

»Das Kaiserquartett spielen, zusammen mit meinen Schwestern, so wie früher. Mein Gott, wäre das jetzt schön.«

Ihre Söhne schauten sie an, als zweifelten sie an ihrem Verstand.

»Ja, versteht ihr denn nicht? ›Einigkeit und Recht und Freiheit für das deutsche Vaterland‹ …«

»Ach so.« Plisch zuckte die Schultern. »Du kannst ja versuchen, mal wieder ein Hauskonzert in Altena zu organisieren. Aber wenn ihr mich fragt, mir kommen gerade ganz andere Ideen …«

»Mir auch!«, fiel Plum ihm ins Wort. »Da tut sich ein völlig neuer Markt auf!«

»Genau! Wir sollten jetzt nichts wie rüber in den Osten und dort Filialen aufmachen, bevor es andere tun.«

»Zum Beispiel Schuh Mikosch.«

»Ja, wir müssen die Ersten sein!«

Benno hob abwehrend die Hand. »Jetzt mal langsam mit den jungen

Pferden«, sagte er. »Wie stellt ihr euch das vor? Sollen wir denen da drüben unsere gute Ware für ihr schlechtes Geld verkaufen? Also, ganz ehrlich, die Vorstellung finde ich nur wenig verlockend.«

Gundel schüttelte den Kopf. »Nicht zu fassen, wenn man euch reden hört. Könnt ihr denn immer nur ans Geschäft denken? Sogar in so einem Augenblick? Denken wir jetzt lieber an die vielen Menschen, die endlich frei sind, und freuen uns mit ihnen.«

»Aber an die denken wir doch!«, protestierte Plisch. »Vor allem an ihre Füße. Die brauchen doch alle neue Schuhe! Sechzehn Millionen Paare! Wenn das kein Grund zur Freude ist!«

»Und deshalb, Papa«, wandte Plum sich an Benno, »bin ich ganz und gar nicht deiner Meinung. Wir müssen rüber, und zwar jetzt gleich. Das ist vielleicht die Chance unseres Lebens, die dürfen wir uns nicht entgehen lassen. Alles andere wäre eine Sünde an Schuh Krasemann. – Aber sag mal, hörst du mir eigentlich überhaupt zu?«

Auch Gundel sah, dass ihr Mann nicht mehr bei der Sache war. Mit großen Augen starrte Benno durch die offene Zwischentür auf den laufenden Fernseher im Nebenzimmer.

»Was ist? Hast du gerade eine Erscheinung?«

»Ich glaube, ich werde verrückt. Seht doch, seht doch nur!«, rief er, plötzlich ganz aufgeregt, und zeigte auf den Bildschirm. »Da ist Tommy – *unser* Tommy! Mitten im Getümmel!«

7

An der Bornholmer Straße war kein Durchkommen mehr, als Tommy mit Angelika und Udo inmitten eines wogenden Menschenmeers den Grenzübergang erreichte. Dort, wo vor wenigen Stunden noch ein Schlagbaum die beiden Teile der Stadt und des ganzen Lands voneinander getrennt hatte, war die größte Party der Welt ausgebrochen. Tausende von Männern und Frauen drängten und taumelten, betrunken vor Glück, von Ost nach West, wo sie wildfremden Menschen in die Arme fielen, um sich mit ihnen zu verbrüdern. Auch die Trabis, die knatternd und hupend versuchten, sich einen Weg durch das Gewühl zu bahnen, kamen nur im Schneckentempo voran, so dass die Fahrer und Beifahrer ausreichend Zeit hatten, die Bier- und Sektgläser zu ergreifen, die ihnen von links und rechts durch die offenen Wagenfenster gereicht wurden.

Tommy glaubte in dem Schieben und Drängen fast zu ersticken.

Angelika hatte ihn und Udo hiergeschleppt. Nach der Pressekonferenz, auf der Günter Schabowski als Sekretär des Zentralkomitees für Informationswesen die Öffnung der Grenze praktisch offiziell verkündet hatte, hatte keiner mehr daran gedacht, den Fernseher auszumachen, wie gebannt hatte die ganze Festgesellschaft vor dem Bildschirm gesessen, bis auf der Mattscheibe der Schlagbaum endlich in die Höhe gegangen war. Danach hatte es kein Halten mehr gegeben, wie auf Kommando hatten sich die Hochzeitsgäste auf den Weg zur Bornholmer Straße gemacht, manche hatten sich sogar noch schnell eine Flasche Rotkäppchensekt vom Büffet geschnappt. Nur ein paar wenige hatten dafür plädiert, zu bleiben. Sie empfanden den kollektiven Massenaufbruch, der wie eine Woge über die Grenze schwappte, als ein falsches politisches Signal, sowohl an die eigene Staats- und Parteiführung als auch an die Machthaber der BRD, und daran wollten sie sich nicht beteiligen. Zu ihnen hatte auch Udo gehört. Wenn er trotzdem mitgekommen war, dann nur seiner Braut zuliebe.

Während die Scheinwerfer der Fernsehkameras und Grenzüberwachungsanlagen den Ort taghell erleuchteten, war die Luft erfüllt von den bläulichen Abgasen der Zweitaktmotoren. Obwohl Tommy kaum etwas getrunken hatte, hatte er Kopfschmerzen.

»Was ist los?«, rief Angelika. »Was machst du für ein Gesicht?«

»Dieser Auspuffgestank, der ist ja kaum zum Aushalten!«

»Ja und? Das ist doch ganz egal!« Ihr Kleid war an einem Ärmel eingerissen, und der weiße Stoff war voller Bier- und Rotweinflecken. Aber sie strahlte, wie eine Braut nur strahlen konnte. »Noch in dieser Nacht werden wir über den Kudamm laufen! Herrjeh – jetzt kneif mich endlich einer! Damit ich weiß, dass das alles wirklich wahr ist und ich nicht träume!«

Udo hielt sie am Arm zurück. »Sag mal, willst du wirklich rüber?«

Verwundert erwiderte Angelika seinen sorgenvollen Blick. »Ja, natürlich! Weshalb sind wir sonst hier?«

Die Miene ihres Mannes wurde noch eine Spur besorgter. »Und was, wenn sie die Grenze wieder zumachen und wir nicht mehr zurückkönnen?«

»Wenn das Wörtchen wenn nicht wär'«, lachte Angelika. »Mensch, Udo, das haben wir uns doch immer gewünscht! Dass wir das irgendwann dürfen! Einfach mal über die Grenze, nur so, um zu schauen, wie es drüben aussieht.«

»Wie soll es da schon aussehen? Glaubst du, dort ist das Paradies?«

»Jetzt sei doch kein Spielverderber! Bitte! Das wird unsere Hochzeitsreise! Etwas Schöneres konnte heute doch gar nicht passieren. Man könnte fast glauben, die haben die Grenze extra für uns aufgemacht.«

Sie wollte ihren Mann mit sich fortziehen, doch Udo rührte sich nicht vom Fleck.

»Von mir aus kannst du ruhig gehen«, sagte er, »ich warte hier solange auf dich. Und wenn du nicht allein rüber willst, frag deinen Vater. Vielleicht hat er ja Lust, dich zu begleiten.«

Angelika zögerte, aber nur einen Moment. Dann schüttelte sie den Kopf. »Nein«, sagte sie. »Ohne dich will ich auch nicht. Vor allem nicht heute. Wir haben uns erst vor ein paar Stunden versprochen, zusammenzubleiben, in guten und in schlechten Zeiten. Allerdings, wenn ich gewusst hätte, worauf ich mich da einlasse … He, war nur ein Witz«, unterbrach sie sich, als sie das Gesicht ihres Mannes sah, und gab ihm einen Kuss. »Ich bleibe freiwillig, das weißt du doch. Weil ich dich liebe. Und wenn du keine Lust hast, rüberzugehen, kann der Kudamm mir gestohlen bleiben.«

Sie versuchte zu lächeln, doch Tommy sah ihre Enttäuschung – ihre Mundwinkel gingen ganz weit nach unten. Dieses Gesicht hatte sie schon als Kind gezogen, wenn ihre Wünsche nicht in Erfüllung gegangen waren. Am liebsten hätte er sie einfach an der Hand genommen, um zusammen mit ihr über die Grenze zu laufen, und gestern hätte er das vielleicht auch noch getan. Aber das durfte er nicht mehr. Er war jetzt nur noch der zweitwichtigste Mann in ihrem Leben, der wichtigste war Udo. Außerdem kam Udos Skepsis ja nicht von ungefähr. Natürlich war es schön, dass die Grenze nach fast dreißig Jahren wieder auf war, Tommy hatte sie ja selbst immer nur als ein notwendiges Übel angesehen. Angesichts der Massen jedoch, die jetzt in den Westen stürmten wie ins Gelobte Land, konnte einem bei aller Freude gleichzeitig auch angst und bange werden. Die Bilder erinnerten zu sehr an die Zeit vor der Mauer, damals waren die Leute auch in Scharen in den Westen geflohen, statt in der DDR zu bleiben und hier die Dinge zu verbessern, und alles war dadurch nur umso schlimmer geworden. Sollte sich das jetzt womöglich wiederholen?

»Ich glaube, dein Mann hat recht«, sagte Tommy. »Es ist sicher vernünftig, erst mal ein paar Tage abzuwarten, was passiert. Wenn die

Grenze tatsächlich offen bleibt, können wir immer noch rüber. Der Kudamm läuft uns ja nicht weg.«

Bevor Angelika etwas erwidern konnte, hakte er sich bei ihr und ihrem Mann unter und führte die beiden von der Grenze fort. »Jetzt feiern wir erst mal eure Hochzeit zu Ende, wie es sich gehört. Bestimmt sind die meisten Gäste schon wieder zurück und vermissen euch.«

8

Regina's Treff hieß das Lokal, das Regina in der Mittelstraße, Ecke Wallstraße betrieb, mitten in der Düsseldorfer Altstadt. Sie wusste natürlich, dass das Apostroph im Namen falsch war, schließlich hatte sie bei den Ursulinerinnen die Mittlere Reife gemacht. Aber sie wusste auch, dass die Namen fast aller angesagten Lokale jetzt so geschrieben wurden, und sie war eine Frau, die die Zeichen der Zeit verstand. Außerdem wirkte die Leuchtreklame über der Tür mit Apostroph viel schicker als ohne.

Als sie vor zwanzig Jahren das Lokal übernommen hatte, war es noch eine einfache Bierkneipe gewesen und hatte Zum Köbes geheißen. Benno Krasemann, der den Vertriebschef der Diebels-Brauerei kannte, hatte damals den Kontakt für sie hergestellt, aus Dankbarkeit dafür, dass sie ihm im Schuhhaus seines Onkels am Anfang seiner Karriere mit ein paar Tipps auf die Sprünge geholfen hatte. Um in den Pachtvertrag einsteigen zu können, hatte sie alles verkaufen müssen, was sie nach Bernds Pleite an persönlichem Besitz vor dem Konkursverwalter hatte retten können, ihren Chinchilla ebenso wie ihren Renault Floride oder die Stute Diana, die Gott sei Dank auf Hans-Jörgs Namen eingetragen gewesen war. Seitdem verbrachte sie ihr Leben hinter dem Tresen am Zapfhahn, bis das Blatt sich irgendwann auch für sie wieder wenden würde. Denn nur wer bereit war, sich selbst zu helfen, dem half am Ende Gott. Das hatte das Leben sie gelehrt.

An ihrem Wandfernseher hatte irgendwann jemand den Ton abgestellt, so dass man auf dem Bildschirm nur noch lautlose Bilder vom Grenzübergang an der Bornholmer Straße sah. Während auf der Mattscheibe gerade eine ganz in Weiß gekleidete Braut gegen den Menschenstrom zurück in den Osten lief, rechnete Regina die Bierdeckel ihrer Gäste ab. Die Ereignisse in Berlin hatten das Geschäft beflügelt, sie hatte an diesem Abend fast dreimal so viel Umsatz gemacht wie sonst.

Nachdem alle Deckel abkassiert und auch die letzten Gäste, erschöpft von der Euphorie dieses Tages, das Lokal verlassen hatten, saß nur noch ein Mann bei ihr am Tresen, Heinz Scholl, der Filialleiter eines Rewe-Supermarkts in der Nachbarschaft, ein blendend aussehender Mann Anfang fünfzig, der Regina mit seinem beidseitig tief heruntergezogenem Schnauzbart und den dunklen Augen in aufregender Weise an Sean Connery erinnerte, wenn er nicht gerade seinen Ladenkittel trug, sondern wie jetzt einen schicken Anzug. Obwohl er verheiratet war und außerdem fast zehn Jahre jünger als sie, verbrachte er ab und zu die Nacht bei ihr. Seine Frau war Handelsvertreterin für Aachener Printen und deshalb viel auf Reisen.

»Bist du denn gar nicht müde?«, fragte sie ihn. »Man könnte fast meinen, du hast heute noch was vor?«

Sie strich sich ihr Kleid glatt und rückte das Dekolletee zurecht. Sie wusste, sie hatte immer noch eine Figur, um die sie manche Dreißigjährige beneidete und die einem Mann den Schlaf rauben konnte. Obwohl das Schicksal, was ihr Äußeres betraf, sie schon immer begünstigt hatte, tat sie selbst einiges dafür, dass dies auch so blieb. Man musste der Natur genauso unter die Arme greifen wie seinem Glück, auch das hatte das Leben sie gelehrt. Sie joggte darum nicht nur jeden Morgen am Rhein entlang und trieb bei schlechtem Wetter in ihrer Wohnung Aerobic mit Hilfe einer Video-Kassette von Jane Fonda, um sich in Form zu halten, sondern absolvierte dreimal pro Woche auch ein schweißtreibendes Bauch-Beine-Po-Programm im Fitnessstudio um die Ecke und ließ sich darüber hinaus regelmäßig die kleinen, hässlichen Spuren, die das Leben am Körper einer Frau hinterlässt, durch entsprechende Operationen korrigieren. Im letzten Sommer hatte sie sich die Brüste straffen und die Krähenfüße entfernen lassen, und demnächst kam die Zellulitis an den Oberschenkeln dran. Zum Glück verdiente sie mit ihrem Lokal genug Geld, um sich diese notwendigen Maßnahmen leisten zu können.

»Die Nacht ist schließlich nicht nur zum Schlafen da«, erwiderte Heinz. Dabei hob er eine Augenbraue und warf ihr einen Blick zu, der jedes weitere Wort erübrigte.

»Was bist du nur für ein schlimmer Finger.« Während sie ihm scherzhaft drohte, leckte sie sich einmal über die Lippen. »Warte, ich schließe nur schnell ab.«

Sie legte die abgerechneten Bierdeckel beiseite und nahm den

Schlüssel vom Haken. Sie hatte gehofft, dass Heinz über Nacht bleiben würde, damit sie ihm ihre neuen Dessous vorführen konnte. Unter ihrem engen Kleid trug sie ein zauberhaftes Nichts aus dunkelroter und schwarzer Spitze, eine sündhaft teure Kostbarkeit für gewisse Stunden, die er noch nicht kannte.

Doch als sie hinter dem Tresen hervorkam, ging noch einmal die Tür auf.

»Hans-Jörg – du? So spät noch?«

Ohne ihren Verehrer zu grüßen, schloss ihr Sohn die Tür hinter sich und trat zu ihr an den Tresen. Sein Anblick war ein Stich in ihr Mutterherz. Er sah aus wie ein Biker, obwohl er gar kein Motorrad besaß, sein ganzer Körper steckte in einer schwarzen, hautengen Ledermontur, und auf dem blonden Lockenkopf trug er eine schwarze Lederkappe.

Zur Begrüßung nahm er sie kurz in den Arm. »Ich wollte fragen, ob ich hier vielleicht für die Nacht Asyl bekommen kann. Oder«, fuhr er mit einem kurzen Seitenblick auf Heinz hinzu, »schickst du mich ins Hotel?«

Unsicher schaute Regina erst Heinz, dann ihren Sohn an. Egal, wie sie sich entschied, einem von beiden musste sie weh tun. Zum Glück sah Heinz, wie schwer ihr die Antwort fiel, und befreite sie aus ihrem Zwiespalt.

»Familie geht vor«, sagte er.

Regina warf ihm einen dankbaren Blick zu. »Aber du bist mir deshalb nicht böse – oder?«

»Wie könnte ich dir jemals böse sein?« Heinz schickte ihr eine Kusshand und wandte sich zur Tür. »Wir sehen uns dann morgen, Süße. Ciao.«

»Ciao, Süßer. Bis morgen.«

Regina wartete, bis er draußen auf dem Bürgersteig war. Bevor er sich auf den Weg machte, hob er zum Abschied noch einmal grüßend die Hand. Sie hauchte ihm einen Luftkuss zu. Schade um die teuren Dessous. Aber zum Glück war morgen auch noch eine Nacht.

Mit einem Seufzer drehte sie sich zu ihrem Sohn herum.

»Warst du wieder in Köln?«, fragte sie. »In diesem TomTom?«

Hans-Jörg zog ein Gesicht, als hätte er den Namen noch nie gehört. »TomTom?«

»Hältst du mich für blöd? Du weißt ganz genau, was ich meine! Dieses Lokal, in dem damals dieser General …« Regine sprach den Satz nicht zu Ende. Während sie den Kloß in ihrem Hals runterschluckte, schossen am Bildschirm ihres Fernsehers lautlose Silvesterraketen in den Berliner Nachthimmel und verglühten in bunten Lichtergarben. Sie nahm die Fernbedienung, um den Apparat auszuschalten, sie konnte diesen Freudentaumel nicht mehr sehen. »Mein eigener Sohn. Herrgott, womit hab ich das verdient, dass du mir das antust!«

9

Ein Druck auf die AUS-Taste, und Berlin verschwand mitsamt dem Feuerwerk vom Bildschirm. Dann war die Mattscheibe wieder schwarz und stumm, als hätte es diesen Tag nie gegeben.

Höchste Zeit zum Schlafen! Babs legte die Fernbedienung auf den Couchtisch und stand auf, um ihren Mann zu holen. Obwohl es schon nach Mitternacht war, arbeitete Kemal immer noch im Laden. Zusammen betrieben sie im Erdgeschoss des Hauses ein Antiquariat, das sie nach dem Studium und ihrer Rückkehr nach Altena in der Lennestraße gegründet hatten. Nach ihrem Selbstmordversuch mit Fritzchen hatten ihre Eltern sie in Cappel bei Marburg in ein Internat gesteckt und dort bis zum Abitur nicht mehr rausgelassen. In Marburg hatte sie anschließend auch studiert, Germanistik und Romanistik. In ihrem ersten Proseminar hatte sie dort zu ihrer Überraschung Kemal wiedergetroffen, der sich gleichfalls in Germanistik eingeschrieben hatte, allerdings mit Geographie als zweitem Fach. Obwohl sie sich jahrelang nicht mehr gesehen hatten, hatte sie ihn sofort wiedererkannt. Mit seinen schulterlangen schwarzen Locken und der runden Nickelbrille hatte er immer noch ausgesehen wie Fritz Teufel aus der Kommune 1. Sie hatten im Laufe des Semesters zusammen ein Referat gehalten, für das der Professor ihnen eine Eins gegeben hatte. Im folgenden Semester war in Kemals WG ein Zimmer frei geworden, und er hatte dafür gesorgt, dass sie es bekam. Am Abend ihres Einzugs hatten sie zum ersten Mal miteinander geschlafen.

Babs hatte es nie bereut. Kemal vereinte in sich die Vorzüge beider Kulturen, in denen er aufgewachsen war – deutsche Intellektualität und türkische Leidenschaft. Es gab nichts, was er nicht gelesen hatte, und kein Mann war so leicht zu entflammen wie er. Außerdem hatte er, im Gegensatz zu fast allen anderen Freundinnen und Freunden von früher, nichts an seinem Aussehen verändert, weder an seinen

Haaren noch an seiner Brille – sogar den alten Palästinenserschal schlang er sich immer noch um den Hals, wenn er das Haus verließ. Diese Charakterfestigkeit imponierte ihr. Das Einzige, was ihr manchmal bei Kemal zu schaffen machte, war seine geradezu krankhafte Eifersucht. Jeden männlichen Kunden, der im Laden auch nur ein bisschen freundlich zu ihr war, hatte er in Verdacht, mehr von ihr zu wollen als einen Folianten oder eine Druckgraphik. Seine Eifersucht schloss sogar seinen früheren Freund und jetzigen Schwager Peter ein, obwohl der inzwischen seine Schwester Serpil, die in der Türkei studiert hatte, nach dem Examen aber zurück nach Deutschland gekommen war, geheiratet hatte und mit ihr seit Jahren im fernen Tübingen lebte.

Sie machte im Flur das Licht an und öffnete die Etagentür. Schon im Treppenhaus roch sie die Bücher. Sie hatte eine Weile gebraucht, um sich an den staubigen, leicht muffigen Geruch zu gewöhnen, inzwischen aber mochte sie ihn, er gab ihr ein Gefühl von zu Hause. Anders als Kemal, der eher ein Eigenbrötler und darum am liebsten allein mit seinen antiquarischen Schätzen war, wäre sie liebend gerne Lehrerin geworden, schon weil sie Kinder sehr mochte. Doch da sie nach dem Examen wegen der Lehrerschwemme nicht die geringste Aussicht auf eine Anstellung an einem Gymnasium gehabt hatte, war es eine gute Entscheidung gewesen, zusammen ein Antiquariat aufzumachen, statt sich sinnlos durch ein Referendariat zu quälen, das keinerlei Perspektive bot. *Catch your dreams* … Immerhin hatte sie weiterhin mit Büchern zu tun und konnte so von dem profitieren, was sie im Studium gelernt hatte. Außerdem – wem war es schon vergönnt, seine Jugendträume zu hundert Prozent zu verwirklichen? Peter hatte früher mal davon geträumt, Schriftsteller zu werden, jetzt verkaufte er stattdessen seine Seele in Süddeutschland als Unternehmensberater. Im Vergleich dazu hatte sie das weitaus bessere Los gezogen, ihre Arbeit machte wenigstens Spaß. Nur das Geld bereitete ihr Sorgen, es reichte hinten und vorne nicht. Ein neuer Fernseher war der einzige Luxus, den Kemal und sie sich in den letzten zwei Jahren geleistet hatten. Der Rest der Wohnungseinrichtung stammte von Ikea oder noch aus ihrer Studentenzeit, und ein neues Kleid gab's höchstens zum Geburtstag oder zu Weihnachten.

Im Erdgeschoss war das Licht längst gelöscht. In der Dunkelheit waren die im ganzen Raum verteilten Bücherregale nur zu ahnen. Babs folgte durch zwei Regalreihen hindurch dem Lichtschein zum anderen Ende des Ladens, wo sie Kemal am Schreibtisch des kleinen Büros fand, das sich an das Antiquariat anschloss.

»In Berlin fällt die Mauer, und du sitzt über den Büchern …«

Als er ihre Stimme hörte, hob er den Kopf. »Was habe ich mit Berlin zu tun?« Mit der Hand fuhr er über den Schreibtisch, auf dem sich die unbezahlten Rechnungen der letzten Wochen und Monate stapelten. »Wenn das so weitergeht, können wir unser Geschäft bald dichtmachen.«

»Jetzt sieh doch nicht so schwarz«, erwiderte sie. »Warten wir erst mal die Bürgerversammlung ab. Altena 2000. Vielleicht haben sie sich diesmal ja wirklich was einfallen lassen.«

»Du glaubst wohl ans Christkind! Altena ist eine sterbende Stadt, zur Jahrtausendwende leben hier höchstens noch Greise. Alle andern sind bis dahin fortgezogen oder tot.«

Babs schüttelte den Kopf. »Hauptsache, wir sind noch nicht tot und leben.«

Sie beugte sich zu ihm und gab ihm einen Kuss. Das war die einfachste Methode, um ihn auf andere Gedanken zu bringen. Und wirklich, kaum berührten ihre Lippen seinen Mund, geriet er auch schon in Fahrt. Leise stöhnte er auf, und der Kuss, mit dem er ihren Kuss erwiderte, war so begierig, dass der Funke auf sie übersprang. Konnte es ein schöneres Kompliment für eine Frau geben? Obwohl sie jetzt schon fünfzehn Jahre zusammen waren, war er immer noch so leidenschaftlich wie am ersten Tag.

»Komm«, sagte sie und nahm seine Hand. »Mach endlich Feierabend. Oben wartet eine Belohnung auf dich.«

Ohne Rücksicht auf die anderen Mieter, denen sie vielleicht begegnen konnten, fingen sie schon im Treppenhaus an, sich gegenseitig auszuziehen. Als sie ins Schlafzimmer stolperten, waren sie so gut wie nackt. Babs streifte die letzten Hüllen von sich und warf sich rücklings aufs Bett. Während Kemal ungeduldig versuchte, die Schnürsenkel seiner Knobelbecher zu öffnen, um sie zusammen mit der bereits heruntergerutschten Hose auszuziehen, griff sie unter ihr Kissen, wo für Fälle wie diesen stets eine Packung Blausiegel bereitlag.

Als sie ihm das Kondom gab, holte er tief Luft. »Warum hast du einen Türken geheiratet, wenn du keine Kinder willst?«

»Weil Kinder Geld kosten und wir keins haben«, erwiderte sie.

»Ist das der einzige Grund?« Er schaute sie misstrauisch an. »Du magst doch Kinder, das weiß ich doch.«

»Ist das jetzt gerade so wichtig?« Ohne ihn zu fragen, streifte sie ihm das Kondom über. Zum Glück hatte seine Enttäuschung keinen Einfluss auf seine Erektion.

Kemal blickte an seinem nackten Körper herunter und grinste. »Nein, jetzt gerade nicht.«

»Dann weiß ich nicht, worauf du noch wartest.« Sie breitete die Arme aus. »Komm schon endlich, sonst läuft das Verfallsdatum ab.«

»Verfallsdatum? Von wegen! Ein Türke kennt kein Verfallsdatum!«

Mit gespieltem Furor fiel er über sie her. Lachend öffnete sie die Schenkel. Ein paar Küsse, und schon war er dort, wo er hingehörte.

10

In der VAM herrschte Hochbetrieb. Wie in Zeiten der Hochkonjunktur spuckten die Stanzmaschinen im Sekundentakt die Rohlinge aus, während Ulla zwei Herren von der Bundesbank, Dr. Schewesta und Dr. Langner, durch die Werkhalle hinauf in den Konferenzraum führte, wo Miguel schon auf sie wartete.

»Herr Böcker hat sich also zur Ruhe gesetzt?«, fragte Dr. Langner, als sie den Raum betraten.

»Bereits vor einem Jahr, gleich nach dem Tod seiner Frau«, sagte Ulla, und mit einer Geste in Richtung Miguel fügte sie hinzu. »Wenn ich vorstellen darf – Herr Alvarez, mein Stiefsohn und neuer Mitgeschäftsführer.«

»Ein Spanier?« Dr. Schewesta hob anerkennend die Brauen. »Respekt! Europa wächst zusammen.«

»Ehrlich gesagt, wir können einen solchen Wechsel nur begrüßen«, pflichtete Dr. Langner ihm bei. »Es gab ja immer wieder diese – wie soll ich sagen? – unappetitlichen Gerüchte, die Fa. Wilhelm Böcker & Söhne betreffend …«

»Zurück zur Gegenwart«, unterbrach ihn sein Kollege. »Was wir jetzt Ihnen und Ihrem Partner mitteilen werden, Frau Rühling …«

»Alvarez, bitte.«

»Natürlich, Alvarez. Also, was wir Ihnen jetzt mitteilen, ist bitte streng vertraulich zu behandeln.«

Ulla nickte. »Sie können sich auf unsere Diskretion verlassen. Aber wollen wir uns nicht setzen?«

»Danke.« Dr. Schwesta nahm Platz. »Die Bundesregierung hat, was den mauerfallbedingten Zusatzbedarf an umlaufendem Bargeld betrifft, einen Fahrplan aufgestellt. Die Zahlung des Begrüßungsgelds von einhundert D-Mark, auf das jeder aus der DDR kommende Besucher bei seiner Ankunft Anspruch hat, wird am 29. Dezember diesen Jahres eingestellt. Es gibt zu viel Missbrauch, manche der neuen Brüder und Schwestern haben bekanntlich gleich mehrfach abkassiert, einfach an verschiedenen Ausgabestellen.«

»Das kann man den Menschen nicht wirklich verdenken«, sagte Ulla. »Nach vierzig Jahren mit diesem Blechgeld wollen sie mal richtiges Geld in den Händen haben.«

»Menschlich mag das verständlich sein«, fuhr Dr. Schewesta fort. »Trotzdem ist das auf Dauer nicht tragbar. Darum hat die Regierung eine andere Regelung gefunden, um die DDR-Bürger in den Genuss der D-Mark kommen zu lassen. Ab dem neuen Kalenderjahr hat jeder von ihnen das einmalige Recht, einhundert Ostmark zum Kurs eins zu eins in D-Mark umzutauschen.«

»Wie damals bei der Währungsreform?«

»Die haben Sie noch miterlebt?« Dr. Langner war sichtlich überrascht.

»Ja, stellen Sie sich nur vor, so eine alte Frau bin ich schon!«, lachte Ulla.

»Aber ich bitte Sie.« Der Banker setzte sein charmantestes Lächeln auf, aber nur für eine Sekunde, dann wurde er wieder ernst. »Sie werden verstehen, dass angesichts des äußerst knappen Zeitbudgets die Pläne der Bundesregierung eine logistisch überaus anspruchsvolle Herausforderung darstellen. Unsere Frage darum an Sie: Können wir uns darauf verlassen, dass die VAM pünktlich die Rohlinge in ausreichenden Mengen an die Prägeanstalt liefert?«

»Dafür müsste ich erst einmal wissen, was auf uns zukommt«, erwiderte Ulla.

»Natürlich«, sagte Dr. Langner. »Deswegen sind wir ja hier.«

»Es wird sich vor allem um Stücke für Ein-, Zwei- und Fünfmarkmünzen handeln«, erklärte sein Kollege, während er eine Mappe aus seiner Aktentasche nahm. »Hier finden Sie eine detaillierte Übersicht, sowohl die Mengen als auch die Fristen betreffend. Damit Sie Ihre Kapazitäten gegebenenfalls anpassen können.«

Ulla nahm die Mappe, die Dr. Schewesta ihr reichte, und setzte ihre

Brille auf. Doch sie hatte den Deckel noch nicht aufgeschlagen, da kam ihre Sekretärin herein.

»Bitte nicht jetzt, Frau Blöing«, sagte sie und blätterte in den Unterlagen.

»Tut mir leid, Frau Alvarez«, beharrte die Sekretärin, »aber Herr Wilke sagt, es sei dringend.«

»Herr Wilke?« Ulla schaute von den Papieren auf und wandte sich an ihren Stiefsohn. »Wenn du vielleicht so freundlich bist, kurz nachzuschauen?«

»Sicher.« Miguel erhob sich von seinem Platz und deutete in Richtung der zwei Bundesbanker eine Verbeugung an. »Wenn die Herren mich bitte entschuldigen …«

11

Miguel war es gewohnt, im Betrieb einzuspringen, wenn irgendwo Feuer am Dach war – vom Tag seiner Einstellung an war er in der VAM eine Art Betriebsfeuerwehrmann. Seine erste Aufgabe hatte darin bestanden, den Umzug der Firma von der Werdohler Straße in die Nette zu organisieren. Die Drahtzieherei Wolf war wie viele andere Altenaer Drahtziehereien während der siebziger Jahre in Konkurs gegangen, Folge der großen Stahlkrise im Ruhrgebiet. Seitdem hatten die Werkhallen in der Nette die meiste Zeit leergestanden, nur alle Jubeljahre waren sie für ein paar Monate vermietet gewesen, an irgendwelche Kleinunternehmer oder Handwerker, die in der Regel nur für einen Teil der Räume Verwendung hatten und oft schon nach kurzer Zeit hatten aufgeben müssen, so dass sich auf diese Weise keine zählbaren Einkünfte erzielen ließen. Insofern war es betriebswirtschaftlich nur logisch, dass Ulla nach dem Ausscheiden ihres ehemaligen Kompagnons den Betrieb von der alten Produktionsstätte, für die sie Monat für Monat Pacht zahlen musste, in die eigenen ungenutzten Werkhallen verlagern wollte. Das war allerdings ein organisatorischer Kraftakt gewesen, der alle Beteiligten an ihre Grenzen geführt hatte. Um den Produktionsausfall in Grenzen zu halten, hatte der Umzug nämlich in nur zwei Wochen über die Bühne gehen müssen.

Nachdem Miguel diese Bewährungsprobe bestanden hatte, genoss er Ullas Vertrauen. Bei der Einweihungsfeier der neuen Betriebsstätte hatte sie ihn nicht nur zu ihrem neuen Mitgeschäftsführer ernannt, sondern ihm auch gebeichtet, dass sie anfangs gar nicht so sicher gewesen sei, ob er der richtige Mann für die VAM war. Das Angebot, ihn in die Firma zu holen, hatte sie ihm nicht zuletzt gemacht, um Ramón einen Gefallen zu tun, der sich um die Zukunft seines Sohnes sorgte. Bis vor einem Jahr hatte Miguel als kaufmännischer Leiter einer Trikotagenfabrik mit knapp fünfzig Mitarbeitern in Albstadt-Ebingen gearbeitet, einer einstmals reichen Kleinstadt auf der Schwäbischen Alb, wo es früher an jeder Ecke einen florierenden Textilbetrieb gegeben hatte, doch die Textilindustrie war dort seit den siebziger Jahren ebenso im Niedergang begriffen wie die Schwerindustrie im Ruhrgebiet, so dass jeder hier um seinen Arbeitsplatz fürchten musste. In Altena hingegen wurde Miguel gebraucht. Die VAM brummte, der Betrieb produzierte nicht nur Rohlinge für die Deutsche Bundesbank, sondern auch für die Zentralbanken Frankreichs, Italiens, Hollands und Schwedens, und jetzt gab es auch noch eine kräftige Sonderkonjunktur aufgrund des Mauerfalls. Außerdem hatte ihm der Psychologe, bei dem er sich nach der Scheidung Rat geholt hatte, gesagt, dass ein radikaler Wechsel der Lebensverhältnisse auch für einen privaten Neuanfang die beste Voraussetzung sei.

Nur – wie sollte er in einem Kaff wie Altena eine neue Frau finden? Er war achtunddreißig Jahre alt, und die Uhr tickte.

Als er in die Werkhalle herunterkam, brauchte er nicht lange nach dem Problem zu suchen, das Ullas Sekretärin gemeldet hatte. Der neue vollelektronische Stanzautomat, den sie erst vor einem halben Jahr angeschafft hatten und der fast zwanzig Prozent der gesamten Produktion ausspuckte, stand still. Bernd Wilke, der Betriebsmechaniker, mit dem Miguel während des Firmenumzugs aufs engste zusammengearbeitet hatte und ohne den er den Kraftakt nie und nimmer geschafft hätte, hatte schon die Verkleidung von der Maschine entfernt und machte sich in ihrem Innenleben zu schaffen. Der Betriebsratsvorsitzende und Behindertenobmann Winfried Nippert, ein sympathischer Wichtigtuer, den Ulla Gerüchten zufolge nach dem Selbstmord seines Bruders, also noch zu Zeiten der Firma Wolf, als eine Art Familienerblast übernommen hatte, stand daneben und führte die Aufsicht.

»Haben Sie den Fehler schon gefunden, Herr Wilke?«, fragte Miguel.

»Wahrscheinlich ein Kurzschluss in der elektronischen Steuerung«, sagte der, ohne den Kopf aus der Maschine zu nehmen.

»*Mierda* – ausgerechnet jetzt! Oben sitzen zwei Bundesbanker.

Wahrscheinlich müssen wir bis Neujahr Sonderschichten fahren. Was meinen Sie, kriegen wir das hin?«

»Keine Sorge.« Bernd Wilke kroch aus dem Stanzautomaten hervor und wischte sich die Hände am Overall ab. »Das schaffen wir schon. Ich muss nur mal mit dem Hersteller telefonieren und mich ein bisschen schlaumachen.«

»Moment«, mischte sich der Behindertenobmann ein. »Keine voreiligen Versprechungen! Bei Sonderschichten hat schließlich der Betriebsrat auch noch ein Wörtchen mitzureden.«

12

Ein nasskalter Wind, der einem durch Mark und Bein ging, pfiff über den Platz, wo die Oderberger und die Schwedter Straße aufeinanderstießen. Tommy, der hier auf seine Tochter und seinen Schwiegersohn wartete, schlug sich den Mantelkragen hoch. Zum Glück hatte er seinen alten, aber warmen Gehpelz angezogen, einen ganz mit Biber gefütterten Vorkriegsmantel, den er vor Jahren der Witwe eines ehemaligen Freimaurers für eine gut erhaltene Toilettenschüssel abgehandelt hatte. Obwohl schon der vierte Januar war, man also bereits seit drei Tagen die hundert D-Mark eintauschen konnte, standen vor dem Container der Deutschen Bank zwei endlos lange Schlangen, die sich links und rechts des Platzes in die beiden aufeinanderstoßenden Straßen zurückstauten. Das Umtauschrecht, das hundert wertlose Ostmark in hundert wertvolle D-Mark verwandelte, war, so hatte Bundeskanzler Helmut Kohl im Fernsehen verkündet, ein Zeichen der Verbundenheit Westdeutschlands mit den Brüdern und Schwestern im Osten. Tommy musste unwillkürlich an die vierzig Mark »Kopfgeld« denken, die er vor einer Ewigkeit bekommen hatte. Der Ansturm auf die Umtauschstellen hier in Ostberlin war genauso groß wie 1948 bei der Währungsreform in Altena. Nur mit dem Unterschied, dass die Schaufenster in Ostberlin sich nicht wie damals die Schaufenster in Altena über Nacht gefüllt hatten, sondern immer noch so leer waren wie zuvor. Wer seine D-Mark auf den Kopf hauen wollte, musste das also im Westen tun.

»Ah, da bist du ja schon!«, sagte er, als Angelika im Laufschritt herbeigeeilt kam und sich zu ihm in die Schlange stellte. »Aber warum kommst du allein? Wo ist Udo?«

»Er verzichtet auf den Umtausch«, sagte seine Tochter, die wie so oft in letzter Zeit, seit sie sich zusätzlich zu ihrer Lehrtätigkeit an der Universität und ihrer Dissertation B auch noch politisch im Neuen Forum betätigte, ziemlich abgehetzt wirkte. »Udo empfindet die ganze Umtauscherei als eine gezielte Demütigung – ein Triumph des Kapitalismus über den Sozialismus.«

»Ganz unrecht hat er damit vermutlich nicht«, erwiderte Tommy. »Doch andererseits – einem geschenkten Barsch schaut man nicht ins Maul.«

Während er sprach, ging plötzlich ein aufgeregtes Raunen durch die Menge. Der Bank-Container wurde geöffnet. Die Wartenden stürmten den Eingang, wie man es sonst nur vom Schlussverkauf der großen Warenhäuser im Westfernsehen kannte.

Angelika schüttelte den Kopf. »Wenn ich das sehe, muss ich Udo recht geben. Wie der Tanz ums Goldene Kalb. Haben die Leute gar keine Selbstachtung?«

»Sei nicht so streng«, sagte Tommy. »Ich kann sie verstehen. Als es damals nach dem Krieg plötzlich das neue Geld gab, haben wir uns auch wie die Irren aufgeführt. Ich habe meine ersten Scheine sogar geküsst! Aber verrat das bloß nicht deinem Mann!«

»Was gibst du mir, wenn ich den Mund halte?«, fragte Angelika lachend. »Aber im Ernst, Udo meint, dass der Umtausch vielleicht nur ein erster Schritt sein könnte und die Westpolitiker womöglich versuchen werden, auch bei uns die D-Mark einzuführen, damit sie hier das Sagen haben. Kannst du dir das vorstellen?«

»Nein, das kann ich nicht«, sagte Tommy. »Wie sollte denn das gehen, eine Währung in zwei verschiedenen Staaten? Die DDR und BRD haben doch beide ihre eigenen Zentralbanken. Eine Währungsunion würde die Wiedervereinigung voraussetzen. Aber das ist eine Utopie – weder die Russen noch die Amerikaner werden das zulassen.«

Wieder entstand Unruhe auf dem Platz. Der Grund dafür war ein großer, bunt bemalter Bus, der neben dem Container parkte und sich als mobile Bank entpuppte, mit fenstergroßen Kassenschaltern auf beiden Seiten, auf die die Wartenden sich in Windeseile verteilten.

»Eins muss man ihnen lassen«, sagte Tommy. »Organisieren können sie. Darin sind sie uns über – ich weiß, wovon ich rede.«

Zehn Minuten später hatten auch er und Angelika ihr Geld gewechselt.

»Weißt du schon, was du dir dafür kaufen wirst?« fragte sie.

Er zuckte die Achseln. »Was braucht ein Rentner wie ich schon? Vielleicht kaufe ich mir in Westberlin ein paar alte Jazzplatten, die noch in meiner Sammlung fehlen.«

Angelika lachte. »Jive?«

»Natürlich, was sonst?« Er deutete ein paar Tanzschritte an, doch die plötzliche Bewegung fuhr ihm so heftig ins Kreuz, dass er sofort damit aufhörte. »Und du?«, fragte er. »Was machst du mit deinen hundert D-Mark?«

Seine Tochter wurde wieder ernst. »Im Neuen Forum haben wir gerade eine Sammlung gestartet. Wir brauchen dringend einen Computer.«

Tommy hob die Brauen. »Pass nur auf, wenn du so weitermachst, wirst du noch Politikerin statt Professorin. Woher plötzlich dieses Engagement? Udo zuliebe?«

»Am Anfang vielleicht«, sagte Angelika. »Er hat mich ja dorthin mitgenommen. Aber das, was er und seine Freunde tun, finde ich wirklich toll. Zum ersten Mal haben wir in der DDR die Möglichkeit, unser Schicksal selbst in die Hand zu nehmen – dafür haben früher andere ihr Leben riskiert. Da ist es doch unsere Pflicht, diese Chance zu nutzen. Außerdem«, fügte sie grinsend hinzu, »bin ich im Neuen Forum die Einzige, die was von Computern versteht.«

Tommy zwinkerte ihr zu. »Das ist natürlich ein absolut zwingendes Argument. Aber vergiss über die Politik nicht deine Dissertation. Wenn du vor lauter Arbeit schon nicht dazu kommst, mir Enkelkinder zu gebären, erwarte ich von dir, dass du mich wenigstens zum Vater einer Professorin machst.«

»Keine Sorge, ich komme gut voran. Professor Seliger hat mir schon eine Dozentur in Aussicht gestellt, wenn ich fertig bin.« Sie schaute auf die Uhr. »Apropos – ich muss mich beeilen. Monatsbesprechung mit meinem Doktorvater.«

Sie gab ihm einen Kuss, um sich zu verabschieden. Doch als sie sich abwandte, um sich auf den Weg zu machen, hielt er sie am Arm zurück.

»Hier, nimm das«, sagte er und drückte ihr seine hundert Mark in die Hand.

Angelika blickte irritiert auf den Geldschein. »Hast du eine Erbschaft gemacht, von der ich nichts weiß?«

»Mein Beitrag für euren Computer«, sagte Tommy. »Ich habe damals meine ersten vierzig Mark für Unsinn ausgegeben, Schützenkönig wollte ich werden. Ich glaube, ihr jungen Leute macht das heute viel besser als wir.«

»Aber du liebst deine Jazzsammlung doch über alles«, protestierte sie.

Er schüttelte den Kopf. »Nimm nur das Geld und tu es in eure Kasse. Ich habe schon genug Platten im Schrank, und mit dem Jive«, lächelnd fasste er sich in den Rücken, »klappt das ja auch nicht mehr so wie früher.«

13

In Altena hatte es den ganzen Tag über geschneit, so dass am Abend die Burg beinahe im Schnee versank, als Babs und Kemal durch das Tor in den Hof traten. Trotz des Wetters war die halbe Stadt auf den Beinen, Hunderte von Menschen strömten den Torweg hinauf zum Hauptturm mit dem Rittersaal, wo in wenigen Minuten die Bürgerversammlung beginnen würde, von der seit Wochen schon im Kreisblatt und in der Rundschau die Rede war. Babs war genauso aufgeregt wie die meisten ihrer Freunde und Bekannten, die sie in dem Besucherstrom traf, auch Kemal fieberte dem Ereignis entgegen, obwohl er noch beim Frühstück vor allzu großen Erwartungen gewarnt hatte. Auf der Veranstaltung, so hatte Bürgermeister Rühling in mehreren Interviews angekündigt, werde er der Bürgerschaft Maßnahmen vorstellen, die geeignet seien, das Schicksal der Stadt zu wenden. Wenn die Versammlung seinen Vorschlägen zustimme, werde er den Einwohnerschwund stoppen, Wirtschaft und Handel beleben und Altena und seinen Bürgern auf diese Weise wieder eine Zukunft geben.

Ein mit Schneeketten bewehrter Mercedes rollte den Burghof hinauf, der normalerweise für Autos gesperrt war. Als der schwere Wagen zum Stehen kam, zuckte Babs zusammen. Der alte Mann, der mit Hilfe eines Chauffeurs aus dem Fond stieg, war ihr Vater.

»Was machst du denn hier?«

»Das solltest du lieber den Knoblauchfresser da fragen«, erwiderte er mit einem feindseligen Blick in Kemals Richtung. »Im Gegensatz zu dem bin ich ein seit Generationen in dieser Stadt beheimateter Bürger.«

Ohne einen Gruß ließ er sie und ihren Mann stehen.

»Eşoğuleşek«, zischte Kemal, während Babs' Vater am Arm seines Chauffeurs im Eingang der Burg verschwand, über dem goldene Großbuchstaben das Thema des Abends auf einem Schild ankündigten.

ALTENA 2000.

Der Rittersaal war bis auf den letzten Platz besetzt, so dass Babs und Kemal nichts anderes übrigblieb, als im Stehen der Versammlung beizuwohnen. Die Luft war in dem überfüllten Raum so heiß, dass Babs als Erstes ihren Steppmantel auszog, auch Kemal legte seinen Palästinenserschal ab. Beide vermieden sie jeden Blickkontakt mit ihrem Vater, der, die knotigen Hände auf einen Stock gestützt, grimmig um sich schauend neben dem Bürgermeister saß. Obwohl Babs und Kemal inzwischen seit über zehn Jahren wieder in Altena lebten und ihr Geschäft betrieben, hatten sie keinerlei Kontakt mit ihm.

Bürgermeister Rühling eröffnete mit einer Glocke die Versammlung, um nach einer kurzen Begrüßung der Anwesenden die Probleme der Altenaer Industrie zu skizzieren.

»Als die Wirtschaft in den sechziger Jahren noch intakt war, konnten viele Betriebe unserer Stadt aufgrund der beengten Tallage nicht in dem Maße expandieren, wie die Auftragslage es erforderte, so dass nicht wenige Firmen damals auf andere Standorte auswichen. Dann kam die Strukturkrise an Rhein und Ruhr, und die Nachfrage nach Draht und Eisenwaren ging so dramatisch zurück, dass nur noch die großen und kapitalstarken Unternehmen im Wettbewerb bestehen konnten, mittelständische Betriebe aber, wie die meisten der hier vor Ort noch übrig gebliebenen, gingen im Preiskampf unter oder mussten unter Kosten produzieren. Das Ergebnis: Alteingesessene Unternehmen, wie zum Beispiel die Firma Wolf, waren gezwungen, Konkurs anzumelden – wobei im Fall von Wolf«, fügte er mit einem süffisanten Lächeln hinzu, »vielleicht eher der Wegfall besonderer DDR-Geschäfte der Grund gewesen sein dürfte …«

»Das ist uns alles bekannt!«, unterbrach ihn ein ungeduldiger Zuhörer.

»Richtig!«, rief Alfred Hollstein, der Inhaber eines Spielwarengeschäfts an der Mittleren Brücke. »Wir brauchen keine Analysen der Vergangenheit, wir brauchen Taten für die Zukunft! Die Lennestraße war früher eine stark frequentierte Fußgängerzone. Jetzt ist sie so gut wie tot. In den Geschäften herrscht gähnende Leere, viele Einzelhändler stehen vor dem Aus. Die Stadt hat die Entwicklung komplett verschlafen! Wir erwarten, dass Altena endlich aus seinem Dornröschenschlaf aufwacht und die Verantwortlichen etwas für unsere Zukunft tun!«

Mit ernster Miene strich Bürgermeister Rühling sich die Krawatte glatt. »Ihrer Beschreibung der aktuellen Situation kann ich nicht widersprechen – leider. Doch der Einwohner- und Käuferschwund, den Sie beklagen, resultiert keineswegs aus einer wie auch immer gearteten Passivität der Stadt, sondern aus dem eben von mir beschriebenen Niedergang der heimischen Industrie. Wo Arbeitsplätze wegfallen, sinken die Einwohnerzahlen, und je weniger Einwohner, desto weniger Kunden für Handel und Gewerbe. Ein Teufelskreis. Doch das ist kein Todesurteil für unsere schöne Stadt. Es gibt Mittel und Wege, der Negativspirale gegenzusteuern, auch wenn dies einer großen gemeinsamen Anstrengung bedarf.«

»Genug gelabert! Wie sieht die Lösung aus?«

»Ich denke, die Lösung liegt auf der Hand. Sie selbst, lieber Herr Hollstein, haben soeben das entscheidende Stichwort genannt: Frequenz! Aber woher, werden Sie jetzt fragen, soll die kommen, wenn Altena aufgrund sinkender Einwohnerzahlen an Kaufkraft verliert? Die Antwort kann nur lauten: von außen! Altena muss attraktiv für auswärtige Besucher werden. Der Markt ist da, er liegt sozusagen vor unserer Haustür: das Ruhrgebiet – ein Markt mit fünf Millionen Verbrauchern, die nur darauf warten, das Geld in unsere Kassen zu spülen!«

Höhnisches Gelächter wurde laut. Sollte das die ganze Weisheit des Bürgermeisters sein, nachdem er in den Zeitungsinterviews so großspurig eine Wende für Altena angekündigt hatte?

Babs wollte eine Frage stellen, doch als sie das rote, pockennarbige Gesicht ihres Vaters sah, in das sie schon als Kind nie ohne Angst hatte schauen können, blieben ihr die Worte im Hals stecken. Ein einziges Mal hatte sie offen gegen ihren Vater revoltiert. Danach hatte sie versucht, sich das Leben zu nehmen.

Zum Glück sprach Kemal aus, was sie dachte.

»Warum soll jemand aus Dortmund oder Bochum auf die Idee kommen, nach Altena zum Einkaufen zu fahren? Das ist doch absurd!«

Beifälliges Gemurmel bestätigte seinen Einwand.

»Vielleicht weniger absurd, als es den Anschein hat, sehr verehrter Herr Ersoy!«, erwiderte Jürgen Rühling mit einem überlegenen Lächeln. »Gewiss, kein Kunde wird sich aus dem Ruhrgebiet nach Altena auf den Weg machen, um sich bei Mode Vielhaber einen Anzug oder ein Buch in Ihrem Antiquariat zu kaufen, da pflichte ich Ihnen bei. Unser Plan ist es deshalb auch gar nicht, die Menschen aus Essen oder Dortmund oder Oberhausen als *Kunden* nach Altena zu locken, sondern als *Touristen*! Denn wer als Tourist kommt, der geht später vielleicht als Kunde.« Während Babs und Kemal sich kopfschüttelnd anschauten, fuhr er mit erhobener Stimme fort: »Der Tagestourismus ist der Schlüssel zur Wiederbelegung unserer Stadt. Dreh- und Angelpunkt muss dabei die Burg sein, Altenas kostbarstes Juwel, die erste Jugendherberge der Welt, ein Stück Mittelalter im Sauerland – ein einmaliger Magnet für einen florierenden Tagestourismus!«

Er machte eine Pause, um die Reaktionen abzuwarten. Doch wohin er auch blickte, überall herrschten Ratlosigkeit und Enttäuschung.

Wieder ergriff Kemal das Wort. »Natürlich ist die Burg ein Juwel. Trotzdem taugt sie nicht für touristische Zwecke, und zwar aus einem einfach Grund: Die Thoméestraße ist zu schmal für Reisebusse.«

»Richtig!«, pflichtete Alfred Hollstein ihm bei. »Und gerade Tagestouristen sind auf Busse angewiesen. Das sind meist ältere Leute, die schaffen es nicht zu Fuß den Burgberg hinauf.«

»Das Ganze ist doch eine Schnapsidee!« Ein Wirt aus der Kirchstraße, dessen Namen Babs immer wieder vergaß, tippte sich an die Stirn. »Den Stuss höre ich mir nicht länger an.« Zusammen mit Frisör Lau stand er auf, um den Saal zu verlassen.

»Moooment!«

Die Stimme des Bürgermeisters hielt die beiden zurück. Jürgen Rühling wartete, bis wieder Ruhe eingekehrt war.

»Das Problem, das Sie ansprechen, ist bekannt«, sagte er. »Und lange sah es so aus, als müsste Altena für immer damit leben. Aber jetzt gibt es eine Lösung, oder besser gesagt – eine *Vision!*« Er machte eine Pause, damit das Zauberwort seine Wirkung entfalten konnte. Dann holte er Luft, um Atem zu schöpfen für den entscheidenden Satz, den er wie einen Schlachtruf in den Saal schmetterte. »UND DIESE VISION IST EIN AUFZUG!«

Jetzt war die Verwirrung bei seinen Zuhörern perfekt.

»Ein Aufzug?«

»Wie bitte?«

»Ich höre wohl nicht richtig!«

Ohne sich im Geringsten irritieren zu lassen, quittierte Jürgen Rühling die Rufe mit seinem eitlen Lächeln, um dann in seiner Rede seelenruhig fortzufahren.

»Doch, meine Herren, und natürlich auch meine Damen, Sie haben richtig gehört – ein Aufzug. Damit meine ich allerdings keinen gewöhnlichen Aufzug, sondern einen *Erlebnis*-Aufzug, geradewegs durch das Bergesinnere hindurch, von der Lennestraße direkt bis hinauf in den Burghof, ausgestattet mit unterhaltsamen Infotainmentstationen und einer Beförderungskapazität von tausend Personen pro Tag. Die Reisebusse parken am Lenneufer, die Touristen steigen im Tal aus, fahren bequem mit dem Aufzug hinauf zur Burg und nach der Besichtigung wieder hinunter, und steigen anschließend zurück in ihre Busse, ohne dass sie einen einzigen Höhenmeter zu Fuß bewältigen mussten. Das Schönste aber: Auf dem Hin- und Rückweg durchqueren sie die Fußgängerzone und haben dabei reichlich Gelegenheit, in unseren Geschäften einzukaufen oder in einem der Cafés oder Gasthäuser einzukehren.«

Einen Moment lang herrschte Schweigen, dann brach lauter Beifall aus.

»Superidee!«

»Sensationell!«

»Einmalig!«

Zu Babs' Überraschung verschwand ausgerechnet jetzt das Lächeln aus dem Gesicht des Bürgermeisters.

»Leider hat die Sache einen Haken – die Kosten. Für den Bau veranschlagt das beauftragte Ingenieurbüro zwanzig Millionen Mark. Zwar ist die Landesregierung bereit, das Projekt mit der Hälfte der Summe aus dem Strukturmittelfonds zu unterstützen, aber Voraussetzung für einen solchen Zuschuss ist, dass die Stadt Altena die übrigen zehn Millionen aus eigenen Mitteln selbst beisteuert.«

Der kurzen Euphorie im Saal folgte schlagartige Ernüchterung.

»Wie soll das gehen?«

»Die Stadtkasse ist leer, das weiß doch jedes Kind!«

»Wer soll das bezahlen?«

Während die Enttäuschung sich wie Mehltau auf die Versammlung senkte, meldete sich ein tiefer, volltönender Bass zu Wort:

»Ich!«

Als hätte ihr jemand einen Schlag versetzt, fuhr Babs herum. Nein, sie hatte sich nicht getäuscht, der Rufer war ihr Vater. Während sich alle Blicke auf ihn richteten, erhob er sich, aufgestützt auf seinen Stock, von seinem Stuhl, um das Wort an die Versammlung zu richten.

»Als alter Altenaer Bürger bin ich bereit, die fehlenden zehn Millionen für den Aufzug zu spenden, aus Dankbarkeit und Treue zu meiner geliebten Heimatstadt …«

Er hatte noch nicht ausgesprochen, da machte sich die allgemeine Anspannung in spontanem Jubel Luft. Im ganzen Saal sprangen die Zuhörer von ihren Plätzen und klatschten in die Hände. Nur Babs und Kemal rührten sich nicht.

Babs' Vater nahm die Huldigungen wie ein Feudalherr entgegen.

»Es freut mich, dass die Pläne unseres Bürgermeisters Ihren Zuspruch finden«, erklärte er, als der Beifall sich endlich legte und alle wieder ihre Plätze eingenommen hatten. »Es wird mir darum eine Freude sein, sie zum Wohl der Stadt im Rahmen meiner Möglichkeiten zu unterstützen. Allerdings knüpfe ich meine Unterstützung an eine Bedingung …«

Statt sie zu nennen, ließ er seine kleinen Augen lauernd über das Publikum schweifen.

Babs nahm ihren ganzen Mut zusammen und fixierte ihn mit ihrem Blick.

»Welche?«

14

Tommy kannte die Notaufnahme der Charité noch aus seiner Zeit im Ministerium. Er hatte hier mal einen hochrangigen Wirtschaftsfunktionär aus Ho-Chi-Minh-Stadt eingeliefert, der nach dem heldenhaften Sieg seines Volkes über die USA in der DDR um Wiederaufbauhilfe für sein Land geworben und beim Besuch eines Bordells für ausländische Staatsgäste einen Herzinfarkt erlitten hatte.

An diesem Abend war Tommy hingegen selbst der Notfall. Nicht, weil er wie der nordvietnamesische Genosse über seine Kräfte die Freuden der Liebe genossen hätte, sondern weil er an einem so fürchterlichen Hexenschuss litt, dass er sich trotz der späten Stunde entschlossen hatte, die Klinik aufzusuchen, um sich eine Spritze geben zu lassen, sonst würde er in der Nacht kein Auge zutun. Seit dem Tag, an dem er beim Warten vor dem Umtausch-Container sich in der Kälte die Beine in den Bauch gestanden hatte, war der Schmerz ihm mehrere

Male ins Kreuz gefahren, doch noch nie so schlimm wie heute. Als er fürs Abendbrot Butter und Wurst aus dem Kühlschrank hatte nehmen wollen, hatte ein Nieser in der gebückten Haltung genügt, um ihn fast vollständig zu lähmen. Er war noch nicht mal imstande gewesen, mit dem Auto zur Charité zu fahren, sondern hatte sich ein Taxi nehmen müssen.

Jetzt staunte er, wie viele Menschen sein Schicksal offenbar teilten – in dem Wartezimmer saßen lauter verkrümmte Gestalten mit schmerzverzerrten Gesichtern herum wie er selbst. Hoffentlich bekamen die Ärzte ihn schnell wieder auf die Beine. Nächste Woche fand in Udos Gemeindesaal die nächste Sitzung des Neuen Forums statt, und Angelika hatte ihn gefragt, ob er nicht mal vorbeischauen wolle. Er hatte zugesagt. Seit seiner Pensionierung langweilte er sich zu Tode, außer Frauen hatte er ja nie im Leben ein wirkliches Hobby gehabt, und mit diesem seinem einzigen Hobby tat er sich in letzter Zeit immer schwerer. Sein altes Programm – Tanzen, Lachen, Küssen – funktionierte irgendwie nicht mehr so wie früher, es war sogar schon ein paarmal vorgekommen, dass er sich bereits beim allerersten Programmpunkt einen Korb geholt hatte, obwohl seine Tanzkunst nach wie vor auf der Höhe war und er für seine achtundsechzig Jahre eigentlich noch ganz passabel aussah. Vielleicht war es an der Zeit, sich ein neues Hobby zuzulegen. Außerdem konnte man sein Wissen und seine Erfahrung im Neuen Forum ja vielleicht noch irgendwie brauchen. Er hatte es satt, nutzlos in der Bude zu hocken und die Zeit totzuschlagen, während um ihn herum das ganze Land im Umbruch war.

Unauffällig zählte er die Wartenden. Elf Leidensgenossen, die noch vor ihm an die Reihe kamen – das konnte Stunden dauern. Zum Glück lagen Zeitschriften aus, die meisten aus dem Westen: Spiegel, Stern, Bild, Praline, Süddeutsche, Auto Motor Sport, Quick, Frankfurter Allgemeine, Neue Revue – die ganze Propagandapresse des Klassenfeinds, wie es früher geheißen hatte. Für den Besitz mancher dieser Blätter hätte man vor ein paar Monaten noch Gefängnis riskiert, ein Kollege von Tommy war erst letzten Sommer zu einem Jahr Bautzen verurteilt worden, weil man an seinem Arbeitsplatz zum wiederholten Male nicht genehmigte Ausgaben des Spiegel gefunden hatte. Es war wirklich Wahnsinn, wie schnell sich gerade die Dinge veränderten, und niemand hatte eine Ahnung, wie alles enden würde. Die Öffnung der Grenze hatte doch seit dem Bau der Mauer nie auf der

Tagesordnung gestanden, und die Regierung war nur noch ein einziger Hühnerhaufen. Erst im Oktober war Erich Honecker gestürzt, sein Nachfolger Egon Krenz hatte sich keine zwei Monate an der Macht halten können, so dass mit Hans Modrow inzwischen schon der dritte Staatsratsvorsitzende in weniger als einem halben Jahr am Ruder saß, doch nach wie vor kehrte keine Ruhe ein. Ein bisschen war es wie bei Tausendundeine Nacht. Jemand hatte den Korken aus der Flasche gezogen, und der Geist war ausgefahren, und niemand konnte ihn wieder einfangen. Man konnte nur hoffen, dass es nicht zum großen Knall kam. Davor hatte Tommy wirklich Angst.

Er ließ seinen Blick über die Zeitschriften wandern. Wonach stand ihm der Sinn? Nach Politik oder eher nach Unterhaltung? In dem Wartezimmer waren Illustrierte mit Autos und nackten Busen auf den Titelseiten allem Anschein nach noch beliebter als die politischen Magazine, manche Exemplare waren schon ganz zerfleddert. Tommy liebäugelte mit einer abgegriffenen Ausgabe des Stern, die eine Mischung von allem versprach. Doch als er sah, dass seine Leidensgenossen ausnahmslos in Westzeitschriften blätterten, siegte der Trotz über seine Neugier und er entschied sich für das Neue Deutschland, von dem gleich mehrere Exemplare auf dem Tisch lagen, so unberührt, wie sie am Morgen die Druckerei verlassen hatten. Anscheinend hatte den ganzen Tag kein Mensch auch nur in einem einzigen Exemplar gelesen.

Vorsichtig, um keine falsche Bewegung zu machen, fischte Tommy die zuoberst liegende Ausgabe vom Tisch. Dann setzte er sich seine Lesebrille auf und überflog die Meldungen der Titelseite. Mit den Schmerzen im Rücken fiel es ihm schwer, sich zu konzentrieren, allerdings hatte er auch nicht den Eindruck, besonders viel zu verpassen. Im Osten nichts Neues – die Redakteure des Neuen Deutschland berichteten nach wie vor so, wie sie es in vierzig Jahren gelernt hatten. Von dem Sturm der Veränderung, der durch das Land fegte, war in ihren Artikeln noch wenig zu spüren.

Aus alter Gewohnheit blätterte Tommy zum Wirtschaftsteil weiter. Als er die Schlagzeile des Aufmachers sah, stutzte er: »Kürzere Wartezeiten für den Trabant«. Sollte das ein Witz sein? Neugierig geworden, las er den Artikel. Nein, die Schlagzeile war kein Witz. Der Trabi, seit Menschengedenken Traum aller DDR-Bürger, für dessen Erfüllung sie fünfzehn Jahre hatten warten müssen, würde bald ohne längere Lieferfristen zu kaufen sein. Der Verfasser des Berichts pries die Ankündigung als Beweis, zu welchen herausragenden Leistungen die volkseigene Automobilproduktion imstande sei.

Ungläubig ließ Tommy die Zeitung sinken. Die Nachricht war eine Sensation. Der Trabi war ein nationales Heiligtum, an dem die Menschen ihren Wohlstand maßen, kein anderes Statussymbol konnte es damit aufnehmen. Seit 1958 in Zwickau das erste Exemplar vom Band gelaufen war, hatten sämtliche mit Wirtschaftsfragen befasste Ministerien und der VEB Sachsenring zusammen Himmel und Hölle in Bewegung gesetzt, um die Lieferfristen zu verkürzen, doch ohne Erfolg – die Wartezeiten waren im Lauf der Jahre sogar immer länger geworden. Und da sollte es ausgerechnet jetzt, wo alles drunter und drüber ging, gelungen sein, was nie zuvor gelungen war? Das konnte nicht mit rechten Dingen zugehen.

Tommy legte die Zeitung zurück auf den Tisch. Sobald sein Rücken es zuließ, wollte er versuchen, dem Rätsel auf den Grund zu gehen.

15

Die Bürgerversammlung hatte nur eine knappe Stunde gedauert, und von der Lutherkirche schlug es gerade mal neun, als Babs und Kemal im Strom der Teilnehmer den Burghof wieder verließen. Manche ihrer Freunde und Bekannten wollten sich noch im Schwarzen Raben treffen, um ein Glas zu trinken, doch für ein Zusammensein in geselliger Runde war Babs viel zu aufgewühlt.

»Er hat es tatsächlich mal wieder geschafft!«

»Du meinst deinen Vater?« Um sich gegen die Kälte zu schützen, schlug Kemal seinen Palästinenserschal enger um den Hals. »Auch wenn es mir schwerfällt, es zuzugeben – die Idee ist genial.«

»Aber die Bedingung, die er damit verknüpft!« Babs schüttelte den Kopf. »Nein, der Preis ist einfach zu hoch!«

»Ich weiß.« Kemal blieb stehen und schaute sie an. Sein Atem stob in weißen Wölkchen aus seinem Mund. »Ich darf überhaupt nicht daran denken. Alle Touristen, die mit dem Aufzug die Burg besuchen würden, kämen an unserem Antiquariat vorbei. Wir könnten Druckgraphiken von Altena ins Sortiment nehmen, alte Stiche und Radierungen, Bücher über die Geschichte der Stadt, die Burg, das Schützenfest. Ich bin sicher, die Sachen würden weggehen wie warme Semmeln.«

Mit einer Mischung von Ungläubigkeit und Entsetzen erwiderte sie seinen Blick. »Soll das etwa heißen, du bist dafür? Ausgerechnet du? Obwohl er sich das alles doch nur ausgedacht hat, um dich und mich zu treffen?«

Kemal zuckte die Schultern. »Wir sollten zumindest nicht einfach rundheraus nein sagen. Stell dir nur vor – bis zu tausend Besucher pro Tag, das sind alles potentielle Kunden! Der Aufzug könnte unsere Rettung sein!«

Babs sah im Geist ihren Vater vor sich, wie er, aufgestützt auf seinen Stock, vor der Bürgerversammlung gestanden hatte, um die Huldigungen des Publikums entgegenzunehmen, das rote, pockennarbige Gesicht strotzend vor triumphierender Siegesgewissheit.

»Dieser böse alte Mann … Aber damit kommt er nicht durch! Diesmal nicht! Dafür werde ich sorgen!«

16

Obwohl Ulla längst satt war, pickte sie mit ihrer Gabel immer noch in den Tapas herum, die Miguel zum Abendessen zubereitet hatte. Vor allem die Pimientos del padrón hatten es ihr angetan, in Olivenöl frittierte Spitzpaprikas, die nur mit grobem Meersalz gewürzt waren und einfach köstlich schmeckten. Sie hätte ihrem Stiefsohn gern Komplimente für seine Kochkunst gemacht, doch kaum hatte er das Essen auf den Tisch gestellt, war er aus der Küche verschwunden, ohne selber einen Bissen zu sich zu nehmen – er habe beim Kochen, hatte er behauptet, schon so viel probiert, dass er einfach keinen Appetit mehr habe.

Ramón, der gerade eine Flasche Wein aufgemacht hatte, reichte ihr ein Glas.

»Probier mal!«

Ulla wartete, bis ihr Mann sich gleichfalls eingeschenkt hatte, dann prostete sie ihm zu und nahm einen Schluck.

Erwartungsvoll blickte er sie an. »Nun, was sagst du?«

»Nicht übel.«

»Nicht übel?«, wiederholte er empört. »*Que ignorancia!* Das ist ein achtundsiebziger Rioja, Gran Reserva, von Baron de Ley!«

Ulla tätschelte seine Hand. »Du weißt doch, wir Sauerländer verstehen nicht viel von Wein, wir werden alle mit Flaschenbier großgezogen. Aber ich bin bereit, zu lernen.« Um es ihm zu beweisen, nahm sie noch einen Schluck und schlürfte ihn dann so langsam und geräuschvoll zwischen den Zähnen, wie Jürgen es früher immer getan hatte, um seine Kennerschaft unter Beweis zu stellen. »Im Barrique ausgebaut«, sagte sie, als würde sie tatsächlich etwas davon verstehen, und schmeckte dem Wein noch einmal mit einem demonstrativen Schmatzen nach. »Aber vielleicht eine Spur zu viele Tannine.«

»Noch ein Wort, und du musst zur Strafe eine ganze Flasche Iserlohner Pilsener trinken!«, drohte Ramón. »Auf ex!«

Ulla stellte ihr Glas auf den Tisch. »Ich mache mir Sorgen um Miguel. Er hat Post vom Gericht bekommen. Seine Frau hat jetzt tatsächlich das alleinige Sorgerecht für die Kinder. In letzter Instanz.«

Ramón nickte. »Es ist eine Schande. Er liebt die Kinder so sehr, und jetzt wird er sie nur noch alle Jubeljahre zu Gesicht bekommen. Aber so war seine Frau schon immer – ein richtiges Biest.«

»Ich wünschte, ich hätte eine Tochter im passenden Alter für ihn. Ich würde alles tun, um sie miteinander zu verkuppeln. Miguel ist so ein netter Kerl, und ich fürchte, in Altena …«

Mitten im Satz hielt sie inne, ihre eigene Bemerkung hatte sie aus dem Konzept gebracht. Sie musste an das Kind denken, das sie nie bekommen hatte – wenn es heute leben würde, wäre es genauso alt wie Miguel. Wer weiß, vielleicht wäre es ja ein Mädchen gewesen.

»Stimmt etwas nicht?«, fragte Ramón.

»Nein«, sagte sie. »Alles in Ordnung.«

»Wirklich?«

Ein Klingeln an der Haustür enthob sie der Antwort.

Verwundert blickte Ramón sie an. »Erwartest du noch jemand?«

Ulla schüttelte den Kopf. »Nein. Keine Ahnung, wer das sein kann.«

Sie stand auf, um nachzuschauen, da hörte sie aus der Diele Miguels Stimme: »Ulla? Besuch für dich!«

Ramón stieß einen Seufzer aus. »Wenn wir in Spanien wären, würde ich auf die Verwandtschaft tippen.«

»Dann wollen wir Gott danken, dass wir nicht in Spanien leben.« Lachend ging Ulla zur Tür. »Los, worauf wartest du! Oder willst du mich mit irgendwelchen fremden Menschen allein lassen?«

Die Besucher entpuppten sich weder als Verwandte noch als Fremde, sondern als Babs und Kemal Ersoy. Miguel hatte sie in den Salon geführt, wo sie schon Platz genommen hatten. Ulla kannte Babs nicht nur als Tochter ihres ehemaligen Partners, sie war auch Stammkundin des

Antiquariats in der Leunestraße. Ramón war ein echter Bibliomane und sammelte mit Leidenschaft Erstausgaben. Ulla kaufte zu Weihnachten und zu seinem Geburtstag darum bei Babs und Kemal die meisten Geschenke für ihren Mann, und manchmal kamen die beiden sogar in die Villa, wenn sie von ihren Streifzügen in London oder Paris eine besondere Rarität mit nach Altena gebracht hatten, um sie zuerst Ramón exklusiv anzubieten, bevor sie sie im Laden der allgemeinen Kundschaft zugänglich machten.

Doch an diesem Abend ging es nicht um Bücher, der Grund des unverhofften Besuchs war vielmehr die Bürgerversammlung. Babs war immer noch so in Rage, dass ihre Wangen regelrecht glühten.

»Mein Vater will das Julius-Rosen-Museum schließen lassen!«

»Die Gedenkstätte für die Altenaer Juden?«, fragte Miguel, während sein Vater Gläser aus dem Schrank holte, um den Gästen Wein einzuschenken.

»Er will in den Räumen ein ultrakonservatives Institut gründen«, Babs schaute auf einen Zettel in ihrer Hand, »ein ›Institut gegen die Überfremdung Deutschlands und zur Wahrung deutscher Wesensart in Politik, Wirtschaft und Gesellschaft‹.«

»Das ist aber ein sehr komplizierter Name«, bemerkte Ramón.

»Darum hat unser visionärer Bürgermeister auch vorgeschlagen, es der Einfachheit halber Walter-Böcker-Institut zu nennen.«

»Ist das ein Witz?«, fragte Miguel. »Dann kann man die Burg Altena ja gleich in Walter-Böcker-Burg umtaufen.«

Babs schüttelte den Kopf. »Nein, nach Witzen ist mir leider nicht zumute. Ihr müsst euch nur mal den Bestimmungszweck anhören!« Wieder blickte sie auf ihren Zettel. »›Wichtigster Bestimmungszweck ist die Pflege und Förderung nationaler Identität angesichts eines immer mehr zusammenwachsenden Europas, um den Gesellschaftsexperimenten der letzten Jahrzehnte zur Aushöhlung deutscher Souveränität Einhalt zu gebieten‹.«

»Mein Gott, wer hat das denn formuliert?« fragte Ulla. »Walter Böcker sicher nicht. Und mein ehemaliger Mann auch nicht.«

Kemal zuckte die Schulter. »Angeblich verhandeln die beiden mit einem hochkarätigen Gelehrten, der als wissenschaftlicher Direktor das Institut leiten soll, dessen Namen sie aber noch nicht nennen wollten.«

»Das ist auch ganz egal«, sagte Babs. »Viel wichtiger ist die Stoßrichtung, die hinter dem ganzen widerwärtigen Versuch steckt. Dreimal dürft ihr raten, wie er darauf gekommen ist.«

Ulla dachte kurz nach. »Du meinst, wegen deinem Mann?«

»Kann es daran einen Zweifel geben?«, erwiderte Babs. »Er hat Kemal vor Beginn der Versammlung als Knoblauchfresser beschimpft.«

Ulla nickte. »Ehrlich gesagt, würde es zu ihm passen, sich auf diese Art zu rächen. Doch andererseits … Nein, ich kann ich mir nicht vorstellen, dass er das tatsächlich ernst meint. Europa ist längst Wirklichkeit geworden, vor allem wirtschaftlich, der größte Binnenmarkt der Welt, von dem wir Deutschen mehr profitieren als alle anderen Länder. Das weiß Walter besser als jeder andere, schließlich hat die VAM schon zu seiner Zeit angefangen, nicht nur für die Bundesbank, sondern auch für andere Zentralbanken zu produzieren. Er sollte sich also hüten, sich mit solchem Unsinn lächerlich zu machen, jeder würde seinen ökonomischen Sachverstand bezweifeln. Und auch was die politische Brisanz betrifft, spricht alles dagegen. Nach dem Mauerfall braucht Deutschland Europa mehr denn je, die Wiedervereinigung kann es nur mit dem Einverständnis der europäischen Partnerländer geben. Ganz zu schweigen davon, dass man in Deutschland unmöglich ein jüdisches Museum schließen kann, um an seiner Stelle ein Institut mit einer so ungeschminkt nationalistischen Zweckbestimmung zu eröffnen.«

»Und ob er das ernst meint!«, widersprach Babs. »Er hat der Stadt zehn Millionen Mark versprochen, wenn sie ihm den Gefallen tut.«

»Zehn Millionen?« Ulla holte tief Luft. »Das ist allerdings eine Stange Geld. Und wofür soll es verwendet werden?«

»Für einen Touristenaufzug von der Lennestraße hinauf zur Burg. Damit will dein ehemaliger Mustergatte die Burg für den Tagestourismus erschließen, um so die Stadt wieder in Schwung zu bringen. Du hättest mal sehen sollen, wie begeistert die Bürgerversammlung den Plänen zugejubelt hat.«

»Geld regiert die Welt«, sagte Ramón.

Ulla trank einen Schluck von ihrem Wein. »Und warum kommt ihr damit ausgerechnet zu mir?«

Babs griff nach der Hand ihres Mannes. »Kemal und ich, wir haben gehofft, dass du uns vielleicht hilfst, die Pläne meines Vaters zu durchkreuzen. Es gibt niemanden, der uns dabei besser unterstützen könnte als du. Du kennst ihn wie kein anderer und weißt, wie man mit ihm fertig wird.«

»Ach so, ich verstehe.«

Ulla wich den erwartungsvollen Blicken der beiden aus. Während sie versuchte, ihre Gedanken zu sortieren, schaute sie auf den Gummibaum mit den dunkelgrün glänzenden Blättern. *Bitte, Kinder, tut mir die Liebe und streitet nicht* … Die Lieblingspflanze ihrer Mutter war als einziges Teil von der früheren Einrichtung übrig geblieben, ansonsten war auch der Salon inzwischen genauso modern eingerichtet wie das ganze übrige Haus, mit weißen Lackmöbeln und einer weißen Sitzgarnitur. Umso prächtiger kam der Gummibaum darin zur Geltung. Der Ficus war fast so alt wie das Jahrhundert, und nachdem er vor Jahren beinahe eingegangen war, weil niemand sich um ihn gekümmert hatte, gedieh er inzwischen wieder wie zu Christels Zeiten. Zu ihrer eigenen Überraschung hatte Ulla auf ihre alten Tage noch ihren grünen Daumen entdeckt.

»Ich weiß nicht«, sagte sie nach einer Weile. »Es würde einen ziemlich seltsamen Eindruck machen, wenn ich mich in der Öffentlichkeit so demonstrativ gegen Walter Böcker stelle, noch dazu bei einem Projekt, das der Stadt vielleicht tatsächlich helfen könnte. Schließlich waren Walter und ich jahrzehntelang Partner in der VAM. Und jedermann in Altena weiß, dass unsere Partnerschaft nicht immer frei von Spannungen war. Da könnte man das als ziemlich übles Nachtreten auslegen.«

Ramón nahm ihr Glas, um nachzuschenken. »Meinst du nicht, dass du vor einer Entscheidung erst mal wissen solltest, was Babs und Kemal überhaupt vorhaben?«

»Babs will eine Bürgerinitiative gründen«, antwortete Kemal anstelle seiner Frau.

»Und Kemal hat dafür auch schon einen Namen«, fügte Babs hinzu. *»Rettet Burg Altena!«*

»Oho, das riecht nach einem Skandal im Städtchen«, sagte Miguel. »Aber die Idee ist natürlich gut. Wenn die eigene Tochter eine Bürgerinitiative gründet, um sich den Plänen ihres Vaters zu widersetzen, wird das eine Menge Leute mobilisieren.«

»Das wird es ganz sicher«, stimmte Ulla zu. »Aber nicht nur dafür, sondern auch dagegen.« Sie blickte Babs an. »Hast du dir das gut überlegt? Viele werden euch vorwerfen, dass ihr euren Familienstreit auf dem Rücken der Stadt austragt. Außerdem ist dein Vater immer noch einer der angesehensten Bürger Altenas, das kann für dich zum Spießrutenlauf werden.«

»Meinst du, davor habe ich Angst?« Babs warf den Kopf in den Nacken. »Um meinen Vater zu ärgern, habe ich sogar einen Türken geheiratet. Da kann mich so leicht nichts mehr erschrecken.«

Kemal quittierte ihre Bemerkung mit einem säuerlichen Lächeln. »Jetzt weiß ich wenigstens, welchem Umstand ich mein Glück verdanke.«

Als Babs sein Gesicht sah, gab sie ihm einen Kuss. »Jetzt fühl dich nicht gleich wieder in deinem Osmanenstolz verletzt. War doch nur ein Witz, *canım.*«

17

Im Gemeindesaal der Sophien-Kirche tagte das Neue Forum von Berlin-Mitte. Während man noch auf die letzten Mitglieder wartete, verteilte Udo als Hausherr die frisch hektographierten, nach Alkohol riechenden Blätter mit der Tagesordnung, die jedoch nur schwer zu entziffern war, weil die blassblaue Schrift sich von dem gelblichen Papier kaum abhob. Angelika nutzte unterdessen die Zeit, um mit einer Blechbüchse herumzugehen. Wenn sie endlich einen Computer hätten, bräuchten sie ihre Flugblätter nicht länger auf Matrize zu tippen. Noch fehlten für die Anschaffung allerdings sechshundert Mark.

Das Neue Forum war zwei Monate vor dem Mauerfall gegründet worden, und den Aufruf »Die Zeit ist reif!«, mit dem seine Gründer das Volk auf die Straße getrieben hatten, hatten bis zum Jahresende mehr als zweihunderttausend DDR-Bürger unterschrieben. Doch die zehntausend Mitglieder, die es inzwischen im Land gab, trafen sich zum größten Teil immer noch entweder in Privatwohnungen oder wie hier in Berlin-Mitte im Gemeindesaal einer Pfarrkirche.

In Angelikas Büchse schepperten fast ausschließlich Münzen, kaum jemand hatte einen Schein für den Computer gespendet. Während sie ihre Runde beendete, schaute sie ein paarmal zur Tür. Würde ihr Vater heute endlich sein Versprechen wahr machen und kommen? Er hatte sich mehrere Male mit seinem Hexenschuss entschuldigt, trotz der Behandlung in der Charité tat ihm der Rücken angeblich immer noch so weh, dass er sich nicht aus dem Haus traute. Angelika hatte irgendwie ein komisches Gefühl. Waren wirklich die Schmerzen der Grund? Oder dienten sie ihm nur als Ausrede? Er hatte bei ihren Anrufen oft ziemlich seltsam geklungen – matt, lustlos, lethargisch, dann aber plötzlich auch schroff, fast aggressiv. Vor allem war ihr aufgefallen, dass er kein einziges Witzchen über den Hexenschuss gemacht hatte, was er sonst immer tat, wenn ihn irgendein Wehwehchen plagte. Obwohl inzwischen über ein Monat vergangen war, hatte Angelika es kein einziges Mal geschafft, ihn zu besuchen, um nach dem Rechten zu schauen. Fast hatte sie ein schlechtes Gewissen. Ihr Vater wurde schließlich langsam alt, sie sollte sich ein bisschen mehr um ihn kümmern.

Als jemand die Tür schloss, setzte Angelika sich mit ihrer Büchse an den noch einzigen freien Platz am Tisch. Tommy war wieder nicht gekommen. Während sie das eingesammelte Geld zählte und die Summe – dreiundzwanzig Mark und achtzig Pfennige – auf einem Zettel für die Kasse notierte, verlas Udo am Kopfende des Tisches die Tagesordnung. Kaum war er damit fertig, brach die Diskussion los. Wie die Besenbinder fielen die Forumsmitglieder übereinander her, von der Einmütigkeit, in der sich im Herbst die unterschiedlichsten Gruppen und Gruppierungen in dem Bündnis zusammengeschlossen hatten, war so gut wie nichts übrig geblieben. Nachdem das alte System zusammengebrochen war, war aus dem Forum ein in sich zerstrittener Haufen geworden, in dem jeder etwas anderes wollte und die Verbündeten von einst einander nicht mehr über den Weg trauten und sich auf geradezu fanatische Weise bekriegten. Nicht mal in der Frage, ob man mit Blick auf die erste freie Volkskammerwahl, die im März zur Ablösung der noch von der SED eingesetzten Modrow-Regierung anberaumt worden war, eine eigenständige Partei bilden oder ob man eine offene Bürgerbewegung bleiben sollte, konnte man sich verständigen. Nur mit knapper Mehrheit stimmte die Versammlung dem Vorschlag der Forumsspitze zu, sich mit zwei anderen Bürgerbewegungen, *Demokratie Jetzt!* und *Initiative für Freiheit und Menschenrechte*, zu einem Wahlbündnis mit dem Namen *Bündnis 90* zusammenzutun.

Noch zerstrittener aber war man in der Frage der Wiedervereinigung. Sollte die DDR ihre Souveränität behaupten oder sie zugunsten einer Verschmelzung mit der Bundesrepublik freiwillig aufgeben? An dieser Frage schieden sich die Geister wie an keiner anderen.

»Das Bekenntnis zur DDR hat in unserem Programm nichts verloren!«

»Aber wenn wir auf unsere Eigenstaatlichkeit verzichten, liefern wir uns mit Haut und Haar der kapitalistischen BRD-Regierung aus!«

»Ja, und? Wenn die Menschen auf der Straße es so wollen? Vom Sozialismus haben sie jedenfalls die Schnauze voll!«

»Dann brauchen wir eben einen dritten Weg! Weder Kapitalismus noch Sozialismus, sondern irgendwas dazwischen!«

»Das Wichtigste ist, dass wir an unseren basisdemokratischen Strukturen festhalten! *Wir* sind es, die die Bonzen in die Knie gezwungen haben! *Wir* sind das Volk!«

»Ja, aber gefeiert wird Helmut Kohl! Bei seiner Rede in Dresden haben sie ihm zugejubelt wie einem Erlöser! *Helmut, nimm uns an die Hand / Und führ uns in das Wirtschaftswunderland!* Vom Volk war da schon keine Rede mehr!«

»Klar! Weil der Bundeskanzler den Leuten genau das verspricht, was sie mehr als alles andere wollen: Freiheit und Wohlstand!«

»Dass ich nicht lache! Statt Freiheit und Wohlstand kriegen wir höchstens Bananen und Marlboro-Zigaretten!«

»Glasperlen für die Eingeborenen!«

»Und wir sind auch noch so blöd und fallen darauf rein.«

»Was ist daran blöd? So geht es doch immer! Erst kommt das Fressen, dann die Moral!«

»Warum dann nicht gleich heim ins Reich?«

»Der Anschluss kommt schneller, als ihr glaubt! Mit seinem Zehn-Punkte-Programm hat Kohl das Kommando längst an sich gerissen! Weihnachten gehören wir zur BRD!«

Von den Argumenten schwirrte Angelika der Kopf so sehr, dass sie kaum noch unterscheiden konnte, wo oben und unten war. Irgendwie hatte sie das Gefühl, dass jeder, der sich zu Wort meldete, gleichzeitig recht und unrecht hatte. Aber war das ein Wunder? Nichts galt mehr, was vor kurzem noch für die Ewigkeit zu gelten schien. Erst vor ein paar Tagen hatte der neue Generalstaatsanwalt der DDR vor der Volkskammer angekündigt, gegen den ehemaligen Staatsratsvorsitzenden Erich Honecker sowie den Minister für Staatssicherheit Erich Mielke und den früheren ZK-Sekretär der SED Günter Mittag Ermittlungen wegen Hochverrats aufzunehmen. Noch am selben Tag waren alle drei Männer verhaftet worden. Das war so unvorstellbar gewesen, dass ebenso die Naturgesetze hätten außer Kraft treten können und eins und eins nicht mehr zwei waren, sondern siebzehn oder achtunddreißig.

Bevor Angelika wusste, was sie tat, hob sie die Hand. Udo, der die

Sitzung leitete, erteilte ihr irritiert das Wort. Abgesehen von Spendenaufrufen für den Computer war es das erste Mal, dass sie sich im Forum zu Wort meldete.

»Genossen!«, rief sie. »Habt ihr vergessen, welches Wunder wir vollbracht haben? Wir haben die alten Betonköpfe zu Fall gebracht! Wir haben sie gezwungen, die Grenze zu öffnen! Wir haben dafür gesorgt, dass wir in ein paar Wochen zum ersten Mal frei wählen können! So etwas hat es in der DDR noch nie gegeben!« Sie machte eine Pause, in Erwartung einer Reaktion. Doch zu ihrer Überraschung redete niemand dazwischen, alle hörten ihr aufmerksam zu. »Das alles haben wir geschafft«, fuhr sie fort, »ohne dass ein einziger Schuss gefallen oder ein einziger Tropfen Blut geflossen ist. Wollt Ihr das jetzt aufs Spiel setzen? So kurz vor dem Ziel? Wir selbst haben es in der Hand, ob das, was wir geschafft haben, im Chaos oder in einem Neuanfang mündet. Ein Neuanfang aber wird uns nur gelingen, wenn wir uns nicht selbst zerfleischen, sonst machen wir uns zum Opfer für unsere Gegner – sowohl hier in der DDR als auch drüben in der BRD. Wir dürfen uns nicht auseinanderdividieren lassen, weder von außen noch von innen, sondern müssen wieder die Geschlossenheit zeigen, mit der wir die Mauer überwunden haben. Das Neue Forum war der Rammbock, mit dem das Volk das Tor zur Freiheit eingedrückt hat. Jetzt müssen wir aufpassen, dass das Volk uns nicht zur Seite wirft, um allein durch das Tor zu stürmen …«

Mitten in ihrer Rede flog plötzlich die Tür auf, und herein kam Jörg Misczewski, ein Betonfacharbeiter, der zu den Gründungsmitgliedern des Neuen Forums gehörte.

»Klaus wurde als IM enttarnt!«, rief er, völlig außer Atem.

Mit einem Schlag wurde es so ruhig im Saal, dass nur noch Jörgs abgehetzter Atem zu hören war. Jeder wusste, was die Nachricht bedeutete. Klaus Heitschötter war als Delegierter des Forums Mitglied am Runden Tisch, der wie keine andere außerparlamentarische Organisation Einfluss auf die Regierung nahm, und hatte dort durch seine immer wieder vorgetragene Forderung nach Auflösung des Ministeriums für Staatssicherheit von sich reden gemacht. Beim Sturm auf die Stasi-Zentrale im Januar war er einer der Anführer der Demonstranten gewesen, die in das Gebäude in der Normannenstraße eingedrungen waren, in jeder Zeitung hatte es Bilder von ihm gegeben, wie er Stasi-Akten aus dem Fenster geworfen hatte, um sie vor der Vernichtung zu retten. Wenn ausgerechnet er sich nun als Inoffizieller Mitarbeiter der verhassten »Firma« entpuppte, war das die denkbar größte Katastrophe, die dem Neuen Forum so kurz vor der Wahl passieren konnte.

Udo war von allen Anwesenden der Erste, der die Sprache wiederfand.

»Ich schlage vor, dass wir in Abänderung unserer Tagesordnung Klaus Heitschötter seines Amtes entheben, und zwar mit sofortiger Wirkung. Im Anschluss daran sollten wir umgehend einen neuen Delegierten für den Runden Tisch ernennen, um der Öffentlichkeit durch die möglichst rasche Präsentation eines Nachfolgers unsere Handlungsfähigkeit zu demonstrieren. Für den Fall, dass sich niemand sonst bewirbt, erkläre ich mich hiermit bereit, für das Amt des Delegierten zu kandidieren.«

Der Applaus, der auf seine Worte folgte, fiel so einmütig aus, dass sich jede Diskussion erübrigte.

»Gut, dann sollten wir zur Abstimmung schreiten. Der Ordnung halber sollten wir zuvor jedoch einen Wahlleiter bestimmen …«

»Halt!« Brigitte, eine pensionierte Lehrerin für Russisch und Geschichte, die Angelika sehr mochte, erhob sich von ihrem Platz. »Wahlen ohne Gegenkandidaten sind undemokratisch.«

Udo verzog das Gesicht. »Soll das heißen, du willst gegen mich antreten?«

»Nein, ich möchte jemand anderen vorschlagen.«

»Verrätst du uns dann freundlicherweise auch wen?«

Brigitte warf sich die Enden ihrer grauen Mähne über die Schultern, dann drehte sie sich zu Angelika herum.

»Ja – deine Frau!«

18

Schon seit über einem Monat hatte Tommy keine Rückenschmerzen mehr, die erste Spritze in der Notaufnahme der Charité hatte bereits genügt, um ihn von seinen Beschwerden zu befreien. Wenn er die Sitzungen des Neuen Forums, zu denen Angelika ihn am Telefon immer wieder einlud, trotzdem nicht besuchte, dann aus einem ganz anderen Grund. Die Meldung, die er im Neuen Deutschland über die wundersame Verkürzung der Trabi-Wartezeiten gelesen hatte, hatte ihm keine Ruhe gelassen. Getrieben von einer dunklen Ahnung und zugleich der Hoffnung, dass seine Ahnung ihn trog, hatte er darum am nächsten Morgen, statt nach dem überstandenen Hexenschuss an der Versammlung des Forums teilzunehmen, die Bibliothek der Humboldt-Universität aufgesucht, wo es die größte Auswahl an Zeitungen und Zeitschriften in der Stadt gab, Publikationen sowohl aus dem Westen wie aus dem Osten, darunter jede Menge Wirtschaftsmagazine und Wirtschaftsfachzeitschriften.

Am einfachsten wäre es gewesen, er hätte bei seinen alten Kollegen nachgefragt, mit einigen war er ja noch befreundet, sie hätten ihm sicher die gewünschte Erklärung geben können. Aber im Haus der Ministerien war inzwischen auch die Treuhandanstalt untergebracht, die die Modrow-Regierung kürzlich eingerichtet hatte. Der offizielle Zweck der Anstalt war die treuhänderische Verwaltung des Volkseigentums, in Tommys Augen aber wurde dort nichts anderes als der Ausverkauf der DDR vorbereitet. Wenn man nach dem Sturz des alten Regimes das Volkseigentum wirklich dem Volk hätte anvertrauen wollen, hätte man dies in Form von Anteilscheinen tun können, durch die die Bürger zu Mitbesitzern der Betriebe geworden wären, in denen sie arbeiteten. Doch stattdessen wollte die Modrow-Regierung die ehemaligen VEBs und Kombinate in Kapitalgesellschaften umwandeln, und dazu brauchte man Investoren aus der BRD, die sich jetzt schon darum rissen, in sogenannten Joint Ventures für ein paar Westmark bis zu neunundvierzig Prozent der Ost-Unternehmen in ihren Besitz zu bringen. Das alles war Tommy so zuwider, dass er seine alte Arbeitsstätte nicht mehr betreten mochte. Er war froh, dass er sich an dieser Prostitution nicht mehr beteiligen musste.

Doch auch in der Universitätsbibliothek hatte er keine Stunde gebraucht, um herauszufinden, warum die Lieferzeiten für den Trabi sich plötzlich so drastisch verkürzen konnten. Nein, seine dunkle Ahnung hatte ihn nicht getrogen. Die Ursache für das vermeintliche Wunder von Zwickau hatte mit der Leistungskraft der volkseigenen Automobilproduktion, wie im Neuen Deutschland behauptet worden war, nicht das Geringste zu tun. Vielmehr, so hatte das westdeutsche Handelsblatt von Mitarbeitern des VEB Sachsenring in Erfahrung gebracht, war mit dem Fall der Mauer das einstige Traumauto der DDR buchstäblich über Nacht zum Ladenhüter geworden. In Erwartung der baldigen Wiedervereinigung stornierten die Verbraucher massenhaft ihre Bestellungen, sie wollten ganz einfach keinen Trabi mehr, sondern hofften auf etwas Besseres, auf einen VW Golf oder Polo oder womöglich sogar einen Passat! Das hatte eine Umfrage des Meinungsforschungsinstituts in Allensbach, das über tausend DDR-Bürger zum Thema Autokauf befragt hatte, zweifelsfrei ergeben.

Die Erkenntnis war ebenso einfach wie niederschmetternd. Es war, als hätte sich der ganze Stolz des Landes in Luft aufgelöst. Das war nicht nur eine Demütigung der volkseigenen Automobilproduktion, sondern zugleich und noch viel mehr eine Demütigung für jeden einzelnen Menschen, der einst in einem Trabi sein persönliches Glück gesucht und gefunden hatte.

Tommy hatte befürchtet, dass der Umbruch, der sein Land erfasst hatte, in einem großen Knall enden könnte. Doch was stattdessen geschah, war schlimmer. Statt an einer Explosion ging der Arbeiter-und-Bauern-Staat an einer Implosion zugrunde, in unheimlicher, fast lautloser Weise. Es war der 29. Januar, an dem diese Implosion augenfällig werden sollte, der Tag, an dem Erich Honecker des Hochverrats angeklagt worden war. Es war unfassbar! Der Mann, der wie kein anderer die DDR verkörpert und ihre Geschicke über achtzehn Jahre lang bestimmt hatte, sollte vor Gericht gestellt werden, als hätte er einen Staatsstreich begangen? Angeklagt wegen Vertrauensmissbrauchs und Untreue zum Nachteil sozialistischen Eigentums? Verantwortlich gemacht für das wirtschaftliche Chaos des Landes und die Auflösung der Gesellschaft? Zur Rechenschaft gezogen von Männern, die ihm seinen Aufstieg verdankten und die zusammen mit ihm in Wandlitz gelebt hatten? Die Vorwürfe waren so absurd, dass es zum Himmel schrie. Bei allen Wahlen hatte das Volk Erich Honecker und seiner Regierung immer mit überwältigender Mehrheit das Vertrauen ausgesprochen, und selbst wenn die Wahlergebnisse hier und dort vielleicht nach oben aufgerundet worden waren, waren sie doch jedes Mal ein unzweifelhaftes Bekenntnis der Bevölkerung zum Vorsitzenden des Staatsrats und der Sozialistischen Einheitspartei Deutschlands gewesen.

Obwohl Tommy seit seiner Zeit als Messdiener gegen jede Form von Personenkult, wie Ulbricht und Genossen ihn zu Stalins Zeiten betrieben hatten, immun war, ja die Vergötterung sozialistischer Führer nicht weniger lächerlich fand als die der römischen Päpste, hegte er für den Staatsratsvorsitzenden Erich Honecker aufrichtige Hochachtung. Er hatte an diesen Mann stets geglaubt, so wie er an die DDR geglaubt hatte. Nicht, weil der Genosse Honecker besonders geistreich oder brillant gewesen wäre, nein, das war er beides nicht, er war eher ein schlichtes Gemüt, das verriet schon seine Sprache, in der nur Hauptsätze vorkamen. Trotzdem hatte Tommy sich in ihm wiedererkannt. Erich Honecker stammte aus dem Westen wie er, kam wie er von ganz unten, ein Dachdecker, der nicht mal zu Ende gelernt hatte – ein Außenseiter und Paria. Seit seiner Jugend hatte dieser Mann dafür gekämpft, dass Menschen wie Thomas Weidner eine Chance in der Gesellschaft bekamen, dafür hatte er während der Nazizeit sogar im Konzentrationslager gesessen. Und nachdem er Ulbricht und die alte Garde abgelöst hatte, war es mit der DDR ja tatsächlich bergauf gegangen, Tommy hatte es bei seiner Arbeit aus nächster Nähe erlebt. Ja, in den sechziger und siebziger Jahren hatte es auch in der DDR ein Wirtschaftswunder gegeben, es waren überall neue, moderne Wohnungen entstanden und die Löhne waren fast unaufhörlich gestiegen, genauso wie die Industrieproduktion und der allgemeine Lebensstandard, jeder hatte Arbeit, der arbeiten wollte, niemand litt Not, es gab Telefon und Radio und Fernsehen, fast wie im Westen.

Und jetzt wurde der Mann, der das alles bewirkt hatte, der Bildschirmnation hüben und drüben vorgeführt wie ein gemeiner Verbrecher. Die Nachrichten lieferten davon stündlich neue Bilder. Die Verhaftung war in der Charité erfolgt, wo Erich Honecker sich wegen einer Krebserkrankung hatte untersuchen lassen. Aus der Klinik hatte man ihn auf die Straße gezerrt, einen bleichen, schon vom Tod gezeichneten Greis, und nachdem er einen Tag und eine Nacht in Rummelsburg im Gefängnis verbracht hatte, hatte man ihn in ein Auto gesteckt, zusammen mit seiner Frau Margot, der ehemaligen FDJ-Sekretärin und Ministerin für Volksbildung, und weil niemand die zwei aufnehmen wollte, es keinen Ort gab, wohin sie fliehen konnten, weder nach Wandlitz, wo ihr Haus von ehemaligen Dissidenten belagert wurde, noch zu Freunden oder Verwandten, ja nicht mal zu ihrer Tochter, weil sie durch ihre Gegenwart auch deren Sicherheit gefährdet hätten, wurden sie, verfolgt von den Kameras der Zeitungs- und Fernsehjournalisten, einen endlosen Tag lang in einer gespenstischen, unwirklichen Odyssee rund um Berlin hin und her gefahren, auf der Flucht vor ihrem eigenen, vom Generalstaatsanwalt des Landes aufgehetzten Volk, bis schließlich ein Pastor in Lobetal, dessen Kinder nicht die Oberschule hatten besuchen dürfen, weil sie sich für die Konfirmation, also gegen die Jugendweihe entschieden hatten, sich bereiterklärte, den Fliehenden Asyl zu gewähren und sie in sein Haus aufzunehmen. Es hatte in der Geschichte der DDR nie Obdachlose gegeben, die ersten Obdachlosen dieses Landes, das es praktisch nicht mehr gab, waren Erich Honecker und seine Frau, kaum, dass sie entmachtet worden waren. Als am Abend in der Tagesschau die Bilder von dem Pfarrhaus gesendet wurden, vor dem sich in der Dunkelheit aufgebrachte Bürger zusammengerottet hatten, die, zum Teil mit Kälberstricken in den Händen, lautstark die Auslieferung ihres ehemaligen Staatsoberhauptes verlangten, und Tommy hinter den erleuchteten Fenstern die Schatten von im Haus umherirrenden Menschen zu ahnen glaubte, versuchte er sich vorzustellen, wie dieser Pastor und seine Gäste die erste Nacht unter dem gemeinsamen Dach verbringen würden. Doch so sehr er seine Vorstellungskraft bemühte, er schaffte es nicht, seine Phantasie reichte dazu nicht aus.

Ihm dämmerte an diesem Abend nur eins, etwas, das ihm schon seit langer, allzu langer Zeit dämmern wollte, doch das er, weil es seine ganze Existenz in Frage stellte, immer wieder verdrängt hatte, bis zum heutigen Tag: Die Gerechtigkeit, die er in der DDR erfahren hatte, hatte ihn blind gemacht für die Tatsache, dass das Land, das ihm Asyl gegeben hatte und die Chance, sich vor der demütigenden Missachtung in seiner Heimat zu retten, selbst ein Unrechtsstaat war, seit Jahren und Jahrzehnten, ein Unrechtsstaat, in dem Recht und Gerechtigkeit mit Füßen getreten worden waren, unter Honecker nicht anders als zuvor schon unter Ulbricht.

19

Von diesem Tag an ging Tommy jeden Morgen mit derselben Regelmäßigkeit zur Bibliothek der Humboldt-Universität, wie er früher zur Arbeit ins Haus der Ministerien gegangen war, um alle Zeitschriften und Zeitungen, deren er habhaft werden konnte, systematisch zu durchforsten. Wie ein Goldsucher, der mit seiner Pfanne Goldkörner in einem Fluss auszuwaschen hofft, las er sich durch eine Flut von Aufsätzen und Reportagen auf der Suche nach Wahrheitspartikeln. Seit Gründung der beiden deutschen Staaten hatten die DDR und die Bundesrepublik einen Wettbewerb der Systeme ausgetragen, zwischen Sozialismus und Kapitalismus, und wenn Tommy begreifen wollte, warum die DDR in diesem Wettbewerb zusammengebrochen war, musste er den Zusammenbruch ihrer Wirtschaft begreifen. Dabei trat ihm immer deutlicher vor Augen, dass das Schicksal des Trabis nur die Spitze eines Eisbergs war, das deutlichste und sichtbarste Symptom für den Zustand der gesamten DDR-Ökonomie. Um diese war es in Wahrheit weitaus schlechter bestellt, als die Partei und Regierung es dem Volk weisgemacht hatten. Die Produkte der volkseigenen Betriebe, denen die Staats- und Parteiführung regelmäßig »Weltniveau« attestiert hatte, erwiesen sich nun im direkten Vergleich mit den Produkten des Westens als hoffnungslos rückständig und unterlegen – vom Trabi bis zum vielgepriesenen 32-Bit-Rechner, der als Prunkstück der volkseigenen Computertechnik gegolten hatte und über den man im Westen jetzt nur lachte. Der Kassensturz, zu dem die Opposition die Regierung gezwungen hatte, war zum Offenbarungseid geworden. Der Staatshaushalt, so hatte Ministerpräsident Modrow vor der Volkskammer zugeben müssen, wies einen Fehlbetrag von siebzehn Milliarden Mark aus, und die Lage wurde von Tag zu Tag schlimmer. Nirgendwo konnten die Planvorgaben eingehalten werden, die Produktion der volkseigenen Betriebe war in nur vier Monaten um sechs Prozent zurückgegangen. Grund dafür war zum einen die gesunkene Nachfrage nach Ostprodukten, zum anderen aber auch die katastrophal schlechte Produktivität der DDR-Fertigungsstätten. Diese lag, wie sich jetzt durch die Veröffentlichung eines seit Jahren vom Politbüro unter Verschluss gehaltenen Geheimpapiers herauskam, schon seit langem um vierzig bis fünfzig Prozent unter der durchschnittlichen Produktivität der BRD-Unternehmen.

War es da ein Wunder, dass Millionen von DDR-Bürgern auf gepackten Koffern saßen und nur auf eine Gelegenheit warteten, um in die BRD auszuwandern?

Ein Abgrund tat sich vor Tommy auf, der ihn zu verschlingen drohte, und mit jeder neuen Katastrophennachricht, die er las, wurde dieser Abgrund tiefer. Die DDR war bankrott, das war der schlichte Befund, und er, Thomas Weidner, ehemals stellvertretender Abteilungsleiter im Planungsstab II des Außenhandelsministeriums, gehörte zu denen, die diesen Bankrott herbeigeführt hatten. Jahrzehntelang hatte die DDR als sozialistisches Musterland gegolten, in Wahrheit aber war sie ein gigantisches Potemkin'sches Dorf gewesen, und er hatte an diesem Betrug mitgewirkt, weil er an den Sozialismus geglaubt hatte wie ein Messdiener an den lieben Gott, vor dessen Altar er den Weihrauchkessel schwenkt. Das riesige Zahlenwerk über die Leistungskraft der Planwirtschaft, zu dem er Tag für Tag, Woche für Woche, Monat für Monat beigetragen hatte, sein ganzes Arbeitsleben lang, weil er fasziniert gewesen war von der Planbarkeit einer Volkswirtschaft, in der die Erzeugung und Verteilung der Güter nicht der Willkür eines seelenlosen Marktes unterlagen wie im Westen, sondern sich nach den Erfordernissen einer gerechten und dem Wohle aller dienenden Gesellschaft richteten, hatte mit der Realität des Arbeiter-und-Bauern-Staates nichts zu tun gehabt. Als in den 60er Jahren der damalige Vorsitzende der Plankommission Erich Apel sich umgebracht hatte, hatte es hinter vorgehaltener Hand geheißen, sein Gewissen habe ihn zu dieser Verzweiflungstat gedrängt, doch diesen Gerüchten hatte Tommy ebenso wenig Glauben geschenkt wie denen, die es ein Vierteljahrhundert später um Apels Nachfolger gegeben hatte, den Genossen Schürer, der angeblich in einer Geheimsitzung die Parteiführung vor einem unmittelbar bevorstehenden Staatsbankrott gewarnt hatte, falls es nicht gelänge, die galoppierende Verschuldung zu stoppen. Da jeder, der solche Gerüchte verbreitete, Gefahr lief, in Bautzen zu landen, vor allem aber, weil Tommy selbst ja die Wahrheit nicht hatte wahrhaben wollen, weil er ihr sonst seinen eigenen Glauben hätte opfern müssen, hatte er wie alle andern den Mund gehalten und geschwiegen und den Kopf in den Sand gesteckt, um weiterhin solche Statistiken zu produzieren, wie seine Vorgesetzten es von ihm erwarteten, vom Partei- und Staatsratsvorsitzenden Erich Honecker bis hinunter zum Genossen Werner Himmelreich. Abgeschirmt von der Wirklichkeit, die in Gestalt der stacheldrahtbekrönten Mauer doch unmittelbar vor seinen Augen lag, wenn er in seinem Büro aus dem Fenster blickte, hatte er im Haus der Ministerien mit all den anderen dort tätigen Helfern und Helfershelfern der Regierung eine künstliche Welt erschaffen, die einem Paradies gleichkam. Nicht mal die Tatsache, dass alle übrigen Ministerien außer den mit der Wirtschaft befassten aus dem Regierungsgebäude abgezogen worden waren, weil Honecker sogar seinen eigenen Ministern und deren Mitarbeitern nicht mehr traute und Angst hatte, sie würden ihm den Rücken kehren und in den Westen fliehen, nachdem ein hoher Staatsbeamter, der sich mit seiner ganzen Familie nach Feierabend, der im Haus der Ministerien täglich um punkt fünf Uhr am Nachmittag erfolgt war, hatte einschließen lassen, um in der Nacht mit Hilfe einer Seilwinde sich vom Dach des Gebäudes aus mit Kind und Kegel über die Mauer hinweg auf die westliche Seite der Grenze abzuseilen – nicht einmal da war Tommy ein Licht aufgegangen. Die

DDR war doch stets das bessere Deutschland gewesen, das Deutschland der Antifaschisten, das Deutschland des Friedens und der sozialen Gerechtigkeit! In dieser Überzeugung hatte er all die Jahre gelebt und gehandelt und sich auf der richtigen Seite gewähnt, weil er doch intelligenter als alle anderen war und jedem Andersgläubigen überlegen, weil die Rädchen in seinem Gehirn doch schneller und präziser arbeiteten als beim Rest der Menschheit. Jetzt aber, da all die Deckel, die man jahrzehntelang zugehalten hatte, nach und nach gelüftet wurden, fiel sein Glaube in sich zusammen. Nein, die DDR war nicht das bessere Deutschland, und erst recht kein Paradies, denn im Laufe der Zeit hatten die Ideale, die bei der Gründung dieses Staates Pate gestanden hatten, sich schleichend in ihr Gegenteil verwandelt, an die Stelle der Befreiung der Menschen war ihre Unterdrückung getreten, und statt einer gerechten Verteilung der Güter hatte es nur kollektiven Mangel gegeben. Verglichen mit den Volkswirtschaften des Westens war die DDR ja kaum mehr als ein frühindustrielles Entwicklungsland, und dabei so morsch und korrupt, dass es seine wirtschaftliche Größe und moralische Überlegenheit nur mit Gewalt und Lügen und gefälschten Zahlen hatte behaupten können, und Tommy selbst war ein gottverdammter Idiot gewesen, ein Idiot und Verbrecher, der sich für diesen gigantischen Betrug hatte einspannen lassen, ja diese Verfälschung der Wahrheit aus freien Stücken betrieben hatte, um seines erbärmlichen Glaubens willen. Noch heute erinnerte er sich an seinen Sündenfall, wie er 1953, als blutjunger Genosse, den Produktionsrückstand bei Fahrradluftpumpen durch einen Zahlendreher behoben hatte, damit der Aufbau des Sozialismus keinen Schaden nahm. Was er damals getan hatte, in seinem ersten eigenen Verantwortungsbereich, um auf dem Papier den Widerspruch zwischen Realität und Ideologie aufzulösen, erwies sich nun als jahrzehntelang praktiziertes Überlebensprinzip des ganzen Systems.

Diese Erkenntnis, die sich aus den bei der Lektüre zahlloser Zeitschriften und Zeitungen gefundenen Wahrheitspartikeln mit jedem Tag deutlicher abzeichnete, war eine Enttäuschung, die in Tommy eine Leere erzeugte, als wäre das Leben selbst, das er in diesem Land geführt hatte, überhaupt nicht wirklich wahr gewesen, als habe er dieses Leben nur geträumt oder als habe das Schicksal mit der Wende einfach dieses Leben kassiert wie einen bedauerlichen Irrtum, den es nun schleunigst zu korrigieren galt.

Wenn er abends von der Bibliothek nach Hause kam, fühlte er sich jedes Mal wie erschlagen. Schon die Zubereitung des Abendbrots fiel ihm schwer, und auf die Idee, auszugehen und zu tanzen, um eine Frau zu erobern, kam er schon seit Wochen nicht mehr. Nichts interessierte ihn, nicht mal seine Schallplattensammlung, und den Fernseher schaltete er nur noch ein, um Nachrichten oder Reportagen zu schauen, als brauche er auch noch den Beweis der bewegten Bilder, um die Wahrheit glauben zu können, die er bei seinen täglichen Studien in der Bibliothek zutage förderte und die er doch nicht fassen konnte, die Wahrheit über sein Land, die Wahrheit über sich selbst. Und während der Fernseher lief und das Telefon klingelte, ohne dass er den Hörer abnahm, füllte sich die Leere in seinem Innern mit Wut und Entsetzen und Scham. Am liebsten wäre er aus der Partei ausgetreten, wie so viele es seit der Wende taten, um alle alten Brücken abzubrechen und die Vergangenheit hinter sich zu lassen – auf zu neuen Ufern! Aber das war eine Illusion. Das Parteibuch konnte er abgeben, nicht jedoch seine Schuld. Ein Austritt aus der Partei wäre nur ein feiger Verrat an seiner eigenen Vergangenheit gewesen, und dieser würde er trotzdem nicht entkommen, selbst wenn er sein Parteibuch auf dem Scheiterhaufen verbrannte.

Manchmal wurde die Wut über seine eigene Ohnmacht so groß, dass er am liebsten alles kurz und klein geschlagen hätte. Doch auch das hatte keinen Sinn, es gab ja niemanden, der Schuld an seinem misslungenen, gescheiterten Leben trug.

Niemand außer ihm selbst.

20

Fortuna hatte verloren, und das auch noch gegen Köln. Entsprechend schlecht war die Stimmung in Regina's Treff. Ein paar Gäste ereiferten sich immer noch über den Pfiff des Schiedsrichters, der in der sechsundzwanzigsten Minute ausgeblieben war, obwohl der Kölner Torwart den Düsseldorfer Mittelstürmer klar im Strafraum gefoult hatte. Die meisten aber standen einfach nur schweigend am Tresen und starrten trübsinnig in ihr Bier.

Wie hatte Regina das alles satt! Sie, die einst die First Lady Altenas gewesen war, zapfte Bier in einer Stehkneipe, und ihr Wohl und Wehe hing davon ab, ob Fortuna Düsseldorf am Samstag im Rheinstadion gewann oder verlor.

Ob Heinz wohl noch kommen würde, um sie für diesen freudlosen Tag zu entschädigen? Die Chancen waren eher gering, am Wochenende war seine Frau nur selten auf Reisen, und wenn sie in Düsseldorf war, musste Heinz zu Hause bleiben.

Regina nahm ein Geschirrtuch, um die gespülten Gläser abzutrocknen, da ging die Tür auf, und herein kam ein Mann, den sie nie und nimmer erwartet hätte. Wie ein Gespenst aus der Vergangenheit trat er ihr entgegen.

»Walter Böcker?«

»Kann ich hier vielleicht ein Bier bekommen?«, fragte er.

»Pils oder Alt?«, fragte sie mit ihrer ganzen Routine zurück, um ihre Verblüffung zu kaschieren.

»Wenn's geht, bitte ein Pils.«

»Kommt sofort!« Als sie ein Glas unter den Hahn hielt, konnte sie das Zittern ihrer Hand nur mit Mühe verbergen. »Mein Gott, wie lange ist das her, dass wir uns nicht mehr gesehen haben?«, sagte sie so ungezwungen wie nur irgend möglich.

»Eine Ewigkeit. Auf jeden Fall schon viel zu lange.«

Erst jetzt, als er sich zu ihr an den Tresen stellte, registrierte sie, dass er einen Stock beim Gehen benützte. Ansonsten aber schien er noch im vollen Saft. Er hatte nichts von seiner Ausstrahlung verloren, allein seine Gegenwart reichte, um eine Frau nervös zu machen. Um Gottes willen, wie sah sie überhaupt aus? Hoffentlich war ihr Lippenstift nicht verschmiert! Ein kurzer Blick auf die verchromte Zapfanlage beruhigte sie.

Als sie aufschaute, stellte sie zu ihrer Verwunderung fest, dass Walter fast genauso verlegen schien wie sie selbst. Er sah sie gar nicht richtig an, stattdessen begutachtete er mit übertriebener Aufmerksamkeit ihr Lokal.

»Toller Laden«, brummte er.

»Ja, findest du?« Geschmeichelt rückte sie an ihrer Frisur. »Dann solltest du erst mal sehen, was hier während der Igedo los ist. Jeden Abend die Hütte voll mit Modeschöpfern, eine Premierenparty nach der anderen. Heinz Östergard, Karl Lagerfeld – alles, was Rang und Namen hat. Und immer mit ihren Mannequins!«

»Das wundert mich nicht im Geringsten.«

Regina sah, wie ein paar Stammgäste am Tresen unverhohlen grinsten, und scheuchte sie mit einer Kopfbewegung an die Tische.

»Was für ein Zufall, dass du dich ausgerechnet in mein Lokal verirrt hast, um ein Bier zu trinken.« Sie reichte ihm sein Pils und blickte ihm tief in die Augen. »Aber schön, dass wir uns wiedersehen. Nach so vielen Jahren.«

Walter schüttelte den Kopf. »Nein, das war kein Zufall, ich habe von deinem Lokal gewusst. Ich habe mich nur nicht getraut zu kommen.«

Regina intensivierte ihren Blick. »Walter Böcker und sich nicht trauen?« Zum Glück hatte sie die künstlichen Wimpern angelegt. »Das passt ja nun gar nicht zusammen. Darf man fragen, aus welchem Grund?«

»Natürlich darf man, ich weiß nur nicht, wie ich antworten soll.« Er nahm einen Schluck von seinem Bier. Dann sagte er: »Weißt du eigentlich, dass meine Frau letztes Jahr gestorben ist?«

Sie berührte kurz seine Hand, gerade so viel, wie nötig war, um ihm ihr Mitgefühl auszudrücken. »Ja«, sagte sie, »Benno und Gundel Krasemann schauen manchmal auf einen halven Hahn bei mir vorbei. Sie haben mir von Annegrets«, sie zögerte eine Sekunde, um nach einem möglichst passenden Wort zu suchen, »*Hinscheiden* berichtet. Es tut mir ja so leid.«

Walter stieß einen Seufzer aus. »Ich halte die Einsamkeit einfach nicht mehr aus, so ganz allein in dem großen, leeren Haus. Manchmal habe ich das Gefühl, ich werde vor lauter Einsamkeit ganz rammdösig.«

Unfähig, sie anzuschauen, starrte er auf den Tresen. Dabei verlagerte er sein Gewicht von einem Bein auf das andere, als wolle er etwas sagen, könne sich aber nicht entschließen. Regina überlegte, wie sie ihm auf die Sprünge helfen könnte – wenn Heinz heute nicht kam und Walter vielleicht was mit ihr im Schilde führte, warum nicht? Obwohl er inzwischen die siebzig weit hinter sich haben musste, strotzte er vor Männlichkeit. Sie war neugierig, ob er immer noch ein so ausdauernder Liebhaber war wie früher.

Plötzlich hob er den Kopf und räusperte sich. »Was meinst du, willst du nicht zu mir ziehen?«

»Nach Altena?«, platzte sie heraus.

Er versuchte ein Lächeln. »Ich weiß, du hast die Stadt nie besonders gemocht, und ich bin ein alter Mann. Aber wir haben uns doch immer prima verstanden, und ich erwarte ja auch nicht viel, nur ein bisschen Gesellschaft. Gegen diese verfluchte Einsamkeit.«

Regina konnte kaum glauben, was er sagte. Wenn er versucht hätte, die Nacht mit ihr zu verbringen, hätte sie das nicht gewundert – schließlich war er mal ihr Liebhaber gewesen, und jeder schwelgte gern in Erinnerungen. Aber dass der große Walter Böcker, der reichste und bedeutendste Mann, den sie je kennengelernt hatte, einmal in ihrer schäbigen Kneipe auftauchen würde und sie darum anbettelte, zu ihm in sein Haus zu ziehen, um mit ihr zusammenzuleben – nein, wenn ihr das jemand prophezeit hätte, sie hätte ihn für verrückt erklärt.

Gott sei Dank war sie eine Frau, die genügend Selbstbeherrschung besaß, um mit einer solchen Situation umzugehen.

»Ich weiß nicht«, sagte sie. »Darüber muss ich erst mal nachdenken. Schließlich müsste ich für einen solchen Schritt ja sehr viel aufgeben, hier in Düsseldorf …«

21

Als Angelika in die Sakristei kam, zog Udo sich gerade für den Gottesdienst um, der in ein paar Minuten begann. Gott sei Dank, dass sie ihn noch vor dem Sakristeigebet erwischte! Brigitte vom Neuen Forum hatte vor fünf Minuten angerufen und etwas behauptet, was sie einfach nicht glauben konnte.

Damit niemand sie hörte, zog Angelika die Tür hinter sich zu. Wie immer roch es in dem kleinen Raum, der unmittelbar an den Altarraum der Kirche grenzte, ein bisschen nach Alkohol. Der Grund dafür war der Hektographierapparat. Den hatten sie früher, als man beim Vervielfältigen von Flugblättern noch Angst haben musste, dass plötzlich die Stasi auftauchte, hier aufgestellt, weil man ihn zwischen all den liturgischen Gewändern und Geräten, vor denen sogar die Schnüffler der »Firma« einen gewissen Respekt gezeigt hatten, am einfachsten verschwinden lassen konnte. Obwohl es die Stasi nicht mehr gab, stand der Apparat immer noch hier, einerseits aus alter Gewohnheit, andererseits, weil es so praktisch war. In den Regalen gab es nicht nur Platz für Paramente und Abendmahlskelche, sondern auch reichlich Ablagemöglichkeiten für Matrizen, Papier und Toner.

»Angie? Was willst du denn hier?«, fragte Udo, als er sie sah. »Du weißt doch, ich muss vor dem Gottesdienst noch mein Gebet sprechen.«

Sie mochte es nicht, wenn er sie Angie nannte. Sie mochte den Namen, den ihr Vater ihr gegeben hatte, Angelika, und das hatte sie ihm oft genug gesagt. Aber das war jetzt nicht so wichtig.

»Es dauert nicht lange, nur eine Frage«, sagte sie.

»Nämlich?«

»Brigitte behauptet, du willst nicht mehr beim Neuen Forum mitmachen. Stimmt das?«

Udo zuckte die Schultern. »Irgendwas dagegen?«

Sie schluckte. »Dann ist es also wahr?«

»Allerdings.« Scheinbar unbeeindruckt holte er seinen Talar aus dem Schrank und streifte ihn sich über die Jeanskluft.

Angelika schüttelte den Kopf. »Ehrlich gesagt, das verstehe ich nicht. Du hast doch unsere Gruppe hier mitgegründet.«

»Das war einmal, aber die Zeiten haben sich geändert. Wenn du mich fragst, hat das Forum abgewirtschaftet.«

»Soll das heißen, du hörst mit der Politik auf?«

»Keineswegs. Aber in Zukunft arbeite ich mit Leuten zusammen, die im Gegensatz zu den Forumsamateuren was von Politik verstehen.«

»Und wer sind diese Leute?«

»Die Vereinigte Linke.«

»Die Vereinigte Linke?« Angelika schnappte nach Luft.

»Ja, sie haben mich als Delegierten für den Runden Tisch nominiert.«

»Aber … aber du hast doch immer gesagt, das sind trotzkistische Spinner.«

»Die Kirche von Unten hat mich für die Vereinigte Linke vorgeschlagen. Das sind keine Spinner, sondern sozialistische Christen. Also Menschen wie ich.«

Er knöpfte sich den Talar zu. Als sie das Gesicht sah, das er dabei zog, begriff sie: Das war die Quittung für die verlorene Wahl. Im selben Moment bekam sie ein schlechtes Gewissen. Warum hatte sie sich nur überreden lassen, gegen ihn anzutreten? Sie hatte doch gewusst, wie viel die politische Arbeit ihm bedeutete, unendlich viel mehr als ihr selbst. Jetzt hatten sie ihren ersten richtigen Ehekrach, noch kein halbes Jahr nach der Hochzeit, und sie war daran schuld.

»Bitte verzeih mir«, sagte sie leise. »Wenn ich das geahnt hätte, hätte ich nicht kandidiert.«

Mit einer Mischung aus Verachtung und Verletztheit schaute er sie an. »Hast du aber, Angie! Und damit nicht genug, hast du die Wahl auch noch angenommen. Jetzt also bitte keine Krokodilstränen.«

Er kehrte ihr den Rücken zu und nahm ein Beffchen aus dem

Schrank. Während er es sich um den Hals legte, trat Angelika zu ihm und legte ihre Hand auf seine Schulter.

»Ich wollte dich nicht verletzen, Udo, wirklich nicht. Und sie haben mich ja auch nur gewählt, weil sie eine Frau haben wollten. Das war doch nicht persönlich gemeint. Jeder weiß doch, wie wichtig du für das Forum bist. Du bist unersetzlich.«

Mit einem Gesicht, aus dem ein einziger Vorwurf sprach, drehte er sich zu ihr herum. »Meinst du nicht, dass du langsam Schluss machen solltest mit der politischen Arbeit? Das frisst einfach zu viel Zeit. Oder willst du deine Dissertation an den Nagel hängen? Dann kannst du deinen Traum von der Professur gleich mit aufgeben!« Er schloss das Beffchen und strich die beiden Enden unter seinem Bart glatt. »Und jetzt lass mich bitte allein. In einer Minute beginnt der Gottesdienst – Zeit für das Sakristeigebet.«

22

Einmal im Jahr bekam Ruth in ihrem hübschen, kleinen Haus am Tiergarten Besuch von Babs Böcker, die allerdings inzwischen Ersoy mit Nachnamen hieß. Diese Besuche erfolgten entweder an Fritzchens Geburtstag oder an seinem Todestag, oder aber, wenn beides wie in diesem Jahr wegen eines Urlaubs oder aus einem sonstigen Grund nicht ging, an irgendeinem anderen Tag, an dem sie beide ausreichend Zeit und Ruhe hatten, um zusammen an ihn zu denken. Im Laufe der Jahre war so eine richtige Freundschaft zwischen ihnen entstanden. Ruth mochte die junge Frau, die beinahe ihre Schwiegertochter geworden wäre, und hatte sie inzwischen so liebgewonnen, als wäre sie es wirklich.

Wie immer an diesen Tagen hatte sie vorher Kuchen besorgt und im Wohnzimmer gedeckt. Nachdem sie beim Kaffee schon ausführlich Erinnerungen getauscht hatten, hatte Ruth das Fotoalbum mit Fritzchens Bildern aus dem Schrank geholt, in dem sie nun zusammen auf dem Sofa miteinander blätterten. Auch das gehörte zu ihrem festen Ritual.

»Wo war das noch mal?«, fragte Babs und zeigte auf ein Foto.

»In Rom«, antwortete Ruth.

»Ach ja, eure berühmte Italienreise.«

Das Foto zeigte sie mit Fritzchen und Winfried vor jenem finsteren, wie eine Burg mit Zinnen bewehrten und irgendwie ein bisschen unheimlich wirkenden Gebäude, von dessen Fenster aus Mussolini seine Reden gehalten hatte.

»Der Palazzo Venezia. Gleich gegenüber von Vittorio Emanuele II., der sogenannten Schreibmaschine.«

»Ihr drei macht da aber keinen besonders glücklichen Eindruck.«

»Es war an dem Nachmittag fürchterlich heiß, und die Kinder hatten schon die ganze Zeit gequengelt.«

Ruth wartete, bis Babs fertig geschaut hatte. Die nachfolgenden Seiten, die noch mehr Italienfotos enthielten, blätterte sie rasch weiter – sie erinnerte sich nur ungern an diese Reise. Plötzlich mussten sie beide lachen. Ein Bild von Fritzchens zehntem Geburtstag. Er sah darauf aus, als würde ihm eine Hortensie aus dem Kopf wachsen. Der Grund dafür war, dass bei der Aufnahme direkt hinter seinem Rücken ein Blumentopf gestanden hatte. Wie sehr hatte Ruth sich damals über ihre Unachtsamkeit geärgert, als sie das Bild nach dem Entwickeln beim Fotografen abgeholt hatte. Jetzt war sie froh, dass es das Bild gab. Sie hatten über kein anderes Foto von Fritzchen so oft gelacht wie über dieses.

»In diesem Jahr wäre er dreiundvierzig geworden«, sagte Babs.

Ruth stieß einen Seufzer aus. »Er war ein so störrischer Junge, sein Leben lang. Immer stand er sich selbst im Weg.«

Babs drückte ihren Arm. »Vielleicht habe ich ihn gerade deshalb geliebt. Fritzchen war der Einzige, der sich nie angepasst hat.«

Vom Flur her hörte man die Haustür, dann näherten sich Schritte.

»Ich glaube, Bernd kommt von der Arbeit.«

Gleich darauf ging die Wohnzimmertür auf, und mit seiner Aktentasche unterm Arm betrat ihr Mann den Raum. Als er Babs entdeckte, stutzte er.

»Oh, du hast Besuch?«

»Du weißt doch, wie jedes Jahr.«

»Ach so, entschuldige, das hatte ich vergessen.« Als er sich zu ihr beugte, um sie mit einem Kuss zu begrüßen, fiel sein Blick auf das Fotoalbum. »Tut es immer noch weh?«

Ruth nickte. »Ganz fürchterlich sogar.«

Auch Babs musste schlucken. »Ich glaube, ich sollte jetzt mal langsam gehen.« Sie nickte Ruth zu und stand auf. »Kemal wartet sicher schon auf mich.«

23

Die ersten Sitzungen des Runden Tischs hatten noch im Gottesdienstraum der Herrnhuter Brüdergemeine im Bonhoefferhaus stattgefunden, als handle es sich dabei um Versammlungen irgendeiner Dissidentengruppe, von denen sich während der Vorwendezeit überall welche im Land gebildet hatten, um nach dem Mauerfall weiterzumachen wie zuvor. Doch nachdem der Runde Tisch, in dem Mitglieder der Regierung, der SED und der Blockparteien den Versuch unternahmen, zusammen mit Vertretern der Oppositionsbewegungen sowie der Kirchen und Gewerkschaften Grundlagen für einen Neuaufbau der DDR zu erarbeiten, sich in kurzer Zeit zu einer Art Nebenregierung entwickelt hatte, tagte er seit Anfang des Jahres seiner Bedeutung entsprechend im Konferenzgebäude des Ministerrats, draußen in Pankow, in Schloss Niederschönhausen.

Als Angelika den überfüllten Sitzungssaal betrat, stellte sie zu ihrer Verwunderung fest, dass der Runde Tisch gar nicht rund war, wie sein Name besagte, sondern in Wirklichkeit ein aus zahlreichen einfachen Tischen zusammengesetztes Rechteck, an dem sich an diesem Abend über fünfzig Frauen und Männer quetschten, die Delegierten der verschiedenen Gruppen und Parteien samt ihren Beratern und Pressesprechern. Sie sahen alle fürchterlich wichtig und gescheit aus, manche von ihnen, wie Rainer Eppelmann vom Demokratischen Aufbruch oder Wolfgang Ullmann von Demokratie jetzt!, kannte Angelika sogar aus dem Fernsehen. Unsicher schaute sie sich um. Noch mehr als die Frauen und Männer am Tisch schüchterte sie die riesige Journalistenmeute ein, die sich mit ihren Kameras und Aufnahmegeräten zu Hunderten an den Wänden drängten.

Ein Schildchen, auf dem in Handschrift noch Klaus Heitschötters Name stand, versehen mit dem Zusatz »Neues Forum«, wies ihr den Weg zu ihrem Platz. Als sie sich setzte, schaute sie in Udos Gesicht – als Vertreter der Vereinigten Linken saß er ihr direkt gegenüber. Sie versuchte, ihm zuzulächeln, doch er verzog keine Miene, nicht mal ihr Kopfnicken erwiderte er, sondern senkte stattdessen den Blick, um in seinen Unterlagen zu blättern. Offenbar war die Verletzung, die sie ihm zugefügt hatte, noch größer, als sie befürchtet hatte. Sie hatte in der Zwischenzeit mehrmals versucht, sich mit ihm auszusprechen, doch er hatte jeden ihrer Versuche beleidigt abgeblockt. Obwohl er es nicht offen sagte, wusste sie, was er von ihr erwartete, nämlich dass sie ihre Arbeit im Forum beendete und sich ganz auf ihre Hochschultätigkeit konzentrierte. Weil sie ihm diesen Gefallen aber nicht tat, hatte er sich sogar geweigert, zusammen mit ihr hinaus nach Pankow zu fahren – vor der Sitzung, so hatte er seine Weigerung höchst fadenscheinig begründet, müsse er sich noch mit seinen neuen Genossen abstimmen. Als hätte sie das nicht auch gemusst.

Angelika holte ihre Unterlagen aus der Tasche und ordnete sie vor sich auf dem Tisch. Am Abend, so nahm sie sich vor, wollte sie versuchen, Udo zu verführen. Im Bett hatten sie bis jetzt noch immer wieder zusammengefunden, egal, wie sehr sie sich zuvor gestritten hatten, sogar in ihrer Hochzeitsnacht hatte das geklappt, obwohl er da stinksauer auf sie gewesen war, weil sie nach der Maueröffnung über den Kudamm hatte laufen wollten. So jedenfalls konnte es nicht weitergehen.

Der Moderator der Versammlung, Pastor Martin Ziegler, ein knorriger Mann um die sechzig und seines Zeichens Direktor des Diakonischen Werks, eröffnete die Sitzung. Auf der Tagesordnung stand nur ein einziger Punkt: Sollten Vertreter des Runden Tischs sich in die von Ministerpräsident Hans Modrow vorgeschlagene überparteiliche Regierung der Nationalen Verantwortung einbinden lassen?

Nachdem ein Staatssekretär, dessen Namen Angelika nicht verstanden hatte, die Einladung des Ministerpräsidenten offiziell wiederholt hatte, begann die Diskussion. Die Sprecher der Blockparteien unterstützten natürlich den Vorschlag, sie hatten ja noch nie etwas anderes getan, als das nachzuplappern, was die SED ihnen vorsagte, das Gleiche galt für die Gewerkschafter am Tisch. Doch auch die Kirchenvertreter sprachen sich im Namen der Versöhnung für ein überparteiliches Bündnis zwischen Regierung und Opposition aus, und ihnen schlossen sich die Delegierten der Bürgerbewegungen an, weil es in dieser Frage, so ihre wiederholte Auskunft, nicht um die Interessen einzelner Parteien oder Gruppierungen gehe, sondern um die Zukunft des ganzen Landes, und dieser Aufgabe dürfe sich niemand entziehen.

Nur die Vereinigte Linke wollte von einer Beteiligung des Runden Tischs an einer gemeinsamen Regierung nichts wissen. Voller Unbehagen sah Angelika, wie Udo sich von seinem Platz erhob, um die ablehnende Haltung seiner Genossen zu begründen.

»Hans Modrow hat mit seiner Erklärung *Deutschland, einig Vaterland* die DDR verraten und sich der BRD bedingungslos unterworfen. Der Ministerpräsident strebt eine deutsche Widervereinigung unter dem Diktat des Westens an. Eine solche Kapitulation aber würde uns als Bürger der DDR nicht nur unserer Geschichte berauben, sondern auch unserer Würde. Sind wir etwa Deutsche zweiter Klasse? Nein, die Vereinigte Linke wird einen solchen Kurs niemals mittragen, wir bestehen vielmehr auf einer eigenständigen, unabhängigen DDR, um einen eigenen, einen dritten Weg zu finden zwischen Sozialismus und Kapitalismus. Das sind wir uns und unseren Kindern schuldig!«

Pastor Ziegler machte sich eine Notiz. »Und wie hat das Neue Forum sich entschieden?«

Angelika war froh, dass Reinhard Schult die Aufgabe übernommen hatte, für die Bewegung zu sprechen. Obwohl sie sich seit ihrer ersten Rede im Forum inzwischen dort häufiger zu Worte meldete, war die Versammlung hier noch mal eine ganz andere Sache. Mit all den Politikprofis und Presseleuten im Saal hätte sie vor lauter Aufregung vielleicht gar keinen Ton herausgebracht.

Im Gegensatz zu Udo begnügte Reinhard Schult sich für seine Erklärung mit einem einzigen Satz. »Das Neue Forum ist bereit, sich an einer Regierung der Nationalen Verantwortung zu beteiligen.«

»Ist das alles?«, fragte der Moderator

»Ja«, bestätigte Ralf und nahm wieder Platz.

»Schön, dann kommen wir zur Abstimmung. Wer ist für den Antrag, der Einladung von Ministerpräsident Modrow zu folgen?«

Die Abstimmungsberechtigten sämtlicher Gruppen und Parteien hoben die Hände, außer den Vertretern der Vereinigten Linken.

Pastor Ziegler nickte. »Ich nehme das Ergebnis zu Protokoll und schlage vor, dass jede zur Regierungsmitwirkung bereite Gruppierung jetzt ihre Kandidaten benennt, damit der Runde Tisch möglichst zügig die Verhandlungen mit dem Ministerpräsidenten aufnehmen kann.«

Noch während er sprach, erhoben sich die Vertreter der Vereinigten Linken von ihren Plätzen und verließen protestierend den Saal. Angelika versuchte, Udos Blick zu fangen, doch im Blitzlichtgewitter der Journalisten marschierte er mit wütender Miene an ihr vorbei zur Tür, ohne sie auch nur anzuschauen.

Erst als er schon auf dem Flur war, drehte er sich noch einmal herum und warf ihr einen giftigen Blick zu.

Als sie diesen Blick sah, holte sie kurz Luft. Wenn sie Udo heute Abend wirklich verführen wollte, musste sie auf dem Heimweg unbedingt noch eine Flasche Wein auftreiben.

24 RETTET BURG ALTENA!

Kemal korrigierte noch einmal am Computerbildschirm den Text, mit dem er Altenas Bevölkerung für die Bürgerinitiative mobilisieren wollte. Seit Babs fort war, um der Mutter ihres einstigen Verlobten ihren Jahresbesuch abzustatten, hatte er sich damit abgemüht, Formulierungen zu finden, die sich einerseits mit der nötigen Schärfe gegen Walter Böckers Vorhaben richteten, das jüdische Museum durch sein deutschnationales Institut zu ersetzen, ohne andererseits den Eindruck zu erwecken, dass hier auf dem Rücken der Stadt womöglich eine Familienfehde ausgetragen wurde, wie Ulla gewarnt hatte.

Müde rieb Kemal sich die Augen. Hatten sie überhaupt eine Chance gegen Babs' übermächtigen Vater? Obwohl inzwischen herausgekommen war, dass er ausgerechnet den berühmt-berüchtigten Carl Schlitt zum wissenschaftlichen Leiter seines Instituts erkoren hatte, einen alten Nazi-Juristen, der angeblich nach Kriegsende den damals noch jungen Inhaber der Firma Böcker & Söhne in Nürnberg vor einem Prozess bewahrt hatte und seit 1945, weil kein anständiger Mensch mehr was von ihm wissen wollte, in Pasel bei Plettenberg hauste, überschlugen sich die allermeisten Altenaer in ihren Leserbriefen an das Kreisblatt und die Rundschau nur so vor Begeisterung über den sogenannten Erlebnis-Aufzug, den der Bürgermeister der Stadt für den Fall versprochen hatte, dass diese ihrem größten Sohn aller Zeiten den letzten Lebenswunsch erfüllte.

Kemal hatte am Abend Peter in Tübingen angerufen, um dessen Meinung zu der Angelegenheit zu hören – vielleicht hatte sein alter Kumpel ja einen Rat, Peter war schließlich seit ein paar Jahren als Unternehmensberater zugange. Die Antwort seines Freundes war zwiegespalten ausgefallen. Als Unternehmensberater, hatte er gesagt, müsse er leider für den Aufzug plädieren, die Idee könne tatsächlich Altenas Rettung sein, als Freund hingegen drücke er Babs und Kemal natürlich die Daumen, dass es mit der Bürgerinitiative klappe. Und schon hatte er das Thema gewechselt, um von seinen alten Schriftstellerambitionen zu schwadronieren. Seit letzten Sommer – »genau: seit dem 19. August

1989, und zwar um einundzwanzig Uhr fünfundvierzig, als ich im heute-Journal die Bilder von den DDR-Bürgern sah, die in Ungarn durch den Zaun drängten, in den Westen, in die Freiheit« – spuke ihm eine Romanidee im Kopf herum, die ihn einfach nicht mehr loslasse: die Geschichte der deutschen Teilung und Wiedervereinigung am Beispiel einer Familie. Er recherchiere schon wie ein Irrer, würde alles lesen, was er zu dem Thema in die Finger bekomme, und hoffe nichts sehnlicher, als dafür einen Verlag zu finden – die Unternehmensberaterei sei ja nur idiotische Geldscheffelei und hänge ihm total zum Hals raus.

»Deine Sorgen möchte ich haben«, hatte Kemal gesagt und aufgelegt.

Das Telefonat hatte ihn ziemlich deprimiert. Abgesehen davon, dass Peter mal wieder nur um sich selbst gekreist war, statt auf seine Sorgen einzugehen, hatte Kemal das Gefühl, im Leben so ziemlich alles falsch gemacht zu haben. Er war vier Jahre alt gewesen, als er mit seinen Eltern Ende der fünfziger Jahre nach Deutschland gekommen war, wo sein Vater eigentlich nur eine Facharztausbildung machen wollte, um danach wieder in die Türkei zurückzukehren. Doch da sein Vater in Altena hängengeblieben war, war Kemal mitten im deutschen Wirtschaftswunder aufgewachsen, in einer Zeit, in der es immer nur aufwärts gegangen war – sogar nach der Rezession Ende der sechziger Jahre und der anschließenden Ölkrise, als man ein paar Wochen lang sonntags nicht Auto fahren durfte, hatte sich daran kaum etwas geändert. Kein Mensch hatte sich damals Sorgen um die Zukunft gemacht, Mitte der siebziger Jahre, als Babs und er mit dem Studium angefangen hatten – wenn alle Stricke rissen, so war die einhellige Meinung gewesen, könne man ja immer noch Pauker werden, der Staat würde einen schon auffangen. Umso größer war der Schock gewesen, als es plötzlich geheißen hatte, es gebe keine Lehrerstellen mehr, zumindest nicht für Philologen. Kemal erinnerte sich noch genau, wie er von der Schreckensnachricht erfahren hatte. Er war im vierten Semester gewesen, kurz vor der Zwischenprüfung, da hatte er diesen Artikel in der Oberhessischen Presse gelesen, auf der versifften Toilette seiner Marburger WG, das Wort »Lehrerschwemme« im Titel war ihm ins Auge gesprungen. Vor Schreck wäre er beinahe in die Kloschüssel gefallen.

Warum in aller Welt war er nicht auch Unternehmensberater geworden? Oder wenigstens Programmierer, wie die meisten seiner früheren Kommilitonen? Nein, er und Babs hatten nicht wahrhaben wollen, dass sie mit dem, was sie im Studium gelernt hatten, kein Geld verdienen konnten, und hatten wie zwei Idioten ein Antiquariat in Altena eröffnet, in einer Stadt, in der ein Spanier der einzige Bibliophile war, nur um irgendwas mit Büchern zu machen. So stolz waren sie bei der Eröffnung ihres Ladens gewesen, weil sie sich nicht wie die anderen angepasst, sondern ihr Ding durchgezogen hatten. Jetzt nagten sie dafür am Hungertuch.

Er wollte gerade den Computer ausschalten, da hörte er, wie die Ladentür ging. Eine Minute später kam Babs ins Büro. Im selben Augenblick waren Walter Böcker und die Bürgerinitiative vergessen, genauso wie alle anderen Sorgen. Seine Eifersucht, die er seit dem Nachmittag mit mehr oder weniger großem Erfolg verdrängt hatte, war mit einem Schlag wieder da.

Mit dem Zeigefinger tippte er auf seine Armbanduhr. »Weißt du, wie spät es ist? Schon halb neun! Musste das sein?«

Babs verstand sofort, was er meinte. »Wie kannst du nur eifersüchtig auf jemanden sein, der schon zwanzig Jahre tot ist?«

»Du hast ihn geliebt.«

»Jetzt liebe ich dich.«

»Aber warum kannst du ihn nicht endlich vergessen?«

»Wie stellst du dir das vor? Fritzchen ist an meiner Seite gestorben, und ich habe überlebt. So etwas kann man nicht vergessen!«

»Nenn ihn wenigstens nicht immer Fritzchen. Er war ein *Mann*, durch ihn wurdest du zur Frau!«

Mit einem liebevollen Lächeln schüttelte sie den Kopf. »Mein unverbesserlicher Türke. Wenn du nicht so entsetzlich eifersüchtig wärst, wärst du perfekt.«

Sie kam zu ihm an den Schreibtisch und gab ihm einen Kuss. Sofort spürte er wieder, wie sehr er sie liebte. Dass Babs seine Frau geworden war, war ein Geschenk des Himmels und tausendmal wichtiger als Arbeit und Geld und was es sonst noch auf dieser Welt gab. Er nahm sie in den Arm und erwiderte ihren Kuss, dankbar, dass sie ihm seine krankhafte Eifersucht nicht übelnahm.

»Du süße kleine Lügnerin«, flüsterte er.

»Wie kommst du dazu, mich Lügnerin zu nennen?«, flüsterte sie zurück.

»Weil du mich gar nicht perfekt findest.«

»Und ob ich das tue!« Zärtlich knabberte sie an seinem Ohrläppchen.

»Nein, tust du nicht. Wenn du mich wirklich perfekt finden würdest, hättest du mir längst meinen Wunsch erfüllt.«

Mit ihrer Zunge streifte sie seinen Hals. »So viel kannst du dir gar nicht wünschen, wie ich dir gleich erfülle, mein Lieber.«

Die Erregung schoss ihm direkt in den Unterleib. Doch er beherrschte sich.

»Bitte, lenk jetzt nicht ab. Du weißt ganz genau, welchen Wunsch ich meine.«

Er spürte, wie sie an seiner Wange innehielt. Im nächsten Moment löste sie sich aus der Umarmung.

»Du meinst – Kinder, nicht wahr?«

Er nickte. »Warum willst du keine? Sag mir endlich die Wahrheit.«

Babs zögerte, so, wie sie immer zögerte, wenn er ihr diese Frage stellte, auf die sie ihm noch nie eine vernünftige Antwort gegeben hatte.

»Bitte. Wenn du schon keine Kinder willst, möchte ich wenigstens wissen, warum.«

Er sah, wie sie mit sich kämpfte. Schließlich gab sie sich einen Ruck.

»Ich … ich habe einfach zu große Angst«, sagte sie.

»Angst? Wovor?« Er nahm ihr Hand und schaute sie an. »Davor, dass das Geld nicht reicht? Aber das kriegen wir doch hin! Wo zwei satt werden, werden auch drei satt – das wäre doch gelacht!«

Babs schüttelte den Kopf. »Nein«, sagt sie. »Das Geld ist es nicht. Es ist vielmehr … – ich … ich habe einfach fürchterliche Angst, dass meine Kinder so werden könnten wie mein Vater.«

25

Als Angelika am Abend nach Hause kam, war Udo schon im Schlafzimmer. Die Jeansjacke hatte er bereits ausgezogen und über einen Stuhl gehängt und knöpfte sich gerade das Hemd auf.

Perfektes Timing, dachte sie. Besser hätte sie es nicht planen können …

»Was grinst du so, Angie?«, fragte er misstrauisch. »Immer noch die Freude über den großen Triumph?«

»Nein«, sagte sie. »Ich habe nur eben einen Witz gehört. Soll ich erzählen?« Ohne seine Antwort abzuwarten, erzählte sie. »Telegramm von Honecker an Modrow: ›Übung beenden. Komme morgen wieder zurück.‹«

Udo verzog keine Miene.

»Ich dachte, der würde dir gefallen.«

»Warum sollte er?«

»Weil du Modrow nicht leiden kannst.« Sie machte einen Schritt auf ihn zu. »Jetzt lach schon, ist doch ein guter Witz.«

»Mir ist heute das Lachen vergangen.« Er schüttelte den Kopf. »Glaub mir, euer Weg ist falsch, ihr verratet unser Land.«

»Aber die Menschen haben die Nase voll von der DDR. Sie wollen die Wiedervereinigung.«

Udo schaute sie böse an. »Du kannst es gar nicht mehr abwarten, stimmt's? Aber kein Wunder, du wolltest ja schon in unserer Hochzeitsnacht rübermachen.« Plötzlich stutzte er. »Sag mal, was versteckst du da eigentlich hinter deinem Rücken?«

Auf diese Frage hatte Angelika nur gewartet. Mit ihrem verführerischsten Lächeln zauberte sie zwei Gläser sowie eine bereits geöffnete Flasche Rotwein, die sie auf dem Heimweg für zwanzig Westmark Barbara abgekauft hatte, die in ihrem Keller ein ganzes Weinlager unterhielt, hinter dem Rücken hervor.

»Den möchte ich heute Abend mit dir trinken. Zur Versöhnung.«

Udo hob die Brauen. »Im Schlafzimmer?«

»Gibt es einen besseren Ort, um sich zu versöhnen?« Sie reichte ihm ein Glas und schenkte ein. »Echter französischer Bordeaux.«

»Stierblut ist wohl nicht mehr gut genug«, erwiderte er, doch gleichzeitig sah sie, wie er neugierig nach dem Etikett schielte.

»Jetzt probier doch erst mal.«

Während er einen ersten Schluck nahm, stellte sie das Radio an. Was für ein Glück – auf DT64 lief gerade *Mich zu lieben*, einer von Udos Lieblingssongs, den er immer als Beweis dafür anführte, dass es auch in der DDR gute Rockmusik gab.

Sie wusste nicht, ob es am Wein oder an dem Song von Rockhaus lag, aber als sie sich umdrehte, hatte sich seine Miene jedenfalls deutlich aufgehellt.

»Eins muss man den Franzosen lassen«, sagte er und trank noch einen Schluck. »Wein machen können sie.«

»Siehst du?« Sie nahm ihr Glas und prostete ihm zu. »Das ist es doch wirklich nicht wert.«

»Was ist was nicht wert?«

»Dass wir für die Politik unsere Ehe riskieren.« Mit ihrer Linken fuhr sie unter sein halb aufgeknöpftes Hemd und schaute ihm dabei tief in die Augen. »Oder was meinst du?«

Zum Glück zuckte er nicht zurück, sondern erwiderte ihren Blick. »Da könntest du vielleicht sogar recht haben«, sagte er. »Ausnahmsweise.«

Als er mit ihr anstieß, registrierte er endlich auch ihre Frisur. Noch in der Tram hatte sie ihre Locken mit einem Gummiband gebändigt, wie am Tag ihrer Eheschließung, so dass ihr Haar ganz glatt am Kopf anlag und dadurch ihre blauen Augen und die hohen Wangenknochen besser zur Geltung kamen. Udo hatte ihr in der Hochzeitsnacht gesagt, dass er ihr Gesicht mit dieser Frisur besonders erotisch finde. Nach ihrer Rückkehr von der Bornholmer Straße war das gewesen, als sie beim Ausziehen das Haar hatte auflösen wollen und er sie gebeten hatte, es nicht zu tun.

»Ist die Frisur für mich?«, wollte er wissen.

»Natürlich. Für wen sonst? Aber wollen wir nicht noch einen Schluck trinken?«

Wieder stießen sie miteinander an, und während sie mit ihrer freien Hand unter seinem Hemd die Stelle seines Rückens kraulte, wo er es am liebsten hatte, leerten sie ihre Gläser. Als er seinen letzten Schluck getrunken hatte, glaubte sie, durch seinen Bart hindurch ein Lächeln zu erkennen – sein erstes Lächeln seit Wochen.

»Sag mal, Angie, kann es sein, dass du gerade versuchst, mich zu verführen?«, fragte er mit rauer Stimme.

»Wer weiß? Vielleicht?« Über den Rand ihres Glases lächelte sie ihm zu. »Und ich hatte schon Angst, du würdest es nicht bemerken.«

Keine fünf Minuten später lagen sie im Bett. Ohne weiteres Vorspiel kam er gleich zur Sache. Erleichtert schloss sie die Augen.

Im Sport nannte man so etwas wohl einen Arbeitssieg.

26

Es war Sonntag, der 18. März 1990, kurz nach achtzehn Uhr, und im Fernseher der Familie Krasemann lief ein Formel-1-Rennen auf RTL.

»Würde mal bitte jemand von diesem Tutti-frutti-Kanal auf einen richtigen Sender umschalten?«, sagte Benno.

»Was meinst du mit richtigem Sender?«, fragte Plum.

»ARD und ZDF natürlich. Ich will wissen, wie die Wahl ausgegangen ist.«

»Aber die Sache ist doch längst entschieden«, erwiderte Plisch. »Alle Prognosen sagen der SPD einen haushohen Sieg voraus. Das muss ich mir nicht antun. Da schaue ich mir lieber das Rennen an.«

»Sehr wahr gesprochen, Bruderherz.« Plum machte eine Tüte Chips auf. »Wenn du dich unbedingt am Sieg der Sozis ergötzen willst, Papa, kannst du dir ja die Nachrichten um zwanzig Uhr in der Tagesschau ansehen, auf einem *richtigen* Sender.«

Manchmal fiel es Benno schwer, seine Söhne zu verstehen. In der DDR fanden die ersten freien Wahlen statt, die nicht zuletzt über die Frage der Wiedervereinigung entscheiden würden, aber die zwei guckten lieber Formel 1. War jungen Menschen wie ihnen, die während der Zweiteilung Deutschlands aufgewachsen waren, diese so selbstverständlich geworden, dass die mögliche Wiedervereinigung ihnen gleichgültig war? Oder lag das Desinteresse seiner Söhne auch daran, dass sich die Ereignisse im Osten mit einer solchen Geschwindigkeit entwickelten, dass auch Benno manchmal den Überblick verlor?

Ursprünglich war die Wahl bereits für den 6. Mai angesetzt worden, doch nachdem Bundeskanzler Kohl die ganze Welt mit seinem Zehn-Punkte-Plan überrascht hatte, der nichts anderes war als ein Fahrplan zur Wiedervereinigung, und die vier ehemaligen Besatzungsmächte den Zwei-plus-vier-Gesprächen mit der BRD und DDR zugestimmt hatten, um die Modalitäten der Wiedervereinigung zu klären, hatte man die Wahl um knapp zwei Monate vorverlegt, weil die Aufnahme solcher Gespräche eine demokratisch legitimierte Regierung in beiden Teilen Deutschlands voraussetzte, die DDR-Regierung aber, obwohl ihr inzwischen auch Vertreter der Opposition angehörten, noch von der Einheitspartei statt vom Volk eingesetzt worden war. Die Allparteienregierung, mit der Hans Modrow, der letzte Ministerpräsident der alten DDR, versucht hatte, zu retten, was nicht mehr zu retten war, hatte sich nicht an der Macht halten können. Keine anderthalb Monate hatte der Spuk gedauert.

Obwohl Benno seine Söhne achtundzwanzig Jahre lang im Geist der Demokratie erzogen hatte, sprach er jetzt ein Machtwort. »Jetzt ist es aber genug mit der albernen Rumfahrerei im Kreis!« Damit ihm niemand zuvorkommen konnte, nahm er die Fernbedienung vom Tisch.

»Na gut, dann gucken wir eben oben weiter!« Mit seiner Chipstüte in der Hand stand Plisch auf.

»Hiergeblieben, Freundchen! Wenigstens bis zur ersten Hochrechnung!«

Zu Bennos Überraschung sank Plisch tatsächlich in den Sessel zurück, und auch Plum blieb an seinem Platz. Natürlich hatten die beiden mit ihrer Einschätzung recht, dass die Sache entschieden war, aber Benno war der Auffassung, sie sollten wenigstens dabei sein, wenn das Ergebnis amtlich wurde. Das verlangte schon der Respekt vor diesem Ereignis, auch wenn der Wahlausgang den Interessen von Schuh Krasemann mit noch so großer Sicherheit zuwiderlief. Die Ost-CDU, die eine möglichst schnelle Wiedervereinigung anstrebte, hatte keine Chance gegen die zögerliche SPD, sie war in der DDR als Blockflötenpartei verschrien, die vierzig Jahre mit der SED gekungelt hatte, und nachdem in der letzten Woche, nur drei Tage vor der Wahl, auch noch Wolfgang Schnur, der Spitzenkandidat des Demokratischen Aufbruchs, der sich mit der CDU und der neu gegründeten Deutschen Sozialen Union zur Allianz für Deutschland zusammengeschlossen hatte, als ehemaliger Stasispitzel enttarnt worden war, gab niemand mehr einen Pfifferling auf das bürgerliche Lager. Der erste Ministerpräsident der neuen DDR würde Ibrahim Böhme heißen, der Spitzenkandidat der SPD, das stand so fest wie das Amen in der Kirche, auch wenn das eine Katastrophe für Schuh Krasemann bedeutete. Der Obersozi Oskar Lafontaine, der die Ost-SPD natürlich genauso am Gängelband führte wie Helmut Kohl die Ost-CDU, machte ja nicht den geringsten Hehl aus seinen kleinkrämerischen Bedenken gegen die Wiedervereinigung, weil dann angeblich unkalkulierbare Kosten auf die Bundesrepublik zukommen würden, die nicht zu finanzieren seien. Wenn man den Saar-Napoleon reden hörte, bekam man fast den Eindruck, dass er sich heimlich nach der guten, alten Zeit zurücksehnte, in der die Mauer noch stand.

Umso größer war darum die Überraschung, als Benno auf die Fernbedienung drückte und am Bildschirm nicht Ibrahim Böhme mit seinem schwarzen Schnäuzer erschien, sondern der graubärtige Lothar de Maizière, der immer so traurig und besorgt durch seine große dicke Brille schauende Vormann der Ost-CDU.

»Leck mich am Arsch! Soll das etwa heißen, dass …«

Benno hatte den Satz noch nicht zu Ende gesprochen, da verschwand Lothar de Maizière vom Schirm, und die erste amtliche Hochrechnung erschien. Im selben Moment stieß er einen Freudenschrei aus, so dass Gundel, die in der Küche das Abendbrot vorbereitete, eilig ins Wohnzimmer gelaufen kam.

»Was ist passiert?«

»Komm rein und setz dich«, sagte er. »Das musst du dir anschauen.«

Fassungslos starrte er auf den Bildschirm. Das für unmöglich gehaltene Wunder war geschehen, die Allianz für Deutschland hatte allen Prognosen zum Trotz den Sieg errungen, die Balken mit der Stimmverteilung ließen daran keinen Zweifel. Selbst Plisch und Plum waren so verdattert, dass sie freiwillig blieben.

»Und was lernen wir daraus?«, fragte Benno. »Niemals aufgeben! Genauso wie damals, als ich bei Schuh Krasemann anfing und unten im Lagerkeller verzweifelte, weil ich nicht in den Verkauf durfte.«

»Nicht schon wieder, Papa – *bitte*«, sagte Plum.

Sein Bruder grinste. »Sonst fängt Mama gleich mit Maria in den Trümmern an.«

»Ja spottet nur, ihr zwei«, sagte Benno. »Aber wenn ich eins im Leben gelernt habe, dann das. Das Spiel ist erst aus, wenn der Schiedsrichter abpfeift! Nicht wahr, mein Schatz?« Er drehte sich zu Gundel herum, die neben ihm auf dem Sofa Platz genommen hatte, und gab ihr einen Kuss. »Wir wären heute auch nicht zusammen, wenn wir damals aufgegeben hätten, als es bei unserem ersten Anlauf nicht klappte.«

Während Gundel seinen Kuss erwiderte, kehrte Lothar de Maizière auf den Bildschirm zurück. Sogar jetzt, in der Stunde des Triumphs, zog er sein griesgrämiges Opfergesicht, und mit einer Stimme, die nach Weltuntergang klang, erklärte er, dass die Runden Tische nun aufgelöst würden und er umgehend mit der Regierungsbildung beginne.

»Was meint ihr?«, fragte Plisch. »Kommt die Währungsunion wohl noch in diesem Jahr?«

Die Antwort scholl ihnen aus dem Fernseher entgegen, wo inzwischen Bilder einer Demonstration in Ostberlin zu sehen waren

»Kommt die D-Mark, bleiben wir«, skandierten die Leute auf der Straße und reckten ihre Transparente in die Kamera. *»Kommt sie nicht, geh'n wir zu ihr!«*

27 *Kommt die D-Mark, bleiben wir. Kommt sie nicht, geh'n wir zu ihr!*

Ruth, die gerade in der Küche eine Limonade aus dem Kühlschrank nahm, hörte den Fernseher aus dem Wohnzimmer durchs ganze Haus. Bernd sollte wirklich mal zum Ohrenarzt, er war in letzter Zeit ein bisschen schwerhörig geworden, auch wenn er das selbst nicht wahrhaben wollte, und stellte den Fernseher manchmal so laut, dass es fast nicht auszuhalten war.

»Soll ich dir ein Bier mitbringen?«, rief sie.

»Wie bitte?«

»Ob ich dir ein Bier mitbringen soll!«

»Ja, gerne. Aber alkoholfrei.«

Ruth fand es irgendwie rührend, dass er sie immer noch daran erinnerte, dass er keinen Alkohol trinken durfte, als habe er Angst, sie könne ihm sonst womöglich ein richtiges Bier unterjubeln. Dabei hatten sie sowieso kein anderes Bier im Haus als Clausthaler. Allerdings war ihr seine Vorsicht lieber, als wenn er sein Alkoholproblem auf die leichte Schulter genommen hätte. Mein Gott, was war er damals für ein Wrack gewesen, er hatte sich kaum auf den Beinen halten können, als er zu Fritzchens Beerdigung auf dem Friedhof erschienen war. Und doch war ihr seine Beileidsbekundung damals mehr wert gewesen als jede andere. An jenem traurigen Tag, an dem sie ihren eigenen Sohn zu Grabe getragen hatte, einem der traurigsten Tage ihres Lebens, hatte sie begriffen, dass sie Bernd Wilke liebte, diesen schwankenden, erbarmungswürdigen Mann, der da so unverhofft vor ihr aus dem Regen aufgetaucht war, um ihr beizustehen, obwohl der Weg zum Mühlendorf hinauf für ihn in diesem Zustand ein fast übermenschlicher Kraftakt gewesen sein musste.

Als sie ins Wohnzimmer kam, wurden am Bildschirm gerade irgendwelche Leute zum Ausgang der DDR-Wahl befragt. Die Rede war von Aufbruch und neuen Zeiten. Der Interviewer befragte die Straßenpassanten vor einer Baustelle.

»Wenn ich sehe, was da gerade im Osten passiert«, sagte Bernd, »juckt's mir ganz schön in den Händen, noch mal wieder selber mit anzupacken. Überall wird abgerissen und wieder aufgebaut.«

»Bist du denn nicht zufrieden, so, wie es ist?«, fragte sie. »Wir sind gesund, haben unser eigenes Zuhause und keinerlei Geldsorgen. Das ist doch genau das, wovon du immer geträumt hast, mein geliebter Spießer.«

»Doch, natürlich bin ich zufrieden«, sagte er. »Mehr sogar, als ich es je erhofft habe. Nur dieses Gefühl, noch mal wieder ganz von vorn anzufangen …« Ohne ersichtlichen Grund hielt er inne, und sein Gesicht, das gerade noch so unternehmungslustig ausgesehen hatte, schien plötzlich traurig.

»Welche Laus ist dir denn über die Leber gelaufen?«, fragte sie.

»Ach nichts«, sagte er. »Mir fiel nur gerade ein, dass ich vorgestern auf dem Heimweg Hans-Jörg in der Stadt begegnet bin. Wir sind uns fast in die Arme gerannt.«

»Ich fürchte, das wird in Zukunft öfter passieren, nachdem er hier die Allianzvertretung übernommen hat.«

»Er hat so getan, als hätte er mich nicht bemerkt, und ist einfach an mir vorbeigelaufen. Mein eigener Sohn. Dabei habe ich genau gesehen, wie er kurz zusammengezuckt ist.«

Sie nahm seine Hand. Hans-Jörg war Bernds größter Kummer. Seit der Scheidung von Regina hatte er mit seinem Sohn kein einziges Wort mehr gesprochen. Weil sein Sohn jede Begegnung mit ihm verweigerte.

»Irgendwann werdet ihr wieder zueinanderfinden«, sagte sie. »Solche Dinge brauchen nur manchmal sehr viel Zeit.« Zärtlich drückte sie seine Hand. »Wir beide mussten ja auch erst alte Leute werden, bis wir uns getraut haben.«

Er erwiderte den Druck ihrer Hand und gab ihr einen Kuss.

»Ach Ruth«, sagte er, schon wieder lächelnd. »Du bist wirklich das Zweitbeste, was mir je passiert ist.«

»Nur das Zweitbeste?«, fragte sie.

Während sie ihn anschaute, ging sein Lächeln in ein Grinsen über, und für einen Moment sah er wieder ganz jung aus, fast so jung wie damals in der Küche ihrer Eltern, als er zusammen mit seinem Vater eine Garage für den Firmen-Maybach gebaut und sie ihm zur Erfrischung eine kalte Brause gemacht hatte.

»Das Allerbeste war mein Bankrott«, sagte er. »Weil, ohne den hätte ich nie den Mut gehabt, um deine Hand anzuhalten, und hätte das Glück meines Lebens verpasst.«

28 Die Wohnung, in der Regina in Düsseldorf lebte, befand sich im selben Haus, in dem sie auch ihr Lokal betrieb, nur zwei Stockwerke höher. Obwohl sie sich große Mühe gab, sie so einzurichten, dass sie darin Besuch empfangen konnte, ohne sich schämen zu müssen, sie sich sogar von Hans-Jörg zum letzten Geburtstag ein Abonnement von Schöner Wohnen hatte schenken lassen, um sie so niveauvoll zu gestalten, wie sie es von sich selber erwartete, empfand sie ihre Behausung als fast so demütigend wie ihre Kneipe. Im Vergleich zu dem, was sie gewohnt war, war die Wohnung mit ihren siebzig Quadratmetern nur eine bessere Hundehütte, außerdem waren die meisten Möbel von Ikea, für Möbel aus den schicken Einrichtungshäusern auf der Kö reichte das Geld nicht, sonst hätte sie auf ihre Schönheitsoperationen verzichten müssen, und bevor sie das tat, würde sie sich eher mit Möbeln vom Flohmarkt begnügen.

»Du wärst verrückt, wenn du dir eine solche Möglichkeit durch die Lappen gehen ließest«, sagte Hans-Jörg, der, obwohl er jetzt wieder in Altena lebte, jeden Sonntag zu ihr nach Düsseldorf zum Mittagessen kam. »Du hättest für dein Leben ausgesorgt.«

»Und was mache ich mit Heinz?«, fragte sie.

»Meinst du das im Ernst?«, erwiderte Hans-Jörg. »Was ist ein verheirateter Edeka-Supermarktleiter …«

»Rewe«, verbesserte sie. »Heinz leitet einen Rewe-Supermarkt. Außerdem hat er mir versprochen, dass er sich scheiden lässt.«

»Das glaubst du doch selber nicht!«

»Natürlich glaube ich das! Er liebt mich viel mehr als seine Frau. Und nächstes Jahr steigt er wahrscheinlich in die Bezirksleitung auf. Dann kann er den weißen Kittel für immer an den Nagel hängen, und im Anzug macht er wirklich eine glänzende Figur.«

»Das ist doch alles ganz egal«, fuhr Hans-Jörg unbeirrt fort. »Und wenn er sich zehnmal scheiden lässt und Rewe-Leiter von ganz Nordrhein-Westfalen wird! Wer einmal im Kittel gesteckt hat, kommt nie wieder aus dem Kittel raus. Der Mann ist doch ein Niemand im Vergleich zu Onkel Walter.«

Regina atmete tief durch. »Dann meinst du also wirklich, ich sollte …?«

»Und ob ich das meine! Schieß diesen Heinz in den Wind und ruf Onkel Walter an und sag ja.« Hans-Jörg faltete von dem Spargel, den sie für ihn gekocht hatte, weil Spargel sein Lieblingsessen war, kunstvoll eine Stange mit Messer und Gabel, wie sie es ihm beigebracht hatte, und führte sie als kleines Paket zum Mund. »Du hast dir einen sorgenfreien Lebensabend redlich verdient, Mama, nach allem, was du für mich getan hast. Aufgeopfert hast du dich all die Jahre, ohne an dich zu denken.«

»O ja, das habe ich«, seufzte sie bei der Erinnerung. Tag und Nacht hatte sie am Tresen gestanden und Bier gezapft, damit ihr Sohn, nachdem er in der Unterprima zweimal sitzengeblieben war, in einem Internat das Abitur machen konnte und nicht in einer Kneipe aufwachsen musste. »Irgendwie hat es ja damals weitergehen müssen, und dein Vater, der Bankrotteur, der uns alle ruiniert hat, war ja nicht willens, für dich zu sorgen, sondern hat sich auf seinen Offenbarungseid herausgeredet.«

»Ich hab ihn übrigens neulich auf der Straße gesehen«, sagte Hans-Jörg zwischen zwei Bissen.

»Und?«

»Ich glaube, er hat gehofft, dass ich stehen bleibe und mit ihm rede. Aber den Gefallen habe ich ihm nicht getan.«

Regina tätschelte seine Hand. »Gut gemacht, mein Junge. Er soll bloß nicht denken, dass wir ihm je verzeihen, was er uns angetan hat.«

Hans-Jörg tupfte sich mit der Serviette den Mund ab und nahm einen Schluck von seinem Riesling. »Jetzt zerbrich dir nicht länger den Kopf«, sagte er dann. »Onkel Walters Angebot ist eine Riesenchance, die das Schicksal dir noch einmal bietet.«

»Natürlich, das weiß ich ja. Nur – Onkel Walter geht immerhin schon auf die achtzig zu!«

»Umso besser!«, erwiderte Hans-Jörg. »Als Versicherungsmann kann ich dir guten Gewissens prophezeien, dass er es nicht mehr lange machen wird. Er ist jetzt schon über die durchschnittliche Lebenserwartung deutscher Männer hinaus. Also greif zu, bevor es zu spät ist! Eine solche Chance kommt nie wieder!«

29

Am 18. Mai 1990 schlossen die Regierungen der Bundesrepublik und der DDR einen Staatsvertrag, in dem sie die Bildung einer gemeinsamen Wirtschafts-, Währungs- und Sozialunion vereinbarten, als erste Etappe auf dem Weg zur Wiedervereinigung. Obwohl Oskar

Lafontaine und manche Genossen in der SPD einen solchen Vertrag als vollkommen verfrüht brandmarkten, weil sie unabsehbare Folgen für den Staatshaushalt fürchteten, setzte Bundeskanzler Helmut Kohl sich mit der Beschwörungsformel »Teilung durch Teilen überwinden« über alle Bedenken hinweg. Die Menschen in der DDR jubelten ihm dafür zu wie einem Messias. Sie verknüpften mit der lang herbeigesehnten Einführung der D-Mark die Hoffnung, endlich an den Segnungen des Westens teilzuhaben, und träumten in ihren tristen Plattenbauten kunterbunte Träume von Marlboro-Zigaretten, Videorekordern und schneeweißen VW-Golf-Cabrios.

Für die Vereinigten Altenaer Metallwerke, kurz VAM genannt, bedeutete die Währungsunion vor allem eins: Die Nation musste mit Bargeld versorgt werden, *sehr viel* Bargeld – für sechzehn Millionen neu hinzukommende Verbraucher. Und bereits am 1. Juli sollte der Staatsvertrag in Kraft treten. Dann musste das Geld im Umlauf sein.

»Können wir das packen?«, fragte Ulla, als sie mit Miguel sowie dem Betriebsratsvorsitzendem Winfried Nippert, der zugleich ihr Neffe war, die Produktionspläne für die kommenden Wochen besprach.

Winfried schüttelte den Kopf. »Die Belegschaft geht jetzt schon auf dem Zahnfleisch, weiteren Sonderschichten kann ich nicht zustimmen. Immer nur malochen geht einfach nicht. Die Leute brauchen auch mal Erholung. Und Zeit für ihre Familien.«

»Aber wir haben einen Vertrag mit der Bundesbank!«

»Das war die Entscheidung der Firmenleitung, nicht der Belegschaft.«

»Meinst du, wir hätten den Auftrag zu unserem Vergnügen angenommen? Auf diese Weise sichern wir eure Arbeitsplätze.«

»Ja ja, so heißt es immer, wenn wir Überstunden fahren sollen. Aber die Profite streicht die Firma ein.«

Ulla schaute ihren Neffen eindringlich an. »Du solltest es eigentlich besser wissen, Winfried.«

»Was willst du damit sagen?« Er erwiderte zwar ihren Blick, doch seine Stimme klang schon nicht mehr ganz so forsch wie zuvor.

»Muss ich dich wirklich daran erinnern?«, fragte Ulla zurück, ohne ihn aus den Augen zu lassen.

Ein paar Sekunden hielt er stand, dann senkte er den Blick. Offenbar hatte er begriffen, worauf sie anspielte. Nach Fritzchens Selbstmord war seine Verehrung für Walter Böcker in ihr Gegenteil umgeschlagen, Winfried hatte sich radikal von seinem Stiefvater abgewandt, weil er ihn für den Tod seines Bruders verantwortlich machte. Nach dem Bruch hatte er in Bochum gekündigt und sogar beim Standesamt wieder seinen alten Nachnamen Nippert eintragen lassen, den Namen seines leiblichen Vaters. Doch mit seiner Behinderung hatte er im ganzen Ruhrgebiet keine neue Stelle gefunden, so dass Ulla, als Ruth sie darum bat, ihn in der Firma Wolf eingestellt und nach deren Pleite mit in die VAM übernommen hatte, damit er nicht stempeln gehen musste.

»Also gut«, sagte Winfried schließlich. »Ich werde dem Betriebsrat empfehlen, euren Produktionsplänen zuzustimmen. Aber dafür müsst ihr meinen Leuten auch etwas bieten, sonst komme ich damit nicht durch.«

»Wie wär's mit einem Akkordzuschlag?«, fragte Miguel. »Sagen wir acht Prozent?«

»Zehn«, erwiderte Winfried, »und wir sind im Geschäft. Außerdem«, fügte er hinzu, als Miguel den Daumen hob, »herrscht in der EDV das reine Chaos. Wie wäre es, wenn wir da endlich mal eine gelernte Fachkraft einstellen würden, statt uns immer nur mit diesen umgeschulten Lehrern zu behelfen?«

»Gute Idee«, sagte Ulla. »Könntest du uns jemanden empfehlen?«

Ihr Neffe zog sein freundlich harmloses Gesicht, mit dem er als Kind schon um Süßigkeiten gebettelt hatte.

»Wie wär's mit Torsten?«, fragte er. »Er schließt zufällig gerade sein Informatikstudium an der Uni Dortmund ab.«

30

Kaum trat die Währungsunion in Kraft, war Schuh Krasemann auch schon mit von der Partie. Bereits in der ersten Juliwoche eröffnete man in Leipzig einen Verkaufsstand, in allerbester Lage, auf dem Markplatz vor dem Alten Rathaus, zwischen einem Volksbank-Container und einem provisorischen Beate-Uhse-Shop. Schließlich gab es in der DDR jetzt endlich für gute Ware auch gutes Geld. Plisch und Plum träumten schon von einer Filiale in der Maedler-Passage, in dem sich Auerbachs Keller befand, das legendäre Weinlokal aus Goethes *Faust*.

»Auferstanden aus Ruinen«, trällerte Benno vergnügt vor sich hin, während die Kasse klingelte, *»und der Zukunft zugewandt …«*

Wie in alten Zeiten stand Gundel Seite an Seite mit ihrem Mann am Verkaufstresen und bediente mit ihm um die Wette. Der Ansturm am Eröffnungstag war so groß gewesen, dass die Zwillinge ihn mit den drei dafür von der Zentrale abgestellten Verkäuferinnen allein nicht hatten bewältigen können. Obwohl Gundel und Benno eigentlich in Düsseldorf gebraucht wurden, wo Ruths Enkel Torsten, ein ebenso intelligenter wie fleißiger Informatik-Student, gerade die EDV auf Vordermann brachte, waren sie ihren Söhnen nach Leipzig nachgereist und hatten auf ihre alten Tage noch mal die Ärmel aufgekrempelt, um mit anzupacken.

»Eigentlich ein ganz schöner Text, den die sich für ihre Nationalhymne ausgesucht hatten«, sagte Gundel, die gerade einem jungen Mann mit pinkfarbener Irokesenfrisur ein Paar Adidas-Schuhe einpackte. »Das hat man früher gar nicht so richtig wahrgenommen.«

»Stimmt«, sagte Benno. »Dabei wurde die Hymne bei Olympischen Spielen bis zum Geht-nicht-mehr gespielt, weil die ja immer eine Goldmedaille nach der anderen abgeräumt haben. Aber nie mit Text. Komisch, fällt mir erst jetzt auf.«

»Kein Wunder«, sagte der Punker. »Der Text durfte ja nicht mitgesungen werden.«

»Warum das denn nicht?«, wollte Gundel wissen.

»Wegen der vierten Zeile. *Deutschland, einig Vaterland*. Davon wollten die bei uns nichts mehr wissen. – Wie viel macht das?«

»Neunundvierzig Mark neunzig.«

Gundel nahm den Fünfzig-Mark-Schein, den der Punker ihr gab, und reichte ihm die Tüte. Der junge Mann hatte es so eilig, dass er fast sein Wechselgeld vergaß, und setzt sich auf die nächstbeste Bank, um die neuen Schuhe gleich anzuziehen. Ein paar Freunde standen um ihn herum und klatschten Beifall.

»Geil, Alter – endlich mal *richtige* Treter!«

Einer von den Punkern warf sich zu Boden und verneigte sich vor seinem Freund wie ein Muselmane beim Gebet. Auch wenn Gundel allergrößte Wertschätzung für gutes Schuhwerk hegte – eine solche Verehrung war nun wirklich übertrieben.

»Armer Tommy«, sagte sie.

»Armer Tommy?«, erwiderte Benno, der schon mit dem nächsten Kunden beschäftigt war. »Wie kommst du denn jetzt auf den?«

»Verstehst du das nicht? Versetz dich doch mal in seine Lage! Was meinst du, wie der sich jetzt fühlt, wo sein Land ein solches Ende nimmt? Er war doch schließlich ziemlich überzeugt von dieser DDR.«

»Ach so, klar, das ist sicher kein Vergnügen. Aber noch lange kein Grund, nicht ans Telefon zu gehen.«

Benno hatte wochenlang versucht, Tommy telefonisch zu erreichen, um ihn als Berater für ihr Ostgeschäft anzuheuern. Mit seinen Kenntnissen der DDR-Wirtschaft und den alten Verbindungen hätte er Schuh Krasemann sicher nützlich sein können. Doch er hatte kein einziges Mal den Hörer abgenommen. Fast machte Gundel sich um ihn Sorgen. Doch vor lauter Kundschaft kam sie nicht dazu.

»Nu, meine Gudsde, was gosten die zwee Hübschen?«

Eine ältere Kundin mit Minipli-Dauerwelle hielt ihr ein Paar braune Damenschnürschuhe entgegen, die wie zwei Kähne aussahen und noch aus den fünfziger Jahren stammen mussten.

»Achtzehn Mark fünfzig«, erwiderte Gundel.

Die Kundin strahlte. »Das ist ober günstisch für so ein scheenes Baar. Und auch noch aus ächtem Läder. Backen Sie mir die gleich mal ein!«

Gundel legte die Schuhe in einen Karton und kassierte.

»Dann wünsche ich Ihnen viel Freude damit.«

»Danke, meine Gudsde, die werde ich gewisslich haben.«

Während die Kundin mit ihrer Krasemann-Tüte weiter in Richtung Beate Uhse marschierte, musste Gundel daran denken, wie fremd und exotisch ihr früher die Rheinländer vorgekommen waren. Sie hatte ja nicht mal gewusst, was »halver Hahn« bedeutete. Und jetzt war sie selber eine Rheinländerin. Ob das mit den Sachsen wohl genauso klappen würde?

Plum grinste sie an. »Glückwunsch zu dem Verkauf«, sagte er. »Die ollen Schochen wären wir zu Hause nicht mal geschenkt losgeworden.«

»Zum Totlachen, was die für einen Geschmack haben«, pflichtete Plisch ihm bei. »Hauptsache, aus dem Westen!«

»Schämt euch, ihr Snobs!«, wies Gundel die beiden zurecht. »Wenn ihr hier aufgewachsen wärt, wüsstet ihr es auch nicht besser!«

»Ja ja, Maria in den Trümmern«, sagte Plisch.

»Und niemals aufgeben!«, ergänzte Plum.

»Klappe halten!«, sagte Benno und rückte sich sein Toupet zurecht. »Nicht quatschen – bedienen!«

31

Auf dem Platz vor der Sophienkirche, auf dem zur Zeit der Wende die Mitglieder von Udos Gemeinde jeden Montag nach dem Gottesdienst Mahnwachen abgehalten hatten, herrschte an diesem lauen Sommerabend, als Angelika aus dem Institut nach Hause kam, ein Rummel wie auf einem Basar. Dicht an dicht drängten sich die Verkaufscontainer mit Waren aus dem Westen, die die Kunden den Händlern förmlich aus den Händen rissen, selbst wenn es der letzte Ramsch war, den in Hamburg oder Stuttgart oder München kein Mensch mehr haben wollte. Denn an allen Containern prangten die Markenzeichen der Firmen, die sie bisher nur aus dem Fernsehen kannten, von Aldi über C&A bis Schlecker, und daran glaubten sie so fest wie einst an die Insignien der Partei.

Angelika hatte heute früher als sonst Feierabend gemacht. Unterwegs hatte sie eingekauft: Matjes in Sahnesoße und Spreewaldgurken – Udos Lieblingsgericht. Dazu würde sie ein paar Pellkartoffeln machen, und schon war das Abendessen fertig. Sie selber mochte eigentlich weder Matjes noch Gurken, aber da der Fraktionsvorsitzende von Bündnis 90 ihr eine Viertelstelle als wissenschaftliche Beraterin der Fraktion angeboten und sie große Lust hatte, das Angebot anzunehmen, weil es ihr die Chance gab, in diesen spannenden Zeiten mitzumischen, ohne dass ihre Dissertation allzu sehr darunter leiden würde, konnte es nicht schaden, Udo ein bisschen zu verwöhnen. Seit ihrer Versöhnung schliefen sie nicht nur wieder regelmäßig miteinander, sondern kamen auch wieder fast so gut miteinander aus wie vor der Hochzeit, und das wollte sie nicht gefährden.

Udo saß am Schreibtisch, als sie sein Büro betrat. Offenbar schrieb er an einer Predigt, darauf ließen jedenfalls die aufgeschlagenen Zeitungen und Zeitschriften schließen, aus denen er inzwischen mehr Anregungen für seine Predigten bezog als aus dem Alten und Neuen Testament zusammen. Durch das offene Fenster sah man direkt hinaus auf den Platz, wo die Leute sich um den Westramsch balgten.

»Soll das die Wende sein?«, fragte er und zeigte auf den Rummel draußen. »Taschenrechner, Bananen und Pornos statt Marx und Engels und die Bergpredigt?«

Angelika schüttelte den Kopf. »So habe ich mir das auch nicht vorgestellt. Wie damals jemand im Forum gesagt hat – Glasperlen für die Eingeborenen.«

»*Teilung durch Teilen überwinden* – von wegen!« Angewidert verzog Udo das Gesicht. »Wie die Heuschrecken fallen sie über uns her, um uns das Geld aus den Taschen zu ziehen. Unser Land ist zu einem einzigen Trödelmarkt verkommen.«

»Vielleicht hast du recht gehabt, vielleicht ging das wirklich alles zu schnell.«

Sie überlegte, ob sie die Gelegenheit nutzen sollte, Udo schon jetzt von ihrem Angebot zu erzählen, schließlich wollte sie ja genau deshalb beim Bündnis 90 mitmachen, damit solche Dinge nicht passierten. Doch er kam ihr zuvor.

»›Kommt die D-Mark, bleiben wir‹«, äffte er den Schlachtruf der Demonstranten vom Wahlabend nach. »›Kommt sie nicht, geh'n wir zu ihr!‹ Und glaub mir, das war nur der Anfang. Der richtige Ausverkauf geht jetzt erst los. Jetzt kommen die Junker zurück, die Herren Großgrundbesitzer, und reklamieren ihr vermeintliches Eigentum, nachdem sie es sich jahrzehntelang im Westen gemütlich gemacht haben, während wir hier uns abgerackert haben, um das Land über Wasser zu halten.« Aus dem Zeitungsstapel auf seinem Schreibtisch fischte er ein Exemplar des Neuen Deutschland hervor und tippte auf die Titelseite. »Da, lies selbst!«

Sie nahm die Zeitung und überflog den Aufmacher. Unter der Überschrift »Rückgabe vor Entschädigung« war da von einer Prozessflut die Rede, mit der die Erben ehemaliger DDR-Flüchtlinge, die sich vor Jahr und Tag in die BRD abgesetzt hatten, die Besitztümer ihrer Vorfahren zurückverlangten.

»Das ist nicht gerecht«, sagte Angelika in der Hoffnung, dass sie diesmal die Kurve kriegen würde. »Wenn es wenigstens die Eigentümer selbst wären, die damals enteignet wurden. Aber die Erben …«

»Und damit du nicht glaubst«, fiel Udo ihr ins Wort, »das stünde nur im Neuen Deutschland – die Westpresse schlägt in dieselbe Kerbe, von der FAZ über den Spiegel bis zur Zeit. Über einen Fall empört sich sogar die Bild-Zeitung. Die Sache stinkt allerdings auch zum Himmel – eine unglaubliche Dreistigkeit! Da will die Erbin eines ehemaligen Gutshofs, der nach der Enteignung als Heim für Waisenkinder genutzt worden war, jetzt den ganzen Besitz vom Staat zurückhaben, um ihn an eine internationale Hotelkette zu verschachern.«

Zum Beweis reichte er ihr den Artikel. Als Angelika den Namen der Erbin las, traute sie ihren Augen nicht: Barbara Reichenbach hieß die

Frau, und der Besitz, um den es ging, war Gut Daggelin bei Greifswald.

»Sag mal, was hast du uns eigentlich zum Abendessen mitgebracht?«, fragte Udo und beugte sich schnuppernd über ihre Einkaufstasche.

»Matjes und Gurken«, sagte Angelika. Sie drückte ihm die Tasche in die Hand und lief mit der Zeitung zur Tür. »Ich … ich muss mal kurz mit Tommy telefonieren.«

32

Es war schon dunkel, als Angelika in der Oderberger Straße aus dem Bus stieg, und eigentlich auch reichlich spät für einen Besuch. Doch sie hatte einfach nicht die Ruhe, um bis morgen zu warten. Stundenlang hatte sie versucht, ihren Vater am Telefon zu erreichen, um ihn nach Daggelin zu fragen, er hatte ihr ja früher oft von dem Gut in Mecklenburg-Vorpommern erzählt, wo so schreckliche Dinge passiert waren, bevor man es in ein Waisenhaus umgewandelt hatte, und das jetzt so plötzlich in die Schlagzeilen geraten war. Doch inzwischen galt ihre Sorge nicht mehr Daggelin, sondern nur noch ihrem Vater. Es kam in letzter Zeit zwar immer wieder vor, dass er das Telefon einfach ignorierte, aber wenn sie es so oft und so lange hatte läuten lassen wie heute, hatte er am Ende doch irgendwann abgehoben. Als er sich diesmal auch beim zwanzigsten Versuch nicht gemeldet hatte, hatte sie sich auf den Weg gemacht, um nach ihm zu schauen. Irgendetwas stimmte nicht, und sie konnte unmöglich schlafen, bevor sie wusste, was es war.

Je näher sie seinem Haus kam, umso größer wurden die Vorwürfe, die sie sich machte. Schon seit Monaten mehrten sich die Zeichen, dass ihr Vater nicht mehr der Alte war. Unmerklich, doch unverkennbar, war er in eine immer schlechtere Verfassung hineingerutscht. Er machte kaum noch Witze, ging nicht mehr aus und kapselte sich zunehmend ab – er, der eigentlich der geselligste Mensch war, den Angelika kannte, mied inzwischen Gesellschaft. Früher war er oft unangemeldet im Pfarrhaus vorbeigekommen, wenn er gerade in der Gegend war, um auf eine Tasse Kaffee oder ein Glas Wein zu bleiben, und jeden ersten Sonntag im Monat war er bei ihnen mittags zu Gast gewesen, so wie sie und Udo umgekehrt jeden dritten Sonntag im Monat seine Kochkünste in der Oderberger Straße genossen hatten. Nachdem ihr Vater aber die Sonntagsbesuche immer öfter abgesagt hatte, ohne plausible Gründe zu nennen, waren beide Termine nach und nach eingeschlafen, und spontan hatte er schon seit Monaten nicht mehr bei ihnen vorbeigeschaut. Wie hatte sie diese Zeichen nur ignorieren können? Bei jedem anderen Menschen wäre ihr klar gewesen, dass dies Symptome einer Krise waren, wahrscheinlich sogar einer regelrechten Depression, nur bei ihrem Vater nicht. Und es waren ja nicht nur Zeichen gewesen, die er irgendwie unbewusst ausgesandt hätte, er hatte, wenn auch nur in Andeutungen, einige Male unmissverständlich darüber gesprochen, was ihn quälte: die Vorstellung, Mitschuld an der Misere zu tragen, in der dieses Land versunken war. Einmal hatte er am Telefon sogar gesagt, er gehöre eigentlich ins Gefängnis, zusammen mit all den anderen Verbrechern, die die DDR so runtergewirtschaftet hatten, dass sie nun zur Beute für die Glücksritter und Strandräuber aus dem Westen geworden war, die überall im Land nach Möglichkeiten zum Geldverdienen suchten. Auch musste er fürchten, aus seiner geliebten Wohnung vertrieben zu werden. Der neue Hausbesitzer, ein Immobilienmakler aus Schweinfurt, hatte eine Totalrenovierung des Gebäudes angekündigt. Danach würde die Miete vermutlich so drastisch erhöht werden, dass ihr Vater sie von seiner Rente nicht mehr würde bezahlen können. Und zum Tanzen ging er schon seit einer Ewigkeit nicht mehr.

All das hatte Angelika gewusst und es trotzdem nicht fertiggebracht, sich so um ihn zu kümmern, wie es ihre Pflicht gewesen wäre. Sie liebte Tommy doch, mehr als jeden anderen Menschen auf der Welt – ihr ganzes Leben lang war er ihr Vater und Mutter zugleich gewesen. Aber sie war in all den Wochen und Monaten nur mit sich selbst beschäftigt gewesen, hatte nur ihre Dissertation im Kopf gehabt, mit der sie in diesem Jahr fertig werden musste, ihre Dissertation und ihre Arbeit für das Bündnis 90 und natürlich ihre Probleme mit Udo. Darum hatte sie sich, wann immer sie sich Sorgen gemacht hatte, mit dem Gedanken beruhigt, dass ihr Vater schon allein mit seinen Problemen fertig würde, er war doch sein Leben lang ein Improvisationskünstler gewesen, der immer mit allem fertig geworden war, geradezu spielend – nie war ein Problem so groß gewesen, dass Tommy Weidner es nicht mit einem Geistesblitz oder einem Witz erledigt hätte. Das zumindest hatte sie sich eingeredet, ohne sich zu fragen, ob das Bild, das ihr Vater der Welt von sich vermittelte, der Wirklichkeit in seinem Innern überhaupt entsprach.

Konnte es sein, dass ihm diesmal die Probleme tatsächlich über den Kopf gewachsen waren?

Die Haustür stand wie immer seit der Wende offen, den Hausgemeinschaftsleiter, der die Tür früher jeden Abend um Punkt acht Uhr abgeschlossen hatte, damit vor Einbruch der Nacht kein Unbefugter mehr das Haus unbemerkt betreten konnte, gab es schon lange nicht mehr, und von den Mietern fühlte sich keiner verantwortlich. Zwei Stufen auf einmal nehmend, lief Angelika die Treppe hinauf zur Wohnung und schellte. Doch niemand machte auf. Sie schellte erneut. Wieder keine Reaktion. Beim dritten Versuch drückte sie mindestens eine Minute lang auf den Klingelknopf. Auch diesmal vergeblich.

War er vielleicht doch mal wieder ausgegangen?

Das Herz klopfte ihr bis zum Halse. Nein, sie glaubte ganz und gar nicht, dass ihr Vater ausgegangen war – das war doch nur wieder ein Versuch ihres schlechten Gewissens, sich selbst zu beruhigen. Angelika beschloss, bei Nachbarn zu fragen, zwei oder drei Hausbewohner, die sich wie Tommy von dem neuen Vermieter nicht hatten vertreiben lassen, kannte sie noch von früher.

Als sie auf dem Treppenabsatz kehrtmachte, um eine Etage höher zu gehen, wo die Witwe Sawatka wohnte, die ihr als Kind manchmal Bonbons geschenkt hatte, glaubte sie plötzlich, aus der Wohnung ein leises Röcheln oder Stöhnen zu hören.

»Papa?« Voller Angst rüttelte sie an der Tür.

Von innen wieder nur dieses unheimliche Röcheln und Stöhnen.

Um Gottes willen! Hatte er sich etwas angetan?

Während die fürchterlichsten Bilder vor ihrem inneren Auge auftauchten, durchsuchte sie ihre Umhängetasche. Zum Glück besaß sie noch einen Wohnungsschlüssel. Wo zum Teufel steckte er nur?

Als sie ihn endlich fand, schloss sie mit zittrigen Händen die Etagentür auf.

Im nächsten Moment sah sie ihren Vater. Er lag ausgestreckt am Boden, am unteren Ende des Wohnungsflurs – splitterfasernackt. Doch er war nicht allein. Auf ihm hockte, ebenfalls nackt, eine dunkelhaarige Frau, die zwar deutlich älter war als Angelika, aber mindestens zwanzig Jahre jünger als Tommy.

Mit einem Schrei sprang die Frau auf und verschwand im Schlafzimmer.

»Verdammt nochmal, warum hast du nicht aufgemacht?«, rief Angelika, am ganzen Leib zitternd.

»Fragst du das im Ernst?«, erwiderte ihr Vater mit einem Grinsen und griff nach seiner Hose, die zusammen mit anderen Kleidungsstücken und einer leeren Flasche Rotkäppchensekt neben ihm am Boden lag.

»Allerdings! Ich … ich hatte schon Angst, du hättest … du hättest dich womöglich …« Sie war so aufgewühlt, dass ihr die Stimme versagte.

»Was ist denn los mit dir?«, fragte Tommy wie ein Unschuldslamm. »So kenne ich dich ja gar nicht.« Um sich anzuziehen, kehrte er ihr den Rücken zu. »Es ist doch nichts Schlimmes passiert. Außer, dass du deinen alten Vater nackt gesehen hast.«

Als sie seinen behaarten Altmännerhintern sah, drehte sie sich gleichfalls um. Noch immer am ganzen Leib zitternd, wusste sie nicht, ob sie losheulen oder einfach nur lachen sollte. Während sie wartete, dass ihr Vater in seine Kleider schlüpfte, schaute sie auf den abgewetzten Linoleumboden zu ihren Füßen, in dessen Muster sie als Kind immer irgendwelche geheimnisvolle Wesen entdeckt hatte. Manche der Wesen erkannte sie immer noch, doch schienen sie jetzt vor ihren Augen zu tanzen. Als sie den Blick hob, sah sie, wie am Ende des Ganges die Schlafzimmertür von innen zugezogen wurde. Wenigstens der fremden Frau schien die Szene ähnlich peinlich zu sein wie ihr.

»So, du kannst wieder gucken«, sagte Tommy. »Dein Vater ist in die Zivilisation zurückgekehrt.«

»Lass endlich deine blöden Witze!«

Als sie sich umdrehte, trug er wieder Hemd und Hose. Aber in seinem Gesicht stand immer noch das alte Grinsen. »Ich hoffe, du bist inzwischen nicht blind geworden.« Während er sprach, runzelte er plötzlich die Stirn. »Meine Güte, du bist ja ganz bleich.«

»Wundert dich das?«, erwiderte sie. »Ich verdaue gerade den Schock meines Lebens. Kommt ja schließlich nicht jeden Tag vor, dass man seinen eigenen Vater in flagranti erwischt.«

»O Gott, das wollte ich nicht, mein Engelchen.«

Er machte einen Schritt auf sie zu und streckte die Hand nach ihr aus. Als er ihre Wange berührte, spritzten ihr die Tränen nur so aus den Augen. Gleichzeitig musste sie lachen. Wenigstens war ihr Vater wieder der Alte, der Vater, den sie ihr Leben lang geliebt hatte, und nicht mehr der depressive Mann, der nicht den Telefonhörer abnahm, wenn man bei ihm anrief.

»Ich glaube, jetzt brauche ich erst mal einen Schnaps.«

Sie wandte sich ab und ging in Richtung Wohnzimmer.

»Einen Schnaps?«, rief Tommy. »Warte, lass mich das machen!« Den Hosenbund in der Hand, stolperte er hinter ihr her.

»Nicht nötig, ich kenne doch dein Versteck.«

Schneller, als er ihr mit seiner offenen Hose folgen konnte, war sie im Wohnzimmer.

Als sie den Deckel der Kommode aufklappte, in der er seine Schätze aufbewahrte, traute sie ihren Augen nicht.

Zwischen einer Flasche Wodka und einer Flasche Rum lag eine Pistole.

»Was um Himmels willen hat das zu bedeuten?«

»Gar nichts.« Im nächsten Moment war er bei ihr und nahm die Waffe an sich.

»Gar nichts? Du hast eine Pistole im Haus und behauptest, das hätte nichts zu bedeuten?«

Sie sah ihren Vater an. Das Grinsen war aus seinem Gesicht verschwunden. Noch nie hatte er so alt ausgesehen wie in diesem Augenblick.

»Papa«, flüsterte sie, unfähig zu einem klaren Gedanken. »Wie … wie konntest du nur …?«

»Mach dir keine Sorgen«, sagte er. »Ich habe die Patronen längst in die Spree geworfen, nur die Pistole nicht. Die hat mich immerhin siebenhundertfünfzig Mark West gekostet – für Dachpappe kriegt man ja heutzutage nichts mehr.«

Er versuchte zu lächeln, doch es kam nur eine Grimasse dabei heraus.

Sie trat auf ihn zu und nahm ihn in den Arm. »Gott sei Dank, dass du es nicht getan hast«, sagte sie und drückte ihn an sich, als hätte das Leben ihn ihr ein zweites Mal geschenkt. »Ich … ich liebe dich doch.«

»Ich dich doch auch, mein Engelchen. Ich dich doch auch.«

Eine Weile standen sie einfach nur da, in stummer Umarmung.

»Ich glaube, jetzt brauche ich auch einen Schnaps«, sagte er und machte sich behutsam von ihr los. »Was wollen wir trinken – Wodka oder Rum?«

»Ganz egal«, sagte sie. »Hauptsache viel.«

»Dann Wodka.« Er öffnete eine Flasche und schenkte zwei Gläser ein. »Ich habe es wirklich versucht«, sagte er, während er ihr ein bis zum Rand gefülltes Glas reichte. »Ich hatte die Pistole schon geladen und war zu allem bereit. – Das dachte ich zumindest«, fügte er nach kurzem Zögern hinzu. »Doch als ich die Mündung an der Schläfe spürte, dieses harte, kalte Eisen, da merkte ich plötzlich – das Leben ist einfach viel zu schön, um es nicht zu Ende zu leben.«

33

Irritiert schaute Walter auf den Prospekt in seiner Hand. Als es eben an der Haustür geklingelt hatte, hatte er für einen Moment gehofft, dass vielleicht … Doch natürlich war sie es nicht gewesen, sondern nur der Herr Bürgermeister, den die Haushälterin ins Jagdzimmer führte. Ganz aufgeregt war Jürgen Rühling in die Villa geschneit. Er hatte sich eigens zu dem Zweck herbemüht, um ihm diese kleine, auf billigem Papier in Schwarzweiß gedruckte Broschüre in die Hand zu drücken.

»Rettet Burg Altena«, las Walter auf der Vorderseite. »Was zum Teufel hat das zu bedeuten?«

Jürgen, der, noch ein wenig außer Atem, im zweiten Kaminsessel Platz genommen hatte, wand sich wie ein Aal. »Ich weiß gar nicht, wie ich es dir sagen soll. Eine Bürgerinitiative, zu der deine Tochter die Bevölkerung aufruft, gegen die Schließung des Julius-Rosen-Museums und seine Ersetzung durch das Walter-Böcker-Institut.«

»So eine gottverdammte Schweinerei!« Wütend knallte Walter den Prospekt auf den Beistelltisch. »Aber ich weiß schon, wer dahintersteckt. Das hat sich mein feiner Herr Schwiegersohn ausgedacht, der verdammte Knoblauchfresser, und es meiner Tochter eingeflüstert!«

»Tja, das wird wohl so sein«, pflichtete Jürgen ihm bei. »Aber leider ist das nicht das einzige Problem, worüber wir uns Sorgen machen müssen.«

»Nein?«, fragte Walter. »Was gibt's denn noch?«

Jürgen zog sein amtlichstes Bürgermeistergesicht. »Ich war heute Morgen in Düsseldorf, beim Wirtschaftsminister. Es könnte Schwierigkeiten mit den Fördermitteln für den Aufzug geben. Der Bund braucht jede verfügbare Mark für die Finanzierung der Wirtschafts- und Sozialunion. Das bekommen die Bundesländer gerade dramatisch zu spüren.«

»Das wundert mich nicht im Geringsten«, unterbrach Walter ihn. »Wenn du mich fragst, war die Mauer ein Segen, ein Schutzwall der freien Marktwirtschaft gegen den Sozialismus. Und mit solchen Leuten machen die Idioten in Bonn jetzt eine Währungsunion – ein Verbrechen ist das, eine Versündigung an unserer guten alten D-Mark!«

Jürgen nickte. »Wenn ich nur an die Renten denke, wird mir ganz schwindlig. Da haben die Sozis ausnahmsweise mal recht gehabt. Ja, ja, die sogenannten Brüder und Schwestern von drüben werden uns noch teuer zu stehen kommen.«

»Umso wichtiger ist es, die Sache jetzt möglichst schnell durchzupeitschen, bevor die falschen Leute Wind von möglichen Schwierigkeiten kriegen.«

»Du meinst – deine Tochter und ihre Bürgerinitiative?«

»Nein, ich meine den Mann im Mond!«, knurrte Walter. »Natürlich meine ich meine Tochter und ihren türkischen Beischläfer – wen denn sonst? Glaubst du, dass die uns ernsthaft an die Karre fahren können?«

Mit heruntergezogenen Mundwinkeln wiegte Jürgen den Kopf. »Na ja, ein jüdisches Museum zu schließen ist natürlich eine heikle Sache.«

»Klar, mit Gegenwind war da von Anfang an zu rechnen«, wischte Walter den Einwand beiseite. »Aber wie heißt es schon in der Bibel? ›Der Herr hat es gegeben, der Herr hat es genommen, gelobt sei sein Name in Ewigkeit!‹ Die Stadt wird ja wohl nicht so blöd sein, sich deswegen zehn Millionen durch die Lappen gehen zu lassen.«

»Nein, natürlich nicht. Vorausgesetzt, dass die alte Beitz-Geschichte nicht wieder hochkocht.«

»Ach was, olle Kamellen!«

Das Läuten eines Telefons unterbrach sie. Im nächsten Moment kam Frau Steuernagel herein, Walters Haushälterin.

»Ein Anruf für Sie, Herr Böcker.«

»Nein, jetzt nicht.«

»Wie Sie wünschen. Soll ich der Dame dann vielleicht ausrichten, dass Sie später …«

»Dame?«, fiel er ihr, plötzlich elektrisiert, ins Wort. »Welche Dame?«

»Frau Wilke – *Regina* Wilke.«

»Herrgott, warum sagen Sie das nicht gleich?« Walter sprang auf und humpelte mit seinem Stock, so schnell er konnte, zur Tür. »Lassen Sie nur, ich gehe selbst ran!«

34 Um von Greifswald nach Daggelin zu gelangen, musste Angelika ein Taxi nehmen. Bei der Bahnhofsauskunft hatte man ihr gesagt, dass es weder eine Bus- noch eine Bahnverbindung zu dem ehemaligen Gutshof gebe. Also war sie in das einzige Taxi gestiegen, das sie auf dem Vorplatz entdecken konnte, einen uralten Wartburg mit unterschiedlich farbigen Kotflügeln, der aussah, als würde er beim ersten größeren Schlagloch auseinanderbrechen.

Während der Fahrt dachte sie an den Abend in der Oderberger Straße. Sie hatte mehrere Gläser Wodka gebraucht, um sich von dem Schreck zu erholen, den ihr Vater ihr eingejagt hatte. Nachdem seine Gespielin, die sich zu allem Überfluss auch noch als ehemalige Filialleiterin eines Konsums in der Nachbarschaft entpuppt hatte, die Angelika seit ihrer Kindheit kannte, verschwunden war, war sie bis spät in der Nacht noch bei Tommy geblieben, um sich mit ihm auszusprechen. Sie hatte ihn gefragt, wie es dazu hatte kommen können, dass er so an seinem Leben verzweifelt gewesen war, dass er es sich hatte nehmen wollen, und er hatte ihr sein Herz ausgeschüttet und von den Vorwürfen erzählt, die er sich machte, von seiner Mitschuld am Niedergang des Landes. Sie hatte versucht, ihn davon zu befreien, er habe doch nur getan, wovon er überzeugt gewesen sei, hatte sich umgekehrt selbst schwere Vorwürfe gemacht, als Tochter so versagt zu haben, und er hatte sie mit denselben Argumenten getröstet, mit denen sie sich so viele Wochen und Monate selbst betrogen hatte, hatte zu ihrer Entschuldigung all die Probleme angeführt, die sie gerade hatte, ihre Dissertation und die Politik und ihre Ehe, und sich selber die Schuld gegeben, dass es so weit hatte kommen können, weil er ja nie um Hilfe gebeten habe, aus falschem Stolz und aus Angst, den Respekt seiner Tochter zu verlieren. Wieder hatten sie sich eine Weile schweigend umarmt. Dann aber hatte sie ihm gründlich den Kopf gewaschen und ihm gedroht, ein Jahr lang kein Wort mehr mit ihm zu reden für den Fall, dass er sie noch einmal so im Ungewissen lassen würde, statt ans Telefon zu gehen, wenn sie ihn anrief, egal, ob er gerade Lust dazu hatte oder nicht. Danach hatten sie den Wodka weggestellt und eine Flasche Wein aufgemacht, und als die Anspannung sich endlich gelöst hatte, hatte Angelika sich mit den albernsten Witzchen über ihren liebestollen Vater lustig gemacht, und sie hatten zusammen gelacht wie schon lange nicht mehr. Schließlich hatten sie über Daggelin gesprochen. Er hatte ihr alles erzählt, was er von dem Ort wusste – sogar, wie es dazu gekommen war, dass er sich in den fünfziger Jahren damit beschäftigt hatte. Seine damalige Freundin, die zugleich seine Professorin gewesen war, Jutta Höllscher mit zwei l, Angelikas Mutter und die Frau, von der er gedacht hatte, sie würde ihn genauso lieben, wie er sie liebte, war mit ihm nach Mecklenburg-Vorpommern gefahren, um ihm die Augen über die Verstrickungen scheinbar ehrenwerter Bürger seiner Heimatstadt Altena in Nazi-Geschäfte zu öffnen, und hatte ihn, der eigentlich ein viel zu großer Individualist war, um irgendwelchen Vereinen oder Vereinigungen beizutreten, auf diese Weise dazu gebracht, ordentliches Mitglied der Sozialistischen Einheitspartei Deutschlands zu werden.

Jetzt, da sie sich in ihrem Taxi Daggelin näherte, hatte Angelika das seltsame Gefühl, dass dieser abgelegene, weltvergessene Ort so etwas wie ihr persönlicher Schicksalsort war. Ohne die Dinge, die sich an diesem Ort ereignet hatten und die von diesem Ort ausgegangen waren, wäre sie nicht der Mensch geworden, der sie nun war, wäre in ihrer Kindheit und Jugend keine Pionierin und FDJlerin gewesen, wäre nicht nach Moskau zur Wissensspartakiade gefahren, hätte keine Goldmedaille für die DDR gewonnen und wäre nie in die SED eingetreten. Vielleicht hätte sie ohne die Mitgliedschaft in der Partei keinen der begehrten Studienplätze in Physik bekommen, ganz sicher aber würde sie heute weder eine Dissertation B schreiben noch an der Universität unterrichten.

»Macht siebenunddreißig sechzig«, sagte der Taxifahrer, als sie am Ziel angekommen waren.

»So viel? Für die paar Kilometer? In einer solchen Klapperkiste?«

Der Chauffeur zuckte die Achseln. »Was soll ich machen, Genossin? Das sind die neuen Preise. Und mein oller Wartburg braucht genauso Sprit wie ein Mercedes.«

Zu ihrer Überraschung erwies sich der Gutshof als ein richtiges Schloss, das idyllisch von Weiden und Wäldern umgeben war. Die Gebäude befanden sich allerdings in einem erbarmungswürdigen Zustand, die Dächer der ehemaligen Stallungen waren zum Teil abgedeckt, überall lag das Mauerwerk frei, lediglich das Herrenhaus ließ noch Spuren eines Anstrichs erkennen. Ein bisschen war ihr der Ort unheimlich. Angeblich war der letzte Gutsbesitzer bei Kriegsende von den Russen standrechtlich erschossen worden, und in den nachfolgenden Jahren hatten sich hier die Ereignisse wie im ganzen Land überschlagen, bevor Daggelin mit dem Waisenhaus jene Zweckbestimmung gefunden hatte, von der Angelika in ihrer Jugend bei Ulla Rühlings Besuch in Ostberlin geschwärmt hatte, als Beispiel dafür, wie die DDR mit dem Erbe des Faschismus umgehe. Umso mehr bedauerte sie nun, dass ihr Vater nicht mitgekommen war. Sie hatte ihn gebeten, sie zu begleiten, aber als sie gespürt hatte, wie er sich innerlich gegen ihren Wunsch sperrte, hatte sie ihn nicht weiter bedrängt. Wahrscheinlich hatte er Angst, dass alte Wunden aufbrechen könnten, in Daggelin hatte sich ja irgendwie die Katastrophe seines Lebens mit der Katastrophe seiner selbstgewählten Heimat verbündet. Also hatte sie sich allein auf den Weg gemacht. Udo wusste nichts von ihrer Reise, sie hatte noch nicht den Mut gehabt, ihm zu beichten, dass sie inzwischen aus der SED ausgetreten und nun für die Volkskammerfraktion seiner ehemaligen politischen Widersacher als wissenschaftliche Beraterin tätig war.

Die Fenster der Haupt- und Nebengebäude waren fast ausnahmslos ohne Gardinen, nur ein paar wenige Räume schienen bewohnt, hier und da schlugen lose Holzläden im Wind. Das Kinderheim war offenbar schon lange geschlossen, das hatte auch Edwin Lachmund, der Objektleiter des volkseigenen Betriebs, am Telefon gesagt, als Angelika vor der Fahrt in Daggelin angerufen hatte, um sicherzugehen, dass sie dort überhaupt jemanden antreffen würde. Lachmund hatte sie beruhigt – im Erdgeschoss sei zur Zeit ein Ausflugslokal untergebracht, das den ganzen Tag geöffnet habe, dort sei er jederzeit anzutreffen. Eine Werbetafel für Langnese-Eiscreme, die neben dem Eingang aufgestellt war, wies ihr den Weg.

Vor dem Lokal parkten nur zwei Autos, ein hellblauer Trabi mit einem Fuchsschweif an der Antenne sowie ein schwarzer Volvo mit westlichem Kennzeichen. Um in das Gebäude zu gelangen, musste Angelika über einen Entwässerungsgraben springen. Durch das Fenster sah sie in einen leeren Saal, doch bereits im Flur tönten ihr laute Stimmen entgegen. Eine davon gehörte Edwin Lachmund, Angelika erkannte sie vom Telefon wieder. Der Lautstärke nach stritt er gerade mit irgendwelchen Gästen. Irritiert blieb sie stehen. Der Streit ging um Daggelin, die ungeklärte Rechtslage, wem das Anwesen gehörte. Keine Frage, die Frau musste Barbara Reichenbach sein, und der Mann war wahrscheinlich ihr Rechtsanwalt oder ein Makler.

Ohne nachzudenken, trat Angelika in den Raum, aus dem die Stimmen kamen.

»Schämen Sie sich gar nicht?«, wandte sie sich an die Frau, die Barbara Reichenbach sein musste.

Die Frau mochte Mitte sechzig sein und trug das rotblonde Haar, auf die ihre cremefarbene Bluse perfekt abgestimmt war, im Nacken hochgesteckt. Jeder Zoll eine geborene Freifrau, musterte sie Angelika von Kopf bis Fuß.

»Würden Sie vielleicht die Freundlichkeit haben, sich vorzustellen?«

»Weidner. Der Genosse Lachmund weiß Bescheid. Wir haben miteinander telefoniert.«

Der Objektleiter, ein Mann um die vierzig, der mit seinem braungrauen Anzug und dem dünnen, schlecht gebundenen Schlips so aussah, wie VEB-Objektleiter vor zwanzig Jahren ausgesehen hatten, nickte hinter dem Tresen.

»Und Sie, nehme ich an, sind Barbara Reichenbach«, sagte Angelika.

»Allerdings.« Die Angesprochene hob überrascht die Brauen. »Woher wissen Sie das?«

»Ich weiß so einiges über Sie. Vor allem, warum Sie hier sind und was Sie hier wollen. Sie wollen sich den Besitz unter den Nagel reißen, um ihn dann an eine Hotelkette zu verschachern.«

»Entschuldigung«, meldete sich Frau Reichenbachs Begleiter zu Wort, der vielleicht fünf Jahre älter war als sie, und rückte an seiner Goldrandbrille. »Aber haben Sie irgendein Mandat, um sich hier einzumischen?«

»Ich bin im Auftrag von Bündnis 90 hier. Um zu prüfen, was hier gerade geschieht. Wir sind nicht bereit, dem Ausverkauf unseres Landes tatenlos zuzuschauen. Meine Fraktion erwägt, den Fall Daggelin vor die Volkskammer zu bringen. Wir werden jedenfalls alles tun, um Ihre Hotelpläne …«

»Ich fürchte, hier liegt ein Missverständnis vor«, unterbrach Lachmund.

»Was kann daran missverständlich sein?«, fuhr Angelika ihm über den Mund. »Es ist doch überall dasselbe. Erben, die sich jahrzehntelang um nichts gekümmert haben, wollen sich ihr aufopferungvolles Ausharren im Westen nun im Osten vergolden lassen.«

Barbara Reichenbach schüttelte lachend den Kopf. »Sagen Sie mal,

Frau Weidner, kann es zufällig sein, dass Sie die Bild-Zeitung gelesen haben?«

»Ja, das habe ich. Aber ich weiß nicht, was es daran zu lachen gibt.«

»Ich verstehe Ihre Betroffenheit. Doch bevor Sie mich zum Teufel wünschen, möchte ich Sie bitten, nicht alles zu glauben, was dieses Revolverblatt schreibt.«

»Was wollen Sie damit sagen?«

Barbara Reichenbach schaute sie aufmerksam an. »Warum sind Sie hier, Frau Weidner? Um sich Ihre Vorurteile bestätigen zu lassen? Oder um die Wahrheit zu erfahren?«

Obwohl die selbstsichere Art dieser Frau sie ein wenig einschüchterte, erwiderte Angelika ihren Blick. »Um die Wahrheit zu erfahren, natürlich«, erwiderte sie, nun etwas leiser im Ton.

»In dem Fall«, sagte Barbara Reichenbach mit einem Lächeln, »möchte ich Ihnen einen Spaziergang vorschlagen – nur wir zwei Frauen.«

35

Sie verließen das Haus auf der rückwärtigen Seite des Gebäudes, auf der sich in früheren Zeiten, als das Schloss noch Privatbesitz gewesen war, der Haupteingang befunden hatte. Auch hier war der Putz abgebröckelt, doch die herrschaftliche Freitreppe führte immer noch hinunter zu einer imposanten Auffahrt, an die sich ein verwilderter Park mit einem künstlich angelegten Teich anschloss.

»Ich will ganz offen sein«, sagte Angelika, als sie den Park betraten. »Ich traue Ihnen nicht über den Weg.«

»Daran habe ich keinen Zweifel«, erwiderte Frau Reichenbach. »Und so, wie Sie mich ansehen, haben Sie offenbar gute Gründe, mir zu misstrauen. Was wissen Sie über Daggelin und meine Familie?«

»Genug, um ebenso entsetzt wie angewidert zu sein.«

»Weshalb?«

»Das fragen Sie?« Angelika schnappte nach Luft. »Ihr Schwiegervater, der Bankier Konstantin Reichenbach, hat in der Nazizeit Konzentrationslager finanziert!«

»Ja, das ist leider wahr.«

»Das geben Sie so einfach zu?«

»Ich habe Ihnen die Wahrheit versprochen, also sollen Sie die Wahrheit erfahren. Aber wollen wir uns nicht setzen?«

Sie nahmen Platz auf einer Bank, von der aus man über den Teich auf das Herrenhaus blickte. Frau Reichenbach griff nach dem Bernstein-Amulett, das an einer goldenen Kette um ihren Hals hing, und während sie mit dem Schmuckstück in ihrer Hand spielte, begann sie zu erzählen.

»Ja, es ist so, wie Sie sagen: Mein Schwiegervater war maßgeblich an der Finanzierung von Konzentrationslagern beteiligt. Aber nicht, weil er ein Nazi war, sondern weil er glaubte, dadurch seine jüdische Frau vor der Ermordung retten zu können.«

»Konstantin Reichenbach hatte eine jüdische Frau?«, fragte Angelika überrascht.

»Ja, Christel Reichenbach, eine Schauspielerin. Sie war in den dreißiger Jahren ein in ganz Deutschland gefeierter Filmstar, und weil sie so beliebt war, haben die Nazis es nicht gewagt, sie anzurühren, sondern sie sogar gefördert, um sich in ihrem Glanz zu sonnen. Doch nach einem Skiunfall bei Dreharbeiten für einen UFA-Film in den Alpen, in dem sie eine Skilehrerin spielte, war sie an den Rollstuhl gefesselt und hatte deshalb ihren Nutzen für die Nazis verloren. Genau damit haben sie meinen Schwiegervater erpresst: Entweder, er spielt ihr Spiel mit, oder seine Frau kommt ins Lager.«

Angelika zögerte. Versuchte diese Frau gerade, sie um den Finger zu wickeln, damit sie keine Schwierigkeiten machte? Oder war Konstantin Reichenbach wirklich kein Täter, wie sie geglaubt hatte, sondern auch nur eines von den zahllosen Opfern der Nazis? Sie musste an die Geschichte denken, die Tommy ihr erzählt hatte, über die Verstrickungen von Ulla Rühlings Vater in der Hitler-Zeit. Tommy hatte lange Zeit geglaubt, dass Ullas Vater ein übler Verbrecher sei, der mit den Nazis gemeinsame Sache machte, die Fakten, die man ihm zu sehen gegeben hatte, hatten ja keinen anderen Schluss zugelassen, und es hatte Jahre gedauert, bis er begriffen hatte, dass sich die Dinge ganz anders verhielten, als es den Anschein gehabt hatte.

Lag dieser Fall vielleicht ähnlich?

So sicher Angelika bei ihrer Ankunft auf Daggelin gewesen war, was die Familie Reichenbach betraf – jetzt kamen ihr Zweifel. Barbara Reichenbach sah vielleicht nach allem Möglichen aus, was ihr fremd und unsympathisch war, zum Beispiel diese Überlegenheit, die sie vom ersten Augenblick an ausgestrahlt hatte, als wäre sie ihr angeboren – aber wie eine Lügnerin wirkte sie nicht. Lügen passte irgendwie nicht zu dieser Freifrau-Erscheinung. Außerdem war die Geschichte, die sie erzählte, viel zu verrückt, um erfunden zu sein. So verrückt war nur das Leben selbst.

»Was für ein Zynismus«, sagte sie schließlich. »Ein Leben gegen das Leben Tausender. Wie ist Ihr Schwiegervater damit fertig geworden?«

»Gar nicht«, erwiderte Frau Reichenbach. »Er ist an seiner Schuld zugrunde gegangen. Schon viele Jahre, bevor er starb.«

Angelika musste schlucken. »Unfassbar, was die Nazis aus Menschen gemacht haben. Aber wissen Sie auch von seinen anderen Geschäften?«

»Was für anderen Geschäften?«

»Drahtlieferungen, nach Dachau und Birkenau.«

Frau Reichenbach schüttelte den Kopf.

»In Altena, der Heimatstadt meines Vaters, hat ein Fabrikant sich auch mit den Nazis eingelassen und Stacheldraht an Konzentrationslager geliefert, um einem befreundeten jüdischen Ladeninhaber die Ausreise aus Deutschland zu ermöglichen.«

»Und was hatte mein Schwiegervater damit zu tun?«

»Er hat das Geschäft vermittelt. Deshalb bin ich davon ausgegangen, dass er selber ein hoher Nazi war.«

Barbara Reichenbach nickte. »Jetzt verstehe ich.«

»Was verstehen Sie?«

»Mein Schwiegervater hatte einen Spruch, den er oft wiederholte: ›Egal, was man tut, es ist immer irgendwie falsch.‹«

Es entstand ein betretenes Schweigen.

»Trotzdem«, sagte Angelika nach einer Weile.

»Trotzdem was?«

»Auch wenn Ihr Schwiegervater kein Nazi-Verbrecher war – Sie haben kein Recht, das Schloss an eine Hotelkette zu verkaufen. Wir können das Rad nicht einfach zurückdrehen und so tun, als hätte es die DDR nie gegeben.«

»Haben Sie nicht gehört, was Herr Lachmund eben sagte?«, fragte Frau Reichenbach. »Hier liegt ein Missverständnis vor. Nicht *ich* will das Schloss verkaufen, es ist genau umgekehrt – die DDR-Regierung will das.«

»Wie bitte?«

»Ja, die neue Regierung plant ein sogenanntes Joint Venture mit der Steigenberger-Gruppe. Einundfünfzig Prozent sollen in DDR-Besitz bleiben, neunundvierzig Prozent an die Hotelkette gehen.«

»Aber in der Bild stand doch, dass Sie es sind, die Daggelin zu Geld machen will!«

Frau Reichenbach schüttelte den Kopf. »Bitte glauben Sie mir, es ist so, wie ich sage – die DDR-Regierung strebt dieses Geschäft an, nicht ich. Und zusammen mit der Hotel-Gruppe versucht sie jetzt, den Vertrag so schnell wie möglich unter Dach und Fach zu bringen, um vollendete Tatsachen zu schaffen, bevor ich als Erbin meine Ansprüche geltend machen kann. Auf diese Weise hoffen beide Seiten, den Besitz zu versilbern.«

Beschämt blickte Angelika zu Boden. Sie hatte tatsächlich den Einwand des Genossen Lachmund ignoriert, in ihrer moralischen Selbstgewissheit war sie so in Rage gewesen, dass sie von keinem Missverständnis etwas hatte hören wollen. Offenbar hatte sie sich damit in weniger als einer halben Stunde zum zweiten Mal gegenüber Barbara Reichenbach ins Unrecht gesetzt. Solche Joint Ventures wurden ja gerade überall abgeschlossen, um marode VEBs mit Hilfe westdeutscher Partner vor dem Bankrott zu retten. Außerdem hatte es keinen Sinn, die Dinge zu verdrehen, um eine Debatte in der Volkskammer zu verhindern, schließlich ließ die Sache sich viel zu leicht überprüfen.

»Ich glaube, ich muss Sie um Verzeihung bitten«, sagte sie.

Barbara Reichenbach schüttelte den Kopf. »Nein, Frau Weidner, Sie haben keinen Grund, sich zu entschuldigen, Sie haben ja nur geglaubt, was in der Zeitung stand. Aber dieser Bild-Reporter, wenn der mir irgendwann mal in die Finger kommt, ich glaube, dem haue ich glatt eine runter.«

Bei der Vorstellung sprühten ihre Augen solche Funken, dass Angelika gar nicht mehr anders konnte, als Barbara Reichenbach zu mögen. Was hätte sie darum gegeben, eine solche Frau zur Mutter zu haben, nicht nur einen Namen – Jutta Höllscher mit zwei l ...

Zu ihren Füßen krabbelte eine Ameisenkolonne vorbei, die einen toten Käfer transportierte. Angelika hob den Kopf und blickte auf das Herrenhaus, das in der Nachmittagssonne immer längere Schatten warf.

»Was haben Sie mit Daggelin vor, falls das Gut wieder in Ihren Besitz gelangt? Wollen Sie es selber nutzen oder verkaufen?«

»Weder noch«, erwiderte Barbara Reichenbach. »Ich möchte darin ein Kinderheim betreiben.«

Angelika horchte auf. »So wie in der Zeit der DDR?«

Frau Reichenbach zögerte. »Nicht ganz«, sagte sie dann. »Aber fast.

Mir schwebt ein Heim für Kinder aus den ehemaligen Ostblockstaaten vor, die in den Revolutionswirren ihre Eltern verloren haben, vor allem aus Rumänien und Bulgarien.«

»Was für eine schöne Idee«, sagte Angelika. »Eine bessere Nutzung kann ich mir gar nicht vorstellen.«

»Es freut mich sehr, dass Sie das sagen.« Barbara Reichenbach griff nach ihrem Arm. »Was meinen Sie – möchten Sie mir vielleicht helfen, den Plan zu verwirklichen? Sie arbeiten doch für diese neue Partei, Bündnis 90. Ich kann jede Unterstützung brauchen, und ich bin sicher, dass Sie manches wissen, was ich nicht weiß, aber wissen müsste für ein solches Projekt. Obwohl ich hier geboren bin, bin ich hier inzwischen ja ganz fremd geworden und kenne mich nicht mehr aus.«

Der Vorschlag kam so überraschend, dass Angelika nicht wusste, was sie davon halten sollte. »Meinen Sie das wirklich ernst?«

Barbara Reichenbach nickte. »So ernst, wie einer alten Frau nur etwas ernst sein kann.«

Angelika spürte die Hand auf ihrem Arm, und diese kleine Geste der Vertrautheit war stärker als alle Fremdheit, die sie von dieser Frau trennte.

»Ich selbst bin zwar keine Abgeordnete, aber ich kann versuchen, in meiner Fraktion für Ihren Plan zu werben«, antwortete sie. »Wie wollen Sie vorgehen? Was steht als Erstes an?«

»Als Erstes müssen wir die Besitzverhältnisse klären«, sagte Barbara Reichenbach. »Gibt es unter Ihren Freunden vielleicht jemanden, der in solchen Dingen Bescheid weiß?«

Angelika grinste. »Ich glaube schon, dass es da jemand gibt.«

36

Es war kurz vor Ladenschluss, und da kaum damit zu rechnen war, dass sich so spät noch ein Kunde in das Antiquariat verirrte, trat Babs hinter die Theke, um schon mal Kasse zu machen. Wenn sie sich mit dem Abendessen beeilten, konnten Kemal und sie noch einen Spaziergang um die Fuelbecker Talsperre machen, bevor es dunkel wurde. Am Abend herrschte dort am Wasser immer eine so friedvolle Stimmung. Die würde ihnen beiden guttun.

Die Addition der Einnahmen dauerte keine Minute.

»Wie viel?«, fragte Kemal, der auf einer Regalleiter Bücher einsortierte.

»Willst du das wirklich wissen?«

»Natürlich. Nur wer der Wahrheit ins Gesicht schaut, kann sie besiegen. Altes türkisches Sprichwort.«

»Na gut«, seufzte Babs. »Hundertachtundsiebzig Mark und vierundzwanzig Pfennig.«

»So viel?«, erwiderte Kemal. »Das ist ja phantastisch! Ein Grund, dass wir mal wieder schick essen gehen!«

Sein Galgenhumor rührte sie, sie wusste ja, wie es in seinem Innern aussah – genauso wie in ihr selbst. Zog man den Einstandspreis der verkauften Bücher vom Endergebnis ab, übertraf die Tageseinnahme mal wieder kaum die Tagesmiete, die sie für den Laden zahlen mussten. Wenn das so weiterging, würde der Erlebnis-Aufzug eines Tages wirklich ihre letzte Hoffnung sein.

»Hast du heute im Kreisblatt gelesen?«, fragte sie ihren Mann, damit er nicht auf dumme Gedanken kam. »Zwei Leserbriefe gegen die Schließung des Julius-Rosen-Museums, an einem einzigen Tag.«

»Ja, hab ich gesehen«, erwiderte Kemal. »Aber was nützt uns das? Immer nur Lehrer oder Sozialarbeiter, die für uns Partei ergreifen. Die helfen uns nicht weiter. Wir brauchen Geschäftsleute, die mitmachen, Unterstützer mit Einfluss.«

»Darauf können wir lange warten. Die meisten sind noch nicht mal bereit, unseren Prospekt in ihren Läden auszulegen.«

»Sie wollen den Aufzug, koste es, was es wolle. Und wenn ich ehrlich bin, ich kann sie sogar verstehen.«

Kemal räumte die letzten Bücher ins Regal, dann klatschte er sich den Staub von den Händen. Während er von der Leiter stieg, ging mit einem Klingeln die Ladentür auf.

Als Babs sah, wer so spät noch zu ihnen kam, wunderte sie sich.

»Winfried – du?«

»Bin ich hier richtig bei dieser Bürgerinitiative? *Rettet Burg Altena*?«

»Ja. Weshalb?«

»Blöde Frage! Ich will bei euch mitmachen!« Auf seinen Stock gestützt, humpelte er in den Laden. »Dein Vater darf seinen Willen nicht kriegen. Das Arschloch hat meinen Bruder auf dem Gewissen.« Mit dem Stock schlug er gegen seine Prothese. »Und ich hab mein Bein verloren, als ich Akten für ihn vernichten sollte.«

»Akten?«, fragte Kemal. »Was denn für Akten?«

Statt zu antworten, genoss Winfried die Spannung, für die er mit seinen wenigen Worten gesorgt hatte. »Er selbst hat sie *Erinnerungsstücke* genannt«, sagte er schließlich. »Aber ich bin sicher, da steckt mehr dahinter – irgendwelches Nazi-Zeug, wenn ihr mich fragt.«

37

Als Angelika aus Greifswald zurückkam, war es fast Mitternacht. Die Verkaufsbuden auf dem Kirchplatz lagen verlassen im Mondschein und warteten auf den nächsten Käuferansturm am Morgen. Nur im Pfarrhaus brannte noch Licht.

Hatte Udo vergessen, es zu löschen, oder war er noch auf? Angelika hoffte, dass er schon schlief.

Leise schloss sie die Haustür auf. Sie wollte noch ihren Vater anrufen, vor Mitternacht ging er ja nicht ins Bett, und ihn fragen, ob er ihr bei Daggelin helfen würde. Obwohl sie seit fast zwanzig Stunden auf den Beinen war, empfand sie keine Spur von Müdigkeit. Die Vorstellung, bei der Wiedereinrichtung des Kinderheims mitzuhelfen, hatte sie so begeistert, dass sie viel länger geblieben war als geplant, erst den allerletzten Zug, der von Greifswald nach Berlin fuhr, hatte sie genommen, um noch mit Barbara Reichenbach zu reden. Beim Abschied hatten sie und ihr Mann Alex, den Angelika anfangs für einen Makler oder Anwalt gehalten hatte, ihr sogar das Du angeboten.

Als Angelika die Haustür öffnete, wartete Udo bereits in der Diele auf sie.

»Kannst du mir mal verraten, was das soll, Angie? Hinter meinem Rücken Politik gegen mich zu treiben?«

Sie war so überrumpelt, dass es ihr die Sprache verschlug.

»Da brauchst du gar nicht so blöd zu gucken! Daggelin ist *mein* Projekt!«

»Woher … woher weißt du, dass ich in Daggelin war?«

»Gute Frage! Du hast es mir ja nicht gesagt! Wahrscheinlich hast du gedacht, du könntest dein Ding durchziehen, ohne dass ich davon Wind bekomme. Aber Pech gehabt – ich habe heute nämlich zufällig deine Freundin Brigitte getroffen, und die hat sich verplappert.« Voller Verachtung schaute er sie an. »Mich so zu hintergehen, das hätte ich nie von dir erwartet.«

»Dich hintergehen? Wie kommst du denn auf den Unsinn?«

»Tu nicht so unschuldig. Du weißt ganz genau, was ich meine, Angie.«

»Nenn mich nicht Angie! Ich hasse das! Ich heiße Angelika! Das habe ich dir schon hundertmal gesagt!«

»Lenk nicht vom Thema ab, *Angelika*! Ich habe den Fall Daggelin entdeckt. Da ist es verdammt nochmal mein gutes Recht, ihn auch an die Öffentlichkeit zu bringen.«

»Aber … aber die Sache war doch längst öffentlich. Die Geschichte hat doch in der Bild-Zeitung gestanden. Du hast mir den Artikel ja selbst gezeigt.«

»Darum geht es nicht – es geht um die politischen Konsequenzen! Und du nimmst mir die Butter vom Brot, bevor die Vereinigte Linke überhaupt einen Beschluss fassen kann. Wahrscheinlich, um dich in deiner Fraktion beliebt zu machen. Klar, wer eine solche Schweinerei aufdeckt und vor die Volkskammer bringt, hat natürlich Chancen auf ein eigenes Mandat. Das ist es doch, was du anstrebst, oder?«

Angelika begriff. »Ach so, darum regst du dich so auf! Du hast Angst, dass Bündnis 90 einen Coup landen könnte, den deiner Meinung nach die Vereinigte Linke landen sollte? Also, wenn das deine Sorge ist, kann ich dich beruhigen. Meine Fraktion wird den ›Fall‹, wie du dich ausdrückst, ganz bestimmt nicht vor die Volkskammer bringen. Weil es nämlich gar keinen Fall Daggelin gibt.«

»Wie bitte?« Udo war sichtlich überrascht. »Das musst du mir erklären.«

»Nur, wenn du mit mir in die Küche kommst. Ich brauche jetzt einen Schluck Wein.«

Ohne seine Antwort abzuwarten, ging sie voraus. Als sie die Flasche aus dem Kühlschrank nahm und zwei Gläser einschenkte, folgte er ihr nach. Während sie den Wein tranken, erzählte sie, was sie in Daggelin erfahren hatte.

»Ich bin gerührt«, sagte er, als sie fertig war. »Du fährst am Morgen los, um den Ausverkauf unseres Landes an die Wessis zu stoppen, doch dann, Wunder über Wunder, stellst du plötzlich fest, dass die Wessis in Wahrheit so edle Menschen sind, wie wir sie hier im Osten noch nie gesehen haben. Das ist doch lächerlich!«

»Ich verstehe, dass dir das alles ziemlich merkwürdig vorkommt«, erwiderte Angelika. »Ich konnte es ja selbst kaum glauben. Aber Barbara Reichenbach meint es ernst. Mit dem Kinderheim, hat sie gesagt, will sie ein bisschen von dem Unrecht wiedergutmachen, das früher auf Daggelin begangen wurde.«

»Leute, die KZs finanziert haben?« Udo lachte einmal kurz auf. »Mir ist schon klar, dass du als Physikerin keine Ahnung hast, wie Menschen ticken, aber dass du so naiv bist, hätte ich nicht gedacht. Das Heim ist für diese Reichenbach doch nur ein Vorwand, um sich ihr Erbe so schnell wie möglich unter den Nagel zu reißen und Kasse zu machen.«

»Aber Barbara will Daggelin ja gar nicht verkaufen. Sie ist sogar bereit, sich per eidesstattlicher Erklärung zum Wiederaufbau des Kinderheims zu verpflichten, falls sie dadurch das Verfahren beschleunigen kann. Nein, es ist unsere Regierung, die Daggelin verkaufen will.«

»Die Regierung?«

»Ja, sie verhandelt mit der Steigenberger-Gruppe. Offenbar geht es um eine Menge Geld.«

Udo zögerte einen Moment. »Ja und?«, sagte er dann. »Wenn die Regierung Daggelin verkaufen will, ist das was anderes. Als Besitzerin ist das ihr gutes Recht, und der Staat braucht jetzt jede Mark.« Er trank einen Schluck von seinem Wein. »Übrigens, Brigitte hat mir in ihrer Schusseligkeit heute noch was Interessantes verraten. Etwas sehr Interessantes sogar.«

»So? Was denn?« Angelika ahnte nichts Gutes.

Udo blickte sie an, wie er sonst seine Konfirmanden bei der Katechismusprüfung anblickte. »Sie hat gesagt, dass du aus der SED ausgetreten bist. Stimmt das?«

Schuldbewusst schlug sie die Augen nieder. »Ja«, sagte sie leise. »Das stimmt.«

»Das ist alles, was du dazu zu sagen hast?«

Sie hob den Kopf, um seinen Blick zu erwidern. »Du hast ja recht, wenn du sauer bist. Vielleicht hätte ich das erst mit dir besprechen sollen, statt dich vor vollendete Tatsachen zu stellen. Aber, um ehrlich zu sein, das hätte auch nichts an meinem Entschluss geändert. Die SED hat abgewirtschaftet, und ich glaube einfach nicht, dass sie die Kraft hat, sich als Partei von innen heraus …«

»Ach, leck mich doch am Arsch!«

Mit bösen Augen schaute er sie an. Sie wollte etwas sagen, doch bevor sie dazu kam, nahm er die Flasche vom Tisch und stand auf.

»Spar dir deine Erklärungen. Für heute habe ich die Schnauze voll. Aber echt!«

38

Ulla hatte ihren Großneffen schon seit einer Ewigkeit nicht mehr gesehen, und wäre er ihr auf der Straße über den Weg gelaufen, hätte sie ihn wahrscheinlich nicht mal erkannt. Umso angenehmer war sie jetzt überrascht, als er sich ihr in der VAM präsentierte, um sich nach der etwas überdeutlichen Empfehlung durch seinen Vater um die neu ausgeschriebene EDV-Stelle zu bewerben. Torsten war ein ebenso hübscher wie gewinnender junger Mann von dreiundzwanzig Jahren, der die schwarzen Haare von seinem Vater und die grünen Augen von seiner Mutter geerbt hatte und dem im Gespräch die Intelligenz förmlich aus den Knöpfen seines Polohemds platzte. Einen solchen Sohn hätte sie Winfried gar nicht zugetraut.

»Ein Einser-Examen in Informatik? Respekt! Aber hast du auch schon mal praktisch gearbeitet?«

»Ja, als Werkstudent bei Onkel Benno und Tante Gundel. Ich habe für Schuh Krasemann die ganze EDV neu aufgebaut, nicht nur die Buchhaltung, auch die Personalkonten und das Warenwirtschaftssystem, für über hundert Geschäfte.«

»Das warst du? Das wusste ich ja gar nicht. Die beiden haben mir nur erzählt, dass die EDV bei ihnen neuerdings wie am Schnürchen funktioniert, nachdem sie jahrelang nur Ärger damit hatten.«

Während sie Torsten sein Zeugnis zurückgab, kam Miguel herein.

»Hast du mal kurz Zeit, Ulla? Babs und Kemal würden dich gern sprechen.«

»Sofort. Aber erst möchte ich dir unseren neuen EDV-Mann vorstellen, Torsten Nippert, der Enkel meiner Schwester Ruth.«

Miguel reichte ihm die Hand. »Willkommen in der VAM.«

Torsten strahlte. »Soll das heißen, ich habe den Job?«

Ulla lachte. »Wenn wir schon einen so talentierten Informatiker in der Familie haben – glaubst du, den lassen wir uns durch die Lappen gehen?« Sie stand auf und wandte sich zur Tür. »Am nächsten Ersten kannst du anfangen. Wir freuen uns auf dich!«

Mit einem Klaps auf die Schulter verabschiedete sie sich von ihm, dann folgte sie Miguel den Gang hinunter zum Konferenzraum, wo die Besucher warteten.

»Kannst du dich noch an den Brand in Winfrieds Haus vor zwanzig Jahren erinnern?«, fragte Babs.

»Natürlich«, erwiderte Ulla. »Winfried hat damals doch sein Bein verloren, und sein Sohn Torsten, den ich übrigens gerade als unseren neuen EDV-Mann eingestellt habe, wäre dabei fast ums Leben gekommen. Aber warum fragst du?«

»Winfried ist zu uns in den Laden gekommen, um unsere Bürgerinitiative zu unterstützen«, antwortete Kemal anstelle seiner Frau. »Er behauptet, der Brand sei damals nur deshalb ausgebrochen, weil er in Walter Böckers Auftrag Akten vernichtet habe, sogenannte Erinnerungsstücke. Hast du vielleicht eine Ahnung, was es damit auf sich hat?«

»Ich glaube schon.« Ulla dachte kurz nach, um ihre Erinnerungen zu sortieren. »Winfrieds Bruder Fritzchen hatte nach dem Brand einen Ordner aus den Trümmern geborgen, er hat seinen Stiefvater regelrecht gehasst und gehofft, ihm damit irgendwie eins auswischen zu können. Er hatte damit absolut den richtigen Riecher. Die Akten deuteten auf Kriegsverbrechen der Firma Wilhelm Böcker & Söhne hin.«

»Warum wurde Walter Böcker dann nie angeklagt?«, wollte Kemal wissen.

Ulla holte tief Luft. »Das ist eine lange Geschichte. Die Unterlagen, die sich in Fritzchens Ordner fanden, hätten allein nicht ausgereicht, um Anklage zu erheben. Doch ein Bekannter von mir, der kurz nach dem Krieg aus Altena in die DDR geflohen war und seitdem dort lebt, hatte aus Ostberliner Archiven Beweise beschafft, die Walter Böcker mit ziemlicher Sicherheit hinter Schloss und Riegel gebracht hätten. Doch aus Gründen politischer Opportunität ist es nie zum Prozess gekommen. Ein Prozess gegen den Arbeitgeberpräsidenten der Bundesrepublik mit Beweismitteln aus der DDR hätte den damaligen Entspannungsprozess gefährdet. Das zumindest war die Auffassung der DDR-Regierung, die darum meinen Bekannten mit allen Beweisen zurückpfiff.«

Miguel fasste sich an den Kopf. »Ich lebe zwar schon seit meinem zehnten Lebensjahr in Deutschland, aber die deutsche Geschichte werde ich wohl nie ganz kapieren.«

»Tröste dich«, lachte Ulla, »das geht den meisten Eingeborenen hier nicht anders.«

Die anderen fielen in ihr Lachen ein, nicht jedoch Babs.

»Sag mal, hast du vielleicht noch Kontakt zu diesem Bekannten?«.

»Ja, nein – warum?«, erwiderte Ulla, plötzlich nervös.

»Versteht du nicht?«, fragte Kemal. »Wenn es in ein paar Wochen nur noch ein einig deutsches Vaterland gibt, ist die Zeit der politischen Rücksichtnahmen vorbei.«

Und ob Ulla verstand! Doch genau aus diesem Grund wurde sie nur noch nervöser. »Ihr meint«, sagte sie zögernd, »wir sollten es noch mal probieren?«

»Einen Versuch wäre es jedenfalls wert.« Babs schaute sie an. »Warum setzt du dich nicht einfach ins Auto und fährst zu deinem Bekannten? Ist jetzt ja kein Problem mehr.«

»Unsinn!« Ulla war nun so nervös, dass ihre Stimme fast überschnappte. »Ich weiß ja nicht mal, ob mein Bekannter überhaupt noch Zugang zu den Akten hat – um ehrlich zu sein, haben wir uns schon vor Jahren aus den Augen verloren. Er hat früher im Außenhandelsministerium der DDR gearbeitet, aber wahrscheinlich ist er längst in Rente. Außerdem, wozu die alten Geschichten wieder hochkochen? Dein Vater wird es sowieso nicht schaffen, die Schließung eines jüdischen Museums durchzusetzen.«

Babs runzelte die Stirn. »Seit wann bis du dir da so sicher?«

Ulla spürte die große Erwartung, die die beiden in sie setzten, geradezu körperlich, sie stand ihnen ja ins Gesicht geschrieben, und sie hätte ihnen den Gefallen nur zu gerne getan. Doch die Vorstellung, mit ihrem alten Bekannten, wie sie Tommy nannte, als dürfe sie nicht mal seinen wahren Namen nennen, nach so langer Zeit wieder in Kontakt zu treten, machte ihr Angst. Vorbei war vorbei! Das Leben, das sie mit Ramón führte, war ein gutes Leben, und sie wollte nicht riskieren, dass es aus den Fugen geriet.

»Folgender Vorschlag«, sagte sie. »Warten wir die nächste Bürgerversammlung erst mal ab. Wenn den Leuten klar wird, welche Folgen die Schließung eines jüdischen Museums für das Image der Stadt hat, werden sie den Antrag ablehnen. Dann hat die Sache sich von ganz allein erledigt.«

»Und wenn nicht?«, fragte Babs.

Ulla wich ihrem Blick aus. »Nun, dann sehen wir weiter.«

39

Während Walter Böcker das Fenster des Jagdzimmers öffnete, um frische Luft hereinzulassen, tönte aus dem Fernseher die Fanfare der Tagesschau.

»Guten Abend, meine Damen und Herren«, begrüßte Chefsprecher

Werner Veigel die Zuschauer an ihren Apparaten in Hamburg, Köln und München genauso wie in Leipzig, Dresden und Ostberlin. »Die Deutschen leben wieder in einem souveränen, freien und geeinten Land. Fünfundvierzig Jahre nach dem zweiten Weltkrieg endete in der vergangenen Nacht die deutsche Teilung. Die DDR und die Bundesrepublik vereinigten sich zu einem Staat.«

Gott sei Dank, der Spuk hatte ein Ende! Walter nahm das Kreisblatt vom Kamin und wedelte damit in der Luft, um den Zigarrenqualm zu vertreiben. Dabei konnte es jeden Moment klingeln und sein Besuch war da.

Einigkeit und Recht und Freiheit für das deutsche Vaterland …

Als die Nationalhymne erklang, hielt Walter kurz inne. Über den Bildschirm flimmerten Bilder von dem Staatsakt in der Berliner Philharmonie, mit dem die Wiedervereinigung gefeiert wurde. Sämtliche Teilnehmer hatten sich von ihren Plätzen erhoben, die ganze Corona all derer, die jahrzehntelang keinen Pfifferling auf die Wiedervereinigung gegeben hatten, die jetzt aber, da sie plötzlich vom Himmel gefallen war, ohne dass ein Schwein was dafür konnte außer vielleicht dem Kommunisten Gorbatschow, weil Reagan den kaputtgerüstet hatte und dem in seiner bankrotten Sowjetunion der Arsch auf Grundeis ging, allesamt das persönliche Verdienst an der Wiedervereinigung für sich reklamierten, von Willy Brandt über Walter Scheel bis Schmidt Schnauze, während der dicke Kohl und der dicke Genscher den kleinen de Maizière in seinem Konfirmandenanzug zwischen sich genommen hatten wie einen armen Verwandten und ihn scheinheilig in der ersten Reihe mitsingen ließen. Voller Abscheu musterte Walter die ergriffenen Visagen. Ob die Schleimscheißer jetzt wohl endlich den Mumm aufbringen würden, wieder die erste Strophe des Deutschlandlieds singen zu lassen?

»So erleben wir den heutigen Tag als Beschenkte«, erklärte Bundespräsident Richard von Weizsäcker, nachdem die Hymne verstummt war. »Die Geschichte hat es diesmal gut mit uns Deutschen gemeint. Umso mehr haben wir Grund zur gewissenhaften Selbstbesinnung.«

Walter verzog angewidert das Gesicht. Das war doch wirklich zum Kotzen! Kaum war man wieder wer, hieß es auch schon wieder Asche auf mein Haupt. So was brachte auch nur ein deutscher Präsident fertig … Aber was von dem feinen Herrn von Weizsäcker zu halten war, wusste man ja – der hatte ja auch den Tag, an dem die deutsche Wehrmacht kapituliert hatte, als einen Tag der Befreiung gepriesen. Schämen sollte sich der Kerl, sein Vater war schließlich SS-Brigadeführer und Staatssekretär des Führers gewesen! Walter erinnerte sich noch genau, wie zur Zeit seiner eigenen Untersuchungshaft der junge Weizsäcker als frischgebackener Anwalt den Alten beim Nürnberger Prozess verteidigt hatte. Und jetzt den Vorzeigedemokraten markieren – pfui Teufel! Statt sich das Geschwätz weiter anzuhören, wedelte Walter noch ein paarmal mit dem Kreisblatt, dann schloss er das Fenster.

Während der Bundeskanzler ans Mikrophon trat, um die blühenden Landschaften heraufzubeschwören, die schon bald in den neuen Bundesländern entstehen würden, irrte Walter durch sein großes leeres Haus, um letzte Hand anzulegen, bevor sein Besuch kam, rückte hier ein Bild gerade und zupfte dort ein Brokatdeckchen zurecht.

War alles bereit für den Empfang?

Im Wohnzimmer entdeckte er einen Prospekt auf dem Couchtisch. *Rettet Burg Altena!* Das war nun schon die fünfte oder sechste Broschüre der verdammten Bürgerinitiative, diesmal mit der Schlagzeile »Ausgerechnet Carl Schlitt«. Walter nahm das Schmierenblättchen und zerknüllte es in der Hand.

Heute nicht!

Er warf den Prospekt in die Aschenpfanne und wollte gerade in den Keller gehen, um eine Flasche Champagner zu holen, den er zwar selber nicht mochte, doch den der Anlass erforderte, da klingelte es an der Haustür. Sofort ließ er alles liegen und stehen und stieß vor lauter Eile in der Diele fast mit Frau Steuernagel zusammen, seiner Haushälterin, die in ihrer Schürze bereits aus der Küche kam, um aufzumachen.

»Lassen Sie nur! Das erledige ich selbst!«

Als er die Tür öffnete, ging ihm das Herz auf. Draußen standen Regina und ihr Sohn Hans-Jörg, umgeben von einem Dutzend Koffer.

»Da seid ihr ja endlich!«, rief Walter. »Willkommen im neuen Heim!«

40

Als Angelika mit ihrem Vater in Daggelin aus dem Taxi stieg, schlug ihr ein nasskalter Wind ins Gesicht, und vor lauter Pfützen wusste sie kaum, wohin sie ihre Füße setzen sollte. Auf dem Parkplatz vor dem Herrenhaus standen dieselben zwei Autos wie bei ihrem ersten Besuch, Edwin Lachmunds hellblauer Trabi mit dem Fuchsschwanz und Barbara Reichenbachs schwarzer Volvo. Doch anders als beim ersten Mal parkten diesmal noch zwei weitere Wagen vor dem Eingang: ein VW Passat mit Essener Kennzeichen sowie ein durchgerosteter 2CV mit nigelnagelneuem Berliner Nummernschild, das sich an der alten Rostlaube so falsch ausnahm wie ein strahlend weißes Jacketkronengebiss im Gesicht eines Greises. Die beiden Wagen mussten den Söhnen der Reichenbachs gehören, Barbara hatte deren Kommen zu diesem Termin, bei dem Tommy das Ergebnis seiner Recherche zu den Besitzverhältnissen auf Daggelin vorstellen würde, bereits am Telefon angekündigt. Ihre Söhne waren nicht mit ihr in den Westen gegangen, als sie selbst aus der DDR geflohen war, sondern im Osten geblieben, der eine aus Liebe zu einer Frau, der andere aus Pflichtbewusstsein: Der ältere, Christian, war ein Literaturprofessor, der erst vor kurzem seinen Lehrstuhl an der Humboldt-Universität aufgegeben oder verloren hatte, so genau hatte Angelika das nicht verstanden, und der jüngere, Werner, ein ehemaliger Offizier der Volksarmee, der sich inzwischen als Unternehmensberater selbständig gemacht hatte und von seinem Büro im Ruhrgebiet aus im innerdeutschen Ost-West-Geschäft tätig war.

Die Familie saß, misstrauisch beäugt von Objektleiter Lachmund, schon zusammen an einem Tisch in der Gaststube, als Angelika und Tommy den überhitzten Raum betraten. Angelika brauchte nicht lange zu rätseln, welcher von Barbaras Söhnen der Literaturprofessor war und welcher der Unternehmensberater. Beide waren Anfang, Mitte vierzig, doch während der eine mit seiner Jeans und dem Rollkragenpullover trotz des leicht verlebten Gesichts wie ein großer Junge aussah, wirkte der andere trotz der bunten Mickey-Mouse-Krawatte, die er zu einem auffällig gestreiften Anzug trug, mit seiner Pläte und dem Bauchansatz viel erwachsener als sein älterer Bruder.

Nachdem man sich begrüßt und miteinander bekannt gemacht hatte, öffnete Tommy seine Aktentaschte und holte umständlich seine Unterlagen daraus hervor. Angelika war genauso gespannt wie die Reichenbachs – ihr Vater hatte ihr während der Fahrt kein Sterbenswörtchen verraten, was seine Untersuchungen ergeben hatten. Ungeduldig trommelte sie mit den Fingern auf dem Tisch. Doch er ließ sich davon so wenig beeindrucken wie von Barbaras nervösem Hüsteln oder den erwartungsvollen Blicken ihres Mannes und ihrer Söhne.

»Ich will es nicht unnötig spannend machen«, erklärte Tommy

schließlich, nachdem er die allgemeine Neugier weidlich genossen hatte. »Ich habe mich sowohl mit früheren Kollegen aus dem Ministerium wie auch mit Vertretern der Treuhand über den Fall unterhalten.«

»Treuhand?«, fragte Barbara Reichenbach. »Was ist das?«

»Die Bundesanstalt zur Privatisierung des volkseigenen Vermögens der ehemaligen DDR«, erklärte ihr Sohn Werner. »Wurde noch von der Modrow-Regierung eingerichtet, ist aber jetzt in Bundeshand.« Dann wandte er sich an Tommy. »Und – was haben Ihre Recherchen ergeben?«

Tommy genoss noch einmal für einen Augenblick die Spannung der anderen, bevor er antwortete. »Nach allem, was ich herausgefunden habe, ist die Sache klar. Als einzige Tochter Albin von Ganskis, des letzten Besitzers von Daggelin vor der Verstaatlichung, ist Barbara Reichenbach die alleinige rechtmäßige Erbin.«

»Das ist ja großartig!«, rief Angelika, und alle am Tisch klatschten.

Ihr Vater hob die Hand. »Mit einer Einschränkung«, fügte er hinzu. »Diese Feststellung gilt nur für jene Teile des Besitzes, die zur Zeit der DDR-Regierung enteignet wurden, also für den im Grundbuch als Alt-Daggelin eingetragenen Gutsbetrieb. Die Wälder und Ländereien von Groß-Daggelin hingegen, die bereits vor der Gründung der DDR, sprich: zur Zeit der sowjetischen Besatzung, enteignet wurden, verbleiben weiterhin in Staatsbesitz.«

Angelika wusste nicht, was das bedeutete, und auch die anderen schienen ziemlich verwirrt, mit Ausnahme von Barbara.

»Das heißt, das Herrenhaus gehört wieder mir?«, fragte sie.

Tommy nickte. »Ja, Frau Reichenbach. Mit allen Haupt- und Nebengebäuden. Ihren Plänen steht also nichts im Wege.«

Barbara schluckte, und Angelika glaubte zu erkennen, dass in ihren Augen Tränen schimmerten. Während ihr Mann sie in den Arm nahm, beugte Angelika sich zu ihrem Vater und gab ihm einen Kuss auf die Wange.

»Das hast du wunderbar gemacht«, flüsterte sie ihm ins Ohr.

»Dann bist du also mit deinem alten, nichtsnutzigen Tommy zufrieden?«, flüsterte er zurück.

»Und ob!«

Während sie ihm noch einen Kuss gab, schnippte Christian Reichenbach mit den Fingern.

»Champagner!«

Edwin Lachmund, der vom Tresen aus alles verfolgt hatte, hatte sichtlich Mühe, seine Verärgerung herunterzuwürgen. »Wir haben nur Rotkäppchen-Sekt.«

»Egal! Hauptsache, der Korken knallt!«

Mit wutfunkelnden Augen und stampfenden Schritten verschwand der Objektleiter in der Küche. Er würde sich wohl bald nach einer neuen Tätigkeit umschauen müssen. Ein bisschen tat er Angelika sogar leid. Wieder einer mehr im großen Heer der Arbeitslosen.

»Das ist ja alles schön und gut«, sagte Werner Reichenbach, als sie unter sich waren. »Aber können wir uns den riesigen alten Kasten überhaupt leisten?«

»Wo ein Wille, da ein Weg«, erwiderte sein Bruder.

»Vielen Dank für den wertvollen Beitrag, Herr Professor. Aber dein Sinn für Poesie in Ehren – als Unternehmensberater sehe ich die Sache ein wenig nüchterner. Das Schloss ist eine Bruchbude, die Instandsetzung wird ein Vermögen kosten.«

»Ja, und? Soll Mama deshalb auf ihren Traum verzichten, du alte Krämerseele? Träume geben dem Leben Richtung und Sinn. Ohne Träume ist alles nur mühselige Plackerei.«

»Ja, ja, immer einen Spruch parat. Aber Sprüche helfen uns hier nicht weiter, du Klugscheißer. Ich habe inzwischen den Geschäftsführer der Steigenberger-Gruppe kontaktiert. Er bietet für Daggelin fünf Millionen. Ich finde, dafür kann man wohl auf einen Traum verzichten, zumal, wenn der bei den zu erwartenden Kosten aller Wahrscheinlichkeit nach in kürzester Zeit zum Albtraum wird.«

Noch keine Viertelstunde war vergangen, und Angelika war klar, dass die zwei Brüder sich nicht ausstehen konnten. Das war vermutlich auch der Grund, weshalb ihr Vater jetzt vermittelnd das Wort ergriff.

»Bevor wir uns entscheiden«, sagte Alex Reichenbach und rückte an seiner Goldrandbrille, »brauchen wir ein Gutachten, was die Instandsetzung überhaupt kosten würde. Ansonsten bleibt alles leere Spekulation.«

Sein Sohn Werner schnaubte nur verächtlich durch die Nase. »Ich fürchte, dass schon ein solches Gutachten unsere Mittel übersteigt.«

»Ist so was denn so teuer?«, fragte Barbara.

»Nicht, wenn man die richtigen Leute kennt«, sagte Tommy.

Barbara horchte auf. »Denken Sie dabei an jemand Bestimmtes, Herr Weidner?«

»Allerdings«, sagte Tommy mit seinem Grinsen. »Und was die Finanzierung angeht, dafür gibt es jetzt jede Menge Fördermittel – Stichwort ›Aufbau Ost‹.« Er drehte sich zu Angelika herum. »Was meinst du, kannst du vielleicht mal in Berlin deine Fühler ausstrecken?«

41

Nach wochenlangem Regenwetter war am letzten Oktobersonntag noch einmal unverhofft der Altweibersommer zurückgekehrt. Da dies vielleicht der letzte schöne Tag im Jahr war, hatten Ruth und Bernd spontan beschlossen, das herrliche Wetter zu einer Tageswanderung zu nutzen, und waren am Morgen vom Tiergarten durch die bunten Laubwälder bis hinauf zum Großen Drehscheid marschiert, wo sie in der alten Gartenwirtschaft zu Mittag Bratkartoffeln mit Spiegeleiern gegessen hatten. Die Luft war so warm gewesen, dass sie sogar im Freien hatten sitzen können. Erst jetzt, am späten Nachmittag, als sie wieder den Berg hinunter zum Tiergarten liefen, war es so kühl geworden, dass sie die Pullover, die sie zuvor nur über den Schultern getragen hatten, überstreifen mussten.

»Was war das für ein schöner Tag«, sagte Ruth, als sie den Wald verließen und vor ihnen die ersten Häuser auftauchten.

»Ja, weil du ihn so schön gemacht hast«, sagte Bernd.

Statt ihm zu antworten, erwiderte sie nur den Druck seiner Hand. Sie genoss das Zusammensein mit ihm, wie man ein Geschenk genießt, das man lange Zeit ersehnt, aber nie wirklich erwartet hat, und deshalb kaum begreifen kann, dass es einem wirklich gehört, wenn man es schließlich doch noch bekommt. Nie zuvor in ihrem Leben hatte es einen Menschen gegeben, der ihr so nah war, mit dem sie alle ihre Sorgen und Freuden so selbstverständlich teilen konnte, als wäre es schon immer so gewesen und könnte gar nicht anders sein. Mit Fritz, ihrem ersten Mann, hatte sie ja kaum wirklich zusammengelebt, erst nachdem er aus Krieg und Gefangenschaft zurückgekommen war, hatten sie eine gemeinsame Wohnung gehabt, doch da war kaum noch etwas von ihm übrig gewesen, außer einem am ganzen Körper zitternden Wrack, das seinen Namen trug – ein Schatten seiner selbst, gefangen in düsteren Gedanken. Und die Ehe mit Walter Böcker hatte nicht mal die Flitterwochen überstanden. Mit Bernd hingegen war es, als würde alles, was sie erlebte oder dachte oder empfand, erst wahre und tatsächliche Wirklichkeit, wenn sie sich mit ihm darüber ausgetauscht hatte. Obwohl sie nicht mehr arbeitete, empfand sie das Leben mit ihm als so erfüllend, dass sie nicht mal mehr Romane lesen musste, um glücklich zu sein.

Als sie in die Graf-Eberhard-Straße einbogen und Ruth ihr kleines hübsches Haus sah, das so friedlich in der Abendsonne lag, kam ihr ein seltsamer Gedanke. Hätte sie dieses ruhige, gleichmäßige Glück, das sie an Bernds Seite empfand, wohl ebenso zu schätzen gewusst und genossen, wenn sie beide schon in jungen Jahren geheiratet hätten?

»Ich stell dann schon mal den Mülleimer raus«, sagte er, als er das Gartentörchen öffnete. »Morgen ist Montag.«

»Ich glaube, das wäre ein bisschen verfrüht«, erwiderte sie. »Die letzte Leerung war doch erst vor einer Woche.«

»Stimmt«, sagte er. »Aber warum kommen die auch nur noch alle vierzehn Tage statt wie früher jeden Montag? Da gerät man ja ganz durcheinander.«

»Ja ja, früher war alles besser, sogar die Müllabfuhr.« Lachend drohte sie ihm mit dem Finger. »Fang ja nicht an, wie ein alter Mann zu reden. Sonst reiche ich die Scheidung ein.«

Im Haus klingelte das Telefon.

»Oh, wer kann das sein?«, fragte Bernd und kramte eilig nach seinem Schlüssel.

Ruth ließ ihm den Vortritt. Wenn das Telefon klingelte, ohne dass sie einen Anruf erwarteten, hatte Bernd immer die aberwitzige Hoffnung, dass es sein Sohn sein könnte, Hans-Jörg.

Als sie ihm in die Diele folgte, hatte er den Hörer schon am Ohr.

»Du?«, rief er aufgeregt in die Muschel. »Ich werd verrückt? Wir haben ja schon eine Ewigkeit nichts mehr voneinander gehört.«

»Mit wem sprichst du?«, fragte sie leise.

Bernd legte einen Finger an die Lippe. »Tommy«, sagte er mit leuchtenden Augen. »Unser alter Tommy aus Berlin.«

42

Regina hatte ihren Schweinebraten schon zwanzig Jahren nicht mehr gemacht, doch er war ihr trotzdem noch genauso gut gelungen wie früher. Mit dem Kochen war es ja wie mit dem Schwimmen oder Fahrradfahren, wenn man es einmal konnte, verlernte man es nie. Außerdem war das Rezept, das sie bei den Ursulinerinnen gelernt hatte, denkbar einfach. Man nahm ein gut marmoriertes Nackenstück, briet es mit Butterschmalz und Wurzelgemüse auf allen Seiten an, bestrich es dann rundum mit reichlich Senf und ließ es anschließend bei kleiner Flamme mindestens drei Stunden lang schmoren. Die lange Garzeit war das Einzige, worauf es wirklich ankam. Wenn das Rezept misslang, dann eigentlich nur, weil man es zu eilig hatte und dem Braten nicht die nötige Zeit gab, um diese tiefbraune, fast schwarze Kruste anzusetzen, ohne dass das Fleisch von innen austrocknete.

Regina hatte die nötige Geduld aufgebracht, Geduld zu haben hatte das Leben sie gelehrt, und entsprechend schmeckte es Walter, als sie nun zusammen mit Hans-Jörg am Mittagstisch saßen. Die Serviette um den Hals, der Mund triefend von Fett, vertilgte er bereits das dritte Bratenstück. Er hatte sich sein Lieblingsessen redlich verdient. Trotz seines Alters war er immer noch der ausdauernde Liebhaber, als den Regina ihn in Erinnerung gehabt hatte, vielleicht war er mit dem Alter sogar noch ausdauernder geworden als früher – erst, wenn sie »fick mich, mein Puma, fick mich!« schrie, übermannte ihn die Erregung und er gelangte zum Höhepunkt. Schade nur, dass sie selbst nicht mehr die geringste Lust in seinen Armen verspürte. Da er darauf bestand, sie bei Licht zu lieben, erstickte der Anblick seines alten Körpers, von dem ihm die Haut in bleichen Lappen herabhing, jede Erregung, trotz seines nach wie vor höchst eindrucksvollen Gemächtes. Aber man konnte nicht alles im Leben haben, auch das hatte das Leben sie gelehrt. Hauptsache, sie hatte wieder ein angemessenes Zuhause und vor allem eine Zukunft, in der sie sich nie wieder um ihre Existenz sorgen musste. Und für Heinz Scholl, der, wie Hans-Jörg ihr prophezeit hatte, sich doch nicht von seiner Frau hatte scheiden lassen und auch nicht zum Rewe-Bezirksleiter aufgestiegen war, sondern immer noch seinen unattraktiven Ladenkittel trug, ließ sich auch in Altena Ersatz finden – er war schließlich kein Supermann. Wer weiß, vielleicht konnte sie sich sogar verbessern. Wenn nicht alles täuschte, hatte Jürgen Rühling ihr bei seinem Antrittsbesuch nicht nur die üblichen Komplimente gemacht, sondern auch schöne Augen, und wie sie wusste, hatte der Bürgermeister nach der Scheidung von Ulla Wolf nicht wieder geheiratet, noch schien es eine andere Frau an seiner Seite zu geben. Zumindest kam er stets ohne Begleitung in die Villa, wenn er Walter besuchte, um mit ihm über gemeinsame Pläne zu sprechen.

»Noch ein Stück Braten, Walterli?«

»Aber immer, Schätzelein«, antwortete Walter mit einem Rülpser. »Für eins ist noch Platz.«

Wie konnte ein Mensch nur so viel Essen in sich hineinstopfen? Kaum hatte Regina ihm das vierte Stück serviert, beugte Walter sich auch schon wieder über den Teller und aß weiter.

»Ich hätte dich verdammt gern zum Schwiegersohn gehabt«, wandte er sich schmatzend an ihren Sohn.

»Es hat wohl nicht sollen sein«, erwiderte Hans-Jörg, der lustlos auf seinem Teller herumstocherte. Schweinebraten hatte er schon als Kind nicht gemocht.

»Hm«, machte Walter. »Aber wenn es Babs nicht sein sollte, warum hast du dann bis heute keine andere geheiratet? Du gehst schließlich auf die vierzig zu.«

Regina zuckte zusammen. Die Frage hatte sie befürchtet, seit sie mit ihrem Sohn in der Villa eingezogen war.

»Keine Zeit«, antwortete Hans-Jörg ausweichend. »Immer viel zu viel um die Ohren gehabt.«

Mit gerunzelten Brauen schaute Walter von seinem Teller auf. Hans-Jörg starrte auf das Stückchen Kartoffel, das er gerade mit seiner Gabel aufgespießt hatte, als gäbe es nichts Interessanteres auf der Welt.

»Du musst wissen«, kam Regina ihm zu Hilfe, »das sind gerade goldene Zeiten für die Versicherungsbranche. Das Versicherungswesen, wie wir es im Westen kennen, ist den Ostzonalen ja vollkommen fremd. Aber erzähl doch mal selbst, Hans-Jörg.«

Der warf ihr einen dankbaren Blick zu. »Mama hat recht, Onkel Walter, für die Ossis ist das alles ein Buch mit sieben Siegeln. Zum Beispiel Lebensversicherungen – davon haben die noch nie was gehört. Aber weil im Westen so gut wie jeder eine hat, wollen sie die jetzt auch alle haben. Meine Mitarbeiter in Leipzig schließen jeden Tag Dutzende von Policen ab.«

»Und was macht das in Mark und Pfennig?«

Hans-Jörg winkte ab. »Das ist nur das Brot-und-Butter-Geschäft. Das wirklich große Geld verdiene ich mit ganz was anderem.«

»Nämlich?«

»Crash-Kurse für künftige Versicherungsvertreter.«

»Verstehe ich nicht. Was soll das sein?«

»Schulungsseminare. Schnellbleichen. Die da drüben sind doch alle arbeitslos und brauchen neue Jobs.«

»Wer nichts wird, wird Wirt«, brummte Walter. »Und ist ihm das vorbeigelungen, macht er in Versicherungen.«

»Von wegen!«, widersprach Hans-Jörg. »Du glaubst ja nicht, was ich mit diesen Kursen verdiene. Für ein Wochenendseminar kassiere ich locker zehntausend Mark! Die armen Schweine zahlen dir jeden Preis, wenn du ihnen Arbeit versprichst. Und mit denen, die die Prüfung bestehen, baue ich mir eine eigene, schlagkräftige Truppe auf.«

Das leuchtete Walter schon eher ein. »Sind der Gesellen zwei, so hat der Meister frei.«

»Genau. Die neuen Mitarbeiter verkaufen wie blöd. Weil sie nämlich einen Vorteil haben: Sie können Sächsisch, das schafft Vertrauen bei den Kunden, und darauf kommt es bei Versicherungen mehr an als auf alles andere. Das Ganze organisiere ich nach dem Schneeballsystem. Unten wird gearbeitet, oben kassiert. Und oben – das bin ich!«

Jetzt wich die Skepsis in Walters Miene fast einem Ausdruck von Anerkennung. »Wirklich eine Schande, dass das mit Babs und dir nicht geklappt hat. Stattdessen hat sie diesen verfluchten Knoblauchfresser geheiratet, der sie gegen mich aufhetzt, um mein Institut zu verhindern.«

Hans-Jörg zog das überlegene Gesicht, das Regina so sehr an ihm mochte. »Na ja, wenn man in Deutschland ein jüdisches Museum dichtmachen will, muss man mit Widerstand rechnen. Vor allem mit einem so angreifbaren Mann wie diesem Carl Schlitt als Direktor. Alles andere zu glauben wäre naiv.«

»Ja, ja, ja. Aber wer kommt denn auch auf die Idee, dass die eigene Tochter gegen ihren Vater eine Bürgerinitiative gründet?«

Das war Reginas Stichwort. »Vielleicht weiß ich ja eine Möglichkeit, Walterli, wie man die Bürger Altenas für deinen großartigen Plan endgültig gewinnen könnte.«

Walter horchte auf. »Was für eine Möglichkeit, Schätzelein?«

»Lass mich nur machen«, sagte sie und tätschelte seine Hand. »Mein alter Verehrer, Monsignore Budde, ist doch inzwischen Bischof von Essen. Ich glaube, dem werde ich mal einen Besuch abstatten.«

43

Was für ein Abenteuer! Zusammen mit Tommy sowie Barbara Reichenbach und ihrem Sohn Werner besichtigte Bernd seit dem frühen Morgen das Herrenhaus auf Daggelin einschließlich sämtlicher

Nebengebäude. Er schaute in jeden Saal, in jeden Raum, in jede Kammer hinein, kontrollierte Fenster und Heizungen, prüfte Balken auf Wurmbefall und Mauern auf Hausschwamm, hob Bodendielen hoch und löste Holz- und Stoffverkleidungen von den Wänden, stieg in tiefste Keller hinab und kletterte hinauf ins höchste Dachgestühl, damit ihm kein Schaden entging. Als Tommy ihn nach Mecklenburg-Vorpommern eingeladen hatte, damit er sich das alte Anwesen anschaute, um die Renovierungskosten zu taxieren, hatte er keinen Moment gezögert. Gott sei Dank war er seinem Instinkt gefolgt! Obwohl es in dem zugigen Gemäuer so kalt war, dass einem der Rotz in der Nase fror, hatte er schon lange keinen solchen Spaß mehr gehabt. Endlich mal wieder was anderes als der tägliche Kleinkram in der VAM! Hier war nicht nur sein handwerkliches Geschick gefragt, sondern seine ganze Kompetenz als Bauunternehmer. Er fühlte sich um Jahrzehnte verjüngt, fast wie am Anfang seiner Karriere, als er mit nichts als einer gebrauchten Betonmischmaschine seine eigene Firma gegründet hatte. Beinahe bedauerte er, dass er nur ein Gutachten machen sollte.

»Nun, was meinen Sie, Herr Wilke, was wird die Instandsetzung kosten?«, fragte Werner Reichenbach, als sie am Abend mit der Begehung fertig waren und sich in der ehemaligen Gaststube zur Abschlussberatung zusammensetzten.

»Für eine Kalkulation müsste ich erst mal meine Notizen durchgehen«, erwiderte Bernd. »Ich will Ihnen schließlich keinen Stuss erzählen.«

»Nur eine überschlägige Zahl. Damit wir eine ungefähre Hausnummer haben. Wenigstens für das Herrenhaus.«

»Nur für das Herrenhaus?« Bernd fuhr sich mit der Hand über den Schädel und rechnete die wichtigsten Posten zusammen. »Zweieinhalb Millionen«, sagte er schließlich. »Mindestens.«

»So viel?«, rief Frau Reichenbach.

»Tut mir leid, aber ein seriöser Bauunternehmer wird es darunter nicht tun.«

»Und ein weniger seriöser?«, fragte Tommy, der mit dem Rücken am Ofen stand, um sich aufzuwärmen – wegen der Kälte hatte er den ganzen Tag schon Angst vor einem Hexenschuss.

Bernd zuckte die Achseln. »Natürlich kann man auch irgendeinen Billigheimer beauftragen, aber dann ist der Pfusch vorprogrammiert. Und zwei Millionen wird der auch verlangen.«

Frau Reichenbach schüttelte den Kopf. »Das können wir uns unmöglich leisten.«

»Allerdings«, pflichtete ihr Sohn ihr bei. »Ich hab inzwischen Kassensturz gemacht. Fünfhunderttausend – das ist das Äußerste, was wir aus eigener Kraft aufbringen können. Ich denke, damit ist die Sache entschieden.«

»Vielleicht noch nicht!«

Alle drehten sich zur Tür herum, wo eine junge, irgendwie asiatisch aussehende Frau den Raum betrat, die Bernd nicht kannte.

»Meine Tochter Angelika«, stellte Tommy sie mit sichtlichem Stolz vor. »Was für Nachrichten bringst du uns mit aus Berlin?«

»Nur gute«, sagte sie und zog sich den Mantel aus, bevor sie sich an den Tisch setzte. »Es gibt einen Mecklenburg-Vorpommern Wiederaufbau-Fonds, mit jeder Menge Fördermittel.«

»Zu welchen Konditionen?«

»Bei Investitionen privater Körperschaften fünfundzwanzig Prozent Eigenbeteiligung.«

»Fünfundzwanzig Prozent von zweieinhalb Millionen?«, fragte Frau Reichenbach.

Ihr Sohn nahm einen Taschenrechner zur Hand und tippte ein paar Zahlen ein. »Macht sechshundertfünfundzwanzigtausend D-Mark«, erklärte er und schüttelte den Kopf. »Immer noch viel zu viel.«

Tommy verließ seinen Ofen und trat an den Tisch. »Sag mal, du alter Baulöwe«, wandte er sich an Bernd und legte ihm beide Hände auf die Schultern, »du hast doch sicher Lust, mal wieder richtig in die Hände zu spucken, oder?«

»Du meinst, ich soll hier den billigen Jakob machen?«, fragte Bernd mit gespielter Empörung.

Sein Freund grinste. »Genau. Damit du nicht aus der Übung kommst.«

Bei der Vorstellung machte Bernds Herz vor Freude einen Sprung, und bevor er wusste, was er tat, sagte er: »Nichts lieber als das!«

44

Der große Tag war da, heute würde sich das Schicksal der Stadt entscheiden. Schon Wochen vor der Bürgerversammlung hatten so viele Altenaer ihr Interesse an der Veranstaltung bekundet, dass man in den Lennestein ausgewichen war, der mehr Menschen fasste als der

Rittersaal der Burg. Um nicht wieder stehen zu müssen, hatten Babs und Kemal sich schon eine Stunde vor Beginn auf den Weg gemacht. Jetzt saßen sie in der ersten Reihe und warteten angespannt darauf, dass es losging. Babs war so aufgeregt, dass sie beim Abendessen kaum einen Bissen herunterbekommen hatte. Während der Saal sich immer mehr füllte, bereitete sie sich innerlich darauf vor, ihrem Vater vor all den Menschen entgegenzutreten.

Empfangen von Pfiffen und Beifall, betrat um Punkt acht Uhr der Bürgermeister die Bühne mit dem Rednerpult. Irritiert drehte Babs sich zu Kemal herum. Wo war ihr Vater? Sie hatte fest damit gerechnet, dass er den Bürgermeister begleiten würde, doch der erschien allein.

»So ein gerissener Hund«, raunte Kemal. »Er weiß genau, dass seine Anwesenheit viele hier provozieren würde.«

Jürgen Rühling wartete, bis der Lärm sich gelegt hatte, dann begrüßte er die Anwesenden und trug den einzigen Punkt der Tagesordnung vor: Welche Empfehlung sollte der Bürgermeister dem Stadtrat von der heutigen Versammlung übermitteln? Die Annahme von Walter Böckers großzügiger Spende sowie die zeitgemäße Umwidmung des Julius-Rosen-Museums in ein hochkarätiges Politik- und Wirtschafts-Institut? Oder den Verzicht auf den Erlebnis-Aufzug und damit den weiteren Niedergang der Stadt Altena?

»Die Frage ist eine einzige Manipulation!«, protestierte Babs.

»Ich bitte um sachliche Wortmeldungen«, erwiderte der Bürgermeister. »Ihr Einwand ist keine Kritik, sondern Ausdruck eines persönlichen Ressentiments, wie wir alle wissen.«

»Was wollen Sie damit sagen?«, rief Kemal.

Jürgen Rühling überging die Frage. »Fakt ist«, fuhr er einfach fort, »dass aufgrund der mangelnden Attraktivität unserer Stadt die Arbeitslosenzahlen permanent steigen. Damit einher geht ein so rapider Einwohnerschwund, dass wir uns inzwischen wieder auf demselben Niveau befinden, das Altena vor der Gebietsreform 1969 mit der Eingemeindung von Evingsen und Dahle hatte. Das heißt, die Zahl der Einwohner ist in zwei Jahrzenten von zweiunddreißig- auf vierundzwanzigtausend zurückgefallen. Wollen wir dieser Entwicklung weiterhin tatenlos zusehen? Ich glaube, nicht nur die Unternehmer und Geschäftsleute hier im Saal werden diese Frage entschieden verneinen.«

Der aufbrandende Beifall bestätigte ihn.

Doch es gab auch Widerspruch. »Natürlich müssen wir die Attraktivität der Stadt erhöhen«, erklärte Alfred Hollstein, Inhaber der Spielkiste an der Mittleren Brücke, »aber die von Ihnen vorgeschlagenen Maßnahmen werden genau das Gegenteil bewirken. Altena wird durch das Walter-Böcker-Institut übel in Verruf geraten!«

»Richtig«, rief Miguel, der anders als Ulla die Bürgerinitiative öffentlich unterstützte. »So eine rechte Kaderschmiede hätte katastrophale Folgen für die Reputation unserer Stadt, nicht nur im lokalen Handel, sondern in der ganzen Welt, und das bekämen wir mittelständischen Unternehmer ganz besonders zu spüren. Immerhin erzielen wir einen beträchtlichen Teil unserer Umsätze im Ausland, unsere internationale Kundschaft wäre entsetzt.«

»Und dafür sollen wir ein jüdisches Museum schließen?«, setzte Babs nach. »Mitten in Deutschland? Keine fünfzig Jahre nach dem Holocaust?«

Ein nachdenkliches Raunen entstand im Saal, und manche Zuhörer wiegten die Köpfe.

Der Bürgermeister nickte. »Da sprechen Sie in der Tat einen hochsensiblen Punkt an«, erwiderte er. »Und glauben Sie mir, niemand könnte eine Schließung des Julius-Rosen-Museums mehr bedauern als ich, der ich doch, falls ich in aller Bescheidenheit daran erinnern darf, maßgeblich an der Gründung beteiligt war. Aber so schwer es mir fällt, es auszusprechen – offenbar hat sich der Zweck dieser Einrichtung überlebt. Dafür sprechen die Zahlen eine zu eindeutige Sprache. Ich habe mich in Vorbereitung dieses Abends ein wenig schlaugemacht.« Er nahm einen Zettel aus seiner Jackentasche und warf einen kurzen Blick darauf. »Im abgelaufenen Jahr haben, von Schulklassen abgesehen, exakt zweihundertsiebenundfünfzig Besucher das Museum genutzt. Das ist weniger als ein zahlender Besucher pro Tag.«

Ein überraschtes Oooh ertönte. Mit bedeutungsvoller Miene faltete Jürgen Rühling seinen Zettel zusammen und steckte ihn wieder in die Tasche.

Babs erhob sich von ihrem Platz. »Was wollen Sie damit beweisen, Herr Bürgermeister?«, fragte sei. »Wollen Sie die moralische Integrität unserer Stadt etwa vom Ticketabsatz pro Tag oder Jahr abhängig machen? Nein, die Frage, um die es hier geht, ist nicht einfach mit dem Verweis auf Verkaufszahlen zu klären, sondern allein durch eine inhaltliche Wertung der beiden Institutionen, die zur Debatte stehen. Sie haben die Schulklassen erwähnt, sie sind das eigentliche Publikum des

Julius-Rosen-Museums, die Besucher, auf die es mehr als alle anderen ankommt, und deren Zahl geht in die Tausende pro Jahr. Und was lernen all diese Kinder und Jugendlichen beim Besuch des Museums? Dass sich solche Schandtaten, wie sie an jüdischen Mitbürgern in unserer Stadt verbrochen wurden, in Deutschland niemals wiederholen dürfen. Und was soll nach Ihren Wünschen, Herr Bürgermeister, beziehungsweise, um genau zu sein, nach den Wünschen meines Vaters, an seine Stelle treten?« Jetzt holte auch sie einen Zettel hervor und las: »Ein ›Institut gegen die Überfremdung Deutschlands und zur Wahrung deutscher Wesensart in Politik, Wirtschaft und Gesellschaft‹, und der erklärte Bestimmungszweck dieses Instituts ist«, wieder schaute sie auf ihren Zettel, »›die Pflege und Förderung nationaler Identität angesichts eines immer mehr zusammenwachsenden Europas, um den Gesellschaftsexperimenten der letzten Jahrzehnte zur Aushöhlung deutscher Souveränität Einhalt zu gebieten‹.« Sie hob den Kopf und schaute Jürgen Rühling in die Augen. »Das sind Ihre Worte, Herr Bürgermeister. Und jetzt frage ich Sie: Wollen Sie künftig Schulklassen durch ein solches Institut führen?«

Einige Zuhörer lachten, manche raunten voller Empörung, viele klatschten Beifall. Jürgen Rühling versuchte ein Lächeln, doch dabei heraus kam nur ein schiefes Grinsen. »Ich fürchte, hier vergleichen Sie Äpfel und Birnen miteinander. Das Walter-Böcker-Institut ist, wie sein Name schon sagt, kein Museum, sondern eine wissenschaftliche Einrichtung, ein *Think Tank*, wo die besten Köpfe der Republik sich treffen werden, um Zukunftskonzepte für unsere Gesellschaft und für unseren Staat zu erarbeiten.«

»Zukunftskonzepte unter der Leitung eines alten Nazis!«, fiel Kemal ihm ins Wort.

»Ich muss Sie doch sehr bitten!«, entgegnete der Bürgermeister.

»Ja, eines alten Nazis«, wiederholte Kemal, den es gleichfalls nicht länger an seinem Platz hielt, und warf sich seinen Palästinenserschal über die Schulter. »Denn nichts anderes ist dieser Professor Carl Schlitt, den Altenas vermeintlicher Wohltäter zum Direktor seines Instituts bestellt hat. Derselbe Carl Schlitt, der als Kronjurist des Dritten Reichs in seinen Schriften die abscheulichsten Verbrechen Hitlers mit wissenschaftlicher Spitzfindigkeit zu legitimieren versucht hat und der aufgrund seiner braunen Vergangenheit nach 1945 an keiner deutschen Hochschule mehr unterrichten durfte, weshalb er sich seit Kriegsende in seinen Plettenberger Schmollwinkel zurückgezogen hat, wo er für rechtsintellektuelles Gesindel aus ganz Europa Hof hält. Darum frage ich alle, die wir hier sind: Soll ein solcher Mann mit einer solchen Vergangenheit und einem solchen Ruf als Leiter eines Instituts, das unverblümt die Schürung von Nationalismus und Fremdenhass zum Programm erklärt hat, das neue Altena repräsentieren?«

Nachdem Kemal geredet hatte, trat eine Stille ein, als würde der Saal den Atem anhalten. Wohin man auch blickte, überall sah man in ratlose Gesichter.

»Ich schlage vor, die Abstimmung zu verschieben«, sagte Miguel. »Damit wir unserer Stadt nicht durch eine vorschnelle Entscheidung irreparablen Schaden zufügen.«

»Ja«, pflichtete Alfred Hollstein ihm bei, »ein bisschen Nachdenken könnte uns allen guttun. Auf ein paar Wochen oder Monate kommt es wirklich nicht an.«

»Da muss ich Sie leider korrigieren«, widersprach der Bürgermeister. »Die Zeit drängt – sehr sogar! Die Bundesregierung betreibt mit aller Macht den Aufschwung Ost, da können die Förderprogramme hier im Westen von heute auf morgen auf Eis gelegt werden.«

»Das ist Erpressung!«, rief jemand in den hinteren Reihen. »Sie wollen uns nur Ihre Entscheidung aufzwingen. Aber das lassen wir nicht zu!«

»Nein, nicht mit uns!«

»Wir sind doch keine Idioten!«

Buhrufe und Pfiffe unterstützten die Zwischenrufer, und Winfried, der zwischen Miguel und Kemal in der ersten Reihe saß, reckte dem Bürgermeister seinen Krückstock entgegen. Babs spürte, wie die Stimmung zu ihren Gunsten kippte, und entschlossen, die Gunst des Augenblicks zu nutzen, drehte sie sich zum Publikum herum. »Wer gegen die Schließung des jüdischen Museums ist«, rief sie in den Saal, »hebe bitte die Hand!«

Eine überwältigende Mehrheit der Arme flog in die Höhe.

Sie wandte sich wieder an den Bürgermeister. »Ich denke, damit hat sich die Bevölkerung Altenas eindeutig gegen Ihre Pläne entschieden.«

Jürgen Rühling hob beide Hände. »Mooooment!«, rief er. »Bevor wir hier und heute einen Beschluss fassen, den wir vielleicht morgen schon zutiefst bedauern, erlauben Sie mir bitte, Sie mit einer Erklärung vertraut zu machen.« Er nahm ein Schreiben von seinem Pult und hielt es für alle gut sichtbar in die Luft. »Dies ist ein Brief von Bischof Budde aus Essen, mit einer Stellungnahme zu unserer Vision. Darin bringt Seine Eminenz die Ansicht zum Ausdruck, dass die deutsch-jüdische Freundschaft inzwischen dermaßen gefestigt sei, dass die Schließung eines kleinen lokalen Museums dieser Freundschaft keinen Abbruch tue, zumal wenn dadurch der Niedergang einer ganzen Stadt aufgehalten werden könne. Außerdem verbürgt der Bischof sich in seinem Brief für die absolute moralische Integrität von Professor Carl Schlitt. Dieser herausragende Jurist und Wissenschaftler, schreibt Seine Eminenz, ist ein tiefgläubiger Katholik, der trotz vielfältigen Drängens Dritter, unter anderem des weltberühmten Philosophen Martin Heidegger, nie in die NSDAP eingetreten ist, ja ab Mitte der dreißiger Jahre sogar lebensbedrohlichen Angriffen vonseiten der SS und ihrer Presseorgane, insbesondere des Schwarzen Korps, ausgesetzt war. Außerdem weist Seine Eminenz darauf hin, dass Professor Carl Schlitt, wie Untersuchungen namhafter Historiker zweifelsfrei belegen, sich persönlich und unter Gefährdung seiner eigenen Person bei Hermann Göring für einen jüdischen Freund eingesetzt hat, um diesen vor der Deportation und Ermordung durch die Nazis zu bewahren.«

Während sich im Saal ein aufgeregtes Stimmengewirr erhob, beugte Jürgen Rühling sich von seinem Podium herab und reichte Babs den Brief.

»Wenn Sie sich bitte von der Echtheit des bischöflichen Schreibens überzeugen möchten.«

Bevor Babs wirklich begriff, was das alles zu bedeuten hatte, kehrte der Bürgermeister an sein Pult zurück.

»Ich bitte um Ruhe, meine Damen und Herren!«, rief er. »Wer noch etwas zu sagen hat, möge sich jetzt bitte zu Wort melden. Ansonsten schlage ich vor, dass wir nun zur endgültigen und verbindlichen Abstimmung schreiten.«

45

Die dunkelgrün glänzenden Blätter des Ficus zitterten leise, als Miguel zusammen mit Babs und Kemal in den Salon kam, wo Ulla und Ramón sie schon ungeduldig erwarteten.

»Und – wie ist die Abstimmung ausgegangen?«, fragte sie, während die drei in den weißen Ledersesseln Platz nahmen.

Babs zog ein Gesicht, das ihre Antwort bereits vorwegnahm. »Die

Bürgerversammlung empfiehlt dem Stadtrat mit einer Mehrheit von fünfzehn Stimmen, das großherzige Angebot meines Vaters anzunehmen.«

»Das darf nicht wahr sein!«

»Ist es aber«, bestätigte Kemal.

»Dabei war die Stimmung schon zu unseren Gunsten gekippt«, fügte Miguel hinzu. »Bis der Herr Bürgermeister diesen Hirtenbrief zückte.«

Ulla verstand nicht. »Was für einen Hirtenbrief?«

»Eine Art Persilschein von Bischof Budde«, erklärte Babs. »Ein Freibrief für das Institut und seinen künftigen Leiter Professor Carl Schlitt. Danach war unsere Niederlage besiegelt.«

Kemal nickte. »Der Bürgermeister wird sich jetzt natürlich beeilen, die Sache so schnell wie möglich im Stadtrat durchzupauken.«

»Wahrscheinlich wird das Julius-Rosen-Museum noch diesen Winter geschlossen.«

»Und das Walter-Böcker-Institut im Frühjahr eröffnet.«

In Babs' Augen standen Tränen. »Hätten wir nur schon die Beweise gegen meinen Vater gehabt, ich bin sicher, wir hätten die Abstimmung gewonnen.«

Ulla verstand, was sie meinte, und verließ die Couch. So gründlich, wie Babs und Kemal sich auf die Bürgerversammlung vorbereitet hatten, hatte auch sie gehofft, dass Jürgen und Walter mit ihren Plänen nicht durchkommen würden und dieser Kelch an ihr vorüberginge. Aber ihre Hoffnung hatte sie getäuscht. Jetzt blieb ihr keine andere Wahl, als genau das zu tun, was sie sich so gern erspart hätte. Sie trat an die Telefonablage und blätterte in ihrem kleinen, privaten Adressbuch.

»Was hast du vor?«, wollte Ramón wissen.

»Nur einen alten Bekannten anrufen.« Sie hob den Hörer von der Gabel und kehrte ihrem Mann den Rücken zu, bevor sie Tommys Nummer wählte.

46

Die Renovierungsarbeiten in der Oderberger Straße wurden so energisch vorangetrieben, dass auch am Abend, als Angelika in der Küche mit ihrem Vater und seinem Freund Bernd Wilke nach der Rückkehr von Daggelin zusammensaß, um mit ihnen ihr weiteres Vorgehen zu besprechen, das Hämmern und Klopfen und Sägen in den Etagen unter und über ihnen kein Ende nahm. Der neue Hauseigentümer aus Schweinfurt war offenbar fest entschlossen, seinen Beitrag zum Aufbau Ost zu leisten. Gleich nach dem Erwerb des Gebäudes hatte er begonnen, die Mieten zu erhöhen, um jeden Mieter, der nicht zahlen konnte, aus dem Haus zu klagen. Wo immer ihm das gelang, ließ er die frei gewordene Wohnung in atemberaubendem Tempo sanieren, um sie so schnell wie möglich an Investoren aus dem Westen zu verhökern, die die von der Bundesregierung gewährten Steuervorteile beim Erwerb von Ostimmobilien für ihre Geldanlage nützen wollten. Da dies überall in der Nachbarschaft so oder ähnlich geschah, würde die Oderberger Straße, die für Angelika immer eine ganz besondere Straße gewesen war, weil die alten, ehemals großbürgerlichen, doch inzwischen heruntergekommen Häuser den Gründergeist der Kaiserzeit ebenso noch zu atmen schienen wie den Nachbarschaftsgeist der DDR und auch den Revolutionsgeist der Wendemonate, vermutlich bald genauso geleckt und langweilig schick aussehen wie irgendeine x-beliebige Straße in Hamburg oder München, und kaum einer der alten Bewohner würde es sich leisten können, hier noch zu wohnen. Zum Glück hatte Tommy jedoch einen Weg gefunden, um dem neuen Hausbesitzer ein Schnippchen zu schlagen. Um die für seine Rente unerschwinglich hohe Miete aufzubringen, hatte er drei von seinen sechs Zimmern an Leidensgenossen, die bereits aus ihren Wohnungen vertrieben worden waren, untervermietet, und mit ihnen zusammen eine Art Wohngemeinschaft gegründet. Gemeinsam waren sie stark genug, um sich jedem Kündigungsversuch zu widersetzen – und wenn sie dafür vor Gericht ziehen müssten.

Angelika hob ihr Glas, um mit Bernd Wilke anzustoßen. »Ich weiß gar nicht, wie ich Ihnen danken soll«, sagte sie. »Ohne Ihre Hilfe wäre Daggelin nicht zu halten gewesen, und Barbara Reichenbachs wunderbare Pläne wären geplatzt.«

»Aber Sie haben mir doch schon gedankt, indem Sie mir ein Clausthaler besorgt haben«, erwiderte er mit seinem sympathischen, ein wenig schüchternen Lächeln. »Außerdem, um ehrlich zu sein, müsste eigentlich ich *Ihnen* danken. Ich fühlte mich in letzter Zeit schon ein bisschen eingerostet, und jetzt gibt's endlich mal wieder eine richtige Aufgabe! Ich kann es kaum abwarten. Das Einzige, worum ich mir ein bisschen Sorgen mache, ist die Firmengründung.«

»Keine Angst«, sagte Tommy, »den Papierkram nehme ich dir ab. Und natürlich auch alles, was mit Finanzen und Krediten zu tun hat.«

Sein Freund stieß einen Seufzer aus. »Ach, hättest du das nur schon vor vierzig Jahren gemacht. Dann wäre mir einiges erspart geblieben.«

»Du meinst, als ich in deiner Firma den Kaufmann spielen sollte?«

»Allerdings. Aber du bist damals ja lieber zu den Kommunisten abgehauen.«

Tommy grinste. »Aufgeschoben ist nicht aufgehoben, wie du siehst.« Er nahm eine Zigarette aus seiner Packung, legte sie auf den Handrücken und ließ sie mit einem Schlag seiner Rechten von dort zwischen die Lippen springen.

»Oh, das kannst du immer noch?«, staunte sein Freund.

»Klar doch.« Betont gleichgültig zuckte er die Achseln, doch Angelika sah seinem Gesicht an, dass er vor Stolz beinahe platzte. »Ich hab übrigens auch eine Idee, um die nötigen Arbeitskräfte zu besorgen«, sagte er, während er sich die Zigarette anzündete.

»Nämlich?«, wollte Bernd Wilke wissen.

Tommy sog tief den Rauch ein, dann beugte er sich vor und senkte verschwörerisch die Stimme. »Ich sag nur eins – *Polen!* Von Greifswald bis Swinemünde ist es ein Katzensprung. Eine Anzeige dort in der Zeitung, und wir können uns vor Bewerbern nicht retten.«

»Meinst du?«

»Garantiert!«

Die beiden klatschten sich ab wie zwei amerikanische Basketballspieler. Angelika hatte ihre helle Freude daran – zwei ergraute Jungs Mitte sechzig, die Pläne schmiedeten. Kein Zweifel, ihr Vater war wieder der Alte!

»Und was ist mit den Maurern in Mecklenburg-Vorpommern?«, fragte sie. »Die sind auch dankbar für Arbeit.«

»Dankbar?«, erwiderte ihr Vater. »Von wegen! Die wollen doppelt so viel Lohn wie die Polen!«

»He«, lachte sein Freund, »ich dachte, du bist Kommunist!«

Im Flur klingelte das Telefon. Gleich darauf steckte einer von Tommys neuen Mitbewohnern den Kopf durch die Tür – eine auffallend hübsche Blondine Ende fünfzig.

»Was gibt's, Monika?«

»Ein Anruf für dich.«

»Wer ist am Apparat?«

Monika verzog das Gesicht. »Eine Frau. Aber sie hat keinen Namen genannt.«

47

Vom Glockenturm des Nettedömchens hatte es schon Mitternacht geschlagen, aber noch immer fand Ulla nicht in den Schlaf. Ramóns leiser, gleichmäßiger Atem, der ihr sonst so oft in den Schlummer half, hinderte sie heute daran, und der Geruch seines Rasierwassers, Agua brava, ein sehr starker, männlicher Duft, den seine Haut selbst zwanzig Stunden nach dem Auftragen noch verströmte, war so beißend, dass ihr fast der Kopf davon weh tat. Das aufdringliche Rasierwasser war das Einzige, was sie an ihrem Mann nicht mochte. Aber das hätte sie ihm nie gesagt. Dafür war er ein viel zu stolzer Spanier.

Während sie mit offenen Augen in die Dunkelheit starrte, kehrten ihre Gedanken immer wieder zu dem Gespräch mit Tommy zurück. Sie hatte solche Angst davor gehabt, ihn anzurufen, Angst vor seiner Stimme, Angst vor ihren Gefühlen – Angst vor allem, dass er es womöglich noch mal probieren könnte. Obwohl sie sich immer noch manchmal insgeheim danach sehnte, hatte sie gehofft, nie wieder seine Stimme zu hören, nie wieder sein Gesicht zu sehen, sein Gesicht nicht und erst recht nicht sein Grinsen – es war doch alles gut und richtig so, wie es war! Doch dann war alles ganz anders gekommen. Eine fremde Frau hatte den Hörer abgenommen, eine Frau, die offenbar in seiner Wohnung lebte. Sie hatte Tommy an den Apparat gerufen. Als er sich meldete, hatte er ganz nervös geklungen, nervös und irritiert, geradezu verlegen, als hätte Ulla ihn bei etwas Verbotenem erwischt. Dabei war sie ja froh, dass es eine Frau in seinem Leben gab, mit der er zusammenwohnte, das hatte es ihr viel leichter gemacht, ihm nach zwei Jahrzehnten Funkstille, die zwischen ihnen lagen, ihre Bitte vorzutragen. Er hatte sofort zugesagt, nach den Unterlagen zu forschen, die Babs und Kemal brauchten, um Walter Böcker vor Gericht zu bringen, er hatte sogar versprochen, sich zu beeilen, damit alle Beweise noch vor der nächsten Sitzung des Stadtrats in Altena eintreffen würden. Das ganze Gespräch hatte keine fünf Minuten gedauert, dann war es wieder so still in der Leitung gewesen wie in den letzten zwanzig Jahren.

Wer mochte die fremde Frau wohl sein, die sich in seiner Wohnung gemeldet hatte? Ob sie jetzt vielleicht neben ihm im Bett lag, so wie sie selbst gerade neben Ramón? Fast bereute sie, dass sie Tommy von ihrem Mann erzählt hatte.

Nein, seine Stimme hatte sie nicht gleichgültig gelassen, ganz und gar nicht, sie hatte noch genauso geklungen wie früher und tausend

Erinnerungen in ihr geweckt, schöne, wunderbare Erinnerungen, die sie nie vergessen würde, solange sie lebte, die vielleicht eine Zeitlang geschlummert hatten, irgendwo im Dunkel ihrer Seele, doch ohne je ganz zu erlöschen, und wer weiß, wenn sie zehn oder zwanzig Jahre jünger gewesen wäre, vielleicht hätte sie sich getraut, vielleicht hätte sie den Mut aufgebracht, ihre Empfindungen zuzulassen, um alles noch einmal zu erleben wie damals, wenigstens in der Erinnerung. Doch es gab keinen Zauberstab, der sie jünger machen konnte, sie war so alt, wie sie war, eine Frau von zweiundsechzig Jahren, auch wenn sie schon seit langem ihre Geburtstage ignorierte und stets in Urlaub fuhr, um den Tag nicht auch noch feiern zu müssen – das Rad der Zeit ließ sich nicht zurückdrehen. Also verwarf sie den Gedanken, mitsamt all den Verlockungen und Versuchungen, die mit ihm verbunden waren, und drehte sich zu ihrem Mann herum.

»Schlaf schön«, flüsterte sie ihm ins Ohr, obwohl er längst tief und fest schlief, und gab ihm einen behutsamen Kuss auf seine allzu stark duftende Wange.

»Que pasa, mi amor?«, murmelte Ramón im Halbschlaf. »Hat das Krankenhaus angerufen?«

»Nein, mein Liebster. Schlaf weiter. Ich liebe dich.«

48

Zwei Dutzend Findbücher stapelten sich vor Tommy auf seinem Schreibtisch in der Bibliothek. Obwohl er schon den dritten Tag in der Lichterfelder Zweigstelle des Bundesarchivs verbrachte, war er immer noch nicht auf die Dokumente gestoßen, die Ulla für eine Anklage brauchte. Die Geheimarchive der DDR, in denen er vor zwanzig Jahren die Beweise für die Verbrechen der Firma Böcker & Söhne aufgestöbert hatte, waren inzwischen zum größten Teil aufgelöst und ihre Bestände hier zusammengefasst, nahezu das ganze Archivgut des ehemaligen Staatsapparats sowie der Parteien und Massenorganisationen. Zu Tommys Leidwesen aber waren die zahllosen Archivalien noch weitgehend ungeordnet, so dass die Recherche, die damals ein Klacks gewesen war, sich nun als die sprichwörtliche Suche nach der Stecknadel im Heuhaufen gestaltete. Vor allem das Sonderarchiv »Schwarze Rose«, in dem die Stasi systematisch und jahrzehntelang belastendes Material gegen Politiker und andere Führungspersönlichkeiten der BRD, das aufgrund politischer Opportunität oder sonstigen Gründen nicht im sogenannten Braunbuch publiziert war, gesammelt und in denen er beim ersten Mal die wichtigsten Beweisstücke gefunden hatte, war wie vom Erdboden verschwunden.

Doch davon ließ er sich nicht bremsen. Er war Angelika zutiefst dankbar, dass sie ihm so gründlich den Kopf gewaschen und ihn aus der dunklen Höhle seines Selbstmitleids geholt und zurück an die Arbeit gepfiffen hatte. Arbeit war die beste Medizin – das hatte schon Sigmund Freud gewusst, dessen Schriften Tommy während des Studiums heimlich gelesen und dabei unverhofft ganz andere Erkenntnisse gewonnen hatte als diejenigen, für die der Autor berühmt und an denen Tommy eigentlich interessiert gewesen war. Arbeit half laut Freud gegen die drei großen Gefährdungen des Menschen: gegen das übermächtige Schicksal, das über Tommy in Gestalt der Wende hereingebrochen war, gegen die innere Hinfälligkeit, von der er mit seinen achtundsechzig Jahren ein Lied singen konnte, nicht nur wegen der Rückenbeschwerden, und gegen die Bedrohung durch andere Menschen – da brauchte er nur an seinen neuen Vermieter aus Schweinfurt zu denken.

Aber half Arbeit auch gegen Liebe?

Als Ulla sich nach so langer Zeit plötzlich wieder bei ihm gemeldet hatte, wäre ihm vor Schreck beinahe der Hörer aus der Hand gefallen. Er war so aufgeregt gewesen, dass er kaum noch wusste, was er mit ihr am Telefon gesprochen hatte – wahrscheinlich hatte er nur lauter dummes Zeug geredet. Nachdem er aufgelegt hatte, hatte er sich eine Viertelstunde lang auf der Toilette eingeschlossen, bevor er ins Wohnzimmer zurückgekehrt war, damit Angelika und Bernd nicht merkten, wie sehr der Anruf ihn aufgewühlt hatte. Warum zum Teufel war er nicht selbst ans Telefon gegangen, statt Monika abheben zu lassen? Jetzt musste Ulla denken, dass seine Mitbewohnerin so etwas wie seine Frau war, dabei hatten sie nur zwei- oder dreimal miteinander geschlafen. Für diese Vermutung sprach auch, dass Ulla ihn kaum gefragt hatte, wie es ihm ginge, und, ohne seine Antwort abzuwarten, gleich auf ihr Anliegen zu sprechen gekommen war. Während er mit sinnlos herabgelassener Hose auf dem Klo gehockt hatte, hatte er immer wieder versucht, im Geist das kurze Gespräch zu rekapitulieren, doch abgesehen von ihrer Bitte, noch einmal nach dem alten Beweismaterial gegen Walter Böcker zu forschen, konnte er sich nur noch daran erinnern, dass er sich in seiner Verwirrung dazu hatte hinreißen lassen, sie nach ihrem Mann zu fragen. Das war natürlich ein idiotischer Fehler gewesen. Zwar hatte sie sich von Jürgen Rühling getrennt, doch dafür inzwischen einen spanischen Arzt geheiratet, der wohl sogar das St.-Vinzenz-Krankenhaus in Altena leitete. Tommy hatte versucht, sich darüber für sie zu freuen. Aber wirklich gelungen war es ihm nicht. Schließlich hatte es eine Zeit gegeben, da er selber Medizin hatte studieren wollen, zusammen mit Ulla.

Sollte er vielleicht mal wieder tanzen gehen?

Er schlug gerade das nächste Findbuch auf, da näherte sich eine Archivarin, eine streng aussehende Frau undefinierbaren Alters mit Hornbrille, Faltenrock und Kniestrümpfen. Auf dem Arm trug sie einen Stapel Akten.

»Ich glaube, Sie haben Glück gehabt«, sagte sie. »Die sind gestern eingeliefert worden.«

»Woher stammen sie?«, fragte Tommy, plötzlich elektrisiert, und räumte seine Findbücher zur Seite, um Platz zu schaffen.

»Aus Freital.« Die Archivarin legte den Stapel vor ihm auf dem Schreibtisch ab. »Im Keller des Kreisarchivs dort waren Tausende von Akten eingemauert.«

»Eingemauert?«

»Ja, eingemauert. Das Material wurde bei Sanierungsarbeiten dort entdeckt – rein zufällig. Es stammt aus Osterberlin. Zum Teil waren das wohl IM-Berichte, mit denen sich die Stasileute gegenseitig belastet haben. Wahrscheinlich haben sie die Protokolle während der Wende in dem Keller versteckt, damit sie nicht in die Hände der Bürgerbewegungen gerieten.«

»Unglaublich.«

Tommy nahm die obersten Ordner von dem Stapel, und während die Archivarin weiter von dem erstaunlichen Fund in Freital erzählte, begann er, die Titelblätter zu inspizieren.

Kaum hatte er damit begonnen, stockte ihm der Atem.

Wilhelm Böcker & Söhne, stand auf einem Aktendeckel.

»Sie sind ein Schatz!« Er sprang auf und gab der Archivarin einen Kuss.

Die Frau machte einen Satz zurück, als wäre er der Leibhaftige.

»Bitte entschuldigen Sie«, sagte Tommy. »Aber die Unterlagen sind wirklich Gold wert.« Er griff nach dem Aktendeckel auf seinem Schreibtisch. »Darf ich das mitnehmen?«

»Sind Sie verrückt geworden?« Die Archivarin riss ihm die Mappe aus der Hand und hielt sie schützend vor ihren Leib. »Das muss doch erst alles registriert und klassifiziert werden!«

49

Fast eine Woche war Angelika nicht mehr im Institut für Isotopen- und Strahlenforschung draußen in Adlerhorst gewesen, um sich um ihre Laborversuche zu kümmern. Ihre politischen Aktivitäten nahmen sie dermaßen in Anspruch, dass sie es kaum noch schaffte, auch nur die zwei wöchentlichen Lehrveranstaltungen an der Universität ordentlich durchzuführen, zu denen sie als Lehrstuhlassistentin verpflichtet war, entsprechend war sie mit ihrer Dissertation in Verzug. Professor Seliger war am Morgen sehr streng mit ihr ins Gericht gegangen und hatte sie gedrängt, sich mit ihrer Arbeit zu beeilen – es kursierten Gerüchte, wonach die DDR-Akademie der Wissenschaften bald aufgelöst und mit ihrer westdeutschen Schwesterorganisation verschmolzen würde, dann gebe es womöglich Schwierigkeiten bei der Anerkennung ihrer Dissertation B als Habilitation, die für die Bewerbung um eine Professur in der BRD unabdingbar war. Angelika hatte Professor Seliger versprochen, sich in den nächsten Wochen ganz auf ihre wissenschaftliche Tätigkeit zu konzentrieren. Das war schließlich auch in ihrem eigenen Interesse. Wenn sie mit ihrer Dissertation scheiterte, würde Udo das kaum überleben. Und ihre Ehe erst recht nicht.

Zum Glück hatte Professor Seliger den Titel ihrer Arbeit für gut befunden: *Untersuchung des Mechanismus von Zerfallsreaktionen mit einfachem Bindungsbruch und Berechnung ihrer Geschwindigkeitskonstanten auf der Grundlage quantenchemischer und statistischer Methoden.* In der Einleitung, die Angelika noch vor der Wende verfasst hatte, hatte sie auf die volkswirtschaftliche Bedeutung der Thermolyse für die Abfallentsorgung hingewiesen, um den Anwendungsnutzen ihrer Arbeit für die Produktion kenntlich zu machen und so möglichen Einwänden in der Marxismus-Leninismus-Prüfung vorzubeugen, die die Promotionsordnung nach Abschluss und Annahme jeder Dissertation vorsah und die ihr mehr Bauchschmerzen bereitet hatte als die fachliche Diskussion ihrer Arbeit. Tatsächlich aber ging es ihr vor allem um die Entwicklung eines mathematischen Formelapparats, der eine wissenschaftliche Durchdringung der Kohlenwasserstoffwandlung bei hohen Temperaturen in Abwesenheit von Sauerstoff erlaubte. Denn je länger sie mit den unendlichen Integralen und n-dimensionalen Matrizen jonglierte, umso mehr hatte sie das Gefühl, dass diese viel mehr noch als die physikalischen Prozesse in ihrem Labor die real existierenden politischen Entwicklungen der letzten Jahre abbildeten. Die DDR hatte in ihrer Endphase ja gleichsam unter Luftabschluss vor sich hin vegetiert, und die daraus resultierenden Zerfallsreaktionen waren überall mit Händen zu greifen.

»Hier steckst du also!«

Als sie sich umdrehte, stand ihr Vater in der Tür. Er strahlte wie ein Honigkuchenpferd.

»Ich habe die Akten gefunden!«

»Welche Akten?«, fragte Angelika.

»Für Altena natürlich! Um den alten Nazi Walter Böcker vor Gericht zu bringen!«

Jetzt begriff sie, warum er so aus dem Häuschen war. »Ach so, *die* Akten meinst du, um die deine Freundin Ulla dich gebeten hat. Ich nehme an, dann machst du dich wohl bald auf die Reise. Wann soll's denn losgehen, du alter Casanova? Noch vor Weihachten? Oder hältst du es noch bis zum neuen Jahr aus?«

Sie hatte sein typisches Grinsen erwartet, doch zu ihrer Überraschung schüttelte er mit ernster Miene den Kopf.

»Ich fahre nicht nach Altena«, sagte er. »Ich … ich wollte vielmehr dich bitten, an meiner Stelle die Akten dorthin zu bringen.«

»Ich? Unmöglich! Ich brauche in den nächsten Wochen jede freie Minute für meine Arbeit.«

»Bitte, Angelika. Es ist nur für einen Tag, wenn du den Nachtzug nimmst. Außerdem würde es reichen, wenn du nach Neujahr fährst. So lange wird es sowieso noch dauern, bis die Unterlagen freigegeben werden. Wichtig ist nur, dass jemand die Dokumente persönlich dem Staatsanwalt aushändigt, damit er unverzüglich Klage erhebt.«

»Aber warum setzt du dich nicht einfach in den Zug und erledigst das selbst?«

Statt ihr eine Antwort zu geben, senkte er verlegen den Kopf. Angelika runzelte die Stirn. War es möglich, dass ihr Vater tatsächlich rot wurde? Wenn ja, dann konnte es dafür nur einen Grund geben.

»Ist es wegen Ulla?«

Ohne den Kopf zu heben, schaute er zu ihr auf. »Du würdest mir einen Riesengefallen tun. Ulla hat wieder geheiratet, einen Arzt, und ich habe das Gefühl, dass es irgendwie falsch wäre, wenn ich da aufkreuzen würde. Das wäre ja wie in einem schlechten Roman. Eine aufgewärmte Uraltromanze nach so vielen Jahren.«

Er versuchte, sein Witzchen mit einem Grinsen zu begleiten, aber es gelang ihm nicht. Angelika konnte sich nicht erinnern, ihren Vater jemals so verlegen gesehen zu haben. Keine Frage, er liebte diese Frau nach wie vor, und wahrscheinlich litt er ganz fürchterlich bei der Vorstellung, sie wiederzusehen, nachdem er sie für immer verloren hatte.

»Na gut«, sagte sie schließlich. »Weil du's bist. Aber wie bringe ich das nur Udo bei?«

50

Im Pfarrhaus herrschte dicke Luft.

»Nur über meine Leiche!«, erklärte Udo, als Angelika ihm von ihren Reiseplänen berichtete.

»Den Gefallen bin ich meinem Vater einfach schuldig«, erwiderte sie, »nach allem, was er für uns getan hat. Ohne ihn hätten wir nie die Wahrheit über Daggelin erfahren. Geschweige, dass das Schloss wieder ein Kinderheim wird.«

»Gut, dass du Daggelin erwähnst. Damit sollte langsam mal Schluss sein! Wie viel Zeit willst du noch für solche Nebendinge verplempern?«

»Nebendinge? Ich hör wohl nicht richtig! Hier geht es um die Aufarbeitung unser ureigenen Geschichte!«

»Absolut korrekt. Und aus ebendiesem Grund sollten sich darum Leute kümmern, die etwas davon verstehen. Du bist Physikerin, keine Historikerin.«

»Das musst du gerade sagen! Deine Gemeinde bekommt ihren Pfarrer ja höchstens noch beim Friedensgebet zu Gesicht. Du bist doch überhaupt kein Seelsorger mehr, sondern nur noch Politiker.«

»Das ist etwas völlig anderes«, sagte er kalt. »Würde Jesus heute leben, er würde auch nicht abseitsstehen, sondern sich einmischen!«

Angelika hielt inne. Wenn Udo diesen Ton anschlug, hatte es keinen Sinn, mit ihm zu diskutieren. Dann gab es nur einen Riesenkrach, und sie würden wochenlang nicht miteinander schlafen und nur das Nötigste reden.

»Mein Entschluss steht fest«, sagte sie darum nur. »Wenn du mit mir nach Altena kommst, freue ich mich. Wenn nicht, lässt du es eben bleiben. Aber davon abhalten lasse ich mich nicht. Es ist deine Entscheidung, du hast die Wahl.«

»Du wagst es, mir ein Ultimatum zu stellen?«, fragte Udo.

Seine Stimme klang jetzt so kalt, dass Angelika fröstelte. Mein Gott, wie hatte er sich verändert in den paar Monaten, die sie verheiratet waren, manchmal erkannte sie ihn kaum noch wieder, sogar äußerlich. Im Sommer hatte er angefangen, sich seinen wallenden Bart zu stutzen, und seit er versuchte, auf allen möglichen Listen der PDS, wie die SED sich inzwischen nannte, irgendein Mandat zu ergattern, trug er kaum noch seine Jeanskluft, in der er bei den Demos auf die Straße gezogen war, dafür immer öfter Anzug und Krawatte, wie so viele von denen, die früher demonstriert und »Wir sind das Volk!« skandiert hatten und die nun verzweifelt versuchten, wie seriöse Politiker aufzutreten, um mit den Profis aus dem Westen mitzuhalten. Mehr noch aber als in seinem Äußeren hatte Udo sich in seinem Wesen verändert. Seit einer Ewigkeit hatte er kein freundliches oder gar zärtliches Wort mehr zu ihr gesagt, eigentlich seit sie verheiratet waren nicht mehr.

Plötzlich musste sie daran denken, wie er am Tag ihrer Hochzeit vor der Trauung zu ihr ins Schlafzimmer gekommen war und sie ihn hatte rausschicken wollen, weil es doch Unglück brachte, wenn der Bräutigam die Braut im Brautkleid sah, er ihren Wunsch aber, der, so albern er sein mochte, doch ihr Wunsch gewesen war, einfach ignoriert hatte und geblieben war.

»Sag mal, wenn du alles, was ich tue, so falsch und verwerflich findest, warum hast du mich dann eigentlich geheiratet?«, fragte sie. »Du hast doch immer gesagt, zwei aufgeklärte Menschen wie wir bräuchten nicht zu heiraten, um zusammenzuleben.«

Udos Augen verengten sich zu zwei Schlitzen. »Willst du das wirklich wissen?«

Obwohl Angelika aus irgendeinem Grund Angst vor seiner Antwort hatte, nickte sie.

»Gut, dann will ich es dir sagen«, erwiderte er mit dieser kalten, bösen Stimme. »Ich hatte Stress in der Gemeinde. Die alten Betschwestern, die sich schon früher über unsere sogenannte wilde Ehe aufgeregt hatten, hatten sich bei der Kirchenleitung beschwert, und da hat der Superintendent mir die Pistole auf die Brust gesetzt. Entweder wir heiraten, oder ich werde versetzt. Darum habe ich dir den Antrag gemacht!«

Ungläubig starrte Angelika ihn an. »Und das sagst du mir einfach so ins Gesicht?«

Udo zuckte die Schultern. »Du hast es ja unbedingt wissen wollen«, erwiderte er und strich sich den Schlips glatt. »Ich habe dir nur eine ehrliche Antwort gegeben. Mehr kannst du nicht verlangen.«

51

Eine kalte Januarsonne schien vom blassblauen Winterhimmel herab, als Ulla zusammen mit Miguel am Altenaer Bahnhof auf die Ankunft des Interregio wartete, der seit Beginn des neuen Jahres den D-Zug abgelöst hatte. Zum Glück war der Nacht-Intercity aus Berlin pünktlich in Hagen eingetroffen, wie man ihr bei der Auskunft am Telefon versichert hatte – am Altenaer Bahnhof gab es ja keine Schalter mehr, seit man die Fahrkarten am Automaten ziehen konnte. Sie wollte gar nicht daran denken, was im Fall einer Verspätung passiert wäre, sie waren sowieso schon auf dem allerletzten Drücker. Nach der Sitzungspause über Weihnachten und Neujahr würde der Stadtrat an diesem Vormittag erstmals im neuen Jahr tagen, um über den Antrag des Bürgermeisters zu beschließen, doch erst gestern hatte das Bundesarchiv in Berlin die für die Klageerhebung nötigen Unterlagen freigegeben. Es musste also alles, aber auch wirklich alles, wie am Schnürchen klappen, wenn sie Walter Böckers Pläne noch durchkreuzen wollten.

»Vorsicht an Gleis zwei«, tönte es aus dem Lautsprecher. »Es fährt ein der Interregio von Hagen nach Siegen. Planmäßige Ankunft acht Uhr zwölf.«

Ulla blickte auf die Uhr. »Auf die Minute genau.«

»Gott sei Dank«, sagte Miguel. »Damit wäre das Wichtigste geschafft.«

Als der Zug hielt, stiegen nur eine Handvoll Fahrgäste aus. Obwohl Ulla Angelika seit über zwanzig Jahren nicht mehr gesehen hatte, erkannte sie sie sofort wieder. Sie war immer noch dieselbe leicht exotisch anmutende Schönheit mit den stahlblauen Mandelaugen und den braunen Locken.

»Ist sie das?«, fragte Miguel, sichtlich angetan.

»Gefällt sie dir?«, fragte Ulla. »Dann muss ich dich leider enttäuschen – sie ist verheiratet.«

Während Miguel ein langes Gesicht zog, kam Angelika schon mit ihrem kleinen Koffer winkend auf sie zu. Offenbar hatte sie Ulla ebenfalls erkannt.

»Wie schön, dich wiederzusehen«, sagte sie und nahm sie in den Arm.

»Ich freue mich auch.« Herzlich erwiderte Ulla die Umarmung. »Aber warum kommst du allein? Wo ist dein Vater? Hatte er keine Zeit?«

Angelika schüttelte den Kopf. »Um ehrlich zu sein – das ist nicht der Grund.«

Ulla nickte. Obwohl Tommy es war, der in den Archiven für sie recherchiert hatte, hatte immer nur Angelika aus Berlin angerufen, um sie über den neuesten Stand der Dinge zu informieren. Ulla hatte darum schon damit gerechnet, dass seine Tochter allein kommen würde. Trotzdem hatte sie insgeheim gehofft, dass er es sich vielleicht im letzten Moment noch anders überlegen würde. Schließlich waren sie erwachsene Menschen und hatten keinen Grund, sich aus dem Weg zu gehen.

»Er hat gewusst, du würdest es verstehen«, sagte Angelika und drückte sie noch einmal an sich.

»Und ich werde nicht begrüßt?«, rief Miguel mit gespielter Empörung.

Angelika reichte ihm die Hand. »Ich bin Angelika. Angelika Weidner!«

»Angelika? Was für ein schöner Name!«

Statt ihre Hand zu nehmen, küsste er sie links und rechts auf beide Wangen. »So macht man das in Spanien, wenn man sich kennt!«

»Oh«, lachte sie, »wir kennen uns bereits?«

»Was für eine Frage?«, erwiderte er. »Vom Telefon natürlich! Ich habe schon zweimal den Hörer für Ulla abgenommen, als du am Apparat warst. Sage ja nicht, du würdest meine Stimme nicht wiedererkennen. Dann bin ich beleidigt.«

Wieder musste sie lachen. »Nun, wenn das so ist – den Bruderkuss können wir im Osten schon lange. Den haben uns die Russen beigebracht.« Sie stellte den Koffer ab, um es ihm zu bewiesen.

»Für Verbrüderungen ist später noch Zeit«, sagte Ulla. »Los, Beeilung! Der Staatsanwalt wartet schon auf euch.«

»Was soll das heißen – auf uns?«, fragte Angelika irritiert. »Kommst du denn nicht mit?«

Ulla zuckte bedauernd die Achseln »Altena ist eine Kleinstadt«, sagte sie. »Da gehen manche Dinge nun mal nicht.«

»Papperlapapp«, sagte Miguel und nahm den Koffer. »Meine Stiefmutter ist einfach eine alte Intrigantin, die lieber im Verborgenen ihre Strippen zieht. Ich weiß, wovon ich rede – sie ist schließlich meine Geschäftspartnerin.«

52

Eine halbe Stunde später saß Angelika in Dr. Zemkes Büro, zusammen mit Miguel sowie Horst Kamps, einem kleinen, rothaarigen Anwalt Mitte dreißig, den Miguel als Vertreter der Bürgerinitiative mit der Klageerhebung beauftragt hatte. Während der Staatsanwalt mit erhobenen Brauen in den Dokumenten aus dem Bundesarchiv blätterte, warf Angelika einen Blick durchs Fenster hinaus auf die andere Seite des Tals, wo sich über der Stadt und dem Fluss die Burg erhob, von der sie seit ihrer Kindheit schon so viel gehört hatte. Im Schatten dieses Gemäuers war ihr Vater aufgewachsen, hier hatte er seine Jugend verbracht, hier hatte er von der Zukunft geträumt – und hier war er so sehr gedemütigt worden, dass er keinen anderen Ausweg mehr gesehen hatte, als die Stadt zu verlassen und in die DDR zu fliehen.

So bedrückend die Vorstellung war, ließ sie Angelika seltsam unberührt. Sie war mit den widersprüchlichsten Erwartungen in diese Stadt gekommen und hatte sich unter Altena alles Mögliche vorgestellt – in Tommys Erzählungen war Altena manchmal die schmerzlich vermisste Heimat und dann wieder verhasster Schreckensort gewesen. Umso mehr war sie von der Wirklichkeit enttäuscht oder genauer: ernüchtert. Nach allem, was sie auf dem kurzen Weg vom Bahnhof zur Gerichtsstraße zu Gesicht bekommen hatte, schien Altena einfach eine kleine, dreckige Industriestadt zu sein, die ihre besten Tage offenbar schon lange hinter sich hatte und in der ihr, hätte sie sich je zufällig und ohne besonderen Grund hierher verirrt, wahrscheinlich nur die Burg aufgefallen wäre und vielleicht noch die Enge des Tals, in dem sich die Häuser und Fabriken entlang des Flusses aneinanderquetschten. Aber wahrscheinlich war es eben ein Unterschied, ob man eine Stadt als Besucher wahrnahm, der nur einen Tag hier verbrachte, oder aber als Einwohner, der in ihr verwurzelt war und in ihr lebte.

»Das scheint ja durchaus belastbares Material zu sein«, sagte Dr. Zemke, nachdem er seine erste Durchsicht beendet hatte.

»Allerdings«, pflichtete Rechtsanwalt Kamps ihm bei. »Entscheidend ist natürlich, dass gleich mehrere Straftatbestände nicht der Verjährungsfrist unterliegen.«

»Danke für den Hinweis, Herr Kollege, aber dessen bin ich mir durchaus bewusst.« Der Staatsanwalt erhob sich von seinem Schreibtischstuhl und stellte das Konvolut ins Regal. »Ich werde die Klageerhebung so rasch wie möglich prüfen.«

»Prüfen?«, wiederholte Angelika. »Was gibt es da noch groß zu prüfen? Sie haben die Dokumente doch gesehen.«

»Der Herr Staatsanwalt muss vor der Zulassung der Klage klären, ob im Fall eines Prozesses überhaupt Aussicht auf Erfolg besteht«, erläuterte der Anwalt, und an Dr. Zemke gewandt, fügte er hinzu: »Können wir in diesem Fall, angesichts der Dringlichkeit wie auch der evidenten Faktenlage, nicht auf ein verkürztes Verfahren zurückgreifen, Herr Kollege?«

Dr. Zemke warf ihm einen unwilligen Blick zu. »Gehen Sie bitte davon aus, dass es im Interesse des Rechtsstaates ist, diese Dinge so sorgfältig wie möglich aufzuarbeiten.«

»Aber wir brauchen die Klage noch heute!«, drängte Miguel. »Wie sollen wir sonst die Abstimmung im Stadtrat verhindern?«

Der Staatsanwalt hob ohnmächtig die Arme. »Tut mir leid, aber das ist Politik, und darauf habe ich keinen Einfluss.«

Verstört blickte Angelika erst den Staatsanwalt, dann den Rechtsanwalt an. »Soll das heißen, ich bin umsonst aus Berlin gekommen?«

53

Die Abstimmung im Rathaus erfolgte ohne jede Diskussion. Im Bewusstsein ihrer Verantwortung für das Gemeinwesen schlossen sich die Mitglieder des Stadtrats fraktionsübergreifend der Empfehlung der Bürgerversammlung an und stimmten mit großer Mehrheit für den Antrag des Bürgermeisters. Nur ein paar Quertreiber aus den Reihen der Sozis und Grünen versuchten, Sperenzchen zu machen. Doch das waren nur Lehrer und Sozialarbeiter, und die spielten keine Rolle.

Somit stand dem Abschluss eines Vertrags mit ihrem prominentesten Bürger, der zugleich ihr größter Wohltäter war, nichts mehr im Wege. Gleich im Anschluss an die Sitzung fand sich Walter Böcker zusammen mit Regina, die es sich nicht hatte nehmen lassen, ihn zur Feier des Tages zu begleiten, im Büro des Bürgermeisters ein, um seine Unterschrift zu leisten. In dem Vertrag waren die Dinge exakt so geregelt, wie er es sich ausbedungen hatte. Das Julius-Rosen-Museum war Vergangenheit, die Zukunft gehörte dem Walter-Böcker-Institut.

Walter griff schon zu dem Füllfederhalter, den Jürgen Rühling ihm über den Schreibtisch reichte, da entdeckte er einen Passus, der ihm nicht gefiel.

»Der Vertrag wird nicht per Unterschrift, sondern erst bei Eingang meiner Spende auf dem Konto der Stadt wirksam?«, fragte er. »Was soll der Quatsch?«

Jürgen machte eine wegwerfende Handbewegung. »Ein Zugeständnis an den Stadtrat, irgendwas musste ich denen im Vorfeld anbieten, sonst hätte ich die Sache heute nicht so schnell durchboxen können.« Er kam um den Schreibtisch herum, um zu zeigen, wo die Unterschrift hingehörte.

»Diese verfluchten Eunuchen.« Mit einem Seufzer setzte Walter seinen Namen unter das Schriftstück.

»Perfekt«, sagte Jürgen und löschte mit einer Walze die Tinte. »Übrigens, was hältst du eigentlich von einer Ehrenbürgerschaft? Schon mal darüber nachgedacht?«

Die Frage traf Walter in den tiefsten Tiefen seines Altenaer Herzens. Natürlich hatte er schon mal darüber nachgedacht, nichts wünschte er sich sehnlicher als nach Otto von Bismarck, dem eisernen Kanzler, Landrat Fritz Thomée, dem Altena den Wiederaufbau der Burg verdankte, sowie Richard Schirrmann als Begründer des Weltjugendherbergswerks zum vierten Ehrenbürger der Stadt ernannt zu werden. Aber er hatte sich stets gehütet, diesen seinen allerheimlichsten Herzenswunsch irgendeiner Menschenseele gegenüber offen auszusprechen.

»Mein Gott, wie kommst du denn darauf?«, fragte er. »Eine solche Ehre habe ich doch gar nicht verdient, nicht wegen der paar lumpigen Märker.«

Jürgen lächelte sein jovialstes Bürgermeisterlächeln. »Das haben Gott sei Dank ausnahmsweise mal andere als du zu entscheiden«, sagte er. »Ich werde in den nächsten Tagen mal meine kleinen grauen Zellen anstrengen, ich brauche noch irgendeinen Dreh, Stichwort Uneigennützigkeit, damit uns da niemand in die Quere kommen kann.«

Walter konnte seine Freude kaum noch verbergen. »Meinst du, dass du das wirklich hinkriegen könntest?«

Jürgen schloss die Augen und nickte ihm zu. »Aber natürlich doch. Ganz sicher!«

Beschwingt wie ein Mann in den besten Jahren verließ Walter mit Regina das Rathaus. Als sie auf dem Parkplatz waren, warf er seinen Stock ins Auto und gab ihr einen Klaps auf den Po – irgendwo musste er seine Gefühle ja lassen.

»Die Idee mit dem Bischof war ein Geniestreich, Schätzelein! Ich weiß gar nicht, wie ich dir dafür danken soll!«

Regina sandte ihm einen langen, intensiven Blick. »Ich bin sicher, dir wird schon was einfallen, Walterli.«

54

Die VAM, hatte Miguel erklärt, als Angelika zu ihm in den Porsche gestiegen war, lag in der Nette, also auf der anderen Seite der Lenne, oder wie der Fluss hieß, der die Stadt teilte. Bevor sie Altena verließ, wollte sie sich noch von Ulla verabschieden. Sie hatte für den Fall der Fälle zwar ein Hotelzimmer gebucht, aber das brauchte sie nach der Pleite bei dem Staatsanwalt nicht mehr. Hier hatte sie nichts mehr zu tun, und zu Hause wartete nicht nur ihre Dissertation auf sie, sondern auch ihr Mann. Außerdem roch Miguel nach Rasierwasser, schon bei der Ankunft war ihr der intensive Duft wie ein unerlaubtes Kribbeln in die Nase gestiegen, und diese Tatsache gefiel ihr ganz und gar nicht. Zumal Ullas Stiefsohn, kaum, dass sie sich miteinander bekannt gemacht hatten, einfach zum Du übergegangen war, als wären sie in der DDR, und er mit seinem dichten, graumelierten Haar, das einen reizvollen Kontrast zu seinem dunklen, fast olivfarbenen Teint bildete, sowie der kräftigen Nase und dem vollen Mund so unverschämt gut aussah, dass sie immer wieder zu ihm herüberschielen musste, obwohl sie das überhaupt nicht wollte. Sie mochte weder Rasierwasser noch so geschniegelte Angeberanzüge, wie Miguel einen trug, und Porsche-Fahrer hasste sie regelrecht. Nach Rasierwasser riechende Anzugträger und Porschefahrer waren genau die Typen, die sich seit der Wende wie die Eroberer in der ehemaligen DDR aufführten, all die sogenannten Experten, die im Westen auf der Karriereleiter frustriert und ohne Aussicht auf Beförderung irgendwo steckengeblieben waren und jetzt mit einer sogenannten »Buschzulage« im Osten »Entwicklungshilfe« leisteten, als wären all die Menschen, die in der DDR gelebt hatten, ahnungslose Idioten, denen man erst mal das kleine Einmaleins beibringen musste, bevor man sie ins Leben entlassen konnte.

»Bist du sicher, dass wir es bis um halb zwei zurück zum Bahnhof schaffen?«, fragte sie. »Ich will meinen Zug auf keinen Fall verpassen.«

»Keine Angst«, erwiderte er. »Das schaffen wir dicke. In Altena dauert kein Weg länger als zehn Minuten. Zu Fuß zumindest.«

Eine imposante Hochbrücke, die angesichts des geringen Verkehrs vollkommen überdimensioniert schien, verband die beiden Ufer miteinander, doch kaum hatten sie den Fluss überquert, mündete die absurd große Brücke in eine enge, schmutzige, von windschiefen Arbeiterhäuschen und baufälligen Fabriken gesäumte Straße, die in ein Seitental zur Lenne führte, das noch enger zwischen den Bergen eingequetscht lag als das Haupttal. Hier sah es so trostlos aus wie in Bitterfeld, wo Angelika früher mal mit den Thälmann-Pionieren das größte Chemiekombinat des Landes besichtigt hatte, nur dass hier alles viel kleiner und heruntergekommener schien als dort. Von wegen, »alles so schön bunt hier!« Sie hätte nicht gedacht, dass es solche Orte im Westen überhaupt gab.

»Da«, rief Miguel plötzlich, »der Mercedes da drüben – das ist er!«

»Das ist *wer*?«

»Walter Böcker!«

Angelika drehte sich um. Durch das Rückfenster sah sie das Heck eines dunklen, großen Mercedes, der in der Gegenrichtung hinter einer Sparkasse auf einen Parkplatz einbog. Ulla hatte recht, Altena war wirklich eine Kleinstadt – so was wäre in Berlin nicht in zehn Jahren passiert.

»Hast du sein Gesicht gesehen?«, fragte Miguel.

»Nein, nur noch das Auto.«

»Schade. Aber vielleicht auch besser so. Ist ja nicht nötig, dass dir schlecht wird.«

»Ist er so schlimm?«

»Noch viel schlimmer. Ich kann dir gar nicht sagen, wie wenig ich ihm seinen Triumph gönne. Aber irgendwie klebt dem Kerl das Glück an den Stiefeln wie anderen Leuten das Pech. Weiß der Teufel, warum. Du hast es ja heute selbst erlebt.«

Angelika verstand, was Miguel meinte. »Wir wollten Gerechtigkeit und bekamen den Rechtsstaat«, sagte sie, mehr zu sich selbst als zu ihm.

Verwundert drehte er sich zu ihr herum. »Den Spruch kenne ich doch«, sagte er. »Stammt der nicht von dieser Bürgerrechtlerin? Bärbel … Bärbel …«

»Bohley«, ergänzte Angelika. »Ja, sie ist Mitglied meiner Fraktion.«

»Richtig, Bärbel Bohley.« Er blickte wieder auf die Straße. »Ich habe sie neulich in der Tagesschau gesehen. Sie sprach von der Enttäuschung, die viele Menschen im Osten gerade empfinden. Weil sie sich von der Wende eine Aufarbeitung alter Unrechtstaten erhofften, stattdessen jetzt aber mit Paragraphen abgespeist werden.«

»Dafür interessierst du dich?«, staunte Angelika ein zweites Mal.

»Ja natürlich«, erwiderte Miguel. »Im Herzen bin ich zwar Spanier, aber ich habe einen deutschen Pass!«

Während er sprach, musste er plötzlich bremsen. Aus einem Bauhof setzte vor ihnen gerade ein Lastwagen rückwärts auf die Straße. Sofort bildeten sich in beiden Fahrtrichtungen Autoschlangen. Jetzt begriff sie, warum Miguel die Einschränkung »zu Fuß« gemacht hatte.

»Werdet ihr trotzdem weitermachen?«, fragte sie.

»Du meinst, mit der Bürgerinitiative?« Er zuckte die Achseln. »Nach dem Ratsbeschluss wird es natürlich noch schwerer werden, gegen Walter Böcker vorzugehen, als es sowieso schon ist. Aber darum aufgeben? Da kennst du mich schlecht!« Abermals drehte er sich zu ihr herum, und seine dunklen Augen sprühten Funken. »Wir lassen uns nicht mit Paragraphen abspeisen! Wir wollen Gerechtigkeit!«

55

Was für ein wunderbarer Triumph, dachte Regina, als Walter seinen Mercedes auf den Parkplatz hinter der Sparkasse lenkte. Er wollte keine Zeit verlieren und noch heute das Geld an die Stadt überweisen, damit der Vertrag, den er an diesem Morgen unterschrieben hatte, so schnell wie möglich rechtskräftig wurde. Bei der Vorstellung, dass Dr. Holz ihr gleich aus dem Mantel helfen musste, lief es Regina angenehm den Rücken herunter. Das letzte Mal, dass sie mit dem Vorstandsvorsitzenden der Sparkasse persönlich zu tun gehabt hatte, war sie die bemitleidenswerte Frau eines Bankrotteurs gewesen, dem nicht mehr zu helfen gewesen war. Jetzt kehrte sie an der Seite des Mannes zurück, der mit seinem Geld der ganzen Stadt das Tor zu einer neuen Zukunft aufstieß. Dr. Holz würde im Staube vor ihr kriechen. Wie schön, dass man sich immer zweimal im Leben sieht.

Als Walter eingeparkt hatte und den Zündschlüssel herumdrehte, wollte sie aussteigen, doch er hielt sie am Arm zurück.

»Willst du meine Frau werden, Schätzelein?«, fragte er.

Sein Antrag kam so plötzlich, dass es ihr die Sprache verschlug. Obwohl sie darauf gehofft hatte, dass er ihre kleine Aufmunterung verstehen und sich etwas einfallen lassen würde, um sich erkenntlich zu zeigen – damit hatte sie nie und nimmer gerechnet. Sie war überrascht, verwirrt, gerührt, alles auf einmal, und noch viel mehr.

»Mein Puma«, sagte sie schließlich, ihn bei seinem Lieblingskosenamen nennend, den sie sonst nur in ihren intimsten Momenten benutzte. »Ist das denn auch wirklich dein eigener Wunsch?«

»Allerdings«, erwiderte er. »Wenn ich mal ins Gras beiße, will ich nicht, dass Babs und ihr verdammter Knoblauchfresser das ganze Geld bekommen.«

Obwohl Regina sich auch eine schmeichelhaftere Begründung hätte vorstellen können, schlang sie die Arme um ihn. »Dann nehme ich deinen Antrag natürlich an«, flüsterte sie. »Du machst mich zur glücklichsten Frau der Welt.«

Sie wollte ihm einen Kuss geben, aber er öffnete schon den Wagenschlag.

»Also abgemacht und erledigt!«

Er nahm seinen Stock und schwang seine Beine hinaus. Doch als er sich in die Höhe stemmte, geriet er plötzlich ins Schwanken, sein Stock fiel zu Boden, und er musste sich am Türrahmen festhalten, um nicht zu stürzen.

»Um Gottes willen, Walterli, was hast du?«, rief Regina und sprang aus dem Wagen. Ein paar Leute auf dem Parkplatz drehten sich schon nach ihm um.

»Ich … ich weiß auch nicht … Irgendwie … ist mir schwindlig.«

Er hatte noch nicht ausgesprochen, da beugte er sich vor und erbrach sich mitten auf dem Parkplatz, vor aller Leute Augen.

56

»Hatschi!«, machte Angelika.

»Gesundheit«, sagte Miguel. »Bist du erkältet?«

Sie schüttelte den Kopf. »Um ehrlich zu sein, ich glaube, das kommt von deinem Rasierwasser. Ist das eine spanische Marke?«

»Ja«, sagte er. »Agua brava. Als ich mich mit vierzehn zum ersten Mal rasieren musste, hat mein Vater mir eine Flasche davon geschenkt, weil er es selber benutzte. Ein spanischer Macho-Brauch. Seitdem klatsche ich mir das Zeug jeden Morgen ins Gesicht, ohne mir was dabei zu denken. Ich rieche das gar nicht mehr. Gefällt es dir nicht?«

»Ja … nein … Eigentlich ist es mir egal. Es kitzelt nur so in der Nase.«

»Aber warum sagst du denn nichts, wenn es dich stört? Wir können doch lüften!«

Er griff nach der Mittelkonsole, um den Fensterheber zu betätigen, aber sie legte ihre Hand auf seinen Arm, um ihn daran zu hindern.

»Nicht nötig«, sagte sie. »So schlimm ist es auch wieder nicht. Außerdem will ich nicht, dass du dich erkältest«, fügte sie mit einem Grinsen hinzu. »Du bist doch in der Sonne Spaniens aufgewachsen und Frieren nicht gewöhnt.«

Wieder standen sie im Stau, beim Holländer gab es eine Baustelle, die Ampel war auf Rot, und von der Klusenstraße aus, die von der Burg hinunter in die Nette führte, versuchte ein Lieferwagen sich in den stehenden Verkehr zu drängen.

Noch immer lag ihre Hand auf seinem Arm.

»Ein bisschen frische Luft bringt mich schon nicht um«, sagte Miguel, doch ohne sich zu rühren, damit sie ihre Hand nicht fortnahm.

»Nein, lass nur«, erwiderte sie. »Ich hab doch gesagt, dass dein Aqua Dingsbums gar nicht so schlimm ist.«

Mit einem Lächeln sah sie ihn an. Was für wundervolle Augen – noch nie hatte er ein solches Blau in den Augen einer Frau gesehen. Es erinnerte ihn an das Meer von Cádiz, wo er als Kind oft die Ferien bei seinen Großeltern verbracht hatte. Wenn er in dieses Blau eingetaucht war, war es gewesen, als würde er in die Unendlichkeit eintauchen.

Angelika ließ seinen Arm los. »Sag mal, wozu brauchst du in dieser Stadt eigentlich einen Porsche?«

»Ganz schön frech!«, lachte er. »Erst mein Rasierwasser, dann mein Auto! Du bist ja strenger als die spanische Inquisition! Was knöpfst du dir als Nächstes an mir vor?«

»Vielleicht dein Gehalt, das du dir als Chef genehmigst?«

Ein zweites Mal musste er lachen. »Immer noch stramme Kommunistin?« Obwohl der Stau sich noch nicht aufgelöst hatte, nahm er wieder beide Hände ans Steuer. »Aber du hast ja recht, zumindest, was den Porsche angeht. Manchmal frage ich mich ja selbst, was ich mit der

Karre soll. In Altena käme ich mit einem Fahrrad wahrscheinlich besser voran.«

»Dann verkauf doch einfach die *Karre*, wie du sie nennst, und schaff dir ein Fahrrad an. Oder gehört so ein Protzomobil zum Chefsein dazu?«

»Protzomobil?« Er lachte zum dritten Mal. »Das muss ich mir merken.« Dann schüttelte er den Kopf. »Nein, ich habe mir den Wagen gekauft, als ich nach Altena kam. Dass ich hier gelandet bin, geschah damals nicht ganz freiwillig, ich hatte eine schlechte Zeit hinter mir und wollte noch mal von vorn anfangen. Dazu gehörte auch ein neues Auto. Ich sollte mir etwas gönnen und Spaß haben, hatte mir mein Psychologe geraten. Aber die Rechnung ist nicht wirklich aufgegangen. Unterm Strich war es sehr viel Geld für ziemlich wenig Spaß.«

»Was sagst du da?«, fragte sie. »Jemand wie du war bei einem Psychologen?«

»Was soll das heißen – jemand wie ich?«, fragte er zurück und hoffte, dass sie nicht merkte, wie verlegen er war.

»Ich … ich weiß nicht«, erwiderte sie, »aber so, wie du aussiehst … Das hätte ich einfach nicht erwartet.«

Aus den Augenwinkeln sah er, dass sie sich am Haar zupfte. Konnte es sein, dass sie genauso verlegen war wie er selbst?

»Nun, das ist eine lange Geschichte.« Vor ihnen schaltete die Ampel auf Grün, und er legte den ersten Gang ein. »Das erzähle ich dir vielleicht ein andermal.«

Die ersten Autos in der Schlange setzten sich in Bewegung, der Lieferwagen fädelte ein, und der Stau löste sich auf. Während Miguel schweigend die Nettestraße hinauffuhr, verfluchte er innerlich sein loses Mundwerk. Warum hatte er nur erwähnt, dass er bei einem Psychologen gewesen war? Obwohl er sich sonst wenig um die Meinung anderer Leute kümmerte, anders konnte man in Altena schließlich kaum überleben, störte ihn die Vorstellung, dass Angelika ihn jetzt womöglich für einen Loser hielt, aus irgendeinem Grund ganz gewaltig.

»Sind wir bald da?«, fragte sie.

»Nur noch ein paar hundert Meter.«

Als er sie wieder ansah, wusste er plötzlich, warum die Erwähnung des Psychologen ihm so peinlich war. Es waren nicht nur ihre Augen, die ihm gefielen – es war auch ihre Art, ihn anzublicken, ihr spöttisches Lächeln, das von einem Moment zum anderen in dieses freche Grinsen übergehen konnte. Und vor allem war es sie selbst, ihre ganze Person. Die jähe Erkenntnis versetzte ihm einen Stich. Was für ein Jammer, dass Angelika nicht in Altena lebte, sondern in Berlin verheiratet war.

»Darf ich dich um einen Gefallen bitten?«, fragte sie.

»Klar, was soll ich tun?«

»Ich habe ein Zimmer reserviert. Könntest du das vielleicht für mich stornieren? Dann muss ich vor der Abfahrt nicht noch mal extra im Hotel anrufen.«

Miguel schluckte. »Natürlich, kein Problem. Dein Zug geht ja schon in einer guten Stunde, da bleibt dir nicht mehr viel Zeit. In welchem Hotel hast du gebucht?«

»Hotel am Markt.«

»Wo auch sonst? Blöde Frage. Ein anderes Hotel gibt's ja gar nicht mehr in Altena. – Übrigens, wir sind da.«

Er setzte den Blinker und bog in den Hof ein. Als sie aus dem Auto stiegen, kam Ulla aus dem Haus gelaufen.

»Habt ihr schon gehört?«, rief sie ihnen entgegen. »Walter Böcker hatte einen Zusammenbruch!«

57

Regina reichte Walter ihren Arm, damit er sich darauf stützen konnte, als sie nach der Untersuchung im Sprechzimmer von Dr. Alvarez Platz nahmen, doch er wollte davon nichts wissen.

»Lass das!«, sagte er und setzte sich ohne ihre Hilfe auf den Stuhl, den der Arzt an den Schreibtisch gerückt hatte. »Ich bin weder ein Kind noch ein Krüppel!«

»Sie haben allen Grund, Ihrer Partnerin dankbar zu sein«, sagte Dr. Alvarez, während er auf der anderen Seite des Schreibtischs Platz nahm. »Sie hat zum Glück alles richtig gemacht und sofort einen Krankenwagen gerufen.«

»Das hätte sie mal besser gelassen«, knurrte Walter. »Ich hatte ein dringendes Geschäft zu erledigen, das keinerlei Aufschub duldet. Und damit meine ich nicht den Gang zum Klo.«

»Das hatte ich auch nicht angenommen«, erwiderte Dr. Alvarez mit einem Schmunzeln.

Regina kannte den Arzt bisher nur flüchtig vom Sehen, in Altena lief ja jeder jedem irgendwann über den Weg, doch heute war es das erste Mal, dass sie ihn aus der Nähe erlebte. Vom ersten Moment an war sie fasziniert von der vornehmen Art, die er ausstrahlte und die sich nicht zuletzt in seinen schönen, feingliedrigen Händen ausdrückte, die er, während er die Ellbogen auf den Tisch aufstützte, gerade vor seinem Kinn faltete. Ob er sich die Nägel wohl maniküren ließ? Der einzige Mann in ihrem Leben, der sich die Nägel hatte maniküren lassen, war Charly gewesen. Obwohl Dr. Alvarez einen ganz ähnlichen weißen Kittel trug wie Heinz Scholl in seinem Supermarkt, gab er eine vollkommen andere Erscheinung ab. Dieser Mann hatte Klasse, und so etwas konnte man nicht lernen – so etwas war angeboren! Kein Wunder, dass Bischof Budde ihn zum Chef des St.-Vinzenz-Krankenhauses gemacht hatte.

»Wie lautet Ihre Diagnose?«, fragte sie.

Der Arzt zog ein ernstes Gesicht. »Ich würde sagen, das war ein erster Schuss vor den Bug«, antwortete er ihr mit seinem interessanten spanischen Akzent, um sich dann an Walter zu wenden. »Sie sollten in Zukunft unbedingt etwas kürzertreten, Herr Böcker. Das wäre mein dringender ärztlicher Rat.«

»Geht das auch ein bisschen exakter?«, schnaubte Walter.

Dr. Alvarez rückte den Knoten der rosafarbenen Seidenkrawatte zurecht, die er unter dem Kittel trug und die ganz ausgezeichnet zu seinem dunklen Teint passte. »Im Schwabenland, wo ich meinen Facharzt gemacht habe, hat man in solchen Fällen von einem ›Schlägle‹ gesprochen.«

Regina zuckte zusammen. »Also Schlaganfall?«

Dr. Alvarez schenkte ihr ein beruhigendes Lächeln, bei dem kurz seine weißen Zähne aufblitzten. »Kein wirklicher Grund zur Sorge, gnädige Frau. So ein ›Schlägle‹ bekommen viele Menschen. Manche sogar, ohne es zu merken.«

»Dann kann ich ja wieder gehen«, sagte Walter und griff nach seinem Stock.

»Auf gar keinen Fall«, erklärte der Arzt in strengem Ton. »Ein paar Tage müssen Sie zur Beobachtung bleiben. Vorher werde ich Sie nicht entlassen.«

»Was zum Teufel fällt Ihnen ein, so mit mir zu reden?«, brauste Walter auf. »Ich habe mit meinen Spenden den verdammten Stuhl bezahlt, auf dem Sie gerade sitzen, und den Schreibtisch wahrscheinlich auch.«

»Mag sein«, erwiderte Dr. Alvarez ungerührt, »aber glauben Sie, Sie haben deshalb eine Garantie auf das ewige Leben?«

Die beiden Männer maßen einander mit ihren Blicken. Regina machte sich schon darauf gefasst, dass Walter explodierte. Doch zu ihrer Überraschung war es nicht der Arzt, sondern Walter, der den Blick senkte und sich in sein Schicksal fügte, wenn auch zähneknirschend.

»Na gut«, sagte er. »Aber nur, wenn Sie für ein Telefon in meinem Zimmer sorgen.«

Das Gesicht des Arztes entspannte sich. »Ich denke, das wird sich einrichten lassen.«

Regina war beeindruckt. Was für ein Mann!

58

Ulla hatte das Gefühl, dass ihrer Mutter der Abend gefallen hätte. Es gab eine Krise, und die Familie hielt zusammen. Obwohl, wirklich verwandt war sie eigentlich mit niemandem im Raum, ein Ehemann und ein Stiefsohn galten ja, streng genommen, nicht als Verwandtschaft. Freunde ersetzten jedoch die Familie – statt ihrer Schwestern hatte sich außer Ramón und Miguel noch Babs und Angelika im Salon der Villa Wolf eingefunden, um mit ihr zu beratschlagen, wie sie trotz des Rathausbeschlusses weiter zusammen gegen Walters Pläne vorgehen könnten. Nein, Angelika war noch nicht nach Berlin zurückgefahren. Mit dem Versprechen, ihr all die Orte und Plätze und Straßen zu zeigen, wo ihr Vater aufgewachsen war, hatte Ulla sie dazu überreden können, noch einen Tag länger zu bleiben. Sie hatte sogar für sie in Berlin angerufen, um ihren Ehemann, der wohl überhaupt wenig angetan von ihrer Reise gewesen war, um seinen Segen zu bitten. Am Telefon hatte er sich zum Glück viel umgänglicher gezeigt, als Ulla erwartet hatte. Entweder hatte Angelika übertrieben, als sie Eheprobleme angedeutet hatte, oder dieser Udo gehörte zu der Sorte Männer, die zwei Gesichter hatten, eins für zu Hause und eins für die Öffentlichkeit. Solche Männer gab es ja jede Menge – Ullas eigener Exmann war einer von ihnen.

Jetzt saß Angelika am Couchtisch und diskutierte mit ihnen, als gehörte sie schon immer dazu. Die rasche Vertrautheit erinnerte Ulla an ihren Besuch in Ostberlin vor über zwanzig Jahren, als sie mit Tommy und Angelika, die damals gerade von der Wissensspartakiade aus Moskau zurückgekehrt war, in der Oderberger Straße zusammengesessen hatte. Sie hatte sich an jenem Abend auch wie in einer Familie gefühlt. Nur mit dem Unterschied, dass damals Tommy und sie miteinander geflirtet hatten. Jetzt, so hatte sie den Eindruck, schienen Miguel und Angelika Gefallen aneinander gefunden zu haben – auf jeden Fall beäugten sie sich schon den ganzen Abend in unübersehbarer Weise. War das vielleicht der Grund, warum Angelika partout darauf bestanden hatte, im Hotel zu übernachten, statt in der Villa? Ein Gedanke blitzte in ihr auf, bei dem ihr ganz warm ums Herz wurde – Tommys Tochter und ihr Stiefsohn … Doch sie verwarf den Gedanken, kaum dass er ihr gekommen war. Sie hatte ja heute Mittag selbst mit diesem Udo gesprochen, wegen dem Angelika wahrscheinlich glaubte, im Hotel übernachten zu müssen.

»Entscheidend ist, ob mein Vater das Geld bereits überwiesen hat«, sagte Babs.

»Ich denke nicht, dass er dazu noch gekommen ist«, erwiderte Ramón. »Seine Partnerin hat gesagt, er wäre zusammengebrochen, als er auf dem Sparkassenparkplatz aus dem Auto stieg, also bevor er in der Bank war und irgendein Geschäft tätigen konnte.«

Babs wandte sich an Miguel. »Was meinst du, könnte dein Rechtsanwalt wohl Dr. Zemke dazu bringen, die Klageerhebung zu prüfen, bevor mein Vater aus dem Krankenhaus entlassen wird?«

»Keine Ahnung«, sagte Miguel und schaute Angelika an. »Was meinst du? Wie schätzt du den Staatsanwalt ein?«

Sie wollte gerade antworten, da klingelte es an der Tür.

»Endlich«, sagte Babs. »Das wird Kemal sein. Er hat gesagt, er würde nachkommen, sobald Ladenschluss ist.«

»Dann hat er sich aber Zeit gelassen«, sagte Miguel und schaute auf die Uhr.

Er stand auf, um zu öffnen. Babs hatte sich nicht geirrt. Eine Minute später kam er mit ihrem Mann zurück.

»Tut mir leid, dass ich so spät bin«, sagte er, ziemlich außer Atem. »Aber ich habe unterwegs den Stadtkämmerer getroffen.«

»Ja und?«, fragte Ulla.

Kemal schob sich die Nickelbrille, die ihm auf die Nasenspitze gerutscht war, wieder zurück an ihren Platz. »Ihr glaubt nicht, was passiert ist. Vielleicht haben wir doch noch eine Chance!«

59 Angetan mit ihrem neuen Spitzennegligé, das sie von einem Düsseldorfer Einkaufsbummel mitgebracht hatte, saß Regina vor ihrer Schminkkommode und richtete sich zur Nacht. Wie jeden Abend setzte sie sich bei der letzten Toilette des Tages die Brille auf, die sie anstelle der Kontaktlinsen benutzte, wenn sie allein war, um kritisch zu prüfen, wo Nachbesserungen nötig waren. Die Blondtönung ihres Haars bedurfte dringend einer Auffrischung, an den Wurzeln sah man schon den hässlichen, grauen Ansatz, und auch die Stirnfalten traten wieder allzu deutlich hervor, darüber konnte nicht einmal das Permanent-Make-up hinwegtäuschen, das sie sich bei ihrem Visagisten auf der Kö regelmäßig machen ließ. Aber dafür gab es ja inzwischen dieses wunderbare Botox, damit ließen die Falten sich spielend leicht entfernen. Nachdem sie auch noch Wangen, Lippen und Hals sorgfältig inspiziert hatte – der Hals bedurfte der genauesten fortlaufenden Beobachtung, denn er verriet gnadenlos das Alter einer jeden Frau –, öffnete sie ihr Negligé, um den Bleistifttest zu machen, dem sie sich alle paar Wochen unterzog. Als sie sich den Stift unter den Busen klemmte, fiel er wie erhofft von ihrem Körper herab. Zufrieden nickte sie ihrem Spiegelbild zu. Oben rum war also alles in Ordnung, die letzte OP machte sich immer noch bezahlt.

Ob Walter es wohl überhaupt noch bis zum Traualtar schaffte? Zum Glück hatte Dr. Alvarez darauf bestanden, ihn zur Beobachtung ein paar Tage in der Klinik zu behalten. Wenn Walter sich nicht vorsah und seine Kräfte überschätzte, war womöglich sein Antrag vollkommen umsonst gewesen, und darüber hätte nichts und niemand sie hinwegtrösten können.

Sie warf einen letzten prüfenden Blick in den Spiegel, dann nahm sie die Brille ab. Seit sie aus dem Krankenhaus zurück war, musste sie an Dr. Alvarez denken. Was für eine unglaubliche Ausstrahlung dieser Mann hatte – allein die markanten Gesichtszüge, jeder Zoll ein Gentleman. Und er hatte geschafft, was nur wenige Menschen schafften: Er hatte Walter Böcker dazu gebracht, den Kopf einzuziehen, allein durch die Autorität seiner Person. Ach, warum nur war es ihr nie vergönnt gewesen, einem solchen Mann am richtigen Ort zur richtigen Zeit zu begegnen? … Ein kleiner, verführerischer Gedanke kam ihr in den Sinn. Ob er seiner Frau wohl treu war? So, wie er sie angelächelt hatte, hatte er auf sie nicht den Eindruck eines Kostverächters gemacht. Vielleicht sollte sie mal in seine Sprechstunde gehen, um sich von ihm untersuchen zu lassen, sie spürte manchmal doch dieses seltsame Ziehen in der Herzgegend … Die spanischen Männer galten ja als sehr leidenschaftliche Liebhaber, und Dr. Alvarez hatte so wundervolle, feingliedrige Hände. Mit einem Seufzer schloss sie die Augen, und während sie sich die wundervollen, feingliedrigen Hände des Arztes in Erinnerung rief, berührte sie ihre Brüste und tastete ihre Herzgegend ab. Bei der Vorstellung, dass seine Hände es waren, die sie berührten, um den Ursachen ihrer Beschwerden nachzuspüren, empfand sie eine solche Erregung, dass sie ganz feucht zwischen den Schenkeln wurde. Im Schrank bewahrte sie einen rosafarbenen, leise summenden Zauberstab auf, der ihr in solchen Augenblicken stets zuverlässige Dienste tat. Sollte sie sich seiner bedienen, um sich ein wenig Entspannung zu verschaffen? Wieder spürte sie Dr. Alvarez' Hände, sie wanderten jetzt an ihrem ganzen Körper entlang, von den Brüsten hinunter bis zu ihrem Schoß …

Ja, nach diesem Tag hatte sie sich eine kleine Entspannung verdient. Außerdem war sonst an Schlaf kaum zu denken. Sie verließ ihre Schminkkommode und trat an den Schrank.

Da schellte es an der Haustür.

Nanu, wer konnte das sein? Um diese Zeit? Für eine Sekunde kam ihr ein wundervoller Gedanke. Vielleicht war es ja Dr. Alvarez, der sie besuchte, um ihr vom Zustand ihres Mannes zu berichten.

Eilig schlüpfte sie in ihre Pantöffelchen und streifte sich den Morgenmantel über, doch ohne die Knöpfe zu schließen. Während sie ihn nur lose um den Körper schlang, trippelte sie die Treppe hinunter, um aufzumachen.

Vor der Tür stand der Bürgermeister.

»Es ist etwas Entsetzliches passiert!«, sagte er ohne jede Begrüßung.

Regina schloss ihren Morgenmantel. »Mit Walter?«

Jürgen schüttelte den Kopf. »Nein. Die Landesregierung hat die Fördermittel gestrichen.«

Sie verstand nicht auf Anhieb, was das zu bedeuten hatte. »Interessant. Aber warum kommen Sie damit zu mir? So spät am Abend?«

»Das will ich Ihnen gern erklären«, erwiderte er und gab ihr einen flüchtigen Begrüßungskuss auf die Wange. »Darf ich vielleicht kurz reinkommen?«

60

Angestrahlt vom lindgrünen Licht im Wald verborgener Scheinwerfer, hatte die Burg in der Dunkelheit etwas Unwirkliches, fast Gespenstisches an sich, als Angelika und Miguel auf dem Weg zum Hotel daran vorüberkamen. Miguel hatte darauf bestanden, sie zu begleiten – das sei für einen Spanier Ehrensache, wenn sie schon nicht in der Villa schlafen wolle! Doch statt den Porsche zu nehmen, hatte er vorgeschlagen, dass sie zu Fuß über den Burgberg gingen – zu Fuß sei man schneller, hatte er gesagt, sie habe den Altenaer Verkehr ja selbst erlebt, und ein Fahrrad habe er leider noch nicht, um sie so zu chauffieren, wie es sich für eine postkommunistische Inquisiteurin gehöre. Außerdem würde an der frischen Luft sein Rasierwasser nicht so penetrant riechen wie im Auto. Das alles hatte er auf so charmante Weise vorgebracht, dass sie ihm nicht hatte widersprechen könnnen und ihm jetzt nicht einmal dafür böse war, dass ihnen auf dem ganzen Weg praktisch kein einziges Auto entgegenkam, nur ab und zu ein Hundebesitzer beim Gassigehen. Das Rasierwasser allerdings, das hätte sie eigentlich ganz gern noch mal gerochen, doch das verflog tatsächlich an der frischen Luft, so dass sie es leider nur ahnen konnte.

»Und was bedeutet das, wenn die Fördermittel gestrichen werden?«, fragte sie.

»Ganz einfach«, erwiderte er. »Kein Aufzug, keine Umwidmung des Museums. Die Burg bleibt eine Gedenkstätte für die Verbrechen, die die Nazis an den Juden begangen haben. Statt dass dort eine Keimzelle für künftige Nazis entsteht.«

»Das wäre ja großartig!«

»Das kannst du laut sagen. Übrigens, wenn Walter Böckers Pläne wirklich an den fehlenden Fördermitteln scheitern sollten, hätten wir das euch Ossis zu verdanken.«

»Warum das denn?«

»Wegen des Aufbau-Ost-Programms der Bundesregierung. Der Fördermittel-Kuchen kann schließlich nur einmal verteilt werden.«

Trotz der Dunkelheit glaubte sie, ein spitzbübisches Lächeln in seinem Gesicht zu erkennen. Offenbar bereitete ihm die Vorstellung, dass ausgerechnet die deutsche Wiedervereinigung dem alten Nazi einen Strich durch die Rechnung machen könnte, eine geradezu diebische Freude. Sie wusste selbst nicht, warum, aber auf einmal hätte sie Miguel gern gefragt, warum er je die Hilfe eines Psychologen in Anspruch genommen hatte. Wozu hatte er einen Therapeuten gebraucht? Sie konnte sich Miguel gar nicht anders als gutgelaunt vorstellen – darin erinnerte er sie ein bisschen an ihren Vater. Sie hatte den Vergleich jedoch kaum für sich gezogen, da stolperte sie auch schon über ihn. Ihr Vater hatte ja auch mal eine Phase gehabt, in der ihm das Lachen vergangen war, und wochenlang hatten ihn tiefschwarze Gedanken gequält, von denen sie nicht die geringste Ahnung gehabt hatte, obwohl sie seine Tochter war.

Doch es war zu spät, um solche Fragen zu stellen, sie waren bereits am Fuße des Burgbergs angekommen, und nur einen Steinwurf entfernt blinkte ihnen eine Leuchtreklame entgegen: Hotel am Markt.

»Hast du Lust, vielleicht noch irgendwo ein Glas zu trinken?«, hörte sie sich plötzlich sagen. Die Frage war ihr ganz von allein über die Lippen gekommen. Am liebsten hätte sie sich die Zunge abgebissen.

Zu ihrer Erleichterung schien Miguel den Vorschlag gar nicht so absurd zu finden. »Gute Idee«, sagte er. »Du hast recht, der Abend ist viel zu schön, um schon schlafen zu gehen. Aber – in Altena ein Glas trinken? Um diese Zeit? Du scheinst eine ziemliche Optimistin zu sein, Angelika.« Er zeigte auf eine Kneipe, in dem die Lichter schon gelöscht waren, genauso wie in ihrem Hotel. Dabei stand ihm die Enttäuschung ins Gesicht geschrieben.

Als sie seine Enttäuschung sah, war sie selber auch enttäuscht. Außerdem hatte er sie Angelika genannt. Und das mochte sie sehr.

»Schade«, sagte sie. »Aber wenn das in Altena so ist, kann man wohl nichts machen.« In der Hoffnung, dass ihm vielleicht noch was einfiel, öffnete sie ihre Umhängetasche, und obwohl sie genau wusste, wo ihr Hotelschlüssel war, kramte sie so umständlich und langsam wie möglich den ganzen Inhalt einmal um.

»Ich habe eine Idee«, sagte Miguel, als sie die Hoffnung schon fast aufgeben wollte. »Wie wär's, wenn du mich zurück nach Hause begleiten würdest? Allein an der Burg vorbei ist mir im Dunkeln immer ein bisschen unheimlich. – Ich meine«, fügte er rasch hinzu, als er ihr verdutztes Gesicht sah, »ihr Frauen im Osten seid doch viel emanzipierter als die Frauen hier im Westen.«

Angelika lachte. Was für ein unverschämter Kerl! Während er sie voller Erwartung ansah, trat er so nahe zu ihr heran, dass sie fast glaubte, den Duft seines Rasierwassers zu riechen.

»Na, dann bin ich wohl in der Pflicht!«, sagte sie und reichte ihm ihren Arm. »Bitte sehr, der Herr.«

Mit einem Seufzer hakte Miguel sich bei ihr unter. »Jetzt kann ich nur hoffen, dass keiner von meinen spanischen Verwandten je davon Wind bekommt. Wenn das die Runde macht, bin ich als Macho erledigt.«

61

Regina hatte Jürgen ins Wohnzimmer geführt, das stinkige Jagdzimmer betrat sie nur, wenn es sich absolut nicht vermeiden ließ. Als sie ihm einen Whiskey einschenkte, sah sie, wie er seine Blicke an ihrem Körper entlanggleiten ließ. Nein, sie hatte sich bei seinen früheren Besuchen nicht getäuscht, er war ganz offensichtlich interessiert an ihr, fast glaubte sie, seine Blicke auf ihrer Haut zu spüren. Sie musste sich eingestehen, dass sein unverhohlenes Interesse ihr alles andere als unangenehm waren, es verstärkte auf ganz eigenartige Weise die Erregung, die die Gedanken an Dr. Alvarez in ihr wachgerufen hatten. Auch wenn Jürgen Rühling dem spanischen Arzt als Mann nicht das Wasser reichen konnte – immerhin war er der Bürgermeister, und besser ein Spatz in der Hand als die Taube auf dem Dach. Das hatte das Leben sie gelehrt.

Als sie ihm sein Glas reichte, beugte sie sich darum ein wenig weiter vor, als unbedingt nötig gewesen wäre, und gab ihm so Gelegenheit, durch den aufklaffenden Spalt ihres Morgenmantels weitere Einblicke zu nehmen. Sein Gesicht ließ keinen Zweifel daran, wie sehr ihm gefiel, was er sah. Zufrieden nahm sie ihm gegenüber Platz.

»Eins müsste ich unbedingt wissen«, sagte er, während seine Augen an ihren übergeschlagenen Beinen zu ihrem nackten Fuß hinunterwanderten, auf dessen Spitze sie ihr Pantöffelchen balancierte. »Eine Frage von eminenter Wichtigkeit.«

»Nämlich?«

Er riss sich vom Anblick ihrer rotlackierten Fußnägel los und hob den Kopf. »Hat Walter das Geld bereits an die Stadtkasse überwiesen?«

Regina zuckte die Schultern. »Ich kann mir nicht vorstellen, wie er das angestellt haben sollte – leider. Wir haben es ja gar nicht bis in die Bank geschafft. Aber da fällt mir ein«, fügte sie nach kurzem Zögern hinzu, »er wollte unbedingt ein Telefon auf seinem Zimmer haben, das war ihm ganz wichtig. Vielleicht hat er ja Dr. Holz vom Krankenhaus

aus angerufen, um ihm den Auftrag zu erteilen. Vorausgesetzt, dass man zehn Millionen Mark überhaupt per Telefon überweisen kann.«

»Eigentlich nicht.« Jürgen trank einen Schluck von seinem Whisky. »Aber so dicke, wie die beiden miteinander sind, ist es nicht vollkommen ausgeschlossen. Die Frage ist nur, wie wir es rausbekommen können, Dr. Holz wird es uns jedenfalls nicht verraten. Aber«, wieder schaute er sie an, »vielleicht könnten Sie ja Walter einfach danach fragen?«

»Ich weiß nicht«, erwiderte sie unsicher. »Könnte sein, dass ihm das aus irgendeinem Grund nicht recht ist.« Während sie versuchte, die möglichen Vor- und Nachteile gegeneinander abzuwägen, streifte ihr Blick Jürgens Schritt, in dem sie eine leichte Wölbung seiner Hose zu erkennen glaubte.

Plötzlich hatte sie eine Idee. Sie stand auf und nahm ihm das Glas ab.

»Was haben Sie vor?«, fragte er.

»Kommen Sie.« Sie stellte sein Glas auf den Tisch und nahm seine Hand. »Wir sehen in seinem Büro nach.«

62

Wie ausgestorben lag die Nettestraße in der Dunkelheit vor ihnen, als Miguel und Angelika die Klusenstraße hinunterliefen. Zweimal waren sie inzwischen den Berg, der die beiden Täler voneinander trennte, hinauf- und hinuntergelaufen, zweimal hatten sie die Burg passiert, und obwohl Miguel sich bei jedem Schritt auf geradezu peinigende Weise bewusst war, dass er sich bei einer Frau untergehakt hatte statt die Frau sich bei ihm und er zu allem Überfluss auch noch auf der falschen Seite gehen musste, weil Angelika ihm ihren rechten Arm gereicht hatte, wie es sich eigentlich für den Mann gehörte, hatte er jeden einzelnen Schritt genossen, als könnte es sein letzter an diesem Abend und an ihrer Seite sein. So etwas war ihm in seinem ganzen Leben noch nicht passiert. Wie war das möglich? Ausgerechnet bei dieser Frau? Angelika war doch verheiratet, mit einem Mann namens Udo, Ulla hatte mit ihm telefoniert, und er hatte nicht die geringste Chance! Aber waren, was die Liebe anging, die Frauen im Osten nicht viel freier als hier im Westen? Das zumindest hatte er mal in einer Reportage über die Bohème in der DDR gelesen, es hatte zu dem Thema sogar eine Ausstellung in Berlin gegeben, und den Bildern nach zu urteilen, die er in der Zeitschrift gesehen hatte, musste es da sehr, sehr freizügig zugegangen sein. Er konnte sich zwar eigentlich nicht vorstellen, dass Angelika zu dieser Bohème gehört hatte, aber was wusste man hier im Westen schon über die Menschen im Osten? Hier hätte ja auch niemand erwartet, dass die da drüben mit ihren Lichterketten und Friedensgebeten und Mahnwachen die Kommunisten zum Teufel jagen würden. Nein, nichts war unmöglich. Vielleicht war es ja eine Art Geheimzeichen, eine versteckte Aufforderung, die er nur nicht verstand. Schließlich gab es im Osten ja auch Traktoristinnen, und das galt bei denen da drüben als ganz normaler Beruf für eine Frau.

»Wenn das jüdische Museum bleibt, wollt ihr dann eigentlich überhaupt noch weitermachen?«, fragte Angelika.

»Wie bitte?«, fragte er zurück. »Ich war gerade kurz in Gedanken.«

»Ich meine, wenn wegen der ausbleibenden Fördermittel Walter Böcker mit seinen Plänen scheitert, wollt ihr dann eure Klage aufrechterhalten?«

»Warum sollten wir nicht?«

»Na ja, Walter Böcker ist ein alter Mann, und jetzt, nachdem er einen Schlaganfall hatte …«

»Hm«, machte Miguel, weil ihm keine bessere Antwort einfiel.

Angelika blieb stehen. »Ich finde, ihr solltet euch entscheiden, worum es euch geht. Darum, dieses Nazi-Institut zu verhindern? Oder wollt ihr mehr, nämlich Gerechtigkeit?«

»Hm«, machte er wieder. »Eine schwierige Frage …«

In der Dunkelheit sah ihr Gesicht noch geheimnisvoller aus als bei Tage. Wie ein Wesen aus einer anderen Welt, so nah und fern zugleich … Miguel spürte, wie ihm das Herz bis zum Hals klopfte. Was kümmerte ihn Walter Böcker und sein Institut? Was die Klage vor Gericht? Er wollte doch nur, dass Angelika ihm weiter Fragen stellte und er ihr antworten musste, oder von ihm aus auch umgekehrt, dass er ihr Fragen stellte und sie die Antworten gab, Hauptsache, dass sie weiter redeten, egal, worum es ging. Denn solange sie redeten, durfte er in ihre Augen schauen und ihre Stimme hören und ihre Gegenwart atmen, musste sich nicht von ihr verabschieden und sich von ihr trennen und allein nach Hause und in sein einsames Bett gehen.

»Ich glaube, um eine so schwierige Frage zu entscheiden, muss ich dich noch einmal zurück zu deinem Hotel begleiten«, sagte er.

Angelika grinste. »Nur deshalb?«

»Erwischt!«, grinste er zurück. »In Wahrheit will ich dich natürlich nur begleiten, um dem Spott meiner spanischen Verwandten vorzubeugen.«

Er wechselte die Laufrichtung und reichte ihr nun seinerseits den Arm, natürlich den rechten.

Lachend hakte Angelika sich unter. »Ja, ja – immer diese Verwandten …«

63

Auf Walters Schreibtisch stapelte sich die Post mehrerer Tage. Regina nahm den ersten Packen in die Hand, um die Umschläge zu sichten.

»Wonach suchen Sie?«, fragte Jürgen.

»Nach den Kontoauszügen.«

»Wozu? Selbst wenn Walter den Auftrag telefonisch erteilt hat, kann der Auszug unmöglich vor morgen früh da sein.«

»Unmöglich?« Regina schüttelte den Kopf. »Bei meinem Mann ist nichts unmöglich. Einer seiner Buchhalter holt jeden Abend die Auszüge aus dem Sparkassenschließfach und bringt sie hierher, damit er immer auf dem neuesten Stand ist.«

»Auch heute?«

»Auch heute. Ohne den letzten Kontostand des Tages kann er nicht schlafen. Bei Zahlungseingängen von über zehntausend Mark genehmigt er sich zur Tagesschau ein Glas Champagner, obwohl er Champagner gar nicht mag.«

»Das ist ja ein Ding!«

Jürgen trat zu ihr an den Schreibtisch, um beim Suchen zu helfen. Kaum hatte er die ersten Umschläge gesichtet, pfiff er leise durch die Zähne.

»Das könnte es sein.« Er riss das Kuvert auf und prüfte das Blatt. »Tatsächlich, das ist er!« Triumphierend präsentierte er ihr den Kontoauszug.

Zahlungsempfänger: Stadtkasse Altena
Betrag: Zehn Millionen Deutsche Mark
Kontoinhaber: Walter Böcker

Regina spürte, wir ihr Herz zu rasen anfing.

»Jürgen, Sie sind ein Supermann!«

Sie vergewisserte sich mit einem Blick auf seine Hose, wie es um seine Bereitschaft stand, dann schlang sie ihre Arme um seinen Hals und küsste ihn auf den Mund – einfach so! Doch seltsam, statt ihren Kuss zu erwidern, machte er sich von ihr frei und blickte auf seine Armbanduhr.

»Halb zwölf«, sagte er. »Vielleicht schaffen wir es noch.«

»Ich habe keine Ahnung, wovon Sie reden«, erwiderte sie, gleichzeitig verärgert über die Zurückweisung wie auch beeindruckt von seiner konzentrierten Ernsthaftigkeit.

»Um zwölf ist Redaktionsschluss beim Kreisblatt.« Er griff zum Telefon auf dem Schreibtisch und nahm den Hörer ab. »Darf ich mal kurz?«

»Natürlich.«

Während er wählte, hob Regina die Brauen. Vielleicht hatte sie Jürgen Rühling ja doch unterschätzt.

64

Vom Turm der Lutherkirche läutete es Mitternacht, als Angelika, den Arm noch immer bei Miguel untergehakt, nun zum zweiten Mal an diesem Abend ihr Hotel erreichte. Seit sie in der Nette kehrtgemacht hatten, musste also eine halbe Stunde vergangen sein. Doch ihr kam es vor wie eine halbe Minute. Oder wie eine halbe Nacht.

War es ein Fehler gewesen, Ullas Einladung auszuschlagen?

Hätte sie die Einladung angenommen, würde sie die zweite Hälfte dieser Nacht in der Villa verbringen statt einsam im Hotel. Das Gästezimmer, das Ulla ihr angeboten hatte, befand sich im dritten Stock, also in der Etage, die, wenn sie die Hausaufteilung richtig verstanden hatte, Miguel bewohnte. Bei dem Gedanken überkam sie ein Gefühl, von dem sie geglaubt hatte, es wäre für immer in ihrem Leben erloschen. Wie konnte das sein? Miguel vereinte in seiner Person so ziemlich alles, was sie an Männern nicht mochte, er war ein nach Rasierwasser riechender Anzugträger und Porschefahrer, doch in seinem Fall störten sie diese Eigenschaften nicht im Geringsten, im Gegenteil, irgendwie passten sie bei ihm in einer Weise zusammen, dass es sogar etwas Anziehendes hatte. Lag es vielleicht daran, dass er den Psychologen erwähnt hatte? Allen Machoattributen zum Trotz schien er ganz und gar kein Macho zu sein, er war witzig und nett und konnte zuhören und Fragen stellen, und manchmal war er genauso verlegen wie sie selbst und wurde sogar rot und versuchte es dann wie ein kleiner Junge zu überspielen, damit man es nicht merkte. Schon lange hatte sie sich nicht mehr mit einem anderen Menschen so wohl gefühlt wie auf ihrem sinnlosen Spaziergang an seiner Seite durch diese kalte Winternacht, in Altena im Sauerland, der Heimatstadt ihres Vaters, wo vielleicht in einer Nacht vor über vierzig Jahren ihr Vater mit Ulla denselben Weg über die Burg gegangen war wie sie heute mit Miguel. Wenn jemand sie in diesem Augenblick gefragt hätte, ob sie glücklich wäre, sie hätte wahrscheinlich ja gesagt.

»Sicher«, sagte Miguel, »als wir euch um die Beweise baten, die nötig sind, um Walter Böcker vor Gericht zu bringen, ging es uns nicht nur um sein Institut, sondern auch um Gerechtigkeit. Walter Böcker hat aller Wahrscheinlichkeit nach übelste Dinge im Krieg verbrochen, und die gehören aufgeklärt. Aber jetzt, da sein Plan gescheitert ist und er vielleicht bald stirbt – geht es da nicht auch um Versöhnung?«

»Wie meinst du das?« Angelika löste sich von seinem Arm und blieb stehen.

»Ich weiß nicht, wie ich es dir erklären soll.« Er nahm ihre Hand. »Vielleicht so«, sagte er. »Mein Land, Spanien, war zwar nie in der Weise geteilt, wie Deutschland es vierzig Jahre lang war, aber auch durch unser Land ging ein tiefer Riss, zwischen Faschisten und Kommunisten, seit dem Bürgerkrieg 1937. Nach dem Tod Francos drohte das Land in den siebziger Jahren daran sogar auseinanderzubrechen, aber König Juan Carlos ist es gelungen, das Volk zu versöhnen. Voraussetzung dafür war, dass die verfeindeten Parteien sich die Fehler der Vergangenheit verziehen.«

»Und das habt ausgerechnet *ihr* geschafft, ihr stolzen Spanier?«, fragte Angelika.

Sie hatte in der Schule viel über den spanischen Bürgerkrieg gehört, als Beispiel für die ruhmreiche sozialistische Internationale, aber über die spanische Geschichte der Nachkriegszeit wusste sie nur wenig.

Miguel nickte. »Das Beste, was wir seit Kolumbus je hingekriegt haben.«

»Das hast du schön gesagt.« Spontan gab sie ihm einen Kuss auf die Wange.

»Oh«, sagte er nur.

»Habe ich dich erschreckt?« Obwohl die Leuchtreklame des Hotels inzwischen ausgegangen war und sie sein Gesicht in der Dunkelheit nur noch ahnen konnte, hatte sie irgendwie das Gefühl, dass er gerade rot wurde.

»Nein – das heißt ja«, stammelte er. »Ich meine, so schön bin ich noch nie erschreckt worden.« Plötzlich nahm er auch ihre zweite Hand. »Darf ich dich auf dein Zimmer begleiten?«

»Du meinst, ins Hotel?«

»Keine Angst, nicht was du denkst. Nur, um sicherzugehen, dass dir unterwegs nichts passiert.«

»Auf dem Weg in mein Zimmer?« Angelika musste lachen. Doch dann schüttelte sie den Kopf und wurde wieder ernst. »Nein, Miguel«, sagte sie. »Ich bin verheiratet.«

»Ich weiß«, erwiderte er. »Ich … ich dachte nur, ihr im Osten seid da vielleicht etwas … etwas unkomplizierter als wir hier im Westen.«

»Unkomplizierter?«

»Du hast recht. Das ist natürlich Quatsch und nur eins von den vielen Klischees, die wir hier von euch haben.«

Angelika musste einmal tief Luft holen, so schwer fiel ihr die Antwort. »Vielleicht hast du recht«, sagte sie schließlich. »Vielleicht ist es im Allgemeinen wirklich so, wie du sagst. Nur – ich mag keine unklaren Verhältnisse.«

Auch er schwieg einen Moment, bevor er etwas erwiderte. »Natürlich«, sagte er dann, und sie glaubte im Dunkeln zu erkennen, dass er nickte. »Wenn … wenn ich dir zu nahe getreten bin, entschuldige bitte. Es ist einfach nur so, dass ich dich wahnsinnig gern mag. Was ja auch wieder Quatsch ist, weil wir uns ja eigentlich überhaupt noch nicht kennen. Bitte versteh es einfach als ein Kompliment. Weil – ich habe diesen Abend wirklich sehr genossen.«

Dabei drückte er ihre beiden Hände, so selbstverständlich und gleichzeitig so innig, dass sie sich beinahe wünschte, sie wäre ein bisschen weniger kompliziert, als sie war, und dafür ein bisschen mehr bereit zu unklaren Verhältnissen. Während sie noch seine Hände in den ihren spürte, kam ein Auto vorbei. Die Scheinwerfer erleuchteten sein Gesicht. Er sah ihr direkt in die Augen, und sein Blick traf sie mitten ins Herz. Die Ahnung, dass es auch noch etwas anderes im Leben geben könnte, etwas anderes als ihr Institut, das Pfarrhaus und die politischen Versammlungen, stieg plötzlich in ihr auf, und ihr kam eine ganz und gar verrückte Idee. Für einen Moment stellte sie sich vor, sie würde mit Miguel eine Spritztour machen, in seinem bescheuerten Porsche, an einem sonnigen Sommertag, er mit Schlägermütze und Lederhandschuhen und sie mit einer riesigen Sonnenbrille auf der Nase und einem Kopftuch, um ihr Haar im Fahrtwind zu bändigen, wie in einem kitschigen Ami-Film der sechziger Jahre.

»Ach, Miguel.«

»Was denn, Angelika?«

Es gab so viel, was sie ihm gerne sagen würde, doch ihre Worte reichten nicht aus. Statt weiterzureden, nahm sie einfach sein Gesicht zwischen die Hände und küsste ihn auf den Mund. Und als seine Lippen sich öffneten und er ihren Kuss erwiderte, war es auf einmal, als säße sie wirklich mit ihm in seinem Porsche und sie rasten beide zusammen irgendwohin, wo sie noch nie gewesen war.

Ein Hund schlug in der Nähe an. Sie öffnete die Augen und war wieder in Altena.

»Ich habe den Abend auch sehr genossen«, sagte sie. »Danke.« Sie gab ihm noch einen Kuss, doch diesmal nur auf die Wange, dann machte sie sich mit einem Ruck von ihm los und eilte zum Eingang des Hotels. Ein einziger Griff in ihre Umhängetasche, und sie hatte den Schlüssel zur Hand.

Als sie aufschloss, fiel ihr ein, dass er ihr noch keine Antwort auf ihre Frage gegeben hatte. Also drehte sie sich noch einmal herum.

»Und was wollt ihr jetzt tun? Werdet ihr die Klage aufrechterhalten, oder lasst ihr sie fallen?«

»Keine Ahnung«, antwortete er. »Aber ich schlage vor, das besprechen wir morgen beim Frühstück.«

»Beim Frühstück?«

»Ja, ich komme zu dir ins Hotel. Aber bitte keine Umstände. Ich brauche nur einen Kaffee und ein Croissant – die Hotelangestellten wissen Bescheid. Um Punkt acht bin ich im Frühstücksraum.«

»Oh«, lachte sie, »ich wusste ja gar nicht, dass ihr Spanier solche Frühaufsteher seid.«

»Sind wir auch nicht«, erwiderte er mit einem Seufzer. »Aber was bleibt mir übrig? Wenn ich schon nicht mit dir schlafen darf, möchte ich wenigstens mit dir aufwachen.«

65 Mit einem Siegerlächeln im Gesicht und einer Riesenbeule in der Hose beendete Jürgen das Telefonat. »Geschafft!«

Noch während er den Hörer auf die Gabel legte, trat Regina zu ihm und öffnete die Schnalle seines Gürtels. Ein zweites Mal, da war sie sicher, würde er sich ihr nicht verweigern. Ihm unverwandt in die Augen blickend, riss sie ihm mit beiden Händen Hose und Unterhose gleichzeitig herunter. Wie im Märchen schnellte ihr seine Bereitschaft entgegen.

Knüppel aus dem Sack …

Ihre Bereitschaft stand der seinen nicht nach. Während er sich in Windeseile seiner restlichen Kleidung entledigte, fegte sie mit einer Handbewegung die Post vom Schreibtisch und hockte sich auf die polierte Mahagoniplatte, auf der Verträge von schicksalhafter Bedeutung und Schecks in Millionenhöhe unterschrieben worden waren, um sich dort, befeuert von Jürgens gierigen Blicken, ihr Spitzenhöschen abzustreifen und ihr neues, noch nie zuvor getragenes Negligé vor seinen Augen am nackten Leib zu zerfetzen, wie sie es einmal in einem sehr animierenden Film gesehen hatte. Erregt von ihrer eigenen Schamlosigkeit, packte sie seinen Schwanz und zog ihn zu sich.

»Los, worauf wartest du? Komm endlich! Komm!«

Sie hatte die Beine kaum gespreizt, da spürte sie ihn auch schon. Mit einem Seufzer sank sie zurück. Er drang so tief in sie ein, dass sie glaubte, er würde mit seinem ganzen Körper in sie einfahren. Oh, welche lang vermissten Wonnen … Seine Lust war ihre Lust, und ihre Lust war seine. Ja, sie war eine Frau, und er begehrte sie, mit seiner ganzen Männlichkeit! Dem Himmel so nah, fing sie seinen Blick, dann nahm sie seine Hände und führte sie an ihren Hals. Ohne die Augen von ihm zu lassen, gab sie ihm mit sanftem Druck ihrer Hände zu verstehen, was sie zur Vollendung ihres Glücks noch brauchte. Das hatte sie in demselben Film gesehen, und die Szene hatte sie fast zum Wahnsinn getrieben. Offenbar kannte Jürgen den Film auch. Auf jeden Fall verstand er ihren Wunsch, und während er immer tiefer in sie drang, schloss er seine Hände um ihre Kehle und drückte mit beiden Daumen zu, ganz sanft und gleichzeitig unerbittlich, genau im richtigen Maß.

»Weiter so, Supermann«, keuchte sie, »fick mich!«

»Ich soll dich ficken?«, keuchte er.

»Ja, Supermann!«

»Dann sag es noch mal!«

»Fick mich!«

»Lauter!«

»FICK MICH!«

Mit jedem Bekenntnis ihrer Lust steigerte sich ihre Erregung, während er immer größer, immer fordernder, immer besitzergreifender in ihr wurde. Keine Frage, sie hatte Jürgen Rühling unterschätzt, und diese Entdeckung machte sie so glücklich, dass sie in kürzester Zeit zum Höhepunkt gelangte, ganz ohne Hilfe ihres Zauberstabs, den sie nach dem Verkehr mit Walter stets benutzte, damit sie später, wenn sie schlaflos neben ihm lag und sein Schnarchen das dunkle Schlafzimmer füllte, sein Schnarchen und sein Altmännergeruch von Zigarren und Verdauungsproblemen, nicht in ihr Kissen weinen musste.

Als auch Jürgen fertig war und er sich über ihr aufrichtete, fiel ihr zerfetztes Negligé von ihr ab. Mit einem Lächeln streifte sie die Reste vom Schreibtisch. Das war es wahrlich wert gewesen.

66

Der Kaffee dampfte in einer Kanne auf dem Tisch, und in einem Körbchen lagen appetitliche, goldbraune Croissants bereit. Angelika schaute auf ihre Armbanduhr. Schon zwanzig nach acht. Und Miguel war immer noch nicht da.

Während sich ein paar Hotelgäste, die meisten von ihnen dem Aussehen nach Handelsvertreter, am Büfett bedienten, überlegte Angelika, ob sie ohne Miguel anfangen sollte, doch dann entschied sie sich dagegen. Fünf Minuten wollte sie noch warten. Damit die Zeit verging, nahm sie die Frühstückskarte zur Hand und überflog das Angebot an Extras, die zum Büfett hinzubestellt werden konnten. Komisch, obwohl Miguel ein Südländer war und sie ihn außerdem kaum kannte, hatte sie das Gefühl, dass eine solche Verspätung nicht zu ihm passte.

Hatte sie ihn vielleicht zu schroff zurückgewiesen, und er war jetzt beleidigt?

In der Nacht hatte sie fast bereut, dass sie ihn nicht mit auf ihr Zimmer gelassen hatte. Brigitte würde sie jedenfalls auslachen, wenn sie ihr davon erzählte. Aber die Angst vor dem Spott ihrer Freundin war nicht der Grund gewesen, warum sie Stunden gebraucht hatte, um einzuschlafen. Miguel war ihr nicht aus dem Kopf gegangen, jedes Mal, wenn sie die Augen geschlossen hatte, hatte sie sein Gesicht vor sich gesehen, seinen dunklen Blick, seine kräftige Nase, seinen vollen Mund, und sie hatte seine Lippen auf den ihren gespürt … Immer wieder hatte sie in der Dunkelheit an ihrer Hand geschnuppert, um die Duftspuren von seinem Rasierwasser zu riechen, die ihre Haut wie eine Ahnung noch verströmte.

»Fehlt irgendetwas?«, fragte das Serviermädchen.

»Nein, vielen Dank, alles bestens.«

Als Angelika beim Betreten des Frühstücksraums erklärt hatte, dass sie Herrn Alvarez erwarte, hatte das Serviermädchen nicht nur ohne weitere Aufforderung Croissants gebracht, die es auf dem Büfett nicht gab, sondern auch den Filterkaffee gegen Espresso ausgetauscht. Offenbar waren Miguels Frühstücksgewohnheiten in dem Hotel bekannt. Angelika wusste nicht, warum, aber aus irgendeinem Grund gefiel ihr das ganz und gar nicht.

Fragte Miguel wohl alle Frauen, die er hier unterbrachte, ob er sie auf ihr Zimmer begleiten solle? Als er sich für seine freche Frage auch noch mit einer weiteren Frechheit entschuldigt hatte – »nur um sicherzugehen, dass dir unterwegs nichts passiert« –, hatte sie gelacht. Aber vielleicht war sie ja nicht die einzige Frau, die über diesen Witz gelacht hatte, weil dies vielleicht ja sein Standardwitz war, um Frauen zu verführen. Wenn man eine Frau zum Lachen brachte, das wusste sie von ihrem Vater, war es bis zum Kuss nicht mehr weit, und vom Kuss führte der Weg meist direkt ins Schlafzimmer. Nur bei ihr nicht. Dank ihrer altmodischen Vorstellung von Ehe und Treue – »in guten wie in schlechten Zeiten« –, auf die sie im Moment allerdings nicht ganz so stolz war, wie sie eigentlich hätte sein sollen, war Miguels Kuss bei ihr in einer Sackgasse gemündet, und aus der gab es jetzt keinen Weg mehr heraus.

Halb neun. Sie hatte lange genug gewartet – sogar fünf Minuten länger, als sie ihm zugestanden hatte. Sie verließ ihren Tisch, um sich am Büfett ihr Frühstück zusammenzustellen. Doch sie war noch nicht bei der Teestation angelangt, da ging die Tür auf und Miguel kam herein.

»Tut mir leid«, sagte er, »das ist eigentlich nicht meine Art. Aber es ist etwas dazwischengekommen.« Er schlug mit dem Handrücken auf eine Zeitung, die er bei sich trug. »Walter Böcker. Er hat es mal wieder geschafft.«

»Was hat er geschafft?«, fragte Angelika.

Miguels Gesicht war die reine Fassungslosigkeit. »Es ist unglaublich! Obwohl es den Aufzug jetzt gar nicht mehr geben wird, bekommt er trotzdem seinen Willen. Das Julius-Rosen-Museum wird geschlossen. Um Platz zu machen für das Walter-Böcker-Institut.«

»Das ist nicht wahr!«

»Doch.« Zum Beweis hielt er die Zeitung in die Höhe und zeigte auf die Titelseite. »Da, lies selbst – *Pacta sunt servanda!*«

67

»Pacta sunt servanda?«, wiederholte Walter mit dröhnendem Lachen. »Rühling, das ist genial!«

Gleich als am Morgen die Zeitung gekommen war, hatte Regina sich mit Jürgen auf den Weg ins Krankenhaus gemacht, um Walter die druckfrische Ausgabe des Kreisblatts zu bringen. Der hatte bei ihrer Ankunft bereits aufrecht im Bett gesessen, das leergegessene Frühstückstablett vor sich und strotzend vor Vitalität, als wäre er in seinem Bett nur zu Gast, und hatte sich wie zu Hause eine erste Vormittagszigarre angesteckt.

»Danke für die Blumen«, sagte Jürgen mit einem geschmeichelten Lächeln. »Ich dachte, wenn ich als Bürgermeister den Fall schon für die Presse kommentieren soll, kann ein lateinischer Spruch nicht schaden.«

»Was heißt das eigentlich?«, fragte Regina. *»Pacta sunt veranda?«*

»Veranda ist gut!«, lachte Walter und verschluckte sich dabei fast am Rauch seiner Zigarre. »Meine Fresse!«

»Mach dich nicht lustig über mich«, sagte sie, »ich hatte nun mal kein Latein in der Schule. Statt zu spotten, solltest du lieber aufhören, hier zu rauchen. Dr. Alvarez macht dich sonst zur Schnecke.«

»Keine Sorge.« Walter paffte seelenruhig weiter. »Ich habe der Schwester zehn Mark in die Hand gedrückt, damit sie rechtzeitig vor der Visite lüftet. Die kommt von den Philippinen. Zehn Mark sind für die ein Vermögen!«

Regina schüttelte nur einmal den Kopf, dann drehte sich zu Jürgen herum. »Und was heißt jetzt dieser lateinische Spruch?«

»Verträge müssen eingehalten werden«, erklärte er. »Ein juristischer Grundsatz, der schon bei den alten Römern galt. Der ist nun auch in diesem Fall zur Anwendung gelangt.«

»Gott sei Dank können die Eunuchen im Stadtrat keine Verträge lesen.« Walter nahm einen genüsslichen Zug von seiner Zigarre. »Ja, so spielt man mit Studenten.«

»Mir waren die Hände leider gebunden«, erklärte Jürgen mit gespieltem Bedauern. »Da es in dem Vertrag keine Klausel gab, die die Umwidmung des Museums mit der Bauausführung verknüpfte, blieb dem Bürgermeister der Stadt Altena nach Eingang deiner hochherzigen Spende nichts anderes übrig, als den Weg für das Walter-Böcker-Institut endgültig freizumachen. Die Stadt muss ihre Zusagen einhalten, egal, ob es den Aufzug gibt oder nicht.«

»Ein Glück, dass du so auf Zack warst«, sagte Walter. »Gut gemacht, Rühling!«

Das fand Regina auch. Und drückte einmal heimlich hinter ihrem Rücken Jürgens Hand.

68

Miguel und Angelika waren die einzigen Hotelgäste, die noch im Frühstücksraum saßen. Die Handelsvertreter waren mit ihren Musterkoffern längst aufgebrochen, und das Serviermädchen räumte bereits das Büfett ab.

»Und was wird jetzt?«, fragte Angelika.

Das war die Frage, die Miguel sich schon die ganze Zeit stellte, wenn auch in einem ganz anderen Sinn als Angelika. Seit sie beim Frühstück saßen, hatte er nur eine einzige Angst: dass ihr Gesprächsfaden abriss und sie aufhörten, miteinander zu reden. Vielleicht hatte er ja doch noch eine Chance. Ulla hatte ihm unter dem Siegel der Verschwiegenheit anvertraut, dass Angelika wohl keine besonders glückliche Ehe führte.

»Jetzt können wir nur noch auf den Staatsanwalt hoffen«, sagte er.

»Dann wollt ihr die Klage also aufrechterhalten?«

Miguel nahm einen Schluck von seinem längst schon kalten Espresso. »Erinnerst du dich, was ich dir von Spanien erzählt habe? Der Versöhnung zwischen den Faschisten und den Kommunisten nach Francos Tod?«

»Natürlich. Das hat mich sehr beeindruckt.«

»Die Sache hatte noch ein Nachspiel. Ein paar Militärs, Anhänger Francos, drangen 1981 mit Maschinenpistolen bewaffnet ins Parlament ein und versuchten, die Macht gewaltsam wieder an sich zu reißen. Da war es mit der Nachsicht vorbei. Die Putschisten wurden alle vor Gericht gestellt und verurteilt.«

Angelika nickte. »Wahrscheinlich hast du recht. Manchmal geht es nicht anders.«

Er legte seine Hand auf die ihre. »Willst du nicht bleiben, bis die Entscheidung wegen der Klageerhebung gefallen ist?«, fragte er und schaute sie an.

Sie erwiderte seinen Blick, unsicher zwar, doch sie zog ihre Hand nicht fort, wie er befürchtet hatte. Während er jeden Quadratmillimeter ihrer Haut zu spüren glaubte, war es, als würde sich sein ganzes Leben in dieser kleinen, zarten Berührung verdichten. Unwillkürlich schaute er auf ihre Hand in der seinen. Dabei stellte er sich vor, dass ihre Hände auf geheime Weise ihr Gespräch weiterführten und lautlos einander all die Dinge sagten, die sie sich selbst nicht zu sagen trauten.

»Hast du heute kein Rasierwasser benutzt?«, fragte Angelika.

»Nein«, sagte er. »Das wollte ich dir auf leeren Magen nicht zumuten.«

»Schade«, sagte sie mit einem scheuen Lächeln.

»Schade?«, wiederholte er.

Wieder blickten sie einander in die Augen, und leise, ganz leise, drückte sie seine Hand. Miguel musste schlucken. Jetzt oder nie! Er beugte sich vor, um sie zu küssen, und, *gracias a Dios*, sie wich nicht zurück, sie sah ihn einfach nur an, auch gar nicht mehr unsicher, ganz ruhig erwiderte sie jetzt seinen Blick mit diesen wunderbaren, stahlblauen Augen, die bis in sein Innerstes drangen.

Da trat das Serviermädchen an ihren Tisch.

»Darf ich abräumen?«

Im selben Moment ließ Angelika seine Hand los. »Ja, natürlich«, sagte sie und erhob sich von ihrem Stuhl, als hätte sie es plötzlich furchtbar eilig. »Wir sind fertig.«

»Sind wir das wirklich?«, fragte er und blieb sitzen.

Statt ihm eine Antwort zu geben, ging sie zur Garderobe und nahm ihren kleinen Koffer, den sie dort abgestellt hatte.

Ihm blieb nichts anderes übrig, als gleichfalls aufzustehen.

»Wozu der Koffer?«, fragte er. »Den kannst du doch später noch abholen. Oder«, er zögerte, bevor er weitersprach, »willst du etwa jetzt schon fort?«

»Ja«, sagte sie. »Es … es geht nicht anders.«

Er verstand, was sie meinte, und schluckte ein zweites Mal.

»Deshalb fahre ich jetzt gleich.«

Damit wandte sie sich zur Tür. Es ging alles so schnell, dass Miguel kaum wusste, was er sagen sollte.

»Aber Ulla wollte dir doch noch die Stadt zeigen«, rief er ihr nach.

Angelika blieb noch einmal stehen. »Richte ihr einen schönen Gruß von mir aus. Ich muss mich beeilen, die nächste Verbindung geht in zwanzig Minuten.«

»Dann lass mich dich wenigstens zum Bahnhof bringen. Mein Porsche steht vor der Tür.«

»Dein Porsche?« Ein Lächeln huschte über ihr Gesicht. Dabei sah sie gleichzeitig so traurig aus, als müsse sie weinen. »Du bist ein feiner Kerl, Miguel Alvarez. Aber ich glaube, der Porsche ist keine so gute Idee.«

»Warum nicht?«

»Das weißt du doch, mit deinem Porsche verpasse ich nur den Zug.«

»Aber …«

»Nein«, sagte sie, um seinem Einwand zuvorzukommen, »es ist besser, wenn ich zu Fuß gehe, und zwar allein. Zu Fuß dauert kein Weg in Altena länger als zehn Minuten. Das hast du selbst gesagt.«

Noch während sie sprach, öffnete sie die Tür.

»Angelika …«

In der Tür drehte sie sich ein letztes Mal herum und nickte ihm mit ihrem todtraurigen Lächeln zu.

Dann war sie fort.

69 Frühling – Frühling auf Daggelin!

Dutzende von Autos parkten vor dem Herrenhaus, hauptsächlich solche der Marken Mercedes und BMW, gefolgt von Audi und VW sowie, in einigem Abstand, Ford und Opel und Volvo – sogar zwei Trabis und ein Wartburg standen auf dem Platz, allerdings ein wenig abseits und wie verloren. Der Ministerpräsident des Landes Mecklenburg-Vorpommern hatte nach Daggelin geladen, und alles, was in Politik und Wirtschaft Rang und Namen hatte, war gekommen. Denn heute wurde im Beisein einer ausgesuchten Öffentlichkeit der Umbau von Daggelin zu einem internationalen Heim für Waisenkinder verkündet, als eindrucksvolles Beispiel für die Verantwortung, die das wiedervereinte Deutschland in Europa zu übernehmen bereit war, und zugleich als ein Vorzeigeprojekt des Aufbau-Ost-Programms, mit dem man die Brachen der ehemaligen DDR in blühende Landschaften zu verwandeln hoffte, hier praktiziert in vorbildlicher *private-public-partnership* von öffentlicher Hand und privaten Investoren.

Der Festakt fand im Park auf der Rückseite des Gebäudes statt, wo zwischen der Freitreppe und dem künstlichen Teich eigens für diesen Tag ein Podium aufgebaut war, über dem im Sonnenschein die Deutschlandfahne wehte. Schon lange vor Beginn der Veranstaltung waren die Zuschauerreihen bis auf den letzten Platz gefüllt. Angelika saß zusammen mit ihrem Vater ganz vorn unter den Ehrengästen, genauso wie Barbara Reichenbach und ihre Angehörigen sowie der mit dem Umbau beauftragte Bauunternehmer Bernd Wilke und seine Frau Ruth. Tommys alter Freund hatte gesagt, er könne es gar nicht abwarten, mit seinen polnischen Maurern und Polieren, die er in Swinemünde rekrutiert hatte, loszulegen, und seine Frau hatte es lachend bestätigt. Jetzt saßen die beiden Hand in Hand wie zwei verliebte Teenager in der zweiten Reihe und schauten erwartungsvoll hinauf zur Bühne, wo gerade Udo, stellvertretend für die Mitglieder des Landtags, dem er als Nachrücker für einen enttarnten Stasi-Spitzel seit einigen Wochen angehörte, ans Rednerpult trat, um die Festrede zu halten.

»Sehr geehrter Herr Ministerpräsident, sehr verehrte Ehrengäste, sehr geschätzte Damen und Herren sowie – ich scheue mich nicht, das Wort in den Mund zu nehmen – liebe Genossinnen und Genossen!«

Schon mit seiner Begrüßung heimste er den ersten Applaus ein. Erleichtert fiel Angelika in den Beifall ein. Niemand wusste besser als sie, wie wichtig diese Rede für Udo war – für keine Predigt hatte er sich je gründlicher vorbereitet. Sein unverhoffter politischer Aufstieg hatte sich als Glücksfall für ihre Ehe erwiesen. Nach ihrer Rückkehr aus Altena hatte Udo wochenlang nur das Nötigste mit ihr gesprochen, doch seit er Abgeordneter im mecklenburgisch-vorpommerschen Landtag war und sich sein Amt als Gemeindepfarrer mit einer Priesterkollegin teilte, damit er zwischen Berlin und Schwerin hin- und herpendeln konnte, war er wie verwandelt. Fast war er wieder zu dem Mann geworden, der er vor der Trauung gewesen war und den Angelika geheiratet hatte. Trotzdem fiel es ihr schwer, Miguel zu vergessen. Doch weil sie erstens sehr glücklich über Udos Wiedergeburt war und sie zweitens keine unklaren Verhältnisse mochte, hatte sie sich bis über beide Ohren in ihre Arbeit gestürzt, damit sie nicht mehr so oft an Miguel denken musste, mit dem positiven Nebeneffekt, dass ihre Dissertation B in diesem Sommer tatsächlich fertig würde. Darüber freute sich nicht nur ihr Doktorvater, der sich um ihre Karriere schon Sorgen gemacht hatte, sondern auch ihr Mann. Durch Brigitte war ihr zu Ohren gekommen, dass Udo im Landtag von ihr bereits als »meine Frau, die Professorin« sprach.

»Dieser Tag ist wahrlich ein Festtag«, verkündete er jetzt auf dem Podium. »Ein Festtag für uns alle, egal, ob wir aus dem Osten oder dem Westen stammen. Mit vereinten Kräften ist es uns gelungen, Daggelin wieder jenem Bestimmungszweck zuzuführen, der in der wechselvollen Geschichte dieses Anwesens schon einmal sein bester und vornehmster Bestimmungszweck gewesen war: Heimstatt zu sein für Kinder, denen ein grausames Schicksal die Eltern entriss …«

Angelika holte einmal tief Luft. An der Formulierung dieser Passage hatte Udo immer wieder gefeilt – schließlich betraf sie den heikelsten Punkt seiner Rede, und aus politischen Gründen durfte er die Wahrheit weder beim Namen nennen noch sie vollkommen verschweigen. Erst vor wenigen Tagen hatte Angelika nämlich herausgefunden – und Barbara Reichenbach hatte ihre Entdeckung bestätigt –, dass Daggelin zu DDR-Zeiten keineswegs, wie die offizielle Propaganda stets verbreitet hatte, ein Waisenheim für die Söhne und Töchter von Republikflüchtigen gewesen war, die ihre Kinder herzlos im Stich gelassen hatten, um sich im goldenen Westen ein schönes Leben zu machen. Nein, die traurige Wahrheit war vielmehr, dass die Kinder, die früher auf Daggelin gelebt hatten, die Töchter und Söhne von Dissidenten waren, die die Regierung gewaltsam von ihren Eltern getrennt hatte, um sie in dem Waisenheim auf die Adoption durch linientreue Parteigänger vorzubereiten – ein Programm, das Margot Honecker, die Ministerin für Volksbildung und Ehefrau des Staatratsvorsitzenden, sich höchstpersönlich ausgedacht hatte. Als Angelika die Wahrheit über Daggelin erfahren hatte, war es für sie gewesen, als würde dieser Ort, vergrößert wie unter einem Brennglas, die ganze verlogene Geschichte des Staates widerspiegeln, von dessen moralischer Überlegenheit sie so lange Zeit überzeugt gewesen war. Aber darüber durfte Udo hier nicht reden, seine Partei hatte ihm einen Maulkorb verhängt. Hätte er den nicht akzeptiert, hätten seine Genossinnen und Genossen einen anderen Redner an seiner Stelle nominiert. Und die hätten noch nicht mal die Andeutungen gemacht, mit denen Udo die Wahrheit wenigstens ein bisschen durchschimmern ließ – zumindest für diejenigen seiner Zuhörer, die die Wahrheit kannten.

»Kinder aus allen Ländern, wo Krieg und Verfolgung herrschen, sollen hier jene Geborgenheit und Liebe finden, die Kinder umso dringender brauchen, wenn sie ihre Eltern verloren haben. Auf dass Daggelin zum Symbol eines von Grund auf erneuerten, von der Schlacke der Geschichte geläuterten Deutschlands sein möge.«

Damit hatte Udo den heikelsten Teil seiner Rede hinter sich gebracht, und zwar, wie die Gesichter im Publikum verrieten, zur Zufriedenheit fast sämtlicher Zuhörer. Angelika spürte, dass die Innenflächen ihrer Hände vor Aufregung ganz feucht geworden waren. Während Udo auf dem Podium sich inzwischen unverfänglicheren Themen zuwandte, fragte sie sich, wann sie selbst eigentlich ihren Glauben an die DDR verloren hatte. Es war kein plötzlicher Meinungsumschwung gewesen, sondern eher ein schleichender Prozess, der zu Beginn der achtziger Jahre eingesetzt hatte, als aus Moskau ein neuer, frischerer Wind in das Land geweht war, doch Erich Honecker sich geweigert hatte, dem Genossen Gorbatschow, dem sonst als Führer der großen und ruhmreichen Sowjetunion in allen Dingen gepriesenen Vorbild, auf seinem Weg von Glasnost und Perestroika zu folgen. Gorbatschow wollte den Sozialismus erneuern, und damit begeisterte er die Menschen, während die alten Männer der DDR sich an die Vergangenheit klammerten, als hätten sie Angst, man könne sie ihnen stehlen. Diese Kluft war nie so deutlich geworden wie am 40. Jahrestag der Republik, als bei der Parade sogar die fackeltragenden FDJler alle nur »Gorbi, Gorbi« gerufen hatten, niemand aber »Erich, Erich« – selbst Mitglieder des Zentralkomitees waren auf der Ehrentribüne von dem zur Säule erstarrten Staatsratsvorsitzenden abgerückt. Angelika hatte es voller Staunen gesehen. Doch wirklich die Augen geöffnet hatte ihr Udo, der die Missstände in der DDR schon angeprangert hatte, als ihr Vater noch nichts von irgendwelchen Missständen hatte wissen wollen. Dafür würde sie ihrem Mann ewig dankbar sein.

»Dieser Tag ist also ein Sieg all jener, die sich Humanität und Solidarität auf die Fahnen geschrieben haben, ein Sieg über den Ungeist der Vergangenheit, der vielleicht noch in manchen Nischen des Ostens spukt, zugleich aber auch ein Sieg über die Freibeuter aus dem Westen, die die Wiedervereinigung zu ihrer persönlichen Bereicherung missbrauchen und in den neuen Bundesländern nichts anderes sehen als eine Erweiterung der alten Märkte …«

Aus den Augenwinkeln sah Angelika, wie ihr Vater nickte.

»Wie findest du die Rede?«, fragte sie.

»Udo macht seine Sache erstaunlich gut. Vor allem, wenn man berücksichtigt, dass er ja nicht alles sagen kann, was er vielleicht sagen möchte.«

Das Lob ihres Vaters tat Angelika in der Seele gut – irgendwie hatte sie immer das Gefühl, dass Tommy ihren Mann nicht wirklich mochte.

»Ach übrigens«, sagte er leise. »Was ich dich schon immer fragen wollte – als du in Altena warst, hat Ulla mir da eigentlich Grüße ausrichten lassen?«

Angelika schüttelte den Kopf. »Nein. So wenig wie du ihr.«

»Natürlich.« Ihr Vater stieß einen Seufzer aus. »Wahrscheinlich ist es besser so.« Dann drehte er sich zu ihr herum und schaute sie an: »Umso mehr hoffe ich, dass du es besser machst als ich.«

»Was soll ich besser machen?«, fragte sie.

Tommy grinste sein Grinsen. »Ich glaube, du weißt ganz genau, was ich meine. Dieser Spanier, von dem du erzählt hast – wie hieß er noch mal?«

70 Was für ein Tag!

In der Villa Böcker summte es wie in einem Bienenhaus. Alle zwei Minuten klingelte es an der Tür, es war ein einziges Kommen und Gehen. Während die Haushälterin ein Blumenbukett nach dem anderen in Empfang nahm und Jürgen in der Diele die eintreffenden Glückwunschtelegramme nach der Größe der Umschläge sowie der Bedeutung der Absender sortierte, versuchte Walter mit ungewohnt zittrigen Händen, sich vor dem Garderobenspiegel die Krawatte zu binden. Regina, die für den heutigen Auftritt ein weißes Kenzo-Kostüm mit überbreiten Schultern und einen dazu passenden weißen, ausladenden Hut gewählt hatte, trat zu ihm und nahm ihm die losen Enden aus der Hand.

»Lass mich mal.«

Bereitwillig ließ Walter sie gewähren. »Kommt auch das Fernsehen?«, fragte er über die Schulter den Bürgermeister, während Regina den Windsor-Knoten für ihn schlang, wie sie es vor einer Ewigkeit von Charly gelernt hatte.

»ARD *und* ZDF«, meldete Jürgen. »Sogar ein Kamerateam aus der Schweiz hat sich akkreditieren lassen. Du wirst sehen, einen solchen Auflauf hat es in Altena noch nicht gegeben.«

Er hatte nicht übertrieben. Als sie eine halbe Stunde später in Walters Mercedes den Torweg der Burg hinaufrollten, war der Innenhof schwarz von Menschen. Aber nicht alle waren in Jubelstimmung, im Gegenteil. Buhrufe und Trillerpfeifen empfingen sie, als sie vor der Tribüne aus dem Auto stiegen.

»Welche Ehre«, knurrte Walter. »Die ganze Altenaer Apo vollständig versammelt. Da haben sich meine Tochter und mein Herr Schwiegersohn ja mächtig ins Zeug gelegt.«

Komisch, dachte Regina, erst jetzt, da Walter der Sieg nicht mehr zu nehmen war, hatte die Bürgerinitiative es geschafft, die Bevölkerung zu mobilisieren – wahrscheinlich, weil nach dem Eingang der zehn Millionen Mark Opposition nichts mehr kostete. Sie war jedenfalls entschlossen, sich von der feindseligen Stimmung nicht einschüchtern zu lassen, die zwölf Zentimeter hohen Sergio-Rossi-Stilettos, die sie aus alter Anhänglichkeit bei Schuh Krasemann in Düsseldorf gekauft hatte, gaben ihr die nötige Sicherheit. Sie warf den Kopf in den Nacken und ließ ihre Jacketkronen blitzen, um dem Publikum ihr strahlendstes Lächeln zu zeigen, dann hakte sie sich bei Walter unter und marschierte an seiner Seite die wenigen Stufen zum Podium hinauf, auf dem die anderen Ehrengäste bereits versammelt waren. Ein kleiner, hagerer Greis mit eckigem Kopf und spitzer Nase, der wie ein Gnom aussah, erhob sich, um sie mit einem Handkuss zu begrüßen. Walter stellte ihn ihr als Professor Dr. Carl Schlitt vor, den wissenschaftlichen Direktor seines Instituts.

»Ich bewundere Ihre Haltung, gnädige Frau«, sagte der Professor. »Souverän ist, wer über den Ausnahmezustand entscheidet.«

Er wartete, bis sie auf ihrem Stuhl saß, dann nahm auch er wieder seinen Platz ein. Mein Gott, dieser Mann, ein persönlicher Freund Hermann Görings, nannte sie »gnädige Frau« … Obwohl Regina nie besondere Sympathien für die Nazis gehegt hatte – schließlich hatte sie dem von Hitler und Konsorten entfachten Krieg den Verlust ihrer Eltern und ihres gesamten elterlichen Vermögens zu verdanken –, lief ihr bei der Vorstellung, dass dieser kleine Gnom mit derselben Hand, mit der er soeben ihre Rechte an seine Lippen geführt hatte, auch schon die Hand des Reichsfeldmarschalls geschüttelt haben musste, ein Schauer über den Rücken.

Jürgen Rühling, der, das Redemanuskript bereits in der Hand, sich gar nicht erst gesetzt hatte, warf Walter einen fragenden Blick zu. Der nickte einmal kurz mit dem Kopf.

Als der Bürgermeister ans Mikrophon trat, steigerte das Pfeifkonzert sich zum Proteststurm.

»Wer zuletzt lacht, lacht am besten«, knurrte Walter. »Wollen wir doch mal sehen, wer hier als Chef vom Platz geht.« Auf seinen Stock gestützt, lehnte er sich zurück und ließ seinen Blick über das lärmende Publikum schweifen.

»Suchst du jemand Bestimmtes?«, fragte Regina.

»Keinen Jemand«, erwiderte er. »Nur eine Jemandin.«

71

Babs stand zusammen mit Kemal hinter den Kameras von ARD und ZDF, die sich unmittelbar vor der Tribüne postiert hatten. Als der Blick ihres Vaters sie traf, war es, als würde das Böse selbst ihr ins Gesicht schauen. Obwohl es sie große Überwindung kostete, erwiderte sie seinen Blick, entschlossen, nirgendwo anders hinzuschauen, bis er sich abwandte.

Das Rufen und Pfeifen im Publikum ließ ein wenig nach, als der Bürgermeister zu reden begann. Trotzdem war es in dem Hof immer noch so laut, dass von seiner Rede nur Fetzen zu verstehen waren.

»... haben wir uns hier und heute versammelt, um einen Mann zu ehren, dessen Verdienste ...«

Höhnischer Applaus brandete auf. Babs sah, wie ihr Vater den falschen Beifall genauso wie zuvor schon die anderen Unmutsbekundungen mit demonstrativer Belustigung quittierte. Jetzt beugte er sich sogar lachend zu seiner wie ein Filmstar aufgedonnerten Mätresse, als würde er ihr gerade einen Witz erzählen. Immerhin musste er dazu den Blick von seiner Tochter abwenden. War das vielleicht sogar der Grund? In ihrer Ohnmacht und Wut konnte Babs nicht mal die Vorstellung dieses kleinen persönlichen Siegs als Trost empfinden. Sein Triumph war einfach zu vollkommen.

»... und darum hat der Rat der Stadt Altena beschlossen, Walter Böcker zum Ehrenbürger zu ernennen ...«

»Auch das noch!«, platzte Kemal heraus. »Aber klar – zehn Millionen sind zehn Millionen!«

Babs war genauso fassungslos wie ihr Mann. Von einer Ehrenbürgerschaft hatte nichts in der Zeitung gestanden, davon hörte sie zum ersten Mal. Mit offenem Mund sah sie mit an, wie ihr Vater sich von seinem Platz erhob und vom Bürgermeister eine Urkunde in Empfang nahm.

»Dank, Dank, tausend Dank«, sagte er ins Mikrophon. »Ich bin überwältigt. Damit habe ich wirklich nicht gerechnet. Umso größer ist meine Freude. Vor allem darüber«, fügte er bestens gelaunt hinzu, »dass ich als Ehrenbürger künftig Bus fahren kann, ohne dafür einen Fahrschein kaufen zu müssen.«

Während die Ehrengäste lachten, schwoll das Pfeifkonzert im Publikum wieder an. Mit überschnappender Stimme versuchte der Bürgermeister sich gegen den Lärm zu behaupten, um die Begründung der Ehrenbürgerschaft zu verlesen.

»… in Auszeichnung herausragender Verdienste um seine Heimatstadt und insbesondere um das neu gegründete Institut zur Pflege und Förderung nationaler Identität in Politik, Wirtschaft und Gesellschaft, das darum fortan seinen Namen tragen soll …«

»Einspruch!«, rief Walter ins Mikrophon.

»Wie? Was?«

Babs konnte aus der Ferne nicht erkennen, ob Jürgen Rühling wirklich überrascht war oder nur so tat.

»Das neue Institut soll einen würdigeren Namen tragen als meinen«, verkündete ihr Vater, dessen Stimme umso deutlicher zu verstehen war, je mehr der Lärm im Publikum aufmerksamer Neugier wich. »Ja, Sie haben richtig verstanden, ich will nicht, dass ein so bedeutendes Institut nach mir benannt wird, das wäre wahrlich zu viel der Ehre. Diese gehört vielmehr einem anderen Menschen. Einem Menschen, dem ich unendlich viel verdanke.«

Er drehte sich zu dem Spielmannszug der Friedrich-Wilhelms-Gesellschaft herum, der vor dem Eingang des Museums bereit stand, und gab mit der Hand ein Zeichen. Sofort setzte die Knüppelmusik ein. Während die *Alten Kamerade*n erklangen, wurde auf dem Dach des Museums eine Fahne hochgezogen.

ANNEGRET-BÖCKER-INSTITUT

Babs traute ihren Augen nicht. Während lauter Applaus aufbrandete, der zusammen mit der Knüppelmusik die Buhrufe und Trillerpfeifen übertönte, las sie den in riesigen Lettern geschriebenen Namen ihrer Mutter auf der gehissten Fahne.

»Verstehst du, was das soll?«, fragte sie ihren Mann.

»Keine Ahnung«, sagte Kemal. »Aber ich bin sicher, das hat er nicht ohne Grund getan.«

»Nein, ganz bestimmt nicht. Er tut ja nie was ohne Grund.«

Als sie den Blick senkte, sah sie Regina Wilkes Gesicht. Darin stand das blanke Entsetzen. Babs registrierte es mit Genugtuung. Gab es vielleicht doch so etwas wie höhere Gerechtigkeit? Wenn es auf Erden einen Menschen gab, der ihrem Vater die Hölle heißmachen konnte, dann seine verletzte Mätresse.

72

Zur Feier des Tages zündete Walter sich eine Cohiba Behike an, fünfhundert D-Mark das Stück – Weihrauch war ein Dreck dagegen. Mit tiefer Befriedigung sog er an dem eingespeichelten Mundstück und paffte die ersten Ringe. Konnte es etwas Schöneres geben im Leben, als seinen eigenen Willen durchzusetzen? Vor allem, wenn die anderen sich darüber schwarzärgerten?

Im Anschluss an den offiziellen Festakt hatte er zu einer Feier im kleinen Kreis in die Burgschänke geladen. Außer seinen engsten Verbündeten saß nur noch ein knappes Dutzend Gäste mit am Tisch, darunter natürlich der Professor, aber auch Bischof Budde, der aufgrund seiner vielen Verpflichtungen erst mit Verspätung eingetroffen war, sowie diejenigen Stadtverordneten, die laut Auskunft des Bürgermeisters die Umwidmung des Museums am tatkräftigsten unterstützt hatten. Aufgeräumt prostete man einander zu, um den gemeinsamen Erfolg zu feiern. Nur Regina hatte die Kröte, die sie hatte schlucken müssen, noch immer nicht verdaut. Ihr Gesicht war ganz blass, nur ihre Nasenspitze war gerötet – ein todsicheres Zeichen, dass sie innerlich kochte.

»Jetzt reg dich doch nicht auf, Schätzelein«, sagte Walter. »Die Namensänderung musste sein, sonst hätte Jürgen im Stadtrat den Ehrenbürger nicht durchgekriegt – von wegen Uneigennützigkeit.«

»Dann war das also ein abgekartetes Spiel?«, fragte Hans-Jörg.

»Pssst«, machte Jürgen verschwörerisch, »niemandem verraten.«

Hans-Jörg war sichtlich beeindruckt. »Ein Geniestreich.«

Für Regina war das offenbar kein Trost, ihre Augen sprühten Funken. »Aber warum ausgerechnet *ihr* Name?«, zischte sie.

»Du meinst – warum nicht deiner?«, fragte Walter zurück. »Ganz einfach, Schätzelein, weil wir zwei noch nicht verheiratet sind. Außerdem, seit wann legst du Wert auf Äußerlichkeiten? Hauptsache ist doch, dass ich im Herzen weiß, was ich an dir habe, im Herzen und vor allem im Portemonnaie, nicht wahr?« Während er ihre Hand tätschelte, drehte er sich zu der Flügeltür herum, die die Glasveranda vom

Hauptteil des Lokals trennte. »Wo zum Teufel bleibt der Schampus? Meine Gäste verdursten!«

Als die Tür aufging, stutzte er. Statt des Kellners betrat der Staatsanwalt den Raum, in Begleitung zweier Zivilisten.

»Dr. Zemke?« Walter hob zur Begrüßung die Hand und lüftete andeutungsweise das Gesäß. »Welcher Glanz in unserer Hütte!«

Der Staatsanwalt verzog keine Miene, und statt die Begrüßung zu erwidern, hielt er ihm ein Schreiben vors Gesicht. »Ich möchte Sie bitten, mich zu begleiten.«

»Soll das ein Witz sein?«, fragte Jürgen.

Dr. Zemke schenkte dem Bürgermeister keine Beachtung. »Ich habe Ihnen einige Fragen zu stellen. Herr Böcker. In einer Angelegenheit, die keinerlei Aufschub duldet.«

Wie um seinen Worten Nachdruck zu verleihen, traten seine Begleiter neben ihn.

Walter blies dem Staatsanwalt den Rauch seiner Zigarre entgegen. »Darf ich auch erfahren, in welcher Angelegenheit?«

»Natürlich«, erwiderte Dr. Zemke. »Sie werden angeklagt, Verbrechen gegen die Menschlichkeit begangen zu haben.«

»Sind Sie wahnsinnig?«, rief Hans-Jörg. »Sie sprechen mit dem neu ernannten Ehrenbürger dieser Stadt.«

Der Staatsanwalt ließ sich auch von Reginas Sohn nicht beirren und fixierte Walter weiter mit seinem Blick. »Ich empfehle Ihnen dringend, keine Umstände zu machen. In Ihrem eigenen Interesse.«

Obwohl Walter sicher war, dass der Staatsanwalt nichts gegen ihn in der Hand hatte und ihm nur den Tag versauen wollte, wie es typisch war für so eine armselige Beamtenseele, schaute er kurz zu dem Professor und dem Bischof hinüber, die am anderen Ende der Tafel saßen, wo sie sich angeregt über römischen Katholizismus und politische Form unterhielten. Vielleicht konnten die beiden gelehrten Herren ja diesem Zemke ein paar passende Worte sagen. Doch leider waren sie so sehr in ihr Gespräch vertieft, dass sie ihn gar nicht zu bemerken schienen.

Walter verstand. Man wollte sich nicht kompromittieren.

»Also gut«, sagte er und stand auf. »Des Menschen Wille ist sein Himmelreich. Dann bringen wir es so schnell wie möglich hinter uns.«

»Um Gottes willen!«, rief Regina. »Du kannst doch jetzt nicht einfach verschwinden!«

»Keine Sorge«, lachte er. »Ich bin schon mit ganz anderen Dingen fertig geworden. Esst die Suppe schon mal ohne mich. Zum Hauptgang bin ich wieder da.« Er nahm noch einen Zug von seiner Zigarre, dann warf er sie in den Aschenbecher. »Nur schade um meine Cohiba.«

73

Obwohl Babs und Kemal sie darum gebeten hatten, hatte Ulla sich geweigert, sie zur Burg zu begleiten. Walter Böcker öffentlich ausbuhen konnte sie nicht, und ihm Beifall zollen wollte sie nicht. Dort überhaupt nur zu erscheinen, wäre in ihren Augen schon zu viel der Ehre gewesen. Also hatte sie einfach gearbeitet wie jeden anderen Tag auch. Doch als Ramón aus der Klinik nach Hause kam und den Fernseher einschaltete, um in Hier & heute den Bericht von dem großen Ereignis zu sehen, war ihre Neugier stärker als ihr Stolz, und sie setzte sich mit ihrem Mann vor den Apparat.

»Da hast du dir offenbar ja richtig was entgehen lassen, *mi amor*«, spottete Ramón, als die ersten Bilder erschienen, die Walter Böcker zusammen mit ihrem Exmann zeigten, gegengeschnitten mit Bildern der Fahne, auf der der Name des neuen Instituts prangte.

»Im Hof der mittelalterlichen Burg herrschte eine aufgeheizte Stimmung«, kommentierte ein Reporter. »Obwohl der Bischof von Essen die Umwidmung des jüdischen Museums moralisch verteidigte, fand sie keineswegs den ungeteilten Beifall der Bevölkerung.«

Die Kamera schwenkte von der Tribüne mit den Ehrengästen ins Publikum, wo lauter wütende und protestierende Zuschauer zu sehen waren.

»Nicht gerade die beste Reklame für Altena«, sagte Ramón.

Ulla zuckte die Schultern. »Für die Stadt tut's mir leid. Aber so erfahren die Zuschauer wenigstens, was ein Großteil ihrer Bewohner von der ganzen Geschichte hält.«

In der Diele klingelte das Telefon. Ramón verzog das Gesicht.

»Du Ärmster«, sagte Ulla, als er vom Sofa aufstand. »Können Sie dich denn keinen Abend mal in Ruhe lassen?«

»Vielleicht ist es ja privat«, seufzte er und ging hinaus.

Kaum hatte er den Hörer abgehoben, sah sie an seiner Miene, dass seine Hoffnung vergebens war. Natürlich war es das Krankenhaus. Und wie immer, wenn man ihn dort brauchte, legte er nach nur wenigen Sekunden schon wieder auf.

»Ich muss los«, rief er. Ohne noch mal zu ihr zurückzukehren, nahm er den Autoschlüssel vom Haken und warf ihr eine Kusshand zu. »Dringender Notfall.«

74

Voller Entsetzen starrte Regina auf den Mann, der ihr die Ehe versprochen hatte. Walter lag reglos am Boden, Gesicht und Anzug waren voller Erbrochenem, die gespenstisch leeren Augen zur Decke verdreht. Der Mund hing ihm so schief herunter, als wäre der Kiefer gebrochen, und die eine, weniger besudelte Hälfte des Gesichts schillerte seltsam violett. Alle Gäste hatten ihre Plätze verlassen und standen aufgeregt um ihn herum, während Bischof Budde die Hände zu einem stummen Gebet vor dem wohlgenährten Bauch gefaltet hatte. Sogar der alte Professor war aufgesprungen, als Walter plötzlich zu Boden gesunken war. Der Staatsanwalt war mit seinen Leuten verschwunden.

Die Tür der Burgschänke ging auf, im Laufschritt kam Dr. Alvarez mit seinem Arztkoffer herbei, hinter ihm zwei Sanitäter mit einer Bahre.

»Er war gerade aufgestanden, da ist es passiert«, erklärte Jürgen.

»Kein Wunder«, sagte Hans-Jörg, »ihm an einem solchen Tag mit so was zu kommen. Einfach unglaublich!«

Ohne auf die Kommentare zu achten, beugte der Arzt sich über den am Boden liegenden Walter und begann mit seiner Untersuchung. Regina kam es vor wie eine Ewigkeit.

»Nun sagen Sie doch schon, Herr Doktor, was ist mit ihm?«

»Sein Herz schlägt noch«, erwiderte der Arzt. Dann drehte er sich zu den Sanitätern herum. »Der Patient muss sofort ins Krankenhaus! Schnell! Ich gebe telefonisch Bescheid, damit alles bereit ist.«

Während die Sanitäter Walter auf die Bahre legten, drängte Dr. Alvarez die Gaffer zurück. »Aus dem Weg, bitte machen Sie Platz!«

Es ging alles so schnell, dass Regina kaum begriff, was passierte. Zum Glück war ihr Sohn da, um ihr beizustehen.

»Du Ärmste«, sagte Hans-Jörg und nahm sie in den Arm. »Dir bleibt auch nichts erspart.«

Regina hörte seine Stimme, doch ihre Sinne waren wie gefangen. Nein, das war kein »Schlägle«, das war ein richtiger, schwerer Schlaganfall. Oder vielleicht sogar schon der Tod.

Obwohl sie es mehrmals versuchte, konnte sie ihren Blick nicht von Walter losreißen. Diese schiefe, reglose, violette Fratze – war das das Letzte, was sie von ihm sah? Zum Glück war das »Schlägle« ihm ausreichend Warnung gewesen, sein Testament schon vor der Hochzeit zu ihren Gunsten zu ändern, damit nicht seine Tochter in den Genuss seines Vermögens kam.

»Fast muss man hoffen, dass er erlöst wird«, sagte Hans-Jörg an ihrer Seite.

»Ja«, nickte Regina, »das wäre sicher das Beste – ich meine, für ihn.«

TEIL DREI
ZWEITES BUCH

Wiedergeburt

Geld gut, alles gut

2000–2002

1 Im Berliner Reichstag ging es hoch her. Schon den ganzen Vormittag debattierte das Parlament um den Nachtragshaushalt der Regierung, und alle paar Minuten musste der Bundestagspräsident, der immer noch seinen zu DDR-Zeiten gewachsenen Rauschebart trug, obwohl dieser weder zu seinem modischen Dreiteiler noch zur Würde seines hohen Amtes passte, mit dem Hammer auf sein Pult klopfen, um einige Krakeler aus den Reihen der Opposition zur Ordnung zu rufen.

»Das Wort hat die Abgeordnete Dr. Angelika Weidner, Bündnis 90 / Die Grünen, Staatssekretärin im Bundesfinanzministerium!«

Angelika blickte auf ihre Armbanduhr. Sie war viel zu spät dran und konnte nur hoffen, dass eine der Erzieherinnen mit ihrer Tochter in der Kita auf sie wartete. Aufgrund der vielen Unterbrechungen flog die Zeit nur so dahin, doch bevor sie sich auf den Weg machen konnte, um Luzie abzuholen, musste sie erst ihre Rede zu Ende bringen. Nachdem die Euro-Gegner um den Tübinger Wirtschaftsprofessor Starbatzky gedroht hatten, notfalls auch beim Europäischen Gerichtshof zu klagen, um die Ablösung der D-Mark durch die neue Gemeinschaftswährung in letzter Sekunde zu verhindern, hatte ihr Finanzminister sie gebeten, heute im Parlament noch einmal im Namen der Regierung für den Euro zu werben. Seit eine Zeitschrift Angelika als »Physikerin der Macht« apostrophiert hatte, »die keine Rechnung aufmacht, deren Ergebnis sie nicht schon vorher kennt«, genoss sie in der Bevölkerung größeres Vertrauen als der Minister selbst, und da am Abend alle Nachrichtensendungen Ausschnitte aus der Debatte im Fernsehen übertragen würden, hatte er sie an seiner Stelle ins Rennen geschickt.

»Wir Deutschen haben die Wiedervereinigung unseren europäischen Freunden zu verdanken«, rief sie den Abgeordneten zu, als wieder Ruhe im Plenarsaal eingekehrt war. »Ohne ihr Einverständnis, ohne die Wiedererlangung der vollen nationalen Souveränität, die wir ihrem Vertrauen schulden, hätte es nach dem Mauerfall keine Wiedervereinigung, sondern weiter zwei deutsche Staaten gegeben. Darum ist es nur richtig, dass unser wiedervereintes Land sich nun in den Dienst Europas stellt und wir unsere D-Mark zugunsten des Euro aufgeben. Doch das ist kein Grund zur Sorge, meine Damen und Herren, die Einführung der neuen Währung ist kein Zugeständnis, das wir zähneknirschend unseren Freunden machen müssen, im Gegenteil, sie ist in unserem ureigenen Interesse! Frieden, Wohlstand und Freiheit – das sind die drei großen Errungenschaften Europas nach dem Krieg. Der Euro wird uns helfen, sie für unsere Kinder und Kindeskinder zu sichern. Die neue Gemeinschaftswährung wird nicht nur ein Garant des Wohlstands in Europa sein, sondern auch ein Garant der Freiheit, weil es ohne Wohlstand keine Freiheit gibt. Vor allem aber wird sie ein Garant des Friedens sein – Menschen, die dasselbe Geld im Portemonnaie haben, schießen nicht aufeinander! Und darum zögere ich nicht zu behaupten: So wie im Zeichen der D-Mark die beiden deutschen Staaten zusammengewachsen sind, so werden im Zeichen des Euro die Staaten Europas zusammenwachsen. Auf dass nicht nur im nationalen, sondern auch im kontinentalen Maßstab zusammenwächst, was zusammengehört!«

Unter dem Beifall der Regierungsfraktionen von SPD und Grünen, aber auch mancher Abgeordneter von CDU und FDP beendete Angelika ihre Rede. Eilig räumte sie ihr Manuskript zusammen und verließ den Plenarsaal. Draußen auf dem Gang wurde sie von Reportern empfangen, die sie mit tausend Fragen bestürmten. Doch sie hatte keine Zeit für Interviews, sie hatte nicht mal Zeit, die Akten aus ihrem Büro im Ministerium zu holen, die sie am Abend durcharbeiten wollte, wenn Luzie im Bett lag und schlief. Das Bundesfinanzministerium befand sich im einstigen Haus der Ministerien, in dem früher schon ihr Vater gearbeitet hatte, also in entgegengesetzter Richtung, in die sie musste, um ihre Tochter abzuholen.

Als sie endlich in der Kita ankam, fand sie Luzie bereits in der Obhut ihres Vaters, der seiner Enkeltochter gerade die Windjacke anzog.

»Aber heute bin ich doch dran«, rief Angelika und ging in die Hocke, um ihre Tochter in Empfang zu nehmen, die bei ihrem Anblick jubelnd herangerannt kam und jetzt ihre Ärmchen um sie schlang.

»Ich weiß«, sagte Tommy. »Aber ich dachte, weil du es oft ja nicht schaffst …«

Das Klingeln eines Handys unterbrach ihn. Unwillkürlich griff Angelika in ihre Handtasche. Doch ausnahmsweise war es nicht ihr Apparat, der einen Anruf meldete, sondern der ihres Vaters.

»Ob die Dinger wirklich ein solcher Segen sind, wie die Leute behaupten?«, fragte Tommy, während er hektisch in seinen Anzugtaschen suchte. Doch kaum hatte er sein Handy gefunden und die richtige Taste gedrückt, strahlte er übers ganze Gesicht. »Du?«, rief er in den Hörer. »Was für eine Überraschung!«

»Wer ist es denn?«, flüsterte Angelika.

»Bernd«, sagte Tommy, »Bernd Wilke, mein alter Freund aus Altena!«

2

Ulla drückte auf »Senden«, um die Mail abzuschicken, die sie gerade an ihrem PC geschrieben hatte, dann nahm sie die Brille ab und legte sie auf den Schreibtisch. Sie musste unbedingt mal wieder zum Augenarzt, sie bekam seit einiger Zeit regelmäßig Kopfschmerzen, wenn sie länger als eine Stunde am Computer saß. Und da hieß es in den Frauenzeitschriften immer, dass jedes Alter seine Freuden habe … So ein Quatsch! Die Jugend war schön, wenn noch alles vor einem lag, frisch und unberührt, und auch die Zeit des Erwachsenwerdens war aufregend und spannend, genauso wie die Jahre des Aufbaus, wenn das Leben allmählich die Konturen annahm, die man ihm selbst verlieh. Aber das wirkliche Alter? Jenseits der siebzig? Welche Freuden hatte das noch zu bieten? Zu lernen, wie man einen PC bedient?

Ulla wusste, eigentlich war sie die Letzte, die sich beklagen durfte. Trotz ihrer einundsiebzig Jahre konnte sie praktisch noch alles tun, wonach ihr der Sinn stand: Sie konnte arbeiten, musste es aber nicht, sie hatte keine Gebrechen, dafür mehr Geld, als sie brauchte und vermutlich je ausgeben würde, und sie konnte immer noch ohne Einschränkung alles genießen, was auch junge Menschen genossen – erst letzten Samstag hatte sie beim Kränzebinden der Kompanie Nette fünf Knickebein getrunken und war am nächsten Morgen trotzdem putzmunter mit dem Rad zur Fuelbecker Talsperre gefahren. Außerdem hatte sie einen Mann, der so gesund war wie sie selbst und der sie genauso liebte, wie sie ihn liebte, und der sie regelmäßig zum Essen und ins Konzert oder ins Theater ausführte. Trotzdem registrierte sie mit jedem Jahr, das verging, wie das Leben allmählich verblasste und ihre

Kräfte auch ohne Krankheit oder Gebrechen nachließen – nicht die körperlichen Kräfte, auch nicht die geistigen, sondern die seelischen. Schuld daran war, dass es keine Premieren mehr gab. Obwohl in ihrem Leben alles so gut war, wie es nur sein konnte, hatte sie irgendwie das Gefühl, dass sie nichts mehr erlebte, was sie nicht schon unzählige Male zuvor schon erlebt hätte, ja, manchmal erschien ihr das ganze Leben wie eine einzige Abfolge von Wiederholungen, als eine ewige Wiederkehr des Gleichen.

Um diesem schleichenden, doch immer stärker werdenden Gefühl entgegenzuwirken, hatte sie einen Entschluss gefasst. Sie würde den Teil ihres Lebens, der am wenigsten Neues versprach, beenden – und zwar so bald wie möglich. Um frei zu sein für etwas Neues. Sie wusste nur noch nicht, wann. Aber im Vertrauen auf ihre Entschlusskraft, die ihr zum Glück geblieben war, war sie zuversichtlich, den richtigen Zeitpunkt zu erkennen, wenn er irgendwann kam.

Während sie sich mit den Fingerspitzen die Schläfen massierte, sah sie durchs Fenster ihres Büros hinaus in die Nette, wo Mitglieder der Friedrich-Wilhelms-Gesellschaft auf Leitern kletterten, um mit Fähnchengirlanden und frischem Birkenlaub die Straße für das Schützenfest zu schmücken. Waren wirklich seit dem letzten Mal schon wieder drei Jahre vergangen? Ulla hoffte, dass die Kopfschmerzen sich nicht festsetzten, sonst würde es kaum Sinn haben, ins Zelt zu gehen, und das wäre ja doch irgendwie schade, auch wenn sie nicht wusste, wie viele Schützenfeste sie schon erlebt hatte. Schließlich war es das schönste Fest, das es in Altena gab.

Sie schaltete gerade den Bildschirmschoner aus, um eine weitere Mail zu schreiben, da ging die Tür auf und Miguel kam in ihr Büro.

»Oh, schon zurück aus Brüssel?«, fragte sie. »Wie ist es gelaufen?«

»Super«, erwiderte er. »Die Sache ist unter Dach und Fach – eine Gemeinschaftsfirma mit Partnern aus allen Ländern der Euro-Zone bekommt den Produktionsauftrag für die Euro-Rohlinge. Und die VAM ist für Deutschland dabei!«

»Gratuliere!«

Ulla stand auf, um ihn zu umarmen. Als ihr Blick auf sein inzwischen auch schon ziemlich graues Haar fiel, kam ihr plötzlich eine Idee.

»Weißt du was?«, sagte sie, ohne auch nur eine Sekunde nachzudenken. »Ich glaube, das ist genau der richtige Zeitpunkt, um Schluss zu machen.«

»Schluss zu machen?«, fragte Miguel. »Womit?«

»Mit meiner Arbeit in der Firma«, sagte sie. »Ich ziehe mich aus der Geschäftsführung zurück. Einen besseren Moment kann es gar nicht geben.«

Miguel fiel buchstäblich der Kinnladen runter. »Aber weshalb? Du bist doch topfit, und ich brauche deine Unterstützung. Allein wird mir das alles über den Kopf wachsen.«

»Da mache ich mir nicht die geringsten Sorgen«, erwiderte sie. »Hätte ich dich sonst allein in Brüssel verhandeln lassen? Außerdem – du sollst die VAM auch in Zukunft nicht allein führen. Ich habe mir alles gründlich überlegt und auch schon einen Vorschlag, wer an meine Stelle treten könnte.«

»Und wer soll das sein?«, fragte Miguel, dem die Überraschung immer noch im Gesicht geschrieben stand.

Ulla beugte sich über ihren Schreibtisch und drückte auf den Summer. »Dreimal darfst du raten.«

3

Kaum hatte Angelika mit ihrem Vater und ihrer Tochter die Kita verlassen, setzte Luzie sich auf ihr Dreirad, das zusammen mit den Fahrrädern und Rollern der anderen Kinder vor dem Eingang parkte, und düste über den Bürgersteig voraus.

»Was hat Bernd gewollt?«, fragte sie, als Tommy das Telefonat beendet hatte und sein Handy wieder in die Hosentasche steckte.

»Er hat mich zum Schützenfest eingeladen, das erste Schützenfest im neuen Jahrtausend.«

»Und – hast du zugesagt?«

»Nein«, sagte ihr Vater und klemmte sich eine Zigarette zwischen die Lippen.

»Aber warum nicht?«

»Ach, was soll ich denn da?« Ohne sie anzuschauen, zündete er sich die Zigarette an. »Das wird ja doch nur eine tagelange Sauferei. Und dafür die weite Strecke? Damit ich anschließend eine Woche lang meinen Kater pflege? Nein, danke.«

Er tat so, als würde er nur Luzie im Blick haben, obwohl die ganz gut allein klarkam, während sie mit ihrem Dreirad an der Häuserseite des Bürgersteigs entlangfuhr, wie man es ihr beigebracht hatte. Doch Angelika kannte ihren Vater zu gut, um darauf hereinzufallen.

»Gib's zu, du hast Angst, nicht wahr?«

»Angst?«, fragte er mit gespielter Ahnungslosigkeit zurück. »Wovor sollte ich Angst haben?«

»Vor Ulla, deiner alten Liebe. Und einem Wiedersehen mit ihr.«

Ein Blick genügte, um zu wissen, dass sie recht hatte. Vor Verlegenheit lief er rot an, und statt ihr zu antworten, zog er sich wie ein Kleinkind, das sich schämte, seine Jacke über den Kopf.

»Spielt der Opa Verstecken?«, rief Luzie.

»Ja, Verstecken für Erwachsene!« Lachend zog Angelika ihm die Jacke wieder herunter. »Meinst du nicht, dass inzwischen genug Zeit vergangen ist?«

Noch rot im Gesicht, fummelte er an seinem Hemdkragen herum. »Eigentlich schon«, sagte er. »Aber irgendwie ist es immer noch ein komisches Gefühl. Wir waren damals wirklich zu allem entschlossen, Ulla und ich – und jetzt ... jetzt ist sie mit einem anderen verheiratet.«

»Ich finde, dann wird es höchste Zeit, dass du dich daran gewöhnst.«

»Wenn ich mich aber nicht daran gewöhnen *will*?«

Angelika blieb stehen und sah ihm ins Gesicht. »Hast du nicht immer gesagt, das Schützenfest in Altena dürfe man sich nicht entgehen lassen?«

Er schaute auf die Spitzen seiner Schuhe, als würde er dort nach einer Antwort suchen, dann hob er den Kopf und erwiderte ihren Blick. »Okay«, sagte er. »Du hast gewonnen. Aber nur unter einer Bedingung.«

»Nämlich?«, fragte Angelika, obwohl sie eine dunkle Ahnung hatte.

»Dass du mitkommt«, antwortete er mit seinem alten Grinsen. »Nur damit du siehst, dass ich nicht übertrieben habe.«

4

Wie immer, wenn ein großes Ereignis ins Haus stand, war Ruth nach Bochum gefahren, um sich von ihrer Schwiegertochter die Haare machen zu lassen. Uschis Frisiersalon hieß nicht mehr Frisuren-Kiste, wie sie ihn vor dreißig Jahren bei der Eröffnung getauft hatte, sondern inzwischen »Uschi's Haarstudio«, um den gestiegenen Ansprüchen der Kundschaft Rechnung zu tragen, doch er befand sich immer noch in Wiemelhausen, obwohl Winfried und Uschi schon seit Jahren nicht mehr in der ehemaligen Bergarbeitersiedlung wohnten. Als Winfried aufgrund seiner Behinderung frühpensioniert worden war und nicht mehr jeden Tag zwischen Altena und Bochum hin- und herpendeln musste, waren sie in ein eigenes Reihenhaus nach Stiepel gezogen, in den Stadtteil, in dem die besseren Leute von Bochum wohnten, in der Kemnader Straße, an der Grenze zu Weitmar, wo man praktisch wie auf dem Land lebte.

Das große Ereignis, das diesmal ins Haus stand, war natürlich das Schützenfest, und das wäre normalerweise auch das alles bestimmende Thema gewesen. Doch davon war, als Uschi ihrer Schwiegermutter die Lockenwickler legte, keine Rede. Vielmehr drehte sich alles um den wunderbaren Erfolg, den ihr Sohn aus Altena gemeldet hatte.

»Wer hätte das gedacht, dass unser Torsten mal Geschäftsführer der VAM würde?«, fragte sie ein ums andere Mal.

»Glaub ja nicht, dass Ulla ihn aus reiner selbstloser Menschenliebe dazu gemacht hat«, sagte Winfried, der sich seit seiner Pensionierung um alles Kaufmännische im Salon kümmerte und heute an der Kasse Sekt ausschenkte, um jede Kundin zur Feier seines Sohns mit einem Glas zu begrüßen. »Da soll sich mal keiner vertun!«

»Glaubst du nicht, dass die familiären Bande vielleicht auch eine Rolle gespielt haben könnten?«, fragte Ruth.

»Du und deine Familie«, erwiderte Winfried. »Das hast du schon immer überschätzt. Die Wolfs sind Wölfe, glaub mir, auch wenn sie manchmal Kreide fressen, die haben nur ihren Profit im Sinn und wissen ganz genau, was sie an Torsten haben.«

Uschi pflichtete ihm bei. »Ulla hat selbst gesagt, ohne ihn hätten sie die Umstellung der EDV auf das neue Jahrtausend nicht hingekriegt.«

»Allerdings«, ergänzte Winfried, »und wenn jetzt auch noch die Euro-Umstellung kommt, wären sie ohne ihn komplett aufgeschmissen. Da ist es doch nur in ihrem eigenen Interesse, ihn in die Verantwortung zu nehmen.«

»Trotzdem, ist es nicht schön, dass die Familie so zusammenhält?«, fragte Ruth. »Egal, aus welchen Gründen?«

Ihr Sohn zuckte die Schultern. »Apropos Familie«, erwiderte er. »Wie geht's eigentlich Bernd? Will er wirklich mit aufs Schützenfest?«

»Warum sollte er nicht?«

»Darum.« Ihr Sohn hob sein Glas und schaute sie bedeutungsvoll an. »Das ganze Zelt voller Betrunkener, und für einen selbst gibt's nur Clausthaler. Kein Iserlohner Pilsener, kein Knickebein – nichts. Das ist doch die Hölle!«

»Ach so, das meinst du«, antwortete Ruth lachend. »Keine Sorge, das macht Bernd schon lange nichts mehr.«

»Dann dreimal auf Holz geklopft«, sagte Winfried und schlug mit dem Krückstock gegen sein Holzbein, das in Wahrheit längst eine moderne High-Tech-Prothese war.

5

Das Festzelt war nicht mal zur Hälfte gefüllt, nur die Schützen der zwei Kompanien, die mit dem Königsschießen am Lennestein bereits fertig waren, verloren sich an den langen, schmalen Biertischen unter dem sonnendurchfluteten Zeltdach. Doch dirigiert von Walter Böcker, den Jürgen Rühling im Rollstuhl aufs Podium geschoben hatte, ließ der Spielmannszug der Freiheit die *Alten Kameraden* in solcher Lautstärke aufmarschieren, dass der Bretterboden bebte. Während Jürgen die Bremse des Rollstuhls befestigte, um dann das Podium zu verlassen, griff Regina nach ihrem Glas – ihr erstes Glas Sekt auf diesem Schützenfest, Champagner gab es zu ihrem Leidwesen ja immer noch nicht, aber was konnte man in Altena auch anderes erwarten? –, um auf ihren Sohn anzustoßen. Hans-Jörg hatte am Lennestein mit einem Glückstreffer den Adler seines Zepters beraubt und damit die zweithöchste Trophäe nach dem Vogel selbst geschossen. Zum Zeichen seiner Würde trug er nun einen Kranz aus frischem Lorbeer um den Hals, mit dem er Regina an einen Gott aus der römischen Antike erinnerte – oder war es die griechische gewesen? Zu dumm, dass ihr gerade der Name nicht einfiel.

»Gratuliere«, sagte Jürgen, als er sich zu ihnen an den Tisch gesellte. »Du bist der Stolz der ganzen Kompanie.«

Hans-Jörg nahm den Glückwunsch mit einem säuerlichen Lächeln entgegen. »Wenn es hier regulär zugehen würde, müsste ich jetzt König sein. Mein Schuss war ein Volltreffer.«

Regina tätschelte seine Hand. »Das wissen wir doch. Und du hättest es so sehr verdient, mein Junge.«

»Weiß man schon, wen sie diesmal ausgekungelt haben?«, fragte Hans-Jörg, ohne auf ihre Bemerkung einzugehen.

»Nach allem, was ich gehört habe, soll es wohl Dr. Alvarez werden«, sagte Jürgen und verzog das Gesicht. »Multikulti in der Friedrich-Wilhelms-Gesellschaft – ich kann bis zu einem gewissen Grad verstehen, dass Walter bei der Vorstellung das kalte Kotzen kriegt.«

Bei der Erwähnung ihres Mannes blickte Regina zum Podium hinüber, wo Walter unverdrossen die *Alten Kameraden* dirigierte. Es war so entwürdigend. Mit seinem halbgelähmten Arm war er kaum imstande, den Taktstock zu führen, doch sein körperliches Gebrechen kompensierte er mit eisernem Willen – vor lauter grimmiger Entschlossenheit lief ihm der Speichel an den Winkeln seines schiefen Mundes herab. Nein, er war nach dem schweren Schlaganfall, den er auf der Burg erlitten hatte, nicht erlöst worden, obwohl dies doch zweifellos das Beste für ihn gewesen wäre. Dr. Alvarez hatte alles unternommen, um ihn am Leben zu halten, und nach drei endlos langen Wochen, in denen Walter schon mehr bei den Toten als bei den Lebenden gewesen war, hatte ärztliche Gnadenlosigkeit, die blind alles Leben zu wahren trachtet, auch wenn es längst dem Tod geweiht ist, über das Erbarmen gesiegt. Seitdem saß Walter im Rollstuhl und war ein Pflegefall.

War es ein Fehler gewesen, ihn trotz allem zu heiraten? Jürgen hatte sie förmlich in diese Ehe getrieben, »zu ihrem eigenen Besten«, hatte er gesagt, und auch Hans-Jörg hatte ihr zugeraten, weil aller statistischen Wahrscheinlichkeit der Lohn für ihre Barmherzigkeit nicht lange auf sich warten lassen konnte. Doch je mehr Zeit vergangen war, desto stärker waren ihre Zweifel geworden, und hätte man sie gefragt, was wirklich zu ihrem Besten war, so hätte sie es nicht gewusst.

Sie trank ihr Glas leer und schaute sich um. Was für eine triste Veranstaltung. Vom Bier und von der Hitze benebelt, stierten die meisten Schützen in ihre Gläser oder bekämpften gähnend ihre Müdigkeit – schließlich waren sie schon um fünf Uhr morgens zum Appell angetreten. Regina fragte sich, ob sie wirklich bis zum Abend durchhalten oder sich lieber zwischendurch zu Hause ein Stündchen hinlegen sollte, doch gerade als sie einer vorbeikommenden Kellnerin ihr Glas aufs Tablett stellte, wurde es plötzlich unruhig im Zelt, ein zweiter Spielmannszug war von draußen zu hören, begleitet von Hochrufen und Jubelgeschrei.

»Ich glaube, das sind sie«, sagte Hans-Jörg und drehte sich um.

Jürgen, der mit Blickrichtung zum Eingang saß, riss ungläubig die Augen auf.

»Gütiger Himmel, das darf nicht wahr sein!«

Auf dem Podium fiel Walter der Taktstock aus der Hand, und eine Sekunde später erblickte auch Regina den Grund seines Entsetzens.

Mit klingendem Spiel, das selbst die *Alten Kameraden* übertönte, marschierte die Ehrengarde ins Zelt, angeführt von dem neuen Schützenkönigspaar.

Kemal und Babs Ersoy.

»Wer hat das verbrochen?«, fragte Hans-Jörg mit bleichem Gesicht.

»Das ... das tun sie nur Walter zum Trotz«, stammelte Jürgen.

Regina war nicht weniger fassungslos. »Wovon wollen die das überhaupt bezahlen?«, fragte sie, als sie die Sprache wiedergefunden hatte. »Das ... das können die sich doch gar nicht leisten – die sind doch so gut wie pleite mit ihrem Antiquariat!«

6

In der Villa Wolf wimmelte es von Leben wie früher zu Christels Zeiten, als würde darin noch immer ihre Seele walten, obwohl jeder Raum seit ihrem Tod mehrmals renoviert worden war. Ulla, die sich mit Hilfe zweier aufgelassener Abnäher tatsächlich noch einmal in ihr altes, grünweiß gestreiftes Schützenfestkleid gezwängt hatte, hatte zusammen mit Ramón und Miguel zusätzliche Stühle im ehemaligen Salon der Mutter aufgestellt, damit alle dort Platz fanden. Jetzt hatte sich unter den frisch gewachsten Blättern des Ficus, und vielleicht sogar auch unter Christels Augen, falls sie gerade vom Himmel aus zusah, die ganze Familie mit Kind und Kegel versammelt, um sich vor dem ersten Gang über den Festplatz mit Frikadellen, Mettbrötchen und natürlich Knickebein zu stärken. Aus Bochum waren Winfried und Uschi angereist, die vor Stolz auf ihren Sohn, den neu ernannten Mitgeschäftsführer der VAM, förmlich platzten, genauso wie dessen Großmutter Ruth, die nach der Begrüßung bei den Düsseldorfern hängengeblieben war, bei Gundel und Benno mit ihren Söhnen Plisch und Plum. Die Zwillinge waren inzwischen verheiratet, beide mit Töchtern befreundeter Schuhdynastien, Plisch mit der Tochter eines italienischen Markenherstellers, Plum mit dem Spross eines norddeutschen Grossisten, und sie hatten beide mit ihren Frauen jeweils zwei Töchter, die alle vier noch im Kindergartenalter waren und genauso viel Unsinn machten wie früher ihre Väter. In der Mitte des Salons aber thronte, in Christels altem Fauteuil, den Miguel und Ramón aus dem Gästezimmer hinunter ins Erdgeschoss geschleppt hatten, wie ein ungekrönter König Bernd Wilke, den die anderen für seinen Kunstschuss hochleben ließen, mit dem er vom Dach der Metzgerei Hohage am Lennestein den Adler von der Stange geholt hatte, genau in dem Augenblick, als ein paar Meter unter ihm auf dem Schießstand der Friedrich-Wilhelms-Gesellschaft Kemal Ersoy, der in seinem Leben zuvor noch keinen einzigen Schuss getan hatte, auf den Abzug drückte.

Verlegen grinsend fuhr Bernd sich mit seiner großen Maurerhand über das ergraute Borstenhaar. »Dafür hat es sich gelohnt, noch mal ein Gewehr in die Hand zu nehmen.«

»Ein Türke auf dem Thron ist jedenfalls ein tolles Zeichen für alle ausländischen Mitbürger«, sagte Gundel, die mit einem Tablett Knickebein durch die Reihen ging und gleichzeitig links und rechts ihren Enkeltöchtern Süßigkeiten in die Hand drückte, damit sie für zwei Minuten Ruhe gaben.

Winfried pochte auf seine Beinprothese. »Ein Versehrter als König wäre ein noch tolleres Zeichen gewesen.«

»Vielleicht beim nächsten Mal«, sagte Ramón, der, wie Ulla wusste, heilfroh war, dass die ihm angetragene Königswürde nun auf Kemals Schultern ruhte. »Ich würde dich jedenfalls nach Kräften unterstützen.«

Benno nahm ein Glas Knickebein vom Tablett seiner Frau. »Weiß eigentlich jemand, ob Tommy schon in Altena ist?«

Fragend schaute man einander an, doch Genaues wusste niemand. Ulla spürte plötzlich, wie eng ihr Kleid saß, trotz der aufgelassenen Abnäher. Darin würde sie den Abend im Zelt nicht überleben. Außerdem sah sie darin aus wie eine Wurst in der Pelle.

»Ich glaube, ich muss mir noch schnell ein neues Kleid kaufen«, sagte sie und stand auf. »In dem hier platze ich.«

Verwundert schaute Ramón sie an. »Hast du denn nicht genügend Kleider im Schrank, *mi amor*?«

»Eigentlich ja«, erwiderte sie. »Doch kein grünweißes.« Und schon in der Tür fügte sie hinzu: »Ich fahre nur kurz zu Vielhaber. Bin in einer halben Stunde wieder zurück.«

»Dann such dir was Hübsches aus«, rief ihr Mann.

»Mach ich!«, sagte Ulla und warf ihm eine Kusshand zu.

»Weiber!«, hörte sie Winfried sagen.

Doch da war sie bereits in der Diele.

7 Angelika wunderte sich. MODE VIELHABER stand über dem Eingang des Geschäfts, das ihr Vater zielstrebig ansteuerte.

»Was willst du denn in einem Klamottenladen?«, fragte sie, als er ihr und Luzie die Tür aufhielt.

»Was für eine Frage!«, erwiderte er. »Ich brauche eine Schützenmütze. Sonst kann ich mich im Zelt unmöglich blicken lassen.«

Kopfschüttelnd folgte Angelika ihm mit Luzie in das Geschäft. Sie hatte gezögert, bevor sie sich entschlossen hatte, ihn nach Altena zu begleiten. Auf ihrem Schreibtisch türmten sich Aktenberge, und ihr Terminkalender ließ solche Eskapaden eigentlich nicht zu. Fronleichnam, der Feiertag, der dem Schützenfest vorausging, hatte ihr die Entscheidung schließlich erleichtert, an dem Brückenfreitag, den ihr Vater für die Reise vorgeschlagen hatte, fand im Bundestag keine Sitzung statt. Jetzt war sie froh, dass sie über ihren Schatten gesprungen war. Es war kaum zu glauben, wie Tommy in seiner Heimatstadt aufblühte. Kaum waren sie aus dem Zug gestiegen, hatte er wie ein Wasserfall zu reden angefangen und sich dabei aufgeführt, als hätten seine Vorfahren persönlich Altena erbaut. Er nannte die Namen der Straßen und Plätze, die früher, in seiner Jugend in der Nazizeit, zum Teil noch ganz anders geheißen hatten. Der Platz, der heute Markaner hieß, war damals der Adolf-Hitler-Platz gewesen, und der ehemalige Baldur-von-Schirach-Weg war in Klusenstraße umbenannt worden – nur die Freiheit war immer die Freiheit gewesen, genauso wie der Totschlag der Totschlag. Zu jedem Haus und jedem Pflasterstein fiel Tommy eine Geschichte ein, er rapportierte alle Daten und Ereignisse und Besonderheiten, die Altena zu bieten hatte, die Zahl der Einwohner, die Gründung des Jugendherbergswerks durch einen Volksschullehrer namens Richard Schirrmann, die Erbauung und Zerstörung und Wiedererrichtung der Burg – wenn man seinen Reden Glauben schenkte, gab es im ganzen Land offenbar keinen bedeutenderen Ort als diesen. Und dauernd grüßte er irgendwelche alten Leute auf der Straße, die irritiert seinen Gruß erwiderten, weil sie den fremden Mann nicht kannten, der sie wie ein Irrer angrinste, doch die er oft beim Namen nennen konnte, von einigen wusste er sogar Geschichten aus ihrem Leben – allerdings nur bis 1948.

»Jetzt sieht der Opa aus wie ein Polizist!«, rief Luzie und klatschte vor Begeisterung in die Hände.

Als Angelika sich umdrehte, musste sie lachen. Luzie hatte recht. Mit der grünen Schützenmütze auf dem Kopf hätte ihr Vater, der gerade voller Wohlgefallen sein Konterfei in einem Spiegel betrachtete, ohne weiteres Strafmandate verteilen können.

»Opa ist ein Polizist! Opa ist ein Polizist!«

»Aber nur bis zur Biertaufe!«, lachte Tommy.

»Biertaufe?«, fragte Angelika. »Was ist das denn schon wieder?«

»Das wirst du bald sehen.«

Ihr Vater ging zur Kasse, um zu zahlen. Die Verkäuferin wollte die Mütze einpacken, doch er wehrte ab.

»Nicht nötig, ich behalte sie gleich auf.«

Kaum hatten sie das Geschäft verlassen, liefen sie vor der Tür Ulla Alvarez in die Arme.

»Ja, so ein Zufall …«

»Das wollte ich auch gerade sagen …«

Verlegen wie zwei Tanzschüler schauten die beiden sich an.

»Ich … ich will nur schnell eine Bluse kaufen«, sagte Ulla, als müsse sie sich dafür entschuldigen. »Das heißt, eigentlich suche ich eher einen Rock, oder noch genauer ein Kleid – grünweiß gestreift, du weißt schon, zum Schützenfest.«

Tommy schüttelte den Kopf. »Hier hat sich offenbar nicht viel geändert, alle gehen immer noch zu Mode Kohn, pardon – Vielhaber, meine ich natürlich –, wenn sie was zum Anziehen brauchen.« Mit dem Finger tippte er an seine Mütze. »Die habe ich auch gerade hier erstanden.«

Ulla musterte ihn. »Steht dir gut.«

»Danke für die Blumen«, erwiderte er. »Aber willst du mich nicht begrüßen?«

»Natürlich will ich das, wie kannst du nur fragen?«

Angelika amüsierte sich königlich, wie schwer die beiden sich taten. Dabei war ihnen die Freude über das Wiedersehen doch an den Nasenspitzen anzusehen. Einer verlegener als der andere, traten sie aufeinander zu, und so vorsichtig, als hätten sie Angst, einander weh zu tun, umarmten sie sich.

»Wer ist die Tante, Mama?«, fragte Luzie.

Angelika wollte ihr gerade antworten, da kam eine grölende Horde Schützen die Straße herauf.

»Hoch lebe der Schützenkönig!

»Ein dreifach donnerndes Pott Jost auf Kemal Ersoy!«

»Allah akbar! Allah akbar! Allah akbar!«

Obwohl die Männer alle Mitte vierzig waren, benahmen sie sich wie Pennäler. Sie warfen ihre Mützen in die Luft und versuchten, sie mit den Bierflaschen in ihren Händen wieder aufzufangen.

»Da, seht nur«, rief plötzlich einer und zeigte auf Angelika. »Ist das nicht die Quoten-Grüne aus Dunkeldeutschland?«

»Tatsächlich, Miss Euro persönlich!«

»In Altena – ich werd verrückt!«

Angelika hasste es, wenn sie in der Öffentlichkeit erkannt wurde. Vor allem, wenn ihre Tochter dabei war.

»Ich glaube, wir gehen schon mal vor ins Zelt«, sagte sie und nahm Luzie an die Hand. »Du kannst ja später nachkommen«, fügte sie, an ihren Vater gewandt, hinzu.

»Aber erst auf den Rummel!«, rief Luzie und zappelte an ihrer Hand. »Bitte Mama! Erst Karussell fahren!«

»Natürlich, mein Schatz. Erst fahren wir Karussell.«

Angelika wollte sich abwenden, da sah sie in der grölenden Männerhorde, die gerade ein Café auf der anderen Straßenseite stürmte, ein Gesicht, das sie zu kennen glaubte. Das war doch dieser Autor, der auf Daggelin für einen Roman recherchiert hatte …

Komisch, was hatte der denn hier verloren?

8

Obwohl Peter mehrmals im Jahr nach Altena kam, um seine Mutter zu besuchen, die seit dem Tod des Vaters und der Schließung von Betten-Prange inzwischen in der Nachbarschaft seiner Schwester am Breitenhagen wohnte, war es schon eine Ewigkeit her, dass er zum letzten Mal das Schützenfest mitgefeiert hatte. Seine Frau verabscheute die dreitägige Sauforgie, wie sie Altenas größtes Ereignis nannte, weil sie als geborene Türkin ein gestörtes Verhältnis zum Alkohol hatte, und für seine pubertierende Tochter war es eine Horrorvorstellung, ihrem Vater zuzuschauen, wie er betrunken auf Biertischen tanzte. Keine zehn Pferde konnten die beiden deshalb dazu bringen, nach Altena zu fahren, wenn dort die Schützen das Regiment übernahmen und die Stadt im Ausnahmezustand war. Doch als Kemal angerufen und ihn gefragt hatte, ob er dieses Jahr nicht mal wiederkommen wollte, es gebe auch ein Klassentreffen, fünfundzwanzig Jahre Abi-Jubiläum, hatte er spontan zugesagt. Nach seinem ersten Roman, für den er tatsächlich einen Verlag gefunden hatte, war ihm keine neue Geschichte mehr eingefallen, und da er den Anblick des weißen Bildschirms, vor dem er täglich von morgens bis abends in der sinnlosen Hoffnung auf eine Idee hockte, während das Geld auf dem Konto schmolz wie Schnee in der Sonne, nicht mehr ertragen konnte, schien ihm ein Ausbruch aus seinem Büroknast sehr verlockend. Lieber eine dreitägige Sauforgie als eine fortgesetzte Schreibblockade.

Catch your dreams …

Kaum hatten seine Freunde das Lokal gestürmt, in dem sie früher oft den Unterricht geschwänzt hatten, holte Benny Kegel seine Gitarre hervor, um ihren alten Song zu spielen, und alle grölten mit. Peter war froh, dass niemand eine Flöte dabeihatte, er hatte seit Jahrzehnten nicht mehr gespielt und hätte keinen geraden Ton hervorgebracht. Während er den Text mitsang, schaute er in die vertrauten und gleichzeitig kaum noch wiederzuerkennenden Gesichter. Die gute, alte Jugendheimszene … Sie waren jetzt alle Mitte vierzig, auf dem absoluten Höhepunkt ihres Lebens, und manche seiner ehemaligen Kumpel hatten tatsächlich ihre Träume verwirklicht, er selbst gehörte ja irgendwie auch dazu, aber ging es ihnen darum besser als denen, deren Träume sich in Schall und Rauch aufgelöst hatten? Peter hatte eigentlich nicht den Eindruck, er brauchte sich ja nur an die eigene Nase zu fassen. Einen wirklich glücklichen Eindruck machte nur der Nackte, obwohl auch der sich treu geblieben war – früher hatte er mit Shit gedealt, jetzt dealte er mit High-Tech-Geräten für Arztpraxen und gab eine Runde Iserlohner Pilsener nach der anderen aus. Nein, Träume waren schön, solange sie nicht in Erfüllung gingen, wurden sie aber wahr, endeten sie in den allermeisten Fällen mit einer Enttäuschung. Penne hatte die Fabrik seines Vaters übernommen, um möglichst bequem Geld zu verdienen und sich ein schönes Leben zu machen, tatsächlich aber schuftete er wie ein Pferd und hatte praktisch für nichts anderes als für seine Arbeit mehr Zeit. Schlo hatte eine Frau geheiratet, der er drei Jahre lang den Hof gemacht hatte, doch nachdem sie ihn endlich erhört hatte, hatte die Ehe nicht mal sechs Monate gehalten. Und Kemal hatte immer was mit Büchern machen wollen, nur um jetzt am Hungertuch zu nagen, und musste nun zu allem Überfluss noch die paar Kröten, die er und Babs vielleicht auf die Seite gebracht hatten, für Biermarken verschleudern, weil irgendwelche Wahnsinnige ihn zum Schützenkönig gekürt hatten. Peter hatte versucht, seinem Freund und Schwager nach dem Königsschuss zu gratulieren, die Nachricht hatte sich ja wie ein Lauffeuer in der Stadt verbreitet, und er hätte zu gern gesehen, wie sie ihn mit seinem Palästinenserschal hochleben ließen. Aber der Vorstand der Friedrich-Wilhelms-Gesellschaft hatte ihn so in Beschlag genommen, dass er nicht an ihn herangekommen war. Komisch, irgendwie beneidete Peter ihn ein bisschen. Auch wenn Kemal sich jetzt vielleicht ruinierte – immerhin erlebte er gerade eine Geschichte. Ihm hingegen fiel noch nicht mal eine ein, die er hätte schreiben können.

»Hat jemand mal 'ne Kippe?«, fragte er in die Runde.

»Hier, fang auf!« Penne warf ihm eine Münze zu. »Da drüben steht der Automat.«

»Danke, Alter«, sagte Peter wie früher und kam sich dabei so bescheuert vor, wie wenn er auf irgendwelchen Partys zu den Klängen von Santana tanzen musste, weil die Gastgeber mit der Musik ihrer Jugend zugleich diese selbst wieder aufleben lassen wollten, obwohl sie doch längst vergangen war.

Der Automat war so neu, dass er gar nicht zu dem alten Schülercafé passte. Eigentlich hatte Peter sich das Rauchen vor ein paar Jahren abgewöhnt, aber Schützenfest ohne Kippen ging irgendwie nicht, und darum hatte er jetzt Lust auf eine Zigarette. Doch als er die Münze in den Schlitz warf, zeigte der neue Automat sich irritierend störrisch, der Speicher nahm die Münze nicht an, sie fiel einfach hinunter in den Rückgabeschacht. Peter probierte es ein zweites, ein drittes, ein viertes Mal – immer mit demselben Ergebnis.

»Reingefallen!«, lachte Penne, und die anderen johlten vor Vergnügen.

Peter blickte auf die Münze in seiner Hand. Erst jetzt erkannte er, dass das gar kein Geldstück war, sondern nur ein Rohling.

»Leck mich am Arsch – gibt es die Dinger immer noch?«

»Ja, was glaubst du denn, Alter?«, rief der Nackte. »Auch wenn in Altena schon lange kein Geld mehr verdient wird – *gemacht* wird es hier immer noch!«

9 Von Mode Vielhaber bis zur Burg hinauf dauerte der Weg über die Thoméestraße knapp zehn Minuten. Wenn man jung war. War man aber schon älter und nicht mehr ganz so gut zu Fuß, brauchte man eine Viertelstunde, um die steile Straße zu erklimmen. Tommy und Ulla hatten exakt dreizehn Minuten gebraucht, bis sie oben angekommen waren. Das wusste Tommy deshalb so genau, weil er alle paar Sekunden auf die Uhr geschaut hatte. Denn sonst hätte er Ulla unentwegt anstarren müssen.

Aus der Stadt wehte die Musik der Spielmannszüge herbei. Doch für die hatte Tommy kein Ohr, so wenig wie er Augen für die Leute auf der Straße hatte. Er hatte nur Augen und Ohren für Ulla.

»Mein Gott, was hatte ich mich auf dich gefreut«, sagte er, während sie den Rundweg um die Burg einschlugen. »Und dann haben sie einfach meinen Reisepass kassiert.«

Ulla nickte. »Es war fürchterlich, als ich dich damals in Dortmund am Bahnhof abholen wollte und du nicht aus dem Zug gestiegen bist. Dieser öde, leere Bahnsteig – das werde ich nie vergessen.«

»Ich verstehe, was du meinst«, sagte er. »Ich war monatelang wie betäubt. Der Gedanke, dich nicht wiederzusehen, hat mir fast den Verstand geraubt. Ich habe nicht geschlafen und nicht gegessen, zehn Kilo habe ich abgenommen.«

»Und ich habe den Verbrechern auch noch geholfen, das Gefängnis zu bauen, in das sie dich eingesperrt haben.«

Tommy lachte einmal bitter auf. »Es hat keinen Sinn, sich Vorwürfe zu machen. Wenn du den Draht nicht geliefert hättest, hätte es jemand anders getan.«

Ulla blieb stehen. Sie waren auf der kleinen Plattform angelangt, von der aus man sowohl über das Lennetal als auch in die Nette schauen konnte.

»Gab es denn keine Möglichkeit, aus dem Land rauszukommen?«, fragte sie.

»Theoretisch schon«, sagte Tommy. »Aber du weißt ja, warum es nicht ging.«

»Ja«, sagte Ulla, »deine Tochter.«

Als sie ihn anschaute, spürte er, wie ihm die Tränen kamen. »Sie haben mir gedroht, Angelikas Leben zu zerstören. Kein Abitur, kein Studium – nichts. Sie hätte keine Chance gehabt.«

Ulla stieß einen Seufzer aus. »Ich habe zwei Jahre auf dich gewartet, dann habe ich aufgegeben.«

Ohne zu überlegen, was er tat, nahm Tommy ihre Hände. Bei der Berührung zuckte sie kurz zusammen, und er fürchtete, dass sie ihre Hände zurückziehen würde, doch sie ließ es geschehen. Wie schön sie immer noch war, genauso schön, wie er sie in Erinnerung hatte. Dieselben grünen Augen, dasselbe hübsche Lächeln, dieselben Sommersprossen auf ihren Schultern und dem Brustansatz. Sie war so sehr sie selbst, dass er sich für einen Moment irritiert fragte, ob er vielleicht blind vor Liebe war und gerade gar nicht sie, sondern nur das Erinnerungsbild sah, das er seit einer Ewigkeit von ihr hatte. Weil sie wieder dieses grünweiße Kleid trug, das sie schon damals getragen hatte, beim ersten Schützenfest nach dem Krieg, als sie in der Villa ihrer Eltern die Treppe heruntergekommen war und er sie zu seiner Königin hatte machen wollen … Er hob den Blick und schaute sie an. Nein, er war nicht blind, weder durch die Liebe, die er wieder mit solcher Macht spürte, als wären all die Jahre gar nicht gewesen, noch durch die Erinnerung – nicht mal der Tränenschleier vor seinen Augen trübte seinen Blick. Er sah doch die silbernen Strähnen in ihrem Haar, sah die Fältchen um ihre Augen genauso wie die Falten auf ihrer Stirn, sah all die kleinen und auch größeren Spuren, die das Leben in ihrem Gesicht hinterlassen hatte.

Und trotzdem war es wie früher.

»Ach, Ulla.«

»Ja, Tommy?«

Auch sie hob jetzt den Kopf, und als sie seinen Blick erwiderte, sah er, dass auch in ihren Augen Tränen standen. Ohne ihre Hände loszulassen, trat er so nah an sie heran, dass ihre Körper sich berührten. Er musste sie küssen, es ging nicht anders, Worte sagten nie die ganze Wahrheit, nur ihre Lippen würden das tun. Während seine Augen in den ihren versanken, spürte er den Druck ihrer Hand, ganz leise und zart, und ihre Lippen, diese weichen und gleichzeitig festen Lippen, denen er die schönsten Küsse seines Lebens verdankte, öffneten sich einen winzig kleinen Spalt. Er beugte sich zu ihr, sie wollte es ja, genauso wie er es wollte, dass es wieder so würde wie früher, ganz, ganz früher, bevor alles anders geworden war, nur sie zwei und ihre Liebe, sah es in ihren grünen Augen, selbst wenn es so kitschig war wie im allerkitschigsten Liebesfilm …

Schon spürte er ihren Atem auf seiner Haut. Doch bevor ihre Münder sich berühren konnten, schüttelte sie den Kopf.

»Nein, Tommy«, sagte sie und trat einen Schritt zurück. »Wir hatten unsere Zeit. Man kann so etwas, wie wir es hatten, nicht wiederholen oder renovieren, als wäre es eine Wohnung, die man nach Belieben wieder aufmöbeln kann, und das ist auch besser so. Die Zeit mit dir war kurz, aber wunderschön – vielleicht waren die wenigen Stunden sogar genau darum die schönsten meines Lebens, eben weil sie so kurz und einmalig waren und unwiederbringlich.« Wieder drückte sie seine Hände, doch anders als zuvor, nicht mehr leise und zart, sondern fest und entschieden. »Lass uns einfach gute Freunde sein.«

Es waren nicht ihre Worte, weshalb Tommy begriff, dass jedes Widerwort sinnlos war. Es war dieser abschließende Druck ihrer Hände. Sie sagten ihm, dass dies wirklich und endgültig alles war, was von ihrer Liebe bleiben konnte.

Freundschaft.

Er schloss für einen Moment die Augen, um ihre Antwort zu verarbeiten. Am liebsten hätte er sie nie wieder geöffnet.

»Glaubst du, das kriegen wir hin?«, fragte er, als er es endlich schaffte, Ulla wieder anzuschauen. »Einfach nur Freunde sein?«

Mit einem Lächeln nickte sie ihm zu. »Ja, Tommy. Ganz sicher sogar.« Sie stellte sich auf die Zehenspitzen und gab ihm einen Kuss auf den Mund. Die unschuldige Berührung ihrer Lippen ließ keinen Zweifel. Dies war ein Kuss zum Abschied. Zum Abschied von ihrer Liebe.

»Danke«, sagte sie.

»Danke?«, fragte er. »Wofür?«

»Für alles. Du warst und bist ein Hallodri, Tommy Weidner, ein Taugenichts, und man kann dir keine fünf Meter über den Weg trauen. Aber glaub mir, Menschen wie du machen das Leben erst schön. Mein Leben hast du jedenfalls schöner gemacht, viel, viel schöner, als es ohne dich gewesen wäre. Und dafür danke ich dir.«

Er war von ihren Worten so überwältigt, dass er eine lange Weile nicht wusste, was er erwidern sollte.

War das die Wahrheit? Die wirkliche und wahrhaftige Wahrheit? Oder wollte sie ihn nur zum Abschied trösten?

Als er in ihre Augen schaute, musste er schlucken. Nein, das war kein billiger Trost gewesen, mit dem sie ihm das Ende ihrer Liebe erleichtern wollte – das, was sie gesagt hatte, war die Wahrheit, auch wenn es eine traurige war. Weil sie ihm diese Wahrheit nicht mehr anders sagen konnte als mit Worten.

Er gab sich einen Ruck, um sich von ihr zu lösen.

»Ich glaube«, sagte er, »ich würde jetzt gern deinen Mann kennenlernen.«

10

Luzie strahlte über ihr ganzes kleines Kindergesichtchen. Das war jetzt schon ihre achte Runde auf dem Karussell, aber sie bekam einfach nicht genug. Sie hatte sich ein knallrotes Flugzeug ausgesucht, in dem sie ganz alleine am Schaltknüppel saß, während die offene Kabine sich im Kreis abwechselnd hob und senkte, und jedes Mal, wenn es wieder in die Höhe ging, kreischte sie vor Vergnügen.

Während Angelika ihrem Töchterchen zuwinkte, musste sie an ihre eigene Mutter denken. Sie hatte mit Hilfe dieser neuen Suchmaschinen am Computer versucht, sie ausfindig zu machen, Luzie sollte doch ihre Omi kennenlernen, sie hatte von ihr ja genauso wie Angelika die stahlblauen Mandelaugen geerbt – aber vergebens. Nirgendwo auf der Welt, zumindest nirgendwo im World Wide Web, gab es eine Jutta Höllscher mit zwei l. Wahrscheinlich hatte sie irgendwann in Amerika geheiratet und trug längst einen anderen Namen.

Plötzlich veränderte sich Luzies Gesicht, ihr fröhliches Kreischen verstummte, und während ihr Flugzeug wieder in die Höhe stieg, blickte sie auf einmal voller Angst auf ihre Mutter herab. Im selben Moment spürte Angelika einen Schlag an der Schulter. Erschrocken fuhr sie herum. Zwischen dem Kinderkarussell und dem Autoscooter hatte sich offenbar das Prekariat von ganz Altena versammelt, Punker mit Irokesenhaarschnitt, wasserstoffblonde Mädchen mit riesigen Piercings in den Gesichtern, Glatzköpfe in Tarnanzügen und Springerstiefeln. Sie alle starrten sie feindselig an, während sie sich zu einer Wand formierten, um ihr zusammen auf die Pelle zu rücken.

»Was hast du Ossi-Schlampe hier verloren?«

»Verschwinde, du Fotze!«

»Zurück mit dir hinter die Mauer!«

Angelika wollte ausweichen, doch die anderen schlossen einen Kreis um sie. Eines der Mädchen stieß sie so fest gegen die Brust, dass sie mehrere Schritte zurücktaumelte. Während Luzie auf ihrem Karussell schrie wie am Spieß, blieben immer mehr Passanten stehen und drehten sich neugierig um. Aber keiner kam ihr zu Hilfe.

»Feine Klamotten hat die Dame aus dem Osten«, sagte eine Blondine voller Neid.

»Kein Wunder! Die ham's ja! Kriegen die Kohle hinten und vorne reingesteckt!«

»Ich will aber auch so eine schicke Handtasche!«

»Sollst du haben, Süße!«

Mit einem Satz war einer der Glatzköpfe bei Angelika und riss ihr die Tasche aus der Hand.

»Und was ist mit der Jacke? Die könnte ich auch gebrauchen.«

Der Glatzkopf blickte kurz über die Schulter zu seiner Freundin. »Was bekomme ich, wenn ich sie dir besorge?«

»Dann blase ich dir einen auf dem Riesenrad!«

»Okay, Süße. Ist gebongt!«

Noch während er sprach, streckte er den Arm nach Angelika aus. In panischer Angst sah sie auf seine Hand, die silbernen Ringe an den Fingern, auf denen jeweils ein Buchstabe eintätowiert war:

H-A-S-S.

»Los, mach schon, Ossi-Fotzi! Worauf wartest du?«

Luzie schrie sich in ihrem Flugzeug die Seele aus dem Leib. Mit zittrigen Fingern öffnete Angelika die Knöpfe ihrer Jacke. Auf die Jacke kam es ihr nicht an, von ihr aus sollten sie sie haben, Hauptsache, dass ihrem Kind nichts geschah! Während sie hoffte, dass die Bande verschwand, bevor Luzies Karussellfahrt zu Ende war, löste sich plötzlich jemand aus den Reihen der Gaffer, ein Mann schnellte herbei und verpasste dem Glatzkopf einen Schlag ins Gesicht.

Es war alles so schnell gegangen, dass Angelika ihn erst erkannte, als er ihr die Tasche, die er der Blondine abgenommen hatte, wieder zurückgab und sie sein Rasierwasser roch.

11

Kemal wusste immer noch nicht, wie ihm geschehen war, als er zusammen mit Babs im Festzelt auf dem Thron saß und die Kompanien der Friedrich-Wilhelms-Gesellschaft der Reihe nach mit ihren Spielmannszügen an ihnen vorbeidefilierten. Sie waren das Königspaar. Doch statt zu regieren, wurden sie selber regiert, von Mächten, die sie nicht kannten. Nichts, was an diesem Tag passiert war, war ihre

Entscheidung gewesen. Kemal hatte doch nur am Königsschießen teilgenommen, weil Ramón Alvarez ihn gestern Abend am Telefon dazu überredet hatte – das Schießen sei ein Spaß, hatte der Arzt gesagt, das gehöre einfach dazu. Um seinem besten Kunden nicht den Spaß zu verderben, hatte er also mitgemacht, und dann war sein Schuss ein Volltreffer gewesen, obwohl er noch nie zuvor in seinem Leben ein Gewehr in der Hand gehabt hatte. Danach war alles wie in einem Film abgelaufen. Sie hatten ihn auf die Schultern gehoben und zum König ausgerufen und dann Babs aus dem Laden geholt und sie in ihr schönstes Kleid gesteckt. Alle hatten offenbar gewusst, was zu tun war – nur sie beide nicht. Sogar der Hofstaat hatte sich wie von allein um sie herum gebildet.

»Du musst verrückt gewesen sein, als du abgedrückt hast«, sagte Babs.

»Verrückt?«, erwiderte Kemal. »Ich habe doch nie und nimmer damit gerechnet, dass der blöde Vogel von der Stange fällt.«

»Warum hast du dann nicht einfach in die Luft geschossen?«

»Ich muss Ihren Mann in Schutz nehmen, Frau Ersoy«, sagte Benno Krasemann, der mit seiner Frau den Hofstaat anführte. »Er kann nichts dafür, selbst wenn er in die Luft geschossen hätte, wäre er König geworden. Bernd Wilke hat den Adler für ihn geschossen. Aus einem Versteck heraus.«

»Aber warum ausgerechnet mein Mann?« Babs drehte sich zu dem Beschuldigten herum, der auf der anderen Seite des Throns gleichfalls im Hofstaat saß. »Wie konnten Sie uns das nur antun?«

Bernd Wilke hob abwehrend die Hände. »Mich trifft keine Schuld. Ich habe nur getan, was man mir gesagt hat.« Mit dem Kinn deutete er auf Gundel und Benno Krasemann. »Wenn Sie die wahren Übeltäter suchen, müssen Sie sich an die zwei da wenden. Die haben sich das ausgedacht.«

»Ja, wir bekennen uns schuldig«, lachte Benno. »Wir dachten, ein Mitbürger mit ausländischen Wurzeln auf dem Thron tut der Stadt mal ganz gut.«

»Jedenfalls besser als einer von den alten Kameraden da«, fügte seine Frau hinzu und schaute dabei in die Richtung von Walter Böcker, der mit seinem Anhang an einem Tisch der Kompanie Freiheit saß und ihnen wütende Blicke zuwarf.

»Und Dr. Alvarez wollte ja nicht.«

»Da sind wir eben auf Sie gekommen.«

»Weil, ein Türke ist ja noch viel besser als ein Spanier.«

Der letzte Spielmannszug marschierte vor dem Thron auf, um dem König die Ehre zu erweisen. Als Kemal in die vor Anstrengung geröteten Gesichter sah, deren Besitzer und Besitzerinnen im normalen Leben in irgendwelchen Büros oder Fabriken arbeiteten oder bei Aldi an der Kasse saßen, wusste er nicht, ob er lachen oder weinen sollte. Die Spielleute huldigten ihm mit einer Ernsthaftigkeit, als ob er tatsächlich ein regierender Fürst wäre.

War das vielleicht alles nur ein absurder Albtraum?

Nein, der Albtraum war Wirklichkeit. Kaum war die Musik verklungen, wurden im Schützenvolk Rufe nach Biermarken laut. Das war der Augenblick, vor dem Kemal sich die ganze Zeit am meisten gefürchtet hatte. Er warf einen verzweifelten Blick auf sein Volk. In dem riesigen Zelt waren Tausende von Schützen versammelt, und sie alle hatten Durst.

»Wie sollen wir das nur bezahlen?«

»Keine Sorge«, flüsterte Benno Krasemann ihm ins Ohr. »Für die Kosten kommen natürlich wir auf.«

Während er unter einem Stuhl einen Karton Biermarken hervorzauberte, erhob Winfried Nippert, der diesjährige Königsadjutant, sich von seinem Platz und humpelte mit seiner Prothese ans Mikrophon.

»Alle Kompanien angetreten! Königsmarken fassen!«

Applaus brandete auf, grüne Mützen flogen in die Luft.

»Ein dreifach donnerndes Pott Jost auf den König!«

Jetzt zückten alle Schützen im Zelt ihre Mützen, um sie dem Thron entgegenzustrecken, und ein Chor aus Tausenden von Kehlen rief: »Pott Jost! Pott Jost! Pott Jost!«

Kemal schloss die Augen, und obwohl er an den dreifaltigen Gott der Christen so wenig glaubte wie an Allah und seinen Propheten, betete er darum, dass er diesen Kelch, wenn er schon nicht an ihm vorüberging, austrinken konnte, ohne sich zu ruinieren.

12

Walter wusste, wenn er sich weiter so aufregte, riskierte er einen dritten Schlaganfall, und der, so hatte Dr. Alvarez gedroht, würde aller Wahrscheinlichkeit nach tödlich sein. Doch darauf konnte er jetzt keine Rücksicht nehmen. Hier ging es nicht um sein persönliches Wohl und Wehe, hier ging es um das Schicksal der Friedrich-Wilhelms-Gesellschaft, und die war ihm heilig. Außerdem steckte der spanische Quacksalber ja mit seiner Tochter und seinem Herrn Schwiegersohn unter einer Decke – was der behauptete, zählte also nicht.

»Ich werde beim Vorstand Protest einlegen«, erklärte Walter. »Laut unseren Statuten von 1547 muss der König ein ›braver und frommer Christenmensch‹ sein, so steht das da wörtlich geschrieben! Und jetzt kommt dieser Knoblauchfresser daher und pflanzt sich mit seinem unchristlichen Arsch auf unseren Thron.«

»Glaubst du denn, das reicht, um die Proklamation anzufechten, Onkel Walter?«, fragte Hans-Jörg. »Schließlich leben wir nicht mehr 1547, sondern im zwanzigsten Jahrhundert.«

»Im *ein*undzwanzigsten Jahrhundert«, verbesserte Jürgen. »Und darum rate ich dringend zum Stillhalten, so unerträglich die Situation auch sein mag. Der Schuss könnte sonst womöglich nach hinten losgehen.«

»Ja ja, du warst schon immer ein Leisetreter«, schnaubte Walter.

»Ich mahne nur ganz pragmatisch zur Vorsicht, allein schon wegen einer möglichen Wiederaufnahme deines Prozesses! Das Verfahren ruht ja nur, weil deine Anwälte das Gericht von deiner Verhandlungsunfähigkeit überzeugen konnten. Wenn du dich jetzt dermaßen hier in aller Öffentlichkeit exponierst – unser lieber Herr Staatsanwalt lauert ja nur darauf, dass dir ein solcher Fehler unterläuft, um dich doch noch vor Gericht zu zerren!«

»Da muss ich Jürgen beipflichten, Walterli«, sagte Regina. »Auch wenn Hans-Jörg ein fürchterliches Unrecht angetan wurde, der Schaden wäre einfach zu groß! Dieser Zemke ist ein Hundertfünfzigprozentiger. Da hat Jürgen absolut recht.«

Voller Misstrauen ließ Walter seinen Blick zwischen dem Bürgermeister und seiner Frau hin- und herwandern. Regina hatte sich aufgedonnert wie eine Düsseldorfer Edelnutte, hautenges, ausgeschnittenes Kleid, dazu schwindelerregend hohe Schuhe, also genau so, wie er es mochte, aber auch jeder gottverdammte andere Kerl, der einen Schwanz hatte, und Jürgen sah mit seiner Luxus-Schützenmütze aus grüner Seide und den weißen Handschuhen an ihrer Seite aus wie Graf Koks persönlich.

»Ihr seid ja mal wieder ein Herz und eine Seele, ihr zwei«, knurrte er.

»Wir wollen dich nur vor dir selber schützen«, beteuerte Jürgen.

»Zu deinem eigenen Besten!«, ergänzte Regina.

»Papperlapapp!« Walter machte mit seinem Rollstuhl kehrt und rollte in Richtung Thron. »Das wollen wir doch mal sehen, wer hier Herr im Hause ist!«

13

Miguel rieb sich die schmerzende Hand. Er hätte nicht gedacht, dass es so weh tun würde, jemand anderen zu schlagen. Kein Wunder, das letzte Mal, dass er sich mit bloßen Fäusten geprügelt hatte, lag schon eine Ewigkeit zurück. Genau genommen hatte er sich in seinem Leben überhaupt noch nie mit bloßen Fäusten geprügelt. Dass es ihm trotzdem gelungen war, eine ganze Horde Asozialer mit einem einzigen Hieb in die Flucht zu jagen, erfüllte ihn mit klammheimlichem Stolz. Nicht, weil er ein spanischer Macho war, sondern wegen Angelika.

»Danke«, sagte sie, während sie ein verängstigt weinendes Mädchen, das offenbar ihre Tochter war, aus dem Kinderkarussell hob. »Ich weiß nicht, was ich ohne dich gemacht hätte.«

»Ist doch nicht der Rede wert«, sagte er. »So was mache ich praktisch täglich.«

Angelika grinste. »Stimmt, du bist ja ein Spanier. Hatte ich fast vergessen.«

Unwillkürlich fasste Miguel sich ans Kinn. Hatte sie sein Agua brava gerochen? Ulla hatte mit keinem Wort erwähnt, dass Angelika ihren Vater nach Altena begleiten würde, und er hatte kaum seinen Augen getraut, als sie plötzlich vor ihm gestanden hatte, umringt von diesen Pennern. Hätte er gewusst, dass er sie auf dem Schützenfest wiedersehen würde, hätte er kein Rasierwasser benutzt. Schließlich hatte sie damals davon niesen müssen, als hätte sie einen Heuschnupfen gehabt.

Zum Glück hatte er Tempos dabei, mit denen er sich nützlich machen konnte. »Brauchst du vielleicht ein Taschentuch?«, fragte er und reichte ihr die Packung.

»Kannst du Gedanken lesen?« Dankbar nahm sie eins von den Tüchern und trocknete der Kleinen die Tränen ab.

Miguel hätte zu gern gewusst, ob sie wirklich ihre Tochter war. Doch da er sich nicht traute, danach zu fragen, fragte er nur: »Passiert dir das öfter?«

»Du meinst, dass ich in der Öffentlichkeit angepöbelt werde? Ja, leider. Vor allem in den alten Bundesländern, da bin ich als Ossi-Politikerin verschrien. Die Leute hier im Westen haben oft das Gefühl, dass sie im Vergleich zu früher zu kurz kommen, und geben den neuen Bundesländern dafür die Schuld. – Aber schau nur, Luzie«, unterbrach Angelika sich und zeigte in die Luft, »ein Schmetterling!«

Die Kleine blickte mit ihren großen blauen Augen in die Richtung, in die ihre Mutter zeigte, und kaum hatte sie den Schmetterling entdeckt, wich die Angst aus ihrem Gesichtchen, und sie lachte wie die Sonne am Himmel.

»So ein süßer Fratz«, sagte Miguel.

Angelika strahlte nicht weniger als die Kleine. »Nicht wahr?«, erwiderte sie. »Meine Tochter Luzie.«

»Hallo Luzie«, sagte Miguel, aber die winkte ihm nur kurz zu und rannte dem Schmetterling hinterher.

»Sie ist das Beste, was mir je gelungen ist«, sagte Angelika.

»Das glaube ich sofort. Aber – wo ist der dazugehörige Papa?« Die Frage war ihm schneller herausgerutscht, als er es hatte verhindern können.

Angelikas Miene verdunkelte sich. »Wir haben uns scheiden lassen«, sagte sie. »Hast du das nicht gewusst?«

»Nein, woher sollte ich?«

Ein wenig verlegen zuckte sie die Schulter. »Ich dachte, weil – damals stand das in allen Klatschblättern.«

»Klatschblätter lese ich nicht«, protestierte er mit übertriebener Empörung. »Ich lese beim Friseur nur den Spiegel.«

»Natürlich«, grinste sie.

Miguel zögerte. »Darf ich dich nach dem Grund der Scheidung fragen?«

»Warum nicht?«, lachte sie. »Das hat ja sogar im Spiegel gestanden.« Dann wurde sie wieder ernst. »Die Politik hat uns auseinandergebracht. Im selben Jahr, als ich Staatssekretärin wurde, verlor Luzies Vater sein Abgeordnetenmandat.«

»Verstehe«, sagte Miguel. »Das muss schwer für ihn zu verkraften gewesen sein.«

»Ja, das war es«, sagte sie. »Aber es gab noch etwas, und das war viel schlimmer, zumindest für mich. Ich habe damals in meiner Stasi-Akte entdeckt, dass er mich jahrelang bespitzelt hatte.«

»Wie bitte?« Miguel glaubte, nicht richtig zu hören. »Dein eigener Mann?«

Angelika nickte. »Er war IM der Staatssicherheit, bis zum bitteren Ende. Sein Auftrag war, meine Partei, die damals gegründet wurde, auszuspionieren.«

Fassungslos schüttelte Miguel den Kopf. *»Coño!«*

14

Im Zelt brannte die Luft. Fünf verschiedene Bands spielten auf fünf verschiedenen Podien gleichzeitig den diesjährigen Schützenfestknaller, immer wieder donnerte der Refrain aus den gewaltigen Lautsprecherboxen, so dass der Boden und die Wände wackelten – und alle, alle brüllten mit.

Life is life! La-laaa la lalá …
Let us talk about life! La-laaa la lalá …

Auch Gundel und Benno fielen in den Song ein, genauso wie Ruth und Bernd, als Tommy an den Tresen der Kompanie Nette trat, wo seine Freunde schon versammelt waren. Mit einem Anflug von Wehmut musste er an »sein« Schützenfest denken, im Sommer 1948, und den Schlager, der damals immer wieder gespielt worden war. *Nach Regen scheint Sonne, nach Weinen wird gelacht. Duubi, duubi, dubidu, so wird das gemacht* … Wie leise war damals die Musik gewesen, zumindest im Vergleich zu diesem ohrenbetäubenden Lärm, so leise wie das Glück der Menschen damals, die einfach nur froh gewesen waren, dass sie den Krieg und die schwere Zeit mit Hungern und Frieren endlich hinter sich hatten. In den Jahren danach war es auf dem Schützenfest immer lauter geworden, gerade so, wie es mit dem Wohlstand immer weiter bergauf gegangen war. Als Tommy zum ersten Mal nach seiner Flucht aus Altena das Fest wieder besucht hatte, zum Stadtjubiläum 1967, war es schon so laut im Zelt gewesen, das man kaum sein eigenes Wort hatte verstehen können. Welchen Schlager hatte man damals gespielt? *Ruckizucki*? Oder den *Ententanz*? Tommy hatte es vergessen. Auf jeden Fall waren die Wirtschaftswunderkinder ganz aus dem Häuschen gewesen, und er hatte sich gewundert, wie Menschen, die so ernst und verbissen bei der Arbeit waren, so albern beim Feiern sein konnten.

When we all get the power,
We all give the best,
Every minute of an hour,
Don't think about the rest …

Plötzlich entdeckte er Ulla im Gedränge. Sie stand mit dem Rücken zu ihm, inmitten eines Pulks von Schützen, die er nicht kannte.

Wer von ihnen war ihr Mann?

Tommy beäugte sie eine Weile unauffällig aus der Ferne, und auch sie warf ab und zu einen Blick in seine Richtung, doch ohne zu erkennen zu geben, ob sie ihn sah, geschweige denn, dass sie auf ihn zuging oder ihn zu sich winkte. Sie schien die Begegnung zwischen ihm und ihrem Mann genauso hinauszuzögern wie Tommy selbst. Er war sich nicht sicher, was bei ihr der Grund dafür war – den Grund seines eigenen Zögerns aber wusste er: Feigheit – Feigheit davor, dem Mann ins Gesicht zu schauen, den Ulla ihm vorgezogen hatte. Also gab er sich einen Ruck und beschloss, den ersten Schritt zu tun. Das war er seiner Selbstachtung schuldig.

Er wollte gerade so beiläufig wie möglich zu ihr herüberschlendern, da riss Benno ihm die Mütze vom Kopf.

»Hiergeblieben!«

Bevor Tommy reagieren konnte, kippte sein alter Freund ein Glas Bier in seine Mütze, Gundel und Ruth machten es ihm nach, dann reichte Benno die Mütze an Bernd weiter, der unter großem Gejohle mit einem Clausthaler alkoholfrei seinen Segen dazu gab.

»War das die Biertaufe?«, schrie Angelika, die gerade mit Luzie herbeikam, gegen den Lärm an.

»Du hast es erraten!«, rief Tommy.

Lachend stülpte Bernd ihm die triefnasse Mütze über den Kopf. »Anprobe!«

Life is life! La-laaa la lalá …
Let us talk about life! La-laaa la lalá …

Tommy wischte sich mit seinem Taschentuch das Bier aus dem Gesicht, da tippte ihm jemand an die Schulter.

Als er sich umdrehte, stand Ulla vor ihm.

»Darf ich dir meinen Mann vorstellen?«

Erst jetzt sah Tommy ihren Begleiter.

»Dr. Alvarez, nicht wahr?« Er nahm zur Begrüßung die Mütze vom Kopf.

»Dr. Alvarez?«, wiederholte Benno. »Ich hör wohl nicht richtig! Unter Schützenbrüdern wird sich geduzt. Hast du das vergessen?«

Ullas Begleiter reichte Tommy die Hand. »Ich heiße Ramón.«

»Und ich Thomas«, erwiderte Tommy.

»Seit wann das denn?«, rief Gundel. »So ein Quatsch! Das ist Tommy, ganz egal, wie er sich nennt.«

Während Bernd ihnen beiden ein Glas Bier in die Hand drückte, schaute Tommy Ullas Mann ins Gesicht. Ramón war nicht gerade der Größte, aber er sah so verdammt gut aus, dass wahrscheinlich jede Frau im Zelt ihn mit Kusshand genommen hätte. Noch schlimmer aber als sein Aussehen war der Ausdruck seines Gesichts. Er machte einen so sympathischen Eindruck, dass Tommy ihn am liebsten zum Freund gehabt hätte.

Tapfer hob er sein Glas und prostete ihm zu. »Ich hoffe, du weißt, was für ein Glückspilz du bist.«

Mit einem Lächeln stieß Ramón mit ihm an. »Doch, das weiß ich.«

And we know that it's over,
We call it the best.
Every minute of the future
Is the memory of the best …

Tommy war froh, dass er ein Bier in der Hand hatte, und trank sein Glas in einem einzigen großen Schluck aus. Er hätte nicht gedacht, dass die Begegnung ihm so zusetzen würde. Doch trotz des Schmerzes, die sie in ihm auslöste, war er irgendwie auch erleichtert. Wenn Ulla schon mit einem anderen Mann als ihm den Rest ihres Lebens verbringen würde, hatte sie sich wenigstens den richtigen ausgesucht.

Cause we all gave the power,
We all gave the best.
And everyone gave everything
And every song – everybody sings:
Life is life!

Plötzlich brach die Musik ab. Im selben Moment wurde es gespenstisch still im Zelt. Denn nicht nur die fünf Bands hatten aufgehört zu spielen, der gesamte Lärmpegel fiel mit einem Mal, überall verebbten die Stimmen.

Was war geschehen?

Tommy drehte sich zum Thron herum, von wo die unheimliche Stille auszugehen schien. Er war nicht der Einzige, der dieses Gefühl hatte. Zahllose Schützen blickten wie er in die Richtung des Podiums, vor dem ein alter Mann in seinem Rollstuhl vorgefahren war und drohend die Faust in die Luft reckte.

Walter Böcker.

15

Babs war wie gelähmt, als sie sich ihrem Vater so plötzlich gegenübersah. Der Anblick seines dunkelroten, pockennarbigen Bullengesichts schnürte ihr die Kehle zu, genauso wie früher, wenn er sie als Kind zu einer Zurechtweisung zu sich in sein Jagdzimmer zitiert hatte, wo es nach toten Tieren und kaltem Zigarrenrauch stank, und ihre Mutter wortlos dabeistand, ohne ihr zu helfen, weil sie vor ihrem Mann genauso viel Angst hatte wie Babs vor ihrem Vater.

»Schafft den Türken da weg«, rief er.

»Was fällt Ihnen ein!«, rief Kemal zurück.

»Ein Muselmann hat auf dem Thron der Friedrich-Wilhelms-Gesellschaft nichts verloren! Also verpiss dich, du verfluchter Knoblauchfresser!«

Babs sah, wie Kemal bleich wurde. Obwohl er keinen Ton sagte, sondern nur an seiner Nickelbrille fummelte, wusste sie, wie verletzt er war, sie kannte ja seinen Stolz, der ihn so empfindlich machte, dass er manchmal sogar seine Herkunft verleugnete, wenn er das Gefühl hatte, dass die Leute auf ihn herabblickten, nur weil er ein Türke war. Er sah so hilflos und verloren und gedemütigt in seinem verrutschten Anzug aus, dass alles in ihr danach drängte, ihm zur Seite zu springen, ihn zu verteidigen, ihn zu beschützen. Doch sie schaffte es nicht. Genauso wenig wie früher ihre Mutter es geschafft hatte, sie gegenüber ihrem Vater zu verteidigen.

»Du widerlicher, böser, alter Mann«, presste sie zwischen den Lippen hervor. Mehr brachte sie nicht zustande.

Ihr Vater hörte sie nicht einmal. »So steht es in der Satzung«, brüllte er einfach weiter. »Nur ein braver und frommer Christenmensch darf zum König ernannt werden! *Christen*mensch – verstehst du das überhaupt, du Kanake?«

Regina Böcker stöckelte herbei, gefolgt von ihrem Sohn Hans-Jörg. »Bitte, Walterli, reg dich nicht auf. Du weißt doch, was der Arzt gesagt hat.«

Doch damit reizte sie ihn nur noch mehr. »Ich soll mich nicht aufregen? Wenn vor meinen Augen das Gesetz gebrochen wird?«

Wie aufs Stichwort kreuzte Dr. Zemke auf. Babs fasste für eine Sekunde Hoffnung, sie wollte den Staatsanwalt um Hilfe bitten, damit er diesem entsetzlichen Auftritt ein Ende bereitete. Doch ihr Vater war schneller.

»Gut, dass Sie da sind, Herr Doktor«, sagte er. »Sorgen Sie dafür, dass dieser Usurpator den Thron verlässt.«

Der Staatsanwalt tippte grüßend an den Schirm seiner Schützenmütze, doch dann schüttelte er den Kopf. »Dafür bin ich nicht zuständig, Herr Böcker.«

»Nicht zuständig? Ich dachte, Ihre Aufgabe ist es, in dieser Stadt Recht und Ordnung zu garantieren.«

»Richtig, aber nicht in diesem Fall. Die Ernennung zum König ist allein Sache der Friedrich-Wilhelms-Gesellschaft. Und ich bin nur ein einfaches Vereinsmitglied. Ich gehöre nicht mal dem Vorstand an.«

»Warum zum Teufel mischen Sie sich dann hier ein?«

»Weil ich mich wundere, wie munter Sie sind. Ihre Verteidiger reichen regelmäßig medizinische Atteste bei Gericht ein, um Ihre Verhandlungsunfähigkeit zu dokumentieren. Doch wenn ich sehe, wie gut es Ihnen offenbar geht, scheint mir eine Überprüfung der Gutachter dringend nötig.«

Während Babs versuchte zu begreifen, was der kurze Wortwechsel bedeutete, sah sie, wie ihr Vater noch dunkler im Gesicht wurde. Offenbar wollte er etwas erwidern, doch der Bürgermeister, der Regina und ihrem Sohn auf dem Fuß gefolgt war, beugte sich über seinen

Rollstuhl und flüsterte ihm aufgeregt etwas ins Ohr, assistiert von Hans-Jörg, der gleichzeitig mit Händen und Füßen auf ihn einsprach, während Regina ihm mit ihren manikürten Händen immer wieder über den Kopf strich, wohl in dem Versuch, ihn zu beruhigen, was ihr aber nur böse Blicke eintrug.

Der Staatsanwalt tippte noch einmal an den Schirm seiner Mütze und ließ die drei stehen, als wäre Walter Böcker nur irgendein Störenfried, dem man nach einer kurzen Zurechtweisung keine weitere Beachtung zu schenken braucht.

In diesem Augenblick ging in Babs eine seltsame Wandlung vor sich. Seit die Nachricht sie ereilt hatte, dass Kemal zum Schützenkönig proklamiert worden war, hatte sie mit dem Schicksal gehadert, das ihren Mann auf den Thron befördert hatte, um sie beide zu ruinieren. Doch jetzt hatte sie auf einmal das Gefühl, dass dies vielleicht ihre große Chance war – die Chance, mit ihrem Vater fertig zu werden, sich endlich von dieser erdrückenden Last zu befreien, unter der sie seit ihren Kindertagen litt, das Trauma ihres Lebens zu überwinden.

Ein für alle Mal.

Bevor ihr Zweifel kommen konnten, stand sie von ihrem Platz auf und trat ans Mikrophon.

»Ich möchte einen Vorschlag machen«, rief sie in den Saal. »Die Schützen der Friedrich-Wilhelms-Gesellschaft sollen selbst bestimmen, wer in diesem Jahr ihr König sein soll! Wer für den Vorschlag ist, wirft seine Mütze in die Luft.«

Die Zustimmung war so groß, dass für ein paar Sekunden der ganze Zelthimmel voller grüner Mützen hing.

Babs wartete, bis die Unruhe sich gelegt hatte. Sie wusste, was sie vorhatte, war ein Vabanque-Spiel, alles oder nichts, und die Chancen, dieses Spiel zu gewinnen oder zu verlieren, standen fünfzig zu fünfzig. Doch sie hatte keine andere Wahl. Wenn sie heute ihren Vater nicht besiegte, hatte sie für immer gegen ihn verloren.

Also beugte sie sich wieder über das Mikrophon. »Der eine Kandidat ist mein Mann«, erklärte sie, »Kemal Ersoy, der heute zum König ausgerufen wurde. Doch wenn die Schützen der Meinung sind, dass dies den Statuten wiederspricht, soll ein anderer an seine Stelle treten.« Sie wandte sich an ihren Vater. »Gibt es einen Gegenkandidaten?«

»Allerdings!«, rief der und stieß seine Einflüsterer beiseite. »Hans-Jörg Wilke. Er hat das Zepter geschossen.«

Ein paar Schützen klatschten, aber lauter als der Beifall waren die Buhrufe und Pfiffe.

»Der schöne Hans-Jörg?«

»Igitt! Der ist doch schwul!«

Irritiert blickte Babs in die Richtung, aus der die Stimmen kamen. Was waren das denn für Idioten? Sie versuchte, die Gesichter zu erkennen, doch mit den Mützen auf den Köpfen war das aus der Entfernung nicht so leicht.

»Hoppe, hoppe, Reiter!«

»Wird er gefickt, dann schreit er!«

Höhnisches Gelächter machte sich breit. Jetzt erkannte Babs die Rufer. Penne und Benny und Schlo und Harzer und der Nackte – die halbe Jugendheimszene von damals, die ihr das Kiffen beigebracht hatte. Waren die verrückt geworden?

Doch auch aus der Kompanie Kelleramt wurden jetzt Rufe laut.

»Dann lieber den Türken!«, rief jemand, den Babs gar nicht kannte.

»Ja, der Türke ist in Ordnung!«

»Auf jeden Fall besser als der schöne Hans-Jörg!«

»*Allah akbar* – Gott ist groß!«

Brüllendes Gelächter aus der Kifferszene. Babs wollte die Idioten zur Ordnung rufen, irgendwie lief die Sache aus dem Ruder. Doch die Schützen der Kompanie Kelleramt kamen ihr zuvor.

»Ein dreifach donnerndes Pott Jost auf den Türken!«

Im nächsten Moment fiel das ganze Zelt in den Ruf ein.

»Pott Jost! Pott Jost! Pott Jost!«

Während Babs noch unsicher auf das grüne Meer von Mützen schaute, die ihr und Kemal entgegengestreckt wurden, trat Benno Krasemann zu ihr ans Mikrophon.

»Damit ist der Fall entschieden!«

Die Bestätigung ließ nicht auf sich warten.

»Pott Jost! Pott Jost! Pott Jost!«

Abermals ertönte der Schlachtruf der Friedrich-Wilhelms-Gesellschaft aus Tausenden von Kehlen. Babs sah, wie Hans-Jörg unter der Demütigung litt. Hochrot im Gesicht stand er da, am ganzen Körper zitternd, doch unfähig, irgendetwas zu tun oder zu sagen. Plötzlich machte er auf dem Absatz kehrt, und ohne sich noch einmal umzuschauen, verließ er fluchtartig das Zelt.

Fast bereute Babs, was sie angezettelt hatte, das hatte er nicht verdient. Doch dann fiel ihr Blick auf ihren Vater. Er war mit seinem Rollstuhl bis an den Bühnenrand vorgefahren. Mit offenem Mund starrte er zu ihr hinauf, als könne er nicht fassen, was gerade passierte. Ein ungeahntes Gefühl von Befreiung breitete sich bei diesem Anblick in ihr aus. Noch nie hatte sie ihren Vater so ohnmächtig gesehen.

»Verschwinde!«, hörte sie sich sagen, als ihre Blicke sich trafen. »Du böser alter Mann.«

Er riss seinen schiefen Mund auf, seine Brust pumpte, offenbar wollte er ihr etwas entgegenschleudern, doch aus seiner Kehle drang nur ein sinnloses Gurgeln und Krächzen. Gab er sich geschlagen? Für eine Weile, die Babs wie eine Ewigkeit erschien, verkrallten sich ihre Blicke ineinander.

»Verschwinde«, sagte sie noch einmal, diesmal laut und deutlich und mit vollem Bewusstsein. »Verschwinde aus meinem Leben!«

Sein dunkelroter Kopf schwoll an wie ein Ballon, sein Mund klappte auf und zu, ein böser, wütender, ohnmächtiger Blick – dann wandte er sich ab, und ohne ein weiteres Wort an ihre Adresse griff er in die Speichen seines Rollstuhls und machte sich mit seinem Gefährt aus dem Staub.

»Rühling!«, brüllte er. »Abmarsch!«

Der Bürgermeister eilte ihm zu Hilfe und schob ihn in Richtung Ausgang.

Babs wusste nicht, ob sie wachte oder träumte.

War das Wunder geschehen? Hatte sie ihn wirklich besiegt? Den widerlichen, bösen, alten Mann, der sie gezeugt hatte?

Als ihr Vater, gefolgt von Regina und Jürgen Rühling, im Ausgang verschwand, setzte mit ein paar knüppelharten Trommelschlägen die Musik wieder ein.

Life is life! La-laaa la lalá …
Let us talk about life! La-laaa la lalá …

16

Obwohl es noch nicht mal richtig dunkel war, verließen Ruth und Bernd schon den Festplatz. Ruth hatte gespürt, wie sehr Bernd die Auseinandersetzung im Zelt an die Nieren gegangen war, kein Wunder, schließlich war Hans-Jörg ja sein Sohn, und sie hatte darum von sich aus zum Aufbruch gedrängt, um zu vermeiden, dass er in seiner Aufregung womöglich zu einem Iserlohner Pilsener griff statt zu seinem Clausthaler, nachdem er so viele Jahre lang keinen Tropfen Alkohol mehr getrunken hatte.

»Hast du das von Hans-Jörg gewusst?«, fragte sie, als sie den kurzen Weg von dem neuen Festplatz, der sich seit der Begradigung der Lenne nicht mehr auf dem Langen Kamp, sondern auf der Stadtseite des Flusses befand, hinauf zur Freiheitstraße liefen, wo neben den Einsatzwagen der Polizei und des Deutschen Roten Kreuzes die Taxis standen.

Bernd schüttelte den Kopf. »Ich hatte nicht die leiseste Ahnung – wir haben ja seit einer Ewigkeit nichts mehr miteinander zu tun gehabt. Was für eine fürchterliche Demütigung.«

»Meinst du, für dich oder für Hans-Jörg?«

»Für Hans-Jörg natürlich. Der arme Junge. So vor aller Welt bloßgestellt zu werden. Jetzt lacht doch ganz Altena über ihn.«

Sie waren bei den Taxis angekommen. Noch lungerten die Fahrer plaudernd und zigarettenrauchend bei ihren Autos herum, zu dieser frühen Stunde brauchte kaum einer ihre Dienste. Ruth blickte hinunter auf den Festplatz, wo die Lichter der Karussells in der Dämmerung blinkten und die Schausteller mit ihren Lichtorgeln und Lautsprecheransagen das Publikum anlockten, während aus dem Zelt unermüdlich die Bässe wummerten. Wie gern hätte sie eine Fahrt mit der Schiffschaukel gemacht, darauf hatte sie sich am allermeisten gefreut, immer höher und höher in den Himmel hinauf, noch höher als die Burg … Nun ja, vielleicht beim nächsten Mal. So alt war sie zum Glück ja noch nicht, ein paarmal würde sie das Schützenfest wohl noch erleben.

Sie kehrte dem Festplatz den Rücken zu und schaute Bernd ins Gesicht. »Was meinst du, solltest du dich jetzt nicht um ihn kümmern?«

»Du meinst – um Hans-Jörg?«

Sie nickte.

»Aber glaubst du denn, er will mich überhaupt sehen?«

»Da bin ich ganz sicher.«

Sie sah an seinem Gesicht, in welchem Zwiespalt er war. So viele Jahre waren vergangen, ohne dass er mit seinem Sohn ein Wort gewechselt hatte, und Hans-Jörg hatte jede Begegnung vermieden, ja, er war seinem Vater sogar mehrere Male ausgewichen und hatte absichtlich weggeschaut, wenn sie auf der Straße einander über den Weg gelaufen waren. Bernd hatte unter dieser Missachtung fürchterlich gelitten. Doch wenn er es jetzt nicht versuchen würde, seinen Sohn zurückzugewinnen – wann dann? Dann würden er und Hans-Jörg vielleicht ihr ganzes Leben kein Wort mehr miteinander reden.

Um ihm die Entscheidung zu erleichtern, wandte sie sich zu einem der Taxis herum. Sofort eilte der Fahrer herbei, um ihr die Tür zu öffnen.

Bernd holte tief Luft. »Also gut, ich werde es versuchen.«

Sie gab ihm einen Kuss. »Ich weiß, dass es das Richtige ist«, sagte sie und stieg in den Wagen. »Viel Glück, mein Schatz. Und falls ich schon schlafe, weck mich, wenn du zurück bist. Damit du mir alles erzählen kannst.«

17

Regina hatte das quälende Gefühl, dass sämtliche Straßenpassanten sie mit den Blicken verfolgten, ja, sie glaubte diese förmlich auf ihrer Haut zu spüren, während sie ungeduldig darauf wartete, dass Jürgen und ihr Sohn mit vereinten Kräften Walter endlich von seinem Rollstuhl in den Liftsessel verfrachtet hatten, der ihn die endlos lange Treppe von der Straße hinauf zur Villa befördern sollte und ohne dessen Hilfe Walter sein eigenes Haus nicht mehr erreichen konnte. Nie und nimmer hätte sie gedacht, dass sie noch einmal so tief sinken würde. Alles hatte sie geopfert, ihre Hoffnungen und Träume und Sehnsüchte, damit solche Blicke ihr für immer erspart blieben, damit sie nie wieder solche Häme erleiden musste, durch niemanden mehr, hatte dafür ihre Jugend und ihre Schönheit an diesen alten Mann verschleudert. Und jetzt erfuhr sie, trotz all ihrer Opfer, trotz ihres Verzichts auf ein wirkliches Leben, diese entsetzliche, grenzenlose Schmach, die dieser alte Mann ihr zugefügt hatte und die noch erniedrigender war, als für irgendwelche Bahnhofspenner in einer Düsseldorfer Stehkneipe Bier zu zapfen.

»Hat jemand von euch gesehen, wer mich verleumdet hat?«, fragte Hans-Jörg mit leiser, zitternder Stimme. »Ich zeige jeden an, der dabei war!«

»Was soll der Scheiß?«, schnaubte Walter. »Dass du ein Hundertfünfundsiebziger bist, weiß doch die ganze Stadt!«

»Wie kannst du nur so fürchterliche Dinge sagen?«, zischte Regina leise, weil zwei betrunkene Schützen sich schon grinsend nach ihnen umdrehten.

»Ach, halt doch einfach dein dummes Maul!«, rief Walter, ohne sich um die Straßenpassanten zu kümmern.

Während Hans-Jörg den Sicherheitsbügel an seinem Sessel arretierte, warf sie Jürgen einen hilfesuchenden Blick zu. Doch der hatte andere Sorgen.

»Das war ein schwerer Fehler, Walter, dass du dich so exponiert hast. Ich hoffe nur, Dr. Zemke kommt nicht auf dumme Gedanken.«

Statt ihm zu antworten, startete Walter mit einem Knopfdruck den Treppenlift. Lautlos schwebte er davon.

»Los, worauf wartest du?«, rief er Regina zu. »Komm endlich! Oder hast du was an den Füßen?«

Trotz ihres engen Kleids und der hohen Absätze eilte sie die Stufen hinauf. Jürgen und Hans-Jörg folgten ihr nach.

»Nein!«, befahl Walter. »Nur du! Die zwei sollen sich zum Teufel scheren!«

18

Als das Taxi am ehemaligen Selvebogen in die Hermann-Voss-Straße abbog, klopfte Bernd das Herz bis zum Hals.

Wie würde sein Sohn reagieren, wenn er nach all den Jahren plötzlich vor seiner Haustür stand?

Nach seiner Rückkehr aus Düsseldorf hatte Hans-Jörg den Bungalow am Pragpaul gekauft, den Bernd vor Jahren selbst gebaut und in dem sie als Familie zusammengelebt hatten, bis die Wilke Hoch- und Tiefbau Gmbh & Co KG in Konkurs gegangen war und Regina sich hatte scheiden lassen. Danach hatte das Haus die meiste Zeit leer gestanden, es war schwer, in Altena einen Käufer oder auch nur einen Mieter für eine so große Immobilie zu finden – allein die Wohnfläche betrug dreihundert Quadratmeter. Wenn Hans-Jörg sich den Bungalow leisten konnte, musste es ihm also wenigstens finanziell ziemlich gutgehen.

»Was ist denn da los?«, fragte plötzlich der Taxifahrer.

Bernd blickte aus dem Fenster. In der Dunkelheit sah er, dass irgendwelche Gestalten sich an der Fassade des Bungalows zu schaffen machten. Doch als die Scheinwerfer des Taxis sie erfassten, verschwanden sie in der Nacht.

»Bitte halten Sie an«, sagte er.

Der Fahrer parkte am Straßenrand und schaltete den Taxometer aus. »Macht dreizehn vierzig.«

Bernd reichte ihm fünfzehn Mark. »Stimmt so.«

Bevor er die Tür öffnete, warf er einen Blick auf seine Hände. Trotz seines Herzklopfens waren sie vollkommen ruhig. Er schloss kurz die Augen, um sich zu sammeln, dann verließ er den Wagen.

In zwei Fenstern des Bungalows brannte Licht, hinter einer Gardine glaubte Bernd einen Schatten zu erkennen. Als er durch den Vorgarten auf das Haus zuging, sah er an der Fassade ein paar frisch auf den Putz gesprayte Schmierereien – offenbar das Werk der Gestalten, die soeben vor dem Taxi Reißaus genommen hatten.

Hoch lebe unsere Schützenkönigin!
Hoppe hoppe Reiter, wird er gefickt, dann schrei …

Das zweite Graffito brach mitten im Wort ab, wahrscheinlich hatten die Schmierfinken in dem Moment den Wagen kommen sehen.

Bernd trat an die Tür und drückte auf die Klingel. Es dauerte eine Weile, bis sich im Haus etwas regte. Ein Schlüssel wurde ins Schloss gesteckt, ein kurzes Klacken, dann ging die Tür einen Spalt weit auf. Bernd sah zuerst nur die Mündung eines Luftgewehrs, dann hörte er die Stimme seines Sohns.

»Haut ab, ihr Verbrecher, oder ich …«

Er sprach den Satz nicht zu Ende. Während der Gewehrlauf zu Boden sank, öffnete sich die Tür, und Hans-Jörg trat hinaus ins Freie.

»Du?«, fragte er.

»Ja«, sagte Bernd. »Ich bin's, dein Vater. Ich … ich wollte nur fragen, ob du vielleicht ein Clausthaler für mich hast.«

19

Kemal wusste, es war kein Traum, was er erlebte, sondern Wirklichkeit – doch *glauben* konnte er es nicht. Lag es an den vielen Gläsern Pils und Knickebein, die er hatte trinken müssen? Oder schaffte seine Seele es einfach nicht mehr, all die verrückten Ereignisse dieses Tages zu sortieren? Gestern Abend hatte er noch überlegt, ob er außer dem Klassentreffen überhaupt das Schützenfest besuchen sollte, und hätte Ramón Alvarez nicht angerufen, um ihn zum Königsschießen zu überreden, wer weiß, vielleicht hätte er in diesem Jahr das Zelt gar nicht betreten. Dann aber war er, statt mit seinen alten Kumpels das fünfundzwanzigjährige Abi-Jubiläum zu feiern, aus heiterem Himmel Schützenkönig geworden, und er hatte sich in einen Anzug stecken lassen und hielt seit Stunden Hof wie ein regierender Fürst, während das Schützenvolk ihn immer wieder mit einem dreifach donnernden Pott Jost hochleben ließ, nachdem sein Schwiegervater mitsamt seiner Entourage von Babs und den Mitgliedern der Friedrich-Wilhelms-Gesellschaft in die Flucht geschlagen worden war. Und als wäre das alles noch nicht genug, setzte sich jetzt, da die Band eine Pause machte, auch noch eine Bundestagsabgeordnete und veritable Staatssekretärin, die jedermann aus dem Fernsehen kannte, neben ihn auf den Thron, beäugt von sämtlichen Schützen im Zelt, weil alle einen Blick auf die berühmte Politikerin erhaschen wollten.

»Ich wollte nur kurz gratulieren«, sagte Angelika und schüttelte ihm die Hand.

»Das … ist sehr freundlich von Ihnen«, erwiderte er.

»Wie redest du denn mit mir?« Irritiert schaute sie ihn an. »Haben wir uns nicht geduzt?«

»Ich … ich erinnere mich nicht mehr so genau.«

Während er versuchte, sich ihre Begegnung vor zehn Jahren ins Gedächtnis zu rufen, als sie mit den Beweisstücken gegen Walter Böcker aus Berlin nach Altena gekommen war, verfluchte er seine Nervosität, die ihn in Angelikas Augen zur Witzfigur machen musste. Warum hatte Babs auch ausgerechnet jetzt mit Ulla in der Sektbar verschwinden müssen?

»Von mir aus können wir gern beim Du bleiben«, sagte er schließlich. »Ich meine, wenn du das möchtest.«

»Und ob ich das möchte!«, lachte sie. »Du bist schließlich der einzige König, den ich duzen darf!«

Unauffällig musterte er sie von der Seite. War sie wirklich so nett, wie sie tat? Oder war das nur antrainierte Politikerroutine?

»Ich freue mich übrigens riesig«, sagte sie, als würde sie seine Skepsis spüren, »dass sie dich zum König gemacht haben.«

»Du meinst – weil ich Türke bin?«

»Ja, natürlich! Das ist doch ein großartiges Zeichen. Die Schützen haben dich per Akklamation bestätigt. Demokratischer geht es nicht. Altena kann stolz sein!«

Kemal wusste nicht, ob er das wirklich als Kompliment auffassen sollte. Schließlich hatte er seit seiner Kindheit einen deutschen Pass.

»Und wie kommt ihr beide zurecht, Babs und du?«, fragte sie, bevor er etwas entgegnen konnte. »Ich meine, mit eurem Antiquariat? Wenn ich mich richtig erinnere, hattet ihr damals ziemlich zu kämpfen.«

Kemal schaute ihr ins Gesicht. Als er ihren wachen, aufmerksamen Blick sah, wusste er, dass dies keine Politikerroutine war. Sie meinte die Frage ernst. Das machte ihm die Antwort leichter.

»Babs und ich lieben unseren kleinen Laden über alles«, sagte er. »Die Arbeit macht uns großen Spaß, ein Leben ohne Bücher können wir uns gar nicht vorstellen, und es gibt keine schöneren Bücher als alte Bücher. Täglich machen wir neue Entdeckungen in der Vergangenheit.«

»Das stelle ich mir wunderbar vor«, erwiderte Angelika. »Das genaue Gegenteil von meinem Beruf. Da gibt es immer nur das Hier und Jetzt, und nichts ist wichtig, was nicht heute wichtig ist.«

»Ja, wir haben wirklich eine wunderbare Arbeit«, pflichtete Kemal ihr bei, »und wir könnten uns beide nichts Besseres wünschen. Wenn nur …« Er stockte.

»Wenn nur was?«

»Wenn nur das blöde Geldverdienen nicht wäre.«

Angelika nickte, offenbar verstand sie, was er meinte.

»Gehen die Geschäfte so schlecht?«

»Noch schlechter«, antwortete er. »Wir fürchten jeden Tag um unsere Existenz. Mit Altena geht es immer weiter bergab, in der Lennestraße schließt ein Geschäft nach dem anderen, und wir wissen nicht, wie lange wir noch durchhalten können.«

»Glaubst du, dass es mit dem Aufzug besser geworden wäre?«

»Wahrscheinlich schon, die Idee war ja gut, auch wenn sie von den falschen Leuten stammte. Der Aufzug hätte mit ziemlicher Sicherheit auswärtige Besucher in die Stadt gelockt und für mehr Frequenz in den Geschäften gesorgt. Wenn ich daran denke, dass Walter Böcker dann auch noch einfach so seinen Willen bekommen hat, ohne den Aufzug – ich könnte heulen vor Wut.«

Sie berührte kurz seinen Arm. »Das kann ich bestens nachempfinden. Aber – gibt es denn keine Aussicht auf irgendwelche neuen Fördermittel? Wenn du willst, kann ich mich in Berlin gern mal erkundigen.«

Kemal schüttelte den Kopf. »Es wurde schon alles probiert, und ab und zu flossen in den vergangenen Jahren auch Gelder, und die Arbeiten gingen für ein paar Monate voran. Irgendwann wurden sie dann eingestellt, dabei glaubten schon manche in der Stadt, es wäre bald geschafft. Tourismusförderung ist zwar Sache des Landes, aber das Land hat keine Fördermittel, weil es am Tropf des Bundes hängt, und der steckt jede Mark in den Aufbau Ost. Das Schicksal der alten Bundesländer«, fügte er mit einem Schulterzucken hinzu.

Darauf wusste auch Angelika keine Antwort. Weil es darauf keine Antwort gab. Kemal hatte ja recht, der Aufbau Ost hatte immer noch Vorrang, da war sich die Regierung nach wie vor einig. Während sie beide schwiegen, kehrten die Musiker auf das Podium zurück und blätterten in ihren Notenheften. Kemal hoffte, dass sie bald anfangen würden zu spielen, damit das peinliche Schweigen ein Ende hatte.

»Vielleicht habe ich eine Idee«, sagte Angelika plötzlich. Sie öffnete ihre Handtasche, holte eine Visitenkarte hervor und notierte darauf eine Telefonnummer. »Ruf da mal an – ein Literaturprofessor, der mir einen Gefallen schuldet. Vielleicht kann der euch helfen.«

Verwundert blickte er auf die Karte. »Wie kommst du darauf, dass uns ein Literaturprofessor helfen könnte?«

Sie setzte zu einer Antwort an, doch da näherte sich Miguel mit ihrer kleinen Tochter an der Hand.

»Luzie hat mich zum Tanzen aufgefordert«, sagte er. »Aber erst wollten wir natürlich die Mama fragen. Gibt sie uns ihre Erlaubnis?«

20

Als Ulla mit Babs die Sektbar verließ, wo sie zusammen auf den Sieg über Walter Böcker angestoßen hatten, hatte sie einen leichten Schwips – vor allem aber das schöne Gefühl, ihrer jungen Freundin Mut in einer Frage zugesprochen zu haben, die dieser wie keine zweite auf der Seele brannte. Vielleicht würde Babs ja doch noch das Glück zuteil, um das Ulla sich vor Jahren selbst gebracht hatte. Sie würde es ihr von Herzen gönnen.

Im Hauptzelt saßen die Musiker schon mit ihren Instrumenten auf den Plätzen. In Erwartung des Lärms hätte Ulla am liebsten wieder kehrtgemacht. Doch bevor die Kapelle zu spielen anfing, stiefelte Winfried Nippert ans Mikrophon, der diesjährige Königsadjutant.

»Wie zu jedem Fest«, rief er in den Saal, »wollen wir auch in diesem Jahr den Schützenbruder küren, der die weiteste Anreise hatte. Der Sieger erhält hundert Biermarken. Ich bitte um Meldungen.«

»Tübingen!«, rief jemand, den Ulla im Gedränge nicht sehen konnte.

Ein mitleidiges Oooooh aus dem Publikum war die Antwort.

»Ich glaube, das war unser Schriftsteller«, sagte Babs.
»Welcher Schriftsteller?«, erwiderte Ulla.
»Der Sohn von Betten-Prange.«
»Ach so – *der.* Sag das doch gleich!«
Jetzt sah sie ihn, er stand am Tresen der Kompanie Freiheit. Mit seinem kurzen Haar und einer Körpergröße von um die eins achtzig erkannte sie ihn kaum wieder. Sie hatte ihn ganz anders in Erinnerung, als einen auffallend kleinen Jungen mit auffallend langen Haaren, der aussah wie ein Mädchen.
»Paris!«, rief jemand aus einer anderen Ecke.
»Schon besser!«, kommentierte Winfried.
Der Pariser machte sich auf den Weg, um die Biermarken abzuholen, doch ein kleiner dicker Schütze mittleren Alters schob ihn einfach zur Seite.
»Sydney!«, rief er und marschierte mit siegessicherem Gesicht Richtung Podium.
»Ich denke, damit steht das Ergebnis fest!«, erklärte Winfried mit wichtiger Miene. »Ein dreifach donnerndes Pott Jost auf den Sieger!«
»Pott Jost! Pott Jost! Pott Jost!«
Während Winfried dem Schützenbruder aus Australien die Biermarken vom Podium herunterreichte, setzte die Musik ein.
Life is life! La-laaa la lalá …
Während Ulla sich die Ohren zuhielt, füllte sich in Windeseile die Tanzfläche, und eine Minute später standen die Tänzer sich schon gegenseitig auf den Füßen. Nur vor dem Thron blieb eine Fläche frei. Dort tanzte, umringt von klatschenden Zuschauern, das ungleichste Paar im ganzen Zelt: Miguel und Angelikas Töchterchen Luzie, die nach Miguels Vorbild zu den Klängen des Schützenfestschlagers Flamenco tanzte. Das tat sie mit so viel Temperament, dass sie rings um sich her helle Begeisterung auslöste.
Ulla ließ ihren Blick von der Tanzfläche zum Thron wandern, wo Angelika an Kemals Seite saß und den beiden zuschaute.
Als sie ihr Gesicht sah, stutzte sie.
War das wirklich nur lauteres Mutterglück, das da aus ihren Augen leuchtete? Oder galt ihr Lächeln Miguel, dem Tanzpartner ihrer Tochter?

21

Die Gläser standen schon auf dem Couchtisch bereit. Seit über dreißig Jahren war Bernd nicht mehr in dem Bungalow gewesen, den er vor einem halben Menschenleben gebaut hatte. Während Hans-Jörg in der Küche die Getränke holte, nahm er im Wohnzimmer Platz und schaute sich um. Der ehemals so vertraute Raum löste ein merkwürdiges Befremden in ihm aus. Dabei hatte sich gar nicht so viel verändert. Die Möbel waren natürlich neu, aber sie waren genauso im Raum verteilt wie früher, auch im Stil waren sie ähnlich geblieben, und der Perserteppich war sogar noch derselbe, der Bernd mal ein kleines Vermögen gekostet hatte. Fast war es, als hätte Hans-Jörg alles so bewahren wollen, wie es in seiner Jugend gewesen war. Doch gleichzeitig wirkte der Raum irgendwie wohnlicher, wärmer, als Bernd ihn in Erinnerung hatte. Vor den Fenstern gab es Gardinen, die es früher nie gegeben hatte, weil Gardinen angeblich nicht modern waren, so dass jeder Straßenpassant ungeniert ins Zimmer hatte schauen können, und statt der abstrakten Gemälde, die Regina sich von einem Düsseldorfer Galeristen hatte aufschwatzen lassen und bei denen man nie wusste, wo oben und unten war, hingen jetzt Bilder an den Wänden, auf denen man etwas erkennen konnte, Landschaften und Tiere und Menschen.

Mit zwei Flaschen Bier in der Hand kam Hans-Jörg aus der Küche zurück.

»Clausthaler hatte ich leider nicht mehr«, sagte er. »Nur noch Iserlohner. Oder möchtest du lieber eine Cola?«

Bernd schaute zuerst auf die Flasche, dann auf seinen Sohn.

»Ich glaube, heute ist eine Ausnahme erlaubt.«

Er nahm die Flasche, die Hans-Jörg ihm reichte, und schenkte sich ein. Täuschte er sich, oder schäumte das Bier wirklich anders als ein Clausthaler?

Hans-Jörg prostete ihm mit einem scheuen Lächeln zu. »Danke, dass du gekommen bist.«

»Nicht der Rede wert«, winkte Bernd ab. »Ist doch eine Selbstverständlichkeit.«

Schweigend stießen sie an und tranken. Wie ein guter, alter Freund, der nach langer Zeit aus der Verbannung zurückkehrt, breitete der Alkohol sich in Bernds Körper aus, strömte bis in die Zehenspitzen hinunter und stieg gleichzeitig hinauf bis in die Haarwurzeln. Ein wunderbar wohliges Kribbeln überzog seine Haut.

»Nein«, sagte Hans-Jörg. »Das ist es ganz und gar nicht – ich meine, eine Selbstverständlichkeit«, fügte er hinzu, als er Bernds fragendes Gesicht sah. »Nicht nach all den Jahren. Und vor allem nicht nach meinem Verhalten. Ich glaube, ich habe dir fürchterlich unrecht getan. Ich … ich habe nicht anders gekonnt.«

Er sprach so leise, dass Bernd ihn kaum verstand. Jedes Wort schien ihm unendlich schwerzufallen. Aber wie sollte das auch anders sein – woher sollten die Worte nach so langem Schweigen denn plötzlich kommen? Bernd spürte, wie Tränen in ihm aufstiegen. Um sie zu unterdrücken, nahm er sein Glas und trank einen weiteren Schluck.

»Danke, dass du das gesagt hast. Du ahnst nicht, wie viel mir das bedeutet.« Er wischte sich den Schaum vom Mund und schenkte sich nach. »Was hast du jetzt vor?«

»Ich werde nach Leipzig ziehen«, sagte Hans-Jörg.

Bernd runzelte die Stirn. »Findest du das nicht ein bisschen übertrieben? Wegen so einer Lappalie?«

Unsicher erwiderte Hans-Jörg seinen Blick. »Lappalie? Findest du?«

»Mein Gott, wir leben schließlich nicht mehr im neunzehnten Jahrhundert.«

»Das sagst ausgerechnet du?«

Bernd lachte. »Das hättest du von deinem Spießer-Vater wohl nicht erwartet? Du darfst nicht vergessen, ich war im Krieg. Da haben wir oft monatelang kein weibliches Wesen zu Gesicht bekommen. Das hat nicht jeder von den Jungs ausgehalten.« Er nahm sein Glas und stieß noch einmal mit seinem Sohn an.

»Prost.«

»Prost.«

»Im Ernst«, sagte er dann. »Es gibt wirklich keinen Grund, auszuwandern.«

Hans-Jörg schüttelte den Kopf. »Das hat nichts mit heute zu tun, das mit Leipzig hatte ich schon lange vor. Ich mache in den neuen Bundesländern über Dreiviertel meines Umsatzes.«

»Das ist natürlich etwas anderes.« Bernd zögerte. »Aber – soll das heißen, du kehrst Altena für immer den Rücken? Ausgerechnet jetzt? Gerade, wo wir zwei wieder …«

Er schaffte es nicht, den Satz zu Ende zu sprechen. Doch Hans-Jörg verstand ihn auch so.

»Nein«, sagte er, »ich werde meine Agentur in Altena behalten, aber mein Lebensmittelpunkt wird Leipzig sein. Hier nehme ich mir eine kleine Wohnung – um ab und zu nach dem Rechten zu schauen, brauche ich nicht mehr das große Haus.« Jetzt zögerte auch er. »Wenn du möchtest, können wir … können wir uns ja vielleicht ab und zu sehen. Und … falls du mich mal in Leipzig besuchen kommst, würde ich mich wirklich freuen.«

Bernd nickte. »Ich mich auch.«

Wieder prosteten sie einander zu und tranken.

Hans-Jörg warf einen Blick auf ihre Flaschen. »Möchtest du vielleicht noch ein Bier, Papa?«

Bei dem Wort schossen Bernd die Tränen in die Augen. Wann hatte er das zum letzten Mal gehört?

»Ja, mein Junge«, sagte er. »Gerne.«

22

Luzie war auf Miguels Arm eingeschlafen, als sie das Hotel am Markt erreichten, wo Angelika sich einquartiert hatte. Die kleinen Arme um seinen Hals geschlungen, schlummerte sie wohlig an seiner Brust. Irgendwann war sie im Zelt so müde geworden, dass ihr beim Tanzen die Augen zugefallen waren und sie sich nicht mehr auf den Beinen hatte halten können. Da es vom Festplatz bis zum Hotel nur ein paar hundert Schritt waren, hatte Miguel angeboten, sie den kurzen Weg zu tragen.

Im Hotel war alles dunkel, nur die Neonreklame brannte. Angelika suchte in ihrer Tasche nach dem Schlüssel. »Ich glaube, ein paar Leute im Zelt hätten am liebsten den Kinderschutzbund alarmiert, weil ich Luzie so lange aufgelassen habe. Ich habe mir jedenfalls eine Menge giftiger Blicke eingefangen.«

»Ja und?«, erwiderte Miguel. »Feiern ohne Kinder ist für Spanier undenkbar, und wenn die Kleinen am nächsten Tag unausgeschlafen sind, wird eben die Siesta verlängert. Die meisten Deutschen hingegen stecken erst ihre Kinder ins Bett, wenn sie sich amüsieren wollen. Ich finde es sehr sympathisch, dass du nicht zu ihnen gehörst.«

Angelika hatte inzwischen den Schlüssel gefunden und steckte ihn ins Schloss. Miguel musste an den Kuss denken, den sie ihm hier beim letzten Mal gegeben hatte. Um sich dann von ihm zu verabschieden und ihn in der Dunkelheit stehen zu lassen und allein auf ihr Zimmer zu verschwinden.

»So, jetzt kann ich sie dir abnehmen«, sagte Angelika, nachdem sie die Tür geöffnet hatte.

Sie fasste Luzie unter die Arme. Doch schon bei der ersten Berührung wurde ihre Tochter wieder wach.

»Nicht du«, sagte sie. »Miguel soll mich tragen.«

Der schaute Angelika an. »Darf ich?«

Sie gab keine Antwort. Doch sie schenkte ihm ein so schönes Lächeln, dass er es als ein Ja auffasste. Also behielt er Luzie auf dem Arm und trat mit ihr in den dunklen Hotelflur.

»Wievielter Stock?«

»Dritter. Warte, ich mache Licht.«

Angelika hatte zwei ineinandergehende Zimmer gemietet, ein großes und ein kleines. In dem kleinen stand schon ein fertiggemachtes Reisebett.

»Das muss Tommy gewesen sein«, sagte sie.

Miguel zuckte zusammen. »Schläft dein Vater etwa auch hier?«

»Nein. Aber nebenan. Er muss das Bett schon vorher aufgestellt haben. Er ist ja noch im Zelt.«

Miguel hoffte, dass sie nicht merkte, wie erleichtert er war.

»Bekomme ich einen Gutenachtkuss?«, fragte er.

Luzie schlang noch einmal ihre Ärmchen um ihn und gab ihm einen Schmatzer mitten auf den Mund.

»Das hat sie noch bei keinem Fremden getan«, staunte Angelika.

»Seit wann bin ich ein Fremder?«, fragte Miguel mit gespielter Empörung. »Sag Luzie, bin ich ein Fremder?«

Sie schüttelte den kleinen Lockenkopf. »Nein, du bist kein Fremder. Du bist doch – *Mieh-gell*!«

Wieder lächelte Angelika ihn an, noch schöner als beim ersten Mal. »So, jetzt aber Schluss für heute«, sagte sie dann und nahm ihm ihre Tochter vom Arm. »Jetzt wird geschlafen.«

»Ohne Zähneputzen?«, fragte Luzie.

»Heute ohne Zähneputzen. Und sogar ohne Nachthemd. Du darfst in deinem Kleidchen schlafen. Dann träumst du weiter vom Tanzen.«

»Wie schön!« Noch während Luzie sprach, begannen ihre Augen zu rollen, und sie musste gähnen. Dabei hielt sie ein Händchen vor den Mund, wie eine kleine Erwachsene.

»Ich glaube, da ist gerade das Sandmännchen vorbeigeflogen«, sagte Angelika.

Sie gab ihr einen Kuss und legte sie ins Bett. Als sie ihr die Sandalen von den Füßen streifte, war Luzie schon eingeschlafen.

»Schlaf schön, mein süßer kleiner Schatz.«

Miguel löschte das Licht. In der Dunkelheit sah er, wie Angelika noch einmal das Gesicht ihrer schlafenden Tochter streichelte. Warum hatte sie ihm diesmal erlaubt, sie auf ihr Zimmer zu begleiten? Nur weil Luzie es sich gewünscht hatte? Oder hatte auch sie es gewollt? Er wurde noch nervöser, als er schon war. Er wusste so wenig von ihr, nur, dass sie sich von Luzies Vater getrennt hatte. Aber das hieß ja nicht, dass es sonst keinen Mann in ihrem Leben gab. Ein ungeliebter Ehemann war ein leichterer Rivale gewesen als ein großer Unbekannter, der vielleicht der tollste Mann auf Erden war.

»Komm«, sagte sie leise.

Auf Zehenspitzen verließen sie den Raum.

»Wie kommt es, dass du so gut mit Kindern umgehen kannst?«, fragte sie, nachdem sie die Tür zu Luzies Zimmer bis auf einen Spalt zugezogen hatte.

»Ich habe selber zwei, einen Jungen und ein Mädchen«, antwortete er.

»In Spanien?«

Er schüttelte den Kopf. »Nein, in Sindelfingen, bei meiner geschiedenen Frau.«

Angelika schaute ihn an. »Du vermisst sie sehr, nicht wahr?«

Miguel nickte. »Das Gericht hat bei der Scheidung gegen mich entschieden. Erstens bin ich ein Mann und zweitens ein Ausländer.«

23

In der Villa Böcker herrschte Krieg. Kaum hatte Regina die Haustür hinter sich geschlossen, hatte Walter einen fürchterlichen Streit vom Zaun gebrochen – den schlimmsten Streit, seit sie bei ihm eingezogen war.

»Dein Sohn ist ein Perverser!«, brüllte er in seinem Rollstuhl. »Ein gottverdammter Hinterlader!«

»Ich verbiete dir, so von Hans-Jörg zu reden.«

»Du hast mir gar nichts zu verbieten, du Schlampe!«

»Schlampe? Wie kannst du nur wagen …«

»Ja, Schlampe! Was glaubst du denn, warum dein Sohn so geworden ist? Das ist einzig und allein deine Schuld! Weil du eine Schlampe bist. *Schlampe!*«

»Noch einmal dieses Wort – und …«

»Und was?«

Statt ihm zu antworten, nahm Regina eine Vase vom Tisch und warf sie zu Boden. Obwohl die Vase laut scheppernd zersprang, schien Walter nicht im Geringsten beeindruckt.

»Das hat alles mit diesem Detlev angefangen«, schnaubte er.

»Detlev? Wer ist Detlev?«

»Die kleine Tunte, mit der dein Sohn den Pas-de-deux geübt hat, nachdem Babs mit dem Reiten aufgehört hatte.«

»Ach so, Detlev Grünberg! Willst du damit etwa andeuten, dass er auch …?« Sie brachte das Wort nicht über die Lippen. Stattdessen lachte sie einmal verächtlich auf.

»Schwul ist, wolltest du sagen? Was für eine dämliche Frage. Der Name sagt doch alles – *Detlev*!«

»Selber dämlich. Detlev Grünberg ist inzwischen verheiratet und hat drei Kinder.«

»Das beweist überhaupt nichts. Dieser Bundeswehrgeneral, den sie damals im Lieblingslokal deines Sohns erwischt haben, hatte eine ganze Armee und war trotzdem ein warmer Bruder.«

»Bleib beim Thema! Außerdem, was hat das alles mit mir zu tun?«

»Bist du wirklich so doof oder tust du nur so? Dein Sohn ist ein Perverser, weil du vor seinen Augen deinen Mann betrogen hast – seinen *Vater*! Das hat ihn für sein Leben versaut!«

Regina schnappte nach Luft. Mit seinen bösen Augen erwiderte er ihren Blick, dann warf er seinen Rollstuhl herum und fuhr von der Diele in das angrenzende Jagdzimmer.

Während er zwischen den beiden Räumen hin und her rollte, hatte sie nur einen Gedanken: Wann ereilte ihn endlich sein dritter Schlag, um sie aus dieser Hölle zu befreien?

»Und was ist mit Babs?«, fragte sie. »Die hat uns damals in der Besenkammer gesehen. Du mit runtergelassener Hose! Weil ich mal wieder deinen Schwanz lutschen musste!«

Mit einem Ruck, als hätte jemand ein Lasso nach ihm geworfen, hielt er in seiner Fahrt inne. Er machte in seinem Stuhl kehrt und schaute ihr ins Gesicht.

»Wenn ein Mann es mit einer anderen Frau treibt, ist das seine Natur! Aber wenn ein Junge begreifen muss, dass seine eigene Mutter eine gottverdammte Hure ist …«

»Jetzt ist es aber genug!«, schrie sie. »Wenn Hans-Jörg damals einen Knacks bekommen hat, dann Babs erst recht! Oder was glaubst du, warum deine Tochter nicht mehr mit dir spricht und einen Türken geheiratet hat?«

24

Ruth hatte versucht zu schlafen, doch es war ihr nicht gelungen – nicht, bevor sie wusste, ob Bernd und Hans-Jörg sich ausgesöhnt hatten. Also hatte sie das Bett wieder verlassen und sich in der Küche ein Glas Tee gemacht. Jetzt saß sie im Nachthemd vor dem Fernseher im Wohnzimmer, trank ihren Tee und schaute im dritten Programm WDR Lokalzeit, wo gerade ein Bericht vom Altenaer Schützenfest lief.

Plötzlich hörte sie Geräusche an der Haustür. Sie stand auf und ging in die Diele. Draußen rasselte ein Schlüssel.

»Bist du das?«, rief sie.

»Jawoll, mein Herzblatt!«

Was war denn das für eine Antwort? Irritiert machte sie auf. Kaum hatte sie die Tür einen Spalt weit geöffnet, stolperte Bernd ihr entgegen. Der Schlips hing lose um seinen Hals, die grüne Schützenmütze saß ihm im Nacken, und mit dem Haustürschlüssel stocherte er sinnlos in der Luft herum.

Auf seinen Lippen aber lag ein seliges Lächeln.

»Na, das war diesmal aber wohl kein Clausthaler?«, sagte Ruth.

Sein seliges Lächeln wurde zu einem noch seligeren Grinsen. *»Qu'est-ce que c'est? Moi ne pas …«* Er drohte den Stand zu verlieren.

»Hoppla!«, rief sie und fing ihn auf. Er war schwer wie ein nasser Sack.

»Bist du … bist du mir jetzt böse, mein süßes, kleines Herzblatt?«, fragte er mit einem Schluckauf.

Ruth schaute in sein Gesicht. Er sah so glücklich aus wie noch nie. Kein Zweifel, er hatte sich mit Hans-Jörg ausgesöhnt. Wenn dafür sein Rausch der Preis war, war es das wert. Die Versöhnung mit seinem Sohn war das Einzige gewesen, was ihm in all den Jahren zu seinem Glück gefehlt hatte.

»Nein, mein Schatz«, sagte sie, »ich bin dir nicht böse. Ganz und gar nicht.« Sie legte seinen Arm über ihre Schulter, damit er an ihr Halt hatte, und führte ihn vorsichtig zur Treppe. »Ich glaube, ich bringe dich jetzt mal ins Bett. Und morgen, wenn du ausgeschlafen bist und wieder nüchtern, kannst du mir ja ausführlich erzählen, wie es mit Hans-Jörg war.«

»Jawoll, mein Herzblatt!«

Er gab ihr einen seligen Kuss. Dann stolperte er an ihrem Arm die Stufen hinauf.

»Qu'est-ce que c'est? Moi ne pas …«

Zärtlich drückte sie ihn an sich. Ab morgen würde er wieder Clausthaler trinken.

25

Noch immer tobte der Krieg in der Villa Böcker, nur hatte er sich inzwischen vom Eingangsbereich des Hauses ins Wohnzimmer verlagert, wo Regina und Walter sich abwechselnd an der Hausbar bedienten, um ihre nachlassenden Kräfte in immer kürzeren Abständen mit einem Schluck Alkohol wiederzubeleben.

»Du undankbares Miststück!«, brüllte er. »Ich habe dich aus der Gosse geholt!«

»Gosse?«, schrie sie zurück. »Ganz Düsseldorf hat mir zu Füßen gelegen! Einer der führenden Manager des Rewe-Konzerns hat um meine Hand angehalten, vielleicht der künftige Generaldirektor! Das alles habe ich aufgegeben, für dich, aus Mitleid mit dir – aus reiner, christlicher Barmherzigkeit.«

»Dass ist nicht lache! Du warst nichts, und du hattest nichts. Eine kleine, billige Kneipenwirtin warst du, nicht mehr als die Jungfrau Annemarie. Für Bahnhofspenner hast du Bier gezapft, aufgetakelt wie eine Puffmutter. Jeder, der wollte, konnte dich für einen Heiermann haben. Und so eine habe ich geheiratet!«

»Weil dich sonst keine genommen hat! So einen widerlichen alten Nazi wie dich will ja keine! Herrgott, wie du mich angewinselt hast, auf dem Boden bist du vor mir gekrochen, damit ich wieder nach Altena zurückkomme. *Ich bin ja so allein*«, äffte sie ihn nach. *»Diese Einsamkeit in dem großen leeren Haus. Ich halte das nicht mehr aus …«*

Sein Gesicht verriet, dass sie einen Treffer gelandet hatte. Ein Zucken hatte seine Augen erfasst, genauso wie seinen schiefen Mund.

»Du elende Schlampe«, fauchte er. »Meinst du, ich wäre blind und würde dich nicht durchschauen? Von morgens bis abends schleichst du um mich herum und lauerst darauf, dass ich abkratze, damit du mein Erbe kassieren kannst. Aber ich warne dich, sei dir da ja nicht so sicher, ich kann mein Testament jederzeit ändern, wann immer ich will. Dafür muss ich nur einmal zum Notar, und schon ist die Sache erledigt, und du guckst in die Röhre. Und wenn ich zehnmal krepiere!«

»Ja, wenn du's nur endlich tun würdest!«

»Du gibst es also zu?«

Sie schauten sich an, einer erschöpfter als der andere. Reginas Kopf glühte, als hätte sie Fieber – der Streit hatte so sehr an ihren Kräften gezehrt, dass sie kaum noch ihr Glas halten konnte. Auch er brauchte beide Hände, um seins nicht fallen zu lassen, seine Brust hob und senkte sich mit jedem Atemzug, begleitet vom Rasseln seiner teerverklebten Lungen.

Sie stellte ihr Glas auf den Couchtisch und trat auf ihn zu. »Mein Gott, was tun wir hier eigentlich? Wir benehmen uns ja wie zwei Kinder.« Sie streckte die Hand aus und strich ihm über das verschwitzte graue Haar.

Unwirsch warf er den Kopf beiseite. »Was soll das?«

»Kannst du dir das nicht denken?«

Misstrauisch blickte er von seinem Rollstuhl aus zu ihr in die Höhe. »Willst du mir etwa ein Friedensangebot machen?«

»Ach Walterli, du weißt doch, ich hasse solche Streits. Und du willst das doch auch nicht, wenn du ehrlich bist.«

Auf die Gefahr hin, dass er sie abermals zurückwies, fuhr sie ihm ein zweites Mal mit der Hand über den Kopf. Aber zum Glück ließ er sie diesmal gewähren.

Damit war der Weg frei.

»Erinnerst du dich noch, was früher das Schönste an unseren Streits war?«, schnurrte sie.

»Ich bin sicher, du wirst es mir gleich verraten«, knurrte er.

»Die Versöhnung natürlich. Oder hast du das vergessen?«

Er saß in seinem Rollstuhl neben der freistehenden Stellkommode, in der sie ihre Fernsehutensilien aufbewahrten. Regina nahm ihm sein Glas aus der Hand und stellte es darauf ab. Dann schaute sie ihm tief in die Augen und kniete vor ihm nieder. Während sie mit der einen Hand seine Hose aufknöpfte, holte sie mit der anderen die Packung Viagra aus der Kommodenschublade, die dort für solche Fälle bereitlag.

»Dein blauer Diamant«, sagte sie und reichte ihm eine Tablette.

Unschlüssig schaute Walter auf sie herab. Um ihm die Entscheidung zu erleichtern, nahm sie die Fernbedienung, wählte den Videokanal und schaltete den Fernseher ein. Im nächsten Augenblick erschien sein Lieblingsfilm auf dem Bildschirm: *Der schwarze Hengst und seine blonde Stute.*

»Nun, worauf wartest du, mein Puma? Du willst mich doch wohl nicht enttäuschen – oder?«

Das ließ Walter nicht auf sich sitzen. Mit grimmiger Miene nahm er die Tablette und spülte sie mit einem Schluck Schnaps hinunter.

»Na, also«, sagte sie. »Nur ein paar Minuten, und schon sieht die Welt wieder ganz anders aus.«

Sie schloss einmal kurz die Augen, um den Ekel zu überwinden, dann beugte sie sich über ihn.

26

Angelika drehte den Hahn auf und hielt beide Hände mit den Innenflächen nach oben ins Waschbecken, um sie unter dem Wasserstrahl zu kühlen. Sie war für einen Moment ins Bad verschwunden, sie musste ihre Gedanken ordnen. Was erwartete Miguel von ihr? Dass sie ihn zum Bleiben aufforderte? Sie trocknete sich die Hände ab und schaute in den Spiegel. Von dem Make-up, das sie am Morgen vor der Abreise in Berlin aufgetragen hatte, war nicht mehr viel übrig geblieben. Normalerweise war sie nicht besonders eitel, jetzt allerdings hätte sie gern ihr Schminktäschchen zur Hand gehabt, um wenigstens den Lippenstift nachzuziehen. Doch ihr Necessaire war noch im Koffer, und der befand sich im Raum nebenan, bei Miguel.

Als sic in das Zimmcr zurückkehrte, ahnte sie den Duft seines Rasierwassers, wenn auch nur eine ganz leise Spur. Wie hatte es noch mal geheißen? Miguel stand am Fenster und schaute hinunter auf die Straße. Sie hatte gehofft, dass er inzwischen Platz genommen hätte. Gegenüber dem Fernseher, mit dem Rückenteil zu ihrem Doppelbett, gab es eine Couch, die für genau zwei Personen Platz hatte.

»Möchtest du noch mal zurück ins Zelt?«, fragte sie.

Miguel drehte sich vom Fenster herum. »Mein Bedarf an Iserlohner Pilsener und Knickebein ist eigentlich für heute gedeckt. Aber vielleicht sollte ich mich noch mal kurz blicken lassen.«

»Warum? Hat du dort irgendwelche Pflichten?«

»Nein, das nicht, einfach nur so.« Er schaute auf seine Hände, dann hob er den Kopf und blickte sie an. »Wenn ich ehrlich bin, weiß ich selbst nicht so genau, warum.«

Sie hatte den Eindruck, dass sein dunkler Teint noch ein kleines bisschen dunkler wurde, aber vielleicht täuschte sie sich ja. Sie war aus der Übung in solchen Sachen, seit der Trennung von Udo hatte sie keinen Mann mehr an sich herangelassen, sie brauchte irgendein Zeichen.

»Wenn du kein Bier mehr magst«, sagte sie, »vielleicht magst du ja noch ein Glas Wein? In der Minibar gibt es, wenn ich mich nicht irre, sogar einen Rioja.«

»Rioja?«, fragte er. »Da kann ich ja eigentlich nicht nein sagen.«

Angelika öffnete den kleinen Kühlschrank. Der Rotwein war kein Rioja, sondern ein Beaujolais, aber woher hätte sie das auch wissen sollen, sie hatte ja vorher nicht in die Minibar geschaut. In der Hoffnung, dass Miguel das Etikett nicht sah, holte sie das winzige Fläschchen heraus und stellte zwei Gläser auf den Tisch. Die Frage, ob er Lust auf ein Glas Wein hatte, hatte sie völlig unabsichtlich gestellt. Jetzt war sie froh, dass sie ihr herausgerutscht war – offenbar freute er sich darüber genauso wie sie.

Sie setzte sich auf die schmale Couch, und während sie die Gläser einschenkte und anschließend die Flasche neben sich auf dem Boden verschwinden ließ, nahm auch er Platz. Doch leider nicht an ihrer Seite, sondern auf dem Schreibtischstuhl, den er an den Tisch herangerückt hatte.

Irritiert schaute sie in ihr Glas. Waren wohl alle Spanier so gut erzogen wie er? Oder hatte seine Zurückhaltung einen anderen Grund? Er war doch beim ersten Mal ganz und gar nicht zurückhaltend gewesen, obwohl sie damals noch verheiratet gewesen war. Hatte er womöglich gar kein Interesse an ihr und war nur wegen Luzie den ganzen Tag so nett gewesen? Weil er vielleicht inzwischen eine Freundin oder Frau hatte, von der sie nichts wusste?

»Prost«, sagte sie, weil ihr nichts Besseres einfiel, und hob ihr Glas.

»Salud«, erwiderte er.

Nachdem sie getrunken hatten, sagten sie beide ein paar Sekunden lang nichts. Dann sprachen sie im selben Augenblick gleichzeitig los, wie auf Kommando, um sofort wieder zu verstummen.

»Du zuerst!«, sagte sie.

»Nein, du!«

Er verschloss mit einem Finger seine Lippen, um ihr zu signalisieren, dass er schweigen würde und sie sprechen sollte.

»Ich … ich wollte nur fragen – kannst du deine Kinder eigentlich regelmäßig sehen? Ich meine, Sindelfingen liegt ja nicht um die Ecke.«

»Leider nein, nur alle Jubeljahre laut Gerichtsbeschluss, und das auch immer nur mit Einwilligung meiner Frau. Unglücklicherweise ist sie nicht besonders großzügig.«

»Aber weshalb so strenge Auflagen? Etwa, weil du Ausländer bist?«

»Das spielt auch eine Rolle, keine Frage. Aber der Hauptgrund ist ein anderer. Die Richterin, die das Urteil sprach, war eine fanatische Feministin, sie hatte ihr Haar knallrot gefärbt und trug unter der Robe Birkenstock-Sandalen – kein Witz. Mein Anwalt und ich hatten den Eindruck, dass sie regelrecht Vergnügen daran hatte, es einem spanischen Macho wie mir mal so richtig zu zeigen. Sie hat die strengen Auflagen unter anderem damit begründet, dass ich ohne Partnerin lebte und es den Kindern nicht zuzumuten sei, regelmäßig und über längere Zeiträume hinweg ohne ein weibliches Wesen auszukommen.«

»Das ist nicht dein Ernst«, sagte Angelika und trank einen Schluck.

»Doch«, sagte er mit traurigem Gesicht. »Leider.«

Während auch er einen weiteren Schluck von seinem Glas nahm, musste sie daran denken, wie wunderbar er auf Luzie eingegangen war. Was für ein Biest musste die Frau sein, die einem solchen Mann die eigenen Kinder vorenthielt?

War das etwa der Grund, warum er so zurückhaltend war?

Wieder rutschte ihr eine Frage heraus. »Warum hat du nicht noch mal geheiratet?«

Diesmal war sie gar nicht froh, die Frage gestellt zu haben. Sie brachte ihn damit nämlich in so große Verlegenheit, dass er schon wieder einen Schluck Wein trank, den dritten. Und damit war sein Glas auch schon leer.

»Vielleicht klingt es ja ein bisschen arrogant«, sagte er, »aber so ist es nicht gemeint. Nur – es ist nicht ganz leicht, in Altena eine Frau zu finden, jedenfalls nicht in meinem Alter.« Er stellte sein Glas auf den Tisch und schaute sie an. »Und du? Warum hast du nicht wieder geheiratet?«

Jetzt war sie es, die den Blick senkte. »Wie soll ich sagen?«, antwortete sie. »Ich glaube, der Grund war vor allem die fehlende Zeit. Mit den paar Stunden in der Woche, die für mein Privatleben bleiben, begnügt sich so leicht kein Mann.« Das war zwar nicht die ganze Wahrheit, doch immerhin die halbe.

»Ist die Politik dir denn so wichtig?«, fragte er.

Sie nickte. »Politik ist mein Leben, das Wichtigste von allem – außer Luzie natürlich.«

Ungläubig runzelte er die Stirn. »Politik – wichtiger als Liebe? Also, wenn ich das meinen spanischen Verwandten erzähle, die erklären mich für verrückt.«

Vor lauter Verlegenheit trank auch sie ihren dritten Schluck Wein. »Leider bin ich keine Spanierin«, sagte sie so leise, dass sie ihre eigenen Worte kaum verstand, »sondern eine Preußin. – Und«, fügte sie nach einer kleinen Pause noch ein bisschen leiser hinzu, »vielleicht stimmt es ja auch gar nicht.«

Ihr Herz klopfte auf einmal, als wolle es ihr aus der Brust springen. Warum war sie nur so nervös? Im Parlament hielt sie jedem Zwischenruf stand, selbst vor laufenden Kameras, ohne dass sie aus der Ruhe geriet, aber jetzt war sie nervöser als bei ihrer Jungfernrede im Bundestag. Vor zehn Jahren, als sie zum ersten Mal in Altena gewesen war, hätte sie Miguel so gern erlaubt, sie auf ihr Zimmer zu begleiten, und sie hatte es nur nicht getan, weil sie damals noch verheiratet gewesen war und keine unklaren Verhältnisse wollte. Doch jetzt, da nichts mehr sie daran hinderte, die Nacht mit ihm zu verbringen, traute sie sich nicht.

Sie wollte sich Wein nachschenken, doch als sie zu dem Fläschchen griff, sah sie, dass es leer war.

»Hättest du gern noch etwas getrunken?«, fragte Miguel.

»Ja«, sagte sie. »Ich … ich glaube schon.«

Immerhin schaffte sie es jetzt, seinen Blick zu erwidern, obwohl er ihr so unverwandt ins Gesicht schaute, dass sie sich irgendwie ein bisschen nackt vorkam. Seltsamerweise war ihr das nicht im Geringsten unangenehm.

Ohne sie aus den Augen zu lassen, stand er von seinem Stuhl auf und setzte sich zu ihr auf die Couch.

»Was meinst du«, sagte er und nahm ihre Hand, »soll ich mal nachschauen, ob es in der Minibar noch ein zweites Fläschchen Beaujolais gibt?«

»Beaujolais?«, wiederholte sie.

Er grinste. »Glaubst du, ein Spanier würde das nicht merken, wenn man versucht, ihm einen falschen Rioja unterzujubeln?«

»Ich … ich glaube«, sagte sie leise, »ein zweiter Beaujolais wäre eine sehr gute Idee.«

»Wie schön«, flüsterte er. »Das glaube ich nämlich auch.«

Doch statt zur Minibar zu gehen, nahm er sie in den Arm und küsste sie.

Als ihre Lippen sich berührten, fiel der Name ihr wieder ein.

Agua brava, so hatte sein Rasierwasser geheißen.

27

Es gehörte zur festen Tradition der Friedrich-Wilhelms-Gesellschaft, dass zum Ehrentanz des Königspaars, der sich stets in der Nacht vom Freitag auf Samstag an den mitternächtlichen Rundgang über die Kirmes im Festzelt anschloss, der Kaiser-Walzer von Johann Strauß Sohn gespielt wurde, obwohl damit jede Schützenkapelle hoffnungslos überfordert war. Statt Geigen und Flöten intonierten Pauken und Trompeten die filigrane Komposition, als wollten sie deren längst verblichenen Schöpfer von den Toten auferwecken. Doch nicht aus diesem Grund geriet Kemal ein ums andere Mal aus dem Takt, während er, mit verrutschter Brille auf der Nase und vor Aufregung schwitzend in seinem ungewohnten Anzug, einsam und allein auf der Tanzfläche versuchte, Babs im Kreis zu drehen, sondern weil er in seinem Leben nie eine Tanzschule besucht hatte und außerdem bei seinen ungelenken Bemühungen zu allem Überfluss auch noch von dem gesamten Hofstaat sowie zahllosen Schützen beobachtet wurde, die Babs und ihn umringten und ihren Ehrentanz mit rhythmischem Händeklatschen begleiteten. Kemal kannte zwar jede einzelne Note des berühmten Walzers, aber keinen einzigen Schritt, der zu den Tönen passte, und wenn er sich trotzdem keinen Knoten in die Beine tanzte, so hatte er das allein seiner Frau und ihrer ebenso unauffälligen wie sicheren Führung zu verdanken.

Zum Glück schwoll jetzt die Musik ein wenig ab, so dass sie sich in einen ungefährlichen Wiegeschritt fallen lassen konnten.

Während sie im Schaukelrhythmus von einem Bein aufs andere traten, sagte Babs: »Irgendwie habe ich das Gefühl, dass ich heute mein Trauma überwunden habe.«

»Was für ein Trauma?«, fragte er, obwohl er wusste, welches Trauma sie meinte. Er hatte ja gesehen, wie sie seinen Schwiegervater in die Flucht geschlagen hatte. Aber er hatte auch gesehen, wie leid Hans-Jörg ihr getan hatte.

»Die Angst vor meinem Vater. Es war wie eine Befreiung, als er klein beigeben musste. In diesem Augenblick hat er irgendwie seine Macht über mich verloren. Auch, was uns beide angeht.«

»Was meinst du mit – uns beide?«

Zärtlich lächelte sie ihn an. »Stellst du dich gerade ein bisschen dumm? Oder verstehst du mich wirklich nicht?«

Kemal traute sich kaum zu hoffen, was er zu verstehen glaubte. »Du meinst – wir sollten es doch noch versuchen?«

»Ja, mein Liebster, genau das meine ich.«

Während sie strahlte, als hätte jemand ein Licht angezündet, schwoll die Musik wieder an.

»Mein Gott«, rief er, »ich kann dir gar nicht sagen, wie glücklich du mich damit machst!«

Ohne Rücksicht auf seine erbärmlichen Tanzkünste, auch ohne Rücksicht auf die tausendfachen Blicke, denen er ausgesetzt war, ließ er alle Hemmungen fahren und fasste Babs fest in der Taille, um sie mit seiner Rechten zu führen, und während der Walzer sich immer schneller drehte, immer schneller und lauter und höher hinaus, als wolle er in den Himmel aufsteigen und sie mit sich reißen, wirbelte Kemal seine Frau jubelnd im Kreise.

28

Nur der Widerschein der Hotelreklame, der von draußen durchs Fenster drang, erhellte die dunklen Schatten. Mit dem Rücken an die Wand gelehnt, saß Miguel im Bett und hütete Angelikas Schlaf, die mit ihrem Kopf in seinem Schoß vor ein paar Minuten eingeschlummert war. Er selbst konnte noch nicht schlafen, immer wieder musste er sie anschauen, ihr schönes, ebenmäßiges Gesicht, ihren nackten Körper, der sich voller Hingabe und Vertrauen an seinen nackten Körper schmiegte, kaum imstande, das Wunder zu fassen, das in dieser Nacht geschehen war. Als Angelika einmal im Schlaf kurz zuckte, wünschte er sich, er könne in ihre Träume schauen. Doch schon im nächsten Augenblick schämte er sich dafür. Nein, was ein Mensch im Dunkel seines Schlafes träumte, gehörte nur ihm – ihm ganz allein.

Aus dem Nebenzimmer kam ein leises Brabbeln. Luzie. Offenbar träumte auch sie. Bei der Erinnerung, wie sie beim Tanzen mit ihren Ärmchen und Händchen in der Luft gewirbelt und dabei immer wieder so energisch mit den Absätzen aufgestampft hatte wie eine wirkliche Flamencotänzerin, musste er lächeln.

Sie war ein so süßer Fratz. Hatte er ihr zu verdanken, dass er jetzt hier war?

Auf der Straße fuhr ein Auto vorbei. Für ein paar Sekunden wanderte das Scheinwerferlicht an der Zimmerwand entlang.

Nein, nicht Luzie hatte er zu verdanken, dass er jetzt hier war. Es war Angelikas eigener Wunsch gewesen, dass er die Nacht mit ihr in diesem Zimmer verbrachte. In diesem Zimmer und in diesem Bett.

»Gott sei Dank, da bist du ja«, flüsterte sie. Sie war noch einmal wach geworden und blinzelte zu ihm hinauf.

»Pssst«, machte er und streichelte über ihr Haar. »Natürlich bin da.«

»Das ist gut. Ich hatte nämlich gerade geträumt, du wärst fort.«

Miguel musste schlucken. Ihr Gesicht war so schön, dass es auf eine Münze gehörte.

»Keine Angst, *querida*, so schnell wirst du mich nicht wieder los.«

Sie schloss die Augen mit einem seligen Lächeln.

Er gab ihr einen Kuss auf die Stirn. »Ich muss dir etwas gestehen«, sagte er so leise, als würde er es nur denken.

Sie hörte ihn trotzdem. »Was denn?«, fragte sie, ohne die Augen zu öffnen.

»Ich glaube, ich habe mich in dich verliebt. – Schlimm?«

Angelikas Lächeln wurde noch seliger. »Ja«, flüsterte sie, schon wieder halb im Schlaf, »aber nur ein ganz, ganz kleines bisschen …«

29

Der Samstag war ein strahlend schöner Sommertag, wie man ihn sich schöner nicht wünschen konnte. Komisch, dachte Ruth, als sie am Vormittag in der Küche die Spülmaschine ausräumte, fast das ganze Jahr über war in Altena schlechtes Wetter, doch zum Schützenfest schien stets die Sonne. Das war schon immer so gewesen, seit sie zurückdenken konnte.

Die Vase auf dem Esstisch quoll über von zwei Dutzend Rosen, die sie am Vortag bei Blumen Schültke gekauft hatte. Sie waren für den großen Samstagsumzug bestimmt, der am Nachmittag durch die Stadt führen würde. Babs hatte sie eingeladen, von ihrer Wohnung in der Lennestraße aus zuzuschauen, wo der Umzug gleich zweimal vorüberkam. Schon jetzt freute Ruth sich wie ein Backfisch darauf, Bernd die Rosen zuzuwerfen, wenn er unter dem Fenster vorbeimarschierte und ihr mit seiner grünen Schützenmütze zuwinkte.

Ob sie am Abend noch mal ins Zelt gehen sollten? Ruth war nicht sicher. Vielleicht besser nicht, dachte sie, als sie die leere Spülmaschine zuklappte. Im Zelt, wo es kaum einen nüchternen Menschen gab, würde es Bernd nach dem gestrigen Rückfall wahrscheinlich sehr schwerfallen, sich mit seinem Clausthaler zu begnügen, und das wollte sie ihm ersparen. Andererseits sagte er selbst immer wieder, dass es nicht von der Gelegenheit abhinge, ob ein Alkoholkranker zur Flasche greife, sondern von seiner Willenskraft. Sie beschloss, die Entscheidung ihm zu überlassen. Er würde selbst am besten wissen, was er sich zumuten konnte und was nicht.

Sie warf einen Blick auf die Uhr an der Wand. Oh, schon halb elf? Dann war es Zeit, ihn zu wecken.

Sie verließ die Küche und lief die Treppe hinauf zum Schlafzimmer.

»Aufgewacht, du Faulpelz«, rief sie, als sie den noch säuerlich nach Alkohol riechenden Raum betrat. »Genug geschlafen!« Er rührte sich nicht. War das der Alkohol, oder war er inzwischen taub? Sie beschloss, ihn mit einem Kuss zu wecken. Doch zuvor ging sie ans Fenster und zog mit beiden Händen die Vorhänge beiseite, damit die Sonne hereinscheinen konnte. »Schau nur, was für ein schöner Tag!«

Um zu lüften, öffnete sie beide Fensterflügel. Die frische Luft würde ihm guttun – bestimmt hatte er einen fürchterlichen Kater.

Als sie sich zu ihm umdrehte, schrak sie zusammen.

»Bernd? Um Gottes willen, was ist mit dir?«

Er gab keine Antwort. Noch immer mit einem seligen Lächeln auf den Lippen, starrte er sie aus zwei leeren, toten Augen an.

30

»Müsst ihr wirklich heute schon wieder fort?«, fragte Ulla, während sie zusammen mit Ramón ihre Schwester zum Abschied in den Firmenhof begleitete, wo Benno bereits die Koffer in seinen neuen, großen Audi räumte. »Ohne den Samstagsumzug ist es doch kein richtiges Schützenfest.«

»Du weißt doch, was Papa immer gesagt hat«, erwiderte Gundel, die nach dem gemeinsamen Frühstück in der Villa zum Aufbruch gedrängt hatte. »Die Firma ist unser Leben.«

Ulla lachte. »Ja ja, das war so, das ist so, das wird immer so sein! – Aber sag mal, die wievielte Filiale ist das eigentlich, die ihr heute in Remscheid eröffnet?«

»Die hundertfünfundzwanzigste«, sagte Benno und schloss den Kofferraum.

»Hundertfünfundzwanzigmal Schuh Krasemann?«, staunte Ulla.

Benno nickte. »In Nordrhein-Westfalen und allen neuen Bundesländern.«

»Deshalb dürfen wir auch bei der Eröffnung nicht fehlen«, ergänzte Gundel. »Plisch und Plum reißen uns sonst die Köpfe ab. Sie haben uns sowieso schon Vorwürfe gemacht, dass wir zum Schützenfest gefahren sind und wir sie mit der Vorbereitung alleingelassen haben. Die zwei haben die Arbeit nicht gerade erfunden und hätten auch lieber gefeiert.«

»Na, dann wollen wir euch nicht länger aufhalten«, sagte Ulla und drückte ihre Schwester an sich. »Schön, dass ihr da wart.«

Während die Frauen sich umarmten, nahmen die Männer per Handschlag voneinander Abschied. Ulla wusste, dass Ramón das eigentlich wider die Natur war, aber er hatte sich damit abgefunden, dass deutsche Männer seiner Generation Umarmungen scheuten, als hätten sie Angst, sich auf diese Weise mit irgendeiner Krankheit anzustecken, und hatte seine Versuche darum inzwischen eingestellt.

Winfried, der extra zur Verabschiedung der Düsseldorfer vom Hotel in die Nette gekommen war, steckte sich eine Zigarre an. »Was hat euch der Spaß eigentlich gekostet, einen Türken auf den Thron zu hieven?«, wollte er wissen. »Hunderttausend? Oder noch mehr?«

»Sei nicht so neugierig«, erwiderte Gundel. »Wir haben jedenfalls selten mit so viel Vergnügen Geld ausgegeben wie dafür, Walter Böcker eins auszuwischen.«

Sie öffnete gerade die Beifahrertür, da kamen Miguel und Angelika zusammen in den Hof spaziert, zwischen sich die kleine Luzie, wie ein Ehepaar mit Kind.

Verwundert schaute man sich an. Was hatte das denn zu bedeuten? Miguel und die Berliner Politikerin?

Benno sprach aus, was Ulla insgeheim hoffte. »Auf dem Altenaer Schützenfest bleibt niemand lange allein …«

Während er lachend in seinen Audi stieg, klingelte ein Handy. Sofort fing jedermann an, in seinen Taschen zu kramen. Bis Ulla merkte, dass es ihr Gerät war.

Als sie das Gespräch annahm, erkannte sie die Stimme ihrer ältesten Schwester. »Ruth? Was gibt's?«

Kaum hatte ihre Schwester die ersten Worte gesprochen, biss Ulla sich auf die Lippen.

»Was ist denn los?«, fragte Gundel, die wie stets als Erste spürte, wenn etwas nicht stimmte.

Ulla ließ ihr Handy sinken. »Bernd ist letzte Nacht gestorben«, sagte sie. »Herzstillstand.«

31

Trotz der zwei Aspirin, die Peter nach dem Frühstück genommen hatte, brummte ihm der Schädel, als er die Nette hinunterfuhr. Ein Dutzend Knickebein und zwanzig Iserlohner Pilsener waren es Pi mal Daumen gewesen. Da das Haus seiner Schwester am Breitenhagen ebenso wie die Wohnung seiner Mutter, die mit ihrem Damenkränzchen auf einer Kaffeefahrt unterwegs war, um dem Schützenfesttrubel zu entgehen, von seinen Nichten und deren Familien in Beschlag genommen und das Hotel am Markt längst ausgebucht gewesen war, hatte er in einer kleinen Pension in Dahle übernachten müssen. Der Entschluss, schon heute nach Tübingen zurückzufahren, war ihm gekommen, als er mit seinem fürchterlichen Brummschädel zugeschaut hatte, wie die zwei Aspirin sich quälend langsam in dem Glas Wasser auflösten, das die Wirtin ihm gebracht hatte. Es war doch idiotisch, morgens mit Tabletten seinen Kater zu bekämpfen, um sich am selben Abend vorsätzlich schon wieder den nächsten reinzupfeifen.

Nein, Serpil hatte recht. Das Altenaer Schützenfest war eine dreitägige Sauforgie, sonst nichts.

Das Klassentreffen zum Abi-Jubiläum war ein Reinfall gewesen. Abgesehen davon, dass mit Kemal sein bester Freund gefehlt hatte, weil der vor lauter Hofhalten und Sich-huldigen-Lassen nicht zum Feiern gekommen war, war die Wiedersehensfreude mit den alten Kumpeln schon bald einer ziemlichen Enttäuschung gewichen. *Catch your dreams* … Nach der ersten Euphorie hatten sie gemerkt, dass sie sich im Grunde nichts mehr zu sagen hatten, um sich dann aus lauter Verlegenheit gegenseitig einmal mehr die alten Geschichten aus der Schulzeit zu erzählen, die sie sich schon beim zehnten und zwanzigsten Jahrestreffen erzählt hatten. Vielleicht hatte es auch an dem neuen Festzelt gelegen, dass keine richtige Stimmung aufgekommen war. Das neue Zelt war viel größer und luftiger als das alte, doch es fehlte die drangvolle Enge, die früher die Stimmung so zum Kochen gebracht hatte, dass den Tänzern der eigene Schweiß von der Decke auf die Köpfe getropft war. Das war in dem neuen Wellness-Zelt nicht mehr der Fall. Wie sollte man da also in Stimmung kommen? Aber vielleicht lag es auch einfach nur daran, dass die Vergangenheit kein Eintopf war, den man immer wieder aufwärmen konnte. Während ein Eintopf mit jedem Mal Aufwärmen besser schmeckte, wurde die Vergangenheit irgendwie immer fader.

Peter schaltete in den vierten Gang, um den Wagen die abschüssige Nettestraße hinunterrollen zu lassen. Morgen würde er wieder am Schreibtisch sitzen. Die Vorstellung war alles andere als ein Trost. Wieder stundenlang der leere Monitorbildschirm, der ihn wie ein Vorwurf anglotzte, und ab und zu ein paar Buchstaben, die er aus sich herauspressen würde wie verklemmte Fürze, um sie sogleich wieder zu löschen, weil eine Idee schlechter als die andere war.

Er war in Gedanken schon auf der Autobahn, als plötzlich ein Audi A8 vor ihm aus dem Hof der VAM in die Nettestraße einbog, um ihm die Vorfahrt zu nehmen. Unwillkürlich drückte er auf die Hupe, zum Bremsen war es zu spät. Zum Glück reagierte der Audi-Fahrer gerade noch rechtzeitig. Peter atmete auf. Ein Unfall hätte ihm gerade noch gefehlt – mit Sicherheit hatte er noch viel zu viel Alkohol im Blut.

Als er im Rückspiegel das Firmenschild über dem Fabriktor sah, fiel ihm der Rohling wieder ein, den Penne ihm beim Klassentreffen zugeworfen hatte. Früher hatte man sich in Altena für die Tatsache, dass die Dinger in dieser Stadt produziert wurden, kaum interessiert – außer, wenn es darum ging, billig an Zigaretten zu kommen. In Altena wurde ja alles Mögliche produziert, was mit Eisen und Stahl zu tun hatte. Seit Peter hier nicht mehr lebte, empfand er das irgendwie anders. Dass ausgerechnet in dem Kaff, in dem er geboren war, ein halbes Jahrhundert lang die Rohlinge der D-Mark hergestellt worden waren, gehörte für ihn nicht nur zu den Kuriosa der Bundesrepublik, sondern erfüllte ihn auch mit dem typischen Lokalstolz eines Ehemaligen. Eigentlich schade, dass es damit bald vorbei sein würde – er konnte sich nicht vorstellen, dass auch die Rohlinge für den Euro hier produziert werden würden.

Plötzlich stutzte er. Wäre das vielleicht eine Idee? Die Geschichte von ein paar jungen Frauen und Männern, die 1948 ihr »Kopfgeld« bekamen, die berühmten vierzig D-Mark, wie die Talente in der Bibel, um dann zu schauen, was sie damit machten im Lauf ihres Lebens? Als eine Art Gleichnis auf die Geschichte der Bundesrepublik?

Kaum war ihm die Idee gekommen, verwarf er sie auch schon wieder. Wo sollte er eine solche Geschichte verorten? Mit welchem Personal? Er hatte nicht die leiseste Ahnung, dafür aber die ungute Gewissheit, dass aus der abstrakten Idee eine entsetzlich abstrakte Geschichte werden würde, wenn er keinen konkreten Ort und keine Figuren dafür vor Augen hatte. Nein, das hatte keinen Sinn. Also nur eine weitere Idee für seinen Zettelkasten, der vor lauter unbrauchbaren Ideen längst überquoll.

Am Markaner bog er auf die Fritz-Berg-Brücke ab, die zur Stadt hinausführte.

Wie hatte er nur so dämlich sein können, sich auf die scheiß Schriftstellerei einzulassen?

32 *Qu'est-ce que c'est? Moi ne pas …*

Schon zum dritten Mal in ihrem Leben saß Ruth in der ersten Reihe einer Trauergemeinde, weil sie die Haupthinterbliebene des Verstorbenen war. Erst bei Fritz, dann bei Fritzchen, jetzt bei Bernd … Flankiert von ihrem Enkelsohn Torsten und dessen Freundin zur Linken sowie Winfried und Uschi zur Rechten, wartete sie darauf, dass der Pfarrer die Friedhofskapelle betrat. Während sie auf den Eichensarg schaute, unter dessen Deckel Bernd aufgebahrt lag, von ihr und der Welt für immer geschieden, hörte sie wieder seine Stimme, die seltsamen Worte, die er als letzte zu ihr gesagt hatte. Sie hatte nicht gewusst, was sie bedeuteten, sie konnte ja kein Französisch, doch Torsten hatte sie für sie übersetzt. Es waren keine wirklichen Sätze gewesen, nur ein paar Sprachbrocken, mit denen jemand, der kein Französisch konnte, auf unbeholfene Weise versuchte, irgendeine Scheu oder Abwehr zum Ausdruck zu bringen.

Was ist das? Ich nicht …

Ruth wusste selbst nicht, warum, aber die Worte empfand sie auf seltsame Weise als tröstlich. Oder lag das vielleicht nur an den Beruhigungsstabletten, die Uschi ihr am Morgen gegeben hatte, nachdem die schwarzgekleideten fremden Männer des Bestattungsinstituts den Sarg aus dem Haus geholt hatten und sie in Tränen ausgebrochen war? Nein, dachte sie, während sie mit dem Taschentuch über ihre Augen wischte, es waren nicht die Tabletten, sondern Bernds Worte, diese schlichten, hilflosen und gleichzeitig irgendwie ehrlich klingenden Worte, die ihren Schmerz ein wenig linderten. Genauso war er gewesen, immer ein bisschen an der Grenze zur Überforderung, aber trotzdem fest entschlossen, das Richtige zu tun, und wenn es noch so schwerfiel. Dafür hatte sie ihn geliebt, deswegen hatten auch die anderen Menschen ihn so sehr gemocht.

Sie schaute auf die Verwandten und Freunde und Bekannten, die in der Kapelle versammelt waren. Die Sitzbänke in dem kleinen Raum waren bis auf den letzten Platz gefüllt, Dutzende von Trauergästen drängten sich an den Wänden und stauten sich bis nach draußen zurück ins Freie. Wenn Bernd hätte sehen können, wer ihm alles die letzte Ehre erwies – er wäre sicher verlegen gewesen. Sogar Barbara Reichenbach, die Besitzerin von Schloss Daggelin und Bernds letzte Bauherrin, war aus Mecklenburg-Vorpommern gekommen, und Tommys Tochter, die berühmte Berliner Politikerin, war extra übers Wochenende in Altena geblieben, nur um an der Beerdigung teilzunehmen, zusammen mit ihrer kleinen Tochter.

Ruth wollte sich gerade wieder umdrehen, da sah sie im Eingang Bernds Sohn. Er stand ein wenig abseits, wie jemand, der nicht wusste, ob er überhaupt willkommen war. Dabei gehörte er doch dazu, mehr als jeder andere sonst in der Kapelle! Sie hob die Hand, um ihn zu sich zu winken. Als er ihren Blick erwiderte, zeigte sie auf den freien Platz zu ihrer Linken neben Torstens Freundin. Zögernd folgte er ihrer Aufforderung.

»Schön, dass du gekommen bist«, sagte sie. »Ich darf doch du sagen, oder?«

»Aber natürlich«, sagte Hans-Jörg. »Gerne.«

Während sie einander stumm umarmten, kam der Pfarrer aus der Sakristei, ein noch junger Geistlicher, den Ruth zum ersten Mal bei der Vorbesprechung zu der Trauerfeier gesehen hatte. Als er die Kapelle betrat, erhob sich die Gemeinde, die Orgel begann zu spielen und alle sangen das Lied, das seit ewigen Zeiten gesungen wurde, wenn ein Mitglied der Lutherpfarrei in Altena gestorben war.

Wenn ich einmal soll scheiden, dann scheide nicht von mir …

Nachdem das Lied verklungen war, begrüßte der Priester die Gemeinde. Dann gab er Torsten ein Zeichen. Ruths Enkel verließ seinen Platz und trat an das Pult, um eine Stelle aus dem Lukasevangelium vorzulesen.

»Es war ein reicher Mann, der ließ zehn seiner Knechte zu sich rufen, verteilte unter ihnen sein Vermögen, welches zehn Talente betrug, und sprach: Handelt damit, bis ich wiederkomme ... Und siehe, als er wiederkam, hieß er dieselben Knechte, welchen er sein Geld anvertraut hatte, abermals zu sich rufen. Auf dass ein jeglicher von ihnen Rechenschaft ablegte, was er mit seinen Talenten erhandelt hätte ...«

Während der Lesung betrachtete Ruth die Madonna, die auf einem Podest im Chorraum stand. Die Madonna hatte den Blick auf den Sarg zu ihren Füßen gerichtet, wie um über den Toten zu wachen, solange seine sterblichen Überreste noch auf Erden weilten. Ruth kannte die Figur, Bernd hatte sie ihr bei einem Ausflug nach Köln selbst einmal gezeigt. Die Madonna aus den Trümmern ... Sie stammte aus dem Bauwerk, auf das er so stolz gewesen war wie auf kein anderes, das er je erschaffen hatte. Es war Gundels Idee gewesen, sie zu der Trauerfeier aus Köln nach Altena zu holen, und Benno hatte dank seiner Verbindungen tatsächlich dazu die Erlaubnis der Kirchenoberen bekommen.

»Wort des lebendigen Gottes«, schloss Torsten die Lesung.

»Gott sei Lob und Dank«, erwiderte die Gemeinde.

Torsten kehrte an seinen Platz zurück, und nachdem die Orgel ein kleines Interludium gespielt hatte, trat der Pfarrer an das Pult, um in seiner Predigt die vorgetragene Bibelstelle auszulegen.

»Was hat Bernd Wilke mit seinen Talenten gemacht? Mit dem berühmten ›Kopfgeld‹, das er wie alle Deutschen der drei Westzonen 1948 nach dem Krieg bekam? Seine Frau hat mir die Geschichte erzählt. Er war gelernter Maurer, und Deutschland lag in Trümmern. Also kaufte er sich von seinen ersten vierzig D-Mark eine gebrauchte Betonmischmaschine, um sich mit einem kleinen Baugeschäft selbständig zu machen.« Jemand berührte Ruths Schulter, und als sie sich umdrehte, sah sie in Tommys Gesicht. Auch er hatte Tränen in den Augen. »Damit begann eine wahre Wirtschaftswunderkarriere«, fuhr der Pfarrer fort. »Denn das kleine Baugeschäft entwickelte sich in atemberaubendem Tempo zu einem großen Unternehmen, mit Hunderten von Angestellten. Bernd Wilke hat Kirchen und Wohnheime gebaut, erst in Nordrhein-Westfalen, dann in ganz Deutschland, sogar eine Autobahnbrücke über den Rhein gehört zu seinen Bauwerken, Symbol der Versöhnung mit Frankreich, dem ehemaligen Erbfeind und heute wichtigsten Verbündeten Deutschlands in Europa. Das alles hat dieser ruhige und stets bescheidene Mann geschaffen. Doch ein erfülltes Leben war ihm erst im Alter vergönnt, ein ruhiges, einfaches Leben, das getragen war von der Liebe zu seiner Frau.« Während Ruth versuchte, den Blick des Geistlichen mit einem Lächeln zu erwidern, spürte sie, wie ihr wieder die Tränen kamen. »Ein Leben, wie er es sich immer gewünscht hatte – als Spießer, so hat er wohl mehrmals selber gesagt.« Ein leises Lachen ertönte hier und da in den Bänken. »Glücklich der Mensch, der so mit sich im Reinen aus dem Leben scheiden darf.« Der Geistliche machte eine kurze Pause, um dann seine Predigt zu beschließen. »Amen.«

Während das letzte Wort des Pfarrers in der Kapelle verhallte, sah Ruth das Gesicht ihres Mannes vor sich, dieses ehrliche, freundliche Gesicht, wenn sie abends am Küchentisch zusammensaßen, sich etwas erzählten oder im Wald miteinander spazieren gingen oder sich zusammen über eine Fernsehsendung freuten … Die Zärtlichkeit in seinem Blick, gleichzeitig ernst und voller Liebe, wenn sie einander gute Nacht oder einen guten Morgen wünschten … Das begeisterte Leuchten in seinen Augen, als er sein letztes, großes Abenteuer in Angriff nahm, Daggelin, den Umbau des heruntergekommenen Gutshofs, damit darin elternlose Kinder ein Zuhause finden konnten … Und schließlich das selige Glück, das aus ihm gestrahlt hatte, als er spät in der Nacht und vollkommen betrunken nach Hause gekommen war, von der Versöhnung mit seinem Sohn …

Ruth schloss die Augen, um die Bilder für immer in ihrer Seele zu bewahren.

»Amen«, sagte auch sie. »So soll es sein.«

33

Als Babs nach der Beisetzung an Bernds Grab trat, um Ruth zu kondolieren, wusste sie nicht, wie sie ihrer Freundin sagen sollte, dass sie sich bereits jetzt verabschieden musste.

»Kemal und ich können leider nicht mit euch in den Lennestein kommen«, sagte sie, nachdem sie ihr Beileid ausgedrückt hatte. »Wir haben gleich einen Termin bei Frau Dr. Schmitz-Luck. Der letzte mögliche Termin, bevor sie für sechs Wochen in Urlaub fährt.«

Ruth verstand. »Dann hast du dich also endlich entschlossen?«, erwiderte sie mit einem Lächeln. »Wie schön, das freut mich wirklich. Ich bin sicher, damit seid ihr bei Bernd entschuldigt. Er würde sich nichts mehr für euch wünschen, als dass es klappt. Und ich drücke euch natürlich erst recht die Daumen.«

Die beiden Frauen umarmten einander, dann verließ Babs zusammen mit Kemal entlang der nicht enden wollenden Kondolationscour den Friedhof. Sie waren zu Fuß gekommen, von der Lennestraße aus war es bis zum Mühlendorf ja nur eine Viertelstunde, und bei den vielen Trauergästen hätten sie vielleicht gar keinen Parkplatz für ihren alten VW-Bulli gefunden. Bis zur Praxis von Frau Dr. Schmitz-Luck in der Bismarckstraße, die die Ärztin in denselben Räumen betrieb, in denen früher schon Dr. Seraphin praktiziert hatte, war es zwar ein wenig weiter, aber auch hier lohnte der Weg nicht, um unterwegs noch den Wagen zu nehmen. Sie brauchten im Tal ja nur die Fritz-Berg-Brücke zu überqueren, wo die Schützen bereits damit begonnen hatten, den Birkenschmuck und die Fähnchengirlanden abzuhängen, und dann die Gerichtsstraße hinauflaufen, am Rathaus und am Gymnasium vorbei, und schon waren sie in der Bismarckstraße.

Als sie vor der Praxis standen, bekam Babs plötzlich Angst vor der eigenen Courage. »Können wir uns ein Kind überhaupt leisten?«

Kemal schüttelte lächelnd den Kopf. »So eine Frage in letzter Sekunde kannst auch nur du stellen.«

»Aber wir sind doch fast pleite«, erwiderte sie.

Er gab ihr einen Kuss. »Wenn Allah und der dreifaltige Gott tatsächlich beschließen sollten, dass es klappt, werden sie auch dafür sorgen, dass wir nicht verhungern. Zu dritt so wenig wie bis jetzt zu zweit.«

»Aber wir haben doch nichts, von meinem Vater werden wir keinen Pfennig bekommen, und deine Eltern sind in der Türkei.«

»›Sehet die Vögel am Himmel. Sie säen nicht, sie ernten nicht, und der Herr ernähret sie doch.‹«

Babs musste lachen. »So weit sind wir schon, dass ich mir von einem Türken die Bibel vorhalten lassen muss.«

»Ja, ja, der Untergang des Abendlandes.« Er gab ihr noch einen Kuss, dann drückte er auf die Praxisklingel. »Und was die Vögel am Himmel betrifft, so meine ich das sogar im Ernst. Angelika hat mir die Nummer von jemandem gegeben, der uns vielleicht helfen kann. Ein Literaturprofessor aus Berlin.«

34

Wie zwei alte Landser auf Wache standen Tommy und Benno am Friedhofsbrunnen und rauchten Zigaretten.

»Er ist der Erste von uns, den es getroffen hat«, sagte Tommy.

»Ja, die Einschüsse kommen näher«, erwiderte Benno. »Jetzt sind wir an der Reihe. Was glaubst du – wer von uns wird der Nächste sein?

Tommy zuckte die Schultern. *»Qu'est-ce que c'est? Moi ne pas …«*

Obwohl Bernds Sarg schon vor über einer halben Stunde ins Grab hinabgelassen worden war, war der Friedhof immer noch schwarz von Menschen, die Ruth kondolieren wollten. Nachdem Torsten mit seinen Eltern zum Lennestein vorausgefahren waren, um mit den Wirtsleuten alles für den Kaffee vorzubereiten, wartete Tommy zusammen mit Benno auf das Ende der Beileidsbekundungen, um Ruth danach mit hinunter in die Stadt zu nehmen.

»Warum hat Bernd eigentlich immer diesen Spruch gesagt, wenn er betrunken war?«, fragte Benno. »Hast du eine Ahnung, was es damit auf sich hat?«

»Allerdings«, sagte Tommy und zog an seiner Zigarette. »Es war im Sommer '44, in einem kleinen Dorf bei Paris, die Alliierten waren schon in der Normandie gelandet, und unsere Feldjäger hatten einen Partisanen erwischt. Angeblich hatte der irgendwo im Hinterhalt gelegen, um einen von uns abzuknallen. Ein Standgericht verurteilte ihn zum Tode. Ich hatte den Befehl über das Erschießungskommando, die drei besten Schützen der Kompanie, darunter natürlich auch Bernd, er war ja der beste Schütze von uns allen. Die Sache dauerte von der Festnahme bis zur Exekution keine zehn Minuten. Am Abend gab's zur Belohnung jede Menge Schnaps. Während wir uns betranken, lag der tote Partisan immer noch auf dem Dorfplatz, zur Abschreckung. Bernd starrte die ganze Zeit die Leiche an, der Junge war noch keine zwanzig Jahre alt. *Qu'est-ce que c'est? Moi ne pas* … Immer wieder hat er das gesagt, vollkommen betrunken, als wolle er mit dem Spruch böse Geister verscheuchen.«

»Das ist ja fürchterlich«, sagte Benno.

»Ja«, nickte Tommy. »Es war zum Gotterbarmen, so verzweifelt machte ihn die Vorstellung, dass er womöglich derjenige war, der den Jungen getötet hatte. Um ihn zu beruhigen, habe ich ihm gesagt, dass in seinem Gewehr nur eine Platzpatrone gewesen wäre. Dafür hätte ich selber gesorgt.«

»Und?« Benno drehte sich herum und sah ihn an. »War es wirklich eine Platzpatrone?«

Tommy schüttelte den Kopf. »Nein, natürlich nicht. Wie hätte das denn gehen sollen?«

35

Es war das erste Mal, dass Kemal eine gynäkologische Praxis von innen sah. Der Anblick des Untersuchungsstuhls irritierte ihn zutiefst. Unwillkürlich musste er sich vorstellen, dass Babs in diesem Stuhl liegen würde, die gespreizten Beine in der Luft, während sich ein Arzt über sie beugte … Nein, das stellte er sich lieber nicht vor. Ein Glück, dass Dr. Schmitz-Luck eine Frau war.

»Haben wir überhaupt noch eine Chance auf ein Kind?«, fragte Babs.

»Eine Chance durchaus«, erwiderte die Ärztin, »aber natürlich kann ich Ihnen keine Garantie geben, immerhin werden Sie in diesem Jahr sechsundvierzig.« Sie warf einen Blick in die Patientenakte, die vor ihr auf dem Schreibtisch lag. »Das Anti-Müller-Hormon ist schon auf knapp unter eins gesunken, die Wahrscheinlichkeit einer natürlichen Empfängnis liegt damit bei etwa fünf Prozent. Ich würde Ihnen deshalb zu einer In-vitro-Fertilisation raten, sonst wird es ein Wettrennen mit der Zeit, und das bedeutet für die meisten Frauen eine so große psychische Belastung, dass sich dadurch die Aussichten auf eine natürliche Empfängnis noch mehr verringern.«

Kemal verstand nur Bahnhof. »Darf ich fragen, was In-vitro-Fertilisation bedeutet?«

»Eine künstliche Befruchtung im Reagenzglas«, erklärte Frau Dr. Schmitz-Luck. »Dafür wird zunächst die Eigentätigkeit der Eierstöcke hormonell gedrosselt, um sodann durch Hormongaben einzelne Eizellen zur Reifung zu stimulieren. Aber um einen derart belastenden Eingriff in den Hormonhaushalt einer Frau nicht ohne Aussicht auf eine erfolgreiche Befruchtung vorzunehmen, wird vor Einleitung der Maßnahmen die Zeugungsfähigkeit des Mannes mit Hilfe eines Spermatogramms überprüft.«

»Spermatogramm? Was ist das denn schon wieder?«

»Ein Testverfahren, um die Qualität Ihrer Spermien festzustellen.«

»Um Gottes willen, muss das sein?« Für einen Moment wünschte Kemal sich, Dr. Schmitz-Luck wäre doch ein Mann und keine hübsche Blondine Ende dreißig.

Babs sah seine Verlegenheit und kam ihm zu Hilfe. »Um ehrlich zu sein, Frau Doktor, ich glaube kaum, dass ein solcher Test bei meinem Mann nötig ist.«

»Das lässt sich leider nicht per Augenschein beurteilen«, erwiderte die Ärztin. »Zum Kinderkriegen gehören nun mal zwei, auch beim In-vitro-Verfahren. Aber keine Angst«, fügte sie freundlich hinzu, als sie Kemals Gesicht sah, »so ein Test ist keine Majestätsbeleidigung, den muss jeder machen, sogar ein Schützenkönig.« Sie stand auf und holte aus einem Wandschrank einen mit Cellophan geschützten Plastikbecher hervor. »Für das Ejakulat.«

Kemal nahm den Becher mit spitzen Fingern entgegen.

Dr. Schmitz-Luck lachte. »Jetzt keine falsche Müdigkeit vorschützen, Herr Ersoy. Sie haben sechs Wochen Zeit, bis ich aus dem Urlaub zurück bin.« Aufmunternd nickte sie ihm zu. »Das werden wir ja wohl noch schaffen, oder?«

36

Je länger die Beerdigungsfeier im Lennestein dauerte, umso mehr wich die Trauer um den Toten aufgeräumter Geselligkeit unter den Lebenden, und es war noch keine Stunde vergangen, da herrschte in dem ehrwürdigen Saalbau eine geradezu ausgelassene Heiterkeit. Der Kaffee war getrunken, der Streuselkuchen und die Schnittchen waren bis auf ein paar wenige Reste verzehrt. Die Frauen tauschten Klatschgeschichten aus, und während Miguel darauf wartete, dass Angelika sich am Familientisch von Ruth verabschiedete, damit er sie und Luzie zum Bahnhof bringen konnte, tranken die Männer – die meisten schon ohne Jackett und mit gelockerter Krawatte – Pils und Schnaps und erzählten sich alte Bernd-Anekdoten.

»Und als wir in Paris waren«, sagte Tommy, »sind wir in irgend so einem Puff gelandet, sehr französisch, alles roter Plüsch – und Mädchen, eins hübscher als das andere. Bernd voll wie 'ne Haubitze. Doch als eine der Schönheiten sich auf seinen Schoß setzen will – eine kleine Brünette mit süßer Stupsnase und nur ein paar Strapsen am Leib –, schüttelt er den Kopf und lallt seinen Spruch …«

»Qu'est-ce que c'est?«, ergänzte Benno. *»Moi ne pas!«*

»Genau!«

Während sie lachend einander zuprosteten, setzten sich Ulla und Gundel zu ihnen an den Tisch.

»Na, kramt ihr alte Geschichten aus?«

Die zwei schauten sich an wie ertappte Pennäler.

Gundel nahm mit der Hand das letzte Stück Streuselkuchen von der Platte und biss ein Stück ab. »Ich habe mich so gefreut, dass der Pfarrer noch mal an die Währungsreform erinnert hat«, sagte sie mit vollem Mund.

»Mein Gott, waren das Zeiten«, nickte ihr Mann. »Wir dachten alle, jetzt fängt das Leben erst richtig an.«

»Das tat es ja auch! Wisst ihr noch, wie Tommy die ersten Geldscheine geküsst hat?«

Der schüttelte den Kopf. »Ja ja, ich und das liebe Geld … Obwohl ich Ökonomie studiert habe, habe ich nie wirklich was davon verstanden – ich meine, zumindest nicht, wie man damit umgeht.«

»Dann warst du in der DDR ja goldrichtig!«, lachte Benno.

»Und trotzdem musste ich mich mein Leben lang mit Geld beschäftigen. Eigentlich ein Witz.«

»Was soll ich da erst sagen?«, fragte Ulla. »Ich habe mit der VAM Geld sogar *produziert* – und trotzdem gleichzeitig mit der Firma Wolf Pleite gemacht.«

»So was nennt man wohl Künstlerpech«, sagte Benno. »Aber im Ernst – geht uns das nicht irgendwie allen so?«

»Wie meinst du das?«, wollte Ulla wissen.

Er zuckte die Achseln. »So, wie der Pfarrer gesagt hat – die Sache mit den Talenten, und was man daraus macht. Als wir damals anfingen, jeder mit seinen vierzig Mark, hatten wir doch alle ziemlich klare Vorstellungen, was wir damit im Leben anfangen wollten. Du wolltest Medizin studieren, Gundel wollte Lehrerin werden, und ich selber träumte davon, eines Tages Chef der Firma Wolf zu sein, und habe mir von meinen vierzig Mark einen Anzug gekauft, um vor eurer Familie zu bestehen. Und was ist passiert? Du musstest dein Studium abbrechen und die Fabrik übernehmen, die ich so gern geführt hätte, und Gundel und ich verkaufen heute Schuhe. Der Einzige, der seinen Talenten irgendwie treu geblieben ist, war Bernd.«

»Und Ruth«, ergänzte Gundel.

»Ja, die auch. Vielleicht, weil sie am wenigsten von uns allen gewollt hat.«

Es entstand ein kurzes, nachdenkliches Schweigen. Tommy blickte zum Familientisch hinüber, wo Ruth mit ihren engsten Angehörigen saß, ihrem Sohn und ihrer Schwiegertochter und ihrem erwachsenen Enkel Torsten, der ein auffallend gutaussehendes junges Mädchen an seiner Seite hatte.

»Und was ist mit Tommy?«, fragte Ulla plötzlich. »Wie schneidet der in unserem Talentwettbewerb ab?«

»Warum fragst du ihn nicht selbst?«, erwiderte Benno. »Ich habe nie kapiert, was er wollte, geschweige, ob er mit seiner Entscheidung, uns hier den Rücken zu kehren, eigentlich glücklich geworden ist.«

Alle drehten sich zu Tommy herum. Unwillkürlich zog er den Kopf ein, um den Blicken seiner Freunde zu entgehen. »Was ist der Mensch?«, murmelte er und schaute in sein Bierglas, auf dessen Grund nur noch eine wässerige Pfütze schwappte. »Der Nabel der Welt – und zugleich ein Furz im Universum.«

Gundel schüttelte den Kopf. »Sprichst du gerade mit uns – oder redest du mit dir selbst?«

»Nur mit mir selbst«, sagte er und trank sein Glas aus.

Zum Glück fragte sie nicht weiter, sondern wechselte das Thema. »Ich finde, wir haben keinen Grund, uns zu beklagen. Es ist doch aus uns allen was geworden, jeder hat es auf seine Art zu was gebracht, auch wenn vielleicht nicht immer alles nach Wunsch lief. Wir haben stets fünf Mark mehr im Portemonnaie gehabt, als wir unbedingt brauchten, und von schlimmen Krankheiten blieben wir verschont. Das ist doch die Hauptsache! Oder meint ihr nicht?«

Tommy betrachtete das leere Glas in seiner Hand. Er hatte sich immer so viel auf seine Intelligenz eingebildet – aber war Gundel in ihrer schlichten, patenten Art nicht am Ende viel lebensklüger als er? Wahrscheinlich war es ja wirklich so, wie sie sagte – Hauptsache, man hatte genug Geld, um nicht zu darben, und blieb von Krankheiten verschont … Ihm selbst war es immer um viel mehr gegangen als nur um ein sorgenfreies Leben, auch wenn er dieses *viel mehr* nie wirklich hatte benennen können. War es vielleicht das, was die Leute Glück nannten? Er wusste es nicht. Jetzt, wo es aufs Ende zuging, wusste er nur, dass er das Glück, das ihm beschieden war, mit Füßen getreten und bei der Suche nach dem ominösen *viel mehr* so ziemlich alles falsch gemacht hatte, was man nur falsch machen konnte. Er hatte das Glück gehabt, eine Mutter zu haben, die sich für ihn aufgeopfert hatte, um ihm ohne die Unterstützung eines Mannes das Abitur zu ermöglichen. Doch statt dafür dankbar zu sein, hatte er sich für seine Herkunft geschämt und sich wie ein Paria gefühlt und sich aus dem Staub gemacht, in der Hoffnung, woanders endlich dazuzugehören und die Anerkennung zu finden, die er in Altena so schmerzlich vermisst hatte. Nach seiner Flucht hatte er das Glück gehabt, am Aufbau von etwas Neuem mitzuwirken, am Aufbau eines anderen, eines besseren und gerechteren Deutschlands als dem, das er in seiner Heimat hinter sich gelassen hatte. Doch am Ende hatte er feststellen müssen, dass er unmerklich zum Handlanger eines verbrecherischen Staats geworden war, der sich aus Angst vor seinen eigenen Bürgern im Laufe der Zeit in ein einziges, gigantisches Gefängnis verwandelt hatte. Und vor allem hatte er das riesengroße, durch nichts zu ersetzende Glück gehabt, schon als junger Mann der Liebe seines Lebens zu begegnen. Doch statt um diese Liebe zu kämpfen, war er einfach abgehauen, als es schwierig geworden war, und jetzt war die Frau, die er sein Leben lang nicht aufgehört hatte zu lieben, mit einem anderen Mann verheiratet, der ihre Liebe viel mehr verdiente als er.

Nur – wie zum Teufel konnte es dann sein, dass er trotzdem fast sein ganzes Leben lang sein Leben genossen hatte? Mehr als die meisten anderen Menschen, die er kannte?

Als würde Ulla seine Gedanken ahnen, kehrte sie ihm den Rücken zu und wechselte ein paar Worte mit ihrem Mann. Ramón saß am Nebentisch, zusammen mit Barbara Reichenbach, die gerade von Bernds Heldentaten auf Daggelin berichtete – »ohne ihn hätten wir es nie und nimmer geschafft, das alte Herrenhaus in ein Kinderheim zu verwandeln«.

»Bernd würde dir sicher recht geben«, sagte Tommy.

»Womit?«, fragte Gundel.

»Mit dem, was du eben gesagt hast. Hauptsache, man hat genug zu essen und ist gesund. Nur dass er wahrscheinlich als alter Landser ›fressen‹ statt ›essen‹ gesagt hätte.«

»Ja«, bestätigte Gundel, »natürlich ist das die Hauptsache, was denn sonst?«

Ohne seine Antwort abzuwarten, stand sie auf und ging hinüber zum Familientisch, wo Ruth gerade einem Kellner irgendwelche Anweisungen gab.

»Unglaublich, wie tapfer sie ist«, sagte Benno, während Gundel sich zu ihrer Schwester setzte.

»Du meinst – Ruth?« Tommy nickte. »Ja, das war sie schon immer.« Während er sprach, blieb sein Blick an Barbara Reichenbach hängen.

Bereits auf dem Friedhof war ihm aufgefallen, dass sie noch attraktiver war, als er sie von Daggelin in Erinnerung hatte. Jetzt blies sie sich eine Strähne ihres rotblonden Haars aus dem Gesicht und lächelte ihm zu.

Was für eine sympathische Frau …

Während er sich auf seinem Stuhl aufrichtete und seine Krawatte zurechtrückte, erwiderte er ihr Lächeln. Hatte Angelika nicht irgendwann mal erwähnt, dass Barbara Reichenbachs Mann gestorben sei?

»Ein Schicksal wie Hiob«, hörte er Benno sagen.

»Wie bitte?« Irritiert drehte Tommy sich zu seinem Freund herum.

»Ruth«, sagte Benno. »Wenn man bedenkt, was sie alles mitgemacht hat in ihrem Leben.«

»Ja, das kannst du laut sagen«, pflichtete Tommy ihm bei. »Geradezu biblisch. ›Der Herr hat es gegeben, der Herr hat es genommen, gelobt sei sein Name …‹«

Benno nickte. »Jetzt bleiben ihr nur noch ihre Romane, so wie früher, als sie noch über Lotti Mürmanns Gemüseladen wohnte. Ein Glück, dass sie so gern liest.«

37

Die Uhr über dem Bahnsteig stand auf zwanzig nach zwei. Zusammen mit Angelika und Luzie auf dem Arm wartete Miguel auf die Ankunft des Zugs, der jeden Moment einlaufen musste.

»So große Beerdigungen gibt es nur noch in kleinen Städten«, sagte Angelika, während sie mit einer Spange, die sich aus Luzies Haar gelöst hatte, die Frisur ihrer Tochter feststeckte.

»Bernd Wilke war in Altena sehr beliebt«, erwiderte Miguel.

»Wirklich schade, dass ich schon so früh fortmuss. Aber bei der Fraktionssitzung heute Abend ist Anwesenheitspflicht.«

Luzie zupfte an seinem schwarzen Schlips. »Kommst du uns in Berlin besuchen, Miguel?«

»Soll ich?«, fragte er.

»Ja, ja – bitte!«, rief sie und zappelte aufgeregt auf seinem Arm.

»Aber meinst du nicht, dass wir da zuerst die Mama fragen sollten?«

Luzie drehte sich zu ihrer Mutter herum und klatschte in die Hände. »Bitte, Mama, sag Miguel, dass er nach Berlin kommen soll!«

Angelika schaute ihn an. »Willst du mich denn wiedersehen?«, fragte sie, während der Zug einlief.

»Und ob ich das will!« Miguel spürte, wie sein Herz zu klopfen anfing. Auf dem Schützenfest kam es nicht selten vor, dass zwei Menschen für die drei Tage, die das Fest dauerte, zusammenfanden, ohne sich danach je wiederzusehen. »Das heißt«, fügte er hinzu, »falls du überhaupt Zeit für mich hast.«

Mit einem Lächeln nickte sie ihm zu. »Für dich werde ich mir die Zeit einfach nehmen. Versprochen.« Um ihr Versprechen zu besiegeln, gab sie ihm einen Kuss auf die Wange.

»Habt ihr euch lieb?«, fragte Luzie.

»Sei nicht so neugierig!«

Im Gegensatz zu Angelika hätte Miguel am liebsten laut ja gerufen und noch einen Kuss mit ihr getauscht, einen richtigen, doch das traute er sich nicht mit ihrer Tochter auf dem Arm.

Während sie beide einander ein bisschen verlegen anschauten, ertönte eine Computerstimme aus den Lautsprechern und verkündete die Abfahrt.

»Bitte einsteigen und Türen schließen!«

Miguel gab Luzie Angelika auf den Arm. Während die zwei den Zug bestiegen, reichte er ihnen den Koffer in den Waggon.

»Sagst du mir Bescheid, wenn ihr angekommen seid?«

»Sobald wir da sind, rufe ich dich an!«

Noch während Angelika sprach, setzte der Zug sich mit einem Ruck in Bewegung.

»Gute Reise!«

Miguel schloss die Tür und winkte den beiden ein letztes Mal. Luzie warf ihm eine Kusshand zu, und Angelika machte es ihr nach.

»Sagen Sie mal«, fragte ein Passant, der zusammen mit ihm auf dem Bahnsteig zurückblieb, »habe ich das gerade richtig gesehen? War das nicht …«

»Richtig«, fiel Miguel ihm ins Wort, »Angela Merkel – voll erkannt!«

38

Regina hätte nicht gedacht, dass der Tod ihres Exmannes ihr so nahegehen würde. Sie hatte am Morgen sogar das Bedürfnis verspürt, an seiner Beerdigung teilzunehmen, doch leider war sie nicht frei in ihren Entscheidungen. Als sie beim Frühstück ihren Wunsch geäußert hatte, hatte Walter ihr strikt verboten, der Regung ihres Herzens zu folgen.

Jetzt schüttete sie ihr Herz Jürgen Rühling aus, der sie wie jeden Nachmittag, wenn er es irgendwie einrichten konnte, besuchte, um zusammen mit ihr im Wohnzimmer den Fünf-Uhr-Tee zu nehmen.

»Wäre ich damals doch nur bei Bernd geblieben«, flüsterte sie leise, damit Walter, der im Jagdzimmer Gewehre reinigte, sie nicht hören konnte. »Er war zwar ein schlichtes Gemüt, aber ein anständiger Kerl.«

»Jetzt auf einmal«, erwiderte Jürgen ebenso leise. »Früher hast du ihn immer einen Versager genannt, einen elenden Bankrotteur.«

»Jetzt fall du auch noch über mich her! Hast du vergessen, dass ich wegen Walter auch noch meinen Sohn verloren habe?« Regina schlug sich die Hände vors Gesicht. »Was kann Hans-Jörg denn dafür, dass er nun mal so ist, wie er ist? Er arbeitet doch so hart und hat so viel Geld verdient mit seinen Seminaren in der DDR. Doch Walter lässt ihn nicht mehr ins Haus.«

»Walter kann fremde Leistung einfach nicht anerkennen«, sagte Jürgen. »Das habe ich auch immer wieder schmerzlich erfahren müssen.«

»Ach, wenn es nur das wäre.« Sie nahm die Hände vom Gesicht und schaute durch den Schleier ihrer Tränen zu ihm auf. »Mein Leben ist die Hölle. Ich halte es mit meinem eigenen Mann nicht mehr unter einem Dach aus!«

»Ist es so schlimm?«

Unsicher blickte sie zur Tür. Bei Walter konnte man nie wissen, vielleicht war er ja mit seinem Rollstuhl in die Diele gefahren, um zu lauschen.

»Wenn du wüsstest«, flüsterte sie, »was ich alles machen muss, damit das alte Scheusal irgendwie erträglich ist.«

Statt sich weiter zu erklären, hoffte sie auf die Beredsamkeit ihres Schweigens. Doch Jürgen verstand nicht, was sie meinte – oder wollte es nicht verstehen. Statt irgendeine Reaktion zu zeigen, die auf sein Mitgefühl schließen ließe, hob er nur ohnmächtig die Arme.

»Regina!«, brüllte Walter von draußen durch die Tür.

Wie auf Kommando sprang sie auf. »Ja, Walterli?«

»Wann gibt's endlich was zu fressen? Ich habe Kohldampf!«

»Aber wir haben doch noch nicht mal sechs.«

»Das ist meinem Magen scheißegal. Wenn ich Kohldampf habe, habe ich Kohldampf!«

Regina warf Jürgen einen verzweifelten Blick zu. »Verstehst du jetzt, was ich meine?«

Er nahm ihre Hand und küsste sie. »Durchhalten, Liebes. Durchhalten.«

»Aber wie lange denn noch? Dieser Mann ist ein Monstrum – einfach nicht totzukriegen! Zwei Schlaganfälle hat er gehabt! Und strotzt noch immer vor Vitalität.« Regina stieß einen Seufzer aus. »Glaub mir, der überlebt uns noch alle!«

39

Die Packung Blausiegel unter dem Kopfkissen des Ehebetts gehörte der Vergangenheit an, Babs hatte sie vor den Augen ihres Mannes entsorgt, gleich nachdem sie von der Ärztin nach Hause zurückgekehrt waren. Kemal war darüber so glücklich gewesen, dass er fortan gar nicht mehr von ihr lassen konnte. Kaum schlug er am Morgen die Augen auf, regte sich sein Begehren, und nur selten schlief Babs am Abend anders als in seinen Armen ein. Trotzdem gelang es ihr nur mit Mühe, ihm die Probe abzunehmen, die Frau Dr. Schmitz-Luck für ihre Untersuchungen brauchte. In seiner Leidenschaft vergaß Kemal immer wieder, im entscheidenden Augenblick Gebrauch von dem sterilisierten Plastikbecher zu machen.

Heute aber war es endlich geschafft.

»Ich wünsche mir so sehr, dass es klappt«, sagte sie und schmiegte sich in seinen Arm.

Kemal blickte zuversichtlich auf den gutgefüllten Becher. »An mir soll's jedenfalls nicht liegen.«

»Bestimmt nicht, mein tapferer Osmane. Wenn nur das viele Geld nicht wäre! Ich hatte ja keine Ahnung, dass das so teuer ist.«

»Wir haben das jetzt so beschlossen, jetzt ziehen wir das auch durch.«

»Aber das kann bis zu zwanzigtausend Mark kosten, wenn wir Pech haben. Wie sollen wir das schaffen?«

Kemal drückte sie an sich. »Wenn du nur einmal aufhören könntest, dir Sorgen zu machen.«

»Du hast gut reden. Ihr Muselmanen könnt ja zur Not alles aufs Kismet schieben, wenn etwas schiefgeht.«

»Ich habe tatsächlich gut reden. Mein Kismet hat nämlich gewollt, dass ich heute mit Professor Reichenbach telefoniert habe.«

»Professor Reichenbach?«

»Angelikas Literaturprofessor – von dem sie mir auf dem Schützenfest die Nummer gegeben hat. Er meinte, er habe ein paar Ideen für unser Geschäft, und hat mich eingeladen, ihn auf Daggelin zu besuchen, wo er seiner Mutter in dem Kinderheim hilft, seit er nicht mehr an der Uni unterrichtet.«

»Meinst du, dass sich das lohnt?«, fragte Babs. »Dieses Daggelin ist doch in Mecklenburg-Vorpommern.«

»Ich hoffe schon, nach allem, was er am Telefon sagte«, antwortete Kemal. »Aber wirklich wissen werden wir das natürlich erst, wenn wir hingefahren sind.«

»Wir?« Verwundert blickte Babs zu ihm auf. »Du willst also, dass ich mitkomme? Dann müssen wir aber den Laden zumachen.«

Er beugte sich über sie und gab ihr einen Kuss. »Glaubst du, ich lasse dich jetzt noch allein, nachdem du dich entschieden hast? Wer garantiert mir dann, dass ich tatsächlich der Vater bin, wenn du schwanger wirst?«

40

Te quiero bém bém bém
Bém bém bém Maria …

Schon seit einer Stunde beschallten die Gipsy Kings das Wohnzimmer mit ihrem Song, doch Luzie gab keine Ruhe. Immer wieder musste Angelika die CD von neuem auflegen, weil Luzie ihrem Großvater unbedingt zeigen wollte, wie gut sie Flamenco tanzte. Und tatsächlich sah sie in ihrem rotgepunkteten Rüschenkleidchen wie eine echte, kleine Flamencotänzerin aus, wenn sie die Kastagnetten in ihren Händen klappern ließ, mit blitzenden Augen den Kopf in den Nacken warf und dabei mit ihren schwarzen Absatzschuhen so energisch auf dem Parkettboden aufstampfte, dass es nur so knallte.

»Miguel hat ihr die Sachen geschickt, die komplette Ausrüstung, einschließlich der CD«, sagte Angelika, als Luzie endlich eine Pause machte und verschwitzt und mit hochroten Wangen in die Küche verschwand, um etwas zu trinken.

Ihr Vater blickte sie an. »Miguel und du – ihr mögt euch sehr, nicht wahr?«

»Wir telefonieren jeden Tag.«

Überrascht hob er die Brauen. »Dass du so viel Zeit hast, das kenne ich ja gar nicht an dir.«

»Um ehrlich zu sein, die Zeit habe ich eigentlich auch nicht – ich nehme sie mir einfach.«

»So so …«

Tommy grinste sie so unverschämt an, dass sie seinem Blick auswich. Sie musste an das erste Telefonat denken, das sie mit Miguel nach ihrer Rückkehr geführt hatte – beziehungsweise das zweite, beim ersten hatte sie ihm ja nur wie versprochen mitgeteilt, dass sie und Luzie gut in Berlin angekommen waren. Doch vor dem Auflegen hatte er sie gefragt, ob sie nach ihrer Fraktionssitzung noch einmal anrufen würde. Sie hatte ja gesagt. Das zweite Gespräch hatte dann bis in den frühen Morgen gedauert.

Angelika hätte so etwas in ihrem Leben nicht mehr für möglich gehalten. Nach der Trennung von Udo war sie der festen Überzeugung gewesen, dass für sie das Kapitel Liebe für immer beendet sei, und war ganz in ihrer politischen Arbeit und ihrer Mutterschaft aufgegangen. Doch jetzt war das Wunder geschehen: Sie war verliebt – und *wie* verliebt sie war! Vor lauter Politikerin- und Muttersein hatte sie vollkommen vergessen, wie schön es sein konnte, mit einem Mann zu schlafen. Und es war so schön in Miguels Armen gewesen, so schön, ihn zu küssen, ihn zu lieben, ihn überall zu berühren und überall von ihm berührt zu werden. Sie konnte es kaum abwarten, all das wieder mit ihm zu erleben, was sie mit ihm in diesem kleinen Hotel in Altena erlebt hatte. Ihr Verlangen war so stark, dass sie sogar einmal in einer Drogerie in der Friedrichstraße an einem Fläschchen Agua brava geschnuppert hatte, nur um ihm irgendwie nahe zu sein und ihn in Gedanken zu spüren. Fast konnte sie ihren Vater verstehen, der sein ganzes Leben lang solchen Gefühlen nachgejagt war.

»Und du«, fragte sie, »hast du auch schon telefoniert?«

»Ich?«, erwiderte Tommy. »Telefoniert? Mit wem?«

Jetzt war sie es, die grinste. »Mit Barbara Reichenbach natürlich. Ich hatte auf der Beerdigung den Eindruck, dass sie dir gefällt.«

»Wie kommst du denn auf so etwas?«, grinste er zurück. »Ich glaube, du willst nur ablenken. Aber darauf falle ich nicht rein!« Dann wurde er wieder ernst. »Sag mir nur eins: Hat er Humor?«

»Miguel?« Angelika musste lachen. »Auf jeden Fall genug, um meine Wohnung per Post in eine Flamenco-Hölle zu verwandeln.«

»Stimmt«, sagte ihr Vater, »war eine blöde Frage. – Habt ihr schon ausgemacht, wann ihr euch wiederseht?«

Sie schüttelte den Kopf. »Die nächsten Wochen sind bei mir komplett ausgebucht, da ist es leider unmöglich.«

»Oh, wie schade.« Er schien wirklich enttäuscht.

»Moment, du hast mich nicht ausreden lassen. Ab dem dritten Oktober habe ich zwei Tage lang alle Termine gestrichen, dann kommt er auf ein langes Wochenende zu Besuch.«

»Ja«, rief Luzie, die gerade aus der Küche zurückkehrte. »Dann kommt *Mieh-gelll*! Nach Berliiiiin!« Mit einem Satz sprang sie in die Mitte des Zimmers, sortierte ihre Kastagnetten und nahm mit erhobenen Armen und dem Kopf im Nacken vor ihrem Publikum Aufstellung. »Machst du wieder die Musik an, Mama?«

41

Regina hatte den ganzen Vormittag in der Küche verbracht, um das Mittagessen zuzubereiten – die Zeit für die Tellerdekoration nicht mitgerechnet. Einige der Zutaten, die das Rezept erforderte, hatte sie extra bei ihrem letzten Einkaufsbummel in Düsseldorf besorgt, weil es sie in Altena natürlich nicht gab, und das Pollo fino vom Perlhuhn hatte sie wie vorgeschrieben zwei Tage und zwei Nächte in der Marinade ziehen lassen. Doch als sie nun das Ergebnis ihrer Bemühungen servierte, blickte Walter nur missmutig auf seinen Teller, Messer und Gabel mit beiden Fäusten auf dem Tisch aufgepflanzt, die Serviette wie einen Schlabberlatz vor der Brust.

»Du hast beim Besteck die Lupe vergessen«, knurrte er.

»Lupe?«

»Ja, Lupe! Die braucht man nämlich, um das Essen zu finden. Auf dem Teller ist ja nichts drauf.«

Regina wusste, das sagte er nur aus Boshaftigkeit. So wie er sich aus Boshaftigkeit weigerte, eine neue Haushälterin einzustellen, nachdem Frau Steuernagel in Rente gegangen war, so dass sie seit einigen Monaten allein mit Hilfe einer Putzfrau, die täglich lächerliche drei Stunden in die Villa kam, den Haushalt führen musste. Doch sie war entschlossen, sich nicht provozieren zu lassen.

»Das ist *Nouvelle cuisine*, du Banause«, sagte sie also nur, »ein Rezept von Paul Bocuse.«

»Wer ist das? Eine Freundin von deinem Sohn?«

»Paul Bocuse ist der berühmteste Koch der Welt! Und hör endlich auf, immer auf Hans-Jörg rumzuhacken!«

Walter spießte mit der Gabel das ganze Stück Fleisch auf seinem Teller auf und steckte es sich auf einmal in den Mund. »Du weißt genau, dass ich das fade Zeug hasse. Wann gibt's endlich mal wieder Schweinebraten? Den hat es seit einer Ewigkeit nicht mehr gegeben. Von Eintopf bürgerlich ganz zu schweigen!«

»Steckrüben mit Rindfleisch?« Regina schüttelte sich. »So was isst in Düsseldorf kein Mensch. Aber du bist ja nie über Altena hinausgewachsen.«

»Und deshalb setzt du mir diesen Tuntenfraß vor? Aber ich weiß, warum du das tust. Das tust du nur, um mir das einzige Vergnügen zu nehmen, dass mir noch bleibt.«

So gleichgültig wie möglich zuckte sie die Achseln. »Was kann ich dafür, dass du ein alter Mann bist, der nur noch sein Essen genießen kann?«

»Du gottverdammtes Miststück!«

Er nahm seinen Teller und schleuderte ihn in ihre Richtung. Blitzschnell duckte sie sich zur Seite, so dass das Geschoss ihren Kopf verfehlte, bevor der Teller an der Wand in Scherben ging. Unbeeindruckt griff sie zu ihrem Besteck. Es war schließlich nicht das erste Mal, dass er mit Geschirr um sich warf.

»Zielen müsste man können«, sagte sie, während sie auf ihrer Gabel kunstvoll ein Stück Fleisch mit einer Kaiserschote und ein wenig Apfelschaum komponierte. »Dein Pech. Jetzt hast du gar nichts mehr zu essen.«

»Halt ja die Fresse – oder …«

»Oder was?«

Das Perlhuhn à la Paul Bocuse schmeckte köstlich. Doch die ohnmächtige Wut in Walters Gesicht schmeckte Regina noch besser. Entschädigung für einen Vormittag Küchenarbeit.

42

Miguel lag im Bett und las. *El ingenioso hidalgo Don Quixote de la Mancha,* von Cervantes Saavedra. Er hatte das Buch früher schon mal in der Schule gelesen. Jetzt stellte er zu seiner Verwunderung fest, dass es trotzdem ein ganz wunderbarer Roman war. Don Quixote und sein Begleiter Sancho Pansa waren nicht einfach ein komisches Paar wie Dick und Doof, wie er früher gedacht hatte, sondern zwei Typen, denen sich irgendwie alle Menschen zuordnen ließen: Entweder war man Don Quixote oder Sancho Pansa. Beim Lesen fragte er sich darum immer wieder, in welchem der zwei Helden er sich selbst erkannte: in dem idealistischen Ritter, der für den Ruhm und die Ehre seiner angebeteten Herzensdame jeden Kampf auf sich nahm, selbst wenn er dafür gegen Windmühlen ziehen musste? Oder in dem praktisch und nüchtern denkenden Realisten, der sich im Zweifelsfall lieber für einen vollen Bauch und ein warmes Bett entschied als für die hehren, aber wenig greifbaren Ziele seines Herrn? Die Entscheidung fiel ihm nicht leicht. Wenn er an seine Arbeit dachte, schien ihm von den beiden Sancho Pansa näher zu sein. Dachte er hingegen an Angelika, so schlug sein Herz mit dem des Ritters Don Quixote …

Er schaute auf seine Armbanduhr. Schon fast zwölf – Zeit zu schlafen.

Mit einem Gähnen klappte er das Buch zu, streifte die Uhr vom Armgelenk und legte beides auf den Nachttisch. Als er sich umdrehte, um das Licht zu löschen, brummte es in seinem Bett. Mit einem Schlag wieder hellwach, holte er sein Handy unter dem Kopfkissen hervor, das er seit einiger Zeit dort jeden Abend vor dem Schlafengehen deponierte, damit ihm auch in der Nacht kein Anruf und keine Nachricht entging.

Als er das Display aufklappte, leuchtete ihm Angelikas Name entgegen. Sie hatte ihm eine SMS geschickt.

Noch auf?

Eilig tippte er die Antwort in die Tastatur: Natürlich, kann doch gar nicht mehr einschlafen, bevor du mir gute Nacht gewünscht hast.

Du sagst immer so wunderbare Dinge.

Ich würde dir gern noch viel mehr sagen. Können wir telefonieren? Ich möchte deine Stimme hören.

Geht jetzt nicht, leider, bin noch in einer Sitzung.

Um diese Zeit? Du Ärmste!

Ja. Dauert wahrscheinlich noch ein paar Stunden.

Macht nichts, dann bleibe ich so lange auf.

Du süßer Verrückter.

Was soll ich machen? Ich liebe dich nun mal.

Ich dich auch. Aber bitte schlaf jetzt, es reicht, wenn einer von uns morgen vor Müdigkeit nicht aus den Augen gucken kann.

Noch bevor er antworten konnte, verschwand ihr Name von dem kleinen Bildschirm. Mit einem Seufzer klappte Miguel sein Handy zu.

Warum wollte sie, dass er schlief, wenn er doch bereit war, mit ihr wach zu bleiben, damit sie später noch ein bisschen telefonieren konnten?

Kopfschüttelnd löschte er das Licht. Manchmal war Angelika ein richtiger Sancho Pansa.

43

Es war noch nicht mal halb sieben, doch schon war in der Villa Böcker die letzte Mahlzeit des Tages vorbei. Walter bekam immer früher Hunger – wenn das so weiterging, fürchtete Regina, würden sie bald zu Zeiten wie im Altersheim essen. Während sie das Geschirr in die Spülmaschine räumte, rollte der gelähmte Greis, den sie geheiratet hatte, aus der Küche zur Toilette – für den »Nachtschiss«, wie er seinen abendlichen Stuhlgang geschmackvollerweise nannte. Da Dr. Alvarez nach dem zweiten Schlaganfall prophezeit hatte, dass Walter aller medizinischen Voraussicht nach für immer gelähmt bleiben würde, hatte Regina, noch bevor er das Krankenhaus verlassen hatte, das Bad in der Villa so umbauen lassen, dass er sich mit Hilfe eines sinnreichen Gestänges aus eigener Kraft aus dem Rollstuhl hieven und auf die Kloschüssel hangeln konnte, ohne dass ihre Mitwirkung dazu erforderlich war. Zum Glück hatte er auch diesmal das Altenaer Kreisblatt mitgenommen. Das bedeutete für sie eine halbe Stunde Verschnaufpause.

Sie ging in die Diele, wo die neueste Ausgabe der Cosmopolitan eingeschweißt auf der Ablage lag, so, wie der Postbote sie am Morgen gebracht hatte. Seit die amerikanische Frauenzeitschrift auf Deutsch erschien, hatte Regina sie abonniert, und die Lektüre der ebenso geistreichen wie freizügigen Artikel gehörte zu den letzten Freuden, die ihr geblieben waren. Sie mochte diesen frechen, frischen Ton, in dem sich der Lebensstil einer neuen, anderen, viel selbstbewussteren Generation von Frauen auszudrücken schien. Manchmal fragte sie sich, was wohl aus ihr selbst geworden wäre, wenn sie zu dieser Generation gehört hätte. Aber das war eine müßige Frage, sie war ja in einer ganz anderen Zeit aufgewachsen – damals hatte es ja sogar noch den Kuppeleiparagraphen gegeben, und vorehelicher Geschlechtsverkehr hatte als Sünde gegolten. Immerhin konnte sie beim Lesen der Artikel ein klein wenig in den neuen Lebensstil eintauchen und ihn mit den jungen Frauen teilen, wenn auch nur in Gedanken. *Sex Männer in einer Nacht* … Die Titelgeschichte versprach mal wieder prickelnde Unterhaltung.

Mit dem Daumennagel riss sie die Folie auf. Wo waren ihre Zigaretten? Mit der Zeitschrift in der Hand machte sie sich auf die Suche, es gab mehrere Stellen im Haus, wo sie die Packungen deponierte, doch erst im Wohnzimmer wurde sie fündig. Sie setzte sich in ihren Lieblingssessel und steckte sich eine Zigarette an. Der erste Zug war immer der genüsslichste. Nachdem sie einmal tief inhaliert hatte, wollte sie mit der Lektüre zu beginnen. Doch sie hatte noch nicht zu blättern begonnen, da rief Walter aus dem Bad nach ihr.

»Arsch abputzen!«

Entnervt verdrehte sie die Augen. »Bist du schon fertig, Walterli?«

»Kein Wunder! Wie soll man ordentlich scheißen bei deinem Tuntenfraß? Gibt ja nichts zu verdauen! Los, beweg deinen Hintern hierher! Oder brauchst du eine Wegbeschreibung, damit du zum Lokus findest?«

Die kurze Verschnaufpause war schon wieder vorbei. Mit einem Seufzer drückte Regina die Zigarette aus, legte die Zeitschrift auf den Couchtisch und verließ das Wohnzimmer.

Walter empfing sie im Bad mit heruntergelassener Hose und einem Gestank, dass es ihr den Atem verschlug.

»Wann stellst du endlich eine Pflegekraft ein?«, fragte sie, während sie sich ein Paar Einweghandschuhe überstreifte, um weder mit seinem Körper noch mit seinen Exkrementen in Berührung zu kommen.

»Kommt nicht in die Tüte, Schätzelein«, sagte er mit boshaftem Grinsen. »Für das viele Geld, das du mich Monat für Monat kostest, kannst du verdammt nochmal auch ein bisschen was tun.«

Ungeduldig riss er ein Stück Klopapier von der Rolle und reichte es ihr. Widerwillig nahm sie es ihm aus der Hand.

»Bück dich!«

Mit beiden Händen zog er sich an dem Gestänge nach vorn und streckte ihr seinen weißen, faltigen Hintern entgegen.

»Deine Tochter hat recht. Du bist ein widerlicher alter Mann.«

Während Regina sich mit der linken Hand die Nase zuhielt, begann sie mit der Rechten die Furche auszuwischen.

Irgendwann würde die Stunde der Abrechnung kommen.

44

Als Kemal und Babs mit ihrem VW-Bulli auf Daggelin ankamen, sah es dort aus wie im Krieg. Im Schlosshof wurde unter dem Kommando eines laut über den Platz brüllenden Wehrmachtsoffiziers gerade ein Flüchtlingstreck zusammengestellt. Dutzende von Pferde- und Ochsenkarren, über und über mit Möbeln und Koffern und Bettzeug beladen, formierten sich zu einem Zug, zwischen denen Hunderte verhärmter Gestalten in abgerissenen Kleidern hin und her eilten und verzweifelt versuchten, für hilflose Kinder und Greise Plätze auf den Fuhrwerken zu ergattern. Irgendwo knatterte eine Maschinenpistole, eine Sirene jaulte auf, und gleich darauf schlug im Dach eines Nebengebäudes eine Granate ein. Vor Todesangst kreischend, warfen die Menschen sich zu Boden.

»Keine Angst, hier wird nur ein Film gedreht«, sagte Professor Reichenbach, als er sie am Eingang des Hofs in Empfang nahm. »Die Geschichte meiner Familie. In der Szene fliehen gerade meine Großeltern mit den Gutsleuten vor den Russen.«

»Wir wissen Bescheid«, sagte Babs. »*Das Bernstein-Amulett.* Wir kennen den Autor, er kommt ja aus Altena.«

»Wir waren Schulfreunde«, fiel Kemal ihr ins Wort, bevor sie sich verplapperte und womöglich noch erzählte, dass sie mal fast was mit dem Autor gehabt hätte, bevor sie seine Frau geworden war.

»Ja, die Welt ist klein«, lachte Professor Reichenbach. »Ich habe ihn auch kurz kennengelernt, er war zu Beginn der Dreharbeiten einen Tag hier. Ich war neugierig, wie er auf den Stoff gekommen ist – meine Familie ist ja schließlich nicht so berühmt wie die Dönhoffs.«

»Hatte er nicht damals den Artikel in der Bild-Zeitung gelesen?«, fragte Kemal. »Über den vermeintlichen Treuhand-Skandal auf Daggelin?«

»Richtig. Allerdings schien er von der Verfilmung wenig angetan. Nach ein paar Stunden war er schon wieder verschwunden.«

»Ruhe am Set!«, rief eine rothaarige Matrone mit wallenden Gewändern und klatschte in die Hände.

»Die Filmproduzentin«, flüsterte Professor Reichenbach. »Ich glaube, wir verschwinden besser ins Haus. Da kann ich Ihnen meine Idee für Ihr Antiquariat in Ruhe erläutern.«

Im Innern des Schlosses sah es aus wie in der Requisitenkammer eines Stadttheaters. Überall standen Kulissen herum, und auf den Stühlen und Sesseln häuften sich Kostüme. Doch solange draußen gedreht wurde, waren sie hier ungestört. Der Professor führte sie von der Halle in eine riesige Küche, wo er an dem Esstisch drei Plätze freimachte.

»Die DDR war ein Land mit außerordentlich hoher Lesekultur«, sagte er, nachdem er ihnen ein Glas Wein und das Du angeboten hatte. »In keinem anderen Land in Europa, weder im Osten noch im Westen, wurde mehr gelesen als hier.«

Während Babs noch nicht so recht verstand, was das mit ihrem Antiquariat zu tun haben sollte, nickte Kemal, als wüsste er schon Bescheid. »Es gab dort großartige Verlage, Aufbau, Volk und Welt, und natürlich Reclam. Die DDR-Klassiker-Ausgaben waren auch im Westen Kult. Jeder von uns, der mal drüben war, kam mit Stapeln von Büchern zurück.«

»Tempi passati«, erwiderte Christian Reichenbach, »leider sind diese Zeiten vorbei. Und, was noch trauriger ist, ziemlich exakt seit der Wende. Seitdem werden überall nur noch Videotheken eröffnet, wie Pilze schießen sie im ganzen Land aus dem Boden. Es hat fast den Anschein, dass kein Mensch mehr liest und alle nur noch Filme schauen wollen. Mit der Folge, dass immer mehr Buchläden schließen, in manchen Städten werden inzwischen sogar die öffentlichen Bibliotheken aufgelöst, und die Bücher – darunter oft wahre Schätze – werden nach Gewicht verkauft.«

Jetzt begriff Babs, worauf der Professor hinauswollte. »Wo können wir solche Bibliotheken finden?«, fragte sie. »Gibt es dazu irgendwelche Verzeichnisse?«

Christian Reichenbach schüttelte den Kopf. »Nein, darüber wird lieber der Mantel des Schweigens gebreitet – das Buch- und Bibliothekssterben in der ehemaligen DDR ist ja eine eher unrühmliche Folge der Wende. Aber ich habe schon ein paar Bibliotheken ausfindig gemacht und kann euch helfen, mit ihnen ins Geschäft zu kommen.«

»Das können wir unmöglich annehmen«, sagte Kemal, der mal wieder zu stolz war, um vernünftig zu sein.

»Zu spät«, sagte der Professor zu Babs' Erleichterung und lachte. »Ich habe schon die ersten Termine ausgemacht. Gleich morgen früh geht's los!«

45

Miguel hatte zum Abendessen mal wieder so leckere Tapas gemacht, dass Ulla kaum wusste, mit welchen sie anfangen sollte. Außer Pimientos del padrón gab es Feigen im Speckmantel, Champignons mit Knoblauchsauce, Kalbsleber in Sherry und dann noch irgendwas mit Kaninchenfleisch und Garnelen. Da ihr die Entscheidung schwerfiel, nahm sie einfach von allem etwas.

»Und du bist also fest entschlossen zu studieren?«, fragte Ramón, um auf das Thema des Tages zurückzukommen. Seit Ulla ihm am Morgen ihren Beschluss eröffnet hatte, sich an der Uni Köln im Fach Psychologie einzuschreiben und sich dort sogar eine eigene kleine Wohnung zu nehmen, damit sie nicht täglich pendeln musste, gab er keine Ruhe mehr. »Bei meiner Pensionierung hatte ich mich so darauf gefreut, die paar Jahre, die uns noch bleiben, zusammen mit dir zu genießen. Und jetzt, wo du endlich aufgehört hast zu arbeiten, gibst du mir einfach einen Korb.«

»Kein Grund, beleidigt zu sein, *mi amor*«, sagte sie und tätschelte seine Hand. »Das hat nichts mit dir zu tun. Ich muss einfach noch mal etwas Neues anfangen, sonst habe ich das Gefühl, nur noch aufs Sterben zu warten. Außerdem war das ja der Grund, warum ich in der VAM überhaupt aufgehört habe. Die Firma war lange genug mein Leben. Ich will noch einmal etwas anderes ausprobieren, solange das möglich ist.«

»Aber was wird aus unseren Reisen? Ich wollte dir doch meine Heimat zeigen. Und dann Amerika – die Route 66, mit dem Wohnmobil von Chicago bis Santa Monica. Und nach Moskau wollten wir auch. Du hattest dich doch darauf genauso gefreut wie ich mich.«

»Keine Angst, für unsere Reisen werden wir Zeit genug haben. Die Semesterferien sind ja lang.«

»Aber warum muss es denn ein Vollstudium sein? Als Gasthörerin, *claro*, das könnte ich verstehen. Aber mit richtigen Klausuren und Referaten und Prüfungen einschließlich Examen? Warum tust du dir den Stress an?«

»Darum geht es doch gerade! Ohne Prüfungen und Examen wäre es kein Studium, sondern nur ein Hobby.«

»Mujeres.« Kopfschüttelnd griff Ramón zu seinem Glas, um sich mit einem Schluck Rioja zu trösten.

Ulla probierte eine Feige. Als sie sich entschlossen hatte, in der

Firma aufzuhören, hatte sie von Anfang an gewusst, dass etwas wirklich Neues nicht irgendwelche Reisen bedeuten konnte – Reisen allein hätte ihr so wenig genügt wie ein neues Auto oder eine neue Kücheneinrichtung. Etwas *wirklich* Neues bedeutete entweder eine neue Liebe oder einen neuen Beruf – mehr Möglichkeiten gab es nicht. Da sie aber den Mann, mit dem sie zusammenlebte, liebte und ihn keineswegs verlieren wollte, war nur der Beruf in Frage gekommen. Der Entschluss, Psychologie zu studieren, war dann am Morgen sehr plötzlich erfolgt, beim Ankleiden vor dem Spiegel, als sie die Wahl zwischen einem Rock und einer Hose gehabt hatte und sie sich nicht hatte entscheiden können, welches Kleidungsstück sie tragen wollte. Weil das untypisch für sie war, war sie ins Grübeln geraten. Ihr ganzes Leben war sie vor keiner Entscheidung zurückgescheut, ja, ihre Entscheidungsfreudigkeit war immer eine ihrer großen Stärken gewesen, auch wenn sie manchmal, im Nachhinein betrachtet, vielleicht falsch gelegen hatte, und oft hatte sie Entscheidungen getroffen, bevor sie überhaupt wusste, warum. Genau das wollte sie jetzt herausfinden. Warum entschied ein Mensch sich in einem bestimmten Moment, oder auch grundsätzlich in seinem Leben, ausgerechnet so, wie er sich entschied? Ulla hatte keine Ahnung. Als sie sich schließlich vor dem Spiegel für die Hose entschieden hatte, hatte sie zugleich beschlossen, Psychologie zu studieren, ganz spontan. Psychologie schien ihr das Fach zu sein, das auf ihre Frage am ehesten eine Antwort versprach.

»Also, ich an deiner Stelle«, sagte Miguel zu seinem Vater, »wäre stolz, eine solche Frau zu haben. Eine Frau, die noch im Alter so viel Mut …«

»Das mit dem Alter habe ich überhört«, sagte Ulla und drohte ihm mit dem Finger.

»Du weißt doch, wie ich das meine …«

Der Brummton seines Handys unterbrach ihn. Sofort legte er sein Besteck auf den Teller und holte den Apparat aus der Tasche.

Ulla musste lächeln. »Angelika?«

Miguel strahlte. »Ja«, sagte er und tippte etwas in die Tastatur.

»Kann das nicht bis nach dem Essen warten?«, fragte Ramón. »Eine Unsitte ist das!«

»Ich muss ihr nur kurz bestätigen, dass es beim 3. Oktober bleibt«, sagte sein Sohn, ohne vom Display aufzuschauen.

»Dein Besuch in Berlin?«, wollte Ulla wissen.

Noch bevor er antworteten konnte, brummte sein Handy erneut. Sofort fing er wieder an zu tippen.

»Miguel!!!«, rief Ramón. »Tu endlich das verdammte Ding weg!«

»Nur noch diese eine Nachricht, dann ist Schluss. Angelika muss gleich ins Bundeskanzleramt.« Voller Stolz sah er von seinem Handy auf. »Briefing mit dem Kanzler und dem Finanzminister. Für ein Interview mit CNN.«

46 *Sex Männer in einer Nacht …*

Mit einem prickelnden Glas Pommery hatte Regina sich auf ihr Zimmer zurückgezogen, um sich endlich in Ruhe ihrer Lieblingszeitschrift zu widmen. Im Haus war alles still, Walter war vor dem Fernseher eingeschlafen und schnarchte vor sich hin. Um ihn nicht aufzuwecken, hatte sie den Fernseher einfach weiterlaufen lassen – von ihr aus sollte er ruhig bis zum nächsten Morgen in seinem Rollstuhl weiter schnarchen. Nur mit einem Hauch schwarzer Spitze bekleidet, saß sie im Bett, und während sie ab und zu an ihrem Champagner nippte, begann sie zu lesen, zuerst wie immer ihre Lieblingskolumne, »Er sagt / Sie sagt« von Christian Clerici und Wiebke Lorenz, dann die Titelgeschichte. Die Erlebnisse, von denen die interviewten Frauen berichteten, waren so inspirierend, dass ihr eine erregende Vision kam. Alle Männer ihres Lebens versammelten sich in ihrem Schlafzimmer, rund um ihr Bett, um sie gemeinsam zu beglücken. Dieter Urban, der Hausmeister bei den Ursulinerinnen, ihr allererster Liebhaber, dem sie das kleine und große Einmaleins des Sex verdankte … Willy Weinberg, der Direktor der Realschule, ein unglücklich verheirateter Familienvater, der ihr zum Dank für eine Liebesnacht die Stelle bei Schuh Krasemann vermittelt hatte und bereit gewesen wäre, Frau und Kinder für sie zu verlassen … Bernd Wilke, nach dessen schweren, ruhigen Maurerhänden sie sich manchmal noch sehnte … Walter Böcker, als er wirklich noch ein Puma gewesen war … Heinz Scholl mit seinen dunklen Augen und den heruntergezogenen Schnurrbartenden, ein zweiter Sean Connery … Und natürlich Jürgen, ihr unverhoffter Supermann … Sie alle waren nackt und präsentierten rings im Kreise ihre Männlichkeit. Wie eine Königin, die ihre Ehrengarde abschreitet, sprach sie hier ein Lob, dort ein anerkennendes Wort aus. Doch so eindrucksvoll die Parade war, für keinen der vor ihr salutierenden Soldaten schlug ihr Herz. Das begann erst zu klopfen, als der Mann den Raum betrat, den sie als einzigen Mann je geliebt hatte und den sie immer lieben würde: Charly Weiß, ihr ehemaliger Verlobter. Er trug den silbergrauen Anzug, den sie früher so sehr an ihm gemocht hatte. Mit seinen schönen manikürten Fingern knöpfte er sich das Jackett auf, während er, eine Zigarette zwischen den Lippen, auf sie zuschlenderte, mit jener lässigen Eleganz, der sie vom ersten Moment an verfallen war. Als er vor ihr stehen blieb, warf er die Zigarette zu Boden und nahm sie in den Arm, um sie zu küssen. Sie schloss die Augen, und als sie seine Lippen auf ihren Lippen spürte, war alles, alles wieder gut und die Wunden geheilt, die das Leben ihr zugefügt hatte.

»Regina!!!«

Mit einem Satz schnellte sie in die Höhe. Walter. Offenbar war er aufgewacht und wollte, dass sie ihm jetzt ins Bett half.

Um ihre letzte Ehepflicht des Tages so schnell wie möglich hinter sich zu bringen, schlüpfte sie nur rasch in ihre Pantoffeln und eilte in ihrem Negligé die Treppe hinunter.

Als sie ins Wohnzimmer kam, bereute sie, dass sie sich nicht wenigstens einen Morgenmantel übergestreift hatte. Der Fernseher lief immer noch, doch Walter hatte inzwischen das Programm gewechselt. Mit Stielaugen starrte er auf den Bildschirm, wo gerade sein Lieblingsfilm lief.

Der schwarze Hengst und seine blonde Stute …

Als er ihre Schritte hörte, drehte er sich um. In seinen geröteten Augen flackerte die Lüsternheit eines Eunuchen.

»Da bist du ja endlich, Schätzelein …«

Voller Ungeduld fingerte er an seinem Hosenladen. Als sein praller, dunkelroter Schwanz aus dem Schlitz hervorsprang, wandte Regina den Blick zur Seite. Auf der Kommode neben seinem Rollstuhl lag eine offene Packung Viagra. Dieses Zeug hatte der Teufel erfunden! Es verlieh selbst einem verkrüppelten Greis wie ihrem Mann die ewige Jugend.

»Los, beeil dich«, keuchte Walter, sein erigiertes Glied reibend, ohne sie aus den Augen zu lassen. »Gleich kommt die Stelle, wo der Neger ihr ins Gesicht spritzt …«

47

Der Porsche war inzwischen zwölf Jahre alt, und in diesen zwölf Jahren hatte Miguel manches Mal daran gedacht, sein »Protzomobil«, wie Angelika den ebenso teuren wie nutzlosen Sportwagen genannt hatte, zu verkaufen, um sich stattdessen ein Fahrrad anzuschaffen. Doch als er an diesem Morgen bereits um neun Uhr morgens in Berlin ankam, war er froh, dass er ihn wider alle Vernunft behalten hatte. Kaum vier Stunden Fahrzeit hatte er für die Strecke von Altena bis in die Hauptstadt gebraucht, schneller hätte er nicht fliegen können.

Angelika hatte gesagt, er solle sie im Finanzministerium abholen, wo sie am Morgen noch ein paar Dinge zu erledigen habe, bevor sie sich endgültig freinehmen könne. Ihr Büro befand sich kurioserweise in demselben Gebäude, in dem zu DDR-Zeiten auch schon ihr Vater gearbeitet hatte – im damals sogenannten Haus der Ministerien, in dem nun der Bundesfinanzminister mit seinem Tross von Referenten und Beamten residierte. Mit der erdrückenden Kolossalarchitektur erinnerte das Gebäude Miguel allerdings vor allem an das Reichsluftfahrtministerium der Nazis, das vor dem Krieg hier untergebracht gewesen war. Wahrscheinlich war der gespenstische Klotz das deutscheste Gebäude, das er je gesehen hatte.

»Halt! Wohin wollen Sie?«, rief jemand, als er die Eingangshalle betrat. »Sie können hier nicht einfach so reinspazieren!«

Als Miguel sich umdrehte, sah er einen Pförtner, der den Kopf durch die Fensterklappe der Loge streckte.

»Verzeihung«, sagte er. »Ich habe einen Termin mit Frau Staatssekretärin Dr. Weidner – *persönlich*. Würden Sie mich bitte anmelden? Alvarez ist mein Name.«

»Einen Moment.«

Während der Pförtner zum Telefon griff, fragte Miguel sich, ob das Wörtchen »persönlich« ihm vielleicht ein bisschen allzu laut herausgeplatzt war. Aber was konnte er dafür? Er war so unglaublich stolz auf Angelika – am liebsten hätte er aller Welt verkündet, dass diese wunderbare Frau ihn liebte. Via Satellit hatte er ihr Interview auf CNN gesehen, einem der größten amerikanischen Nachrichtensender. Man hatte sie zur geplanten Einführung des Euro befragt, um von ihr in Erfahrung zu bringen, welche Auswirkungen die neue Gemeinschaftswährung auf den transatlantischen Handel und die Weltwirtschaft haben würde. Eine halbe Stunde hatte Angelika dem Reporter Rede und Antwort gestanden, vor den Augen von Millionen Amerikanern! Zwischen zwei Werbeunterbrechungen hatte es sogar ein Porträt von ihr gegeben, mit ihrem Werdegang von der Kindheit und Jugend in der DDR über die Karriere als Physikerin bis zu ihrem Aufstieg zu einer Spitzenpolitikerin im wiedervereinten Deutschland. Miguel hatte ihr natürlich längst am Telefon zu ihrem grandiosen Auftritt gratuliert, gleich nach Ausstrahlung der Sendung, doch von dem Geschenk, das er mitgebracht hatte, hatte sie keine Ahnung, und er freute sich jetzt wie ein Kind darauf, sie damit zu überraschen: ein blitzblanker Euro-Rohling, der erste aus der gerade in der VAM angelaufenen Testproduktion.

»Tut mir leid«, sagte der Pförtner. »Die Frau Staatsekretärin ist nicht im Haus.«

»Aber das kann doch gar nicht sein«, erwiderte Miguel irritiert. »Wir sind fest miteinander verabredet.«

»Wenn Sie vielleicht selbst mit der Büroleiterin sprechen möchten?«

Der Pförtner reichte ihm durch die Fensterklappe einen Telefonhörer.

»Büro Dr. Weidner«, meldete sich eine weibliche Stimme am anderen Ende der Leitung.

»Alvarez«, erwiderte Miguel und buchstabierte: »A wie Anton, L wie Ludwig …«

»Nicht nötig«, unterbrach ihn die Stimme. »Ich habe Ihren Namen vor mir, er steht ja im Terminkalender.«

»Na also!« Erleichtert atmete er auf. »Ich weiß, ich bin ein bisschen früh dran, aber darf ich vielleicht trotzdem schon …«

»Tut mir leid«, unterbrach ihn die Stimme abermals. »Frau Dr. Weidner ist verhindert.«

»Verhindert?«

»Ja. Sie musste sehr kurzfristig auf Reisen.«

»Wie? Was? Wohin?«

»Tut mir leid, ich bin nicht befugt, Ihnen dazu Auskunft zu geben. Aber hat sie nicht mit Ihnen gesprochen? Soweit ich weiß, hat sie mehrmals versucht, Sie telefonisch zu erreichen.«

»Nein, hat sie nicht. Wir haben gestern Mittag zum letzten Mal telefoniert. Ich hatte mich allerdings gewundert, warum sie am Abend nicht mehr angerufen hat. Das tut sie sonst normalerweise immer.«

Während er sprach, sah er, wie der Pförtner in seiner Loge lange Ohren bekam, und kehrte ihm den Rücken zu. »Können Sie mich nicht mit ihr verbinden?«

»Tut mir leid«, sagte die Büroleiterin zum dritten Mal. »Auch das ist nicht möglich. Aber vielleicht hat Frau Dr. Weidner Ihnen ja eine SMS geschickt? Schauen Sie doch bitte mal nach.«

Miguel klemmte sich den Hörer unters Kinn und tastete sämtliche Taschen seines Anzugs ab – doch vergebens.

Sein Handy war fort.

48

Kemal fühlte sich wie im Schlaraffenland. Nur dass in dem Schlaraffenland, durch das sein neuer Freund Professor Reichenbach ihn und Babs führte, einem nicht gebratene Würste und Tauben entgegenwuchsen, sondern ausnahmslos Bücher: Erstausgaben, Sonderdrucke, sogar Unikate und Handschriften – einfach alles, was das bibliophile Sammlerherz begehrte.

Sie waren am Morgen von Daggelin nach Stendal gefahren und saßen jetzt im Magazin der ehemaligen Hofbücherei, wo eine in Tränen aufgelöste Archivarin ihnen ihre kostbarsten Schätze präsentierte. Schon nach wenigen Stunden zeichnete sich ab, dass der VW-Bulli, mit dem Kemal und Babs aus Altena gekommen waren, kaum ausreichen würde, um alles zu transportieren. Dabei hatte Christian noch ein weiteres Dutzend Bibliotheken auf seiner Liste, in denen sie ihr Glück versuchen konnten, von Apolda über Neustrelitz bis Zwickau. Sie würden die Reise in den Osten wohl noch einige Male wiederholen müssen.

»Eins ist mir allerdings ein Rätsel«, sagte Christian Reichenbach. »Wie wollt ihr in einer Kleinstadt eigentlich so viele Bücher verkaufen? Wenn ich richtig verstanden habe, habt ihr doch schon jetzt zu wenig Kundschaft.«

»Wir werden die Bücher online anbieten«, erwiderte Babs. »Übers Internet. Deutschlands erstes virtuelles Antiquariat.«

»Chapeau! Darauf muss man erst mal kommen.«

»Das war Kemals Idee«, sagte Babs so stolz, als wäre es ihre eigene gewesen.

Kemal spürte, wie er rot anlief. Zum Glück brachte die Archivarin gerade eine neue Trouvaille, in die er sich vertiefen konnte: eine Erstausgabe der Fragmente von Novalis. Vorsichtig, um die brüchigen Seiten nicht zu beschädigen, blätterte er mit seinen weißen Baumwollhandschuhen in dem kostbaren Band.

Wie immer, wenn er ein so altes Buch aufschlug, vergaß er alle geschäftlichen Interessen und begann zu lesen. Es war ein bisschen wie Geisterbeschwörung, so, als würde er über die Jahrhunderte hinweg in Kontakt mit einem Toten treten. Dieses Erlebnis konnten einem nur alte Bücher verschaffen, das schaffte keine neu gedruckte Wegwerfware. Während er beim Lesen glaubte, Novalis' Stimme zu hören, sprang ihm zwischen den Gedankensplittern ein Satz von solcher Wucht entgegen, dass er innehielt.

»Lies vor!«, sagte Babs. »Was hast du entdeckt?«

Kemal schaute sie an. »›Liebe ist der Endzweck der Weltgeschichte und das Amen des Universums‹«, zitierte er. »Was für ein großartiger Gedanke.«

»Allerdings!« Christian Reichenbach lächelte. »Ihm verdanke ich vermutlich mein Leben.«

»Wie bitte?«

»Der Satz war der Wahlspruch meiner Mutter.«

Kemal wollte fragen, was es damit auf sich hatte, da sah er Babs' Gesicht. Eben hatte sie noch wie immer ausgesehen, jetzt aber war sie auf einmal ganz bleich und hielt sich mit der Hand den Magen.

Erschrocken legte er das Buch zurück auf den Tisch. »Was ist los, mein Liebling? Was hast du?«

»Keine Ahnung, aber mir ist plötzlich speiübel. Wenn … wenn ich es nicht besser wüsste, würde ich fast glauben, dass ich …«

Obwohl sie den Satz nicht zu Ende sprach, verstand Kemal sofort, was sie meinte, und sprang auf.

»Gibt's hier irgendwo eine Apotheke?«

49

Schon um drei Uhr am Nachmittag war Miguel mit seinem Porsche wieder aus Berlin zurück. Nachdem er sein Handy auch im Auto nicht gefunden hatte, hatte er Angelikas Vater in der Oderberger Straße aufgesucht – zum Glück hatte er die Adresse im Telefonbuch entdeckt. Aber der hatte auch keine Ahnung gehabt, wo Angelika steckte. Sie hatte am Vorabend Luzie zu ihm gebracht, mit der Bitte, sich zwei Tage um sie zu kümmern, doch ohne ihm zu verraten, wohin ihre Reise ging. »Wahrscheinlich irgendeine politische Mission, über die sie nicht sprechen darf«, hatte er orakelt, »kein Grund zur Sorge, das kommt ein paarmal im Jahr vor.« Auf Miguels Bitte hatte er versucht, sie auf ihrem Handy zu erreichen, doch er war immer nur auf ihrer Mailbox gelandet, trotz mehrfach wiederholter Versuche.

Miguel stand vor einem Rätsel. Das alles passte nicht zu Angelika – sie war doch kein Mensch, der ohne Grund einfach spurlos verschwand, und an die Erklärung ihres Vaters konnte er aus irgendeinem Grund nicht glauben … Er war mit solchen Glücksgefühlen am Morgen nach Berlin aufgebrochen, in der sicheren Hoffnung, drei wunderbare Tage mit Angelika zu verbringen. Doch dann hatte er sie nicht mal zu Gesicht bekommen. Jetzt, zurück in Altena, fühlte er sich, als habe man ihm den Boden unter den Füßen weggezogen.

Gab es in ihrem Leben vielleicht doch einen anderen Mann? Solange sie verschwunden war, konnte darauf nur das verlorene Handy Antwort geben.

Im Fabrikhof parkte er seinen Porsche und eilte in die Villa. Ohne Ulla und Ramón zu begrüßen, lief er gleich hinauf in den dritten Stock, in dem seine Wohnung lag. Es gab nur einen Ort, wo sein Handy sein konnte: in seinem Bett, unter dem Kopfkissen. Er wusste genau, dass er es am Abend wie immer dorthin gelegt hatte, für den Fall, dass sie in der Nacht noch mal anrufen würde, doch er konnte sich nicht erinnern, es am Morgen wieder eingesteckt zu haben. Dass er es dort hatte liegen lassen, war seine einzige Hoffnung. Wenn er nicht ausgeschlafen war, konnten ihm solche Fehler passieren, und er war ja schon um fünf Uhr in der Frühe losgefahren, also praktisch vor dem Aufstehen.

Als er sein Schlafzimmer betrat, hielt er kurz inne. Wenn er auch hier sein Handy nicht fand, würde er durchdrehen. Dann wusste er nicht, was er noch tun konnte.

Er schloss die Augen und zog das Kopfkissen fort. Als er sie wieder öffnete, fiel ihm ein Stein vom Herzen. Da lag der kleine, schwarze Apparat, harmlos und unschuldig wie ein neugeborenes Kind.

Mit zitternden Händen klappte er das Display auf. Die Mailbox quoll über von Nachrichten. Lauter Nachrichten von Angelika.

Gott sei Dank!

Statt die Mailbox abzufragen, wählte er mit der Rückruftaste ihre Nummer. Er musste sie sprechen, jetzt gleich!

Es dauerte eine Ewigkeit, dann hörte er das Freizeichen, doch nur ganz leise, wie aus weiter Ferne, und mit einem Rufton, den er nicht kannte.

Beim dritten Klingeln hob jemand ab.

»Miguel? Endlich!«

Angelika. Ihre Stimme war so dünn, dass er sie kaum verstehen konnte. Doch sie klang schöner als die schönste Musik.

»Um Himmels willen – wo bist du?«

»In New York.«

»New York? Was in aller Welt tust du da?«

Als sie antwortete, überschlug sich vor Aufregung ihre Stimme. »Stell dir vor, meine Mutter hat mich im Fernsehen gesehen – meine Mutter, von der ich nicht mal ein Foto hatte! Sie hat mich erkannt und sich bei mir gemeldet!«

50

In wenigen Monaten jährte sich der Tag, an dem das Walter-Böcker-Institut gegründet worden war, zum zehnten Mal. Jedermann in Altena erwartete darum eine Feier zum Jubiläum, allen voran natürlich der Herr Bürgermeister, der gerade mal wieder mit Regina im Wohnzimmer beim Tee hockte. Nur Walter stand der Sinn nicht nach Feiern. Das Institut war ihm schon lange mehr Klotz am Bein als Quell der Freude. Nur wenige Monate nach der Eröffnung hatte Gründungsdirektor Carl Schlitt das Zeitliche gesegnet, und es hatte sich niemand gefunden, der das Format besaß, in die Fußstapfen des berühmten Juristen zu treten. Walter hatte sich mit einem früheren Ministerpräsidenten von Baden-Württemberg beholfen, der wegen gewisser Tätigkeiten während des Kriegs zum Rücktritt gezwungen worden war. Er hatte große Hoffnungen in den ehemaligen Marinerichter gesetzt, der seinerzeit mit vaterlandslosen Gesellen kurzen Prozess gemacht hatte. Doch der Ministerpräsident a. D. hatte sich als unbrauchbarer Grußonkel entpuppt. Er ließ sich in Altena nur blicken, wenn er in eine Fernsehkamera grinsen konnte, ansonsten kümmerte er sich einen Dreck.

Ob man es vielleicht mal mit diesem Tübinger Professor probieren sollte, diesem Starbatzky, der nicht müde wurde, gegen den Euro zu Felde zu ziehen? Der Kerl hatte wenigstens Schneid, und mit der D-Mark verteidigte er eine der letzten Bastionen im Kampf um den

Erhalt deutscher Wesensart in Wirtschaft, Politik und Gesellschaft. Das entsprach nicht nur dem Bestimmungszweck des Instituts, das imponierte Walter auch persönlich. Das Einzige, was ihn an diesem Starbatzky störte, war sein Name. So richtig deutsch klang der nicht.

Er warf seine Zigarre in den Aschenbecher und rollte vom Jagdzimmer in die Diele, um die Telefonauskunft anzurufen. Es konnte ja nicht schaden, schon mal die Rufnummer und Adresse des Tübinger Professors in Erfahrung zu bringen. Obwohl er es hasste, wenn Türen offen standen, und er das Regina auch schon hundert Mal gesagt hatte, ignorierte er die offene Kellertür und fuhr zur Telefonablage. Doch als er den Hörer abhob, hörte er aus dem Wohnzimmer ein verdächtiges Flüstern. Was war das für ein Getuschel? Die paar Worte, die er zu verstehen glaubte, reichten, um sein ungutes Gefühl zu verstärken. Er legte den Hörer unverrichteter Dinge zurück auf die Gabel und rollte quer durch die Diele.

Die Wohnzimmertür war nur angelehnt. Vorsichtig öffnete er den Spalt so weit, dass er hindurchspähen konnte. In dem Raum sah er seine Frau und Jürgen Rühling, wie sie die Köpfe zusammensteckten und ebenso leise wie intensiv aufeinander einredeten.

»Ich halte das nicht mehr aus«, flüsterte Regina. »Ich lasse mich scheiden. Wegen seelischer Grausamkeit.«

»Und dann?«, fragte Jürgen.

»Dann heiraten wir!«

»Willst du so kurz vor dem Ziel aufgeben? Walter kann jeden Tag tot umfallen.«

»Wenn er nur endlich verrecken würde. Aber er tut es einfach nicht! Manchmal glaube ich, er lebt nur noch, um mich zu quälen.«

Jürgen nahm ihre Hand. »Denk an das Erbe, Liebes. Sollen wir darauf verzichten? Nur weil du jetzt schlappmachst?«

Regina schlang die Arme um ihn, küsste ihn auf die Augen, die Wangen, den Mund. »Ach Liebster, wenn ich dich nicht hätte, ich wüsste manchmal nicht, woher ich die Kraft nehmen sollte, um all das durchzustehen …«

Walter spürte, wie ihm das Blut in den Adern gerann. Das war Hochverrat, Konspiration, Vorbereitung eines Putschs!

Er griff in die Speichen seines Rollstuhls. Er hatte genug gehört und gesehen und wusste, was zu tun war.

Auge um Auge … Zahn um Zahn …

51

Natürlich gab es in Stendal eine Apotheke, mehr als ein Dutzend sogar, und die nächste lag keine fünf Minuten Fußweg von der Hofbücherei entfernt. Dort hatte Kemal drei Schwangerschaftstests gekauft, von drei verschiedenen Herstellern, und Babs hatte einen Test nach dem anderen gemacht, weil sie beide sich nicht trauten zu glauben, was sie doch beide hofften, und es erst glauben konnten, als in den Sichtfenstern mit den Teststreifen dreimal hintereinander dasselbe Ergebnis zutage trat, in Gestalt unzweideutiger farbiger Doppelstriche.

Babs war schwanger.

»Aber wie ist das möglich?«, fragte sie, als sie und Kemal nach ihrer Rückkehr nach Altena Frau Dr. Schmitz-Luck in ihrer Praxis aufsuchten. »Die Wahrscheinlichkeit lag doch bei unter fünf Prozent.«

Die Ärztin hob die Arme. »Die Medizin ist zwar eine Naturwissenschaft, trotzdem können wir nicht alles naturwissenschaftlich erklären, egal, wie viele Untersuchungen wir im Labor anstellen. Sobald die Psychologie ins Spiel kommt, macht die Natur, was sie will. Das erlebe ich in meiner Praxis immer wieder. Im Wechselspiel zwischen Körper und Seele wirken verborgene Kräfte, die sich noch immer unserem Verständnis entziehen.«

Obwohl Babs sicher war, dass Kemal kein Wort von dem verstand, was Frau Dr. Schmitz-Luck sagte, strahlte er über das ganze Gesicht. Den Grund dafür konnte sie sich an fünf Fingern abzählen.

»Soll das heißen, dass damit dieses … dieses Spermatogramm nicht mehr nötig ist?«

»Allerdings«, erwiderte die Ärztin, und mit einem Lächeln fügte sie hinzu: »Es sei denn, Sie hätten Zweifel an Ihrer Vaterschaft. Aber ich denke, das können wir wohl ausschließen.«

»Allah akbar!«, sagte Kemal und strahlte noch mehr.

»Wie bitte?«, fragte Frau Dr. Schmitz-Luck.

»Gott sei Dank – sollte das natürlich heißen!«

52

Ein arabischer Scheich mit vier schwarz verhüllten Frauen und einem Dutzend Kindern im Gefolge, die offenbar allesamt zu diesem einen Mann gehörten, verstellte mit seinem Kopfputz Miguel die Sicht auf die Ankunftstafel. Schon seit drei Stunden wartete er im Terminal B des Frankfurter Flughafens auf den Lufthansa-Flug aus New

York. Dabei war die Maschine pünktlich von Kennedy Airport aus gestartet und würde laut Auskunft des Bodenpersonals, dem er alle zehn Minuten immer wieder mit derselben Frage auf die Nerven ging, auch pünktlich in Frankfurt landen, wenn es nicht aus irgendeinem Grund noch eine Verzögerung gab.

Um sich ja nicht zu verspäten, war Miguel viel früher in Altena losgefahren als nötig, doch wie immer, wenn man mit einem Stau rechnete, hatte er die ganze Strecke freie Fahrt gehabt. Obwohl er die Minuten bis zu Angelikas Ankunft zählte, empfand er das lange Warten nicht als verlorene Zeit – so wenig wie die knappe halbe Stunde, die, wenn alles wie am Schnürchen klappte, er sie hier in Frankfurt überhaupt sehen konnte, bevor sie mit ihrer Anschlussmaschine nach Berlin weiterflog. Selbst wenn er sie nur eine einzige Minute sehen würde, wäre die Fahrt nicht vergebens gewesen.

Wie konnte es nur sein, dass er sie so sehr liebte?

Äußerlich betrachtet, kannten sie sich ja kaum, sie hatten ja nur wenige Stunden wirklich miteinander verbracht. Doch nach ihren vielen nächtlichen Telefonaten, in denen sie, durch sechshundert Kilometer voneinander getrennt und gleichzeitig durch die Dunkelheit der Nacht miteinander verbunden, körperlos, gleichsam von Seele zu Seele, miteinander gesprochen hatten, fühlte er sich ihr näher als jedem anderen Menschen auf der Welt, und spätestens seit dem Schock in Berlin, als sie für einen halben Tag unauffindbar gewesen war, wusste er, wie viel sie ihm bedeutete. Egal, wer von ihnen beiden Don Quixote war und wer Sancho Pansa – sie war die Frau, auf die er immer schon gewartet hatte, die Frau, mit der er den Rest seines Lebens verbringen und mit der er durchs Leben gehen wollte wie der Ritter von der traurigen Gestalt mit seiner Dulcinea.

Pünktlich zur angekündigten Landezeit blinkte das grüne Lämpchen hinter Angelikas Flug auf der Anzeigetafel auf, und da sie als Transitreisende keine Zeit am Gepäckband verbringen musste, erschien sie nur eine Viertelstunde später am Ausgang.

»Endlich!«

Kaum sahen sie sich, liefen sie aufeinander zu und fielen sich in die Arme. Doch erst als ihre Münder sich fanden, wusste er, dass sie wirklich und leibhaftig da war.

»Miss Euro!«

»Tatsächlich!«

Als er die Augen aufschlug, sah er eine Gruppe Mallorca-Touristen, mit Strohhüten auf den Köpfen und Badelatschen an den Füßen, die mit den Fingern auf sie zeigten. Angelika nahm seine Hand und führte ihn in eine nahe gelegene VIP-Lounge, wo man sie gleichfalls erkannte und ihnen darum eine abgeschiedene Ecke zuwies, in der sie sicher vor aufdringlichen Blicken miteinander reden konnten.

»Du kannst dir nicht vorstellen, was für ein Augenblick das war, als ich plötzlich vor meiner Mutter stand«, sagte Angelika. »Der Frau, die mich geboren hat, doch die mein Leben lang nur ein Phantom gewesen war.«

Während sie sprach, hatte er den Eindruck, dass ihre Augen feucht schimmerten.

»Warum hast du niemandem erzählt, dass du nach New York fliegen würdest, um sie zu sehen?«

»Ich weiß es selber nicht genau, es ging ja alles so schnell. Ich glaube, ich hatte einfach das Gefühl, dass dies etwas war, was nur sie und mich etwas anging – uns beide, Mutter und Tochter, ganz allein. Vielleicht hatte ich auch Angst, dass ihr versuchen würdet, mich davon abzuhalten.«

»Aber das hätte ich doch nie und nimmer getan!«

»Nein, du nicht, ich weiß. Aber vielleicht mein Vater. Darum bin ich auch nicht an mein Handy gegangen, als ich seine Nummer auf dem Display sah.«

Miguel nahm ihre Hand. Er wollte sie fragen, ob ihre Mutter sich bei ihr entschuldigt oder wenigstens zu erkennen gegeben hatte, dass sie sich ihrer Schuld bewusst war, sie als Kind, als Säugling einfach so im Stich gelassen zu haben. Aber er war sich nicht sicher, ob das richtig war – es war ja alles noch so frisch. Wenn Angelika darüber sprechen wollte, würde sie es von sich aus tun.

»Und – was für eine Frau ist sie?«, fragte er darum nur.

»Meine Mutter?« Angelika zuckte die Achseln. »Sie lebt in den USA unter einem amerikanischen Namen, den sie gleich nach der Flucht angenommen hat, aus Angst vor DDR-Agenten. Sie hat in Berkeley politische Philosophie unterrichtet, vor allem marxistische Gesellschaftstheorie.«

Miguel stutzte. »Obwohl sie gerade aus einem kommunistischen Land geflohen war?«

»Das hat mich auch gewundert.«

»Und was war ihre Erklärung?«

»Das müsse ich dialektisch sehen – der real existierende Sozialismus habe nichts mit der marxistischen Utopie einer klassenlosen Gesellschaft zu tun. In ihrem Fall scheint die Rechnung aufgegangen zu sein. Sie hat ein sehr schickes Appartement in der Park Avenue.«

»Wer das Kreuz hat, segnet sich damit.« Miguel zögerte. »Und – wie war sie sonst? Ich meine, als Mensch? Hast du dich in ihr irgendwie wiedererkannt?«

Angelika dachte einen Moment nach. »Sie hat dieselben Augen wie ich, und auch denselben Gesichtsschnitt, aber sonst …« Sie schüttelte den Kopf. »Nein, ich glaube, wir würden uns nicht besonders verstehen, vor allem politisch nicht. Ich hatte den Eindruck, sie ist eine ziemlich verbohrte Ideologin. Sie hat gleich angefangen, meine Thesen aus dem Fernsehinterview zu kritisieren, und mir einen Vortrag über Globalisierung und Gerechtigkeit gehalten. Wäre ich darauf eingegangen, hätten wir uns wahrscheinlich die ganze Zeit gestritten.«

Miguel gab ihr einen Kuss. »Dann war die Begegnung also eine Enttäuschung?«

»Nein«, erwiderte Angelika. »Ich habe meine Mutter gefunden, nach mehr als einem halben Leben, in dem ich glaubte, keine Mutter zu haben. Jetzt habe ich eine.«

Ihre Stimme erstickte.

Ohne ein Wort nahm Miguel sie in den Arm. Sie schmiegte sich an ihn, voller Vertrauen, fast wie ein Kind, als suche sie bei ihm eine Geborgenheit, die sie nie gehabt hatte.

Er wusste nicht, ob er je zuvor in seinem Leben etwas so innig Schönes erfahren hatte wie diesen Augenblick.

»Ich weiß, es ist vollkommen verrückt«, sagte er, »wir kennen uns ja kaum. Aber – könntest du dir vorstellen, meine Frau zu werden?«

53

Mit dem Werden eines Menschenkinds im Mutterleib ist es folgendermaßen bestellt.

Alles nimmt seinen Anfang mit der Befruchtung eines weiblichen Eis durch den männlichen Samen im Schoß der Frau. Ist die Verschmelzung vollzogen, begibt sich die befruchtete Eizelle auf eine Wanderung von zehn bis vierzehn Tagen, durch die sie aus dem Eierstock in die Gebärmutter gelangt. Nistet sie sich dort nach Verlassen des Eileiters ein, beginnt die eigentliche Schwangerschaft. Zapfenartige Ausstülpungen des Keims verhaken sich im Uterus, die Plazenta entsteht, ein gleichsam gemischtes Organ von Mutter und Kind, durch das beide miteinander verbunden sind, um die Ernährung des entstehenden Lebens zu sichern. Obwohl kaum mehr als ein mikroskopisch kleiner Zellhaufen, ist der Embryo schon in diesem Stadium die erste Erscheinungsform des Menschen, ein einmaliges Wesen, bestimmt von sechsundvierzig artspezifischen Chromosomen, die es von jedem anderen Lebewesen unterscheiden. Alles ist bereits angelegt, was später den erwachsenen Menschen ausmachen wird, vom Erbgut vorgezeichnet, unabänderlich für alle Zeit: das Geschlecht, das Aussehen, die Körpergröße, die Haar- und Augenfarbe, sogar manche der Charaktereigenschaften und Begabungen wie auch die individuelle Lebensdauer. Um all diese Anlagen auszubilden, bedarf es nur noch einer Reifezeit von gut acht Monaten, in denen sich durch fortwährende Zellteilung und stetiges Wachstum der winzig kleine Homunkulus zu einem wahren und wirklichen Menschen entwickelt.

Das alles wusste Babs natürlich, sie hatte ja in Dutzenden von Büchern und Interneteinträgen nachgelesen, wie eine Schwangerschaft zustande kommt und wie sie sich entwickelt. Doch wirklich *glauben* an das Wunder, das sich in ihrem Innern ereignete – das konnte sie erst, nachdem ihr in der Hofbücherei von Stendal so plötzlich übel geworden war und drei voneinander unabhängige Tests ihr die Schwangerschaft zweifelsfrei bestätigt hatten.

Mit dem keimenden Leben in ihrem Schoß veränderte sich auch ihr eigenes Leben von Grund auf. Statt wie geplant ihren Mann auf dessen Reisen nach Ostdeutschland zu begleiten, um ihre Bestände an alten Büchern und graphischen Werken aufzustocken, bevor sie sich an ihr neues Geschäft wagten, suchte sie alle paar Tage die Praxis ihrer Ärztin auf, getrieben von der Sorge, dass dem Kindchen in ihrem Leib womöglich ein Schade geschehen sein mochte. Sie hatte so viele Jahre gebraucht, um sich zu dieser Mutterschaft durchzuringen – jetzt, da sie endlich den Mut aufgebracht hatte, Mutter eines Kindes zu werden, in dessen Adern auch das Blut ihres Vaters fließen würde, kannte sie keine größere Angst mehr, als dieses Kind zu verlieren. Doch Frau Dr. Schmitz-Luck gelang es jedes Mal, ihr alle Befürchtungen zu nehmen und sie beruhigt wieder nach Hause zu schicken.

Denn ihre Schwangerschaft verlief in der Tat genauso, wie die medizinischen Lehrbücher es wollten. Wie die Ärztin Babs mit Hilfe des Ultraschalls zeigte, bildete der im Verhältnis zum Körper geradezu lächerlich große Kopf allmählich Augen und Ohren aus, zuerst nur sichtbar als Höcker für die Augen und Vertiefungen für die Ohren, dann wenig später aber als erkennbare Sinnesorgane, während in seinem noch fast durchsichtigen Schädel sich aus einem Bläschen das Gehirn entwickelte. Nach vier Monaten war aus dem ursprünglich stecknadelkopfkleinen Embryo ein sechzehn Zentimeter großer Fötus geworden, mit Armen und Beinen, Händen und Füßen, Fingern und Zehen, der quicklebendig in der Fruchtblase um seine eigene Nabelschnur herumturnte, und im fünften Monat konnte Babs sogar zum ersten Mal die Herzschläge ihres Kindes hören – ein wilder, rasender Galopp, der ihr und Kemal, der, wenn es ihm irgendwie möglich war, sie zu allen Regelterminen begleitete, einen gehörigen Schreck einjagte, und beide ließen sich nur durch Frau Dr. Schmitz-Lucks Versicherung beruhigen, dass das kleine Herz doppelt so schnell wie das der Mutter schlagen musste, um seine Funktion zu erfüllen, das Höllentempo seines Schlages also normal und kein Grund zur Sorge war.

In dieser Phase der Schwangerschaft hatte Frau Dr. Schmitz-Luck Babs und Kemal gefragt, ob sie das Geschlecht ihres Kindes wissen möchten, mit Hilfe des Ultraschalls ließe es sich nun mit fast hundertprozentiger Sicherheit erkennen. Doch im Gegensatz zu Kemal, der sich als Türke natürlich einen Sohn wünschte und vor Neugier platzte, hatte Babs das nicht gewollt, und Kemal hatte sich ihrem Wunsch gefügt. Obwohl es Aberglaube war, hatte sie Angst, dass ein solches Eindringen in das Wirken der Natur Unglück bringen könnte. Erst als der siebte Monat erreicht war, atmete sie ein wenig auf. Ihr Kindchen hatte laut Auskunft der Ärztin jetzt nicht nur schon Nägel an Fingern und Zehen und konnte Geräusche der Außenwelt hören, ja, sich sogar erschrecken, wenn allzu großer Lärm in sein dunkles, warmfeuchtes Paradies drang – es war jetzt vor allem auch so weit entwickelt, dass es keinen Schaden mehr nehmen würde, sollte es vorzeitig das Licht der Welt erblicken. Selbst im Fall einer Frühgeburt würde es fortan aus eigener Kraft atmen können und die Nahrung, die man ihm zuführen würde, selbständig verdauen und verwerten.

Herbst und Winter waren vorüber, auch der Frühling kam und ging, und während Kemal mit Hilfe eines Exkommilitonen, der sich nach dem Studium der Germanistik und Philosophie als Programmierer selbständig gemacht hatte, die Internetplattform für Deutschlands erstes virtuelles Antiquariat einrichtete und bald Buchbestellungen von fremden, unbekannten, nie in Wirklichkeit gesehenen Kunden eintrafen, brach auch bei Babs die für jede Mutter beschwerlichste Phase der Schwangerschaft an. Obwohl der Bauch sich immer weiter rundete, wurde der Platz im Mutterleib knapp, das Kindchen reckte und streckte sich, boxte und trat gegen die es umschließenden Wände, als könne es nicht länger warten. Oft fiel Babs jetzt das Atmen schwer, die Lungen konnten sich nicht mehr vollständig ausdehnen, das Blut staute sich beim Rückfluss zum Herzen, so dass ihr die Füße und Beine zum Platzen anschwollen, und während sie schon das Gefühl beschlich, die letzten Wochen und Tage würden überhaupt nicht mehr vergehen, war plötzlich der eine Tag da, die eine Stunde und der eine Augenblick, in dem sie die ersten Wehen verspürte.

Ihr Kindchen wollte sein Nest verlassen, drängte hinaus ins Freie, ins bunte, unbekannte Leben.

54

Als Walter Böcker an diesem milden Sommerabend in seinem Lift hinauf zu seiner Villa schwebte, war ihm natürlich nicht bewusst, dass seine Tochter hochschwanger vor ihrer Entbindung stand und er vermutlich noch in der kommenden Nacht zum ersten Mal in seinem langen Leben Großvater werden würde. Er sah dafür ganz anderen Freuden entgegen: Freuden, die sein altes Herz in unerwarteter Weise höherschlagen ließen. Zwar hatte sich seine Hoffnung, das Letzte, was ihm auf Erden zu tun blieb, in ein paar schnellen, kurzen Wochen zu erledigen, leider nicht erfüllt – bis sämtliche juristische Einzelheiten geklärt und geregelt waren, hatte es vielmehr fast genauso lange gedauert, wie eine Frau braucht, um ein Kind auszutragen. Doch heute war das Werk endlich vollbracht, der fast hundert Seiten starke Vertrag war unterzeichnet und mit Brief und Siegel beglaubigt.

So aufgeregt, dass es ihm eine Freude war, empfing Regina ihn an der oberen Liftstation vor dem Eingang der Villa.

»Wie kannst du nur einfach so verschwinden?«, rief sie. »Keine fünf Minuten war ich aus dem Haus, um das Nötigste einzukaufen, und plötzlich warst du fort. Wo bist du gewesen? Ich kann dir gar nicht sagen, welche Sorgen ich mir gemacht habe.«

»Das ist ja rührend von dir, Schätzelein«, sagte er. »Aber deine Sorgen waren absolut unbegründet. Ich war doch nur beim Notar.«

»Beim Notar?« Voller Misstrauen sah sie ihn an. »Aber Walterli, warum hast du mir nichts davon gesagt? Ich hätte dich doch begleitet!«

»Ich wollte dir nicht zur Last fallen«, erwiderte er, um ihrer geheuchelten Fürsorge mit entsprechend geheuchelter Rücksichtnahme zu begegnen. »Ein Taxi von Dewor hat mich abgeholt und auch zurückgebracht, der Fahrer hat mich sogar in den Lift gesetzt. Die machen das heutzutage ganz selbstverständlich, ohne Aufpreis. Fabelhafte Sache – da ist selbst ein Krüppel wie ich nicht mehr auf die Hilfe seiner Frau angewiesen.«

»Aber was hast du denn beim Notar gewollt?«

Ihre ängstliche Neugier war ein Genuss. »Na, was glaubst du wohl?«, fragte er.

Unwillig schüttelte sie den Kopf. »Keine Ahnung. Woher soll ich das wissen?«

Sie tat so gleichgültig, wie sie nur konnte. Doch Walter kannte sie besser und sah ihr an, dass seine Antwort ihr ganz und gar nicht gleichgültig war, sondern ihr buchstäblich auf der Seele brannte.

»Dann rate doch mal«, sagte er.

»Sind wir im Kindergarten?«, fragte sie gereizt.

»Komm schon, Schätzelein, sei keine Spielverderberin. Mach deinem Walterli die kleine Freude.«

»Was soll das, zum Kuckuck nochmal? Jetzt sag schon, was los ist!«

»Erst raten!«

»Einen Teufel werde ich tun! Hör endlich auf, mich auf die Folter zu spannen!«

»Jetzt tu mir doch den Gefallen. Du hast drei Versuche!«

»Du sollst damit aufhören, sage ich! Oder willst du mich zum Wahnsinn treiben?«

Um der Wahrheit die Ehre zu geben, war genau dies seine Absicht. Das kleine Geplänkel hatte bereits genügt, dass sie ihre Beherrschung Stück für Stück verlor, mit jeder seiner Antworten ein bisschen mehr.

»Warum musst du mich so quälen?«, rief sie. »Warum musst du mich immer und immer und immer wieder so fürchterlich quälen? Warum – *warum* zur Hölle, will ich wissen!«

Sie sprach jetzt so laut, dass unten auf der Straße schon ein paar Leute aufmerksam wurden. Walter registrierte es mit Genugtuung. Es gab nichts Schlimmeres für Regina, als sich in der Öffentlichkeit bloßgestellt zu fühlen.

»Solltest du mich nicht lieber reinbringen?«, fragte er scheinheilig. »Oder willst du, dass sich morgen die ganze Stadt das Maul über dich zerreißt?«

In stummer Wut half sie ihm von dem Liftsessel in den Rollstuhl und schob ihn ins Haus.

»Du böser alter Mann …«

Das waren die Worte, die sie immer benutzte, wenn sie ihn besonders treffen wollte – weil es Babs' Worte waren, die Worte seiner Tochter. Doch diesmal verpuffte die Wirkung. Er war einfach zu freudig gestimmt, als dass Regina ihn hätte treffen können, egal, welche Waffen sie benutzte.

Das brachte sie nur noch mehr auf die Palme.

»Womit habe ich dich Scheusal verdient? Womit, frage ich dich! Ach, hätte ich doch nie Mitleid mit dir gehabt! Wie glücklich war ich ohne dich in Düsseldorf.«

Mit einem Ruck wuchtete sie seinen Rollstuhl in die Diele. Dort stand die Kellertür sperrangelweit auf, trotz seiner vielfachen Mahnung, sie stets geschlossen zu halten. Um Regina noch mehr zu reizen, wollte er ihr einen Verweis erteilen – es brachte sie zur Weißglut, wenn man sie zurechtwies. Doch sie kam ihm zuvor.

»Jetzt sag endlich, was du beim Notar gemacht hast!«

Walter zuckte die Achseln. »Ich habe eine Stiftung gegründet.« Bereitwillig kehrte er zum eigentlichen Thema zurück, das schließlich weitaus größere Befriedigung versprach als ein harmloser Anschiss wegen der offenen Tür.

Regina reagierte genau so, wie er es sich erhoffte. »Eine Stiftung?«, widerholte sie unsicher, plötzlich blass im Gesicht. »Wozu?« Offenbar war der Groschen gefallen, und sie ahnte Fürchterliches.

»Wozu wohl?«, fragte er zurück. »Um meine Hinterlassenschaft zu regeln, natürlich. Schließlich bin ich ein alter Mann, das hast du selbst gesagt. Aber keine Angst, Schätzelein, für dich ist gesorgt. Die Regelungen treten ja erst in Kraft, wenn ich sterbe. Und wie du weißt, habe ich noch eine ganze Weile vor zu leben. Sonst hätte ich ja gar keine Zeit mehr, dich zu quälen.«

Regina wurde noch blasser. »Was ist der Zweck der Stiftung?«, wollte sie wissen.

»Mildtätigkeit«, sagte er mit seinem freundlichsten Gesicht. »Mein weniges Erspartes soll der Stadt Altena zugutekommen.«

Regina war jetzt weiß wie eine Wand. Nur die Spitze ihrer Nase war auffallend gerötet. Selbst mit ihrem Spatzenhirn schien sie zu begreifen, was seine Auskunft bedeutete.

»Du … du willst mich also um mein Erbe betrügen?«

»Wie kommst du denn darauf? An dich habe ich dabei gar nicht gedacht. Es ging mir nur um die Zukunft meiner Heimatstadt und ihrer Bürger. Du weißt doch, wie sehr mir das am Herzen liegt.«

»Du niederträchtiger, hinterhältiger, gemeiner Mistkerl!«

Ihre Stimme schnappte über, schwer atmend hob und senkte sich ihre Brust. Sie zögerte, setzte wieder zu sprechen an, zögerte ein zweites Mal. Offenbar musste sie ihren ganzen Mut aufbringen, um die Frage zu stellen, die er von ihr hören wollte, die Frage, die über ihr künftiges Wohl und Wehe entschied.

»Wie viel von meinem Geld hast du der Stiftung vermacht?«

Endlich war es heraus. Walter konnte sich kaum sattsehen an ihrem Gesicht. Angst, Ohnmacht, Entsetzen – alles spiegelte sich gleichzeitig darin. Ein einziger Reichsparteitag.

»Ich denke, ich habe mich nicht lumpen lassen«, antwortete er.

»Wie viel?«

»Na gut, wenn du mich so drängst, will ich es dir sagen. Damit du dir keine Sorgen machen musst und am Ende womöglich glaubst, ich wäre geizig gewesen und könnte dich nach meinen Tod vor unserem Hausfreund Jürgen Rühling blamieren.« Er machte eine Pause, um sich an ihrer Verzweiflung noch ein paar köstliche Sekunden länger zu weiden. Dann sagte er das eine, vernichtende Wort: »ALLES!«

»Alles?«, wiederholte sie hysterisch.

»Ja, alles!«, bestätigte er. »Und weil du bei unserer Heirat so dämlich warst, einen Ehevertrag zu unterschreiben, um mich an den Haken zu kriegen, bedeutet alles in diesem Fall wirklich – *alles*!«

»Das … das ist nicht wahr!«

Jetzt war es um ihre Fassung endgültig geschehen. Während sie vor Erregung am ganzen Leib zitterte, sprenkelten rote Flecken ihr leichenblasses Gesicht, ein untrügliches Zeichen, dass sie kurz vor dem Nervenzusammenbruch stand.

Auge um Auge, Zahn um Zahn …

»Aber was regst du dich denn so auf, Schätzelein?«, fragte er. »Ich hab dir doch gesagt, bis zu meinem Tod brauchst du dich nicht zu sorgen. Solange ich lebe, kannst du weiter in meinem Geld schwimmen. Und noch lebe ich ja …«

»Du … Du … Du …«, stammelte sie, nach Luft schnappend.

»Ja, Schätzelein? Was willst du mir sagen?«

Während ihre Augen Funken sprühten und ihre Lippen Speichel, platzte es aus ihr heraus: »Du … du … du *Monster*, du!«

In diesem Augenblick sah Walter Böcker das Gesicht seiner Frau zum letzten Mal: eine Furie, die sich auf ihn stürzte, zu allem entschlossen – und koste es ihr Leben.

Im selben Moment erkannte er die Gefahr. Er riss die Arme hoch, doch seine Abwehr ging ins Leere. Statt ihn zu schlagen, packte Regina die Griffe seines Rollstuhls und stieß ihn in die Richtung der offenen Tür.

Der Rest geschah wie von allein. Schon tat sich der Abgrund vor ihm auf. In plötzlicher Todesangst blickte er in den dunklen Keller, seine Füße ragten über den Treppenabsatz hinaus ins Nichts. Für einen Moment schien der Rollstuhl über dem Abgrund zu schweben, fast unmerklich ruckte er hin und her. Noch einmal flammte ein Funken Hoffnung auf. Doch dieser Moment währte nur eine Sekunde, dann zerstob der Hoffnungsfunke wie ein Glühwürmchen in der Nacht.

»Du Schlampe …«

Das waren seine letzten Worte. Ein Stoß in den Rücken – und sein Schicksal war besiegelt.

Als er die Treppe hinunterstürzte, stieß er einen so durchdringenden, markerschütternden Schrei aus, dass er in der ganzen Freiheit zu hören war. Passanten blieben stehen und blickten verstört hinauf zu der Villa, in der der reichste und bedeutendste Sohn der Stadt residierte.

Hatte man dort oben ein Tier geschlachtet? Oder war nur geschehen, was irgendwann hatte geschehen müssen?

55

Die Morgensonne schien hell zum Fenster herein, als Babs mit ihrem dicken Bauch barfuß in die Küche kam, wo Kemal schon das Frühstück bereitet hatte. Das Kind war immer noch nicht da. Sie hatte in der Nacht so heftige Wehen gehabt, dass Kemal sie dreimal in den Bulli geladen hatte und mit ihr ins St.-Vinzenz-Krankenhaus gefahren war. Doch dreimal waren sie unverrichteter Dinge wieder nach Hause zurückgekehrt, weil die Hebamme ihre Wehen als Vorwehen diagnostiziert hatte, und mit denen sei Babs besser in ihrem Bett aufgehoben, um vor dem großen Kraftakt noch ein paar Stunden zu schlafen, statt die Nacht im Kreißsaal mit nutzlosem Warten zu verbringen. »Das Problem mit Wehen ist«, hatte die Hebamme gesagt, »dass man die richtigen erst erkennt, wenn sie da sind. Sind sie aber da«, hatte sie mit einem wissenden Lächeln hinzugefügt, »dann gibt es keinen Zweifel mehr.«

Wie jeden Morgen versteckte Kemal sich hinter dem Kreisblatt. Zur Begrüßung blickte er nur einmal kurz über den Rand des Mantelteils und nickte ihr zu. Babs kannte das so seit Jahren und nahm ihm sein Verhalten darum auch heute nicht übel – Kemal war ein ausgemachter Morgenmuffel und brauchte eine halbe Kanne Kaffee, bevor er ansprechbar war. Ohne ihn bei der Lektüre zu stören, setzte sie sich zu ihm an den Tisch und schmierte sich eine Scheibe Toast. Sie war zwar noch wie erschlagen von der Nacht, doch im Augenblick frei von Krämpfen und Schmerzen. Ihr Kind schien genauso müde zu sein wie sie – ohne sich zu rühren, schlummerte es in ihrem Bauch. Die Hebamme hatte recht gehabt, es war noch nicht so weit. So, wie Babs sich gerade fühlte, konnte es noch Tage bis zur Niederkunft dauern.

»Um Gottes willen!«, hörte sie plötzlich Kemal hinter seiner Zeitung sagen.

»Was ist los?«, fragte sie gähnend. »Ist irgendwo ein Krieg ausgebrochen?«

»Dein Vater«, sagte er und ließ das Kreisblatt sinken.

»Mein Vater? Was ist mit ihm?« Sie griff nach der Zeitung, doch Kemal zog sie mit beiden Händen fort, so dass sie sie verfehlte. »Warte«, sagte er, »ich … ich glaube, es … ist vielleicht besser, wenn ich es dir sage.«

»Was soll der Quatsch? Bin ich ein Kind?«

Schneller, als sie es sich mit ihrem dicken Bauch selbst zugetraut hätte, beugte sie sich über den Tisch, und bevor Kemal es verhindern konnte, gehörte das Kreisblatt ihr.

Als sie im Lokalteil die Überschrift des Aufmachers las, stockte ihr der Atem.

DRAMA IN DER VILLA BÖCKER – UNFALL ODER MORDVERSUCH?

Sie wollte den Artikel lesen, doch bereits beim Untertitel – »Zeugen dringend gesucht« – verschwammen die tanzenden Buchstaben vor ihren Augen.

»Das … das ist ja …«

Mehr brachte sie nicht hervor. Während ihr die Zeitung aus der Hand glitt, krampfte sich ihr Unterleib zusammen, mit einem so jähen, machtvollen, nie für möglich gehaltenen Schmerz, dass es keinen Zweifel mehr gab.

Ja, das waren die richtigen Wehen.

56

Warum hatte Rechtsanwalt Kamps eigentlich rote Haare?

Obwohl Regina wusste, wie unsinnig ihre Frage war, konnte sie den Blick nicht abwenden, und wenn es ihr doch für eine Sekunde gelang, kehrten ihre Augen sofort wieder zu dem Rechtsanwalt und seinen roten Haaren zurück. Solange sie sich mit diesen roten Haaren beschäftigte, drangen all die schlimmen Sachen, die Staatsanwalt Dr. Zemke, der mit Rechtsanwalt Kamps und ihr in dem kleinen, schäbigen Raum auf der Polizeiwache saß, die ganze Zeit behauptete, nicht wirklich in ihr Gehirn, sondern wanderten einfach zum einen Ohr herein und zum anderen wieder hinaus, bevor die Worte sich in ihrem Kopf zu einem Sinn zusammenfügen konnten, den sie nicht ertragen würde. Davor beschützte Rechtsanwalt Kamps sie, deshalb war er ihr Anwalt, allein wegen dieser Frage, die zu beantworten seine Haare ihr aufgaben, und aus diesem Grund hörte Regina nicht auf, über diese Frage nachzudenken, weil ja ihr Leben davon abhing, dass sie darüber nachdachte und über nichts anderes. Wie konnte dieser Mann, dessen Eltern sie kannte und die doch beide blond gewesen waren – wie konnte dieser Mann nur rote Haare haben? Ob seine Mutter vielleicht mal einen schwarzhaarigen Liebhaber gehabt hatte? Das hatte man ja in der Schule gelernt, bei den Ursulinerinnen im Internat, die Mendel'schen Gesetze, wonach Eltern, von denen der eine Teil schwarzes und der andere blondes Haar hatte, dass solche Eltern oft rothaarige Kinder bekamen, so rothaarige Kinder wie Rechtsanwalt Kamps, der doch eigentlich blondes Haar hätte haben müssen, wenn seine Eltern tatsächlich beide seine Eltern gewesen wären … Hans-Jörg hatte für den Anwalt gesorgt, ihr lieber, guter Junge, ihn hatte sie nach dem schrecklichen Unfall in ihrer Not in Leipzig angerufen. Er hatte sich gleich in sein Auto gesetzt, um ihr zu Hilfe zu kommen, um sich um sie zu kümmern, so wie er sich schon immer um sie gekümmert hatte und um jeden anderen Menschen auch, der Hilfe brauchte, weshalb er früher ja der Schwarm aller Mädchen gewesen war, schon in der Tanzstunde, ganz egal, was Walter über ihn sagte, schließlich war ja sogar Walters eigene Tochter Hans-Jörgs Freundin gewesen – der Beweis, wie unrecht er ihrem Sohn mit seinen bösen Behauptungen tat. Hans-Jörg hatte gesagt, dass sie mit niemandem reden dürfe, bevor er bei ihr in Altena sei, und seine Stimme hatte so ernst und streng geklungen, dass sie sich daran gehalten hatte, nicht mal das Telefon hatte sie abgehoben, obwohl es mehrmals geklingelt hatte. Die Tagesthemen liefen noch, da war er mit dem Anwalt in die Villa gekommen, und zusammen waren sie zum Polizeirevier gefahren, in Hans-Jörgs neuem Mercedes, den er sich von dem vielen Geld gekauft hatte, das er mit seinen Seminaren in der DDR verdiente, einem viel größeren und schöneren Mercedes, als Walter je einen gehabt hatte, und den sie ihm von Herzen gönnte, weil er ihn ja nur seiner eigenen Tüchtigkeit verdankte. Die Polizisten hatten ihr lauter unsinnige Fragen gestellt, so unsinnige Fragen wie ihre Frage nach der Haarfarbe ihres Anwalts – wie sie hieß, hatten sie wissen wollen, und wann sie geboren war, dabei kannte sie doch jeder Mensch in der Stadt und wusste, dass sie Regina Böcker war, vormals Wilke, geborene Küppers. Für die Nacht hatte man sie in eine vergitterte Zelle gesteckt, als hätte sie etwas verbrochen, und sie hatte erst einschlafen können, nachdem man ihr irgendwelche Tabletten und schließlich sogar eine Spritze gegeben hatte, von der ihr jetzt noch der Kopf so schwer und dumpf war, dass sie keinen klaren Gedanken fassen konnte, obwohl sie doch eigentlich immer ein Morgenmensch gewesen war. Aber darauf, was sie dachte und empfand und litt, hatte niemand Rücksicht genommen, seit man sie geweckt hatte, hatte man sie nicht mehr in Ruhe gelassen, und sie hatte noch nicht mal richtig gefrühstückt, sondern nur einen Schluck Kaffee getrunken, der einfach fürchterlich geschmeckt hatte, da war auch schon der Staatsanwalt erschienen, um sie zu verhören. Zum Glück war Hans-Jörg auf dem Polizeirevier geblieben, die ganze Nacht über hatte ihr lieber, guter Junge dort ausgeharrt, während sie auf einer unzumutbar harten Pritsche hatte schlafen müssen, in diesem vergitterten Käfig, und auch der Anwalt war wieder auf die Wache gekommen, um sie zu verteidigen, und als sie Hans-Jörg aus dem Raum geschickt hatten, hatte ihr lieber, guter Junge gesagt, dass sie ohne Rechtsanwalt Kamps nichts zu den Vorwürfen sagen dürfe, die Dr. Zemke ihr machte, dass sie nämlich Walter Böcker in seinem Rollstuhl die Kellertreppe hinuntergestoßen habe, um ihn umzubringen, das war seine fixe Idee, die fixe Idee des Herrn Staatsanwalts, entweder im Affekt oder aus niederen und hinterhältigen Beweggründen, das sei noch zu klären, wie Dr. Zemke in seiner geschwollenen Art gesagt hatte, obwohl er genau wusste, dass weder das eine noch das andere zutraf, sondern das Ganze ein unglücklicher Unfall gewesen war. Am liebsten hätte sie ihm die Wahrheit ins Gesicht geschrien, damit er endlich den Mund hielt. Weil das Leben sie aber gelehrt hatte, dass man in solchen Situationen, in denen man selbst nicht mehr aus noch ein wusste, auf den Rat anderer Menschen hören sollte, vor allem auf den Rat von Menschen, die einen liebten, hatte sie auf ihren lieben, guten Jungen gehört und geschwiegen, die ganze Zeit, immer nur geschwiegen und geschwiegen, ohne ein Wort zu sagen, egal, was dieser Zemke sie fragte oder behauptete, auch als ihr Anwalt bei ihr saß, um ihr hinter vorgehaltener Hand einzuflüstern, was sie sagen durfte und was nicht, wie in einem Tatort-Krimi, hatte sie eisern geschwiegen, kein Sterbenswörtchen war über ihre Lippen gekommen. Hans-Jörg war schlau, er wusste, es war besser, wenn der Anwalt für sie sprach und sie den Mund hielt, also hielt sie sich an seinen Rat. Das kannte man ja auch aus dem Fernsehen, in jedem Krimi war das so, dass die Angeklagten sich verplapperten, wenn sie auf eigene Faust redeten, und dann wurde das, was sie sagten, am Ende immer gegen sie verwandt, ausnahmslos, um ihnen einen Strick daraus zu drehen – und überhaupt, was verstand sie denn schon von diesen Dingen, sie hatte doch nur die Mittlere Reife und nicht studiert, erst recht nicht Jura, wie Rechtsanwalt Kamps mit seinen roten Haaren. Sie war entschlossen, alles richtig zu machen und den Rat ihres klugen Sohns zu befolgen, bis Jürgen kam, der Bürgermeister, der alles aufklären würde, das ganze fürchterliche Missverständnis, dem sie zum Opfer gefallen war, eisern schweigen bis zu seiner Ankunft, alles richtig machen, um ihn nicht zu enttäuschen und ihm keinen Grund zu geben, böse auf sie zu sein und mit ihr zu schimpfen, so kurz vor der Hochzeit wollte sie nicht mit ihm streiten. Noch hatte er sich nicht blicken lassen, obwohl sie schon viele Male nach ihm verlangt hatte – das Einzige, was sie überhaupt gesagt hatte, seit sie auf dem Polizeirevier war, weil man für die Liebe ja keinen Anwalt brauchte und sie darum, was Jürgen betraf, für sich selber sprechen konnte, ohne fremde Hilfe. Warum kam er nicht endlich, um sie zu holen und von hier wegzubringen, von diesen Menschen, die ihr alle nur übelwollten? … Bestimmt hatte er eine wichtige Sitzung im Rathaus, vielleicht war er sogar in Düsseldorf und musste mit dem Wirtschaftsminister verhandeln oder dem Ministerpräsidenten oder sonst einem hohen Tier der Landesregierung, anders konnte es ja gar nicht sein, sonst wäre er ja längst bei ihr, er würde sie doch nie und nimmer ohne dringenden Grund im Stich lassen, das war doch ganz und gar undenkbar! Sobald die Sitzung vorbei und er aus Düsseldorf zurück war, würde er kommen, ganz bestimmt würde er dann kommen, er liebte sie doch, sie beide wollten doch heiraten, jetzt, wo sie endlich frei war, frei von diesem Monster, das so dumm und ungeschickt gewesen war, im Rollstuhl die Kellertreppe hinunterzustürzen – jetzt stand ihrer Heirat ja nichts mehr im Wege …

»Auf den Artikel im Kreisblatt hin haben sich mehrere Straßenpassanten bei der Polizei gemeldet«, hörte sie wie von ferne Dr. Zemke sagen. »Sie alle haben bezeugt, dass Sie einen schweren Streit mit Ihrem Ehemann hatten. Außerdem haben Sie ein dringendes Tatmotiv. Ihr Mann hat gestern sein gesamtes Vermögen der Stadt Altena vermacht, in Form einer Stiftung, wir haben den Bürgermeister inzwischen befragt, und er hat die Sache bestätigt. Aus diesem Grund haben Sie Ihren Mann die Kellertreppe hinuntergestoßen. Also seien Sie vernünftig und legen Sie ein Geständnis ab, Frau Böcker, das ist Ihre einzige Chance. Dann können wir vielleicht von einer Affekthandlung ausgehen.«

Er hatte so eindringlich gesprochen, als wolle er ihr mit seinen Worten Fesseln anlegen. Mit einem Ruck riss Regina sich vom Anblick ihres Anwalts los und blickte dem Staatsanwalt ins Gesicht. Dr. Zemke Kopf zierte zwar nur noch ein schmaler, graumelierter Haarkranz, der Rest seines Schädels war kahl, abgesehen von einer einzigen Strähne, die er auf alberne Weise quergekämmt hatte, damit sie aussah wie eine Frisur, doch die wenigen Haare, die ihm geblieben waren, ließen immer noch erkennen, dass sie einstmals schwarz gewesen waren, pechschwarz, so wie Regina sie auch in Erinnerung hatte.

Ob Dr. Zemke vielleicht der wahre Vater von Rechtsanwalt Kamps war?

»Jetzt machen Sie doch endlich den Mund auf, Frau Böcker«, sagte er. »Es ist in Ihrem eigenen Interesse. Mit Ihrem Schweigen machen Sie alles nur schlimmer.«

Doch Regina ließ sich von ihm nicht in die Irre führen. Was immer er behauptete, sie würde an ihrer Liebe festhalten, unerschütterlich. Denn die Liebe war doch das Einzige, was zählte, die Liebe war stärker als alles andere – sogar stärker als der Tod. Das hatte das Leben sie gelehrt.

»Bitte benachrichtigen Sie Herrn Rühling«, sagte sie. »Ich muss unbedingt Herrn Rühling sprechen. Rufen Sie im Rathaus an und finden Sie heraus, wo der Bürgermeister steckt. Wenn der Bürgermeister da ist, wird sich alles aufklären!«

57

»Pressen, Frau Ersoy! Pressen! Noch einmal! Es ist gleich so weit! Ich kann das Köpfchen schon sehen! Es ist schon halb draußen!«

Trotz der unerträglichen Schmerzen spannte Babs noch einmal all ihre Muskeln an und versuchte zu tun, was die Hebamme sagte. Um ihr die Schmerzen zu nehmen, hatte der Arzt ihr eine Periduralanästhesie geben wollen, aber die hatte sie abgelehnt, aus Angst, dass die Spritze ihr Knochenmark verletzte, obwohl die Wehen inzwischen mit solcher Macht über sie kamen, dass sie Kemals Gesicht manchmal nur noch wie durch einen roten Schleier sah. Mehr als einen halben Tag verbrachte sie inzwischen im Kreißsaal. Noch auf der Fahrt ins Krankenhaus hatte sich die Fruchtblase geöffnet – der Blasensprung, das letzte und eindeutige Zeichen, dass es so weit war. Das Fruchtwasser war ihr an den Beinen nur so heruntergelaufen, und bei der Ankunft in der Klinik hatte die Hebamme festgestellt, dass der Muttermund schon fünf Zentimeter aufgegangen war. Obwohl Babs vor Angst tausend Tode gestorben war, war sie zugleich erleichtert gewesen. Mit dem Blasensprung trat die Niederkunft in ihre letzte Phase, und nach der Geburt war alles vorbei – je schneller, umso besser. Doch plötzlich hatten die Wehen wieder aufgehört, so plötzlich, wie sie gekommen waren. Die Hebamme hatte sie auf dem Gang hin und her laufen lassen, hatte mit ihr Lockerungsübungen gemacht, sie in Leinsamenumschläge gepackt, in heiße Bäder und auf einen Gebärhocker gesetzt, wie Frauen ihn in Afrika benutzten, doch stundenlang hatte sich nichts mehr gerührt, bis zum Nachmittag. Kemal war keine Sekunde von ihrer Seite gewichen, nicht mal zum Essen, nur um zur Toilette zu gehen, hatte er einmal den Kreißsaal verlassen, und seit die Wehen wieder eingesetzt hatten, saß er an ihrer Seite und harrte aus und hielt ihre Hand und redete ihr zu und versicherte ihr seine Liebe – er hechelte sogar zusammen mit ihr, wie man es ihm und den anderen Männern im Vorbereitungskurs beigebracht hatte und was er eigentlich nie hatte tun wollen, weil es einfach zu lächerlich war. Doch er war in diesen endlosen Stunden der Hoffnung und des Schmerzes so sehr eins mit ihr geworden, dass er alles andere darüber vergessen zu haben schien und nur noch tat, was sie selber tun musste, um ihr Kind zur Welt zu bringen.

»Pressen, Frau Ersoy – pressen! Ein letztes, *aller*letztes Mal!«

Noch einmal wurde es Babs dunkelrot vor Augen, eine gewaltige Woge erfasste sie, um sie mit sich zu reißen, und der Schmerz ergriff mit solcher Macht von ihr Besitz und durchdrang sie bis in die letzte Pore, dass sie meinte, in tausend Stücke zu bersten. Mit jeder Faser ihres Leibes presste sie aus sich heraus, was nicht länger in ihr bleiben konnte. Sie schnellte mit dem Oberkörper in die Höhe, ein Schrei löste sich aus ihrer Brust und hallte von den gekachelten Wänden wider, sie fiel zurück auf die Liege, halb ohnmächtig und gleichzeitig überwach und präsent, ihre Hände krallten sich in das Laken, um irgendeinen Halt zu finden, und während sie glaubte, ihre eigenen Totenglocken zu hören, fuhr der Schmerz, der so lange in ihr gewütet hatte, mit einem Mal aus ihr heraus, aus der klaffenden Wunde in ihrem Schoß, ein unverhofftes, alles beendendes Flutschen – und es war vorbei.

»Na, also! Sie haben es geschafft!«

Ein zartes Stimmchen krähte, und im nächsten Augenblick lag das Kind auf ihrem Leib – ein kleines, schleimiges Etwas, das kaum aus den Augen schauen konnte und doch das Schönste war, was Babs in ihrem Leben je gesehen hatte.

»Was ist es?«, fragte sie.

»Ein Mädchen«, sagte Kemal. »Das süßeste kleine Mädchen der Welt.«

Die Hebamme schlug das Kind in ein Tuch ein und legte es Babs an die Brust, in die die Milch schon eingeschossen war. Kaum berührte das Mündchen den Zipfel, begannen die kleinen Lippen zu saugen.

»Ist es nicht ein Wunder?«, flüsterte Babs, durchflutet von einer Seligkeit, die allen Schmerz zunichtemachte, und streichelte über das dunkelbeflaumte Köpfchen.

»Das größte Wunder überhaupt«, sagte Kemal.

Dabei blickte er so verliebt auf sein Töchterchen, dass Babs beinahe eifersüchtig wurde. Als würde er ihre Gefühle ahnen, wandte er sich zu ihr herum und lächelte sie an, mit demselben verliebten Ausdruck in seinen Augen, mit dem er das kleine Wesen an ihrer Brust angeschaut hatte.

»Danke«, sagte er, und über ihr beider Kind gebeugt, gab er ihr einen ganz zärtlichen, ganz innigen Kuss. »Ich liebe dich.«

58

Vorbei an Schwestern und Pflegern, die respektvoll grüßend beiseitetraten, begleitete Jürgen den neuen Chefarzt des St.-Vinzenz-Krankenhauses Dr. Hellmich auf die Privatstation. Am Ende des Ganges öffnete der Arzt die Tür zu einem Patientenzimmer, in dem nur ein einziges Bett stand. Darin lag, angeschlossen an ein Gewirr von Schläuchen, Walter Böcker, die alten Augen weit aufgerissen, das rotviolette Gesicht aber, wie auch der massige Körper, der von einer Art Nachthemd nur unvollkommen verdeckt war, starr und reglos wie bei einem Toten.

»Wachkoma«, sagte Dr. Hellmich.

»Und was bedeutet das?«, fragte Jürgen.

»Das Gehirn ist zu größten Teilen zerstört. Aber die Vitalfunktionen, Herzschlag, Atmung und so weiter, tun weiter ihren Dienst. Das Gehirn arbeitet gerade noch so viel, wie nötig ist, um diese Funktionen zu steuern.«

Jürgen nickte. »Wie lange kann ein solcher Zustand dauern?«

Dr. Hellmich zuckte die Schultern. »Manchmal wird der Patient nach wenigen Tagen erlöst, manchmal erst nach Jahren. Das kann niemand voraussagen. Warum fragen Sie? Sind Sie ein Angehöriger?«

»Nein, das nicht. Nur …«

»Nur was?«

Jürgen wich dem Blick des Arztes aus. Am Vorabend, er hatte gerade die Tagesschau eingeschaltet, hatte der Anruf der Polizei ihn mit der Nachricht erreicht, dass Regina verhaftet worden war und ihn zu sprechen wünsche. Doch nachdem man ihm berichtet hatte, was sich in der Villa Böcker zugetragen hatte und unter welchem Verdacht Regina stand, hatte er entschieden, sich ihrem Wunsch zu verweigern. Solange der Tathergang und die Schuldfrage ungeklärt waren, konnte er unmöglich Partei für sie ergreifen, er würde seinem Amt als Bürgermeister der Stadt sonst irreparablen Schaden zufügen, und wenn Pflicht und Liebe miteinander in Konflikt gerieten, hatte die Pflicht Vorrang – ihr hatte er, seit Ulla sich von ihm hatte scheiden lassen, sein Leben geweiht.

Kaum hatte er den Telefonhörer aufgelegt, hatte er Besuch von Dr. Michael Martin bekommen, einem Notar aus Werdohl, mit dessen Siegel das Testament versehen war, das die Polizei bei Walter gefunden hatte. Darin hatte Walter verfügt, dass im Fall seines Ablebens, aber auch, und das war jetzt entscheidend, im Fall einer dauerhaften Geschäftsunfähigkeit, sein gesamtes Vermögen an eine Stiftung zugunsten der Stadt Altena fließen sollte, deren Gründungsvertrag bei dem Notar hinterlegt war – von Walter bereits unterzeichnet, musste er nur noch von den Vertretern der Stadt gegengezeichnet werden, um Rechtswirksamkeit zu erlangen. Dabei hatte er zur Bedingung gemacht, dass Bürgermeister Jürgen Rühling persönlich die Geschäfte der Stiftung führen sollte, für ein jährliches, aus dem Stiftungsvermögen zu zahlendes Salär von zweihundertfünfzigtausend D-Mark – andernfalls werde sein gesamtes Erbe der Deutschen Kriegsgräberfürsorge zugutekommen. Walter hatte in der Vergangenheit einige Male erwähnt, dass die juristische Fassung seines Testaments eine äußerst aufwendige und langwierige Angelegenheit sei. Jetzt wusste Jürgen, warum. Durch diese Konstruktion wollte Walter über den Tod hinaus seines und Reginas Glück für immer zerstören. Jürgen versuchte erst gar nicht, die Probe, auf die man ihn auf so perfide Weise stellte, zu bestehen – er wusste, dass es ihm dazu an der nötigen Charakterstärke fehlte, und auch an der nötigen Liebe. Schließlich hatte Regina versucht, ihren Mann umzubringen. Sollte er für so eine Frau die Zukunft der Stadt Altena aufs Spiel setzen und darüber hinaus sein eigenes Leben wegwerfen?

»Nur aus persönlicher Anteilnahme«, antwortete er schließlich auf die Frage des Arztes. »Walter Böcker und ich sind – ich meine, wir waren ja viele Jahre äußerst eng miteinander verbunden. Sowohl beruflich als auch privat.«

»Verstehe«, sagte Dr. Hellmich und wandte sich zur Tür. »Leider muss ich Sie jetzt allein lassen, meine Sprechstunde beginnt in zwei Minuten. Aber wenn Sie vielleicht noch eine Weile hierbleiben möchten?«

Jürgen schüttelte den Kopf. »Nicht nötig«, sagte er und folgte dem Arzt.

Bevor sie das Zimmer verließen, trat Dr. Hellmich an den Fernseher, der unter der Decke in Walters Blickrichtung hing, und schaltete das Gerät ein. Auf dem Bildschirm erschien ein Koch, der ein Nudelgericht zubereitete und dabei den Zuschauern das Rezept erklärte.

»Wozu haben Sie den Fernseher eingeschaltet?«, fragte er verwundert.

»Wer weiß«, erwiderte der Arzt, »vielleicht bekommt der Patient ja doch noch etwas von der Außenwelt mit und hat so ein bisschen Ansprache.«

59

Seit Angelika ihm in der VIP-Lounge am Frankfurter Flughafen ihr Jawort gegeben hatte, versuchte Miguel, zusammen mit ihr einen Termin für die Hochzeit zu finden. Doch kaum hatten sie einen ins Auge gefasst, kam etwas dazwischen. Meist lag es an Angelikas übervoller Agenda, in der sich aufgrund immer wieder neuer unvorhergesehener politischer Ereignisse die Termine in einem fort verschoben, manchmal aber auch an Miguel, der wegen der bevorstehenden Euro-Einführung fast mehr auf der Autobahn war als in seinem Büro, um sich neue Anweisungen von der Bundesbank in Frankfurt zu holen oder um mit seinen ausländischen Partnerfirmen die Produktionsabläufe abzusprechen. Nach monatelangen Fehlversuchen hatte er die Verschieberei jedoch endgültig satt. Obwohl seine erste Ehe nicht gehalten hatte, war für ihn die Hochzeit weit mehr als eine Formalität – sie war ein Bekenntnis fürs Leben, zumindest für den Teil seines Lebens, der noch vor ihm lag! Als Angelika heute Morgen bei ihrem täglichen Aufwachanruf erwähnt hatte, dass eine für diesen Tag anberaumte Konferenz der Finanzminister von Bund und Ländern zum Länderfinanzausgleich buchstäblich über Nacht abgesagt worden sei, weil die bayerische Staatskanzlei mal wieder in letzter Sekunde Sonderwünsche angemeldet habe, hatte er sich darum kurzentschlossen in seinen Porsche gesetzt und war nach Berlin gefahren, mit dem festen Vorsatz, nicht eher nach Altena zurückkehren, als bis er und Angelika sich auf einen definitiven Hochzeitstermin geeinigt hatten.

Ohne Vorwarnung hatte er sie im Ministerium abgeholt und sie regelrecht in ihre Wohnung verschleppt, um endlich Nägel mit Köpfen zu machen. Kaum hatten sie sich im Esszimmer an den Tisch gesetzt und ihre Terminkalender hervorgeholt, da kamen Tommy und Luzie aus der Kita nach Hause. Während Luzie vor Begeisterung über den Überraschungsbesuch Miguel um den Hals flog, meldete Angelikas Vater Bedenken an.

»Ich finde, dass ihr als Allererstes einen Tanzkurs machen solltet, für den Brauttanz. Sonst blamiert ihr euch auf eurer eigenen Hochzeit. Wenn ihr wollt, stelle ich mich gern als Lehrer zur Verfügung.«

Angelika runzelte die Stirn. »Ich weiß nicht, ob wir wirklich so altmodisch heiraten wollen, wie du dir das vorstellst.«

»Also, ich habe gegen altmodisch nichts einzuwenden«, widersprach Miguel. »Zumindest nicht, wenn's ums Heiraten geht.«

»Du meinst, so mit Glockenläuten und Blumenstreuen?«

»O ja!«, rief Luzie und zappelte aufgeregt auf Miguels Schoß. »Darf ich die Blumen streuen? Bitte, bitte, sagt ja!«

»Natürlich darfst du das«, sagte Miguel. »Was wäre das denn sonst für eine Hochzeit ohne ein richtiges Blumenkind?«

»Juchuuuuh!« Luzie riss die Arme in die Höhe und gab ihm einen schmatzenden Kuss.

Angelika verdrehte lachend die Augen. »Jetzt fehlt nur, dass wir uns auch noch kirchlich trauen lassen.«

»Ja, was hast du denn gedacht?«, erwiderte Miguel mit gespielter Empörung. »Schließlich kommen alle meine Verwandten aus Spanien zu unserer Hochzeit. Die werden uns was husten, wenn wir sie mit einer standesamtlichen Trauung abspeisen wollen.«

Tommy deutete mit dem Kinn auf die zwei Terminkalender auf dem Tisch.

»Wann soll der große Tag denn sein?«

»Der steht noch nicht fest«, erklärte Angelika. »Ich hatte den 3. Oktober vorgeschlagen. Erstens wäre das ein halbwegs sicherer Termin, zweitens fände ich den Tag der Wiedervereinigung sehr schön für eine Hochzeit. Aber da passt es Miguel leider nicht.«

»Warum nicht?«

»Auf die VAM wartet ein stürmischer Herbst«, sagte er. »Anfang Dezember müssen die Euro-Starterkits an die Zentralbanken geliefert werden, damit diese sie rechtzeitig für die Einführung am 2. Januar an die einzelnen Geldinstitute weiterleiten können. Das heißt für uns, dass im September und Oktober die Produktion auf Hochtouren läuft.«

»Ja, so geht das, wenn zwei so fürchterlich wichtige Menschen wie ihr heiraten wollen«, sagte Tommy mit seinem Grinsen. »Haben nicht mal Zeit für die eigene Hochzeit. Aber warum feiert ihr nicht einfach zwischen den Jahren? Zwischen Weihnachten und Silvester kann jeder.«

Miguel dachte kurz nach. »Gute Idee«, sagte er dann und drehte sich zu Angelika herum. »Was meinst du?«

»Abgemacht!«, sagte sie. »Die Verschiebung hätte für mich sogar einen Vorteil – dann wird es nicht so eng mit New York.«

»New York?«, wiederholte ihr Vater. »Davon hast du mir ja noch gar nichts erzählt. Eine Dienstreise?«

Angelika schüttelte den Kopf. »Nein, ich will Jutta besuchen – ich meine, meine Mutter. Du weißt doch, sie hat am 11. September Geburtstag.«

Tommys Miene wurde ernst. »Ach ja, richtig. Ich erinnere mich.«

»Ihr achtzigster«, fügte Angelika fast entschuldigend hinzu. »Und wer weiß, wie viele Geburtstage sie noch erleben wird.«

»Mir fehlt leider die Zeit, um mitzufliegen«, sagte Miguel, an ihren Vater gewandt. »Aber vielleicht hast du ja Lust, deine Tochter zu begleiten?«

Als er sein Gesicht sah, wusste er, dass er gerade eine saudumme Frage gestellt hatte.

»Ich fürchte, meine Lust hält sich in Grenzen«, sagte Tommy und steckte sich eine Zigarette an.

Miguel hätte ihm liebend gern Feuer gegeben, um seinen Fehler ein kleines bisschen wiedergutzumachen, aber leider besaß er kein Feuerzeug. *»Perdona, hombre«*, sagte er darum nur. »Würde mir genauso gehen. Ist doch klar.«

60

Es war Nacht im St.-Vinzenz-Krankenhaus. Die Ärztinnen und Ärzte hatten bis auf ein paar wenige Kollegen, die den Notdienst versahen, die Klinik längst verlassen, genauso wie die meisten Krankenschwestern und Pfleger. Nur hin und wieder, wenn ein Patient die Notglocke betätigte, huschte ein helfender Geist über die Flure. Dann war alles wieder still.

Leise, um niemanden aufzuwecken, verließ Babs ihr Zimmer und trat hinaus auf den Gang der Frauenstation. Eingewickelt in ein Tragetuch, hielt sie ihr Töchterchen vor der Brust. Coco-Lina hatten Kemal und sie die Kleine getauft – nachdem sie sich weder für einen typisch deutschen Namen noch einen typisch türkischen oder eine Verbindung von beidem hatten erwärmen können, hatten sie ihrem Kind einen Namen gegeben, der keiner bestimmten Sprache zuzuordnen war, doch der sich in beiden Sprachen einfach und problemlos aussprechen ließ. Kemal hatte die Idee gehabt, und die hatte Babs so gut gefallen, dass damit die Sache entschieden war.

Während sie über den Gang lief, hörte sie aus den angrenzenden Zimmern die Schlafgeräusche der Patienten. Ihr Ziel war die Privatstation, die zwei Stockwerke tiefer lag, sie selber war nur kassenversichert und teilte ein Zimmer mit drei anderen Frauen, die wie sie in den letzten achtundvierzig Stunden entbunden hatten. Sollte sie den Aufzug oder das Treppenhaus nehmen? Normalerweise nahm sie immer die Treppe, wenn es nicht mehr als fünf Stockwerke waren, doch mit ihrem Kind vor der Brust entschied sie sich aus Vorsicht für den Aufzug. Sie hatte lange überlegt, ob es richtig war zu tun, was zu tun sie im Begriff stand, und während der Aufzug hinabfuhr, stellte sie sich die Frage erneut. Aber irgendwie hatte sie das Gefühl, dass sie gar keine Wahl hatte. Sie *musste* es einfach tun, es war das, was noch fehlte, um ihre Entscheidung, ein Kind zu bekommen, wirklich zu vollenden. Erst wenn sie das getan hatte, so sagte ihr Gefühl, würde es wirklich vorbei sein und ihr Trauma überwunden, ein für alle Mal.

Mit einem metallischen Geräusch öffnete sich die Aufzugtür. Das Zimmer, das sie suchte, lag am unteren Ende des Ganges. Bevor sie den Raum betrat, blieb sie noch einmal stehen, um sich zu sammeln. Dann gab sie sich einen Ruck und drückte auf die Klinke.

Das Zimmer war nur vom schwachen Schein eines Fernsehers erleuchtet. Babs brauchte einen Moment, bis sich ihre Augen an das unruhige Zwielicht gewöhnt hatten und sie ihn sah.

Da lag er, ihr Vater, reglos auf seinem Bett wie das mumifizierte Böse. Mit leeren Augen, scheinbar ohne zu atmen, starrte er auf den Bildschirm unter der Zimmerdecke, wo zum Sendeschluss eine lautlose Bahnfahrt lief.

Babs lockerte ihr Tragetuch und zeigte ihm ihr Kind.

»Das ist Coco-Lina, deine Enkeltochter.«

Ihr Vater rührte sich nicht, starrte nur weiter auf die lautlose Fahrt der Eisenbahn ins Nirgendwo. Als würde ihr Kind spüren, was gerade geschah, begann es in der Trage zu wimmern und zu schreien.

»Psssst, mein Schatz, ist ja schon gut«, sagte Babs und gab ihrer Tochter einen Kuss auf das Flaumköpfchen. »Du brauchst keine Angst zu haben, der böse, alte Mann kann uns nichts mehr tun.«

61

Zwei Tage hatte Regina nach ihrer Tat im Schockzustand verbracht, zwei Tage und zwei Nächte. Dann war sie zur Besinnung gekommen und hatte ein umfassendes Geständnis abgelegt. Sie hatte dies auf Anraten ihres Sohnes wie auch ihres Anwalts getan – nur mit einem Geständnis gebe es Hoffnung auf ein mildes Urteil. Aber was hieß schon Hoffnung? Die einzige Hoffnung, die ihr geblieben war, war die Hoffnung darauf, dass man sie nicht wegen versuchten Mordes verurteilen würde, sondern nur wegen versuchten Totschlags.

Aufgrund ihres Geständnisses, das mit den Aussagen der befragten Zeugen übereinstimmte, die ihren und Walters Streit von der Freiheitstraße aus beobachtet hatten, konnte der Prozess, der am Landgericht Hagen anhängig war, bereits in der letzten Augustwoche eröffnet werden. Angesichts der unstrittigen Sachlage war der Vorsitzende Richter zuversichtlich, den Fall zügig zum Abschluss zu bringen, und hatte für die Verhandlung lediglich drei Tage angesetzt.

Der Schwurgerichtssaal war brechend voll, als Regina an der Seite von Rechtsanwalt Kamps vor Gericht erschien. Dank ihrer Kooperationsbereitschaft blieb es ihr immerhin erspart, in Handschellen vorgeführt zu werden. Doch kaum war sie durch die Tür getreten, die den Zellengang vom Verhandlungsaal trennte, sah sie sich einem grell zuckenden Blitzlichtgewitter ausgesetzt. Viel zu spät dachte sie daran, ihr Gesicht mit dem Aktendeckel zu schützen, den der Anwalt ihr extra zu diesem Zweck in die Hand gedrückt hatte. Doch noch schlimmer als die Kameras der Fotografen waren die Blicke der Zuschauer, die sie auf dem kurzen Weg zur Anklagebank verfolgten. Wohin sie auch sah, blickten ihr aus den dicht an dicht besetzten Zuschauerreihen bekannte Gesichter entgegen – ganz Altena schien gekommen zu sein, um sich an ihrem Unglück zu weiden.

Nur einer war nicht da: Jürgen.

Hinter dem Aktendeckel verborgen, hörte Regina, wie der Richter die Journalisten aufforderte, das Fotografieren einzustellen, um mit der Verhandlung zu beginnen. Als das Klicken und Klacken verstummte, ließ sie den Sichtschutz sinken.

Die Kamerablitze hatten aufgehört, aber die Blicke waren geblieben.

Nach Feststellung der Personalien sowie dem Vortrag der Eingangsplädoyers durch den Staatsanwalt und den Verteidiger begann die Vernehmung. Während Regina sich von ihrem Platz erhob, rückte der Richter seine Brille zurecht und blätterte in den Unterlagen.

»Wie ich den Voruntersuchungen entnehme, bestreiten Sie die Tat nicht und zeigen sich gewillt, auch vor Gericht ein Geständnis abzulegen. Ist das richtig?«

Er sprach so beiläufig und gelangweilt, als hätte er einen Fahrraddiebstahl zu verhandeln. Regina war ihm dafür dankbar. Die unaufgeregte Routine war nach der übergroßen Aufmerksamkeit, mit der man sie empfangen hatte, fast eine Wohltat.

»Ich bekenne mich zu meiner Schuld«, sagte sie leise, den Blick zu Boden gerichtet. »Es war so, wie der Staatsanwalt gesagt hat. Seinen Ausführungen habe ich nichts hinzuzufügen. Dasselbe habe ich ja auch bei meiner Vernehmung zu Protokoll gegeben.«

»Die Niederschrift des polizeilichen Verhörs liegt dem Gericht vor«, wandte der Richter sich kurz an die Stenotypistin, bevor er Regina wieder in den Blick nahm. »Das heißt mit anderen Worten, Sie geben zu, dass Sie an dem fraglichen Abend Ihren Mann im Rollstuhl die Kellertreppe Ihres gemeinsamen Hauses hinuntergestoßen haben?«

Regina wollte sprechen, aber ihre Stimme versagte ihr den Dienst, so dass sie nur ein wortloses Nicken zustande brachte. Sogleich ging ein empörtes Raunen durch den Saal, begleitet von Pfiffen und Rufen.

»Mörderin!«

»Pfui Teufel!«

Regina wünschte, unsichtbar zu sein. Wie Ohrfeigen prasselten die Missfallensbekundungen auf sie herab.

»Ruhe, bitte!« Der Richter klopfte mit seinem Hammer auf den Tisch. »Die Angeklagte hat das Wort.«

Während der Lärm allmählich verebbte, räusperte sie sich. »Mein … mein Mann hat mir das Leben zur Hölle gemacht«, flüsterte sie, mühsam um ihre Beherrschung ringend. »Seit Beginn unserer Ehe. Immer wieder hat er versucht, mich zu demütigen und zu schikanieren.«

Der Richter nickte. »Und als er Sie von seinem Erbe ausschloss, war das Maß für Sie voll, nicht wahr?«

Sie schüttelte den Kopf. »Nein, das Geld war nicht der Grund.«

Höhnisches Lachen wurde im Publikum laut.

Vor Scham schoss Regina das Blut ins Gesicht, Schweiß brach ihr aus. »Das ist die Wahrheit«, sagte sie, am ganzen Körper zitternd. »Es … es war nicht das Geld, ich meine, das Geld an sich. Es war … diese Gemeinheit, diese Niedertracht, diese fortwährende Boshaftigkeit, mit der er mich verfolgte – Tag für Tag. Das habe ich nicht mehr ertragen …«

Ein mitleidiges Ooooh war die Antwort, wie auf dem Schützenfest, wenn sich beim Wettbewerb um die weiteste Anreise jemand meldete, der nur aus Düsseldorf oder Tübingen kam und vollkommen unsinnigerweise die Biermarken für sich reklamierte.

Regina hielt es kaum noch aus. Das geheuchelte Mitleid war noch schlimmer als zuvor die Pfiffe und Rufe – sogar schlimmer noch als das Lachen.

»Warum glauben Sie mir nicht?«, rief sie. »Ich habe doch in allem die Wahrheit gesagt! Ich habe doch alles gestanden! Ich … ich … ich …«

Sie konnte nicht mehr weitersprechen, ihre Kehle war wie zugeschnürt. Ein paar Sekunden versuchte sie, ihre Erregung niederzuringen, doch die Gefühle waren zu stark. Während die Tränen aus ihr hervorbrachen, schlug sie die Hände vors Gesicht. Niemand durfte ihre Tränen sehen – nie zuvor in ihrem Leben hatte sie in der Öffentlichkeit geweint!

Plötzlich tauchte aus dem Dunkel das Gesicht eines Freundes auf, eines Verbündeten und Helfers in der Not. Jürgen lächelte sie an, ihr Geliebter, wie er sie beim allerersten Mal angelächelt hatte, bei seinem Antrittsbesuch in der Villa Böcker, wenige Tage nachdem sie dort eingezogen war. Schon damals war er verliebt in sie gewesen, das hatte sie gleich gemerkt, Liebe auf den ersten Blick, und wie damals nickte er ihr auch jetzt wieder zu, um ihr Mut zu machen, vielleicht auch als Aufforderung, ihm ihr Einverständnis zu seinen Avancen zu signalisieren, ja, sie glaubte sogar, ein komplizenhaftes Zwinkern in seinen Augen zu erkennen.

Für einen Moment durchströmte sie die beglückende Zuversicht, dass vielleicht doch noch alles wieder gut werden könnte.

Aber nur für einen Moment.

Als sie den Kopf hob und die Augen öffnete, sah sie statt Jürgen erneut die feixenden Gesichter, vor denen sie in der Geborgenheit ihrer

Hände für diesen einen Moment Zuflucht gefunden hatte, Gesichter von Menschen, die sie seit Jahren schon kannte, persönlich oder zumindest vom Sehen, Menschen, die ihr stets den Hof gemacht und sie umworben und umschmeichelt und vor ihr gebuckelt hatten, wo und wann immer sie sich in der Stadt gezeigt hatte – gnädige Frau hier, gnädige Frau dort –, weil sie die Frau des reichsten Mannes von ganz Altena gewesen war, die heimliche First Lady.

Jetzt hatten dieselben Menschen nur noch Häme für sie. Ein Schluchzer, den sie nicht länger unterdrücken konnte, stieg in ihrer Brust auf und wurde mit weiterem Lachen quittiert.

»Ruhe!«

Der Richter forderte sie auf, wieder Platz zu nehmen.

»Die Verhandlung wird für eine halbe Stunde unterbrochen.«

Erleichtert, dass die Folter für eine Weile ausgesetzt war, sank sie zurück auf die Anklagebank. Kaum hatte sie ihren Platz wieder eingenommen, spürte sie im Rücken eine Hand, die nach ihr tastete, behutsam, ganz zart berührte die Hand ihre Schulter und streifte ihren Nacken, um ihr Trost zu spenden.

»Nicht weinen. Ich bin doch da.«

Ohne sich umzudrehen, wusste Regina, wem diese Hand, wem diese Stimme gehörte.

Hans-Jörg – ihr lieber, guter Junge. Er war der einzige Mensch auf der Welt, der sie noch liebte und zu ihr hielt.

62

Miguel war froh, dass er und Angelika die Hochzeit bis zum Winter aufgeschoben hatten, denn wie von ihm prophezeit, herrschte im September Hochbetrieb in der VAM. In der Produktion wurden täglich drei Schichten gefahren, rund um die Uhr ratterten die Maschinen, um die Millionen und Abermillionen golden und silbern glänzender Metallscheiben auszuspucken. Die Europäische Zentralbank hatte in Altena sowohl die Rohlinge für die deutschen Ein- und Zwei-Euro-Münzen wie auch für die Zehn-, Zwanzig- und Fünfzig-Cent-Stücke in Auftrag gegeben. Nicht mal die zwei Tage New York, die Angelika einschließlich Hin- und Rückflug für den Geburtstagsbesuch bei ihrer Mutter ihrem Terminkalender abgerungen hatte, wären unter diesen Umständen zu verantworten gewesen.

Der geschäftige Lärm aus der Werkhalle drang bis in den Konferenzraum der Chefetage hinauf, wo Miguel mit Torsten die anstehenden Probleme besprach. Immer wieder hakte die Abstimmung mit den ausländischen Produktionspartnern, manchmal waren es die Italiener, manchmal die Holländer, dann die Franzosen, die ihre Zusagen nicht einhielten, wodurch sämtliche Abläufe durcheinander- und in Verzug gerieten. Außerdem hatte die Bundesbank in der ersten Septemberwoche noch einmal die Stückzahlen für die Starterkits erhöht, so dass von heute auf morgen zwei weitere Maschinen angeschafft und in Betrieb genommen werden mussten, und zu allem Überfluss lief in der Buchhaltung die Umstellung der EDV von D-Mark auf Euro immer noch nicht rund. Angesichts der vielen Aufgaben, vor allem aber angesichts der vielen Entscheidungen, von denen die meisten in Windeseile getroffen werden mussten, konnte Miguel nur von Glück sagen, dass er Torsten an seiner Seite hatte. Obwohl sein Mitgeschäftsführer kaum über dreißig war, behielt er in jeder Lage eine bewundernswerte Ruhe, egal, was passierte, und statt hektisch und vorschnell zu reagieren, analysierte er auch unter Druck stets zuerst in aller Gründlichkeit die Fehlerquelle, um dann zügig und entschlossen für die nötige Abhilfe zu sorgen.

Heute gab es Probleme in der Galvanik, wo die Oberflächen der Rohlinge zum Schutz vor Korrosion gehärtet und zum Glänzen gebracht wurden. Zu D-Mark-Zeiten war diese Produktionsstufe noch ausgelagert gewesen, doch seit Beginn der Euro-Aufträge war sie in die betriebsinternen Abläufe integriert, um Zeitverluste durch Transport und Zwischenlagerung zu vermeiden. Die Entscheidung hatte sich bisher als absolut richtig erwiesen, die Anlage wurde automatisch gesteuert und brauchte nur einen einzigen zusätzlichen Techniker, der sie beaufsichtigte. Doch am frühen Nachmittag war ein Fehler in der Elektronik aufgetreten, dessen Ursache Torsten noch nicht vollständig geklärt hatte.

»Wahrscheinlich keine große Sache«, sagte er. »In ein bis zwei Stunden dürfte der Schaden behoben sein. Ein Programmierer ist schon dabei.«

Miguel schaute auf die Uhr. Fünf nach drei. Angelika, die sich gleich nach der Landung vom Kennedy Airport aus per SMS gemeldet hatte, müsste inzwischen schon in Manhattan angekommen sein.

»Was meinst du, können deine Leute es bis zu Beginn der Spätschicht wohl schaffen?«

Torsten holte einmal tief Luft. »Das wäre ja in weniger als einer Stunde.« Nachdenklich wiegte er den Kopf. »Aber gut, wir werden es versuchen.«

Er stand auf, um in die Werkhalle zurückzukehren, da kam sein Vater zur Tür herein.

»Ihr glaubt nicht, was passiert ist!« Winfried schien vollkommen außer sich, und ohne zu fragen, schaltete er den Fernseher ein.

Miguel blickte Torsten irritiert an, doch der schien genauso ahnungslos wie er selbst.

Als der Bildschirm aufflammte, stockte Miguel der Atem – so wie der ganzen Welt in diesem Moment der Atem stockte.

Vor einem blauen Herbsthimmel in New York flog, aufgenommen aus der Perspektive einer Straßenschlucht, durch die gerade mit wehender Krawatte ein Anzugträger zur Arbeit eilte, in dessen Rücken ein Flugzeug auf die Twin Towers zu, und ohne auch nur den Versuch eines Ausweichmanövers erkennen zu lassen, raste es, genau in dem Moment, in dem der Krawattenmann einen Blick zurück über seine Schulter warf, mitten in einen der Türme hinein, wo es in Flammen aufging.

63

In nur wenigen Sekunden hatten die Schreckensbilder sich rund um den Globus verbreitet. Ob in Sydney oder Singapur, in Rom oder Stockholm, Riad oder Nairobi, Tokio oder London, Moskau oder Peking – überall auf der Welt saßen die Menschen vor ihren Fernsehern und schauten zu, wie in New York zwei Flugzeuge in die Twin Towers flogen, wieder und wieder, in einer weltumspannenden Endlosschleife, als ließe sich so, durch hundert- oder tausend- oder millionenfaches Betrachten, mit dem Verstand irgendwann fassen, was zu fassen die Seele sich weigerte.

Zuerst hatte man geglaubt, es handle sich um einen Unfall, verursacht durch den Fehler eines Piloten, der die Kontrolle über sich und sein Flugzeug verloren hatte, vielleicht aufgrund einer Ohnmacht oder eines Herzinfarkts. Doch dann, nur wenige Minuten später, beim Einschlag der zweiten Maschine in den zweiten Turm, während der erste, aus dem eine schwarze Rauchfahne in den blauen Himmel aufstieg, gerade anfing, in sich zusammenzufallen, und die Menschen, die sich aus dem flammenden Inferno hinaus ins Freie gerettet hatten, nun unten auf der Straße, eingehüllt in gelb und rötlich aufwirbelnde Staubwolken, in panischer Angst um ihr Leben rannten – da wurde das bis zu diesem Tag Unvorstellbare zur unabweislichen Gewissheit: Diese Katastrophe war kein naturgewolltes Ereignis, nein, diese Katastrophe, die aus buchstäblich heiterem Himmel über New York hereingebrochen war, war menschengewirkt, verübt von Menschen an anderen Menschen, die sich nichts hatten zuschulden kommen lassen, als zu einer bestimmten Zeit an einem bestimmten Ort zu sein. Es konnte keinen Zweifel geben: Der doppelte Einschlag war ein gezielter Angriff, ein Terroranschlag auf die USA, die größte und mächtigste Nation der Welt, die durch diesen beispiellosen, noch nie dagewesenen Akt kalt berechnender Grausamkeit in die Knie gezwungen werden sollte, mitten in Manhattan, im Herzen und Zentrum des Landes, in Gestalt der so stolz und scheinbar unangreifbar in den Himmel ragenden Zwillingstürme – Wahrzeichen des American way of life und Ikone des Kapitalismus, Prunk- und Protzbau der Weltwirtschaft, Kathedrale der Hochfinanz und Tempel des Mammons. Jeder Mensch auf der Welt, wo auch immer er vor seinem Fernseher saß, spürte beim Anblick dieser Bilder, dass der Einsturz der zwei Türme einen unumkehrbaren Wendepunkt markierte, gleich zu Beginn des neuen Jahrtausends, einen Wendepunkt der Geschichte, von dem an nichts mehr so sein würde wie früher, und was dem einen Teil der Menschheit blankes Entsetzen war, Anfang vom möglichen Ende seiner eigenen Zivilisation, war einem anderen Teil der Menschheit Zeichen der Befreiung von Ausbeutung und Unterdrückung und Erniedrigung und darum Anlass zu grenzenlosem Jubel.

Konnten diese Ereignisse Walter Böcker, der wie gebannt in seinem Koma lag, noch in seinem Innern erreichen, wenn er mit leeren Augen gegen die Decke starrte und der Speichel an seinen Mundwinkeln unkontrolliert herunterrann? Oder zogen die Fernsehbilder so spur- und folgenlos an ihm vorüber wie die tägliche Chefarztvisite?

Während auf dem Bildschirm in seinem Krankenzimmer wie auf allen TV-Bildschirmen der Welt die zwei Flugzeuge als zwei immer wiederkehrende Boten der Apokalypse in die Twin Towers rasten, um dort ein ums andere Mal in Flammen aufzugehen, und die Überlebenden in einem nicht enden wollenden Wettlauf mit dem Tod kreischend durch die Staubwolken am Boden das Weite suchten, wählten rund um den Globus sich überall Menschen die Finger wund, um diejenigen ihrer Angehörigen telefonisch zu erreichen, die in New York lebten und arbeiteten oder sich dort gerade zu Besuch aufhielten. Auch Miguel hatte, seit Winfried ins Büro der VAM gestürmt war und den Fernseher eingeschaltet hatte, sein Handy nicht mehr aus der Hand gelegt. Wieder und wieder wählte er Angelikas Nummer, genauso wie Tommy in Berlin. Doch hier wie dort kam als Antwort aus dem Hörer immer nur ein gleichgültiges, seelenloses *tut, tut, tut …*

»Wo ist die Mama?«, fragte Luzie, als Tommy, in der einen Hand sein Handy, in der anderen ein Schmusetier, sie am Abend ins Bett brachte. »Ich will zu meiner Mama! Ich will zu meiner Mama!«

Während er die Tastatur seines Handys bediente und dann wieder die Wählscheibe seines alten DDR-Telefons, um abwechselnd sein Glück übers Funk- und Festnetz zu probieren, und dabei trotz aller Angst und Sorge um das Leben seiner Tochter gleichzeitig versuchte, Luzie eine Gutenachtgeschichte vorzulesen, damit sie nicht länger nach ihrer Mutter rief, färbte in Altena sich der Bildschirm von Walter Böckers Fernseher schwarz, ein gespenstisches, tonloses Standbild aus dem verdunkelten Kabul erschien, der Hauptstadt einer entlegenen, bislang vollkommen bedeutungslosen Wüstenei namens Afghanistan, irgendwo in Südasien, in der Nachbarschaft Pakistans, Chinas und des Iran, von wo aus nach Ansicht der meisten Kommentatoren der Angriff auf die Hauptstadt der westlichen Welt geplant und ausgeführt worden war. Ab und zu flammten lautlose Lichter am schwarzen Himmel über Kabul auf und gingen wie verglühende Sternschnuppen auf die im Dunkel der Nacht kaum sichtbare Stadt nieder, und eine nervöse Reporterstimme fragte leise, ob dies wohl die ersten Vergeltungsschläge der Amerikaner waren und damit womöglich der dritte Weltkrieg begann.

64

Auch im Gemeinschaftsraum des Frauengefängnisses Hagen, in dem Regina nach dem Urteil des Schwurgerichts zur Verbüßung ihrer Strafe einsaß, lief der Fernseher nahezu ununterbrochen, und wann immer die Anstaltsleitung es erlaubte, versammelten sich die inhaftierten Frauen vor dem Bildschirm, um die Ereignisse in New York zu verfolgen. Regina hielt sich dabei meist abseits, auch jetzt, am Abend des 12. September, Tag eins nach der Katastrophe, saß sie allein und abgesondert von den anderen nach dem Essen an einem Fenster, und statt auf den Fernseher schaute sie durch das Gitter hinaus in den herbstlichen Abendhimmel, an dem die Sonne gerade unterging. Sie konnte die Bilder von den einstürzenden Türmen nicht ertragen, sie erinnerten sie zu sehr an jene Bombennacht in ihrer Heimatstadt Krefeld, in der sie alles verloren hatte, was einmal ihr Leben gewesen war, ihre Angehörigen und den Besitz ihrer Familie, ausgelöscht und vernichtet unter den Trümmern ihres Elternhauses und der elterlichen Textilfabrik.

»Guck mal – die Neue«, hörte Regina die Stimme einer Mitgefangenen. »Die hält sich wohl für was Besseres. Oder warum setzt die sich nicht zu uns?«

»Es heißt, sie kommt aus Düsseldorf«, erwiderte eine andere Stimme.

»Na, dann ist es ja kein Wunder.«

Die beiden lachten.

»Aber vielleicht ist es ja auch nur die Eingewöhnung – bis sie kapiert, wo sie ist, die feine Dame. Das braucht seine Zeit.«

»Stimmt, das ist sogar mir so gegangen. Obwohl ich ja keine feine Dame war, sondern direkt vom Anschaffen hierherkam.«

Ohne auf das Getuschel zu achten, hing Regina ihren Gedanken nach. Die Geschworenen waren den Argumenten ihres Verteidigers gefolgt und hatten auf versuchten Totschlag statt auf versuchten Mord befunden, weshalb der Richter nur eine Haftstrafe von fünf Jahren und neun Monaten verhängt hatte. Rechtsanwalt Kamps hatte gesagt, dass sie bei guter Führung Aussichten habe, nach weniger als drei Jahren wieder in die Freiheit zu gelangen – schließlich habe das Gericht bei der Strafzumessung die seelische Grausamkeit in Rechnung gestellt, die sie in ihrer Ehe hatte erdulden müssen. Regina hatte ausgerechnet, wie alt sie im Fall einer solchen vorzeitigen Entlassung sein würde – fünfundsiebzig Jahre. Die Zahl war ein Schock gewesen. Was sollte sie dann noch auf dieser Welt? Sie würde eine uralte Frau sein, und außer ihrem Sohn würde es keinen Menschen, keinen Mann mehr geben, der auf sie wartete und sie bei sich aufnehmen würde, und ein solches Leben wäre schlimmer als jedes Gefängnis.

Was hatte sie nur verbrochen, um so zu enden? Ihr Leben lang hatte sie nichts anderes gewollt, als ein bisschen glücklich sein. Dafür hatte sie gekämpft, sich abgestrampelt wie ein Hamster im Rad, Tag für Tag, wieder und wieder, egal, welche Schicksalsschläge sie ereilten und welche Knüppel das Leben ihr in den Weg warf, sie hatte sich nie unterkriegen lassen und niemals aufgegeben. Doch jetzt konnte sie nicht mehr, ihre Kräfte waren erschöpft. Freiheit … In ihrer Lieblingszeitschrift Cosmopolitan hatte sie mal das Zitat eines französischen Philosophen gelesen, der in den sechziger Jahren angeblich groß in Mode gewesen war: »Der Mensch ist zur Freiheit verdammt.« Damals hatte sie den Satz nicht begriffen. Jetzt verstand sie seine Bedeutung.

Nein, sie wollte keine vorzeitige Entlassung, im Gegenteil, die Vorstellung, wieder in die Freiheit entlassen zu werden, war die Hölle für sie, so wie jeder Tag, den sie länger am Leben blieb. Das Einzige, was sie sich vom Leben noch erhoffte, war ein früher Tod. Fast beneidete sie die Menschen, die in New York ums Leben gekommen waren. Sie hatten es wenigstens hinter sich.

»Ich glaube, ich fühle der mal ein bisschen auf den Zahn«, sagte die ältere der beiden Mitgefangenen.

»Warte, ich komme mit. Ewig diese Türme angucken ist ja auch langweilig.«

Als die zwei aufstanden, um sich ihr zu nähern, verließ Regina ihren Platz, und bevor sie selber angesprochen werden konnte, wandte sie sich an eine der Aufseherinnen, die zusammen mit den Gefangenen vor dem Fernseher saßen.

»Kann ich bitte zurück in meine Zelle?«

»Wat soll dat denn, Kindchen? Tu doch lieber noch ein bisschen fernsehkucken, Zelle hast du noch die ganze Nacht.«

»Tut mir leid, ich möchte wirklich keine Umstände machen, aber … aber ich fühle mich nicht wohl.«

Die Wärterin, eine dicke, gutmütige Frau um die fünfzig, blickte sie verwundert an, doch als Regina noch einmal »bitte«, sagte, stemmte sie ihren massigen Leib in die Höhe.

»Also gut, Kindchen, dann bringe ich dich mal zurück in dein Paradies.«

Der Frau fiel es offenbar schwer, den Blick vom Bildschirm abzuwenden, noch auf dem Weg zur Tür drehte sie sich mehrmals zu dem Fernseher herum, und bevor sie den Aufenthaltsraum zusammen mit Regina verließ, wartete sie ab, bis das zweite Flugzeug in den zweiten Turm eingeschlagen war, obwohl sie das schon hundert Mal gesehen haben musste.

Bis zur Zelle waren es nur ein paar Schritte. Mit einem Sicherheitscode entsperrte die Wärterin die Verriegelung.

»Nach dir, Kindchen«, sagte sie mit einem gutmütigen Lächeln und hielt ihr die Tür auf. »Nur immer rein in die gute Stube.«

Regina trat an ihr vorbei in die Zelle. Ein Bett, ein Tisch, ein Stuhl auf zwei mal vier Quadratmetern, dazu ein Waschbecken und eine offene Toilette mit Blick auf ein winzig kleines, vergittertes Fenster – nicht in ihren schlimmsten Albträumen hätte sie gedacht, dass so einmal ihre letzte Behausung aussehen würde. Solange sie zurückdenken konnte, hatte sie versucht, alles richtig zu machen, so, wie das Leben es sie gelehrt hatte. Doch jetzt, da ihr Leben vorbei war, stellte sich heraus, dass die einzige Wahrheit, die das Leben sie gelehrt hatte, war, dass das Leben sie *nichts* gelehrt hatte, gar nichts. Oder aber sie hatte es nicht verstanden.

»Na, dann gute Besserung, Kindchen«, sagte die Wärterin. »Und keine Bange – irgendwann kommst du schon darüber hinweg, wie die anderen auch. Das weiß ich aus Erfahrung.«

Damit schlug die Zellentür zu, ein kurzes, hartes, metallisches Geräusch, und die Sperre rastete ein.

65

Tut, tut, tut …

Tut, tut, tut …

Tut, tut, tut …

Miguel wurde fast verrückt vor Angst, und mit jedem weiteren seiner zahllosen gescheiterten Versuche wurde seine Angst schlimmer. Eigentlich hätte Angelika schon seit einem Tag aus New York wieder zurück in Berlin sein müssen, doch der Flugverkehr über dem Atlantik war genauso zusammengebrochen wie das Telefonnetz. Wo immer es ging, ließ er einen Fernseher laufen, damit er in jeder Sekunde auf dem neuesten Stand der Ereignisse war, während er wieder und wieder Angelikas Nummer wählte, ohne zu wissen, wie oft er die dreizehn Zahlen schon in die Tasten seines Handys getippt hatte – die Wahlwiederholungstaste benutzte er nicht, das Eintippen der Ziffern verlängerte bei jedem Versuch ja ein paar Sekunden lang die Hoffnung. Doch wie er das Schicksal auch zu manipulieren versuchte, statt des erlösenden Freizeichens war in der Leitung immer nur das ewige Rauschen des Ozeans zu hören, bevor einmal mehr ein und derselbe gleichgültige, seelenlose Ton seine Hoffnung zunichtemachte.

Tut, tut, tut …

Tut, tut, tut …

Tut, tut, tut …

Es war der dritte Tag nach der Katastrophe, und noch immer hielt die Welt den Atem an. Allein die Bilder, die das Fernsehen zeigte, veränderten sich allmählich. Zwar wurden nach wie vor die zwei apokalyptischen Flugzeuge gezeigt, wie sie in die Türme des World Trade Centers rasten, doch hinzu kamen inzwischen auch andere Bilder, Bilder aus Afghanistan, aus der Heimat der Taliban, der Terroristen, die die zwei Türme zum Einsturz gebracht hatten, Bilder von kargen Landschaften und armseligen Hütten, von bärtigen Männern mit Turbanen auf den Köpfen, die in Zelten auf Bodenpolstern saßen und Tee tranken oder auf Mauleseln durch zerklüftete Gebirge ritten oder mit Kalaschnikows im Anschlag Schießübungen veranstalten, unter der Aufsicht ihres Anführers, der das Attentat ausgedacht und es befehligt hatte, eines hageren Mannes namens Osama bin Laden, von dem kein Mensch je zuvor etwas gehört hatte und der mit seinen schwarzen, traurigen Augen ein wenig aussah, wie man sich Jesus Christus vorstellte, würde er nicht nach jedem gelungenen Schuss seine Kalaschnikow in die Höhe recken, um Allah als den einzig wahren und wirklichen Gott zu preisen. All diese Bilder und Gegenbilder wurden im Verlauf der drei Tage immer öfter unterbrochen von Kommentaren, Analysen und Expertenrunden aus Politikern und Journalisten und Professoren, die zu erklären versuchten, was nicht zu erklären war – wie zum Beispiel die Tatsache, dass einige der Attentäter gar keine Taliban waren, sondern scheinbar ganz normale Menschen, die mitten unter anderen ganz normalen Menschen gelebt hatten, sowohl in Amerika als auch hier in Deutschland, sogenannte Schläfer, jahrelang als harmlose Studenten getarnt, bevor der falsche Jesus sie mit einem Fingerschnippen oder einer SMS aus ihrem Schlaf geweckt hatte. Stundenlang gingen diese Expertenrunden, bei denen Miguel immer öfter an Angelikas Mutter denken musste – Globalisierung und Gerechtigkeit –, zogen sich ganze Abende hin, ein einziges Reden im Kreise, und weil sie zu nichts führten, meldeten sich schließlich auch die Künstler zu Wort, erst die Schriftsteller, die aber auch nur Worte machten, und dann irgendwann die Musiker, die zum Glück mehr als bloße Worte fanden, um den Menschen vor den Fernsehern, wenn schon keine Erklärungen, so doch zumindest ein wenig Trost zu spenden, und vielleicht sogar ein bisschen Mut. In einem fensterlosen Bunker, irgendwo in dem riesigen Land Amerika, versteckt an einem unbekannten Ort, wo niemand sie aufspüren konnte, jenem Bunker gleich, in dem der amerikanische Präsident nach dem Anschlag von New York mit den wichtigsten Mitgliedern seiner Regierung unaufspürbar verschwunden war, eine kleine Ewigkeit lang, bevor er sich wieder vor eine Kamera gewagt hatte, um sich an sein Volk zu wenden – in einem solchen Bunker gaben die berühmtesten Musiker, die man in der Eile und ohne funktionierende Kommunikationsmittel hatte auftreiben können, ein unterirdisches, gespenstisches Konzert, zum Gedenken an die Opfer des 11. September und zugleich, stellvertretend für eine ganze Zivilisation, als ein Zeichen an die Welt, dass diese Zivilisation sich nicht in die Knie zwingen lassen und ihre Art zu leben niemals aufgeben würde. Immer nur einzeln, einer nach dem anderen traten die Künstler in diesem fensterlosen Bunker auf, Sänger und Sängerinnen der Freiheit, abgeschirmt von der Welt und ohne jedes Publikum, so einsam wie die ersten Menschen der Schöpfung, um mit ihren Liedern gegen den Terror anzuspielen und anzusingen, ohne dass Applaus zwischen den einzelnen Auftritten sie belohnte und ihrerseits ermutigte in ihrer verzweifelten Hoffnung, dass ihre Kunst stärker sein würde als der Tod, so wie die Liebe, die ja auch stärker war als der Tod und die gerade darum Miguels Angst bis zum Wahnsinn steigerte, während er wieder und wieder Angelikas Nummer wählte, um wieder und wieder nur *tut, tut, tut* … *tut, tut, tut* … *tut, tut, tut* … als Antwort zu hören, und in dem Bunker ein britischer Rockstar, *Alien in New York*, ungewohnt leise und nur von seiner eigenen Gitarre begleitet, den Song sang, der die Gefühle der halben Menschheit in diesen Tagen ausdrückte.

If blood will flow when flesh and steel are one
Drying in the colour of the evening sun
Tomorrow's rain will wash the stains away
But something in our minds will always stay
On and on the rain will fall
Like tears from a star, like tears from a star
On and on the rain will say
How fragile we are, how fragile we are …

Während Sting den Refrain seines leisen Liedes sang, ertönte plötzlich, wie aus dem Nichts heraus, das seit drei Tagen ersehnte Freizeichen, und am anderen Ende der Leitung, am anderen Ende der Welt nahm jemand den Anruf an. Als Miguel die Stimme hörte, wurde ihm schwindlig. War es die Kraft der Liebe, die das Wunder bewirkt hatte, die Magie der Kunst? Oder war es einfach nur eine zufällige, im Bruchteil einer glücklichen Sekunde frei gewordene Verbindung im weltweit überlasteten Netz der Telefongesellschaften? Es war jedenfalls Angelikas Stimme, die sich am anderen Ende der Leitung, am anderen Ende der Welt meldete, die Stimme der Frau, die er mehr liebte als sein eigenes Leben und mit der er leben wollte bis ans Ende seiner Tage und die jetzt in weiter, weiter Ferne seinen Namen rief, kaum hörbar und nur ganz schwach, wie ein Echo aus dem Weltall, und trotzdem unverkennbar.

»Miguel? … Bist du das? …«

Er war so erleichtert und erlöst und erschöpft und glücklich zugleich, dass er für einen Moment unfähig war zu sprechen. Nur ihren Namen brachte er über die Lippen.

»Angelika …«

»Ich habe die ganze Zeit versucht, dich zu erreichen«, rief sie in ihrer weiten Ferne. »Aber ich bin einfach nicht durchgekommen … Drei Tage lang …«

Tränen rannen aus Miguels Augen. »Das ist doch jetzt alles egal«, flüsterte er, während die salzigen Tropfen an seinen Wangen herunterliefen und mit ihnen seine Angst sich auflöste. »Hauptsache, du lebst, mein Engel – du *lebst*! Gott sei Lob und Dank …«

66

Hochzeit, Hochzeit in Altena – mit allem Drum und Dran, was zu einer kirchlichen Hochzeit dazugehörte, mit Glockengeläut und Priester und Messdienern und Orgelspiel und vor allem mit einem Blumenkind, das der Braut auf dem Weg zum Altar weiße Rosenblüten streute.

Nein, der dritte Weltkrieg war nicht ausgebrochen, ein paar Wochen nach der großen Katastrophe hatte die Welt wieder zu atmen begonnen und das Leben ging weiter, Schritt für Schritt, fand zurück in seinen alten, gewohnten Trott, obwohl nichts mehr so war wie früher, und während amerikanische Soldaten in Afghanistan die Taliban jagten, die auf Mauleseln ins zerklüftete Gebirge flohen oder sich in unterirdischen Höhlen verkrochen, wo sie so unauffindbar waren wie zuvor der amerikanische Präsident in seinem Bunker, hatten Angelika und Miguel ihre Hochzeitsvorbereitungen vorantreiben können, um wie geplant zwischen den Jahren zu heiraten – sogar Walzer hatten sie im Verlauf dieses ungewöhnlichen Herbstes tanzen gelernt, wenn auch nicht gemeinsam unter Tommys Leitung, sondern jeder für sich in zwei getrennten Kursen, in Berlin und in Altena, mehr ließen ihre beiden Terminpläne nicht zu.

Angelika hätte sich nicht träumen lassen, dass sie jemals kirchlich heiraten würde – sie war bei den Pionieren und in der FDJ Mitglied gewesen, aber nie in einer christlichen Gemeinde. Wenn sie Miguel seinen Wunsch dennoch erfüllt hatte, dann nur, weil es sein größter Wunsch gewesen war, angeblich aus Rücksicht auf seine spanischen Verwandten, doch sie wusste es besser. Es war auch ihm selbst ein Bedürfnis, ihr sein Jawort mit dem Segen eines Priesters zu geben, daran hatte sie keinen Zweifel. Ein wenig verlegen, als müsste er sich dafür schämen, hatte er ihr nämlich bei einem seiner Besuche in Berlin gestanden, dass er nach ihrem Anruf aus New York noch am selben Tag in die Kirche gegangen war, um eine Kerze anzuzünden – so katholisch war auch er, trotz seiner Behauptung, gar nicht an Gott zu glauben. Doch als sie nun in ihrem neuen weißen Brautkleid, das sie, obwohl ihr altes nur einmal getragen im Kleiderschrank hing, ganz altmodisch ohne den Bräutigam ausgesucht und gekauft hatte, weil sie ihr erstes Brautkleid, das ihr so wenig Glück gebracht hatte, kein zweites Mal tragen wollte – als sie am Arm ihres Vaters nun durch das Mittelschiff von St. Matthäus auf den Altar zuschritt, wo Miguel schon zusammen mit dem Priester wartete, und von der Empore die Orgel auf sie herabbrauste, als würden die Pforten des Himmels sich öffnen, da lief ihr ein Schauer über den Rücken, und während Luzie beim Blumenstreuen vor Eifer fast über ihre eigenen Beinchen stolperte, gab Angelika ihrem Geliebten und künftigen Mann von ganzem Herzen recht: Es gab wirklich keine schönere Art, sich einander fürs Leben zu versprechen, als nach dem Ritus der katholischen Kirche.

Jetzt drehte ihr Bräutigam sich im Chorraum zu ihr herum. In seinem Cutaway sah Miguel einfach umwerfend aus – doch tausendmal schöner noch als sein Anzug war sein Blick, mit dem er sie empfing.

Aus seinen Augen sprach größere Liebe, als Worte jemals ausdrücken konnten.

Als ihr Vater vor dem Altar ihren Arm in den seinen legte, verstummte die Orgel, der Priester begrüßte Brautpaar und Gemeinde mit einem Segen, dann trat er an sein Pult, um einen Auszug aus dem ersten Brief des Apostel Paulus an die Korinther vorzulesen.

»Wenn ich in den Sprachen der Menschen und Engel redete, hätte aber der Liebe nicht, wäre ich dröhnendes Erz oder eine lärmende Pauke. Und wenn ich prophetisch reden könnte und alle Geheimnisse wüsste und alle Erkenntnis hätte, wenn ich alle Glaubenskraft besäße und Berge damit versetzen könnte, hätte aber der Liebe nicht, wäre ich nichts. Und wenn ich meine ganze Habe verschenkte, und wenn ich meinen Leib dem Feuer übergäbe, hätte aber der Liebe nicht, nützte es mir nichts. Die Liebe ist langmütig, die Liebe ist gütig. Sie ereifert sich nicht, sie prahlt nicht, sie bläht sich nicht auf. Sie handelt nicht ungehörig, sucht nicht ihren Vorteil, lässt sich nicht zum Zorn reizen, trägt das Böse nicht nach. Sie freut sich nicht über das Unrecht, sondern freut sich an der Wahrheit. Sie erträgt alles, glaubt alles, hofft alles, hält allem stand. Die Liebe hört niemals auf.«

Tommy, der in seiner Jugend selbst Messdiener gewesen war, sogar in derselben Kirche, in der Angelika jetzt zusammen mit Miguel vor dem Traualtar stand, hatte den Text für die Zeremonie ausgesucht. Während der Priester ihn vorlas, kamen Angelika allerdings Zweifel, und sie konnte sich ein kleines Grinsen nicht verkneifen. Hatte ihr Vater den Text wirklich nur ausgesucht – oder hatte er ihn vielleicht selbst geschrieben oder zumindest ein bisschen nachgebessert? So bibelfest, dass sie dafür die Hand ins Feuer hätte legen können, war sie nicht, und sie traute Tommy ohne weiteres zu, dass er von dem Priester hier gerade sein eigenes Glaubensbekenntnis verkünden ließ. Sie schaute Miguel an und zwinkerte ihm zu, doch statt zurückzuzwinkern, runzelte er die Stirn und schüttelte einmal ganz kurz und für sonst niemanden sichtbar den Kopf.

Angelika verstand. Der große Augenblick war gekommen.

Zuerst wandte der Priester sich an den Bräutigam.

»Willst du, Miguel Alvarez-Murguía, deine Frau lieben und achten und ihr die Treue halten alle Tage deines Lebens?«

Miguel straffte seinen Oberkörper, und so stolz, wie nur ein Spanier stolz sein konnte, sagte er:

»Sí, quiero.«

Dann wandte der Priester sich an die Braut.

»Willst du, Angelika Weidner, deinen Mann lieben und achten und ihm die Treue halten alle Tage deines Leben?«

Angelika schaute erst den Geistlichen, dann Miguel an, und während sie mit seinem Blick verschmolz, sagte sie die drei schönsten Worte ihres Lebens:

»Ja, ich will.«

Dann tauschten sie die Ringe. Wieder brauste die Orgel auf. Miguel reichte Angelika seinen Arm, sie hakte sich bei ihm unter, und während Luzie die letzten Blüten aus ihrem Körbchen vor ihnen verstreute, verließen sie, nunmehr vor Gott und der Welt als Frau und Mann für immer vereint, die Kirche.

Als sie durch das Portal ins Freie traten, wurden sie von einem spanisch-deutschen Spalier empfangen, und ein Regen aus Reiskörnern prasselte auf sie nieder.

»Felicidades!«

»Hoch lebe das Brautpaar!«

»Que todos vuestros deseos se cumplan!«

Angetrieben vom Beifall der Festgesellschaft, tauschten Angelika und Miguel den Hochzeitskuss, der trotz der Eiseskälte, die hier draußen herrschte, gar nicht mehr aufhören wollte, so wenig wie die Gäste aufhören wollten zu klatschen.

Tommy war der Erste, der Angelika gratulierte.

»War keine schlechte Idee, dich mit nach Altena zu schleppen, oder?«, flüsterte er in ihr Ohr.

»Die beste Idee, die du je hattest«, antwortete sie. »Sonst wäre am Ende noch eine alte Jungfer aus mir geworden.«

Ihr Vater lachte. »Also, wie das hätte gehen sollen, musst du mir ein andermal erklären. Ein Glück, dass du Physikerin geworden bist und keine Biologin.« Dann wurde er ernst, und in einer plötzlichen Aufwallung schlang er die Arme um sie und drückte sie an sich, als wolle er sie zerquetschen. »Es ist schön, dich so glücklich zu sehen, mein Engelchen.«

»Und *wie* glücklich ich bin!«, sagte Angelika und gab ihm einen Kuss. »Danke, Papa, das vergesse ich dir nie!«

Ihr Vater grinste sein Grinsen. »Dank nicht mir, dank lieber der Friedrich-Wilhelms-Gesellschaft.«

Angelika brauchte einen Moment, um zu begreifen, dann erwiderte sie sein Grinsen. »Ja ja, auf dem Altenaer Schützenfest bleibt keiner allein …«

67

Die Hochzeitsfeier fand im Rittersaal der Burg statt, dem prächtigsten Saal in der ganzen Stadt. Obwohl die Männer in ihren Smokings genauso froren wie die Frauen in ihren Abendkleidern, allen voran natürlich die aus Spanien eingeflogenen Gäste, die solche Temperaturen nicht gewohnt waren, fuhr nach der Kirche niemand mit dem Auto zur Burg – jeder wollte den neuen Erlebnis-Aufzug sehen, der am vierten Advent in Betrieb genommen worden war. Wann immer es im vergangenen Jahrzehnt Fördermittel gegeben hatte, hatte Bürgermeister Rühling sie genutzt, um für sein Prestigeprojekt Stollen und Schächte in den Berg treiben zu lassen, doch irgendwann vor dem Jahrtausendwechsel waren sämtliche Fördermittelquellen versiegt. Danach war von dem ehrgeizigen Projekt nur eine Bauruine übrig geblieben, eine klaffende Wunde im Herzen der Stadt – bis letzten Herbst plötzlich das Geld nur so gesprudelt und der Aufzug nach seiner endgültigen Fertigstellung in sensationell kurzer Bauzeit in einem feierlichen Festakt eröffnet worden war und nun von der Lennestraße aus direkt hinauf zur Burg führte. Man bestaunte den Eingangsbereich, der mit seinem ins Bergesinnere führenden Gewölbestollen ein bisschen an eine römische Katakombe erinnerte, nur viel moderner, beugte sich interessiert über die gläsernen Schaukästen, die im Kassenbereich aufgestellt worden waren, probierte neugierig die interaktiven Multimediainstallationen aus, und nachdem Benno Krasemann so unauffällig, dass niemand etwas bemerkte, für die ganze Gesellschaft Tickets gelöst hatte, ging es vorbei an Burggeistern, Rittern und Waffenschmieden, bevor man mit großem Hallo in den Aufzug stieg, der mit atemberaubendem Tempo in die Höhe schoss, um in nur einer halben Minute jeweils ein Dutzend Fahrgäste auf einmal durch den achtzig Meter hohen Schacht hinauf in den Burghof zu befördern, wo man von einem als Burgvogt verkleideten Ticketkontrolleur empfangen wurde.

»Wer hätte gedacht, dass das noch mal Wirklichkeit wird«, sagte Gundel beim Verlassen des Aufzugs.

Auch Winfried war sichtlich beeindruckt. »Und alles barrierefrei«, sagte er und klopfte gegen seine Hightech-Prothese, mit der er laut eigener Auskunft schneller und bequemer zu Fuß war als früher mit seinem richtigen Bein. »Dabei ist die Stadt so klamm, dass sie sich nicht mal ein Behindertenklo in der Lennestraße leisten kann.«

»Den Aufzug haben wir der Walter-Böcker-Stiftung zu verdanken«, erklärte der falsche Burgvogt mit so wichtiger Miene, dass sie selbst Bürgermeister Rühling zur Ehre gereicht hätte. »Die hat die gesamte Finanzierung übernommen. Bis auf den letzten Pfennig.«

»Für irgendwas ist jeder gut«, knurrte Kemal und hüllte sein neugeborenes Töchterchen, die kleine Coco-Lina, die vor lauter schützenden Tüchern und Decken auf seinem Arm ohnehin kaum aus den Augen blicken konnte, auch noch in seinen Mantel ein. »Ich laufe schon mal vor, sonst erkältet sich die Kleine.«

Das Büfett war bereits aufgebaut, als die Festgesellschaft nach und nach im Rittersaal eintraf. Bevor es eröffnet wurde, gab es einen Aperitif, damit den zuerst ankommenden Gästen das Warten nicht lang wurde. Während ein halbes Dutzend Kellnerinnen und Kellner Champagner einschenkte, schaute man sich um, wer außer einem selbst sonst noch so alles da war. Hinter vorgehaltener Hand wurde das Fehlen von Miguels Kindern registriert – angeblich hatte die Mutter und Exfrau des Bräutigams sie so sehr gegen den Vater aufgehetzt, dass sie sich geweigert hatten, nach Altena zu kommen. Beim Austausch der neuesten Familiengeschichten machten vor allem die jungen Leute von sich reden. Offenbar standen Plisch und Plum, denen Benno und Gundel erst vor einem Jahr die Geschäftsführung von Schuh Krasemann übergeben hatten, im Begriff, das Lebenswerk ihrer Eltern zu versilbern. Der Schuhdiscounter Mikosch, den bis Mitte der neunziger Jahre Bennos ehemaliger Kollege Charly Weiß geführt hatte, hatte ihnen ein so attraktives Übernahmeangebot gemacht, dass sie es unmöglich ablehnen konnten, wie Gundel gegenüber ihren Schwestern Ulla und Ruth zur Verteidigung ihrer Söhne behauptete. Während der Saal sich allmählich füllte, bekam die Braut ihr erstes Geschenk. Barbara Reichenbach, die aus Daggelin angereist war, legte Angelika eine Kette mit einem Bernstein-Amulett, die sie selbst bei ihrer eigenen Hochzeit vor über einem halben Jahrhundert von ihrem inzwischen verstorbenen Mann bekommen hatte, um den Hals, bestaunt und bewundert von Tommy, der wie zufällig gerade vorüberschlenderte und die Situation nutzte, um die ehemalige Gutsherrin schon jetzt um ein späteres Tänzchen zu bitten. Noch größere Aufmerksamkeit als die Braut und ihr Geschenk aber erregte Torsten Nippert, der in Begleitung einer langbeinigen Schönheit, die allerdings nicht mehr dieselbe war, die ihn auf Bernd Wilkes Beerdigung begleitet hatte, zu der Trauung erschienen war. Mit einem Champagnerglas in der Hand spekulierte er über die Zukunft seiner Firma, der Vereinigten Altenaer Metallwerke, kurz VAM genannt, die er zusammen mit dem Bräutigam führte. Zur Verwunderung seiner Zuhörer erklärte er den laufenden Euro-Auftrag zum vermutlich letzten großen Coup des Unternehmens nach dem alten Geschäftsmodell. Die VAM, behauptete er, müsse sich von Grund auf neu erfinden, um in Zukunft zu bestehen – es werde nämlich nur noch wenige Jahre dauern, bis in Deutschland und Europa das Bargeld abgeschafft und aus dem Verkehr genommen werde. Die Zukunft gehöre den elektronischen Zahlungssystemen, nicht nur bei Banküberweisungen, sondern auch an der Ladenkasse, beim Einkauf von Zahnpasta und Toilettenpapier, und da müsse die VAM dabei sein. Für seine Vision erntete er so viele Lacher, dass man sich gerne Champagner nachschenken ließ, um auf diesen offenkundigen Unsinn belustigt anzustoßen.

Nur ein Gast stand irgendwie etwas verloren zwischen den anderen herum und hielt sich an seinem Glas fest: Peter Prange, Altenas führender, weil einziger Schriftsteller.

»Was hat der hier eigentlich verloren?«, fragte Winfried. »Der gehört doch gar nicht dazu!«

Die anderen zuckten die Schultern. Die Frage interessierte allerdings auch nicht weiter, denn gerade betrat der Bräutigam das kleine Podium, auf dem die Musiker bereits ihre Instrumente auspackten, und beugte sich über das Mikrophon.

Sofort drehten sich alle Köpfe zu ihm herum.

Miguel tippte zweimal mit dem Finger gegen das Gehäuse, um den Ton zu testen, dann sprach er die von allen nach der doch ziemlich lang dauernden Trauzeremonie und dem anschließenden Gang durch die Kälte herbeigesehnten Worte:

»Das Büfett ist eröffnet!«

68

Während im Rittersaal sich die Gäste über das Büfett hermachten, als hätten sie tagelang nichts zu essen bekommen, bereitete Gundel auf dem Flur den Beitrag der Düsseldorfer zu der Hochzeitsfeier vor, die sowohl vom Kreisblatt wie auch von der Rundschau bereits im Voraus unisono als »Altenas Hochzeit des Jahres« gepriesen worden war. Dabei sah es in Gundels Innern nicht ganz so fröhlich aus, wie sie sich nach außen gab. Sie hatte die Dinge etwas allzu rosig dargestellt, als sie ihre Söhne gegenüber ihren Schwestern verteidigt hatte. In Wahrheit tat ihr der Verkauf von Schuh Krasemann an ihren einstigen Wettbewerber in der Seele weh, fast so sehr wie Benno, der die Firma zusammen mit ihr in fünfzig mühevollen Jahren aufgebaut und deshalb bis zur letzten Minute versucht hatte, Plisch und Plum von ihren Plänen abzubringen. Aber die Verlockung, sich mit Anfang vierzig zur Ruhe zu setzen, um sich fortan mit den vielen Millionen ein schönes Leben zu machen, statt jeden Morgen voller Bangen nach dem Wetter zu schauen, weil davon ja der Umsatz abhing, war größer gewesen als die Bereitschaft, sich wie die Eltern Tag für Tag krummzulegen und dabei auch noch Kopf und Kragen zu riskieren, weil bereits ein verregneter Sommer oder ein zu milder Winter den Bankrott bedeuten konnte. Natürlich war das Geschäft inzwischen schwerer, als es noch vor zehn Jahren gewesen war, die Konkurrenz war immer größer geworden, der Wettbewerb immer härter, das war auch Gundel bewusst. Aber hatten Benno und sie ihren Söhnen nicht beigebracht, dass Aufgeben nicht galt und das Spiel erst zu Ende war, wenn der Schiedsrichter abgepfiffen hatte? Offenbar hatten die Zwillinge sich diese Botschaft nicht zu eigen gemacht. Aber vielleicht konnten sie das auch gar nicht – vielleicht musste man für eine solche Einstellung, wie Benno und Gundel sie zeit ihres Lebens gehabt hatten, die Entbehrungen der schweren Zeit noch am eigenen Leib gespürt und noch mit eigenen Augen die Trümmer gesehen haben, aus denen das deutsche Wirtschaftswunder, dessen Früchte Plisch und Plum nun ernten wollten, entstanden war. Die zwei hatten ja nichts anderes gekannt als das Wirtschaftswunder und waren in einer Zeit groß geworden, als die Bäume noch ganz von allein in den Himmel zu wachsen schienen. Als Benno einmal abends im Bett seine Enttäuschung über den Verkauf zum Ausdruck gebracht hatte, hatte Gundel ihre Söhne mit dem Einwand in Schutz genommen, dass die zwei doch nichts dafür könnten, sich so entschieden zu haben – jeder Mensch sei nun mal ein Kind seiner Zeit. Doch als Benno sie gefragt hatte, ob sie das wirklich ernst meine, hatte auch sie den Kopf geschüttelt.

Immerhin halfen ihr die beiden jetzt in rührender Weise, die Überraschung für das Fest vorzubereiten. Nach alter Hausmusiktradition der Familie Wolf hatte Gundel ein kleines Konzert für das Brautpaar geplant, an dem sich alle Hochzeitsgäste beteiligen sollten.

»Glaubst du wirklich, dass das funktioniert?«, fragte Plisch und betrachtete voller Skepsis die Plastikblockflöten, die Gundel ihm gerade zusammen mit einem Stapel Notenblätter in die Hand drückte.

»Plisch hat recht«, stimmte sein Bruder zu, »die meisten können doch gar kein Instrument.«

Doch solche kleinlichen Bedenken ließ Gundel nicht gelten. »Blockflöte kann fast jeder. Und wer auch die nicht kann, kriegt eine Triangel oder ein Tamburin. Also tut mir bitte die Liebe und macht einfach, was man euch sagt.«

69

Tommy warf einen prüfenden Blick auf das Büfett. Die Vorspeisenplatten waren so gut wie leer gegessen, die Abdeckhauben der Hauptgerichte noch nicht gelüftet. Genau der richtige Zeitpunkt also für seine Rede. Mit der Messerspitze ließ er sein Glas klingeln. Als er sich von seinem Stuhl erhob, verließen auch Angelika und Miguel ihre Plätze und nahmen Hand in Hand auf der Tanzfläche Aufstellung, um von dort aus zuzuhören. So hatten Tommy und sie es miteinander abgesprochen. Die beiden hatten solche Angst vor dem Brauttanz, dass er ihnen geraten hatte, ihn gleich im Anschluss an seine Rede hinter sich zu bringen. Dann konnten sie den Rest des Abends unbeschwert genießen.

Während allmählich Ruhe einkehrte und alle Augen sich auf Tommy richteten, nahm er den Zettel mit seinen Stichworten zur Hand, und nachdem er sich vergewissert hatte, dass ihm das spanische Zitat noch präsent war, begann er seine Rede.

»Was die Ehe betrifft, gibt es in der Heimat meines Schwiegersohns eine erschreckende Redensart.« Schon nach den ersten Worten machte er eine kurze Pause, um die Spannung zu erhöhen. Dann rasselte er seinen Spruch wie ein gebürtiger Spanier herunter: *»Cuando una mujer se casa, cambia las atenciones de muchos hombres por las desatenciones de uno …«* Während Miguels Verwandte lachten, verstand der Rest der Gesellschaft nur Bahnhof. »Das heißt auf Deutsch«, erklärte Tommy: »›Wenn eine Frau heiratet, tauscht sie die Aufmerksamkeiten vieler Männer gegen die Unaufmerksamkeit eines einzigen ein.‹«

Jetzt lachte der ganze Saal, auch Barbara Reichenbach, wie Tommy zufrieden feststellte. Dann hatte die Mühe sich ja gelohnt: Um die Aussprache zu lernen und das R richtig rollen zu lassen, hatte er extra einen VHS-Kurs belegt.

»Es ist die Aufgabe des Brautvaters«, fuhr er fort, »mit seinen Ratschlägen dafür zu sorgen, dass es zu einer solchen Ehekatastrophe nicht kommt. Doch um ehrlich zu sein, liebe Freunde und Verwandte, eine solche Verantwortung macht mir Angst, und ich habe mich lange gefragt, ob ich das Wort überhaupt ergreifen soll – schließlich haben die Ratschläge, die ich meiner Tochter bei ihrer ersten Eheschließung mit auf den Weg gegeben habe, so wenig genützt wie das Brautkleid, das sie damals trug, obwohl es mich ein ganzes Vermögen gekostet hatte – dreißig Rollen Dachpappe und einen Trabi-Rückspiegel. Außerdem unterscheidet sich der kluge Mann vom Dummkopf bekanntlich dadurch, dass er im Gegensatz zu diesem nicht denselben Fehler zweimal im Leben begeht. Insofern täte ich jetzt also verdammt gut daran, die Klappe zu halten.«

Wieder lachten ein paar Zuhörer, und wieder gehörte Barbara Reichenbach dazu.

»Wenn ich mich dennoch entschieden habe, den Mund aufzumachen, dann aus zwei Gründen. Erstens, weil mir das Klappehalten grundsätzlich schwerfällt, und zweitens, weil ich mir an dir, liebe Angelika, ein Beispiel genommen habe. Als Naturwissenschaftlerin weißt du natürlich, dass alle Erkenntnis immer nur eine Annäherung an die Wahrheit ist, nach dem Prinzip von Versuch und Irrtum. Und da dieses Prinzip nicht nur in der Physik, sondern in allen Dingen des Lebens gilt, also auch in der Liebe, hast du nicht lange gezögert, nach dem ersten Irrtum heute einen zweiten zu wagen – *Versuch*, meine ich natürlich. Also bleibt mir wohl nichts anderes übrig, als ähnlichen Mut zu beweisen.«

Jetzt gab es sogar Zwischenbeifall, und wenn Tommy sich nicht täuschte, hatte Barbara Reichenbach ihn ausgelöst.

Er hob beide Hände, um für Ruhe zu sorgen.

»Um es kurz zu machen, will ich mich auf einen einzigen Ratschlag aus dem Schatzkästlein meiner nie gemachten Lebenserfahrung beschränken: Solltet ihr, liebes Brautpaar, in eurer Ehe einmal nicht einer Meinung seid, dann lasst den anderen ausreden, bevor ihr ihm widersprecht, beendet jeden Streit vor dem Schlafengehen, und vergesst nie, euch am nächsten Morgen mit einem Kuss zu wecken. Dies ist der einzige Rat, der mir wirklich etwas zu taugen scheint, um euch beiden ewiges Glück zu bescheren, auch wenn er mir selber leider wenig geholfen hat, weil ich nie Gelegenheit hatte, mich an ihn zu halten.«

Bisher war sein Blick immer nur zwischen dem Brautpaar und Barbara Reichenbach hin- und hergewandert. Jetzt aber suchten seine Augen Ulla. Mit einem Lächeln nickte sie ihm zu, doch ohne die Hand ihres Mannes loszulassen.

Mit einem Ruck drehte Tommy sich wieder zur Tanzfläche herum, wo Angelika und Miguel schon ungeduldig auf sein Schlusswort warteten.

Um sie zu erlösen, übersprang er die zwei Witze, die er sich noch notiert hatte, und steckte seinen Zettel wieder ein.

»Damit komme ich auch schon zum Ende: Das Einzige, was mir im Leben geholfen hat, und zwar immer, und was ich deshalb allen hier im Saal Versammelten nur dringend ans Herz legen kann, das war Tanzen – und zwar am besten mit einer schönen Frau!« Mit einem Lächeln in Barbara Reichenbachs Richtung hob er die Hand und gab der Band ein Zeichen. »Ich bitte um – *Musik*!«

70

Als die Musik einsetzte, blickten Angelika und Miguel sich irritiert an. Wo war der erwartete Dreivierteltakt? Das, was die Kapelle da in einem Höllentempo spielte, klang alles andere als nach Walzer, und Walzer war der einzige Tanz, den sie halbwegs beherrschten, nur den hatten sie geübt.

»Hast du eine Ahnung, was das ist?«, fragte Miguel.

»Jive – schätze ich«, erwiderte Angelika. »Tommys Lieblingstanz.«

In der Tat: Während sie beide noch rätselten, was sie zu dem rasend schnellen Rhythmus mit ihren Füßen anstellen sollten, wirbelte ihr Vater bereits mit Barbara Reichenbach über das Parkett, als wären sie bei einem Tanzturnier. Zum Glück nahmen die meisten Gäste sich an ihnen ein Beispiel, ohne auf das zögernde Brautpaar zu warten, so dass die Tanzfläche sich in kürzester Zeit füllte und Angelika und Miguel wenigstens nicht allein den Blicken der anderen ausgesetzt waren.

»Vielleicht hätten wir doch besser Unterricht bei deinem Vater genommen«, meinte Miguel.

»Jetzt ist es zu spät«, sagte Angelika. »Fällt dir zu der Musik irgendwas ein?«

Er schüttelte den Kopf. »Du weißt doch, außer Walzer kann ich nur Flamenco, und auch den nur gemogelt.«

»Dann lass mich mal probieren.«

Während sie mit der Fußspitze versuchte, sich in den Takt einzufühlen, legte sie den rechten Arm auf seine Schulter, nahm seine Linke, und ohne groß zu überlegen, führte sie ihn in die erste Drehung. Dabei gerieten sie so sehr ins Stolpern, dass sie beinahe stürzten. Ein Ohhh ging durch den Saal. Doch nichts war passiert, schon hatten sie sich wieder gefangen, und nach ein paar irgendwie hingehoppelten Schritten fanden sie einigermaßen in den Takt.

Die Festgesellschaft applaudierte.

»Na also«, sagte Angelika, »geht doch!«

Miguel lachte. »Verrate nur nicht meinen spanischen Verwandten, dass du bei unserem Hochzeitstanz geführt hast! – Aber sag mal, wo steckt eigentlich Luzie?«

Angelika blickte sich um. Sie brauchte nicht lange zu suchen. Luzie saß bei Babs und Kemal am Tisch und sah mit großen Augen zu, wie Babs der kleinen Coco-Lina die Brust gab.

»Glaubst du, da bahnt sich was an?«, fragte Miguel.

Angelika runzelte die Brauen. »Was ist denn das für eine seltsame Frage? Soweit ich weiß, sind die zwei verheiratet.«

Miguel schüttelte den Kopf. »Babs und Kemal meine ich doch gar nicht!« Er deutete mit dem Kinn auf Tommy und Barbara Reichenbach, die gerade an ihnen vorübertanzten. »Von denen da rede ich!«

Ein Blick genügte, und seine Frage erübrigte sich. Tommy und Barbara turtelten beim Tanzen wie zwei verliebte Pennäler.

Während die Musik in einen langsameren Rhythmus überging und der Geräuschpegel sank, hörte Angelika ihren Vater sagen: »Wenn Sie mal nach Berlin kommen, gnädige Frau, zeige ich Ihnen gern die Stadt.«

»Das ist aber sehr nett«, erwiderte seine Tänzerin. »Allerdings würde ich mich auch umgekehrt über einen Besuch von Ihnen auf Daggelin freuen.«

Tommy strahlte. »Wie wär's mit nächstem Samstag?«

»Warum nicht?«, fragte Barbara zurück. »Ich habe das ganze Wochenende Zeit.«

71

Zwei Stunden lang hatte Tommy mit Barbara Reichenbach getanzt, bevor er sie schweißgebadet an ihren Platz zurückbrachte, um sich eine Etage tiefer frisch zu machen.

Die Toiletten befanden sich direkt unterhalb des Rittersaals. Als Tommy den für Damen und Herren gemeinsamen Waschraum betrat, hörte er an den Tanzschritten, die durch die Decke drangen, dass die Band wieder einen Jive spielte. Im Geiste sah er das Brautpaar vor sich, wie die zwei zusammengezuckt waren, als die Band zu spielen begonnen hatte. Wie hätte er auch ahnen sollen, dass Angelika und Miguel nur Walzer geübt hatten?

Er trat ans Waschbecken, knöpfte die Ärmel seines Hemdes auf und stellte den Wasserhahn an. Sollte er Barbara Reichenbach – in Gedanken nannte er sie schon Barbara – vielleicht das Du vorschlagen? Oder war es besser, darauf zu warten, dass sie es ihm von sich aus anbot?

Während er seine Hände im kalten Wasser kühlte, rief das Getrappel über seinem Kopf in ihm die Erinnerung an längst vergangene Zeiten wach, wie er im Rittersaal versucht hatte, britischen Besatzungsoffizieren Schuhplattler beizubringen, obwohl er selber gar keinen Schuhplattler konnte. Mein Gott, wo war die Zeit geblieben? Über ein halbes Jahrhundert war das her … Doch die Erinnerung dauerte nur eine Sekunde, dann kehrten seine Gedanken wieder in die Gegenwart zurück. Barbara war nicht nur eine bildschöne Frau, sie tanzte auch wie ein junges Mädchen. Falls ihn nicht alles täuschte, könnte das ein wunderbares Wochenende auf Daggelin werden.

»Du kannst es wohl nie lassen, oder?«

Tommy schrak zusammen, als er plötzlich Ullas Stimme hörte. Er hob den Kopf und sah im Spiegel über dem Waschbecken ihr Gesicht. Kopfschüttelnd lächelte sie ihm zu.

Schuldbewusst drehte er sich um.

»Ach, Ulla«, sagte er mit einem Seufzer. »Was bleibt mir anderes übrig? Irgendwie muss ich mich doch trösten. Auch wenn wir jetzt vielleicht beste Freunde sind – ein bisschen weh tut es mir doch, wenn ich dich und Ramón so glücklich zusammen sehe. *Ziemlich* weh sogar, um ehrlich zu sein.«

Sie gab ihm einen Kuss auf die Wange. »Dafür hat es wenigstens mit unseren Kindern geklappt.«

»*Kinder* ist gut.«

»Ja, Kinder. Auch wenn die zwei längst erwachsen sind und Miguel nur mein Stiefsohn – sie sind jetzt ein Paar. Das ist doch auch was, wenn es mit uns schon nichts werden sollte, oder?«

Während Tommy auf seiner Wange der Berührung ihrer Lippen nachspürte, die für eine Sekunde noch einmal alles in Frage zu stellen schien, deutete Ulla mit ihren grünen Augen auf den Papierspender an der Wand.

»Wills du dir nicht die Hände abtrocken?«

Einmal mehr wunderte er sich, wie prosaisch Frauen manchmal sein konnten. Was spielte es jetzt für eine Rolle, ob seine Hände trocken waren oder nicht? Er schaute Ulla an, vielleicht hatte sie es sich ja noch einmal überlegt. Doch da sie keinerlei Anstalten machte, ihrer Frage etwas hinzuzufügen, was ihm in irgendeiner Weise Hoffnung machen könnte, wurde ihm klar, dass sie genau aus diesem Grund schwieg. Weil sie ihm keine Hoffnung machen *wollte.*

Schweren Herzens kehrte er ihr also den Rücken zu und tat, wozu sie ihn aufgefordert hatte.

»Du hast recht«, sagte er und riss ein Blatt Papier von dem Spender. »Ich meine, das mit unseren Kindern. Dass Angelika und Miguel zusammengefunden haben und jetzt ein Paar sind, das ist wirklich eine ganze Menge.«

Noch einmal hoffte er, sie würde etwas sagen, doch wieder schwieg sie, während er ihre Gegenwart so deutlich in seinem Rücken spürte, dass er sich beherrschen musste, um sie nicht einfach in den Arm zu nehmen. Aber das durfte er nicht, nicht mehr. Er durfte sie höchstens noch umarmen, wenn ihr Mann dabei war, es also nichts mehr zu bedeuten hatte.

Wurden Menschen eigentlich nur deshalb so alt, um zu solchen deprimierenden Einsichten zu gelangen?

Während er sich die Hände abtrocknete, warf er Ulla über die Schulter einen Blick zu. »Ich habe gehört, du willst noch mal studieren«, sagte er, damit sie nicht auf die Idee kam, ihn allein in diesem öden Waschraum zurückzulassen. »Psychologie, stimmt's?«

Ulla nickte.

»Warum ausgerechnet ein so fragwürdiges Fach?«

Sie zuckte die Schultern. »Es war ein sehr spontaner Entschluss, fast eine Art Eingebung«, sagte sie. »Aber ich glaube, es hat auch ein bisschen mit uns beiden zu tun. Weil – vielleicht verstehe ich dann ja, warum das alles so mit uns gekommen ist.« Sie zögerte, und während sie zögerte, hatte Tommy zum ersten Mal in seinem Leben den Eindruck, dass Ulla wirklich unsicher war. »Ich hab mal was Interessantes gelesen«, sagte sie schließlich, »dass nämlich die Synapsen in unserem Gehirn – du weißt schon, die Verknüpfungen zwischen den Nervenzellen, durch die unsere Gedanken und Empfindungen geleitet werden –, dass diese Synapsen so unglaublich schnell funktionieren, dass in den Nervenbahnen schon alles entschieden ist, was wir denken und empfinden und tun, lange bevor wir uns selber überhaupt entscheiden können.«

Obwohl Tommy sich zeit seines Lebens stets etwas darauf eingebildet hatte, dass die Rädchen in seinem Kopf rascher und präziser arbeiteten als bei den meisten anderen Menschen, brauchte er eine Weile, um ihre Worte zu begreifen. Als es so weit war, warf er das gebrauchte Papierhandtuch in den Abfall und drehte sich zu Ulla herum.

»Was soll das heißen?«, fragte er und knöpfte sich die Ärmel seines Hemdes wieder zu. »Dass unsere Entscheidungen in Wahrheit gar nicht unsere eigenen Entscheidungen sind, sondern nur Einbildung, weil unser Gehirn schneller arbeitet, als wir denken können?« Er machte eine Pause, weil ihm, kaum dass er den Gedanken aussprach, noch ein zweiter Gedanke kam, der ihm irgendwie besser gefiel, auch wenn er selbst nicht so genau wusste, warum. »Oder willst du damit etwa sagen, dass jeder in seinem tiefsten Innern von allem Anfang an weiß, was für ihn das Richtige ist?«

Mit einem unsicheren Lächeln, das er gar nicht an ihr kannte, erwiderte sie seinen Blick. »Ich habe keine Ahnung, so wenig wie du«, sagte sie. »Darum will ich ja auf meine alten Tage noch studieren – um genau das herauszufinden.«

72

Stolz wie der buchstäbliche Spanier trat Miguel mit Angelika an den Tisch mit den Hochzeitsgeschenken, um einen ersten Blick auf die Glückwunschkarten zu werfen. Die Kapelle machte gerade Pause, und die meisten Gäste nutzten die Gelegenheit, um eine Treppe tiefer zu verschwinden.

»Immer noch glücklich?«, fragte er.

»Mit jeder Sekunde noch mehr«, sagte sie. »Vor allem, seit wir den Brauttanz hinter uns haben. Wenn das so weitergeht, platze ich noch vor Glück.«

»Um Gottes willen – dann gib mir vorher schnell noch einen Kuss!«

»Aber mit dem größten Vergnügen.«

Sie nahm sein Gesicht zwischen ihre Hände, doch ihre Lippen hatten sich noch nicht berührt, da drängte Luzie sich zwischen sie.

»Packt ihr jetzt die Geschenke aus?«

»Nein«, sagte Miguel. »Das gehört sich nicht, solange die Gäste da sind.«

»Aber wollt ihr denn gar nicht wissen, was ihr bekommen habt?«

»Doch, natürlich«, sagte Angelika, »aber ausgepackt wird erst zu Hause. Bis dahin müssen wir uns gedulden.«

Ulla, die den »Altentisch« verlassen hatte, wie Luzie den Tisch nannte, an dem ihr Großvater und dessen Freunde saßen, trat zu ihnen und reichte ihrer kleinen neuen Enkeltochter eine Schatulle.

»Das hier darfst du ruhig jetzt schon aufmachen. Auch wenn das Geschenk nicht für dich ist, sondern für deine Mama.«

»Das weiß ich doch«, rief Luzie so empört, wie das mit ihren fünf Jahren möglich war, »die Mama hat ja heute Hochzeit, da sind alle Geschenke nur für sie und Miguel.«

Trotz ihrer Beteuerung war sie so ungeduldig, dass sie es mit ihren Fingerchen kaum schaffte, die Schleife zu öffnen. Umso größer war jedoch ihre Enttäuschung, als sie den Deckel aufklappte und darunter nur eine silberne, auf schwarzem Samt gebettete Metallscheibe zum Vorschein kam.

»Was ist das denn?«, fragte sie mit langem Gesicht.

»Ein Rohling«, sagte Ulla. »Daraus wird Geld gemacht.«

»Wie langweilig!«

Luzie drückte ihrer Mutter die Schatulle in die Hand und lief zu Babs und Kemal, deren Baby gerade wieder aufgewacht war.

»Der Rohling soll euch Glück bringen«, sagte Ulla. »Ich dachte, so fängt doch alles irgendwie an. Ohne Prägung – alles ist möglich.«

»Du meinst, wie damals bei euch, nach der Währungsreform?« Sichtlich gerührt schaute Angelika auf das kleine, glänzende Stück Metall. »Danke, Ulla. Ein passenderes Geschenk kann ich mir gar nicht vorstellen. Weil«, fügte sie hinzu und hob den Blick, »ich habe nämlich beschlossen, auch noch mal etwas ganz Neues anzufangen.«

»Wie bitte?«, sagte Miguel. »Das wusste ich ja noch gar nicht!«

»Natürlich nicht«, erwiderte Angelika. »Es sollte ja auch eine Überraschung sein.«

Bei dem Wort Überraschung wurde Miguel hellhörig – seit seiner Scheidung erzeugten Überraschungen in ihm eher gemischte Gefühle.

»Und«, fragte er vorsichtig, »darf ich erfahren, was du beschlossen hast?«

»Aber natürlich, *mi amor*«, sagte Angelika, um dann mit der selbstverständlichsten Miene der Welt zu erklären: »Ich habe beschlossen, mein Bundestagsmandat niederzulegen. Und auch mein Amt als Staatssekretärin.«

»Bist du verrückt geworden?« Miguel war auf alles gefasst gewesen, doch damit hätte er nie und nimmer gerechnet. »Politik ist doch dein Leben! Nach Luzie das Wichtigste, was es überhaupt für dich gibt! Das hast du selbst gesagt.«

»Das war einmal.« Mit einem Lächeln neigte Angelika sich zu ihm und gab ihm einen ganz zarten, ganz innigen Kuss. »Liebe ist wichtiger als Politik«, sagte sie so leise, dass nur er es hören konnte. »Das ist mein Hochzeitsgeschenk für dich.«

Jetzt war er es, der vor Glück fast platzte – kaum fand er Worte, um auszudrücken, was er empfand. »Danke, mein Engel«, sagte er. »Was bist du nur für eine wunderbare Frau.« Die Tränen schossen ihm in die Augen, und obwohl seine spanischen Verwandten schon die ganze Zeit neugierig zu ihnen herüberblickten, genierte er sich nicht im Geringsten.

Ulla hingegen zog fast so ein enttäuschtes Gesicht wie Luzie ein paar Minuten zuvor beim Anblick des Rohlings.

»Und ich hatte insgeheim schon gehofft, meine Schwiegertochter würde einmal die erste deutsche Bundeskanzlerin.«

Angelika lachte. »Was nicht ist, kann ja noch werden! Schließlich setze ich mich ja nicht zur Ruhe.«

»Hast du etwa noch eine Überraschung auf Lager?«, fragte Miguel. »Dann warte damit bitte bis morgen. Mehr als eine verkrafte ich nicht pro Tag, sonst bekomme ich einen Herzinfarkt.«

»Keine Angst, Liebster. So dramatisch ist es nicht.«

»Und – was sind das für Pläne?«, wollte Ulla wissen. »Heraus mit der Sprache!«

Miguel spürte, wie sein Puls in die Höhe ging. Denn Angelika setzte genau die Miene auf, die sie immer aufsetzte, wenn ihr etwas ganz besonders wichtig war.

»Die Bundesregierung will gemeinsam mit dem Europäischen Rat eine neue Art von Begegnungszentren einrichten«, sagte sie. »Sowohl in den alten als auch in den neuen Bundesländern, für den Austausch von Jugendgruppen – eine Maßnahme zur Verbesserung der nationalen und europäischen Integration zwischen Ost und West. Ich soll mich darum kümmern, als Sonderbeauftragte des Bundesinnenministers.«

»Das ist ja großartig!«, sagte Ulla.

Angelika strahlte. »Als der Minister mir das Angebot machte, habe ich sofort zugesagt. Auch, weil ich damit ein bisschen Wiedergutmachung in Altena leisten kann. Aufbauhilfe West, sozusagen.«

Ulla blickte sie verwundert an. »Ich verstehe kein Wort. Was hat Altena damit zu tun?«

»Ganz einfach«, sagte Angelika. »Die Begegnungszentren sollen nicht irgendwo entstehen, sondern an möglichst geschichtsträchtigen Orten, und da dachte ich mir, dass die Burg Altena, in der ja immerhin die erste Jugendherberge der Welt gegründet wurde, sich hervorragend für ein solches Projekt der nationalen und internationalen Verständigung eignet. Ich habe sie zusammen mit Schloss Daggelin vorgeschlagen, wo ja in der Vergangenheit auch eine Menge passiert ist – ein Zentrum im Osten, eins im Westen, da kommen beide Seiten zu ihrem Recht.«

Ulla war beeindruckt. »Ich glaube, aus dir wird doch noch mal eine Kanzlerin.«

»Wenn *du* für mich stimmst, ganz sicher!«, erwiderte Angelika lachend.

Miguel nahm ihre Hand und führte sie an seine Lippen. »Ich kann dir gar nicht sagen, wie stolz ich auf dich bin.«

Seine Frau fuhr ihm zärtlich durchs Haar. »Alles andere wäre für einen Spanier ja auch eine Katastrophe!« Plötzlich hielt sie inne. »Aber sag mal, wollten wir unseren Gästen nicht ein Geschenk machen?«

»Um Gottes willen!«, rief Miguel. »Das hätte ich ja vor lauter Überraschungen fast vergessen!« Er stellte sich auf die Zehenspitzen und schaute sich suchend unter den Gästen um. »Weiß vielleicht jemand, wo Torsten gerade steckt?«

73 Am Altentisch beobachtete man mit einiger Verwunderung, wie auf ein Zeichen des Bräutigams hin Torsten Nippert und seine bildhübsche Begleiterin sich auf den Weg durch den Saal machten, um an den Gästetischen kleine Körbchen herumzureichen, die wie Klingelbeutel in der Kirche aussahen. Sammelten die beiden für irgendeinen guten Zweck? Spendenaktionen kamen bei Familienfeiern ja immer mehr in Mode, vor allem auf Beerdigungen – aber jetzt auch schon auf Hochzeiten? Zum Glück erwies die Sorge sich als unbegründet. Anders als in der Kirche, wo man eine Gabe in das Körbchen hineinwerfen musste, durfte sich hier jeder eine herausnehmen.

»Bitte greift zu!«, rief Miguel auf dem Podium ins Mikrophon und hob einen kleinen, mit Münzen gefüllten Plastikbeutel in die Höhe. »Für jeden ein komplettes Starterkit! Die neuen Euros – *made in Altena!*«

Für die Aufforderung bekam er noch größeren Applaus als für die Eröffnung des Büfetts zu Beginn des Abends. Das ließ man sich nicht zweimal sagen! Überall im Saal wurden die Beutel ausgepackt, um die Münzen der neuen Währung mit denen der alten zu vergleichen.

»Unglaublich, was von diesen kleinen, unscheinbaren Dingern alles abhängt«, sagte Benno und schaute auf die glänzenden Euro- und Centstücke in seiner Hand. »Das Schicksal ganzer Nationen.«

»Und das Schicksal eines jeden einzelnen Menschen«, fügte Gundel hinzu. »Kein Wunder, dass wir damals so aufgeregt waren. Manchmal versuche ich mir vorzustellen, was aus jedem von uns wohl geworden wäre, wenn er mit seinen ersten vierzig Mark etwas ganz anderes gemacht hätte.«

»Du meinst, wenn Bernd sich statt seiner Betonmischmaschine meinen Anzug gekauft hätte?«, griff Benno, der wie immer sofort wusste, was seine Frau meinte, den Faden auf.

»Oder wenn du dich an meiner Stelle in einen Stenokurs eingeschrieben hättest«, erwiderte Gundel lachend.

»Und du dich in Medizin«, rief Ulla. »Ich bin sicher, du wärst eine tolle Ärztin geworden.«

Das war ein Spiel nach Tommys Geschmack. »Dann hätte Ruth ihre vierzig Mark am Ende vielleicht noch wie ich auf den Kopf gehauen, um Schützenkönigin zu werden!« Er zückte eine Zigarette, um den Witz mit seinem alten Trick zu krönen.

Doch als er mit der Rechten auf seinen linken Handrücken schlug, landete die Zigarette nicht zwischen seinen Lippen, sondern am Boden. Er bückte sich, um einen zweiten Versuch zu machen, die Schande konnte er nicht auf sich sitzen lassen, doch als er sich wieder aufrichtete, war das Gespräch am Tisch verstummt. Kopfschüttelnd blickte Ulla ihn an. Als er ihren missbilligenden Blick sah, begriff er, dass er selber der Grund für das betretene Schweigen war. Natürlich, mit seinem dummen Witzchen hatte er dafür gesorgt, dass jetzt jeder daran denken musste, wofür Ruth damals ihre vierzig Mark wirklich gebraucht hatte.

Er wagte kaum, zu ihr hinüberzuschauen.

»Tut mir leid«, sagte er leise in ihre Richtung. »Ich bin ein Idiot.«

»Ist schon gut«, erwiderte sie. »Mein Gott, jetzt zieht doch nicht solche Gesichter«, fügte sie dann an alle gewandt hinzu. »Wir sind auf einer Hochzeit, nicht auf einer Beerdigung!«

Tommy warf ihr einen dankbaren Blick zu. Obwohl Bewunderung nicht zu seinen Stärken gehörte, nötigte Ruth ihm wirkliche Hochachtung ab. Er konnte einfach nur staunen, welche Größe sie immer wieder bewies.

»Also, wenn das jetzt ein Film wäre«, sagte Benno in die Stille hinein, »wäre das die Stelle, wo ich den Fernseher ausmachen würde.«

»Hast du zu viel getrunken, mein Schatz?«, fragte Gundel.

»Vielleicht.« Benno zuckte die Schultern. »Aber ich kann mir nicht helfen, seit einiger Zeit habe ich das Gefühl, als wäre das Leben ein großer Ballon, aus dem ganz allmählich und unmerklich die Luft entweicht. Irgendwie ist alles viel trivialer geworden, viel langweiliger, im Vergleich zu früher. Geht euch das etwas nicht so?«

»Du meinst, weil wir alt geworden sind?« Ulla schüttelte den Kopf. »So ein Unsinn! Wir langweilen uns nur, wenn wir selber langweilig werden. Aber das ist unsere eigene Schuld. Solange wir gesund und bei Verstand sind, können wir alle, wie wir hier sitzen, immer noch was Neues anfangen – egal, wie alt wir sind. Das ist noch immer das beste Mittel gegen Langeweile! Außerdem«, fuhr sie fort, ehe Benno etwas einwenden konnte, »die Aufregung und Spannung, die wir früher empfunden haben, kam doch vor allem daher, dass wir so gut wie nichts hatten. Wenn man nichts hat, ist alles so aufregend und spannend wie im Kino.«

»Ja, das stimmt«, pflichtete Ruth ihr bei. »Der Mangel hat uns damals vielleicht gar nicht so schlecht getan.«

»Das sagst ausgerechnet du?«, fragte Gundel.

»Ist die Maus satt, schmeckt ihr das Mehl bitter«, erwiderte ihre Schwester. »Insofern kann ich Benno schon ein bisschen verstehen. Heute sind wir alle furchtbar verwöhnt, und das bekommt den wenigsten Menschen. Inzwischen hat doch fast jeder so ziemlich alles, was er braucht, die meisten sogar noch mehr. Was soll man sich da überhaupt noch wünschen? – Außer vielleicht«, fügte sie mit einem wehmütigen Lächeln hinzu, »ein gottverdammter Spießer zu sein …«

Gundel drückte ihre Hand. »Es ist so schade, dass Bernd heute nicht bei uns ist.«

Ruth nickte. »Ich kann dir gar nicht sagen, wie sehr ich ihn vermisse.« Obwohl es ihr sichtlich schwerfiel, rang sie sich ein Lächeln ab. Dann blickte sie auf die Uhr. »Wird es nicht langsam Zeit, dass wir unsere Instrumente holen?«, fragte sie. »Die Gäste haben alle schon ihre Notenblätter.«

»Du hast recht«, sagte Gundel und stand auf. »Unser kleines Nachtkonzert.«

Auch Ulla erhob sich von ihrem Platz. »Könnt ihr noch eine Minute warten, bevor ihr anfangt? Mir fällt nämlich gerade ein, dass ich mein Cello im Auto vergessen habe.«

»Bei der Kälte? Das arme Instrument.«

»Ich weiß, Papa hätte mir einen schweren Verweis erteilt.«

»Und den hättest du auch verdient gehabt.«

Während Ulla aus dem Saal eilte und auch ihre zwei Schwestern den Tisch verließen, blickte Tommy auf seine Zigarette. Er hatte den Zigarettentrick ursprünglich mal einstudiert, um Ulla zu imponieren. Jetzt schien sie nicht mal bemerkt zu haben, dass ihm sein kleines Kunststück missglückt war. Nun ja, vielleicht würde er es nächsten Samstag Barbara Reichenbach vorführen, vielleicht würde sie seine Bemühungen ja besser zu würdigen wissen.

»Ach ja, der Bernd«, sagte Benno. »Das Einmaleins hatte er nicht gerade erfunden.«

»Trotzdem«, murmelte Tommy, mehr zu sich selbst als an seinen alten Freund gerichtet, »vielleicht war er der Gescheiteste von uns allen.«

Während er seine Zigarette im Aschenbecher ausdrückte, kam Luzie mit ihrem Starterkit angerannt.

»Guck mal, Opa, ich hab auch einen! Einen ganzen Beutel voll Geld!«

»Na, das ist ja ein Ding«, sagte Tommy. »Und – weißt du auch schon, was du dir dafür kaufst?«

Luzie strahlte über ihr ganzes kleines Gesichtchen. »Kaugummi, Schokolode und Bonbons!«

74

Es war schon Mitternacht, alle Gäste bis auf einen hatten dem Brautpaar inzwischen gratuliert, als sich endlich auch Peter Prange überwand, Angelika und Miguel seine Aufwartung zu machen. Je länger der Abend gedauert hatte, umso peinlicher war ihm seine Anwesenheit auf dem Fest geworden, er kannte das Brautpaar ja kaum, genauso wenig wie die meisten der Gäste, und hatte sich die ganze Zeit wie Falschgeld gefühlt. Dass er sich überhaupt hierher verirrt hatte, hatte er Barbara Reichenbach zu verdanken. Sie war nach ihrer Ankunft in Altena bei Babs und Kemal im Laden gewesen, als die zwei erwähnt hatten, dass Peter gerade in Altena war, um seine kranke Mutter zu besuchen, und da Barbara gern den Autor wiedersehen wollte, der die Geschichte ihrer Familie aufgeschrieben hatte, hatten Babs und Kemal ihn kurzerhand mit auf die Feier geschleppt. Aber dann hatte Babara Reichenbach den ganzen Abend mit dem Vater der Braut getanzt, und Babs und Kemal hatten sich ausschließlich um Coco-Linchen gekümmert, so dass er die meiste Zeit irgendwo allein herumgestanden hatte.

Wenigstens hatte er ein Geschenk, von dem er einigermaßen sicher sein konnte, dass es dem Brautpaar gefallen würde: den D-Mark-Rohling, den sein Freund Penne ihm beim Abi-Jubiläum zugeworfen hatte. Doch als er sich die passenden Worte überlegte, mit denen er sein Geschenk überreichen wollte, musste er feststellen, dass offenbar schon jemand vor ihm auf dieselbe Idee gekommen war – in einer aufgeklappten, mit Samt ausgeschlagenen Schatulle prangte bereits ein auf Hochglanz polierter Rohling auf dem Tisch des Brautpaars.

»Das … das ist mir jetzt aber mehr als peinlich«, stammelte er.

»Aber das macht doch nichts«, erwiderte Angelika lachend. »Im Gegenteil! Dann haben Miguel und ich beide einen, und wir müssen uns nicht streiten.«

»Nein, nein, das kommt gar nicht in Frage!« Peter schüttelte den Kopf. »Dann muss ich euch etwas anderes schenken.«

»Noch ein Geschenk?«, rief die kleine Luzie mit großen Augen. »Was denn?«

Unschlüssig blickte Peter auf den Rohling in seiner Hand. Die Idee für einen Roman, die ihm beim letzten Schützenfest gekommen war, doch die er schon auf der Rückfahrt nach Tübingen wieder verworfen hatte, kam ihm in den Sinn. Eine Handvoll junger Leute, die 1948 ihr Kopfgeld in Empfang nahmen, um damit ein neues Leben anzufangen … Er hatte die Idee damals verworfen, weil er weder gewusst hatte, wo die Geschichte spielen sollte, noch, welche Figuren sie verkörpern könnten. Jetzt aber fiel plötzlich der Groschen: *Hier* musste die Geschichte natürlich spielen, hier in Altena, in seiner Heimatstadt, mit denselben Menschen, die heute Angelikas und Miguels Hochzeit feierten.

»Ich hab's!«, sagte er. »Ihr bekommt von mir einen Roman.«

»Einen Roman?«, wiederholte Miguel überrascht. »Wie *Don Quixote*?«

»So ähnlich«, erwiderte Peter. »Über uns alle hier, so, wie wir hier gerade versammelt sind. Eine Geschichte, die mit der Währungsreform beginnt und alles von Anfang an erzählt, bis zum heutigen Tag. Wie es damals nach dem Krieg in Altena wieder losging mit dem neuen Geld, was die Menschen aus diesem Geld gemacht haben und was das Geld aus ihnen. So eine Art realistisches Märchen – wenn ihr versteht, was ich meine«, brach er ab, als er die irritierten Blicke des Brautpaars sah.

»Gibt's auch schon eine Idee für den Titel?«, fragte Miguel, sichtlich bemüht, die Situation zu retten.

Peter dachte kurz nach. »Wie wär's mit *Unsere wunderbaren Jahre*? Vielleicht noch mit irgendeinem Zusatz, damit das nicht allzu naiv und optimistisch klingt …«

Bevor er selber herausfinden konnte, was er damit meinte, entstand plötzlich ein Höllenlärm im Saal. Erschrocken fuhr er herum. Fast alle Hochzeitsgäste hielten ein Instrument in den Händen: Geigen und Bratschen und Celli, Gitarren und Trommeln, vor allem aber jede Menge Blockflöten und Triangeln und Tamburine, und während sie alle mit ihren Instrumenten loslegten, als wollten sie die Mauern der Burg Altena zum Einsturz bringen, begann die ganze Festgesellschaft zu singen.

Freude, schöner Götterfunken,
Tochter aus Elysium,

wir betreten feuertrunken,
Himmlische, dein Heiligtum …

»Um Gottes willen!«, rief Miguel und hielt sich die Ohren zu. »Was ist das denn für eine Katzenmusik?«

»Katzenmusik?«, protestierte Angelika lachend. »Das ist die Europahymne!«

Alle Menschen werden Brüder,
Wo dein sanfter Flügel weilt …

»Na dann!«

Miguel nahm die Hände von den Ohren, und zusammen mit seiner Braut fiel er in den Chor ein, so dass schließlich auch Peter nichts anderes übrigblieb, als mitzusingen.

Freude trinken alle Wesen
An den Brüsten der Natur,
alle Guten, alle Bösen,
folgen ihrer Rosenspur.

War es der aus hundert Kehlen geschmetterte Chor? War es der im Laufe des Abends genossene Alkohol? Oder war es vielleicht einfach nur das neue Geld, das verheißungsvoll glänzend auf den Tischen lag und für das jeder sich schon morgen etwas kaufen konnte?

Peter wusste es nicht, doch wohin er auch schaute – überall sah er in freudige Gesichter.

Na, wenn das kein schöner Schluss ist, dachte er. Genau so, wie es sich für ein Märchen gehört.

EPILOG

Hier und heute

Unterm Strich

13. Oktober 2016

Bis Peter Prange sein Versprechen wahr machte, das er Angelika und Miguel auf ihrer Hochzeitsfeier gegeben hatte, sollten noch vierzehneinhalb Jahre vergehen. Erst am 13. Oktober 2016 erschien sein Roman »Unsere wunderbaren Jahre«, mit dem Untertitel »Ein deutsches Märchen«.

Zu diesem Zeitpunkt bewohnte das Brautpaar von einst als Eltern einer inzwischen erwachsenen Tochter ganz allein die drei Etagen in der Villa Wolf. Luzie war nach dem Abitur am Altenaer Burggymnasium nach Berlin gezogen – zusammen mit dem Gummibaum ihrer Stiefurgroßmutter, den ihre Eltern so sehr vernachlässigt hatten, dass er beinahe eingegangen wäre –, um an der renommierten Ernst-Busch-Hochschule für Schauspielkunst Unterricht zu nehmen. In der Hauptstadt wohnt sie nun bei ihrem Großvater, mit dem sie in der Oderberger Straße, wo übrigens auch Barbara Reichenbach zwischenzeitlich für einige Monate ein Zimmer hatte, eine Mehr-Generationen-Wohngemeinschaft betreibt. Seit seine Enkeltochter mit ihm in der Wohnung lebt, in welcher der Ficus wieder prächtig gedeiht, darf Tommy nur noch auf dem Balkon rauchen und muss sich außerdem vegan ernähren, wenn er daheim essen will. Doch da Luzie bei ihm Narrenfreiheit genießt, nimmt er ihr die strenge Hausordnung nicht übel. Während sie sich auf ihre Abschlussprüfungen an der Schauspielschule vorbereitet, freut er sich schon darauf, sie bald als ihr Manager zu betreuen, damit geldgierige Theaterintendanten oder Filmproduzenten keine Chance haben, seinen Liebling übers Ohr zu hauen. Für seine künftige Aufgabe macht er sich nicht nur mit der Lektüre einschlägiger Fachzeitschriften fit, sondern auch mit gründlicher Internetrecherche sowie täglichen gymnastischen Übungen zum Erhalt seiner körperlichen Beweglichkeit, wobei ihm allerdings niemand zuschauen darf.

Ulla hat ihr Studium der Psychologie im Wintersemester 2002 begonnen und im Sommersemester 2008 mit einer Arbeit »Über das Problem der Willensfreiheit« abgeschlossen, die zu Ramóns Enttäuschung nur mit einem »Ausreichend« benotet worden war. Ihre These, wonach die Bedingung der Möglichkeit menschlicher Entscheidungsfreiheit auf dem aktuellen Erkenntnisstand der Wissenschaft nicht zu entscheiden sei, konnte ihrem dreißig Jahre jüngeren Professor als radikalem Vertreter einer deterministischen Neuropsychologie nicht gefallen, zumal sie sich in ihrem Schlussresümee der dezisionistischen Theorie des verfemten Rechtsgelehrten Carl Schlitt anschloss, der zufolge jede Entscheidung letztlich willkürlich sei, allein resultierend aus vorausgegangenen, ebenso willkürlichen Entscheidungen. Ulla selbst hatte sich entschieden, das Missfallen des akademischen Schnösels zu ignorieren – sie war an die Grenzen ihrer persönlichen Erkenntnismöglichkeit gelangt und gab sich damit zufrieden. Seit Beendigung ihres Studiums lebt sie in Cádiz, der Heimatstadt ihres Mannes. Dort sollte sie auch bleiben, als Ramón nur anderthalb Jahre nach ihrem Examen in einem Reisebüro, in dem sie gerade ihre Amerikareise buchen wollten, an Herzschlag starb. Ihr Ziel ist es, in der ihr noch verbleibenden Lebenszeit so perfekt Spanisch zu lernen, dass sie ihre letzten Worte in der Landessprache sagen kann, wenn auch sie der Tod dermaleinst in Cádiz ereilt. Zweimal im Jahr fliegt sie nach Berlin, um nach Tommy und ihrer Enkeltochter, aber auch nach dem Ficus ihrer Mutter zu schauen. Ab und zu bekommt sie in der alten Hafenstadt Besuch von Plisch und Plum, die sich nach dem Verkauf von Schuh Krasemann mit ihren Familien auf Fuerteventura niedergelassen haben, vor allem natürlich wegen des angenehmen Klimas, aber auch wegen der großartigen Surfmöglichkeiten.

Gundel und Benno haben die Auflösung ihres Lebenswerks nicht lange überlebt. Nur vier Jahre nach der Streichung der Firma Krasemann aus dem Handelsregister sind sie im Abstand von lediglich vier Monaten gleichsam Hand in Hand aus dem Leben geschieden. Gundels Schwester Ruth, die älteste der drei Wolf-Töchter, erfreut sich hingegen immer noch erstaunlich guter Gesundheit. Das Haus am Tiergarten hat sie verkauft, es erinnerte sie zu sehr an ihre Zeit mit Bernd. Während ihr Sohn und ihre Schwiegertochter in Bochum ein ruhiges Leben als Rentner führen – Winfried besucht regelmäßig das Training des VfL, um den Spielern ungefragt Tipps für das nächste Spiel zu geben, Uschi schneidet nach Schließung ihres Friseursalons noch einigen Nachbarinnen das Haar –, lebt Ruth weiter in Altena, und zwar bei ihrem Enkelsohn. Nach all den Schönheitsköniginnen, die jahrelang an seiner Seite zu sehen gewesen waren, hat Torsten schließlich eine Frau gefunden, die er wirklich liebt, und als das erste von insgesamt drei Kindern zur Welt kam, hat er für seine Familie den lange Zeit unverkäuflichen Bungalow von Hans-Jörg Wilke am Pragpaul gekauft, wo Ruth sich nun täglich über ihre Urenkel freuen darf wie auch über den Erfolg ihres Enkelsohns, der aufgrund seiner innovativen Ideen als Unternehmer regelmäßig auf den Titelseiten der großen deutschen Wirtschaftszeitschriften zu bewundern ist.

Die VAM, die Torsten auch heute noch zusammen mit Miguel führt, hat im Laufe der Jahre tatsächlich ihr Geschäftsmodell in der Weise verändert, wie er es bereits bei der Einführung des Euro als Vision vor Augen hatte. Statt mit der Produktion von Münzgeld-Rohlingen erwirtschaftet das Unternehmen nun seinen Profit mit Softwarelösungen für bargeldlosen Zahlungsverkehr, vor allem im Einzelhandel. Den letzten Rohling, den eine Stanzmaschine der VAM ausgespuckt hat, hat sich allerdings Miguel gesichert, für die Sonderprägung einer Münze mit dem Konterfei seiner Frau, die er Angelika zum zehnten Hochzeitstag geschenkt hat – er war ja schon lange der Meinung gewesen, dass ihr schönes Gesicht auf eine Münze gehöre. Und wären die Tage des Bargelds nicht gezählt, wer weiß, vielleicht würde ihr Gesicht eines Tages sogar eine offizielle Münze zieren, eine Ehre, mit der in der Vergangenheit ja immer wieder herausragende Politiker ausgezeichnet worden sind. Nachdem Angelika auf Burg Altena und Schloss Daggelin die beiden Begegnungszentren gegründet und drei Jahre lang mit großem Erfolg geführt hatte, wurde sie nämlich von Bundeskanzlerin Merkel, nur wenige Monate nach deren Wahl im November 2005, nach Brüssel entsandt. »Scheitert der Euro, scheitert Europa«, lautete die Maxime der Kanzlerin. Angelikas Aufgabe war es, federführend für die Bundesregierung an der Einrichtung eines EU-Schutzschirms für notleidende Euro-Länder mitzuwirken, durch den die Stabilität der neuen Gemeinschaftswährung abgesichert werden sollte, und sie hatte diese Aufgabe mit Begeisterung angenommen. Die jüngste deutsche Geschichte hatte ja gezeigt, welche politische Gestaltungskraft dem Geld innewohnt: Vom Zerfall Deutschlands in die Zweistaatlichkeit bis zur Wiedervereinigung – stets war das Geld der Politik vorausgegangen und hatte dieser den Weg gewiesen. Miguel, dem nicht entgangen war, wie sehr seine Frau sich in der Provinz gelangweilt und wie sehr die Rückkehr in die große Politik sie darum nach drei Jahren Pendeln zwischen Altena und Daggelin gelockt hatte, hatte sie von Anfang an unterstützt. Angelika dankt es ihm bis heute, indem sie jede freie Minute mit ihm in Altena verbringt. Freie Minuten sind aufgrund ihrer beider Terminkalender zwar gezählt, doch erleben sie und ihr Mann die knapp bemessenen Zeiten des Zusammenseins vielleicht gerade darum viel intensiver und bewusster, als dies ihnen möglich wäre, wenn sie dreihundertfünfundsechzig Tage im Jahr zusammen unter einem Dach verbringen würden – diese Vermutung äußerte zumindest Ulla bei einem ihrer wöchentlichen Telefonate. Seit 2014 zeichnet Angelika in der Europäischen Kommission verantwortlich für den Bereich Wirtschafts- und Währungsunion und wird von politischen Beobachtern bereits als erste weibliche Kandidatin für das Amt des EU-Kommissionspräsidenten gehandelt.

Aufgrund ihrer Popularität hat Kemal, der zusammen mit Babs nach wie vor das Antiquariat in der Lennestraße betreibt, den Wert der Münze mit ihrem Konterfei auf zehntausend Euro taxiert, Tendenz steigend, und würde das Unikat gern in seinem Laden zum Verkauf anbieten. Doch davon kann natürlich keine Rede sein, und zum Glück sind Babs und er auf solche Geschäfte auch nicht angewiesen. Zwar ist ihr virtuelles Antiquariat längst nicht mehr die einzige deutschsprachige Adresse im World Wide Web für Liebhaber kostbarer alter Druckerzeugnisse – wie überall wächst auch hier die Konkurrenz. Doch seit der mit den Mitteln der Walter-Böcker-Stiftung fertiggestellte Erlebnis-Aufzug praktisch vor ihrer Ladentür in Betrieb genommen wurde, hat sich mit der schlagartig vermehrten Laufkundschaft der stationäre Handel so erfreulich entwickelt, dass sie es sich sogar unlängst leisten konnten, ein Angebot des Internetriesen Amazon zur Übernahme ihres Webshops auszuschlagen, obwohl sie damit ihr Auskommen bis ans Lebensende hätten sichern können. Ihre Selbständigkeit war ihnen wichtiger, vor allem aber die Möglichkeit, weiter mit Büchern zu arbeiten. Ihre Tochter Coco-Lina, ein hübsches junges Mädchen, das trotz der halbtürkischen Abstammung seltsamerweise blondes Haar und blaue Augen hat – eine Tatsache, wegen der Kemal immer wieder spöttische Bemerkungen über sich ergehen lassen muss –, zeigt mit seinen fünfzehn Jahren leider wenig Neigung, das elterliche Geschäft zu übernehmen. Ihr ganzes Interesse gilt der Mode, die sie später gern zu ihrem Beruf machen würde. Babs und Kemal würden es jedenfalls sehr begrüßen, wenn sich auf diese Weise das Hobby ihrer Tochter von einer permanenten Verführung zum Geldausgeben in eine Quelle des Geldverdienens verwandeln ließe.

Es heißt, niemand verlässt diese Welt lebend. Für Walter Böcker jedoch, so hat es zumindest den Anschein, besitzt dieses Naturgesetz keine Gültigkeit. Inzwischen fast so alt wie das Böse selbst, liegt er, durch zahllose Maschinen und Schläuche künstlich am Leben erhalten, seit nunmehr anderthalb Jahrzehnten im Wachkoma auf der Pflegestation des St.-Vinzenz-Krankenhauses, und während er mit leeren, aufgerissenen Augen gegen die Zimmerdecke starrt, läuft über seinem Bett unaufhörlich ein Fernseher, weil man ja nie weiß, ob er trotz seines Zustands vielleicht doch noch irgendwelche Signale von der Außenwelt empfängt und er so im Fall der Fälle immerhin noch jenes Minimum an Ansprache bekommt, das jeder Mensch zum Existieren braucht, und sei er in seinem Herzen noch so verhärtet. Seine geschiedene Ehefrau Regina aber, ehemals Wilke, geborene Küppers – sie hat sich, in der Nacht vor ihrer Haftentlassung aus der Strafvollzugsanstalt Hagen, mit Hilfe eines Seidenstrumpfs das Leben genommen. An ihrer Beisetzung auf dem Mühlendorfer Friedhof nahm außer Rechtsanwalt Kamps und ihrem Sohn nur noch dessen Lebenspartner Detlev teil, derselbe Detlev, mit dem Hans-Jörg in seiner Jugend schon den Pas-de-deux geritten und den er auf einer Fortbildung der Allianz-Versicherung AG in Dresden unverhofft wiedergetroffen hat. Reginas letzter Liebhaber, Jürgen Rühling, war zu dem Zeitpunkt schon verschieden. Ein äußerst aggressiver Prostatakrebs hatte ihn hinweggerafft, noch bevor der Stadtrat beschloss, den Erlebnis-Aufzug, der Altena tatsächlich den erhofften Aufschwung beschert hat, nach ihm zu benennen.

Peter Prange aber lebt seit Fertigstellung seines Romans glücklich und zufrieden mit seiner Frau im beschaulichen Tübingen, wo man ihn als freundlichen, bisweilen ein wenig abwesend wirkenden älteren Herrn kennt, der gern am Anlagensee Schwäne füttert, die es dort eigentlich gar nicht gibt.

DANKE

Dieser Roman ist das persönlichste Buch, das ich je geschrieben habe – und vermutlich auch je geschrieben haben werde. Mein erster und größter Dank gilt darum meiner Heimatstadt Altena samt der buckligen Verwandtschaft und den alten Kumpeln, die die Lebenswelt meines Romans mitgeprägt haben. Ihnen verdanke ich den realen Nährboden meiner fiktiven Geschichte.

Darüber hinaus ist es mir eine angenehme Pflicht, in gleicher Weise denen zu danken, die als persönlich »Unbeteiligte« mit ihrer Kritik und ihrem Zuspruch an der Entwicklung dieses Romans mitgewirkt haben. Insbesondere sind dies:

Benjamin Benedict: Seine spontane Begeisterung für die Idee zu der Geschichte, als sie wirklich noch nicht mehr als eine bloße Idee war, hat mir die nötige Startenergie gegeben. Jetzt ist es an ihm, die Geschichte zu dem Ende zu führen, das wir uns beide seit Anbeginn für sie erhoffen.

Wiebke Lorenz: Sie hat mir die Scheu genommen, meine eigene Geschichte ernst zu nehmen und (auch) von mir selbst zu schreiben. Ob zu meinem Frommen, wie ich hoffe, oder zu meinem Schaden, wie manche fürchten, werden die Leserinnen und Leser entscheiden.

Dr. Jens Hüttmann: Seit zwanzig Jahren beschäftigt er sich mit der wissenschaftlichen Aufarbeitung der deutsch-deutschen Geschichte. Er hat das Manuskript auf die historische Stimmigkeit der dargestellten Ereignisse überprüft, insbesondere die Geschichte der DDR betreffend.

Melanie Hagel: Geboren am Jahrestag des Mauerbaus und aufgewachsen im Osten Berlins, als die Stadt noch zweigeteilt war, hat sie mir viele signifikante Details vermittelt, die das Alltagsleben in der ehemaligen DDR ausgemacht haben.

Prof. Dr. Andreas Rödder: Sein Buch »Deutschland einig Vaterland«, eine großartige Darstellung des Wiedervereinigungsprozesses, hat mir geholfen, die Ereignisse der Wendezeit, die sich vor meinen Augen abgespielt haben, ohne dass ich sie als Zeitzeuge immer begriff, auch in ihrer inneren Logik nachzuvollziehen.

Bernd »Benny« Kegel: Er hat den Song »Catch your dreams« komponiert und getextet, die Hymne der Altenaer Kifferszene in den frühen siebziger Jahren. Ohne natürlich wissen zu können, was er damit lostrat.

N. N.: Damit sind meine ehemaligen Lehrer und Mitschüler gemeint, deren Namen ich ungefragt für meine Protagonisten entliehen habe. Die Auswahl erfolgte weder nach Sympathie noch nach Realitätsgehalt, sondern allein nach der Klangfarbe der Namen und wie diese jeweils zu den fiktiven Charakteren passten.

Dr. Andreas Hollstein: Als Bürgermeister ein Glücksfall für die Stadt Altena, hat er mein Manuskript bereits während seiner Entstehung gelesen und mir wertvolle Hinweise zur Stadtgeschichte gegeben, insbesondere zur Produktion der Münzrohlinge, die zu D-Mark-Zeiten von den Vereinigten Deutschen Metallwerken, kurz VDM genannt, in meiner Heimatstadt hergestellt wurden.

Dr. Cordelia Borchardt: Ein perfekter Lektor muss drei Tugenden besitzen: den Mut, Autorenideen zu verbessern, die aufgrund der Eselhaftigkeit (im Sinne von Unzulänglichkeit) des Autors verbessert werden müssen; die Gelassenheit, Autorenideen hinzunehmen, die aufgrund der Eselhaftigkeit (im Sinne von Sturheit) des Autors nicht verbessert werden können; und die Weisheit, das eine vom andern zu unterscheiden. Genau diese drei Tugenden zeichnen meine Lektorin Cordelia Borchardt zu meinem Glück aus.

Dr. Julia Schade und Dr. Peter Sillem: Als Programmleiterin Unterhaltung / Belletristik beziehungsweise Gesamtprogrammgeschäftsführer der S. Fischer Verlage haben sie an meinen Roman von Anfang an geglaubt und ihn unterstützt, wie ein Autor es sich nur wünschen kann.

Indra Heinz und Mirjam Schenk: Ihre Aufgabe ist es, den Roman in die Öffentlichkeit zu bringen. Die Ideen, die sie bereits dazu entwickelt haben, klingen vielversprechend, und ich drücke beiden, ganz egoistisch, die Daumen, dass sie damit Erfolg haben werden.

Annette Scheerer: Den Letzten beißen die Hunde. Sie hat bei der physischen Herstellung des Buches die Nachspielzeit herausgeholt, die ich beim Schreiben noch brauchte. Und damit den Erscheinungstermin gerettet.

Roman Hocke: Als mein Freund und Agent zugleich hat er mich vor fünfundzwanzig Jahren auf den Weg gebracht und danach immer wieder angeschubst, wenn ich unterwegs steckenblieb. Bis es irgendwann alleine ging.

Serpil Prange: Sie hat in der kleinen, schönen Ewigkeit, die wir inzwischen zusammen sind, die Hoffnung nie aufgegeben. Auch wenn sie nicht im Traum daran gedacht hätte, dass diese sich ausgerechnet in Altena erfüllen könnte.

LISTE DER HANDELNDEN PERSONEN

DIE SCHWESTERN	
Ruth Wolf	*Fritz Nippert*, erster Ehemann von Ruth
	Fritzchen Nippert, Sohn von Fritz und Ruth
	Winfried Nippert, Sohn von Fritz und Ruth
	Uschi Nippert, Winfrieds Frau
	Torsten, Sohn von Winfried und Uschi
Ulla Wolf	*Jürgen Rühling*, erster Ehemann von Ulla, Altenaer Bürgermeister
	Ramón Alvarez, zweiter Ehemann von Ulla, Chefarzt am St.-Vinzenz-Hospital
	Miguel Alvarez, Sohn von Ramón aus erster Ehe
Gundel Wolf	*Eduard Wolf*, Altenaer Drahtfabrikant, Vater von Ruth, Ulla und Gundel
	Christel Wolf, Mutter von Ruth, Ulla, Gundel
DIE FREUNDE	
Tommy Weidner	*Jutta Höllscher*, Tommys Freundin in der DDR
	Angelika Weidner, Tochter von Tommy und Jutta
	Udo, erster Ehemann von Angelika, Pfarrer und Politiker
	Luzie, Tochter von Angelika und Udo
Benno Krasemann (Ehemann von Gundel)	*Plisch* und *Plum*, Zwillingssöhne von Gundel und Benno
	Herward Krasemann, Geschäftsmann in Düsseldorf, Bennos Onkel
Bernd Wilke	*Regina Küppers*, erste Ehefrau von Bernd
	Hans-Jörg Wilke, Sohn von Bernd und Regina

WEITERE PERSONEN

Prof. Autenrieth, Tübinger Klinikdirektor
Berthold Beitz, Generalbevollmächtigter der Krupp AG
Betty, Hausmädchen in der Villa Wolf
Walter Böcker, Unternehmer in Altena, später Arbeitgeberpräsident
Annegret Böcker, dritte Ehefrau von Walter
Babs Böcker, Tochter von Walter und Annegret
Monsignore Budde, katholischer Geistlicher
Kemal Ersoy, Antiquar, Ehemann von Babs
Dr. Ersoy, Arzt am St.-Vinzenz-Hospital Altena, Vater von Kemal
Werner Himmelreich, hoher DDR-Wirtschaftsfunktionär
Dr. Holz, Bankdirektor in Altena
Günter Jeschonnek, Vorarbeiter in der VAM
Howard Jones, britischer Stadtkommandant in Altena
Horst Kamps, Rechtsanwalt in Altena
Ernst Prange, Inhaber von »Betten-Prange« in Altena
Peter Prange, sein Sohn
Barbara Reichenbach, Erbin von Gut Daggelin
Julius Rosen, enteigneter jüdischer Geschäftsmann aus Altena, nun in Israel
Moses Rosen, sein Sohn
Paul Trippe, Kommissar in Altena
Arno Vielhaber, Geschäftsmann und Altenaer Bürgermeister
»Charly« Karl Weiß, Verkäufer bei Schuh Krasemann, Verlobter von Regina
Dr. Zemke, Staatsanwalt in Altena